熱河日記

열하일기

上

연암 박지원 지음
연민 이가원 옮김

明文堂

❀ 연암 박지원의 초상

❀ 연암집(燕巖集) : 1900년간 김택영 편.
　서울대학교 규장각 도서관 장본

일러두기

1. 이 책은 '열하일기' 해설에서도 밝힌 바와 같이 연암의 수사본 또는
   수택본을 근거로 하고, 누락된 부분을 보충한 것을 국역 대본으로 하
   였다.
2. 번역은 직역을 원칙으로 하였으나, 직역만으로는 원저자의 뜻을 잘
   나타내지 못할 경우에는 의역(意譯)을 하였다.
3. 대본에 오탈자가 있는 경우 여러 필사본을 참고하여 바로잡았으며,
   각주 처리하여 밝혔다.
4. 한글 표현에 있어서는 맞춤법·띄어쓰기 기타를 교과부안에 따름을
   원칙으로 하였으나 약간의 예외를 두었다.
5. ( )속의 한자(漢字)는 역사적인 사건 및 인물 기타 고유명사를 비롯
   하여 본문의 이해를 돕기 위하여 수록하였으며, 운문에는 원문을 병
   기하였다.
6. 본문을 앞에 두고 간단한 주석은 본문 속에 간주(間註)로 넣었으며,
   그렇지 않은 것은 각주(脚註)로 처리하였다. 원문(原文)을 함께 수록
   하여 학습 효과를 높였으며 한글 음(音)을 표기하였다.
7. 외국의 인명(人名)과 지명(地名)은 원음(原音)을 알 수 있는 것은 원음
   으로 표기하였으나, 원음을 알 수 없는 것은 한자음으로 표기하였다.
8. 연암이 기재한 날짜는 음력이다.
9. 이 책에 사용된 부호는 다음과 같다.
   『 』: 책명, 「 」: 작품, " ": 직접 인용, ' ': 강조 혹은 간접 인용.

🔹 박지원의 「국죽도(菊竹圖)」

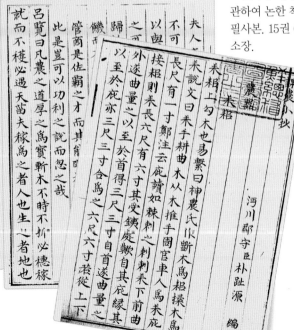

🔹 과농소초(課農小抄)
조선시대 농업기술과 농업정책에
관하여 논한 책.
필사본. 15권 6책. 국립중앙도서관
소장.

與高太史
生爲乘驥佐
入語爲盛堂
出道甫一帖
相顧良久悶
此處東韓
何等卫於
先聲亦口
偶然入識兩
八目附於趙
咨語差義

🔆 박지원의 글씨

至家 畵堂 入納
余拿上平書

🔆 박지원의 글씨. 「근묵」에서

熱河
日記
열하일기 上

차례

열하일기熱河日記 上

2. 성경잡지(盛京雜識) 성경에서의 여러 기록__309

열하일기熱河日記 中

일러두기

열하일기熱河日記 下

연암(燕巖) 박지원(朴趾源)과
열하일기(熱河日記) 해설(解說)

문학박사 李家源

연암, 그는 누구인가?

연암(燕巖) 박지원(朴趾源, 1737~1805)은 영조 13년 2월 5일에 한양의 반송방(盤松坊) 야동(지금의 새문안)에서 반남(潘南) 박씨(朴氏) 사유(師愈)의 2남 2녀 중에서 막내로 출생하였다. 그의 자는 중미(仲美)[1]요, 호는 연암이고 또 별호를 미재(美齋)·총계(叢桂)·계산(桂山)으로도 썼다. 연암이 죽은 뒤에는 정경대부(政卿大夫)에 추증되었다.

---

1) 대개 조선조 중류 이상의 집안 자제에게는 이름과 자가 있는데, 이는 어른들이 지어 준다. 자(字)는 남자 15, 6세 전후해서 관례(冠禮)를 치르는데 지금의 성년식이 된다(여자는 14세 전후해서 계례(笄禮)를 치르는데 머리에 비녀를 꽂는 것을 말한다). 남자의 관례 때 지어 부르는 이름이 자이고, 성장해서는 호를 쓰는데 자기가 짓기도 하고 남이 지어 부르기도 한다. 별호는 자기가 지어 쓰되 특히 글 쓰는 사람이 필명처럼 쓸 때가 많다. 시호(諡號)는 죽은 뒤 그 인물의 덕행과 업적을 보아 임금이 내려 주는 칭호이다. 이 칭호가 내려지면 향교나 서원이나 사재에다 모시고 제사를 지낸다. 죽은 뒤의 이름은 휘(諱)라고 한다.

　연암의 집안은 대대로 벼슬이 높던 명문대가로 선대의 충익공
(忠翼公) 박동량(朴東亮, 1569~1635)은 벼슬이 도승지 판의금부
사까지 오르고, 나라에 공로가 커서 금계군(錦溪君)까지 봉해진
인물이요, 그 뒤 선조들도 대대로 대사헌, 판서, 참판 등의 관직
을 지냈다.

　조부 박필균(朴弼均, 1685~1760)은 관찰사, 대사간, 지돈녕부사
까지 오른 인물로 시호가 장간공(章簡公)이며 연암을 직접 임지
로 데리고 다니면서 가르치신 인자한 할아버지였다.

　연암의 선친인 박사유(朴師愈, 1703~1767?)에 대하여는 뜻밖에
도 기록이 희미하다. 박연암의 연보는『연암집』의 선간본[2] 연
보항과 연암의 차남 박종채(朴宗采)[3]가 엮은『과정록(過庭錄)』
에서 찾아볼 수밖에 없는데, 두 기록에 박연암의 부모에 대한 기
록이 없고 행여 비문이나 제문조차도 보이지 않는다.

　연암은 어려서 부모와 떨어져서 15년 연상인 큰형 박희원(朴
喜源, 1722~1767) 내외 밑에서 자랐으며, 5세부터는 할아버지가

---

2)『연암집(燕巖集)』선간본이란, 1900년 김택영(金澤榮)이 연암 유고를
　추리고 선택하여 2권으로 간행하고, 1901년에 다시 1권을 더하여 총
　3권으로 간행한『연암집』을 말한다. 1931년에 박영철(朴榮喆)이 전
　유작을 모아 간행한『연암집』을 연암 연구가들은 전간본이라 말한
　다.

3) 박종채(朴宗采, 1780~1835)는 원래 박연암의 차남이지만 장남인 박종
　의(朴宗儀 : 일명 종간(宗侃))는 백부인 박희원(朴喜源 : 연암의 선형)에게
　양자로 늘어갔으므로 실제보는 박종채가 받아늘이 되었나. 그가 엮
　은『과정록(過庭錄)』은 1826년에 필사 탈고했다.

경기도 관찰사로 부임해 가자 따라다니면서 훈도와 초학 공부를 하였다. 연암은 어려서부터 약질인 데다가 잡병이 많았는데, 자애로운 할아버지가 이를 불쌍히 여겨 많은 시간을 하인들과 같이 밖에 나가 놀게 하였다.

그래서 연암 전기를 보면 그 시절 실학(失學)했다고 적어 놓았다. 그러나 이때 하층 계급의 아이들이나 할아범4)들에게서 듣고 본 이야기들은 감수성이 예민하던 연암 소년기에 장차 『광문자전(廣文者傳)』을 짓는데 영향을 주었다.

▶ 16세 때 전주 이씨 이보천(李輔天)의 따님과 결혼하고 처음은 장인에게서 『맹자(孟子)』를 강의 받았다. 이보천은 학문이 깊었으나 벼슬에 나가지 않고 오직 농사에 힘썼다.

이어서 연암은 처삼촌인 영목당(榮木堂) 이양천(李亮天)에게서 수학하되 주로 실학(實學)을 공부했다. 이양천은 홍문관 교리 등 벼슬을 지내다가 상소문 사건으로 유배되었던 학자이자 문인인데, '문장은 한퇴지(韓退之 : 한유(韓愈))의 뼈를 깎고, 시는 두보(杜甫)의 살을 깎았다'고 할 정도로 실학사상이 농후했던 학자였다.

연암은 이양천에게서 사마천의 『사기(史記)』를 배우면서 특히 『신릉군전(信凌君傳)』도 배웠다. 이것은 연암이 소설을 쓰는데 큰 영향을 주었다. 이때에 『이충무공전』을 지었으나 전해

---

4) 지난날 '신분이 낮은 늙은 남자나 신분이 낮은 사람의 할아버지'를 일컫는다.

지지 않는다.

▶ 18세 되던 1754년『광문전(廣文傳)』을 지어 여러 선배들에게 돌려가며 보여서 칭찬을 받았다. 이것이 소설을 더욱 잘 쓰게 된 동기가 되었다.

▶ 19세 되던 1755년에 그는『마장전(馬駔傳)』과『예덕선생전(穢德先生傳)』을 지었다.

▶ 이 해에 처삼촌인 이양천이 귀양에서 풀려난 후 바로 사망하자 연암의 정신적 방황이 시작되었다.

▶ 20세 때 봉원사에 들어가 독서하면서 '허생'의 이야기를 들었고, 이는 장차『허생전(許生傳)』을 쓰게 된 모티브가 되었다.

▶ 21세인 1757년에『민옹전(閔翁傳)』을 지었고,

▶ 22세인 1758년에『대은암창수시(大隱岩唱酬詩)』의 서문을 썼다.

▶ 23세 때 득녀하니 장녀이다.

▶ 24세인 1760년에 조부 박필균이 76세로 돌아가시자 연암의 곤궁한 삶이 시작되었다.

▶ 25세인 1761년에 북한산에 들어가 독서를 하면서 김이소(金履素, 1735~1798)[5], 판서 황승원(黃昇源, 1732~1807) 등 10여 명과 만나 공부하는 한편 단릉처사(丹陵處士) 이윤영(李胤永, 1714~1759)에게서『주역』을 공부했다. 이 해에 홍대용(洪大容, 1731~1783)을 만났다.

─────────────────────

5) 김이소(金履素) : 조선 정조 때의 문신으로 영의정 등을 지냈다.

▶ 28세 되던 1764년에는 『양반전(兩班傳)』, 『광문전』 후서를 썼다.

▶ 29세 때 금강산을 유람하고 시(詩) 『총석정관일출(叢石亭觀日出)』을 처음 썼으며, 평소에 듣던 김홍기(金弘基)의 이야기로 『김신선(金神仙傳)』을 썼다. 이 해에 장남인 종간(宗侃)이 출생하였다.

▶ 30세(1766년)에 홍대용의 『회우록(會友錄)』 서문을 쓰고, 이해에 『역학대도전(易學大盜傳)』과 『봉산학자전(鳳山學者傳)』을 지었다(그러나 이 두 편을 불살라 버렸다).

▶ 31세(1767년) 때는 집이 몹시 가난해서 삼청동 백련봉 셋집으로 이사했고 이때에 이덕무(李德懋), 이서구(李書九), 유득공(柳得恭), 박제가(朴齊家) 등과 만나서 스승과 제자로 교우했다.

박종채의 『과정록(過庭錄)』에서는 이 해에 '할아버지의 상을 당했다(丁亥遭王老喪)'(권1, 18장)고 했는데, 연암의 부친에 대해서는 논의된 바가 거의 없었다.[6]

▶ 32세(1768년) 때는 박제가(朴齊家)[7]가 제자로 입문하면서 여

---

6) '정해년에 할아버지의 상을 당했다[丁亥遭王老喪]'고 하였는데, 『과정록(過庭錄)』을 번역한 김윤조(金允朝) 교수는 왕로(王老)를 박종채의 할아버지, 즉 연암의 부친으로 번역하였다. 박사유의 생존 연대를 1703~1767년으로 잡은 결과 연암의 부친이 64세에 작고한 계산이 나오나 박연암의 유년 시기의 기록은 더더욱 알 수 없다.

7) 박제가(朴齊家) : 18세기 조선 중기의 실학자로, 호는 초정(楚亭)이

기서 북학파(北學派)가 형성되어 갔다.

▶ 33세(1769년) 때는 이서구(李書九)가 제자로 입문했다. 실사구시(實事求是) 학파가 형성되어 가는 과정이었고, '신문장 4가'가 탄생되는 계기가 되었다.

▶ 34세(1770년) 때에 감시(監試)에 응시하여 초, 종장에서 모두 장원했다(그러나 이 감시는 관직과는 관계가 없었다).

▶ 36세(1772년) 때 선산을 이장(移葬)하려고 두루 답사하다가 황해도 금천(金川)의 연암 골짜기를 발견하고 장차 목장을 하면서 여생을 지낼 곳이라 생각했다.

이 해에 처자(妻子)를 모두 광릉 석마향(石馬鄕)에 있는 처가로 보낸 뒤 혼자 살면서 여러 사람들과 교우하였다.

▶ 37세(1773년)에 경기도 북부와 평안도 묘향산, 강원도 설악산 등지 및 남쪽으로 지리산, 가야산 일대를 두루 여행하였다.

▶ 41세(1777년) 때 당시의 세력자 홍국영(洪國榮)에게 밉보여 박해를 받은 끝에 미리 보아 둔 금천의 연암 골짜기로 피난 가서 숨어 살았다.

이때부터 '연암'이란 호를 쓰기 시작한 것 같다. 홍국영은 이때 도승지가 되어 득세하였고, 연암과는 사이가 나빴다.

▶ 42세(1778년) 때 친우 유언호(兪彦鎬)가 개성유수(開城留守)로 부임해 있으면서 살림을 돌보아 주었고, 한때는 개성의 양호

다. 승지 박평(朴玶)의 서자로 태어나 전통적인 양반 교육을 받았으나 신분적인 제약으로 차별 대우를 받았기 때문에 몽건석 신분 제도에 반대하는 실학사상을 폈다. 저서로 『북학의(北學議)』가 있다.

맹(梁浩盟)의 별장에서 지내기도 하였다. 유언호는 연암을 돕기 위해 자원해서 개성유수로 왔었다.

▶ 43세(1779년)에 북학파이던 이덕무(李德懋), 유득공(柳得恭), 박제가(朴齊家)와 서이수(徐理修 : 서얼 출신)가 규장각의 검서관이 되어 '4검서관'의 명성을 들었다.

▶ 44세 때인 1780년 2월, 홍국영이 실각한 후 4월에 사약을 받아 죽자, 연암은 서울로 돌아와 처남집에서 기거하였다.

이 해 5월 25일에 8촌(삼종)형인 금성도위(錦城都尉) 박명원(朴明源, 1725~1790)이 청나라 고종의 70수 천추절 사은겸진하정사(謝恩兼進賀正使)로 연경(燕京 : 북경)에 사신 갈 때 따라갔다가 이 해 10월 27일에 귀국하였다. 돌아오자마자 처남집과 연암 골짜기를 왕래하면서 『열하일기(熱河日記)』를 쓰기 시작하였다. 이 해에 차남 종채(宗采)가 출생했다. 이때 박제가(朴齊家)는 『북학의(北學議)』를 썼고 연암은 서문을 썼다.

▶ 47세(1783년)에 『도강록(渡江錄)』 서문을 쓰면서 『열하일기』 26권 10책을 완성하였다. 이 해에 홍대용이 별세하니 연암은 일체의 음악을 끊었다.

▶ 50세 때인 1786년 7월에 친구 유언호의 천거로 선공감 감역(繕工監監役)으로 임명되었으니, 50세에 처음 얻은 벼슬이었다.

연암은 과거를 보지 않았기 때문에 벼슬을 주지 않다가, 그 글재주와 이용후생(利用厚生)에 견식이 넓어서 음관(蔭官)으로 받은 벼슬이었다. 음관은 본래 선대의 관직 덕분으로 얻는 벼슬이다. 그러나 연암은 본인의 글재주가 많이 작용되었다.

▶ 51세 때인 1787년 1월에 부인이 51세로 별세하고, 그 뒤 연암은 부인의 부덕(婦德)을 기리며 독신으로 여생을 보낸다. 맏아들 종간(宗侃)은 큰아버지 양자로 들어갔다. 7월에는 형님인 박희원(朴喜源)이 58세로 별세했다(종간의 이름은 종의(宗儀)라고도 했다).

▶ 52세(1788년) 때에 전 가족이 전염병으로 고통을 당했고, 종간은 부인을 잃었다.

연암은 종제인 박수원(朴守源)이 선산부사로 나가게 되어 계산동(桂山洞)에 있는 종제의 집으로 거처를 옮겼다.

12월에 선공감 감역의 임기가 끝났다.

▶ 53세 때인 1789년 6월에 평시서(平市署)의 주부로 승진했고, 12월에 초청받아 가서 훈련대장 서유대(徐有大, 1732~1802)와 처음 만나 교분이 두터워졌으나 연암은 별로 달가워하지 않았다.

▶ 55세(1791년)에 한성판관으로 전보되어 곡물 유통에 대한 탁월한 정책을 폈다. 이 해 12월에는 안의현감(安義縣監)으로 임명되어, 56세부터 60세까지 안의현을 다스리면서 천주교에 대한 선정을 베풀었다. 또한 부역을 고르게 하고 송사를 공평히 하며, 노비들이 내는 공포(貢布)의 폐습을 없앴다.

연행(燕行) 때 본 것처럼 벽돌을 구워서 전각의 담을 쌓았다. 또 여자의 순절(殉節)을 비판하였다. 이 무렵 『열녀함양박씨전(烈女咸陽朴氏傳)』을 썼다.

▶ 58세(1794년)에 서울로 올라와 입시(入侍)하여 정조께 농촌 사정을 사실대로 자세히 상주(上奏)하였다.

이 무렵 아들 종간은 성균시에 응시하려 했는데, 그때 친구 이

서구(李書九)가 성균관장인 이유로 도리어 응시하지 못하게 막았다. 행여 친구의 덕으로 아들이 과거에 붙었다는 오해가 있을까 염려했기 때문이었다.

▶ 60세 때인 1796년 3월에 안의현감의 임기가 만료되어 서울에 와서 문필 생활을 하려고 계산동에 땅을 사고는 중국 제도를 모방하여 벽돌로 집을 짓고 이를 '총계서숙(叢桂書塾)'이라고 했다. 이것이 바로 경세제민(經世濟民)의 대사를 논했던 '계산초당(桂山草堂)'인데 이 집은 그 뒤 그의 아들 종채가 계속 살았다.

▶ 61세 때인 1797년 7월에 충청도 면천군수로 임명되었다. 면천군에 천주교 신자가 많다고 해서 갔지만, 이때 천주교 신자들은 처벌보다 간곡한 회유로 개종한 군민이 많아 '신유사옥' 때 면천군은 무사했다.

▶ 63세 때인 1799년 3월에 면천군수 시절 농촌 경험을 살려서 『과농소초(課農小抄)』와 부록처럼 된 『한민명전의(限民名田議)』도 함께 지어 정조에게 바쳤다.

▶ 64세 때인 1800년 8월에 양양부사(襄陽府使)로 승진되어 부임하였다.

▶ 66세 때인 1802년 봄에 벼슬을 그만두고 이광현(李光鉉, 1732~?)과 함께 연암 골짜기로 들어가 정자를 짓고 수개월 동안 지내다가 서울집으로 돌아왔다.

▶ 69세 때인 1805년 10월 20일, 서울 가회방(嘉會坊) 재동 자택에서 별세했다. 묘지는 경기도 장단 송서면(松西面) 대세현(大世峴)의 선산에 부인 이씨와 합장하였다.

열하일기熱河日記 해설解說

이 『열하일기(熱河日記)』 26권 10책은 조선 정조(正祖) 때 수많은 실학파(實學派)[1] 중에서, 특히 북학파(北學派)의 거성(鉅星)인 연암(燕巖) 박지원(朴趾源, 1737~1805년)의 명저이다.

그는 정조 4년인 1780년에 그의 삼종형 금성위(錦城尉) 박명원(朴明源)의 수행원으로 청(淸)나라 고종(高宗) 황제의 칠순(七旬 : 70세) 잔치를 축하하기 위하여 중국에 들어가서, 성경(盛京) · 북평(北平) · 열하(熱河) 등지의 여러 곳을 두루 살피고 돌아와서 엮은 책이다.

그는 일찍이 당시 우암(尤庵) 송시열(宋時烈) 일파의 고루한 학자들이 명나라를 숭상하는 존명사상(尊明思想)에 얽혀서 아

---

1) 실학파(實學派) : 중국 청나라를 통하여 들어온 서양 문명의 영향을 받고 일어난 실학을 주장한 학자들. 곧, 유형원을 비롯하여 이수광 · 한백겸 · 이덕무 · 박지원 · 정약용 · 김정희 · 신경순 · 이익 능이 이에 속한다.

무런 실천이 없는 유명무실한 북벌책(北伐策)2)을 부르짖음에
반하여 북학론(北學論)3)을 주장하였다.

그는 또 중국의 산천(山川)·풍토(風土)와 문물(文物)·제
도(制度)에 대하여 오랫동안 염모(艶慕 : 부러워하고 탐함)하였는
데, 급기야 오랜 소원이 이룩되어서 그들의 통도(通都)·요새
(要塞) 등지를 몸소 체험하고는 더욱 자신이 만만하여, 모든 역
사(歷史)·지리(地理)·풍속(風俗)·습상(習尙)·고거(考據)
·건설(建設)·인물(人物)·정치(政治)·경제(經濟)·사회
(社會)·문학(文學)·예술(藝術)·고동(古董 : 골동) 등에 이르
기까지 이에 수록(收錄)되지 않은 것이 없었다.

그의 관상(觀賞)은 오로지 승지(勝地)·명찰(名刹)에 그친
것이 아니었고, 특히 이용후생(利用厚生)4)적인 면에 중점을 두
어, 그 호화찬란한 재료의 구사와 웅대하고 화려한 문장의 표현
이 실로 조선의 일대에 통틀어 수많은 연행문학(燕行文學) 중에
서 백미적(白眉的)인 위치를 독점하였다.

그 가치로서는 반계(磻溪) 유형원(柳馨遠)의 『수록(隨錄)』,
성호(星湖)의 『새설(僿說)』, 초정(楚亭) 박제가(朴齊家)의 『북

----

2) 북벌책(北伐策) : 병자호란 때의 수모를 씻고자 효종(孝宗)이 중심이
   되어 이완·송시열 등과 함께 청나라를 치려던 계획.
3) 북학론(北學論) : 조선조 영조와 정조 때에 일어난 실학자들의 주장.
   박지원·홍대용·이덕무 등이 주장한 것으로, 나라를 우선 경제적
   으로 구하는 주지(主旨)에서 청나라에 배우자고 외친 학설.
4) 이용후생(利用厚生) : 세상의 편리와 살림의 이익을 꾀하는 일.

학의(北學議)』등과 함께 추숭(推崇)5)되었으나, 특히 문학적인 면에 있어서는 결코 삼가(三家)의 추급(追及)6)할 바 아니었다.

그리고 본서는 애초부터 명확한 정본(定本)이 없는 동시에 당시의 판본(板本)이 없었으며, 다만 수많은 전사본(傳寫本)7)이 유행되었으므로 편제(編制 : 편집 체재)의 이동(異同 : 서로 다르고 같음)이 없지 않음도 사실이었다.

이제 이 역주본(譯註本)은 연암의 수사본(手寫本 : 손으로 베낀 책), 또는 수택본(手澤本 : 여러 가지를 참고로 써넣은 책)을 근거로 삼고, 그중 누락된 부분은 몇십 종의 여러 책을 상세히 대조하여 보충하되, 일일이 주석(註釋)에서 표시하였다.

또 최근에 발견된 원저(原著)의 세 편 중에서「열하일기서(熱河日記序)」와「양매시화(楊梅詩話)」두 편은 적당한 위치에 추가하여 수록하였다.

1. 도강록(渡江錄 : 압록강을 건너다)

압록강(鴨綠江)으로부터 요양(遼陽)에 이르기까지 15일 동안의 기록이다. 그는 책문(柵門) 안에 들어서자, 곧 그들의 이용후생(利用厚生)적인 건설에 심취하였다. 주로 성제(城制 : 성곽의 구조)와 벽돌을 쓰는 것이 실리임을 역설했다.

---

5) 추숭(推崇) : 높이 받들어 올림.
6) 추급(追及) : (앞서 가는 사람을) 뒤쫓아 따라붙음.
7) 전사본(傳寫本) : 서로 전하며 베껴 쓴 책.

2. 성경잡지(盛京雜識 : 성경에서의 여러 기록)

십리하(十里河)로부터 소흑산(小黑山)에 이르기까지 5일 동안의 기록이다. 그중에는 특히 「속재필담(粟齋筆談)」·「상루필담(商樓筆談)」·「고동록(古董錄)」등이 가장 재미로운 기사이다.

3. 일신수필(馹汛隨筆)

신광녕(新廣寧)으로부터 산해관(山海關)에 이르기까지의 병참지(兵站地)를 달리는 7일 동안의 기록이다. 거제(車制 : 수레 만드는 법식)·희대(戲臺 : 극장)·시사(市肆 : 저자)·점사(店舍 : 가게)·교량(橋梁 : 다리) 등에 대한 서술이다. 특히 서문 가운데 현실에 이용할 수 있는 이용후생학(利用厚生學)에 대한 논평이 독자의 흥미를 이끌 만했다.

4. 관내정사(關內程史 : 관내에서 본 이야기)

산해관 안으로부터 연경(燕京 : 북경)에 이르기까지 11일 동안의 기록이다. 그중 백이(伯夷)·숙제(叔齊)[8]의 사당 중에서

---

8) 백이(伯夷)·숙제(叔齊) : 중국 주(周)나라 말기 고죽국(孤竹國)의 왕자였던 형 백이와 아우 숙제. 아버지가 죽은 뒤 후계자가 되는 것을 서로 사양하다가 결국 나라를 떠나 어질다는 소문을 듣고 서백(西伯) 희창(姬昌)에게 찾아갔으나, 서백은 이미 죽고 없었다. 백이와 숙제는

'백이 숙채(熟菜)가 사람을 죽이네'라는 이야기와 우암(尤庵 : 송시열)의 화상에 절하던 이야기 등도 재미있는 일이거니와, 특히 「호질(虎叱)」한 편은 연암소설(燕巖小說) 중에서 '허생(許生)'과 함께 가장 만족할 만한 작품이었다.

남자 주인공인 예절바른 북곽선생(北郭先生)과 정절을 지키는 여자 주인공 동리자(東里子)를 등장시켜서 당시 사회의 부패상을 여지없이 폭로하였다. 그 하나는 유학대가(儒學大家)요, 또 하나는 정절부인(貞節夫人)으로 가장하여 사회를 속이며 풍기를 문란하게 하였다. 그러한 정상을 알게 된 호랑이는 북곽선생을 꾸짖는다. 사람이 호랑이를 꾸짖은 것이 아니고 호랑이가 사람을 꾸짖은 것이다. 이는 곧 호랑이를 인격화시킨 것이다.

5. 막북행정록(漠北行程錄 : 북방 여행기)

연경(燕京)으로부터 열하(熱河)에 이르기까지 5일 동안의 관찰 기록이다. 열하의 요해를 역설한 것이 모두 당시 열하의 정세를 잘 관찰한 논평이었고, 열하로 떠날 때의 이별의 한을 서술한 한 토막의 문장은 특히 애처롭기 짝이 없어 후세의 독자로 하여

서백의 아들 주 무왕(周武王)이 부친의 상중에 은(殷)나라 주왕(紂王)을 정벌하는 것을 보고, 주나라는 은나라의 신하 국가인데 신하가 임금을 토벌하는 행위는 인의(仁義)에 위배되는 것이라 하여 주나라의 백성이 되는 것을 부끄럽게 여기고, 마침내 수양산에 늘어가 고사리를 뜯어 먹다가 굶어죽었다.

금 눈물짓지 않을 수 없게 하였다.

6. 태학유관록(太學留館錄 : 태학관에 머물면서)

열하의 태학(太學)에서 묵은 6일 동안의 기록이다. 중국의 학자 윤가전(尹嘉銓)·기풍액(奇豊額)·왕민호(王民皥)·학성(郝成) 등과 함께 조선과 중국 두 나라의 문물(文物)·제도(制度)에 대한 논평을 전개하다가 이내 월세계(月世界)·지전(地轉)[9]등의 설을 토론했다.

대체로 당시 태서(泰西)의 학자 중에서 지구(地球)에 관한 설을 말한 이는 있었으나 지전에 대한 설은 없었는데, 대곡(大谷) 김석문(金錫文)이 비로소 삼환부공(三丸浮空)의 설[10]을 주장하였다. 연암은 담헌(湛軒) 홍대용(洪大容)과 함께 '대곡의 설'을 부연하여 '지전의 설'을 주장하였던 것이었다.

말단(末端)에는 또 석치(石癡) 정철조(鄭喆祚)와 함께 목축(牧畜)에 대한 논평을 삽입하였으니 자못 흥미로운 일이 아닐 수 없다.

---

9) 지전(地轉) : 홍대용(洪大容)의 지구 회전설. 지전설은 김석문의 삼환 설에서 더 나아가 둥근 것은 반드시 회전한다는 원리에서 지구는 돈 다고 주장하였다.

10) 삼환부공(三丸浮空)의 설 : 김석문이 주장한 태양·달·지구가 돈다 는 학설.

7. 환연도중록(還燕道中錄 : 북경으로 돌아오면서)

열하에서 다시금 연경(북경)으로 돌아오는 도중 6일 동안의 기록이다. 주로 교량(橋梁) · 도로(道路) · 방호(防湖) · 방하(防河) · 탁타(橐駝 : 낙타) · 선제(船制) 등에 대한 논평이다.

8. 경개록(傾蓋錄)

열하의 태학에서 묵던 6일 동안에 그들의 학자와 대담(對談)한 기록이다.

9. 심세편(審勢編)

조선 사람의 오망(五妄)[11]과 중국 사람의 삼난(三難)[12]을 역설하였다. 역시 북학(北學)에 대한 예리한 이론이다.

10. 망양록(忘羊錄)

윤가전 · 왕민호 등과 함께 음악(音樂)에 대한 모든 견해를 교환한 기록이다. 이 편이 다른 본에는 대체로 「행재잡록(行在雜錄)」의 다음에 있었고, 또 연암이 비록 이 편을 「곡정필담(鵠汀

---

11) 오망(五妄) : 중국을 유람하는 자들이 지닌 다섯 가지 망령.
12) 삼난(三難) : 불교에서 불 · 피 · 칼의 삼도(三途)의 난. 또 세계의 종말에 일어난다는 대화(大火) · 대풍(大風) · 대수(大水)의 재난.

筆談)」의 다음에 두었으나, 「심세편(審勢編)」의 말단에 명확히 '「망양록(忘羊錄)」과 「곡정필담(鵠汀筆談)」을 열차(閱次)하였다'는 구절이 있는 것으로 보아, 이것이 연암 최후의 수정본임을 인정하겠다.

11. 곡정필담(鵠汀筆談)

윤가전과 함께 전일 「태학유관록」에서 나누었던 미진한 이야기를 계속한 것이다. 곧 월세계(月世界) · 지전(地轉) · 역법(曆法) · 천주(天主) 등에 대한 논평이다.

12. 찰십륜포(札什倫布)

열하에서 반선(班禪)13)에 대한 기록이다. 찰십륜포(札什倫布)는 스페인어로 '대승(大僧)이 살고 있는 곳'이라는 뜻이다.

13. 반선시말(班禪始末)

청(淸)나라 황제의 반선에 대한 정책(政策)을 논하였고, 또 황교(黃教)14)와 불교(佛教)가 근본적으로 같지 않음을 밝혔다.

---

13) 반선(班禪) : 황교(黃教)의 교주. 반(班)은 박학함이요, 선(禪)은 광대하다는 뜻이다.
14) 황교(黃教) : 라마교의 신파(新派). 15세기 초엽에 초카파가 홍교(紅教) 혁신을 위하여 세웠으며, 청나라 때 달라이 라마(Dalai lama)가

14. 황교문답(黃教問答)

당시 천하의 정세를 파악하여 오망(五妄)·육불가(六不可)를 논하였다. 그들이 나눈 필담은 모두 북학(北學)의 이론이었으며, 또는 황교(黃教)와 서학자(西學者) '지옥(地獄)의 설'에 대한 논평이다.

끝 부분에는 또 세계의 이민종(異民種)을 열거하였으되, 특히 몽고(蒙古)와 아라사(俄羅斯) 종족의 강맹(强猛)함에 대하여 주의하여야 할 것을 논하였다.

15. 피서록(避暑錄)

열하 피서산장(避暑山莊)에 있을 때의 기록이다. 주로 조선과 중국 두 나라의 시문(詩文)에 대한 논평이다. 말단에는 최근에 연암 후손에 의하여 발견된 피서록 수고본을 추가하여 보충하였으니, 곧 '삼한부인반발(三韓婦人盤髮)' 이하의 몇 칙(則)이다.

16. 양매시화(楊梅詩話)

'양매서가(楊梅書街)'에서 중국 학자들과 문답한 한시화(漢詩話)이다. 최근 연암의 후손에 의하여 발견되었으므로 이에 보충하였다.

티베트의 교주 겸 전제(專制)의 군주가 되었다.

책의 첫 장에 '원본중낙루등입차(元本中落漏謄入次)'라는 여
덟 글자가 적혀 있는 것으로 보아, 당시에 옮겨 써 넣으려던 것
이 우연히 누락된 듯싶다. 그래서 다만 다른 편 중에 거듭된 부
분과 본편과 관련이 없는 부분은 넣지 않았다.

17. 동란섭필(銅蘭涉筆)

동란재(銅蘭齋)에 머무를 때의 수필이다. 주로 가사(歌辭)·
향시(鄕試)·서적(書籍)·언해(諺解)·양금(洋琴) 등에 대한 여
러 가지 기록이다.

18. 옥갑야화(玉匣夜話)

일재본(一齋本)에는 '진덕재야화(進德齋夜話)'로 되어 있다.
홍순언(洪純彦)·정세태(鄭世泰)에 대한 기록도 재미있는 일이
거니와 특히 『허생(許生)』 한 편은 연암소설(燕巖小說) 중에서
가장 만족할 만한 작품이다.

허생이 실존적인 인물인지 가상적인 인물인지는 알 수 없으
나, 서울 묵적골에 살고 있던 한 불우한 서생임에도 불구하고 세
속의 유림 학자들의 위선적인 학문과는 달리하여 경세치용학
(經世致用學)을 연구하였다.

그리하여 서울 재벌로 이름 높은 변씨(卞氏)의 돈을 빌어서
바다 한가운데 빈 섬나라를 발견하고 떠돌이 도적떼들을 몰아
넣어 이상적인 국가를 건설한 것은, 곧 중국 『수호(水滸)』의 양

산박(梁山泊)과 우리나라 『홍길동전(洪吉童傳)』의 율도국(硉島國) 등 천고의 기인(奇人)·기사(奇事)를 재연출하였다. 그리고 당시 유명무실한 북벌책(北伐策)을 여지없이 풍자하는 동시에, 당시 위정자 이완(李浣)에게 세 가지의 당면한 대책(大策)을 제시하였는데, 이는 실로 북벌책의 정반대인 북학(北學)의 이론이었다.

연암은 일생을 통하여 소매(笑罵 : 비웃으며 꾸짖음)와 비타(悲咤 : 비참한 질책)의 일체를 모두 이 한 편에 붙여서 유감없이 표현하였던 것이다.

19. 행재잡록(行在雜錄)

청나라 황제의 행재소(行在所)에서 보고 들은 모든 기록이다. 특히 청나라의 '친교 조선정책[親鮮政策]'의 까닭을 밝혔다.

20. 금료소초(金蓼少抄)

주로 의술(醫術)에 관한 기록이다. 연암집에서는 이 편을 「보유」라 하였으나 『열하일기』의 여러 본에는 원전의 한 편으로 되어 있었으므로 여기서는 그를 따라 수록하였다.

21. 환희기(幻戱記)

광피사표 패루(光被四表牌樓) 밑에서 중국 요술쟁이의 여러 가지 연기를 구경하고 소감을 적은 것이다.

22. 산장잡기(山莊雜記)

열하 산장에서 여러 가지의 견문을 적은 것이다. 그중에서도 특히 「야출고북구기(夜出古北口記)」·「일야구도하기(一夜九渡河記)」·「상기(象記)」 등이 가장 슬프고 장하며 놀랍고도 신기하였다.

23. 구외이문(口外異聞)

고북구(古北口) 밖에서의 특이한 이야기들을 적은 것이다. 반양(盤羊)으로부터 천불사(千佛寺)에 이르는 60종의 기이한 이야기이다.

24. 황도기략(黃圖紀略)

황성(皇城)의 아홉 개의 문을 비롯하여 화조포(花鳥舖)에 이르기까지 38종의 문관(門館)·전각(殿閣)·도지(島池)·점포(店鋪)·기물(器物) 등에 대한 기록이다.

25. 알성퇴술(謁聖退述)

순천부학(順天府學)으로부터 조선관(朝鮮館)에 이르기까지 두루 살펴본 기록이다.

26. 앙엽기(盎葉記)

홍인사(弘仁寺)로부터 이마두총(利瑪竇塚)에 이르기까지 10
개의 명소를 두루 살펴본 기록이다.

이는 실로 예로부터 없던 명작이며 빼어난 저술이다. 연암(燕
巖)이 귀국하던 날 이 책을 꺼내어 남에게 보이니, 모두 책상을
치면서, '기재 기재'를 부르지 않는 이가 없었다고 한다. 그를 싫
어하던 도배들은 이를 '노호지고(虜號之藁)'라 배격하였으니, 이
는 곧 청나라 '되놈의 연호를 쓴 초고'라는 뜻이다.

이제 남공철(南公轍)이 지은 「박산여묘지명(朴山如墓志銘)」
중의 한 토막을 소개하기로 한다.

"내 일찍이 연암 박미중(朴美仲)과 함께 산여(山如)의 벽오동
관(碧梧桐館)에 모였을 적에, 청장(靑莊) 이무관(李懋官)과 정
유(貞蕤) 박차수(朴次修)가 모두 자리에 있었다. 마침 달빛이
밝았다. 연암이 긴 목소리로 자기가 지은 『열하일기(熱河日記)』
를 읽는다. 무관과 차수는 둘러앉아서 들을 뿐이었으나, 산여는
연암에게 '선생의 문장이 비록 잘 되었지만 패관(稗官) 기서(奇
書)를 좋아하였으니, 아마 이제부터 고문(古文)이 진흥되지 않
을까 두렵습니다' 하였다.

연암이 취한 어조로 '네가 무엇을 안단 말이냐?' 하고는 다시금
계속했다. 산여 역시 취한 기분에 촛불을 잡고 그 초고를 불살라

버리려 했다. 나는 급히 만류하였다. 연암은 곧 몸을 돌이켜 누워서 일어나지 않는다. 이제 무관은 거미 그림 한 폭을 그리고, 차수는 병풍에다가 초서로 '음중팔선가(飮中八仙歌)'를 썼다.

나는 연암에게, '이 글씨와 그림이 극히 묘하니 연암이 마땅히 그 밑에 발문(跋文)을 써서 삼절(三絶)이 되게 하시오' 라고 하여 그 노염을 풀려고 하였으나, 연암은 짐짓 노하여 일어나지 않았다. 날이 새자 연암이 술이 깨어서 옷을 정리하고 꿇어앉더니, '산여야, 이 앞으로 오라. 내 이 세상에 불우한 지 오래인지라, 문장을 빌어 불평을 토로해서 제멋대로 노니는 것이지, 내 어찌 이를 기뻐서 하겠느냐? 산여와 원평(元平) 같은 이는 모두 나이가 젊고 자질이 아름다우니 문장을 공부하더라도 아예 나를 본받지 말고 정학(正學)을 진흥시킴으로써 임무를 삼아, 다른 날 나라에 쓸 수 있는 인물이 되기를 바라네. 내 이제 마땅히 제군을 위해서 벌을 받으련다' 하고는 커다란 술잔을 기울여 다시금 마시고 무관과 차수에게도 마시기를 권하여 드디어 크게 취하고 기뻐하였다."

이로 보아 연암은 일시의 후배들에 대하여서도 이 글을 서슴지 않고 자랑하였던 것 또한 사실이었으며, 그는 또 자기의 모든 저서 중에서 이『열하일기』만이 후세에 전할 수 있을 것이라 자부하였던 것이다.

熱河日記

上

박지원朴趾源

열하일기서(熱河日記序)[1]

글을 써서 교훈을 남기되, 하늘과 땅의 신령한 경지를 통하고 사물(事物)의 자연 법칙을 꿰뚫은 것으로는 『역경(易經)』과 『춘추(春秋)』보다 더 나은 것이 없을 것이다. 『역경』은 미묘 (微妙)하고 『춘추』는 드러내었으니, 미묘란 주로 진리를 논한 것으로 그것이 흘러서는 우언(寓言)[2]이 되고, 드러냄이란 주로 사건을 기록하는 것으로 그것이 변해서 외전(外傳)[3]이 된다.

---

1) 열하일기서(熱河日記序) : 다른 본에는 이 서(序)가 보이지 않고, 최근에 발견된 연암산방본(燕巖山房本)에 실려 있으므로 여기에 추가하였다.

2) 우언(寓言) : 어떤 뜻을 직접 말하지 않고 다른 사물에 비유하여 의견이나 교훈을 나타내는 말. 장주(莊周)의 『남화경(南華經)』에 우언(寓言) 편이 있다.

3) 외전(外傳) : 정사(正史)에 실리지 않은 전기를 내전(內傳)과 구별하

글을 쓰는 데는 이러한 두 갈래의 방법이 있을 뿐인데, 내 일찍이 시험 삼아 논하여 보았다.

『역경(易經)』의 64괘(卦)에서 언급한 동물인 용이니, 말이니, 사슴이니, 돼지니, 소니, 양이니, 호랑이니, 여우니, 쥐니, 꿩이니, 독수리니, 거북이니, 붕어니 하는 것들이 모두 다 참으로 있었던 동물이라 생각할 수 있겠는가? 그러하진 못할 것이다. 또 인간의 경우에도 웃는 자, 우는 자, 부르짖는 자, 노래 부르는 자, 애꾸눈인 자, 발 저는 자, 엉덩이에 살이 없는 자, 척추의 살이 벌어진 자들을 언급하였는데, 그런 인간이 참으로 있었다고 생각할 수 있겠는가? 아마 없을 것이다.

그러나 시초(蓍草 : 산가지)[4]를 뽑아서 괘(卦)를 놓고 보면, 그런 형상이 곧바로 나타나고 길흉(吉凶)과 회린(悔吝)[5]이 마치 북과 북채처럼 신속하게 상응(相應)하는 것은 무슨 까닭인가? 미묘한 곳으로부터 드러내는 경지로 지향하는 까닭이었으니, 우언(寓言)의 문장을 쓰는 이가 이러한 방법을 사용한다.

『춘추(春秋)』에 기록된 242년 동안의 온갖 제사, 수렵(狩獵), 조회, 회합, 침략과 정벌(征伐), 포위와 침입 등은 모두 실

기 위해 따로 모아 엮은 책으로, 「방경각외전(放瓊閣外傳)」이 이에 해당한다.

4) 시초(蓍草) : 점을 치기 위해 괘(卦)를 뽑는 데 쓰는 영초(靈草). 톱풀.

5) 회린(悔吝) : 회(悔)는 괘의 상체(上體)요, 인(吝)은 인색(吝嗇)함이니, 곤괘(坤卦)에서 나타난 효상(爻象)의 하나로서 길흉을 나타내는 괘의 모양.

제로 그런 일이 있었음에도 불구하고 좌구명(左丘明)6)·공양고(公羊高)7)·곡량적(穀梁赤)8)·추덕부(鄒德溥)9)·협씨(夾氏) 등의 전(傳)이 제각기 같지 않을 뿐더러, 이를 논하는 자들이 남들이 반박(反駁)하면 자기의 의견만 고집하여 지금에 이르기까지 그만두지 않고 있는 것은 무슨 까닭인가? 이는 드러난 사실을 통해 미묘한 뜻을 유추하려 한 까닭이었으니, 「외전(外傳)」의 글을 쓰는 이가 이러한 방법을 이용한다.

그러므로 장주(莊周)10)를 일러서 저서(著書)에 능하다고 말하는 것이다. 장주의 저서 속에 나오는 제왕(帝王)과 성현(聖賢), 그 시대 임금과 정승, 처사(處士)와 변객(辯客)들에 대한 일은 더러 정사(正史)에서 빠뜨린 일을 보충할 수 있을 것이다. 장석(匠石)11)이나 윤편(輪扁)12)은 반드시 실제로 있었던 사람

---

6) 좌구명(左丘明) : 춘추 시대 노(魯)나라의 태사(太史). 공자의 제자로, 『춘추좌씨전(春秋左氏傳)』, 『국어(國語)』를 지었다.

7) 공양고(公羊高) : 춘추 시대 노나라 자하(子夏)의 제자로, 『춘추공양전(春秋公羊傳)』을 지었다.

8) 곡량적(穀梁赤) : 자하의 제자로 『춘추곡량전(春秋穀梁傳)』을 지었다. 『춘추좌씨전』, 『춘추공양전』과 더불어 춘추삼전(春秋三傳)이라고 한다.

9) 추덕부(鄒德溥) : 명(明)나라의 학자. 추덕함(鄒德涵)의 아우. 『춘추광해(春秋匡解)』를 지었다.

10) 장주(莊周) : 장자(莊子). 춘추 시대 사상가이자 도학자로, 만물일원론(萬物一元論)을 구상하였고, 저서에 『장자(莊子)』, 『남화경(南華經)』이 있다.

이었을 것이다. 심지어 부묵(副墨)의 아들이니 낙송(洛誦)의
손자이니[13] 하는 자는 어떤 인물이었던가? 또 망량(魍魎 : 도깨
비)이나 하백(河伯 : 물귀신)은 과연 정말로 말할 수 있는 존재
였던가?

「외전」이라고 여긴다면 참과 거짓이 서로 섞여 있겠고, 우언
이라고 여기더라도 미묘함과 드러냄이 잇달아 변해지곤 하여,
사람으로서는 그 원인을 측량할 수 없으므로 이를 조궤(弔詭 :
궤변)라 불러왔던 것이다. 그렇다고 해서 그의 학설을 결국 폐
기할 수 없었던 이유는 진리에 대한 논평을 잘 전개(展開)하였
기 때문이니, 그를 저서가(著書家)로서의 웅(雄 : 으뜸, 우수함)
이라고 이를 만하다.

지금 대체로 연암씨(燕巖氏 : 박지원)의 『열하일기(熱河日記)』
는 그것이 어떠한 책인지 나는 알지 못하겠다. 요동(遼東) 들판
을 건너서 유관(渝關)[14]으로 들어가 황금대(黃金臺)[15] 옛 터에

---

11) 장석(匠石) : 자귀를 휘둘러 물건을 잘 조각했던 초(楚)나라의 장인
   (匠人). 석(石)은 그의 이름.
12) 윤편(輪扁) : 수레바퀴를 잘 만들었던 제(齊)나라의 장인. 편(扁)은
   그의 이름.
13) 부묵(副墨)의 아들이니 낙송(洛誦)의 손자이니 : 부묵은 문자(文
   字)에 대한 의인칭(擬人稱)이고, 낙송은 글을 되풀이 하여 소리내어
   읽는 것으로, 역시 의인칭이다. 『남화경』 대종사(大宗師)에, "나는
   부묵(副墨)의 아들에게 들었고, 부묵의 아들은 또 낙송(洛誦)의 손자
   에게 들었노라." 하였다.
14) 유관(渝關) : 중국 사천성(四川省)에 있는 지명.

서 설렁이고, 밀운성(密雲城 : 하북성에 있음)으로부터 고북구(古北口)16)를 나서 난수(灤水)17)의 북쪽과 백단(白檀 : 밀운성의 현이름)의 북녘을 마음껏 구경하였으니, 진실로 그런 땅이 있었을 것이다. 또 그 나라의 석학(碩學)·운사(韻士 : 풍류스러운 사람)와 함께 교제하였으니, 진실로 그런 인물이 있었을 것이다.

사이(四夷)18)가 모두 이상한 모습과 기괴한 옷차림에 칼도 머금고 불도 마시며, 황교(黃敎)19)와 반선(班禪),20) 난쟁이 등이 비록 괴이한 듯하지만 그가 반드시 망량(도깨비)이나 하백(물귀신)은 아닐 것이요, 진귀한 새나 기이한 짐승, 아름다운 꽃이나 특이한 나무까지도 그 생긴 모습과 특징을 곡진히 묘사하지 않음이 없건마는, 어찌 일찍이 그 등마루의 길이가 1,000리라느니[其背千里],21) 그 나이가 8,000세라느니[其壽八千歲]22) 하는

----

15) 황금대(黃金臺) : 하북성(河北省)에 있는 것으로, 춘추 때 연 소왕(燕昭王)이 세웠다. 거기에 천금(千金)을 두고 천하의 현자(賢者)를 불러들였다.

16) 고북구(古北口) : 하북성에 있는 관(關) 이름. 곧 호북구(虎北口).

17) 난수(灤水) : 찰합이(察哈爾)에서 발원하여 열하성(熱河省)을 거쳐 발해(渤海)로 들어간다.

18) 사이(四夷) : 중국을 중심으로 하여 동이(東夷)·남만(南蠻)·서융(西戎)·북적(北狄)을 말한다.

19) 황교(黃敎) : 서장(西藏) 라마교(喇嘛敎)의 한 파인데, 승려들이 누런 빛깔의 옷을 입었으므로 그렇게 일컬었다.

20) 반선(班禪) : 황교의 교주(敎主). 반(班)은 박학(博學)함이요, 선(禪)은 광대(廣大)함의 뜻이다.

따위의 말이 있었단 말인가?

나는 이제서야 비로소 장주가 지은 「외전」에는 참됨도 있고 거짓됨도 있는 반면, 연암씨가 지은 「외전」에는 참됨은 있으나 거짓됨이 없음을 알았노라.

그리하여 이에는 우언을 겸하면서도 이치를 논하는 것으로 돌아가게 되었으니, 이를 〈춘추 시대의〉 패자(覇者)에 비유한다면, 〈장자는〉 진 문공(晉文公)²³⁾처럼 허황하고 〈연암씨는〉 제 환공(齊桓公)²⁴⁾처럼 올바르다는 말이다. 더구나 이른바 이치를 논했다고 하는 것도, 어찌 황홀히 헛된 이야기를 늘어놓은 것에 그쳤을 뿐이겠는가?

그리고 풍요(風謠 : 풍속을 바탕으로 한 노래)나 관습이 치란(治亂)에 관계되고, 성곽(城郭)이나 궁실(宮室), 경목(耕牧 : 농사 짓고 목축함)이나 도야(陶冶 : 도자기 굽고 쇠를 다룸) 등 일체의 이용(利用)·후생(厚生)²⁵⁾의 방법이 되는 내용으로 모두 그 가운

---

21) 기배천리(其背千里) : 『남화경』에 새 위나 대붕(大鵬)의 등마루가 1,000리나 된다고 하였다.

22) 기수팔천세(其壽八千歲) : 『남화경』에 영춘(靈椿)이 8,000년을 묵었다고 하였다.

23) 진 문공(晉文公) : 춘추 시대 진나라의 임금. 문공은 시호, 이름은 중이(重耳). 당시 오패(五覇)의 하나.

24) 제 환공(齊桓公) : 춘추 시대 제나라의 임금. 환공은 시호, 이름은 소백(小白). 역시 오패(五覇)의 하나.

25) 이용(利用)·후생(厚生) : 정덕(正德)과 함께 『서경(書經)』 대우모

데 들어 있다. 그리하여 비로소 글을 써서 교훈을 남기려는 원리에 어긋나지 않을 것이리라.

(大禹謨)에서 이른바 삼사(三事)가 된다. 산업을 잘 다스려서 민생의 일용(日用)을 이롭게 하며 생활을 풍족하게 하는 모든 일.

原文

熱河日記序
열하일기서

立言設教 通神明之故 窮事物之則者 莫尙乎易春秋
입언설교 통신명지고 궁사물지칙자 막상호역춘추

易微而春秋顯 微主談理 流而爲寓言 顯主記事 變而
역미이춘추현 미주담리 유이위우언 현주기사 변이

爲外傳.
위외전

著書家 有此二塗 嘗試言之.
저서가 유차이도 상시언지

易之六十四卦所言物 龍 馬 鹿 豕 牛 羊 虎 狐
역지육십사괘소언물 용 마 녹 시 우 양 호 호

鼠 雉 隼 龜 鮒 將謂有其物耶 無之矣 其在于人
서 치 준 귀 부 장위유기물야 무지의 기재우인

笑者 泣者 咷者 歌者 眇者 跛者 臀無膚者 列其寅
소자 읍자 도자 가자 묘자 파자 둔무부자 열기인

者 將謂有其人耶 無之矣.
자 장위유기인야 무지의

然而揲蓍有卦 其象立見 吉凶悔吝 應若桴鼓者 何
연이설시유괘 기상립현 길흉회린 응약부고자 하

也 由微而之顯故也 爲寓言之文者 因之.
야 유미이지현고야 위우언지문자 인지

春秋二百四十二年之間 郊禘 蒐狩 朝聘 會盟 侵
춘추이백사십이년지간 교체 수수 조빙 회맹 침

伐 圍入悉有其事矣 然而左 公 穀 鄒 夾之傳 各異
벌 위입실유기사의 연이좌 공 곡 추 협지전 각이

從而說者 彼攻我守 至今未已者 何也 由顯而入微故
종 이 설 자   피 공 아 수   지 금 미 이 자   하 야   유 현 이 입 미 고

也 爲外傳之文者 因之.
야   위 외 전 지 문 자   인 지

是故曰 蒙莊善著書 莊書中 帝王賢聖 當世君相
시 고 왈   몽 장 선 저 서   장 서 중   제 왕 현 성   당 세 군 상

處士辯客 或可補正史 匠石輪扁 必有其人 至若副墨
처 사 변 객   혹 가 보 정 사   장 석 윤 편   필 유 기 인   지 약 부 묵

之子 洛誦之孫 此是何人 魍魎河伯 亦果能言歟.
지 자   낙 송 지 손   차 시 하 인   망 량 하 백   역 과 능 언 여

以爲外傳也 則眞假相混 以爲寓言也 則微顯迭變
이 위 외 전 야   즉 진 가 상 혼   이 위 우 언 야   즉 미 현 질 변

人莫測其端倪 號爲弔詭 而其說 終不可廢者 善於談
인 막 측 기 단 예   호 위 조 궤   이 기 설   종 불 가 폐 자   선 어 담

理故也 可謂著書家之雄也.
리 고 야   가 위 저 서 가 지 웅 야

今夫燕巖氏之熱河日記 吾未知其爲何書也 涉遼野
금 부 연 암 씨 지 열 하 일 기   오 미 지 기 위 하 서 야   섭 요 야

入渝關 倘佯乎金臺之墟 由密雲 出古北口 縱觀乎灤
입 유 관   상 양 호 금 대 지 허   유 밀 운   출 고 북 구   종 관 호 난

水之陽 白檀之北 則眞有其地矣 又交際其國之碩學
수 지 양   백 단 지 북   즉 진 유 기 지 의   우 교 제 기 국 지 석 학

韻士 則眞有其人矣.
운 사   즉 진 유 기 인 의

四夷 殊形詭服 呑刀呑火 黃禪短人 雖若可怪 而
사 이   수 형 궤 복   탄 도 탄 화   황 선 단 인   수 약 가 괴   이

未必魍魎河伯也 珍禽奇獸 佳花異樹 亦無不曲寫情
미 필 망 량 하 백 야   진 금 기 수   가 화 이 수   역 무 불 곡 사 정

態 而何嘗言共背千里 其壽八千歲耶.
태   이 하 상 언 기 배 천 리   기 수 팔 천 세 야

始知莊生之爲外傳　有眞有假　燕巖氏之爲外傳　有眞
시 지 장 생 지 위 외 전　유 진 유 가　연 암 씨 지 위 외 전　유 진

而無假.
이 무 가

其所以兼乎寓言　而歸乎談理　則同比之覇者　晉譎而
기 소 이 겸 호 우 언　이 귀 호 담 리　즉 동 비 지 패 자　진 휼 이

齊正也　又其所謂談理者　豈空談悅惚而已耶.
제 정 야　우 기 소 위 담 리 자　기 공 담 황 홀 이 이 야

風謠習尙　有關治忽　城郭宮室　耕牧陶冶　一切利用
풍 요 습 상　유 관 치 홀　성 곽 궁 실　경 목 도 야　일 체 이 용

厚生之道　皆在其中　始不悖於立言設敎之旨矣.
후 생 지 도　개 재 기 중　시 불 패 어 입 언 설 교 지 지 의

1

도강록(渡江錄)
압록강을 건너다

도강록은 1780년 6월 24일(음력) 신미(辛未)에 시작하여 7월 9일 을유(乙酉)까지의 일을 기록했다. 압록강(鴨綠江)으로부터 요양(遼陽)에 이르기까지 15일이 걸렸다.

도강록서(渡江錄序)[1]

　무엇 때문에 '후삼경자(後三庚子)'[2]라는 말을 이 글의 첫머리에 썼을까? 여행의 노정과 날씨의 흐림[陰], 맑음[晴]을 적으면서 연도를 표준으로 삼아서 달과 날짜를 기록하기 위해서이다.

　무엇 때문에 '후'란 말을 썼을까? 숭정(崇禎)[3] 기원(紀元)의 후를 말함이다.

　무엇 때문에 '삼경자'라 하였을까? 숭정 기원 후 세 돌을 맞이

---

　* 도강록은 성곽의 제도와 벽돌 사용 등 이용후생(利用厚生)에 대한 관심을 보여 주고 있다.

　1) 연암의 수택본(手澤本)에는 「열하일기서(熱河日記序)」라 하여 『열하일기(熱河日記)』 첫머리에 두었으나 잘못되었다.

　2) 후삼경자(後三庚子) : 경자(庚子)란 육갑으로 따진 해로서, 육갑은 60을 단위로 되풀이된다.

　3) 숭정(崇禎) : 중국 명(明)나라의 마지막 황제인 의종(毅宗 : 1628~1644) 때 사용한 연호이다. 명나라가 멸망한 뒤에 조선은 청나라 연호 쓰는 것을 꺼려 숭정 연호를 계속 사용하고 있었다.

한 경자년(1660, 1720, 1780)을 말하기 위해서이다.

무엇 때문에 '숭정'을 쓰지 않았을까? 장차 압록강을 건너려 하므로 이를 꺼려 피한 것이다.

무엇 때문에 이를 꺼려 피했을까? 강을 건너면 청(淸)나라 사람들이 살고 있기 때문이다. 천하가 모두 청나라의 역법(曆法)4)을 받들어 쓰고 있으므로 감히 숭정을 일컫지 못한 것이다.

무엇 때문에 사사로이 몰래 숭정을 쓰고 있을까? 황명(皇明)은 중화(中華)이고, 우리나라(조선(朝鮮))를 처음 국가로 승인한 큰 나라인 까닭이다.

숭정 17년(1644년)에 의종 열황제(毅宗烈皇帝)5)가 나라를 위하여 순국하고 명나라 왕실이 망한 지 벌써 140여 년이 되었거늘, 어째서 지금까지 숭정의 연호를 쓰고 있을까? 청나라 사람이 들어와 중국을 차지한 뒤에 선왕(先王)의 제도가 변해서 오랑캐 문화로 바뀌었지만, 동녘 우리나라를 둘러싼 수천 리는 압록강을 경계로 나라를 다스리며 홀로 과거 선왕의 제도를 지켰으니, 이는 명나라 황실(皇室)이 아직도 압록강 동쪽에 존재함을 밝힌 것이다. 우리의 힘이 비록 저 오랑캐를 물리쳐 몰아내

---

4) 역법(曆法) : 옛날 제왕이 새로 나라를 세우면 세수(歲首)를 고쳐서 신력(新曆)을 천하에 반포하였다.

5) 의종 열황제(毅宗烈皇帝) : 명나라 마지막 황제로, 이자성(李自成)의 반란에 북경(연경, 황성)이 함락되자 자살하였다.

고 중원(中原)을 깨끗이 청소하여 선왕의 옛 것을 빛내고 회복
시키지는 못할지라도 사람마다 모두 숭정이라는 연호(年號)라
도 높여 중국을 보존하려던 것이다.

숭정 156년 계묘(癸卯)에
열상외사(洌上外史)6)는 쓰다.

----

6) 열상외사(洌上外史) : 연암의 별호(別號)인데, 수택본에는 '열상외수
(洌上外叟)'로 되어 있다.

原文

渡江錄
도 강 록

起辛未止乙酉　自鴨綠江至遼陽十五日.
기 신 미 지 을 유 　 자 압 록 강 지 요 양 십 오 일

渡江錄序
도 강 록 서

曷爲後三庚子　記行程陰晴　將年以係月日也.
갈 위 후 삼 경 자 　 기 행 정 음 청 　 장 년 이 계 월 일 야

曷稱後　崇禎紀元後也.
갈 칭 후 　 숭 정 기 원 후 야

曷三庚子　崇禎紀元後三周庚子也.
갈 삼 경 자 　 숭 정 기 원 후 삼 주 경 자 야

曷不稱崇禎　將渡江　故諱之也.
갈 불 칭 숭 정 　 장 도 강 　 고 휘 지 야

曷諱之　江以外淸人也　天下皆奉淸正朔　故不敢稱崇
갈 휘 지 　 강 이 외 청 인 야 　 천 하 개 봉 청 정 삭 　 고 불 감 칭 숭

禎也.
정 야

曷私稱崇禎　皇明中華也　吾初受命之上國也.
갈 사 칭 숭 정 　 황 명 중 화 야 　 오 초 수 명 지 상 국 야

崇禎十七年　毅宗烈皇帝　殉社稷　明室亡　于今百四
숭 정 십 칠 년 　 의 종 열 황 제 　 순 사 직 　 명 실 망 　 우 금 백 사

十餘年　曷至今稱之　淸人入主中國　而先王之制度　變
십 여 년 　 갈 지 금 칭 지 　 청 인 입 주 중 국 　 이 선 왕 지 제 도 　 변

而爲胡　環東土數千里　畫江而爲國　獨守先王之制度
이 위 호　환 동 토 수 천 리　획 강 이 위 국　독 수 선 왕 지 제 도

是明明室猶存於鴨水以東也　雖力不足以攘除戎狄　肅
시 명 명 실 유 존 어 압 수 이 동 야　수 력 부 족 이 양 제 융 적　숙

淸中原　以光復先王之舊　然皆能尊崇禎　以存中國也.
청 중 원　이 광 복 선 왕 지 구　연 개 능 존 숭 정　이 존 중 국 야

崇禎百五十六年癸卯　洌上外史題.
숭 정 백 오 십 륙 년 계 묘　열 상 외 사 제

후삼경자(後三庚子, 1780)

우리나라 성상(聖上 : 정조(正祖)) 4년(청나라 건륭(乾隆) 45년)

6월 24일 신미(辛未)

아침에 가랑비가 내리더니 온종일 뿌리다 말다 하였다.

　　오후에 압록강(鴨綠江)을 건너 30리를 가서 구련성(九連城)에서 노숙하였다. 밤에 소나기가 퍼붓더니 이내 개었다.

　　처음에 용만(龍灣) ─의주관(義州館)─ 에서 열흘 동안 머물고서야 방물(方物 : 중국 황실에 보낼 선물용 지방 토산물)이 모두 도착하는 바람에 떠날 날짜가 매우 촉박하였으나 큰 비가 장마가 져서두 강물이 합하여 몹시 불어났다. 그동안 쾌청(快晴)한 날이 벌써 나흘이나 되었는데도 물살은 더욱 거세져 나무와 돌이 함께굴러 내려오고 누런 흙탕물이 하늘과 맞닿은 듯했다. 대체로압록강의 발원(發源)이 가장 먼 까닭일 따름이다.

　　『당서(唐書)』[1]를 상고(詳考)해 보면,

　　"고려(高麗)의 마자수(馬訾水)는 〈그 근원이〉 말갈(靺鞨)[2]

---

　　1)『당서(唐書)』: 후진(後晉)의 유후(劉煦)가 지은 당나라의 역사책.

　　2) 말갈(靺鞨): 만주 동북 지방에 있던 퉁구스계의 일족. 삼한(三韓) 시

의 백산(白山)에서 나오는데, 물빛이 마치 오리의 머리처럼 푸르다는 데서 ‘압록강(鴨綠江)’이라 불렀다.”
라고 하였으니, 이른바 백산은 곧 장백산(長白山)을 말함이다.

『산해경(山海經)』3)에는 불함산(不咸山)이라 하였고, 우리나라에서는 백두산(白頭山)이라 일컫는다. 백두산은 여러 강이 발원되는 시초가 되는 곳이고, 서남쪽으로 흐르는 강이 곧 압록강이다.

또『황여고(皇輿考)』4)에는,
“천하에 큰 물이 셋 있으니, 황하(黃河)와 장강(長江 : 양자강)과 압록강이다.”
하였고, 『양산묵담(兩山墨談)』－진정(陳霆)이 지음－에는,
“회수(淮水) 이북부터 북쪽으로 물줄기의 가닥이 흘러 모든 물이 다 황하로 모여드는 만큼 강이라고 이름 지을 만한 것이 없는데,5) 북쪽의 고려에 있는 것은 압록강이라 부른다.”
하였으니, 대체로 이 강이 천하의 큰 강임을 말한 것이다.

그 발원하는 곳이 지금 한창 가무는지 장마인지는 천 리 밖에서 예측하기 어려우나, 지금 불어난 강물의 형세로 보아 백두산에 긴 장마가 들었음을 가히 짐작할 수 있겠다.

대에 생긴 이름으로, 숙신·읍루·물길은 모두 그 옛 이름이다.
3)『산해경(山海經)』: 중국 고대의 지리서(地理書).
4)『황여고(皇輿考)』: 밍나라 사람 장션복(張大復)이 지은 찌니시.
5) 장강(長江)은 남쪽이었으므로 이에 해당되지 않는다.

하물며 이곳은 예사의 나루터가 아님에랴? 그럼에도 마침 한창 장마철이어서 물가 나루터와 배를 대는 곳이 모두 유실되었기 때문에 강 중류(中流)의 모래톱마저도 찾기 어려운 지경이니, 뱃사공이 조금만 실수한다면 사람의 힘으로는 도저히 걷잡을 수 없는 일이 생길 형편이다. 그리하여 일행 중 역원(譯員)6) 들은 옛 일을 번갈아 끌어대며 날짜를 물리자고 굳이 청하고, 용만의 부윤(府尹) - 이재학(李在學) - 도 측근의 비장(裨將 : 사신에게 시중드는 관원)을 보내어 며칠만 더 묵도록 만류했으나, 정사(正使)7)는 기어이 이날을 강을 건너는 날로 정하여 장계(狀啓)에 벌써 날짜를 써 넣었다.

아침에 일어나 창을 열고 보니, 짙은 구름이 자욱하게 덮였고 비 기운이 온 산에 가득했다. 세수를 하고 머리를 빗은 후 행장(行裝)을 정돈하고, 집으로 보내는 편지며 여러 곳으로 보낼 회답 편지들을 손수 봉하여 파발(把撥)8) 편에 부치고 나서, 아침 죽을 대충 먹고 천천히 관소(館所 : 숙소)로 갔다.

여러 비장들은 벌써 군복과 전립(戰笠 : 무관이 쓰는 모자)을 차려입었는데 이마 정수리에는 은화(銀花)9) · 운월(雲月)10)을 꽂

---

6) 역원(譯員) : 통역관. 중국에 사행할 때에는 한학상통사(漢學上通事) 와 청학상통사(淸學上通事) 이하 많은 역관이 따랐다.

7) 정사(正使) : 사행의 수석. 당시의 정사는 곧 연암의 삼종형(三從兄 : 8촌 형)으로, 금성위(錦城尉) 박명원(朴明源)이다.

8) 파발(把撥) : 변경의 군사 정보 및 공문서를 지방과 서울에 급히 전하기 위하여 설치한 역참(驛站).

고 공작(孔雀)의 깃을 달았으며, 허리에는 남방사주(藍方紗
紬 : 남색 비단) 전대(纏帶 : 띠)를 두르고 환도(環刀)를 찼으며,
손에는 짧은 채찍을 잡았다. 그들은 서로 마주보고 웃으면서,
　"모양이 어떻소?"
라고 하였다.
　그중에 노 참봉(盧參奉) − 노이점(盧以漸). 상방(上房)의 비장(裨將)이
다. −은 첩리(帖裏)11)를 입었을 때보다 훨씬 호탕하고 우람스
러워 보였다. −첩리는 방언(方言)으로 철릭〔天翼〕. 비장은 우리 국경 안에서
는 철릭을 입다가 강을 건너면 소매 좁은 옷으로 바꿔 입는다. 정 진사(鄭進
士) −정각(鄭珏). 상방의 비장이다. −가 웃음으로 맞으면서,
　"오늘은 정말 강을 건널 수 있겠습니다."
라고 하자 노 참봉이 옆에서,
　"이제서야 곧 강을 건너게 되었습니다."
라고 하였다. 나는 그들 모두에게,
　"응, 옳지 옳아."
라고 대꾸했다.
　아마도 거의 열흘 동안이나 관(館)에 묵다보니 모두들 지루
한 생각을 품어 훌쩍 날아가고 싶은 기분이 생겼을 것이다. 가

---

9) 은화(銀花) : 정월 대보름날 밤에 등불을 다는 것. 여기에서는 그 모
　양을 형용하였다.
10) 운월(雲月) : 불선 가상자리를 구름·날 모양으로 곱게 꾸민 것.
11) 첩리(帖裏) : 무관의 공복으로 당상관은 남색, 당하관은 홍색이다.

뜩이나 장맛비로 강물이 불어나서 더욱 조급하던 참에 떠날 날
짜가 닥치고 보니, 이제는 비록 건너지 않으려 해도 어쩔 수 없
는 노릇이다.

멀리 앞길을 바라보니 습하고 무더운 날씨가 사람을 찌는 듯
하고, 고향을 돌이켜 생각하니 구름과 산에 막혀 아득할 뿐 인
정으로서는 이에 이르러 몹시 낙담하여 되돌아가고픈 후회가
어찌 없을 수 있겠는가?

이른바 평생에 한 번 장대한 뜻을 품고 하는 여행이라고 하여
툭하면 '꼭 한번 구경을 해야지.' 하면서 평소에 벼르던 말도 이
제는 실로 둘째에 속할 것이고, 그들이 '오늘은 강을 건너겠다.'
라고 한 말도 실상은 결코 좋아서 하는 말이 아니고, 곧 무가내
(無可奈何 : 이제는 건너지 않으려 해도 어쩔 수 없구나)의 뜻에서 한
말일 것이다.

역관 김진하(金震夏)─2품 당상관(堂上官)─는 늙고 병이 덧나는
바람에 뒤에 처져 되돌아가게 되었는데, 〈그가〉 정중하게 하
직하자 서글픔을 금할 수 없었다.

조반을 먹은 뒤에 나는 혼자서 먼저 말을 타고 떠났다. 말은
자줏빛 털에 갈기가 검었으며, 흰 이마와 날씬한 정강이에 높은
발굽, 뾰족한 머리에 짧은 허리, 두 귀가 쫑긋한 품이 참으로
〈단걸음에〉 만 리를 달릴 듯싶다.

창대(昌大 : 연암의 마부 이름)는 앞에서 견마를 잡고 장복(張
福 : 연암의 하인 이름)은 뒤에서 따른다. 말안장에는 주머니를 양
쪽에 달았는데, 왼쪽에는 벼루를 넣고 오른쪽에는 거울, 붓 두

자루, 먹 하나, 작은 공책 네 권, 『정리록(程里錄 : 거리의 이수(里
數)를 기록함)』한 축을 넣었다. 행장이 이렇듯 단출하니 짐 수
색이 비록 엄하다고 한들 근심할 것이 없었다.

성문(城門)에 못 미쳐서 소나기 한 줄기가 동쪽에서 몰려들
기에 마침내 말을 급히 달려 성 문턱에서 내렸다. 홀로 걸어서
문루(門樓)에 올라 성 밑을 굽어보니, 창대가 혼자 말을 붙잡고
섰고, 장복은 보이지 않았다. 조금 뒤에 장복이 길옆에 세운 작
은 일각문(一角門)에서 나와 위아래를 기웃기웃 바라보더니 이
윽고 삿갓을 비껴들어 비를 가리며 손에는 까만 도자기로 만든
조그만 오지병을 들고 재빠르게 걸어온다.

알고 보니 둘이서 저희들 주머니를 털어서 돈 26푼(文)이 나
왔는데, 우리나라 돈을 갖고는 국경을 나갈 수 없는 금법(禁法)
이 있었으므로 길에 버리자니 아깝고 해서 술을 샀다고 한다.
〈내가〉

"너희들은 술을 얼마나 마시느냐?"

하고 물었더니 모두 대답하기를,

"입에 대지도 못합니다."

라고 하였다. 나는 꾸짖으며,

"애송이가 어찌 술을 마실 수 있겠는가?"

하고는 또 한편으로는 스스로 위안하며,

"먼 길 떠나는 데에 한 도움이 되겠구나."

하고, 혼자서 쓸쓸히 술을 따라 마셨다.

동쪽으로 용만(龍灣 : 의주)과 철산(鐵山)의 여러 산봉우리들

을 바라보니, 모두 아득히 구름 속에 들어 있었다. 이에 술 한 잔을 가득 들어부어 문루 첫 번째 기둥에 뿌려서 스스로 이번 길에 아무런 탈 없기를 빌고, 다시금 한 잔을 채워 두 번째 기둥에 뿌려서 장복과 창대를 위하여 빌었다. 그러고도 병을 흔들어 보니 아직 몇 잔 더 남았기에 창대를 시켜 술을 땅에 뿌려서 말을 위하여 빌게 하였다.

담장에 기대어 동쪽을 바라보니, 무더운 구름이 잠깐 피어오르고 백마산성(白馬山城) 서쪽 한 봉우리가 갑자기 반쪽을 드러냈는데, 그 빛깔이 하도 푸르러서 흡사 우리 연암서당(燕巖書堂 : 황해도 금천군 산골에 있는 연암의 서재)에서 불일산(佛日山) 뒷봉우리를 바라보는 듯싶었다.

붉은 단청 높은 다락에서 막수12) 아씨 여의고는,	紅粉樓中別莫愁
가을바람 맞으며 말굽 소리로 변방을 달렸노라.	秋風數騎出邊頭
그림배에 실은 퉁소 장고, 어이하여 소식 없나.	畵船簫鼓無消息
우리 청남13)땅 이곳에서 이내 간장 끊누나.	腸斷淸南第一州

이 시는 유영재(柳泠齋)14)가 심양(瀋陽 : 봉천(奉天))으로 들어

---

12) 막수(莫愁) : 당(唐)나라의 석성(石城)에 살던 여인으로 노래를 잘 불렀다.
13) 청남(淸南) : 청천강(淸川江)의 남쪽, 곧 평양을 일컫는다.
14) 유영재(柳泠齋) : 연암의 일계(一系)에 속하는 조선 후기의 실학자 유득공(柳得恭). 영재는 호이고, 혜풍(惠風)은 자이다. 다른 본에는

갈 때 지은 것이다. 나는 몇 번이나 소리내어 읊고 나서 혼자 크게 웃으면서,

"이건 아마도 국경을 넘은 이가 부질없이 무료(無聊)한 정서를 읊은 것일 뿐이다. 어찌 그림배·통소·장고를 얻어서 놀이를 했단 말인가?"

했다.

옛날 형경(荊卿)[15]이 장차 역수(易水)를 건너려 할 때 한참 동안 건너지 않는지라, 태자(太子)[16]는 그가 마음이 바뀌어 후회하지는 않나 의심하고, 그에게 진무양(秦舞陽)[17]을 먼저 떠나보내자고 청하였다. 형경은 노하여 태자에게 꾸짖기를,

"내가 여기 머무는 까닭은 나의 동지(同志) 한 분을 기다려 함께 떠나고자 함이오!"

라고 하였다. 그러나 이것은 형경이 부질없이 무료한 말을 한 것일 뿐이다. 만일 형경이 마음이 바뀌어 후회한 것으로 의심

'영재(泠齋)'라는 두 글자가 없는데, 여기에서는 연암의 수택본에 의거하였다.

15) 형경(荊卿) : 전국(戰國) 시대 위(衛)나라의 의협(義俠) 형가(荊軻). 경(卿)은 그의 자. 연(燕)나라 태자 단(丹)의 부탁을 받고 진 시황(秦始皇)을 죽이려다가 실패하였다.

16) 태자(太子) : 전국 시대 연(燕)나라의 태자 단(丹).

17) 진무양(秦舞陽) : 형가가 진나라에 들어갈 때, 지도(地圖)를 가지고 따라갔던 젊은 협사이다.

한다면 이는 형경을 깊이 알지 못하였다고 말할 수 있으며, 형경이 기다리는 사람 또한 진정코 성명을 가진 실재적 인물이 있었던 것은 아닐 것이다.

대체로 한 자루 비수(匕首)를 끼고 예측할 수 없는 일이 벌어질지도 모르는 강대한 진(秦)나라에 들어가려면 진무양 한 사람이면 이미 족할 텐데, 다시 무슨 동지를 구하겠는가? 다만 차디찬 바람에 노래와 축(筑)18)으로 애오라지 오늘의 즐거움을 다 풀었을 뿐이었는데도 불구하고 이 글을 지은 이는 '그 사람이 먼 곳에 살고 있어서 아직 오지 못한 것이다.'고 말하였으니, 그 '먼 곳에 살고 있다'라는 말은 참 교묘한 핑계이다.

그 사람이란 천하에 둘도 없는 절친한 벗일 것이요, 그 약속이란 천하에 다시 변하지 못할 중대한 약속일 것이다. 천하에 둘도 없는 벗으로서 한 번 가면 돌아오지 못할 기약에 임해 어찌 날이 저물었다고 오지 않았을까?

그러고 보니 그 사람이 살고 있는 곳은 반드시 초(楚)19)·오(吳)20)·삼진(三晉)21)같이 먼 곳은 아니었을 것이요, 또 반드

---

18) 축(筑) : 형가가 역수(易水)를 건널 때 그의 친구 고점리(高漸離)는 축(筑)을 타고 형가는 박자를 맞추어 '風蕭蕭兮易水寒 壯士一去兮不復還' 이란 비장한 노래를 불렀다.

19) 초(楚) : 지금 중국의 호북성(湖北省) 지방. 전국 시대 칠웅(七雄)의 하나. 영(郢)에 도읍하였다가 진(晉)나라에 망하였다.

20) 오(吳) : 지금 중국의 강소(江蘇)·호남(湖南)·절강성(浙江省) 등지. 부차(夫差) 때 월왕(越王) 구천(句踐)에게 멸망당하였다.

시 이날 진(秦)나라에 들어가기로 기약하여 손잡고 재삼 맹세한 일도 없었을 것이다. 다만 형경이 가슴속에서 이 벗을 기다린다고 문득 생각하였을 뿐인데, 이 글을 적은 이가 곧 형경의 마음속 벗을 이끌어다가 '그 사람'이라고 부연 설명하였다. 그 사람이란 어떠한 사람인지 알지 못하는 사람이다. 어떠한 사람인지 알지 못하는 사람을 두고서 '〈막연히〉 먼 곳에 살고 있다'고 말함으로써 형경을 위로하려 함이요, 또한 그 사람이 혹시 오지나 않을까 하고 걱정할 듯하여 '아직 오지 못한 것이다'고 말함으로써 형경에게 다행으로 여기게 하려는 것일 뿐이다.

정말 천하에 그 사람이 있다면 나는 이미 그를 보았을 것이다. 응당 그 사람의 키는 일곱 자 두 치, 짙은 눈썹에 검푸른 수염, 볼이 처지고 이마가 날카로웠을 것이다. 어째서 그럴 줄 알았으리오마는, 내가 혜풍(惠風)의 이 시를 읽고 나서 알게 된 것이다. ─혜풍의 이름은 득공(得恭), 호는 영재(泠齋)이다.22)

정사(正使)의 전배(前排)가 펄럭이면서 성을 나서니─기치(旗幟 : 깃발)와 곤봉(棍棒 : 막대 등속) 따위를 앞에 쭉 늘여 세웠으므로 전배라고 한다. 박래원(朴來源)과 주 주부(周主簿)가 두 줄로 서서 간다. ─박래원(朴來源)은 나의 삼종제(三從弟 : 8촌 동생)이고, 주 주부의 이름은 명

---

21) 삼진(三晉) : 진(晉)나라를 분할하여 세운 한(韓)·위(魏)·조(趙). 지금의 산서성(山西省)·하남성(河南省) 서남부.

22) 수택본에는 '영재의 자는 혜풍이요, 이름은 득공이다.'로 되어 있다. 첫째 본에는 영(泠)이 냉(冷)으로 되어 있으나, 잘못된 것이다.

신(命新)인데, 모두 상방의 비장(裨將)이다. 채찍을 옆구리에 끼고 몸을 숏구쳐 안장에 올라앉으니, 어깨는 높고 목이 긴 품이 제법 날쌔고 늠름해 보였다. 그러나 깔고 앉은 부대 차림이 너무 너덜거리고, 구종들의 짚신이 안장 뒤에 주렁주렁 매달렸으며, 박래원(朴來源)의 군복은 푸른 모시옷인데, 헌 것을 새로 빨아 입어서 몹시 헐렁하고 버석거리는 것이 가히 지나치게 검소함을 숭상했다고 할 만하다.

조금 뒤에, 부사(副使)23)의 행차가 성에 나감을 기다려서 말고삐를 잡고 천천히 가서 가장 뒤떨어져 구룡정(九龍亭)에 이르니, 여기가 곧 배 떠나는 곳이다.

용만의 부윤이 벌써 장막을 치고 나와서 기다리고 있었다. 서장관(書狀官)24)이 맑은 새벽에 먼저 나와서 용만의 부윤과 함께 합동으로 짐을 수색하여 검사하는 것이 전례이다. 방금 사람과 말을 검열하는데, 사람은 성명, 거주, 연령, 또는 수염이나 흉터 같은 것이 있는지 없는지, 키가 작은지 큰지를 적고, 말은 그 털 빛깔을 적는다.

깃대 셋을 세워서 문으로 삼고 금수품을 뒤지니 중요품으로는 황금(黃金), 진주(眞珠), 인삼(人蔘), 초피(貂皮 : 수달피)와 지닐

---

23) 부사(副使) : 차석 사신. 당시의 부사는 이조판서(吏曹判書) 정원시(鄭元始)였다.
24) 서장관(書狀官) : 일행의 일체 행정(行程)에 관한 통계 책임을 맡은 관원. 당시의 서장관은 장령(掌令) 조정진(趙鼎鎭)이었다.

수 있는 한도 이외에 남은(濫銀)25)이었고, 소소한 것으로는 예전 명목과 새 명목을 통틀어 수십 종에 달하므로 자질구레하여 이루 다 헤아릴 수 없었다.

종들에게는 웃옷을 풀어헤치기도 하고 바짓가랑이도 내리 훑어보며 비장이나 역관에게는 행장을 끌러서 살펴보기도 한다. 이불 보퉁이와 옷 꾸러미가 강 언덕에 너울거리고 가죽 상자와 종이 함짝들이 풀밭에 어지러이 뒹군다. 사람들은 앞 다투어 제각기 주워 담으면서 흘깃흘깃 서로 돌아다보곤 한다.

대체로 수색을 하지 않자니 나쁜 짓을 막을 수 없고, 수색하자니 이렇듯 체모에 어긋난다. 그러나 이것도 실은 형식에 지나지 않는 겉치레일 뿐으로, 용만의 상인들이 먼저 앞질러 몰래 강을 건너가는 걸 누가 금할 재간이 있으리오?

금수품을 지니고 있다가 첫 번째 깃대에서 발각된 자는 중곤(重棍)26)으로 치고 물건은 몰수하고, 가운데 깃대에서 발각된 자는 귀양을 보내고, 세 번째 깃대에서 발각된 자는 목을 베어 달아서 뭇 사람에게 보이게 되어 있다. 그 법을 세움이 엄하기 짝이 없다. 그러나 이번 길에는 원포(原包 : 국가에 등록된 휴대금)조차 반도 채우지 못하고 빈 포도 많으니, 남은의 있고 없음이

---

25) 남은(濫銀) : 8포(包), 곧 2,000냥. 사신 일행이 지닐 수 있는 3,000냥의 한도를 넘은 은자(銀子)를 뜻한다.

26) 중곤(重棍) : 대곤(大棍)보다 더 큰 곤장으로, 길이가 5자 8치, 넓이가 5치, 두께가 8푼이다.

야 어찌 따지겠는가?

차담상(茶啖床)[27]을 초라하게 차렸는데 그나마 들어오자 곧 물려 내니, 대체로 강 건너기에 바빠서 젓가락을 드는 이가 없었다. 배는 다섯 척뿐인데, 마치 한강(漢江)의 나룻배와 비슷하되 비교적 조금 클 뿐이다. 먼저 방물(方物)과 사람과 말을 건너게 하고, 정사가 탄 배에는 표자문(表咨文 : 국서(國書))과 수역(首譯 : 수석 역관)을 비롯하여 상방(上房 : 정사)에 딸린 하인들이 탔고, 부사와 서장관 및 그 딸린 하인들이 또 한 배에 함께 탔다.

이때 용만의 아전과 장교, 기생과 통인(通引 : 관아의 심부름꾼) 및 평양에서 모시고 온 감영의 아전과 계서(啓書 : 임금께 올릴 글을 쓰는 아전) 등이 모두 뱃머리에서 차례로 하직 인사를 아뢰었다. 상방(上房 : 사행의 정사가 집무하는 방)의 마두(馬頭 : 우두머리 마부)—순안(順安)에 사는 종으로, 이름은 시대(時大)이다.—가 아뢰는 창(唱) 소리가 채 끝나기도 전에 사공이 삿대를 들어 한 번 땅에 찌른다.

물살이 매우 빠른데도 사공들이 배따라기 소리를 일제히 부르며 노력한 보람으로 유성과 번갯빛처럼 배가 빠르게 달려 나가니 어슴푸레 새벽이 밝아오는 것 같았다. 저 통군정(統軍亭)의 기둥과 난간들이 팔방으로 앞 다투어 빙빙 돌아가는 것만 같

27) 차담상(茶啖床) : 지방 관아에서 감사나 사신에게 간단히 대접하는 음식상이다.

고, 전송 나온 이들이 아직 모래벌판에 서 있는데 마치 팥알같이 까마득하게 보인다.

나는 홍군(洪君) 명복(命福) ─ 수석 역관 ─ 한테 이르기를,

"자네, 길(道)을 아는가?"

라고 하니 홍군은 두 손을 맞잡고서,

"아, 이게 무슨 말씀이세요?"

하기에 나는,

"길이란 알기 어려운 것이 아닐세. 바로 저 강 언덕에 있는 것이네."

라고 했다. 홍군이,

"이른바 '먼저 저 언덕에 오른다'[28]는 말을 지적한 말씀입니까?"

하기에 나는,

"그런 말이 아닐세. 이 강(압록강)은 바로 저들(중국)과 우리나라의 경계가 되는 곳으로, 언덕이 아니면 곧 물일 것이네. 무릇 세상 사람들의 떳떳한 윤리(倫理)와 만물의 법칙(法則)은 마치 물이 언덕과 서로 만나는 지점(경계)과 같은 것이니, 길이란 다른 데서 찾을 게 아니라 바로 이 물이 언덕을 만나는 지점(경계)에 있는 것이란 말일세."

---

28) 『시경』 대아(大雅) 황의(皇矣) 편에 나오는 말이다. 주자가 『시경』을 세세적으로 성리하면서, 이 언덕(岸)의 의미를 '노의 지극한 성지'라고 해석했기 때문에 이런 질문을 던진 것이다.

라고 하였다. 홍군이,

"감히 여쭈옵니다. 그 말씀은 무엇을 이른 것입니까?"

하기에 내가 말하기를,

"옛 글에 '인심(人心 : 인간의 후천적 기질)은 오직 위태롭고 도심(道心 : 인간의 선천적인 도덕적 품성)은 오직 은미할 뿐이라'[29] 하였는데, 저 서양 사람들은 기하학(幾何學)에서 한 획을 변증하면서 선 하나라고만 해서는 그 미세한 부분까지 다 변증하지는 못해 '빛이 있기도 하고 없기도 한 경계'라고 말하였고, 이에 불교에서는 '닿지도 않고 떨어지지도 않는다'는 말로 설명하였다네. 그러므로 그 즈음에 잘 처신하는 것은 오직 길을 아는 사람이라야 능히 할 수 있을 테니, 옛날 정(鄭)나라 자산(子産)[30] 같은 이를 들 수 있겠지."

하였다.

〈이렇게 수작하는 사이에〉 배는 벌써 맞은편 언덕에 닿았다. 갈대와 억새가 마치 베를 짜놓은 듯 빽빽이 들어서서 아래로 땅바닥이 보이지 않았다. 하인들이 다투어 언덕에 내려가서 갈대와 억새를 꺾고는 빨리 배 위에 깔았던 자리를 걷어서 펴고자 하였다. 그러나 갈대 뿌리가 창날 같고 검은 진흙이 질어서

---

29) 『서경(書經)』 대우모(大禹謨) 편의 '인심유위 도심유미(人心惟危道心惟微)'에서 나온 말이다.

30) 자산(子産) : 전국 시대 정(鄭)나라의 대부 공손교(公孫僑)의 자이다.

정사(正使) 이하 모두가 우두커니 갈대와 억새 사이에 서 있을
뿐이었다.

"앞서 건너간 사람과 말은 어디 갔느냐?"

하고 물어도 다들,

"모르옵니다."

하고 대답하였다. 또 묻기를,

"방물(方物)은 어디 있느냐?"

라고 해도 또,

"모르옵니다."

라고 대답하고는 멀리 구룡정 모래언덕을 가리키면서,

"우리 일행의 인마(人馬)가 아직 태반도 거의 건너지 못하고,
저기 개미처럼 옹기종기 모여 있는 것이 바로 그들인 것 같습니
다."

라고 한다.

멀리 용만 쪽을 바라보니, 한 조각 외로운 성이 마치 한 필의
베〔練〕를 햇볕에 펼쳐놓은 듯하고, 성문은 흡사 바늘구멍처럼
빤히 뚫려서 그리로 새어나오는 햇볕이 마치 한 점의 새벽별 같
아 보인다.

이때 커다란 뗏목이 거센 물살에 떠내려 온다. 시대(時大 : 상
방 마두(馬頭)의 이름)가 멀리서 고함치기를,

"웨이."

라고 한다. 이는 대체로 〈즁국말로〉 남을 부르는 소리인데,
'웨이'는 저들을 높이는 말이다. 한 사람이 〈뗏목 위에〉 일어

서서 응답하기를,

"당신네는 철 아닌 때에 무슨 연유로 조공(朝貢)을 바치러 중국에 가시나요? 이 더위 속에 먼 길을 가시려면 오죽이나 고생되시겠소."

라고 한다. 시대가 또,

"당신들은 어느 지역에 살고 있는 사람이며, 어디 가서 나무를 베어 오는 것이오?"

하고 묻자 그는 대답하기를,

"우리들은 모두 봉황성(鳳凰城)에 사는데, 장백산에 가서 나무를 베어 오는 길입니다."

하고는 말이 미처 끝나기도 전에 뗏목은 어느새 까마득히 가버렸다.

이즈음에 두 갈래 강물이 한데 어울러서 중간에 외딴 섬이 만들어졌다. 먼저 건너간 사람과 말들은 잘못 알고 여기에서 내렸는데, 그 사이의 거리가 비록 5리밖에 되지 않으나 배가 없어서 다시 건너지 못하고 있었다. 이에 사공에게 엄명을 내려서 배 두 척을 불러 재빨리 사람과 말을 건네게 하였으나, 사공은,

"저 거센 물살을 거슬러 배를 몰아야 하기 때문에 아마 하루 이틀에는 어려울 것 같습니다."

라고 대답하였다.

사신들이 모두 사납게 화를 내어 뱃일을 맡은 용만의 군교(軍校)를 벌하고자 하였으나 군뢰(軍牢 : 군대에서 죄인을 다루는 병졸)가 없었으니, 군뢰 역시 먼저 건너가다가 중간 섬에 잘못

내렸기 때문이다. 부방의 비장 이서구(李瑞龜)가 분함을 이기지 못하고 부방의 마두(馬頭 : 시대(時大)를 말함)를 호통쳐서 용만의 군교를 잡아들였으나, 그놈을 엎어놓을 자리가 없으므로 볼기를 반만 까고 말채찍으로 네댓 번 대충 때리고는, 끌어내어서 빨리 거행하라고 호통쳤다.

용만의 군교가 한 손으로는 삿갓을 쥐고 또 한 손으로는 고의춤을 잡고서 연거푸 '예이, 예이.' 하고는 〈사공들을〉 몰아나갔다. 그리하여 두 척 배의 사공들이 물에 들어서서 배를 끌었으나 워낙 물살이 세어서 한 치만큼 앞으로 가면 한 자 가량 밀려나고 만다. 아무리 호통한들 어찌할 수 없는 사정이었다.

이윽고 배 한 척이 강기슭을 타고 나는 듯이 빨리 내려오는데 이는 군뢰가 서장관의 가마와 말을 거느려 오고 있었던 것이다. 장복(張福)이 창대(昌大)를 부르며,

"너도 오는구나."

하니, 이는 기뻐하는 말이다.

이에 두 놈(장복과 창대)을 시켜서 행장을 점검해 보니 모두 아무 탈이 없었으나, 비장과 역관이 타던 말은 더러는 오고 더러는 오지 않은 놈도 있었다. 이에 정사가 먼저 떠나기로 했다. 군뢰 한 쌍이 말을 타고 나팔을 불며 길을 인도하는가 하면 또 다른 한 쌍은 걸어서 앞에서 인도하며 바스락거리면서 갈대와 억새를 헤치고 나아갔다.

나는 말 위에서 허리에 찬 칼을 뽑아 갈대 하나를 베어 보니, 껍질이 단단하고 속은 두꺼워서 화살을 만들 수는 없고 다만 붓

대를 만들기에는 안성맞춤이었다. 사슴 한 마리가 놀라 일어나 갈대와 억새를 뛰어 넘어가는데, 마치 보리밭 사이를 나는 새처럼 빨라서 일행이 모두 놀랐다.

10리를 가서 삼강(三江)에 이르니, 강물이 비단결처럼 잔잔하다. 이름은 애라하(愛剌河)이고, 어디서 발원하는지는 알지 못하겠다. 압록강(鴨綠江)과의 거리는 불과 10리 가량이지만, 다만 큰 물이 져서 넘쳐나지 않은 것으로 보아 각각 근원이 다른 줄을 알겠다.

배 두 척이 보이는데, 꼴이 마치 우리나라의 놀잇배와 비슷하다. 길이나 넓이는 모두 그만 못하되, 제도는 퍽 튼튼하고도 치밀한 편이었다. 배를 부리는 이는 모두 봉황성 사람으로, 사흘 동안이나 여기서 〈우리를〉 기다리느라고 식량이 떨어져 굶주렸다고 한다.

대체로 이 강은 너나없이 서로 나다닐 수 없는 곳이나, 우리나라의 역학(譯學 : 역관들의 관제 사업)이나 중국 외교 문서가 불시에 교환할 일이 생기므로 봉성 장군(鳳城將軍)31)이 배를 준비해 둔 것이라고 한다. 배 닿는 곳이 몹시 질척질척하므로 나는 한 명의 되놈을 부르기를,

"웨이."

라고 하였다. 이는 아까 시대한테서 겨우 배운 말이다. 그 자가 냉큼 상앗대를 놓고 왔다. 나는 얼른 몸을 솟구쳐 그의 등에 업

---

31) 봉성 장군(鳳城將軍) : 봉황성에 주둔한 청나라의 장군.

히니, 그 자는 히히거리고 웃으면서 〈나를〉 배에 들여다 놓고 '휴우'하고 긴 숨을 내뿜으면서,

"흑선풍(黑旋風)32) 어머니가 이토록 무거웠다면 아마도 기풍령(沂風嶺)에 오르지 못했을 것이오."

라고 한다. 주부(主簿) 조명회(趙明會)가 〈이 말을 듣고〉 큰소리로 웃기에 내가 말하기를,

"저 무식한 놈이 강혁(江革)33)은 몰라도 이규(李逵 : 흑선풍)만 알았던 모양일세."

라고 했더니 조군(趙君 : 조명회(趙明會))이,

"그 말 가운데에 무한(無限)한 의미가 담겨 있소이다. 그 말은 애초에 이규의 어머니가 이렇게 무거웠다면 비록 이규의 신력(神力)으로도 등에 업은 채 높은 재를 넘지 못했으리라는 의미였고, 또 이규의 어머니가 호랑이에게 물려갔으므로 그는 이렇게 살집이 좋은 분을 굶주린 호랑이에게 주었더라면 오죽 좋으랴 하는 의미입니다."

라고 한다. 내가 큰소리로 웃으며 말하기를,

"저놈들이 어찌 입을 열어 이처럼 유식한 문자를 쓸 줄 안단말이오?"34)

---

32) 흑선풍(黑旋風) : 『수호지(水滸志)』에 나오는 108 두령의 하나. 이규(李逵)를 달리 일컫는 말이다.

33) 강혁(江革) : 후한(後漢) 때의 효자. 어려서 난리를 만나 어머니를 업고 깊은 큰란을 겪은 끝에 마침내 어머니를 보전하였다.

34) '조군(趙君)이 그 말 가운데에'로부터 여기까지는 다른 본에는 없고,

하자 조군이,

"옛말에 눈을 부릅뜨고도 고무래 정(丁) 자도 모른다는 것은 정말 저런 놈들을 두고 하는 말이었지만, 패관(稗官) 기서(奇 書)가 모두 입버릇처럼 쓰는 상용어(常用語)인 만큼 이른바 관 화(官話 : 청나라 때 중국 관리들이 쓰던 표준말)라는 게 바로 이것입 니다."

라고 한다.

애라하(愛剌河)의 폭은 우리나라의 임진강(臨津江)과 비슷하 다. 여기서 곧장 구련성(九連城)으로 향했다. 우거진 푸른 숲은 장막을 둘렀고, 군데군데 호랑이 그물을 쳐 놓았다. 의주(義州) 의 창군(鎗軍 : 창을 쓰는 군관)이 곳곳에서 벌목(伐木)을 하느라 나무를 찍는 소리가 온 들판에 울려온다.

홀로 높은 언덕에 올라 눈을 크게 뜨고 사방을 바라보니, 산 은 곱고 물은 맑은데, 바둑판처럼 펼쳐진 탁 트인 모양새에 나 무가 하늘에 닿을 듯하다. 그 사이로 은은히 큰 부락들이 자리 잡고 있어서 마치 닭과 개 짖는 소리가 귀에 들리는 듯하며, 땅 이 기름져 개간하기에도 알맞을 것 같았다. 패강(浿江 : 대동강 의 옛 이름) 서쪽과 압록강 동쪽에는 이와 비교할 만한 곳이 없 으니, 의당 이곳에 거진(巨鎭 : 큰 고을)이나 웅부(雄府 : 웅대한 관청)를 설치함직 하거늘, 중국이나 우리나라가 모두 버려두는 바람에 마침내 빈 땅이 되었다.

다만 일재본과 유당본(綏堂本)에 있을 뿐이다.

어떤 이는 이르기를,

"고구려 때에도 이곳에 도읍한 일이 있었다."

라고 하니, 이는 이른바 국내성(國內城)을 두고 하는 말이다.
명(明)나라 때는 진강부(鎭江府)를 두었는데, 지금 청나라가
요동(遼東)을 함락시키자 진강부의 사람들이 머리 깎기를 싫어
한 나머지 혹은 모문룡(毛文龍)[35]에게 몸을 맡기고 혹은 우리
나라에도 귀화하였다. 그 뒤에 우리나라로 온 사람은 모조리
청나라사람들의 요구에 의하여 돌려보내졌고, 모문룡에게 의
탁한 사람들은 대부분 유해(劉海 : 명나라를 저버린 장수)의 난리
에 죽었다. 이리하여 빈 땅이 된 지도 벌써 100여 년에 쓸쓸하
게도 산 높고 물 맑은 것만 눈에 뜨이는 곳이 되었다.

여러 곳의 노숙처를 돌아다니면서 구경했다. 역관은 혹은 세
사람이 한 개의 막사에, 혹은 다섯 사람이 장막 하나를 쳤고, 역
졸(譯卒)과 쇄마(刷馬)[36] 마부(馬夫)들은 다섯 명씩 또는 열
명씩 어울려 시냇가에 나무를 얽어매고 그 속에 들어 있다. 밥
짓는 연기가 자욱이 서리고, 시끄럽게 떠들어대는 사람들 소리
와 말 울음소리로 엄연하게 한 마을이 이루어졌다. 용만에서
온 장사꾼들 한 패가 저희들끼리 한 곳에 모였는데, 시냇가에서

---

35) 모문룡(毛文龍) : 명나라 장수로, 청나라 병사들에게 패하여 우리
    나라 서해 초도(椒島)에 잠시 주둔하였다. 청나라에 저항하다가 교
    만하고 방종하여 원숭환에게 피살되었다.
36) 쇄마(刷馬) : 조선 시대 지방에 갖추었던 관용(官用)으로 쓰이는 말
    을 뜻한다.

닭 수십 마리를 씻고, 한편에서는 그물을 던져서 물고기를 잡아 국을 끓이며 나물을 볶는가 하면 밥알은 윤기가 번지르르하니 〈일행 중에〉 그들의 살림이 가장 푸짐해 보였다.

이윽고 부사와 서장관이 차례로 이르렀는데 해가 이미 황혼 이다. 30여 군데에 화톳불을 피워놓되, 모두 아름드리 큰 나무 를 톱으로 베어 먼동이 틀 때까지 환하게 밝혔다. 군뢰가 나팔 을 한 번씩 불면 300여 명이 일제히 소리를 맞추어 고함을 질렀 다. 이는 호랑이를 경비하기 위한 수단인데 밤새도록 그러했다.

군뢰들은 모두 용만의 관청에서 가장 기운이 센 자들을 뽑아 온 것인데, 이 일행 하인들 중에서 가장 일도 많이 하고 먹음새 도 제일 세다고 한다.

그 자들의 꾸미고 나온 차림이 〈몹시 우스꽝스러워서〉 사람 으로 하여금 허리를 잡게 할 지경이다. 남빛 구름무늬 비단으로 속을 받쳐 댄 털말액〔抹額〕37) 헝클어진 털상투의 높은 정수리엔 운월(雲月)과 다홍빛 상모(象毛)를 걸고, 벙거지 앞에는 금빛으 로 새긴 '날랠 용(勇)' 자를 붙였다. 그리고 아청빛 삼베로 만든 소매 좁은 전투복에 다홍빛 속적삼을 입었다. 허리에는 남방사주 (藍紡紗紬 : 남색비단) 전대(纏帶 : 띠)를 띠고, 어깨엔 주홍빛 무 명실로 만든 대융(大絨)38)을 걸치고, 발에는 성글게 만든 미투리 를 신었다. 그 신수를 보면 어엿한 한 쌍의 건장한 사내들이다.

---

37) 털말액〔抹額〕: 털로 짠 중국 모자의 일종.
38) 대융(大絨) : 쾌자처럼 웃옷 위에 걸치는 겉옷.

다만 앉아 있는 말이 이른바 반부담(半駙擔)39)이어서 안장
없이 짐을 실었고, 그 위에 올라타지는 않고 그냥 걸터앉았다.
등에는 진한 남빛의 조그마한 영기(令旗)40)를 꽂고, 한 손에는
군령판(軍令版 : 군령을 적은 널빤지)을 잡고, 또 한 손에는 붓·벼
루·파리채며 팔뚝만 한 마가목(馬家木) 지팡이 하나와 짧은
채찍을 잡았다. 입으로는 나팔을 불고, 앉은 자리 밑엔 여남은
개의 붉게 칠한 곤장(棍杖)을 비스듬히 꽂았다.

각 방(房 : 삼사가 머무는 숙소)에서 조금이라도 무슨 호령이 있
을 때 문득 군뢰를 부르면, 군뢰는 일부러 못 들은 체하다가 연
거푸 여남은 번 부르면 입 안으로 무어라 중얼거리면서 혀를 차
다가 그제야 처음 들은 듯이 커다란 소리로, '예이!' 하고 대답
한다. 한번 말에서 뛰어내리면 마치 돼지처럼 비틀걸음에 소처
럼 씩씩거리면서 나팔이며 군령판이며 붓이며 벼루 등속의 물
건을 모두 한쪽 어깨에 둘러메고 막대 하나를 끌면서 나간다.

한밤중이 못 되어서 폭우가 억수로 퍼붓는 바람에 위로는 장
막이 새고 밑에선 습기가 치밀어 피할 곳이 없더니, 이내 날이
개고 하늘에 별들이 총총히 사방에 드리워져 있어 손으로 어루
만질 수 있을 듯싶었다.

---

39) 반부담(半駙擔) : 물건을 담아 말에 실어 운반하는 작은 짐짝이나
   농짝. 부담농(농짝)을 싣고 그 위에 사람이 탈 수 있게 꾸민 말을 '부
   담마'라고 한다.
40) 영기(令旗) : '영(令)' 자를 쓴, 군령을 전하는 기(旗).

原文

後三庚子　我聖上四年－清乾隆四十五年.
후 삼 경 자　아 성 상 사 년　청 건 륭 사 십 오 년

六月二十四日
유 월 이 십 사 일

辛未　朝小雨終日乍灑乍止　午後　渡鴨綠江行三十里
신 미　조 소 우 종 일 사 쇄 사 지　오 후　도 압 록 강 행 삼 십 리

露宿九連城　夜大雨卽止.
노 숙 구 련 성　야 대 우 즉 지

初留龍灣－義州館　十日　方物盡到　行期甚促　而一雨
초 류 용 만　의 주 관　십 일　방 물 진 도　행 기 심 촉　이 일 우

成霖　兩江通漲　中間快晴亦已四日　而水勢益盛　木石
성 림　양 강 통 창　중 간 쾌 청 역 이 사 일　이 수 세 익 성　목 석

俱轉　濁浪連空　蓋鴨綠江發源最遠故耳.
구 전　탁 랑 련 공　개 압 록 강 발 원 최 원 고 이

按唐書　高麗馬訾水　出靺鞨之白山　色若鴨頭　故號
안 당 서　고 려 마 자 수　출 말 갈 지 백 산　색 약 압 두　고 호

鴨綠江　所謂白山者　卽長白山也.
압 록 강　소 위 백 산 자　즉 장 백 산 야

山海經　稱不咸山　我國稱白頭山　白頭山爲諸江發源
산 해 경　칭 불 함 산　아 국 칭 백 두 산　백 두 산 위 제 강 발 원

之祖　西南流者爲鴨綠江.
지 조　서 남 류 자 위 압 록 강

皇輿考云　天下有三大水　黃河長江鴨綠江也　兩山墨
황 여 고 운　천 하 유 삼 대 수　황 하 장 강 압 록 강 야　양 산 묵

談－陳霆著 云　自淮以北　爲北條　凡水皆宗大河　未有
담　진 정 저 운　자 회 이 북　위 북 조　범 수 개 종 대 하　미 유

以江名者　而北之在高麗　曰鴨綠江　蓋是江也　天下之
이 강 명 자　이 북 지 재 고 려　왈 압 록 강　개 시 강 야　천 하 지

大水也.
대 수 야

其發源之地　方旱方潦　難度於千里之外也　以今漲勢
기 발 원 지 지　방 한 방 료　난 탁 어 천 리 지 외 야　이 금 창 세

觀之　白山長霖　可以推知.
관 지　백 산 장 림　가 이 추 지

況此非尋常津涉之地乎　今當盛潦　汀步艤泊　皆失故
황 차 비 심 상 진 섭 지 지 호　금 당 성 료　정 보 의 박　개 실 고

處　中流礁沙　亦所難審　操舟者少失其勢　則有非人力
처　중 류 초 사　역 소 난 심　조 주 자 소 실 기 세　즉 유 비 인 력

所可廻旋　一行譯員迭援故事　固請退期　灣尹－李在學
소 가 회 선　일 행 역 원 질 원 고 사　고 청 퇴 기　만 윤　이재학

亦送親裨　爲挽數日　而正使堅以是日爲渡江之期　狀
역 송 친 비　위 만 수 일　이 정 사 견 이 시 일 위 도 강 지 기　장

啓　已書塡日時矣.
계　이 서 전 일 시 의

朝起開窓　濃雲密布　雨意彌山　盥櫛已罷　整頓行李
조 기 개 창　농 운 밀 포　우 의 미 산　관 즐 이 파　정 돈 행 리

手封家書及諸處答札　出付撥便　於是略啜早粥　徐往
수 봉 가 서 급 제 처 답 찰　출 부 발 편　어 시 략 철 조 죽　서 왕

館所.
관 소

諸裨已著軍服戰笠矣　頂起銀花雲月　懸孔雀羽　腰繫
제 비 이 착 군 복 전 립 의　정 기 은 화 운 월　현 공 작 우　요 계

藍方紗紬纏帶　佩環刀　手握短鞭　相視而笑曰　貌樣何
남 방 사 주 전 대　패 환 도　수 악 단 편　상 시 이 소 왈　모 양 하

如　盧參奉－以漸　上房裨將　視帖裏時　史加豪健矣－帖裏
여　노 참 봉　이점　상 방 비 장　시 첩 리 시　갱 가 호 건 의　첩리

方言天翼 裨將我境 則著帖裏 渡江 則換著狹袖 鄭進士─珏 上
방언천익 비장아경 즉착첩리 도강 즉환착협수 정진사 각 상

房裨將 笑迎曰 今日眞得渡江矣 盧從傍曰 乃今將渡江
방비장 소영왈 금일진득도강의 노종방왈 내금장도강

矣 余皆應曰 唯唯.
의 여개응왈 유유

蓋一旬留館 擧懷支離之意 皆畜奮飛之氣 加以霖雨
개일순류관 거회지리지의 개축분비지기 가이림우

江漲 益生躁鬱 及此期日倏屆 則雖欲無渡 不可得
강창 익생조울 급차기일숙계 즉수욕무도 불가득

也.
야

遙瞻前途 溽暑蒸人 回想家鄉 雲山渺漠 人情到此
요첨전도 욕서증인 회상가향 운산묘막 인정도차

安得無憮然退悔.
안득무무연퇴회

所謂平生壯遊 恒言曰不可不一觀云者 眞屬第二義
소위평생장유 항언왈불가불일관운자 진속제이의

其曰今日渡江云者 非快暢得意之語 乃無可奈何之意
기왈금일도강운자 비쾌창득의지어 내무가내하지의

耳.
이

譯官金震夏─二堂上 以年老病重 落後而去 辭別鄭
역관김진하 이당상 이년로병중 낙후이거 사별정

重 中覺悵然.
중 중각창연

朝飯後 余獨先一騎而出 馬紫騮而白頬 脛瘦而蹄高
조반후 여독선일기이출 마자류이백정 경수이제고

頭銳而腰短 竦其雙耳 眞有萬里之想矣.
두예이요단 송기쌍이 진유만리지상의

昌大前控　張福後囑　鞍掛雙囊　左硯右鏡　筆二墨一
창대전공　장복후촉　안괘쌍낭　좌연우경　필이묵일

小空冊四卷　程里錄一軸　行裝至輕　搜檢雖嚴　可以無
소공책사권　정리록일축　행장지경　수검수엄　가이무

虞矣.
우의

未及城門　而驟雨一陣　從東而至　遂促鞭而行　下馬
미급성문　이취우일진　종동이지　수촉편이행　하마

城闉　獨步上樓　俯視城底　獨昌大持馬而立　不見張福
성인　독보상루　부시성저　독창대지마이립　불견장복

少焉　張福出立道傍小角門　望上望下　敧笠遮雨　手提
소언　장복출립도방소각문　망상망하　기립차우　수제

烏瓷小壺　颯颯而來.
오자소호　삽삽이래

蓋兩人者　自檢其囊中　得二十六文　而東錢有禁　不
개양인자　자검기낭중　득이십륙문　이동전유금　불

可出境　棄之道則可惜　故沽酒云　問汝輩能飮幾何　皆
가출경　기지도즉가석　고고주운　문여배능음기하　개

對不能近口　余罵曰　豎子惡能飮乎　又自慰曰　遠道一
대불능근구　여매왈　수자오능음호　우자위왈　원도일

助　於是悄然獨酌.
조　어시초연독작

東望龍鐵諸山　皆入萬重雲矣　滿酌一盞　酹第一柱
동망용철제산　개입만중운의　만작일잔　뇌제일주

自祈利涉　又斟一杯　酹第二柱　爲張福昌大祈　搖壺則
자기리섭　우짐일배　뇌제이주　위장복창대기　요호즉

猶餘數杯　使昌大　酹地禱馬.
유여수배　사창대　뇌지도마

倚墻東望　蒸雲乍騰　白馬山城西邊一峯　忽露半面
의장동망　증운사등　백마산성서변일봉　홀로반면

其色深靑　恰似吾燕巖書堂　望見佛日後峯矣　紅粉樓
기색심청　흡사오연암서당　망견불일후봉의　홍분루

中別莫愁　秋風數騎出邊頭　畵船簫鼓無消息　腸斷淸
중별막수　추풍수기출변두　화선소고무소식　장단청

南第一州　此柳泠齋入瀋陽時作也　余浪咏數回　獨自
남제일주　차류영재입심양시작야　여랑영수회　독자

大笑曰　此出疆人　漫作無聊語爾　安得有畵船簫鼓哉.
대소왈　차출강인　만작무료어이　안득유화선소고재

昔荊卿將渡易水　頃之未發　太子疑其改悔　請先遣秦
석형경장도역수　경지미발　태자의기개회　청선견진

舞陽　荊軻怒叱曰　僕所以留者　待吾客與俱　此荊卿漫
무양　형가노질왈　복소이류자　대오객여구　차형경만

作無聊語耳　若疑荊卿改悔　則可謂淺之知荊卿　而荊
작무료어이　약의형경개회　즉가위천지지형경　이형

卿所待之客　亦未必有姓名其人也.
경소대지객　역미필유성명기인야

夫提一匕首　入不測之强秦　已多一秦舞陽　復安用他
부제일비수　입불측지강진　이다일진무양　부안용타

客耶　寒風歌筑　聊盡今日之歡而已　然而作者曰　其人
객야　한풍가축　요진금일지환이이　연이작자왈　기인

居遠未來　巧哉其居遠也.
거원미래　교재기거원야

其人者　天下之至交也　是期也　天下之大信也　以天
기인자　천하지지교야　시기야　천하지대신야　이천

下之至交　臨一往不返之期　夫豈日暮而不至哉.
하지지교　임일왕불반지기　부기일모이부지재

故其人所居　未必楚吳三晉之遠　亦未必以是日　爲入
고기인소거　미필초오삼진지원　역미필이시일　위입

秦之期　而有握手丁寧之約也　只在荊卿意中　忽待是
진 지 기　이 유 악 수 정 녕 지 약 야　지 재 형 경 의 중　홀 대 시

客　作之者　乃就荊卿意中之客　而演之曰其人　其人者
객　작 지 자　내 취 형 경 의 중 지 객　이 연 지 왈 기 인　기 인 자

所不知何人也　以所不知何人　而曰居遠　爲荊卿慰之
소 부 지 하 인 야　이 소 부 지 하 인　이 왈 거 원　위 형 경 위 지

又恐其人之或來也　則曰未來　爲荊卿幸之耳.
우 공 기 인 지 혹 래 야　즉 왈 미 래　위 형 경 행 지 이

誠若天下眞有其人　吾且見之矣　其人身長七尺二寸
성 약 천 하 진 유 기 인　오 차 견 지 의　기 인 신 장 칠 척 이 촌

濃眉綠髥　下豊上銳　何以知其然也　吾讀惠風此詩知
농 미 록 염　하 풍 상 예　하 이 지 기 연 야　오 독 혜 풍 차 시 지

之矣－惠風　名得恭　號泠齋.
지 의　혜 풍　명 득 공　호 영 재

正使前排　拂拂出城－旗幟棍棒之屬　排立於前　故謂之前排
정 사 전 배　불 불 출 성　기 치 곤 봉 지 속　배 립 어 전　고 위 지 전 배

來源與周主簿雙行矣－來源　余三從弟　周主簿名命新　俱上房
내 원 여 주 주 부 쌍 행 의　내 원　여 삼 종 제　주 주 부 명 명 신　구 상 방

裨將　鞭鞘仗脇　聳身據鞍　肩高項長　非不驍勇　而坐下
비 장　편 초 장 협　용 신 거 안　견 고 항 장　비 불 효 용　이 좌 하

衾袋太厖骉　僕夫藁鞋　遍掛鞍後　來源軍服　靑苧也
금 대 태 방 용　복 부 고 혜　편 괘 안 후　내 원 군 복　청 저 야

舊件新浣　髬騰郭索　可謂太崇儉矣.
구 건 신 완　봉 등 곽 삭　가 위 태 숭 검 의

稍俟副使之出城　乃按轡徐行　最後至九龍亭　卽發船
초 사 부 사 지 출 성　내 안 비 서 행　최 후 지 구 룡 정　즉 발 선

所也
소 야

灣尹已設幕出待 而書狀淸晨先出 與灣尹 眼同搜檢
만윤이설막출대 이서장청신선출 여만윤 안동수검

例也 方校閱人馬 人籍姓名 居住年甲 髥疤有無 身
례야 방교열인마 인적성명 거주년갑 염파유무 신

材短長 馬錄其毛色.
재단장 마록기모색

立三旗爲門 搜其禁物 大者如黃金眞珠人蔘貂皮 及
입삼기위문 수기금물 대자여황금진주인삼초피 급

包外濫銀 小者新舊名目 不下數十種 瑣雜難悉.
포외남은 소자신구명목 불하수십종 쇄잡난실

廝隷則披衣摸袴 裨譯則解視行裝 衾袋衣褓 披猖江
시례즉피의모고 비역즉해시행장 금대의보 피창강

岸 皮箱紙匣 狼藉草莽 爭自收拾 睊睊相顧.
안 피상지갑 낭자초망 쟁자수습 견견상고

大抵不檢則無以防姦 搜之則有傷體貌 而其實文具
대저불검즉무이방간 수지즉유상체모 이기실문구

而已 灣賈之先期潛越 有誰禁之.
이이 만고지선기잠월 유수금지

禁物之現捉於初旗者 重棍而公屬其物 入中旗者刑
금물지현착어초기자 중곤이공속기물 입중기자형

配 入第三旗者 梟首示衆 其立法則嚴矣 今行原包
배 입제삼기자 효수시중 기입법즉엄의 금행원포

猶未及半 多空包者 其濫銀奚論.
유미급반 다공포자 기남은해론

茶啖草草 乍進旋退 蓋急於渡江 無人下箸 船只五
차담초초 사진선퇴 개급어도강 무인하저 선지오

隻 如京江之津船 而其制稍大 先濟方物及人馬 正使
척 여경강지진선 이기제초대 선제방물급인마 정사

所乘 載表咨文 及首譯以下上房帶率 同船副使書狀
소승 재표자문 급수역이하상방대솔 동선부사서장

並其帶率　合乘一船.
병 기 대 솔　합 승 일 선

於是　龍灣吏校　房妓通引　及平壤陪行營吏啓書等
어 시　용 만 리 교　방 기 통 인　급 평 양 배 행 영 리 계 서 등

皆於船頭　次第拜辭　上房馬頭－順安奴　名時大　唱謁未
개 어 선 두　차 제 배 사　상 방 마 두　순 안 노　명 시 대　창 알 미

了　篙師擧槳一刺.
료　고 사 거 장 일 자

水勢迅疾　棹歌齊唱　努力奏功　星奔電邁　怳若隔晨
수 세 신 질　도 가 제 창　노 력 주 공　성 분 전 매　황 약 격 신

統軍亭楹楯欄檻　八面爭轉　辭別者猶立沙頭　而渺渺
통 군 정 영 순 난 함　팔 면 쟁 전　사 별 자 유 립 사 두　이 묘 묘

如荳.
여 두

余謂洪君命福－首譯　曰　君知道乎　洪拱曰　惡是何言
여 위 홍 군 명 복　수 역　왈　군 지 도 호　홍 공 왈　오 시 하 언

也　余曰　道不難知　惟在彼岸　洪曰　所謂誕先登岸耶
야　여 왈　도 불 난 지　유 재 피 안　홍 왈　소 위 탄 선 등 안 야

余曰　非此之謂也　此江　乃彼我交界處也　非岸則水
여 왈　비 차 지 위 야　차 강　내 피 아 교 계 처 야　비 안 즉 수

凡天下民彝物則　如水之際岸　道不他求　卽在其際　洪
범 천 하 민 이 물 칙　여 수 지 제 안　도 불 타 구　즉 재 기 제　홍

曰　敢問何謂也　余曰　人心惟危　道心惟微　泰西人　辨
왈　감 문 하 위 야　여 왈　인 심 유 위　도 심 유 미　태 서 인　변

幾何一畫　以一線諭之　不足以盡其微　則曰有光無光
기 하 일 획　이 일 선 유 지　부 족 이 진 기 미　즉 왈 유 광 무 광

之際　乃佛氏臨之曰　不卽不離　故善處其際　惟知道者
지 제　내 불 씨 림 지 왈　부 즉 불 리　고 선 처 기 제　유 지 도 자

能之　鄭之子産.
능 지　정 지 자 산

船已泊岸　蘆荻如織　下不見地　下隷輩爭下岸　折蘆
선 이 박 안　노 적 여 직　하 불 견 지　하 례 배 쟁 하 안　절 노

荻　忙掇船上茵席　欲爲鋪設　而蘆根如戟　黑土泥濃
적　망 철 선 상 인 석　욕 위 포 설　이 노 근 여 극　흑 토 니 농

自正使以下　茫然露立於蘆荻中矣　問人馬先渡者何去
자 정 사 이 하　망 연 노 립 어 노 적 중 의　문 인 마 선 도 자 하 거

左右對曰不知　又問方物安在　又對曰不知　遙指九龍
좌 우 대 왈 부 지　우 문 방 물 안 재　우 대 왈 부 지　요 지 구 룡

亭沙岸曰　一行人馬太半未濟　彼蟻屯者是也.
정 사 안 왈　일 행 인 마 태 반 미 제　피 의 둔 자 시 야

遙望龍灣　一片孤城如晒匹練　城門如針孔　漏出天光
요 망 용 만　일 편 고 성 여 쇄 필 련　성 문 여 침 공　누 출 천 광

如一點晨星.
여 일 점 신 성

有大筏乘漲而下　時大遙呼曰　位　蓋呼聲也　位者尊
유 대 벌 승 창 이 하　시 대 요 호 왈　위　개 호 성 야　위 자 존

稱也　有一人　起立應聲曰　爾們的不時節　緣何朝貢入
칭 야　유 일 인　기 립 응 성 왈　이 문 적 불 시 절　연 하 조 공 입

大國　暑天裏長途辛苦　時大又問　爾們的那地人民　往
대 국　서 천 리 장 도 신 고　시 대 우 문　이 문 적 나 지 인 민　왕

何處砍木　答曰　俺等　俱鳳城居住　往長白山砍來　說
하 처 감 목　답 왈　엄 등　구 봉 성 거 주　왕 장 백 산 감 래　설

猶未了　筏已杳然去矣.
유 미 료　벌 이 묘 연 거 의

時兩江合漲　而中間爲孤島　人馬先濟者　誤爲下此
시 양 강 합 창　이 중 간 위 고 도　인 마 선 제 자　오 위 하 차

相距雖五里　無船復渡　遂嚴勅兩船篙工　速濟人馬　則
상 거 수 오 리　무 선 부 도　수 엄 칙 양 선 고 공　속 제 인 마　즉

對以逆漲行船　非時日可及.
대 이 역 창 행 선　비 시 일 가 급

使臣皆躁怒 欲治領船灣校 而無軍牢 軍牢亦先渡
사 신 개 조 노　욕 치 령 선 만 교　이 무 군 뢰　군 뢰 역 선 도

誤下於中島故耳 副房裨將李瑞龜 不勝憤忿 叱副房
오 하 어 중 도 고 이　부 방 비 장 이 서 구　불 승 분 분　질 부 방

馬頭 捽入灣校 而無可覆之地 於是半開其臀 以馬鞭
마 두　졸 입 만 교　이 무 가 복 지 지　어 시 반 개 기 둔　이 마 편

略扣四五 喝令拿出 斯速擧行.
략 구 사 오　갈 령 나 출　사 속 거 행

灣校一手著笠 一手係袴 連聲唱喏驅下 兩船篙工
만 교 일 수 착 립　일 수 계 고　연 성 창 야 구 하　양 선 고 공

入水曳船 而水勢悍急 進寸退尺 威令無所施.
입 수 예 선　이 수 세 한 급　진 촌 퇴 척　위 령 무 소 시

少焉 一隻船沿岸飛下 軍牢領三房轎馬而來 張福呼
소 언　일 척 선 연 안 비 하　군 뢰 령 삼 방 교 마 이 래　장 복 호

昌大曰 汝亦來乎 蓋幸之也.
창 대 왈　여 역 래 호　개 행 지 야

使兩漢點視行裝 則俱得無恙矣 裨譯所騎 或來或否
사 양 한 점 시 행 장　즉 구 득 무 양 의　비 역 소 기　혹 래 혹 부

於是正使先發 軍牢一雙 騎而吹角引路 一雙步而前
어 시 정 사 선 발　군 뢰 일 쌍　기 이 취 각 인 로　일 쌍 보 이 전

導 飅飀穿蘆荻而行.
도　수 류 천 노 적 이 행

余於馬上 拔佩刀斬蘆一竿 皮堅肉厚 而不堪作箭
여 어 마 상　발 패 도 참 로 일 간　피 견 육 후　이 불 감 작 전

只合筆柄矣 一鹿驚起 超越蘆荻 如麥際飛鳥 一行皆
지 합 필 병 의　일 록 경 기　초 월 노 적　여 맥 제 비 조　일 행 개

驚.
경

行十里 至三江 江淸如練 名愛剌河 而不知何處發
행 십 리　지 삼 강　강 청 여 련　명 애 라 하　이 부 지 하 처 발

源　與鴨綠江相去　不過十里　而獨無潦漲之意　其各地
원　여압록강상거　불과십리　이독무료창지의　기각지

發源可知也.
발원가지야

有兩隻船　類我國上游船　而長廣皆不及　制甚堅緻
유양척선　유아국상유선　이장광개불급　제심견치

刺船者　皆鳳城人　待此三日　糧盡告飢云.
자선자　개봉성인　대차삼일　양진고기운

蓋此河　彼我不得往來之地　而我國譯學　及大國移咨
개차하　피아부득왕래지지　이아국역학　급대국이자

不時有交關之事　故鳳城將軍　爲置船隻云　船泊處　甚
불시유교관지사　고봉성장군　위치선척운　선박처　심

沮洳　余呼一胡曰位　蓋俄者纔學于時大也　其人欣然
저여　여호일호왈위　개아자재학우시대야　기인흔연

捨槳而來　余騰身載其背　其人笑嘻嘻　入船出氣長息
사장이래　여등신재기배　기인소희희　입선출기장식

曰　黑旋風媽媽　這樣沈挑時　巴不得上了沂風嶺　趙主
왈　흑선풍마마　저양심도시　파부득상료기풍령　조주

簿明會大笑　余曰　彼鹵漢　不知江革　但知李逵　趙君
부명회대소　여왈　피로한　부지강혁　단지이규　조군

曰　彼語中　帶意無限　其語　本謂李逵母如此其重　則
왈　피어중　대의무한　기어　본위이규모여차기중　즉

雖李逵神力　亦不得背負踰嶺　且李逵母　爲虎所噉故
수이규신력　역부득배부유령　차이규모　위호소담고

其意則以爲如此好肉　可畀餕虎　余大笑曰　彼安能開
기의즉이위여차호육　가비너호　여대소왈　피안능개

口　成許多文義　趙君曰　所謂目不識丁　正道此輩　而
구　성허다문의　조군왈　소위목불식정　정도차배　이

稗官奇書　皆其牙頰間常用例語　所謂官話者　是也.
패관기서　개기아협간상용례어　소위관화자　시야

河廣　似我國臨津　卽向九連城　綠蕪列幕　周羅虎網
하광　사아국임진　즉향구련성　녹무렬막　주라호망

義州鎗軍　處處伐木　聲震原野.
의주창군　처처벌목　성진원야

獨立高阜　擧目四望　山明水淸　開局平遠　樹木連天
독립고부　거목사망　산명수청　개국평원　수목련천

隱隱有大村落　如聞鷄犬之聲　土地肥沃　可以耕墾　浿
은은유대촌락　여문계견지성　토지비옥　가이경간　패

江以西　鴨綠以東　無與此比　合置巨鎭雄府　彼我兩棄
강이서　압록이동　무여차비　합치거진웅부　피아량기

遂成閒區.
수성한구

或云高句麗時　亦嘗都此　所謂國內城　皇明時　爲鎭
혹운고구려시　역상도차　소위국내성　황명시　위진

江府　今淸陷遼　則鎭江民人　不肯剃頭　或投毛文龍
강부　금청함료　즉진강민인　불긍체두　혹투모문룡

或投我國　其後投我者　盡爲淸人所刷還　投文龍者　多
혹투아국　기후투아자　진위청인소쇄환　투문룡자　다

死于劉海之亂矣　其爲空地　且將百餘年　漠然徒見山
사우유해지란의　기위공지　차장백여년　막연도견산

高而水淸者　是也.
고이수청자　시야

行視諸露屯處　譯官或三人一幕　或五人同帳　譯卒及
행시제로둔처　역관혹삼인일막　혹오인동장　역졸급

刷馬驅人　伍伍什什　靠溪搆木　炊煙相連　人喧馬嘶
쇄마구인　오오십십　고계구목　취연상련　인훤마시

儼成村閭　灣商一隊　自爲一屯　臨溪洗數十鷄　張網獵
엄성촌려　만상일대　자위일둔　임계세수십계　장망렵

魚　烹羹責蔬　飯顆明潤　最爲豊腴.
어　팽갱자소　반과명윤　최위풍유

良久副使書狀　次第來到　日旣黃昏　設燎三十餘處
양 구 부 사 서 장　차 제 래 도　일 기 황 혼　설 료 삼 십 여 처

皆鋸截連抱巨木　達曙通明　軍牢吹角一聲　則三百餘
개 거 절 련 포 거 목　달 서 통 명　군 뢰 취 각 일 성　즉 삼 백 여

人　齊聲吶喊　所以警虎也　竟夜如此.
인　제 성 눌 함　소 이 경 호 야　경 야 여 차

軍牢　自灣府選待最健者　一行皁隷中　最多事　而亦
군 뢰　자 만 부 선 대 최 건 자　일 행 조 례 중　최 다 사　이 역

最多食云.
최 다 식 운

其打扮令人絶倒　藍雲紋緞着裏　氈笠髮結　高頂雲月
기 타 분 령 인 절 도　남 운 문 단 착 리　전 립 종 결　고 정 운 월

懸茜紅象毛　帽前縷金　着一個勇字　鴉靑麻布　狹袖戰
현 천 홍 상 모　모 전 루 금　착 일 개 용 자　아 청 마 포　협 수 전

服　木紅綿布褙子　腰繫藍方紗紬纏帶　肩掛朱紅綿絲
복　목 홍 면 포 배 자　요 계 남 방 사 주 전 대　견 괘 주 홍 면 사

大絨　足穿多耳麻鞋　觀其身手　果然是一對健兒也.
대 융　족 천 다 이 마 혜　관 기 신 수　과 연 시 일 대 건 아 야

但所坐馬　所謂半駙擔　不鞍而馱　非騎而踞　背揷着
단 소 좌 마　소 위 반 부 담　불 안 이 태　비 기 이 거　배 삽 착

正藍色小令旗　一手持軍令版　一手執筆硯蠅拂　及一
정 남 색 소 영 기　일 수 지 군 령 판　일 수 집 필 연 승 불　급 일

條如腕大馬家木短鞭　口吹吶叭　坐下斜揷十餘朱漆木
조 여 완 대 마 가 목 단 편　구 취 납 팔　좌 하 사 삽 십 여 주 칠 목

棍.
곤

各房少有號令　則輒呼軍牢　軍牢陽若未聞　連呼十數
각 방 소 유 호 령　즉 첩 호 군 뢰　군 뢰 양 약 미 문　연 호 십 수

次　則口中刺刺的誶責　始乃高聲應喏　若初聞呼聲然
차　즉 구 중 자 자 적 수 책　시 내 고 성 응 야　약 초 문 호 성 연

一躍下馬　豕犇牛喘　而吶叺及軍令版筆硯等物　都掛
일약하마　시분우천　이납팔급군령판필연등물　도괘

一肩　曳了一棍而去矣.
일견　예료일곤이거의

夜未半　大雨暴霆　帳幕上漏　草氣下濕　無處可避
야미반　대우폭음　장막상루　초기하습　무처가피

少焉開霽　天星四垂　若可捫也.
소언개제　천성사수　약가문야

6월 25일 임신(壬申)

아침에 가랑비가 내리더니 낮에는 개었다.

각 방(房)의 관속들과 역관(譯官)들이 모두 노둔(露屯 : 야영)한 곳에서 이곳저곳 옷과 이불들을 햇볕에 내다 말린다. 간밤에 내린 비에 젖었기 때문이다. 쇄마(刷馬)[1] 마부 중에는 술을 갖고 온 자가 있어서 대종(戴宗) - 선천(宣川)의 관노로서, 어의(御醫) 변 주부(卞主簿)[2]의 마두이다. - 이 한 병을 사서 〈나에게〉 바치기에, 마침내 함께 서로 이끌고 시냇가에 나아가서 잔을 기울였다. 강을 건넌 뒤로 우리나라 술은 아주 단념하다가 이제 별안간 이 술을 얻고 보니, 술맛이 몹시 좋을 뿐더러 한가로이 시냇가에 앉아 마시니, 그 정취가 이루 말할 수 없었다.

마두들이 서로 다투어 낚시질하기에, 나도 취한 김에 낚싯줄

---

1) 쇄마(刷馬) : 87쪽 주 36) 참조.
2) 변 주부(卞主簿) : 이름은 관해(觀海)요, 자는 계함(季涵)이다.

하나를 빼앗아 던지자마자 곧바로 조그만 물고기 두 마리를 낚
았다. 아마 이 물고기들이 낚시에 단련되지 못한 까닭일 것이
리라. 중국에 보낼 방물이 아직 도착하지 않았으므로, 이날도
구련성에서 노숙하였다.

原文

二十五日
이십오일

壬申　朝小雨午晴　各房及譯員等諸屯　處處出晒衣衾
임신　조소우오청　각방급역원등제둔　처처출쇄의금

見濕於夜雨故也　刷馬驅人中　有負酒而來　戴宗－宣川
견습어야우고야　쇄마구인중　유부주이래　대종　선천

奴　御醫卞主簿馬頭　沽獻一瓶　遂相携臨溪命酌　渡江後
노　어의변주부마두　고헌일병　수상휴림계명작　도강후

望絶東酒　而今忽得之　非但酒味大佳　暇日臨流　趣不
망절동주　이금홀득지　비단주미대가　가일림류　취불

可勝.
가승

馬頭輩　爭投竿釣魚　余醉奪一緡投之　卽得二小魚
마두배　쟁투간조어　여취탈일민투지　즉득이소어

蓋魚未慣釣故也　以方物未及到　又露宿九連城.
개어미관조고야　이방물미급도　우노숙구련성

6월 26일 계유(癸酉)

아침에 안개가 끼었다가 좀 늦게야 개었다.

구련성을 떠나 30리를 가서 금석산(金石山) 아래에 이르러 점심을 먹은 다음, 다시 30리를 가서 총수(葱莠)에서 노숙하였다.

날이 새자 새벽 일찍 안개를 헤치고 길을 떠났다. 상판사(上判事)[1]의 마두 득룡(得龍)이 쇄마 말몰이꾼들과 함께 강세작(康世爵)의 옛 일을 이야기한다. 〈득룡은〉 안개 속으로 멀리 금석산을 가리키면서 말하기를,

"저기가 형주(荊州) 사람인 강세작이 숨어 살았던 곳이라오."

라고 한다. 그 이야기가 퍽 재미있어 들을 만했다. 〈대체로 그들의 이야기에 의하면 다음과 같다. 〉

---

1) 상판사(上判事) : 사신 행차가 있을 때, 임시로 잡무의 처리를 맡는 관직명.

강세작의 조부 강림(康霖)이 임진왜란 당시 양호(楊鎬 : 명나라 장수)를 따라 동쪽으로 우리나라를 구원하러 왔다가 평산(平山)에서 죽었고, 아버지 강국태(康國泰)는 청주통판(靑州通判)이란 벼슬을 하다가 만력(萬曆) 정사년(丁巳年, 1617)에 어떤 일에 연좌(連坐)되어 요양으로 귀양 오게 되었다. 그때 강세작의 나이는 열여덟이었고, 아버지를 따라 요양에 와 있었다.

그 이듬해에 청나라 사람들이 무순(撫順)을 함락시키고 유격 장군(游擊將軍) 이영방(李永芳)이 항복하자, 경략(經略 : 총독 위의 지위) 양호(楊鎬)가 여러 장수들을 나눠서 파견하면서 총병(摠兵) 두송(杜松)은 개원(開原)으로, 총병 왕상건(王尙乾)은 무순으로, 총병 이여백(李如栢)은 청하(淸河)로, 도독(都督) 유정(劉綎)은 모령(毛嶺)으로 각각 내려 보냈다. 이때 강국태 부자는 유정의 진중에 있었는데, 청나라의 복병이 산골짜기에서 몰려나오매, 앞뒤로 나눠진 대군(大軍 : 명나라 군사)들끼리 서로 연락이 되지 못한 나머지, 유정은 스스로 불에 타 죽고 강국태도 날아오는 화살을 맞아 쓰러졌다. 강세작은 해가 저문 뒤에야 아버지의 시신을 찾아 산골에 묻고 돌을 모아 표시해 두었다.

이때 조선의 도원수(都元帥) 강홍립(姜弘立)과 부원수(副元帥) 김경서(金景瑞)는 산 위에 진을 쳤고, 조선의 좌우 진영의 영장(營將)들은 산 밑에 진을 쳤었다. 강세작은 도원수(都元帥 : 강홍립)의 진영에 몸을 피했는데, 이튿날 청나라 병사들이 조선의 좌영을 습격하자 〈좌영 군사는〉 한 사람도 빠져나오지

를 못하는데도 산 위에 있던 군사들이 이를 바라만 보고 모두
다리를 벌벌 떨고 있었다. 마침내 강홍립은 싸워보지도 않고
항복했다.[2] 청나라 사람들이 강홍립의 군사를 몇 겹이나 에워
싸고 도망쳐 숨어든 명나라 군사들을 샅샅이 뒤져내어 발각된
자들은 두 손을 뒤로 돌려 묶어서 몰아낸 다음 모조리 목을 베
어 죽였다.

강세작(康世爵)도 붙들려서 묶인 채 바위 아래 앉혀두었는
데, 그를 맡은 자가 어쩐지 잊어버리고 가버렸다. 강세작이 조
선 군사에게 눈짓하여 묶인 것을 풀어달라고 애걸했으나, 조선
병사들은 〈누구 할 것 없이〉 서로 기웃기웃 쳐다보기만 하지
감히 손 하나도 까딱하는 이가 없었다. 강세작은 할 수 없이 스
스로 돌 모서리에 등을 비벼서 포승줄을 끊고 마침내 일어서서,
죽은 조선 군사의 옷을 벗겨서 바꾸어 입은 후 조선 군대 가운
데로 몰래 들어가 죽음을 모면했다. 이에 강세작은 요양으로
달아나다시피 돌아갔는데, 요양을 지키고 있던 웅정필(熊廷弼
: 명나라 장군)이 강세작을 불러서 아버지의 원수를 갚으라고 하
였다.

이 해에 청나라 사람들은 잇달아 개원(開原)과 철령(鐵嶺)을
함락시켰다. 웅정필이 교체되고 설국용(薛國用)이 그 자리를 대

---

2) 광해군(光海君) 11년(1619년) 조선은 명나라를 돕기 위하여 강홍립
   을 도원수로, 김경서를 부원수로 삼아 군사 20,000명을 출병시켰다.
   당시 조선은 명나라와 청나라 사이에 끼어 곤란한 처지에 놓여 있었
   다.

신해서 요양을 지키게 되자, 강세작이 설국용의 군중에 그대로 머물러 있었다. 심양(瀋陽)까지 함락되면서 강세작은 낮에는 숨고 밤에 걸어서 봉황성에 닿았다. 광녕(廣寧) 사람 유광한(劉光漢)과 함께 요양의 흩어져 있는 패잔병을 거두어서 함께 봉황성을 지켰으나, 얼마 안 되어 유광한은 전사하고 강세작도 십여 군데 상처를 입었다.

강세작이 스스로 생각하기를 '고향길〔中原〕이 끊어졌으니 차라리 동쪽으로 조선에 나가서 오랑캐의 머리 모양으로 깎고 오랑캐의 좌임(左衽)3)의 옷을 입는 것을 면하는 것만 못할 것이라'하고, 마침내 싸움터를 탈출하여 국경을 뚫고 금석산에 숨었다.

〈먹을 것이 없어서〉 양가죽으로 만든 옷을 불에 구워 나뭇잎에 싸서 먹으며 수개월 동안 목숨을 부지하였다. 그 후 드디어 압록강(鴨綠江)을 건너 관서(關西)의 여러 고을을 두루 돌아다니다가 회령(會寧)까지 굴러 들어가서 마침내 조선 여자에게 장가들어 아들 둘을 낳고 살다가 강세작은 나이 80세가 넘어서 죽었다. 그 자손들이 퍼져서 100여 명이나 되었으나 아직까지 한 집에서 살림하고 있다고 한다.

득룡(得龍)은 가산(嘉山) 사람인데, 14세 때부터 북경(北京)

---

3) 좌임(左衽) : 왼쪽 섶을 오른쪽 섶 안으로 하는 이적(夷狄)의 옷 입는 방식.

에 드나들어 지금까지 30여 차례에 이르렀다. 중국말에 능통하여 여행 중의 크고 작은 모든 일을 득룡이 아니면 그 책임을 맡을 자가 없었다. 그는 이미 가산군과 용천(龍川)·철산(鐵山) 등 각 부(府)의 중군(中軍)[4]을 지냈고 품계(品階)는 가선(嘉善)[5]까지 이르렀다.

사신 행차가 있을 때마다 미리 가산군에 통첩하여 그 차지(次知)[6] -가속(家屬)을 차지라 한다. -를 감금(監禁)함으로써 그의 도피를 막는 것으로 보더라도 그 사람됨의 재간을 짐작할 수 있겠다. 강세작이 처음 조선 땅으로 나왔을 때, 득룡의 집에 묵으면서 득룡의 할아버지와 친하게 지내며 서로 중국말과 조선말을 배웠다. 득룡이 중국말을 그토록 잘할 수 있었던 것도 그의 가문에서 물려받은 것이라고 한다.

날이 저물고 나서 총수(蔥莠)에 이르렀다. 여기는 우리나라 평산(平山)[7]의 총수(蔥秀)와 흡사하다. 생각하기에 우리나라 사람들이 이름 지은 바로, 아마도 혹 평산의 총수도 이곳과 유사하다 해서 이름을 지은 것이 아닐까?

---

4) 중군(中軍) : 각 군영(軍營)에 있어서 대장 다음가는 군관.
5) 가선(嘉善) : 종2품 문무관(文武官)의 품계.
6) 차지(次知) : 본래 뜻은 각 궁방(宮房)의 일을 맡은 사람. 또는 주인을 대신하여 형벌을 받은 하인이나 다른 사람을 대신하여 형벌을 받는 사람을 일긷는다.
7) 평산(平山) : 수택본에는 서흥(瑞興)으로 되어 있다.

原文

二十六日
이 십 륙 일

癸酉　朝霧晚晴　發九連城　行三十里　到金石山下
계 유　조 무 만 청　발 구 련 성　행 삼 십 리　도 금 석 산 하

中火　又行三十里　露宿葱莠.
중 화　우 행 삼 십 리　노 숙 총 수

既曉　冒霧發行　上判事馬頭得龍　與刷馬驅人輩　談
기 효　모 무 발 행　상 판 사 마 두 득 룡　여 쇄 마 구 인 배　담

說康世爵事　霧中遙指金石山曰　此荊州人康世爵所隱
설 강 세 작 사　무 중 요 지 금 석 산 왈　차 형 주 인 강 세 작 소 은

處　其說津津可聽.
처　기 설 진 진 가 청

蓋世爵祖霖　從楊鎬東援我國　死於平山　父國泰　官
개 세 작 조 림　종 양 호 동 원 아 국　사 어 평 산　부 국 태　관

青州通判　萬歷丁巳　坐事謫遼陽　世爵年十八　隨父在
청 주 통 판　만 력 정 사　좌 사 적 요 양　세 작 년 십 팔　수 부 재

遼陽.
요 양

明年　清人陷撫順　游擊將軍李永芳降　經略楊鎬　分
명 년　청 인 함 무 순　유 격 장 군 이 영 방 항　경 략 양 호　분

遣諸將　摠兵杜松　出開原　摠兵王尙乾　出撫順　摠兵
견 제 장　총 병 두 송　출 개 원　총 병 왕 상 건　출 무 순　총 병

李如栢　出清河　都督劉綎　出毛嶺　國泰父子　從劉綎
이 여 백　출 청 하　도 독 유 정　출 모 령　국 태 부 자　종 유 정

清伏兵　從陜中出　大軍前後不相救　劉綎自燒死　國泰
청 복 병　종 협 중 출　대 군 전 후 불 상 구　유 정 자 소 사　국 태

中流矢仆　世爵日暮得父屍　埋谷中　聚石以識之.
중 류 시 부　세 작 일 모 득 부 시　매 곡 중　취 석 이 지 지

時朝鮮都元帥姜弘立　副元帥金景瑞　陣山上　朝鮮左
시 조 선 도 원 수 강 홍 립　부 원 수 김 경 서　진 산 상　조 선 좌

右營將　陣山下　世爵投元帥陣　明日　淸兵擊朝鮮左營
우 영 장　진 산 하　세 작 투 원 수 진　명 일　청 병 격 조 선 좌 영

無一人得脫　山上軍望見　皆股栗　弘立不戰而降　淸人
무 일 인 득 탈　산 상 군 망 견　개 고 율　홍 립 부 전 이 항　청 인

圍弘立軍數匝　搜明兵之竄入者　反縛驅出　皆劍斬之.
위 홍 립 군 수 잡　수 명 병 지 찬 입 자　반 박 구 출　개 검 참 지

世爵被縛　坐大石下　主者忽忘而去　世爵目朝鮮兵
세 작 피 박　좌 대 석 하　주 자 홀 망 이 거　세 작 목 조 선 병

乞解其縛　朝鮮兵相睥睨　莫敢動　世爵自以背磨之石
걸 해 기 박　조 선 병 상 비 예　막 감 동　세 작 자 이 배 마 지 석

楞　縛繩斷　遂起　脫朝鮮死者衣換着之　攢入朝鮮兵中
릉　박 승 단　수 기　탈 조 선 사 자 의 환 착 지　찬 입 조 선 병 중

以得免　於是走還遼陽　及熊廷弼鎭遼陽　招世爵　使復
이 득 면　어 시 주 환 요 양　급 웅 정 필 진 요 양　초 세 작　사 복

父讐.
부 수

是年淸人　連陷開原鐵嶺　則逮廷弼　以薛國用代之
시 년 청 인　연 함 개 원 철 령　즉 체 정 필　이 설 국 용 대 지

世爵　仍留薛軍中　及瀋陽陷　世爵　晝伏夜行　抵鳳凰
세 작　잉 류 설 군 중　급 심 양 함　세 작　주 복 야 행　저 봉 황

城　與廣寧人劉光漢　收遼陽散卒共守之　未幾　光漢戰
성　여 광 녕 인 유 광 한　수 요 양 산 졸 공 수 지　미 기　광 한 전

死　世爵亦被十餘創.
사　세 작 역 피 십 여 창

自念中原路絕　不如束出朝鮮　猶得免薙髮左衽　遂走
자 념 중 원 로 절　불 여 동 출 조 선　유 득 면 치 발 좌 임　수 주

穿塞隱金石山.
천새은금석산

燎羊裘　裹木葉以咽之　數月得不死　遂渡鴨綠江　遍
요양구　과목엽이인지　수월득불사　수도압록강　편

歷關西諸郡　轉入會寧　遂娶東婦　生二子　世爵年八十
력관서제군　전입회령　수취동부　생이자　세작년팔십

餘卒　子孫蕃衍　至百餘人　而猶同居云.
여졸　자손번연　지백여인　이유동거운

得龍嘉山人也　自十四歲　出入燕中　今三十餘次　最
득룡가산인야　자십사세　출입연중　금삼십여차　최

善華語　行中大小事例　非得龍　莫可當此任者　已經本
선화어　행중대소사례　비득룡　막가당차임자　이경본

郡及龍鐵等諸府中軍　階得嘉善.
군급용철등제부중군　계득가선

而每使行　則預關本郡　囚其次知－家屬　謂之次知　以防
이매사행　즉예관본군　수기차지　가속　위지차지　이방

其逃避　其爲人之幹能可知　方世爵初出時　客得龍家
기도피　기위인지간능가지　방세작초출시　객득룡가

與得龍祖善　互學華東語　得龍之善漢語　乃其家學云.
여득룡조선　호학화동어　득룡지선한어　내기가학운

日旣暮　抵葱莠　恰似平山葱莠　想我國人所名　抑平
일기모　저총수　흡사평산총수　상아국인소명　억평

山葱莠　以類爲名否.
산총수　이류위명부

6월 27일 갑술(甲戌)

아침에 안개가 끼었다가 늦게 개었다.

아침 일찍 떠났다. 길에서 대여섯 명의 되놈(청나라 사람)을 만 났는데, 모두 조그만 당나귀를 타고 있었고 벙거지나 옷차림이 남루하였으며 얼굴에 피곤한 기색이 역력했다. 이들은 모두 봉 황성의 갑군(甲軍)으로 애라하(愛剌河)에 수자리(국경을 지키는 일) 살러 가는데, 대부분 남에게 고용되어 삯에 팔려가는 자들 이라고 한다. 우리나라는 별로 염려할 것이 없으나, 중국 변방 의 경비가 너무나 허술하다고 말할 만하다.

마두와 쇄마 말몰이꾼들이 나귀에서 내리라고 호통치니, 앞 서 가던 되놈 둘은 나귀에서 내려서 한쪽으로 비켜서 가는데, 뒤에 가던 되놈 셋은 나귀에서 내리려 하지 않았다. 마두들이 일제히 소리를 높여 내리라고 꾸짖으니, 그들은 눈을 부릅뜨고 똑바로 쏘아보면서 말하기를,

"당신네들의 상전이 우리에게 무슨 상관이 있느냐?"

라고 하였다. 마두가 곧장 달려들어 그 채찍을 빼앗아 그의 맨 종아리를 후려갈기면서 말하기를,

"우리 상전께서 받들고 온 것이 어떤 물건이며 싸갖고 온 것이 어떤 문서인 줄 아느냐? 저 노란 깃발에 분명히 만세야(萬歲爺 : 청나라의 황제) 어전상용(御前上用)이라고 쓰여 있는 만큼 너희 놈들이 눈깔이 성하다면 황제께서 친히 쓰실 방물인 줄 모른단 말이냐?"

하니, 그제야 그들은 나귀에서 내려 땅에 엎드려서 그저 죽을죄를 지었다고 하였다. 그중 한 녀석이 일어나더니 자문(咨文 : 중국과 왕복하던 공문서)을 지닌 마두의 허리를 껴안고 얼굴에 웃음을 가득 띤 채 말하기를,

"영감, 제발 참아 주십시오. 소인들의 죄는 죽어야 하옵니다."

라고 하였다. 마두들이 모두 큰 소리로 웃으면서 머리를 조아려 사죄하라고 꾸짖으니, 모두 진흙 바닥에 꿇어 엎드려 머리가 땅에 닿도록 조아리느라 이마가 죄다 진흙투성이가 되었다. 일행이 모두 크게 웃으며 물러가라고 호통쳤다.

나는 〈마두들이 하는 행동거지를 보고 나서〉 말하기를,

"내 듣기에 너희들이 중국에 들어갈 때마다 여러 가지로 야료와 행패를 일으킨다더니, 이제 내 눈으로 보건대 과연 앞서 들은 바와 틀림없구나. 아까 한 일은 또한 부질없는 짓이니, 앞으로는 아예 장난으로라도 말썽을 일으키지 말라."

하였더니, 모두들 대답하기를,

"이렇게라도 아니하면 먼 길 허구한 날을 심심하지 않게 시간
을 보낼 수 없습니다."
라고 하였다.

멀리 봉황산(鳳凰山)을 바라보니, 전체가 순전히 돌로 깎아
세운 듯 평지에 우뚝 솟아서, 마치 손바닥 위에 손가락을 세운
듯하며, 연꽃 봉우리가 반쯤 피어난 듯도 하고, 하늘가에 여름
구름의 기이한 변화와 아름다운 모양과 같아서 무어라 형용할
수 없었다. 다만 맑고 윤택한 기운이 모자라는 것이 흠이었다.

내가 일찍이 우리 서울의 도봉산(道峯山)과 삼각산(三角山)
이 금강산(金剛山)보다 낫다고 한 적이 있다. 왜냐하면 금강산
은 골이 깊은 산으로 이른바 일만이천봉이라 하여 그 어느 것이
나 기이하고 높고 웅장하고 깊지 않음이 없어서, 짐승이 들끓는
듯, 새가 날아오르는 듯, 신선이 공중에 솟는 듯, 부처가 가부좌
하고 앉은 듯하며, 나무가 우거져 어두컴컴하고, 끝없이 넓고
아득하고 그윽하여 마치 귀신의 굴 속에 들어간 것과 같았다.

내 일찍이 신원발(申元發)과 함께 단발령(斷髮嶺)에 올라 금
강산을 바라본 일이 있었다. 때마침 가없이 파란 가을 하늘에
석양이 비껴 비추었으나, 다만 하늘에 닿을 듯한 빼어난 빛이라
든가 제 몸에서 풍기는 윤기와 자태가 없음을 느껴 금강산을 위
해서 한 번 탄식하지 않을 수 없었다.

그 뒤로 상류에서 배를 타고 저어 내려오면서 두미강(頭尾
江 : 한강의 지류) 어귀에서 벗어나서 서쪽으로 한양(漢陽)을 바
라보니, 삼각산의 여러 봉우리가 깎은 듯 파랗게 하늘에 솟구쳤

고, 엷은 내와 짙은 구름 속에 밝고 곱게 아리따운 자태가 서려
있었다. 나는 또 일찍이 남한산성(南漢山城)의 남문에 앉아서
북쪽으로 한양을 바라보니, 마치 물 위의 꽃이며 거울 속의 달
과 같았다.

　어떤 이는 말하기를,

　"〈초목의〉 윤기 나는 기운이 공중에 어려 있는 것이 바로
왕기(旺氣 : 임금의 기상을 상징하는 기운)이다."
라고 하였으니, 왕기(旺氣)란 왕기(王氣)인 것이다. 이는 우리
서울은 실로 억만 년을 누릴 도읍지로서 용이 서리고 호랑이가
걸터앉은 형세였으니, 그 신령스럽고 밝은 기운이야말로 의당
범상한 산세와는 다른 것이다. 이제 이 봉황산 형세가 기이하
고 뾰족하고 높고 빼어남이 아무리 도봉산이나 삼각산보다 지
나침이 있다 해도, 윤기 나는 기운이 공중에 어려 있는 모습은
한양의 여러 산에는 크게 미치지 못할 것이다.

　들판이 평평하고 드넓게 펼쳐져 있는데, 비록 개간하여 경작
하지는 않았지마는 가는 곳마다 나무를 찍어 낸 조각들이 어지
러이 흩어져 있고, 소 발자국과 수레바퀴 자리가 풀숲에 이리저
리 나 있는 것으로 보아 이미 책문(柵門 : 목책을 쌓은 국경의 출입
문)이 여기에서 가까움을 알겠고, 살고 있는 백성들이 무시로
책문에 드나들고 있음을 증험할 수 있겠다.

　말을 빨리 몰아 7, 8리를 가서 책문 밖에 닿았다. 양과 돼지가
산에 질펀하고 아침 연기는 푸른빛으로 둘려 있다. 나무 조각
으로 목책(木柵)을 세워서 대략 경계(經界)를 표시해 두었으

니, 이른바 버들을 꺾어서 울타리를 삼는다는 말이 곧 이것인 듯싶다. 책문(柵門)에는 이엉을 엮어 덮었고 널빤지 문이 굳게 잠겨 있다. 책문에서 수십 보 떨어져서 삼사(三使 : 정사, 부사, 서장관)의 막차(幕次 : 장막을 친 임시처소)를 설치하고 조금 쉬고 있는 중에 방물이 다 이르렀으므로 책문 밖에 그냥 쌓아두었다.

모든 되놈이 책문 안에 늘어서서 구경을 하는데, 대부분 담뱃대를 입에 물고서 맨머리에 부채를 부치고 있지 않는 자가 없었다. 혹은 검은 공단(貢緞) 옷을 입고, 혹은 수화주(秀花紬) 옷을 입었으며, 혹은 생포(生布)·생저(生苧) 옷을 입고, 혹은 삼승포(三升布) 옷을 입었으며, 혹은 야견사(野繭絲) 옷을 입고 있었는데. 바지 역시 같은 옷들로 차려 입고 있었다. 허리에는 찬 것이 주렁주렁 많았는데, 수놓은 주머니 서너 개와 조그만 손칼은 모두 쌍아저(雙牙箸 : 상아젓가락)에 꽂았고, 호로병(胡蘆瓶)처럼 생긴 담배쌈지에는 갖가지 꽃과 풀과 새를 수놓거나 또는 옛사람의 이름난 글귀를 수놓았다.

역관과 모든 마두들이 다투어 책문 밖에 서서 그들과 두 손을 잡고 반가이 인사를 교환한다. 되놈들은 묻기를,

"당신들은 언제쯤 한성을 떠났으며, 길에서 장맛비를 만나지 않았나요? 집안은 모두들 안녕하시고요? 포은(包銀)[1] 돈도 넉

---

1) 포은(包銀) : 8포(包). 중국에 가는 사신이 비용으로 쓰기 위해 가져가넌 은이다. 조선 후기 이전에는 주로 인삼을 가져갔는데 이를 금지하고, 대신 은을 가져가게 했다.

넉히 갖고 오셨나요?"

라고 하여, 사람마다 수작하는 것이 거의 한 입에서 나온 듯싶다. 또 다투어 묻기를,

"한 상공(韓相公)과 안 상공(安相公)도 오셨나요?"

라고 한다. 이들은 모두 의주 사는 사람으로서 해마다 연경(燕京 : 북경)으로 장사 다니고 있는 터라 이름이 높고 수단이 매우 교활한데다가 연경 사정을 익히 아는 자들이었다. 이른바 '상공'이란 장사치끼리 서로 존대하는 말이다.

　사신 행차가 있을 때에는 으레 정관(正官 : 정식으로 임명된 관원)에게 8포(包 : 물건을 담는 주머니)를 내리는 법이다. 정관은 비장과 역관까지 합하여 모두 30명이고, 8포란 옛날에는 관에서 정관인 사람마다 인삼(人蔘) 몇 근씩을 주었는데, 이를 8포라 일렀다. 지금은 이것을 관에서 주지 않고 제각기 은을 가지고 가게 하되, 그 포수(包數)를 제한하여 당상관(堂上官)은 포은 3,000냥, 당하관(堂下官)은 2,000냥인데, 각자 지니고 연경에 가서 여러 가지 물건을 바꾸어 이문을 남기게 하는 것이다. 그러나 이들 정관 중에도 가난하여 스스로 갖고 갈 수 없으면 그 포의 권리를 팔기도 하는데, 송도(松都)·평양(平壤)·안주(安州) 등의 북경에 가서 장사하는 장사치[燕商]들이 그 포의 권리를 사서 대신 은을 넣어 간다. 그러나 여러 지역의 연상들은 자신들이 직접 <은을 가지고> 연경에 들어가지 못하는 법이므로, 포의 권리를 용만의 장사치들에게 넘겨주어서 물건을 바꿔오는 것이다.

한(韓)이나 안(安) 같은 장사치들은 해마다 연경을 제 집 뜰처럼 여겨 드나들었으며, 연경 장사치들과 서로 뜻이 맞아서 물건 값의 오르내리는 것이 모두 그들의 손아귀에 달려 있다. <우리나라에서> 중국의 물건 값이 날로 오르는 것은 진실로 이 무리들 때문이거늘, 온 나라가 도대체 이를 이해하지 못하고 오로지 역관 탓만 하고 있다. 그러나 역관들도 용만의 장사치들에게 권리를 빼앗기는 바람에 어쩔 도리가 없을 뿐이다. 여러 곳의 연상들도 이것이 용만의 장사치들이 조종하고 있다는 줄은 비록 알지만, 자신들이 직접 볼 수 있는 일이 아닌 이상 속만 끓이지 감히 무어라 말을 못하는 것이다. 이렇게 된 지가 이미 오래되었다. 요즘 용만의 장사치들이 잠깐 은신하고 즉시 나타나지 않은 것도 역시 흥정하는 술책의 하나이다.

책문 밖에서 아침밥을 먹고 행장(行裝)을 정돈하니, 쌍주머니의 왼쪽 자물쇠가 간 곳이 없다. 풀밭을 샅샅이 뒤졌으나 끝내 찾지 못했다. 장복(張福)을 꾸짖어 말하기를,

"너는 행장에 신경 쓰지 않고 늘 한눈을 팔더니, 겨우 책문(柵門)에 이르자마자 벌써 물건을 잃어버리는 일이 생겼구나! 속담에 '사흘 길을 하루도 못 가서 늘어진다'고 했는데, 앞으로 2,000리를 가서 황성(皇城 : 연경)에 이를 즈음이면 네 오장까지 잃어버릴까 걱정된다. 내 들건대 구요동(舊遼東)이나 동악묘(東岳廟)엔 본시 좀도둑이 자주 드나드는 곳이라 하니, 네가 또다시 한눈을 팔다가는 무엇을 잃어버릴지 모르겠구나,"

하니 장복은 민망한 듯이 머리를 긁적이며,

"소인도 이제는 알겠습니다. 그 두 곳을 구경할 적에 소인이 두 손으로 눈깔을 꽉 붙들고 있으면, 어느 놈이 빼어갈 수 있겠습니까?"

라고 했다. 나도 모르게 하도 어이가 없어서,

"오냐, 좋다."

하고 응낙하였다.

대체로 장복이란 녀석은 아직 나이가 어리고 또 처음 길인데다가 성품도 자못 멍청해서, 동행하는 마두들이 흔히 장난말로 놀리면 장복은 곧잘 참말로 곧이듣고 그러려니 한다. 매사에 알아듣는 것이 다 이러하니, 앞으로 먼 길을 데리고 갈 생각을 하면 한심하기 짝이 없다.

책문(柵門) 밖에서 다시 책문 안을 바라보니, 수많은 민가(民家)들이 모두 다섯 개의 대들보가 높이 솟아 있고 띠 이영을 덮었는데, 등성마루가 훤칠하고 대문과 방문들이 가지런하였으며 네거리가 쭉 곧아서 양쪽 길이 마치 먹줄을 친 것처럼 반듯하다. 담장은 모두 벽돌로 쌓았고, 사람 탄 수레와 화물 실은 차들이 도로를 누비며, 벌여 놓은 그릇들은 모두 그림이 그려진 도자기(陶瓷器)들이다. 그 제도가 어디로 보나 시골티라고는 전혀 없다.

앞서 나의 벗 홍덕보(洪德保 : 담헌 홍대용)가 일찍이 중국 문물의 큰 규모와 세밀한 수법에 대해 말한 적이 있지마는, 이 책문은 중국의 동쪽 변두리임에도 오히려 이러하거늘, 앞으로 〈더욱 번화한 곳으로〉 유람할 것을 생각하니 갑자기 기가 한

풀 꺾여서 여기서 곧장 발길을 돌릴까보다 하는 생각에 나도 모르게 온몸이 화끈거렸다.

나는 깊이 반성하면서 혼잣말로,

'이는 하나의 시기하는 마음이다. 내 평소 성미가 담박(淡泊)하여 남을 부러워하거나 시기하는 마음은 본래 조금도 없었다. 이제 한번 다른 나라에 발을 들여 놓으매, 본 것으로는 만분의 일에 불과한데 벌써 이런 망령된 마음이 일어남은 무슨 까닭인가? 이는 곧 견문이 좁은 탓이리라. 만일 석가여래(釋迦如來)의 밝은 눈으로 시방세계(十方世界 : 온 세계)를 두루 살피신다면 어느 것이나 평등하지 않음이 없으리니, 만사가 평등할진대 저절로 시기와 부러움도 없으리라.'

하고는 장복을 돌아보며,

"네가 만일 중국에 태어났다면 어떻겠느냐?"

하니 <장복이> 대답하기를,

"중국은 되놈의 나라이기에 소인은 싫습니다."

라고 하였다. 때마침 한 소경이 어깨에 비단 주머니를 걸고 손으로 월금(月琴 : 당비파와 비슷한 둥근 악기)을 뜯으면서 지나간다. 나는 크게 깨달아,

"저야말로 평등의 눈을 가진 이가 아니겠느냐?"

하였다.

조금 뒤에 책문(柵門)이 활짝 열렸고, 봉성 장군과 책문어사(柵門御史)가 방금 와서 점방(店房)에 앉아 있다고 하다 여러 되놈들이 책문이 메이도록 떼로 나오며, 다투어 방물과 사복

(私卜 : 개인이 가진 짐)의 무게를 가늠해 본다. 대체로 이곳부터
는 되놈의 수레를 세내어서 짐을 운반하기 때문이다.[2] 그들은
사신이 앉아 있는 곳에 와 보고서는 담뱃대를 물고 힐끗힐끗 쳐
다보더니, 손가락으로 가리키면서 저희들끼리 말하기를,

"저자가 왕자(王子)인가?"

라고 한다. 종반(宗班 : 임금과 가까운 집안)으로서 정사(正使)가
된 이를 왕자라고 일컫기 때문이다. 그중에 잘 아는 자가 있어
서 말하기를,

"아니야, 저 머리가 희끗희끗한 이가 부마(駙馬 : 임금의 사위)
어른인데, 지난해에도 왔었다네."

하고 부사를 가리키면서는,

"저 수염 좋고 쌍학(雙鶴) 무늬 놓은 관복을 입은 이가 바로
얼대인(乙大人)이지."

하고 서장관을 가리키면서는,

"저분이 산대인(山大人)인데, 모두 한림(翰林)[3] 출신이야."

라고 한다. 얼(乙)은 이(二 : 둘째)를 뜻하고, 산(山)은 삼(三 : 셋
째)을 뜻하며, 한림 출신이란 문관(文官)을 일컬음이다.

시냇가에서 왁자지껄하며 다투는 소리가 들리는데, 말소리인

---

2) 봉성에서부터 청나라 사람들에게 품삯을 주고 짐을 실린다. 청나라
사람들 중에는 이를 독점하는 조합 같은 것이 있어서 오랫동안 여러
가지의 폐해가 많았다.

3) 한림(翰林) : 조선에서는 예문관(藝文館) 검열(檢閱)에 해당되는 관직
으로서, 문벌이 좋고 우수한 수재라야만 임명된다.

지 새가 지저귀는 소리인지 한마디도 알아들을 수가 없었다. 급히 가서 보니 득룡이 방금 뭇 되놈들과 더불어 예단(禮單)⁴⁾의 많고 적음을 다투고 있었다. 대체로 예단을 보낼 때면 반드시 전례를 좇아 나누어 주는 것인데, 봉황성의 교활한 되놈들이 반드시 명목(名目)을 덧붙여서 가짓수를 채워 주기를 강요한다.

이에 대한 일처리의 잘하고 못함은 전적으로 상판사(上判事)의 마두에게 달린 것이다. 만일 일에 서툰 풋내기를 만난다든지 그가 중국말이 시원찮다든지 하면, 시비를 따져보지도 못하고 달라는 대로 다 들어 줄 수밖에 없다. 올해에 이렇게 하면 내년에는 벌써 전례가 되기 때문에 기어코 아귀다툼을 하여야 한다. 사신들은 이 묘리를 알지 못하고 항상 책문(柵門)에 들어가기에만 급한 나머지 반드시 역관을 재촉하고, 역관은 또 마두를 재촉하여 그 폐단의 유래가 오래되었다.

상삼(象三)—상판사의 마두이다.—이 방금 예단을 나누어 주려고 하는데 되놈 100여 명이 빙 둘러섰다. 무리 중에 한 놈이 갑자기 큰 소리로 상삼에게 욕을 한다. 득룡이 수염을 쓱 쓰다듬고 눈을 부릅뜬 채 곧장 내달아서 그 놈의 가슴을 움켜쥐고 주먹을 휘두르면서 때리려는 시늉을 하며 뭇 되놈들을 둘러보고 외치기를,

"이런 무례하고 뻔뻔한 놈을 보았나. 옛날에는 대담하게도 어

---

4) 예단(禮單) : 흔히 선물의 목록, 또는 그 선물을 뜻하는데, 여기서는 사행이 연로(沿路)의 청나라 관원에게 선사하는 선물을 말한다.

르신의 쥐털 목도리를 훔쳐 갔고, 또 지난해엔 어르신께서 주무
시는 틈을 타서 나의 허리에 차고 있던 칼을 뽑아 어르신의 칼집
에 달린 술을 끊어 갔고, 다시 내가 차고 있는 주머니를 훔치려
다가 내게 들켜서는 다른 부장에게 보내져서 주먹 한 대에 톡톡
히 경을 치지 않았는가? 그때는 아주 온갖 방법으로 애걸복걸하
면서 나더러 목숨을 살려 주신 부모 같은 은인이라 하더니, 이번
엔 또 오랜만에 오니까 도리어 어르신께서 네놈의 얼굴을 기억
하지 못할 것이라고 속이고서 함부로 떠들고 이처럼 큰 소리를
친단 말인가? 쥐새끼 같은 놈은 붙잡아서 봉성 장군에게 압송해
야만 되겠다!"
라고 한다. 그랬더니 여러 되놈들은 한목소리로 용서해 줄 것
을 권한다. 그중에서도 수염이 아름답고 옷을 깨끗이 입은 한
노인이 앞으로 나서더니 득룡의 허리를 껴안으면서 말하기를,
　"형님, 제발 좀 참으시오."
라고 한다. 득룡이 그제야 노여움을 풀고 빙그레 웃으면서,
　"내가 만일 동생의 안면을 보지 않는다면, 이놈의 콧잔등이를
한 주먹 갈겨서 저 봉황산 밖에 던져 버렸을 것이네."
하며 날뛰는 행동거지가 가소롭다.
　판사(判事) 조달동(趙達東)이 내 곁에 와 섰기에 조금 전의
그 광경을 이야기하고 혼자서만 보기에 아깝더라고 하니, 조군
(趙君)이 웃으면서,
　"그야말로 살위봉법(殺威棒法)5)이랍니다."
한다. 조군이 득룡을 재촉하며,

"사또께서 이제 장차 책문으로 들어가실 테니, 예단(禮單)을
지체 없이 나누어 주게."
라고 하니, 득룡이 연방 "예이, 예이." 하며 짐짓 바쁜 체하고 서
둔다. 나는 일부러 오랫동안 선 채로 나눠 주는 물건의 명목(名
目)을 상세히 보았더니, 매우 괴상하고 잡스러운 것들이었다.

예단 물목(禮單物目)[6]

책문수직보고(柵門守直甫古)[7] 2명과 갑군(甲軍) 8명에겐 각
각 백지(白紙) 10권(卷), 소연죽(小煙竹 : 작은 담뱃대) 10개, 화
도(火刀) 10개, 봉초(封草) 10봉(封)씩이다.[8]
봉성 장군(鳳城將軍)[9] 2명, 주객사(主客司) 1명, 세관(稅官)
1명, 어사(御史) 1명, 만주 장경(滿州章京)[10] 8명, 가출 장경(加

---

5) 살위봉법(殺威棒法) : 중국 무술(武術) 십팔기(十八技)의 하나로, 도둑
   의 덜미를 먼저 잡는 방법이다.

6) 예단 물목(禮單物目) : 여러 본에 애초에는 이 예단물목을 독립시킨
   것이 없었다. 다만 내가 몇 해 전에 어디에서 독립된 본을 보고서 잘
   된 것이라 생각하여 이에 적용한다.

7) 보고(甫古) : 보십구(甫+口)를 잘못 표기한 것이다. 청나라의 벼슬
   아치 이름으로, 창고를 관리하는 직책이다. 참고로 그들의 기록에는
   발습고(發什古)로 되어 있다.

8) 『통문관지(通文館志)』에는 "백지 1권, 소연죽 1개, 화도 1개, 봉초 1
   봉"으로 되어 있다.

9) 봉성 장군(鳳城將軍) : 청인과 한인 각기 한 사람씩이다.

出章京) 2명, 몽고 장경(蒙古章京) 2명, 영송관(迎送官) 3명, 대자(帶子)11) 8명, 박씨(博氏)12) 8명, 가출 박씨(加出博氏) 1명, 세관 박씨(稅官博氏) 1명, 외랑(外郞) 1명, 아역(衙譯) 2명, 필첩식(筆帖式)13) 2명, 보고(甫古) 17명, 가출 보고(加出甫古) 7명, 세관 보고(稅官甫古) 2명, 분두 보고(分頭甫古) 9명, 갑군 50명, 가출 갑군(加出甲軍) 36명, 세관 갑군(稅官甲軍) 16명 등 이상 모두 102명14)에게는 장지(壯紙 : 두터운 종이) 156권, 백지 469권, 청서피(靑鼠皮) 140장, 작은 갑에 넣은 담배 580갑, 봉지 담배 800봉, 세연죽(細煙竹 : 가는 담뱃대) 74개, 팔면은항연죽(八面銀項煙竹 : 목이 8면인 은담뱃대) 74개, 석장도(錫粧刀) 37자루, 칼집 있는 손칼 284자루, 선자(扇子 : 자루부채) 288자루, 대구어(大口魚) 74마리, 다래[月乃]15)―가죽 장니(障泥 : 말다래)― 7벌, 환도(環刀) 7자루, 은장도(銀粧刀) 7자루, 은연죽(銀煙竹 : 은담뱃대) 7개, 석장연죽(錫長煙竹 : 주석으로 된 긴 담뱃대) 42개, 붓 40자루, 먹[墨] 40정(丁), 화도 262개, 청청다래[靑靑月乃 : 말안장 양쪽에 층층으로 달아놓은 진흙을 막는 기구] 2벌, 별연죽(別煙

10) 만주장경(滿州章京) : 청나라 벼슬아치 이름.
11) 대자(帶子) : 청나라의 벼슬아치 이름.
12) 박씨(博氏) : 청나라의 벼슬아치 이름.
13) 필첩식(筆帖式) : 청나라의 벼슬아치 이름.
14) 102명 : 180명의 오산인 듯하다.
15) 다래[月乃] : 말을 탄 사람의 옷에 진흙이 튀지 않도록 가죽 같은 것을 말안장 양쪽에 없는 진흙막이를 말한다.

竹) 35개, 유둔(油芚)16) 2벌씩을 나누어 주었다.

뭇 되놈들은 그제야 끽소리 없이 엄숙하고 조용히 받아 가지고 가버렸다. 조군이 말하기를,

"득룡의 수단이 참으로 능하단 말입니다. 그는 지난해에 휘항(揮項 : 털목도리)이며 칼이며 주머니며 잃어버린 일이 없는데도 공연히 생트집을 잡고 마구 떠들어대어서 〈그중 대표급〉 한 놈을 꺾어 놓았더니, 나머지 무리는 저절로 수그러져 모두 서로 돌아보고는 무료히 물러서곤 하더군요. 만일 그렇게 하지 않았던들, 사흘이 가도 끝이 나지 않아 책문 안으로 들어갈 가망이 없을 것입니다."

하였다. 이윽고 군뢰가 꿇어앉아서 아뢰기를,

"문상어사(門上御史)와 봉성 장군이 수세청(收稅廳 : 세관)에 나와 계십니다."

라고 하였다. 이에 삼사(三使)가 차례로 책문(柵門)으로 들어섰다. 장계(狀啓)는 전례대로 의주의 창군(鎗軍)들이 돌아가는 편에 부쳤다.

이 문을 한번 들어서면 곧바로 중국 땅이어서 고국의 소식은 이곳부터 끊어지는 것이다. 나는 서운한 생각에 동쪽을 바라보면서 서 있다가 이윽고 몸을 돌려 천천히 걸어서 책문으로 들어

---

16) 유둔(油芚) · 기름 먹인 상반지. 수설루본(朱雪樓本)에는 '유단(油單)'으로 되어 있다.

갔다.

길 오른편에 초청(草廳) 세 칸이 있어서 어사 · 장군으로부터 아래로 아역(衙譯)에 이르기까지 품계나 등급의 차례에 따라 나누어 의자에 늘어앉았고, 수역 이하는 공손히 두 손을 마주잡고 앞에 서 있었다.

사신이 이곳에 이르니, 마두가 하인을 호통쳐 가마를 멈추고 잠시 말을 쉬어 마치 행차를 중지하려는 듯하다가 이내 재빨리 달려 지나쳐 선다. 부사와 서장관도 또한 이같이 하여 마치 서로 시늉을 내는 듯하는 양이 〈하도 우스꽝스러워서〉 사람들이 허리를 잡을 지경이었다.

비장이나 역관들은 모두 말에서 내려 걸어 지나갔는데, 다만 변계함(卞季涵)만이 말을 탄 채 그냥 지나간다. 말석에 앉은 되놈 하나가 갑자기 조선말로 크게 소리지르고 마구 욕을 하면서 말하기를,

"무례하고 무례하다. 어른들 몇 분이 여기 앉아 계신데, 외국의 수행원이 어찌 감히 당돌하단 말이요? 사신에게 빨리 고하여 볼기를 침이 마땅하겠군."

라고 하였다. 그 목소리가 비록 거세고 컸으나 혀가 굳고 목이 꺽꺽하여 마치 어린아이가 어리광부리듯 하며 주정꾼이 노닥거리는 것 같았다. 이자는 곧 호행통관(護行通官)[17] 쌍림(雙

---

17) 호행통관(護行通官) : 사신 일행을 호송하는 통역관. '통관'은 청나라의 벼슬아치 이름이다.

林)이라고 한다. 수역(首譯)이 나서서 대답하기를,

"이 사람은 우리나라 태의관(太醫官 : 어의(御醫))인데 처음 길이라 실정을 몰라서 그랬으며, 또 태의관은 국명(國命)을 받들어 정사를 수행하고 보호하는 직분이므로 정사께서도 감히 마음대로 할 수 없는 처지입니다. 여러 어른께서는 위로 황제께서 우리나라를 사랑하시는 마음을 본받아서 세세히 따지지 않으신다면 더욱 대국의 너그러운 도량이 드러날 것입니다."

라고 하자, 그들은 모두 머리를 끄덕이고 빙그레 웃으면서,

"그렇소, 그래."

한다. 다만 쌍림은 눈을 부라리고 사납게 소리를 지르며 아직 노여움을 풀지 않고 있다. 수역이 나에게 그만 가자고 눈짓한다. 길에서 변군(卞君 : 변계함(卞季涵))을 만났는데 변군이,

"큰 욕을 보았네."

라고 하여 나는,

"볼기 둔(臀) 자를 잘 생각해 봐."

하고는 서로 한바탕 웃었다. 이에 그와 소매를 나란히 하고 가면서 구경을 하는데 감탄의 소리가 저절로 났다.

책문(柵門) 안의 인가는 2, 30호에 지나지 않았으나 모두 웅장하고 깊고 높고 시원스러웠다. 짙은 버드나무 그늘 속에 주막(酒幕)을 표시한 푸른색 기를 단 장대 하나가 공중에 솟은 채 나부낀다. 변계함(卞季涵)과 함께 들어가니 이미 조선 사람들이 그 속에 그득하였다. 맨 종아리며 맨 상투 바람으로 걸상을 가로 타고 앉아 떠들다가 나를 보고는 모두 재빨리 피하여서 밖으

로 나가버린다. 주인이 크게 성이 나서 변군을 가리키면서,

"아무런 사정도 모르는 관원들이 남의 영업을 방해하는군요."

라고 하며 투덜거린다. 대종(戴宗)이 주인의 등을 쓰다듬으며,

"형님, 잔소리 할 것 없소. 두 어른은 한두 잔만 마시면 곧바로 나가실 텐데, 그저 망나니들이 어찌 감히 제멋대로 걸상을 타고 앉았을 수 있겠소? 잠시 피한 것이니, 곧 다시 돌아와서 이미 마셨으면 술값을 치를 것이고, 아직 덜 마셨으면 흉금을 터놓고 마음껏 마실 테니, 형님은 마음 놓고 우선 넉 냥 술이나 부으시오."

라고 하자 주인은 그제야 웃는 얼굴로,

"동생, 지난해도 보지 않았소? 저 망나니들이 시끄럽게 싸우는 통에 모두 먹기만 하고는 뿔뿔이 연기처럼 사라져버리니, 술값을 어디에서 받겠소?"

라고 하니 대종은,

"형님, 염려 마시오. 두 어른들이 마시고 나서 곧바로 일어나시면, 아우인 내가 그들을 다 이리로 몰고 와서 영업을 하게 할 테니."

하자 주막의 주인이,

"그러시오. 두 분이 함께 넉 냥으로 하실까요? 각각 넉 냥으로 하실까요?"

하니 대종이,

"따로따로 넉 냥씩 부으시오."

한다. 변군이 나무라면서,

"넉 냥 술을 누가 다 마신단 말이냐?"

하니, 대종이 웃으면서,

"넉 냥이란 술값이 아닙니다. 술 무게를 말합니다."

라고 한다.

탁자 위에 벌여놓은 술잔이 한 냥부터 열 냥까지 제각기 그 그릇이 다르다. 모두 놋쇠와 주석으로 잔을 만들어서 빛깔을 내어 은과 같다. 넉 냥의 술을 청하면 넉 냥들이 잔으로 부어 주는 만큼 술을 사는 이는 다시 또 그 많고 적음을 따질 필요가 없다. 그 간편함이 이와 같다. 술은 모두 백소로(白燒露)인데, 맛이 그리 좋지는 않지만 선 자리에서 취했다가 돌아서면 이내 깬다.

넓게 차려놓은 점포를 둘러보니, 모든 것이 가지런하고 반듯반듯 단정하고, 한 구석이라도 구차하거나 임시변통으로 이리저리 주선해서 꾸며 대는 법이 없고, 한 물건이라도 헛되이 어지럽혀 놓은 모양이 없었다. 심지어 소외양간이나 돼지우리까지도 모두 넓고 곧아서 법도가 있었으니, 나무 더미나 거름 무더기까지도 모두 유달리 깨끗하고 맵시 있는 품이 그림을 그린 듯싶다.

아아, 이렇게 한 연후에야 비로소 이용(利用 : 기물(器物)의 사용을 편리하게 함)이라 이를 수 있겠다. 이용을 한 연후에야 후생(厚生 : 재물을 풍부하게 하여 백성들의 생활을 윤택하게 함)을 할 수 있을 것이요, 후생을 한 연후에야 정덕(正德 : 질서를 바로잡음)

을 할 수 있을 것이다. 사용을 편리하게 하지 않고서 생활을 윤택하게 할 수 있는 경우는 드무니, 생활이 이미 제각기 넉넉하지 못하다면 또한 어찌 그 마음[德]을 바로 지닐 수 있으리오?

정사(正使)가 이미 악씨(鄂氏) 성을 가진 사람의 집을 숙소로 잡았다. 주인은 키가 7척이요, 매우 건장하며 억세고 사나운 모습이었다. 그의 어머니는 나이가 칠순에 가까운데 머리에 가득히 꽃을 꽂았고, 눈매가 아름다워 젊었을 때의 모습을 가히 짐작할 수 있겠다.[18]

점심을 마친 후, 박래원(朴來源)과 정 진사와 함께 구경을 나섰다. 봉황산은 이곳에서 6, 7리쯤 떨어져 있다. 그 전면을 보니 참으로 기이하고 뾰족했다. 산중에는 안시성(安市城)[19]의 옛터가 있어서 성첩(城堞 : 성가퀴)이 지금껏 남아 있다고 하나, 그릇된 말이다. 삼면이 모두 깎아지른 듯 험하여 나는 새라도 오를 수 없을 성싶고, 오직 정남향의 한 쪽만이 좀 평평하나 주위가 수백 보에 지나지 않음으로 보아, 이런 탄알만 한 작은 성은 큰 군사가 오랫동안 머물 곳이 아니니, 이는 아마 고구려 때의 조그마한 보루(堡壘)인 듯싶다.

셋이 함께 큰 버드나무 밑에서 더위를 식히고 있었다. 옆에

---

18) 박영철본에는 "그의 자손들이 앞에 가득하다고 한다[聞其子孫滿前云]"라고 되어 있다.

19) 안시성(安市城) : 당나라 태종(太宗)이 고구려를 치다가 패하여 돌아간 곳으로, 고구려의 최대 보루였던 성지이다.

벽돌로 쌓은 우물이 있는데, 넓은 돌을 다듬어서 뚜껑을 덮고
양쪽에는 구멍을 뚫어서 겨우 두레박만 드나들게 해 놓았다.
이는 사람이 떨어져 빠지는 것과 흙먼지가 들어가는 것을 막기
위함이었고, 또 물의 본성은 본래 음(陰)하기 때문에 〈뚜껑으
로〉 볕을 가려서 살아 있는 물인 활수(活水)를 만드려는 것이었
다. 우물 뚜껑 위엔 녹로(轆轤 : 골차(滑車), 도르래)를 만들어 양쪽
으로 두 줄이 드리워져 있고, 버들가지를 걸어서 둥근 그릇〔棬 :
표주박〕을 만들었는데, 그 모양이 바가지 같았으나 깊어서 두레
박 하나가 올라가면 하나는 내려가서 종일 길어도 사람의 힘을
허비하지 않게 되었다.

　물통은 모두 쇠로 테를 두르고 조그마한 못을 촘촘히 박아 비
끄러맸는데, 대나무로 테를 묶은 것보다 훨씬 나았다. 〈대나무
로 만든 것은〉 세월이 오래 지나면 썩어서 끊어지기도 하려니
와 통이 햇볕에 마르면 대나무 테가 저절로 헐거워져 벗겨지므
로 쇠로 테를 메우는 것이 좋은 방법이다. 물을 길어가지고는
모두 어깨에 메고 다니는데, 이를 편담(扁擔)이라고 한다. 그
법은 팔뚝만큼 굵은 나무를 길이가 한 길 정도로 다듬어서 양쪽
끝에 물통을 걸되, 물통이 땅 위에서 한 자 남짓 올라오게 한 것
이다. 이렇게 하면 물이 출렁거려도 좀처럼 넘치지 않는다. 우
리나라에서는 오직 평양에서만 이런 법이 있기는 하나, 어깨에
메지 않고 등에 지고 다니기 때문에 고샅길과 좁은 골목에서는
여간 거추장스럽지 않다. 이렇게 어깨에 메는 법이 훨씬 편리
할 것이다.

옛날 포선(鮑宣)[20]의 아내가 물동이를 들고 물을 길었다는 대목을 읽다가 왜 머리에 이지 않고 손에 들었을까 하고 나는 일찍이 의심하였더니, 이제 보니 이 나라 부인들이 모두 높이 쪽머리를 해서 물건을 일 수 없었던 것이었다.

서남쪽은 드넓게 탁 트여 평원(平遠 : 땅이 평평하여 멀리까지 볼 수 있음)한 산과 담탕(淡蕩 : 맑고 넓음)한 물이 되었다. 우거진 버드나무에 그늘은 짙고, 띠지붕과 성긴 울타리가 시시때때로 숲 사이로 드러나며, 푸르게 우거진 평평한 방축(防築 : 둑)에는 소와 양이 여기저기서 풀을 뜯고 있다. 멀리 보이는 다리 위에는 행인들이 짐을 지고 끌고 가는데, 멈춰 서서 바라보고 있노라니 자못 요사이 여행길에 쌓였던 고단함을 잊어버릴 듯싶다.

동행했던 두 사람은 새로 지은 불당(佛堂)을 구경하기 위하여 나만 혼자 남겨두고 가버렸다. 때마침 말을 탄 10여 명이 채찍을 휘두르며 달려 지나가는데, 모두 수놓은 안장에 재빠른 말이어서 의기가 양양하다. 그들은 내가 홀로 서 있음을 보고 고삐를 돌이켜 말에서 내려서는 서로 다투어 내 손을 잡고 정답게 인사를 한다. 그중에 한 사람은 아름다운 소년이었다. 내가 땅에 글자를 써서 필담(筆談)을 시작했으나, 그들은 모두 머리를 숙이고 한참을 들여다보고는 고개만 끄덕일 뿐 무슨 말인지 알아차리지 못하는 모양이다.

---

20) 포선(鮑宣) : 한(漢)나라의 강직한 관리인데, 왕망(王莽)을 따르지 않았다가 피살되었다.

〈곁에는〉 비석 두 기(基)가 서 있는데 모두 푸른 돌이다. 하나는 문상어사(門上御史)의 선정비(善政碑)요, 또 하나는 세관(稅官) 아무개의 선정비였다. 〈그 둘은〉 다 만주 사람으로 네 글자 이름이다. 비문을 지은 이도 모두 만주인이어서 글이나 글씨가 모두 졸렬하다. 다만 비석을 만든 제도가 매우 아름다우면서도 공력이나 경비가 많이 줄어들었으니, 이는 본받음직하다.

비석의 양쪽 옆은 매끄럽게 갈지 않고, 벽돌로 담장을 쌓아올리되 비석 머리가 묻히게 하고, 위에 기와를 이어서 지붕을 만들었다. 비석은 그 속에서 비바람을 피하게 되었으니, 일부러 비각을 세워서 비석을 가리는 것보다 월등히 낫겠다. 비부(碑趺 : 비석의 받침돌)에 놓인 비희(贔屭 : 거북 모양의 용 새끼)나 비문의 양쪽 변두리에 새긴 패하(覇夏)[21]는 털끝을 셀 수 있을 만큼 정교하다. 이는 한갓 궁벽한 시골 백성들이 세운 것에 지나지 않지만, 그 정교하고 치밀하여 예스럽고 아담한 품이 이루 말할 수 없다.

저녁때가 될수록 더위가 한결 더 기승을 부려 빨리 숙소로 돌아와서 북쪽 들창을 높이 젖히고 옷을 벗고 누웠다. 뒤뜰이 평평하고 넓은데, 파 심은 이랑과 마늘 심은 두둑이 금을 그은 듯

---

21) 패하(覇夏) : 짐승 이름. 전하는 바에 의하면 용에게는 아홉 아들이 있다고 한다. '비희'는 그 아들 중의 하나로 일명 '패하'라고도 한다. 대개는 거북이의 모양을 하고 있다. 어떤 본에는 직접 '패하'로 쓰여 있었다고 한다.

곧고 반듯하다. 오이덩굴과 박덩굴을 올린 시렁이 복잡하게 뒤섞이어 뜰을 덮고, 울타리 가에 붉고 흰 촉규화(蜀葵花 : 접시꽃)와 옥잠화(玉簪花)가 지금 막 한창 피어나고, 처마 끝엔 석류(石榴) 화분 몇 개, 수구(繡毬 : 팔선화(八仙花), 수국) 화분 1개, 가을 해당화 화분 2개가 있다. 주인 악씨(鄂氏)의 아내가 손에 대바구니를 들고 차례로 꽃을 딴다. 아마 저녁 화장을 하려는 것이리라.

창대가 술 한 잔과 계란볶음 한 쟁반을 들고 와서 대접하며 말하기를,

"어디 가셨습니까? 저는 기다리느라고 거의 죽을 뻔했습니다."

라고 한다. 그가 일부러 어리광을 부려 정성을 나타내려는 모습이 밉살스럽기도 하고 우습기도 하다. 그러나 술은 내가 즐기는 바요, 하물며 계란볶음까지 내가 좋아하는 것임에야 말해 무엇하겠는가?

이날은 30리를 갔다. 압록강에서 여기까지가 모두 120리이다. 이곳을 우리나라 사람들은 '책문(柵門)'이라 하고, 이곳 사람은 '가자문(架子門)'이라 하며, 중국 사람들은 '변문(邊門)'이라 한다.

原文

二十七日
이십칠일

甲戌　朝霧晚晴　平明發行　路逢五六胡人　皆騎小驢
갑 술　조 무 만 청　평 명 발 행　노 봉 오 륙 호 인　개 기 소 려

帽服襤縷　容貌疲殘　皆鳳城甲軍　往戌愛剌河　而雇人
모 복 남 루　용 모 피 잔　개 봉 성 갑 군　왕 수 애 라 하　이 고 인

倩往云　東方則誠無慮矣　然中國邊備　可謂疏矣.
청 왕 운　동 방 즉 성 무 려 의　연 중 국 변 비　가 위 소 의

馬頭及刷馬驅人輩　喝令下驢　前行兩胡　下驢側行
마 두 급 쇄 마 구 인 배　갈 령 하 려　전 행 양 호　하 려 측 행

後行三胡　不肯下驢　馬頭輩齊聲叱下　則怒目直視曰
후 행 삼 호　불 긍 하 려　마 두 배 제 성 질 하　즉 노 목 직 시 왈

爾們的大人　干我甚事　馬頭直前奪其鞭　擊其赤脚曰
이 문 적 대 인　간 아 심 사　마 두 직 전 탈 기 편　격 기 적 각 왈

吾們的大人陪奉　是何等物件　賫來是何等文書　黃旗
오 문 적 대 인 배 봉　시 하 등 물 건　재 래 시 하 등 문 서　황 기

上　明明的寫着萬歲爺御前上用　爾們好不患瞎　還不
상　명 명 적 사 착 만 세 야 어 전 상 용　이 문 호 불 환 할　환 불

認過了皇上御用的　其人下驢　伏地稱死罪　一人起抱
인 과 료 황 상 어 용 적　기 인 하 려　복 지 칭 사 죄　일 인 기 포

咨文馬頭腰　滿面歡笑曰　老爺息怒　小人們該死的　馬
자 문 마 두 요　만 면 환 소 왈　노 야 식 노　소 인 문 해 사 적　마

頭輩　皆大笑　叱令叩頭謝罪　皆跪伏于泥中　以首頓地
두 배　개 대 소　질 령 고 두 사 죄　개 궤 복 우 니 중　이 수 돈 지

黃泥滿額　一行皆大笑　叱令退去.
황 니 만 액　일 행 개 대 소　질 령 퇴 거

余曰　聞汝輩　入中國　多惹鬧端云　吾今目覩　果驗
여왈　문여배　입중국　다야료단운　오금목도　과험

前聞　俄者亦涉不緊　此後切勿因戲起鬧　皆對曰　不如
전문　아자역섭불긴　차후체물인희기료　개대왈　불여

此　長途永日　無以消遣.
차　장도영일　무이소견

望見鳳凰山　恰是純石造成　拔地特起　如擘掌立指
망견봉황산　흡시순석조성　발지특기　여벽장립지

如半開芙蓉　天末夏雲　秀峭戌削　不可名狀　而但欠淸
여반개부용　천말하운　수초술삭　불가명상　이단흠청

潤之氣.
윤지기

嘗謂我京道峯三角　勝於金剛　何則　金剛卽其洞府
상위아경도봉삼각　승어금강　하즉　금강즉기동부

所謂萬二千峯　非不奇峻雄深　獸挐禽翔　仙騰佛跌　而
소위만이천봉　비불기준웅심　수나금상　선등불질　이

陰森渺冥　如入鬼窟.
음삼묘명　여입귀굴

余嘗與申元發　登斷髮嶺　望見金剛山　時方秋天深碧
여상여신원발　등단발령　망견금강산　시방추천심벽

夕陽斜映　無干霄秀色　出身潤態　未嘗不爲金剛一歎.
석양사영　무간소수색　출신윤태　미상불위금강일탄

及自上流舟下　出頭尾江口　西望漢陽　三角諸山　摩
급자상류주하　출두미강구　서망한양　삼각제산　마

霄出靑　微嵐淡靄　明媚婀娜　又嘗坐南漢南門　北望漢
소출청　미람담애　명미아나　우상좌남한남문　북망한

陽　如水花鏡月.
양　여수화경월

或曰　光氣浮空　乃旺氣也　旺氣者王氣也　爲我京億
혹왈　광기부공　내왕기야　왕기자왕기야　위아경억

萬載　龍盤虎踞之勢　其靈明之氣　宜異乎他山也　今此
만재　용반호거지세　기영명지기　의이호타산야　금차

山勢之奇峭峻拔　雖過道峯三角　而其浮空光氣　大不
산세지기초준발　수과도봉삼각　이기부공광기　대불

及漢陽諸山矣.
급한양제산의

原野平濶　雖不耕墾　而處處砍紫　根柹狼藉　牛蹄轍
원야평활　수불경간　이처처감자　근시낭자　우제철

跡　縱橫艸間　已知其近柵　而居民之尋常出柵　亦可驗
적　종횡초간　이지기근책　이거민지심상출책　역가험

矣.
의

疾驅行七八里　抵柵外　羊豕彌山　朝煙繚靑　刌木樹
질구행칠팔리　저책외　양시미산　조연요청　고목수

柵　略識經界　可謂折柳樊圃矣　柵門　覆以苫草　板扉
책　약지경계　가위절류번포의　책문　복이점초　판고

深鎖　離柵數十步　設三使幕次　少憩　方物齊到　露積
심쇄　이책수십보　설삼사막차　소게　방물제도　노적

柵外.
책외

群胡觀光者　列立柵內　無不口含煙竹　光頭搖扇　或
군호관광자　열립책내　무불구함연죽　광두요선　혹

黑貢緞衣　或秀花紬衣　或生布生苧　或三升布　或野繭
흑공단의　혹수화주의　혹생포생저　혹삼승포　혹야견

絲　袴亦如之　所佩繽紛　或繡囊三四　小佩刀　皆揷雙
사　고역여지　소패빈분　혹수낭삼사　소패도　개삽쌍

牙箸　煙袋如胡蘆樣　或繡刺花草禽鳥　又古人名句.
아저　연대여호로양　혹수자화초금조　우고인명구

譯官及諸馬頭輩　爭立柵外　兩相握手　慇懃勞問　群
역관급제마두배　쟁립책외　양상악수　은근로문　군

胡問 你在王京 那日起程 在途時得免天水麼 家裏都
호문 니재왕경 나일기정 재도시득면천수마 가리도

是太平麼 充得包銀麼 人人酬酢 如出一口 又爭問
시태평마 충득포은마 인인수작 여출일구 우쟁문

韓相公安相公來麼 此數人者 俱義州人 歲歲販燕 皆
한상공안상공래마 차수인자 구의주인 세세판연 개

巨猾 習知燕中事 所謂相公者 商賈相尊之稱也.
거활 습지연중사 소위상공자 상고상존지칭야

使行時 例給正官八包 正官者 裨譯共三十員 八包
사행시 예급정관팔포 정관자 비역공삼십원 팔포

者 舊時 官給正官人 人蔘幾斤 謂之八包 今不官給
자 구시 관급정관인 인삼기근 위지팔포 금불관급

令自備銀 只限包數 堂上包銀三千兩 堂下二千兩 自
영자비은 지한포수 당상포은삼천냥 당하이천냥 자

帶入燕 貿易諸貨 爲奇羨 貧不能自帶 則賣其包窠
대입연 무역제화 위기선 빈불능자대 즉매기포과

松都平壤安州等處燕商 買其包窠 充銀以去 然諸處
송도평양안주등처연상 매기포과 충은이거 연제처

燕商 法不得身自入燕 將包交付灣人 貿易以來.
연상 법부득신자입연 장포교부만인 무역이래

如韓安諸賈 連歲入燕 視燕如門庭 與燕市裨販 連
여한안제고 연세입연 시연여문정 여연시비판 연

腸互肚 兌發低仰 都在其手 燕貨之日增厥價 亶由此
장호두 태발저앙 도재기수 연화지일증궐가 단유차

輩 擧國都不理會 專責譯官 譯官 失權於灣賈 拱手
배 거국도불이회 전책역관 역관 실권어만고 공수

而已 諸處燕商 雖知爲灣賈之所操縱 而事非目覩 則
이이 제처연상 수지위만고지소조종 이사비목도 즉

敢怒而不敢言 其來已久 今者灣賈之暫爲隱身 不卽
감노이불감언 기래이구 금자만고지잠위은신 부즉

相見 亦一鉤引小數也.
상현 역일구인소수야

朝飯於柵外 整頓行裝 則雙囊左鑰 不知去處 遍覓
조반어책외 정돈행장 즉쌍낭좌약 부지거처 편멱

草中 終未得 責張福曰 汝不存心行裝 常常遊目 纔
초중 종미득 책장복왈 여부존심행장 상상유목 재

及柵門 已有閪失 諺所謂三日程 一日未行 若復行二
급책문 이유서실 언소위삼일정 일일미행 약부행이

千里 比至皇城 還恐失爾五臟 吾聞舊遼東及東岳廟
천리 비지황성 환공실이오장 오문구요동급동악묘

素號姦細人出沒處 汝復賣眼 又未知幾物見失 張福
소호간세인출몰처 여부매안 우미지기물견실 장복

閔然搔首曰 小人已知之 兩處觀光時 小人當雙手護
민연소수왈 소인이지지 양처관광시 소인당쌍수호

眼 誰能拔之 余不覺寒心 乃應之曰 善哉.
안 수능발지 여불각한심 내응지왈 선재

蓋福也 年少初行 性又至迷 同行馬頭輩 多以戲語
개복야 연소초행 성우지미 동행마두배 다이희어

誑之 則福也 眞個信聽 每事所認 皆此類也 遠途所
광지 즉복야 진개신청 매사소인 개차류야 원도소

仗 可謂寒心.
장 가위한심

復至柵外 望見柵內 閭閻皆高起五樑 苫艸覆蓋 而
부지책외 망견책내 여염개고기오량 점초복개 이

屋脊穹崇 門戶整齊 街術平直 兩沿若引繩 然墻垣皆
옥척궁숭 문호정제 가술평직 양연약인승 연장원개

甎築乘車及載車 縱橫道中 擺列器皿 皆畫瓷 已見其
전축승차급재거 종횡도중 파열기명 개화자 이견기

制度 絶無村野氣.
제도 절무촌야기

往者洪友德保　嘗言大規模細心法　柵門天下之東盡
왕자홍우덕보　상언대규모세심법　책문천하지동진

頭　而猶尙如此　前道遊覽　忽然意沮　直欲自此徑還
두　이유상여차　전도유람　홀연의저　직욕자차경환

不覺腹背沸烘.
불각복배비홍

余猛省曰　此妒心也　余素性淡泊　慕羨猜妒　本絶于
여맹성왈　차투심야　여소성담박　모선시투　본절우

中　今一涉他境　所見不過萬分之一　乃復浮妄若是何
중　금일섭타경　소견불과만분지일　내부부망약시하

也　此直所見者小故耳　若以如來慧眼　遍觀十方世界
야　차직소견자소고이　약이여래혜안　편관시방세계

無非平等　萬事平等　自無妒羨　顧謂張福曰　使汝往生
무비평등　만사평등　자무투선　고위장복왈　사여왕생

中國何如　對曰　中國胡也　小人不願　俄有一盲人肩掛
중국하여　대왈　중국호야　소인불원　아유일맹인견괘

錦囊　手彈月琴而行　余大悟曰　彼豈非平等眼耶.
금낭　수탄월금이행　여대오왈　피기비평등안야

少焉　大開柵門　鳳城將軍及柵門御史　方來坐店房云
소언　대개책문　봉성장군급책문어사　방래좌점방운

群胡闐門而出　爭閱視方物及私卜輕重　蓋自此雇車而
군호전문이출　쟁열시방물급사복경중　개자차고거이

運也　來觀使臣坐處　含煙睥睨　指點相謂曰　王子麽
운야　내관사신좌처　함연비예　지점상위왈　왕자마

宗室正使　稱王子故也　有認之者曰　不是　這個斑白的
종실정사　칭왕자고야　유인지자왈　불시　저개반백적

駙馬大人　頃歲來的　指副使曰　這髥的　雙鶴補子　乃
부마대인　경세래적　지부사왈　저염적　쌍학보자　내

是乙大人　指書狀曰　山大人　俱翰林出身的　乙者　二
시을대인　지서장왈　산대인　구한림출신적　을자　이

也 山者 三也 翰林出身者 文官也.
야 산자 삼야 한림출신자 문관야

溪邊有喧譁爭辨之聲 而語音啁啾 莫識一句 急往觀
계변유훤환쟁변지성 이어음주추 막지일구 급왕관

之 得龍方與群胡 爭禮單多寡也 禮單贈遺時 考例分
지 득룡방여군호 쟁예단다과야 예단증유시 고례분

給 而鳳城姦胡 必增名目 加數要責.
급 이봉성간호 필증명목 가수요책

其善否 都係上判事馬頭 若值生手 不嫻漢語 則不
기선부 도계상판사마두 약치생수 불한한어 즉불

能爭詰 都依所要 今歲如此 則明年已成前例 故必爭
능쟁힐 도의소요 금세여차 즉명년이성전례 고필쟁

之 使臣不知此理 常急於入柵 必促任譯 任譯又促馬
지 사신부지차리 상급어입책 필촉임역 임역우촉마

頭 其弊原久矣.
두 기폐원구의

象三－上判事馬頭 方分傳禮單 群胡環立者 百餘人
상삼 상판사마두 방분전예단 군호환립자 백여인

衆中一胡 忽高聲罵象三 得龍奮髥張目直前 揪其胸
중중일호 홀고성매상삼 득룡분염장목직전 추기흉

揮拳欲打 顧謂衆胡曰 這個潑皮好無禮 往年大膽 偸
휘권욕타 고위중호왈 저개발피호무례 왕년대담 투

老爺鼠皮項子 又去歲 欺老爺睡了 拔俺腰刀 割取了
노야서피항자 우거세 기노야수료 발엄요도 할취료

鞘綏 又割了俺所佩的囊子 爲俺所覺 送與他一副老
초수 우할료엄소패적낭자 위엄소각 송여타일부로

拳 作知面禮 這個萬端哀乞 喚俺再生的爺孃 今來年
권 작지면례 저개만단애걸 환엄재생적야양 금래년

久 還欺老爺小記甿皮 好大膽 高聲大叫如此 鼠子輩
구 환기노야불기면피 호대담 고성대규여차 서자배

拿首了鳳城將軍　衆胡齊聲勸解　有一老胡　美鬚髥　衣
나 수 료 봉 성 장 군　중 호 제 성 권 해　유 일 노 호　미 수 염　의

服鮮麗　前抱得龍腰曰　請大哥息怒　得龍回怒作哂曰
복 선 려　전 포 득 룡 요 왈　청 대 가 식 노　득 룡 회 노 작 신 왈

若不看賢弟面皮時　這部截筒鼻　一拳歪在鳳凰山外
약 불 간 현 제 면 피 시　저 부 절 통 비　일 권 왜 재 봉 황 산 외

其擧措怄攘可笑.
기 거 조 광 양 가 소

趙判事達東　來立余傍　余爲說俄間光景　可惜獨觀
조 판 사 달 동　내 립 여 방　여 위 설 아 간 광 경　가 석 독 관

趙君笑曰　這是殺威棒法　趙君促得龍曰　使道今將入
조 군 소 왈　저 시 살 위 봉 법　조 군 촉 득 룡 왈　사 도 금 장 입

柵　禮單火速分給　得龍連聲唱喏　故作遑遽之色　余故
책　예 단 화 속 분 급　득 룡 련 성 창 야　고 작 황 거 지 색　여 고

久立詳觀　所給物件名目　極爲怪雜.
구 립 상 관　소 급 물 건 명 목　극 위 괴 잡

柵門守直甫古二名　甲軍八名　各白紙十卷　小煙竹十
책 문 수 직 보 고 이 명　갑 군 팔 명　각 백 지 십 권　소 연 죽 십

箇　火刀十箇　封草十封.
개　화 도 십 개　봉 초 십 봉

鳳城將軍二員　主客司一員　稅官一員　御史一員　滿
봉 성 장 군 이 원　주 객 사 일 원　세 관 일 원　어 사 일 원　만

州章京八人　加出章京二人　蒙古章京二人　迎送官三
주 장 경 팔 인　가 출 장 경 이 인　몽 고 장 경 이 인　영 송 관 삼

人　帶子八人　博氏八人　加出博氏一人　稅官博氏一人
인　대 자 팔 인　박 씨 팔 인　가 출 박 씨 일 인　세 관 박 씨 일 인

外郎一人　衙譯二人　筆帖式二人　甫古十七人　加出甫
외 랑 일 인　아 역 이 인　필 첩 식 이 인　보 고 십 칠 인　가 출 보

古七人　稅官甫古二人　分頭甫古九人　甲軍五十名　加
고 칠 인　세 관 보 고 이 인　분 두 보 고 구 인　갑 군 오 십 명　가

出甲軍三十六名　稅官甲軍十六名　合一百二人　分給
출 갑 군 삼 십 륙 명　세 관 갑 군 십 륙 명　합 일 백 이 인　분 급

壯紙一百五十六卷　白紙四百六十九卷　靑鼠皮一百四
장 지 일 백 오 십 륙 권　백 지 사 백 륙 십 구 권　청 서 피 일 백 사

十張　小匣草五百八十匣　封草八百封　細煙竹七十四
십 장　소 갑 초 오 백 팔 십 갑　봉 초 팔 백 봉　세 연 죽 칠 십 사

箇　八面銀項煙竹七十四箇　錫粧刀三十七柄　鞘刀二
개　팔 면 은 항 연 죽 칠 십 사 개　석 장 도 삼 십 칠 병　초 도 이

百八十四柄　扇子二百八十八柄　大口魚七十四尾　月
백 팔 십 사 병　선 자 이 백 팔 십 팔 병　대 구 어 칠 십 사 미　월

乃-革障泥　七部　環刀七把　銀粧刀七柄　銀煙竹七箇
내　혁 장 니　칠 부　환 도 칠 파　은 장 도 칠 병　은 연 죽 칠 개

錫長煙竹四十二箇　筆四十枝　墨四十丁　火刀二百六
석 장 연 죽 사 십 이 개　필 사 십 지　묵 사 십 정　화 도 이 백 륙

十二箇　靑靑月乃二部　別煙竹三十五箇　油芚二部.
십 이 개　청 청 월 내 이 부　별 연 죽 삼 십 오 개　유 둔 이 부

群胡不做一聲　肅然受去　趙君曰　得龍能則能矣　彼
군 호 부 주 일 성　숙 연 수 거　조 군 왈　득 룡 능 즉 능 의　피

往歲元無失揮項刀囊等事　公然惹鬧　罵折一人　衆人
왕 세 원 무 실 휘 항 도 낭 등 사　공 연 야 료　매 절 일 인　중 인

自沮　皆面面相顧　無聊卻立　若不如此　雖三日不決
자 저　개 면 면 상 고　무 료 각 립　약 불 여 차　수 삼 일 불 결

無入柵之期矣　已而軍牢跪告曰　門上御史　鳳城將軍
무 입 책 지 기 의　이 이 군 뢰 궤 고 왈　문 상 어 사　봉 성 장 군

出坐收稅廳　於是　三使次第入柵　狀啓例付義州鎗軍
출 좌 수 세 청　어 시　삼 사 차 제 입 책　장 계 례 부 의 주 창 군

而回矣.
이 회 의

一入此門　則中土也　鄕園消息　從此絶矣　悵然東面
일입차문　즉중토야　향원소식　종차절의　창연동면

而立　良久轉身　緩步入柵.
이립　양구전신　완보입책

路右有草廳三間　自御史將軍　下至衙譯　分班列椅而
노우유초청삼칸　자어사장군　하지아역　분반열의이

坐　首譯以下　拱手前立.
좌　수역이하　공수전립

使臣至此　馬頭叱隷停轎　乍脫驂若將御駕者　因卽疾
사신지차　마두질례정교　사탈참약장어가자　인즉질

驅而過　副三房　亦如之　有若相救者　令人捧腹.
구이과　부삼방　역여지　유약상구자　영인봉복

裨將譯官　皆下馬步過　獨卜季涵　騎馬突過　末坐一
비장역관　개하마보과　독변계함　기마돌과　말좌일

胡　忽以東話　高聲大罵曰　無禮無禮　幾位大人坐此
호　홀이동화　고성대매왈　무례무례　기위대인좌차

外國從官　焉敢唐突　遍告使臣　打臀可也　聲雖嘶哮
외국종관　언감당돌　천고사신　타둔가야　성수시효

舌强喉澁　如乳孩弄嬌　醉客使癡　此卽護行通官雙林
설강후삽　여유해롱교　취객사치　차즉호행통관쌍림

云　首譯對曰　這是弊邦太醫官　初行未諳事體　且太醫
운　수역대왈　저시폐방태의관　초행미암사체　차태의

奉國命　隨護大大人　大大人　亦不敢擅勘　諸老爺　仰
봉국명　수호대대인　대대인　역불감천감　제노야　앙

體皇上字小之念　免其深究　則益見大國寬恕之量　諸
체황상자소지념　면기심구　즉익현대국관서지량　제

人皆點頭微笑曰　是也是也　獨雙林　視猛聲高　怒氣未
인개점두미소왈　시야시야　독쌍림　시맹성고　노기미

解　首譯目余使去　道逢卜君　卜君曰　大辱逢之　余曰
해　수역목여사거　도봉변군　변군왈　대욕봉지　여왈

臀字可慮　相與大笑　遂聯袂行翫　不覺讚歎.
둔 자 가 려　상 여 대 소　수 련 몌 행 완　불 각 찬 탄

柵內人家　不過二三十戶　幕不雄深軒昌　柳陰中挑出
책 내 인 가　불 과 이 삼 십 호　막 불 웅 심 헌 창　유 음 중 도 출

一竿靑帘　相携而入　東人已彌滿其中矣　赤脚突鬢　騎
일 간 청 렴　상 휴 이 입　동 인 이 미 만 기 중 의　적 각 돌 빈　기

椅呼呶　見余皆奔避出去　主人大怒　指着卞君道　不解
의 호 노　견 여 개 분 피 출 거　주 인 대 노　지 착 변 군 도　불 해

事的官人　好妨人賣買　戴宗撫其背曰　哥哥不必饒舌
사 적 관 인　호 방 인 매 매　대 종 무 기 배 왈　가 가 불 필 요 설

兩位老爺　略飮一兩杯　便當起身　這等艦舡　那敢橫椅
양 위 노 야　약 음 일 냥 배　편 당 기 신　저 등 감 개　나 감 횡 의

暫相回避　卽當復來　已飮的計還酒錢　未飮的暢襟快
잠 상 회 피　즉 당 부 래　이 음 적 계 환 주 전　미 음 적 창 금 쾌

飮　哥哥放心　先斟四兩酒　主人堆着笑臉道　賢弟　往
음　가 가 방 심　선 짐 사 냥 주　주 인 퇴 착 소 검 도　현 제　왕

歲不曾瞧瞧麽　這等艦舡於鬧攘裏　都白喫　一道煙走
세 부 증 초 초 마　저 등 감 개 어 뇨 양 리　도 백 킥　일 도 연 주

了罷　那地覓酒錢　戴宗曰　哥哥勿慮　兩位老爺　飮後
료 파　나 지 멱 주 전　대 종 왈　가 가 물 려　양 위 노 야　음 후

卽起　弟當盡驅這廝　回店賣買　店主曰　是也　兩位都
즉 기　제 당 진 구 저 시　회 점 매 매　점 주 왈　시 야　양 위 도

斟四兩麽　各斟四兩麽　戴宗道　每位四兩　卞君罵曰
짐 사 냥 마　각 짐 사 냥 마　대 종 도　매 위 사 냥　변 군 매 왈

四兩酒誰盡飮之　戴宗笑曰　四兩非酒錢也　乃酒重也.
사 냥 주 수 진 음 지　대 종 소 왈　사 냥 비 주 전 야　내 주 중 야

其卓上列置斟器　自一兩至十兩　各有其器　皆以鍮鑞
기 탁 상 렬 치 짐 기　자 일 냥 지 십 냥　각 유 기 기　개 이 유 랍

造觶　山色似銀　喚四兩酒　則以四兩觶斟來　沽酒者
조 치　출 색 사 은　환 사 냥 주　즉 이 사 냥 치 짐 래　고 주 자

更不較量多少　其簡便若此　酒皆白燒露　味不甚佳　立
갱 불 교 량 다 소　기 간 편 약 차　주 개 백 소 로　미 불 심 가　입

醉旋醒.
취 선 성

　周視鋪置　皆整飭端方　無一事苟且彌縫之法　無一物
　주 시 포 치　개 정 칙 단 방　무 일 사 구 저 미 봉 지 법　무 일 물

委頓雜亂之形　雖牛欄豚柵　莫不疎直有度　柴堆糞庤
위 돈 잡 란 지 형　수 우 란 돈 책　막 불 소 직 유 도　시 퇴 분 치

亦皆精麗如畵.
역 개 정 려 여 화

　嗟乎　如此然後　始可謂之利用矣　利用然後　可以厚
　차 호　여 차 연 후　시 가 위 지 이 용 의　이 용 연 후　가 이 후

生　厚生然後　正其德矣　不能利其用　而能厚其生　鮮
생　후 생 연 후　정 기 덕 의　불 능 리 기 용　이 능 후 기 생　선

矣　生旣不足以自厚　則亦惡能正其德乎.
의　생 기 부 족 이 자 후　즉 역 악 능 정 기 덕 호

　正使已入鄂姓家　主人身長七尺　豪健鷙悍　其母年近
　정 사 이 입 악 성 가　주 인 신 장 칠 척　호 건 지 한　기 모 년 근

七旬　滿頭揷花　眉眼韶雅　可想靑春光景矣.
칠 순　만 두 삽 화　미 안 소 아　가 상 청 춘 광 경 의

　點心後　與來源及鄭進士　出行觀翫　鳳凰山離此六七
　점 심 후　여 래 원 급 정 진 사　출 행 관 완　봉 황 산 리 차 육 칠

里　看其前面　眞覺奇峭　山中有安市城舊址　遺堞尙存
리　간 기 전 면　진 각 기 초　산 중 유 안 시 성 구 지　유 첩 상 존

云　非也　三面皆絶險　飛鳥莫能上　惟正南一面稍平
운　비 야　삼 면 개 절 험　비 조 막 능 상　유 정 남 일 면 초 평

周不過數百步　卽此彈丸小城　非久淹大軍之地　似是
주 불 과 수 백 보　즉 차 탄 환 소 성　비 구 엄 대 군 지 지　사 시

句麗時小小壘堡耳.
구 려 시 소 소 루 보 이

相携至大柳樹下納凉　有井甋甃　又磨治全石爲覆蓋
상 휴 지 대 류 수 하 납 량　유 정 전 추　우 마 치 전 석 위 복 개

穿其兩傍　劣容汲器　所以防人墮溺　且鄣塵土　又水性
천 기 양 방　열 용 급 기　소 이 방 인 타 닉　저 장 진 토　우 수 성

本陰　故使蔽陽養活水也　井蓋上設轆轤　下垂雙綆　結
본 음　고 사 폐 양 양 활 수 야　정 개 상 설 녹 로　하 수 쌍 경　결

柳爲棬　其形如瓢而深　一上一下　終日汲　不勞人力.
류 위 권　기 형 여 표 이 심　일 상 일 하　종 일 급　불 로 인 력

水桶皆鐵箍　以細釘緊約　絶勝於縮竹爲箍　經歲久則
수 통 개 철 고　이 세 정 긴 약　절 승 어 관 죽 위 고　경 세 구 즉

朽斷　且桶身乾曝　則竹箍自然寬脫　所以鐵箍爲得也
후 단　저 통 신 건 폭　즉 죽 고 자 연 관 탈　소 이 철 고 위 득 야

汲水皆肩擔而行　謂之扁擔　其法　削一條木　如臂膊大
급 수 개 견 담 이 행　위 지 편 담　기 법　삭 일 조 목　여 비 박 대

其長一丈　兩頭懸桶　去地尺餘　水窣窣不溢　惟平壤有
기 장 일 장　양 두 현 통　거 지 척 여　수 실 솔 불 일　유 평 양 유

此法　然不肩擔而背負之　故甚妨於窄路隘巷　其擔法
차 법　연 불 견 담 이 배 부 지　고 심 방 어 착 로 애 항　기 담 법

又此爲得之.
우 차 위 득 지

昔鮑宣妻　提瓮出汲　余嘗疑何不頭戴而手提之　乃今
석 포 선 처　제 옹 출 급　여 상 의 하 부 두 대 이 수 제 지　내 금

見之　婦人皆爲高髻　不可戴矣.
견 지　부 인 개 위 고 계　불 가 대 의

西南廣濶　作平遠山淡沲水　千柳陰濃　茅簷疎籬　時
서 남 광 활　작 평 원 산 담 타 수　천 류 음 농　모 첨 소 리　시

露林間　平堤綠蕪　牛羊散牧　遠橋行人　有擔有携　立
로 림 간　평 제 록 무　우 양 산 목　원 교 행 인　유 담 유 휴　입

而望之　頓忘間者行役之懫.
이 망 지　돈 망 간 자 행 역 지 비

兩人者 爲觀新創佛堂 棄我而去 有十餘騎 揚鞭馳
양 인 자 위 관 신 창 불 당 기 아 이 거 유 십 여 기 양 편 치

過 皆繡鞍駿馬 意氣揚揚 見余獨立 滾鞍下馬 爭執
과 개 수 안 준 마 의 기 양 양 견 여 독 립 곤 안 하 마 쟁 집

余手 致慇懃之意 其中一人美少年 余畫地爲字以語
여 수 치 은 근 지 의 기 중 일 인 미 소 년 여 획 지 위 자 이 어

之 皆俯首熟視 但點頭而已 似不識爲何語也.
지 개 부 수 숙 시 단 점 두 이 이 사 불 식 위 하 어 야

有兩碑 皆靑石 一門上御史善政碑 一稅官某善政碑
유 양 비 개 청 석 일 문 상 어 사 선 정 비 일 세 관 모 선 정 비

俱滿州人 四字名 撰書者 亦俱滿州人 文與筆俱拙
구 만 주 인 사 자 명 찬 서 자 역 구 만 주 인 문 여 필 구 졸

但碑制極佳 功費甚省 此可爲法.
단 비 제 극 가 공 비 심 생 차 가 위 법

碑之兩傍 不磨滑 甎築夾碑爲墙 沒碑頂 因瓦覆爲
비 지 양 방 불 마 활 전 축 협 비 위 장 몰 비 정 인 와 복 위

屋 碑在坎中 以備風雨 勝於建閣韜碑 碑趺贔屓 及
옥 비 재 감 중 이 비 풍 우 승 어 건 각 도 비 비 부 비 희 급

碑文兩邊所鐫覇夏 可數毫髮 此不過窮邊民家所建
비 문 양 변 소 전 패 하 가 수 호 발 차 불 과 궁 변 민 가 소 건

然其精緻古雅 不可當也.
연 기 정 치 고 아 불 가 당 야

向夕暑氣益熾 急往所寓 高揭北窓 脫衣而臥 北庭
향 석 서 기 익 치 급 왕 소 우 고 게 북 창 탈 의 이 와 배 정

平廣 葱畦蒜塍 端方正直 苽棚匏架 磊落蔭庭 籬邊
평 광 총 휴 산 승 단 방 정 직 나 봉 포 가 뇌 락 음 정 이 변

紅白蜀葵及玉簪花 方盛開 簷外有石榴數盆 及繡毬
홍 백 촉 규 급 옥 잠 화 방 성 개 첨 외 유 석 류 수 분 급 수 구

一盆 秋海棠二盆 鄂之妻 手提竹籃 次第摘花 將爲
일 분 추 해 당 이 분 악 지 처 수 제 죽 람 차 제 적 화 장 위

夕粧也.
석 장 야

　昌大得酒一觶　卵炒一盤而來　餉曰　何處去耶　幾想
　창대득주일치　난초일반이래　향왈　하처거야　기상

殺我也　其故作癡態　以納忠款　可憎可笑　然酒我所嗜
살아야　기고작치태　이납충관　가증가소　연주아소기

也　況卵炒亦我所欲乎.
야　　황란초역아소욕호

　是日行三十里　自鴨綠江至此　該有一百二十里　我人
　시일행삼십리　자압록강지차　해유일백이십리　아인

曰柵門　本處人曰架子門　內地人曰邊門.
왈책문　본처인왈가자문　내지인왈변문

6월 28일 을해(乙亥)

아침에 안개가 끼었다가 늦게 개었다.

아침 일찍이 변군(卞君 : 변계함(卞季涵))과 함께 먼저 길을 떠났다. 대종(戴宗)이 멀리 보이는 큰 장원(莊院) 한 곳을 가리키면서 말하기를,

"저것은 통관(通官 : 통역관) 서종맹(徐宗孟)의 집입니다. 황성(皇城 : 북경)에도 집이 있는데 이것보다 더 큰 건물입니다. 서종맹은 본래 욕심 많은 탐관으로서 불법적인 행위가 많고 조선 사람의 고혈을 빨아서 큰 부자가 되더니, 늘그막에 예부(禮部 : 외교, 인사, 의식 등을 맡은 기관)에 발각되는 바람에 황성에 있던 집은 몰수당하고 이것만 그대로 남아 있답니다."

하고는 또 한 곳을 가리키면서 말하기를,

"저것은 쌍림(雙林)의 집이고, 그 맞은편 대문은 문 통관(文通官)의 집입니다."

하였다. 대종은 말솜씨가 극히 예리하고 능숙하여 마치 익히

알고 있는 글을 외우듯이 한다. 대종은 선천(宣川) 사람인데,
벌써 예닐곱 번이나 연경을 드나들었다고 한다.

봉황성에 이르기까지 30리쯤 된다. 옷이 푹 젖었고, 길 가는
사람들의 수염에는 이슬진 것이 마치 볏모[秧針]에 구슬을 꿰
어 놓은 듯이 땀방울이 맺혔다. 서쪽 하늘 가에 짙은 안개가 문
득 걷히며 한 조각 파란 하늘이 살포시 나타난다. 영롱하게 구
멍으로 비치는 것이 마치 작은 창에 끼워 놓은 유리알 같다. 이
윽고 안개 기운은 모두 상서로운 구름으로 변하여 그 무한한 광
경은 이루 말할 수 없었다. 돌이켜 동쪽을 바라보니, 하나의 바
퀴 모양의 둥근 붉은 해가 벌써 세 발은 올라왔다.

강영태(康永太)의 집에서 점심을 먹었다. 강영태의 나이는
스물 셋인데, 제 말로 민가(民家)―한인은 민가라 부르고, 만주인은 기
하(旗下)라 부른다.―라 한다. 희고 아름다운 얼굴에 서양금(西洋
琴)을 잘 탔다. 내가,

"글을 읽었느냐?"

하고 물으니 그는,

"이미 사서(四書)를 외우기는 하였지만 아직 강의(講義)는
받지 못하였습니다."

하고 대답한다.

그들에게는 이른바 '글 외우기'와 '강의' 두 길이 있는 만큼 우
리나라에서처럼 처음부터 음과 뜻을 겸해 배우는 것과는 다르
다. 중국에서는 처음 배우는 이는 그저 사서(四書)의 장구(章
句)만 배워서 입으로 읽기만 하고, 읽는 것이 완전하게 숙달된

연후에 다시 스승에게 나아가 뜻을 배우는 것을 '강의'라 한다. 설령 죽을 때까지 강의를 받지 못하였더라도 〈입으로 읽어〉 익힌 장구(章句)들이 일상 표준말로 쓰이게 되므로, 세계 여러 나라 말 중에서도 중국말이 가장 쉽고 이치에 맞는다고 할 수 있겠다.

강영태가 살고 있는 집은 정쇄(精洒 : 매우 맑고 깨끗함)하고 화려하며 사치스럽게 꾸며 자리를 차지하고 있는 여러 가지 물건들이 모두 처음 것들이었다. 구들 위에 깔아놓은 것은 모두 용과 봉황 무늬를 수놓은 털담요들이요, 걸상이나 탁자에 깔아놓은 것도 모두 비단 방석이었다.

뜰 가운데에는 시렁을 마련하고, 가는 삿자리로 햇볕을 가렸으며, 사면에는 누런 발을 드리웠다. 앞에 석류나무 화분 5, 6개가 벌여 놓였는데, 그중에서 흰색 석류꽃이 활짝 피었다. 또 이상한 나무 화분 하나가 있는데, 잎은 동백(冬栢)과 같고 열매는 탱자와 비슷하다. 그 이름을 물으니 '무화과(無花果)'라 한다. 열매가 모두 두 개씩 나란히 꼭지가 잇대어 맺혔고, 꽃이 없이 열매를 맺기 때문에 이렇게 이름 지은 것이다.

서장관(書狀官)-조정진(趙鼎鎭)-이 찾아왔고, 서로 나이를 대보니 나보다 다섯 살이나 많았다. 잇달아 부사(副使)-정원시(鄭元始)-도 찾아와서 먼 길에 괴로움을 같이한 정분을 말한다. 김자인(金子仁)-김문순(金文淳)-이 말하기를,

"형이 이 길을 〈함께〉 떠나시는 줄 알고도 우리나라 지경에서는 몹시 번거롭고 바빠서 미처 찾아뵙질 못했습니다."

하기에 내가,

"타국에 와서 이렇게 서로 알게 되니, 가히 이역(異域) 땅의 친구라 말할 수 있군요."

하니, 부사와 서장관이 모두 크게 웃으면서,

"알지 못하겠군요. 어떤 곳이 이역 땅이 될는지요?"

라고 하였다.

부사(정원시)는 나보다 두 살이 많다. 우리 조부님(박필균(朴弼均))과 부사의 조부님은 일찍이 동창(同窓)으로 공령문(功令文 : 과체(科體)의 시문)을 공부하였으므로, 아직까지 동연록(同硏錄 : 동창생끼리 지은 문집이나 함께 공부하고 벼슬한 기록물)이 보존되어 있다. 우리 조부께서 경조(京兆 : 한성부(漢城府))의 당상(堂上)으로 계실 때에, 부사의 조부님께서 경조랑(京兆郞 : 한성부의 당하관)으로 찾아오셔서 각자 서로 지난날 함께 공부한 일에 대해 이야기하셨다. 내가 그때 여덟아홉 살인지 되어서 옆에서 들었으므로 세의(世誼 : 오랫동안 사귀어 온 정의)가 있음을 알았다.

서장관이 흰 석류를 가리키면서 말하기를,

"지금까지 이런 것을 본 일이 있소?"

하기에 내가,

"아직껏 본 적이 없습니다."

라고 대답하니 서장관이,

"내가 어렸을 때에 집안에 이런 석류가 있었으나 국내의 다른 곳에도 다시 없었는데, 대개 이 석류는 꽃만 피고 열매는 맺지 않는다더군요."

라고 했다. 그들은 대략 이런 한담을 마치고는 모두 일어섰다.

강을 건너던 날에 갈대숲 우거진 속에서 서로 얼굴은 익혔지만 이야기를 주고받은 적은 없었다. 또 이틀 동안 책문(柵門) 밖에서 천막을 나란히 하고 노숙하였으나 서로 만날 기회가 없었다. 그러므로 이제 이렇게 이역 땅에서 우스갯소리를 붙인 것이다.

점심은 아직도 멀었다고 하기에 그냥 기다릴 수 없어서 마침내 배고픈 것을 참고 구경에 나섰다. 애초에 오른편 작은 문으로 들어왔기 때문에 이 집이 얼마나 웅장하고 화려한 곳인가를 알지 못했다. 이제 앞문으로 나가 보니 바깥뜰이 수백 칸이나 되고 삼사(三使 : 사신 행렬 때의 정사·부사·서장관)에 딸린 사람들이 다함께 이 집에 들었건만 〈집이 넓어서〉 어디에 들었는지 알 수 없을 지경이다. 비단 우리 일행이 거처하고도 남음이 있을 뿐만 아니라 오가는 장사치나 나그네들이 끊임없이 이어졌고, 더구나 수레가 20여 대나 문이 가득 차게 들어오는데, 수레마다 멍에를 메운 말과 노새가 5, 6마리씩이었으나 떠드는 소리라고는 들리지 않을 뿐더러 마치 〈물건을〉 꼭꼭 숨겨두어 텅 비어 있는 것 같았다.

대개 그 배치해 놓은 모든 것이 절로 규모가 있어서 서로 거리끼는 일이 없었다. 밖으로 보아서 이러하니, 속속들이 세세한 것은 말할 나위도 없을 것이다.

천천히 걸어서 문 밖으로 나왔다. 그 번화하고 화려함이 비록 황경(皇京 : 북경)에 이른들 이보다 더할 수 있을까 생각된다.

중국이 이처럼 번영한 줄은 생각지도 못했다. 길 좌우에 즐비
하게 늘어선 점포들은 모두 아로새긴 들창, 비단을 드리운 문,
그림 그린 기둥, 붉게 칠한 난간, 푸르게 치장한 게시판, 황금
빛깔의 현판들이 번쩍번쩍 눈부실 정도로 죽 이어져 있다. 그
안에 펼쳐놓은 물건들은 모두 관내의 진품들로서 변문(邊門 :
변방)의 보잘것없는 이 땅에 이처럼 정갈하고 아담한 안목이 있
을 줄 몰랐다.

　또 한 집에 들어가니 그 크고 화려함이 강씨(강영태)의 집보다
도 더 지나쳤으나, 그 집의 구조물은 거의 한가지였다.

　대체로 집을 세움에는 반드시 수백 보의 자리를 마련하여 길
이나 넓이를 알맞게 사면을 반듯하게 깎아서 측량기로 높고 낮
음을 재고, 나침반(羅針盤)으로 방위를 잡은 연후에 대(臺)를 쌓
는다. 대는 모두 돌을 터전에 깔고 그 위에 한 층 또는 두 층, 세
층으로 벽돌을 놓으며, 다시 돌을 다듬어서 빈지(주춧돌)를 쌓는
다. 대 위에 집을 세우되, 모두 한 일 자로 짓지 구부러지게 하
거나 잇달아 붙여 지은 집이 없었다. 〈안쪽 정방에서부터〉 첫
째 집이 내실(內室)이고, 둘째 집이 중당(中堂)이고, 셋째 집이
전당(前堂)이고, 넷째 집이 외실(外室)이다. 외실 앞은 한길〔大道〕
에 임해 있어서 점방이나 시전(市廛 : 점포)으로 쓰인다. 당(堂)마
다 앞에는 좌우의 곁채가 있으니, 이것이 곧 행랑채와 재방(齋
房)이다.

　대략 집 한 채의 길이는 반드시 6영(楹 : 여섯 개의 둥근 기둥),
8영, 10영, 12영으로 되어 있고, 기둥과 기둥 사이는 매우 넓어

서 거의 우리나라의 보통 집 두 칸짜리만 하다. 그리고 재목에 따라 길고 짧음을 마련하지 않고 또한 마음대로 넓히고 좁히는 것도 아니요, 꼭 자로 재어서 칸살을 정한다. 집은 모두 들보를 5개나 7개로 하여 땅바닥에서 용마루〔屋脊 : 지붕 가운데 있는 가장 높은 수평마루〕까지 그 높이를 따지면, 처마는 한가운데쯤 만들게 되므로 기왓고랑〔瓦溝〕1)이 마치 암키와를 거꾸로 세운 것처럼 가파르다.

집 좌우와 후면은 부연(婦椽)2)이 없이 벽돌로 담을 쌓아올려서 집 높이와 가지런히 하니, 서까래가 아주 보이지 않을 정도다. 동서의 양쪽 담에는 각기 둥근 창을 뚫고 서쪽과 남쪽에는 모두 문을 내고, 그중 한가운데 한 칸을 드나드는 문으로 쓰되, 반드시 앞뒤가 서로 마주보게 하였으므로 집이 서너 겹이라면 문은 여섯 겹이나 여덟 겹이 되는데, 활짝 열어젖히면 안채로부터 바깥채에 이르기까지 문이 하나로 보이도록 관통하여 화살같이 곧다. 그들이 이른바 '저 겹문을 활짝 여니 내 마음 이와 같이 통하게 하누나.' 함은, 그 곧고 바름을 이에 견준 말이다.

길에서 동지(同知) 이혜적(李惠迪) - 역관이고, 3품 당상관이다. - 을 만났다. 이군이 웃으면서 말하기를,

"궁벽한 변방 시골구석에 무어 볼 만한 게 있겠어요?"

---

1) 기왓고랑〔瓦溝〕: 기와지붕에서 암키와를 젖혀 이어서 눈과 빗물이 잘 흘러내리도록 골이 진 부분.
2) 부연(婦椽): 처마 서까래의 끝에 덧얹는 네모지고 짧은 서까래.

하여 내가,

"비록 황성에 간들 이보다 더 낫지는 않을 것이오."

라고 하니 이군은,

"그렇습니다. 비록 크고 작음과 사치하고 검박함의 구별은
있겠지만, 그 규모는 거의 한가집니다."

라고 했다.

이곳에서는 집을 짓는데 온통 벽돌만을 사용한다. 벽돌[甓]
이란 흙을 구워 만든 네모난 벽돌을 뜻한다. 벽돌의 길이는 한
자, 넓이는 다섯 치여서 이 둘을 가지런히 놓으면 이가 꼭 맞고
두께는 두 치이다. 한 개의 네모진 벽돌박이에서 찍어낸 벽돌
이건마는 귀가 떨어진 것도 못 쓰고, 모가 이지러진 것도 못 쓰
며, 바탕이 휘어진 것도 못 쓴다. 만일 벽돌 한 개라도 이를 어
기면 집 전체가 틀리고 만다. 그러므로 같은 기계로 찍어 냈건
마는 오히려 어긋난 놈이 있을까 염려하여, 반드시 곡척(曲尺)
으로 재고 자귀로 깎고 숫돌로 갈아서 가지런히 하는 데 온힘을
쓴다. 그 개수가 아무리 많아도 한 금으로 그은 듯싶다.

벽돌 쌓는 법은 한 개는 세로로 한 개는 가로로 놓아서 저절
로 엇물듯이 감괘(坎卦 : ☵)·이괘(離卦 : ☲)가 이룩된다. 그
틈서리에는 석회를 어겨 붙이되 종잇장처럼 얇게 해서 겨우 들
러붙을 정도만 붙였기 때문에 붙인 흔적이 실밥 같아 보인다.
회를 개는 법은 굵은 모래도 섞지 않고 찰흙도 역시 피한다.

모래가 너무 굵으면 차지지 않고 흙이 너무 차지면 갈라지기
쉬우므로, 반드시 검고 부드러운 흙을 가져다가 같은 비율로 회

와 섞어 개는데, 그 빛깔이 마치 새로 구워 놓은 기와처럼 거무
스름하다. 대체로 그 특성은 진흙도 쓰지 않고 모래도 쓰지 않
으며, 또 그 빛깔이 순수함을 취할 뿐 아니라 거기다가 어저귀
(삼의 일종) 따위를 터럭처럼 가늘게 썰어서 섞는다. 이는 우리
나라 초벽(애벌로 흙을 바름)하는 흙에 말똥을 함께 섞어 개는 것
과 같으니 질겨서 터지지 않게 하려 함이요, 또 동백기름을 타
서 우유처럼 부드럽고 미끄럽게 하여 달라붙어서 터지는 탈을
막게 하려는 것이다.

　기와를 이는 법은 더구나 본받을 만한 것이 많다. 기와의 모
양은 마치 동그란 통대나무를 네 쪽으로 쪼개 놓은 것 가운데
하나와 같고, 기와의 크기는 두 손바닥만 하다. 보통 민가에는
원앙와(鴛鴦瓦 : 짝기와)를 쓰지 않으며, 서까래 위에는 산자(橵
子)3)를 엮지 않고 삿자리를 몇 닢씩 곧게 펼 뿐, 진흙을 두지
않고 곧장 기와를 잇는다. 한 장은 엎치고 한 장은 젖히어 자웅
(雌雄 : 암수)으로 서로 맞게 하며, 틈서리를 석회 진흙으로 발
라 때우는데, 비늘처럼 층층이 지고 아교처럼 착 들러붙는다.
이러니까 쥐나 새가 뚫거나 위가 무겁고 아래가 허한 폐단이 저
절로 없게 된다.

　우리나라의 기와 이는 법은 이와는 아주 달라, 지붕에는 진흙
을 잔뜩 올렸기 때문에 위가 무겁고, 담벼락은 벽돌로 쌓아 회로

---

　3) 산자(橵子) : 지붕 서까래 위나 고물 위에 흙을 받치기 위하여 엮어
　　까는 나뭇개비 또는 수수깡.

때우지 않다 보니 네 기둥이 의지할 데가 없기 때문에 아래가 허하게 된다. 또한 기왓장은 너무 크기 때문에 지나치게 굽었고, 지나치게 굽었기 때문에 저절로 빈 데가 많아지면서 진흙으로 메우지 않을 수 없게 된다. 진흙이 무겁게 내리누르니 기둥이 휘어지는 병폐가 생기고, 진흙이 한번 마르면 기와 밑이 저절로 뜨게 되어 비늘처럼 층이 진 기와들이 밀리면서 곧 틈서리가 생기게 된다. 이리하여 바람이 통하며, 비가 새고, 새가 뚫으면 쥐가 숨으며, 뱀이 서리고, 고양이가 뒤적이는 걱정을 금치 못하는 것이다.

아무튼 집을 세움에는 벽돌의 공덕이 가장 크다. 비단 높은 담 쌓기뿐만 아니라 집 안팎을 벽돌을 쓰지 않는 것이 없다. 저 넓고 넓은 뜰에 눈 가는 곳마다 번듯번듯하게 바둑판 줄을 그려 놓은 것처럼 보인다. 집이 벽에 의지하여 위는 가볍고 아래는 튼튼하며, 기둥은 벽속에 들어 있어서 비바람을 겪지 않는다. 이에 불이 번질 염려도 없고 도둑이 뚫을 위험도 없거니와, 더구나 새 · 쥐 · 뱀 · 고양이 같은 놈들의 걱정이야 있을 수 없다. 가운데 문 하나만 닫으면 저절로 굳은 성벽의 보루가 되어 집 안의 모든 물건은 마치 궤 속에 간직해 둔 셈이 된다. 이로써 보면, 많은 흙과 나무도 들지 않고 번거롭게 못질과 흙손질을 할 필요도 없이, 벽돌만 한 번 구워 놓으면 집은 벌써 이룩된 것이다.

때마침 봉황성을 새로 쌓고 있는 중이었다. 어떤 사람은 말하기를,

"여기는 안시성(安市城)이다. 고구려의 방언에 큰 새를 '안시(安市)'라 했다. 지금도 우리 시골말에 때때로 봉황(鳳凰)을 '안시'라 하고 뱀을 '백암(白巖)'이라 하는 것으로 보아서, 수(隨)나라와 당(唐)나라 때에 우리나라 말을 좇아 봉황성을 안시성으로, 사성(蛇城)을 백암성(白巖城)으로 고쳤다."

라고 했는데, 그 설이 자못 이치가 있는 것 같기도 하다.

또한 옛날부터 전해 내려오는 말에, 안시성주(安市城主) 양만춘(楊萬春)이 화살로 당나라 황제(皇帝 : 태종(太宗))의 눈을 쏘아 맞히자, 황제가 성 아래에서 군사를 집합시켜 시위(示威)하고, 양만춘에게 비단 100필을 하사하여 그가 성주(城主)로서 안시성을 굳건히 지켜낸 데 대해 가상(嘉賞)하였다고 한다.

삼연(三淵) 김창흡(金昌翕)[4]공이, 자신의 아우 노가재(老稼齋) 김창업(金昌業)[5]이 연경으로 갈 적에 지은 전별 시(詩)에 이르기를,

천추에 담대하신 담력의 우리 양만춘님,　　千秋大膽楊萬春
용 수염, 범 눈동자를 한 살에 맞혀 떨구었네.　箭射虹髥落眸子

하였고, 목은(牧隱) 이색(李穡)[6]공이 「정관음(貞觀吟 : 정관(貞觀)은

---

4) 삼연(三淵) 김창흡(金昌翕) : 조선 숙종 때의 학자로, 성리학으로 명성이 높았음. 삼연(三淵)은 그의 호이다.

5) 노가재(老稼齋) 김창업(金昌業) : 숙종 때의 학자이자 화가로,『가재연행록(稼齋燕行錄)』을 지었다. 노가재(老稼齋)는 그의 호이다.

당나라 태종의 연호)」 시에서도 읊기를,

　주머니 속 미물이라 하잘 것 없다더니　　　　　　爲是囊中一物爾
　검은 꽃이 흰 날개에 떨어질 줄을 어이 알았으랴.　那知玄花落白羽

하였다. '검은 꽃〔玄花〕'은 눈을 말함이요, '흰 날개〔白羽〕'는 화살을
말함이다. 두 분이 읊은 시는 반드시 우리나라에서 옛날부터 전해
내려오는 이야기에서 나온 것이리라.

　당나라 태종이 천하의 군사를 징발하여 하찮은 탄알만 한 작
은 성을 떨어뜨리지 못하고 창황히〔蒼黃 : 허둥지둥 당황해 하는 모
습〕 군사를 돌렸다 함은 그 사실이 의심스럽다.

　김부식(金富軾)은 다만 그 옛 사적에 그(당나라 태종)의 이름이
빠져 있음을 애석히 여겼을 뿐이고 보니, 대체로 김부식이 『삼
국사기(三國史記)』를 지을 때에 다만 중국의 역사서에서 일부
를 무턱대고 베낌으로써 모든 사실을 그대로 인정하였으며, 더
구나 유공권(柳公權)7)의 소설(小說)을 끌어와서 당나라 태종
이 포위당했던 사실을 입증까지 했다. 다만 『당서(唐書)』8)와

---

6) 목은(牧隱) 이색(李穡) : 고려 말의 문신이자 학자로, 성리학의 대가
　이다. 목은(牧隱)은 그의 호이다.
7) 유공권(柳公權) : 당(唐)나라 때의 학자이자 서예가(書藝家)이다.
8) 『당서(唐書)』 : 유후(劉昫) 등이 편찬한 『구당서(舊唐書)』와 구양수
　(歐陽脩)·송기(宋祁) 등이 편찬한 『신당서(新唐書)』가 있다. 당 고조(唐
　高祖)의 건국에서부터 애제(哀帝)의 망국 때까지 290년 동안의 역사

사마광(司馬光)9)이 지은 『통감(通鑑)』10)에 모두 기록되지 않았으니, 이는 아마 그들이 중국의 수치를 위하여 기피한 것이 아닌가 의심스럽다. 그러나 우리 본토에서 옛날부터 전해 내려오는 사실을 단 한 마디도 감히 기록하지 못했으니, 전해 내려오는 사실이 미더운 것이건 아니건 간에 다 빠뜨리고 말았던 것이다.

나는 여기서 말할 수 있다. 당나라 태종이 안시성에서 눈을 잃었는지는 비록 상고할 길은 없으나, 대체로 이 성을 '안시'라 함은 잘못이라고 나는 생각한다. 『당서』를 살펴보면,

"안시성은 평양에서 거리가 500리요, 봉황성은 또한 왕검성(王儉城)이라 한다."

하였고, 『지지(地志)』에는

"봉황성을 평양이라 하기도 한다."

하였으니, 이는 무엇으로 이름을 붙인 것인지 모르겠다.

또 『지지(地志)』에,

"옛날 안시성은 개평현(蓋平縣 : 봉천부(奉天府)에 속하는 지명)의 동북쪽 70리 지점에 있다."

적 사실을 기록하였다.

9) 사마광(司馬光) : 송(宋)나라의 정치가이자 사학자이다.

10) 『통감(通鑑)』 : 자치통감(資治通鑑)의 약칭. 중국 북송 때의 사마광(司馬光)이 지은 역사서로, 주(周)나라 위열왕(威烈王)으로부터 후주(後周)의 세종(世宗)에 이르기까지 113왕 1362년간의 역사적 사실을 편년체로 기술하였다.

하였으니, 개평현에서 동쪽으로 수암하(秀巖河)까지는 300리, 수암하에서 다시 동쪽으로 200리를 가면 봉황성이다. 만일 이 성을 옛 평양이라 한다면『당서』에서 말한 '500리'란 말과 서로 부합되는 것이다.

그런데 우리나라 선비들은 단지 지금 평양만 알고 있다 보니, 기자(箕子)가 평양에 도읍했다고 말하면 이를 믿고, 평양에 정전(井田)이 있다고 말하면 이를 믿으며, 평양에 기자묘(箕子墓)가 있다고 말하면 이를 믿는다. 만일 다시 봉황성이 곧 평양이라고 말하면 크게 놀랄 것이고, 요동(遼東)에도 또 하나의 평양이 있다고 말하면, 이는 해괴한 말을 한다고 야단들일 것이다.

그들은 다만 요동이 본시 조선의 옛 땅이며, 숙신(肅愼)·예(濊)·맥(貊) 등 동이(東彝)11)의 여러 나라가 모두 위만(衛滿)의 조선에 예속되었던 것을 알지 못하고, 또 오랄(烏剌)·영고탑(寧古塔)·후춘(後春) 등지가 본시 고구려의 영토임을 알지 못하는 것이다.

아아, 후세 사람들이 이러한 경계를 밝히지 않고 함부로 한사군(漢四郡)의 땅을 압록강 안쪽에 모두 몰아넣어서, 억지로 사실을 이끌어다 구구히 분배(分排)하고는 다시 패수(浿水)를 그 속에서 찾되, 혹은 압록강을 패수라 하고, 혹은 청천강(淸川江)

---

11) 농이(東彝) : 어떤 본에는 동이(東夷)로 되어 있으나 잘못되었다. 연암은 이(夷)는 야만족이라고 하여 이(彝)를 썼다.

을 패수라 하며, 혹은 대동강(大同江)을 패수라 한다.

이리하여 조선의 옛 강토는 싸우지도 않고 저절로 줄어들었다. 이는 무슨 까닭일까? 평양을 한 곳에 정해 놓고 패수 위치를 앞으로 나아가게 하거나 뒤로 물리게 하였으니, 그때그때의 사정에 따르는 까닭이다. 나는 일찍이 한사군의 땅은 요동뿐만 아니고 마땅히 여진(女眞)까지 들어간 것이라고 주장했다. 무엇으로 그런 줄 아느냐 하면, 『한서(漢書)』12) 지리지(地理志)에 현도(玄菟)나 낙랑(樂浪)은 있으나, 진번(眞番)과 임둔(臨屯)은 보이지 않는다.

그런데 한(漢)나라 소제(昭帝)의 시원(始元) 5년(기원전 82)에 4군을 합하여 2부(府)로 만들고, 원봉(元鳳) 원년(기원전 80)에 다시 2부를 2군(郡)으로 고쳤다. 현도 3고을〔縣〕 중에 고구려현(高句麗縣)이 있고, 낙랑 25고을 중에 조선현(朝鮮縣)이 있으며, 요동(遼東) 18고을 중에 안시현(安市縣)이 있다. 다만 진번은 장안(長安)에서 7,000리, 임둔은 장안에서 6,100리 거리에 있다. 이는 김륜(金崙 : 조선 세조 때의 학자)이 말한 "우리나라 지경 안에서 이 고을들은 찾을 수 없고, 마땅히 지금의 영고탑 등지에 있었을 것이다"라고 함이 옳을 것이다.

이로써 미루어 논해 본다면, 진번·임둔은 한나라 말년에 바로 부여(扶餘)·읍루(挹婁)·옥저(沃沮)에 들어간 것이니, 부여는 다섯 부여가 되고 옥저는 네 개의 부여가 되어 혹은 변하

---

12)『한서(漢書)』 : 전한(前漢)의 반고(班固)가 지은 역사서.

여 물길(勿吉)이 되었고, 차차 변하여 말갈(靺鞨)이 되었다가, 발해(渤海)가 되었다가, 여진(女眞)으로 된 것이다.

발해의 무왕(武王) 대무예(大武藝)가 일본(日本)의 성무왕(聖武王)에게 답한 글을 살펴보면,

"고구려의 옛 터를 회복하고, 부여가 끼친 풍속을 물려받았다."

라고 하였으니, 이로써 미루어 보면 한사군의 절반은 요동에 있고 절반은 여진에 걸쳐 있어서, 본래의 우리나라 강토를 가로지르고 있었던 사실을 더욱 더 징험할 수 있다.

그런데 한나라 때 이후로 중국에서 말하는 패수가 어딘지 정해지지 않았고, 또 우리나라 선비들은 반드시 지금의 평양을 표준으로 삼아서 이러쿵저러쿵 패수의 흔적을 찾는다. 이는 다름이 아니라 중국 사람들은 요동의 왼쪽 강을 모두 패수라 하였으므로, 그 이수(里數)가 서로 맞지 않아 사실이 어긋나는 까닭이 여기에서 말미암는 것이다.

그러므로 옛 조선〔古朝鮮〕과 고구려의 옛 성을 알려면, 먼저 여진을 우리 국경 안으로 끌어들여 합치해야 하고, 다음에는 패수를 요동에 가서 찾아야 할 것이다. 그리하여 패수의 위치가 정해진 연후에야 우리 영토의 범위가 밝혀지고, 강역이 밝혀진 연후에야 고금의 사실이 부합될 것이다.

그렇다면 봉황성이 과연 평양일까? 이곳이 혹시 기씨(箕氏)·위씨(衛氏)·고씨(高氏) 등이 도읍한 곳이라면, 이 역시 하나의 평양이라 할 수 있을 것이다.

『당서』배구전(裴矩傳)에,

　"고려는 본시 고죽국(孤竹國)인데, 주(周)나라의 황제가 기자를 <이곳 제후로> 봉하였다가 한(漢)나라에 이르러서 4군으로 나누었다."

라고 하였다. 이른바 고죽국의 땅이란 지금의 영평부(永平府)에 있다.

　또 광녕현(廣寧縣)에는 옛날에 기자(箕子)의 사당이 있어서 후관(冔冠 : 은(殷)나라의 갓 이름)을 쓴 소상(塑像 : 인물상)을 모셨는데 명(明)나라의 가정(嘉靖 : 명나라 세종의 연호) 때 전쟁 통에 불살라졌다고 한다. 광녕 사람들은 이곳을 '평양(平壤)'이라 부른다고 한다. 『금사(金史)』13)와 『문헌통고(文獻通考)』14)에는 모두,

　"광녕(廣寧)과 함평(咸平)은 모두 기자가 봉(封)해진 땅이다."

라고 기록되어 있다. 이로써 미루어 본다면, 영평(永平)과 광녕의 사이가 하나의 평양일 것임을 추정할 수 있다.

　『요사(遼史)』15)에서도,

---

13)『금사(金史)』: 원(元)나라의 탁극탁(托克托) 등이 순제(順帝)의 명을 받들어 지은 금나라에 대한 역사책이다. 여진족의 흥기로부터 금나라의 건국과 멸망에 이르기까지의 역사적 사실을 기전체로 기록하였다.

14)『문헌통고(文獻通考)』: 원나라의 마서림(馬瑞臨)이 지었다.

15)『요사(遼史)』: 원나라 탁극탁이 지었다.

"발해(渤海)의 현덕부(顯德府)는 본시 조선 땅으로, 기자가 제후로 봉해졌던 평양성(平壤城)이었다. 요(遼)나라가 발해를 쳐부수고 동경(東京)이라 고쳤으니, 이는 바로 지금의 요양현(遼陽縣)이다."

라고 하였다. 이로써 미루어 본다면, 요양현도 하나의 평양이라고 주장할 수 있다.

나는,

"기씨(箕氏)가 애초에 영평과 광녕의 사이에 자리를 잡았다가 나중에 연(燕)나라의 장군 진개(秦開)에게 쫓겨 땅 2,000리를 잃고 차츰 동쪽으로 옮겨갔으니, 이는 마치 중국의 진(晉)나라와 송(宋)나라가 남으로 옮겨감과 같았다. 그리하여 머무는 곳마다 모두 평양이라고 하였으니, 지금 우리나라 대동강 기슭에 있는 평양도 그중의 하나일 것이다."

라고 생각한다. 그리고 패수 또한 이와 같다. 고구려의 지경이 때로 늘기도 하고 줄기도 하였을 터인즉, 패수란 이름도 그에 따라 변천하여 마치 중국의 남북조(南北朝) 때에 주(州)와 군(郡)의 이름이 서로 바뀌짐과 같다.

그런데 지금의 평양을 평양으로 여기는 이는 대동강을 가리켜 '이 물은 패수이다.'라고 하며, 평양과 함경(咸鏡) 두 경계 사이에 있는 산을 가리켜 '이 산은 개마대산(蓋馬大山)이다.'라고 하는가 하면, 요양을 평양으로 여기는 이는 헌우낙수(軒芋灤水)를 가리켜 '이 물은 패수이다.'라고 하고, 개평현에 있는 산을 가리켜 '이 산은 개마대산이다.'라고 한다. 비록 어느 것이 옳은지 알 수는 없지만 반드시 지금의 대동강을 '패수'라 여기는 이는 자기의 강토를 스스로 줄여서 말함임을 명심해야 할 것이다.

당(唐)나라 의봉(儀鳳 : 당나라 고종의 연호) 2년(677년)에 고구려 임금 고장(高藏) ─고구려 보장왕인 고장(高藏)을 말한다.─을 요동주(遼東州)의 도독(都督)으로 삼고 조선왕(朝鮮王)에 봉하여 요동으로 파견했다가, 곧이어 안동도호부(安東都護府)로 옮겨서 새로 지은 성에서 통치하게 하였다. 이로써 미루어 보면, 요동에 있었던 고씨(高氏)의 강토를 당나라가 비록 정복하기는 했으나 이를 차지하지 못하고 고씨에게 도로 돌려주었으니, 평양은 본시 요동에 있었거나, 혹은 이곳에다 잠시 빌려 쓴 이름이거나, 패수와 함께 그때그때 사정에 따라 앞으로 나아가게 했다가 뒤로 물러가게 했을 따름이다. 그리고 한나라가 요동에 두었던 낙랑군 관아는 〈그 자리가〉 오늘의 평양이 아니라 바로 요양의 평양인 것이다.

그 뒤 승국(勝國) ─왕씨 고려─ 때에 이르러서는, 요동과 발해의 일대가 모두 거란(契丹)에 들어갔으나, 겨우 자비령(慈悲嶺 : 황해도 서흥군에 있는 고개 이름)과 철령(鐵嶺 : 현재 강원도 고산군과 회양군 경계에 있는 고개) 두 고개를 경계로 삼아 지키며 선춘령(先春嶺)과 압록강마저 버리고 다시는 돌보지 않았으니, 하물며 그 밖에야 한 발자국인들 돌보았겠는가?

〈고려는〉 비록 안으로 삼국(三國)을 합병하였으나, 그의 강토와 무력이 고씨의 강성함에 결코 미치지 못하였거늘, 후세의 옹졸한 선비들이 평양의 옛 이름을 그리워한 나머지 한갓 중국의 역사 기록만을 믿고, 흥미롭게 수나라와 당나라의 구적(舊蹟)에 정신이 팔린 나머지 '여기가 패수다, 여기가 평양이다'라고들 한다. 이는 벌써 사실과 어긋났음을 이루 말할 수 없으니, 이 성이 안시성인지 봉황성인지를 어찌 분간할 수 있으리오?

성의 둘레는 3리에 지나지 않으나 벽돌로 수십 겹을 쌓았다. 그 제도가 웅장하고 화려하며, 네 모서리는 네모반듯하여 마치 모말〔方斗 : 곡식을 되는 네모반듯한 말〕을 놓은 듯싶다. 지금 겨우 반쯤밖에 쌓지 않아서 그 높낮이는 비록 예측할 수 없으나, 성문 위 다락 세울 곳에 구름다리〔雲梯〕16)를 놓아 허공에 높이 떠 있는 것 같이 보인다.

그 공사는 비록 거창한 듯하지만 여러 가지 기계가 편리하여 벽돌을 나르고 흙을 실어 나르는 것도 모두 기계가 움직인다. 수레바퀴가 굴러 혹은 위로부터 끌어올리기도 하며 혹은 저절로 밀기도 하고 저절로 가기도 하여 그 법이 일정하지 않으나, 모두 힘은 절반밖에 안 들이고 보람은 곱절이나 되는 기술이어서 그 어느 하나 본받지 않을 것이 없다. 다만 길이 바빠서 두루 구경할 겨를이 없었을 뿐더러 설사 하루 종일 두고 자세히 본다 하더라도 짧은 시간에 배울 수 있는 것도 아니니, 참으로 한스러운 일이다.

식사를 마치고 변계함(卞季涵)과 정 진사와 함께 먼저 떠났

16) 구름다리〔雲梯〕: 기중기(起重機)의 일종.

다. 강영태(康永泰)17)가 문 밖에까지 나와서 읍(揖)하며 전송하
는데 자못 아쉽다는 표정이다. 또한 우리가 돌아올 때는 겨울
이 될 터이니 책력 한 벌을 사다달라고 부탁을 한다. 나는 청심
환(淸心丸) 한 알을 내어 주었다.

한 점포 앞을 지나다 보니, 한쪽에 금으로 '당(當)' 자를 쓴 패
(牌 : 글 쓴 종이나 나뭇조각)가 걸려 있는데, 그 옆줄에는 '유군기
부당(惟軍器不當)'18)이란 다섯 글자가 쓰여 있었으니, 이곳은
전당포(典當鋪)이다. 예쁘장하게 생긴 소년 두셋이 전당포 안
에서 뛰어 나와 길을 막아서며 잠깐만 땀을 식히고 가라고 한
다. 이에 모두들 말에서 내려 따라 들어가 보니, 그 모든 시설이
아까 강씨의 집보다도 더 훌륭하다. 뜰 가운데 큰 분(盆 : 동이)
이 두 개 놓여 있고, 그 속에는 서너 대의 연꽃이 심어져 있으
며, 오색 붕어를 기르고 있었다. 한 소년이 손바닥만 한 작은 비
단 그물을 가져와서 작은 항아리 가로 가더니, 몇 마리 빨간 벌
레를 떠다가 분 속에 띄운다. 벌레는 게의 알 같이 작은데, 모두
꼬물꼬물 움직인다. 소년은 다시 부채로 동이의 가장자리를 두
들기면서 소리 내어 물고기를 부르니, 고기가 모두 물 위로 나
와서 물을 머금고 거품을 뿜는다.

때가 한낮이라 불볕이 내리 쬐어서 숨이 막혀 더 오래 머물
수 없으므로 드디어 길을 떠났다. 정 진사와 함께 앞서거니 뒤

---

17) 앞에서는 강영태(康永泰)의 '泰' 자가 모두 '太' 자로 되어 있다.
18) 유군기부당(惟軍器不當) : 다만 군대 물건만은 전당잡지 않는다.

서거니 하다가 내가 정 진사에게 이르기를,

"중국의 성 쌓은 방식이 어떠한가?"

하니 정 진사가,

"벽돌이 돌만은 못하겠지요."

하므로 내가,

"자네가 모르는 말일세. 우리나라의 성 쌓는 방식이 벽돌을 쓰지 않고 돌을 쓰는 것은 잘못일세. 대체로 벽돌로 말하면, 한 개의 네모진 벽돌박이에서 찍어 내면 만 개의 벽돌이 모양이 똑같으니, 다시 깎고 다듬는 공력을 허비하지 않을 것이요, 아궁이 하나만 구워 놓으면 만 개의 벽돌을 제자리에서 얻을 수 있으니, 일부러 사람을 모아서 나르고 어쩌고 할 수고도 없을 것이네. 다들 고르고 네모반듯하여 힘은 덜고 공은 배나 되니, 가볍게 나르고 쉽게 쌓기로는 벽돌만 한 게 없네.

반면에 저 돌은 산에서 쪼개어 낼 때에 몇 명의 석수(石手)를 써야 하며, 수레로 운반할 때에 몇 명의 인부를 써야 하고, 이미 날라다 놓은 뒤에 또 장인 몇 명의 손이 가야 깎고 다듬을 수 있으며, 다듬어 내기까지의 공력에 또 며칠을 허비해야 할 것이요, 쌓을 때도 돌 하나하나를 놓는 공력에 몇 명의 인부가 들어야 하고, 이에 낭떠러지 언덕을 깎아 내고 돌을 입히니, 이야말로 흙의 살에 돌옷을 입혀 놓은 것이어서 겉으로 보기에는 뻔지르르하나 속은 실로 제멋대로였다.

돌은 워낙 들쭉날쭉하여 고르지 못한 것이어서 조약돌로 그 궁둥이와 발등을 괴며, 언덕과 성과의 사이는 자갈에 진흙을 섞

어서 채우므로 장마를 한 번 치르면 속이 텅 비고 배가 불러져
서, 돌 한 개가 튀어나 빠지면 그 나머지는 모두 한꺼번에 와르
르 무너질 것이 뻔한 이치일세. 게다가 석회의 성질이 벽돌에
는 잘 붙지만 돌에는 붙지 않는 것일세.

내가 일찍이 차수(次修)19)와 더불어 성곽 제도에 대해 논할
때에 어떤 이가 말하기를,

"벽돌이 단단하다 한들 어찌 돌을 당할까보냐?"

하자, 차수가 소리를 버럭 지르며,

"벽돌이 돌보다 낫다는 게 어찌 벽돌 하나와 돌 하나를 두고
말함이요?"

라고 하였는데, 이는 가히 진리일세.

대체로 석회는 돌에 잘 붙지 않으므로 석회를 많이 쓰면 쓸수
록 더 터져버리며, 돌을 밀어내고 들떠 일어나는 까닭에 돌은
항상 외톨이로 돌아서 겨우 흙과 겨루고 있을 따름이네. 벽돌
은 석회로 이어 놓으면 마치 어교(魚膠 : 민어의 부레를 끓여서 만
든 풀)가 나무에 접합하는 것과 붕사(鵬砂)가 쇠붙이에 닿는 것
과 같아서, 아무리 많은 벽돌이라도 한 뭉치로 엉켜져 굳은 성
을 이루므로 벽돌 한 장의 단단함이야 진실로 돌만 못하지마는,
돌 한 개의 단단함이 또한 벽돌 만 개가 아교처럼 단단하게 붙
은 것에는 미치지 못할 것일세. 이로써 본다면 벽돌과 돌 중 어

---

19) 차수(次修) : 박제가(朴齊家)의 자인데, 재선(在先)·수기(修其)라고
도 한다. 연암의 제자이다.

느 것이 이롭고 해로우며, 편리하고 불편한가를 쉽사리 알 수 있지 않겠나?"
하였다.

정 진사는 말 등에서 꼬부라져 거의 떨어질 것 같았는데, 아마 잠든 지 이미 오래된 모양이다. 내가 부채로 그의 옆구리를 꾹 찌르면서 큰소리로 꾸중하기를,

"어른이 말씀하시는데 웬 잠을 자고 듣지 않는가?"
하니, 정 진사는 웃으며,

"제가 벌써 다 들었습니다. 벽돌은 돌만 못하고 돌은 잠만 못하느니……."
라고 한다. 나는 하도 부아가 나서 때리는 시늉을 하고 함께 한바탕 크게 웃었다.

시냇가에 이르러 버드나무 그늘에서 더위를 식히고 쉬었다. 오도하(五渡河)까지 5리마다 돈대가 하나씩 있다. 이른바 두대자(頭臺子) · 이대자(二臺子) · 삼대자(三臺子)라는 것은 모두 봉대(烽臺 : 봉홧둑. 봉화를 놓은 곳)의 보루이다. 벽돌을 성처럼 쌓아 높이가 대여섯 길이나 되며, 동그랗기가 마치 필통(筆筒) 같다. 대 위에는 성첩(城堞 : 성가퀴)이 시설되었는데, 대부분 허물어져 내려앉은 채로 수리하지 않고 내버려두었음은 무슨 까닭일까?

길가에는 간혹 시체가 든 널을 돌무더기로 눌러 둔 것이 보인다. 오랫동안 그냥 내버려두어서 나무 모서리가 썩어버린 것도 있다. 대개 나무가 썩고 뼈가 마르기를 기다려서 들어서 불살

라 버린다고 한다. 길 옆에 무덤이 많이 보이는데, 봉분이 높고 뾰족한데다가 떼마저도 입히지 아니하였으며, 백양(白楊)나무를 줄지어 많이 심었다.

길에는 걸어서 다니는 사람들이 극히 적었다. 걷는 이는 반드시 어깨에 포개(鋪蓋) – 침구(寢具)를 포개라 한다. – 를 짊어졌다. 포개가 없으면 여점(여관)에서 머물러 재우지 않으니, 이는 간사한 도둑이 아닌가 의심하기 때문이다. 안경을 쓰고 길 가는 자는 눈이 나쁜 사람이다. 말을 탄 이는 모두 검은 비단신을 신고, 걷는 이는 대체로 푸른 베신발을 신었는데, 신발바닥에는 모두 베를 수십 겹이나 받쳐 댄 것이다. 미투리나 짚신은 찾아볼 수 없었다.

송점(松店)에서 묵었다. 이곳은 설리점(雪裏店)이라고도 하고 설류점(薛劉店)이라고도 부른다. 이날은 70리를 갔다. 누군가 말하기를, "이곳은 옛날의 진동보(鎭東堡)이다."라고 한다.

原文

二十八日
이십팔일

乙亥　朝霧晚晴　早與卞君　先爲發行　戴宗遙指一所
을해　조무만청　조여변군　선위발행　대종요지일소

大莊院曰　此通官徐宗孟家也　皇城亦有家　更勝於此
대장원왈　차통관서종맹가야　황성역유가　갱승어차

宗孟貪婪多不法　吮朝鮮膏血　大致富厚　旣老　爲禮部
종맹탐람다불법　연조선고혈　대치부후　기로　위예부

所覺　家之在皇城者被籍　而此猶存　又指一所曰　雙林
소각　가지재황성자피적　이차유존　우지일소왈　쌍림

家也　其對門曰　文通官家也　舌本瀏利　如誦熟文　戴
가야　기대문왈　문통관가야　설본류리　여송숙문　대

宗　宣川人也　已六七入燕云.
종　선천인야　이육칠입연운

比至鳳城三十里　衣服盡濕　行人髭鬚　結露如秧針貫
비지봉성삼십리　의복진습　행인자수　결로여앙침관

珠　西邊天際　重霧忽透　片碧纔露　嵌空玲瓏　如窓眼
주　서변천제　중무홀투　편벽재로　감공영롱　여창안

小琉璃　須臾霧氣盡化祥雲　光景無限　回看東方　一輪
소유리　수유무기진화상운　광경무한　회간동방　일륜

紅日　已高三竿矣.
홍일　이고삼간의

中火於康永太家　永太年二十三　自稱民家 — 漢人稱民
중화어강영태가　영태년이십삼　자칭민가　　　한인칭민

家　滿人稱旗下　白晢美麗　能敲西洋琴　問讀書否　對曰
가　만인칭기하　백석미려　능고서양금　문독서부　대왈

已誦四書　尙未講義.
이 송 사 서　상 미 강 의

所謂誦書講義有兩道　非如我東初學之兼通音義　中
소 위 송 서 강 의 유 양 도　비 여 아 동 초 학 지 겸 통 음 의　중

原初學者　只學四書章句　口誦而已　誦熟然後　更就師
원 초 학 자　지 학 사 서 장 구　구 송 이 이　송 숙 연 후　갱 취 사

受旨　曰講義　設令終身未講義　所習章句　爲日用官話
수 지　왈 강 의　설 령 종 신 미 강 의　소 습 장 구　위 일 용 관 화

所以萬國方言　惟漢語最易　且有理也.
소 이 만 국 방 언　유 한 어 최 이　저 유 리 야

永太所居　精洒華侈　種種位置　莫非初見　炕上鋪陳
영 태 소 거　정 쇄 화 치　종 종 위 치　막 비 초 견　항 상 포 진

皆龍鳳氍毹　椅榻所藉　皆以錦緞爲褥.
개 용 봉 구 유　의 탑 소 자　개 이 금 단 위 욕

庭中設架　以細簟遮日　四垂緗簾　前列石榴五六盆
정 중 설 가　이 세 점 차 일　사 수 상 렴　전 열 석 류 오 륙 분

就中白色石榴盛開　又有異樹一盆　葉類冬栢　果似枳
취 중 백 색 석 류 성 개　우 유 이 수 일 분　엽 류 동 백　과 사 지

實　問其名　曰無花果　果皆雙雙並蔕帶　不花結實　故
실　문 기 명　왈 무 화 과　과 개 쌍 쌍 병 체 대　불 화 결 실　고

名.
명

書狀來見－趙鼎鎭　各叙年甲　長余五歲　副使繼又來
서 장 래 견　조 정 진　각 서 년 갑　장 여 오 세　부 사 계 우 래

訪－鄭元始　爲叙萬里同苦之誼　金子仁－文淳爲道　兄此
방　정 원 시　위 서 만 리 동 고 지 의　김 자 인　문 순 위 도　형 차

行　而我境冗擾　未及相訪　余曰　定交於他國　可謂異
행　이 아 경 용 요　미 급 상 방　여 왈　정 교 어 타 국　가 위 이

域親舊　副使書狀　皆大笑曰　未知誰爲異域也.
역 친 구　부 사 서 장　개 대 소 왈　미 지 수 위 이 역 야

副使　長余二歲　余祖父與副使祖父　嘗同窓治功令
부사　장여이세　여조부여부사조부　상동창치공령

有同研錄　余祖父　爲京兆堂上時　副使祖父　以京兆郎
유동연록　여조부　위경조당상시　부사조부　이경조랑

投刺　各道舊日同研事　余時八九歲在傍　知有舊誼.
투자　각도구일동연사　여시팔구세재방　지유구의

書狀指白石榴曰　曾見此否　余對不曾見　書狀曰　吾
서장지백석류왈　증견차부　여대불증견　서장왈　오

童子時　家有此榴　國中更無　蓋此榴華而不實云　略叙
동자시　가유차류　국중갱무　개차류화이불실운　약서

閒話　皆起去.
한화　개기거

渡江日　雖相識面於蘆荻叢中　未嘗叙話　又兩日柵外
도강일　수상식면어노적총중　미상서화　우양일책외

連幕露宿　亦未嘗晤　故今以異域相戲者　此也.
연막노숙　역미상오　고금이이역상희자　차야

點心尙遠云　不敢遲待　遂忍飢行瓮　初由右邊小門而
점심상원운　불감지대　수인기행완　초유우변소문이

入故　不知其家之雄侈若此　今由前門而出　則外庭數
입고　부지기가지웅치약차　금유전문이출　즉외정수

十百間　三使帶率　都入此家　而不知着在何處　非但我
십백칸　삼사대솔　도입차가　이부지착재하처　비단아

行區處綽綽有餘　來商去旅絡繹不絶　又有車二十餘輛
행구처작작유여　내상거려락역부절　우유거이십여량

闐門而入　一車所駕馬騾　必五六頭　而不聞喧聲　深藏
전문이입　일거소가마라　필오륙두　이불문훤성　심장

若虛.
약허

蓋其妥置凡百　自有規模　不相妨礙　觀此外貌　其他
개기타치범백　자유규모　불상방애　관차외모　기타

細節　不須盡說矣.
세절　불수진설의

緩步出門　繁華富麗　雖到皇京　想不更加　不意中國
완보출문　번화부려　수도황경　상불갱가　불의중국

之若是其盛也　左右市廛　連亘輝耀　皆彫窓綺戶　畵棟
지약시기성야　좌우시전　연긍휘요　개조창기호　화동

朱欄　碧榜金扁　所居物　皆內地奇貨　邊門僻奧之地
주란　벽방금편　소거물　개내지기화　변문벽오지지

乃有精鑑雅識也.
내유정감아식야

又入一宅　其壯麗　更勝於康家　而其制度大約皆同.
우입일택　기장려　갱승어강가　이기제도대약개동

凡室屋之制　必除地數百步　長廣相適　剗剗平正　可
범실옥지제　필제지수백보　장광상적　산잔평정　가

以測土圭　安針盤　然後築臺　臺皆石址　或一級或二級
이측토규　안침반　연후축대　대개석지　혹일급혹이급

三級　皆甎築而磨石爲甃　臺上建屋　皆一字　更無曲折
삼급　개전축이마석위추　대상건옥　개일자　갱무곡절

附麗　第一屋爲內室　第二屋爲中堂　第三屋爲前堂　第
부려　제일옥위내실　제이옥위중당　제삼옥위전당　제

四屋爲外室　外室前臨大道爲店房　爲市廛　每堂前　有
사옥위외실　외실전림대도위점방　위시전　매당전　유

左右翼室　是爲廊廡寮廂.
좌우익실　시위랑무료상

大約一屋　長必六楹八楹十楹十二楹　兩楹之間　甚廣
대약일옥　장필육영팔영십영십이영　양영지간　심광

幾我國平屋二間　未嘗隨材短長　亦不任意濶狹　必準
기아국평옥이간　미상수재단장　역불임의활협　필준

尺度　爲間架　屋皆五梁或七梁　從地至屋脊　測其高下
척도　위간가　옥개오량혹칠량　종지지옥척　측기고하

簷爲居中　故瓦溝如建瓴.
첨 위 거 중　고 와 구 여 건 령

屋左右及後面　無宂簷　以甎築墻　直埋椽頭　盡屋之
옥 좌 우 급 후 면　무 용 첨　이 전 축 장　직 매 연 두　진 옥 지

高　東西兩墻　各穿圓窓　西南皆戶　正中一間　爲出入
고　동 서 양 장　각 천 원 창　서 남 개 호　정 중 일 칸　위 출 입

之門　必前後直對　屋三重四重　則門爲六重八重　洞開
지 문　필 전 후 직 대　옥 삼 중 사 중　즉 문 위 육 중 팔 중　통 개

則自內室門　至外室門　一望貫通　其直如矢　所謂洞開
즉 자 내 실 문　지 외 실 문　일 망 관 통　기 직 여 시　소 위 통 개

重門　我心如此者　以喩其正直也.
중 문　아 심 여 차 자　이 유 기 정 직 야

路逢李同知惠迪－譯官　三堂上　李君笑曰　窮邊村野
노 봉 이 동 지 혜 적　역관　삼 당 상　이 군 소 왈　궁 변 촌 야

何足掛眼　吾言　雖至皇城　未必勝此　李君曰然　雖有
하 족 괘 안　오 언　수 지 황 성　미 필 승 차　이 군 왈 연　수 유

大小奢儉之別　其規模大率相同耳.
대 소 사 검 지 별　기 규 모 대 솔 상 동 이

爲室屋專靠於甓　甓者　甎也　長一尺廣五寸　此兩甎
위 실 옥 전 고 어 벽　벽 자　전 야　장 일 척 광 오 촌　차 량 전

則正方　厚二寸　一匡摺成　忌角缺　忌楞刓　忌體翻　一
즉 정 방　후 이 촌　일 광 탑 성　기 각 결　기 릉 완　기 체 번　일

甎犯忌則全屋之功　左矣　是故旣一匡印摺　而猶患參
전 범 기 즉 전 옥 지 공　좌 의　시 고 기 일 광 인 탑　이 유 환 참

差　必以曲尺見矩　斤削礪磨　務令勻齊　萬甎一影.
치　필 이 곡 척 견 구　근 삭 려 마　무 령 균 제　만 전 일 영

其築法　一縱一橫　自成坎離　隔以石灰　其薄如紙
기 축 법　일 종 일 횡　자 성 감 리　격 이 석 회　기 박 여 지

僅取膠貼　縫痕如線　其和灰之法　不雜麤沙　亦忌黏
근 취 교 첩　봉 량 여 선　기 화 회 지 법　부 잡 추 사　역 기 점

土.
토

沙太麤則不貼　土過黏則易圻　故必取黑土之細膩者
사 태 추 즉 불 첩　토 과 점 즉 이 탁　고 필 취 흑 토 지 세 니 자

和灰同泥　其色黛黧如新燔之瓦　蓋取其性之不黏不沙
화 회 동 니　기 색 대 려 여 신 번 지 와　개 취 기 성 지 부 점 불 사

而又取其色質純如也　又雜以纖絲　細剉如毛　如我東
이 우 취 기 색 질 순 여 야　우 잡 이 경 사　세 좌 여 모　여 아 동

圬土　用馬矢同泥　欲其靭而無龜　又調以桐油　濃滑如
오 토　용 마 시 동 니　욕 기 인 이 무 균　우 조 이 동 유　농 활 여

乳　欲其膠而無罅.
유　욕 기 교 이 무 하

其蓋瓦之法　尤爲可效　瓦之體　如正圓之竹　而四破
기 개 와 지 법　우 위 가 효　와 지 체　여 정 원 지 죽　이 사 파

之其一　瓦之大　恰比兩掌　民家不用鴛鴦瓦　椽上不構
지 기 일　와 지 대　흡 비 양 장　민 가 불 용 원 앙 와　연 상 불 구

橵木　直鋪數重蘆簟　然後覆瓦　簟上不藉泥土　一仰一
산 목　직 포 수 중 로 점　연 후 복 와　점 상 부 자 니 토　일 앙 일

覆　相爲雌雄　縫瓦亦以石灰之泥　鱗級膠貼　自無雀鼠
복　상 위 자 웅　봉 와 역 이 석 회 지 니　인 급 교 첩　자 무 작 서

之穿屋　最忌上重下虛.
지 천 옥　최 기 상 중 하 허

我東蓋瓦之法　與此全異　屋上厚鋪泥土　故上重　墻
아 동 개 와 지 법　여 차 전 이　옥 상 후 포 니 토　고 상 중　장

壁不甋築灰縫　四柱無倚　故下虛　瓦體過大　故過彎
벽 부 전 축 회 봉　사 주 무 의　고 하 허　와 체 과 대　고 과 만

過彎　故自多空虛　不得不補以泥土　泥土壓重　已有棟
과 만　고 자 다 공 허　부 득 불 보 이 니 토　니 토 압 중　이 유 동

撓之患　泥土一乾　則瓦底自浮　鱗級流退　乃生罅隙
요 지 환　니 토 일 건　즉 와 저 자 부　인 급 류 퇴　내 생 하 극

已不禁風透雨漏　雀穿鼠竄　蛇繆貓翻之患.
이불금풍투우루　작천서찬　사무묘번지환

大約立屋　甎功居多　非但竟高築墻　室內室外　罔不
대약립옥　전공거다　비단경고축장　실내실외　망불

鋪甎　盡庭之廣　麗目井井　如畫棊道　屋倚於壁　上輕
포전　진정지광　여목정정　여화기도　옥의어벽　상경

下完　柱入於墻　不經風雨　於是不畏延燒　不畏穿窬
하완　주입어장　불경풍우　어시불외연소　불외천유

尤絶雀鼠蛇猫之患　一閉正中一門　則自成壁壘城堡
우절작서사묘지환　일폐정중일문　즉자성벽루성보

室中之物　都似櫃藏　由是觀之　不須許多土木　不煩鐵
실중지물　도사궤장　유시관지　불수허다토목　불번철

冶墁工　甓一燔而屋已成矣.
야만공　벽일번이옥이성의

方新築鳳凰城　或曰此則安市城也　高句麗方言　稱大
방신축봉황성　혹왈차즉안시성야　고구려방언　칭대

鳥曰安市　今鄙語　往往有訓鳳凰曰　安市　稱蛇曰　白
조왈안시　금비어　왕왕유훈봉황왈　안시　칭사왈　백

巖　隋唐時　就國語以鳳凰城爲安市城　以蛇城爲白巖
암　수당시　취국어이봉황성위안시성　이사성위백암

城　其說頗似有理.
성　기설파사유리

又世傳安市城主楊萬春　射帝中目　帝耀兵城下　賜絹
우세전안시성주양만춘　사제중목　제요병성하　사견

百匹　以賞其爲主堅守.
백필　이상기위주견수

三淵金公昌翕　送其弟老稼齋昌業入燕詩曰　千秋大
삼연김공창흡　송기제노가재창업입연시왈　천추대

膽楊萬春　箭射虬髥落眸子　牧隱李公穡貞觀吟曰　爲
담양만춘　전사규염락모자　목은이공색정관음왈　위

是囊中一物爾　那知玄花落白羽　玄花言其目　白羽言
시 낭 중 일 물 이　나 지 현 화 락 백 우　현 화 언 기 목　백 우 언

其箭　二老所咏　當出於吾東流傳之舊.
기 전　이 로 소 영　당 출 어 오 동 류 전 지 구

　唐太宗　動天下之兵　不得志於彈丸小城　蒼黃旋師
　당 태 종　동 천 하 지 병　부 득 지 어 탄 환 소 성　창 황 선 사

其跡可疑.
기 적 가 의

　金富軾　只惜其史失姓名　蓋富軾爲三國史　只就中國
　김 부 식　지 석 기 사 실 성 명　개 부 식 위 삼 국 사　지 취 중 국

史書　鈔謄一番　以作事實　至引柳公權小說　以證駐驆
사 서　초 등 일 번　이 작 사 실　지 인 유 공 권 소 설　이 증 주 필

之被圍　而唐書及司馬通鑑　皆不見錄　則疑其爲中國
지 피 위　이 당 서 급 사 마 통 감　개 불 견 록　즉 의 기 위 중 국

諱之　然至若本土舊聞　不敢略載一句　傳信傳疑之間
휘 지　연 지 약 본 토 구 문　불 감 략 재 일 구　전 신 전 의 지 간

蓋闕如也.
개 궐 여 야

　余曰　唐太宗　失目於安市　雖不可攷　蓋以此城爲安
　여 왈　당 태 종　실 목 어 안 시　수 불 가 고　개 이 차 성 위 안

市　愚以爲非也　按唐書　安市城去平壤五百里　鳳凰城
시　우 이 위 비 야　안 당 서　안 시 성 거 평 양 오 백 리　봉 황 성

亦稱王儉城　地志　又以鳳凰城稱平壤　未知此何以名
역 칭 왕 검 성　지 지　우 이 봉 황 성 칭 평 양　미 지 차 하 이 명

焉.
언

　又地志　古安市城　在蓋平縣東北七十里　自蓋平東至
　우 지 지　고 안 시 성　재 개 평 현 동 북 칠 십 리　자 개 평 동 지

秀巖河三百里　自秀巖河東至二百里　爲鳳城　若以此
수 암 하 삼 백 리　자 수 암 하 동 지 이 백 리　위 봉 성　약 이 차

爲古平壤　則與唐書所稱五百里　相合.
위 고 평 양　즉 여 당 서 소 칭 오 백 리　상 합

　然吾東之士　只知今平壤　言箕子都平壤則信　言平壤
　연 오 동 지 사　지 지 금 평 양　언 기 자 도 평 양 즉 신　언 평 양

有井田則信　言平壤有箕子墓則信　若復言鳳城爲平壤
유 정 전 즉 신　언 평 양 유 기 자 묘 즉 신　약 부 언 봉 성 위 평 양

則大驚　若曰遼東　復有平壤　則叱爲怪駭.
즉 대 경　약 왈 요 동　부 유 평 양　즉 질 위 괴 해

　獨不知遼東　本朝鮮故地　肅愼濊貊　東彝諸國　盡服
　독 부 지 요 동　본 조 선 고 지　숙 신 예 맥　동 이 제 국　진 복

屬衛滿朝鮮　又不知烏剌寧古塔後春等地　本高句麗疆.
속 위 만 조 선　우 부 지 오 랄 영 고 탑 후 춘 등 지　본 고 구 려 강

　嗟乎　後世不詳地界　則妄把漢四郡地　盡局之於鴨綠
　차 호　후 세 불 상 지 계　즉 망 파 한 사 군 지　진 국 지 어 압 록

江內　牽合事實　區區分排　乃復覓浿水於其中　或指鴨
강 내　견 합 사 실　구 구 분 배　내 부 멱 패 수 어 기 중　혹 지 압

綠江爲浿水　或指淸川江爲浿水　或指大同江爲浿水.
록 강 위 패 수　혹 지 청 천 강 위 패 수　혹 지 대 동 강 위 패 수

　是朝鮮舊疆　不戰自蹙矣　此其故何也　定平壤於一處
　시 조 선 구 강　부 전 자 축 의　차 기 고 하 야　정 평 양 어 일 처

而浿水前卻　常隨事跡　吾嘗以爲漢四郡地　非特遼東
이 패 수 전 각　상 수 사 적　오 상 이 위 한 사 군 지　비 특 요 동

當入女眞　何以知其然也　漢書地理志　有玄菟樂浪　而
당 입 여 진　하 이 지 기 연 야　한 서 지 리 지　유 현 도 낙 랑　이

眞番臨屯　無見焉.
진 번 임 둔　무 견 언

　蓋昭帝始元五年　合四郡爲二府　元鳳元年　又改二府
　개 소 제 시 원 오 년　합 사 군 위 이 부　원 봉 원 년　우 개 이 부

爲二郡　玄菟三縣　有高句麗　樂浪二十五縣　有朝鮮
위 이 군　현 도 삼 현　유 고 구 려　낙 랑 이 십 오 현　유 조 선

遼東十八縣　有安市　獨眞番　去長安七千里　臨屯　去
요동십팔현　유안시　독진번　거장안칠천리　임둔　거

長安六千一百里　金崙所謂我國界內不可得　當在今寧
장안육천일백리　김륜소위아국계내불가득　당재금영

古塔等地者　是也.
고탑등지자　시야

　由是論之　眞番臨屯　漢末　卽入於扶餘　挹婁　沃沮
　유시론지　진번임둔　한말　즉입어부여　읍루　옥저

扶餘五而沃沮四　或變而爲勿吉　變而爲靺鞨　變而爲
부여오이옥저사　혹변이위물길　변이위말갈　변이위

渤海　變而爲女眞.
발해　변이위여진

　按渤海武王大武藝　答日本聖武王書　有曰　復古麗之
　안발해무왕대무예　답일본성무왕서　유왈　복고려지

舊居　有扶餘之遺俗　以此推之　漢之四郡　半在遼東
구거　유부여지유속　이차추지　한지사군　반재요동

半在女眞　跨踞包絡　本我幅員　益可驗矣.
반재여진　과거포락　본아폭원　익가험의

　然而自漢以來　中國所稱浿水　不定厥居　又吾東之士
　연이자한이래　중국소칭패수　부정궐거　우오동지사

必以今平壤立準　而紛然尋浿水之跡　此無他　中國人
필이금평양입준　이분연심패수지적　차무타　중국인

凡稱遼左之水　率號爲浿　所以程里不合　事實多舛者
범칭요좌지수　솔호위패　소이정리불합　사실다천자

爲由此也.
위유차야

　故欲知古朝鮮高句麗之舊城　先合女眞於境內　次尋
　고욕지고조선고구려지구성　선합여진어경내　차심

浿水於遼東　浿水定　然後疆域明　疆域明然後　古今事
패수어요동　패수정　연후강역명　강역명연후　고금사

實合矣.
실 합 의

然則鳳城　果爲平壤乎　曰此亦或箕氏　衛氏　高氏
연 즉 봉 성　과 위 평 양 호　왈 차 역 혹 기 씨　위 씨　고 씨

所都則爲一平壤也.
소 도 즉 위 일 평 양 야

唐書裴矩傳　言高麗　本孤竹國　周以封箕子　漢分四
당 서 배 구 전　언 고 려　본 고 죽 국　주 이 봉 기 자　한 분 사

郡　所謂孤竹地　在今永平府.
군　소 위 고 죽 지　재 금 영 평 부

又廣寧縣　舊有箕子廟　戴冔冠塑像　皇明嘉靖時　燬
우 광 녕 현　구 유 기 자 묘　대 후 관 소 상　황 명 가 정 시　훼

於兵火　廣寧人或稱平壤　金史及文獻通考　俱言廣寧
어 병 화　광 녕 인 혹 칭 평 양　금 사 급 문 헌 통 고　구 언 광 녕

咸平　皆箕子封地　以此推之　永平廣寧之間　爲一平壤
함 평　개 기 자 봉 지　이 차 추 지　영 평 광 녕 지 간　위 일 평 양

也.
야

遼史　渤海顯德府　本朝鮮地　箕子所封平壤城　遼破
요 사　발 해 현 덕 부　본 조 선 지　기 자 소 봉 평 양 성　요 파

渤海　改爲東京　卽今之遼陽縣是也　以此推之　遼陽縣
발 해　개 위 동 경　즉 금 지 요 양 현 시 야　이 차 추 지　요 양 현

爲一平壤也.
위 일 평 양 야

愚以爲箕氏　初居永廣之間　後爲燕將秦開所逐　失地
우 이 위 기 씨　초 거 영 광 지 간　후 위 연 장 진 개 소 축　실 지

二千里　漸東益徙　如中國晉宋之南渡　所止皆稱平壤
이 천 리　점 동 익 사　여 중 국 진 송 지 남 도　소 지 개 칭 평 양

今我人同江上平壤　卽其一也　浿水亦類此　高句麗封
금 아 대 동 강 상 평 양　즉 기 일 야　패 수 역 류 차　고 구 려 봉

域　時有贏縮　則浿水之名　亦隨而遷徙　如中國南北朝
역　시유영축　즉패수지명　역수이천사　여중국남북조

時　州郡之號　互相僑置.
시　주군지호　호상교치

　然而以今平壤　爲平壤者　指大同江曰　此浿水也　指
　연이이금평양　위평양자　지대동강왈　차패수야　지

平壤咸鏡兩界間山曰　此蓋馬大山也　以遼陽爲平壤者
평양함경양계간산왈　차개마대산야　이요양위평양자

指軒芋濼水曰　此浿水也　指蓋平縣山曰　此蓋馬大山
지헌우낙수왈　차패수야　지개평현산왈　차개마대산

也　雖未詳孰是　然必以今大同江爲浿水者　自小之論
야　수미상숙시　연필이금대동강위패수자　자소지론

耳.
이

　唐儀鳳二年　以高麗王臧－高句麗寶藏王　高臧　爲遼東州
　당의봉이년　이고려왕장　고구려보장왕　고장　위요동주

都督　封朝鮮王　遣歸遼東　仍移安東都護府於新城以
도독　봉조선왕　견귀요동　잉이안동도호부어신성이

統之　由是觀之　高氏境土之在遼東者　唐雖得之　不能
통지　유시관지　고씨경토지재요동자　당수득지　불능

有而復歸之高氏　則平壤本在遼東　或爲寄名　與浿水
유이부귀지고씨　즉평양본재요동　혹위기명　여패수

時有前卻耳　漢樂浪郡治在遼東者　非今平壤　乃遼陽
시유전각이　한낙랑군치재요동자　비금평양　내요양

之平壤.
지평양

　及勝國時－王氏高麗　遼東及渤海一境　盡入契丹　則僅
　급승국시　왕씨고려　요동급발해일경　진입거란　즉근

盡慈鐵兩嶺而守之　並棄先春鴨綠而不復顧焉　而況以
화자철양령이수지　병기선춘압록이불부고언　이황이

外一步地乎.
외 일 보 지 호

雖內幷三國　其境土武力　遠不及高氏之强大　後世拘
수 내 병 삼 국　기 경 토 무 력　원 불 급 고 씨 지 강 대　후 세 구

泥之士　戀慕平壤之舊號　徒憑中國之史傳　津津隋唐
니 지 사　연 모 평 양 지 구 호　도 빙 중 국 지 사 전　진 진 수 당

之舊蹟曰　此浿水也　此平壤也　已不勝其逕庭　此城之
지 구 적 왈　차 패 수 야　차 평 양 야　이 불 승 기 경 정　차 성 지

爲安市　爲鳳凰　惡足辨哉.
위 안 시　위 봉 황　오 족 변 재

城周不過三里　而甎築數十重　制度雄侈　四隅正方
성 주 불 과 삼 리　이 전 축 수 십 중　제 도 웅 치　사 우 정 방

若置斗然　今裁半築　則其高低　雖未可測　門上建樓處
약 치 두 연　금 재 반 축　즉 기 고 저　수 미 가 측　문 상 건 루 처

設雲梯　浮空駕起　工役雖似浩大　器械便利　運甓輸土
설 운 제　부 공 가 기　공 역 수 사 호 대　기 계 편 리　운 벽 수 토

皆機動輪轉　或自上汲引　或自推自行　不一其法　皆事
개 기 동 윤 전　혹 자 상 급 인　혹 자 추 자 행　불 일 기 법　개 사

半功倍之術　莫非足法　而非但行忙　難以遍觀　雖終日
반 공 배 지 술　막 비 족 법　이 비 단 행 망　난 이 편 관　수 종 일

熟視　非造次可學　良可歎也.
숙 시　비 조 차 가 학　양 가 탄 야

食後　與卞季涵鄭進士先行　康永泰　出門揖送　頗有
식 후　여 변 계 함 정 진 사 선 행　강 영 태　출 문 읍 송　파 유

惜別之意　且囑歸時　當値冬節　願賚賜一件時憲　余解
석 별 지 의　차 촉 귀 시　당 치 동 절　원 뢰 사 일 건 시 헌　여 해

給一丸淸心.
급 일 환 청 심

過一鋪　掛一面金書當字牌　旁書惟軍器不當五字　此
과 일 포　패 일 면 금 서 당 자 패　방 서 유 군 기 부 당 오 자　차

典當鋪也　有數三美少年　走出鋪中　遮馬請少刻納涼
전 당 포 야　유 수 삼 미 소 년　주 출 포 중　차 마 청 소 각 납 량

遂相與下馬隨入　其凡百位置　更勝康家　庭中有二大
수 상 여 하 마 수 입　기 범 백 위 치　갱 승 강 가　정 중 유 이 대

盆　種三五柄蓮子　養得五色鮒魚　少年手持掌大紗甑
분　종 삼 오 병 연 자　양 득 오 색 부 어　소 년 수 지 장 대 사 증

向小瓮邊　名了幾顆紅蟲　浮沈盆中　蟲細如蟹卵　皆蠕
향 소 옹 변　함 료 기 과 홍 충　부 침 분 중　충 세 여 해 란　개 연

蠕　少年　更以扇敲響那盆郭　念念招魚　魚皆出水呷
연　소 년　갱 이 선 고 향 나 분 곽　염 념 초 어　어 개 출 수 합

沫.
말

　日方午天　火傘下曝　悶塞不可久居　遂行　與鄭進士
　일 방 오 천　화 산 하 폭　민 색 불 가 구 거　수 행　여 정 진 사

或先或後　余謂鄭曰　城制何如　鄭曰　甓不如石也　余
혹 선 혹 후　여 위 정 왈　성 제 하 여　정 왈　벽 불 여 석 야　여

曰　君不知也　我國城制　不甓而石　非計也　夫甎一函
왈　군 부 지 야　아 국 성 제　불 벽 이 석　비 계 야　부 전 일 함

出矩　則萬甎同樣　更無費力磨琢之功　一窰燒成　萬甎
출 구　즉 만 전 동 양　갱 무 비 력 마 탁 지 공　일 요 소 성　만 전

坐得　更無募人運致之勞　齊勻方正　力省功倍　運之輕
좌 득　갱 무 모 인 운 치 지 로　제 균 방 정　역 생 공 배　운 지 경

而築之易　莫甎若也.
이 축 지 이　막 전 약 야

　今夫石劚之於山　當用匠幾人　輦運之時　當用夫幾人
　금 부 석 촉 지 어 산　당 용 장 기 인　연 운 지 시　당 용 부 기 인

既運之後　當用匠幾人以琢治之　其琢治之功　又當再
기 운 지 후　당 용 장 기 인 이 탁 치 지　기 탁 치 지 공　우 당 재

費幾日　築之之時　安排一石之功　又當再用夫幾人　於
비 기 일　축 지 지 시　안 배 일 석 지 공　우 당 재 용 부 기 인　어

是　削崖而被之　是土肉而石衣也　外似峻整　內實齬
시　삭애이피지　시토육이석의야　외사준정　내실얼

齕.
올

石旣參差不齊　則恒以小石　撑其尻跗　崖與城之間
석기참치부제　즉항이소석　탱기고부　애여성지간

實以碎礫　雜以泥土　一經潦雨　腸虛腹漲　一石疎脫
실이쇄력　잡이니토　일경료우　장허복창　일석소탈

萬石爭潰　此易見之勢也　且石灰之性　能黏於甎　而不
만석쟁궤　차이견지세야　차석회지성　능점어전　이불

能貼石.
능첩석

余嘗與次修論城制　或曰　甓之堅剛　安能當石　次修
여상여차수론성제　혹왈　벽지견강　안능당석　차수

大聲曰　甓之勝於石　豈較一甓一石之謂哉　此可爲鐵
대성왈　벽지승어석　기교일벽일석지위재　차가위철

論.
론

大約石灰　不能貼石　則用灰彌多　而彌自皸坼　背石
대약석회　불능첩석　즉용회미다　이미자군탁　배석

卷起　故石常各自一石　而附土爲固而已　甎得灰縫　如
권기　고석상각자일석　이부토위고이이　전득회봉　여

魚膠之合木　鵬砂之續金　萬甓凝合　膠成一城　故一甎
어교지합목　붕사지속금　만벽응합　교성일성　고일전

之堅　誠不如石　而一石之堅　又不及萬甎之膠　此其甓
지견　성불여석　이일석지견　우불급만전지교　차기벽

與石之利害便否　所以易辨也.
여석지이해편부　소이이변야

鄭於馬上　傴僂欲墮　蓋睡已久矣　余以扇撅其脅　大
정어마상　구루욕타　개수이구의　여이선삭기협　대

罵曰 長者爲語 何睡不聽也 鄭笑曰 吾已盡聽之 甓
매 왈 장 자 위 어 하 수 불 청 야 정 소 왈 오 이 진 청 지 벽

不如石 石不如睡也 余忿欲毆之 相與大笑.
불 여 석 석 불 여 수 야 여 분 욕 구 지 상 여 대 소

至河邊得柳陰 納凉 五渡河 五里之間 一臺子 所
지 하 변 득 류 음 남 량 오 도 하 오 리 지 간 일 대 자 소

謂頭臺子 二臺子 三臺子 皆烽堡也 甎築如城 高五
위 두 대 자 이 대 자 삼 대 자 개 봉 보 야 전 축 여 성 고 오

六丈 正圓如筆筒 上施垛堞 多毁壞而不修葺何也.
륙 장 정 원 여 필 통 상 시 타 첩 다 훼 괴 이 불 수 즙 하 야

道傍 或有柩 累石壓之 年久露置 木頭朽敗 蓋待
도 방 혹 유 구 루 석 압 지 연 구 로 치 목 두 후 패 개 대

其骨枯 擧而焚之云 沿道多有墳塋 其封高銳 亦不被
기 골 고 거 이 분 지 운 연 도 다 유 분 영 기 봉 고 예 역 불 피

莎 多樹白楊 排行正直.
사 다 수 백 양 배 행 정 직

行旅步走者絶少 步走者必肩擔鋪蓋－寢具謂鋪蓋 無
행 려 보 주 자 절 소 보 주 자 필 견 담 포 개 　침 구 위 포 개 　무

鋪蓋者 店房不許留接 疑其姦宄也 掛鏡而行者 短視
포 개 자 점 방 불 허 류 접 의 기 간 귀 야 패 경 이 행 자 단 시

者也 乘馬者 皆着黑緞靴子 步行者 皆着靑布靴子
자 야 승 마 자 개 착 흑 단 화 자 보 행 자 개 착 청 포 화 자

其底 皆衲布數十重 絶不見麻鞋藁屨.
기 저 개 납 포 수 십 중 절 불 견 마 혜 고 구

宿松店 一名雪裏店 又號薛劉店 是日 行七十里
숙 송 점 일 명 설 리 점 우 호 설 류 점 시 일 행 칠 십 리

或曰此舊鎭東堡也.
혹 왈 차 구 진 동 보 야

6월 29일 병자(丙子)

날이 맑게 개었다.

배로 삼가하(三家河)를 건넜다. 배가 마치 말구유같이 생겼
는데 통나무를 파서 만들었고, 상앗대도 없이 강 언덕에 Y자
모양의 나무를 세우고 큰 밧줄을 건너질렀다. 그 줄을 잡아당
기며 따라가면 배가 저절로 오고가게 마련이다. 말은 모두 물
에 둥둥 떠서 헤엄쳐 건넜다. 그리고 또 다시 배로 유가하(劉家
河)를 건너 황하장(黃河莊)에서 점심을 먹었다. 한낮이 되니 무
척이나 더웠다. 말을 탄 채로 금가하(金家河)를 건너니, 여기가
이른바 팔도하(八渡河)이다.

임가대(林家臺)·범가대(范家臺)·대방신(大方身)·소방신
(小方身) 등지는 5리나 10리마다 마을이 즐비하였는데, 뽕나무
와 삼밭이 우거졌다. 때마침 올기장이 누렇게 익었고 수수 이
삭이 한창 패어났는데, 그 잎을 모조리 베어 말과 노새의 먹이
로 사용한 것은 또한 수수대궁이 땅의 기운[地氣]을 오롯이 받

게 하기 위함이다.

이르는 곳마다 관제묘(關帝廟 : 관운장(關雲長)의 사당)가 있고, 몇 집만 모여 살아도 반드시 큰 가마를 마련하고 벽돌을 굽게 되었다. 벽돌을 틀에 찍어내어 볕에 말리며, 예전에 구워 놓은 것과 새로 구운 것들이 곳곳에 산더미처럼 쌓였으니, 대개 벽돌이 무엇보다도 일용에 요긴한 물건인 까닭이다.

잠깐 쉬는데, 전당포 주인이 가운데 방으로 안내하여 뜨거운 차(茶) 한 잔을 권한다. 집안에는 진귀한 물건이 많이 진열되어 있었다. 시렁의 높이는 들보에 닿았고, 그 위엔 전당 잡은 물건을 가지런히 얹어 놓았는데 모두 옷들이었다. 보자기에 싼 채 종이쪽을 붙여서 물건 주인의 성명·별호(別號)·상표(相標)[1]·거주지 등을 적고는, 다시 '모년·모월·모일에 무슨 물건을 무슨 자호(字號) 붙인 전당포에다 직접 건네주었다.'라고 썼다. 그 이자는 10분의 2를 넘는 법이 없고, 기한이 한 달을 넘으면 물건을 팔아 버릴 수 있다. 금색 글자로 쓴 전당포 주련(柱聯)에,

홍범구주[2]에는 먼저 부(富 : 재물)를 말하였고,　　洪範九疇先言富
『대학』의 10장에도 반은 재물을 논하였다.　　大學十章半論財

---

1) 상표(相標) : 얼굴 모양의 특징을 기록한 것.
2) 홍범구주(洪範九疇) : 우(禹)임금이 요순(堯舜) 이래의 사상을 집대성한, 정치·도덕에 관한 아홉 가지 기본 법칙을 말한다. 홍범(洪範)은 『서경(書經)』 주서(周書)의 편명이다.

라는 말이 쓰여 있다. 수숫대로 교묘하게 누각처럼 만들어, 그
속에 풀벌레 한 마리를 넣어 두고서 우는 소리를 듣는다. 또 처
마 끝에는 조롱(雕籠)을 달아매고 이상한 새 한 마리를 기르고
있었다.

　이날 50리를 가서 통원보(通遠堡)에서 묵었다. 여기가 곧 진
이보(鎭夷堡)이다.

原文

二十九日
이 십 구 일

丙子　晴　舟渡三家河　舟如馬槽　全木刳成　無櫓槳
병 자　청　주 도 삼 가 하　주 여 마 조　전 목 고 성　무 로 장

兩岸立丫木　橫截大繩　緣繩而行　則舟自來往　馬皆浮
양 안 입 아 목　횡 절 대 승　연 승 이 행　즉 주 자 래 왕　마 개 부

渡　又舟渡劉家河　中火黃河莊　午極熱　馬渡金家河
도　우 주 도 유 가 하　중 화 황 하 장　오 극 열　마 도 금 가 하

所謂八渡河也.
소 위 팔 도 하 야

　林家臺　范家臺　大小方身　五里十里之間　村閭相望
　임 가 대　범 가 대　대 소 방 신　오 리 십 리 지 간　촌 려 상 망

桑麻菀然　時方早黍黃熟　蜀黍發穗　而皆刈去其葉　以
상 마 울 연　시 방 조 서 황 숙　촉 서 발 수　이 개 예 거 기 엽　이

飼馬騾　亦所以爲黍柄養其全氣也.
사 마 라　역 소 이 위 서 병 양 기 전 기 야

　到處有關廟　數家相聚　必有一座大窰　以燒甋　范印
　도 처 유 관 묘　수 가 상 취　필 유 일 좌 대 요　이 소 전　범 인

晒曝　新舊燔燒　處處山積　蓋甓爲日用先務也.
쇄 폭　신 구 번 소　처 처 산 적　개 벽 위 일 용 선 무 야

　少憩　典當鋪主人　引至中堂　勸一椀熱茶　位置多異
　소 게　전 당 포 주 인　인 지 중 당　권 일 완 열 다　위 치 다 이

玩　設架齊梁　整置所典之物　皆衣服也　褓裹付紙籤
완　설 가 제 량　정 치 소 전 지 물　개 의 복 야　보 과 부 지 첨

書物主姓名別號　相標居住　再書某年月日典當某件
서 물 주 성 명 별 호　상 표 거 주　재 서 모 년 월 일 전 당 모 건

子某字號鋪親手交付云云　其利殖之法　無過什二　過
자 모 자 호 포 친 수 교 부 운 운　기 리 식 지 법　무 과 십 이　과

期一朔　許賣　典當題著金字柱聯曰　洪範九疇先言富
기 일 삭　허 매　전 당 제 저 금 자 주 련 왈　홍 범 구 주 선 언 부

大學十章半論財　以蜀黍柄巧搆樓閣　置艸蟲一枚　以
대 학 십 장 반 론 재　이 촉 서 병 교 구 루 각　치 초 충 일 매　이

聽鳴聲　簷端懸雕籠　養一異鳥.
청 명 성　첨 단 현 조 롱　양 일 이 조

是日行五十里　宿通遠堡　卽鎭夷堡也.
시 일 행 오 십 리　숙 통 원 보　즉 진 이 보 야

7월 초1일 정축(丁丑)

새벽에 큰비가 내려서 떠나지 못하였다.

정 진사(鄭進士 : 정원시) · 주 주부(周主簿 : 주명신) · 변군(卞君 : 변계함(卞季涵)) · 박래원(朴來源) 그리고 주부(主簿) 조학동(趙學東) ─ 상방의 건량판사(乾糧判事) ─ 등과 함께 투전판을 벌여 소일도 할 겸 술값을 벌자는 심산이었다. 그들은 나더러 투전에 솜씨가 서툴다는 이유로 투전판에서 내쫓고 그저 편안히 앉아서 술만 마시라고 한다. 속담에 "굿이나 보고 떡이나 먹으라는 셈"이니, 분하긴 하나 다시 어쩔 수도 없었다. 앉아서 승패나 구경하고 있다가 술은 남보다 먼저 먹게 되었으니, 해롭지 않은 일이다.

그때 벽을 사이에 두고 가끔 여인의 말소리가 들려왔다. 하도 가냘픈 목청과 아리따운 하소연이어서 마치 제비와 꾀꼬리가 우짖은 소리인 듯싶다. 나는 마음속으로, '이는 아마 주인집 아낙네가 반드시 절세의 미인이리라.' 생각하고, 나는 일부러 담

뱃불을 붙인다는 핑계로 부엌에 들어가 보니[1] 나이 쉰도 넘어
보이는 한 명의 부인이 문 쪽에 평상을 의지하고 앉았는데, 그
생김생김이 매우 거칠고 험상궂게 생겼다. 나에게 말하기를,

"아주버님, 복 많이 받으세요."

라고 하여 나도 대답하기를,

"주인께서도 많은 복을 받으세요."

하며, 나는 일부러 재를 파헤치면서 그 부인을 슬쩍슬쩍 곁눈질
해 보았다.[2] 머리쪽지에는 온통 꽃을 꽂고, 금비녀와 옥귀고리
에 연지까지 살짝 발랐다. 몸에는 검은빛 긴 통바지에 촘촘히
은단추를 끼었고, 발에는 풀·꽃·벌·나비를 수놓은 한 쌍의
신을 꿰었다. 대개 만주 여자는 다리에는 붕대를 감지 않았고
발에는 궁혜(弓鞋 : 전족을 하는 가죽신)를 신지 않은 것으로 보아
서 〈만주 여성임을〉 짐작할 수 있다.

때마침 주렴 속에서 한 처녀가 나오는데 나이나 얼굴 생김이
스무 살 이상 되어 보인다. 그가 처녀임은 머리를 양쪽을 갈라
서 위로 틀어 올린 것으로 보아서 분별할 수 있다. 생김새는 역
시 우락부락 하고 억세고 사나운 모습이나, 다만 살결이 희고
깨끗하다. 쇠양푼을 갖고 와서 퍼런 질그릇을 기울여 수수밥

---

1) '일부러 담뱃불을'로부터 여기까지는 다른 본에는 없고, 다만 수택본
   과 일재본에만 보인다.
2) '오랫동안 재를 파헤치면서'로부터 여기까지는 수택본에 의거하였
   다. 다른 본에는 '그 복식의 제도를 구경하였다'로 되어 있다.

한 사발을 수북하게 퍼 담고, 양푼의 물을 부어서 서쪽 바람벽 아래에 있는 의자에 걸터앉아 젓가락으로 밥을 먹는다. 또 두어 자 길이나 되는 파뿌리를 잎사귀째 장에 찍어서 밥과 번갈아 씹어 먹는다. 목에는 달걀만 한 큰 혹이 달려 있다. 게걸스럽게 밥을 다 먹고는 차를 마신다. 화기로 보아 조금도 수줍어하는 기색이 없다. 이는 아마 해마다 조선 사람을 보아 오다 보니 아주 예사롭기도 하고 낯익었기 때문이리라.

뜰은 넓이가 수백 칸이나 되는데 장맛비에 진흙탕이 되어 있다. 마치 바둑돌이나 참새알 같은 크기의 시냇가 물에 씻긴 조약돌이, 애초에는 아무런 소용도 없어 보이지만 그 모양과 빛이 비슷한 것을 골라서 문간에다가 아롱진 봉새 모양의 무늬가 생기게끔 깔아서 질벅거리는 진흙탕을 막은 것이었다. 그들은 버리는 물건이 없다는 것을 이로 미루어 짐작할 수 있었다.

닭은 꽁지와 깃털이 모두 빠져버려 하나같이 족집게로 뽑은 것 같아서[3] 이따금 고깃덩어리 살만 남은 닭이 절름거리면서 다닌다. 이는 빨리 키우는 한 방법이자 이가 스는 것까지 예방하기 위한 방법이다. 여름이 되면 닭에 검은 이가 생겨 꼬리와 날개에 붙어 오르면 반드시 콧병이 생기며, 입으로는 누런 물을 토하고 목에는 가래 끓는 소리가 나는데, 이것을 '계역(鷄疫)'이

---

3) '닭은 꽁지와'로부터 여기까지는 일재본에 '닭은 꽁지와 깃털을 모두 뽑아버렸고, 양쪽 날개 사이의 솜털은 하나도 남김없이 족집게로 뽑아버렸다.〔雞皆拔去尾羽 兩翼間鑷毛 抽鑷一空〕'로 되어 있다.

라 한다. 그리하여 미리 그 꽁지와 깃을 뽑아서 시원한 기운을
통해 주는 것이다.[4] 그 모습이 아주 볼썽사나워서 차마 볼 수가
없다.

----

[4] '이는 삘디 기우는'으로부터 여기까지는 모두 빠져 있는데, 일재본에
의거하여 보충하였다.

原文

七月初一日
칠월초일일

丁丑　曉大雨　留行　與鄭進士　周主簿　卞君　來源
정축　효대우　유행　여정진사　주주부　변군　내원

趙主簿學東－上房乾粮判事　賭紙牌以遣閒　且博飲資也
조주부학동　상방건량판사　도지패이견한　차박음자야

諸君　以余手劣黜之座　但囑安坐飲酒　諺所謂觀光但
제군　이여수열출지좌　단촉안좌음주　언소위관광단

喫餠也　尤爲忿恨　亦復奈何　坐觀成敗　酒則先酌　也
끽병야　우위분한　역부내하　좌관성패　주즉선작　야

非惡事.
비악사

時聞間壁婦人語聲　嫩囀嬌恕　燕燕鶯鶯　意謂主家婆
시문간벽부인어성　눈전교소　연연앵앵　의위주가파

娘　必是絶代佳人　余故托爇煙粧草入廚　一婦人五旬
낭　필시절대가인　여고탁열연장초입주　일부인오순

以上年紀　當戶據牀而座　貌極悍醜　道了叔叔千福　余
이상년기　당호거상이좌　모극한추　도료숙숙천복　여

答道托主人洪福　余故久撥灰　流眼傍睨那婦人　滿髻
답도탁주인홍복　여고구발회　유안방예나부인　만계

挿花　金釧寶璫　略施朱粉　身着一領黑色長衣　遍鎖銀
삽화　금천보당　약시주분　신착일령흑색장의　편쇄은

紐　足下穿一對靴子　繡得草花蜂蝶　蓋滿女不纏脚不
뉴　족하천일대화자　수득초화봉접　개만녀부전각불

着弓鞋.
착궁혜

簾中轉出一個處女　年貌似是廿歲以上　處女髻髮中
염 중 전 출 일 개 처 녀　연 모 사 시 입 세 이 상　처 녀 계 발 중

分綰上　以此爲辮　貌亦傑悍　但肥肉白淨　把鐵鏇子
분 관 상　이 차 위 변　모 역 걸 한　단 비 육 백 정　파 철 선 자

傾綠色瓦盆　滿勺了蜀黍飯　盛得一椀　和鏇瀝水　坐西
경 록 색 와 분　만 작 료 촉 서 반　성 득 일 완　화 선 력 수　좌 서

壁下交椅　以箸吸飯　更拿數尺葱根　連葉蘸醬　一飯一
벽 하 교 의　이 저 흡 반　갱 나 수 척 총 근　연 엽 잠 장　일 반 일

佐　項附鷄子大癭瘤　噉飯喫茶　略無羞容　蓋歲閱東人
좌　항 부 계 자 대 영 류　담 반 끽 다　약 무 수 용　개 세 열 동 인

尋常親熟故也.
심 상 친 숙 고 야

庭廣數百間　久雨泥淖　河邊水磨小石　如碁子大黃雀
정 광 수 백 칸　구 우 니 뇨　하 변 수 마 소 석　여 기 자 대 황 작

卵者　本無用之物　而揀其形色相類者　當門處錯　成九
란 자　본 무 용 지 물　이 간 기 형 색 상 류 자　당 문 처 착　성 구

苞飛鳳　以禦泥淖　其無棄物　推此可知.
포 비 봉　이 어 니 뇨　기 무 기 물　추 차 가 지

鷄皆尾羽脫落　一如抽鑷　往往肉鷄蹁跚　所以助長也
계 개 미 우 탈 락　일 여 추 섭　왕 왕 육 계 편 산　소 이 조 장 야

且禁虱也　夏月鷄生黑虱　緣尾附翼　必生鼻病　口吐黃
차 금 슬 야　하 월 계 생 흑 슬　연 미 부 익　필 생 비 병　구 토 황

水　喉中痰響　謂之鷄疫　故拔其毛羽疎通涼氣云　其形
수　후 중 담 향　위 지 계 역　고 발 기 모 우 소 통 량 기 운　기 형

醜惡不忍見.
추 악 불 인 견

7월 초2일 무인(戊寅)

새벽에 큰비가 내리다가 늦게 개었다.

집 앞 시냇물이 크게 불어서 건널 수 없으므로 마침내 떠나지 못해 머물렀다. 정사가 박래원(朴來源)과 주 주부(周主簿)를 시켜 앞 시내에 나가서 물을 살펴보라고 하여 나도 따라 나섰다. 몇 리를 가지 않아서 큰물이 앞을 가로막아 강이 보이지 않는다. 헤엄 잘 치는 사람을 시켜서 물 속에 들어가 그 얕고 깊음을 재게 하니, 열 발자국도 못 가서 어깨가 잠긴다.

돌아와서 물의 상황을 알리니, 정사가 걱정하여 역관과 각 방(房)의 비장들을 모조리 불러서 각기 물 건널 계책을 말하게 했다. 부사와 서장관도 역시 참석하였다. 부사가 말하기를,

"문짝과 수레를 많이 세내어 뗏목을 매어서 건너는 게 어떠하리까?"

라고 하니 주 주부가,

"거 참 좋은 계책이올시다."

라고 하자 수역관이,

"문짝이나 수레를 그렇게 많이 얻을 수는 없습니다. 그런데 이 근처에 집 지으려고 모아 둔 재목이 십여 칸 분량이 있으니 그것을 세낼 수는 있으나, 단지 이를 얽어맬 칡넝쿨을 얻기 어려울 듯합니다."

하여, 여러 가지 의견이 분분하였다. 내가 말하기를,

"무어, 뗏목을 맬 것까지야 있소? 내게 한두 척(隻)의 배가 있는데, 노와 상앗대를 모두 갖추었으나 다만 한 가지가 없소."

하니, 주 주부가 묻기를,

"없는 게 무엇이요?"

라고 하자 나는,

"다만 사공을 도와줄 조수가 없소이다."

하니, 모두들 크게 웃었다.

주인은 워낙 경박하고 멍청하여 눈을 뜨고도 고무래 '정(丁)' 자를 모를 정도였지만, 책상 위에는 오히려 『양승암집(楊昇菴集)』[1]과 『사성원(四聲猿)』[2] 같은 책들이 놓여 있다. 그리고 길이 한 자 남짓 되는 쪽빛의 도자기 병에는 조남성(趙南星)[3]의

---

1) 『양승암집(楊昇菴集)』: 명나라의 학자 양신(楊愼)의 문집이다. 승암은 호이다.

2) 『사성원(四聲猿)』: 명나라의 서위(徐渭)가 지은 4개의 잡극집.

3) 조남성(趙南星): 명나라 희종(熹宗) 때 이부상서(吏部尙書)로서, 위충현(魏忠賢)에게 미움을 사서 내수(代州)로 귀양 가서 죽었다. 명나라 만력 연간의 관리.

철여의(鐵如意)4)가 비스듬히 꽂혀 있으며, 운간(雲間 : 강소성 송 강현의 옛 이름) 지역의 장인 호문명(胡文明)이 만든 조그만 납다 색(臘茶色 : 담황빛) 향로며, 그 밖의 의자·탁자·병풍·장자 (障子 : 바람막이) 등 모두 고상한 운치가 있어서 궁벽한 변방의 시골티 같은 것은 나지 않았다.

　내가 묻기를,

　"댁네 살림살이는 좀 넉넉한가요?"

하니 그는,

　"일 년 내내 부지런히 고생해도 굶주림과 추위를 면치 못한답 니다. 만일 귀국 사신의 행차가 없을 때면, 아주 살림살이가 막 연합니다."

라고 대답하였다. 〈내가〉

　"아들딸은 몇이나 두었나요?"

하고 물었더니 그는,

　"도둑놈 하나만 있는데 아직 사위를 못 봤지요."

하여 내가 묻기를,

　"아니 무슨 말이오? 도둑이 하나라니요?"

라고 하니 그가,

　"예, 도둑도 딸 다섯 둔 집에는 들지 않는다잖아요. 그러니 어

---

4) 철여의(鐵如意) : 쇠로 만든 여의, 여의는 손에 지니는 완상물의 일 종. 옛 중국의 고관들이 손에 지니던 쇠 또는 나무, 상아, 옥 등으로 만든 기물.

찌 딸년이 집안의 좀도둑이 아니옵니까?"

하며 대꾸한다.

오후에 문을 나서 머리를 식힐 겸 산책을 했다. 수수밭 가운
데서 별안간 새총 소리가 한 방 나자 주인이 급히 문을 나와 본
다. 밭 속에서 어떤 사람 하나가 한 손에 총을 들고 또 한 손으
로 돼지 뒷다리를 끌고 뛰쳐나와 주인을 흘겨보고 버럭 화를 내
면서 말하기를,

"왜 이 짐승을 함부로 내놓아서 밭에 들여보내나!"

하자, 점방 주인은 다만 송구한 기색으로 공손히 사과하여 마지
않는다. 그 자는 피가 뚝뚝 떨어지는 돼지를 끌고 가버린다. 점
방 주인은 자못 섭섭한 모양으로 우두커니 서서 거듭 한탄만 한
다. 내가 묻기를,

"저 자가 잡아가는 게 뉘 집에서 기르는 돼지인가?"

하니 점방 주인은,

"우리집에서 기르던 것입니다."

라고 하여 나는 또 묻기를,

"아무리 남의 밭에 잘못 들어갔기로서니 수숫대 하나 다친 것
이 없는데, 그 놈이 왜 그릇되게 저놈을 잡아 죽인단 말인가?
댁네 주인은 응당 그자에게 돼지값을 물릴 것이지 않은가?"

하자 점방 주인은,

"값을 물리다니요? 돼지우리를 잘 단속하지 못한 것이 이쪽
의 잘못이죠."

라고 하였다.

당시에 강희 황제(康熙皇帝 : 청나라의 제4대 황제)가 농사를 매우 소중히 여겼다. 그 법에 소와 말이 남의 곡식을 밟으면 갑절로 물어 주어야 하고, 일부러 소와 양을 방목한 자는 곤장 60대를 친다. 그리고 양이나 돼지가 〈남의〉 밭에 들어가면 밭주인이 즉각 잡아가도 방목한 사람은 감히 자기가 주인이라고 아는 체하지 못한다. 그러나 다만 수레가 다니는 길만은 막을 수 없어 길이 진흙탕이 되면 밭이랑 사이로도 수레를 끌고 들어가기 때문에 밭주인은 항상 길을 잘 닦아서 자신의 밭을 보호한다고 한다.

마을 어귀에 벽돌가마가 두 개 있다. 그중 하나는 마침 불 때는 일을 다 마쳤는지 흙을 아궁이에 이겨 붙이고 물을 수십 통 길어다가 잇달아 가마 위로 들어붓는다. 가마 위는 조금 움푹 패어서 물을 부어도 넘치지 않는다. 가마가 한층 달궈져 있어 물을 부으면 곧바로 말라버리다 보니 가마가 달궈져 터지지 않게 물을 붓는 것 같다. 또 다른 가마는 앞서 벌써 구워서 식었으므로 방금 벽돌을 가마에서 끌어내는 중이다. 대체로 이 벽돌가마의 제도가 우리나라의 기와가마와는 사뭇 다르다. 먼저 우리나라 가마 제도의 잘못된 점을 말하고 난 다음에라야 가마 제도를 이해할 수 있을 것이다

우리나라의 기와가마는 옆으로 길게 눕혀 놓은 모양이라서 아궁이지 가마라고는 할 수 없다. 이는 애초에 가마를 만드는 벽돌이 없기 때문에 나무를 세워서 진흙으로 바르고 나서 큰 소나무 장작을 태워서 가마를 말리는데, 장작을 태워서 가마를 말

리는 비용이 벌써 수월찮다. 가마가 길기만 하고 높지 않으므로 불꽃이 위로 오르지 못한다. 불꽃이 위로 오르지 못하므로 불기운이 힘이 없으며, 불기운이 힘이 없으므로 반드시 소나무 장작을 때서 불꽃을 세게 한다. 소나무 장작을 때서 불꽃을 세게 하므로 불길이 고르지 못하고, 불길이 고르지 못하므로 불에 가까이 놓인 가마는 이지러지기가 일쑤이며, 먼 데 놓인 것은 잘 구워지지 않을까 걱정한다.

　도자기를 굽거나 옹기를 굽거나를 막론하고 모든 요업(窯業 : 도자기, 벽돌, 기와 등을 만드는 일)의 제도가 다 이 모양이다. 그 소나무 장작을 때는 법도 역시 한가지이니, 송진의 불길이 다른 나무보다 훨씬 세다. 그러나 소나무 장작은 한 번 베면 새움이 돋아나지 않는 나무이므로 한 번 옹기장이를 만나면 사면의 산이 모두 벌거숭이가 된다. 100년을 두고 기른 것을 하루아침에 다 없애 버리고, 다시 새처럼 사방으로 소나무를 찾아서 흩어져 가버린다. 이것은 오로지 기와 굽는 방법 한 가지가 잘못되는 바람에, 나라의 좋은 재목이 날로 줄어들고 옹기장이도 날로 곤경에 빠지고 있다.

　지금 이곳의 벽돌가마를 보니, 벽돌을 쌓고 석회로 봉하여 애초에 말리고 굳히는 비용이 들지 않고, 또 마음대로 높고 크게 할 수 있어서 모양이 마치 큰 종(鐘)을 엎어 놓은 것 같다. 가마 위는 연못처럼 움푹 파이게 하여 물을 몇 섬이라도 부을 수 있고, 옆구리에 연기 구멍을 네댓 개 뚫어서 불길이 잘 타오르게 하였으며, 그 속에 벽돌을 놓되 서로 기대어서 불꽃이 잘 통하도록 만들었다.

　대체로 요약해 말한다면, 그 묘법은 벽돌을 쌓는 데 있다 하겠다. 이제 나로 하여금 손수 만들게 한다면 지극히 쉬울 듯싶으나 입으로 표현을 하기에는 매우 힘들다.

　정사가 내게 묻기를,

　"그 쌓은 것이 '품(品)' 자와 같던가?"

하여 내가,

　"그런 것 같기도 하오나, 꼭 그런 건 아니었습니다."

라고 하자 변 주부가 다시 묻기를,

　"그 쌓은 모양이 책갑(冊匣)을 포개 놓은 것 같았습니까?"

하기에 내가,

　"그런 듯도 하지만 꼭 그렇다고도 할 수 없지."

하였다.

　벽돌은 〈그 쌓는 법이〉 옆으로 눕히지 않고 모로 세워서 여남은 줄을 방고래(불길과 연기가 통하여 나가는 길)처럼 만들고, 다시 그 위에다 벽돌을 비스듬히 놓아서 차차 가마 천장에 까지 닿게 쌓아올린다. 그러는 중에 구멍이 저절로 뚫어져서 마치 고라니의 눈같이 된다. 불기운이 위로 치올라 서로 목과 목구멍이 되어, 수없이 많은 불 목구멍이 불꽃을 빨아들이므로 불기운이 언제나 세게 된다. 비록 저 하찮은 수수깡이나 기장대를 때더라도 골고루 잘 구워지고 잘 익기 때문에 터지거나 뒤틀어지거나 할 걱정은 자연히 없다.

　지금 우리나라의 옹기장이는 먼저 가마 제도를 연구하지 않고, 다만 넓은 소나무숲이 아니면 가마를 놓을 수 없다고만 생각한다. 이제 요업은 금할 수 없는 일이지만, 소나무는 한계가 있는 물건인 만큼 먼저 가마의 제도를 고쳐서 양쪽이 다 이롭게 하는 것 만한 것이 없다.

옛날 오성(鰲城)5) ‒ 이항복(李恒福) ‒ 과 노가재(老稼齋 : 김창업(金昌業))가 모두 벽돌의 이로움에 대해 논하였으되, 가마의 제도에 대해서는 상세히 말하지 않았으니, 매우 한스런 일이다.

혹자가 말하기를, "수수깡이 300줌이면 가마 하나를 구울 수 있는 땔감인데, 벽돌 8,000개가 나온다." 한다. 수수깡의 길이가 한 길 반쯤 되고, 굵기가 엄지손가락만큼씩 되니, 한 줌이라야 겨우 네댓 자루에 지나지 않는다. 그렇다면 수수깡을 땔 경우 불과 1,000자루 남짓 들여서 거의 10,000장의 벽돌을 얻을 수 있다는 셈이다.

하루해가 몹시 지루하여 한 해〔年〕인 듯싶었다. 저녁때가 될수록 더위가 심해져서 몸이 나른하고 졸려 견딜 수 없던 차에, 곁방에서 투전판이 벌어져 떠들고 야단들이다. 나도 뛰어들어 그 자리에 끼었다. 연거푸 다섯 번을 이겨 100여 닢을 땄으므로 술을 사서 실컷 마시니, 가히 어제의 〈투전 못한다고 밀쳐내졌던〉 수치를 씻을 수 있겠다 싶어 묻기를,

---

5) 오성(鰲城) : 조선 선조(宣祖) 때의 명신. 오성은 이항복(李恒福)이 임진왜란 후 호성 공신(扈聖功臣) 1등으로 녹훈되면서 받은 봉호(封號)인 오성부원군(鰲城府院君)에서 온 것이다. 임진왜란 때 다섯 번이나 병조판서를 지냈다. 호는 백사(白沙)이고, 자는 자상(子常)이다.

"지금 다시 승복하지 않을 건가?"

하자 조 주부와 변 주부가 말하기를,

"우연히 이겼을 뿐이죠."

하여 서로 함께 크게 웃었다. 변군(변계함)과 박래원(朴來源)이 직성이 풀리지 않았는지 다시 한 판 하자고 성화를 부린다. 나는 사양해서 말하기를,

"뜻을 얻은 곳에는 두 번 가지 말고, 만족을 알면 위태롭지 않으리라."

하였다.

原文

初二日
초 이 일

戊寅　曉大雨晚晴　前溪大漲　不可渡　遂留行　正使
무 인　효대우만청　전계대창　불가도　수류행　정사

命來源及周主簿　前往視水　余亦隨行　不數里　巨浸當
명래원급주주부　전왕시수　여역수행　불수리　거침당

前　不見涯涘　使善泅者入水　測其淺深　不十步而肩已
전　불견애사　사선수자입수　측기천심　불십보이견이

沒矣.
몰 의

還報水勢　正使愁悶　盡招譯官及各房裨將　使各陳渡
환보수세　정사수민　진초역관급각방비장　사각진도

水之策　副使書狀　亦來會　副使曰　多貰門扇及車輿
수지책　부사서장　역래회　부사왈　다세문선급거여

作筏以渡何如　周主簿曰　此計大妙　首譯曰　門扇車輿
작벌이도하여　주주부왈　차계대묘　수역왈　문선거여

難可多得　此間造屋　現有十餘間材木　可以貰用　但患
난가다득　차간조옥　현유십여칸재목　가이세용　단환

葛絞難得　諸議紛然　余曰　安用縛筏　我有一兩隻舴艋
갈교난득　제의분연　여왈　안용박벌　아유일량척책맹

櫓槳都具　但欠一事　周問所欠甚事　余曰　只乏個副手
노장도구　단흠일사　주문소흠심사　여왈　지핍개부수

梢公　一座哄笑.
초공　일좌홍소

主人麤鹵　目不識丁゛　而兀上猶有楊升菴集四聲猿　有
주인추로　목불식정　이올상유유양승암집사성원　유

尺餘正藍瓷瓶　斜揷趙南星鐵如意　臘茶色小香爐　雲
척 여 정 람 자 병　사 삽 조 남 성 철 여 의　납 다 색 소 향 로　운

間胡文明製　椅卓屛部　俱有雅致　不似窮邊村野氣.
간 호 문 명 제　의 탁 병 장　구 유 아 치　불 사 궁 변 촌 야 기

　余問爾家計粗足否　對曰　終歲勤苦　未免飢寒　若非
여 문 이 가 계 조 족 부　대 왈　종 세 근 고　미 면 기 한　약 비

貴國使行時　都沒了生涯　有男女幾個　曰只有一盜　尙
귀 국 사 행 시　도 몰 료 생 애　유 남 녀 기 개　왈 지 유 일 도　상

未招婿　余問何謂一盜　曰盜不過五女之門　豈不是家
미 초 서　여 문 하 위 일 도　왈 도 불 과 오 녀 지 문　기 불 시 가

之蟊賊.
지 모 적

　午後　出門閑行散悶　蜀黍田中　急響了一聲鳥銃　主
오 후　출 문 한 행 산 민　촉 서 전 중　급 향 료 일 성 조 총　주

人忙出門看　那田中　跳出一個漢子　一手把銃　一手曳
인 망 출 문 간　나 전 중　도 출 일 개 한 자　일 수 파 총　일 수 예

猪後脚　猛視店主怒道　何故放這牲口入田中　店主面
저 후 각　맹 시 점 주 노 도　하 고 방 저 생 구 입 전 중　점 주 면

帶惶愧　遜謝不已　其人血淋淋拖猪而去　店主　佇立悵
대 황 괴　손 사 불 이　기 인 혈 임 림 타 저 이 거　점 주　저 립 창

然　再三惋歎　余問那漢所獲誰家牧的　店主曰　俺家牧
연　재 삼 완 탄　여 문 나 한 소 획 수 가 목 적　점 주 왈　엄 가 목

的　余問雖然這畜逸入他人田中　不曾傷害了一柄蜀黍
적　여 문 수 연 저 축 일 입 타 인 전 중　부 증 상 해 료 일 병 촉 서

奈何枉殺了這個牲口　爾們應須追徵猪價麼　店主曰
내 하 왕 살 료 저 개 생 구　이 문 응 수 추 징 저 가 마　점 주 왈

那敢追徵　不謹護牢　是我之不是處.
나 감 추 징　불 근 호 뢰　시 아 지 불 시 처

　蓋康熙　甚重稼穡　制牛馬踐穀者倍徵　故放者杖六十
개 강 희　심 중 가 색　제 우 마 천 곡 자 배 징　고 방 자 장 육 십

羊豕入田中　田主登時捕獲　放牧者　不敢認主　但不得
양 시 입 전 중　전 주 등 시 포 획　방 목 자　불 감 인 주　단 부 득

遮車道　阻泥則引出田間　故田主常常治道　以護田云.
차 거 도　조 니 즉 인 출 전 간　고 전 주 상 상 치 도　이 호 전 운

村邊有二窰　一恰裁燒畢　塗泥竈門　擔水數十桶　連
촌 변 유 이 요　일 흡 재 소 필　도 니 조 문　담 수 수 십 통　연

灌窰頂　窰頂略坎　受水不溢　窰身方爛　得水卽乾　似
관 요 정　요 정 략 감　수 수 불 일　요 신 방 란　득 수 즉 건　사

當注水不焦爲候耳　一窰先已燒冷　方取甓出窰　大約
당 주 수 불 초 위 후 이　일 요 선 이 소 랭　방 취 벽 출 요　대 약

窰制　與我東之窰判異　先言我窰之誤　然後窰制可得.
요 제　여 아 동 지 요 판 이　선 언 아 요 지 오　연 후 요 제 가 득

我窰直一臥竈　非窰也　初無造窰之甎　故支木而泥築
아 요 직 일 와 조　비 요 야　초 무 조 요 지 전　고 지 목 이 니 축

薪以大松　燒堅其窰　其燒堅之費　先已多矣　窰長而不
신 이 대 송　소 견 기 요　기 소 견 지 비　선 이 다 의　요 장 이 불

能高　故火不炎上　火不能炎上　故火氣無力　火氣無力
능 고　고 화 불 염 상　화 불 능 염 상　고 화 기 무 력　화 기 무 력

故必爇松取猛　爇松取猛　故火候不齊　火候不齊　故瓦
고 필 설 송 취 맹　설 송 취 맹　고 화 후 부 제　화 후 부 제　고 와

之近火者　常患苦窳　遠火者　又恨不熟.
지 근 화 자　상 환 고 유　원 화 자　우 한 불 숙

無論燔瓷燒甕　凡爲陶之家　窰皆如此　其爇松之法
무 론 번 자 소 옹　범 위 도 지 가　요 개 여 차　기 설 송 지 법

又同　松膏烈勝他薪也　松一剪則非再孼之樹　而一遇
우 동　송 고 열 승 타 신 야　송 일 전 즉 비 재 얼 지 수　이 일 우

陶戶　四山童濯　百年養之　一朝盡之　乃復鳥散　逐松
도 호　사 산 동 탁　백 년 양 지　일 조 진 지　내 부 조 산　축 송

而去　此緣一窰失法　而國中之良材日盡　陶戶亦日困
이 거　차 연 일 요 실 법　이 국 중 지 량 재 일 진　도 호 역 일 곤

矣.
의

今觀此窯　甄築灰封　初無燒堅之費　任意高大　形如
금 관 차 요　전 축 회 봉　초 무 소 견 지 비　임 의 고 대　형 여

覆鍾　坎頂爲池　容水數斛　旁穿煙門四五　火能炎上也
복 종　감 정 위 지　용 수 수 곡　방 천 연 문 사 오　화 능 염 상 야

置甄其中　相支爲火道.
치 전 기 중　상 지 위 화 도

大約其妙在積　今使我手能爲之至易也　然口實難形.
대 약 기 묘 재 적　금 사 아 수 능 위 지 지 이 야　연 구 실 난 형

正使問　其積類品字乎　余曰　似是而非也　卞主簿問
정 사 문　기 적 류 품 자 호　여 왈　사 시 이 비 야　변 주 부 문

其積類疊冊匣乎　余曰　似是而非也.
기 적 류 첩 책 갑 호　여 왈　사 시 이 비 야

甓不平置　皆隅立爲十餘行　若堗塍　再於其上　斜駕
벽 불 평 치　개 우 립 위 십 여 행　약 돌 승　재 어 기 상　사 가

排立　次次架積以抵窯頂　孔穴自然疎通　如麂眼　火氣
배 립　차 차 가 적 이 저 요 정　공 혈 자 연 소 통　여 궤 안　화 기

上達　相爲咽喉　引焰如吸　萬喉遞呑　火氣常猛　雖蜀
상 달　상 위 인 후　인 염 여 흡　만 후 체 탄　화 기 상 맹　수 촉

稭黍柄　能勻燔齊熟　自無攣翻龜圻之患.
개 서 병　능 균 번 제 숙　자 무 련 번 균 탁 지 환

今我東陶戶　不先究窯制　而自非大松林　不得設窯陶
금 아 동 도 호　불 선 구 요 제　이 자 비 대 송 림　부 득 설 요 도

非可禁之事　而松是有限之物　則莫如先改窯制　以兩
비 가 금 지 사　이 송 시 유 한 지 물　즉 막 여 선 개 요 제　이 량

利之.
리 지

鰲城-李恒福　老稼齋　皆說甓利　而不詳窯制　甚可恨
오 성　이항복　노 가 재　개 설 벽 리　이 불 상 요 제　심 가 한

也.
야

或云蜀稭三百握 爲一窯之薪 得甎八千 蜀稭長一丈
혹운촉개삼백악 위일요지신 득전팔천 촉개장일장

牛 拇指大 則一握 僅四五柄耳 然則蜀稭爲薪 不過
반 무지대 즉일악 근사오병이 연즉촉개위신 불과

千餘柄 可得近萬之甎耳.
천여병 가득근만지전이

日長如年 向夕尤暑 不堪昏睡 聞傍炕 方會紙牌
일장여년 향석우서 불감혼수 문방항 방회지패

叫呶爭鬨 余遂躍然投座 連勝五次 得錢百餘 沽酒痛
규노쟁홍 여수약연투좌 연승오차 득전백여 고주통

飮 可雪前恥 問今復不服否 趙卞曰 偶然耳 相與大
음 가설전치 문금부불복부 조변왈 우연이 상여대

笑 卞君及來源 不勝忿寃 要余更設 余辭曰 得意之
소 변군급래원 불승분원 요여갱설 여사왈 득의지

地 勿再往 知足不殆.
지 물재왕 지족불태

7월 초3일 기묘(己卯)

새벽에 큰비가 내렸다. 아침과 낮에는 활짝 개었다가 밤에 다시금 큰비가 내려서 새벽까지 멎지 않았으므로 또 묵었다.

아침에 일어나 창문을 여니, 지루하던 비가 깨끗이 개고 따스한 바람이 이따금 불어오며 날씨가 쾌청한 것으로 보아 낮에는 더울 것 같다. 석류꽃이 땅에 가득히 떨어져서 붉은 진흙으로 변해 버렸다. 수국은 이슬에 함빡 젖고, 옥잠화는 눈보다 더 희게 머리를 처들었다.

문 앞에서 통소·피리·징 소리가 나기에 급히 나가 살펴보니, 결혼 행렬이었다. 채색 그림을 그린 사초롱〔紗燈籠〕이 여섯 쌍, 푸른 일산(日傘)이 한 쌍, 붉은 일산이 한 쌍, 통소 한 쌍, 피리 한 쌍, 날라리 한 쌍, 징 한 쌍이 있고, 가운데서는 교군 네 명이 어깨에 가마 한 채를 메고 간다. 푸른 지붕의 가마는 사면에 유리를 끼워서 창을 내었고, 네 귀퉁이에는 채색실을 드리워서 술을 달았다. 가마 허리의 복판에는 통나무를 받쳐서 푸른 실의 큰 밧줄로 가로 묶고, 통나무 앞뒤로 다시 짧은 막대가 가운데를 꿰뚫어 통과하게끔 묶어서 양쪽 머리를 네 사람이 어깨에 메었는데, 여덟 발자국이 꼭꼭 발맞추어 한 줄로 가므로 흔들리거나 출렁거리지 않고 허공에 떠서 가는 셈이다. 그 방법이 아주 묘하다.

가마 뒤에 수레 두 채가 있는데, 모두 검은 천으로 방처럼 둘러씌우고 나귀 한 마리가 끌고 간다. 한 수레에는 두 명의 늙은 여인을 함께 태웠는데, 얼굴은 다들 늙어 보잘것없지만 그래도 화장을 하여 요란하게 꾸몄다. 앞머리가 다 벗어져서 바가지를 엎어 놓은 것처럼 번들번들 빛이 난다. 머리 뒤에는 조그맣게 쪽을 찌고 가지가지 꽃을 빈틈없이 꽂았다. 양쪽 귀에는 옥귀걸이를 걸고, 몸에는 검은 웃옷에 누런 치마를 입었다.

또 한 수레에는 젊은 여인 세 사람을 함께 태웠는데, 주홍빛과 푸른빛의 바지를 입었을 뿐 모두 치마를 두르지 않았다. 그중에 한 소녀는 제법 예쁘다. 대개 그 늙은 여인들은 신부 단장을 거드는 이와 유모이고, 젊은 여자들은 몸종일 터였다.

30여 명의 말 탄 군사가 빽빽이 둘러서 옹위(擁衛)한 속에 거친 인상의 뚱뚱한 사내 한 명이 앉아 있다. 그는 입가와 턱 밑에 검은 수염이 제멋대로 헝클어지고, 구조망포(九爪蟒袍 : 청나라 관리들이 입는 관복)를 임시로 걸쳐 입었으며, 흰 말과 금안장에 은등자[銀鐙 : 은빛 발걸이]를 넌지시 디딘 채 얼굴에는 웃음을 가득 띠고 있었다. 뒤따라오는 수레 세 바리에는 의롱(衣籠 : 옷상

자)이 가득 실려 있었다.

나는 〈궁금증이 일어〉 점방 주인에게 묻기를,

"이 마을에도 수재(秀才)1)나 훈장(訓長 : 글방 선생)이 계시는 지요?"

하니 점방 주인이,

"이런 시골구석에 아무런 왕래하는 이가 적으니 무슨 학구 선생(學究先生)이 있을까마는, 지난해 가을에 우연히 수재 한 분이 세관(稅官)을 따라 서울서 오셨었는데, 오는 도중에 이질에 걸려 이곳에 떨어져 머물게 되었습니다. 이곳 사람들의 각별한 병 치료에 크게 힘입어서 겨울이 지나고 봄이 되자 아주 말끔히 낫게 되었지요. 그 선생님은 문장이 뛰어날 뿐더러 겸하여 만주 글자도 쓸 줄 안답니다. 그는 인정상 이곳에 잠시 머물러 있기를 원해서, 한두 해 동안 글방을 내고 이 시골의 아이들을 성심껏 가르침으로써 병 치료를 해준 큰 은혜를 갚고 있습니다. 그래서 지금도 저 관제묘(關帝廟 : 관우 사당) 안에 계시지요."

라고 한다. 내가,

"그럼 잠깐 수고스럽겠지만 주인께서 인도해 줄 수 있을까요?"

하니 점방 주인이,

"무어, 남의 길잡이를 요할 것까지 있겠습니까?"

1) 수재(秀才) : 부(府)·주(州)·현(縣)의 학교에 있는 생원(生員). 곧 과거 시험을 준비하는 학도.

하고는 손을 들어 가리키며,

　"저기 저 높다란 사당이 바로 그곳입니다."

라고 하여 내가 묻기를,

　"그 선생의 성함은 어찌되시는지요?"

하자 점방 주인이,

　"이 마을에서는 모두들 그를 부 선생(富先生)이라 부릅니다."

라고 한다. 내가 묻기를,

　"부 선생의 나이는 몇 살인지요?"

하니 점방 주인이,

　"나으리께서 친히 가서서 직접 물어보십시오."

하고는 점방 주인이 방안으로 들어가더니 붉은 종이 수십 쪽을 들고 나와서 펴 보이며,

　"이것이 바로 그 부 선생께서 친히 써 주신 글씨입니다."

라고 하였다. 그 붉은 종이의 글씨는 〈오른쪽에서〉 왼쪽으로 내리쓴 가는 글씨로,

　"아무개의 어른 존전(尊前)에 아뢰옵니다. 모년·모월·모일에 어른께서옵서 저희 집에 빛나게 왕림하여 주시옵기 삼가 바라옵니다."

하였다.

　점방 주인은 〈이어서 한 장을 더 내놓으며〉 말하기를,

　"이것은 제 아우가 지난봄에 사위를 볼 때에 그에게 부탁한 청첩장입니다."

라고 하였다. 보아하니 그 글씨는 겨우 글자 모양을 이룬 정도

에 불과했다. 그러나 수십 장에 쓴 분량인데도 글자 모양이 크지도 않고 작지도 않으며, 실에 구슬을 꿰어 놓은 듯 책판에 글자를 박은 듯 똑같다. 나는 속으로 '그 수재가 부정공(富鄭公)[2]의 후손이 아닌가?' 하는 생각에 곧바로 시대를 불러서 함께 〈관제묘를〉 찾아갔다.

이윽고 묘당 안에 도착해 보니 고요하고 인기척이 없다. 두루 돌아다니면서 구경하는 차에 오른편 곁방에서 아이의 글 읽는 소리가 들린다. 조금 있다가 한 아이가 문을 열고 목을 늘여 한 번 살피더니, 이내 뛰어나와 우리를 돌아보지도 않고 한달음에 〈어디로〉 가버린다. 나는 뒤따라가 아이에게 묻기를,

"너희 스승은 어디 계시냐?"

하니 아이는,

"무슨 말씀이요?"

하기에 내가,

"부 선생님 말씀이야."

라고 했으나, 아이는 조금도 듣는 체 않고 다만 입속으로 중얼중얼하다가 소매를 뿌리치고 가버린다. 내가 시대에게,

"그 선생이 반드시 여기에 계실거야."

라고 하면서 곧장 오른쪽 곁방으로 가서 한 번에 문을 밀어서 열어 보니, 빈 의자 네댓 개만 놓여 있지 아무런 사람도 보이지

---

2) 부정공(富鄭公) : 송나라 인종(仁宗) 때의 정치가이자 학자인 부필(富弼)을 말한다. 부(富)는 성이다.

않았다.

내가 문을 닫고 몸을 돌아서려고 할 즈음에 아까 그 아이가 한 노인을 데리고 왔다. 생각에 이 사람이 곧 '부'란 사람인 듯 싶다. 마침 잠깐 한가하게 이웃마을에 나갔다가 그 아이가 바삐 달려가서 손님이 왔다고 알려주어서 돌아온 모양이었다. 언뜻 생김생김을 보니, 문아(文雅 : 문사(文事)에 능하고 멋스러움)한 빛이라곤 도무지 없다. 내가 앞으로 가서 깍듯이 읍(揖)을 하자, 노인이 별안간에 〈와락 달려들어서〉 내 허리를 껴안고 절구를 찧듯이 힘껏 들었다 놓으며, 또 손을 잡고 흔들면서 얼굴 가득히 웃음을 짓는다. 나는 처음에는 황당하다가 이내 매우 불쾌하여,

"당신이 부공(富公)이시오?"

라고 물으니 노인이 아주 기뻐하면서,

"영감께서 어디에서 제 성을 아셨습니까?"

하여 내가,

"저는 오랫동안 선생의 높은 명성을 들어서 마치 우렛소리가 귀에 들리는 듯싶었습니다."

하니 부(富)는 말하기를,

"당신의 성함을 듣고 싶습니다."

하기에 내가 성명을 써서 보여주니, 부(富)도 자기 이름을 써서 보여 주었다. 이름은 부도삼격(富圖三格)이고, 호는 송재(松齋)이며, 자는 덕재(德齋)라고 했다. 내가,

"삼격(三格)이란 무슨 의미입니까?"

라고 물으니 부가,

"이건 저의 성명이옵니다."

하여 내가 묻기를,

"살고 계신 고을과 관향(貫鄕)은 어디입니까?"

하자 부가,

"저는 만주 양람기(鑲藍旗)3)에 사는 사람입니다."

한다. 부가 다시 묻기를,

"영감께서는 이번에 가시면 의당 어가(御駕)를 보시겠죠?"

하여 내가,

"그게 무슨 말씀이신지요?"

하니 부가,

"황제께옵서 의당 영감을 불러 보시겠죠?"

하기에 내가,

"황제께옵서 만일 접견하신다면 그때 내가 영감의 말씀을 잘 여쭈어서 작은 벼슬이라도 한자리 얻도록 할 수 있지요."

하니 부가,

"만일 그렇게만 해주신다면 박공(朴公)의 갸륵하신 은덕은 결초(結草)4)를 할지라도 갚기 어렵겠습니다."

---

3) 양람기(鑲藍旗) : 만주족은 군사·행정·조직을 군대의 편제인 8기(旗) 로 나누었는데, 이는 그중의 하나이다.

4) 결초(結草) : 결초보은(結草報恩). 죽은 뒤에라도 은혜를 잊지 않고 갚는다는 뜻이다. 『좌전(左傳)』에 실린 위과(魏顆)와 두회(杜回)의 고 사(故事). 중국 춘추 시대 때 진(晉)나라의 위과(魏顆)가, 자신의 아버

라고 한다. 나는 또,

"물에 막혀서 이곳에 머무른 지가 벌써 수일이나 되었습니다. 이다지 긴 여름 해를 보내기 난감하니, 영감께서 볼 만한 책이 있으면 며칠만 빌려 주실 수 있겠습니까?"

하니 부가,

"별로 없습니다. 전에 연경(북경)에 있을 때 가친 절공(折公)이 명성당(鳴盛堂)5)이라고 이름을 붙인 각포(刻鋪 : 판각하는 집)를 새로 내었는데, 그때의 책 목록(目錄)이 마침 행장 속에 들어 있습니다. 만일 소일삼아 보시려면 빌려 드리기 어렵지 않습니다마는, 단지 영감께서는 이제 바로 돌아가서서 가지고 온 진짜 환약-청심원-과 고려의 부채 중에 아주 잘된 것을 골라서 초면의 정표로 주신다면 영감께서 참되이 사귀겠다는 뜻을 보이신 것으로 알겠사오니, 그때에 서목을 빌려 드려도 늦지 않겠습니다."

라고 하였다. 나는 그 생김새와 말투를 보자니 뜻이 하도 비루하고 용렬하여 더불어 이야기할 바가 못 될 뿐더러, 오래 앉아 있을 수도 없으므로 곧바로 하직하고 일어섰다. 그자는 대문까지 나와 읍을 하여 보내면서 또 말하기를,

----

지 위무(魏武)가 병으로 세상을 떠나면서 첩을 함께 순장(殉葬)하라는 유언을 남겼으나 이를 어기고 개가(改嫁)시켰더니, 훗날 싸움터에서 서모아버지의 혼령이 적군의 앞길에 풀을 묶어 적을 넘어뜨려 준 덕에 위파가 진공(戰功)을 세울 수 있었다고 한다.

5) 명성당(鳴盛堂) : 북경 유리창(琉璃廠)에 있었다.

"귀국의 명주를 살 수 있겠습니까?"

하기에, 나는 대답도 하지 않고 돌아왔다.

정사가 묻기를,

"무어 볼 만한 것이 있던가? 더위 먹을까 걱정이네."

하여 내가 대답하기를,

"아까 한 늙은 훈장을 만났는데, 그저 만주 사람일 뿐 아니라 몹시 비루하여 더불어 이야기할 위인이 못 됩니다."

하였더니 정사가,

"그가 그처럼 요구하는 바에야 어찌 천심환 한 알, 부채 한 자루를 아끼겠나? 다만 책 목록을 빌려 봄에 해롭지 않게 하게."

라고 하였다.

마침내 시대를 시켜서 청심환 한 알과 어두선(魚頭扇)6) 한 자루를 보냈더니, 시대가 이내 크기가 손바닥만 하고 몇 장 되지도 않은 작은 책을 들고 돌아왔다. 그나마 모두 빈 종이였고, 기록된 서목은 모두 청나라 때의 소품(小品) 70여 종이었다. 이는 불과 몇 장 되지도 않는 기록을 가지고 많은 값을 요구하니, 그의 뻔뻔스러움은 말할 나위없다. 그러나 이왕 빌려 온 것인데다가 또 눈을 새롭게 하기 위하여 마침내 베껴놓고 돌려보내기로 했다.

---

6) 어두선(魚頭扇) : 접는 부채 중 아래 부분이 물고기 머리 모양을 한 부채이다.

명성당 서목(鳴盛堂書目)[7]

- 『척독신어(尺牘新語)』6책(冊) : 왕기(汪淇)[8] 담의(澹漪) 전(箋).

- 『분서(焚書)』6책 · 『장서(藏書)』18책 · 『속장서(續藏書)』9책 : 이지(李贄)[9] 탁오(卓吾) 지음.

- 『궁규소명록(宮閨小名錄)』 · 『장주잡설(長洲雜說)』 · 『서당잡조(西堂雜組)』 : 우동(尤侗)[10] 전성(展成) 지음.

- 『균랑우필(筠廊偶筆)』 : 송락(宋犖)[11] 목중(牧仲) 지음.

- 『동서(同書)』 · 『자촉(字觸)』 · 『민소기(閩小記)』 · 『인수옥서영(因樹屋書影)』 : 주량공(周亮工)[12] 원량(元亮) 지음.

- 『사례촬요(四禮撮要)』 : 감경(甘京)[13] 지음.

- 『설림(說林)』 · 『서하시화(西河詩話)』 : 모기령(毛奇齡)[14]

---

7) 명성당 서목(鳴盛堂書目) : 원전에는 잇달아 씌어 있으나, 앞부분에 나온 「예단물목」의 예를 따라 별도로 제목을 붙이고 정리하였다.

8) 왕기(汪淇) : 청나라의 학자. 담의(澹漪)는 자.

9) 이지(李贄) : 명나라의 대사상가이자 문학가. 이름은 지(贄) 또는 재지(載贄)이고, 탁오(卓吾)는 자이다.

10) 우동(尤侗) : 청나라의 대문학가. 전성(展成)은 자.

11) 송락(宋犖) : 청나라의 문학가. 목중(牧仲)은 자.

12) 주량공(周亮工) : 명나라 말과 청나라 초의 문학가. 원량(元亮)은 자.

13) 김경(甘京) : 청나라의 학사. 자는 건재(健齋).

14) 모기령(毛奇齡) : 청나라의 학자. 자는 대가(大可).

지음.

- 『운백광림(韻白匡林)』·『운학통지(韻學通指)』·『손서(譔書)』: 모선서(毛先舒)[15) 치황(雉黃) 지음.

- 『서산기유(西山紀游)』: 주금연(周金然)[16) 지음.

- 『일지록(日知錄)』·『북평고금기(北平古今記)』: 고염무(顧炎武)[17) 지음.

- 『부지성명록(不知姓名錄)』: 이청(李淸)[18) 영벽(映碧) 지음.

- 『장설(蔣說)』: 장호신(蔣虎臣) 지음.

- 『영매암억어(影梅菴憶語)』: 모양(冒襄)[19) 벽강(辟彊) 지음.

- 『고금서자변와(古今書字辨訛)』·『동산담원(東山談苑)』·『추설총담(秋雪叢談)』: 여회(余懷)[20) 담심(澹心) 지음.

- 『동야전기(冬夜箋記)』: 왕숭간(王崇簡)[21) 지음.

- 『황화기문(皇華記聞)』·『지북우담(池北偶談)』·『향조필기(香祖筆記)』: 왕사진(王士禛)[22) 이상(貽上) 지음.

---

15) 모선서(毛先舒): 청나라의 시인. 치황(雉黃)은 자.

16) 주금연(周金然): 청나라의 시인. 자는 광거(廣居).

17) 고염무(顧炎武): 청조의 대학자. 자는 영인(寧人).

18) 이청(李淸): 청나라의 학자. 영벽(映碧)은 호, 자는 심수(心水).

19) 모양(冒襄): 명나라 말의 학자. 벽강(辟彊)은 자.

20) 여회(余懷): 명나라 말의 학자. 담심(澹心)은 자.

21) 왕숭간(王崇簡): 청나라의 학자. 자는 경재(敬齋).

22) 왕사진(王士禛): 개명한 이름은 왕사정(王士禎). 청나라의 대문학가. 이상(貽上)은 자.

- 『모각양추(毛角陽秋)』·『군서두설(群書頭屑)』·『규합어림(閨閣語林)』·『주조일사(朱鳥逸史)』: 왕사록(王士祿)23) 지음.
- 『입옹통보(笠翁通譜)』·『무성희(無聲戲)』·『소설귀수전고사(小說鬼輸錢故事)』: 이어(李漁)24) 입옹(笠翁) 지음.
- 『천외담(天外談)』: 석방(石龐)25) 지음.
- 『주대기연(奏對機緣)』: 홍각(弘覺) 지음.
- 『십구종(十九種)』: 시호신(柴虎臣) 지음.
- 『귤보(橘譜)』: 제호남(諸虎男) 지음.
- 『일하구문(日下舊聞)』20책 : 주이준(朱彝尊)26) 석창(錫鬯) 지음.
- 『우초신지(虞初新志)』: 장조(張潮)27) 산래(山來) 지음.
- 『기원기소기(寄園寄所寄)』8책 : 조길사(趙吉士)28) 지음.
- 『설령(說鈴)』: 왕완(汪涴) 지음.
- 『설부(說郛)』: 오진방(吳震芳)29) 청단(靑壇) 지음.
- 『단궤총서(檀几叢書)』: 왕탁(王晫)30) 지음.

---

23) 왕사록(王士祿): 청나라의 대문학가. 왕사진의 형. 자는 자저(子底).

24) 이어(李漁): 청나라의 극작가(劇作家). 입옹(笠翁)은 자.

25) 석방(石龐): 청나라의 문학가. 자는 천외(天外).

26) 주이준(朱彝尊): 청나라의 대학자. 석창(錫鬯)은 자.

27) 장조(張潮): 청나라의 학자. 산래(山來)는 자.

28) 조길사(趙吉士): 청나라의 학자. 자는 천우(天羽).

29) 오진방(吳震芳): 청나라의 학사. 사는 청난(靑壇).

30) 왕탁(王晫): 청나라의 학자. 자는 알 수 없다.

- 『삼어당일기(三魚堂日記)』: 육농기(陸隴其)31) 지음
- 『역선록(亦禪錄)』·『유몽영(幽夢影)』: 장조(張潮) 지음.
- 『분묵춘추(粉墨春秋)』: 주이준(朱彝尊) 지음.
- 『양경구구록(兩京求舊錄)』: 주무서(朱茂曙) 지음.
- 『연주객화(燕舟客話)』: 주재준(周在浚)32) 지음.
- 『숭정유록(崇禎遺錄)』: 왕세덕(王世德)33) 지음.
- 『입해기(入海記)』: 사사련(査嗣璉)34) 지음.
- 『유구잡록(琉球雜錄)』: 왕즙(汪楫)35) 지음.
- 『박물전휘(博物典彙)』: 황도주(黃道周)36) 지음.
- 『관해기행(觀海紀行)』: 시윤장(施閏章)37) 지음.
- 『탁진일기(柝津日記)』: 주운(周篔)38) 지음.

정 진사와 함께 나누어 베껴서 후일 연경 책방에서 〈책을 구

---

31) 육농기(陸隴其): 청나라의 성리학(性理學)의 대가. 자는 가서(稼書).

32) 주재준(周在浚): 주양공의 아들. 자는 설객(雪客).

33) 왕세덕(王世德): 명나라 말의 절사(節士). 자는 극승(克承).

34) 사사련(査嗣璉): 개명한 이름은 신행(愼行). 청나라 학자. 자는 하중(夏重). 또는 회여(悔餘).

35) 왕즙(汪楫): 청나라의 학자. 자는 주차(舟次).

36) 황도주(黃道周): 명나라 말의 절사. 자는 유현(幼玄). 또는 이약(螭若).

37) 시윤장(施閏章): 청나라의 문학가. 자는 상백(尙白).

38) 주운(周篔): 청나라의 학자. 자는 청사(青士). 또는 당곡(簹裕).

할 때〉 참고할 자료로 삼기로 하였다. 곧바로 시대를 시켜서 돌려보내고, 또 시대더러,

"이런 책들은 다 우리나라에 있는 것이므로 우리 영감께서는 이 서목을 보시지 않았습니다."

라고 말하라 했다. 시대가 돌아와서,

"부(富)란 사람이 제가 전하는 말을 듣더니, 자못 무료한 얼굴빛을 보이면서 제게 수건 한 개를 주었습니다."

라고 한다. 수건의 길이는 두 자 남짓한데, 검은색 추사(縐紗 : 올이 말려들게 짠 천)로 새로 짠 것이었다.

原文

初三日
초삼일

己卯　曉大雨　朝晝快晴　夜又大雨達曙　又留　朝起
기묘　효대우　조주쾌청　야우대우달서　우류　조기

開窓　積雨快霽　光風時轉　日色淸明　可占午炎　榴花
개창　적우쾌제　광풍시전　일색청명　가점오염　유화

滿地　銷作紅泥　繡毬浥露　玉簪抽雪.
만지　소작홍니　수구읍로　옥잠추설

門前有簫笳鐃鉦之聲　急出觀之　乃迎親禮也　彩畫紗
문전유소가뇨정지성　급출관지　내영친례야　채화사

燈六對　靑蓋一對　紅蓋一對　簫一雙　笳一雙　篳篥二
등육대　청개일대　홍개일대　소일쌍　가일쌍　필률이

雙　疊鉦一雙　中央四人　肩擔一座　靑屋轎　四面傳玻
쌍　첩정일쌍　중앙사인　견담일좌　청옥교　사면전파

瓈爲窓　四角軃彩絲流蘇　轎正腰爲杠　以靑絲大繩橫
려위창　사각타채사류소　교정요위강　이청사대승횡

絞　杠之前後再以短杠　當中貫絞　兩頭肩荷四人　八蹄
교　강지전후재이단강　당중관교　양두견하사인　팔제

一行接武　不動不搖　懸空而行　此法大妙.
일행접무　부동불요　현공이행　차법대묘

轎後有兩車　皆以黑布爲屋　駕一驢而行　一車共載兩
교후유양거　개이흑포위옥　가일려이행　일거공재량

個老婆　面俱老醜　而不廢朱粉　顚髮盡禿　光赭如匏
개노파　면구로추　이불폐주분　전발진독　광자여포

寸髻北指　猶滿揷花朶　兩耳垂璫　黑衣黃裳.
촌계배지　유만삽화타　양이수당　흑의황상

一車共載三少婦 朱袴或綠袴 都不繫裳 其中一少女
일거공재삼소부 주고혹록고 도불계상 기중일소녀

頗有姿色 蓋老是粧婆乳媼 少的是丫鬟也.
파유자색 개노시장파유온 소적시아환야

三十餘騎 簇擁着一個胖大莽漢 口旁頤邊 黑髭鬆
삼십여기 족옹착일개반대망한 구방이변 흑자송

襬着九爪蟒袍 白馬金鞍 穩踏銀鐙 推着笑臉 後有三
권착구조망포 백마금안 온답은등 퇴착소검 후유삼

兩車 滿載衣廚.
량거 만재의주

余問店主 此村裏可有秀才塾師麼 店主曰 村僻少去
여문점주 차촌리가유수재숙사마 점주왈 촌벽소거

處 那有學究先生 去年秋間 偶有一個秀才 從稅官京
처 나유학구선생 거년추간 우유일개수재 종세관경

裏來的 一路上染得暑痢 落留此間 多賴此處人 一力
리래적 일로상염득서리 낙류차간 다뢰차처인 일력

調治 經冬徂春 快得痊可 那先生文章出世 兼得會寫
조치 경동조춘 쾌득전가 나선생문장출세 겸득회사

滿州字 情願暫住此間 開了一兩年簧堂 教授些此村
만주자 정원잠주차간 개료일량년횡당 교수사차촌

小孩們 以酬救療大恩 現今坐在了關聖廟堂裏 余曰
소해문 이수구료대은 현금좌재료관성묘당리 여왈

可得主人暫勞鄉導 店主曰 不必仰人指導 舉手指之
가득주인잠로향도 점주왈 불필앙인지도 거수지지

曰 這個屋頭出首的大廟堂是也 余問這個先生姓甚名
왈 저개옥두출수적대묘당시야 여문저개선생성심명

誰 店主曰 一村坊 都叫他富先生 余問富先生多少年
수 점주왈 일촌방 도규타부선생 여문부선생다소년

紀 店主曰 人公子倆自去問他 店主因走入炕裏 手掌
기 점주왈 대공자이자거문타 점주인주입항리 수장

紅紙數十片　拈示道　此乃那富先生親手墨蹟　那紅紙
홍 지 수 십 편　　염 시 도　　차 내 나 부 선 생 친 수 묵 적　　나 홍 지

左沿細書　某位舍親尊台　某年月日　恭請台駕　電莅敝
좌 연 세 서　　모 위 사 친 존 태　　모 년 월 일　　공 청 태 가　　전 리 폐

筵.
연

　店主道　俺門兄弟　前春招婿時　倩他請席刺紙　大約
　점 주 도　엄 문 형 제　전 춘 초 서 시　천 타 청 석 자 지　대 약

僅能成字　而數十紙所寫字樣　無大無小　如珠貫絲　如
근 능 성 자　　이 수 십 지 소 사 자 양　　무 대 무 소　　여 주 관 사　　여

印一板　意其秀才爲富鄭公苗裔　卽喚時大同去.
인 일 판　　의 기 수 재 위 부 정 공 묘 예　　즉 환 시 대 동 거

　尋那廟堂裏來　寂無人聲　周回觀玩　右廂裏　有小兒
　심 나 묘 당 리 래　　적 무 인 성　　주 회 관 완　　우 상 리　　유 소 아

讀書聲　俄有一兒　開戶探頭一張　因走出不顧而去　余
독 서 성　　아 유 일 아　　개 호 탐 두 일 장　　인 주 출 불 고 이 거　　여

追問童子　儞們的師父　坐在那裏麼　童子道甚麼　余曰
추 문 동 자　　이 문 적 사 부　　좌 재 나 리 마　　동 자 도 심 마　　여 왈

富先生　童子略不採聽　口裏喃喃　拂袖而去　余謂時大
부 선 생　　동 자 략 불 채 청　　구 리 남 남　　불 수 이 거　　여 위 시 대

曰　那先生必在這裏　遂直向右廂　一推開戶　有四五副
왈　　나 선 생 필 재 저 리　　수 직 향 우 상　　일 추 개 호　　유 사 오 부

空椅　並無人跡.
공 의　　병 무 인 적

　余闔戶恰裁轉身　那童子引一老者而來　想是富也　適
　여 합 호 흡 재 전 신　　나 동 자 인 일 노 자 이 래　　상 시 부 야　　적

纔閑走比鄰　那童子忙去報客而回也　乍觀面目　全乏
재 한 주 비 린　　나 동 자 망 거 보 객 이 회 야　　사 관 면 목　　전 핍

文雅氣　余向前肅揖　那老者　不意抱余腰脅　盡力春杵
문 아 기　　여 향 전 숙 읍　　나 노 자　　불 의 포 여 요 협　　진 력 춘 저

又把手顧顧 滿堆笑臉 余初則大驚 次不甚喜 問尊是

富公麽那 老者大喜道 儞老那從識僚賤姓 余曰 吾久

聞先生大名 如雷灌耳 富曰 願聞尊姓大名 余書示之

富自書其名曰 富圖三格 號曰松齋 字曰德齋 余問甚

麽三格 富曰 是吾姓名也 余問貴鄕華貫在何地方 富

曰 俺滿州鑲藍旗人 富問 儞老此去 當面駕麽 余曰

甚麽話 富曰 萬歲爺 要當接見儞們 余曰 皇上萬一

接見時 吾當保奏儞老 得添微祿麽 富曰 倘得如此時

朴公大德 結草難報 余曰 吾阻水留此 已數日 眞此

永日難消 儞老豈有可觀書冊 爲借數日否 富曰 無有

往在京裏時 舍親折公 新開刻鋪 起號鳴盛堂 其群書

目錄 適在橐中 如欲遣閑時 不難奉借 但願儞老 此

刻暫回 携得眞眞的丸子－淸心元 高麗扇子 揀得精好

的作面幣 方見儞老 眞誠結識 借這書目未晚也 余察

其容辭 志意鄙悖庸陋 無足與語 不耐久坐 卽辭起

富臨門揖送　且言貴邦明紬　可得賣買麼　余不答而歸.
부림문읍송　차언귀방명주　가득매매마　여부답이귀

　正使　問有何可觀　恐中暑　余對俄逢一老學究　非但
　정사　문유하가관　공중서　여대아봉일로학구　비단

滿人　鄙陋無足語　正使曰　彼旣有求　何可嗇一丸一箑
만인　비루무족어　정사왈　피기유구　하가색일환일삽

耶　第不妨借看書目.
야　제불방차간서목

　遂使時大　送淸心元一丸　魚頭扇一柄　時大卽回　持
　수사시대　송청심원일환　어두선일병　시대즉회　지

掌大幾葉小冊而來　皆空紙　所錄書目　盡是淸人小品
장대기엽소책이래　개공지　소록서목　진시청인소품

七十餘種　此不過數頁所錄　而要索厚價　其無恥甚矣
칠십여종　차불과수혈소록　이요색후가　기무치심의

然旣爲借來　且新眼目　遂膽而還之.
연기위차래　차신안목　수등이환지

　尺牘新語　共六冊　汪淇澹漪箋.
　척독신어　공륙책　왕기담의전

　焚書　共六冊　藏書　共十八冊　續藏書　共九冊　李贄
　분서　공륙책　장서　공십팔책　속장서　공구책　이지

卓吾著.
탁오저

　宮閨小名錄　長洲雜說　西堂雜俎　尤侗　展成著.
　궁규소명록　장주잡설　서당잡조　우동　전성저

　筠廊偶筆　宋犖　牧仲著.
　균랑우필　송락　목중저

　同書　字觸　閩小記　因樹屋書影　周亮工　元亮著.
　동서　자촉　민소기　인수옥서영　주량공　원량저

四禮撮要　甘京著.
사 례 촬 요　감 경 저

說林　西河詩話　毛奇齡著.
설 림　서 하 시 화　모 기 령 저

韻白匡林　韻學通指　譔書　毛先舒　稚黃著.
운 백 광 림　운 학 통 지　손 서　모 선 서　치 황 저

西山紀游　周金然著.
서 산 기 유　주 금 연 저

日知錄　北平古今記　顧炎武著.
일 지 록　북 평 고 금 기　고 염 무 저

不知姓名錄　李淸　映碧著.
부 지 성 명 록　이 청　영 벽 저

蔣說　蔣虎臣著.
장 설　장 호 신 저

影梅菴憶語　冒襄　辟彊著.
영 매 암 억 어　모 양　벽 강 저

古今書字辨訛　東山談苑　秋雪叢談　余懷　澹心著.
고 금 서 자 변 와　동 산 담 원　추 설 총 담　여 회　담 심 저

冬夜箋記　王崇簡著.
동 야 전 기　왕 숭 간 저

皇華記聞　池北偶談　香祖筆記　王士禛　貽上著.
황 화 기 문　지 북 우 담　향 조 필 기　왕 사 진　이 상 저

毛角陽秋　群書頭屑　閨閤語林　朱鳥逸史　王士祿著.
모 각 양 추　군 서 두 설　규 합 어 림　주 조 일 사　왕 사 록 저

笠翁通譜　無聲戲　小說鬼輸錢故事　李漁　笠翁著.
입 옹 통 보　무 성 희　소 설 귀 수 전 고 사　이 어　입 옹 저

天外談　石龐著.
천 외 담　석 방 저

奏對機緣　弘覺著.
주 대 기 연　홍 각 저

十九種　柴虎臣著.
십 구 종　시 호 신 저

橘譜　諸虎男著.
귤 보　제 호 남 저

日下舊聞　共二十冊　朱彝尊　錫鬯著.
일 하 구 문　공 이 십 책　주 이 준　석 창 저

虞初新志　張潮　山來著.
우 초 신 지　장 조　산 래 저

寄園寄所寄　共八冊　趙吉士著.
기 원 기 소 기　공 팔 책　조 길 사 저

說鈴　汪浣著.
설 령　왕 완 저

說郛　吳震芳　靑壇著.
설 부　오 진 방　청 단 저

檀几叢書　王晫著.
단 궤 총 서　왕 탁 저

三魚堂日記　陸隴其著.
삼 어 당 일 기　육 농 기 저

亦禪錄　幽夢影　張潮著　粉墨春秋　朱彝尊著.
역 선 록　유 몽 영　장 조 저　분 묵 춘 추　주 이 준 저

兩京求舊錄　朱茂曙著.
양 경 구 구 록　주 무 서 저

燕舟客話　周在浚著.
연 주 객 화　주 재 준 저

崇禎遺錄　王世德著.
숭 정 유 록　왕 세 덕 저

入海記　査嗣璉著.
입 해 기　사 사 련 저

琉球雜錄　汪楫著.
유 구 잡 록　왕 즙 저

博物典彙　黃道周著.
박 물 전 휘　황 도 주 저

觀海記行　施閏章著.
관 해 기 행　시 윤 장 저

柝津日記　周篔著.
탁 진 일 기　주 운 저

與鄭進士分錄　以爲書肆攷求之資　卽送時大還傳　且
여 정 진 사 분 록　이 위 서 사 고 구 지 자　즉 송 시 대 환 전　차

令語之曰　此書皆我東所有　故吾老爺不覽此書目云爾
령 어 지 왈　차 서 개 아 동 소 유　고 오 노 야 불 람 차 서 목 운 이

時大歸言　富也聽渠所傳　頗有憮然之色　贈渠手巾云
시 대 귀 언　부 야 청 거 소 전　파 유 무 연 지 색　증 거 수 건 운

手巾長二尺餘　新件黑色縐紗也.
수 건 장 이 척 여　신 건 흑 색 추 사 야

7월 초4일 경진(庚辰)

어젯밤부터 새벽까지 밤새도록 비가 퍼부어서 길을 떠나
지 못했다.

『양승암집(楊升菴集)』도 보고 바둑[1]도 두면서 시간을 보냈
다. 부사와 서장관이 상방(上房 : 정사(正使)의 숙소)에 모이고, 또
다른 여러 사람을 불러서 물 건널 방도에 대해 널리 묻다가 오
랜 뒤에 파하고 모두 돌아갔다. 아마도 별 뾰족한 수가 없는 모
양이다.

---

1) 수택본에는 '투전'으로 되어 있다.

原文

初四日
초 사 일

庚辰　自昨夜達曙大霖　留行　看楊升菴集　或圍碁消
경 진　자 작 야 달 서 대 주　유 행　간 양 승 암 집　혹 위 기 소

閒　副使書狀　來會上房　又招行中　廣詢渡水之策　良
한　부 사 서 장　내 회 상 방　우 초 행 중　광 순 도 수 지 책　양

久盡罷去　似無善策也.
구 진 파 거　사 무 선 책 야

7월 초5일 신사(辛巳)

날이 맑았으나 강물이 불어나는 바람에 또 하루를 더 머물렀다.

점방 주인이 안방 구들, 방고래를 열고 기다란 가래로 재를 긁어내는 사이에 나는 구들 제도의 대략을 엿보았다.

먼저 높이 한 자 남짓하게 구들바닥을 쌓아서 평평하게 만든 뒤에 부서뜨린 벽돌로 바둑을 놓듯 굄돌을 놓고, 그 위에는 벽돌을 깔 뿐이다. 벽돌의 두께는 본시 가지런하므로 그것을 깨뜨려서 굄돌을 만들어도 기우뚱거리지 않고, 벽돌의 몸이 본시 고르므로 나란히 깔아 놓으면 틈이 생길 리 없다. 방고래 높이는 겨우 손을 펴서 드나들 정도이고, 굄돌은 갈마들며 불목[火喉 : 불길을 가장 먼저 받아들이는 아랫목]이 되어 있다.

불이 불목에 이르면 넘어가는 힘이 빨아들이듯 하므로, 불꽃이 재를 휘몰아 불목이 메어지듯 세차게 들어간다. 그리하여 여러 불목이 번갈아 서로 잡아당겨서 도로 나올 새가 없이 쏜살

같이 굴뚝으로 빠져 나간다. 굴뚝의 깊이는 한 길이 넘는다. 이 것은 곧 우리나라 말의 '개자리〔犬座〕[1]'이다. 불꽃이 항상 재를 몰아다가 고래 속에 가득히 떨어뜨리므로 3년 만에 한 번씩 고 래목을 열고 재를 쳐내야 한다.

부뚜막은 한 길이나 땅을 파서 위로 아궁이를 내고 땔나무는 곧추세워 꽂는다. 부뚜막 옆에는 큰 항아리만큼 땅을 파고, 그 위에 돌 덮개를 덮어서 봉당바닥과 평평하게 한다. 그 가운데는 비워두어 바람이 일어나게 하였으므로 불길을 불목으로 몰아 넣게 되어 연기가 조금도 새지 않는 것이다.

또 굴뚝을 내는 법은, 큰 항아리만큼 땅을 파고 벽돌을 탑 모 양처럼 쌓아올리되 높이를 지붕과 가지런하게 하였으므로, 연 기가 항아리 속으로 굴러들어서 서로 들이마시고 빨아내는 듯 하니 이 법이 가장 묘하다. 대개 굴뚝에 틈이 생기면 약간의 바 람이라도 아궁이의 불을 꺼뜨릴 수 있으므로 우리나라 온돌은 불을 내뿜어 방을 골고루 따뜻하게 하지 못할까 늘 걱정인데, 그 잘못이 모두 굴뚝에 있다.

굴뚝은 어떤 것은 싸리나무로 엮은 농(籠)에 종이를 바르기 도 하고, 어떤 것은 나무판자로 통을 만들어 쓴다. 처음 세운 곳 에서 흙에 틈이 생겨서 혹은 발랐던 종이가 떨어지거나 혹은 나 무통이 벌어지거나 하면, 연기 새는 것은 막을 길이 없고, 바람

---

1) 개사리〔犬座〕 : 불기운을 빨아늘이고 연기를 머무르게 하기 위하여 방 구들 윗목 밑으로 깊게 파놓은 고랑을 말한다.

이 한 번 크게 불면 연통은 소용이 없게 된다.

　나는 생각에,

　'우리나라에서는 집이 가난해도 글읽기를 좋아하지만, 수백 천 명의 형제들 코끝에는 오뉴월에도 항상 고드름이 달릴 지경이니 이 법을 배워 가서 추운 삼동의 고생을 덜었으면 좋겠다.'고 했다.

　변계함(卞季涵)이 말하기를,

　"이곳의 구들 놓는 방법은 아무래도 이상해서 우리나라의 온돌 만드는 법만 못한 듯합니다."

하여 내가,

　"못한 까닭이 뭐냐?"

하니 변군이,

　"어찌 기름장판지ㆍ녁 장을 반듯하게 깔아서, 빛은 화제(火齊)2)와 같고 반질반질하기는 수골(水骨)과 같은 우리의 온돌하고 비교할 수가 있겠습니까?"

하기에 내가,

　"이곳의 벽돌장판이 우리나라의 종이장판만 못한 것은 그럴 듯한 말이지만, 다만 이 구들 놓는 방법을 본받아서 우리나라 온돌에 쓰고, 그 위에 기름 먹인 장판지를 깔아본들 누가 금할 리 있겠는가? 우리나라의 온돌 제도는 여섯 가지 문제점이 있으나 아무도 이를 말하는 사람이 없다네. 내 시험 삼아 한 번 논

---

2) 화제(火齊) : 운모(雲母 : 판상의 규산 광물)의 일종으로 빛이 붉다.

할 테니, 자네들은 조용히 들어보게.

진흙을 이겨서 귓돌을 쌓고 그 위에 돌을 얹어서 구들을 만드
는데, 돌의 크고 작음과 두껍고 얇음이 애초에 고르지 못하므로
조약돌을 포개어 네 귀퉁이를 괴어서 뒤뚱거리지 않게 할 수밖
에 없다. 그렇지만 〈불에 달궈지면〉 돌이 깨지고 흙이 마르면
항상 허물어질까 걱정인 것이 첫 번째 문제점이요, 구들돌의 겉
면이 울퉁불퉁하여 움푹한 데는 흙으로 메우거나 진흙을 발라
서 평평하게 하므로 불을 때도 고루 따뜻하지 못하는 것이 두
번째 문제점이요, 불고래가 높고 넓어서 불길이 서로 맞물지 못
하는 것이 세 번째 문제점이다. 벽이 성기고 얇아서 곧잘 틈이
생기는 것이 골치 아픈데다가 바람이 불어 불길이 밖으로 내쳐
지는 바람에 연기가 새어 방안에 가득하게 되는 것이 네 번째
문제점이요, 불목의 아래가 번갈아 불이 들어가는 목구멍 구실
을 하지 못하다보니 불길이 멀리 〈안으로〉 빨려 들어가지 않
고 땔나무 끝에서만 남실거리는 것이 다섯 번째 문제점이요, 방
을 말리는 공력에 반드시 땔나무가 100단은 들고, 열흘 안으로
〈방으로〉 들어가 거처하지 못하는 것이 여섯 번째 문제점이
다.

자네와 함께 벽돌 수십 개만 깔아 놓으면, 웃고 이야기하는
사이에 벌써 몇 칸 온돌이 만들어져서 그 위에 누워 잘 수 있을
것이니, 그 어떠한가?"
하고 설명했다.

저녁에 여러 사람들과 함께 술을 몇 잔 마시고, 시각이 이미 이슥해져서야 취해 돌아와서 누웠다. 정사의 맞은편 방인데, 중간에 휘장을 쳐서 가렸다. 정사는 벌써 한잠이 들었고, 나는 막 담배를 피워 물고 정신이 몽롱한데, 머리맡에서 별안간 발자국 소리가 나므로 내가 깜짝 놀라서 묻기를,

"거 누구냐?"

하니 대답하기를,

" 도이노음이요〔擣伊鹵音爾幺〕."

한다. 말소리가 심히 수상해서 나는 다시 고함을 치며,

"이놈 누구냐?"

하니 큰 소리로 대답하기를,

"소인 도이노음이요."

라고 한다.

시대와 상방(上房)의 하인들이 모두 놀라 일어났다. 이어서 뺨치는 소리가 들리고, 덜미를 밀어서 문 밖으로 끌어가는 모양이다. 이는 대개 청나라 갑군(甲軍)이 밤마다 우리 일행의 숙소를 돌아다니며 점검하는데, 사신 이하 모든 사람의 수를 세가면서 매번 깊이 잠든 뒤에 했으므로 우리는 여태껏 모르고 지냈던 것이다.

갑군이 제 스스로 '도이노음'이라 함은 더욱 배꼽 잡을 일이다. 우리나라 말로 오랑캐를 '되'라 부르니, 이는 대저 '도이(島夷)'가 와전(訛傳)된 말이고, '노음(鹵音)'이란 낮고 천한 이를 부르는 말(우리말 '놈'을 뜻함)이고, '이요(爾幺)'란 높은 웃어른에

게 여쭙는 말이다. 갑군이 오랫동안 사신 일행을 맞이하고 보내고 하는 사이에 우리나라 사람들에게 말을 배우되, 다만 '되'라는 말을 귀에 익도록 들었기 때문일 뿐이다. 한바탕의 소란 때문에 잠을 놓치고, 이어 설상가상으로 벼룩에 시달렸다. 정사 역시 잠이 달아나서 마침내 촛불을 켠 채 그냥 날을 새웠다.

原文

初五日
초 오 일

辛巳　晴　阻水留行　店主　開其內炕煙溝　持長柄鍬
신 사　청　조 수 류 행　점 주　개 기 내 항 연 구　지 장 병 초

子扱灰　余於是　略觀炕制.
자 급 회　여 어 시　약 관 항 제

大約先築炕基　高尺有咫　爲地平　然後以碎甋碁置
대 약 선 축 항 기　고 척 유 지　위 지 평　연 후 이 쇄 전 기 치

爲支足而鋪甋其上而已　甋厚本齊　故破爲支足　而自
위 지 족 이 포 전 기 상 이 이　전 후 본 제　고 파 위 지 족　이 자

無闒嶪　甋體本勻　故相比排鋪　而自無罅隙　煙溝高下
무 벽 별　전 체 본 균　고 상 비 배 포　이 자 무 하 극　연 구 고 하

劣容伸手出納　支足者　遞相爲火喉.
열 용 신 수 출 납　지 족 자　체 상 위 화 후

火遇喉則必踰若抽引然　火焰驅灰闐骿而入　衆喉遞
화 우 후 즉 필 유 약 추 인 연　화 염 구 회 전 병 이 입　중 후 체

呑迭傳　無暇逆吐　達于煙門　煙門一溝　深丈餘　我東
탄 질 전　무 가 역 토　달 우 연 문　연 문 일 구　심 장 여　아 동

方言犬座也　灰常爲火所驅　落滿阬中　則三歲一開　煙
방 언 견 좌 야　회 상 위 화 소 구　낙 만 갱 중　즉 삼 세 일 개　연

炕一帶　扱除其灰.
항 일 대　급 제 기 회

竈門　坎地一丈　仰開炊口　爇薪倒揷　竈傍闕地　如
조 문　감 지 일 장　앙 개 취 구　설 신 도 삽　조 방 궐 지　여

大瓮　上覆石蓋　爲平地　其中空洞生風　所以驅納火頭
대 옹　상 복 석 개　위 평 지　기 중 공 동 생 풍　소 이 구 납 화 두

於煙喉　而點煙不漏也.
어 연 후　이 점 연 불 루 야

又煙門之制　闕地如大瓮　甎築狀如浮圖　高與屋齊
우 연 문 지 제　궐 지 여 대 옹　전 축 장 여 부 도　고 여 옥 제

煙落瓮中　如吸如吮　此法尤妙　大約煙門有隙　則一線
연 락 옹 중　여 흡 여 연　차 법 우 묘　대 약 연 문 유 극　즉 일 선

之風　能滅一竈之火　故我東房堗　常患吐火　不能遍溫
지 풍　능 멸 일 조 지 화　고 아 동 방 돌　상 환 토 화　불 능 편 온

者　責在煙門.
자　책 재 연 문

或杻籠塗紙　或木板爲桶　而初竪處土築有隙　或紙塗
혹 뉴 롱 도 지　혹 목 판 위 통　이 초 수 처 토 축 유 극　혹 지 도

弊落　或木桶有罅　則不禁漏煙　大風一射　則煙桶爲虛
폐 락　혹 목 통 유 틈　즉 불 금 루 연　대 풍 일 사　즉 연 통 위 허

位矣.
위 의

我念吾東家貧好讀書　百千兄弟等　鼻端六月　恒垂晶
아 념 오 동 가 빈 호 독 서　백 천 형 제 등　비 단 유 월　항 수 정

珠　願究此法　以免三冬之苦.
주　원 구 차 법　이 면 삼 동 지 고

卞季涵曰　炕法終是怪異　不如我東房法　余問所以不
변 계 함 왈　항 법 종 시 괴 이　불 여 아 동 방 법　여 문 소 이 불

如者何等　卞君曰　何如鋪得四張附油芚　色似火齊　滑
여 자 하 등　변 군 왈　하 여 포 득 사 장 부 유 둔　색 사 화 제　활

如水骨耶　余曰　炕不如房　則是也　其造堗之法　但效
여 수 골 야　여 왈　항 불 여 방　즉 시 야　기 조 돌 지 법　단 효

此而施之於房　鋪得油芚有誰禁之　東方堗制　有六失
차 이 시 지 어 방　포 득 유 둔 유 수 금 지　동 방 돌 제　유 육 실

而無人講解　吾試論之　君靜聽無譁.
이 무 인 강 해　오 시 론 지　군 정 청 무 화

泥築爲塍　架石爲埃　石之大小厚薄　本自不齊　必疊
니 축 위 승　가 석 위 돌　석 지 대 소 후 박　본 자 부 제　필 첩

小礫　以支四角　禁其躄躄　而石焦土乾　常患頹落　一
소 력　이 지 사 각　금 기 벽 별　이 석 초 토 건　상 환 퇴 락　일

失也　石面凹缺處　補以厚土　塗泥取平　故炊不遍溫
실 야　석 면 요 결 처　보 이 후 토　도 니 취 평　고 취 불 편 온

二失也　火溝高濶　焰不相接　三失也　墻壁疎薄　常苦
이 실 야　화 구 고 활　염 불 상 접　삼 실 야　장 벽 소 박　상 고

有隙　風透火逆　漏煙滿室　四失也　火項之下　不爲遞
유 극　풍 투 화 역　누 연 만 실　사 시 야　화 항 지 하　불 위 체

喉　火不遠蹂　盤旋薪頭　五失也　其乾爆之功　必費薪
후　화 불 원 유　반 선 신 두　오 실 야　기 건 폭 지 공　필 비 신

百束　一旬之內　猝難入處　六失也.
백 속　일 순 지 내　졸 난 입 처　육 실 야

何如與君　共鋪數十甎　談笑之間　已造數間溫埃　寢
하 여 여 군　공 포 수 십 전　담 소 지 간　이 조 수 칸 온 돌　침

臥乎其上耶.
와 호 기 상 야

夜與諸君　略飮數杯　更鼓已深　扶醉歸臥　與正使對
야 여 제 군　약 음 수 배　경 고 이 심　부 취 귀 와　여 정 사 대

炕　而中隔布幔　正使已熟寢　余方含煙朦朧　枕邊忽有
항　이 중 격 포 만　정 사 이 숙 침　여 방 함 연 몽 롱　침 변 홀 유

跫音　余驚問汝是誰也　答曰　擣伊鹵音爾幺　語音殊爲
공 음　여 경 문 여 시 수 야　답 왈　도 이 로 음 이 요　어 음 수 위

不類　余再喝汝是誰也　高聲對曰　小人擣伊鹵音爾幺.
불 류　여 재 갈 여 시 수 야　고 성 대 왈　소 인 도 이 로 음 이 요

時大及上房廝隷　一齊驚起　有批頰之聲　推背擁出門
시 대 급 상 방 시 례　일 제 경 기　유 비 협 지 성　추 배 옹 출 문

外 蓋甲軍 每夜巡檢一行所宿處 自使臣以下點數而
외 개갑군 매야순검일행소숙처 자사신이하점수이

去 每値夜深睡熟 故不覺也.
거 매치야심수숙 고불각야

甲軍之自稱擣伊鹵音 殊爲絶倒 我國方言 稱胡虜戎
갑군지자칭도이로음 수위절도 아국방언 칭호로융

狄曰 擣伊 蓋島夷之訛也 鹵音者 卑賤之稱 爾幺者
적왈 도이 개도이지와야 노음자 비천지칭 이요자

告於尊長之語訓也 甲軍則多年迎送 學語於我人 但
고어존장지어훈야 갑군즉다년영송 학어어아인 단

慣聽擣伊之稱故耳 一場惹鬧 以致失睡 繼又萬蚤跳
관청도이지칭고이 일장야료 이치실수 계우만조도

踉 正使亦失睡 遂明燭達曙.
량 정사역실수 수명촉달서

7월 초6일 임오(壬午)

날이 맑게 개었다.

　시냇물이 약간 줄었으므로 마침내 길을 떠났다. 나는 정사의 가마에 함께 타고 건넜다. 하인 30여 명이 알몸으로 가마를 메고 가다가 강 한가운데쯤 물살이 센 곳에 이르러 별안간 가마가 왼쪽으로 기울어 하마터면 떨어질 뻔했으니, 사세가 실로 위급하기 짝이 없는 상황이었다. 정사와 둘이 서로 부둥켜안아서 겨우 물에 빠짐을 면했다.

　강을 건너가 건너편 언덕에 올라서 물 건너는 자들을 바라보니, 혹은 사람의 목을 타고 건너고, 혹은 좌우에서 서로 부축하여 건너기도 하며, 혹은 나무로 뗏목을 엮어서 타는 이도 있고, 혹은 네 사람이 어깨로 메고 건너기도 한다. 말을 타고 떠서 건너는 이는 모두 머리를 쳐들어서 하늘만 바라보되, 혹은 두 눈을 꼭 감기도 하고, 혹은 억지로 얼굴에 웃음을 짓기도 한다.

　하인들은 모두 안장을 끌러서 어깨에 멘 채 건너오는데 〈안

장이> 젖을까 염려하는 모양이다. 이미 건너온 자가 다시 어깨
에 지고 돌아가므로 이상하여 물으니,

"빈손으로 물에 들어가면 몸이 가벼워서 떠내려가기 쉽기 때
문에 반드시 무거운 물건으로 어깨를 눌러야 된다."

라고 한다. 몇 번 갔다 왔다 한 사람은 벌벌 떨지 않은 이가 없
는데 산속 물이 몹시 차기 때문이다.

초하구(草河口)에서 점심을 먹었다. 이른바 답동(畓洞)이다.
이곳이 항상 진창이 되어 있으므로 우리나라 사람이 이름지었
다고 한다.[1] – '답(畓)' 자는 본래 없는 글자인데 우리나라의 아전들이 장부
에 수(水)와 전(田) 두 글자를 합쳐서 '논'이라는 뜻을 붙이고, '답(畓)' 자의 음
을 빌렸다. 분수령(分水嶺) · 고가령(高家嶺) · 유가령(劉家嶺)을
넘어서 연산관(連山關)에서 묵었다. 이날에는 60리를 갔다.

밤에 조금 취하여 깜박 잠이 들었는데 내 몸이 갑자기 심양
(瀋陽) 성 안에 있었다. 궁궐(宮闕)과 성지(城池 : 성 둘레에 판
못. 해자(垓字))와 여염집과 저잣거리 등이 몹시 번화하고 웅장하
고 화려했다. 나는 스스로 '여기가 이처럼 장관일 줄은 생각지
도 못했네. 내 집에 돌아가서 이를 자랑해야지.' 하고는 드디어
훨훨 날아가는데, 모든 산이며 물이 모두 내 발꿈치 밑에 있어
마치 나는 소리개처럼 날쌔다. 눈 깜짝할 사이에 야곡(冶谷)[2]

---

1) 답동(畓洞) : 답동은 본꼴이며, 수택본에는 이 원수가 없다.
2) 야곡(冶谷) : 서울 시내 서북방에 있던 동리 이름으로, 연암이 대대

에 있는 옛 집에 이르러 안방 남쪽 창 밑에 앉았다. 형님(박희원
(朴喜源)을 말함)이,

"심양이 어떻더냐?"

하고 묻기에 나는 공손히 대답하기를,

"직접 보니 듣던 것보다 훨씬 낫더이다."

하고는 수없이 그 아름다움을 자랑하였다.

마침 남쪽 담장 밖을 내다보니, 옆집 홰나무 가지가 우거졌는
데, 그 위에 큰 별 하나가 휘황찬란하게 번쩍이고 있었다. 나는
형님께 여쭙기를,

"저 별을 아십니까?"

하니 형님이,

"그 이름조차 모르겠네."

하여 내가,

"저게 노인성(老人星 : 남극성(南極星))이올시다."

하고는 마침내 일어나 형님께 절하고,

"제가 잠시 집에 돌아옴은 심양 이야기를 상세히 해드리려는
것입니다. 이제 다시 갈 길이 바빠서 하직인사 드립니다."

하였다.

문을 나와서 마루를 지나 바깥 사랑의 일각문을 열어젖히고
머리를 돌이켜 북쪽을 바라보니, 길마재〔鞍峴〕3) 여러 봉우리가

로 살던 옛 집이 있는 곳이다.

3) 길마재〔鞍峴〕: 서울 서쪽에 있는 고개 이름인 무악재이다.

역력히 얼굴을 드러낸다. 나는 갑자기 크게 깨달으며,

"아, 내가 바보구나. 내 장차 어떻게 홀로 책문을 들어간담? 여기서부터 책문까지 1,000여 리이니, 누가 다시 날 기다리며 머물러 있으랴?"

하고는, 마침내 커다란 소리로 외쳤다. 안타깝기 짝이 없어서 문을 열고 밖으로 나가려 했으나 문의 지도리가 하도 **빡빡하여** 〈열리지 않으므로〉 큰 소리로 장복(張福)을 불렀지만 소리가 목에 걸려서 나오질 않는다. 할 수 없이 힘껏 문을 밀다가 잠이 깨었다. 정사가 마침 나를 불렀다.

"연암(燕巖)!"

내가 아직도 어리둥절하여,

"여기가 어디요?"

하고 물으니 정사가,

"가위에 눌린 지 자못 오래되었네."

라고 하였다. 마침내 일어나 앉아서 이를 부딪치며 머리를 퉁기고 정신을 가다듬으니, 그제야 제법 상쾌해진다. 한편으론 섭섭하기도 하고 한편으론 기꺼운 것이, 오랫동안 마음이 뒤숭숭하다. 다시 잠들지 못하고 이리 뒤척 저리 뒤척이며 이것저것 생각하다 보니 날이 새는 줄을 깨닫지 못했다.

연산관은 또 아골관(鴉鶻關)이라고도 부른다.

原文

初六日
초 육 일

壬午　晴　溪漲小減　故遂發行　余入正使轎中同渡
임 오　청　계 창 소 감　고 수 발 행　여 입 정 사 교 중 동 도

下隷三十餘人　赤身擡轎　至中流湍急處　轎忽左傾幾
하 례 삼 십 여 인　적 신 대 교　지 중 류 단 급 처　교 홀 좌 경 기

墮　危哉危哉　與正使兩相抱持　僅免墊溺.
타　위 재 위 재　여 정 사 량 상 포 지　근 면 점 닉

渡在彼岸　望見渡水者　或騎人項　或左右相扶　或編
도 재 피 안　망 견 도 수 자　혹 기 인 항　혹 좌 우 상 부　혹 편

木爲扉而乘之　使四人肩擡而渡　其乘馬浮渡者　莫不
목 위 비 이 승 지　사 사 인 견 대 이 도　기 승 마 부 도 자　막 부

仰首視天　或緊閉雙目　或强顏嬉笑.
앙 수 시 천　혹 긴 폐 쌍 목　혹 강 안 희 소

廝隷皆解鞍肩荷而渡　意其恐濕也　旣渡者　又肩荷而
시 례 개 해 안 견 하 이 도　의 기 공 습 야　기 도 자　우 견 하 이

返　怪而問之　蓋空手入水則身輕易漂　故必以重物壓
반　괴 이 문 지　개 공 수 입 수 즉 신 경 이 표　고 필 이 중 물 압

肩也　數次往返者　莫不戰慄　山間水氣　甚冷故也.
견 야　수 차 왕 반 자　막 부 전 률　산 간 수 기　심 랭 고 야

中火草河口　所謂畓洞　以其長時沮洳　故我人所名云
중 화 초 하 구　소 위 답 동　이 기 장 시 저 여　고 아 인 소 명 운

一畓　本無字　我東吏簿　水田二字合書　作會意　借音畓　踰分水嶺
답　본 무 자　아 동 리 부　수 전 이 자 합 서　작 회 의　차 음 답　유 분 수 령

高家嶺　劉家嶺　宿連山關　是日　行六十里.
고 가 령　유 가 령　숙 연 산 관　시 일　행 육 십 리

夜小醉微睡　身忽在瀋陽城中　宮闕城池　閭閻市井
야 소 취 미 수　신 홀 재 심 양 성 중　궁 궐 성 지　여 염 시 정

繁華壯麗　余自謂壯觀　不意其若此　吾當歸詫家中　遂
번 화 장 려　여 자 위 장 관　불 의 기 약 차　오 당 귀 이 가 중　수

翩翩而行　萬山千水　皆在履底　迅若飛鳶　頃刻至冶谷
편 편 이 행　만 산 천 수　개 재 리 저　신 약 비 연　경 각 지 야 곡

舊宅　坐內房南窓下　家兄問瀋陽如何　余恭對所見勝於
구 택　좌 내 방 남 창 하　가 형 문 심 양 여 하　여 공 대 소 견 승 어

所聞　誇美亹亹.
소 문　과 미 미 미

望見南牆外　隣家槐樹陰陰　上有大星一顆　炫爛搖光
망 견 남 장 외　인 가 괴 수 음 음　상 유 대 성 일 과　현 란 요 광

余奉禀伯氏曰　識此星乎　伯氏曰　不識其名　余曰　此老
여 봉 품 백 씨 왈　식 차 성 호　백 씨 왈　불 식 기 명　여 왈　차 노

人星　遂起拜伯氏曰　吾暫回家中　備說瀋陽　今復追程
인 성　수 기 배 백 씨 왈　·오 잠 회 가 중　비 설 심 양　금 부 추 정

耳.
이

出戶經堂　推開外廊一門　回首北望　屋頭歷歷　認鞍
출 호 경 당　추 개 외 랑 일 문　회 수 북 망　옥 두 역 력　인 안

峴諸峯　忽自大悟曰　迂闊迂闊　吾將何以獨自入柵　自
현 제 봉　홀 자 대 오 왈　우 활 우 활　오 장 하 이 독 자 입 책　자

此至柵門千餘里　誰復待我停行乎　遂大聲叫喚　不勝悔
차 지 책 문 천 여 리　수 부 대 아 정 행 호　수 대 성 규 환　불 승 회

懊　開門欲出　戶樞甚緊　大叫張福　而聲不出喉　排戶力
오　개 문 욕 출　호 추 심 긴　대 규 장 복　이 성 불 출 후　배 호 력

猛　一推而覺　正使方呼燕巖　余猶恍惚應之　問曰此卽
맹　일 추 이 각　정 사 방 호 연 암　여 유 황 홀 응 지　문 왈 차 즉

何地　正使曰　俄者夢囈頗久矣　遂起坐敲齒彈腦　收召
하 지　정 사 왈　아 자 몽 예 파 구 의　수 기 좌 고 치 탄 뇌　수 소

魂神 頓覺爽豁 而一悵一喜 久難爲悰 遂不能更睡 轉
혼 신 돈 각 상 활 이 일 창 일 희 구 난 위 종 수 불 능 갱 수 전

輾思想 不覺達曙.
전 사 상 불 각 달 서

連山關 一名鴉鶻關.
연 산 관 일 명 아 골 관

7월 초7일 계미(癸未)

날이 맑았다.

2리(里)를 더 가서 말을 타고 물을 건넜다. 강물이 비록 넓지는 않으나 물살 세기가 어제 건넜던 곳보다도 더 세다. 무릎을 움츠리며 두 발을 모아서 안장 위에 옹송그리고 앉았다. 창대는 말머리를 꽉 껴안고 장복은 힘껏 내 엉덩이를 부축하여, 서로 목숨을 의지해서 잠시 동안의 행복을 마음속으로 빌 뿐이다. 말을 모는 소리조차 '오호(嗚呼)'—말에게 조심해서 가자고 타이르는 소리가 원래 '호호(好護)'인데, 우리나라의 발음으로는 '오호(嗚呼)'와 비슷하다. — 하니 어쩐지 처량하게 들린다.

말이 강 복판에 이르자 갑자기 그 몸이 왼쪽으로 쏠린다. 대개 물이 말의 배에 닿으면 네 발굽이 저절로 뜨므로 옆으로 누워서 헤엄쳐 건너는 모양이다. 내 몸은 나도 모르는 사이에 오른쪽으로 기울어지면서 하마터면 물에 빠질 뻔하였다. 마침 앞에 말꼬리가 물 위에 떠 있는 것을 보고 나는 재빠르게 그 꼬리를 붙들고 몸을 가누어 고쳐 앉아서 떨어지는 것을 면하였다. 나 역시 내 자신이 이토록 재빠른 줄을 깨닫지 못한 일이다. 창대도 말다리에 채어서 자칫하면 위험할 뻔하였으나, 말이 홀연 머리를 들고 몸을 바로 가누니, 물이 얕아져서 발이 땅에 닿았음을 알 수 있었다.

마운령(摩雲嶺)을 넘어 천수참(千水站)에서 점심을 먹었다. 오후에는 몹시 무더웠다. 청석령(靑石嶺)을 넘으니 고갯마루에 관제묘가 있었다. 그런데 그곳에는 매우 영험스럽다 하여 역부와 마두들이 앞 다투어 탁자 앞으로 가서 머리를 조아리며 더러 참외를 사서 바치기도 하였다. 역관들 중에도 향을 피우고 제비를 뽑아서 평생의 신수를 점쳐 보는 이도 있었다.

한 도사(道士)가 바리때를 두드리며 돈을 구걸한다. 다만 머리를 깎지 않고 상투를 튼 것으로 보아서는 마치 우리나라의 환속한 중[優婆僧]과 같기도 하다. 머리에는 등나무로 만든 삿갓을 쓰고 몸에는 한 벌 야견사(野繭絲 : 질이 좋은 명주실)로 만든 도포(道袍)를 걸친 것이 마치 우리나라 선비들의 차림새와 같으나, 다만 검은 빛깔의 모난 깃을 단 것이 조금 다를 뿐이다. 또 한 도사는 참외와 달걀을 파는데, 참외맛이 매우 단데다가 물까지 많으며, 달걀은 맛이 건건하다.

밤에는 낭자산(狼子山)에서 묵었다. 이날은 큰 고개를 두 개나 넘었다. 모두 80리를 갔다. 마운령은 회령령(會寧嶺)이라고도 부른다. 그 높고도 가파르기가 우리나라 관북(關北 : 함경도)의 마천령(摩天嶺) 못지않다고 한다.

原文

初七日
초 칠 일

癸未 晴 行二里 乘馬渡水 水雖不廣 而悍急尤猛於
계 미 청 행이리 승마도수 수수불광 이한급우맹어

前日所渡 攣膝聚足 竦坐鞍上 昌大緊擁馬首 張福力
전 일 소 도 연슬취족 송좌안상 창대긴옹마수 장복력

扶余尻 相依爲命 以祈須臾 其囑馬之聲 正是嗚呼—
부 여 고 상 의 위 명 이 기 수 유 기 촉 마 지 성 정 시 오 호

囑馬聲 本好護 而東音與嗚呼相近.
촉 마 성 본 호 호 이 동 음 여 오 호 상 근

馬至中流 忽側身左傾 蓋水沒馬腹 則四蹄自浮 故
마 지 중 류 홀 측 신 좌 경 개 수 몰 마 복 즉 사 제 자 부 고

臥而游渡也 余身不意右傾 幾乎墜水 前行馬尾散浮水
와 이 유 도 야 여 신 불 의 우 경 기 호 추 수 전 행 마 미 산 부 수

面 余急持其尾 整身一坐 以免傾墜 余亦不自意蹻捷
면 여 급 지 기 미 정 신 일 좌 이 면 경 추 여 역 부 자 의 교 첩

之如此 昌大亦幾爲馬脚所揮 危在俄頃 馬忽擧頭正立
지 여 차 창 대 역 기 위 마 각 소 휘 위 재 아 경 마 홀 거 두 정 립

可知其水淺著脚矣.
가 지 기 수 천 착 각 의

踰摩雲嶺 中火千水站 午後極熱 又踰靑石嶺 嶺上
유 마 운 령 중 화 천 수 참 오 후 극 열 우 유 청 석 령 영 상

有一所關廟 極其靈驗 驛夫馬頭輩 爭至供卓前叩頭
유 일 소 관 묘 극 기 영 험 역 부 마 두 배 쟁 지 공 탁 전 고 두

或買供靑䵝 譯官亦有焚香抽籤 占驗平生休咎者.
혹 매 공 청 라 역 관 역 유 분 향 추 첨 점 험 평 생 휴 구 자

有道士敲鉢丐錢　獨不剃髮爲椎髻　如我東優婆僧　頭
유 도 사 고 발 개 전　독 불 체 발 위 추 계　여 아 동 우 파 승　두

戴藤笠　身披一領野繭紗道袍　恰似我東儒士所著　而但
대 등 립　신 피 일 령 야 견 사 도 포　흡 사 아 동 유 사 소 착　이 단

黑色方領少異耳　又一道士　賣蒜及鷄卵　蒜味甚恬　且
흑 색 방 령 소 이 이　우 일 도 사　매 라 급 계 란　나 미 심 첨　차

多水　鷄卵淡醎.
다 수　계 란 담 함

夜宿狼子山　是日踰兩大嶺　通行八十里　摩雲嶺　一
야 숙 낭 자 산　시 일 유 량 대 령　통 행 팔 십 리　마 운 령　일

名會寧嶺　其高峻險絶　不減我國北關摩天嶺云.
명 회 령 령　기 고 준 험 절　불 감 아 국 북 관 마 천 령 운

7월 초8일 갑신(甲申)

날이 맑았다.

정사와 한 가마를 타고 삼류하(三流河)를 건너서 냉정(冷井)에서 아침밥을 먹었다. 10여 리 남짓 가서 산모퉁이 하나를 접어들게 되었다. 태복(泰卜)이 갑자기 국궁(鞠躬 : 예의의 표시로 몸을 굽혀 상대에게 존경을 나타냄)을 하고 말 머리로 달려 나와서 땅에 엎드려 큰 소리로 아뢰기를,

"백탑(白塔)이 보임을 아뢰옵니다."

라고 한다. 태복은 정 진사의 마두이다.

산모퉁이가 아직 가로막고 있어 백탑은 보이지 않는다. 빨리 말을 채찍질하여 수십 보를 채 못 가서 겨우 모퉁이를 벗어나자마자, 눈앞이 어른거리고 갑자기 한 덩어리의 검은 물체들이 오르락내리락 한다. 나는 오늘에야 처음으로 인생(人生)이란 본시 아무런 의탁함이 없이 다만 하늘을 이고 땅을 밟은 채 떠돌아다니는 존재인 줄 알았다.

　말을 세우고 사방을 돌아보다가 나 스스로 깨닫지 못하는 사이에 손을 들어 이마에 얹고서 말하기를,

"아, 참 좋은 울음터로다. 가히 한번 울 만하구나!"

하니 정 진사가,

"이렇게 천지간의 넓고 큰 시야가 펼쳐지는데 새삼스럽게 별안간 울고 싶다니, 어째서입니까?"

라고 하여 나는,

"그래, 그렇고말고! 천고의 영웅(英雄)들이 잘 울었으며, 미인(美人)일수록 눈물이 많다 하오. 그러나 그들은 소리 없는 몇 줄기 눈물이 옷깃에 굴러 떨어진 것에 지나지 않을 뿐, 울음소리가 천지에 가득 차서 마치 쇠나 돌로 만든 악기에서 나오는 듯했다는 말은 듣지 못하였네.

　사람들은 다만 칠정(七情)[1] 중에서 오직 슬플 때에만 울게 되는 줄로 알지, 칠정 모두 때문에 울 수 있음을 모르고 있다네. 그러나 기쁨이 사무치면 울게 되고, 노여움이 사무쳐도 울게 되고, 즐거움이 사무쳐도 울게 되고, 사랑이 사무쳐도 울게 되고, 미움이 사무쳐도 울게 되고, 욕심〔欲〕이 사무쳐도 울게 되는 것이다. 답답하고 억울한 마음을 뻥 뚫어 버림에는 소리를 지르는 것보다 더 빠른 방법이 없다네.

---

1) 칠정(七情) : 『예기(禮記)』에서 말한, 사람이 가진 일곱 가지 감정으로, 희(喜)·노(怒)·애(哀)·낙(樂)·애(愛)·오(惡)·욕(欲)을 말한다. 불교에서는 낙(樂) 대신 구(懼 : 두려움)를 말한다.

소리쳐 우는 소리는 천지간에 우레와도 같은 만큼 지극한 정(情)에서 우러나오는데, 우러나온 소리는 능히 이치에 맞으니 〈울음이〉 웃음과 무엇이 다르겠는가? 인생의 보통 감정은 오히려 이러한 지극한 처지를 겪어보지 못한 나머지 교묘히 칠정으로 나누어 슬픈 감정에다가 울음을 배치한 것이네. 이로 인하여 사람이 죽어 초상이 나면 비로소 억지로라도 '아이고', '어이' 따위의 소리를 부르짖는 것이네. 하지만 참된 칠정에서 우러나온 지극하고도 참된 울음소리는 참고 눌러서 천지 사이에 서리고 엉기어 감히 나타나지 못하는 것이네. 그러므로 저 가생(賈生)2)이란 자는 일찍이 그 울 곳을 얻지 못하고, 참다못해서 별안간 선실(宣室)3)을 향하여 한마디 길게 울부짖었으니, 이 어찌 듣는 사람들이 놀라고 해괴하게 여기지 않을 수 있겠는가?"

라고 하니 정 진사가,

"이제 이 울음터가 저토록 넓으니, 나도 당연히 선생을 따라

---

2) 가생(賈生) : 한(漢)나라의 신진 문학가. 이름은 의(誼)인데, 나이가 젊었으므로 가생으로 불렸다. 그는 이론이 날카로웠고 장사왕(長沙王)과 양왕의 태부(太傅)로 있으면서 한나라 문제(文帝)에게 '치안책(治安策)'이라는 정견을 올려서, 당시 정세를 분석하여 통곡할 일과 눈물지을 일, 한숨 쉴 일 등을 따져서 진술하였다.

3) 선실(宣室) : 한나라의 미앙궁(未央宮) 전전(前殿)의 정실(正室). 문제(文帝)가 이곳에서 가의(賈誼)에게 귀신(鬼神)에 대한 이론을 물었다. 곧 한나라의 재궁(齋宮), 정권을 뜻한다.

한 번 슬피 울어야 할 것이나, 우는 까닭이 칠정 중에서 어느 정
(情)에서 감동받아서인지 찾을 길을 모르겠습니다."

하여 내가,

"저 갓난아이에게 물어 보시오. 갓난아이가 처음 태어날 때
느낀 것이 무슨 정일까? 처음으로 해와 달을 보고, 다음에는 부
모와 친척들이 앞에 가득한 것을 보니 기쁘지 않을 리 없겠소.
이러한 기쁨과 즐거움이 늙도록 변함이 없다면, 본래 슬퍼하고
노여워할 리 없으며 의당히 즐겁게 웃기만 해야 마땅한 것 아니
겠나? 그런데 도리어 분노하고 한스러워하는 감정이 가슴에 사
무쳐 끝없이 울부짖기만 한단 말이냐? 그래서 〈사람들은〉 이
렇게 말들을 하지.

'삶이란 신성한 이든 어리석고 평범한 이든 누구나 한결같이
죽어야만 하고, 또 살아가는 동안에는 모든 허물과 근심 걱정을
골고루 겪어야 하기 때문에 아기가 세상에 태어난 것을 후회하
여 먼저 스스로 울음보를 터뜨려 자기 자신을 위로하는 것인
가?'

라고. 그러나 이것은 결코 갓난아기의 본정이 아닐 것이네.

아기가 어머니의 태중에 있을 때 캄캄하고 막히고 겹려서 갑
갑하게 지내다가, 갑자기 넓고 훤한 곳으로 빠져나와 손을 펴고
발을 펴매 그 마음이 시원할지니, 어찌 한마디 참된 소리를 내
어 제멋대로 외치지 않겠는가?

그러므로 우리는 당연히 저 갓난아기의 꾸밈없는 소리를 본
받아서 저 비로봉(毗盧峯) 산마루에 올라가 동해를 바라보면서

한바탕 울 만하고, 장연(長淵 : 황해도의 고을) 바닷가 금모래밭을 거닐면서 또 한바탕 울 만하네. 이제 요동 벌판에 와서 여기서부터 산해관(山海關)까지 1,200리가 사방에 도무지 한 점의 산도 없이, 하늘 끝과 땅 변두리가 맞닿은 곳이 마치 아교풀〔膠〕로 붙인 듯, 실로 꿰맨 듯 고금에 오가는 비구름이 다만 창창할 뿐이니, 이 역시 한바탕 울 만한 곳이 아니겠는가?"

한낮은 몹시 무더웠다. 말을 달려 고려총(高麗叢)·아미장(阿彌莊)을 지나서 두 갈래로 길을 나누었다. 나는 주부 조달동(趙達東)·변군(卞君 : 변계함(卞季涵))·박래원(朴來源)·정 진사(鄭進士 : 정원시)와 하인 이학령(李鶴齡) 등과 함께 옛 요양(遼陽 : 요동)으로 들어갔다. 그 번화함과 장려함이 봉황성보다 열 배나 더하였다. 여기에 대해서는 별도로 「요동기(遼東記)」를 썼다. 서문(西門)을 나서서 백탑(白塔)을 보았다. 그 건축이 정교하고 화려하며 웅장한 품은 요동 벌판과 필적할 만하다. 따로 「백탑기(白塔記)」를 썼다. ─「구요동기(舊遼東記)」와 「요동백탑기(遼東白塔記)」는 뒤편에 있다.

다시 요양성으로 돌아오니 수레와 말의 울리는 소리가 우렁차고 가는 곳마다 구경꾼이 떼를 지었다. 술집 누각의 붉은 난간이 높다랗게 한길 가에 솟아 있고, 금색 글자를 쓴 술집 깃발이 나부낀다. 그 깃발에는,

이름을 듣고서는 말을 곧장 세우고,　　　　聞名應駐馬

향내를 찾아서 수레를 잠깐 멈추리라.　　　尋香且停車

라고 쓰여 있다. 내가 이곳에서 술을 마실 만하도다.

둘러싸고 있는 구경꾼들이 어찌나 많은지 어깨를 서로 비빌 정도였다. 평소에 듣기로는 이곳에 간악한 도적이 매우 많아서 초행자들이 구경에 눈이 팔려 잘 살피지 못하다가는 영락없이 무엇이든 잃어버린다고 했다. 지난해에도 어느 사신 행차에 많은 불량배들을 반당(伴儻)4)으로 삼아 데리고 갔는데, 윗사람이며 아랫사람 수십 명이 모두 초행길이다 보니 옷차림이며 안장 기구들을 제법 화려하고 사치스럽게 차리고는 요양에 들러 구경을 하던 중 어떤 이는 말안장을 잃고, 어떤 이는 말등자〔鐙子 : 발걸이〕를 잃어버려 낭패를 보지 않은 이가 없었다고 한다.

장복이 별안간 말안장을 머리에 둘러쓰고 허리에는 등자 한 쌍을 차고는 앞에 모시고 서되 조금도 부끄러운 기색이 없기에 내가 웃으면서 나무라기를,

"왜 너의 두 눈알은 가리지 않느냐?"

했더니, 보는 사람들이 모두 껄껄 웃었다.

돌아와 태자하에 이르니 장마물이 한창 불어나 건널 배가 없었다. 강가로 왔다갔다 방황하던 참에 문득 갈대숲에서 콩깍지

---

4) 반당(伴儻) : 조선 시대 종친·공신·당상관들에게 특권을 보장하고 신변 안전을 도모하기 위해 지급한 호위병. 중국에 사신가면서 자비로 데리고 가는 사람을 말한다.

만 한 낚싯배가 튀어나오고, 또 작은 배 한 척이 섬 언저리에 숨
어 있었다. 장복과 태복의 무리를 시켜 한꺼번에 고함쳐 배를
부르게 했다.

한 쌍의 어부는 양쪽 끝에서 낚싯대를 드리우고 앉아 있다.
버드나무 그늘은 짙게 우거지고 석양은 비껴 금빛으로 물들고
잠자리는 물을 찍고 제비는 파도를 차는데, 천만 번 불러도 끝
내 머리도 까딱하지 않는다.

물가 모래판에 오래 서 있으려니 더운 기운이 푹푹 찌고 입술
은 타고 머리엔 진땀이 흐르면서 창자는 비어 기운이 빠진다.
일평생 구경을 좋아했더니만 오늘에야 톡톡히 그 값을 치르는
셈이 되었다. 정군 등 여럿은 다투어 가면서 서로 농지거리로,

"해는 지고 길은 막혔는데 위아래 사람들이 굶주리고 피곤하
니, 통곡이나 하는 수밖에 별 도리가 없구먼요. 선생은 어째서
참고 울지를 않는지요?"

라고 하여, 서로 함께 한바탕 웃었다. 내가 말하기를,

"저 어부가 사람을 구원해 주질 않으니, 그 심보를 짐작할 수
있겠네. 비록 육노망(陸魯望)5) 선생이라도 이럴 때는 주먹다짐
이 나갈 것이네."

라고 하자 태복이 더욱 초조하여,

---

5) 육노망(陸魯望) : 당의 문학가 육구몽(陸龜蒙). 노망은 자. 벼슬하지
    않고 차(茶)를 심으며 일생을 보냈으므로, 당시 사람들이 그를 강호
    산인(江湖散人), 또는 보리선생(甫里先生)이라 불렀다.

"지금 벌판에 해가 땅에 지려고 하는데, 다른 산기슭에는 벌써 캄캄해졌을 것입니다."

라고 한다. 대체로 태복은 비록 나이는 어리지만 이미 일곱 번이나 연경에 드나들었으므로 모든 일에 능숙하다.

잠시 후에 뱃사람이 낚싯대를 걷고 배 밑창에 있는 물고기 종다래끼를 거두고 짧은 삿대로 버드나무 그늘 가로 저어 나오자, 작은 배 대여섯 척이 다투어 나온다. 저들은 고기잡이배가 저어 오는 것을 보고는 그제야 앞을 다투어 고기잡이배보다 먼저 도착해서는 비싼 뱃삯을 요구한다. 사람을 기다리도록 하여 애가 타게 한 뒤에야 비로소 와서 건네주겠다고 한 것이니, 그 소행이 참으로 밉다.

한 배에 세 사람씩만 태우고, 뱃삯은 한 사람 앞에 또박또박 1초(鈔 : 163푼, 은으로는 3돈임)씩 받는다. 배들은 모두 통나무를 후벼 파서 만든 것인데, 소위 "들의 배는 넉넉히 두세 사람 탈 수 있네.〔野航恰愛兩三人〕"[6]라고 한 배가 바로 이를 두고 말한 것이다. 일행은 상하를 합해 17명에 말이 6필이다. 모두 함께 배를 타고 강을 건넌다. 뱃머리에서 말굴레를 잡고 강 물길을 따라 7, 8리 내려가니, 위태롭기는 통원보(通遠堡)에서 여러 번 강을 건널 때보다 더 심했다.

신요양(新遼陽)의 영수사(映水寺)[7]에서 묵었다. 이날은 70

---

6) 두보(杜甫)의 「남린(南隣)」 시에 나오는 시구이다.

7) 영수사(映水寺) : '영수사(迎水寺)'를 잘못 표기한 것이다.

리를 갔다. 밤에는 너무 더운 나머지 자다가 홑이불이 벗겨져
감기 기운이 좀 있었다.

原文

初八日
초팔일

甲申　晴　與正使同轎　渡三流河　朝飯於冷井　行十
갑신　청　여정사동교　도삼류하　조반어냉정　행십

餘里　轉出一派山脚　泰卜忽鞠躬　趁過馬首　伏地高聲
여리　전출일파산각　태복홀국궁　추과마수　복지고성

曰　白塔現身謁矣　泰卜者　鄭進士馬頭也.
왈　백탑현신알의　태복자　정진사마두야

山脚猶遮不見白塔　趣鞭行不數十步　纔脫山脚　眼光
산각유차불견백탑　취편행불수십보　재탈산각　안광

勒勒　忽有一團黑毬七升八落　吾今日始知　人生本無
늑륵　홀유일단흑구칠승팔락　오금일시지　인생본무

依附　只得頂天踏地而行矣.
의부　지득정천답지이행의

立馬四顧　不覺擧手加額曰　好哭場　可以哭矣　鄭進
입마사고　불각거수가액왈　호곡장　가이곡의　정진

士曰　遇此天地間大眼界　忽復思哭何也　余曰　唯唯否
사왈　우차천지간대안계　홀부사곡하야　여왈　유유부

否　千古英雄善泣　美人多淚　然不過數行無聲　眼水轉
부　천고영웅선읍　미인다루　연불과수행무성　안수전

落襟前　未聞聲滿天地　若出金石.
락금전　미문성만천지　약출금석

人但知七情之中　惟哀發哭　不知七情　都可以哭　喜
인단지칠정지중　유애발곡　부지칠정　도가이곡　희

極則可以哭矣　怒極則可以哭矣　樂極則可以哭矣　愛
극즉가이곡의　노극즉가이곡의　낙극즉가이곡의　애

極則可以哭矣　惡極則可以哭矣　欲極則可以哭矣　宣
극 즉 가 이 곡 의　오 극 즉 가 이 곡 의　욕 극 즉 가 이 곡 의　선

暢壹鬱　莫疾於聲.
창 일 울　막 질 어 성

哭在天地　可比雷霆　至情所發　發能中理　與笑何異
곡 재 천 지　가 비 뢰 정　지 정 소 발　발 능 중 리　여 소 하 이

人生情會　未嘗經此極至之處　而巧排七情　配哀以哭
인 생 정 회　미 상 경 차 극 지 지 처　이 교 배 칠 정　배 애 이 곡

由是死喪之際　始乃勉强叫喚喉苦等字　而眞個七情所
유 시 사 상 지 제　시 내 면 강 규 환 후 고 등 자　이 진 개 칠 정 소

感　至聲眞音　按住忍抑　蘊鬱於天地之間　而莫之敢宣
감　지 성 진 음　안 주 인 억　온 울 어 천 지 지 간　이 막 지 감 선

也　彼賈生者　未得其場　忽住不耐　忽向宣室一聲長號
야　피 가 생 자　미 득 기 장　홀 주 불 내　홀 향 선 실 일 성 장 호

安得無致人驚怪哉　鄭曰　今此哭場　如彼其廣　吾亦當
안 득 무 치 인 경 괴 재　정 왈　금 차 곡 장　여 피 기 광　오 역 당

從君一慟　未知所哭　求之七情所感何居　余曰　問之赤
종 군 일 통　미 지 소 곡　구 지 칠 정 소 감 하 거　여 왈　문 지 적

子　赤子初生　所感何情　初見日月　次見父母　親戚滿
자　적 자 초 생　소 감 하 정　초 견 일 월　차 견 부 모　친 척 만

前　莫不歡悅　如此喜樂　至老無雙　理無哀怒　情應樂
전　막 불 환 열　여 차 희 락　지 로 무 쌍　이 무 애 노　정 응 락

笑　乃反無限啼叫　忿恨彌中　將謂人生神聖愚凡一例
소　내 반 무 한 제 규　분 한 미 중　장 위 인 생 신 성 우 범 일 례

崩殂　中間尤咎　患憂百端　兒悔其生　先自哭弔　此大
붕 조　중 간 우 구　환 우 백 단　아 회 기 생　선 자 곡 조　차 대

非赤子本情.
비 적 자 본 정

兒胞居胎處　蒙冥沌塞　纏糾逼窄　一朝迸出廖廓　展
아 포 거 태 처　몽 명 돈 색　전 규 핍 착　일 조 병 출 료 곽　전

手伸脚 心意空闊 如何不發出眞聲 盡情一洩哉.
수 신 각 심 의 공 활 여 하 불 발 출 진 성 진 정 일 설 재

故當法嬰兒 聲無假做 登毗盧絶頂 望見東海 可作
고 당 법 영 아 성 무 가 주 등 비 로 절 정 망 견 동 해 가 작

一場 行長淵金沙 可作一場 今臨遼野 自此至山海關
일 장 행 장 연 금 사 가 작 일 장 금 림 요 야 자 차 지 산 해 관

一千二百里 四面都無一點山 乾端坤倪 如黏膠線縫
일 천 이 백 리 사 면 도 무 일 점 산 건 단 곤 예 여 점 교 선 봉

古雨今雲只是蒼蒼 可作一場.
고 우 금 운 지 시 창 창 가 작 일 장

亭午極熱 趣馬歷高麗叢 阿彌莊分路 與趙主簿達東
정 오 극 열 취 마 역 고 려 총 아 미 장 분 로 여 조 주 부 달 동

及卞君來源 鄭進士 李傔鶴齡 入舊遼陽 其繁華富麗
급 변 군 래 원 정 진 사 이 겸 학 령 입 구 요 양 기 번 화 부 려

十倍鳳城 別有遼東記 出西門 見白塔 其制造工麗雄
십 배 봉 성 별 유 요 동 기 출 서 문 견 백 탑 기 제 조 공 려 웅

偉 可適遼野 別有白塔記—二記見下.
위 가 적 요 야 별 유 백 탑 기 이 기 견 하

還遼陽城 車馬轟殷 聚觀者到處成群 酒樓紅欄 高
환 요 양 성 거 마 굉 은 취 관 자 도 처 성 군 주 루 홍 란 고

臨大道 颺出一面 金字酒旗 書着 聞名應駐馬 尋香
림 대 도 양 출 일 면 금 자 주 기 서 착 문 명 응 주 마 심 향

且停車 吾可以飮矣.
차 정 거 오 가 이 음 의

環觀者 彌衆 人肩相磨 雅聞此處 姦宄極多 初行
환 관 자 미 중 인 견 상 마 아 문 차 처 간 귀 극 다 초 행

者 專心遊覽 不善省察 必有所失 往歲一使行 多率
자 전 심 유 람 불 선 성 찰 필 유 소 실 왕 세 일 사 행 다 솔

無賴爲伴當 上下數十人 皆初行 衣裝鞍具 頗爲華侈
무 뢰 위 반 당　상 하 수 십 인　개 초 행　의 장 안 구　파 위 화 치

入遼陽遊覽之際 或失鞍甲 或失鐙子 無不狼貝云.
입 요 양 유 람 지 제　혹 실 안 갑　혹 실 등 자　무 불 낭 패 운

張福忽頭冒鞍甲 腰佩雙鐙 立侍于前 全無愧色 余
장 복 홀 두 모 안 갑　요 패 쌍 등　입 시 우 전　전 무 괴 색　여

笑叱曰 何不掩爾雙目 見者皆大笑.
소 질 왈　하 불 엄 이 쌍 목　견 자 개 대 소

還至太子河 河方潦漲 無船可渡 沿河上下 正爾彷
환 지 태 자 하　하 방 료 창　무 선 가 도　연 하 상 하　정 이 방

徨 俄有蘆葦叢中 蕩出荳殼漁艇 又有一小艇 隱於汀
황　아 유 노 위 총 중　탕 출 두 각 어 정　우 유 일 소 정　은 어 정

洲 使張福泰卜輩 齊聲喚舟.
주　사 장 복 태 복 배　제 성 환 주

一對漁人 兩頭垂竿而坐 柳樹陰濃 斜陽纈金 蜻蜓
일 대 어 인　양 두 수 간 이 좌　유 수 음 농　사 양 힐 금　청 정

點水 燕子蹴波 千呼萬喚 終不回頭.
점 수　연 자 축 파　천 호 만 환　종 불 회 두

久立汀沙 暖氣薰賣 唇焦頭汗 腸虛氣餒 生平喜遊
구 립 정 사　난 기 훈 자　진 초 두 한　장 허 기 뇌　생 평 희 유

賞 今日眞得了其債矣 鄭君輩 爭相嘲謔曰 日暮道窮
상　금 일 진 득 료 기 채 의　정 군 배　쟁 상 조 학 왈　일 모 도 궁

上下飢困 哭之外無他策矣 先生何爲忍住不哭 相與
상 하 기 곤　곡 지 외 무 타 책 의　선 생 하 위 인 주 불 곡　상 여

大笑 余曰 彼漁人 不肯救人 其人心可知 雖陸魯望
대 소　여 왈　피 어 인　불 긍 구 인　기 인 심 가 지　수 육 노 망

先生 正合一拳打倒 泰卜益爲焦躁曰 今野日垂地欲
선 생　정 합 일 권 타 도　태 복 익 위 초 조 왈　금 야 일 수 지 욕

墮 他處有山 已將昏黑矣 蓋泰卜 雖年少 已七次燕
타　타 처 유 산　이 장 혼 흑 의　개 태 복　수 년 소　이 칠 차 연

行 凡百慣熟.
행 범백관숙

少焉 舟子罷釣 收艇底魚籃 短槳蕩到柳陰邊 爭出
소언 주자파조 수정저어람 단장탕도류음변 쟁출

五六小艇 見漁艇蕩來 亦爭先來到 要索高價 其待人
오륙소정 견어정탕래 역쟁선래도 요색고가 기대인

竭急 然後始肯來濟 其情狀可惡.
갈급 연후시긍래제 기정장가오

一船只許載三人 每人貰一鈔 艇皆全木刳成 所謂野
일선지허재삼인 매인세일초 정개전목고성 소위야

航恰受兩三人者 是也 共計一行上下恰是十七 馬六
항흡수량삼인자 시야 공계일행상하흡시십칠 마육

疋 皆浮河 艇頭執靮 順河而下七八里 其危有甚於通
필 개부하 정두집공 순하이하칠팔리 기위유심어통

遠諸渡時也.
원제도시야

宿新遼陽 映水寺 是日 通行七十里 夜極熱 睡中
숙신요양 영수사 시일 통행칠십리 야극열 수중

單衿自脫 微有感氣.
선금자탈 미유감기

7월 초9일 을유(乙酉)

날씨가 맑고 몹시 더웠다.

새벽의 서늘함을 타서 먼저 길을 떠났다. 장가대(張家臺), 삼도파(三道巴)를 거쳐서 난니보(爛泥堡)에서 점심을 먹었다. 요동땅에 들어서면서부터 마을이 끊이지 않고 길 너비가 수백 보나 되며, 길을 따라 양쪽에는 모두 수양버들을 심었다. 집이 즐비하게 늘어선 곳에는 마주선 문과 문 사이에 장맛비가 빠지지 않아 가끔 저절로 큰 연못을 이루었다. 집집마다 기르는 거위와 오리가 수없이 떠돌고, 양편 촌집들은 모두 물가의 누대를 만들어 붉은 난간과 푸른 난간이 좌우로 마주 비치어 어렴풋이 강호(江湖) 생각이 났다.

군뢰가 세 번 나팔을 불고 나서 반드시 먼저 몇 리 앞서 가면, 전배(前排 : 사신 일행 앞에서 인도하는 군관) 군관도 역시 군뢰를 따라 먼저 나아간다. 나는 행동거지가 자유로워서 매양 변군(변계함(卞季涵))과 함께 서늘함을 타서 새벽에 떠난다. 그러나 10리

도 못 가서 또 전배가 따라와 만나게 된다. 그들과 고삐를 나란히 하여 재미있는 이야기와 농담을 하면서 간다. 매일 이러하다.

마을이 가까워질 때마다 군뢰를 시켜서 나팔을 불게 하고, 마두 네 명이 모두 합창으로 권마성(勸馬聲)[1]을 부르게 했다. 그러면 집집마다 여인들이 문이 미어터지도록 뛰어나와서 구경을 한다. 늙은이고 젊은이고 간에 차림은 거의 같다. 머리에 꽃을 꽂고 귀걸이를 드리웠으며 옅은 화장을 살짝 하였다. 입에는 모두 담뱃대를 물었고, 손에는 신발바닥을 기우기 위해 바늘과 실을 들고서 어깨를 비비고 떼지어 서서 손가락질하며 깔깔거리고 웃었다. 한족 여자는 여기서 처음 보았는데, 모두 발을 천으로 동여매고 궁혜(弓鞋)를 신었고, 인물은 모두 만주족 여자보다 못하다. 만주족 여자들은 꽃 같은 얼굴에 달덩이 같은 모습을 가진 예쁜 여자[花容月態]가 많다.

만보교(萬寶橋)와 연대하(煙臺河), 산요포(山腰鋪)를 지나 십리하(十里河)에서 묵었다. 이날은 50리를 갔다.

비장과 역관들이 말을 타고 가면서 만주족 여자나 한족 여자를 보는 대로 각자 하나씩 첩으로 정한다. 만일 남이 먼저 차지한 경우라면 감히 겹치기로 정하지 못하니, 서로 피하는 법이 몹시 엄격하다. 이를 '구첩(口妾)'이라 하는데, 가끔 서로 시샘

---

1) 권마성(勸馬聲) : 높은 관리의 행차에 앞서 하인이 위엄을 돋우고 일반 행인을 물러서게 하기 위하여 길게 외치는 소리.

도 하고 골도 내며 욕도 하고 웃고 떠들기도 하다 보니, 이 역시
먼 길에서 심심풀이로 시간을 때우는 한 가지 방법이다.

내일은 장차 심양(瀋陽)에 들어갈 것이다.

原文

初九日
초구일

乙酉　晴　極熱　乘曉涼先發　歷張家臺　三道巴　中火
을 유　청　극 열　승 효 량 선 발　역 장 가 대　삼 도 파　중 화

爛泥堡　自入遼東以來　村閭不絶　路廣數百步　沿路兩
난 니 보　자 입 요 동 이 래　촌 려 부 절　노 광 수 백 보　연 로 양

傍　皆種垂楊　閭閻櫛比處　其對門中間　潦水不洩　往
방　개 종 수 양　여 염 즐 비 처　기 대 문 중 간　요 수 불 설　왕

往自成大池　家養鵝鴨　千百浮泳　兩邊村舍　盡成臨水
왕 자 성 대 지　가 양 아 압　천 백 부 영　양 변 촌 사　진 성 림 수

樓臺　紅欄翠檻　映帶左右　渺然有江湖之想.
루 대　홍 란 취 함　영 대 좌 우　묘 연 유 강 호 지 상

軍牢三吹後　必先數里先行　前排軍官　亦隨軍牢先詣
군 뢰 삼 취 후　필 선 수 리 선 행　전 배 군 관　역 수 군 뢰 선 예

余自止自由　每與卞君　乘涼曉發　行不十里　則且遇前
여 자 지 자 유　매 여 변 군　승 량 효 발　행 불 십 리　즉 차 우 전

排　必並轡談謔　每日若此.
배　필 병 비 담 학　매 일 약 차

每近村閭　輒令軍牢　吹起吶叭　四個馬頭　合唱勸馬
매 근 촌 려　첩 령 군 뢰　취 기 납 팔　사 개 마 두　합 창 권 마

聲　家家走出婦女　闐門觀光　無老無少　裝束皆同　粧
성　가 가 주 출 부 녀　전 문 관 광　무 로 무 소　장 속 개 동　장

花垂璫　略施朱粉　口皆含煙　手持靴底　所衲連針帶線
화 수 당　약 시 주 분　구 개 함 연　수 지 화 저　소 납 연 침 대 선

騈肩簇立　指點嬌笑　始見漢女　漢女皆纏足着弓鞋　姿
병 견 족 립　지 점 교 소　시 견 한 녀　한 녀 개 전 족 착 궁 혜　자

色不及滿女　滿女多花容月態.
색 불 급 만 녀　만 녀 다 화 용 월 태

歷萬寶橋　煙臺河　山腰鋪　宿十里河　是日　通行五
역 만 보 교　연 대 하　산 요 포　숙 십 리 하　시 일　통 행 오

十里.
십 리

裨譯輩　於馬上各定一妾　所見滿漢女　若他人先占
비 역 배　어 마 상 각 정 일 첩　소 견 만 한 녀　약 타 인 선 점

則不敢疊定　相避之法甚嚴　謂之口妾　往往猜如怒罵
즉 불 감 첩 정　상 피 지 법 심 엄　위 지 구 첩　왕 왕 시 여 노 매

談嘲　亦一長程消遣訣也.
담 조　역 일 장 정 소 견 결 야

明日將入瀋陽.
명 일 장 입 심 양

옛 요동 견문기〔舊遼東記〕[1]

요동의 옛 성(城)은 한(漢)나라 때의 양평(襄平)과 요양(遼陽) 두 현(縣)에 걸쳐 있었다. 진(秦)나라 때 요동이라 불렀으며 그 뒤에는 위만(衛滿)의 조선에 편입되었다. 한나라 말년에 공손탁(公孫度)[2]이 웅거하였으며, 수(隋)나라와 당(唐)나라 때에는 고구려에 속하였고, 거란(契丹)은 이곳을 남경(南京)이라 하였으며, 금(金)나라는 동경(東京)이라 하였다. 원(元)나라는 행성(行省 : 지방의 행정구역)을 두었으며, 명(明)나라는 정료위(定遼衛)를 두었는데 지금은 요양주(遼陽州)로 승격되었

---

1) 옛 요동성을 중심으로 하여 고금의 연혁과 명나라의 말기에 청나라와의 두 나라 사이에 격렬히 싸우던 역사를 서술하였다. 이 편은 원전에는 편말(篇末)에 있었으나, 이제 이곳으로 옮겼다.

2) 공손탁(公孫度) : 후한(後漢) 말기에 부모를 따라 현도(玄菟)에 갔다가 요동태수(遼東太守)를 거쳐 스스로 요동후(遼東侯)가 되었다.

다. 이곳에서 20리 떨어진 곳으로 성을 옮겨서 신요양(新遼陽)이라고 하였으므로, 이 성을 폐하고는 구요동(舊遼東)이라고 부른다.

성의 둘레는 20리인데, 혹자는 이르기를,

"〈명나라 장수〉 웅정필(熊廷弼)[3]이 쌓은 것이다. 이 성이 본시 몹시 낮고 비좁았는데, 웅정필이 적기(敵騎 : 청나라 기병을 뜻함)가 국경에 쳐들어온다는 정보를 듣고 성을 헐라고 명령하였다. 청나라 사람들이 이를 괴이하게 여겨 감히 가까이 이르지 못하다가 고쳐 쌓는다는 정보를 정탐해 알아내어 군사를 이끌고 성 밑에 도착하고 보니, 하룻밤 사이에 새로 쌓은 성이 높다랗게 완성되었다.

나중에 웅정필이 이곳을 떠나자 요양이 함락되었다. 청나라 사람들은 그 성이 하도 견고하여 떨어뜨리기 어려웠음을 분하게 여겨서 성을 헐어 버리고자 하였다. 바야흐로 승리를 얻은 날쌘 군사를 시켰음에도 불구하고 열흘이 가도 다 헐지 못했다."

라고 한다.

명(明)나라의 천계(天啓 : 희종(熹宗)의 연호, 1621~1627) 원년(元年 : 1621년) 3월에 청(淸)나라 사람들이 이미 심양을 빼앗고 또

---

3) 웅정필(熊廷弼) : 명나라의 명신. 그가 요동을 지킬 때 신흥세력인 칭(淸)나라도 이글 넘어뜨리시 못하였으나, 당파자의 질시와 파쟁으로 말미암아 참혹하게 최후를 마쳤다.

군사를 옮겨 요양으로 향하였다. 이때 경략(經略) 원응태(袁應泰)가 세 갈래 길로 군사를 내어서 무순(撫順)을 회복하려고 의논했는데, 미처 떠나기도 전에 청나라가 이미 심양을 함락시키고 요양으로 향하고 있다는 말을 듣고, 마침내 태자하(太子河)의 물길을 열어 물을 끌어다 해자에 채우고 군사들을 성 위로 오르게 하여 빙 둘러서서 지키게 하였다.

청나라 군대가 심양을 함락한 지 닷새 만에 요양성 밑에 이르렀다. 누르하치[奴兒哈赤]는 이른바 청나라 태조(太祖)이다. 그가 스스로 좌익(左翼)의 군사를 이끌고 먼저 이르니, 명나라의 총병(摠兵) 이회신(李懷信) 등이 군사 5만 명을 거느리고 성에서 5리 되는 곳으로 나와서 진을 쳤다. 누르하치가 좌익(左翼) 군대에 속한 4기(四旗 : 청나라 군사 조직은 8기로 편성함)로 왼쪽을 공격하게 했다. 청나라 태종(太宗)은 우리나라에서 이른바 한(汗 : 칸)이라 부르는데, 그의 이름은 본래 홍태시(洪台時)였다.─우리나라의 『병정록(丙丁錄)』에 장황하게 실려 있는 「홍타시(紅打時)」, 또는 「홍타시(洪他詩)」는 모두 발음이 비슷한 대로 적은 것이다. 마치 영알대[英阿兒臺]를 용골대(龍骨大)로, 마부타[馬伏塔]를 마부대(馬夫大)로 쓴 것이 모두 이와 같았다. 그가 날랜 군사를 이끌고 싸우기를 청했으나 누르하치가 허락하지 않았다.

그러나 홍태시는 굳이 가서 두 홍기(紅旗)[4]의 군사를 머물게 하여 성 옆에 매복시켜 형세를 살피게 하였다. 누르하치가 정

---

4) 홍기(紅旗) : 청나라군 편제인 8기(旗) 중의 하나.

황기(正黃旗)5)와 양황기(鑲黃旗)6)를 보내어 홍태시를 도와서 명(明)나라 군영(軍營)의 왼쪽을 치게 하였다. 4기(旗)의 군사가 뒤이어 이르니 명나라 군사는 크게 어지러워졌다. 이에 홍태시(洪台時)가 승리해서 60리를 추격하여 안산(鞍山)에 이르렀다.

바야흐로 이 싸움이 벌여졌을 때 명나라 군사들이 요양의 서문에서 나와 청나라 군사들이 머물러 있던 곳을 치자, 성 곁에 두 홍기(紅旗)가 매복해 있다가 일어나서 명나라 군사를 맞받아쳤다. 명나라 군사들은 분주히 성으로 도망하여 들어가느라고 저희들끼리 서로 짓밟는 바람에 총병 하세현(賀世賢)과 부장(副將) 척금(戚金) 등이 모두 전사하였다.

이튿날 아침, 누르하치가 패륵(具勒 : 만주어 '바이르'를 음역한 부족장)의 왼쪽 4기의 군사를 거느리고 성 서쪽의 수문(水門)을 파서 해자의 물을 뺐다. 또 오른쪽 4기의 군사로 하여금 성 동쪽의 진수구(進水口 : 물이 들어가는 입구)를 막게 하고, 스스로 우익(右翼) 군대를 이끌고 방패달린 전차를 성 주변에 담을 두른 것처럼 죽 늘어세웠으며, 포대에 흙을 넣고 돌을 날라서 물길을 막았다.

명나라 군대는 보병과 기병 3만 명이 동문(東門)에서 나와 청나라 군사들과 마주 진을 벌이고 서로 버텼다. 청나라 군사

---

5) 징횡기(正黃旗) . 청나라군 번세인 8기에 속하는 부대.

6) 양황기(鑲黃旗) : 청나라군 8기에 속하는 부대.

들이 바야흐로 다리를 빼앗으려 할 즈음, 마침 물 들어오는 입구가 막혀서 물이 거의 마를 지경이므로 4기군의 선봉대가 해자를 건너 크게 고함을 치면서 엄습하였다. 동문 밖에 있던 명나라 병사가 힘껏 싸우는데, 청나라의 홍갑(紅甲 : 홍기(紅旗)의 갑군(甲軍)) 200명과 백기(白旗) 1,000명이 명나라 병사들을 진격하는 바람에 죽은 자가 해자에 가득하였다.

이때 〈청나라 군사들은〉 무정문(武靖門) 다리를 빼앗고 양쪽으로 나누어 해자를 지키고 있는 명나라 군사들을 치니, 〈명나라 군사는〉 성 위에서 끊임없이 화포(火砲)를 터뜨렸다. 청나라 군사들이 용감하게 돌격하면서 사다리를 세우고 성에 기어올랐다. 마침내 서성(西城) 한 쪽을 빼앗고 몰려가서 민중들을 참수(斬首)하니, 성 안이 요란하였다. 이날 밤 성 안에 있는 명나라 병사들이 횃불을 들고 맞서 싸울 제, 우유요(牛維曜) 등이 성을 넘어 뿔뿔이 달아났다.

이튿날 아침, 명나라 군사가 다시 방패를 늘어세우고 힘껏 싸웠으나, 청나라 4기의 군사가 역시 성을 타고 올랐다. 경략 원응태는 성 북쪽 진원루(鎭遠樓)에 올라서 싸움을 독려하다가 성이 함락되는 것을 보고 누(樓)에 불을 놓아서 타 죽었고, 분수도(分守道) 하정괴(何廷魁)는 처자(妻子)를 거느리고 우물에 빠져 죽었고, 감군도(監軍道) 최유수(崔儒秀)[7]는 스스로 목을 매어 죽었다. 총병(總兵) 주만량(朱萬良), 부장 양중선(梁仲善),

----

7) 최유수(崔儒秀) : 어떤 본에는 최윤수(崔尤秀)로 되어 있다.

참장(參將) 왕치(王豸)·방승훈(房承勳), 유격(遊擊) 이상의(李尙義)·장승무(張繩武), 도사(都司) 서국전(徐國全)·왕종성(王宗盛), 수비(守備) 이정간(李廷幹) 등은 모두 전사하였다.

어사(御史) 장전(張銓)[8]은 〈청나라 병사들에게〉 사로잡혔으나 굴복하지 않았다. 그러자 누르하치가 사사(賜死)하라고 명하여 그의 순국(殉國)의 뜻을 이루게 하였다. 홍태시(洪台時)가 장전을 아껴서 살리려고 여러 번 완곡하게 타일렀으나 마침내 뜻을 빼앗을 수 없으므로, 부득이 목 졸라 죽이고 장례를 치러 주었다.

황제(黃帝 : 청나라 고종(高宗))는 지난해 기해년에 『전운시(全韻詩 : 어제전운(御製全韻))』를 지어 이 성이 함락한 사실을 상세히 기록하였다. 덧붙여 말하기를,

"명나라의 신하로서 항복하지 않은 자에게 우리 선왕께옵서 오히려 은혜를 베풀었는데, 그때 연경에 있는 〈명나라의〉 군신(君臣)들은 도무지 아랑곳하지 않았고 공과 죄를 밝히지도 않았으니, 이러고서야 망하지 않으려한들 될 수 있으리오?"
하였다.

『명사(明史)』[9]를 살펴보면,

---

8) 장전(張銓) : 명나라 사람으로, 자는 우형(宇衡)이고 호는 견평(見平)이다. 『국사기문(國史紀聞)』을 지었다.

9) 『명사(明史)』 : 청나라의 장정옥(張廷玉) 등이 황제의 명을 받들어 지은 역사책. 중국 이십오사(二十五史)의 하나로, 본기(本紀)·지(志)·표(表)·열전(列傳)·목록(目錄)으로 이루어졌다.

"웅정필이 광녕(廣寧)을 구출하지 않았을 때에 삼사(三司)10)
인 왕기(王紀)·추원표(鄒元標)·주응추(周應秋) 등이 웅정필
을 탄핵하여 말하기를,

'웅정필의 재주와 식견과 기백이 온 세상을 흘겨볼 만합니다.
지난해에 요양을 지켜서 요양이 보존되었고, 요양을 떠나자 요
양이 망했습니다. 다만 그 교만하고 괴팍한 성격은 고집불통이
라 고칠 길이 없어서 오늘에 한 소(疏)를 올리고 다음 날에는
한 방(榜)을 걸었습니다. 그는 양호(楊鎬)11)에 비하여 도망친
한 가지 죄가 더하고, 원응태에 비하여 도리어 한 번의 죽음으
로는 부족하였습니다. 만일 왕화정(王化貞)12)을 죽이고 웅정필
을 너그러이 살려둔다면 죄는 같음에도 벌이 다른 것입니다.'
하였다."
라고 하였다.

이제 당시의 〈웅정필이 쌓았다는〉 흑벽이 예와 같이 둘러
있고 남아 있는 벽돌 흔적이 오히려 새롭다. 그 당시 삼사에서
탄핵한 글을 다시 외어보니, 그(웅정필)의 사람됨을 가히 짐작할

---

10) 삼사(三司) : 여기에서는 사법기관의 우두머리로서 상서형부(尚書
刑部)·어사대(御史臺)·대리시(大理寺)를 일컫는 듯하다.
11) 양호(楊鎬) : 명나라의 장수로서, 정유재란 때 구원군을 거느리고
패해서 돌아간 뒤 요동에 나가서 청나라와 싸워 또 대패하였으므로
사형을 받았다.
12) 왕화정(王化貞) : 몽고를 무마하여 일찍이 공을 세웠으나 웅정필과
함께 청나라에 패했으므로 사형을 당했다.

수 있겠다.

아아, 슬프다. 명나라는 말운(末運)을 당하여 인재를 쓰고 버림이 거꾸로 되고, 공과 죄가 밝혀지지 못했으므로, 웅정필과 원숭환(袁崇煥) 같은 장수들의 죽음을 보면 가히 스스로 그 장성(長城)을 허물어뜨린 것이라고 하겠으니, 어찌 후세의 비웃음을 면할 수 있으리오?

태자하(太子河)의 물을 끌어서 〈성 주위에〉 해자를 만들었다. 해자 안에는 서너 척의 고기잡이배가 떠 있고, 성 밑에는 낚시질하는 이가 수십 명이나 되는데, 다들 좋은 옷을 입었고 그 생김생김이 유한한 귀공자 같다. 그들은 모두 성 안의 장사치들이다. 내가 해자를 한 바퀴 돌아서 갑문(閘門)을 설치하여 수위를 조절하는 제도에 대해 관찰하려 할 적에, 낚시꾼들이 와자하게 웃으면서 낚싯대를 가지고 와서 나한테 말을 건다. 나는 땅에 글자를 써서 보였으나 모두 자세히 들여다보고는 〈아는 듯 모르는 듯〉 웃기만 하고 가버린다.

原文

舊遼東記
구요동기

遼東舊城　在漢襄平遼陽二縣地　秦曰遼東　後入衛滿
요동구성　재한양평요양이현지　진왈요동　후입위만

朝鮮　漢末爲公孫度所據　隋唐時　屬高句麗　契丹稱南
조선　한말위공손탁소거　수당시　속고구려　거란칭남

京　金稱東京　元置行省　皇明置定遼衛　今陞爲遼陽州
경　금칭동경　원치행성　황명치정료위　금승위요양주

移城距二十里　爲新遼陽　此廢　稱舊遼東.
이성거이십리　위신요양　차폐　칭구요동

城周二十里　或謂　熊廷弼所築也　城古卑狹　廷弼
성주이십리　혹위　웅정필소축야　성고비협　정필

聞敵騎入境　令夷城　淸人怪之　不敢逼　及諜知改築
문적기입경　영이성　청인괴지　불감핍　급첩지개축

引兵至城下　新城峨峨　一夜而成.
인병지성하　신성아아　일야이성

後廷必去而遼陷　淸人忿其城堅難拔　毁其城　以方興
후정필거이요함　청인분기성견난발　훼기성　이방흥

得勝之兵　十日而毁　猶未盡云.
득승지병　십일이훼　유미진운

皇明天啓元年三月　淸人旣得瀋　又移兵向遼　經略袁
황명천계원년삼월　청인기득심　우이병향요　경략원

應泰　方議三路出師　以復撫順　未行而聞虜陷瀋陽　又
응태　방의삼로출사　이복무순　미행이문로함심양　우

將向遼　遂開太子河　注水於壕　環兵登埤.
장향요　수개태자하　주수어호　환병등비

淸人陷瀋五日 至遼陽城下 奴兒哈赤者 所謂淸太祖
청 인 함 심 오 일 지 요 양 성 하 노 아 합 적 자 소 위 청 태 조

也 自統左翼兵先至 皇明摠兵李懷信等 率兵五萬 出
야 자 통 좌 익 병 선 지 황 명 총 병 이 회 신 등 솔 병 오 만 출

城五里而營 奴兒哈赤 以左翼四旗 擊其左 淸太宗
성 오 리 이 영 노 아 합 적 이 좌 익 사 기 격 기 좌 청 태 종

我東所謂汗 其名曰洪台時－我國丙丁錄雜載紅打時 或稱洪
아 동 소 위 한 기 명 왈 홍 태 시 아 국 병 정 록 잡 재 홍 타 시 혹 칭 홍

他詩以其音似而各載 如英阿兒臺 曰龍骨大 馬伏塔 曰馬夫大 是
타 시 이 기 음 사 이 각 재 여 영 아 아 대 왈 용 골 대 마 복 탑 왈 마 부 대 시

也. 引精銳請戰 奴兒哈赤不許.
야 인 정 예 청 전 노 아 합 적 불 허

洪台時堅意行 遂留二紅旗 伏城傍 覘視 奴兒哈赤
홍 태 시 견 의 행 수 류 이 홍 기 복 성 방 첨 시 노 아 합 적

遣正黃旗鑲黃旗 助洪台時 衝明營之左 四旗兵繼至
견 정 황 기 양 황 기 조 홍 태 시 충 명 영 지 좌 사 기 병 계 지

天兵大亂 洪台時 乘勝追擊六十里 至鞍山.
천 병 대 란 홍 태 시 승 승 추 격 육 십 리 지 안 산

方其戰時 天兵自遼陽西門出 拔淸人所留 城傍二紅
방 기 전 시 천 병 자 요 양 서 문 출 발 청 인 소 류 성 방 이 홍

旗 伏起邀擊 天兵奔回入城 自相蹂踐 摠兵賀世賢
기 복 기 요 격 천 병 분 회 입 성 자 상 유 천 총 병 하 세 현

副將戚金等 皆戰死.
부 장 척 금 등 개 전 사

詰朝 奴兒哈赤 率貝勒左四旗兵 掘城西閘口 以洩
힐 조 노 아 합 적 솔 패 륵 좌 사 기 병 굴 성 서 갑 구 이 설

湖水 且令右四旗兵 塞城東進水口 自引右翼 布楯車
호 수 차 령 우 사 기 병 색 성 동 진 수 구 자 인 우 익 포 순 거

堵列城濠 囊土運石以壅水.
도 열 성 변 낭 토 운 석 이 옹 수

天兵步騎三萬　出東門列營相拒　淸人方欲奪橋　會水
천 병 보 기 삼 만　출 동 문 렬 영 상 거　청 인 방 욕 탈 교　회 수

口甕遏將涸　四旗前隊　渡壕大呼掩擊　東門外天兵　方
구 옹 알 장 학　사 기 전 대　도 호 대 호 엄 격　동 문 외 천 병　방

力戰　淸紅甲二百　白旗千　進擊天兵　死者壕塹皆滿.
력 전　청 홍 갑 이 백　백 기 천　진 격 천 병　사 자 호 참 개 만

奪武靖門橋　分擊守壕天兵　城上發火器　聯綿不絶
탈 무 정 문 교　분 격 수 호 천 병　성 상 발 화 기　연 면 부 절

淸人奮勇衝突　樹梯登城　遂奪西城一面　驅斬民衆　城
청 인 분 용 충 돌　수 제 등 성　수 탈 서 성 일 면　구 참 민 중　성

中擾亂　是夜城內天兵　列炬拒戰　牛維曜等　縋城亂
중 요 란　시 야 성 내 천 병　열 거 거 전　우 유 요 등　추 성 란

遁.
둔

翌朝天兵　復列楯大戰　淸四旗兵　亦登城　經略袁應
익 조 천 병　부 열 순 대 전　청 사 기 병　역 등 성　경 략 원 응

泰　登城北鎭遠樓督戰　見城破　擧火焚樓而死　分守道
태　등 성 북 진 원 루 독 전　견 성 파　거 화 분 루 이 사　분 수 도

何廷魁　率妻子投井死　監軍道崔儒秀　自經　總兵朱萬
하 정 괴　솔 처 자 투 정 사　감 군 도 최 유 수　자 경　총 병 주 만

良　副將梁仲善　參將王豸　房承勳　游擊李尙義　張繩
량　부 장 양 중 선　참 장 왕 치　방 승 훈　유 격 이 상 의　장 승

武　都司徐國全　王宗盛　守備李廷幹等　皆戰死.
무　도 사 서 국 전　왕 종 성　수 비 이 정 간 등　개 전 사

生擒御史張銓不屈　奴兒哈赤　命賜死以遂其志　洪台
생 금 어 사 장 전 불 굴　노 아 합 적　명 사 사 이 수 기 지　홍 태

時惜銓欲生之　婉諭再三　終不可奪　不得已縊而葬之.
시 석 전 욕 생 지　완 유 재 삼　종 불 가 탈　부 득 이 액 이 장 지

皇帝於昨年己亥　爲全韻詩　詳載陷城始末　且曰　明
황 제 어 작 년 기 해　위 전 운 시　상 재 함 성 시 말　차 왈　명

臣之不降者　我祖宗　尙加恩　而燕京君臣　漠不相關
신 지 불 항 자　아 조 종　상 가 은　이 연 경 군 신　막 불 상 관

功罪不明　欲其不亡得乎.
공 죄 불 명　욕 기 불 망 득 호

按明史　廷弼之不救廣寧也　三司王紀　鄒元標　周應
안 명 사　정 필 지 불 구 광 녕 야　삼 사 왕 기　추 원 표　주 응

秋　勘廷弼曰　廷弼才識氣魄　睥睨一世　往歲鎭遼而遼
추　감 정 필 왈　정 필 재 식 기 백　비 예 일 세　왕 세 진 요 이 요

存　去遼而遼亡　獨其驕愎之性　牢不可破　今日一疎
존　거 요 이 요 망　독 기 교 팍 지 성　뇌 불 가 파　금 일 일 소

明日一揭　比之楊鎬　更多一逃　比之袁應泰　反欠一死
명 일 일 게　비 지 양 호　갱 다 일 도　비 지 원 응 태　반 흠 일 사

若誅王化貞而寬廷弼　則罪同而罰異也.
약 주 왕 화 정 이 관 정 필　즉 죄 동 이 벌 이 야

今其土壁周遭　而甎痕猶存　誦當日三司之勘　足可以
금 기 토 벽 주 조　이 전 흔 유 존　송 당 일 삼 사 지 감　족 가 이

想見其爲人.
상 견 기 위 인

嗚呼　當皇明末運　用捨顚倒　功罪不明　其視熊廷弼
오 호　당 황 명 말 운　용 사 전 도　공 죄 불 명　기 시 웅 정 필

袁崇煥之死　可謂自毁其長城矣　惡可免後代之譏哉.
원 숭 환 지 사　가 위 자 훼 기 장 성 의　오 가 면 후 대 지 기 재

引太子河爲壕　壕中有數三漁艇　城下釣者　數十人
인 태 자 하 위 호　호 중 유 수 삼 어 정　성 하 조 자　수 십 인

皆美衣服　貌似遊閒公子　俱城裏市鋪人　余巡壕　爲觀
개 미 의 복　모 사 유 한 공 자　구 성 리 시 포 인　여 순 호　위 관

其設閘蓄洩之制　釣者一哄持竿而來　向余開語　余畵
기 설 갑 축 설 지 제　조 자 일 홍 지 간 이 래　향 여 개 어　여 획

地爲字　皆熟視笑而去.
지 위 자　개 숙 시 소 이 거

관제묘 견문기〔關帝廟記〕[1]

옛날 요동성 문 밖을 나서면 돌다리 하나가 있는데, 다리 가
장자리의 돌난간은 만든 솜씨가 매우 정교하다. 강희(康熙) 57
년(1718년)에 쌓은 것이다. 다리 건너편에서 100여 보쯤 되는
곳에 패루(牌樓: 기념용 장식 건조물)가 있다. 구름 속의 용과 물
에 사는 신선(神仙)을 새겼는데, 그림이 모두 은연중에 생기가
도는 듯하다. 패루에 들어가 보니 동쪽에 큰 누각이 있고, 그 아
래에는 문을 만들어 두었고, 현판에는 적금루(摘錦樓)라 적혀
있다. 왼쪽에 있는 종루(鍾樓)는 용음루(龍吟樓), 오른쪽에 있

---

1) 관제묘기(關帝廟記): 옛날 요동에 있는 관제묘를 구경한 기록이다.
   어떤 본에는 「요동백탑기(遼東白塔記)」 뒤에 있으나 잘못되었으므로
   여기서는 앞에 두었다. 관제묘는 서기 220년대 삼국 시대 촉나라 명
   장이었던 관우(關羽)를 위하는 사당으로 중국 민간 신앙의 대상이었
   다.

는 고루(鼓樓)는 호소루(虎嘯樓)라고 붙였다.

묘당(廟堂)이 웅장하고 화려하며 겹겹이 지어진 전각들이 금 빛 또는 푸른빛으로 휘황찬란하다. 정전(正殿)에는 관공(關 公)2)의 소상(塑像)을 모셨고, 동무(東廡 : 동쪽 결채)에는 장비 (張飛)3), 서무(西廡)에는 조운(趙雲)4)을 배향(配享)하였으며, 또 촉(蜀)나라 장군 엄안(嚴顔)5)의 굴복하지 않는 형상을 만들 어 설치하였다.

뜰 가운데에는 홀(笏) 모양의 큰 비석 몇 개가 죽 서 있는데, 모두 사당을 창건하고 중수한 사실의 시말(始末)에 대해 적어 놓았고, 새로 세운 다른 비석에는 산서(山西)의 어떤 상인(商 人)이 사당을 중수한 일에 대해 기록해 두었다.

사당 안에는 노는 건달패 수천 명이 와자지껄하게 떠들어 마 치 무슨 놀이터 같다. 혹은 창(槍)과 봉(棒)을 연습하고, 혹은 주먹놀음과 씨름을 하기도 하며, 혹은 소경말·애꾸말을 타는 장난들을 하고 있다. 또는 앉아서 『수호전(水滸傳)』6)을 읽어

---

2) 관공(關公) : 관우(關羽). 촉한(蜀漢) 오호대장(五虎大將) 중의 하나. 자 는 운장(雲長). 뒤에 그를 추중하여 제(帝)라 일컬었다.

3) 장비(張飛) : 오호대장의 하나. 자는 익덕(翼德).

4) 조운(趙雲) : 오호대장의 하나. 자는 자룡(子龍).

5) 엄안(嚴顔) : 유장(劉璋)의 부하로서, 처음에는 장비에게 굴복하지 않았으나 후에 의를 내세워 항복했다.

6) 『수호전(水滸傳)』 : 소설 이름. 곧 수호. 원나라의 시자안(施子安)이 엮은 것을 명나라의 나본(羅本)이 완성하였다. 양산포에서 108명의

주는 자가 있는데, 뭇 사람들이 빙 둘러 앉아서 듣고 있다. 그는 머리를 흔들며 코를 벌름거리는 꼴이 마치 옆에 사람이 없는 듯하다.

그가 읽어준 대목을 보면, 〈『수호지』에 나오는〉 와관사(瓦官寺)에 불을 질러 태우는 대목인 반면에, 〈손에 쥐고〉 읊어주고 있는 책은 바로 『서상기(西廂記)』[7]였다. 글자를 모르는 까막눈이건만 〈외워 익혀서〉 입이 매끄럽게 내려가는데, 꼭 우리나라 네거리에서 『임장군전(林將軍傳)』[8]을 외는 것과 같다. 읽는 자가 잠깐 멈추자, 두 사람이 비파(琵琶)를 타고 한 사람은 징을 울렸다.

호걸이 간악한 무리와 탐관오리를 징벌하는 활약상을 그렸다.

7) 『서상기(西廂記)』: 남녀 사이의 사랑을 그린 희곡 이름. 당나라 원진(元稹)의 『회진기(會眞記)』를 원나라의 왕실보(王實甫)가 각색하였다.

8) 『임장군전(林將軍傳)』: 조선 때 임경업(林慶業)을 주인공으로 한 국문 소설. 인조(仁祖) 때 청나라가 침입하자 군사, 외교적으로 활약한 임경업 장군의 이야기이다. 본 이름은 『임충민공실기(林忠愍公實記)』이다.

原文

關帝廟記
관 제 묘 기

出舊遼東城門外　有石橋　橋邊石欄　制極精巧　康熙
출 구 요 동 성 문 외　유 석 교　교 변 석 란　제 극 정 교　강 희

五十七年所築也　對橋百餘步　有牌樓　刻雲龍水仙　畫
오 십 칠 년 소 축 야　대 교 백 여 보　유 패 루　각 운 룡 수 선　화

皆隱起　入牌樓　而東有大樓　其下爲門　而扁之曰　摘錦
개 은 기　입 패 루　이 동 유 대 루　기 하 위 문　이 편 지 왈　적 금

左有鍾樓曰龍吟　右有鼓樓曰虎嘯.
좌 유 종 루 왈 용 음　우 유 고 루 왈 호 소

廟堂壯麗　複殿重閣　金碧璀璨　正殿安關公像　東廡
묘 당 장 려　복 전 중 각　금 벽 최 찬　정 전 안 관 공 상　동 무

張飛　西廡趙雲　又設蜀將軍嚴顔不屈之狀.
장 비　서 무 조 운　우 설 촉 장 군 엄 안 불 굴 지 상

庭中列數笏穹碑　皆記修創始末　新建一碑　記山西商
정 중 열 수 홀 궁 비　개 기 수 창 시 말　신 건 일 비　기 산 서 상

人重修事也.
인 중 수 사 야

廟中無賴遊子數千人　鬧熱如場屋　或習槍棒　或試拳
묘 중 무 뢰 유 자 수 천 인　요 열 여 장 옥　혹 습 창 봉　혹 시 권

脚　或像盲騎瞎馬爲戲　有坐讀水滸傳者　衆人環坐聽之
각　혹 상 맹 기 할 마 위 희　유 좌 독 수 호 전 자　중 인 환 좌 청 지

擺頭掀鼻　旁若無人.
파 두 흔 비　방 약 무 인

看其讀處　則火燒瓦官寺　而所誦者　乃西廂記也　目
간 기 독 처　즉 화 소 와 관 사　이 소 송 자　내 서 상 기 야　목

不知字　而口各溜滑　亦如我東巷肆中　口誦林將軍傳
부 지 자　이 구 각 류 활　역 여 아 동 항 사 중　구 송 임 장 군 전

讀者乍止　則兩人彈琵琶　一人響疊鉦.
독 자 사 지　즉 양 인 탄 비 파　일 인 향 첩 정

요동 백탑 견문기〔遼東白塔記〕[1]

관제묘를 나와 5마장도 채 못 가서 〈하얀 빛깔의〉 탑(塔)이 보인다. 이 탑은 흰빛에 8각 13층이며 높이는 70길이라 한다. 세상에 전하는 말로는 당(唐)나라의 울지경덕(蔚遲敬德)[2]이 군사를 거느리고 고구려를 치러 왔을 때에 쌓은 것이라 한다. 혹은 말하기를,

"선인(仙人) 정령위(丁令威)[3]가 학을 타고 돌아와 보니, 요동의 성곽과 백성이 이미 바뀌어 있는 것을 보고 슬피 울며 노래

---

1) 요동백탑기(遼東白塔記) : 어떤 본에는 「관제묘기(關帝廟記)」 앞에 있으나 잘못되었으므로 바로잡았다.

2) 울지경덕(蔚遲敬德) : 당나라의 명장. 태종을 따라 여러 곳을 원정하여 명성을 떨쳤다.

3) 정령위(丁令威) · 한나라의 신인. 『수신우기(搜神後記)』에 의하면 그가 신선이 되어 1,000년 만에 고향에 돌아왔다고 하였다.

부르니, 이것이 곧 정령위가 머물렀던 곳에 세운 화표주(華表
柱)[4]이다."
라고 한다. 그러나 이는 잘못 알려진 말이다. 화표주는 요양성 밖
에 있으니 성에서 10리도 못 되는 가까운 곳이고 그저 높고 크지도
않다. 그러니 백탑이라 함은 우리나라 하인배들이 아무렇게나 부
르기 쉽게 지은 이름이다.

　요동은 왼쪽으로 푸른 바다를 끼고 앞으로는 넓은 들판을 마
주하고 있어서 아무런 거칠 것 없이 천리가 아득하게 트여 있
다. 이제 백탑이 그 벌판의 3분의 1쯤 되는 곳을 차지하였다.
탑 꼭대기에는 구리북 세 개가 놓여 있고, 층마다 처마 귀퉁이
에 풍경을 달았는데 크기가 물통만 하고, 바람이 일 때마다 풍
경이 울어서 소리가 요동벌에 진동한다.

　탑 아래에서 두 사람을 만났다. 그들은 모두 만주 사람으로
약을 사러 영고탑(寧古塔)에 가는 길이라 한다. 땅에 글자를 써
서 문답할 적에 한 사람이 "고본(古本) 『상서(尙書)』가 있느
냐?"고 묻고,[5] 또 한 사람은 "안 부자(顔夫子)[6]가 지은 책과 자
하(子夏)[7]가 지은 『악경(樂經)』이 있습니까?" 하고 묻는다. 이

---

4) 화표주(華表柱) : 큰 길거리나 고을 앞에 세우는 기념비와 비슷한 구
　조물이다.
5) 옛날부터 우리나라에 고본 『상서』가 있었다고 하였으니 그들의 물
　음을 받은 것이다.
6) 안 부자(顔夫子) : 공자의 제자 안회(顔回). 부자는 높이는 말이다.
7) 자하(子夏) : 공자의 제자. 성명은 복상(卜商)이고, 자하는 자이다.

는 모두 내가 처음 듣는 것이므로 없다고만 대답했다. 두 사람은 다 아직 청년인데, 처음으로 이곳을 지나며 이 탑을 구경하러 온 것이다. 길이 바빠서 미처 그의 이름을 묻지는 못했으나 수재(秀才)8)인 듯하다.

8) 수재(秀才) : 222쪽 주 1) 참조.

原文

遼東白塔記
요 동 백 탑 기

出關廟　行不半里　有塔　白色八面　十三層　高七十
출 관 묘　행 불 반 리　유 탑　백 색 팔 면　십 삼 층　고 칠 십

仞云　世傳唐蔚遲敬德　率師伐高句麗時　所築也　或云
인 운　세 전 당 울 지 경 덕　솔 사 벌 고 구 려 시　소 축 야　혹 운

仙人丁令威　乘鶴而歸　見遼東城郭人民已改　悲鳴作
선 인 정 령 위　승 학 이 귀　견 요 동 성 곽 인 민 이 개　비 명 작

歌　此其令威所止華表柱　非也　華表柱　在遼陽城外
가　차 기 령 위 소 지 화 표 주　비 야　화 표 주　재 요 양 성 외

不十里而近　亦不高大　所稱白塔者　我東皁隷順口所
불 십 리 이 근　역 불 고 대　소 칭 백 탑 자　아 동 조 례 순 구 소

名也.
명 야

遼東　左挾滄海　前臨大野　無所障礙　千里茫茫　而
요 동　좌 협 창 해　전 림 대 야　무 소 장 애　천 리 망 망　이

白塔　乃得野勢三分之一　塔頂置銅鼓三　每層檐稜懸
백 탑　내 득 야 세 삼 분 지 일　탑 정 치 동 고 삼　매 층 첨 릉 현

鐸　大如汲桶　風動鐸鳴　聲震遼野.
탁　대 여 급 통　풍 동 탁 명　성 진 요 야

塔下逢兩人　俱滿洲人　方往寧古塔買藥　劃地問答
탑 하 봉 양 인　구 만 주 인　방 왕 영 고 탑 매 약　획 지 문 답

一人問　古本尙書　又問有顔夫子書　子夏所著樂經否
일 인 문　고 본 상 서　우 문 유 안 부 자 서　자 하 소 저 악 경 부

皆余所創聞也　以無爲答　兩人者　俱少年　初經此地
개 여 소 창 문 야　이 무 위 답　양 인 자　구 소 년　초 경 차 지

爲觀塔來也 行忙未及問其名 蓋秀才也.
위 관 탑 래 야   행 망 미 급 문 기 명   개 수 재 야

광우사 견문기〔廣祐寺記〕

백탑의 남쪽에는 오래된 절이 있는데, 이름을 광우사(廣祐寺)라 한다. 아까 만난 만주의 수재(秀才 : 과거 시험에 응시하는 서생)는, "한(漢)나라 때에 지은 절인데, 당나라 태종(太宗)이요(遼)나라를 칠 때에 수산(首山)에 머물러 악공(鄂公 : 울지경덕의 봉호) 울지경덕으로 하여금 중수하게 하였다." 한다.

세상에 전하는 말에는, "옛날 어떤 시골사람이 광녕이란 곳을 가다가 길에서 한 동자를 만났는데, 그 동자가, '나를 업고 광우사까지 가면 절 오른쪽으로 열 걸음 가서 고무나무 밑에 감추어 둔 돈 10만 냥을 품삯으로 주겠소.' 했다. 시골 사람이 동자를 업고 수백 리 길을 한나절이 못 되어 닿아서 내려놓고 보니, 〈동자는 사람이 아니고〉 바로 금부처였다. 그 절의 중이 이상히 여겨서 절 오른쪽 열 걸음쯤 되는 곳(고무나무 밑)을 파본 결과, 과연 10만 냥이 나왔으므로 시골사람이 그 돈으로 이 절을 중수하였다."라고 한다.

　이제 절의 비문(碑文)을 읽어보니,

　'강희 27년에 태황태후(太皇太后 : 태종 홍태시의 비(妃))가 내탕고(內帑庫)의 돈을 내어 세운 것이고, 강희 황제도 일찍이 이 절에 행차하여 중에게 비단 가사(袈裟)를 하사한 일이 있다.'

하였다. 지금은 절을 폐하여 스님도 없었다.

原文

廣祐寺記
광 우 사 기

塔南有古刹曰廣祐寺　滿洲秀才云　漢時所創　而唐太
탑 남 유 고 찰 왈 광 우 사　만 주 수 재 운　한 시 소 창　이 당 태

宗伐遼時　駐驆首山　使鄂公蔚遲敬德重修.
종 벌 요 시　주 필 수 산　사 악 공 울 지 경 덕 중 수

世傳古有一村夫　往廣寧　路遇一童子曰　負我至廣祐
세 전 고 유 일 촌 부　왕 광 녕　노 우 일 동 자 왈　부 아 지 광 우

寺　寺右十步古樹下　有藏金十萬　可以相報　村夫負其
사　사 우 십 보 고 수 하　유 장 금 십 만　가 이 상 보　촌 부 부 기

童子　數百里不終朝而至　旣至視之　乃一座金佛也　寺
동 자　수 백 리 부 종 조 이 지　기 지 시 지　내 일 좌 금 불 야　사

僧異之　掘寺右十步　果得十萬金　村夫以其金　重修此
승 이 지　굴 사 우 십 보　과 득 십 만 금　촌 부 이 기 금　중 수 차

寺.
사

及讀寺碑　則乃康熙二十七年　太皇太后　發帑所建也
급 독 사 비　즉 내 강 희 이 십 칠 년　태 황 태 후　발 탕 소 건 야

康熙皇帝　亦嘗臨幸　賜居僧織金袈裟　今廢無僧.
강 희 황 제　역 상 림 행　사 거 승 직 금 가 사　금 폐 무 승

2

성경잡지(盛京雜識)
성경에서의 여러 기록

7월 10일 병술(丙戌)에 시작하여 14일 경인(庚寅)에 마쳤다. 모두 5일 동안의 기록이다. 십리하(十里河)로부터 소흑산(小黑山)에 이르기까지 모두 327리 길이다.

4년 경자(庚子)

청나라 건륭(乾隆) 45년

가을 7월 초10일 병술(丙戌)

비가 오다가 곧 개었다.

십리하(十里河)에서 일찍 출발하여 판교보(板橋堡)까지 5리, 장성점(長盛店)까리 5리, 사하보(沙河堡)까지 10리, 폭교와자(暴交蛙子)까지 5리, 전장포(甎匠鋪)까지 5리, 화소교(火燒橋)까지 3리, 백탑보(白塔堡)까지 7리, 모두 40리를 가서 백탑보에서 점심을 먹었다. 백탑보에서 다시 일소대(一所臺)까지 5리, 홍화포(紅火鋪)까지 5리, 혼하(渾河)까지 1리, 배로 혼하를 건너서 심양(瀋陽)[1]까지 9리, 모두 20리를 갔다. 이날은 60리를 걸었고, 심양에서 묵었다.

이날은 몹시 더웠다. 멀리 요양성(遼陽城) 밖을 돌아보니, 수

---

1) 심양(瀋陽)의 옛 이름이 성경이다. 「성경잡지(盛京雜識)」는 닷새 동안 성경을 관광하면서 겪은 일들과 중국 상인들과의 필담 내용을 담고 있다.

풀이 울창한데 새벽 까마귀 떼가 들 가운데 흩어져 날고 한 줄기 아침 연기가 하늘가에 짙게 끼었는데, 붉은 해가 솟으며 아롱진 안개가 곱게 피어오른다. 사방을 둘러보니 넓디넓은 벌에 아무런 거칠 것이 없었다.

아아, 이곳이 옛 영웅들이 수없이 싸웠던 전쟁터로구나. '범이 달리고 용이 날 제 높고 낮음은 내 마음에 달렸다'[2]라는 옛말도 있지만, 천하의 안위(安危)는 항상 요양의 넓은 들에 달려 있다. 요양 들판이 편안하면 천하의 풍진(風塵)이 자고, 요양의 들판이 한 번 시끄러워진다면 천하의 싸움북이 요란하게 울릴 것이다. 이는 어인 까닭일까?

진실로 평평한 벌과 넓은 들판이 한눈에 천 리가 트인 이곳을, 지키자니 힘들고 버리자니 오랑캐들이 꼬리를 물고 쳐들어와 담장 없는 마당이나 다름없었다. 그러므로 이 땅은 중국으로선 필히 방비해야 하는 땅이어서, 비록 천하의 병력을 기울여서라도 이를 지킨 연후에야 천하가 편안할 수 있을 것이다.

이제 천하가 100년 동안이나 아무 일 없는 이유가 어찌 그들의 덕화와 정치가 전대(前代)보다 훨씬 뛰어난 때문이라 할 수 있겠는가? 심양은 바로 청(淸)나라가 일어난 터전[3]이어서 동

---

2) 『후한서(後漢書)』 하진전(何進傳)에 있는 말로, '큰 권세를 홀로 잡았으며, 그 조종(操縱)은 나 한 사람에게 있다'는 것이다.

3) 청(靑)나라는 애초 무순(撫順)의 동쪽 흥경(興京)에서 일어나서 태조 천명(天命) 10년에 수도를 심양으로 옮겼다.

쪽으로 영고탑(寧古塔)과 맞붙어 있고, 북쪽으로는 열하(熱河)를 끌어당기고, 남쪽으로는 조선을 어루만지며, 서쪽으로는 향하는 곳마다 천하가 감히 까딱하지 못하니, 그 근본을 튼튼히 다짐이 역대에 비하여 훨씬 낫기 때문일 것이다. 요양에 들어오면서부터 뽕나무와 삼밭이 우거지고, 닭과 개 짖는 소리들이 끊이지 않는다. 이토록 100년 동안 무사하긴 하였으나 청나라의 황실로서는 오히려 한낱 근심이 남아 있지 않을 수 없었을 것이다.

몽고(蒙古)의 수레 수천 대가 벽돌을 싣고 심양에 들어오는데, 수레마다 소 세 마리가 끈다. 그 소는 흰 빛깔이 많으나 간혹 푸른 소도 있는데, 찌는 듯한 더위에 무거운 짐을 끌고 오느라고 소의 코에서 피를 뿜는다.

몽고 사람들은 대개 코가 우뚝하고 눈이 깊숙하며 험상궂고 날래고 사나운 생김새가 전혀 인간 같아 보이지 않는다. 게다가 옷과 벙거지가 너털거리고 얼굴에는 땟국이 흐른다. 그런데도 오히려 버선만은 꼭 신고 있었다. 우리 하인배들이 맨다리로 다니는 것을 보곤 이상스럽게 여기는 모양이다.

우리나라 말몰이꾼들은 해마다 몽고 사람을 봐 와서 그 성격을 잘 알므로 늘 서로 희롱하면서 길을 간다. 채찍 끝으로 그들의 벙거지를 퉁겨서 길 옆에 던져버리기도 하고 혹은 공처럼 차는 장난을 하기도 한다. 그래도 몽고 사람들은 웃기만 하지 성내지 않으며, 다만 두 손을 펴서 부드러운 말씨로 돌려보내 달라고 사정한다. 또 말몰이꾼들이 혹은 뒤로 가서 벙거지를 벗

겨 가지고 밭 가운데로 뛰어 들어가면서 거짓으로 몽고인들에
게 쫓기는 체하다가 갑자기 몸을 돌려 몽고인들의 허리를 안고
발로 다리를 걸면 몽고인들은 영락없이 넘어지고 만다. 마침내
그들의 가슴을 가로타고 앉아서 입에 티끌을 넣으면, 뭇 되놈들
이 수레를 멈추고서 모두들 웃는다. 밑에 깔렸던 자도 역시 웃
으며 일어나서 입을 닦고 벙거지를 털어서 쓰고는 다시 덤벼들
지 않는다.

길에서 수레 한 대를 만났다. 사람 일곱을 함께 태웠는데, 모
두 붉은 옷을 입었고 쇠사슬로 어깨와 등을 얽어매어서 목덜미
에다 채웠다. 그리고 또 한 끝은 손을 매고 한 끝은 다리를 묶었
다. 이는 금주위(錦州衛 : 요녕성 금주 일대의 군사 요충지)의 도적으
로 사형을 감하여 〈멀리〉 흑룡강(黑龍江)으로 수자리 귀양을
보내는 것이라고 한다. 그들의 입이나 눈의 생김새가 무서워
보인다. 그래도 수레 위에서 서로 웃고 장난치며 조금도 괴로
워하는 빛이 보이지 않는다.

말 수백 필이 길을 휩쓸고 지나간다. 마지막 한 사람이 썩 좋
은 말 한 필을 타고 손에는 수숫대 한 개비를 쥔 채로 뒤에서 말
떼를 보살펴주면서 몰아갔다. 말들은 굴레도 없고 고삐도 없이
다만 가끔 뒤를 돌아다보면서 걸어간다.

탑포(塔舖)에 이르렀다. 탑은 그 마을 한가운데에 있는데, 높
이는 20여 길이나 되고 13층에 여덟 모이다. 공중에는 층마다
둥근 문 네 개가 틔어져 있다. 그 속으로 말을 타고 들어가서 머
리를 들어 위를 쳐다보니 갑자기 눈이 아찔해지면서 어지럼증

이 난다. 말고삐를 돌려 되돌아 나와 보니, 사신 일행은 벌써 숙소에 들었다. 뒤쫓아 숙소의 후당으로 들어가니, 집주인의 수염 밑에서 별안간 몇 마디 강아지 짖는 소리가 들린다. 내가 깜짝 놀라서 멈칫했더니, 주인이 미소를 띠면서 앉기를 청한다.

주인은 긴 수염이 희끗희끗한 늙은이로 오똑하게 방 안에 있는 나지막한 걸상에 걸터앉았고, 방 아래에는 교의(다리 짧은 책상)를 마주하여 한 할멈이 앉아 있다. 머리에는 붉고 흰 접시꽃을 꽂았으며 옷은 검푸른 빛깔에 복숭아꽃 무늬를 수놓은 치마를 입었다. 할멈의 품에서도 강아지 짖는 소리가 더욱 사납게 들린다. 그제야 주인이 천천히 가슴 속에서 삽살강아지 한 마리를 끄집어낸다. 크기는 토끼만 하고 터럭 길이는 한 치나 되는데 털오리는 눈처럼 희고, 등은 푸르스름한 빛깔에 눈은 노랗고 입언저리는 불그레하다. 할멈도 옷자락을 헤치고 강아지 한 마리를 꺼내서 번갈아 내게 보인다. 털빛은 똑같다. 할멈이 웃으면서,

"손님, 괴이쩍게 여기지 마십시오. 우리 두 늙은이들이 아무런 일 없이 집안에 들어앉았으려니 정말 긴 날을 보내기가 지루해서, 집에서 이 흰둥이들을 안고 놀다가 도리어 남들의 웃음거리가 되는 것 같소이다."

한다. 나는,

"주인댁엔 자손이 없으신가요?"

하고 물으니 주인은 대답하기를,

"아들 셋에 손자 하나를 두었는데 맏아들은 올해 서른한 살

로, 방금 성경 장군(盛京將軍)4)을 모시는 장경(章京 : 지방 관원)
으로 있으며, 둘째아들은 열아홉 살이고, 막내아들은 열여섯 살
인데 둘 다 서당에 가서 글을 읽는답니다. 아홉 살 된 손자는 버
드나무 위에서 매미를 잡는다고 나가선 해가 지도록 콧등이도
보기 어려워요."
라고 한다.

  얼마 안 되어서 주인의 어린 손자가 손에 나팔을 쥐고 숨을
헐떡거리며 후당으로 뛰어 들어와서는 노인의 목을 끌어안고
나팔을 사 달라고 조른다. 노인은 얼굴 가득히 사랑스러운 빛
을 띠면서,
  "이런 건 쓸데없어."
하고 타이른다. 그 아이는 눈이 해맑게 생겼다. 살굿빛 무늬 놓
인 비단저고리를 입었는데, 갖은 재롱과 어리광을 다 떨면서 이
리저리 날뛴다. 노인이 손자더러 나에게 인사를 드리라고 시킨
다.

  이때 군뢰 한 명이 눈을 부릅뜬 채 후당 안으로 쫓아 들어와
서 그 나팔을 빼앗고 큰 소리로 야단을 친다. 노인이 일어나서
사과하기를,
  "부끄럽습니다. 어린애가 장난감으로 갖고 온 게요. 물건은
아무런 파손이 없을 걸요."

----

4) 성경 장군(盛京將軍) : 성경을 지키는 관원. 성경은 심양(瀋陽)의 옛
   이름이다.

라고 한다. 나도 군뢰를 꾸짖으며,

"찾았으면 그만이지, 하필 이토록 야단스레 굴어 남을 난처하
게 한단 말이냐?"

라고 하였다. 내가 〈주인에게〉 묻기를,

"이 개는 어디서 나는 것이오?"

하니, 주인이 대답하기를,

"운남(雲南)에서 난 거랍니다. 촉중(蜀中 : 사천 지방)에도 이
와 같은 강아지가 있고, 이것의 이름은 옥토아(玉兎兒)인데, 저
것은 설사자(雪獅子)라고 부른답니다. 둘 다 모두 운남산이옵
죠."

하고는 주인이 옥토아를 불러 인사하라 하니, 개가 오뚝이처럼
서서 앞발을 나란히 치켜들고 절하는 시늉을 하고 다시 땅에 머
리가 닿도록 조아리곤 한다.

장복이 와서 식사 준비가 다 되었다고 하기에, 내가 즉시 일어
서니 주인이 말하기를,

"영감, 이 미물을 아끼고 귀여워하시니 원하신다면 삼가 이걸
드리고자 합니다. 방물을 바치시고 돌아오시는 길에 영감께서
가져가셔도 무방합니다."

하여 나는,

"〈고맙소이다마는〉 어찌 함부로 받으리까?"

라고 대답하고는 급히 돌아서서 나왔다.

사신 일행은 벌써 출발 신호의 첫 나팔을 불고 떠나려 했으나
내가 간 곳을 몰라서 장복을 시켜 두루 찾아다녔는데도 찾지 못

한 것이다.

밥은 지은 지 오래되어 이미 굳어지고 마음이 바빠서 목에 넘어가질 않기에 마침내 장복과 창대에게 나눠 먹으라고 건네주고는, 혼자서 점포 안으로 들어가서 국수 한 그릇, 소주 한 병, 삶은 달걀 세 개, 참외 한 개를 사 먹고 나서 셈을 치르니 마흔두 닢이었다. 이때 사신 일행의 행차가 점포 문 앞을 막 지나간다. 곧바로 변군(변계함(卞季涵))과 함께 고삐를 나란히 하여 따라갔다. 배가 잔뜩 불렀으므로 잘 참고 20리를 갔다.

해는 벌써 사시(巳時 : 오전 9~11시)가 가까워서 볕이 몹시 내려 쪼인다. 요양에서부터 죽 길가에는 버드나무를 수없이 많이 심어서 그 우거진 그늘에 무더위를 잊을 만했다. 가끔 버드나무 밑에 물이 괴어서 웅덩이를 이루었으므로 〈이를 피하여〉 어쩔 수 없이 길 위로 둘러 나오면, 찌는 듯한 햇볕이 내려 쪼이고 후끈거리는 흙 기운이 치올라서 삽시간에 가슴이 막힐 듯 갑갑해졌다.

멀리 버드나무 그늘 밑을 바라보니 수레와 말들이 구름같이 몰려 있다. 말을 재촉하여 그곳에 이르러서 말에서 내려 잠깐 쉬기로 했다. 장사꾼 수백 명이 짐을 내려놓고 땀을 식히고 있었다. 혹은 버드나무 그루에 걸터앉아서 옷을 벗어 놓고 부채질을 하기도 하고, 혹은 차를 마시거나 술잔을 기울이기도 하며, 어떤 이는 머리를 감거나 깎기도 하며, 더러는 골패놀이를 하고 팔씨름도 한다.

짐 속에는 모두 그림을 그린 도자기를 가지고 있었으며, 또

껍질 벗긴 수숫대로 조그맣게 누각의 모양을 만들어서 그 속에
각기 우는 벌레나 매미를 잡아넣은 짐이 여남은 개나 된다. 어
떤 것은 항아리에 빨간 벌레와 파란 마름[綠藻 : 물이끼]을 넣었
는데, 빨간 벌레가 물 위에 둥둥 떠 꾸물거리는 것이 마치 새우
알처럼 작아 물고기밥으로 쓰인다.

수레 30여 채에 모두 석탄을 가득히 실었다. 술도 팔고, 차도
팔며, 떡과 과실 등 모든 음식을 파는 장사치들이 모두 버드나
무 그늘 밑에 모여 걸상을 죽 늘어놓고 앉아 있다. 나는 여섯 닢
을 내고 양매차(楊梅茶)5) 반 사발을 사서 목을 축였다. 맛이 달
고 시어서 제호탕(醍醐湯)6)과 비슷하다.

태평차(太平車 : 개인용 수레의 한 가지) 한 채에 두 여인이 탔는
데 당나귀 한 마리가 끌고 간다. 당나귀가 물통을 보자 수레를
끈 채 물통으로 달려든다. 여인들 중 하나는 늙고 하나는 젊었
는데, 앞을 가렸던 발[簾 : 주렴]을 걷고 바람을 쏘이고 있다. 둘
다 꾀꼬리 무늬를 놓은 파란 웃옷에 주황색 바지를 입고, 옥잠
화 · 패랭이꽃 · 석류꽃으로 머리를 야단스럽게 꾸몄다. 아마
한녀(漢女 : 한족)인 듯하다.

변군이 술을 마시자기에 마침내 각기 한 잔씩 기울이다가 곧

---

5) 양매차(楊梅茶) : 소귀나무의 열매를 볶아서 우려낸 차.
6) 제호탕(醍醐湯) : 오매육(烏梅肉) · 백단향(白檀香) · 사인(砂仁) · 초과
(草果) 등을 가누로 만늘어서 꿀을 넣고 끓였다가 차가운 물에 타서 마
시는 청량음료의 일종.

바로 떠났다. 몇 리를 못 가서 멀리 군데군데 부도(浮圖 : 불탑
(佛塔))가 나타나서 훤히 눈에 들어왔다. 아마 심양이 점점 가까
워지는가 보다. 이른바

> 어부가 손을 들어 강성이 여기메요.　　　　　漁人爲指江城近
> 뱃머리에 솟은 탑이 볼수록 더 높아지네.　　　一塔船頭看漸長

하는 옛 시가 문득 생각난다.

　아마도 그림을 모르는 자는 시를 알지 못할 것이다. 그림 그
리는 화가는 〈반드시〉 짙고 옅게 칠하는 법이 있으며, 멀고
가까운 원근감이 있게 마련이다. 지금 탑의 그림자를 바라보니
더욱 옛사람이 시를 지을 때 반드시 저 그림 그리는 방법을 체
득했으리라고 깨달은 바가 있다. 대개 성의 멀고 가까움을 단
지 탑의 길고 짧음만으로 미루어 짐작할 수 있는 것이다.

　혼하(渾河)의 이름은 아리강(阿利江), 또는 소료수(小遼水)
라고도 부른다. 장백산에서 흐르기 시작하여 사하(沙河)와 합
하고, 성경성(盛京城) 동남쪽을 굽이쳐 흘러 태자하와 만나며,
또 서쪽으로 흘러 요하(遼河)와 합해져 삼차하(三叉河)가 되어
바다로 흘러들어간다.

　혼하를 건너 몇 리를 더 가니 토성이 있는데, 그다지 높지 않
다. 토성 밖에는 검은 소 수백 마리가 있는데, 그 빛깔이 아주
새까맣게 옻칠한 듯하다. 또 100경(頃)이나 되는 큰 못이 있는
데, 붉은 연꽃이 한창 폈고 그 속에는 거위와 오리가 수없이 헤

엄치고 있다. 못 가에는 흰 양 1,000여 마리가 마침 물을 마시
다가 사람을 보고 모두 머리를 쳐들고 섰다.

외곽의 문에 들어가니 성 안의 사람과 물건들의 번화함과 점
포의 번지르르함이 요양보다 열 배나 더하다. 관우묘에 들려서
잠깐 쉬면서 삼사(三使)는 관복을 모두 갖추어 입었다. 한 노인
이 있는데, 수화주(秀花紬)로 지은 홑적삼을 입고 민숭하니 벗
어진 이마와 땋은 뒷머리를 드리웠다. 내게 와서 깊이 읍하면
서 말하기를,

"수고하십니다."

하여 나도 손을 들어서 답례하였다. 노인이 내가 신고 있는 가
죽신을 이윽히 바라보는데, 마치 그 만든 법을 상세히 알고 있
는 듯하므로 나는 즉시 한 짝을 벗어서 보였다.

사당 안에서 한 도사(道士)가 뛰어나오는데 몸에는 야견사
(野繭紗 : 산누에의 고치에서 뽑은 명주실로 만든 비단) 도포를 걸치고,
머리에는 등갓〔藤笠 : 등나무삿갓〕을 썼으며, 발에는 검은 공단
신을 신었다. 그는 갓을 벗고 자신의 상투를 어루만지면서,

"이게 영감 것과 똑같습니다."

한다. 노인은 자기 신을 벗고서 내 신과 바꿔 신어 보면서,

"이 신은 무슨 가죽으로 만들었소이까?"

하고 묻기에 내가,

"당나귀 가죽으로 만든 게요."

라고 하니 그가 또 묻기를,

"신발 밑창은 무슨 가죽이오니까?"

하여 내가 대답하기를,

"쇠가죽에 들기름을 먹여서 만든 것이라 진흙탕에 들어가도 젖지 않습니다."

라고 했더니, 노인과 도사가 이구동성으로 좋다고 칭찬하면서 또,

"이 신은 진 데는 비록 편리하지만 마른 땅엔 발이 부르트지 않습니까?"

하고 묻기에 나는,

"정말 그렇소."

하였다.

　노인이 나를 인도하여 사당 안에 들어가니 도사가 손수 두 주발에 차를 따라서 각기 권한다. 노인이 제 성명을 복녕(福寧)이라 써 보인다. 그는 만주 사람으로 현재 성경(盛京 : 심양)의 병부낭중 벼슬을 맡고 있고 나이는 63세이다. 성 밖에 피서차 나왔다가 큰 못에 연꽃이 만발한 것을 조용히 한 바퀴 둘러보고 방금 돌아가는 길이라 한다. 이어서 내게,

"영감의 벼슬은 몇 품이며, 연세는 몇이십니까?"

하고 묻기에 내가,

"나의 성명은 아무개요, 그저 선비[秀才]의 몸으로 중국에 관광(觀光)하러 온 것이고, 나이는 정사생(丁巳生 : 당시 44세)이옵니다."

하고 답하였다. 그는 또,

"그러면 월일과 생시(生時)는요?"

하고 묻기에 나는,

　"2월 초5일 축시(丑時)요."

라고 대답했다. 그가,

　"그러면 하마경(蝦蟆更)7)이요?"

하고 묻기에 나는,

　"하마경이 아니오."

라고 대답했다. 복녕이,

　"저기 윗자리에 앉으신 분은 지난해에도 북경에 오셨더랬습니다. 내 그때 북경에서 돌아오는 길에 옥전(玉田)에 도착해서 며칠 동안 한 객사에서 묵은 일이 있었습니다. 저분은 한림(翰林) 출신이신지요?"

하고 묻기에 나는,

　"한림이 아니라 부마도위(駙馬都尉)8)요. 나하고는 삼종형제 사이요."

하고 답했다. 그가 또 부사와 서장관에 대한 일을 묻기에 각각 성명과 관품을 일러 주었다.

　사신 일행들이 옷을 갈아입고 떠나려 하기에 나도 하직 인사를 하고 일어섰다. 복녕이 앞으로 나와서 손을 잡고 말하기를,

---

7) 하마경(蝦蟆更) : 하룻밤을 다섯으로 나눈 5경(更). 주준도(周遵道)의 「표은기담(豹隱紀談)」에 나오는데, "내루(內樓)의 5경이 다하면 목탁과 북은 울리니 이를 하마경이라 한다." 하였다.

8) 부마도위(駙馬都尉) : 임금의 사위. 조선 시대에는 '부마'라 하였다.

"여행 중에 건강을 위해 몸을 아끼세요. 때마침 가을 늦더위가 점점 더 기승을 부리니 날오이나 찬 음료수를 부디 자시지 마시오. 우리 집은 서문 안 나마장(騾馬場) 남쪽에 있는데, 문 위엔 '병부낭중'이란 패가 붙어 있고, 또 금색 글자로 '계유문과(癸酉文科)'라 써 붙였으니 찾기 쉬울 것입니다. 영감은 언제쯤 돌아오시게 되십니까?"

하여 내가,

"9월중에나 성경에 돌아오게 될 것 같소이다."

하니 복녕은,

"그 무렵에 긴급한 공무가 생기지 않는다면 신을 거꾸로 신은 채 반가이 맞이하오리다. 이미 당신의 사주(四柱)를 알았으니, 조용히 추수[推籌 : 미리 길일(吉日)을 가려서 정해둠]해 두었다가 귀한 행차가 돌아오시길 기다리리다."

라고 했는데, 그 어조가 은근하여 작별을 못내 서운해하는 뜻이 있었다. 도사는 코끝이 뾰족하고 눈은 사팔뜨기인데 행동거지가 불경하여 전혀 진중한 맛이라곤 전혀 없는 반면에, 복녕은 사람됨이 출중하고 속이 꽉 찼다.

삼사(三使)가 차례로 말을 타고 떠나는데, 문무관이 각기 반(班)을 짜서 성 안으로 들어갔다. 성 둘레가 10리인데, 8개의 벽돌로 문루를 쌓았다. 문루는 모두 처마가 3층이며, 옹성(甕城)9)을 쌓아서 보호했다. 옹성 좌우에도 동쪽과 서쪽 두 대문

---

9) 옹성(甕城) : 성문을 공격하거나 부수는 적을 차단하기 위해 큰 성문

(大門)이 있는데 네거리를 통하도록 높은 축대를 쌓고, 그 위에 처마가 3층으로 된 높은 누각을 세웠다.

누각 밑에는 열십자로 길이 트였는데, 수레바퀴가 서로 부딪치고 어깨가 서로 닿을 정도였다. 그 떠드는 소리가 마치 바다 같다. 점방들은 한길을 사이에 두고 단청한 누각과 아로새긴 들창에다 금빛 간판, 푸른 방(榜 : 현판)을 써 붙였으며, 가지각색의 보화가 그 속에 가득했다. 앉아서 점방을 보는 이들은 모두 얼굴이 하얗고 깨끗하며, 옷이며 갓〔帽〕 차린 맵시가 곱고 화려했다.

심양은 본시 조선 땅이다. 혹자는 이르기를, "한(漢)나라가 4군을 두었을 때에는 이곳이 낙랑의 군청〔治所 : 다스리던 곳〕이 있던 곳이다."라고 하는데, 원위(元魏)10)와 수(隋)나라, 당(唐)나라 때에는 고구려에 속했던 곳이다. 지금은 성경(盛京)이라 일컫는다. 봉천 부윤(奉天府尹 : 봉천은 심양의 옛 이름)이 백성을 다스리고, 봉천 장군(奉天將軍) 부도통(副都統)이 8기(旗)를 관할하고 있다. 또한 승덕 지현(承德知縣)이 있는데, 각 부(部)에 좌이(佐貳)와 아문(衙門)을 설치하였다.

문 맞은편에 조장(照墻)11)이 있고, 문 앞마다 옻칠한 나무를

밖이나 안쪽을 둘러막는 시설물인데, 모양이 항아리(반달)와 같은 데서 붙여진 이름이다. 월성(月城)이라고도 한다.

10) 원위(元魏) : 남북조 시대의 후위(後魏). 그의 성은 본래 척발(拓跋)이었으나, 효원제(孝元帝)에 이르러서 원으로 고쳤으므로 원위라고 일컬었다.

어긋매끼로 세워서 난간을 만들었다. 장군부(將軍府) 앞에는 큰 패루(牌樓)12) 한 채가 서 있고, 길에서 바라보니 지붕의 알록달록한 유리기와가 보였다.

마침내 박래원(朴來源)·변계함(卞季涵)과 함께 행궁(行宮)13) 앞을 지나가다가 한 명의 관인(官人)을 만났는데, 그는 손에 짧은 채찍을 쥐고 매우 바쁜 걸음으로 걸어가고 있었다. 박래원의 마두(馬頭) 광록(光祿)이 관화(官話 : 중국에서 청나라 말까지의 표준어를 일컬음)를 잘하므로 관인에게 달려가서 한쪽 무릎을 꿇고 머리를 조아리니, 관인이 얼른 광록을 붙들어 일으키면서,

"형님, 편하게 하세요."

한다. 광록이 머리를 조아리며 말하기를,

"소인은 조선의 방자(幇子)14)이온데 우리 상전들이 황제께서 계신 궁궐을 구경하고 싶어 하기를 마치 하늘같이 높이 바라고 있으니, 감히 영감께서 이를 승낙하시겠습니까?"

라고 하니 관인이 웃으면서,

"그것, 어려울 것 없소이다. 날 따라오시오."

라고 한다. 나는 곧바로 쫓아가서 인사를 하고자 했으나, 관인

---

11) 조장(照墻) : 병문(屛門 : 길가)의 담. 박영철본에는 향장(響墻)으로 되어 있다.
12) 패루(牌樓) : 우리나라 홍살문처럼 세우는 기념용 장식 건물.
13) 행궁(行宮) : 임금이 궁궐 밖으로 행차할 때 임시로 머물던 별궁. 행재소.
14) 방자(幇子) : 지방 관아 하례(下隸)의 하나. 조선 시대의 방자(房子).

의 걸음걸이가 나는 듯이 빨라서 따라갈 수 없었다. 길이 막다
른 곳을 바라보니 붉은 목책(木栅)을 설치해놓았는데, 관인이
목책 안으로 들어가면서 돌아다보고는 채찍으로 한 군데를 가
리키면서,

"여기서 건너다 볼 수 있습니다."

하고는 이내 몸을 돌려 어딘지 가버렸다.

박래원(朴來源)은

"이왕 안에 들어가서 둘러보지 못할 바에는 여기에 우두커니
서 있을 필요가 없지. 또 이렇게 겉으로 한번 바라보았으면 그
만이지."

하고는 마침내 변계함(卞季涵)을 데리고 술집을 찾아 가버렸
다. 나는 혼자 떨어져 광록과 함께 목책 안으로 들어갔다. 정문
의 이름은 태청문(太淸門)이라 하였다. 마침내 그 문을 걸어서
들어서니 광록이 말하기를,

"아까 만났던 관인은 필시 수직장경(守直章京 : 대궐을 지키는
관원)일 것입니다. 지난해 하은군(河恩君)[15]을 모시고 왔을 때
도 행궁을 두루 구경했으나 아무도 막는 사람이 없었사오니, 아
주 마음놓고 구경하시지요. 설사 사람을 만나더라도 쫓겨나기
밖에 더 하겠습니까?"

라고 하여 나는,

---

15) 하은군(河恩君). 이광(李洸)의 봉호. 성조 원년에 진하사은진주 겸
　　동지행정사(進賀謝恩陳奏兼冬至行正使)가 되었다.

"네 말이 옳다."

하고는 마침내 걸어서 앞의 궁전에 이르렀다.

현판에 숭정전(崇政殿)이라 하였고, 또 정대광명전(正大光明殿)16)이라는 현판도 붙어 있다. 전각의 왼편은 비룡각(飛龍閣), 오른편은 상봉각(翔鳳閣)이라 하였다. 그 뒤에는 3층 처마의 높은 누각이 있는데, 이름은 봉황루(鳳凰樓)이다. 좌우에 익문(翊門 : 곁문)이 있고, 익문 안에는 갑군(甲軍) 수십 명이 길을 막고 있다.

할 수 없이 문 밖에서 멀리 바라보니, 높은 누각이며 겹겹이 닿은 전각이며 군데군데 정자며 굽이굽이 둘린 회랑(복도)은 모두 오색찬란한 유리기와로 지붕을 이었다. 2층 여덟 모난 팔각집을 '대정전(大政殿)'이라 하였고, 대청문 동쪽에는 신우궁(神祐宮)이 있어서 삼청(三淸)17)의 소상을 모셨는데, 강희 황제(康熙皇帝)가 쓴 '소격(昭格)'과 옹정 황제(雍正皇帝)18)가 쓴 '옥허진제(玉虛眞帝)'가 붙어 있다.

〈나는 구경을 마치고〉 마침내 도로 나와서 박래원을 찾아

---

16) 정대광명전(正大光明殿) : 박영철본에는 태정전(太政殿)으로 되어 있다.

17) 삼청(三淸) : 원시천존(元始天尊) · 태상도군(太上道君) · 태상노군(太上老君). 중국의 도교에서 신선이 사는 세 곳을 삼청이라 부르는데, 여기서는 세 신선을 말한다.

18) 옹정 황제(雍正皇帝) : 청(靑)나라 제5대 황제인 세종(世宗). 강희 황제의 넷째아들.

한 술집에 들어가려는데 깃발〔旗〕에 금색 글자로,

하늘 위엔 술별〔酒星〕 한 알 번쩍 빛나고　　　　　天上已多星一顆
땅에는 주천19) 고을 부질없이 나란히 알려졌네.　人間空聞郡雙名

라고 적혀 있는 것이 바라보였다.

　술집은 붉은 난간에 파란문, 하얀 벽에 그림 기둥으로 되어 있는데, 시렁 위에는 층층이 똑같은 모양의 주석으로 만든 큰 술통을 나란히 놓았고, 붉은 종이에 술 이름을 써서 붙인 것이 이루 다 헤아릴 수 없이 많았다.

　주부(主簿) 조학동(趙學東)이 마침 그 안에서 사람들과 술을 마시다가 웃으면서 일어나 나를 맞아들인다. 방 안에는 5, 60개의 훌륭한 의자와 2, 30개의 탁자가 놓여 있으며, 화분 수십 그루에 막 저녁 물을 주고 있었다. 가을 해당화와 수국〔繡毬〕은 이제 한창 피어 있었고, 다른 꽃들은 모두 처음 보는 것들이다.

　조군(趙君 : 조학동)이 나에게 불수로(佛手露 : 중국 술이름) 석 잔을 권한다. 변계함 무리는 어디로 갔느냐고 물으니 〈모두〉 모른다고 대답한다. 나는 곧 먼저 자리에서 일어났다. 길에서 또 주부 조명회(趙明會)를 만났더니 몹시 반가워하면서 어디 가서 함께 실컷 마시자는 것이다. 나는 몸을 돌려 조금 전에 앉

---

19) 주천(酒泉) : 고을 이름. 하서(河西) 4군(郡) 중 하나. 조선 시대 때는 경상북도 예천(醴泉)을 주천(酒泉)이라 하였다.

아 있던 술집을 가리키며 다시 가서 마시자고 하니, 조 주부는,

"반드시 저 집에 갈 필요는 없습니다. 어디를 가더라도 다 그만큼은 합니다."

라고 한다.

마침내 서로 이끌고 다른 술집에 들어갔다. 그 크고 깊숙하고 사치스럽고 화려함은 아까 술집보다 훨씬 나았다. 달걀부침 한 접시와 사괵공(史麴公)[20] 한 병을 사서 실컷 마시고 나왔다.

어떤 한 골동품 점포에 들렀는데. 점포 이름은 '예속재(藝粟齋)'이다. 수재(秀才) 다섯 사람이 함께 점포를 내고 있었는데, 모두 나이가 젊고 얼굴이 아리따운 청년들이다. 다시 밤에 이 집을 찾아 이야기하기로 약속하였다. 그 상세한 이야기는 모두 「속재필담(粟齋筆談)」에 실었다.

또 한 점포에 들렀다. 이는 모두 먼 곳에서 온 선비들이 갓 새로 낸 비단점인데, 점포 이름은 '가상루(歌商樓)'이다. 모두 여섯 사람인데, 의관의 차림이 깨끗하고 화려했으며 행동거지와 눈길이 모두 단아했으므로 여기서도 밤이 되면 예속재에 함께 모여서 이야기하기로 약속하였다.

형부(刑部 : 재판소) 앞을 지나니 아문이 활짝 열렸다. 문 앞에는 나무를 어긋매끼로 난간을 둘러서 아무나 함부로 드나들지 못하게 되어 있었다. 나는 스스로 외국 사람임을 믿고 아무

---

20) 사괵공(史麴公) : 술이름. 중국 고량주의 하나. 박영철본에는 사국공(史國公)으로 되어 있다.

런 두려움이나 거리낌이 없을 뿐더러, 여러 아문 중에 오직 이 문만 열렸으므로 관부(官府)의 제도를 속속들이 봐 두리라 생각하고 문 안으로 들어섰으나, 아무도 막는 이가 없었다.

한 관인이 대 위에 책상을 놓고 걸터앉았으며 그 뒤에는 한 사람이 손에 붓과 종이를 든 채 모시고 서 있다. 대 아래는 한 죄인이 꿇어앉았고, 좌우에는 한 쌍의 사령이 대곤장을 짚고 서 있다. 아무런 분부나 거행 등의 여러 가지 호통치는 소리도 없이 관인이 죄인을 마주보고 순순히 말을 따진다.

한참 만에 큰 소리로 치라고 호통하니, 그 사령이 손에 들었던 곤장을 던지고 죄인 앞으로 달려가서 손바닥으로 따귀를 네다섯 번 때리고는 다시 자리에 돌아가서 곤장을 들고 섰다. 다스리는 법이 아무리 간단하기로서니 따귀를 때리는 형벌은 옛 적에도 듣지 못했던 것이다.

저녁밥을 먹고 나서는 달빛을 따라 가상루에 들러서 여러 사람을 이끌고 함께 예속재에 이르렀다. 밤이 이슥하도록 이야기하다가 헤어졌다.

原文

盛京雜識
성 경 잡 지

起丙戌止庚寅　凡五日　自十里河至小黑山　共三百二十七里.
기 병 술 지 경 인　범 오 일　자 십 리 하 지 소 흑 산　공 삼 백 이 십 칠 리

四年庚子－淸乾隆四十五年
사 년 경 자　청 건 룡 사 십 오 년

秋七月初十日
추 칠 월 초 십 일

丙戌　雨卽晴　自十里河　早行至板橋堡五里　長盛店
병 술　우 즉 청　자 십 리 하　조 행 지 판 교 보 오 리　장 성 점

五里　沙河堡十里　暴交蛙子五里　氈匠鋪五里　火燒橋
오 리　사 하 보 십 리　폭 교 와 자 오 리　전 장 포 오 리　화 소 교

三里　白塔堡七里　共四十里　中火於白塔堡　又自白塔
삼 리　백 탑 보 칠 리　공 사 십 리　중 화 어 백 탑 보　우 자 백 탑

堡　至一所臺五里　紅火鋪五里　渾河一里　舟渡渾河
보　지 일 소 대 오 리　홍 화 포 오 리　혼 하 일 리　주 도 혼 하

入瀋陽九里　共二十里　是日　通行六十里　宿瀋陽.
입 심 양 구 리　공 이 십 리　시 일　통 행 육 십 리　숙 심 양

是日極熱　回望遼陽城外　林樹蒼茫　萬點曉鴉　飛散
시 일 극 열　회 망 요 양 성 외　임 수 창 망　만 점 효 아　비 산

野中　一帶朝煙　橫抹天際　瑞旭初昇　詳霧霏靄　四顧
야 중　일 대 조 연　횡 말 천 제　서 욱 초 승　상 무 비 애　사 고

蕩漭　無所罥礙.
탕망　무소견애

噫此英雄百戰之地也　所謂虎步龍驤　高下在心　然天
희차영웅백전지지야　소위호보용양　고하재심　연천

下安危　常係遼野　遼野安　則海內風塵不動　遼野一擾
하안위　상계요야　요야안　즉해내풍진부동　요야일요

則天下金鼓互鳴　何也.
즉천하금고호명　하야

誠以平原曠野　一望千里　守之則難爲力　棄之則胡虜
성이평원광야　일망천리　수지즉난위력　기지즉호로

長驅　曾無門庭之限　此所以爲中國必爭之地　而雖殫
장구　증무문정지한　차소이위중국필쟁지지　이수탄

天下之力　守之　然後天下可安也.
천하지력　수지　연후천하가안야

今其天下所以百年無事者　豈爲德敎政術　遠過前代
금기천하소이백년무사자　기위덕교정술　원과전대

哉　瀋陽乃其始興之地　則東接寧古塔　北控熱河　南撫
재　심양내기시흥지지　즉동접영고탑　북공열하　남무

朝鮮　西向而天下不敢動　所以壯其根本之術　非歷代
조선　서향이천하불감동　소이장기근본지술　비역대

所比故也　入遼以來　桑麻翳菀　鷄狗相聞　百年無事
소비고야　입요이래　상마예울　계구상문　백년무사

不得不爲淸室一攢眉矣.
부득불위청실일찬미의

蒙古車數千乘　載甀入瀋陽　每車引三牛　牛多白色
몽고거수천승　재전입심양　매거인삼우　우다백색

間有靑牛　暑天引重　牛鼻流血.
간유청우　서천인중　우비유혈

蒙古皆鼻高目深　猙獰鷙悍　殊不類人　且其衣帽襤縷
몽고개비고목심　쟁녕지한　수불류인　차기의모남루

塵垢滿面　而猶不脫襪　見我隸之赤脚行走　意似怪之.
진 구 만 면　이 유 불 탈 말　견 아 례 지 적 각 행 주　의 사 괴 지

我國刷驅　歲見蒙古　習其性情　常與之狎行　以鞭末
아 국 쇄 구　세 견 몽 고　습 기 성 정　상 여 지 압 행　이 편 말

挑其帽　棄擲道傍　或毬踢爲戲　蒙古笑而不怒　但張其
도 기 모　기 척 도 방　혹 구 척 위 희　몽 고 소 이 불 노　단 장 기

兩手　巽語丐還　刷驅或從後脫帽　走入田中　佯爲蒙古
양 수　손 어 개 환　쇄 구 혹 종 후 탈 모　주 입 전 중　양 위 몽 고

所逐　急轉身抱蒙古腰　以足打足　蒙古無不顚翻者　遂
소 축　급 전 신 포 몽 고 요　이 족 타 족　몽 고 무 부 전 번 자　수

騎其胸　以塵納口　群胡停車齊笑　被翻者亦笑而起　拭
기 기 흉　이 진 납 구　군 호 정 거 제 소　피 번 자 역 소 이 기　식

觜着帽　不復角勝.
자 착 모　불 부 각 승

行逢一車　共載七人　皆衣紅　以鐵索籠肩絡背　交鎖
행 봉 일 거　공 재 칠 인　개 의 홍　이 철 삭 롱 견 락 배　교 쇄

於項　復以一端鎖手　一端鎖脚　錦州衛盜賊　減死戍配
어 항　부 이 일 단 쇄 수　일 단 쇄 각　금 주 위 도 적　감 사 수 배

黑龍江云　牙眼危怖　猶於車上　自相戲笑　若無苦色.
흑 룡 강 운　아 안 위 포　유 어 거 상　자 상 희 소　약 무 고 색

馬群數百匹　掠路而過　最後一人　跨一匹善馬　手持
마 군 수 백 필　약 로 이 과　최 후 일 인　과 일 필 선 마　수 지

一稈高粱　殿趕馬群　不羈不絏　而只顧行走.
일 간 고 량　전 간 마 군　불 기 불 설　이 지 고 행 주

至塔舖　塔在村中　高二十餘丈　十三級　八面　空中
지 탑 포　탑 재 촌 중　고 이 십 여 장　십 삼 급　팔 면　공 중

每級通四圓門　騎馬入其中　仰面而看　忽生眩暈　回轡
매 급 통 사 원 문　기 마 입 기 중　앙 면 이 간　홀 생 현 훈　회 비

還出　使行已入站矣　進至後堂　主人鬚下　忽作數聲犬
환 출　사 행 이 입 참 의　진 지 후 당　주 인 수 하　홀 작 수 성 견

嘷 余大驚却立 主人微笑請坐.
호 여대경각립 주인미소청좌

主人長鬚斑白 兀自炕上踞短脚床 炕下對椅坐一老
주인장수반백 올자항상거단각상 항하대의좌일노

嫗 頭上揷朶紅白葵花 衣一領鴉靑桃花繡裙 老嫗胸
구 두상삽타홍백규화 의일령아청도화수군 노구흉

前又作犬嘷益猛 主人徐自懷中 捧出一箇猲狗 大如
전우작견호익맹 주인서자회중 봉출일개방구 대여

兎子 毫長一寸 絲絲雪白 脊上淡靑色 眼黃嘴紅 老
토자 호장일촌 사사설백 척상담청색 안황취홍 노

嫗又披襟拿出猲兒 遞與余看 毛色一樣 老嫗笑曰 客
구우피금나출방아 체여여간 모색일양 노구소왈 객

官休怪 吾們翁嫗 兩口兒 閒住家裏 眞實永日難消
관휴괴 오문옹온 양구아 한주가리 진실영일난소

在家抱弄這口雪狗兒 還惹了外人恥笑 余問 主人家
재가포롱저구설구아 환야료외인치소 여문 주인가

無有兒孫麼 主人答曰 抱得三男一孫 長男三十一歲
무유아손마 주인답왈 포득삼남일손 장남삼십일세

做箇盛京將軍 親隨的章京 仲男十九歲 季男十六歲
주개성경장군 친수적장경 중남십구세 계남십륙세

幷去學堂裏讀書 九歲孫兒 柳樹上捕蟬去了 盡日面
병거학당리독서 구세손아 유수상포선거료 진일면

目難見.
목난견

少焉 主人之小孫 手提吶叭 氣息喘喘 走入堂裏
소언 주인지소손 수제납팔 기식천천 주입당리

抱老公項 要買吶叭 老公慈意滿面曰 這箇不中用 小
포노공항 요매납팔 노공자의만면왈 저개부중용 소

兒眉眼淸明 披一領杏子黃紋紗襖子 弄嬌呈癡 東跳
아미안청명 피일령행자황문사오자 롱교정치 동도

西梁　老公囑小孫　向余叩頭.
서 량　노 공 촉 소 손　향 여 고 두

　軍牢張目趕入堂裏　奪其吶叭　大聲索鬧　老公起身謝
　군 뢰 장 목 간 입 당 리　탈 기 납 팔　대 성 색 료　노 공 기 신 사

曰　慚愧　小孩們頑要了　不曾傷損那物件　余亦責軍牢
왈　참 괴　소 해 문 완 요 료　부 증 상 손 나 물 건　여 역 책 군 뢰

索去好矣　何必若是無聊人　余問　這狗子那地所産　主
색 거 호 의　하 필 약 시 무 료 인　여 문　저 구 자 나 지 소 산　주

人答曰　雲南所産　蜀中亦有這樣的小狗　此名玉兔兒
인 답 왈　운 남 소 산　촉 중 역 유 저 양 적 소 구　차 명 옥 토 아

那箇叫做雪獅子　幷是雲南産　主人叫玉兔兒叩頭　狗
나 개 규 주 설 사 자　병 시 운 남 산　주 인 규 옥 토 아 고 두　구

子起立　雙拱前足　爲拜揖狀　便據地叩頭.
자 기 립　쌍 공 전 족　위 배 읍 상　편 거 지 고 두

　張福來請飯　余卽起身　主人曰　客官旣然愛玩此微物
　장 복 래 청 반　여 즉 기 신　주 인 왈　객 관 기 연 애 완 차 미 물

時　情願拜送　準貢回還時　客官不妨携去　余答曰　那
시　정 원 배 송　준 공 회 환 시　객 관 불 방 휴 거　여 답 왈　나

敢生受　急轉身出.
감 생 수　급 전 신 출

　使行已初吹　臨發　不知吾去向　張福遍索不得.
　사 행 이 초 취　임 발　부 지 오 거 향　장 복 편 색 부 득

飯久已硬　心忙不下咽　遂給張福與昌大共食　自入鋪
반 구 이 경　심 망 불 하 인　수 급 장 복 여 창 대 공 식　자 입 포

子裏　買喫一椀麵　一觶燒酒　三箇熟鷄卵　一箇靑瓜
자 리　매 끽 일 완 면　일 치 소 주　삼 개 숙 계 란　일 개 청 과

計還了四十二文　使行纔過鋪門前　卽與卞君　幷轡隨
계 환 료 사 십 이 문　사 행 재 과 포 문 전　즉 여 변 군　병 비 수

行　肚裏甚飽　堪行二十里矣.
행　두 리 심 포　감 행 이 십 리 의

日已向巳　天氣暴烘　而自遼陽　沿路植柳　萬樹陰陰
일 이 향 사　천 기 폭 홍　이 자 요 양　연 로 식 류　만 수 음 음

不知甚暑　或柳下水滙處　往往成坑　不得已迤出路上
부 지 심 서　혹 류 하 수 회 처　왕 왕 성 갱　부 득 이 이 출 로 상

則爀炎下炙　土氣上蒸　胸隔頃刻悶塞.
즉 혁 염 하 자　토 기 상 증　흉 격 경 각 민 색

遙望柳陰下　車馬雲屯　促鞭行　下馬少憩　客商數百
요 망 류 음 하　거 마 운 둔　촉 편 행　하 마 소 게　객 상 수 백

人　卸擔納凉　或踞柳根　脫衣搖扇　或啜茶飮酒　或沐
인　사 담 납 량　혹 거 류 근　탈 의 요 선　혹 철 다 음 주　혹 목

髮剃頭　或骰牌　或猜拳.
발 체 두　혹 투 패　혹 시 권

擔中皆畵瓷　更有以高粱稈去皮　結成小小樓閣之形
담 중 개 화 자　갱 유 이 고 량 간 거 피　결 성 소 소 루 각 지 형

各置一枚響蟲　或鳴蟬　爲十餘擔　或盆貯紅蟲綠藻　紅
각 치 일 매 향 충　혹 명 선　위 십 여 담　혹 분 저 홍 충 록 조　홍

蟲浮動水面　微如鰕卵　爲供魚兒食料.
충 부 동 수 면　미 여 하 란　위 공 어 아 식 료

車三十餘乘　皆滿載石煤　賣酒賣茶賣餅果　諸般飮食
거 삼 십 여 승　개 만 재 석 매　매 주 매 다 매 병 과　제 반 음 식

者　皆聚柳陰下　列椅而坐　余以六文　沽楊梅茶半椀
자　개 취 류 음 하　열 의 이 좌　여 이 륙 문　고 양 매 차 반 완

解渴　味甘酸　類醍醐湯.
해 갈　미 감 산　유 제 호 탕

一輛太平車　載二婦人　駕一驢而行　驢見水桶　引車
일 량 태 평 차　재 이 부 인　가 일 려 이 행　여 견 수 통　인 거

就桶　婦人一老一少　褰簾納凉　皆衣鶯哥綠襖　朱黃色
취 통　부 인 일 로 일 소　건 렴 납 량　개 의 앵 가 록 오　주 황 색

袴　以玉簪花石竹石榴花　爲頭上繁飾　似是漢女.
고　이 옥 잠 화 석 죽 석 류 화　위 두 상 번 식　사 시 한 녀

卞君要飲　遂各飲一盃　卽行　不數里　遙見數處浮圖
변 군 요 음　수 각 음 일 배　즉 행　불 수 리　요 현 수 처 부 도

皓然入望　計是瀋陽漸近也　所謂漁人爲指江城近　一
호 연 입 망　계 시 심 양 점 근 야　소 위 어 인 위 지 강 성 근　일

塔船頭看漸長.
탑 선 두 간 점 장

不知畫者不知詩　畫家有濃淡法　有遠近勢　今看塔形
부 지 화 자 부 지 시　화 가 유 농 담 법　유 원 근 세　금 간 탑 형

益覺古人作詩　必須畫意　蓋城遠城近　只看一塔短長.
익 각 고 인 작 시　필 수 화 의　개 성 원 성 근　지 간 일 탑 단 장

渾河一名阿利江　一名小遼水　源出長白山　合沙河
혼 하 일 명 아 리 강　일 명 소 료 수　원 출 장 백 산　합 사 하

繞出盛京城東南　與太子河會　又西流合遼河　爲三叉
요 출 성 경 성 동 남　여 태 자 하 회　우 서 류 합 요 하　위 삼 차

河入海.
하 입 해

渡河行數里　有土城　不甚高　土城外　有烏牛數百頭
도 하 행 수 리　유 토 성　불 심 고　토 성 외　유 오 우 수 백 두

其色正黑如漆　大池百頃瀲灩　紅蓮盛開　鵝鴨無數浮
기 색 정 흑 여 칠　대 지 백 경 염 염　홍 연 성 개　아 압 무 수 부

泳　池邊白羊千餘頭　方飲水見人　皆矯首立.
영　지 변 백 양 천 여 두　방 음 수 견 인　개 교 수 립

入外郭門　郭內民物之繁華　市肆之侈盛　十倍遼陽矣
입 외 곽 문　곽 내 민 물 지 번 화　시 사 지 치 성　십 배 요 양 의

入關廟少憩　三使具冠服　有一老者　披秀花紬單衫　光
입 관 묘 소 게　삼 사 구 관 복　유 일 노 자　피 수 화 주 단 삼　광

頭垂辮　就余長揖曰　辛苦　余答揖　老者熟視余所着泥
두 수 변　취 여 장 읍 왈　신 고　여 답 읍　노 자 숙 시 여 소 착 니

鞋　意似詳觀制作　余卽脫示一隻.
혜　의 사 상 관 제 작　여 즉 탈 시 일 척

廟中走出一箇道士　身披一領野繭紗道袍　項戴藤笠
묘 중 주 출 일 개 도 사　신 피 일 령 야 견 사 도 포　항 대 등 립

足穿貢緞黑靴　脫笠自撫其髻曰　與相公一樣　老者自
족 천 공 단 흑 화　탈 립 자 무 기 계 왈　여 상 공 일 양　노 자 자

脫其履　換着我鞋　問此鞋子甚皮造成　余曰驢兒皮　問
탈 기 리　환 착 아 혜　문 차 혜 자 심 피 조 성　여 왈 려 아 피　문

履底甚皮　余答曰　牛皮加油　能踏泥不濕　老者及道士
리 저 심 피　여 답 왈　우 피 가 유　능 답 니 불 습　노 자 급 도 사

齊聲稱佳　又問這履子　衝泥雖便　還恐旱道足繭　余答
제 성 칭 가　우 문 저 리 자　충 니 수 편　환 공 한 도 족 견　여 답

曰　儘然.
왈　진 연

老者　引余入廟堂裏　道士手注兩椀茶各勸　老者書示
노 자　인 여 입 묘 당 리　도 사 수 주 양 완 다 각 권　노 자 서 시

姓名福寧　滿洲人　見任盛京兵部郎中　年六十三　避暑
성 명 복 녕　만 주 인　현 임 성 경 병 부 낭 중　연 육 십 삼　피 서

城外　大池荷花盛開　閒走一遭　方纔回來　因問相公官
성 외　대 지 하 화 성 개　한 주 일 조　방 재 회 래　인 문 상 공 관

居幾品　年紀多少　余答姓名　身是秀才　爲觀光上國來
거 기 품　연 기 다 소　여 답 성 명　신 시 수 재　위 관 광 상 국 래

賤降丁巳　問日月生時　余答二月初五日丑時　問蝦　答
천 강 정 사　문 일 월 생 시　여 답 이 월 초 오 일 축 시　문 하　답

不是蝦　福寧問　這位上首坐的　前年來京　俺自京師還
불 시 하　복 녕 문　저 위 상 수 좌 적　전 년 래 경　엄 자 경 사 환

時　到玉田　數日同站　這是翰林出身麼　余答不是翰林
시　도 옥 전　수 일 동 참　저 시 한 림 출 신 마　여 답 불 시 한 림

駙馬都尉　與俺爲三從兄弟　問副使書狀　各以姓名官
부 마 도 위　여 엄 위 삼 종 형 제　문 부 사 서 장　각 이 성 명 관

品　爲對.
품　위 대

使行改服臨發　余辭起　福寧前執手曰　行李保重　時
사 행 개 복 림 발　여 사 기　복 녕 전 집 수 왈　행 리 보 중　시

方秋暑益熾　切戒生菻冷飮　俺家住西門內　騾馬場南
방 추 서 익 치　절 계 생 라 냉 음　엄 가 주 서 문 내　나 마 장 남

邊　門首題着兵部郎中　又有金字題　癸酉文科　尋訪容
변　문 수 제 착 병 부 낭 중　우 유 금 자 제　계 유 문 과　심 방 용

易　公子回期　可在何時　余曰　似於九月中還到盛京
이　공 자 회 기　가 재 하 시　여 왈　사 어 구 월 중 환 도 성 경

福寧曰　自無公幹　時當倒屣逢迎　旣識貴庚日時　靜當
복 녕 왈　자 무 공 간　시 당 도 사 봉 영　기 식 귀 경 일 시　정 당

推籌　以俟尊駕　辭氣殷勤　頗有惜別之意　道士尖鼻會
추 주　이 사 존 가　사 기 은 근　파 유 석 별 지 의　도 사 첨 비 회

晴　動止輕佻　全沒款曲　福寧爲人魁特磅礴.
정　동 지 경 조　전 몰 관 곡　복 녕 위 인 괴 특 방 박

三使次第乘馬去　蓋文武成班入城　城周十里　甎築
삼 사 차 제 승 마 거　개 문 무 성 반 입 성　성 주 십 리　전 축

八門樓　皆三簷　護以甕城　甕城左右　亦有東西大門
팔 문 루　개 삼 첨　호 이 옹 성　옹 성 좌 우　역 유 동 서 대 문

通衢築臺爲三簷高樓.
통 구 축 대 위 삼 첨 고 루

樓下出十字路　轂擊肩磨　熱鬧如海　市廛夾道　彩閣
누 하 출 십 자 로　곡 격 견 마　열 료 여 해　시 전 협 도　채 각

雕窓　金扁碧榜　貨寶財賄　充物其中　坐市者　皆面皮
조 창　금 편 벽 방　화 보 재 회　충 인 기 중　좌 시 자　개 면 피

白淨　衣帽鮮麗.
백 정　의 모 선 려

瀋陽　本朝鮮地　或云漢置四郡　爲樂浪治所　元魏隋
심 양　본 조 선 지　혹 운 한 치 사 군　위 낙 랑 치 소　원 위 수

唐時　屬高句麗　今稱盛京　奉天府尹治民　奉天將軍副
당 시　속 고 구 려　금 칭 성 경　봉 천 부 윤 치 민　봉 천 장 군 부

都統　管轄八旗　又有承德知縣　設各部佐貳衙門.
도 통　관할팔기　우유승덕지현　설각부좌이아문

對門有照墻　門前皆以漆木又立爲欄　將軍府前　立一
대문유조장　문전개이칠목차립위란　장군부전　입일

座大牌樓　路中望見　諸色琉璃瓦.
좌대패루　노중망견　제색유리와

遂與來源季涵　同往行宮前　逢一官人　手持短鞭　行
수여래원계함　동왕행궁전　봉일관인　수지단편　행

步甚忙　來源馬頭光祿　善官話　走向官人　跪一膝磕頭
보심망　내원마두광록　선관화　주향관인　궤일슬개두

官人忙扶光祿　請大哥任便　光祿叩頭曰　小人是朝鮮
관인망부광록　청대가임편　광록고두왈　소인시조선

幫子　俺老爺們　爲觀皇都帝居　如望天上　敢是大官人
방자　엄노야문　위관황도제거　여망천상　감시대관인

肯許麽　官人笑曰　第不妨　跟俺來也　余卽追去　欲與
긍허마　관인소왈　제불방　근엄래야　여즉추거　욕여

之揖　官人行步如飛　不可及　望見路窮處　周設硃紅木
지읍　관인행보여비　불가급　망견로궁처　주설주홍목

柵　官人入柵顧視　以鞭指之曰　可於此地張望　因轉身
책　관인입책고시　이편지지왈　가어차지장망　인전신

而去.
이 거

來源以爲旣不得入內遍觀　則久立此不緊　如是一觀
내원이위기부득입내편관　즉구립차불긴　여시일관

足矣　遂携季涵　向酒樓而去　余獨與光祿　進入柵裏
족의　수휴계함　향주루이거　여독여광록　진입책리

正門曰太淸　遂進步入門　光祿曰　俄逢官人　正是守直
정문왈태청　수진보입문　광록왈　아봉관인　정시수직

章京　前年隨侍河恩君　徧觀行宮　無人阻擋　請妨心觀
장경　전년수시하은군　편관행궁　무인조당　청방심관

玩 設令逢人 不過遂出 余曰 汝言是也 遂走至前殿.
완 설령봉인 불과수출 여왈 여언시야 수주지전전

扁曰崇政 又有扁曰 正大光明殿 左曰飛龍閣 右曰
편왈숭정 우유편왈 정대광명전 좌왈비룡각 우왈

翔鳳閣 殿後有三簷高樓 曰鳳凰樓 有左右翊門 門內
상봉각 전후유삼첨고루 왈봉황루 유좌우익문 문내

有甲軍數十人欄路.
유갑군수십인란로

遂於門外遼望 層樓複殿疊榭廻廊 皆覆以五色琉璃
수어문외료망 층루복전첩사회랑 개복이오색유리

瓦 兩簷八角屋曰大政殿 大淸門東 有神祐宮 安三淸
와 양첨팔각옥왈대정전 대청문동 유신우궁 안삼청

塑像 康熙皇帝 御筆題曰昭格 雍正皇帝 御筆題曰玉
소상 강희황제 어필제왈소격 옹정황제 어필제왈옥

虛眞帝.
허진제

遂還出尋來源 入一酒肆 望旗金字 寫曰天上已多星
수환출심래원 입일주사 망기금자 사왈천상이다성

一顆 人間空聞郡雙名.
일과 인간공문군쌍명

酒肆朱欄翠戶 粉壁畵棟 層架上列置一樣鍮鑞大尊
주사주란취호 분벽화동 층가상열치일양유랍대존

紅紙寫着酒名 不可勝記.
홍지사착주명 불가승기

趙主簿學東 方在其中 與人飮酒 笑起迎入 共有五
조주부학동 방재기중 여인음주 소기영입 공유오

六十好交椅 二三十副卓子 花盆數十坐 方灌夕水 秋
륙십호교의 이삼십부탁자 화분수십좌 방관석수 추

海棠繡毬 方盛開 他花盡是初見.
해당수구 방성개 타화진시초견

趙君　勸余三盃佛手露　問季涵輩去向　答不知　余遂
조 군　권 여 삼 배 불 수 로　문 계 함 배 거 향　답 부 지　여 수

先起　道中又逢趙主簿明會　大喜要共暢飮　余回身指
선 기　도 중 우 봉 조 주 부 명 회　대 희 요 공 창 음　여 회 신 지

俄坐酒樓　更去飮也　趙曰不必彼樓　箇箇若是.
아 좌 주 루　갱 거 음 야　조 왈 불 필 피 루　개 개 약 시

遂相携入一酒樓　其宏深奢麗　更勝於前　買得一盤卵
수 상 휴 입 일 주 루　기 굉 심 사 려　갱 승 어 전　매 득 일 반 난

炒　一瓶史蒯公　暢飮而罷.
초　일 병 사 괵 공　창 음 이 파

入一收賣古董鋪子　鋪名藝粟齋　有秀才五人　伴居開
입 일 수 매 고 동 포 자　포 명 예 속 재　유 수 재 오 인　반 거 개

鋪　皆年少美姿容　約更來齋中夜話　俱載藝粟筆談.
포　개 년 소 미 자 용　약 갱 래 재 중 야 화　구 재 예 속 필 담

又入一鋪　皆遠地士人　新開錦緞鋪　鋪名歌商樓　共
우 입 일 포　개 원 지 사 인　신 개 금 단 포　포 명 가 상 루　공

有六人　衣帽鮮華　動止視瞻　俱是端吉　又約同會藝粟
유 육 인　의 모 선 화　동 지 시 첨　구 시 단 길　우 약 동 회 예 속

夜話.
야 화

行過刑部　大開衙門　門前周設叉木爲欄　而無人妄入
행 과 형 부　대 개 아 문　문 전 주 설 차 목 위 란　이 무 인 망 입

余自恃外國人　無所畏忌　諸衙門　惟此開門　故欲觀官
여 자 시 외 국 인　무 소 외 기　제 아 문　유 차 개 문　고 욕 관 관

府制度　進入門裏　無人攔阻.
부 제 도　진 입 문 리　무 인 란 조

一官人臺上踞床而坐　背後立侍一人　手持筆紙　臺下
일 관 인 대 상 거 상 이 좌　배 후 입 시 일 인　수 지 필 지　대 하

跪　罪人　左右一對公人　拄竹棍而立　無分付行下等
궤 일 죄 인　좌 우 일 대 공 인　주 죽 곤 이 립　무 분 부 행 하 등

許多聲喝　官人平臨罪者　究詰諄諄.
허 다 성 갈　관 인 평 림 죄 자　구 힐 순 순

已而高聲喝打　做公者放其手中棍　走至罪人面前　以
이 이 고 성 갈 타　주 공 자 방 기 수 중 곤　주 지 죄 인 면 전　이

掌批頰者四五　還拄棍立　治法雖簡　批頰之刑　古所未
장 비 협 자 사 오　환 주 곤 립　치 법 수 간　비 협 지 형　고 소 미

聞.
문

夕飯後　步月至歌商樓　携諸人同至藝粟齋　盡夜而
석 반 후　보 월 지 가 상 루　휴 제 인 동 지 예 속 재　진 야 이

罷.
파

7월 11일 정해(丁亥)

날이 맑고 몹시 더웠다.

심양에서 묵었다. 아침 일찍 성 안에서 대포 소리가 우레같이
들린다. 대체로 시장의 상점들이 아침에 일어나 점포 문을 열
때면 으레 종이 딱총을 터뜨리는 바람에 그렇다고 한다. 급히
일어나 가상루로 가자 여러 사람이 또 모였다. 조용히 이야기
하다가 숙소에 돌아와 식사를 마친 후 다시 여러 사람들과 함께
거리 구경을 나섰다.

길에서 두 사람을 만났는데 서로 팔을 끼고 함께 간다. 보아
하니 생김새들이 모두 수려하기에 그들이 혹시 글을 아는 사람
인가 싶어서 내가 그 앞에 가서 읍을 하니, 둘이 팔을 풀고 답례
를 아주 공손히 하고는 이내 약방으로 들어간다. 나도 마침내
뒤쫓아 들어갔다. 두 사람 모두 빈랑(檳榔)1) 두 개를 사서 칼로

---

1) 빈랑(檳榔) : 한약의 일종. 소화제로 씁기도 한다.

넷으로 쪼갠 다음 나에게 한 쪽을 먹어 보라 권하고 자기들도
각자 씹어 삼킨다. 내가 그들의 성명과 거주지를 글로 써서 물
어보니, 둘이 모두 주의해서 자세히 들여다보고 멍해하는 품이
글을 모르는 듯싶다. 다만 길게 읍하고는 가버린다.

해마다 황경(皇京 : 연경)에서 심양의 각 아문과 8기(旗)의
봉급을 지급하면 심양에서 다시 흥경(興京)·선창(船廠)·영
고탑 등지로 나누어 보내는데, 그 돈이 125만 냥이라고 한다.

저녁에는 달빛이 더욱 밝다. 변계함(卞季涵)에게 함께 가상
루와 예속재에 가려고 했더니, 변군이 부질없이 수역(首譯)에
게 가도 좋으냐고 물었으므로 수역이 눈이 휘둥그레져서 말하
기를,

"성경(盛京)은 황성(皇城 : 연경)이나 다름없는데 어찌 〈함
부로〉 밤에 나다닌단 말씀이오?"
하기에 마침내 변군의 기가 한풀 꺾였다.

수역은 실제로 어젯밤의 우리 일을 모르는 모양이다. 만일 알
게 되면 나도 함께 붙잡힐까 두려워서 일부러 알리지 않고 마침
내 남몰래 가만히 홀로 빠져 나갔다. 장복을 머물게 하여 혹시
라도 나를 찾는 이가 있거든 변소에 갔다고 대답하라고 일러두
었다.

原文

十一日
십일일

丁亥 晴 極熱 留瀋陽 平明滿城砲聲如雷 市廛朝
정해 청 극열 유심양 평명만성포성여뢰 시전조

起開鋪門 例放紙砲 急起往歌商樓 諸人又集 穩話
기개포문 예방지포 급기왕가상루 제인우집 온화

歸寓飯後 又携諸人遊賞.
귀우반후 우휴제인유상

大街上 行逢兩人 結臂同去 貌俱秀雅 意其爲文
대가상 행봉양인 결비동거 모구수아 의기위문

人詞客也 余乃前揖 兩人解臂 答揖甚恭 因入藥鋪
인사객야 여내전읍 양인해비 답읍심공 인입약포

余邃跟入 兩人俱買檳榔二箇 刀劈爲四 各以半顆
여수근입 양인구매빈랑이개 도벽위사 각이반과

勸余嚼之 又各自嚼呑 余書問姓名居住 兩人俱諦視
권여작지 우각자작탄 여서문성명거주 양인구체시

茫然 若不解者 因長揖而去.
망연 약불해자 인장읍이거

每歲自皇京 需給瀋陽各衙八旗俸祿 又自瀋陽派及
매세자황경 수급심양각아팔기봉록 우자심양파급

興京 船廠 寧古塔等地 該銀爲一百二十五萬兩云.
흥경 선창 영고탑등지 해은위일백이십오만냥운

夕月色益明 欲與卜季涵 同訪歌商諸齋 卜君枉與
석월색익명 욕여변계함 동방가상제재 변군왕여

首譯議可否 首譯瞠然駭之曰 盛京無異皇城 豈可夜
수역의가부 수역당연해지왈 성경무이황성 기가야

行　卞君意遂大沮.
　　행　변군의수대저

　首譯實不知昨夜事也　若知之　則恐幷吾見阻　故諱
　　수역실부지작야사야　약지지　즉공병오견조　고휘

之　遂潛身獨步出　留張福囑以或有索我者　對以如厠.
지　수잠신독보출　유장복촉이혹유색아자　대이여측

속재필담(粟齋筆談)1)

예속재에서 만난 친구들

전사가(田仕可)의 자는 대경(代耕) 또는 보정(輔廷)이고, 호는 포관(抱關)이며, 하북성 무종(無終) 사람이다. 자기 말로 전주(田疇)2)의 후손이며 집은 산해관(山海關)에 있는데, 태원(太原) 사람 양등(楊登)과 함께 이곳에 점포를 차렸다고 한다. 나이는 스물아홉이요, 키는 일곱 자〔尺〕이다. 넓은 이마와 갸름한

---

1) 속재필담(粟齋筆談) : 박지원이 심양의 저잣거리를 구경하던 중 '예속재'라는 골동품점에 들렀다가 점포를 경영하는 사람의 초대를 받아 가서 여러 사람들과 함께 필담한 내용이다. 다백운루본(多白雲樓本)에는 「속재야화(粟齋夜話)」라 하여 성경잡지에서 따로 수록하고, 또 차례를 「성경가람기(盛京伽藍記)」의 다음에 두었는데, 이는 잘못 수록된 것이다.

2) 전주(田疇) : 조(曹)·위(魏)나라의 문학가. 격검(擊劍)에 능하였고, 삼국 시대 위나라 현인으로 불렸다.

코에 풍채가 날렵하다. 공동품의 내력을 잘 알고 있고 남에게
몹시 다정스러웠다.

이귀몽(李龜蒙)의 자는 동야(東野)요, 호는 인재(麟齋)이며,
촉(蜀)땅의 면죽(綿竹) 사람이다. 나이는 서른아홉이요, 키는
일곱 자이다. 입이 모나고 턱은 넓으며, 얼굴은 분바른 듯 희고,
글 읽는 소리가 낭랑하여 금석을 울리는 듯하다.

목춘(穆春)의 자는 수환(繡寰)이요, 호는 소정(韶亭)[3]이며,
촉 땅 사람이다. 나이는 스물넷이요, 눈매가 그린 듯하나 다만
글을 모르는 게 흠이다.

온백고(溫伯高)의 자는 목헌(鶩軒)이며 촉 땅의 성도(成都)
사람이다. 나이는 서른하나인데 글을 모르는 까막눈이다.

오복(吳復)의 자는 천근(天根)이요, 항주(杭州) 사람이며, 호
는 일재(一齋)이다. 나이는 마흔이요, 학문은 보잘것없이 짧으
나 사람 됨됨이는 온화하고 묵직하다.

비치(費穉)의 자는 하탑(下榻)이요, 호는 포월루(抱月樓)라
고도 하고, 지주(芝洲) 또는 가재(稼齋)라고도 하며, 대량(大
粱) 사람이다. 나이는 서른다섯이요, 아들 여덟[4]을 두었다. 그
림을 잘 그리고 조각에도 능하며, 경의(經義)도 곧잘 이야기한
다. 집이 가난한데도 남들을 잘 도와주니, 이는 여러 아들을 위
하여 복을 닦고 있었다. 목수환(穆繡寰)과 온목헌(溫鶩軒)을 위

---

3) 소정(韶亭) : 어떤 본에는 '소정' 두 글자가 빠져 있다.
4) 어떤 본에는 '아들 여덟'은 빠져 있다.

하여 회계를 보아줄 양으로 오늘 아침에야 겨우 축 땅에서 돌아
온 것이라 한다.

배관(裵寬)5)의 자는 갈부(褐夫)이며, 노룡현(盧龍縣) 사람이
다. 나이는 마흔일곱이요, 키는 일곱 자 남짓하고, 아름다운 수
염에 술을 잘하고 문장에 능하여 나는 듯 빠르며, 너그러운 품
이 장자의 풍모가 있었다. 그의 저작인 『과정집(蕳亭集)』 2권
을 자기 손으로 판각을 하였고, 또 『청매시화(靑梅詩話)』 2권
을 지었다. 아내 두씨(杜氏)가 열아홉에 요절하면서 지은 『임
상헌집(臨湘軒集)』 1권이 있는데, 나에게 서문을 지어달라고
부탁하므로 썼다.

나머지 몇몇 사람들은 모두 녹록하여 적을 것이 없을 뿐 아니
라, 게다가 목소정이나 온목헌과 같은 풍골도 없고 그저 장사치
무리에 지나지 않으므로 이틀 밤이나 함께 놀았으나 그 이름을
잊어버렸다.

나는 눈매가 그림같이 잘 생긴 청년 목소정(穆韶亭 : 목춘(穆
春))을 보고 묻기를,

"젊은 나이에 이렇게 멀리 고향을 떠나와 있음은 어인 까닭이
오? 인재(麟齋 : 이귀몽)와 온공(溫公)6)과 함께 모두 같은 축 지

---

5) 원문에는 배관(裵寬)의 '裵' 자가 모두 '裵'로 되어 있으나, 성씨의 경우
　우리나라 사람은 '裵'로, 중국 사람은 '裵'로 표기한다.
6) 온공(溫公) : 온백고(溫伯高). 공(公)은 성(姓) 밑에 붙이는 미칭(美稱).

방 출신인데, 혹시 친척 관계이신가요?"

라고 하니 인재가,

"그에겐 아무 것도 묻지 마시오. 그의 얼굴은 비록 아름답긴 하나 마치 관옥(冠玉)7) 같아서 그 속엔 아무것도 든 것이 없답니다."

라고 한다. 나는,

"이건 평가가 너무나 엄격합니다."

라고 하니 인재는,

"온형(溫兄 : 온백고)과 목수환(穆繡寰 : 목춘)은 이종사촌 간이지만 나와는 아무런 걸림이 없소이다. 우리 세 사람이 배에다 서촉(西蜀) 비단을 싣고 병신년(丙申年 : 청나라 건륭 41년, 1776) 춘중(春仲 : 음력 2월)에 촉땅을 떠나 배로 삼협(三峽)을 거쳐 오중(吳中 : 강소성 오현)에 물건을 넘겨 버리고 장삿길을 좇아서 구외(口外)8)로 나와 이곳에 점포를 낸 지도 벌써 3년째랍니다."

라고 한다. 나는 목춘을 못내 그리워하여 그와 필담(筆談)을 하고자 하였더니, 이생(李生 : 이귀몽)이 손을 내저으면서,

"온공과 목공 두 분은 입으로는 봉황새를 읊을 수 있으나, 눈

---

7) 관옥(冠玉) : 『한서(漢書)』진평전(陳平傳)에 있는 말. 마치 옥으로 꾸민 갓과 같아서 비록 밖에 나타나는 빛은 아름다우나 내용은 변변치 못함을 이른 말이다.

8) 구외(口外) : 장성(長城) 밖. 경계에 장가구(張家口)와 고북구(古北口)가 있으므로 그 밖의 땅을 구외라 한다.

으로는 시(豕) 자도 분간하지 못합니다.[9]"

라고 한다. 나는,

"어찌 그럴 리가 있나요?"

라고 하니 배관이,

"허튼 소리가 아니오. 귀에는 이유(二酉)[10]의 많은 서적을 간직했으나, 눈엔 하나의 고무래 정(丁) 자도 보이지 않는답니다. 하늘에 글 모르는 신선은 없어도 인간 세속엔 말 잘하는 앵무새가 있다오."

라고 한다. 나는,

"과연 그러하다면 비록 진림(陳琳)[11]으로 하여금 격문(檄文)을 짓게 하더라도 골치 아픈 것이 낫지 않겠소이다그려."

라고 하니 배관이,

"아주 이것이 큰 폐단이랍니다. 한(漢 : 서한(西漢))나라가 육

---

9) 시(豕) 자와 해(亥) 자도 구별하지 못하는 무식한 사람을 말한다.

10) 이유(二酉) : 호남성 원릉현의 서북쪽에 있는 대유산(大酉山)과 소유산(小酉山). 그 밑에 석혈(石穴 : 동굴)이 있는데, 진나라 사람이 공부하다가 남겨둔 1,000권의 책이 있다는 전설에서 '책이 많음'을 일컫는다. 『원화군현지(元和郡縣志)』에 나온 말이다.

11) 진림(陳琳) : 조(曹)·위(魏)나라의 문학가. 일찍이 조조(曹操)를 치기 위해서 원소(袁紹)가 진림에게 격문을 작성케 하였더니, 진림이 조조의 죄상을 낱낱이 밝히는 격문을 지어 정벌의 대의명분을 밝혔다. 당시 조조는 마침 머리의 풍증을 앓다가 이를 읽고 너무나 놀라 모골이 송연하고 온몸에서 식은땀이 흐른 나머지 그 자리에서 풍증이 나았다고 한다.

국(六國)을 세운 뒤에 문득 이 법이 그릇됨을 깨닫고 놀랐다고
합니다. 이것이 이른바 '귀로 들어가서 입으로 새나오는 학문이
라'12)는 것이지요. 지금 향교(鄕校)나 서당(書堂)에서도 한갓
글을 읽기에만 힘쓸 뿐이고, 강의(講義)는 하지 않으므로 귀로
는 똑똑히 들으나 눈으로 보는 건 아득해서, 입으로는 '제자백
가(諸子百家)'13)가 모두 술술 풀려 나오지만 손으로 글을 쓰려
면 한 글자도 어려울 뿐이랍니다그려."
라고 한다. 이생(李生 : 이귀몽)이,
"귀국(조선)에선 어떠합니까?"
하기에 나는,
"책을 펴놓고 읽는 법을 가르치되 소리와 뜻을 함께 익힙니
다."
하니 배생(裴生 : 배관(裴寬))이 거기에 관주(貫珠)14)를 치면서
말하기를,
"그 공부법이 정말 옳습니다."
라고 한다. 내가,
"비공(費公 : 비치(費穉))은 언제 촉 땅을 떠나셨습니까?"

---

12) 『순자(荀子)』에서 나온 말. 소인(小人)의 학문은 귀로 들어가서 입으
　　로 새어 나간다는 뜻으로, 학문이 얕음을 일컫는 말.
13) 제자백가(諸子百家) : 중국 춘추전국 시대의 여러 학파를 통틀어
　　일컫는 말. 또는 그 학자들의 학술 서적.
14) 관주(貫珠) : 글이 잘된 곳을 따져 보아서 해당 글자의 오른편에 치
　　던 동그라미를 말한다.

라고 하니 비생은,

"이른 봄이었죠."

라고 한다. 내가,

"촉 땅에서 여기까지 몇 리나 됩니까?"

라고 하니 비생이,

"한 5,000여 리나 된답니다."

라고 하여 내가,

"비씨(費氏)의 여덟 용〔八龍 : 비취의 여덟 명의 아들〕은 모두 한 어머니의 젖을 먹었나요?"

라고 하자, 비생은 다만 빙그레 웃을 뿐이었고 배생이,

"소실 두 분이 좌우에서 끼고 도와드렸답니다. 난 저 사람의 여덟 아들이 부러운 것보다 작은마나님이나 하룻밤 빌렸으면 그만이겠소."

라고 한다. 온 방 안의 사람들이 한바탕 웃었다.

나는 〈비치에게〉,

"오실 때 검각(劍閣)의 잔도(棧道)15)를 지나셨나요?"

라고 하니 비치는,

"그랬죠. 참 좁디좁은 조도(鳥道) 1,000리, 하루에 열두 시간 줄곧 원숭이 소리뿐이었습니다그려."

라고 한다. 배관이,

---

15) 잔도(棧道) : 중국 사천(四川) 지방에 있는 험준한 절벽에 나무로 다리를 만들어 길을 낸 곳을 뜻한다.

"참말 촉(蜀) 땅의 길은 배로 가나 뭍으로 가나 마찬가지로 어려워요. 이는 이른바 '하늘에 오르기보다 더 어렵다'16)는 것이요, 내가 요전 신묘년(辛卯年 : 청나라 건륭 36년, 1771)에 강을 거슬러 촉(蜀) 땅으로 들어갈 적에 74일 만에 겨우 백제성(白帝城)17)에 이르렀습니다그려. 배를 타니 때마침 늦은 봄철 날씨여서 양쪽 언덕에는 꽃과 나무가 한창 피었고, 쓸쓸한 다북창 속 의자에 앉아 보내는 나그네의 외로운 밤은 길기도 할 제, 소쩍새는 피를 뿜고 원숭이는 울부짖으며, 학의 울음, 매의 웃음소리, 이것은 고요한 강물 위에 달 밝은 경치입니다그려. 낭떠러지 위의 큰 바위가 무너져 강중에 떨어지자 돌이 서로 부딪혀서 저절로 번갯불이 번쩍하고 일어나니, 이것이 여름 장마 때의 경치입니다그려. 이 길을 걸어서 비록 황금덩이와 비단이 바리로 많이 생긴다손 치더라도 머리카락이 하얗게 세고 가슴이 타는 이 고생을 어찌하겠습니까?"

라고 하여 나는 또,

"비록 고생하신 것은 그렇지만, 저 육방옹(陸放翁)18)의 「입촉기(入蜀記)」19)를 읽을 때면 미상불 흥에 겨워 춤이라도 너풀

---

16) 이백(李白)의 시구에 "촉도의 가기 어려움은 푸른 하늘에 오르기보다 더 하구려." 하였다.

17) 백제성(白帝城) : 중국 충칭시(重慶市) 펑제현(奉節縣)에 있던 성. 삼국 시대 촉(蜀)나라의 유비(劉備)가 제갈공명에게 아들 유선(劉禪)을 부탁하고 죽은 곳이다.

18) 육방옹(陸放翁) : 송나라의 대문학가 육유(陸游). 방옹(放翁)은 호.

너풀 추고 싶던 걸요."

라고 하니 배생은,

"무어 꼭 그런 것도 아닙니다."

라고 했다.

이날 밤에는 달이 낮처럼 밝았다. 전사가가 술과 음식을 차리느라고 이경(二更 : 밤 9~11시)에야 비로소 돌아왔다. '뼈뼈(호떡의 일종)' 두 쟁반, 양곱창 곰국 한 동이,[20] 익힌 오리고기 한 쟁반, 닭찜 세 마리, 삶은 돼지 한 마리, 신선한 제철 과일 두 쟁반, 임안주(臨安酒 : 중국 남방의 명산 술) 세 병, 계주주(薊州酒 : 중국 북방의 명산 술) 두 병, 잉어 한 마리, 백반(白飯) 두 냄비, 잡채(雜菜) 두 쟁반이니, 은자(銀子)로 친다면 열두 냥 어치나 된다. 전생(田生 : 전사가)이 앞으로 나와 공손히 예를 갖추며,

"주인으로서 변변치 못한 걸 장만하느라고 좋은 밤에 선생님을 모시고 좋은 말씀을 듣지 못하였습니다."

라고 한다. 나는 교의에서 내려서서 사례하기를,

"이다지 수고하시니 꼿꼿이 앉아 받긴 도리어 황송하오이다."

라고 하니 여러 사람들도 일제히 일어서면서 사례하기를,

"멀리서 손님이 오셨는데 도리어 대접을 받게 되어 부끄럽습

---

19) 「입촉기(入蜀記)」: 육방옹이 촉 땅에 들어가며 지은 기행문.

20) '양곱창'으로부터 여기까지의 한 구절은 수택본에는 다음에 나오는 '신선한 제철 과일 두 쟁반' 밑에 있다.

니다."

라고 한다. 이에 일제히 일어나서 다른 좌석(座席)으로 옮기고 곧바로 점방 문을 닫았다.

들보 위에 부채 모양의 사초롱 한 쌍을 달았는데, 모두 꽃과 새를 그렸으며, 또 이름 있는 사람의 시구(詩句)도 적혀 있다. 그리고 네모난 유리등(琉璃燈) 한 쌍이 낮처럼 밝게 비친다.

여러 사람들이 각기 한두 잔씩 권하는데 닭이나 거위는 모두 주둥이와 발도 떼지 않았고, 양고기국도 몹시 비려서 비위에 맞지 않았으므로 떡과 과일만 먹었다.

전생이 필담한 종이쪽을 두루두루 열람하고, 연신 '좋아, 좋아.' 하고 감탄한다. 전생은 또,

"선생께서 아까 저녁 전에 골동품을 구하셨으면 하시더니, 잘 모르겠습니다만 어떤 진품(眞品)을 구하시렵니까?"

라고 하기에 내가,

"비단 골동품뿐만이 아니라 문방(文房)의 사우(四友)까지도 사고 싶습니다. 정말 희귀하고 고아(古雅)한 것이라면 값은 따지지 않으렵니다."

라고 하니 전생은,

"선생께서 이제 오래지 않아서 북경에 들르시면 유리창(琉璃廠)[21] 같은 데도 들르실 테니 얻지 못할까 걱정하지 않으셔도

---

21) 유리창(琉璃廠) : 골동품과 서적, 문방사우 등을 전문적으로 판매하는 곳.

됩니다. 다만 참과 거짓을 분간하기 어렵사오니, 잘 모르겠습니다마는 선생의 감상력이 어떠하신지요?"

라고 한다. 나는,

"저야 뭐 궁벽한 바다 너머 변방에 살고 있는 사람이라 감식이 고루하니, 어찌 진짜 가짜를 잘 분간할 줄 알겠어요?"

라고 하니 전생은,

"이곳은 말이 도회지이지 중국에선 한 구석에 불과하기 때문에 모든 거래는 다만 몽고나 영고탑이나 선창 등지에 의존할 따름입니다. 변방의 풍습이 몹시 무디어서 아담한 취미를 갖지 못하였으므로, 여러 가지 신비스런 빛깔이나 고아한 그릇조차 이곳에는 나온 일이 드물거늘, 하물며 은(殷)나라 그릇과 주(周)나라 때의 솥과 같은 것이야 어디서 볼 수 있겠습니까?

귀국에서는 골동품을 다루는 방식이 이곳 내지(內地)와는 또 달라서 전에 장사하는 이들을 보니, 비록 차(茶)와 약재 같은 따위라도 상품(上品)을 가리지 않고 다만 값싼 것만 따지더군요. 그리고서야 무슨 진짜 가짜를 논할 수 있겠습니까?

차나 약재뿐 아니라 모든 기물이 무거우면 실어가기 어려우므로 으레 변문(邊門 : 국경)에서 사가지고는 돌아가더군요. 그러므로 북경 장사치들이 미리 내지(內地)에서 쓰지 못할 물건들을 거두어 들여 변문으로 넘겨 보내면서 서로 속여서 이익을 취한답니다그려.

이제 선생께서는 구하시는 것이 속스러운 잔내기에서 훨씬 벗어났고, 또 우연히 이 타향에서 서로 만나서 불과 몇 마디 말

을 바꿔 보았는데 벌써 지기(知己)의 벗이 되었으니, 비록 정성
을 다하여 물건을 드리지는 못할지언정 어찌 조금이라도 서로
저버릴 수 있겠습니까?"

라고 한다. 나는,

"선생의 이 말씀은 참으로 마음속에서 우러나오는 것이요, 이
는 가히 '이미 술로 취하게 하고 또 덕(德)으로써 배부르게 했
다.'22)고 이를 만하군요."

라고 하니 전생은,

"너무 지나치신 칭찬이옵니다. 내일 아침에 다시 오셔서 점
포에 있는 물건을 전부 구경하시죠."

라고 한다. 배생은,

"내일 아침 일을 미리 이야기할 필요 있겠소. 다만 선생을 모
시고 이 밤의 즐거움을 다하면 그만이죠."

라고 하니, 여러 사람이 모두 '옳소.'라고 한다.

전생은 또,

"옛날 공자께서는 '구이(九夷)의 땅에 살고 싶다.'23) 하셨고,
또 '군자(君子)가 그곳에 산다면 무슨 야비함이 있겠느냐.'24)

---

22) 『시경(詩經)』에 나오는 구절이다.
23) 『논어(論語)』자한(子罕) 편에 "공자께서 구이에 살고 싶으셨다."고
했다. 구이(九夷)는 중국에서 이르던 동쪽의 아홉 오랑캐, 곧 견이
(畎夷)·우이(于夷)·방이(方夷)·황이(黃夷)·백이(白夷)·적이(赤
夷)·현이(玄夷)·풍이(風夷)·양이(陽夷)를 말한다.
24) 『논어』자한 편에 나오는 구절. 공자가 구이에서 살고 싶다고 하자,

하셨으니, 상공(相公)25)께서 비록 먼 나라에 계시나 기우(氣宇
：기개와 도량)가 훤칠하시고, 또 글은 공자(孔子)와 맹자(孟子)
께서 끼치신 글에 능통하시며, 예법은 주공(周公 ： 희단(姬旦). 주
(周)나라의 대표적 정치가)의 도(道)를 닦으셨으니, 이는 곧 한 분
의 군자이십니다. 다만 한스러운 것은 우리들이 먼 땅, 다른 하
늘 밑에 각자 살고 있어서 서로 마음에 있는 것을 다 풀지 못한
채 만나자마자 곧바로 헤어지게 되니 이를 어이하오리까?"
라고 하니 이귀몽이 〈그 대목에다〉 수없이 동그라미를 치면서,
"은근하고도 애처로움이 꼭 내 마음 같구려."
라고 한다. 술이 다시 두어 순배 돌자 이생이,
"술맛이 귀국의 것과 비교하여 어떠합니까?"
하고 묻기에 나는,
"임안주는 너무 싱겁고, 계주주(薊州酒)는 지나치게 향기로
워서 둘 다 술이 애초부터 지니고 있는 맑은 향기는 아닌 듯합
니다. 우리나라엔 법주(法酒)가 고을마다 모두 있습니다."
라고 하니 전생이,
"소주(燒酒)도 있습니까?"

이 말을 들은 사람이 그곳은 누추해서 살기가 적당하지 않다고 하
였다. 이에 공자는 "군자가 그곳에 사는데, 누추한 것이 무슨 문제
가 되겠는가?"라고 하였다.
25) 상공(相公) :『통속편(通俗編)』에 "이제 의관을 차린 이를 모두 상공
이라 남용하여 그의 계급에 따라서 대상공(大相公)·이상공(二相公)
이라 한다."고 했다. 여기서는 연암을 가리킨 말이다.

하고 물었으므로 나는,

  "있습니다."

하고 대답하였다.

  전생이 몸을 일으켜 벽장에서 비파를 꺼내어서 두어 곡조를
뜯었다. 내가,

  "옛날에도 '연(燕)나라와 조(趙)나라엔 구슬프게 노래 부르는
선비가 많다'[26]고 일컬었으니, 여러분도 반드시 노래를 잘 하시
겠죠. 원하건대 한 곡조 들려주십시오."

라고 하니 배생은,

  "잘 부르는 이가 없어요."

라고 하고 이생은,

  "옛날에 이른바 연나라와 조나라의 슬픈 노래는 곧 궁벽하고
도 작은 나라의 선비로서 뜻 잃은 이들에서 나는 것이었지만,
지금은 사해가 한 집이 되고 성스런 천자(天子)가 위에 계시니,
사민(四民: 온 나라 백성)이 업을 즐거워해서 어진 이는 밝은 조
정의 상서로운 인물이 되어 임금과 신하가 노래를 주고받을 것
이고, 백성들은 강구(康衢: 사방으로 통하는 번화한 거리)의 연월
(煙月: 안개 속에 비치는 은은한 달빛) 속에서 밭 갈고 우물 파며 노
래 부를 것이니,[27] 아무런 불평이 있을 리 없어 어찌 슬픈 노래

---

26) 한유(韓愈)의 「송동소남서(送董邵南序)」의 한 구절이다.

27) 『열자(列子)』에 "제요(帝堯)가 천하를 다스린 지 50년 만에 미복(微
    服)으로 강구에서 동요(童謠)를 들었다"고 했다.

가 있을 수 있겠습니까?"

라고 한다. 내가,

"성스런 천자께서 위에 계시면 가히 세상에 나가 벼슬을 할
만합니다. 여러분으로 말하면 모두 당세의 영웅호걸이시라 재
주가 높고 학문이 넉넉하거늘, 어찌 벼슬에 나가 세상을 위해
일하지 않으시고 이다지 녹록하게 저잣거리에 잠겨 지내시는
지요?"

하니 배생은,

"이 일은 다만 전공(田公 : 전사가)께서나 해당되실 겁니다."[28]

라고 하기에, 한자리에 앉은 모든 사람들의 웃음보가 터졌다.

이생은,

"그것이야말로 때와 운수가 있는 것인 만큼, 함부로 요구할
수는 없겠습니다."

라고 하고는, 이생이 책꽂이 위에서 선문(選文)[29] 한 권을 뽑아
서 나에게 한 번 읽기를 청한다.

나는 「후출사표(後出師表)」[30]를 골라 우리나라 식의 언토(諺

---

28) 전공(田公)의 이름이 '출사할 만하다'는 뜻의 사가(仕可)였으므로 농
담을 붙인 것이다.

29) 선문(選文) : 어떤 본에는 '문선(文選)'으로 되어 있으나 잘못된 듯하
다. 『문선』에는 「출사표」는 있으나 「후출사표」는 없다.

30) 「후출사표(後出師表)」 : 촉한의 재상 제갈량이 위나라를 토벌하러
띠닐 때 임금에게 시어 올렸던 글이라고 하지만 「출사표」, 곧 속칭
「전출사표」는 그가 지은 것이요, 소위 「후출사표」는 뒷사람의 위

吐)31) -구두(句讀)이다. -를 달지 않고 큰소리로 한 번 읽었다. 여럿
이 둘러앉아 듣고 있다가 무릎을 치며 좋다고 칭찬하지 않는 이가
없었다. 이생은 내가 다 읽기를 기다렸다가 유량(庾亮)32)의 「사
중서감표(辭中書監表)」33)를 골라 읽는데, 그의 높았다 낮았다
하는 음절이 분명해서 비록 글자를 따라 일일이 알 수는 없어도
지금 어느 구절을 읽고 있는가를 넉넉히 알 수 있었다. 그의 목
청이 맑고 밝아서 마치 관현악을 듣는 듯하였다.

　그때 벌써 달은 지고 밤이 깊었는데도 문 밖에는 인기척이 끊
이지 않는다. 나는,

　"성경(盛京 : 심양)에는 순라(巡邏 : 야경꾼)가 없습니까?"

하고 물었더니 전생은,

　"있습니다."

라고 하여 내가,

　"그럼 길에 행인이 끊이지 않음은 어인 까닭이오?"

　　작(僞作)이라 한다.

31) 언토(諺吐) : 현토(懸吐), 구결(口訣). 구두법(句讀法). 조선 선비들이
　　문장을 읽을 때는 일정한 운율(리듬)을 넣어서 읽었다. 그렇기 때
　　문에 한자의 발음이 중국과 차이가 나더라도 물 흐르듯 유려하게
　　음악소리처럼 들린다.

32) 유량(庾亮) : 동진(東晉)의 정치가이자 학자로, 특히 사부(辭賦)에
　　능하였다.

33) 「사중서감표(辭中書監表)」 : 유량이 진(晉)나라 명제(明帝)에게 올
　　려서 중서감을 사퇴한 표문.

라고 하자 전생은,

"다들 긴한 볼일이 있는 게지요."

라고 한다. 나는,

"아무리 볼일이 있다 한들, 어찌 한밤중에 나다닐 수 있겠어요?"

라고 하니 전생은,

"왜 밤에 못 다닌답니까? 등불 없는 사람이야 감히 못 다니겠지만, 거리마다 파수 보는 데가 있어서 갑군이 지키고, 창과 곤봉을 가지고 밤낮 없이 나쁜 놈을 염탐하고 있거늘, 어찌 밤이라고 다니지 못하리까?"

라고 한다. 나는,

"밤도 깊고 졸리니 등불을 들고 사관으로 돌아가도 무방하지요?"

라고 하니 배생과 전생이 함께,

"안 될 말씀입니다. 갈 수도 없거니와 반드시 파수꾼에게 검문을 당할 것입니다. 어떻게 이 깊고 깊은 밤에 혼자서 함부로 쏘다니냐고 하며 반드시 오가면서 들리신 처소까지 모조리 밝히라 할 것이니, 몹시 귀찮을 것입니다. 선생께서 이미 졸립다고 하신 만큼 이 누추한 곳에서나마 잠시 눈을 붙이시지요."

라고 하자, 목춘(穆春)이 일어나서 탑(榻) 위의 털방석을 털고 나를 위해서 누울 자리를 마련해 주는 것이었다. 나는,

"이젠 졸린 생각이 싹 달아나는군요, 다만 손님을 접대하느라 여러분께서 하룻밤 잠을 잃으실까 두려울 뿐입니다."

라고 하니 여럿이,

"조금도 졸리지 않습니다. 이토록 고귀하신 손님을 모시고 하룻밤 좋은 이야기로 새우는 건 참으로 한평생 가도 얻기 어려운 좋은 인연일까 합니다. 이렇게 세월을 보낸다면 〈비록 하룻밤은커녕〉 석 달이 넘도록 촛불을 돋우어 밤을 새워도 무슨 싫증이 나겠습니까?"

라고 하고 모두들 흥이 도도하여 다시 술을 더 데우고 야채와 과일 안주를 다시 가져오게 한다. 나는,

"술을 다시 데울 필요는 없습니다."

라고 하니 모두들,

"찬 술은 폐(肺)를 해치고, 술독이 이〔齒〕에 스며듭니다."

라고 한다.

〈일행 중〉 오복(吳復)은 밤새도록 단정히 앉아 있는데, 눈매가 범상치 않아 보여 내가,

"일재(一齋) 선생께서 오중을 떠나신 지 몇 년이나 되시는지요?"

라고 하니 오생(吳生 : 오복)은,

"열한 해나 됩니다."

라고 한다. 내가,

"무슨 일로 고향을 떠나 이다지 분주하게 다니십니까?"

라고 하니 오생은,

"장사를 하며 생계를 꾸리고 있습니다."

라고 하여 내가,

"가족이 이곳에 따라와 계십니까?"

라고 하자 오생은,

"나이는 벌써 마흔입니다마는, 아직껏 장가들지 못했습니다."

라고 한다. 내가,

"오서림(吳西林)34) 선생(先生)의 휘(諱)는 영방(穎芳)이고, 항주(杭州)의 이름 높은 선비이신데, 혹시 그대와 일가가 되시지나 않는지요?"

라고 하니 오생은,

"아닙니다."

라고 하여 내가,

"해원(解元) 육비(陸飛)와 철교(鐵橋) 엄성(嚴誠)과 향조(香祖) 반정균(潘庭筠)35)은 모두 서호(西湖 : 절강(浙江)에 있는 명소)의 이름 높은 선비들인데, 그대가 혹시 아시나요?"

라고 하니 오생은,

"모두 일찍이 이름을 들어본 적도 없습니다. 제가 고향을 떠난 지 오래되었습니다. 다만 육비가 직접 그린 모란을 한 번 보았습니다. 그는 호주(湖州) 사람이더군요."

라고 한다.

조금 뒤에 이웃집 닭이 우니 서로 움직인다. 나는 매우 고단한데다가 술까지 취하여, 교의 위에 걸터앉은 채 꾸벅꾸벅 졸다

---

34) 오서림(吳西林) : 청(淸)나라 고종(高宗) 때의 학자. 서림은 그의 자.
35) 세 사람은 모두 홍대용이 북경에 갔을 때 교유했던 사람들이다.

가 곧장 코를 골고 잠이 들었다. 그리하여 훤하게 밝을 무렵에
야 놀라서 잠을 깨보니, 모두들 서로 침상에 의지하여 베거나
눕기도 하며, 혹은 의자에 앉은 채로 잠이 들어 있었다. 나는 홀
로 두어 잔 술을 기울이고 배생을 흔들어 깨워서 가노라 이르고
는 곧바로 사관에 돌아오니 해가 벌써 돋았다.

　장복은 아직 곤히 잠들어 있었고, 일행 상하가 모두 모르는
모양이다. 장복을 발로 툭 차 깨워서,

　"누가 날 찾는 이가 있더냐?"

하고 물으니 장복은,

　"아무도 없더이다."

라고 대답한다. 곧 세숫물을 가져오라고 재촉하여 망건을 두르
고 바삐 상방(上房)으로 가니, 여러 비장과 역관들이 바야흐로
일제히 아침 문안을 아뢰는 중이었다. 아무도 간밤의 일을 눈
치 채지 못한 것을 마음속으로 적이 기뻐하며 다시 장복더러 입
밖으로 내지 말라고 당부하였다.

　아침 죽을 약간 먹고 곧바로 예속재에 이르니, 모두들 이미
일어나 가버리고 전생(田生 : 전사가)과 이인재(李麟齋 : 이귀몽)
만이 골동품을 벌여 놓고 있다가 내가 오는 것을 보더니 깜짝
놀라는 듯이 반기면서,

　"선생은 밤새 고단치나 않았습니까?"

라고 한다. 나는,

　"밤낮을 헤일 것 없이 게으름증은 나질 않습니다."

라고 하니 전생은,

"그럼 차나 한 잔 드시죠."

라고 한다.

조금 앉아 있으려니 아름다운 청년 하나가 밖에서 들어와 곧바로 찻잔을 받들고 와서 내게 권한다. 그의 성명을 물었더니,

"저는 부우재(傅友榟)라고 합니다. 집은 산해관에 있사옵고 나이는 열아홉 살입니다."

라고 한다.

전생이 골동품들을 다 늘어놓고는 날더러 감상하기를 청한다. 호(壺)·고(觚)·정(鼎)·이(彝)36) 등 모두 열한 가지인데 작은 것, 큰 것, 둥근 것, 모난 것이 제각기 다르고, 새김질과 빛깔이 낱낱이 고상하고 우아하며, 관지(款識)37)를 살펴보니 모두 주(周)나라와 한(漢)나라 시대의 물건이다.

전생은,

"무늬는 고증할 것이 없습니다. 이들은 모두 최근에 금릉(金陵)·하남(河南) 등지에서 새로 꽃무늬를 새긴 것이다 보니, 관지는 비록 옛날 방식을 본떴더라도 꼴이 벌써 질박하지 못하고

---

36) 호(壺)·고(觚)·정(鼎)·이(彝) : 그릇의 모양에 따라 골동품을 분류한 이름들이다. '壺'는 가운데가 호리병처럼 불룩하거나 뚜껑이 닫혀 있고, '觚'는 입 부분은 넓고 몸체는 가늘고 긴 그릇이며, '鼎'은 다리가 3개이거나 4개인 솥을 말하고, '彝'는 물이나 술을 담던 그릇을 말한다.

37) 관지(款識) : 골동품에 새긴 글자로 제작 년도, 장소, 제작자 등을 밝힌다. 관은 음각(陰刻)이요, 지는 양각(陽刻).

빛깔이 또한 순수하지 못해서 만일 이것들을 진짜 골동품 사이에 갖다 놓는다면 야비함이 대번에 드러날 것입니다. 내 비록 몸은 시전(市廛)에 두고 있더라도, 마음은 배움터에 있던 차에 이미 선생을 뵈오니, 마치 100명의 벗을 얻은 듯싶사옵니다. 어찌 조금이라도 서로 속여서 한평생을 두고 마음을 무겁게 하오리까?"

라고 한다.

나는 여러 그릇 중에서 창 같은 귀가 달리고 석류 모양으로 발을 단 술두루미 모양의 화로를 들고 자세히 훑어보니, 납다색(臘茶色 : 작설차 색) 빛깔에 제법 정미하게 만들었다. 화로 밑을 들쳐보니 대명선덕년제(大明宣德年製)38)라고 양각(陽刻)으로 새겨져 있다. 나는,

"이것이 제법 좋은 듯싶습니다."

라고 하니 전생은,

"실상 서로 속이지 않고 그대로 말씀드린다면 역시 선로(宣爐 : 선종 시대의 화로)가 아닙니다. 선로는 납다색 수은(水銀)으로 잘 문질러서 속속들이 스미게 한 뒤 다시 금가루를 이겨 칠한 것인 만큼 불을 담은 지 오래되면 붉은빛이 도는데, 이것을 어찌 민간에서 함부로 흉내 낼 수 있겠습니까?"

라고 한다. 내가,

---

38) 대명선덕년제(大明宣德年製) : 선덕(宣德)은 명(明)나라 선종(宣宗)의 연호.

"골동품에 청록색 주반(硃班 : 주사의 얼룩)이 생기려면 흙 속에 오래도록 파묻혀 있어야 한다고 합니다. 그래서 무덤 속에 묻혔던 물건을 귀하게 여기는 것도 바로 이런 이유 때문입니다. 이제 이 그릇들이 만일 갓 구은 것이라면 어찌 이런 빛깔을 낼 수 있겠습니까?"

하고 물으니 전생은,

"이거 하나는 반드시 알아 두셔야 합니다. 대개 골동품은 흙에 들어가면 청색(靑色)이 나고, 물에 들어가면 녹색(綠色)이 나는 법입니다. 무덤 속에서 파낸 그릇들은 흔히 수은빛을 내는데, 어떤 이는 시체 기운이 스며들어서 그렇다고 하지만 아닙니다. 아득한 옛날에는 흔히 수은으로 염(殮)을 했기 때문에 혹시 제왕의 능묘에서 나오는 그릇은 수은이 옮아서 오래된 것일수록 속속들이 스며들어 배는 법이므로, 대체로 갓 구은 것인지 옛 것인지, 또는 진짜인지 가짜인지 가리기가 쉬웠습니다.

고기(古器 : 옛날 그릇, 골동품)는 비단 살이 두껍고 질이 좋을 뿐만 아니라, 본체에서 나는 빛이 그야말로 천연스럽게 맑고도 윤기 있고, 수은빛 역시 그릇 전체에 고루 퍼지는 게 아니라, 혹은 반쪽에서 혹은 귀퉁이에서만, 또는 다리에서만, 그리고 가끔 얼룩덜룩 번져나간 것도 있습니다. 뿐만 아니라 청록색 주사의 얼룩도 역시 그러하여 반은 짙게도 들고 반은 여리게도 들고, 반은 맑기도 하고, 반은 흐리기도 합니다. 그러나 흐리다고 더러울 정도는 아니어서 머리카락 같은 무늬가 투명하게 보이며, 맑다고 메마르진 않아서 어른어른함이 마치 물오른 듯합니다.

가끔 주사 알록점이 속속들이 깊이 스며든 것이 있는데, 그 중에서도 갈색을 띤 것이 가장 고귀한 것이랍니다. 흙 속에 오래 들어 있으면 청(靑)·녹(綠)·취(翠)·주(朱)의 점들이 알록달록하여, 혹은 버섯 무늬와 같기도 하고, 혹은 구름 속 햇무리 같기도 하고, 또는 함박눈 조각 같기도 합니다. 그리고 이렇게 되려면 흙 속에서 천 년 정도를 묻혀 있어야 될 테니, 이건 정말 상품(上品)으로 치는 것입니다.

옛적 명나라 선종(宣宗)이 갈색을 무척 좋아해서 선로(宣爐)에는 갈색이 많았던 것입니다. 근년에 섬서(陝西) 지방에서 새로 주조한 것도 문득 선덕 연간의 것을 본뜨려 하였으나, 선로에는 아예 꽃무늬가 없다는 사실을 알지 못한 채 일부러 꽃무늬를 새겼으니, 이것은 모두 요즘 가짜입니다. 그들이 빛깔을 이토록 잘 위조함은 대체로 그릇을 구운 뒤에 칼로 무늬를 새기고 관지를 파서 넣은 다음, 땅 속에 구덩이를 팝니다. 그리고 거기에다 소금물 두어 동이를 붓고 마르기를 기다려 그릇을 그 속에 넣고 묻어 두었다가 몇 해 만에 꺼내 보면 자못 고의(古意 : 예스러운 정취)가 있어 보이는데, 이는 가장 하품이며 서투른 솜씨입니다.

이보다 더 교묘한 방법은 붕사(鵬砂)·한수석(寒水石)·망사(硇砂)·담반(膽礬)·금사반(金砂礬)으로 만든 가루를 소금물에 풀어서 붓으로 찍어 골고루 그릇에 먹인 후, 마르기를 기다렸다가 다시 씻고 거듭 씻은 다음 다시 붓질을 합니다. 이렇게 하기를 하루에 서너 번 한 뒤에 땅을 파서 깊은 구덩이를 만들고, 그 속에 숯불을 피워 구덩이가 화로처럼 달게 하고는 짙은 초(醋)를 뿌리면, 구덩이 안은 펄펄 끓으면서 곧바로 말라버립니다.

그런 다음 그릇을 그 속에 넣고 다시 초 찌꺼기로 두껍게 덮은 뒤, 또 흙을 더욱더 다져서 빈틈없이 하여 3~5일 지난 뒤에 내어보면 곧 여러 가지 오래된 얼룩점이 나타나 있습니다. 다시 댓잎을 태워 그 연기를 풍겨서 푸른빛을 더 짙게 하고, 납으로 문지르되 수은빛을 내려고 한다면 강철 쇳가루를 만들어 갈고 문지른 다음 다시 백랍(白蠟)으로 닦으면 곧 그럴듯한 고색(古色)이 납니다.

그러고도 혹은 일부러 한쪽 귀를 떼기도 하고, 또는 그릇의 몸에 흠집을 내기도 해서 상(商)·주(周)·진(秦)·한(漢)나라 시대의 유물이라고 속이는 것은 더욱 가증스러운 짓입니다. 나중에 〈북경의〉 유리창(琉璃廠)에 가시면 모두 먼 곳에서 온 장사치들이니, 물건을 사실 때 우물쭈물하다가 웃음거리가 되지 않도록 하십시오."

라고 한다. 나는,

"선생이 이렇게 진심으로 보여 주시니 감사합니다. 저는 내일 아침 일찍 북경으로 떠날 테니, 바라건대 선생은 문방·서화·정이(鼎彝) 등 여러 가지 그릇에 대하여 고금의 같고 다름과 명호(名號)의 진위(眞僞)를 기록하셔서 어두운 길에 길잡이가 되도록 해주셨으면 합니다."

라고 하니 전생은,

"선생께서 만일 필요하시다면 이를 만드는 건 어렵지 않습니다. 『서청고감(西淸古鑑)』39)과 『박고도(博古圖)』40) 중에서 제 소견을 첨가하여 깨끗이 써서 드리겠습니다."
라고 한다.

이에 달이 돋으면 다시 오기로 약속하고 일어나 사관에 돌아오니, 이미 아침밥을 올렸으므로 잠깐 상방에 들러 빨리 조반을 치르고 다시 나왔다.

정 진사가 변계함(卞季涵), 박래원(朴來源)과 함께 역시 구경을 따라나서며 나더러,

"혼자서 다니면서 구경하는 게 무슨 재미가 있겠습니까?"
하고 나무란다. 박래원이,

"실은 아무것도 구경한 게 없습니다. 옛날 광주(廣州)의 생원이 처음 서울에 와서 이리저리 두리번거리며 인사 한마디도 똑똑히 못하여 순식간에 서울 사람들의 웃음거리가 되었다41)고 하더니, 이제 우리들이 꼭 그 꼴이군요. 난 더군다나 두 번째 온 거라 아무런 재미도 느끼지 못했습니다."

---

39) 『서청고감(西淸古鑑)』: 청 고종(淸高宗)의 명찬(命撰)으로서 내부(內府)에 있는 『고기(古記)』를 그림으로 설명하고 명문(銘文)에 해설한 책이름.

40) 『박고도(博古圖)』: 송나라 휘종(徽宗)이 지은 책이름. 흔히 『선화박고도(宣和博古圖)』라고 한다. 종류에 따라 그림으로 제시하고 그에 대한 대소(大小)와 명문을 기록하고 해석해 놓았다.

41) 우리나라 속담의 일종.

라고 한다.

길에서 비치(費穉)를 만났다. 그는 나를 이끌고 담요 가게로 들어가 오늘밤 가상루(歌商樓)에서 모이자고 부탁한다. 나는 이미 전포관(田抱關 : 전사가(田仕可))과 예속재에서 만나기로 약속이 되어 있다고 사양을 하면서 어젯밤에 모였던 여러분들이 다시 수고스럽게 다 모이기로 했다고 말했더니 비생(費生 : 비치(費穉))은,

"조금 전에 이미 전포관과도 이야기가 잘 되었습니다. 이제 선생이 「녹명(鹿鳴)」[42]을 노래하며 북경으로 가시는 길인 만큼 모두에게 두루 손님인 것이고, 우리들이 선생을 위하여 「백구(白駒)」[43]의 옛 시를 읊는 심정은 누구나 다 같을 것입니다. 배공(裵公 : 배관)이 이미 촉 땅의 온공(溫公 : 온백고)과 함께 술과 음식을 장만하였으니, 이 약속을 어기시면 안 될 것입니다." 라고 한다. 나는,

"어젯밤엔 너무 많이 여러분께 폐를 끼쳤는데, 지금 또 전날과 같이 한다니 감히 다시는 수고스럽게 그러시지 말아 주셨으

---

42) 「녹명(鹿鳴)」: 『시경(詩經)』의 편명(篇名). 임금이 군신(群臣)을 모아 잔치할 때 「녹명」 편을 노래로 불렀다. 임금이 여러 신하와 빈객들을 위하여 잔치를 베풀어 충성을 다하게 하는 노래이다.

43) 「백구(白駒)」: 『시경』의 편명. 어진 선비를 멀리 떠나보내는 노래. '白駒'는 흰 말. 어진 선비와 이별해야 하는 자가 선비의 망아지를 핑계로 선비가 떠나는 것을 지연시키고자 하는 간절한 의도가 담긴 노래이다.

면 좋겠습니다."

라고 하니 비생(費生)은,

 "산에 아름다운 나무가 있다면 오직 목수가 자로 젤 것이요,44) 멀리서 훨훨 나는 백로(白鷺)가 찾아왔으니,45) 피차 서로 싫지 않을 것입니다. 열두 행와(行窩)46)에는 애초부터 일정한 약속이 없을 것이요, 사해가 모두 형제인 만큼 누구에게 후하게 하고 박하게 함이 있겠습니까?"

라고 하자, 박래원 무리가 거리를 서성거리다가 나를 찾아 점방 안으로 들어왔다. 나는 급히 필담(筆談)하던 종이쪽을 걷어치우고 고개를 끄덕여서 응낙하였다. 비생 역시 내 뜻을 눈치 채고 빙그레 웃으면서 턱을 끄덕였다. 변계함이 종이를 찾으며 그와 더불어 말을 하고 싶어하기에 내가 일어나 나오면서,

 "그와 더불어 이야기할 게 못 되네."

라고 하니, 변계함 역시 웃고서 일어선다. 비생이 문까지 나와서 내 손을 잡고 넌지시 은근한 뜻을 비치므로 나는 그저 고개를 끄덕이고 나와 버렸다.

─────────────

44) 『좌전(左傳)』에서 나온 말이다.

45) 『시경(詩經)』 진로(振鷺) 편에 나온 말. 먼 길을 찾아온 나(연암)를 백로로 여겨 외국 손님이 다다름에 비유하였다.

46) 행와(行窩):『송사(宋史)』 소옹전(邵雍傳)에 "일을 좋아하는 자가 별도로 소옹이 살고 있는 집과 비슷한 집을 지어서 그가 한 번 들러 줄 것을 기다렸다는 데서 이름을 행와라 한다."고 했다. 그리하여 열두 군데에 행와가 있었다.

原文

粟齋筆談
속 재 필 담

田仕可　字代耕　一字輔廷　號抱關　無終人也　自言
전 사 가　자 대 경　일 자 보 정　호 포 관　무 종 인 야　자 언

田疇之後　家住山海關　與太原人楊登　開鋪於此　年二
전 주 지 후　가 주 산 해 관　여 태 원 인 양 등　개 포 어 차　연 이

十九　身長七尺　額潤鼻長　丰彩燁然　多識古器來歷
십 구　신 장 칠 척　액 활 비 장　봉 채 엽 연　다 식 고 기 내 력

與人款洽.
여 인 관 흡

李龜蒙　字東野　號麟齋　蜀綿竹人也　年三十九　身
이 귀 몽　자 동 야　호 인 재　촉 면 죽 인 야　연 삼 십 구　신

長七尺　方口闊頤　面似傅粉　郞然讀書　聲出金石.
장 칠 척　방 구 활 이　면 사 전 분　낭 연 독 서　성 출 금 석

穆春　字繡寰　號韶亭　蜀人也　年二十四　眉眼如畵
목 춘　자 수 환　호 소 정　촉 인 야　연 이 십 사　미 안 여 화

但目不知書.
단 목 부 지 서

溫伯高　字鷔軒　蜀成都人也　年三十一　目不知書.
온 백 고　자 목 헌　촉 성 도 인 야　연 삼 십 일　목 부 지 서

吳復　字天根　杭州人　號一齋　年四十　頗短於文墨
오 복　자 천 근　항 주 인　호 일 재　연 사 십　파 단 어 문 묵

而爲人溫重.
이 위 인 온 중

賁樨　字卜榻　號抱月樓　又號芝洲　又號稼齋　大梁
비 치　자 하 탑　호 포 월 루　우 호 지 주　우 호 가 재　대 량

人也　年三十五　有八子　工書畵　善雕刻　亦能談說經
인야　연삼십오　유팔자　공서화　선조각　역능담설경

義　而家貧好濟人　爲其多子養福也　爲穆繡寰溫鷲軒
의　이가빈호제인　위기다자양복야　위목수환온목헌

夥計　朝日　纔自蜀歸.
과계　조일　재자촉귀

裴寬　字褐夫　盧龍縣人也　年四十七　身長七尺餘
배관　자갈부　노룡현인야　연사십칠　신장칠척여

美鬚髥　善飮酒　筆翰如飛　休休然有長者風　自刻其薖
미수염　선음주　필한여비　휴휴연유장자풍　자각기과

亭集二卷　又有靑梅詩話二卷　妻杜氏十九卒　有臨湘
정집이권　우유청매시화이권　처두씨십구졸　유임상

軒集一卷　屬余爲序.
헌집일권　속여위서

餘數人　皆碌碌不足錄　且無穆溫之風骨　眞裨販之徒
여수인　개록록부족록　차무목온지풍골　진비판지도

故兩夜周旋而失其名.
고양야주선이실기명

余問穆韶亭　眉眼如畵　少年離鄕　若是之遠　何也
여문목소정　미안여화　소년리향　약시지원　하야

與麟齋溫公　俱是蜀人　未知俱係親戚否　麟齋曰　不須
여인재온공　구시촉인　미지구계친척부　인재왈　불수

問他　他雖美如冠玉　其中未必有也　余曰　殿最太嚴
문타　타수미여관옥　기중미필유야　여왈　전최태엄

麟齋曰　溫兄與繡寰　爲從母兄弟　與僕不相干　吾三人
인재왈　온형여수환　위종모형제　여복불상간　오삼인

舟載蜀錦　丙申春仲　離蜀舟下三峽　轉販吳中　逐利口
주재촉금　병신춘중　이촉주하삼협　전판오중　축리구

外 開鋪此中 亦已三年 余甚愛穆春 欲與筆談 李生
외 개포차중 역이삼년 여심애목춘 욕여필담 이생

搖手曰 溫穆兩公 口能咏鳳 目不辨豕 余曰 豈有是
요수왈 온목양공 구능영봉 목불변시 여왈 기유시

理 裴寬曰 非爲謊話 耳藏二酉 眼無一丁 天上無不
리 배관왈 비위황화 이장이유 안무일정 천상무불

識字神仙 世間還有能言之鸚鵡 余曰 若果如是 雖使
식자신선 세간환유능언지앵무 여왈 약과여시 수사

陳琳作檄 未可頭痛便瘳 裴寬曰 滔滔皆是 聽漢立六
진림작격 미가두통편추 배관왈 도도개시 청한립육

國後 便驚此法當失 是所謂口耳之學 現今黌塾之間
국후 변경차법당실 시소위구이지학 현금횡숙지간

慣是念書 不曾講義 故耳聞了了 目視茫茫 口宣則百
관시념서 부증강의 고이문료료 목시망망 구선즉백

家洋洋 手寫則一字夏夏 李生曰 貴國如何 余曰 臨
가양양 수사즉일자알알 이생왈 귀국여하 여왈 임

文訓讀 音義兼講 裴生打圈曰 此法儘是 余曰 費公
문훈독 음의겸강 배생타권왈 차법진시 여왈 비공

幾時離蜀 費生曰 春初 余曰 自蜀距此幾里 費曰 該
기시리촉 비생왈 춘초 여왈 자촉거차기리 비왈 해

有五千餘里 余曰 費氏八龍 都是一母所乳否 費微笑
유오천여리 여왈 비씨팔룡 도시일모소유부 비미소

裴曰 還有兩小夫人 左右夾助 吾不羨他八龍 慕渠一
배왈 환유양소부인 좌우협조 오불선타팔룡 모거일

姦 滿堂閧笑.
간 만당홍소

余曰 來時經劍閣棧道否 曰然 鳥道一千里 猿聲十
여왈 내시경검각잔도부 왈연 조도일천리 원성십

二時 裴寬曰 眞是蜀道 水陸俱難 所謂難於上天 俺
이시 배관왈 진시촉도 수륙구난 소위난어상천 엄

辛卯年　溯江入蜀　七十四日　始抵白帝　舟中時值季春
신묘년　소강입촉　칠십사일　시저백제　주중시치계춘

天氣　兩岸花樹　最是蓬窓旅榻　獨夜難曉　鵑啼猿鳴
천기　양안화수　최시봉창려탑　독야난효　견제원명

鶴唳鶻笑　此江空月明時景也　崖上大石崩落江中　兩
학려골소　차강공월명시경야　애상대석붕락강중　양

石相觸自生電火　此夏天霖雨時景也　雖百鎰黃金　錦
석상촉자생전화　차하천림우시경야　수백일황금　금

繡千純　爭奈頭白心灰　余曰　雖然苦景如此　每讀陸放
수천순　쟁내두백심회　여왈　수연고경여차　매독육방

翁入蜀記　未嘗不僊僊欲舞　裴生曰　未必然.
옹입촉기　미상불선선욕무　배생왈　미필연

是夜月明如晝　田仕可　爲辦酒食　二更始回　餑餑兩
시야월명여주　전사가　위판주식　이경시회　발발양

盤　羊肚羹一盆　塾鵝一盤　鷄蒸三首　蒸豚一首　時新
반　양두갱일분　숙아일반　계증삼수　증돈일수　시신

菓品兩盤　臨安酒三壺　薊州酒二壺　鯉魚一尾　白飯二
과품양반　임안주삼호　계주주이호　이어일미　백반이

鍋　菜二盤　該價銀十二兩　田生進前恭謝曰　略具地主
과　채이반　해가은십이냥　전생진전공사왈　약구지주

薄儀　有失良宵陪話　余下椅謝曰　有勞尊體　還愧生受
박의　유실양소배화　여하의사왈　유로존체　환괴생수

諸人齊起稱謝曰　遠客賁臨　倒愧生受　於是齊起　下閉
제인제기칭사왈　원객비림　도괴생수　어시제기　하폐

鋪門.
포문

梁上掛一對扇式紗燈　皆畫花鳥　更有名人詩句　一對
양상괘일대선식사등　개화화조　갱유명인시구　일대

琉璃方燈　晃朗如晝.
유리방등　황랑여주

諸人各勸一兩盃　鷄鵝皆存嘴脚　羊羹臊甚　不堪胃性
제 인 각 권 일 량 배　계 아 개 존 취 각　양 갱 조 심　불 감 위 성

惟啖餠果.
유 담 병 과

田生徧閱談草　連稱好好　田生曰　先生哺刻要買古董
전 생 편 열 담 초　연 칭 호 호　전 생 왈　선 생 포 각 요 매 고 동

未知何樣眞品　余曰　非但古董　更要文房四友　稀奇古
미 지 하 양 진 품　여 왈　비 단 고 동　갱 요 문 방 사 우　희 기 고

雅　不限價本　田生曰　先生非久入都　倘訪廠中　不患
아　불 한 가 본　전 생 왈　선 생 비 구 입 도　당 방 창 중　불 환

不得　但患眞贗難卜　未知先生鑑賞如何　余曰　海陬鄙
부 득　단 환 진 안 난 변　미 지 선 생 감 상 여 하　여 왈　해 추 비

人　鑑識固陋　那免桅蠟見欺　田生曰　此中雖稱行都
인　감 식 고 루　나 면 외 랍 견 기　전 생 왈　차 중 수 칭 행 도

中國一隅　賣買只仰蒙古　寧古塔　船廠等地　番俗椎魯
중 국 일 우　매 매 지 앙 몽 고　영 고 탑　선 창 등 지　번 속 추 로

不喜雅賞　諸秘色古窰　亦罕到此　何況殷敦周彝乎.
불 희 아 상　제 비 색 고 요　역 한 도 차　하 황 은 돈 주 이 호

貴邦珍尙　亦異內地　嘗見賣買人　雖如干茶藥　不揀
귀 방 진 상　역 이 내 지　상 견 매 매 인　수 여 간 다 약　불 간

頂品　只取價廉　何論眞假.
정 품　지 취 가 렴　하 론 진 가

非但茶藥如此　諸般器物　爲其載重難輸　例於邊門貿
비 단 다 약 여 차　제 반 기 물　위 기 재 중 난 수　예 어 변 문 무

回　故京裏裨販　預收內地笨伯　轉輸邊門　互相騙詐
회　고 경 리 비 판　예 수 내 지 분 백　전 수 변 문　호 상 편 사

以爲機利.
이 위 기 리

今先生所須　迥出流俗　萍水片語　已成知己　雖不得
금 선 생 소 수　형 출 류 속　평 수 편 어　이 성 지 기　수 부 득

中心貺之　亦安可造次相負　余曰　先生此語　流出肝膈
중심황지　역안가조차상부　여왈　선생차어　유출간격

可謂旣醉以酒　又飽以德　田生曰　錯愛　第於明朝再枉
가위기취이주　우포이덕　전생왈　착애　제어명조재왕

遍賞鋪中所有　裵生曰　不必預講來朝事　且畢尊前此
편상포중소유　배생왈　불필예강래조사　차필존전차

夜歡　諸人皆曰是也.
야환　제인개왈시야

　　田生曰　子欲居九夷　又曰　君子居之　何陋之有　相
　　전생왈　자욕거구이　우왈　군자거지　하루지유　상

公　雖生偏邦　氣宇軒昂　文能識孔孟之書　禮能達周公
공　수생편방　기우헌앙　문능식공맹지서　예능달주공

之道　卽一君子也　但恨人居兩地　天各一方　寸心未盡
지도　즉일군자야　단한인거양지　천각일방　촌심미진

轉眼卽別　奈何奈何　李龜蒙　無數打圈曰　纏綿悱惻
전안즉별　내하내하　이귀몽　무수타권왈　전면비측

實獲我心　酒又數行　李生問　酒味較似貴邦　余答　臨
실획아심　주우수행　이생문　주미교사귀방　여답　임

安酒太淡　薊州酒過香　似非本分淸香　敝邦法釀都有
안주태담　계주주과향　사비본분청향　폐방법양도유

田生問　亦有燒酒麽　答有.
전생문　역유소주마　답유

　　田生起身　取下壁間琵琶　爲弄數操　余曰　古稱燕趙
　　전생기신　취하벽간비파　위롱수조　여왈　고칭연조

多悲歌之士　諸公必能善歌　願聞一闋　裵生曰　無善唱
다비가지사　제공필능선가　원문일결　배생왈　무선창

者　李生曰　古云燕趙悲歌　乃偏伯之國　士不得志　今
자　이생왈　고운연조비가　내편백지국　사부득지　금

四海一家　聖天子在上　四民樂業　賢者羽儀明廷　廥載
사해일가　성천자재상　사민락업　현자우의명정　갱재

是歌　愚者煙月康衢　耕鑿是歌　都無不平　安有悲歌
시가　우자연월강구　경착시가　도무불평　안유비가

余曰　聖天子在上　可以出而仕矣　諸公皆當世之英傑
여왈　성천자재상　가이출이사의　제공개당세지영걸

才全學優　何不出身需世　而碌碌浮沈於市井之間　裵
재전학우　하불출신수세　이록록부침어시정지간　배

生曰　此事獨有田公當之　一座皆大笑　李生曰　還有時
생왈　차사독유전공당지　일좌개대소　이생왈　환유시

命　不可强干　李生抽架上選文一卷　請余一讀.
명　불가강간　이생추가상선문일권　청여일독

余讀後出師表　不爲諺吐－句讀也　高聲一讀　諸人環
여독후출사표　불위언토　구두야　고성일독　제인환

坐聽之　莫不擊節稱好　李生俟余讀畢　拈讀庾亮辭中
좌청지　막불격절칭호　이생사여독필　염독유량사중

書監表　乍高乍低　音節分明　雖未能逐字曉聽　亦足以
서감표　사고사저　음절분명　수미능축자효청　역족이

知其讀到某句　聲韻淸亮　如聽絲竹.
지기독도모구　성운청량　여청사죽

時月落夜深　戶外人跡不絶　余問　盛京無邏禁否　田
시월락야심　호외인적부절　여문　성경무라금부　전

生曰有　余曰　路上行人　不絶何也　田生曰　他應有事
생왈유　여왈　노상행인　부절하야　전생왈　타응유사

余曰　他雖有事　那得夜行　田生曰　如何不夜行　無燈
여왈　타수유사　나득야행　전생왈　여하불야행　무등

者不敢行　巷首街端　皆有軍鋪　甲軍守之　槍棒都有
자불감행　항수가단　개유군포　갑군수지　창봉도유

所以詗姦　無晝無夜　豈得禁人夜行　余曰　夜深思睡
소이형간　무주무야　기득금인야행　여왈　야심사수

持燈歸寓無妨否　裵出皆曰　不便不便　去不得　必爲守
지등귀우무방부　배전개왈　불편불편　거부득　필위수

鋪所詰　如何深夜裏　闌出獨行　必究驗往來處所　恐致
포소힐　여하심야리　난출독행　필구험왕래처소　공치

紛紜　先生旣然思睡　則暫於草榻上攲枕　穆春起拂榻
분운　선생기연사수　즉잠어초탑상기침　목춘기불탑

上氅席　爲余設寢也　余曰　此刻睡思頓淸　恐諸公爲緣
상창석　위여설침야　여왈　차각수사돈청　공제공위연

待客　失了一夜睡　諸人曰　都無睡意　陪奉高賓　打了
대객　실료일야수　제인왈　도무수의　배봉고빈　타료

一宵佳話　眞是畢生難得之良緣　如此度世　雖十旬秉
일소가화　진시필생난득지량연　여차도세　수십순병

燭　有甚倦意　諸人俱興勃勃　更命煖酒　重整蔬果　余
촉　유심권의　제인구흥발발　갱명난주　중정소과　여

曰　不必煖酒　諸人曰　生酒攻肺　酒毒入齒.
왈　불필난주　제인왈　생주공폐　주독입치

吳復　終夜端坐　視瞻非常　余曰　一齋先生　離吳中
오복　종야단좌　시첨비상　여왈　일재선생　이오중

幾年　吳生曰　十一年　余曰　緣何離鄕棲棲　吳生曰　爲
기년　오생왈　십일년　여왈　연하리향서서　오생왈　위

賣買做生涯　余曰　未知寶眷　隨在此中否　吳生曰　年
매매주생애　여왈　미지보권　수재차중부　오생왈　연

雖不惑　未委羔鴈　余曰　吳西林先生諱穎芳　杭之高士
수불혹　미위고안　여왈　오서림선생휘영방　항지고사

也　未知與君爲宗族否　吳曰　否也　余曰　陸解元飛　嚴
야　미지여군위종족부　오왈　부야　여왈　육해원비　엄

鐵橋誠　潘香祖庭筠　俱西湖高人　君知之乎　吳生曰
철교성　반향조정균　구서호고인　군지지호　오생왈

都未嘗與他聞名　俺離鄕久　但一見陸飛手畵牧丹　他
도미상여타문명　엄리향구　단일견육비수화목단　타

是湖州人.
시호주인

少焉 隣鷄互動 余亦倦甚 且爲酒困 椅上乍欹 卽
소언 인계호동 여역권심 차위주곤 의상사기 즉

鼾直睡 到天明驚起 諸人者 亦相枕藉榻上 或椅上坐
한직수 도천명경기 제인자 역상침자탑상 혹의상좌

睡 余獨斟兩盃酒 搖起裴生告退 卽還寓 日已暾矣.
수 여독짐양배주 요기배생고퇴 즉환우 일이돈의

張福塾睡 一行上下 都不覺也 蹙起張福 問有誰訪
장복숙수 일행상하 도불각야 축기장복 문유수방

我否 對無矣 因促持盥水來 裹巾 忙往上房 諸裨譯
아부 대무의 인촉지관수래 과건 망왕상방 제비역

方齊謁矣 無人覺得 心裏暗喜 更囑張福 愼勿出口.
방제알의 무인각득 심리암희 갱촉장복 신물출구

略啜早粥 卽往藝粟齋 諸人皆已起去 田生與李麟齋
약철조죽 즉왕예속재 제인개이기거 전생여이인재

擺列古器 見余至 皆驚喜曰 先生夜來能不倦否 余曰
파열고기 견여지 개경희왈 선생야래능불권부 여왈

夙夜匪懈 田生曰 且喫一椀茶.
숙야비해 전생왈 차끽일완다

少坐有一美少年 自外入來 卽捧茶來勸 問其姓名
소좌유일미소년 자외입래 즉봉다래권 문기성명

曰傅友梓 家住山海關 年十九歲云.
왈부우재 가주산해관 연십구세운

田生擺列畢 請余鑑賞 壺觚鼎彝 共有十一坐 小大
전생파열필 청여감상 호고정이 공유십일좌 소대

圓方 製各不同 鏤刻光色 件件古雅 攷其款識 皆周
원방 제각부동 누각광색 건건고아 고기관지 개주

漢物.
한물

田生曰 不必攷文 此皆近時金陵河南等地 新鑄化紋
전생왈 불필고문 차개근시금릉하남등지 신주화문

款識雖法古式　形旣不質　色又未純　若置眞正古銅之
관 지 수 법 고 식　형 기 부 질　색 우 미 순　약 치 진 정 고 동 지

間　史野立判　僕雖身居市廛　心委學校　旣見君子　如
간　사 야 립 판　복 수 신 거 시 전　심 위 학 교　기 견 군 자　여

獲百朋　豈可造次相瞞　百年負心.
획 백 봉　기 가 조 차 상 만　백 년 부 심

　余於諸器中　持戟耳彝爐石榴足者　細琓臘茶色　製頗
여 어 제 기 중　지 극 이 이 로 석 류 족 자　세 완 랍 다 색　제 파

精美　捧視爐底　陽印大明宣德年製　余問　此鑄頗佳否
정 미　봉 시 로 저　양 인 대 명 선 덕 년 제　여 문　차 주 파 가 부

田生曰　實不相瞞　亦非宣爐　宣爐以臘茶水銀浸擦入
전 생 왈　실 불 상 만　역 비 선 로　선 로 이 랍 다 수 은 침 찰 입

肉　更以金鑠爲泥　火久成赤　豈民間所可彷彿　余問
육　갱 이 금 삭 위 니　화 구 성 적　기 민 간 소 가 방 불　여 문

古銅靑綠硃班　入土年遠　所貴墓中物　是也　今此諸器
고 동 청 록 주 반　입 토 년 원　소 귀 묘 중 물　시 야　금 차 제 기

若云新鑄　則何能發出這樣光色　田生曰　此不可不知
약 운 신 주　즉 하 능 발 출 저 양 광 색　전 생 왈　차 불 가 부 지

大約古銅　入土則靑　入水則綠　墓中殉器　多發水銀色
대 약 고 동　입 토 즉 청　입 수 즉 록　묘 중 순 기　다 발 수 은 색

或謂尸氣漬染者非也　上古多以水銀爲殮　或出於帝王
혹 위 시 기 지 염 자 비 야　상 고 다 이 수 은 위 렴　혹 출 어 제 왕

陵墓　水銀沾染　年久入骨　大約新舊眞贋易辨.
릉 묘　수 은 첨 염　연 구 입 골　대 약 신 구 진 안 이 변

　古器　非但銅肉質厚　本身發光　類能天然瑩潤　而水
고 기　비 단 동 육 질 후　본 신 발 광　유 능 천 연 영 윤　이 수

銀色　亦非全體純發　或半面　或耳　或脚　時有漸染　其
은 색　역 비 전 체 순 발　혹 반 면　혹 이　혹 각　시 유 점 염　기

於靑綠硃班亦然　半深半淺　半淨半濁　濁不爲穢　堆重
어 청 록 주 반 역 연　반 심 반 천　반 정 반 탁　탁 불 위 예　퇴 중

透鬆 淨不爲燥 津潤如濕.
투송 정불위조 진윤여습

時有硃砂點子 深銹透骨 最重褐色 入土年久 靑綠
시유주사점자 심수투골 최중갈색 입토년구 청록

翠朱 點點成斑 如芝菌斑 如雲頭暈 如濃雪片 此非
취주 점점성반 여지균반 여운두훈 여농설편 차비

入土千年 不能若是 是爲上品.
입토천년 불능약시 시위상품

前明宣宗 喜倣褐色 所以宣爐多褐色也 近歲陝西新
전명선종 희방갈색 소이선로다갈색야 근세섬서신

鑄 輒倣宣德 而殊不識宣銅初無花紋 爲花紋者 皆近
주 첩방선덕 이수불식선동초무화문 위화문자 개근

日僞鑄也 其倣出顔色者 例於鑄成後 刀刻紋理 鑿畫
일위주야 기방출안색자 예어주성후 도각문리 착화

款識 掘地坑 傾鹽汁數盆 俟涸 仍置銅其中 埋藏數
관지 굴지갱 경염즙수분 사학 잉치동기중 매장수

年 頗有古意 此下品劣法也.
년 파유고의 차하품열법야

巧手以鵬砂 寒水石 硇砂 膽礬 金砂礬 爲末 鹽水
교수이붕사 한수석 망사 담반 금사반 위말 염수

調和 蘸筆均刷 候乾更洗 洗又蘸刷 若是者日三四度
조화 잠필균쇄 후건갱세 세우잠쇄 약시자일삼사도

坎地爲深坑 熾炭其中 坑烘如圍爐 因將釀醋潑下 坑
감지위심갱 치탄기중 갱홍여위로 인장엄초발하 갱

內沸爛卽涸.
내비란즉학

乃置器其中 更以醋糟厚罨 覆土加厚 無空缺處 三
내치기기중 갱이초조후엄 복토가후 무공결처 삼

五日出看 便生各色古斑 又燒竹葉 用薰其煙 色更深
오일출간 변생각색고반 우소죽엽 용훈기연 색갱심

靑 以蠟擦之 要發水銀色者 乃以鋼針爲末摩擦 更以
청 이랍찰지 요발수은색자 내이강침위말마찰 갱이

白蠟揩摩 卽成古色.
백랍개마 즉성고색

　或有故墮一耳 或缺傷器體 以爲商周秦漢之物 尤爲
　혹유고타일이 혹결상기체 이위상주진한지물 우위

可厭 他日廠中 俱是遠地駔儈 收買之際 不可糊塗取
가염 타일창중 구시원지장쾌 수매지제 불가호도취

笑 余曰 可感先生如此披誠 僕明日早朝 發向皇都
소 여왈 가감선생여차피성 복명일조조 발향황도

願先生開錄文房書畵 鼎彝諸器 古今同異 號名眞僞
원선생개록문방서화 정이제기 고금동이 호명진위

以爲冥途指南 田生曰 先生 若不見外時 不難爲此
이위명도지남 전생왈 선생 약불견외시 불난위차

當於西淸古鑑 博古圖中 參以陋見 淸單仰報.
당어서청고감 박고도중 참이루견 청단앙보

　遂約以乘月更來 起還站寓 已報朝飯矣 暫歷上房
　수약이승월갱래 기환참우 이보조반의 잠력상방

忙飯復出.
망반부출

　鄭進士與季涵來源 亦出行遊覽 誚余曰 獨行遊賞
　정진사여계함래원 역출행유람 초여왈 독행유상

有何滋味 來源曰 實無可觀 譬如廣州生員 初入京
유하자미 내원왈 실무가관 비여광주생원 초입경

左右顧眄 應接不暇 輒爲京人所唾 今吾輩亦何異於
좌우고면 응접불가 첩위경인소타 금오배역하이어

此 吾則再來 尤爲無味也.
차 오즉재래 우위무미야

　路逢費穉 引余入毡子鋪 囑以夜會歌商樓 余辭以已
　노봉비치 인여입전자포 촉이야회가상루 여사이이

與田抱關　約會藝粟齋　昨夜諸公更勞齊會　費生曰　俄
여 전 포 관　약 회 예 속 재　작 야 제 공 갱 로 제 회　비 생 왈　아

刻　已與抱關塾講　今先生歌鹿上都　勻是爲賓　詠駒空
각　이 여 포 관 숙 강　금 선 생 가 록 상 도　균 시 위 빈　영 구 공

谷　各求爲情　裴公已與蜀中溫公　料理薄具　未可爽約
곡　각 구 위 정　배 공 이 여 촉 중 온 공　요 리 박 구　미 가 상 약

余曰　昨夜過被　諸公盛眷　供張太費　今又若前　未敢
여 왈　작 야 과 피　제 공 성 권　공 장 태 비　금 우 약 전　미 감

更勞執事　費生曰　山有嘉木　惟工所度　振鷺斯容　彼
갱 로 집 사　비 생 왈　산 유 가 목　유 공 소 탁　진 로 사 용　피

此無斁　十二行窩　元無定約　四海同胞　孰爲厚薄　來
차 무 두　십 이 행 와　원 무 정 약　사 해 동 포　숙 위 후 박　내

源輩　徘徊街上　尋余入鋪中　余忙收談草　首肯爲諾
원 배　배 회 가 상　심 여 입 포 중　여 망 수 담 초　수 긍 위 낙

費生亦會余意　含笑頤可　季涵索紙　欲與問答　余起出
비 생 역 회 여 의　함 소 이 가　계 함 색 지　욕 여 문 답　여 기 출

曰　無足與語　季涵笑而起　費生臨門握余手以諭意　余
왈　무 족 여 어　계 함 소 이 기　비 생 림 문 악 여 수 이 유 의　여

點頭而去.
점 두 이 거

상루필담(商樓筆談)1)
가상루에서의 돈독한 우정

저녁이 되었는데도 여전히 더위가 찌는 듯하고 하늘가엔 붉은 햇무리가 사방에 자욱하다. 나는 밥을 재촉해 먹고 잠깐 상방에 가서 조금 앉아 있다가 곧 일어나면서 혼잣말로,

"너무도 덥고 피곤해서 일찍이 자야겠다."

하고는 마침내 뜰로 내려와서 서성거리다가 틈만 있으면 나갈 궁리를 했다.

마침 박래원(朴來源)과 주 주부(周主簿 : 주명신)와 노 참봉(盧參奉 : 노이점)이 밥 먹은 후 뜰을 거닐면서 배를 문지르며 트림을 하고 있다. 이때 달빛이 차츰 돋아나고 시끄러운 소리가 잠깐 그쳤다. 주 주부(周主簿)가 달그림자를 따라 두루 거닐

---

1) 상루필담(商樓筆談) : 다백운루본에는 '상루야화(商樓夜話)'라고 하여 「성경잡지」에서 따로 수록하였으나 잘못된 것이다.

면서 부사가 요양에서 지은 칠률(七律 : 칠언율시)을 외워서 전하고, 또 자기가 차운(次韻)한 시를 읊고 있었다. 나는 재빠른 걸음으로 마루에 올라갔다가 도로 나오면서 노군(盧君 : 노이점)에게 말하기를,

"형님[2]께서 매우 심심해하시더군."

하니 노군은,

"사또께서 적적하실 겁니다."

하고는 곧바로 마루 쪽으로 향한다. 주군(周君 : 주명신)도 근심스런 낯빛으로 말하기를,

"요즘 병환이 나실까 두렵습니다."

하고는 곧바로 마루 쪽으로 향해 가니 박래원(朴來源)도 뒤따라 들어갔다.

나는 그제야 재빨리 걸어 문을 나가면서 장복에게,

"어제처럼 잘 꾸며대려무나."

하고 타이르자 변계함(卞季涵)이 밖에서 들어오다가 나를 보고 묻기를,

"어디들 가시오?"

라고 한다. 나는 귓속말로,

"달을 따라 함께 어디 좋은 데 가서 밤새 이야기나 해보자꾸나."

라고 하니 변계함이,

---

2) 상관인 박명원을 말하는데, 연암의 삼종형이다.

"어딜요?"

라고 하여 나는,

"그야 어디든지."

하였다. 변계함이 발걸음을 멈추고 망설이는 차에 수역이 마침 들어오자 변계함이 묻기를,

"달빛이 좋으니 좀 거닐다 와도 좋겠죠?"

하니 수역이 깜짝 놀라면서 무어라고 말했다. 변계함은 웃으면서,

"당연히 그렇지요."

하기에 나도 허튼소리로,

"그렇겠군."

하고, 곧 앞뒤에 선 채로 도로 들어갈 적에 마침 수역과 변계함이 마루에 올라서 돌아보지 않는 틈을 타서 나는 뒤에 처져 있다가 가만히 빠져나왔다. 한길에 나오고 나서야 비로소 가슴이 후련하였다.

　더위도 약간 물러갔거니와 달빛이 땅에 가득하다. 먼저 예속재에 이르니 벌써 점포 문이 닫혔는데, 전생(田生: 전사가(田仕可))은 어딘지 나가고 이인재(李麟齋)만이 혼자 있었다. 이인재는,

"잠깐 앉으셔서 차나 한 잔 드시지요. 전공이 곧 돌아올 겁니다."

라고 하여 내가,

"가상루에 여러분께서 벌써 모여서 기다릴 걸요."

하니 이생(李生 : 이인재)은,

"가상루의 아름다운 약속에 대해서는 벌써 알고 있습니다. 제가 모시고 가겠습니다."

라고 한다. 마침 전생이 손에 붉은색의 양각등(羊角燈)3)을 들고 들어와서 나에게 함께 가기를 재촉하므로, 마침내 이생과 함께 담뱃대를 입에 문 채 문을 나섰다. 한길이 하늘처럼 넓고 달빛은 물결처럼 흘러내린다. 전생이 손에 들었던 등불을 문 위에 걸기에 나는,

"손에 등불을 들지 않아도 무방한가요?"

라고 물으니 이생은,

"아직 밤이 되지 않았으니까요."

한다. 드디어 천천히 네거리로 거닐었다. 양편의 점포들은 모두 벌써 문이 닫혔고, 문 밖엔 모두 양각등을 걸었는데, 더러는 푸르고 붉은 빛깔도 섞여 있었다.

가상루의 여러 사람들이 마침 난간 밑에 죽 늘어서 있다가 내가 오는 것은 보고 모두들 못내 반겨하며 점포 안으로 맞아들였다. 이중에는 배관(裴寬) 갈부(褐夫)·이귀몽(李龜蒙) 동야(東野)·비치(費穉) 하탑(下榻)·전사가(田仕可) 포관(抱關)·온백고(溫伯高) 목재(鶩齋 : 목헌(鶩軒))·목춘(穆春) 수환(繡寰)·오복(吳復) 천근(天根) 등이 모두 모였다.

배생(裴生 : 배관)은,

"박공(朴公)은 가히 믿을 만한 선비라 이르겠습니다."

---

3) 양각등(羊角燈) : 양의 뿔을 고아서 만든 얇은 껍질을 씌운 등.

한다. 마루 가운데에 부채처럼 생긴 사초롱 한 쌍이 걸려 있고 탁상에는 촛불 두 자루가 켜져 있다. 생선이며 고기와 채소, 과일 등을 이미 차려놓았으며 북쪽 벽 밑에도 따로 한 식탁을 벌여 놓았다.

여러 사람들이 나에게 먹기를 권하기에 나는,

"저녁밥이 아직 덜 내려갔소이다."

라고 하니, 비생(費生 : 비치)이 손수 뜨거운 차 한 잔을 따라서 권한다. 마침 자리에 처음 보는 손님이 있기에 내가 성명을 물었더니,

"이름은 마횡(馬鐄)이며 자는 요여(耀如)이고, 산해관에 살고 있는 분인데 장사하러 이곳에 왔으며, 나이는 스물셋이고 글도 대략 안답니다."

라고 한다.

비생이 말하기를,

"오십독역(五十讀易)4)이란 구절을 어떤 이는 정복독역(正卜讀易)이라 하여 '복(卜)' 자의 안쪽에 획 하나 더 붙여 '십(十)' 자가 된 것이라 하는데, 선생은 어찌 생각하십니까?"

하기에 나는,

"오십독역의 '오십(五十)'을 비록 '졸(卒)' 자가 아닌가 하고

---

4) 오십독역(五十讀易) : 『논어(論語)』에 "쉰 살에 『역경(易經)』을 읽었다." 하였다. '오십이학역(五十而學易)'이란 글귀는 해석 여하에 따라 '오십(五十)'이 '졸(卒)'로 될 수도 있고, '역(易)' 자가 '역(亦)' 자로 될 수도 있어 유학자들 간에 문제가 되는 글귀이다.

의심할 수는 있겠으나,5) 지금 '정복(正卜)'의 잘못된 것이라 함
은 너무 당찮은 견해 같소. 『역경(易經)』은 비록 점치는 복서
(卜筮)에 쓰는 책이어서 계사(繫辭)6) 편에 점(占)과 서(筮)를
말했으나 복(卜) 자는 보이지 않을 뿐더러,7) 게다가 '복(卜)'
자는 '곤(丨)' 자에다 한 점(')을 더한 것인 만큼 애초에 '일
(一)' 자의 획을 그은 건 아니니까요."

하니 비생은 또,

"혹은 '무약단주오(無若丹朱傲)'8)의 '오(傲)' 자를 사람 이름
'오(奡)'9) 자의 잘못이라 하고, 그 아래 망수행주(罔水行舟)10)
라는 글을 보아서도 〈단주오(丹朱傲)는 '단주'와 '오'〉 두 사람
으로 보아야 한다고 말하기도 합니다."

하기에 나는,

"'오(奡)'가 능히 뭍에서 배를 저었다 하니, 망수행주와 뜻은

---

5) '오십(五十)'을 초서(草書)로 쓰면 '졸(卒)' 자와 모양이 같다.

6) 계사(繫辭) : 『주역(周易)』의 편명(篇名). 문왕(文王)이 주역의 괘(卦)
　　를 설명하여 상세하게 풀어 놓은 주석(註釋).

7) '복(卜) 자는'으로부터 여기까지는 일재본에는 '복(卜) 자는 한번 보인
　　다〔一見卜字〕'로 되어 있다.

8) 무약단주오(無若丹朱傲) : 『서경(書經)』에 "단주처럼 오만한 자는 없
　　다."고 했다. 단주는 요(堯)임금의 아들 이름이다.

9) 오(奡) : 『논어(論語)』에 "오(奡)는 능히 뭍에서 배를 끈다."고 했다.
　　오는 역사(力士)의 이름이다.

10) 망수행주(罔水行舟) : 물도 없이 배를 밀고 간다. 즉 물도 아닌 뭍에
　　서 배를 끄는 것을 이른 말이다.

매우 그럴싸하게 맞으나, 오(傲)와 오(奡)는 비록 음은 같을지라도 글자의 모양은 아주 다를 뿐만 아니라, 게다가 오(奡)와 착(浞)11)은 모두 하 태강(夏太康)12) 때의 사람으로서 우(虞)임금·순(舜)임금 시대와는 너무 멀리 떨어져 있으니 어디 될 법이나 합니까?"

하니 이동야(李東野)는,

"선생의 변증이 매우 옳습니다."

라고 한다. 내가 전포관(田抱關)더러,

"부탁드린 골동품의 목록은 이미 집필을 시작하셨는지요?"

하고 물으니 전생이,

"점심 때 마침 조그마한 일이 생겨서 아직 반도 베끼지 못한 채 그대로 접어두었습니다. 내일 새벽 떠나시는 길에 잠시 점포 앞에서 행차를 멈추시면 제가 직접 수하 사람에게 전해드리겠습니다. 이번에는 반드시 약속을 어기지 않겠습니다."

하여 내가,

"선생께 이렇듯 수고를 끼쳐서 죄송합니다."

하자 전생은,

"이건 친구간의 예삿일이죠. 다만 진작 해드리지 못해 부끄러울 뿐입니다."

라고 한다.

---

11) 착(浞) : 사람 이름. 혹은 오가 착의 아들이라 하였다.

12) 하 태강(夏太康) : 하(夏)나라의 임금. 태강은 시호(諡號).

나는 또,

"여러분은 일찍이 천산(千山)을 구경하신 적이 있습니까?"

하고 물었더니 그들은,

"이곳에서 100리나 되어 아무도 가 본 사람이 없습니다."

한다. 나는 다시,

"병부낭중(兵部郎中) 복녕(福寧)이란 사람을 혹시 아십니까?"

라고 물으니 전생은,

"모릅니다. 우리 친구 중에도 아는 사람이 없습니다. 그는 벼슬하는 양반이고, 우리는 장사치인데, 어찌 그를 찾아뵐 수 있겠습니까?"

라고 한다. 동야(東野 : 이귀몽)는,

"선생은 이번 길에 황제를 직접 뵈옵겠지요?"

하기에 나는,

"사신은 때로 황제의 얼굴을 가까이할 수 있겠지만, 나는 한갓 따라온 사람이라 그 반열에 참가하지 못할 것입니다."

하니 동야는,

"지난해에 어가(御駕)가 능(陵)에 거둥하셨을 때 귀국의 종관(從官)들은 모두 천자를 우러러 뵙곤 하던데, 우리네는 도리어 그들이 부럽더군요."

하기에 내가,

"여러분은 어째서 우러러 뵙지 않습니까?"

하자 배갈부가,

"어찌 감히 당돌한 짓을 할 수 있겠습니까? 그저 문 닫은 채

잠자코 있을 뿐이죠."

라고 하여 나는,

"황상께서 거둥하실 때면 아이 어른 할 것 없이 들판에 모여 들어 다투어 그 행차를 우러러 보려고 할 것 아닙니까?"

하니 그는,

"감히 어림도 없답니다."

한다. 나는,

"지금 조정 각로(閣老)들 중에 태산과 북두칠성처럼 누가 가장 인망이 높습니까?"

하였더니 동야는,

"그들 이름은 모두 '만한진신영안(滿漢搢紳榮案)'13)에 실려 있으니, 한 번 훑어보시면 바로 알 수 있을 것입니다."

하기에 내가,

"비록 영안(榮案)을 본들 그들의 행적까지 알 수 있겠습니까?"

하니 동야는,

"우리네야 모두 한낱 초야(草野)에 묻힌 보잘것없는 몸이어서 지금 조정에 누가 주공(周公)14)인지, 소공(召公)15)인지, 또

---

13) 만한진신영안(滿漢搢紳榮案) : 만인(만주족)과 한인(한족)을 함께 실은 일종의 벼슬아치 신상명세서가 적힌 『잠영록(簪纓錄)』이다.

14) 주공(周公) : 주나라 문왕(文王)의 아들이자, 무왕(武王)의 형이다. 중국의 예악제도를 정비한 인물로서 후세 정치가들의 전범이 되었다.

누가 꿈에서16) 또는 점쳐서17) 등장되었는지를 모릅니다."

라고 한다. 내가,

"심양성 안에 경술(經術)과 문장에 능통한 이가 몇이나 있을

까요?"

라고 하니 배생은,

"모두 녹록하여 들리는 사람이 없습니다."

라고 하고 전생은,

"심양서원(瀋陽書院)에 서너 네댓 사람 거인(擧人)18)이 있었

는데 마침 과거보러 북경에 갔습니다."

라고 하여 나는,

"여기서 북경까지 1,500리 사이 연로에 이름난 사람과 높은

선비들이 반드시 많을 텐데, 그들의 성명(姓名)을 알게 해 주신

다면 찾아보기에 편리할 것 같습니다."

---

15) 소공(召公) : 성명은 희석(姬奭). 주공과 함께 주(周)나라 초기의 어
   진 재상이다. 소공은 봉호(封號). 소공은 주나라 무왕이 상나라를
   멸하는데 공을 세워 협서 지역에 있는 소 지방을 분봉 받고 연나라
   에 봉해져 연나라의 시조가 되었다.

16) 은나라 무정(殷武丁)이 꿈에 부열(傅說)을 만나고 초상을 그려 붙여
   서 그를 찾아 재상으로 삼았다.

17) 주 문왕(周文王)은 점을 쳐서 여상(呂尙 : 강태공)을 얻어 스승을 삼았
   다.

18) 거인(擧人) : 지방에서 국가고시에 합격하고 중앙고시에 응할 자격
   을 지닌 선비. 곧 향시(鄕試)에 급제하여 북경(연경)에서 치르는 회
   시(會試)를 볼 자격을 얻은 사람을 말한다.

하니 전생은,

"산해관(山海關) 밖은 모두 변방이라 땅의 기세가 높고 춥다
보니 사람들의 기질이 거칠고 사나워서 연로엔 모두 우리와 같
은 건몰(乾沒 : 장사치)한 사람들뿐이니, 이름을 들 만한 이도
없거니와 역시 사람을 천거하기란 가장 어려운 노릇이어서, 기
껏해야 저의 아는 바를 들먹이는 것에 지나지 않으며, 제가 좋
아하는 이에게 아첨함을 면치 못할 것입니다. 그리하였다가 높
으신 안목으로 한 번 보시고 꼭 마음에 들지 않는다면 저에겐
부질없는 말이 되고, 남들에겐 실망을 줄 뿐일 것입니다. 이제
무슨 좋은 바람이 불어서 선생을 뵙고, 덕망을 우러러 촛불을
밝히고 마음껏 토론하니, 이를 어찌 꿈엔들 생각이나 했겠습니
까? 이는 실로 하늘이 맺어 준 연분이라 아니할 수 없습니다.
이 세상에 나서 한 명의 지기(知己)를 얻는다면 족히 한이 없을
지니, 선생께서는 가시는 길에 스스로 좋은 사람을 만날 텐데
어찌 다른 사람을 미리 소개할 일이겠습니까?"

라고 한다.

술이 몇 순배 돌 때에 비생이 먹을 갈고 종이를 펴면서,

"목수환(穆繡寰)이 선생의 필적을 얻어서 최고의 보배로 간
직하기를 원합니다."

하기에, 나는 곧 반향조(潘香祖)가 김양허(金養虛)[19]를 보낼

---

19) 김양허(金養虛) : 양허(養虛)는 김재행(金在行)의 자이다. 김상헌(金
尚憲)의 5대손으로, 영조(英祖) 41년에 홍대용(洪大容)과 함께 연행

때 지은 칠절(七絶 : 칠언절구) 중에서 한 수(首)를 써서 주었다. 동야(東野)가,

"반향조는 귀국의 이름 높은 선비이옵니까?"

라고 묻기에 나는,

"우리나라 사람이 아닙니다. 이는 전당(錢塘) 사람으로 이름은 정균(廷筠)인데, 지금 중서사인(中書舍人)으로 있으며 향조는 그의 자입니다."

라고 했다. 배생은 또 빈 서첩(書帖)을 내놓으면서 글씨를 청한다. 짙은 먹물 부드러운 붓끝에 글자의 획이 썩 잘 되었다. 내스스로도 이렇게 잘 쓰일 줄은 몰랐고, 다른 사람들도 크게 감탄과 칭찬하여 마지않았다. 한 잔 기울이고 한 장 써 내치고 하니, 붓 돌아가는 모양이 마음대로 호방해진다. 밑에 있는 몇 장에는 진한 먹물로 고송(古松)과 괴석(怪石)을 그렸더니, 여러사람들이 더욱 좋아하여 앞 다투어 종이와 붓을 내놓고 빙 둘러서서 서로 써 달라고 조른다.

또 한 마리 검은 용(龍)을 그리고 붓을 퉁겨서 짙은 구름과 소낙비를 그렸는데, 다만 용의 지느러미는 꼿꼿이 세워지고, 등비늘은 순서 없이 붙었으며, 발톱이 얼굴보다 더 크고, 코는 뿔보다 더 길어서 모두들 크게 웃으며 기이하다 한다.

전생과 마횡(馬驍)이 등불을 들고 먼저 돌아가려 하므로 나는,

(燕行)을 하였다.

"이야기가 한창 재미있는데 선생은 왜 먼저 가시려 합니까?"

하고 물으니 전생은,

"지레 돌아가고 싶진 않으나 다만 약속[20]을 지키려니 하는 수 없습니다. 내일 아침 문에 나서서 작별 인사를 드리오리다."

라고 한다. 나는 아까 그린 검은 용을 들고 촛불을 댕겨서 사르려 했다. 온목헌(溫鶩軒)이 급히 일어나서 손을 뻗어 빼앗아서는 고이 접어서 품속에 간직한다. 배생은 껄껄 웃으면서,

"관동(關東) 1,000리에 큰 가뭄이 들까 두렵군."

하기에 내가 묻기를,

"어째서 가문단 말이시오?"

라고 하니 배생은,

"만일 이게 화룡(火龍)으로 변해서 간다면 누구든지 괴로움을 부르짖게 될 것입니다."

라고 하여 모두 한바탕 웃은 뒤에 배생은 다시,

"용 중에도 어질고 나쁜 것이 있는데 화룡이 가장 독하답니다. 건륭(乾隆) 7년 계해(癸亥)[21] 3월에 산해관 밖 여양(閭陽) 벌판 가운데에 용 한 마리가 떨어지자, 구름도 없으면서 천둥소리가 나고 비도 내리지 않으면서 번갯불이 번쩍이고, 산해관 밖 늦은 봄 날씨가 별안간 6월 더위로 변하였습니다. 용이 있는 곳

---

20) 「고동록(古董錄)」을 집필하기 위함이다.

21) 계해(癸亥) : 일재본에는 계사(癸巳)로 되어 있는데 잘못되었으므로 바로잡았다.

으로부터 100리 안은 모두 펄펄 끓는 도가니 속같이 되어서 사람이며 짐승이 수없이 많이 목말라 죽었고, 장사치와 나그네도 나다니지 못했으며, 집안에 있는 사람들은 밤낮없이 벌거숭이인 채로 손에서 부채를 놓지 못했습니다.

황제께옵서 분부를 내리시어 관내의 냉장고에서 얼음 수천 수레를 내어 관 밖에 고루 나눠서 더위를 가시게 하였습니다. 용 가까이에 있던 나무와 흙과 돌은 곱절이나 타버리고 우물과 샘은 모두 들끓었습니다. 용이 열흘 동안 누워 있더니 갑자기 바람이 불어치고 큰 천둥이 일며 콩알만 한 빗줄기가 퍼붓고, 대릉하(大凌河)이 있던 집들이 빗속에서도 저절로 불이 나곤 하였으나, 다만 사람과 짐승에겐 아무런 해도 없었습니다.

용이 떠날 때에 사람들이 다투어 나가 보니, 막 몸을 일으켜서 하늘로 오르려 할 때 처음엔 무척 굼뜨게 머리를 쳐들고 꼬리를 끌되, 마치 타마(駝馬 : 낙타)가 일어서는 것처럼 하다가, 길이가 겨우 서너 자밖에 안 되는데도 입으로 불을 뿜고 꼬리를 땅에 붙이고는 한 번 몸을 꿈틀하자, 비늘마다 번개가 번쩍 일면서 갑자기 우렛소리가 나고 공중에서 빗발이 쏟아졌답니다. 이윽고 몸을 묵은 버드나무 위에 걸치자 머리부터 꼬리에 이르기까지 양쪽 나무에 걸려 있는 그 사이가 여남은 길이나 되며, 소낙비가 강물을 뒤엎는 듯 퍼붓더니 이내 멎었습니다.

그제야 하늘을 쳐다보니 그 날랜 품이 동쪽 구름 사이엔 뿔이 나타나고 서쪽 구름 사이엔 발톱이 드러나는데, 뿔과 발톱 사이가 몇 리나 되더랍니다. 용이 오른 뒤엔 바람 불던 날씨가 청명하여 도로 3월의 날씨로 되돌아왔답니다. 용이 누웠던 자리엔 몇 길이나 되는 맑은 물이 고여 못이 되었고, 못 가에 있던 나무와 돌은 모두 타버렸으며, 대부분의 소와 말들은 몸뚱이가 반쯤만 남았는데 털과 뼈가 모두 그슬려 녹아버렸고, 크고 작은 물고기 죽은 것이 산더미처럼 쌓여 있다 보니 냄새 때문에 사람이 가까이 갈 수도 없었답니다.

특히 이상한 것은 용이 걸쳤던 버드나무는 잎이 하나도 떨어지지 않았다고 합니다. 그 해에 관동의 일대에 큰 가뭄이 들어서 9월이 되도록 비가 내리지 않았답니다. 그러므로 나는 이 용이 떨어진다면 또 그런 변이 생길까 두려워하는 바입니다."

하자, 모두가 다시 한바탕 크게 웃었다. 나는 큰 사발에 술을 기울여 죽 들이켜고 나서,

"그 이야기 덕분에 아주 술이 술술 내려가는군요."

하니 여럿이,

"옳습니다. 모두들 이번엔 한 사발씩 술을 돌려서 박공의 기쁨을 돋웁시다."

라고 한다. 나는 말하기를,

"여러분은 그 용의 이름을 아십니까?"

하니, 어떤 사람은 응룡(應龍)이라 하고, 어떤 사람은 한발(旱魃)이라 한다. 나는,

"아닙니다. 그 이름은 강철(罡鐵)이라고 합니다. 우리나라 속담에 '강철이 지나간 곳에는 가을도 봄이 된다'고 하니, 이는 가물어 흉년이 들게 함을 이른 말입니다. 그러므로 가난한 사람

들이 일을 하다가 뜻대로 이루어지지 않음을 보고는 '강철의 가을'이라고 합니다."

라고 하니 배생이,

"그 용 이름이 참 기이하군요. 내가 태어난 때가 바로 그 해이니, 이는 곧 '강철의 가을'이라 어찌 가난치 않고야 견디겠소?"

하고는 다시 긴 목소리로,

"강처(罡處)."

라고 하기에 나는 소리 질러,

"강철."

이라고 해도 배생은 또,

"강천(罡賤)."

이라고 한다. 나는 웃으면서,

"천(賤)이 아니고, '도철(饕餮)'의 철(餮)22)과 음이 같은 철(鐵)이어요."

라고 하니 동야가 그제야 크게 웃으며 이내 커다란 소리로,

"강청(罡靑)."

이라고 하여, 앉았던 사람들 모두 〈허리를 잡고〉 웃었다. 대개 중국 사람들의 발음엔 '갈(曷)'과 '월(月)' 등의 'ㄹ' 받침이 잘 궁굴지 않기 때문이다.

나는,

"여러분은 모두 오(吳)·촉(蜀) 땅에 살고 계시면서 이렇게 멀

---

22) 철(餮): 일재본에는 명철(明哲)이란 '철(哲)'로 되어 있다.

리까지 장사 와서 몇 해를 지낸다면 고향 생각이 간절하지 않습니까?"

라고 하니 오복(吳復)은,

"정말 고향 생각에 고통스럽습니다."

하고 동야(東野)는,

"고향 생각이 날 때마다 정신이 산란해집니다. 천애(天涯 : 하늘 끝) · 지각(地角 : 땅 끝)과 같은 먼 곳에 와서 사소한 이문을 다투는 동안 늙으신 어머니께서는 저물녘 마을 어귀에서 하염없이 저를 바라시고, 젊은 아내는 홀로 방을 지키게 됩니다. 그리하여 편지 전하는 기러기도 오래 전 끊어지고[鴈書久斷], 꾀꼬리 같은 아내의 꿈조차 꾸지 못할 때면, 어찌 사람으로서 머리가 세지 않겠습니까? 더욱이 달 밝고 바람 맑으며, 잎 지고 꽃 피는 때면 하염없이 간장만 타니 이를 어이하오리까?"

한다. 나는,

"그러시다면 어찌 진작 고향에 돌아가서 몸소 밭이랑을 갈면서 우러러 어버이를 섬기고 아래로는 처자를 돌볼 계획을 세우지 않고, 오로지 이렇게 하찮은 이문을 좇아서 멀리 고향을 떠나셨나요? 비록 재산이 의돈(猗頓)23)과 겨누고, 이름이 도주

---

23) 의돈(猗頓) : 전국 시대 노(魯)나라의 대표적인 재산가. 돈은 이름이요, 의는 산동성 의씨(猗氏)라는 고을에서 살림을 일으켰으므로 붙여진 이름이다. 농사짓기에 적합하지 않은 척박한 땅에 양목을 하여 돈을 벌자, 그 돈으로 소금 장사를 하여 10년 안에 중국의 대부호가 되었다. 의돈지부(猗頓之富).

(陶朱)24)와 같이 된다 한들 무슨 즐거움이 있으리까?"

하니 동야(東野)는,

"이는 꼭 그렇지도 않습니다. 우리 고향 사람들도 더러는 반
딧불을 주머니에 넣기도 하고25) 송곳으로 허벅지를 찌르면서26)
글공부하며, 아침엔 나물밥, 저녁엔 소금 찬으로 가난을 견디는
이가 많이 있습니다. 그러한 정성을 하늘이 가엾이 여기셨음인
지 때때로 비록 하찮은 벼슬을 얻어 녹봉을 받는 일도 있으나,
만 리 타향에 벼슬하러 가다보면 고향을 떠나 사는 건 마찬가지

---

24) 도주(陶朱) : 성명은 범려(范蠡). 월(越)나라의 명재상으로, 자는 소
   백(少伯)이다. 작은 배를 타고 강호(江湖)를 떠돌며 이름과 성을 바
   꾸었다. 회계(會稽)에서 패배한 월왕(越王) 구천(句踐)을 도와 오왕
   (吳王) 부차(夫差)를 멸망시키고 훗날 산동(山東)의 도(陶)땅에 가서
   도주공(陶朱公)라 자칭하였으며, 19년 만에 세 번이나 천금을 이룩
   하였고, 그 자손이 더욱 돈을 불려서 거만에 이르렀다. 도주지부(陶
   朱之富).

25) 진(晉)나라의 차윤(車胤)이 집이 가난하여 반딧불을 잡아 주머니에
   넣고 그 빛으로 공부하여 벼슬이 어사대부까지 올랐다는 고사가 있
   다. 형설지공(螢雪之功).

26) 『전국책(全國策)』을 살펴보면, 소진(蘇秦)은 공부하다가 졸음이 오
   면 송곳으로 허벅지를 찔러가며 잠을 쫓았는데 발꿈치까지 피가 흘
   러내릴 정도였다고 하는데, 여기에서 추자고(錐刺股)라는 성어가 유
   래하였다. 소진은 전국 시대 때 강국(强國) 진(秦)나라에 대적하기 위
   해 연(燕)·조(趙)·한(韓)·위(魏)·제(齊)·초(楚) 여섯 나라가 연합하는
   합종설(合從說)을 주상, 6국(國)의 합종을 성공시킴으로써 혼자서 6
   국의 재상을 겸임했다.

요. 혹시 친상을 당하든지 파면을 당하든지 한다면 고생은 말할 것도 없거니와 또 관직을 가진 자가 그 일터에서 죽는 경우도 있으며, 혹은 처신을 잘못하였을 때엔 장물(贓物)을 도로 게워내야 할 뿐더러 세업(世業)마저 기울어지게 되니, 그때에야 비록 '황견(黃犬)의 탄식'27)을 지은들 다시 무슨 소용이 있겠습니까?

저희들은 배운 것이 어설프니 벼슬길도 가망 없고, 그렇다고 해서 손가락에는 피가 나고 얼굴에는 땀을 흘려가며 병들고 깡마른 몸으로 쌀 한 알이라도 신고해야 얻을 수 있는 농사일로 한평생을 보낼 수도 없습니다. 이는 나서 늙고 병들어 죽을 때까지 불과 좁은 고장을 한 걸음도 떠나지 못한 채 마치 여름 벌레가 겨울에는 나오지 못하듯이 이 세상을 마칠 테니, 그렇다면 차라리 하루 빨리 죽는 것만 못할 것입니다.

이제 가게를 내고 물건을 사고팔아서 생활하는 것을 남들은 비록 하류로 치지만, 〈생각하기에 따라서는〉 장사란 하늘이 아름다운 극락계(極樂界) 하나를 열어 준 것이고, 땅이 이러한 쾌활림(快活林)28)을 점지하여 준 것입니다. 그러므로 도주공의

---

27) 진(秦)나라 이사(李斯)가 아들과 함께 사형장으로 갈 때 아들을 돌보면서 "내 비록 너와 다시 황견을 몰고 동문을 나서 사냥을 하고자 한들 얻을 수 있겠느냐?" 하였다. 곧 벼슬자리의 어려움이 장사 못지않음을 말한 것이다.

28) 쾌활림(快活林) : 송(宋)나라의 수도 교외에 있는 유명한 유원지의 이름. 곧 지상낙원.

편주(扁舟)를 띄우고,29) 단목(端木)30)의 수레를 몰아서 유유히 사방을 다녀도 아무런 거리낌이 없을 뿐만 아니라, 그 어떤 넓은 대도시라도 뜻에 맞는 곳이 바로 제 집이랍니다. 드높은 처마와 화려한 방 안에서 몸과 마음이 한가롭고, 모진 추위나 가혹한 더위에도 방편을 따라 자유롭게 살 수도 있습니다.

그러므로 어버이께서 위안되시고 처자들도 원망치 아니하여 나아가나 물러서나 피차간 여유롭고, 영화롭거나 욕되거나를 모두들 잊게 되니, 저 농사일과 벼슬살이의 두 길에 비겨 괴로움과 즐거움이 어떻겠습니까?

또 저희들은 특히 벗을 사귐에 있어서 모두 지성(至性 : 지극한 정성)을 지녔답니다. 옛 글에도 "세 사람이 같이 행하면 그중에 반드시 나의 스승 될 이가 있다"31) 하였고, 또 이르기를, "두 사람의 마음이 합한다면 그 날카로움이 굳은 쇠라도 끊을 수 있다"32) 하였으니, 이 천하의 지극한 즐거움이 이보다 더 지나칠 것이 있겠습니까? 사람의 한평생에 만일 친구가 없다면 아무런 재미도 없을 것입니다. 저 입고 먹는 것밖에 모르는 위인들은 모두 이런 맛을 모른답니다. 세상에는 과연 생긴 모양이 얄밉

---

29) 범려가 절세의 가인(佳人)인 서시(西施)와 함께 배를 타고 오호(五湖)로 떠다녔다.

30) 단목(端木) : 공자의 제자들 중에서 가장 돈벌이를 잘하는 단목사(端木賜). 자는 자공(子貢)이다.

31) 『논어(論語)』에 나오는 말이나.

32) 『역경(易經)』에 나오는 말이다.

고 말씨가 멋없는 사람이 얼마나 많겠습니까? 그들의 눈엔 다
만 옷가지와 밥사발만 보일 뿐 가슴속에 친구를 사귀는 즐거움
이라곤 조금도 없답니다."
라고 한다. 나는,

"중국의 백성들은 비록 제각기 네 갈래[四民 ： 사(士)·농(農)·공
(工)·상(商)]의 분업적인 생활을 하고 있지만 거기엔 귀천의 차별
이 없다고 하는데, 따라서 혼인이라든지 벼슬살이에 있어서 아
무런 구애되는 점은 없는지요?"
라고 하니 동야(東野)는,

"우리나라에선 벼슬아치들은 장사치나 장인바치와는 혼인함
을 금하는데, 관기(官紀 ： 벼슬아치의 기풍)를 깨끗이 하기 위해서
지요. 아울러 도(道)를 높이고 이(利)를 천하게 보며, 근본을 숭
상하고 지엽(말단)을 누르려 하는 까닭입니다. 우리네는 모두 대
대로 장사하는 집이므로 사대부의 집과는 혼인할 수 없고, 비록
돈과 쌀을 바쳐서 차함(借銜)33)으로 생원(生員)34) 정도나 얻더
라도, 그 역시 지방 관청의 향공(鄕貢)35)을 거쳐서 거인(擧人)
이 되지는 못한답니다."
라고 하자 비생은,

---

33) 차함(借銜) ： 실제로 근무하지 않고 직함만 빌리는 벼슬.
34) 생원(生員) ： 당시 고등 교육기관에 입학한 자.
35) 향공(鄕貢) ： 과거의 응시 자격자를 뽑는 데 있어 중앙의 학교 출신
    이외에 지방 관청에서 추천한 자.

"이 법은 다만 고향에서만 실시되는 법이지, 고향을 떠나면 반드시 그렇지도 않습니다."
라고 한다. 나는,

"한번 제생(諸生 : 생원과 같음)이 되기만 하면 사류(士類)로 행세함은 허용됩니까?"
라고 하였더니 이는,

"그렇습니다. 제생 중에서도 늠생(廩生)36) · 감생(監生)37) · 공생(貢生)38) 등의 여러 가지 명목이 있어서 이들은 모두 생원 중에서 뽑혀 오르기 때문에 한 번 생원이 되면 구족(九族)에게 빛이 나, 〈그 대신〉 이웃들이 해를 입습니다. 왜냐하면 관권(官權)을 틀어잡고 시골에서 무단(武斷)을 감행하는 게 바로 생원님네의 전문적인 재주입니다.

사(士)의 부류에도 세 등급이 있습니다. 상등은 벼슬아치가 되어 관록을 먹는 선비요, 중등은 학관(學館)을 열어서 생도들을 모집하는 선비요, 하등은 남에게 창피를 무릅쓰고 빌붙고 재물을 꾸러 다니는 선비들입니다. 이는 속담에 이른바 '남에게 빌붙어 사니 체면이 서지 않는다'는 꼴입니다.

당장 살길이 모두 끊어졌으니 남에게 빌붙거나 꾸러 다니지

---

36) 늠생(廩生) : 국가에서 학비를 대주는 학생.
37) 감생(監生) : 국립대학인 국자감(國子監)의 학생을 가리켰으나, 이 때에는 아래 나오는 공생과 함께 일정한 월사금을 내고 관립학교에 학적을 지니게 된 사람을 일컫는다.
38) 공생(貢生) : 지방에서 뽑혀 국자감에 들어간 학생.

않을 수 없으매, 추위 더위를 헤아리지 않고 분주히 거리를 쏘다니면서 사람을 만나면 말을 할까말까 주저하다가 속내가 벌써 다 들여다보이게 마련이지요. 그러므로 한때의 고담준론(高談峻論 : 고상하고 준엄한 언론)만 힘쓰던 선비가 세상의 혐오 대상이 되는 것은 뜻밖의 일입니다. 속담에 '남에게 구하는 것은 나에게 스스로 구함만 같지 못하다'고 했듯이, 장사를 하면 적어도 이런 딱한 상황이나 괴로운 지경에 이르지는 않습니다."

라고 한다.

내가, 〈말머리를 돌려서〉

"중국의 상정(觴政)39)에는 반드시 묘한 방법이 있다는데, 지금 이틀 밤을 여럿이 모여 마시면서도 주령(酒令)을 내지 않음은 무슨 까닭입니까?"

하니 배갈부가,

"이것은 옛날의 상정을 말씀함입니다. 지금은 하찮은 짐수레꾼이나 금고지기 따위도 다 아는 일이어서 그리 운치(韻致) 있는 일로 치질 않습니다."

라고 하니 비생은 다시,

"『입옹소사(笠翁笑史)』40)에 용자유(龍子猶)가 쓴 고려 승려

---

39) 상정(觴政) : 주령(酒令)과 같다. 술을 마시는 좌석에서 수수께끼 같은 문제를 내면 이에 맞추어 대구를 하여 승부를 봄으로써 벌주를 먹이는 놀음.

40) 『입옹소사(笠翁笑史)』: 청나라의 유명한 희곡작가 이어(李漁)가 지은 책 이름.

의 주령(酒令)41)에 관한 이야기가 실려 있습니다. 중국 사신이
고려에 갔을 때 고려에서는 한 승려를 시켜서 그를 초대하여 잔
치를 벌였는데, 승려가 영(令) 한 구를 내어, '항우(項羽)42)와
장량(張良)43)이 우산(傘) 하나를 놓고 〈서로 자기 것이라고〉
다투는데, 항우는 우산(雨傘)이니 제 것이라 하고 장량은 양산
(凉傘)이니 제 것이라 했다.'고 하자, 중국 사신이 창졸간에 대
답하기를, '허유(許由)44)와 조조(鼂錯)45)가 호리병 하나를 두
고 다투는데, 허유는 기름[유(油)] 호리병이니 제 것이라 하고,
조조는 식초[초(醋)] 호리병이니 제 것이라 하였다.'고 했다는군
요. 그 고려 승려의 이름은 누구입니까?"
라고 하기에 나는,
　"그런 영(令)은 전혀 이치에 닿지 않을 뿐더러, 승려의 이름
도 전하지 않습니다."
하였다.

---

41) 주령(酒令) : 술내기. 412쪽 주 39) 참조.

42) 항우(項羽) : 초패왕(楚霸王) 항적(項籍). 우(羽)는 자.

43) 장량(張良) : 한나라 고조 유방(劉邦)을 도와서 천하를 얻게 한 책
　　사.

44) 허유(許由) : 요(堯)임금이 그에게 천하를 물려주려 하였으나, 기산
　　에 숨어들어 은둔한 선비이다.

45) 조조(鼂錯) : 한나라 경제(景帝)의 어진 신하. 여기서 조조의 '조(錯)'
　　는 우디나다 빌음으로 모농 소라고 쓰나, 중국 발음은 '초(醋)' 발음
　　과 같다.

닭이 우는 소리를 듣고 조금 눈을 붙였다가 문 밖에서 시끄럽
게 떠드는 사람들 소리에 마침내 일어나 사관에 돌아오니 아직
날이 채 밝지 않았다. 옷을 벗고 다시 잠자리에 들었다가 아침
밥이 다 되었다고 알릴 때 막 깨어났다.[46]

---

46) 일재본에는 '옷을 벗고'에서부터 여기까지는 빠져 있다.

原文

商樓筆談
상 루 필 담

是夕　暑氣猶熾　天末赤暈四垂　余促飯喫訖　暫往上
시석　서기유치　천말적훈사수　여촉반끽흘　잠왕상

房　少坐卽起　獨自語曰　困暑特甚　當早宿　遂下庭徘
방　소좌즉기　독자어왈　곤서특심　당조숙　수하정배

徊　爲乘間出門之計.
회　위승간출문지계

而來源　周主簿　盧參奉　飯後步庭　捫腹噎噫　時月
이래원　주주부　노참봉　반후보정　문복일희　시월

影漸生　塵喧暫息　周隨影步匝　誦傳副使遼陽所題七
영점생　진훤잠식　주수영보잡　송전부사요양소제칠

律　又誦其所次　余忙步上堂去　出語盧君曰　兄主太伈
률　우송기소차　여망보상당거　출어노군왈　형주태심

伈　盧君曰　使道寂寞矣　卽向堂裏去　周君憂形于色曰
심　노군왈　사도적막의　즉향당리거　주군우형우색왈

近來恐生病患　卽向堂裏去　來源亦隨而去.
근래공생병환　즉향당리거　내원역수이거

余遂忙步出門　且囑張福曰　善彌縫如昨日　季涵自外
여수망보출문　차촉장복왈　선미봉여작일　계함자외

入來　問余奚往　余密語曰　乘月偕往好處夜話否　季涵
입래　문여해왕　여밀어왈　승월해왕호처야화부　계함

曰　何處　余曰　毋論某處　季涵方停武趙趄　首譯入來
왈　하처　여왈　무론모처　계함방정무조저　수역입래

季涵問乘月夜行無傷否　首譯大駭云云　李涵笑曰　事
계함문승월야행무상부　수역대해운운　계함소왈　사

當若是 余亦漫應曰 似然矣 卽後先還入 首譯與季涵
당약시 여역만응왈 사연의 즉후선환입 수역여계함

上堂 不顧 余仍自後潛出 旣出大街上 始浩然矣.
상당 불고 여잉자후잠출 기출대가상 시호연의

暑氣乍退 月色布地 先往藝粟齋 已掩鋪門 田生出
서기사퇴 월색포지 선왕예속재 이엄포문 전생출

他 獨有李麟齋 李請少坐喫茶 田公少頃當還也 余言
타 독유이인재 이청소좌끽다 전공소경당환야 여언

商樓諸公 想已畢集若等也 李生曰 商樓佳約 已知道
상루제공 상이필집약등야 이생왈 상루가약 이지도

了 弟亦當陪往 田生 手持紅色羊角燈入來 促余偕行
료 제역당배왕 전생 수지홍색양각등입래 촉여해행

遂與李生 含煙出門 大道如天 月色如水 田生懸手中
수여이생 함연출문 대도여천 월색여수 전생현수중

燈於門首 余問手不拿燈 無傷麼 李生曰 尙未向夜
등어문수 여문수불나등 무상마 이생왈 상미향야

遂緩步街中 左右市鋪 皆已掩門 門外皆懸羊角燈 間
수완보가중 좌우시포 개이엄문 문외개현양각등 간

有靑紅諸色.
유청홍제색

商樓諸人 方列立欄下 見余至 皆喜溢於貌 迎入鋪
상루제인 방열립란하 견여지 개희일어모 영입포

中 裴寬褐夫 李龜蒙東野 費穉下榻 田仕可抱關 溫
중 배관갈부 이귀몽동야 비치하탑 전사가포관 온

伯高 鷲齋 穆春繡實 吳復天根 俱會矣.
백고 목재 목춘수환 오복천근 구회의

裴生曰 朴公可謂信士 堂中懸一對扇式紗燈 卓上點
배생왈 박공가위신사 당중현일대선식사등 탁상점

兩枝燭 久已排設魚肉蔬果 北墻下 亦有一卓供張.
양지촉 구이배설어육소과 북장하 역유일탁공장

諸人勸食　余曰　夕飯未下　費生　手注一椀熱茶以勸
제인권식　여왈　석반미하　비생　수주일완열다이권

坐有生客　余問姓名　答馬鏷　字耀如　山海關人　來此
좌유생객　여문성명　답마횡　자요여　산해관인　내차

做賣買　年二十三　略會書字.
주매매　연이십삼　약회서자

費生曰　五十讀易　或以爲正卜讀易　卜字添內一畫
비생왈　오십독역　혹이위정복독역　복자첨내일획

先生以爲如何　余曰　五十讀易　雖有卒字之疑　今謂正
선생이위여하　여왈　오십독역　수유졸자지의　금위정

卜之誤　則恐是鑿空　易雖卜筮之書　繫辭言占言筮　不
복지오　즉공시착공　역수복서지서　계사언점언서　불

見卜字　且卜字丨外加點　元非一畫可添　費生曰　或謂
견복자　차복자곤외가점　원비일획가첨　비생왈　혹위

無若丹朱傲之傲字　乃杲字之誤　看下文囧水行舟　當
무약단주오지오자　내오자지오　간하문망수행주　당

作兩人　余曰　杲能陸地行舟　如囧水行舟　義似妙合
작양인　여왈　오능육지행주　여망수행주　의사묘합

而但傲杲　音雖相似　字形懸殊　且杲淲　乃是夏太康時
이단오오　음수상사　자형현수　차오착　내시하태강시

人　上距虞舜時遼濶　李東野曰　先生辨之極是　余問田
인　상거우순시요활　이동야왈　선생변지극시　여문전

抱關曰　古董名目　已爲開錄否　田生曰　午刻緣些他冗
포관왈　고동명목　이위개록부　전생왈　오각연사타용

謄寫未半　未免摺置　明曉台駕歷路　暫於鋪前停轡　恭
등사미반　미면접치　명효태가역로　잠어포전정비　공

當親手交付從者　誓不遲誤　余曰　有勞先生如此費心
당친수교부종자　서부지오　여왈　유로선생여차비심

囘生曰　此朋友常事　還愧宿命.
전생왈　차붕우상사　환괴숙명

余問諸公曾遊千山否 曰離此百餘里 無人往遊 余問
여문제공증유천산부 왈리차백여리 무인왕유 여문

兵部郎中福寧知之乎 田生曰 不曾 諸敝友亦無知者
병부낭중복녕지지호 전생왈 부증 제폐우역무지자

他是朝士 僕輩做賣買 如何去謁他 東野曰 先生此去
타시조사 복배주매매 여하거알타 동야왈 선생차거

當爲面駕麼 余曰 使臣有時近光 我是從人 未保參班
당위면가마 여왈 사신유시근광 아시종인 미보참반

東野曰 往歲鑾駕朝陵時 貴國從官 皆得接駕恭瞻 吾
동야왈 왕세란가조릉시 귀국종관 개득접가공첨 오

曹倒羨他 余問 諸公如何不恭瞻 裴褐夫曰 那敢唐突
조도선타 여문 제공여하불공첨 배갈부왈 나감당돌

只得閉戶屏息 余曰 皇上臨此時 想應黃童白叟 顛倒
지득폐호병식 여왈 황상임차시 상응황동백수 전도

野次 爭瞻羽旄 曰不敢不敢 余曰 當今閣老中 山斗
야차 쟁첨우모 왈불감불감 여왈 당금각로중 산두

宿望誰也 東野曰 俱載滿漢搢紳榮案 一經稽查 便可
숙망수야 동야왈 구재만한진신영안 일경계사 변가

知也 余曰 雖覽榮案 何知事業 東野曰 吾輩俱是草
지야 여왈 수람영안 하지사업 동야왈 오배구시초

萊疎逖 殊不識當朝誰爲周召 孰膺夢卜 余曰 瀋陽城
래소적 수불식당조수위주소 숙응몽복 여왈 심양성

裏 經術文章之士 可得幾人 裴生曰 碌碌無聞 田生
리 경술문장지사 가득기인 배생왈 녹록무문 전생

曰 瀋陽書院 有三五輩擧人 爲趁科期 京師去了 余
왈 심양서원 유삼오배거인 위진과기 경사거료 여

曰 自此至京師 千五百里 聞人高士 沿路必多 願得
왈 자차지경사 천오백리 문인고사 연로필다 원득

姓名 以便尋訪 田生曰 關外係是邊鄙 地氣高寒 人
성명 이편심방 전생왈 관외계시변비 지기고한 인

士勁武　沿路皆乾沒如我輩人　無足道者　且薦人最難
사 경 무　연 로 개 건 몰 여 아 배 인　무 족 도 자　차 천 인 최 난

不過擧其所知　未免阿其所好　一經高眼　苟不概心　在
불 과 거 기 소 지　미 면 아 기 소 호　일 경 고 안　구 불 개 심　재

我爲爽口　在人爲失望　如今甚風吹到　覿面飽德　剪燭
아 위 상 구　재 인 위 실 망　여 금 심 풍 취 도　적 면 포 덕　전 촉

論心　此豈夢想所到　莫非天緣巧湊　天下得一知己　足
론 심　차 기 몽 상 소 도　막 비 천 연 교 주　천 하 득 일 지 기　족

以不恨　足下行將自得　豈由他人　安排鋪置.
이 불 한　족 하 행 장 자 득　기 유 타 인　안 배 포 치

酒行數巡　費生磨墨展紙曰　穆繡寰　願得先生筆蹟爲
주 행 수 순　비 생 마 묵 전 지 왈　목 수 환　원 득 선 생 필 적 위

上珍　余爲書潘香祖　送金養虛七絶一首　東野問潘香
상 진　여 위 서 반 향 조　송 김 양 허 칠 절 일 수　동 야 문 반 향

祖　貴邦名士麽　余曰　非敝邦人　這是錢塘人　名廷筠
조　귀 방 명 사 마　여 왈　비 폐 방 인　저 시 전 당 인　명 정 균

卽今中書舍人　香祖其字也　裴生　又出空帖請書　墨濃
즉 금 중 서 사 인　향 조 기 자 야　배 생　우 출 공 첩 청 서　묵 농

毫柔　字畫大佳　余亦不自意如此　諸人大加稱賞　一觴
호 유　자 획 대 가　여 역 부 자 의 여 차　제 인 대 가 칭 상　일 상

一紙　筆態恣橫　下方數頁　以焦墨畫古松怪石　諸人益
일 지　필 태 자 횡　하 방 수 혈　이 초 묵 화 고 송 괴 석　제 인 익

喜　爭出紙筆　環立求書.
희　쟁 출 지 필　환 립 구 서

又畫一條墨龍　彈筆作濃雲急雨　但鬐鬣梗直　鱗脊無
우 화 일 조 묵 룡　탄 필 작 농 운 급 우　단 기 렵 경 직　인 척 무

倫　爪大於面　鼻長於角　諸人大笑稱奇.
륜　조 대 어 면　비 장 어 각　제 인 대 소 칭 기

田生與馬鐵　持燈先歸　余問話力濃矣　足下緣何早罷
전 생 여 마 횡　지 등 선 귀　여 문 화 방 농 의　족 하 연 하 조 파

田生曰　非欲徑還　但爲踐誠　明日臨門　自當叙別　余
전생왈　비욕경환　단위천성　명일림문　자당서별　여

持所畵墨龍　就燭欲燒　溫鶩軒　急起接手奪之　摺藏懷
지소화묵룡　취촉욕소　온목헌　급기접수탈지　접장회

中　裴生大笑曰　關東千里　恐値大旱　余問　何以致旱
중　배생대소왈　관동천리　공치대한　여문　하이치한

裴生曰　若化火龍去時　齊叫得苦　一坐都笑　裴生曰
배생왈　약화화룡거시　제규득고　일좌도소　배생왈

龍有善惡　火龍最毒　乾隆七年癸亥三月　關外閭陽野
용유선악　화룡최독　건륭칠년계해삼월　관외여양야

中　墮了一條龍身　無雲有雷　不雨恒電　關外暮春天氣
중　타료일조룡신　무운유뢰　불우항전　관외모춘천기

忽變六月炎暑　龍傍百里內　都作洪爐世界　人畜暍死
홀변유월염서　용방백리내　도작홍로세계　인축갈사

不計其數　商旅不行　居人晝夜渾脫　手不停扇.
불계기수　상려불행　거인주야혼탈　수부정선

皇上勅發關內凌藏數千車　遍與關外散悶　大約近龍
황상칙발관내릉장수천거　편여관외산민　대약근룡

處　樹木土石　倍添烘焙　井泉皆沸　龍臥十日　忽大雷
처　수목토석　배첨홍배　정천개비　용와십일　홀대뢰

以風　潑雨如豆　大陵河廬舍　雨中自火　獨不傷害了人
이풍　발우여두　대릉하려사　우중자화　독불상해료인

畜.
축

龍去時人爭出看　方其離身欲騰　初甚遲懶　仰首拖尾
용거시인쟁출간　방기리신욕등　초심지라　앙수타미

如駝馬立　長纏三四尺　口噴火焰　以尾貼地　動身一蜿
여타마립　장재삼사척　구손화염　이미첩지　동신일완

鱗鱗耀電　輒發雷聲　空裏雨傾　及掛身古柳上　從首至
인린요전　첩발뢰성　공리우경　급패신고류상　종수지

尾　兩樹間十餘丈　暴雨翻河　俄頃卽止.
미　양수간십여장　폭우번하　아경즉지

已看天衢　矯矯東雲霧角　西雲霧爪　爪角之間　不啻
이간천구　교교동운무각　서운무조　조각지간　불시

數里　龍之旣去　風日淸美　還是三月天氣　龍臥處　匯
수리　용지기거　풍일청미　환시삼월천기　용와처　회

成數丈淸池　池傍木石俱焦　多有半體牛馬　毛骨燒爍
성수장청지　지방목석구초　다유반체우마　모골소삭

魚類巨細　堆積成邱　臭穢難近.
어류거세　퇴적성구　취예난근

獨怪龍掛柳樹　不墜一葉　是歲關東大旱　至九月不雨
독괴룡패류수　불추일엽　시세관동대한　지구월불우

吾恐此龍去作此患也　一坐復大笑　余自酌大椀　痛飮
오공차룡거작차환야　일좌부대소　여자작대완　통음

曰　賴有此大下酒物　諸人曰　是也　皆於此次　椀兒行
왈　뇌유차대하주물　제인왈　시야　개어차차　완아행

酒　爲朴公佐歡　余曰　諸公知此龍何名　或曰應龍　或
주　위박공좌환　여왈　제공지차룡하명　혹왈응룡　혹

曰旱魃　余曰　否也　此名罡鐵　我東鄙諺云　罡鐵去處
왈한발　여왈　부야　차명강철　아동비언운　강철거처

秋亦爲春　謂其致旱歲歉也　故貧人謀事違心　稱罡鐵
추역위춘　위기치한세겸야　고빈인모사위심　칭강철

之秋　裵生曰　龍名古奇　我生之初　乃丁是辰　罡鐵之
지추　배생왈　용명고기　아생지초　내정시진　강철지

秋　如何不貧　乃長吟曰　罡處　余呼曰　罡鐵　裵生復呼
추　여하불빈　내장음왈　강처　여호왈　강철　배생부호

曰　罡賤　余笑曰　非音賤也　如饕餮之鐵　東野大笑　仍
왈　강천　여소왈　비음천야　여도철지철　동야대소　잉

大呼曰　罡靑　一坐都笑　蓋華音曷月諸韻　不能轉聲
대호왈　강청　일좌도소　개화음갈월제운　불능전성

也.
야

余曰 諸公俱是吳蜀客商 遠地經歲 能無鄕思否 吳
여왈 제공구시오촉객상 원지경세 능무향사부 오

復曰 正思得苦 東野曰 每一念至 魂神飄蕩 天涯地
복왈 정사득고 동야왈 매일념지 혼신표탕 천애지

角 所爭錐毫 而暮閭空倚 春閨獨掩 鴈書久斷 鴦夢
각 소쟁추호 이모려공의 춘규독엄 안서구단 앵몽

不到 如何不令人頭白 更値月白風淸 木落花發 尤難
부도 여하불령인두백 갱치월백풍청 목락화발 우난

爲情 奈何奈何 余曰 若此時 何不永還本鄕 躬耕隴
위정 내하내하 여왈 약차시 하불영환본향 궁경롱

畝 仰事俯育 而專逐末利 遠別家鄕 雖富埒猗頓 名
묘 앙사부육 이전축말리 원별가향 수부날의돈 명

如陶朱 有何樂哉 東野曰 此還有不然者 吾鄕之士
여도주 유하락재 동야왈 차환유불연자 오향지사

亦多囊螢錐股 朝薤暮鹽 天可憐見 時雖得霑微祿 遊
역다낭형추고 조해모염 천가련견 시수득점미록 유

宦萬里 等是離鄕 或丁憂論罷 一般苦景 有官守者
환만리 등시리향 혹정우론파 일반고경 유관수자

死於職下 或不謹持 追贓覆業 雖歎黃犬 復何益哉.
사어직하 혹불근지 추장복업 수탄황견 부하익재

吾輩學殖荒落 望絶鴻漸 而亦不能血指汗顔 黃耳枯
오배학식황락 망절홍점 이역불능혈지한안 황이고

項 粒粒辛苦 斷送百年 生老病死 不離鄕井 守諒溝
항 입립신고 단송백년 생로병사 불리향정 수량구

瀆 不可語氷 似此百年 不如死之久也
독 불가어빙 사차백년 불여사지구야

開鋪貨居 雖云下流所歸 天開一部極樂世 地設這座
개포화거 수운하류소귀 천개일부극락세 지설저좌

快活林 泛朱公之扁舟 連端木之車騎 悠悠四方 都無
패활림 범주공지편주 연단목지거기 유유사방 도무

管鈴 通都大邑 樂處是家 長檐華屋 身閒心逸 嚴霜
관검 통도대읍 낙처시가 장첨화옥 신한심일 엄상

烈日 自在方便.
렬일 자재방편

以此父母敦 遣妻子不怨 進退兩裕 寵辱雙忘 其視
이차부모돈 견처자불원 진퇴양유 총욕쌍망 기시

農宦兩業 苦樂何如.
농환양업 고락하여

吾輩俱有友朋至性 三人行 必有我師 二人同心 其
오배구유우붕지성 삼인행 필유아사 이인동심 기

利斷金 天下至樂 無逾於此 人生百年 苟無友朋 一
리단금 천하지락 무유어차 인생백년 구무우붕 일

事都沒佳趣 裹布噉飯的 摠不識此味 世間多少面目
사도몰가취 과포담반적 총불식차미 세간다소면목

可憎 言語無味者 眼中只有些衣飯椀 胸裏全乏個友
가증 언어무미자 안중지유사의반완 흉리전핍개우

朋樂 余曰 中國四民 雖各分業 卻無貴賤 婚嫁仕宦
붕락 여왈 중국사민 수각분업 각무귀천 혼가사환

不相拘礙否 東野曰 我朝有禁 仕宦家不得與商工通
불상구애부 동야왈 아조유금 사환가부득여상공통

婚 以淸仕路 所以貴道賤利 崇本抑末 吾輩 俱是家
혼 이청사로 소이귀도천리 숭본억말 오배 구시가

世做賣買的 未得士家爲婚 雖納貲輸米 權補生員 亦
세주매매적 미득사가위혼 수납자수미 권보생원 역

不許鄉貢爲擧人 費生曰 此法只施於本貫 離鄉則未
불허향공위거인 비생왈 차법지시어본관 이향즉미

必然 余曰 一爲諸生 則許以士類否 李曰 然 諸生亦
필연 여왈 일위제생 즉허이사류부 이왈 연 제생역

有許多名目　有廩生監生貢生　以生員陞補　一爲生員
유허다명목　유늠생감생공생　이생원승보　일위생원

九族生輝　四隣蒙害　把持官府　武斷鄕曲　此乃生員之
구족생휘　사린몽해　파지관부　무단향곡　차내생원지

專門伎倆.
전문기량

　士流亦有三等　上等仕而仰祿　中等就館聚徒　最下干
　사류역유삼등　상등사이앙록　중등취관취도　최하간

求假貸　諺所謂做個求人面不成.
구가대　언소위주개구인면불성

　生涯都絶　不得不做個假貸人　奔忙道路　不擇寒暑
　생애도절　부득부주개가대인　분망도로　불택한서

向人囁嚅　情狀先露　不謂當年高談之士　化作世間可
향인섭유　정장선로　불위당년고담지사　화작세간가

厭之人　諺所稱求人不如求己　所以做賣買的　自無此
염지인　언소칭구인불여구기　소이주매매적　자무차

惡況苦景也.
악황고경야

　余曰　中國觴政　必爲妙令　今兩夜群飮　不爲酒令何
　여왈　중국상정　필위묘령　금양야군음　불위주령하

也　裴褐夫曰　此中古觴政也　今時看車掌櫃的都會了
야　배갈부왈　차중고상정야　금시간거장궤적도회료

非爲風流雅事也　費生曰　笠翁笑史　錄龍子猶高麗僧
비위풍류아사야　비생왈　입옹소사　록룡자유고려승

令云　朝使出高麗　高麗使一僧陪宴　行一令曰　項羽張
령운　조사출고려　고려사일승배연　행일령왈　항우장

良爭一傘　羽曰雨傘　良曰凉傘　朝使倉卒對曰　許由鼂
량쟁일산　우왈우산　양왈양산　조사창졸대왈　허유조

錯爭一胡盧　由曰油胡盧　錯曰　醋胡盧　麗僧何名　余
조쟁일호로　유왈유호로　조왈　초호로　여승하명　여

曰　此令全沒理致　僧名無傳也.
왈　차령전몰이치　승명무전야

鷄鳴少睡　戶外人喧　遂起還寓　猶未快曙　遂脫衣就
계명소수　호외인훤　수기환우　유미쾌서　수탈의취

寢　報飯方醒.
침　보반방성

7월 12일 무자(戊子)

보슬비가 조금 오다가 곧 개었다.

심양(성경)에서 원당(願堂)까지 3리, 탑원(塔院)까지 10리, 방사촌(方士村)까지 2리, 장원교(壯元橋)까지 1리, 영안교(永安橋)까지 14리였고, 이 다리에서부터 길을 새로 닦았다. 〈영안교에서 비롯하여〉 쌍가자(雙家子)까지 5리, 대방신(大方身)까지 10리, 모두 45리를 가서 점심을 먹었다. 대방신에서부터 마도교(磨刀橋)까지 5리, 변성(邊城)까지 10리, 흥륭점(興隆店)까지 12리, 고가자(孤家子)까지 13리, 모두 40리이다. 이날은 85리를 걸었고, 고가자에서 머물렀다.

아침 일찍 심양을 출발하여 가상루(歌商樓)에 이르니, 배관(裴寬)이 홀로 마중 나와 맞고 온백고(溫伯高)는 방금 잠이 깊이 들었다. 나는 손을 들어 〈배관과〉 작별하고 돌아서서 예속재(藝粟齋)에 이르니, 전사가(田仕可)와 비치(費穉)가 나와 맞이한다. 전생이 봉투 두 개를 가지고 나와서 하나를 뜯어서 보여주는데, 곧 내게 주는 고동(古董 : 골동품)의 목록을 기록한 것이었다. 또 봉투 하나는 겉에 붉은 쪽지를 붙였는데 '허태사 태촌 선생 수계(許太史台村先生手啓)'라고 써 있었다. 전생은 말하기를,

"이는 저의 성심에서 나온 것이요, 아무런 객기(客氣) 없는 말씀이옵니다. 조선관(朝鮮館 : 조선 사신이 드는 객관)과 서길사관(庶吉士館)[1]은 바로 문이 나란히 있사오니, 선생이 북경에 도착하시는 날 이 편지를 〈허 태사(許太史)에게〉 전하옵소서. 허태사는 그 의표(儀表 : 인품)가 속되지 않고 게다가 문장까지 아름다워서 반드시 선생을 잘 대우해 줄 것입니다. 편지 속에도 선생의 존함(尊啣)과 자함(字啣)을 함께 적었사오니 결코 헛된 걸음이 되지 않으실 것입니다."

라고 한다. 나는,

"여러분을 일일이 만나서 하직 인사를 하지 못하니 매우 서운합니다. 선생이 이 뜻을 전해 주십시오."

라고 하니, 전생이 머리를 끄덕인다. 내가 막 몸을 일으키려 할 즈음에 전생이,

"저기 목수환(穆繡實)이 옵니다."

---

1) 서길사관(庶吉士館) : 한림원에 속한 문인들이 있는 곳. 서길사는 한림의 후보격이다. 곧 진사에 합격한 선비인 서길사들이 묶는 곳이다.

라고 한다. 목춘(穆春 : 목수환)이 한 소년을 데리고 왔는데, 소년은 손에 포도 한 광주리를 들었다. 아마도 소년은 나를 만나기 위하여 예물로 포도를 가지고 온 모양인 듯하다. 소년은 나를 향하여 공손히 읍한 뒤에 앞으로 다가와서 내 손을 잡는데 마치 오래 사귄 사이처럼 대한다. 그러나 갈 길이 바빠서 이내 손을 들어 작별하고 점포를 떠나 말을 타는데, 소년이 말 머리에 다가와 두 손으로 포도 광주리를 받쳐 들었다. 나는 말 위에서 〈포도〉 한 송이를 쥐고 손을 들어 고맙다는 뜻을 나타내고 떠났다. 〈얼마 가다가〉 고개를 돌려보니 여러 사람이 아직도 점포 앞에 서서 내가 가는 모습을 바라보고 있다. 갈 길이 바빠서 미처 소년의 성명을 묻지 못한 것이 한스럽다.

연거푸 이틀 밤잠을 설쳤으므로 해 뜬 뒤에 고단함이 유독 심하였다. 창대(昌大)로 하여금 말고삐를 놓고 장복(張福)과 함께 이쪽저쪽에서 부축하게 하고 가면서 한숨 달게 잤더니, 정신이 비로소 맑아지고 주위의 경치가 한층 더 새로웠다. 장복이,

"아까 몽고 사람이 낙타 두 마리를 끌고 지나가더이다."

하기에 내가 꾸짖으면서,

"왜 내게 알리지 않았느냐?"

라고 하니 창대가,

"그때 코고는 소리가 천둥치듯 하여 불렀사오나 응답하지 않으시는 걸 어찌하옵니까? 소인들도 생전 처음 보는 것이라 무엇인지를 똑똑히 모르나 생각에 낙타인가 싶습니다."

라고 한다. 나는,

"그 꼴이 어떻게 생겼더냐?"

하고 물으니 창대는,

"정말 형언하기 어렵습니다. 말인가 하면 발굽이 두 쪽일 뿐
더러 꼬리가 소처럼 생겼고, 소인가 하면 머리에 두 뿔이 없을
뿐더러 얼굴이 양같이 생겼고, 양인가 하면 털이 꼬불꼬불하지
않을 뿐더러 등엔 두 개의 봉우리가 솟았으며, 게다가 머리를
쳐들면 거위 같기도 하려니와 눈을 뜬 모습은 청맹과니(장님)와
같았습니다."

라고 한다. 내가,

"그게 과연 낙타인가보다. 그 크기가 얼마만 하더냐?"

하니 그는 한 길이나 되는 허물어진 담을 가리키며,

"높이가 저만큼 됩니다."

라고 하기에, 다음부터는 처음 보는 물건을 만나거든 비록 졸
때나 식사할 때라 하더라도 반드시 알리라고 타일렀다.

　지는 해가 뉘엿뉘엿 말 머리에 감돈다. 강가에 나귀 떼 수백
마리가 물을 먹고 있다. 한 노파가 손에 수숫대를 들고서 나귀
를 모는데, 일고여덟 살쯤 된 어린아이가 노파를 따라다닌다.
그 노파는 시골 마나님으로 몸에는 푸른색 베로 된 짧은치마를
입고 발엔 검은 신 한 켤레를 신었는데, 머리카락이 모두 빠져
서 뻔질뻔질한 게 마치 바가지처럼 빛이 난다. 게다가 또 정수
리 밑에 겨우 한 치 길이밖에 안 되는 조그마한 쪽을 틀고 별별
가지 꽃을 수두룩하게 꽂았다. 장복한테 조선 담배를 달라고
하기에 내가,

"저 나귀들이 모두 당신 집에서 기르는 것이오?"

하고 물었더니, 노파는 머리를 끄덕이고는 가버린다. 그가 내
말을 알아들었는지 못 알아들었는지는 모르겠다.

原文

十二日
십 이 일

戊子　小雨卽晴　自瀋陽至願堂三里　塔院十里　方士
무자　소우즉청　자심양지원당삼리　탑원십리　방사

村二里　壯元橋一里　永安橋十四里　築路自橋始　雙家
촌이리　장원교일리　영안교십사리　축로자교시　쌍가

子五里　大方身十里　共行四十五里　中火　自大方身
자오리　대방신십리　공행사십오리　중화　자대방신

至磨刀橋五里　邊城十里　興隆店十二里　孤家子十三
지마도교오리　변성십리　흥륭점십이리　고가자십삼

里　共四十里　是日通行八十五里　宿孤家子.
리　공사십리　시일통행팔십오리　숙고가자

早發瀋陽　至歌商樓　獨裴寬出迎　溫伯高方熟睡　余
조발심양　지가상루　독배관출영　온백고방숙수　여

擧手作別　又轉至藝粟齋　田仕可與費穉出迎　田生出
거수작별　우전지예속재　전사가여비치출영　전생출

二封書　坼一封以示　卽抵余書錄古董名目　一封外付
이봉서　탁일봉이시　즉저여서록고동명목　일봉외부

紅籤　書許太史台村先生手啓　田生曰　此僕苦心　並無
홍첨　서허태사태촌선생수계　전생왈　차복고심　병무

客氣　朝鮮館與庶吉士館比門　先生至都之日　爲傳此
객기　조선관여서길사관비문　선생지도지일　위전차

書　這箇許太史　一表非俗　兼得好文章　定然善遇足下
서　저개허태사　일표비속　겸득호문장　정연선우족하

書中俱有先生大名表德　庶不致誤這一路也　余曰　諸
서중구유선생대명표덕　서불치오저일로야　여왈　제

公不能面面叙別　殊深悵缺　足下爲道此意　田生點頭
공 불 능 면 면 서 별　수 심 창 결　족 하 위 도 차 의　전 생 점 두

余方欲起身　田生曰　穆繡實來也　穆春　携一少年　手
여 방 욕 기 신　전 생 왈　목 수 환 래 야　목 춘　휴 일 소 년　수

持一籃葡萄　蓋少年爲見余　持葡萄作面幣也　少年向
지 일 람 포 도　개 소 년 위 견 여　지 포 도 작 면 폐 야　소 년 향

余肅揖　前執余手　如舊交　但緣行忙　因擧手作別　出
여 숙 읍　전 집 여 수　여 구 교　단 연 행 망　인 거 수 작 별　출

鋪乘馬　少年至馬首　雙手捧過葡萄籃子　余於馬上　爲
포 승 마　소 년 지 마 수　쌍 수 봉 과 포 도 람 자　여 어 마 상　위

執一朶　擧手致謝而行　回首看時　諸人者　猶立鋪前
집 일 타　거 수 치 사 이 행　회 수 간 시　제 인 자　유 립 포 전

望余行也　可惜行忙　未問少年姓名.
망 여 행 야　가 석 행 망　미 문 소 년 성 명

　　連夜失睡　日出後困憊特甚　令昌大放鞚　與張福左右
　　연 야 실 수　일 출 후 곤 비 특 심　영 창 대 방 공　여 장 복 좌 우

堅擁而行　隱睡一頓　精神始淸　物色倍新　張福曰　俄
견 옹 이 행　은 수 일 돈　정 신 시 청　물 색 배 신　장 복 왈　아

有蒙古　牽兩匹橐駝而過　余罵曰　何不告余　昌大曰
유 몽 고　견 양 필 탁 타 이 과　여 매 왈　하 불 고 여　창 대 왈

是時鼾聲如雷　呼之不應奈何　小人等　亦初見　不知是
시 시 한 성 여 뢰　호 지 불 응 내 하　소 인 등　역 초 견　부 지 시

何物　意以爲橐駝也　余問其形何如　昌大曰　實難形容
하 물　의 이 위 탁 타 야　여 문 기 형 하 여　창 대 왈　실 난 형 용

以爲馬也　則蹄是兩歧　而尾如牛　以爲牛也　則頭無雙
이 위 마 야　즉 제 시 양 기　이 미 여 우　이 위 우 야　즉 두 무 쌍

角　而面似羊　以爲羊也　則毛不卷曲　而背有二峯　仰
각　이 면 사 양　이 위 양 야　즉 모 불 권 곡　이 배 유 이 봉　앙

首如鵝　開目如盲　余曰　果是橐駝　其大如何　指一丈
수 여 아　개 목 여 맹　여 왈　과 시 탁 타　기 대 여 하　지 일 장

頹垣曰　其高如彼　勅是後若逢初見之物　雖値眠値食
퇴 원 왈　기 고 여 피　내 시 후 약 봉 초 견 지 물　수 치 면 치 식

必爲提告.
필 위 제 고

　落日荒荒　正在馬首　河邊驢群數百頭　方飮河　有一
　낙 일 황 황　정 재 마 수　하 변 려 군 수 백 두　방 음 하　유 일

老村婆　手持高梁幹來驅驢　七八歲小童　隨婆往來　那
노 촌 파　수 지 고 량 간 래 구 려　칠 팔 세 소 동　수 파 왕 래　나

村婆　身披靑布短裙　足穿一對黑靴子　頭髮盡禿　光光
촌 파　신 피 청 포 단 군　족 천 일 대 흑 화 자　두 발 진 독　광 광

如瓠　而腦邊小結　纔得一寸　猶盛飾各樣花朶　向張福
여 호　이 뇌 변 소 결　재 득 일 촌　유 성 식 각 양 화 타　향 장 복

丐東煙　余問這箇牲口都是爾們一戶之所畜麽　老婆點
개 동 연　여 문 저 개 생 구 도 시 이 문 일 호 지 소 축 마　노 파 점

頭而去　未知能會聽否也.
두 이 거　미 지 능 회 청 부 야

고동록(古董錄)[1]

골동품 이야기

◆문왕정(文王鼎)·소보정(召父鼎)·아호보정(亞虎父鼎) :
이는 모두 상(商)나라와 주(周)나라 시대의 유물로서 상상(上
賞 : 최상품)에 해당됩니다.[2]

◆주왕백정(周王伯鼎)·단도정(單徒鼎)·주풍정(周豊鼎) :
이는 모두 당(唐)나라의 천보(天寶 : 당나라 현종의 연호, 742~755)

---

1) 고동록(古董錄) : 골동품상인 전사가(田仕可)가 주요 골동 기물들의
   목록을 기록하여, 박지원이 북경 가서 골동품을 수매할 때에 참고하
   도록 의견서를 붙이고, 아울러 북경에 사는 태사 허조당을 소개하는
   편지를 수록한 것이다. 다백운루본에는 「성경잡지」에서 따로 수록
   하였는데, 잘못된 것이다.
2) '이는 모두'로부터 여기까지 박영철본에는 소주(小註)로 되어 있다.

연간(年間)에 국(局 : 점포)에서 만든 것인데, 몸집이 작아서 서재 (書齋)의 향불 피우기에 가장 알맞습니다.

◆상부을정(商父乙鼎)·부이정(父已鼎)·부계정(父癸鼎)· 상자정(商子鼎)·병중정(秉仲鼎)·도철정(饕餮鼎)·이부정(李 婦鼎)·상어정(商魚鼎)·주익정(周益鼎)·상을모정(商乙毛鼎) ·부갑정(父甲鼎) : 이는 모두 원나라 때 강낭자(姜娘子)가 옛 것을 모방해서 만든 것입니다.

◆주대숙정(周大叔鼎)·주련정(周縺鼎) : 이는 모두 서실에 두고 맑게 감상할 만한데, 솥이나 화로의 귀가 고리처럼 생긴 것, 아가리가 헤벌어진 것, 배에 손톱으로 할퀸 자국이 있는 것, 다리가 닭다리처럼 생긴 것 등은 다 하품이어서 볼 것이 못 되 오니, 구입하지 않는 것이 옳습니다.

◆주사망대(周師望敦)·시대(兕敦)·익대(翼敦)·상모을력 (商母乙鬲)·주멸오력(周蔑敖鬲)·상호수이(商虎首彝)·주신이 (周辛彝) : 이는 모두『박고도(博古圖)』에 실려 있습니다. 그리 고 요즘 새로 나온『서청고감(西淸古鑑)』에는 도식(圖式 : 만든 법)이 더욱 정밀하게 수록되어 있습니다. 먼저 서사(書肆 : 책방) 에서『서청고감』을 찾아서 그릇 이름을 살펴보고 그림을 살핀 뒤에, 그 모양이 단아하여 감상할 만한 것을 마음에 골라 두신 다음, 창중(廠中 : 유리창)이나 혹은 융복사(隆福寺)[3] 또는 보국

사(報國寺)4)에 서는 장날에 가서 찾아보시면 모두 틀림없을 것입니다.

◆고(觚)·준(尊)·치(觶) : 이 세 가지는 모두 술그릇이지만 역시 꽃을 꽂아서 평상시의 맑은 감상에 이바지될 것입니다.

　대체로 관요(官窯)5)는 법식이나 품격이 가요(哥窯)6)와 다름없지만 빛깔은 분청색(粉靑色)이나 난백(卵白 : 계란의 흰빛)을 취하였고, 맑고도 기름기가 번지르르한 것이 상품이고, 그 다음은 담백색(淡白色), 유회색(油灰色)인데, 삼가 사지 마십시오. 무늬는 얼음장이 깨진 것처럼 된 것이나 또는 뱀장어 피무늬 같이 된 것이 상품이고, 너무 가늘게 부서진 듯한 무늬는 그중 하품이니 취하지 마십시오. 그 만드는 법식도 역시 『박고도(博古

---

3) 융복사(隆福寺) : 북경 동서패루(東四牌樓) 융복사가(隆福寺街)로 되어 있다. 보통 절에서 장이 서는데. 융복사와 보국사에서는 골동품을 많이 매매한다.

4) 보국사(報國寺) : 호국사(護國寺)라고도 한다. 서성(西城) 호국사가 (護國寺街)에 자세한 설명이 나온다. 일재본에는 홍인사(弘仁寺)로 되어 있다.

5) 관요(官窯) : 송(宋)나라 휘종(徽宗) 정화(政和) 연간에 관에서 직접 구워낸 도자기이다.

6) 가요(哥窯) : 송(宋)나라 시대의 처주(處州)에 살고 있던 장씨(張氏) 형제가 각기 도자기를 구웠는데, 형이 구운 도자기가 아우가 구운 것보다 약간 더 희고 깨진 무늬가 많았던 데서 이를 가요라 하였다.

圖)』중에서 본받은 것이 많습니다. 다만 정(鼎：솥)·이(彝：화로)·병(瓶)·호(壺：호리병)·고(觚)·준(尊) 등 어느 것을 막론하고, 특히 키가 작고 왜소하며 배가 불룩한 것은 속되고 추악하여 볼품이 없으니 결코 사지 마십시오.

전사가여연암서(田仕可與燕巖書)
전사가가 연암에게 준 편지

제가 지난해 첫 겨울에 북경(연경)까지 갔다가 봄[仲春：음력 2월]에 돌아왔습니다. 북경에 있을 때 날마다 창중(廠中)에 가 보았는데, 눈에 띄는 것이란 모두 보배롭고 기이하여 이루 다 형용할 수 없었습니다. 저의 그때 심경은 마치 하백(河伯：물귀신)이 자기 얼굴의 누추함을 앎과 같이, 싸움을 시작하지도 않고서 미리 항복했습니다. 다만 저 금창(金閶：소주(蘇州)의 별명) 지방에 살고 있는 경박한 무리들이 마치 이와 벼룩처럼 기고 날뛰어서, 창중(廠中)에 들끓으면서 값을 함부로 올려 불러서 비단 열배나 넘게 만들었을 뿐더러 온갖 감언이설로 사람의 굳은 간장을 녹일 듯 덤볐습니다.

저는 그 길이 처음인지라 하도 놀랍고 당황하여 삼관(三官：눈·입·귀)이 어쩔하고 오장(五臟)이 뒤집히는 것 같았습니다. 그리하여 그들에게서 조금도 얻은 바 없이 그저 어리둥절하다 돌아오고 말았습니다. 가만히 이 일을 생각하면 문득 머리카락이 거꾸로 설 만치 분이 치솟으니, 이는 어인 까닭이겠습니까? 제가 시골에서 생장하여 소박하고 성실하며 마음에 거리낌이 없이 솔직함이 지방성을 그대로 지닌지라, 연석(燕石)을 보배로 여기고[7] 물고기 눈알과 구슬을 분별하지 못하고 잘못 앎은[8] 하는 수 없는 일이지만, 다만 분한 것은 그들의 웃음거리가 될 만큼 많은 값을 치렀습니다. 이는 이른바 도척(盜跖)[9]의 배를 불린 셈이 된 것입니다.

이제 선생을 북경으로 떠나보내면서 두고두고 잊히지 않아서 이런 구구한 말씀을 드리게 됨은, 실로 선생과 같은 외국의 손님으로서 후일 본국에 돌아가시어 행여나 터무니없이 중국에는 옳은 사람이 전혀 없더라 하실까봐 두려워함입니다.

아울러 충심으로 말씀드릴 것은 제가 옛 서화에 대해선 감상하는 눈도 아직 넓지 못할 뿐더러 사랑하는 벽도 깊지 못하기에 함부로 저도 알지 못하는 것을 억지로 경솔히 억측하여 말씀드리기 어렵습니다. 대체로 모두가 옛날 명현의 필적이 아닐지라

---

7) 『한비자(韓非子)』에 나오는 말. 송(宋)나라 시대의 어떤 어리석은 이가 기왓장과 다름없는 연석(燕石)을 보배로 잘못 알고 깊이 간직하여 남의 조소를 받았다는 고사이다.

8) 『한시외전(韓詩外傳)』에 나오는 말인데, 물고기 눈알과 구슬을 혼동하여 분변하지 못함을 일컫는 말이다.

9) 도척(盜跖) : 전국 시대 노(魯)나라의 대도(大盜). '도(盜)'는 도적이요, '척(跖)'은 그의 이름이다. 사람의 간을 회쳐 먹는 큰 도적.

도 역시 후세의 명필가들이 잘 본뜬 것이어서, 비록 노성(老成)
한 데가 없다 하더라도 그들의 전형(典刑)을 엿볼 수 있을 것입
니다. 미(米 : 미불(米芾)) · 채(蔡 : 채경(蔡京)) · 소(蘇 : 소식(蘇軾)) · 황
(黃 : 황정견(黃庭堅)) 등의 글씨는 모두 그 이름을 상고할 수 있습
니다.

그리고 선생이 전날에 저를 어리석고 하찮게 여기지 않으시
고, 외람되이 쓸 만한 인물을 찾으신다는 뜻을 말씀하였으나,
길에 서서 누구와 이야기를 붙이는 일도 짧은 시간이어서 정성
을 다 드러낼 수도 없고, 또한 일부러 길을 돌아가면서 저희 집
에까지 일일이 찾아봄도 쉬운 일은 아닐 것입니다. 제가 북경
에 있을 때에 허 태사(許太史) 조당(兆黨)과 며칠 동안 사귀어
지기(知己)의 벗을 맺었는데, 그의 자는 태촌(台村)이며 호북
(湖北) 사람입니다.

여기 그에게 부치는 편지 한 통이 있사오니, 선생이 북경에
닿으시는 날, 곧 한림원(翰林院)에 가서서 이 허태촌을 찾아서
제 이름을 대시고 이 글을 전하십시오. 그가 만일 선생과 제가
이처럼 친밀한 벗이라는 사실을 알게 된다면 반드시 푸대접은
하지 않을 것입니다. 아울러 당부의 말씀을 드릴 것은 태촌의
사람됨이 헌걸하여 한 번만 보시면 문득 뜻이 맞으실 것이며,
결코 잘못 추천한 허물은 없을 것입니다. 아울러 박공(朴公) 노
야(老爺)께서도 양해하여 주시길 바랍니다. 예를 다 갖추지 못
합니다. 전사가는 머리를 조아리면서 아뢰옵니다.

原文

古董錄
고동록

文王鼎　召父鼎　亞虎父鼎－此商周上賞.
문왕정　소보정　아호보정　　차상주상상

周王伯鼎　單徒鼎　周豊鼎　皆唐天寶中局鑄　體小
주왕백정　단도정　주풍정　개당천보중국주　체소

最宜書齋薰燎.
최의서재훈료

商父乙鼎　父巳鼎　父癸鼎　商子鼎　秉仲鼎　饕餮鼎
상부을정　부이정　부계정　상자정　병중정　도철정

李婦鼎　商魚鼎　周益鼎　商乙毛鼎　父甲鼎　此皆元時
이부정　상어정　주익정　상을모정　부갑정　차개원시

姜娘子倣鑄.
강낭자방주

周大叔鼎　周繇鼎　俱堪入書室淸供　鼎爐之環耳倣口
주대숙정　주련정　구감입서실청공　정로지환이창구

爪腹鷄腿　皆爲下品　不堪入玩　勿取可也.
조복계퇴　개위하품　불감입완　물취가야

周師望敦　兕敦　翼敦　商母乙鬲　周蔑敖鬲　商虎首
주사망대　시대　익대　상모을력　주멸오력　상호수

彝　周辛彝　已上　俱載博古圖中　近日新刻西淸古鑑
이　주신이　이상　구재박고도중　근일신각서청고감

製式尤精　先於書肆中　索見西淸古鑑　按名審圖　先講
제식우정　선어서사중　색견서청고감　안명심도　선강

其式樣　精雅入賞者　次於廠中　或隆福報國寺市日　索
기식양　정아입상자　차어창중　혹융복보국사시일　색

之俱有不爽.
지구유불상

觚尊觶　此三器　皆酒具　亦可揷花　以供燕居淸賞
고준치　차삼기　개주구　역가삽화　이공연거청상

官窰法式品格.
관요법식품격

大約與哥窰相同　色取粉靑　或卵白　汴水瑩厚　如凝
대약여가요상동　색취분청　혹란백　변수영후　여응

脂　爲上品　其次淡白油灰色　愼勿取之　紋取氷裂　鱔
지　위상품　기차담백유회색　신물취지　문취빙렬　선

血爲上　細碎紋　紋之下品　勿取可也　其製亦多博古圖
혈위상　세쇄문　문지하품　물취가야　기제역다박고도

中取式者　無論鼎彝瓶壺觚尊諸式　但短矮肥腹　俗惡
중취식자　무론정이병호고준제식　단단왜비복　속악

無足入翫　勿取可也.
무족입완　물취가야

田仕可與燕巖書
전사가여연암서

僕於去年冬初入都　春仲乃還　在都時　日至廠中　觸
복어거년동초입도　춘중내환　재도시　일지창중　촉

目瑰奇　不可名狀　河伯知醜　不幡已降　第是金閶浮薄
목괴기　불가명상　하백지추　불번이항　제시금창부박

之徒　蝨緣蚤跳　闖處廠間　濫呼湧價　不啻十倍　甘言
지도　슬연조도　틈처창간　남호용가　불시십배　감언

利口　鎔人鐵腸.
이구　용인철장

僕這一路　係是初　塘眩轉慌或　三官迸迭　五內顚倒
복저일로　계시초　당현전황혹　삼관병질　오내전도

毫無見德於彼 只得陪愚而還 靜思此事 髮輒指冠 何
호 무 견 덕 어 피　지 득 배 우 이 환　정 사 차 사　발 첩 지 관　하

也 生長邊鄙 愿愨沖虛 固其土性也 燕石自珍 魚目
야　생 장 변 비　원 각 충 허　고 기 토 성 야　연 석 자 진　어 목

難辨 其勢則然 所可恨者 兼輸買笑之直 是所謂重利
난 변　기 세 즉 연　소 가 한 자　겸 수 매 소 지 직　시 소 위 중 리

盜跖也.
도 척 야

今送足下入都 所以眷眷貢愚者 誠爲異邦君子 他日
금 송 족 하 입 도　소 이 권 권 공 우 자　성 위 이 방 군 자　타 일

東還 庶不都誣大國無人也.
동 환　서 부 도 무 대 국 무 인 야

幷布亦心 古書古畵 鑑旣未到 癖又不深 不敢强其
병 포 역 심　고 서 고 화　감 기 미 도　벽 우 불 심　불 감 강 기

所不知 率爾臆對 大約俱非前賢手蹟 亦係名筆善摹
소 부 지　솔 이 억 대　대 약 구 비 전 현 수 적　역 계 명 필 선 모

雖無老成 可見典刑 米蔡蘇黃俱宜按名.
수 무 노 성　가 견 전 형　미 채 소 황 구 의 안 명

足下前日不以僕鄙卑 猥托求賢之心 而沿路立談 未
족 하 전 일 불 이 복 비 비　외 탁 구 현 지 심　이 연 로 입 담　미

可造次輸誠 亦非枉路屈駕 所宜容易 僕在都時 得與
가 조 차 수 성　역 비 왕 로 굴 가　소 의 용 이　복 재 도 시　득 여

許太史諱兆黨 數日周旋 結爲知己之友 字台村 係是
허 태 사 휘 조 당　수 일 주 선　결 위 지 기 지 우　자 태 촌　계 시

湖北人.
호 북 인

此有一封候札 足下入都之日 倘尋翰林院 訪那許台
차 유 일 봉 후 찰　족 하 입 도 지 일　당 심 한 림 원　방 나 허 태

村 爲叱賤名 交傳此書 若知足下與僕如此密友時 必
촌　위 질 천 명　교 전 차 서　약 지 족 하 여 복 여 차 밀 우 시　필

不見外 竝囑台村爲人磊落 一見可契 庶無誤薦之辜
불견외 병촉태촌위인뇌락 일견가계 서무오천지고

竝希朴公老爺照心 不具 田仕可頓首.
병희박공노야조심 불구 전사가돈수

7월 13일 기축(己丑)

날은 맑았으나 바람이 심했다.

고가자(孤家子)에서 새벽에 출발하여 거류하(巨流河)까지 8
리였으니, 거류하는 주류하(周流河)라고도 한다. 거기서 거류
하보(巨流河堡)까지 7리, 필점자(泌店子)까지 3리, 오도하(五渡
河)까지 2리, 사방대(四方臺)까지 5리, 곽가둔(郭家屯)까지 3
리, 신민둔(新民屯)까지 3리, 소황기보(小黃旗堡)까지 4리인데,
이곳에서 점심을 먹었다. 모두 35리를 갔다. 소황기보에서 대
황기보까지 8리, 유하구(柳河溝)까지 12리, 석사자(石獅子)까
지 12리, 영방(營房)까지 10리, 백기보(白旗堡)까지 5리, 모두
47리이다. 이날에는 82리를 걸었고, 백기보에서 묵었다.

새벽에 일어나 세수를 하고 빗질을 마치니 몹시 싫증이 난다.
달이 지새면 온 하늘에 총총한 별들이 모두 깜박거리고, 마을
닭들이 번갈아 울어댄다. 몇 리를 못 가서 흰 안개가 뽀얗게 끼

어 드넓은 벌판에 깔리며 〈큰 별이〉 수은 바다를 이루었다. 한 떼의 용만의 장사꾼들이 서로 지껄이며 지나갔는데, 그 소리가 몽롱하여 마치 꿈속에서 기이한 글을 읽는 것처럼 분명치는 않으나 그 영검스러운 경지는 이루 말할 수 없다.

조금 뒤에 하늘빛이 훤해지며 〈길에 늘어선〉 수많은 버드나무에서 가을 매미가 한꺼번에 울기 시작했다. 저들 매미가 알려주지 않아도 이미 낮 더위가 몹시 뜨거운 줄을 알겠다. 들에 가득했던 안개가 점차 걷히면서 멀리 마을 사당 앞에 세운 깃발이 마치 돛대처럼 보인다.

동쪽 하늘을 돌아보니 붉은 빛 구름이 용솟음치고, 커다란 수레바퀴 모양의 붉은 불덩이가 옥수수밭 사이로 솟을 듯 말 듯 천천히 온 요동벌에 꽉 차게 떠오른다. 들판 위에 오가는 말이며, 수레며, 고요히 서 있는 나무며, 집이며, 가을터럭처럼 빽빽하게 들어선 숲이 모두 불덩이 속에 잠기기 시작했다.

신민둔(新民屯)의 시가나 점포, 여염집이 요동보다 못지않게 번화하다. 한 전당포(典當鋪)에 들어가니 뜰 가득히 시렁 위에 포도덩굴의 녹음이 영롱한데, 뜰 가운데엔 여러 가지 색상의 이상스런 돌을 포개어 한 개의 석가산(石假山)을 만들었다. 석가산 앞에 높이 한 길이나 되는 큰 항아리를 놓아서 그 안에 연꽃 네댓 포기가 피어 있고, 땅을 파서 한 칸 폭의 나무통을 묻고 그 속에 뜸부기 한 쌍을 기르고 있었다.

석가산을 빙 둘러 종려나무·가을해당화·안석류(安石榴) 등 화분 10여 개가 놓여 있고, 휘장 밑에는 의자를 나란히 놓고

거칠고 우락부락한 사나이 대여섯이 앉아 있다가 나를 보고 일
어나 읍하며 앉기를 청하고, 시원한 냉차 한 사발을 권한다. 점
포 주인이 옅은 황금색으로 뿔없는 용 두 마리를 곱게 그린 붉
은 종이 두 장을 꺼내며 주련(柱聯)을 써 달라 한다. 나는 곧,

한 쌍의 목욕하는 원앙새 날으는 비단이요,   鴛鴦對浴能飛繡
갓 피어난 연꽃송이 말없는 신선일세.   菡萏初開不語仙

라고 쓰니, 보는 이가 한목소리로 필법이 아름답다고 칭찬해 주
었다. 점포 주인은,

"손님, 잠깐만 앉아 계십시오. 제가 다시 좋은 종이를 찾아 가
져오겠습니다."

하고는 곧바로 몸을 일으켜 나가더니, 조금 뒤에 왼손엔 종이를
들고 오른손엔 진한 먹 한 종지를 받쳐 들고 온다. 칼로 백로지
(白露紙) 한 장을 끊어서 석 자 길이로 만들어 점포 문 위에 붙
일 만한 좋은 액자(額字)를 써 달라고 한다.

내가 길을 따라오며 보니, 매번 시장 점포 문설주 위에 '기상
새설(欺霜賽雪)'1)이란 네 글자가 걸려 있는 것이 눈에 띄었다.
나는 마음속으로 생각하기를, '장사치들이 자기네들의 애초에

---

1) 기상새설(欺霜賽雪) : 하얗기는 서리를 능가하여 눈[雪]을 걸고 내기
할 수 있다는 것이다. 즉 '한없이 희다'는 뜻으로, 중국에서 보통 밀가
루 장수의 점포에 간판 글씨로 건다.

지닌 심지(心地)가 가을 서릿발처럼 깨끗하고, 또 희디흰 눈빛
보다도 더 밝음을 스스로 자랑하기 위함일 것이다.' 하였다. 또
문득 생각하기를, '며칠 전에 난니보(爛泥堡)를 지날 때 어떤 점
포의 문설주 위에 붙인 이 네 글자의 필법이 심히 기묘하기에
내 한참 말을 멈추고 감상해 보니, 상설(霜雪) 두 글자는 틀림
없이 미해악(米海嶽)[2]의 글씨체라, 이제 그 체대로 한번 써봄
직도 하구나.' 하였다.

먼저 붓끝을 먹물에 담가 붓을 낮추었다 높였다 하니, 먹빛은
붉은 기운이 돌고 짙고 연함이 골고루 퍼졌다. 이에 종이를 펴
고 왼쪽에서 오른쪽으로 쓰기 시작하여 먼저 '설(雪)' 자 한 글
자를 썼는데, 비록 미원장(米元章 : 미불)의 것에야 비길 수 없
겠지만 어찌 동 태사(董太史)[3]만이야 못하랴 싶다. 구경하는
사람들의 수가 점점 불어났고, 일제히 "글씨가 퍽이나 잘 되었습
니다." 하고 감탄했다. 다음 '새(賽)' 자를 쓰니 더러는 "글씨가
잘 되었습니다." 하고 칭찬하는 이도 있으나, 다만 점포 주인의
기색이 적이 달라지고 아까 '설(雪)' 자를 쓸 때처럼 절규(絶叫)
하지 않았다.

나는 속으로, 정말 '새(賽)' 자야 늘 쓰는 글자가 아니어서 손

2) 미해악(米海嶽) : 송나라의 서화가인 미불(米芾). 해악은 호이고, 자
는 원장(元章)이다.
3) 동 태사(董太史) : 명나라 때 서화가인 동기창(董其昌). 태사는 벼슬
이름이다.

에 익지 않다보니 윗부분의 '하(�)'는 획이 너무 빽빽하고 아래
부분의 '패(貝)' 자는 지나치게 길어서 마음에 들지 않을 뿐더
러, 또 붓끝에서 짙은 먹물이 '새(賽)' 자의 왼편에 잘못 떨어지
는 바람에 점차 번져 마치 얼룩진 표범무늬처럼 되었으니, 이제
그 거칠고 우락부락한 자가 이것을 언짢게 여기는 것이리라 생
각했다. 짐짓 단숨에 잇달아서 '상(霜)'·'기(欺)' 두 글자를 쓰
고는 붓을 던지고 한 번 죽 읽어보니, 합쳐서 큼직한 '기상새설
(欺霜賽雪)' 네 글자가 되었다. 그런데 점포 주인은 머리를 절레
절레 저으면서,

"이는 우리와는 아무런 상관이 없습니다."

하기에 나는 마침내,

"그저 두고 보시오."

하고는 몸을 일으켜 나오면서 속으로, '이런 궁벽한 곳의 장사
치가 제 어찌 전날 심양 사람들만 할까? 저 거칠고 우락부락한
놈이 글씨가 잘되고 못 된 것을 어찌 안단 말이야?' 하면서 투덜
거렸다.

이날 해가 뜬 뒤에 큰 바람이 온 누리를 뒤덮을 듯이 불어치
더니, 오후에는 바람이 멎고 하늘에는 한 점 먼지도 없이 폭염
이 더욱 찌는 듯하다. 영안교(永安橋)에서부터 아름드리 통나무
를 엮어서 다리를 놓았는데, 다리의 높이가 두세 길이나 되고 넓
이가 다섯 길이나 되며, 양쪽의 나무 끝이 가지런하여 마치 한 칼
로 밀어 놓은 듯싶다. 다리 밑 도랑엔 푸른 물이 끝없이 흐르고
진흙 벌이 윤기가 난다. 만일 이를 개간해서 만 마지기의 논을

만든다면 모르긴 해도 해마다 몇 억만 섬의 가지각색의 벼를 거둘 수 있을 것이다.

어떤 사람은 이르기를,

"강희 황제가 『경직도(耕織圖)』4)와 농정(農政)에 대한 모든 글〔『농정전서(農政全書)』〕5)을 지었고, 지금 건륭 황제도 역시 농업에 밝은 분의 자제이신 만큼 이 산해관(山海關) 밖의 푸른 듯 검은 기름진 땅이 상상전(上上田 : 최고 일등의 논)이 될 것을 모를 리가 없다. 다만 산해관 밖의 땅은 실로 자기네들이 일어난 뿌리가 된 고장이라, 벼가 기름지고 향기로우며 밥알이 윤기가 돌고 차져서 백성이 〈혀에 감기도록〉 늘 먹어 버릇들인다면, 힘줄이 풀리고 뼈가 연해져서 용맹을 쓸 수 없게 될 것이니, 백성들에게 수수떡과 기장밥을 늘 먹게 함으로써 주림을 잘 참고 혈기를 돋우어 구복(口腹)의 사치를 잊어버리게 하는 것만 같지 못하다고 여겼을 것이다. 차라리 천 리의 기름진 들녘을

---

4) 『경직도(耕織圖)』: 농민들이 농사짓고 누에치고 비단 짜는 모습을 그린 그림책. 본래 남송(南宋)의 누숙(樓璹)이 『경도(耕圖)』21과 『직도(織圖)』24를 그려서 고종(高宗)에게 바쳤던 것을, 청나라 성조 때에 초병정(焦秉貞)·냉매(冷枚)·진매(陳枚) 등에게 명하여 각자 한 책씩 짓게 하였다. 특히 초병정이 그린 『경도』23과 『직도』23이 아름다웠으므로 판각하여 여러 신하들에게 나누어 주었다.

5) 『농정전서(農政全書)』: 명나라 때 서광계(徐光啓)가 농정(農政)에 대해 지은 60권의 농사책. 농본(農本)·전제(田制)·농사(農事)·수리(水利)·농기(農器)·수예(樹藝)·잠상(蠶桑) 등 12문(門)으로 되어 있다.

버릴지언정 그들로 하여금 척박한 땅에서나마 충의를 위해서 사는 백성이 되게 함이니, 이것이 그의 더욱 깊은 생각일 것이다."

하였다.

길을 따라 2리나 3리마다 시골집들이 끊어졌다 또 이어지고, 수레와 말이 수없이 나다니고, 좌우에 있는 시장 점포들도 모두 볼 만하여 봉성에서 여기까지 비록 사치하거나 검박하거나 한 것은 혹 다른 점도 없지 않지만 규모는 모두 한결같을 뿐이다. 때로 어렴풋이 눈에 띄는 것으로 실로 놀랄 만한 것과 기뻐할 만한 것들이 적지 않건만 이루 다 적을 수 없겠다.

날이 저물어 먼 곳에 자욱이 번지는 연기를 바라보고 말을 채찍질하여 묵어 갈 참(站)으로 달리는데, 참외밭에서 한 늙은이가 나오더니 말 앞에 꿇어앉아서 서너 네댓 칸 되는 오래된 외딴집을 가리키면서,

"이 늙은이가 혼자 길가에서 참외를 팔아서 오늘 내일 지내는데, 아까 당신네 고려 사람 4, 50명이 이곳을 지나다가 잠시 쉬면서 처음엔 값을 내고 참외를 사 자시더니, 떠날 때는 참외를 한 개씩 각각 손에 쥐고 소리를 지르면서 모두 달아나버렸습니다."

라고 한다. 나는,

"당신은 왜 그 우두머리 어른에게 하소연하지 않았는가?"

하니, 늙은이는 눈물을 흘리면서,

"가서 하소연하였더니 그 어른이 벙어리인 체 귀머거리인 체

하시는데, 나 혼자의 몸으로 어찌 그 4, 50명의 힘센 장정들을 감당할 생각이나 하겠습니까? 이제도 쫓아가니까 한 사람이 가는 길을 막으며 참외로 냅다 저의 면상을 갈기니 눈에선 별안간 번갯불이 일고, 참외 속물이 아직도 마르지 않았습니다."
라고 하고는 결국은 청심환을 달라고 조르기에 없다고 대답했더니, 그는 창대(昌大)의 허리를 꼭 껴안고 참외를 팔아달라고 떼를 쓰고는 참외 다섯 개를 앞에 갖다 놓는다.

나는 마침 목이 마르던 참이라 한 개를 깎아서 먹어보니, 향기와 단맛이 비상하므로 장복(張福)에게 남은 네 개를 마저 사게 하고 밤에 먹기로 하였다. 저희들도 각기 두 개씩 먹었으니 모두 아홉 개인데, 늙은이가 80문(文)을 달라고 떼를 썼다. 장복이 50문을 계산해서 주니 골을 내며 받지 않았다. 두 놈(창대와 장복)이 주머니를 털어 모두 71문을 계산해서 주고, 나는 먼저 말에 오르며 장복을 시켜 더 주게 하였다. 장복이 주머니를 탈탈 털어보이자 그제야 가만히 있다.

그는 애초에 눈물을 흘려서 가련한 빛을 보인 다음에, 결국은 참외 아홉 개를 억지로 팔고서 100문에 가까운 비싼 값을 내라고 떼를 쓰니, 심히 통탄할 만한 일이다. 그보다는 우리 일행의 하인들이 길에서 못되게 구는 것이 더욱 한심스러운 노릇이었다.

어두워서야 묵을 참(站)에 이르렀다. 참외를 꺼내어 청여(淸如 : 박래원의 자)와 변계함(卞季涵) 무리에게 주어 저녁식사 후에 입가심으로 먹게 하고, 길에서 말을 갈아탈 때 하인들이 참

외를 빼앗은 일에 대해 이야기를 하니, 여러 마두들이 모두,

"원래 그런 일이 없었습니다. 외딴집 참외 파는 늙은이가 본시 간교하기 짝이 없어, 서방님이 홀로 뒤에 떨어져 오시는 것을 보고서 거짓말을 꾸며대고 일부러 가엾은 꼴상을 지어서 청심환을 얻으려던 것이었습니다."

한다. 나는 그제야 비로소 속은 것을 깨닫고, 그 참외 사던 일을 생각하니 분하기 짝이 없다. 대체 그 임시방편으로 갑자기 흘리는 눈물이 어디서 솟았을까? 시대[6]의 말이,

"그 놈은 분명 한족일 것입니다. 만주족은 실로 이 같이 간악한 짓은 안한다고 합니다."

하였다.

---

6) 일재본에는 '창대(昌大)'로 되어 있다.

原文

十三日
십 삼 일

己丑　晴　大風　自孤家子　曉發　至巨流河八里　一名
기 축　청　대풍　자고가자　효발　지거류하팔리　일명

周流河　巨流河堡七里　泌店子三里　五渡河二里　四方
주 류 하　거류하보칠리　필점자삼리　오도하이리　사 방

臺五里　郭家屯三里　新民屯三里　小黃旗堡四里　中火
대 오 리　곽가둔삼리　신민둔삼리　소황기보사리　중 화

共三十五里　自小黃旗堡　至大黃旗堡八里　柳河溝十
공 삼 십 오 리　자소황기보　지대황기보팔리　유 하 구 십

二里　石獅子十二里　營房十里　白旗堡五里　共四十七
이 리　석사자십이리　영방십리　백기보오리　공 사 십 칠

里　是日　通行八十二里　宿白旗堡.
리　시 일　통행팔십이리　숙 백 기 보

曉起盥櫛　厭莫甚焉　月初落矣　滿天星顆互瞬　村鷄
효기관즐　염막심언　월초락의　만천성과호순　촌 계

迭鳴　行不數里　白霧漫漫　大野浸成水銀海　一隊彎商
질 명　행불수리　백무만만　대야침성수은해　일 대 만 상

相語而行　朦朧如夢中讀奇書　不甚了了　而靈幻則極
상어이행　몽롱여몽중독기서　불 심 료 료　이영환즉극

矣.
의

少焉　天色向曙　萬柳秋蟬　一時發響　非渠來報　已
소 언　천색향서　만류추선　일시발향　비거래보　이

知午天酷炎矣　野霧漸收　遠村廟堂前　旗竿如帆檣.
지오천혹염의　야무점수　원촌묘당전　기간여범장

回看東天 火雲滃潏 盪出一輪紅日 半湧半沈於蜀黍
회간동천 화운옹휼 탕출일륜홍일 반용반침어촉서
田中 遲遲冉冉 圓滿遼東 而野地上去馬來車 靜樹止
전중 지지염염 원만요동 이야지상거마래거 정수지
屋 森如秋毫 皆入火輪中矣.
옥 삼여추호 개입화륜중의

新民屯 市肆閭閻 不減遼東 入一典當鋪 滿庭葡萄
신민둔 시사여염 불감요동 입일전당포 만정포도
架 綠陰玲瓏 庭中堆纍諸色怪石 成一座假山 山前一
가 녹음영롱 정중퇴류제색괴석 성일좌가산 산전일
丈大甕裏 開得四五柄蓮花 坎地安一間木槽 養一對
장대옹리 개득사오병연화 감지안일칸목조 양일대
鸂兒.
계아

繞山椶櫚 秋海棠 安石榴 共有十餘盆 珠帳下 列
요산종려 추해당 안석류 공유십여분 주장하 열
椅坐着五六籌莽漢 見余起揖請坐 勸了一椀凉茶 鋪
의좌착오륙주망한 견여기읍청좌 권료일완량다 포
主出紅紙二張 紙面乳金細畵兩條螭龍 請書柱聯 余
주출홍지이장 지면유금세화양조이룡 청서주련 여
書鴛鴦對浴能飛繡 菡萏初開不語仙 觀者齊聲稱好筆
서원앙대욕능비수 함담초개불어선 관자제성칭호필
法 鋪主 請客官坐一等 俺更覓佳紙來也 卽起身去
법 포주 청객관좌일등 엄갱멱가지래야 즉기신거
少頃左手持紙 右手捧着一鍾濃墨而來 刀剪一張白露
소경좌수지지 우수봉착일종농묵이래 도전일장백로
紙 爲三尺來卷子 要書門鋪首幾字佳題.
지 위삼척래권자 요서문포수기자가제

余於沿路上市鋪 每見欺霜賽雪四個字 揭在門楣上
여어연로상시포 매견기상새설사개자 게재문미상

意內以爲做個賣買的自衒其本分心地　皎潔與秋霜一
의 내 이 위 주 개 매 매 적 자 현 기 본 분 심 지　교 결 여 추 상 일

般　乃復壓過他白白的雪色　又想數日前　過爛泥堡時
반　내 부 압 과 타 백 백 적 설 색　우 상 수 일 전　과 난 니 보 시

一鋪門楣上　這箇四字筆法甚奇　余立馬一玩　霜雪兩
일 포 문 미 상　저 개 사 자 필 법 심 기　여 립 마 일 완　상 설 양

字　該是米海嶽體　今可倣此這樣字來.
자　해 시 미 해 악 체　금 가 방 차 저 양 자 래

蘸毫低昂　墨光騰紫　濃淡正勻　於是臨紙從左而右
잠 호 저 앙　묵 광 등 자　농 담 정 균　어 시 림 지 종 좌 이 우

先書一箇雪字　雖未得較似米元章　何渠不若董太史
선 서 일 개 설 자　수 미 득 교 사 미 원 장　하 거 불 약 동 태 사

觀者越添　齊道書字狼好　次書賽字　則或稱好樣書字
관 자 월 첨　제 도 서 자 랑 호　차 서 새 자　즉 혹 칭 호 양 서 자

但鋪主氣色頗異　未若雪字時叫絶.
단 포 주 기 색 파 이　미 약 설 자 시 규 절

余默念賽字不恒書　未慣於手　上寔太密　下貝過長
여 묵 념 새 자 불 항 서　미 관 어 수　상 하 태 밀　하 패 과 장

以此不愜　又筆頭濃墨　誤墮賽字左點傍　漸染得一斑
이 차 불 협　우 필 두 농 묵　오 타 새 자 좌 점 방　점 염 득 일 반

豹文　這個鹵漢　想以此爲病也　遂一腕連寫霜欺二字
표 문　저 개 로 한　상 이 차 위 병 야　수 일 완 연 사 상 기 이 자

抛筆順讀　合是爲欺霜賽雪四個大字　鋪主搖着頭　道
포 필 순 독　합 시 위 기 상 새 설 사 개 대 자　포 주 요 착 두　도

不相干　余遂道再着兒　起身出　黙罵道小去處做賣買
불 상 간　여 수 도 재 착 아　기 신 출　묵 매 도 소 거 처 주 매 매

的　惡能及瀋陽諸人　這個矗莽漢　那知書字好否.
적　오 능 급 심 양 제 인　저 개 추 망 한　나 지 서 자 호 부

是日日出後　大風掀動八表　午後風止　天無一點雰埃
시 일 일 출 후　대 풍 흔 동 팔 표　오 후 풍 지　천 무 일 점 분 애

暴炎蒸敲　自永安橋　以連抱大木　編成爲梁　梁高數丈
폭 염 증 고　자 영 안 교　이 련 포 대 목　편 성 위 량　양 고 수 장

廣五丈　兩沿木頭　齊整如一刀裁劃　梁下溝澮　綠水無
광 오 장　양 연 목 두　제 정 여 일 도 재 획　양 하 구 회　녹 수 무

際　靑泥潤爛　若闢此爲萬區水田　不知歲收得幾億萬
제　청 니 윤 란　약 벽 차 위 만 구 수 전　부 지 세 수 득 기 억 만

石紅稻香粳.
석 홍 도 향 갱

　或曰　康熙皇帝　爲耕織圖　農政諸書　今皇帝實是老
　혹 왈　강 희 황 제　위 경 직 도　농 정 제 서　금 황 제 실 시 노

農家子弟　非不知關外靑鼇土　爲上上田　第以關外之
농 가 자 제　비 부 지 관 외 청 려 토　위 상 상 전　제 이 관 외 지

地　爲自家根本之鄕　水稻腴香　飯顆潤爛　使民恒服
지　위 자 가 근 본 지 향　수 도 유 향　반 과 윤 란　사 민 항 복

則筋解骨軟　難以用武　不如常食黍粱早稻　敎民善耐
즉 근 해 골 연　난 이 용 무　불 여 상 식 서 량 조 도　교 민 선 내

飢　壯血氣　而忘口腹也　寧棄千里膏沃之野　令作瘠土
기　장 혈 기　이 망 구 복 야　영 기 천 리 고 옥 지 야　영 작 척 토

向義之民　此其深長慮也.
향 의 지 민　차 기 심 장 려 야

　沿路二里三里之間　閭井斷續　車馬連絡　左右市鋪
　연 로 이 리 삼 리 지 간　여 정 단 속　거 마 연 락　좌 우 시 포

無非可觀　而自鳳城以來　雖奢儉不同　摠是一樣規模
무 비 가 관　이 자 봉 성 이 래　수 사 검 부 동　총 시 일 양 규 모

有時薈騰過眼者　可驚可喜　而未可殫記.
유 시 몽 등 과 안 자　가 경 가 희　이 미 가 탄 기

　日暮遠地煙鋪　促鞭趕站　瓜田裏走出一個老者　跪了
　일 모 원 지 연 포　촉 편 간 참　과 전 리 주 출 일 개 노 자　궤 료

馬前　指着三五間獨戶老屋　道俺老身一口兒　路傍賣
마 전　지 착 삼 오 칸 독 호 노 옥　도 엄 노 신 일 구 아，　노 방 매

些甜瓜資生　儞們高麗人三五十　俄刻過去時　暫停此
사 첨 과 자 생　이 문 고 려 인 삼 오 십　아 각 과 거 시　잠 정 차

中　初則出價賣喫　臨起一個個　各手執菰　閧堂都走了
중　초 즉 출 가 매 끽　임 기 일 개 개　각 수 집 라　홍 당 도 주 료

余曰　儞何不遮訴大人們　老者落淚　道往訴時　儞們的
여 왈　이 하 불 차 소 대 인 문　노 자 낙 루　도 왕 소 시　이 문 적

大人　粧啞粧聾　俺一個身　怎生抵當他三五拾箇生力
대 인　장 아 장 롱　엄 일 개 신　즘 생 저 당 타 삼 오 십 개 생 력

的幫子　如今往趂時　一個幫子　攔絶了去路　將那菰子
적 방 자　여 금 왕 간 시　일 개 방 자　난 절 료 거 로　장 나 나 자

還擲俺面上　眼起雙電　菰汁未乾　因要淸心元　以無爲
환 척 엄 면 상　안 기 쌍 전　나 즙 미 건　인 요 청 심 원　이 무 위

答　則緊抱昌大之腰　强要買菰　因將五顆甘菰　來置面
답　즉 긴 포 창 대 지 요　강 요 매 라　인 장 오 과 감 라　내 치 면

前.
전

余亦欲解渴　遂削喫一菰　則香甜異常　令張福帶去四
여 역 욕 해 갈　수 삭 끽 일 라　즉 향 첨 이 상　영 장 복 대 거 사

菰　爲夜供　渠輩各喫兩菰　共是九個　老者堅討八十文
라　위 야 공　거 배 각 끽 양 라　공 시 구 개　노 자 견 토 팔 십 문

張福計給五十　則大怒不受　兩隷探囊　共計七十一文
장 복 계 급 오 십　즉 대 노 불 수　양 례 탐 낭　공 계 칠 십 일 문

以給之　余先上馬　使張福加給　張福披囊示之　然後乃
이 급 지　여 선 상 마　사 장 복 가 급　장 복 피 낭 시 지　연 후 내

已.
이

始見其垂淚而哀之　末乃勒賣九菰　堅討近百高價　殊
시 견 기 수 루 이 애 지　말 내 륵 매 구 라　견 토 근 백 고 가　수

可痛歎　然我隷沿路行刦　尤可恨也.
가 통 탄　연 아 례 연 로 행 겁　우 가 한 야

昏後抵站　出騾與淸如　季涵輩　爲飯後鎭口　爲道遞
혼 후 저 참　출 라 여 청 여　계 함 배　위 반 후 진 구　위 도 체

馬時　下隷刦騾事　諸馬頭　皆言元無是事　獨戶賣騾的
마 시　하 레 겁 라 사　제 마 두　개 언 원 무 시 사　독 호 매 라 적

老漢　元來姦巧無雙　見書房主　落後獨行　粧出謊話
노 한　원 래 간 교 무 쌍　견 서 방 주　낙 후 독 행　장 출 황 화

故作可憐之態　要得淸心丸也　余始覺其見賣　念其賣
고 작 가 련 지 태　요 득 청 심 환 야　여 시 각 기 견 매　념 기 매

騾事　尤可切痛　況其副急淚何從得來　時大曰　此漢卽
라 사　우 가 절 통　황 기 부 급 루 하 종 득 래　시 대 왈　차 한 즉

漢人也　滿人無似此妖惡事云.
한 인 야　만 인 무 사 차 요 악 사 운

7월 14일 경인(庚寅)

날씨가 맑게 개었다.

　백기보(白旗堡)에서 소백기보(小白旗堡)까지 12리, 평방(平房)까지 6리, 일반랍문(一半拉門)은 일명 일판문(一板門)이라고도 하는데 12리, 고산둔(靠山屯)까지 8리, 이도정(二道井)까지 12리, 모두 50리이다. 이곳에서 점심을 먹었다. 그리고 이도정에서 은적사(隱寂寺)까지 8리, 고가포(古家舖)까지 22리이다. 여기서 다리길〔梁路〕은 끝난다. 다시 고정자(古井子)까지 1리, 십강자(十扛子)까지 9리, 연대(煙臺)1)까지 6리, 소흑산(小黑山)까지 4리, 모두 50리이다. 이날은 100리를 걸었고, 소흑산(小黑山)에서 묵었다.

　오늘은 마침 말복(末伏)이라 늦더위가 더욱 심할 것이고, 또

---

1) 연대(煙臺) : 옛날의 통신 기관으로, 봉화를 놓던 축대이다.

한 다음 참(站)이 멀어서 일행이 새벽에 출발하였다. 나는 정비장(鄭裨將)과 변 주부(卞主簿)와 함께 먼저 떠났다.

길에서 어제 본 해돋이 광경을 이야기했더니, 두 사람이 꼭한 번 구경하고자 하였으나 막상 해가 뜰 무렵엔 동녘 하늘에 구름과 안개가 끼어 광경이 어제보다 훨씬 못하다. 해가 이미 땅에서 한 길이나 솟았건만 해 아래의 층층 구름이 여러 가지 금빛깔 교룡 모양으로 뛰어 솟구쳐 오르고 구불거리며, 신출귀몰하여 잠시도 한 모양으로 머물러 있지 않는데, 해는 다만 천천히 높은 공중으로 향해 오른다.

요양에서부터 조그마한 성과 못을 많이 거쳐 왔으나 이루 다 기록할 수 없다. 이른바 '3리마다 성(城)이요, 5리마다 곽(郭)이라.'[2]는 것인데, 이들은 반드시 모두 군이나 읍의 행정 소재지가 있음이 아니고, 그저 시골의 취락에 지나지 않는 곳이었으나 그 제도는 큰 성과 다름이 없었다.

일판문과 이도정은 땅의 형세가 웅덩이가 져서 조금만 비가 와도 진창이 되고, 봄에 얼음이 풀릴 무렵에는 잘못하여 진창에 빠졌다가는 사람도 말도 한순간에 보이지 않게 되다보니, 지척에 있어도 구출하기 어려울 지경이었다. 작년 봄에 산서(山西)의 장사꾼 20여 명이 모두 건장한 나귀를 타고 오다 일판문에 이르러 한꺼번에 빠졌으며, 우리나라 말몰이꾼도 두 사람이 빠져 실종되었다고 한다.

---

2) 『맹자(孟子)』에 나오는 말이다.

그리고『당서(唐書)』에 이르기를,

"태종이 고구려를 치려다가 뜻을 이루지 못한 채 돌아오는 길에 발착수(渤錯水)에 이르러 80리 진펄에 길이 막혀 수레가 통할 수 없었다. 그래서 장손무기(長孫無忌)[3]와 양사도(楊師道 : 당나라 고조의 사위) 등이 군정 10,000명을 거느리고 나무를 베어 길을 쌓고 수레를 연결하여 교량을 만들었는데, 태종도 말 위에서 손수 나무를 날라서 일을 도왔으며, 때마침 눈보라가 심해서 횃불을 밝히고 건너라는 조서가 내렸다."

하였다. 발착수가 어디인지 지금은 알 수 없다.

요동 진펄 천 리는 흙이 떡가루처럼 보드라워서 비를 맞으면 마치 엿이 녹은 것처럼 들러붙다 보니, 자칫하면 사람의 허리와 무릎까지 빠지고 만다. 겨우 한 다리를 빼면 또 한 다리가 더 깊이 빠지게 되는 만큼, 만일 발을 빼려고 애쓰지 않으면 땅 속에서 마치 무엇이 빨아들이는 듯이 온몸이 모두 빨려 들어가 흔적도 없이 사라지게 된다.

지금의 청(淸)나라 황실은 자주 성경으로 거둥하므로 영안교에서부터 나무를 엮어 다리를 만들어서 진펄을 막되, 고가포(古家舖) 앞에 이르러서 비로소 그쳤다. 200여 리 되는 사이를 나무 교량 하나로 길을 만들었으니, 이는 비단 물력(物力)이 그처럼 넉넉하고 놀라울 뿐더러, 나무 끝이 한 군데도 들쭉날쭉한

---

3) 장손무기(長孫無忌) : 당(唐)나라의 명신. 태조의 고명(顧命)을 받들어 저수량(楮遂良)과 함께 고종(高宗)을 섬겼다.

것이 없어 200리 사이에 양쪽이 마치 먹줄로 퉁긴 듯이 〈반듯하게〉 되어 있는 만큼 그 일솜씨의 정미로움을 짐작할 수 있다. 그러므로 민간에서 일상 쓰는 물건을 만드는 것도 이를 본받아서 규모가 대체로 같았다. 이는 덕보(德保 : 홍대용(洪大容)의 자)가 "중국의 심법(心法)을 우리로서는 당해내지 못할 것이다." 한 것이 바로 이를 두고 한 말이리라. 지금 이 다리는 3년 만에 한 번씩 수리를 한다고 하는데, 『당서(唐書)』에 나오는 발착수는 아마 일판문과 이도정의 사이를 말한 것인 듯싶다.

아골관(鴉鶻關 : 연산관)에서부터 매번 여염집 마을 가운데 흰색 패루(牌樓)를 높다랗게 세운 것이 보이는데, 이는 초상난 집들이라고 한다. 이는 삿자리를 엮어 지었는데 기왓골이나 치문(鴟吻)[4]들이 나무나 돌로 만든 것과 다를 게 없었다. 높이가 네댓 길씩이나 되고 상갓집 대문 앞에서 열 걸음쯤 떨어져 세웠는데, 그 밑에는 악공들이 늘어앉아서 풍류를 아뢴다. 바리 한 쌍, 피리 한 쌍, 쇄납(瑣吶)[5] 한 쌍이 밤낮으로 떠나지 않고 조문객이 문에 이르면 요란하게 불고 두드린다. 상식(上食)[6]이나 제전(祭奠)이 시작되자 안에서 곡성이 일어나면 밖에서는 번번이 음악으로 서로 화답하듯이 야단들이다.

---

4) 치문(鴟吻) : 큰 전각 같은 지붕의 용마루 끝에 장식하는 물형.
5) 쇄납(瑣吶) : '날라리'의 중국식 이름. 태평소. 수루나이. 애초에 회족(回族)이 사용하던 것인데, 본명은 소랄(蘇喇) 또는 쇄랄(瑣喇).
6) 상식(上食) : 초상집에서 아침저녁으로 음식을 망자에게 올림.

　내가 십강자에 이르러 잠시 쉬는 사이에 정 진사와 변 주부와 함께 한가로이 거리를 거닐다가 어느 삿자리로 만든 패루에 이르러 바야흐로 그 엮은 방법을 상세히 구경하려 할 즈음에 요란스런 음악이 시작되었다. 둘은 엉겁결에 귀를 막고 도망치고, 나 역시 두 귀가 먹을 것 같아서 손을 흔들어 소리를 멈추라 하여도 영 막무가내로 듣지 않고, 다만 힐끔힐끔 돌아보기만 하고 그냥 불고 두드리고 한다.

　나는 상가의 제도가 보고 싶어서 발걸음을 옮겨 대문 앞에 이르렀는데, 문 안에서 한 상주(喪主)가 뛰어나오더니 내 앞에 와서 울며 대지팡이를 내던지고 두 번 엎드렸다가 일어나 절하는데, 엎드릴 땐 머리가 땅에 닿도록 조아리고 일어설 땐 땅에다 발을 구르며 눈물이 비 오듯 하면서 수없이 울부짖는다. 창졸지간에 일어난 변이어서 어찌해야 좋을지 몰랐다. 상주의 등 뒤에 5, 6명이 따라 나오는데, 모두 흰 두건을 썼으며 나의 팔을 양쪽에서 부축하여 대문 안으로 끌어들인다. 상주 역시 곡을 멈추고 따라 들어온다.

　때마침 건량마두(乾糧馬頭 : 말의 양식을 담당하는 마두) 이동(二同)이 안으로부터 막 나오기에, 나는 하도 반가워서 엉겁결에,

　"이 일을 어찌하면 좋단 말이냐?"

하고 물으니 이동은,

　"소인이 죽은 사람과 동갑이라서 본디 서로 친하게 잘 지냈습니다. 저는 아까 들어와서 그 처를 조문하고 나오는 길입니다."

라고 한다. 내가,

"문상을 어떻게 하는 것이냐?"

라고 물어보니 이동은,

"상주의 손목을 잡고 '당신 아버님은 천당에 가셨을 것이오'
하면 됩니다."

하고는, 이동도 역시 나를 따라 도로 들어오면서,

"백지(白紙) 권이나 주지 않으면 안 되오니 소인이 마련해 드
리오리다."

라고 한다.

당(堂) 앞에 삿자리로 큰 집을 세웠는데, 엮은 방법이 매우 이
상스러우며, 뜰에는 온통 흰 베로 휘장을 치고 그 속에 내외(內
外) 상복 입은 친척들을 따로 나누어 두었다. 이동이 말하기를,

"주인이 응당 술과 과일을 대접할 것이니, 조금 지체하시고
너무 빨리 일어나시지 마십시오. 만일 음식을 먹지 않으면 큰
수치라고 생각한답니다."

라고 한다. 나는,

"이왕 들어왔으니 이것 역시 구경은 하겠지만, 다만 상주가
조문을 받으려면 좀 괴로운 일인데……!"

하니 이동은,

"아까 이미 문상은 하였으니 다시 하실 필요는 없습니다."

하고는 삿자리 집을 가리키며,

"저것이 빈소(殯所)올시다. 남녀가 모두 집을 비우고 이 빈소
로 옮겨옵니다. 그리고 휘장 속에 각기 기(朞)·공(功)의 복제
(服制 : 죽은 친척들이 상복을 입는 일)를 따라 장소가 마련되었으

며, 장사를 치른 뒤에 저마다 돌아간답니다."

한다. 휘장 속에서 한 여인이 자주 머리를 내밀고 엿보는데, 흰 베로 머리를 싸매고 그 위에 삼〔麻〕으로 된 수질(首経)을 둘렀는데 제법 자태가 흐른다.[7] 이동은,

"저이는 죽은 이의 딸인데, 시집가서 산해관에 살고 있는 부상(富商 : 부잣집 장사꾼)의 아내가 되었답니다."

라고 한다.

이윽고 상주가 삿자리 집에서 나와 걸상에 앉자, 흰 두건을 쓴 사람 몇몇이 국수 두 그릇, 과일 한 쟁반, 두부 한 소반, 채소 한 쟁반, 차 두 사발, 술 한 주전자를 가져와 탁자 위에 벌여놓은 다음, 내 앞에 빈 잔 세 개를 놓고 탁자 맞은편엔 빈 의자도 가져다 놓고 잔 세 개까지 나란히 늘어놓고는 이동한테 앉기를 청한다. 이동은 굳이 사양하면서,

"저의 상전이 계신데 감히 머리를 맞대고 마주 앉을 수 없습니다."

하고는 곧 밖으로 나가더니 백지 한 권과 돈 일초(一鈔)를 갖고 와서 상주 앞에 놓고 내가 부의(賻儀)하는 것으로 뜻을 말하는 바람에, 상주가 걸상에서 내려와 머리를 조아리며 공손히 사례한다. 나는 채소와 과일을 대충 음복하는 시늉만 하고 곧 일어나 나오니, 상주가 문 밖까지 나와서 전송한다. 대문 옆의 양쪽

---

7) '제법 자태가 흐른다'고 한 구절은 일재본에만 있는 것을 수복하였다.

상랑(廂廊 : 행랑채)에서는 한창 대나무로 말을 만들어 종이로 옷을 입히고 있었다.

얼마 후에 사신 일행이 이곳에 와서 말을 갈아타고, 부사도 잇달아 이르러 길가에 가마를 내렸다. 내가 아까 문상했던 예절에 대해 이야기하니 모두들 크게 웃는다.

이도정은 마을이 꽤 번화롭다. 은적사(隱寂寺)는 굉장히 큰 절인데 많이 깨지고 헐었다. 비(碑)에는 시주(施主)한 조선 사람의 성명들이 새겨져 있는데 모두 용만의 상인인 것 같다. 이곳에서 처음으로 의무려산(醫巫閭山)8)이 보이는데, 멀리 서북쪽을 가로지른 것이 마치 푸른 장막을 드리운 것 같고, 산봉우리가 오히려 보일락말락 한다.

혼하(渾河)를 건넌 뒤로 다섯 번 강을 건넜는데, 모두 배로 건넜다. 연대(煙臺 : 봉홧불을 놓는 축대)는 이곳으로부터 시작된다. 5리마다 대(臺)가 하나씩 있는데, 직경이 여남은 발이요, 높이가 대여섯 발이며, 쌓은 방법이 성을 쌓은 방법과 다름이 없고, 그 위엔 총구멍을 뚫고 여장(女墻 : 성 위에 또 쌓은 담장)을 둘렀다. 남궁(南宮) 척계광(戚繼光)9)이 만들었다는 팔백망(八百望)이 곧 이것이다.

---

8) 의무려산(醫巫閭山) : 의무려는 여진족의 말로 '크다'는 뜻이다.

9) 남궁(南宮) 척계광(戚繼光) : 명나라 말의 저명한 군사 전술가이자 학자. 남궁은 그의 호. 『기효신서(紀效新書)』, 『이융요략(莅戎要略)』 등의 저서가 있다.

소흑산(小黑山)은 들 가운데 밀어낸 듯이 평평하며 약간 솟아 올라서 주먹처럼 생긴 작은 산이라 하여 이름을 지었다고 한다. 인가가 즐비하고 시장 점포의 번화한 품이 신민둔(新民屯)보다 못하지 않고, 푸른 들 가운데 말·노새·소·양 수백 마리가 떼를 지어 있으니, 역시 큰 고장이라 할 수 있었다. 일행의 하인들이 으레 소흑산에서 돼지를 삶아서 서로 위로하므로 장복과 창대도 역시 밤에 가서 얻어먹겠다고 아뢴다.

이날 밤 달빛이 낮같이 밝고 더위는 이미 한물 간 모양이다. 저녁밥을 먹은 뒤에 곧바로 밖으로 나가서 아득히 먼 들판을 바라보니, 푸른 연기는 땅에 깔려 있고 소와 양떼들이 제각기 집으로 돌아간다. 시장의 점포들은 아직 모두 문을 다 닫지는 않았으므로 마침내 혼자 한 점포에 들어가니, 뜰 가운데 시렁을 높이 매고 삿자리로 덮어 두었다가 밑에서 끈을 당기면 걷히어서 달빛을 받게 헤 두었다. 온갖 기이한 화초(花草)가 달빛 아래 얽혀 있다.

길에서 놀던 사람들이 내가 여기에 들어오는 것을 보고는 뒤따라 들어와서 뜰에 가득하다. 다시 일각문을 들어서니 뜰 넓이가 앞뜰과 같고, 난간 아래에는 몇 그루의 푸른 파초가 심어져 있다. 네 사람이 탁자를 가운데 놓고 빙 둘러앉았는데, 그중 한 사람이 지금 막 탁자를 차지하고 '신추경상(新秋慶賞)'이란 네 글자를 쓴다. 불그레한 종이에 자줏빛 먹이다보니 달빛이 비껴서 비록 똑똑히 보이지 않으나, 붓놀림이 매우 서툴러 겨우 글자 모양을 이루었다.

나는 마음속으로 가만히 헤아려보고는, '저 필법을 보매 저토록 졸렬하니, 내 이제 꼭 한 번 뽐낼 때로구나.' 하였다. 여러 사람들이 그 글씨를 다투어 가면서 구경하고, 곧바로 당 앞 한가운데 문설주 위에 붙였으니, 이는 아마도 달 구경에 축하하는 방문(榜文)인 듯하다. 모두 일어나 당 앞을 향해 뒷짐을 지고 구경을 한다. 아직 탁자 위엔 남은 종이가 있기에 내가 걸상에 가앉아서 남은 먹을 진하게 묻혀 시비를 가리지 않고 커다랗게 '신추경상(新秋慶賞)'이라 썼다.

그중 한 사람이 돌아다보다가 내가 쓴 글씨를 보더니 뭇 사람들에게 급히 소리쳐 모두 탁자 앞으로 달려왔다. 서로 웃고 떠들며,

"고려 사람이 글씨도 참 잘 쓰네."

하기도 하고 어떤 사람은,

"동이(東夷)도 글씨가 우리와 같네."

하고 어떤 사람은,

"글자는 같지만 음은 다르네."

라고 했다. 나는 붓을 척 던지고 일어섰다. 여러 사람들이 다투어 내 손을 잡으면서,

"수고스럽겠지만 손님은 잠깐만 앉으십시오. 존함은 뉘시오니까?"

라고 하기에, 내가 〈성명을〉 써 보였더니 다들 더욱 크게 기뻐했다.

내가 처음 들어올 때엔 반가워하지 아니할 뿐더러 본체만체

하다가 이제 내 글씨를 본 뒤에 그 기색을 살펴보니, 너무 분에 지나치게 반기면서 급히 차 한 사발을 내오고, 또 담배에 불을 붙여 서로 권한다. 그리하여 눈 깜짝할 사이에 아부하고 푸대접하던 태도가 갑작스레 달라졌다.

그들은 모두 태원(太原)의 분진(汾晉)에 사는 사람이다. 지난해에 이곳에 와서 수식포(首飾鋪)10)를 갓 열었는데, 팔찌·비녀·귀걸이·가락지 등속을 사고팔고 하면서 가게 이름을 '만취당(晚翠堂)'이라 하였다.

그중 세 사람은 성이 최(崔)·류(柳)·곽(霍)인데 모두 문필이 극히 짧아서 말할 것도 없으나, 곽생(霍生)이 가장 나아 보인다.

다섯 사람이 다 나이 서른 남짓하고 건장하기가 마치 노새 같으며, 얼굴들은 모두 희멀겋고 눈매가 아름답지만 맑고 아담한 기운은 전혀 없다. 지난날 오(吳)나라와 촉(蜀)나라 사람들과는 사뭇 다르다. 지방 풍토의 같지 아니함을 이로써 넉넉히 알 수 있으며, 산서 지방에서 장수가 잘 난다더니 과연 빈 말이 아닌 듯싶다.

나는 곽생에게,

"당신이 태원에 살고 계시다니, 귀향(貴鄉) 곽태봉(郭泰峯), 아호는 금납(錦衲)이란 어른을 아시는지요?"

하고 물었더니 곽생은,

---

10) 수식포(首飾鋪): 여자의 머리에 꽂는 장식품을 파는 가게.

"모릅니다."

하고는 이내 곽(霍)과 곽(郭)의 두 글자에다 점을 치면서,

"그는 곽 태조(郭太祖)11)의 곽(郭) 자요, 나는 곽거병(霍去病)12)의 곽(霍) 자입니다."

라고 했다. 나는 웃으면서,

"왜 분양(汾陽)13)·박륙(博陸)14)을 끌어오지 않고 하필이면 후주 태조와 표요(嫖姚)15)를 끌어다 성씨를 증명하시오?"

라고 하니, 곽생이 물끄러미 들여다보고 잠자코 있다. 아마 제 딴엔 내가 만주인들처럼 곽(霍)·곽(郭)을 혼용할 것이라고 생각하여 이렇게 밝히는 듯싶다. 곽생이,

"등주(登州)에서 육지에 내리셨으면 어찌해서 이리로 오셨습니까?"

라고 하여 내가,

"나는 배를 타고 바다로 오지 않았소. 육로 3,000리로 곧장

---

11) 곽 태조(郭太祖) : 5대 시대 후주(後周)의 태조 곽위(郭威).

12) 곽거병(霍去病) : 한 무제 때의 명장으로, 흉노족을 정벌하였다.

13) 분양(汾陽) : 곽자의(郭子儀). 당나라 현종 때 안녹산(安祿山)·사사명(史思明)의 난을 평정한 명장으로, 뒤에 분양왕에 봉해졌으므로 곽분양이라고 한다.

14) 박륙(博陸) : 곽광(霍光). 한나라 소제(昭帝) 때의 재상이며, 곽거병의 배다른 동생이다. 박륙은 봉호.

15) 표요(嫖姚) : 곽거병이 일찍이 표요교위(嫖姚校尉)를 지냈으므로 이른 말이다.

황경(皇京 : 북경)까지 가는 길이오."

하니 곽생은,

"고려는 일본(日本)입니까?"

라고 한다.

마침 한 사람이 붉은 종이를 가지고 와서 글씨를 써 달라고 청한다. 친구들을 부르고 아는 사람을 끌고 와서 모이는 이들이 점점 늘어났다. 내가,

"붉은 종이엔 글씨가 잘 되지 않으니, 계란빛으로 다시 가져오시오."

라고 하니, 한 사람이 바삐 가더니 곧바로 분지(粉紙) 몇 장을 찾아서 가져왔다. 나는 마침내 그것을 끊어서 주련(柱聯)을 만들어,

이 늙은이 산과 숲을 즐기노니　　　　翁之樂者山林也
객도 물과 달을 아시나요.16)　　　　客亦知夫水月乎

라고 썼더니, 그제야 여러 사람들이 좋아라고 환성을 지른다. 서로 다투어 먹을 갈며 왔다갔다 분주하니, 모두 종이를 구하느라고 그러는 모양이다. 나는 이에 종이를 펴는 족족 쉴 새 없이 붓을 달리기를 마치 소지(所志)에 제사(題辭 : 고소장)를 쓰듯 하

---

16) 이 구절은 구양수(歐陽脩)의 「취옹정기(醉翁亭記)」와 소식(蘇軾)의 「적벽부(赤壁賦)」에서 각각 따왔다.

니, 어떤 사람이 나에게 묻기를,

"손님은 술을 마십니까?"

하기에 나는,

"한 잔 술이야 어찌 사양하리오."17)

라고 하니, 여러 사람이 모두 크게 한바탕 웃고는 곧장 따스한 술 한 주전자를 가져와서 연거푸 석 잔을 권한다. 나는,

"주인은 어찌 안 마십니까?"

라고 하니 그들은,

"마실 줄 아는 이가 한 명도 없소이다."

라고 한다. 이에 와서 구경하던 이들이 앞 다투어 능금과 사과와 포도 등을 가져다 먹어보라고 권한다. 내가,

"달빛이 비록 밝다 해도 글씨 쓰기엔 오히려 〈방해가 되니〉 촛불을 켜는 게 좋겠소."

라고 하니 곽생은,

"하늘 위에 저 한 조각 거울이 달렸으니〔天上高懸一片鏡〕, 이 세상에 천만 개의 등불보다 낮지 않소이까?〔人間勝似萬枝燈〕"18)

라고 하고 한 사람은,

"상공께서는 눈이 좋지 못하시오니까?"

라고 하기에 내가,

"그렇소."

---

17) 번쾌(樊噲)가 항적(項籍)에게 답한 말이다.

18) 옛 사람의 시구인 듯하다.

라고 하니, 마침내 네 개의 촛불을 밝혀 준다.

　나는 생각하기를, 어제 전당포에서 '기상새설(欺霜賽雪)'[19]이
란 넉 자를 썼는데, 점포 주인이 왜 갑자기 좋아하지 않았는지
오늘은 단연코 전날의 분풀이를 해보리라 하고는, 마침내 주인
에게 말하기를,

　"주인댁에선 점포 머리에 달 만한 액자(額字)가 어떨까요?"
하니 점포 주인은 일제히 말하기를,

　"이것이야 말로 특히 더욱 좋습니다."
라고 한다. 내가 드디어 '기상새설(欺霜賽雪)' 넉 자를 써 놓았
더니, 여럿이 서로 쳐다보는 품이 어제 전당포 주인의 기색과
한가지로 수상스럽다. 나는 마음속으로 '이것, 또 이상스런 일
이야.' 하고 생각하였다. 나는 또,

　"이건 아무런 상관없는 게요?"
하였더니 점포 주인은,

　"그렇습니다."
라고 하고 곽생은,

　"저희 점포에서는 오로지 부인네들의 머리 장식품을 취급하
는 곳이지, 밀가루 점포(국수집)는 아니옵니다."
라고 한다. 나는 비로소 내 잘못을 깨달았다. 전에 한 일이 부
끄럽지 않을 수 없었다. 그제야,

　"나도 모르는 바 아니로되, 애오라지 심심풀이로 한 번 써 보

19) 기상새설(欺霜賽雪) : 446쪽 주 1) 참조.

앉을 뿐이오."

라고 했다.

　전일 요양 시장에서 본 '계명부가(鷄鳴副珈)'20)라는 금빛 글
자로 쓴 간판이 퍼뜩 생각나기에 이와 그와는 한가지일 듯싶어
서 마침내 '부가당(副珈堂)'이란 석 자를 써 주었더니, 그들은
소리쳐 기뻐해 마지않는다. 곽생이,

　"이게 무슨 뜻이옵니까?"

하고 묻기에 내가,

　"이제 귀댁에선 부인네들의 머리 장식품을 전문으로 한다고
하니, 『시경(詩經)』에 나오는 '부계육가(副笄六珈)'21)란 글귀
가 바로 이것이지요."

하니 곽생은,

　"저의 점포를 빛내 주신 그 은덕을 무엇으로 갚아드리리까?"

하고 사례한다.

　다음날 북진묘(北鎭廟)를 구경하기로 되어 있으므로 일찍 돌
아와서 일행 여러 사람에게 아까 일을 이야기하니 허리를 잡지
않은 이가 없었다. 그런 일이 있은 뒤로는 점포 앞에 '기상새설
(欺霜賽雪)'이란 넉 자가 걸린 것을 볼 때마다 이것이 반드시

---

20) 계명부가(鷄鳴副珈) : 『시경(詩經)』에 나오는 말. 닭이 울면 비녀를
　　꽂는다는 뜻이다.

21) 부계육가(副笄六珈) : 『시경』 국풍(國風) 용풍(鄘風) 군자해로(君子偕
　　老) 편에 나오는 말. 비녀에 뒤이어서 온갖 수식(머리꾸미개)을 꽂는
　　다는 뜻이다.

'국수집(가루집)'이로구나 하였다. 이는 그 주인의 심지가 밝고
깨끗함을 일컬음이 아니요, 실로 그 가루가 서릿발처럼 가늘고
눈보다 더 희다는 것을 자랑함이다. 여기서 가루란 곧 우리나
라에서 이른바 '진말(眞末 : 밀가루)'이다. 청여(淸如 : 박래원의 자),
변계함(卞季涵), 주부 조달동(趙達東)과 〈다음날〉 북진묘에
함께 가기로 약속했다.

原文

十四日
십사일

庚寅　晴　自白旗堡至小白旗堡十二里　平房六里　一
경인　청　자백기보지소백기보십이리　평방육리　일

半拉門　一名一板門十二里　靠山屯八里　二道井十二
반랍문　일명일판문십이리　고산둔팔리　이도정십이

里　共五十里　中火　又自二道井至隱寂寺八里　古家舖
리　공오십리　중화　우자이도정지은적사팔리　고가포

二十二里　梁路止此　古井子一里　十扛子九里　煙臺六
이십이리　양로지차　고정자일리　십강자구리　연대육

里　小黑山四里　共五十里　是日通行百里　宿小黑山.
리　소흑산사리　공오십리　시일통행백리　숙소흑산

今日乃末伏也　晚炎尤當甚酷　而站程又遠　故一行曉
금일내말복야　만염우당심혹　이참정우원　고일행효

發　余與鄭裨將卞主簿先行.
발　여여정비장변주부선행

路中語昨日日出時光景　兩人銳意一觀　而日出時東
노중어작일일출시광경　양인예의일관　이일출시동

天雲霧未消　光景大不如昨日　日旣離地丈餘　而日下
천운무미소　광경대불여작일　일기리지장여　이일하

層雲　化作萬道金蛟　跳騰雲盪　神出鬼沒　不定一色
층운　화작만도금교　도등운탕　신출귀물　부정일색

日馼徐驅　只顧上天去矣.
일어서구　지고상천거의

自遼陽以來　多經小小城池　而不可殫記　所謂三里之
자요양이래　다경소소성지　이불가탄기　소위삼리지

城 五里之郭 而未必皆郡邑治所 不過是鄕井保聚 然
성 오리지곽 이미필개군읍치소 불과시향정보취 연

其制度無異大城也.
기제도무이대성야

一板門二道井 地勢洿下 小雨泥濘 方春解氷時 誤
일판문이도정 지세오하 소우니녕 방춘해빙시 오

入泥中 則連人帶馬 頃刻不見 咫尺難救 昨年春 山
입니중 즉련인대마 경각불견 지척난구 작년춘 산

西賈客二十餘人 皆乘健騾 至一板門 一時陷沒 我國
서고객이십여인 개승건라 지일판문 일시함몰 아국

驅人 亦陷失二名云.
구인 역함실이명운

唐書太宗 征高句麗 不得志而還 至渤錯水 阻淖八
당서태종 정고구려 부득지이환 지발착수 조뇨팔

十里 車騎不得通 長孫無忌與楊師道等 率萬人斬樵
십리 거기부득통 장손무기여양사도등 솔만인참초

築道 聯車爲梁 帝於馬上 自負薪以助役 雪甚 詔屬
축도 연거위량 제어마상 자부신이조역 설심 조속

燎以濟 今未知渤錯水 在於何處.
료이제 금미지발착수 재어하처

而遼野千里 土細如麵 遇雨黏濃如糖之融 沒人腰膝
이요야천리 토세여면 우우점농여당지융 몰인요슬

纔拔一脚 則一脚漸深 若不努力抽足 則地中若有吸
재발일각 즉일각점심 약불노력추족 즉지중약유흡

引者 全身都沒 不見陷痕.
인자 전신도몰 불견함흔

今淸家 數幸盛京 故自永安橋 編木爲梁 以禦潦淖
금청가 삭행성경 고자영안교 편목위량 이어료뇨

而至古家舖前始止 一百餘里之間 一梁爲路 非但物
이지고가포전시지 이백여리지간 일량위로 비단물

力之富壯　木頭無一參差　二百里兩沿如引一繩　可見
력 지 부 장　목 두 무 일 참 치　이 백 리 양 연 여 인 일 승　가 견

其制作之精一矣　故民間尋常制作　能相視效　規模大
기 제 작 지 정 일 의　고 민 간 심 상 제 작　능 상 시 효　규 모 대

同　德保所稱　大國心法　最不可當者　正在此等也　今
동　덕 보 소 칭　대 국 심 법　최 불 가 당 자　정 재 차 등 야　금

此梁路　三歲一改云　唐書渤錯水　似在一板二井之間
차 량 로　삼 세 일 개 운　당 서 발 착 수　사 재 일 판 이 정 지 간

也.
야

　自鴉鶻關　每見閭里中　高設白色牌樓者　初喪之家也
　자 아 골 관　매 견 여 리 중　고 설 백 색 패 루 자　초 상 지 가 야

以蘆篳結構　瓦溝鷗吻　無異木石　高四五丈　離立喪家
이 로 필 결 구　와 구 치 문　무 이 목 석　고 사 오 장　이 립 상 가

門前十步之間　其下列坐鼓吹　疊鉦一對　篳篥一對　瑣
문 전 십 보 지 간　기 하 렬 좌 고 취　첩 정 일 대　필 률 일 대　쇄

吶一對　晝夜不離　弔客臨門　則大吹大打　上食祭奠
납 일 대　주 야 불 리　조 객 림 문　즉 대 취 대 타　상 식 제 전

內有哭聲　則外輒以鼓吹相和.
내 유 곡 성　즉 외 첩 이 고 취 상 화

　余至十扛子小憩　與鄭卞閒行街市　至一蘆篳牌樓　方
　여 지 십 강 자 소 게　여 정 변 한 행 가 시　지 일 로 단 패 루　방

欲詳翫結構　而大動鼓吹　兩人不覺掩耳而走　余亦兩
욕 상 완 결 구　이 대 동 고 취　양 인 불 각 엄 이 이 주　여 역 양

耳響塞　搖手止聲　而全不採聽　只顧吹打.
이 향 색　요 수 지 성　이 전 불 채 청　지 고 취 타

　余欲見喪家制度　方移步進至大門前　門裏走出一個
　여 욕 견 상 가 제 도　방 이 보 진 지 대 문 전　문 리 주 출 일 개

喪人　號哭突至面前　放了竹杖　再伏再起　伏則以頭頓
상 인　호 곡 돌 지 면 전　방 료 죽 장　재 복 재 기　복 즉 이 두 돈

地　起則以足踏地　淚如雨下　無數哀號　變起倉卒　罔
知攸措　喪人背後　隨著五六人　皆白巾　雙擁余臂　進
入門裏　喪人亦止哭跟後.

　適逢乾粮馬頭二同　自內方出　余喜甚　忙問曰　此將
奈何　二同曰　小人與亡者同甲　素相親善　俄者入弔其
妻　余問弔禮如何　二同曰　執喪人手曰　爾父歸天　二
同亦隨余還入曰　不可不給與白紙卷　小人當周旋.

　堂前以蘆簟架起大屋　結構奇異　滿庭白布幔　區處內
外服人　二同曰　主人當待以酒果　第小遲待　未可徑起
若不食時　大爲羞恥　余曰　旣爲入來　此亦觀光　但主
人受弔則苦矣　二同曰　俄已弔矣　不必更弔　指簟屋曰
此其殯所　男女皆空堂室　移處殯屋　布幔中　各爲朞功
處所　葬後各歸云　帳裏有一女子　頻頻出首而視　白布
纏首　上加麻絰　頗有姿色　二同曰　此亡者之少女　嫁
爲山海關富商之妻.

良久喪人　自簞屋出坐椅上　白巾數人　持兩椀麵　一
양 구 상 인　자 점 옥 출 좌 의 상　백 건 수 인　지 양 완 면　일

盤菓品　一盤豆腐　一盤菜蔬　兩椀茶　一罐酒　卓子上
반 과 품　일 반 두 부　일 반 채 소　양 완 다　일 관 주　탁 자 상

擺列　面前置三箇空盞　對卓又置空椅　列著三盞　請二
파 열　면 전 치 삼 개 공 잔　대 탁 우 치 공 의　열 착 삼 잔　청 이

同坐　二同固辭曰　俺們老爺在上　不敢對頭坐著　因出
동 좌　이 동 고 사 왈　엄 문 노 야 재 상　불 감 대 두 좌 착　인 출

外持白紙一卷錢一鈔而來　置主人面前　爲道余致賻之
외 지 백 지 일 권 전 일 초 이 래　치 주 인 면 전　위 도 여 치 부 지

意　主人下椅叩頭恭謝　余略喫蔬果　因起出　主人送至
의　주 인 하 의 고 두 공 사　여 략 끽 소 과　인 기 출　주 인 송 지

門外　門傍兩廂裏　方造竹馬以紙塗之.
문 외　문 방 양 상 리　방 조 죽 마 이 지 도 지

少頃使行至此遞馬　副使亦繼至　卸轎路中　余爲言俄
소 경 사 행 지 차 체 마　부 사 역 계 지　사 교 로 중　여 위 언 아

刻弔喪之禮　皆大笑.
각 조 상 지 례　개 대 소

二道井　村閭頗盛　隱寂寺宏大　而頗破敗　碑有朝鮮
이 도 정　촌 려 파 성　은 적 사 굉 대　이 파 파 패　비 유 조 선

人施主姓名　似皆灣商也　自此始見醫巫閭山　橫障西
인 시 주 성 명　사 개 만 상 야　자 차 시 견 의 무 려 산　횡 장 서

北天際　如垂翠帳　而峯巒猶未明見.
북 천 제　여 수 취 장　이 봉 만 유 미 명 견

渾河以後五渡河　皆以舟濟　煙臺自此始　五里一臺
혼 하 이 후 오 도 하　개 이 주 제　연 대 자 차 시　오 리 일 대

圓徑十餘丈　高五六丈　築同城制　上設砲穴女墙　戚南
원 경 십 여 장　고 오 륙 장　축 동 성 제　상 설 포 혈 여 장　척 남

宮繼光所設八百望是也.
궁 계 광 소 설 팔 백 망 시 야

小黑山 野中平坡稍阜 而有拳大小山故名 閭閻櫛比
소흑산 야중평파초부 이유권대소산고명 여염즐비

市鋪繁華 不減新民屯 綠蕉中馬騾牛羊千百爲群 亦
시포번화 불감신민둔 녹무중마라우양천백위군 역

可謂大去處矣 一行下隷 例於小黑山 烹猪相犒云 張
가위대거처의 일행하례 예어소흑산 팽저상호운 장

福昌大 告夜往得喫.
복창대 고야왕득끽

是夕月色如晝 暑氣已退 飯後卽出 瞭望遠野 蒼煙
시석월색여주 서기이퇴 반후즉출 요망원야 창연

鋪地 牛羊各歸 市鋪未及盡閉 遂獨入一鋪 庭中設高
포지 우양각귀 시포미급진폐 수독입일포 정중설고

架 覆以蘆簟 自下引繩而撤之 以納月光也 奇花異艸
가 복이로점 자하인승이철지 이납월광야 기화이초

交映月中.
교영월중

道上遊子 見余入此 隨來盈庭 入一角門 庭廣如前
도상유자 견여입차 수래영정 입일각문 정광여전

堂 欄干下有數本綠蕉 四人圍卓而坐 就中一人 方據
당 난간하유수본록초 사인위탁이좌 취중일인 방거

卓寫新秋慶賞四字 紙紅墨紫 白月臨之 雖未仔細 運
탁사신추경상사자 지홍묵자 백월림지 수미자세 운

筆甚艱 僅成字樣.
필심간 근성자양

余心裏暗忖道余 看渠筆法 若是其拙 正吾得意之秋
여심리암촌도여 간거필법 약시기졸 정오득의지추

也 諸人爭看 卽貼之堂前正中門楣上 蓋賞月賀榜也
야 제인쟁간 즉첩지당전정중문미상 개상월하방야

皆起向堂前 負手瞻翫 卓上更有他紙 余因坐椅 濃蘸
개기향당전 부수첨완 탁상갱유타지 여인좌의 농잠

餘墨　不顧是非　大書特書曰　新秋慶賞.
여묵　불고시비　대서특서왈　신추경상

一人回顧　見余書字　疾呼諸人　趨至卓前　叫呶讙笑
일인회고　견여서자　질호제인　추지탁전　규노환소

曰　高麗好書字　或曰　東夷書字同　或曰　字同音不同
왈　고려호서자　혹왈　동이서자동　혹왈　자동음부동

余鏗然擲筆起　諸人爭挽余手曰　更勞客官坐一坐　尊
여갱연척필기　제인쟁만여수왈　갱로객관좌일좌　존

姓大名　余書示之　諸人益大喜.
성대명　여서시지　제인익대희

余之初至也　不以爲悅　視若尋常　及見余書　察其氣
여지초지야　불이위열　시약심상　급견여서　찰기기

色　大喜過望　忙進一椀茶　又爇煙相勸　轉眄之間　溫
색　대희과망　망진일완다　우설연상권　전면지간　온

冷頓異.
랭돈이

諸人者　皆太原汾晉人也　去歲來此　新開首飾鋪　收
제인자　개태원분진인야　거세래차　신개수식포　수

買釵釧　簪珥彄環等物　起號晚翠堂.
매채천　잠이구환등물　기호만취당

三人俱姓崔　一柳一霍　皆文筆極短　無可足語　而霍
삼인구성최　일류일곽　개문필극단　무가족어　이곽

生最優.
생최우

五人者俱年三十餘　豪健如騾子　雖面皮白淨　眉目媚
오인자구년삼십여　호건여라자　수면피백정　미목미

嫵　俱無十分淸雅之氣　絶異於吳蜀諸人　四方風土之
무　구무십분청아지기　절이어오촉제인　사방풍토지

不同　足可見矣　山西出將　果非虛語也.
부동　족가견의　산서출장　과비허어야

余問霍生曰　君居太原　貴鄉郭泰峯　號錦衲　知之乎
여문곽생왈　군거태원　귀향곽태봉　호금납　지지호

霍生曰　不知　遂點霍郭兩字曰　這是郭太祖之郭　吾是
곽생왈　부지　수점곽곽양자왈　저시곽태조지곽　오시

霍去病之霍　余笑曰　何不引汾陽　博陸　而乃證周祖嫖
곽거병지곽　여소왈　하불인분양　박륙　이내증주조표

姚乎　霍生諦視無語　想彼認吾以霍郭同用　如滿人　故
요호　곽생체시무어　상피인오이곽곽동용　여만인　고

分曉如此也　霍生曰　登州下陸　緣何到此　余曰　吾非
분효여차야　곽생왈　등주하륙　연하도차　여왈　오비

航海來也　旱路三千里　直抵皇京　霍生曰　高麗是日本
항해래야　한로삼천리　직저황경　곽생왈　고려시일본

否.
부

一人持紅紙來請書　招朋引類　來者漸多　余曰　紅紙
일인지홍지래청서　초붕인류　내자점다　여왈　홍지

寫字非佳　更持卵白的來也　一人忙去　卽覓數張粉紙
사자비가　갱지란백적래야　일인망거　즉멱수장분지

而來　余遂剪作柱聯　書之曰　翁之樂者山林也　客亦知
이래　여수전작주련　서지왈　옹지락자산림야　객역지

夫水月乎　於是諸人　俱大歡樂　爭爲磨墨　來去粉紜
부수월호　어시제인　구대환락　쟁위마묵　내거분운

皆覓紙故也　余遂隨展隨寫　手不停筆　如題訟牒　一人
개멱지고야　여수수전수사　수부정필　여제송첩　일인

問客官飮酒麼　余曰　卮酒安足辭　諸人皆大笑　卽持一
문객관음주마　여왈　치주안족사　제인개대소　즉지일

罐湯酒而來　連勸三杯　余曰　主人何不飮乎　曰無一人
관탕주이래　연권삼배　여왈　주인하불음호　왈무일인

飮者　於足來觀者　爭以蘋菓沙菓葍萄等物　勸食　余曰
음자　어시래관자　쟁이빈과사과복도등물　권식　여왈

月色雖明　猶放寫字　不如點燭　霍生曰　天上高懸一片
월 색 수 명　유 방 사 자　불 여 점 촉　곽 생 왈　천 상 고 현 일 편

鏡　人間勝似萬枝燈　一人曰　相公眼昏麼　余曰然　遂
경　인 간 승 사 만 지 등　일 인 왈　상 공 안 혼 마　여 왈 연　수

點上四枝燭.
점 상 사 지 촉

　　余念昨日當鋪所書　欺霜賽雪四字　鋪主怎地不悅　吾
여 념 작 일 당 포 소 서　기 상 새 설 사 자　포 주 즘 지 불 열　오

當爲前日雪耻也　遂謂鋪主曰　主人家　要得鋪首佳題
당 위 전 일 설 치 야　수 위 포 주 왈　주 인 가　요 득 포 수 가 제

麼　鋪主們齊道　此特尤好　余遂寫出欺霜賽雪四字　諸
마　포 주 문 제 도　차 특 우 호　여 수 사 출 기 상 새 설 사 자　제

人俱面面相覷　與當鋪氣色一般的殊常　余胸裏念道又
인 구 면 면 상 처　여 당 포 기 색 일 반 적 수 상　여 흉 리 념 도 우

是怪事　余道不相干麼　鋪主道是也　霍生曰　俺鋪專一
시 피 사　여 도 불 상 간 마　포 주 도 시 야　곽 생 왈　엄 포 전 일

收賣婦人的首飾　不是麵家　余始覺其誤　可謂羞前之
수 매 부 인 적 수 식　불 시 면 가　여 시 각 기 오　가 위 수 전 지

爲　遂曰　我已知道了　聊試開筆耳.
위　수 왈　아 이 지 도 료　요 시 한 필 이

　　前日遼陽市中　鷄鳴副珈金字題　驀然入想　似是與此
전 일 요 양 시 중　계 명 부 가 금 자 제　맥 연 입 상　사 시 여 차

一般鋪子　遂書副珈堂三字　諸人尤叫歡不絶　霍生問
일 반 포 자　수 서 부 가 당 삼 자　제 인 우 규 환 부 절　곽 생 문

此號何義　余曰　今貴鋪是收賣婦人的首飾　詩所稱副
차 호 하 의　여 왈　금 귀 포 시 수 매 부 인 적 수 식　시 소 칭 부

笄六珈者是也　霍生謝曰　敝鋪榮耀　何以報德.
계 육 가 자 시 야　곽 생 사 왈　폐 포 영 요　하 이 보 덕

　　明日將觀北鎭廟　故早還　語行中諸人　以此刻光景
명 일 장 관 북 진 묘　고 조 환　어 행 중 제 인　이 차 각 광 경

莫不絶倒　是後每遇鋪首欺霜賽雪　是必麪家　非言其
막 부 절 도　시 후 매 우 포 수 기 상 새 설　시 필 면 가　비 언 기

心地之皎潔　正誇其麪與霜爭纖　與雪勝白　麪者我東
심 지 지 교 결　정 과 기 면 여 상 쟁 섬　여 설 승 백　면 자 아 동

所謂眞末也　約淸如季涵趙主簿達東同遊北鎭廟.
소 위 진 말 야　약 청 여 계 함 조 주 부 달 동 동 유 북 진 묘

성경가람기(盛京伽藍記)[1]

성경의 절 관람기

성자사(聖慈寺)는 숭덕(崇德 : 청나라 태종의 연호) 3년[2] 무인 (戊寅, 1638)에 세웠다. 전각은 깊고도 삼엄하며 굉장하고도 화려하다. 법당은 돈대(축) 높이가 한 길이고, 돌난간을 둘렀으며, 전각 위에는 부시(罘罳)[3]로 둘러싸고, 세 그루의 오래된 소나무 가지가 서로 엉켜서 푸른 그림자가 뜰에 가득하여 어둠침침한 빛이 고요함 속에 잠겨 있다. 〈비석 둘이 있는데〉하나는 태학사(太學士) 강림(剛林)이 지은 글로서 뒷면엔 만주 글자로

---

1) 성경가람기(盛京伽藍記) : 다백운루본(多白雲樓本)에서는 이 편을 「성경잡지」와 별도로 수록하였으나 잘못된 것이다.

2) 3년 : 원문에는 '2년'으로 되어 있는데. 무인년은 숭덕(崇德) 3년이다.

3) 부시(罘罳) : 큰 건물에서 참새집을 막기 위하여 그물 같은 것으로 처마 밑을 둘러친 것이다.

되어 있고, 또 하나는 앞뒷면이 모두 몽고와 서번(西番)⁴⁾의 글
자로 되어 있다.

　절을 지키는 중들 중에는 라마승(喇嘛僧)⁵⁾ 몇 명이 있고, 전
각 안에는 800 나한(羅漢)⁶⁾이 있는데, 키가 겨우 몇 치밖에 되
지 않으나 하나하나가 모두 정교하게 만들었다. 강희 황제가
손수 작은 탑 수백 개를 만들었는데 크기가 쌍륙(雙陸 : 주사
위)⁷⁾만 하고, 아로새긴 솜씨가 기묘하여 신의 경지에 들어갔
다. 탑 높이가 10여 길인데, 위는 둥글고 아래는 모났으며 사자
모양을 통째로 새겼다.

　만수사(萬壽寺)는 강희(康熙) 45년 병신(丙申)⁸⁾에 중수하였
다. 절 앞에 큰 패루 하나가 있는데, 현판에는 '만세무강(萬歲無
疆)'이라 적혀 있고, 전각이 웅장하고 화려하기는 성자사(聖慈
寺)를 능가하나 다만 뜰에 가득한 소나무 그늘이 없었다. 비석

---

4) 서번(西番) : 서장(西藏)을 비롯하여 중국, 아시아 등지 서역의 모든
　국가.
5) 라마승(喇嘛僧) : 몽고・서장(西藏) 등지에서 불교의 중을 일컫는 명
　칭.
6) 나한(羅漢) : 불교에서 높이는 부처의 일종.
7) 쌍륙(雙陸) : 쌍륙(雙六). 두 개의 주사위를 던져서 나오는 사위대로
　말을 써서 먼저 나가면 이기는 놀이.
8) 병신(丙申) . 박영철본에는 병술(丙戌, 1706)로 되었으나 잘못된 것
　이다.

두 개가 있으며, 정전(正殿)에는 강희 황제가 쓴 '요해자운(遼海
慈雲)'이란 편액이 붙어 있고, 향정(香鼎 : 향로와 솥)이며, 보로
(寶爐 : 훌륭한 향로)며, 그 밖에도 보물로 볼 만한 것들을 이루
다 기록할 수 없겠다. 라마승(喇嘛僧) 10여 명이 있는데, 모두
누런 옷에 누런 벙거지를 썼으며 사납긴 하나 훤칠해 보인다.

실승사(實勝寺)9)에는 편액을 '연화정토(蓮花淨土)'라 하였고,
숭덕 3년(1638)에 세웠다. 지붕 위에는 모두 푸르고 누런 유리기
와를 이었는데, 청나라 태종(太宗)의 원당(願堂)10)이라 한다.

---

9) 실승사(實勝寺) : 일재본에는 보승사(寶勝寺)로 되었다.
10) 원당(願堂) : 죽은 자의 명복을 빌기 위하여 세운 절.

原文

盛京伽藍記
성 경 가 람 기

聖慈寺 崇德二年戊寅建 殿宇深嚴宏麗 法堂臺高一
성 자 사　숭 덕 이 년 무 인 건　전 우 심 엄 굉 려　법 당 대 고 일

丈 周設石欄 殿上籠罩罘罳 有三株古松 交柯互枝
장　주 설 석 란　전 상 롱 조 부 시　유 삼 주 고 송　교 가 호 지

蒼翠滿庭 窈冥陰森 一碑太學士剛林撰 後面滿洲書
창 취 만 정　요 명 음 삼　일 비 태 학 사 강 림 찬　후 면 만 주 서

一碑前後皆蒙古西番字.
일 비 전 후 개 몽 고 서 번 자

守僧有喇嘛數人 殿中有八百羅漢 長纔數寸 個個精
수 승 유 라 마 수 인　전 중 유 팔 백 나 한　장 재 수 촌　개 개 정

妙 康熙皇帝 手造小塔數百 大如雙陸 刻鏤之工 奇
묘　강 희 황 제　수 조 소 탑 수 백　대 여 쌍 륙　각 루 지 공　기

巧入神 浮圖高十餘丈 上圓下方 通刻獅子.
교 입 신　부 도 고 십 여 장　상 원 하 방　통 각 사 자

萬壽寺 康熙五十五年丙戌重修 寺前 有一座大牌樓
만 수 사　강 희 오 십 오 년 병 술 중 수　사 전　유 일 좌 대 패 루

扁曰萬歲無疆 殿宇壯麗 過於聖慈寺 而但無滿庭松
편 왈 만 세 무 강　전 우 장 려　과 어 성 자 사　이 단 무 만 정 송

陰 有二碑 正殿 康熙皇帝書額曰 遼海慈雲 香鼎 寶
음　유 이 비　정 전　강 희 황 제 서 액 왈　요 해 자 운　향 정　보

爐 及他寶翫不可殫記 有喇嘛十餘人 皆黃衣黃帽 鷙
로　급 타 보 완 불 가 탄 기　유 라 마 십 여 인　개 황 의 황 모　지

悍魁梧.
한 괴 오

實勝寺 扁曰蓮花淨土 崇德三年建 殿屋 皆覆以靑
실승사 편왈연화정토 숭덕삼년건 전옥 개복이청

黃琉璃瓦 淸太宗願堂也.
황유리와 청태종원당야

산천기략(山川記略)[1]

산천 이야기

　주필산(駐蹕山 : 황제의 수레가 머무른 산)은 요양의 서남쪽에 있다. 처음 이름은 수산(首山)이라고 했는데, 당나라 태종이 고구려를 침략하러 왔을 때 이 산 위에 며칠 머물러 있으면서 돌에 그 공덕을 새기고 '주필산(駐蹕山)'이라 이름을 고쳤다.

　개운산(開運山)은 봉천부(奉天府) 서북쪽에 있다. 여러 산봉우리가 둘러 있고 많은 물의 근원이 거기서 나온다. 곧 청(淸)나라의 영릉(永陵)[2]이 있다.

　철배산(鐵背山)은 봉천부 서북쪽에 있다. 정상에는 계(界)와 번(蕃)이라는 두 성이 있다고 한다.

---

1) 산천기략(山川記略) : 다백운루본에는 이 편을 「성경잡지」와 별도로 수록하였으나 잘못된 것이다.
2) 영릉(永陵) : 청나라 태조의 부조(父祖) 4대의 능이 있다.

천주산(天柱山)은 승덕현(承德縣) 동쪽에 있다. 곧 청나라의
복릉(福陵 : 청나라 태조의 능)이 있는 곳이다. 『진사(晉史)』[3]에
나오는 동모산(東牟山)이 바로 이곳이다.

융업산(隆業山)은 승덕현 서북쪽에 있다. 여기에는 청나라의
소릉(昭陵 : 청나라 태종의 능)이 있다고 한다.

십삼산(十三山)은 금주부(錦州府) 동쪽에 있다. 봉우리가 열
셋이 있으므로 채규(蔡珪)[4]의 시(詩)에,

의무려산이 다한 곳에 다시금 열세 봉우리,　　　闔山盡處十三山
굽이굽이 시냇물과 마을 집이 그림 사이 보이네.　溪曲人家畵幅間

라고 하였다.

발해(渤海)는 봉천부 남쪽에 있다. 『성경통지(盛京統志)』[5]에,
"바다의 옆으로 나간 줄기를 발(渤)이라 한다." 하였다. 요동
2,000리 벌이 뻗쳤는데 그 남쪽이 발해이다.

요하(遼河)는 승덕현의 서쪽에 있다. 곧 구려하(句驪河)인데
혹은 구류하(枸柳河)라고도 한다. 『한서(漢書)』와 『수경(水經)』[6]
에는 모두 대료수(大遼水)라 하였다. 요수의 좌우 쪽을 요동·

---

3) 『진사(晉史)』 : 당나라 태종의 『진서(晉書)』를 일컫는 듯하다.

4) 채규(蔡珪) : 금나라 때의 저명한 금석학자. 자는 정보(正甫).

5) 『성경통지(盛京統志)』 : 지은이를 알 수 없다. 다른 본에는 『성경통
지(盛京通志)』로 되어 있다.

6) 『수경(水經)』 : 『당서(唐書)』 중에 있는 상흠(桑欽)이 지은 책 이름.

요서라고 갈라 부르고 있다. 당나라 태종이 고구려를 침략할
적에 진흙 뻘 200여 리에 흙을 깔고 다리를 놓아서 건너갔다.

혼하(渾河)는 승덕현 남쪽에 있다. 일명(一名) 소료수(小遼
水)요, 혹은 아리강(阿利江)이라 하고, 또는 한우락수(軒芋濼
水)라고도 한다. 장백산에서 발원하여 태자하(太子河)와 합하
고, 다시 요수와 합하여 바다로 들어간다.

태자하(太子河)는 요양 북쪽에 있다. 물의 근원은 변문(邊
門 : 국경) 밖 영길주(永吉州)에서 발원하여 변문 안으로 흘러
들어 혼하 · 요하와 합쳐져 삼차하(三汊河)가 되었다. 세상에
전하기를, '연나라 태자(太子) 단(丹)[7]이 도망하여 이곳까지
이르렀을 때에 뒤쫓아 오는 자가 붙잡아 머리를 베어 진 시황
(秦始皇)에게 바쳤으므로, 후세 사람들이 이를 가엾이 여겨서
그 물 이름을 태자하라 하였다.' 한다.

소심수(小瀋水)는 승덕현 남쪽에 있다. 동관(東關) 관음각(觀
音閣)에서 발원하여 혼하로 들어간다. 물 북쪽을 양(陽)이라 하
므로 '심양'이라는 이름이 대체로 여기에서 난 것이라 한다.

---

7) 태자(太子) 단(丹) : 연(燕)나라의 마지막 태자이다. 연왕(燕王) 희
(喜)의 아들로 성은 희(姬)이고, 휘는 단(丹)이다. 태자 단은 어린 시
절 진(秦)나라에 볼모로 갔다가 적개심을 품고 연나라로 도망쳐 나
온 후, 시황제(始皇帝)를 암살하려고 위(衛)나라의 자객 형가(荊軻)와
연나라 장수 진무양(秦舞陽)을 진나라로 보냈고, 형가가 시황제를 공
격했으나 실패하였다. 이후 진나라의 공격이 시작되자 연왕 희(喜)
가 태자 단(丹)을 죽여 시황제에게 바쳤지만, 결국 멸망하게 되었다.

산천기략 후지(山川記略後識)[1]

　내가 이제 지나온 산과 강은 다만 그 지방 사람들의 구전(口傳)으로 전하는 말과 길 가는 사람들이 손가락으로 가리킨 것, 혹은 자주 다니는 우리 하인들이 대체로 생각나는 대로 대답한 것에 의지하였을 뿐이어서 도무지 상세하지 않다. 화표주(華表柱)[2]는 요동의 고적인데, 그나마 어떤 이는 성 안에 있다고 하고 어떤 이는 성 밖 10리에 있다고 하니, 다른 것도 이를 미루어 짐작할 수 있겠다.

---

1) 산천기략 후지(山川記略後識) : 다른 본에는 이 소제목이 없으나 주설루본에 있으므로 이를 따랐다.
2) 화표주(華表柱) : 302쪽 주 4) 참조.

原文

山川記略
산 천 기 략

駐蹕山　在遼陽西南　初名首山　唐太宗征高句麗時
주 필 산　재 요 양 서 남　초 명 수 산　당 태 종 정 고 구 려 시

駐蹕於上數日　勒石紀功　改爲駐蹕山.
주 필 어 상 수 일　늑 석 기 공　개 위 주 필 산

開運山　在奉天府西北　萬峯環拱　衆水祖宗　卽淸之
개 운 산　재 봉 천 부 서 북　만 봉 환 공　중 수 조 종　즉 청 지

永陵也.
영 릉 야

鐵背山　在奉天府西北　上有界蕃二城云.
철 배 산　재 봉 천 부 서 북　상 유 계 번 이 성 운

天柱山　在承德縣東　卽淸之福陵所在　晉史東牟山是
천 주 산　재 승 덕 현 동　즉 청 지 복 릉 소 재　진 사 동 모 산 시

也.
야

隆業山　在承德縣西北　卽淸之昭陵所在云.
융 업 산　재 승 덕 현 서 북　즉 청 지 소 릉 소 재 운

十三山　在錦州府東　峯有十三　蔡珪詩　閭山盡處十
십 삼 산　재 금 주 부 동　봉 유 십 삼　채 규 시　여 산 진 처 십

三山　溪曲人家畵幅間.
삼 산　계 곡 인 가 화 폭 간

渤海　在奉天府南　盛京統志云　海之旁出者爲渤　遼
발 해　재 봉 천 부 남　성 경 통 지 운　해 지 방 출 자 위 발　요

東延袤二千里　其南渤海.
동 연 무 이 천 리　기 남 발 해

遼河　在承德西　卽句驪河也　一作枸柳河　漢書水經
요하　재승덕서　즉구려하야　일작구류하　한서수경

俱作大遼水　遼水左右　卽遼東遼西所由分　唐太宗　征
구작대료수　요수좌우　즉요동요서소유분　당태종　정

高句麗　泥淖二百餘里　布土作橋乃濟.
고구려　이뇨이백여리　포토작교내제

渾河　在承德南　一名小遼水　一名阿利江　一名靬芋
혼하　재승덕남　일명소료수　일명아리강　일명한우

瀊水　發源長白山　與太子河會　又合遼水入于海.
락수　발원장백산　여태자하회　우합요수입우해

太子河　在遼陽北　源出邊外永吉州　入邊　滙渾河遼
태자하　재요양북　원출변외영길주　입변　회혼하요

河　爲三汊河　世傳燕太子丹　出亡至此　逐得斬之以獻
하　위삼차하　세전연태자단　출망지차　축득참지이헌

秦　後人哀之　名其水曰　太子河云.
진　후인애지　명기수왈　태자하운

小瀋水　在承德南　自東關觀音閣發源　入渾河　水北
소심수　재승덕남　자동관관음각발원　입혼하　수북

曰陽　瀋陽之名蓋以此云.
왈양　심양지명개이차운

山川記略後識
산천기략후지

余今所經山河　只憑土人口傳　行旅指點　或我隷之屢
여금소경산하　지빙토인구전　행려지점　혹아례지루

行者　率以臆對　皆未可詳　華表柱　此遼東古蹟　而或
행자　솔이억대　개미가상　화표주　차요동고적　이혹

云在城內　或云在城外十里　則他可推此.
운재성내　혹운재성외십리　즉타가추차

3

일신수필(馹迅隨筆)

7월 15일 신묘(辛卯)에 시작하여 23일 기해(己亥)에 그
쳤다. 모두 9일 동안이다. 신광녕(新廣寧)으로부터 산해관
(山海關) 안까지 모두 562리의 여정이다.

일신수필서(馹迅隨筆序)[1]

한갓 입과 귀만 믿고 떠드는 자들과는 서로 족히 학문을 이야
기할 수는 없을 것이다. 하물며 평생토록 마음을 다해도 미치
지 못하는 학문에서야 더욱 말할 것이 있으랴? 만일 어떤 이가
'성인(聖人 : 공자)이 태산(泰山)에 올라가 〈굽어보면서〉 천하를
작게 생각하였다'[2]고 말한다면, 마음속으로는 '그렇지 않을 것
이다'라고 부정하면서도 입으로서는 '그렇다'고 응답할 것이다.
또한 부처가 시방세계(十方世界)[3]를 보살핀다고 하면 그는 곧

* 일신수필(馹迅隨筆)은 빠르게 달리는 역말 위에서 구경을 하면서 지
  나가듯 보고 느낀 것을 생각나는 대로 쓴 수필을 말한다.
1) 일신수필서(馹迅隨筆序) : 박영철본에는 이 제목이 없었으나 수택본
   과 일재본에 모두 서(序) 자가 있으므로 이를 따라서 다섯 글자의 소
   제목을 붙였다.
2) 『맹자(孟子)』에 나오는 말. 공자의 학문 세계가 탁월하고 학설이 위
   대하여 섬자 넓어심을 의미하였다.
3) 시방세계(十方世界) : 불가에서 말하는 이 세상 밖의 다른 여러 세계

꿈같은 망령된 일이라고 배격할 것이며, 태서(泰西 : 서양(西洋))
사람이 큰 배를 타고 지구(地球) 밖을 돌아다녔다 하면, 그는 괴
이하고도 허망한 이야기라고 꾸짖을 것이다. 그러면 나는 누구
와 함께 천지 사이의 크나큰 구경을 이야기할 수 있겠는가?

아아, 성인(공자)이 240년간의 역사를 더 쓸 것은 쓰고 지울
것은 지워서 책을 만들고『춘추(春秋)』4)라 이름하였으니, 이
240년 동안의 외교와 군사에 관한 모든 일은 다만 한 번 꽃이
피고 잎이 지는 덧없는 광경에 지나지 않을 것이다.

아아, 슬프도다. 내 이제 글을 빨리 써서 이에 이르러 생각해
보니, 이 한 점의 먹을 찍는 사이는 눈 한 번 깜짝 하는 순(瞬)과
숨 한 번 쉬는 식(息)에 지나지 않는 것이지만, 눈 한 번 감고 숨
한 번 쉬는 사이에 벌써 소고(小古 : 작은 옛날)와 소금(小今 : 작
은 오늘)이 이룩된다. 그러면 하나의 '옛날'이란 것이나, '오늘(지
금)'이란 것도 역시 '큰 눈 한 번 깜빡', '큰 숨 한 번 쉬는' 동안이
라고 할 수 있을 것이다. <이 보잘것없는> 그 사이에서 온갖
명예와 사업을 세우고자 한다는 것이 어찌 슬프지 않겠느냐?

내 일찍이 묘향산(妙香山)에 올라서 상원암(上元庵)에 묵을
때 밤이 다하도록 달이 밝기가 낮과 다름이 없었다. 창을 열고

들을 말한다.
4)『춘추(春秋)』: 공자가 엮은 중국의 역사책. 춘추(春秋) 시대 노(魯)
나라 은공(隱公) 원년(BC. 770년)으로부터 애공(哀公) 14년(BC. 481년)
까지 12대 242년 동안의 역사를 기록하였다. 중국 역사를 일정한 정
치 도덕을 표준으로 기술하였다. 13경(經) 중의 하나.

동쪽을 바라보니, 절 앞에는 흰 안개가 질펀하여 그 위에 달빛을 받자 마치 수은 바다처럼 보였다. 바다 밑에는 은은히 코고는 소리 같은 것이 들려온다. 중들이 서로 이야기하기를,

"저 하계(下界 : 인간 세상)에는 방금 큰 천둥과 소나기가 내리는 것이다."

라고 하였다. 며칠 뒤에 산을 떠나 안주(安州)에 이르자, 전날 밤에 과연 급작스런 비·천둥·번개로 물이 평지에 한 길이나 넘치고, 민가들이 많이 떠내려갔다고 하였다. 이를 보고서 나는 말고삐를 잡고서 감개무량해서 말하기를,

"어젯밤에 나는 구름비〔雲雨〕 밖에서 밝은 달을 껴안고 누웠으니, 저 묘향산은 태산에 비한다면 겨우 한 개의 둔덕에 지나지 않을 뿐이었음에도 이토록 높낮이가 심한 세계를 이룩했거늘, 하물며 성인이 천하를 굽어봄이랴!"

라고 하니, 설산(雪山 : 석가가 도를 닦던 곳)에서 고행(苦行)5)을 닦는 이가 공씨(孔氏 : 공자)의 가문에서 세 번이나 출처(出妻)한 일이라든지,6) 아들 백어(伯魚)가 일찍 죽은 일이라든지,7) 공자가 노(魯)나라와 위(衛)나라에서 봉변을 당해 자취를 숨겨가면서 쫓겨 다닌 일8)들에 대해 미리 내다본 것은 아니겠지만, 이

---

5) 고행(苦行) : 육신을 괴롭게 하여 도를 닦는 것.
6) 공자·백어·자사(子思)의 3대가 모두 아내를 내쫓았다고 한다.
7) 백어(伯魚) : 백어는 공자의 아들 공리(孔鯉)의 자. 공리는 공자보다 먼저 죽었다.
8) 공자는 일찍이 노나라와 위나라 등에서 무뢰배들에게 봉변을 당하였다.

때문에 세속을 떠나 불문(佛門)에 든 것이다. 실로 땅·물·바람·불 등이 별안간에 모두 빈 것으로 보였다는 것이니, 이는 정말 한심한 일인 것이다.

또한 그들은(서양 사람) 성인과 불씨(佛氏 : 석가)의 관점도 오히려 땅에서 떠나지 못했다 하였으니, 그렇다면 이 지구를 어루만지고 공중을 달리며 별을 따서 다니면서 스스로 자신들의 관점이 공자(儒)나 석가(佛) 보다 낫다고 보고 있다.

그들이 모두 이국(異國)에 와서 말을 배우며, 머리끝이 희도록 남의 글을 익혀 썩지 않을 사업을 꾀함은 무슨 까닭일까? 대체로 귀로 듣고 눈으로 보았다9)는 것은 벌써 지나간 경지이니, 그 경지가 지나고 또 지나서 쉬지 않는다면 옛사람들의 이를 빙자하여 학문을 하는 이도 역시 무엇을 가지고 고증(考證)할 수 없을 것이다. 그러므로 억지로 글을 지어서 남들이 이를 반드시 믿어주게 하고자 함이다. 그리하여 그들은 우리 유가(儒家)에서 이단(異端)으로 치는 이론을 보고는 그 나머지를 주워 모아서 억지로 불교를 배격함을 본받거나, 불교의 천당(天堂)·지옥(地獄)에 대한 설을 기뻐하여 그 조박(糟粕 : 옛사람이 다 밝혀내어 전혀 새로움이 없는 찌꺼기)을 받아들일 ―몇 글자 빠짐― 뿐이었다. 내 이번 걸음에 ―이하 원문 빠짐―

---

9) '귀로 듣고'로부터 여기까지는 수택본에는 '애초 이 몸의 현재를 위함이다'로 되어 있다.

原文

馹迅隨筆
일 신 수 필

起辛卯至己亥　凡九日　自新廣寧至山海關內　共五百
기 신 묘 지 기 해　범 구 일　자 신 광 녕 지 산 해 관 내　공 오 백

六十二里.
륙 십 이 리

馹汛隨筆序
일 신 수 필 서

徒憑口耳者　不足與語學問也　況平生情量之所未到
도 빙 구 이 자　부 족 여 어 학 문 야　황 평 생 정 량 지 소 미 도

乎　言聖人登泰山而小天下　則心不然而口應之　言佛
호　언 성 인 등 태 산 이 소 천 하　즉 심 불 연 이 구 응 지　언 불

視十方世界　則斥爲幻妄　言泰西人乘巨舶　遶出地球
시 시 방 세 계　즉 척 위 환 망　언 태 서 인 승 거 박　요 출 지 구

之外　叱爲怪誕　吾誰與語天地之大觀哉.
지 외　질 위 괴 탄　오 수 여 어 천 지 지 대 관 재

噫聖人筆削二百四十年之間　而名之曰春秋　是二百
희 성 인 필 삭 이 백 사 십 년 지 간　이 명 지 왈 춘 추　시 이 백

四十年之頃　玉帛兵車之事　直一花開木落耳.
사 십 년 지 경　옥 백 병 거 지 사　직 일 화 개 목 락 이

嗚呼　吾今疾書　至此而一墨之頃　不過瞬息　一瞬一
오 호　오 금 질 서　지 차 이 일 묵 지 경　불 과 순 식　일 순 일

息之頃　奄成小古小今　則一古一今　亦可謂大瞬大息
식 지 경　엄 성 소 고 소 금　즉 일 고 일 금　역 가 위 대 순 대 식

矣　乃欲立名立事於其間　豈不哀哉.
의　내욕입명입사어기간　기불애재

余嘗登妙香山　宿上元庵　盡夜月明如晝　拓窓東望
여상등묘향산　숙상원암　진야월명여주　척창동망

庵前白霧漫漫　上承月光　如水銀海　海底殷殷　有聲如
암전백무만만　상승월광　여수은해　해저은은　유성여

鼾鼻　寺僧相語曰　下界方大雷雨矣　旣數日　出山至安
한비　사승상어왈　하계방대뢰우의　기수일　출산지안

州　前夜果暴雨震電　平地水行一丈　漂民廬舍　余攬轡
주　전야과폭우진전　평지수행일장　표민려사　여람비

慨然曰　曩夜　吾在雲雨之外　抱明月而宿矣　妙香之於
개연왈　낭야　오재운우지외　포명월이숙의　묘향지어

泰山　纔嶒嶁耳　其高下異界如此　而況聖人之觀天下
태산　재배루이　기고하이계여차　이황성인지관천하

哉　彼雪山苦行者　非能逆覩於孔門之三黜　伯魚之早
재　피설산고행자　비능역도어공문지삼출　백어지조

沒　魯衛之削迹　而爲此出世也　誠以地水風火　轉眼都
몰　노위지삭적　이위차출세야　성이지수풍화　전안도

空　此可寒心.
공　차가한심

彼又謂聖人與佛氏之觀　猶未離地　則按球步天　捫星
피우위성인여불씨지관　유미리지　즉안구보천　문성

而行　自以其觀勝於二氏.
이행　자이기관승어이씨

然異方學語　白頭習文　以圖不朽者何也　蓋以耳聞目
연이방학어　백두습문　이도불후자하야　개이이문목

見　而屬之過境　境過而不已　則昔之所憑以爲學問者
견　이속지과경　경과이불이　즉석지소빙이위학문자

亦無所取徵　故强爲著書　欲人之必信　見吾儒闢異之
역무소취징　고강위저서　욕인지필신　견오유벽이지

論 則綴拾緒餘 强效斥佛 悅佛氏堂獄之說 則哺啜糟
론 즉철습서여 강효척불 열불씨당옥지설 즉포철조

粕 −缺幾字− 故耳 今吾此行−缺.
박 결기자 고 이 금오차행 결

가을[1] 7월 15일 신묘(辛卯)

날이 맑았다.

박래원(朴來源)과 태의(太醫) 변관해(卞觀海),[2] 주부 조달동(趙達東)과 더불어 새벽을 타고 소흑산(小黑山)을 출발하여 중안포(中安浦)까지 30리를 가서 점심을 먹었다. 또 앞서 떠나 구광녕(舊廣寧)을 지나 북진묘(北鎭廟)를 구경하고, 달빛을 띠고 40리를 가서 신광녕(新廣寧)에서 묵었다. 북진묘를 구경하느라고 20리 돌림길을 하니 모두 90리를 걸은 셈이다. 『정리록(程里錄 : 노정의 거리를 기록한 책)』에 실린 백대자(白臺子)·망우대(蟒牛臺)·사하자(沙河子)·굴가둔(屈家屯)·삼의묘(三義廟)

---

1) 수택본과 일재본에는 이 위에 18년이란 글자가 있으나 삭제됨이 옳다. 여기에서는 박영철본을 따랐다.
2) 태의(太醫) 변관해(卞觀海) : 변계함. 태의는 벼슬이고, 관해는 이름이다.

·북진보(北鎭堡)·양장하(羊腸河)·우가둔(于家屯)·후가둔
(侯家屯)·이대자(二臺子)·소고가자(小古家子)·대고가자(大
古家子) 등의 지명과 이정이 서로 어긋난 것이 많았다. 만일 이
대로 계산한다면 180리가 될 것이나 지금은 상고할 길이 없다.
이날은 몹시 더웠다.

　우리나라 선비들이 북경에서 돌아온 이를 처음 만나면 반드
시,
　"자네, 이번 걸음에 제일 장관(壯觀)이 무엇이던가? 그 제일
장관을 뽑아서 이야기해 다오."
하고들 묻는다. 사람들은 제각기 본 바를 좇아서 입에 나오는
대로 대답하기를,
　"요동 1,000리의 넓고 넓은 들이 장관이죠."
　"구요동 백탑(白塔)이 장관이더군요."
　"그 연도의 시장과 점포가 장관이오."
　"계문(薊門)의 안개 낀 숲들이 장관이오."
　"노구교(蘆溝橋)가 장관이오."
　"산해관이 장관이오."
　"각산사(角山寺)가 장관이오."
　"망해정(望海亭)이 장관이오."
　"조가패루(祖家牌樓)가 장관이오."
　"유리창(琉璃廠)이 장관이오."
　"통주(通州)의 선박들이 장관이오."

"금주위(錦州衛)의 목축(牧畜)이 장관이오."

"서산(西山)의 누대가 장관이오."

"사천주당(四天主堂)이 장관이오."

"호권(虎圈 : 호랑이 우리)이 장관이오."

"상방(象房 : 코끼리 우리)이 장관이오."

"남해자(南海子 : 북경의 동물원)가 장관이오."

"동악묘(東岳廟)가 장관이오."

"북진묘(北鎭廟)가 장관이오."

라고 하여, 대답이 분분하여 이루 헤아릴 수 없었다.

그러나 상사(上士)³⁾는 섭섭한 표정으로 얼굴빛을 바꾸면서,

"도무지 볼 것이 없더군요. 아무런 볼 것이 없다는 것은 무엇을 말하는 것이냐? 황제가 머리를 깎았고, 장(將)·상(相)과 대신(大臣), 모든 관원들이 머리를 깎았으며, 사(士)와 서인(庶人)들까지도 머리를 깎았으니, 비록 공덕이 은(殷)나라·주(周)나라와 같고 부강함이 진(秦)나라·한(漢)나라보다 뛰어나다손 치더라도 사람이 생겨난 뒤로 아직껏 머리를 깎은 천자는 있지 않았답니다. 비록 육농기(陸隴其)·이광지(李光地)⁴⁾의 학문이 있고, 위희(魏禧)⁵⁾·왕완(汪琬)⁶⁾·왕사징(王士澂 :

---

3) 상사(上士) : 사(士) 중에서도 지식이 높은 이를 말한다.

4) 육농기(陸隴其)·이광지(李光地) : 청나라 강희 시대의 대표적인 성리학자들.

5) 위희(魏禧) : 청나라의 문학가. 희는 이름이고, 자는 빙숙(氷叔)이다.

6) 왕완(汪琬) : 청나라의 문학가. 완은 이름이고, 자는 초문(苕文) 또는

왕사진(王士禛인 듯함)의 문장이 있고, 고염무(顧炎武)·주이준(朱彝尊)의 박식이 있다 한들 한 번 머리를 깎는다면 곧 되놈(오랑캐)이요, 되놈이면 곧 개돼지나 다를 바 없는 짐승일지니, 우리가 개돼지 같은 짐승에게 무엇이 볼 게 있단 말이오?"

라고 한다. 이것이 곧 으뜸가는 의리(義理)라 하여 이야기하는 이도 잠잠하고, 자리에 있던 모든 듣는 이도 조용해진다.

중사(中士 : 중등으로 인정받는 선비)는 말하기를,

"그들의 성곽은 만리장성(萬里長城)의 남은 제도를 물려받은 것이요, 궁실은 아방궁(阿房宮)7)의 법을 본뜬 것이요, 사(士)·서인(庶人)은 위(魏)나라·진(晉)나라의 부화한 기풍을 받았고, 풍속은 대업(大業 : 수(隋)나라 양제(煬帝)의 연호, 605~617)·천보(天寶 : 당나라 현종(玄宗)의 연호, 742~756) 연간의 사치를 그대로 본뜨고 있다. 신주(神州)가 더럽힘을 입어서8) 중국 산천이 피비린내 나는 고장으로 변했고, 성인들의 끼친 자취가 묻혀지

액선(液仙)이다. 시와 고문에 뛰어나 왕사정(王士禎)·위희(魏禧) 등과 이름을 나란히 하였다. 당시에 요봉(堯峯)의 문필(文筆)과 완정(阮亭)의 시(詩)를 병칭하였으니, 요봉은 그의 호이고, 완정은 왕사진(王士禛 : 왕사정(王士禎)이라고도 함)의 호이다.

7) 아방궁(阿房宮) : 진 시황(秦始皇)이 수도 함양(咸陽)에 세운 큰 궁궐 이름.

8) 신주(神州)가 더럽힘을 입어서 : 명(明)나라가 망했음을 뜻함. 전국 시대 때 음양오행설(陰陽五行說)을 제창한 추연(鄒衍 : 추연(騶衍)이라고도 함)이 중국을 신주라 하였는데, 그 뒤 중국의 별칭으로 써 왔다. '神'은 신성의 의미를 지녔다.

자 언어조차 야만의 풍속을 따르게 되었으니, 무엇을 볼 만한 게 있으리오? 진실로 10만의 군사를 얻을 수 있다면 급히 달려 산해관을 쳐들어가서, 중원(中原 : 중국 천지)을 소탕한 다음에야 장관을 이야기할 수 있겠지요."
라고 한다.

이는 『춘추(春秋)』를 잘 읽은 이의 말이다. 이 일부의 『춘추』는 바로 중화를 높이고 이족(夷族)을 물리치는 사상을 중심으로 만들어진 책이다. 우리나라가 명(明)나라를 섬긴 지 200여 년 동안 충성을 한결같이 하여 비록 이름은 속국(屬國)이라 하나 실상은 한 나라나 다름없었다.

만력(萬曆 : 명나라 신종(神宗)의 연호, 1572~1620) 임진(1592년) 왜적의 난에 신종 황제(神宗皇帝)[9]가 천하의 군사를 이끌고 우리를 구원하였으니, 우리나라 사람들의 정수리부터 발꿈치까지 머리털 한 올이라도 어느 것 하나 다시 태어나게 만든 은혜 아닌 것이 없었다.

숭정(崇禎 : 명나라 의종(毅宗)의 연호, 1628~1644) 병자(인조14, 1636년)에 청(淸)나라 군대가 쳐들어오자, 명나라 열 황제(烈皇帝)가 우리나라가 난리를 입었다는 말을 듣고, 총병(總兵) 진홍범(陳洪範 : 명나라의 장수 이름)에게 각 진(鎭)의 수군(水軍)을 징

---

9) 신종 황제(神宗皇帝) : 신종은 주익균(朱翊鈞)의 시호(諡號). 명나라의 13대 황제로, 10세에 등극해서 1572~1620년까지 48년간 재위(在位)하였으니, 명나라에서 가장 오랜 기간 집권한 황제이다.

발하여 달려가 구원할 것을 시급히 명하였다. 진홍범이 관병(官兵)이 바다로 출범(出帆)했음을 아뢸 적에, 산동순무(山東巡撫) 안계조(顔繼祖)가 조선이 이미 무너져서 강화(江華)마저 허물어졌다고 아뢰니, 황제는 힘껏 구원하지 않았다고 하여 조서를 내려 안계조를 준절히 문책하였다.

이때를 당하여 천자는 안으로 복주(福州)·초주(楚州)·양주(襄州)·당주(唐州) 등 각지의 난리10)를 구제할 길이 없고, 밖으로 조선의 근심을 더욱 절박하게 여겨 불과 물에 빠진 사람을 구출해 줄 뜻이 형제의 나라에 못지않았다. 마침내 온 누리가 천붕(天崩 : 하늘이 무너짐)과 지탁(地坼 : 땅이 꺼짐)의 비운을 만나 〈명나라가 멸망하자〉 온 천하 백성들의 머리를 깎아서 모두 되놈을 만들어 버렸다.

비록 우리나라만이 이런 수치를 면했으나, 중국을 위하여 원수를 갚고 치욕을 씻으려 하는 마음이야 어찌 하루인들 잊을 수 있었으랴? 우리나라 사대부들 중에 중화(中華)를 높이고 오랑캐를 물리치려는『춘추(春秋)』의 이론을 일삼는 이가 군데군데 우뚝 서서 100년을 하루같이 줄기차게 그 뜻을 이어왔으니, 가히 장한 일이라 할 수 있겠다.

그러나 존주(尊周)의 사상은 주나라를 높이는 데에만 국한될 것이요, 이(夷)·적(狄)의 문제는 이·적에서만 쓸 일일 것이

---

10) 안으로 장헌충(張獻忠)·이자성(李自成) 등이 반란을 꾸미고, 밖으로 청나라가 요동을 쳐들어왔다.

다. 왜냐하면 중국의 성곽과 궁실과 인민들이 본래 예와 같이
남아 있고, 정덕(正德)·이용(利用)·후생(厚生)11)의 도구도 파
괴된 것이 없으며, 최(崔)·노(盧)·왕(王)·사(謝)12)의 씨족도
없어지지 않았고, 주(周)·장(張)·정(程)·주(朱)13)의 학문도
사라지지 않았으며, 삼대(三代 : 하(夏)·은(殷)·주(周))이래로 성스
럽고 밝은 현명한 임금들과 한(漢)·당(唐)·송(宋)·명(明)나라
등의 아름다운 법률과 제도도 변함없이 남아 있다. 저들이 오
랑캐일망정 진실로 무엇이든지 중국이 자기에게 이로워서 길
이 누리기에 족함을 알기만 하면, 이를 빼앗아 웅거하되 마치
본시부터 지녔던 것같이 한다.

대개 천하를 위하여 일하는 자는 진실로 인민에게 이롭고 나
라에 도움이 될 일이라면, 그 법이 비록 이·적(오랑캐)에게서
나온 것일지라도 거두어서 이를 본받는다. 하물며 삼대(三代)
이래 성스럽고 현명한 제왕들과 한·당·송·명 등 여러 나라
의 고유적(固有的)인 옛 것들은 말할 것도 없다. 옛 성인이 『춘
추(春秋)』를 지으실 적에 그 본의가 물론 중화를 높이고 오랑캐

---

11) 정덕(正德)·이용(利用)·후생(厚生) : 이 세 가지의 일은 『서경
   (書經)』대우모(大禹謨)에 나온다.
12) 최(崔)·노(盧)·왕(王)·사(謝) : 이 네 성씨는 진(晉)나라로부
   터 당(唐)나라에 이르기까지의 이름난 가문이다.
13) 주(周)·장(張)·정(程)·주(朱) : 송나라 성리학(性理學)의 대가
   인 주돈이(周敦頤)·장재(張載)·정호(程顥)와 정이(程頤) 형제·주
   희(朱熹)를 말한다.

를 물리치기 위함이었으나, 그렇다고 이 · 적이 중화를 어지럽
힘을 분히 여겨서 중화의 숭배할 만한 진실마저 물리친다는 말
은 아직 듣지 못하였다.

그러므로 이제 사람들이 진실로 이 · 적 오랑캐를 물리치려면
중화의 남겨진 법제를 모조리 배워서 먼저 우리나라의 어리석
고 고루한 무딘 습속부터 바꾸는 것이 급선무일 것이다. 밭갈
기, 누에치기, 그릇굽기, 풀무질 등으로부터 공업과 장사를 통
한 혜택을 보게 하는데 이르기까지 그들에게 배우지 못할 것이
없다. 남이 열 가지를 배운다면 우리는 백 가지를 배워 먼저 우
리 백성들에게 이롭게 한 다음에, 그들로 하여금 회초리를 마련
해 두었다가 저들의 굳은 갑옷과 날카로운 무기를 매질할 수 있
도록 한 연후에야 중국에는 아무런 볼 만한 것이 없더라고 할
수 있겠다.

그러나 나와 같은 사람은 하사(下士 : 하류의 선비)이지마는 내
가 〈본 장관을〉 말한다면,

"그들의 장관은 기와조각에 있고, 또 똥부스러기에도 있다."
고 하련다. 대체로 저 깨어진 기와조각은 천하(天下)에 버리는
물건이지마는, 민간에서 담을 쌓을 때 담 높이가 어깨 높이 이
상 솟는다면, 다시 깨어진 기와조각을 둘씩 둘씩 서로 포개어서
물결무늬를 만든다든지, 혹은 넷을 모아서 둥근 고리처럼 만든
다든지, 또는 넷을 등분 지워서 옛 노전(魯錢)[14]의 형상을 만들

---

14) 노전(魯錢) : 노나라의 엽전. 노(魯)는 『전신론(錢神論)』의 저자인

면, 그 구멍 난 곳이 영롱하고 안팎이 서로 어리어서 〈저절로 좋은 무늬가 이룩된다.〉 이는 곧 깨어진 기왓장을 버리지 아니하여 천하의 무늬가 이에 있다 할 수 있을 것이다.

또 집집마다 가난하여 뜰 앞에 벽돌을 깔지 못한다면 여러 빛깔의 유리기와 조각과 시냇가의 둥근 조약돌을 모아서 꽃·나무와 새·짐승의 모양으로 땅에 깔아서 비올 때 진수렁됨을 막으니, 이는 곧 부서진 자갈돌을 버리지 아니하여 천하의 도화(圖畵)가 이에 있는 것이다.

똥오줌이란 지극히 더러운 물건이지만, 밭에 거름으로 내기 위해서는 아끼기를 금싸라기처럼 여겨진다. 길에 내다버린 분회(똥과 재)가 없고, 말똥을 줍는 자가 삼태기를 들고 말꼬리를 따라다닌다. 이를 거름간에 주워 모으되 네모반듯하게 쌓고, 혹은 여덟모로 혹은 여섯 모로 하고, 또는 누각이나 돈대의 모양으로 만드니, 이는 곧 똥무더기를 모아서 모든 규모가 벌써 세워졌음을 짐작할 수 있겠다. 그러므로 나는 이렇게 말하련다.

"저 기와조각이나 똥무더기가 모두 장관이니, 하필 이 성지(城池 : 성곽과 연못)·궁실(宮室)·누대(樓臺)·시포(市鋪 : 시장 점포)·사관(寺觀 : 사찰)·목축(牧畜)이라든지, 또는 저 광활한 벌판이라든지, 기이하고 환상적인 연수(煙樹 : 자욱한 수림의 풍광)라든지, 그런 것들만이 장관은 아닐 것이다."
라고.

노포(魯褒)이다.

구광녕성은 의무려산(醫巫閭山) 밑에 있는데, 앞으로는 큰 강
이 열리고 강물을 끌어서 해자[壕 : 성 주위에 판 못]를 만들었으
며, 탑(塔) 한 쌍이 허공에 높이 솟아 있다. 성에 못 미쳐 몇 마
장 되는 곳에 큰 사당이 하나 있는데, 단청을 새로이 하여 찬란
하게 눈에 띈다. 광녕성 동문 밖 다리 꼭대기에 새긴 공하(蚣
蝮)15)가 매우 웅대하고 정교하며 기묘하게 보였다. 두 겹으로
된 문을 들어가서 시장 점포를 뚫고 지나노라니 그 번화함이 요
동에 못지않다. 영원백(寧遠伯) 이성량(李成樑)16)의 패루(牌
樓)가 성 북쪽에 있다. 어떤 사람은 말하기를, "광녕은 기자(箕
子)의 나라여서 옛날에는 후관(冔冠 : 은나라 때의 갓 이름)을 쓴
기자의 소상이 있었는데, 명(明)나라 가정(嘉靖 : 명나라 세종(世
宗)의 연호, 1521~1567) 연간에 일어난 난리 통에 불타버렸다."고
한다.

성이 두 겹으로 되어 있는데 내성은 온전하나 외곽은 많이 헐
었다. 성 안의 남녀가 집집이 나와서 구경하며, 거리의 노는 사
람들이 수없이 떼를 지어 말머리를 둘러싸기 때문에 빠져 나가
기가 힘들다. 성 밖의 관제묘(關帝廟 : 관우묘)는 웅장하고 화려
함이 요양의 것과 비슷하다. 묘문 밖에는 희대(戲臺 : 극장 또는

---

15) 공하(蚣蝮) : 아홉 마리 새끼 용 중 하나로 그 성질이 물을 좋아해서
   주로 돌다리 기둥에 새겼다.
16) 이성량(李成樑) : 명나라 신종 때 요동좌도독(遼東左都督)이 되었으
   며, 그의 선조는 조선 사람이었다. 영원백(寧遠伯)은 그의 봉호. 이
   여송(李如松)의 아버지.

무대)가 있어 높고 깊고 화려하고 사치스러웠다. 마침 뭇 사람이 모여서 연극을 하고 있는 모양이나 길이 바빠서 구경하지 못하였다.

명나라 천계(天啓 : 명나라 희종(熹宗)의 연호, 1621~1627) 연간에 왕화정(王化貞)[17]이 이영방(李永芳)[18]에게 속아서 그의 날랜 장수 손득공(孫得功)이 적군을 맞이하여 성에 들였으므로 광녕성이 떨어지고 천하의 대세가 어찌할 수 없게 되어 버렸다.

---

17) 왕화정(王化貞) : 명나라 말의 장수로 일찍이 광녕을 지켜서 몽고를 무마하였으나 웅정필(熊廷弼)과 함께 요동에서 실패하여 극형을 받았다.

18) 이영방(李永芳) : 명나라의 유격(遊擊) 대장으로 무순(撫順)을 지키다가 청나라에 항복하여 병자호란에도 종군하였다.

原文

秋七月十五日
추 칠 월 십 오 일

辛卯　　晴　　與來源及卞太醫觀海　　趙主簿達東　　乘曉發
신 묘　　청　　여 래 원 급 변 태 의 관 해　　조 주 부 달 동　　승 효 발

小黑山　至中安浦三十里　中火　又先行由舊廣寧　觀北
소 흑 산　지 중 안 포 삼 십 리　중 화　우 선 행 유 구 광 녕　관 북

鎭廟　乘月行四十里　宿新廣寧　北鎭往返當迂二十里
진 묘　승 월 행 사 십 리　숙 신 광 녕　북 진 왕 반 당 우 이 십 리

通計則九十里　程里錄所載　白臺子　蟒牛臺　沙河子
통 계 즉 구 십 리　정 리 록 소 재　백 대 자　망 우 대　사 하 자

屈家屯　三義廟　北鎭堡　羊腸河　于家屯　侯家屯　二臺
굴 가 둔　삼 의 묘　북 진 보　양 장 하　우 가 둔　후 가 둔　이 대

子　小古家子　大古家子等　地名里數　多相錯謬　若以
자　소 고 가 자　대 고 가 자 등　지 명 리 수　다 상 착 류　약 이

此通計　則將爲一百八十里　今不可考矣　是日極熱.
차 통 계　즉 장 위 일 백 팔 십 리　금 불 가 고 의　시 일 극 열

我東人士　初逢自燕還者　必問曰　君行第一壯觀　何
아 동 인 사　초 봉 자 연 환 자　필 문 왈　군 행 제 일 장 관　하

物也　第爲拈出其第一壯觀　而道之也　人則各以所見
물 야　제 위 념 출 기 제 일 장 관　이 도 지 야　인 즉 각 이 소 견

率口而對　曰遼東千里大野壯觀　曰舊遼東白塔壯觀
솔 구 이 대　왈 요 동 천 리 대 야 장 관　왈 구 요 동 백 탑 장 관

曰沿路市鋪壯觀　曰薊門煙樹壯觀　曰蘆溝橋壯觀　曰
왈 여 로 시 포 자 과　왈 계 무 여 수 자 과　왈 노 구 교 자 과　왈

山海關壯觀　曰角山寺壯觀　曰望海亭壯觀　曰祖家牌
산 해 관 장 관　왈 각 산 사 장 관　왈 망 해 정 장 관　왈 조 가 패

樓壯觀　曰琉璃廠壯觀　曰通州舟楫壯觀　曰錦州衛牧
루 장 관　왈 유 리 창 장 관　왈 통 주 주 즙 장 관　왈 금 주 위 목

畜壯觀　曰西山樓臺壯觀　曰四天主堂壯觀　曰虎圈壯
축 장 관　왈 서 산 누 대 장 관　왈 사 천 주 당 장 관　왈 호 권 장

觀　曰象房壯觀　曰南海子壯觀　曰東岳廟壯觀　曰北鎭
관　왈 상 방 장 관　왈 남 해 자 장 관　왈 동 악 묘 장 관　왈 북 진

廟壯觀　紛紛然指不可勝屈.
묘 장 관　분 분 연 지 불 가 승 굴

　　上士則愀然變色　易容而言　曰都無可觀　何謂都無可
　　상 사 즉 초 연 변 색　역 용 이 언　왈 도 무 가 관　하 위 도 무 가

觀　曰皇帝也薙髮　將相大臣百執事也薙髮　士庶人也
관　왈 황 제 야 체 발　장 상 대 신 백 집 사 야 체 발　사 서 인 야

薙髮　雖功德侔殷周　富强邁秦漢　自生民以來　未有薙
체 발　수 공 덕 모 은 주　부 강 매 진 한　자 생 민 이 래　미 유 치

髮之天子也　雖有陸隴其李光地之學問　魏禧汪琬王士
발 지 천 자 야　수 유 육 농 기 이 광 지 지 학 문　위 희 왕 완 왕 사

澂之文章　顧炎武朱彝尊之博識　一薙髮則胡虜也　胡
징 지 문 장　고 염 무 주 이 준 지 박 식　일 체 발 즉 호 로 야　호

虜則犬羊也　吾於犬羊也　何觀焉　此乃第一等義理也
로 즉 견 양 야　오 어 견 양 야　하 관 언　차 내 제 일 등 의 리 야

談者默然　四座肅穆.
담 자 묵 연　사 좌 숙 목

　　中士則曰　城郭長城之餘也　宮室阿房之遺也　士庶則
　　중 사 즉 왈　성 곽 장 성 지 여 야　궁 실 아 방 지 유 야　사 서 즉

魏晉之浮華也　風俗則大業天寶之侈靡也　神州陸沈
위 진 지 부 화 야　풍 속 즉 대 업 천 보 지 치 미 야　신 주 륙 침

則山川變作腥羶之鄕　聖緖湮晦　則言語化爲侏儒之俗
즉 산 천 변 작 성 전 지 향　성 서 인 회　즉 언 어 화 위 주 유 지 속

何足觀也　誠得十萬之衆　長驅入關　掃淸圂夏　然後壯
하 족 관 야　성 득 십 만 지 중　장 구 입 관　소 청 함 하　연 후 장

觀可論.
관 가 론

此善讀春秋者也 一部春秋 乃尊華攘夷之書 我東服
차 선 독 춘 추 자 야 일 부 춘 추 내 존 화 양 이 지 서 아 동 복

事皇明二百餘年 忠誠剴摯 雖稱屬國 無異內服.
사 황 명 이 백 여 년 충 성 개 지 수 칭 속 국 무 이 내 복

萬曆壬辰倭敵之亂 神宗皇帝 提天下之兵以救之 東
만 력 임 진 왜 적 지 란 신 종 황 제 제 천 하 지 병 이 구 지 동

民之踵頂毛髮 莫非再造之恩也.
민 지 종 정 모 발 막 비 재 조 지 은 야

崇禎丙子 淸兵之來也 烈皇帝聞我東被兵 急命總兵
숭 정 병 자 청 병 지 래 야 열 황 제 문 아 동 피 병 급 명 총 병

陳洪範 調各鎭舟師以赴援 洪範奏官兵出海 而山東
진 홍 범 조 각 진 주 사 이 부 원 홍 범 주 관 병 출 해 이 산 동

巡撫顔繼祖奏 屬國失守 江華已破 帝以繼祖不能協
순 무 안 계 조 주 속 국 실 수 강 화 이 파 제 이 계 조 불 능 협

力匡救 下詔切責之.
력 광 구 하 조 체 책 지

當是時 天子內不能救福楚襄唐之急 而外切屬國之
당 시 시 천 자 내 불 능 구 복 초 양 당 지 급 이 외 체 속 국 지

憂 其救焚拯溺之意 有加於骨肉之邦也 及四海値天
우 기 구 분 증 닉 지 의 유 가 어 골 육 지 방 야 급 사 해 치 천

崩地坼之運 薙天下之髮而盡胡之.
붕 지 탁 지 운 체 천 하 지 발 이 진 호 지

一隅海東 雖免斯恥 其爲中國 復讎刷恥之心 豈可
일 우 해 동 수 면 사 치 기 위 중 국 복 수 쇄 치 지 심 기 가

一日而忘之哉 我東士大夫之爲春秋尊攘之論者 磊落
일 일 이 망 지 재 아 동 사 대 부 지 위 춘 추 존 양 지 론 자 뇌 락

相望 百年如一日 可謂盛矣.
상 망 백 년 여 일 일 가 위 성 의

然而尊周自尊周也　夷狄自夷狄也　中華之城郭宮室
연 이 존 주 자 존 주 야　이 적 자 이 적 야　중 화 지 성 곽 궁 실

人民　固自在也　正德利用厚生之具　固自如也　崔盧王
인 민　고 자 재 야　정 덕 이 용 후 생 지 구　고 자 여 야　최 노 왕

謝之氏族　固不廢也　周張程朱之學問　固未泯也　三代
사 지 씨 족　고 불 폐 야　주 장 정 주 지 학 문　고 미 민 야　삼 대

以降　聖帝明王　漢唐宋明之良法美制　固不變也　彼胡
이 강　성 제 명 왕　한 당 송 명 지 량 법 미 제　고 불 변 야　피 호

虜者　誠知中國之可利而足以久享　則至於奪而據之
로 자　성 지 중 국 지 가 리 이 족 이 구 향　즉 지 어 탈 이 거 지

若固有之.
약 고 유 지

爲天下者　苟利於民而厚於國　雖其法之或出於夷狄
위 천 하 자　구 리 어 민 이 후 어 국　수 기 법 지 혹 출 어 이 적

固將取而則之　而況三代以降　聖帝明王漢唐宋明固有
고 장 취 이 칙 지　이 황 삼 대 이 강　성 제 명 왕 한 당 송 명 고 유

之故常哉　聖人之作春秋　固爲尊華而攘夷　然未聞憤
지 고 상 재　성 인 지 작 춘 추　고 위 존 화 이 양 이　연 미 문 분

夷狄之猾夏　並與中華可尊之實而攘之也.
이 적 지 활 하　병 여 중 화 가 존 지 실 이 양 지 야

故今之人　誠欲攘夷也　莫如盡學中華之遺法　先變我
고 금 지 인　성 욕 양 이 야　막 여 진 학 중 화 지 유 법　선 변 아

俗之椎魯　自耕蠶陶冶　以至通工惠商　莫不學焉　人十
속 지 추 로　자 경 잠 도 야　이 지 통 공 혜 상　막 불 학 언　인 십

己百　先利吾民　使吾民制梃　而足以撻彼之堅甲利兵
기 백　선 리 오 민　사 오 민 제 정　이 족 이 달 피 지 견 갑 리 병

然後謂中國無可觀可也.
연 후 위 중 국 무 가 관 가 야

余下士也　曰壯觀在瓦礫　曰壯觀在糞壤　夫斷瓦　天
여 하 사 야　왈 장 관 재 와 력　왈 장 관 재 분 양　부 단 와　천

下之棄物也 然而民舍繚垣 肩以上 更以斷瓦 兩兩相
하 지 기 물 야　연 이 민 사 료 원　견 이 상　갱 이 단 와　양 량 상

配　爲波濤之紋 四合而成連環之形 四背而成古魯錢
배　위 파 도 지 문　사 합 이 성 련 환 지 형　사 배 이 성 고 노 전

嵌空玲瓏 外內交映 不棄斷瓦 而天下之文章斯在矣.
감 공 영 롱　외 내 교 영　불 기 단 와　이 천 하 지 문 장 사 재 의

民家門庭 貧不能鋪甎 則聚諸色琉璃碎瓦 及水邊小
민 가 문 정　빈 불 능 포 전　즉 취 제 색 유 리 쇄 와　급 수 변 소

礫之磨圓者 錯成花樹鳥獸之形 以禦泥淖 不棄碎礫
력 지 마 원 자　착 성 화 수 조 수 지 형　이 어 니 뇨　불 기 쇄 력

而天下之畵圖斯在矣.
이 천 하 지 화 도 사 재 의

糞溷至穢之物也 爲其糞田也 則惜之如金 道無遺灰
분 혼 지 예 지 물 야　위 기 분 전 야　즉 석 지 여 금　도 무 유 회

拾馬矢者 奉畚而尾隨 積庤方正 或八角或六楞 或爲
습 마 시 자　봉 분 이 미 수　적 치 방 정　혹 팔 각 혹 육 릉　혹 위

樓臺之形 觀乎糞壤而天下之制度斯立矣 故曰 瓦礫
루 대 지 형　관 호 분 양 이 천 하 지 제 도 사 립 의　고 왈　와 력

糞壤 都是壯觀 不必城池 宮室 樓臺 市鋪 寺觀 牧
분 양　도 시 장 관　불 필 성 지　궁 실　누 대　시 포　사 관　목

畜 原野之曠漠 煙樹之奇幻 然後爲壯觀也.
축　원 야 지 광 막　연 수 지 기 환　연 후 위 장 관 야

舊廣寧城 在醫巫閭山下 前臨大河 引河爲壕 雙塔
구 광 녕 성　재 의 무 려 산 하　전 림 대 하　인 하 위 호　쌍 탑

湧空 未及城數里 有一座大廟堂 新塗金碧 眼目閃爍
용 공　미 급 성 수 리　유 일 좌 대 묘 당　신 도 금 벽　안 목 섬 삭

廣寧東門外 橋頭蚣蝮 雄特巧奇 入兩重門 穿過市鋪
광 녕 동 문 외　교 두 공 허　웅 특 교 기　입 양 중 문　천 과 시 포

其繁華不減遼東 寧遠伯李成樑牌樓 在城北 或云廣寧
기 번 화 불 감 요 동　영 원 백 이 성 량 패 루　재 성 북　혹 운 광 녕

箕子國　古有箕子冠帬塑像　皇明嘉靖間　燬於兵.
기 자 국　고 유 기 자 관 후 소 상　황 명 가 정 간　훼 어 병

城兩重　內城完而外郭多頹　城裏士女　家家出看　市
성 양 중　내 성 완 이 외 곽 다 퇴　성 리 사 녀　가 가 출 간　시

井遊子　千百爲群　圍繞馬首不得行　城外關廟壯麗　伯
정 유 자　천 백 위 군　위 요 마 수 부 득 행　성 외 관 묘 장 려　백

仲遼陽　廟門外戲臺　高深華侈　方群聚演劇　而行忙不
중 요 양　묘 문 외 희 대　고 심 화 치　방 군 취 연 극　이 행 망 부

得觀.
득 관

明天啓中　王化貞　爲李永芳所瞞　其驍將孫得功　迎
명 천 계 중　왕 화 정　위 이 영 방 소 만　기 효 장 손 득 공　영

敵入城　廣寧失而天下大勢去矣.
적 입 성　광 녕 실 이 천 하 대 세 거 의

북진묘 견문기〔北鎭廟記〕

　북진묘(北鎭廟)는 의무려산(醫巫閭山) 아래에 있다. 그 뒤에 〈묘를 둘러싼〉 여러 산봉우리가 마치 병풍처럼 펼쳐져 있고, 앞으로는 큰 벌(요동벌)이 트였으며, 오른쪽은 바닷물이 넘실거리고 있어 광녕성은 마치 슬하의 아이들처럼 무릎 아래에 어루만지고 있다.

　집집마다 떠오르는 푸른 연기는 띠를 두른 듯 그 속에 잠긴 탑(塔)이 유달리 희게 보인다. 그 지형을 살펴보니 평평한 벌판이 차츰 여러 길 되는 둥근 언덕을 이루어 굽어보나 쳐다보나 천지가 넓어 거리낌이 없으며, 해와 달이 떴다졌다 하며 바람과 구름의 변화가 모두 그 가운데 있다. 동쪽을 바라보면 지척인 듯 오(吳)·제(齊)의 두 나라(강남땅과 산동 지방)는 나의 손가락 끝에 닿는 듯하나, 다만 내 안력(眼力)이 미치지 못함이 한스러울 뿐이다.

사당의 모양이 웅숭깊고 괴걸하다. <생김새가> 이와 같지 않으면 산과 바다를 누르는 사당이 되지도 못할 것이다. 당집의 북쪽에 모신 현명제군(玄冥帝君 : 북방을 맡은 물귀신)과 아울러 그를 추종하는 신들은 모두 곤포(袞袍 : 곤룡포)를 입고 면류관(冕旒冠)을 쓴 채 옥을 차고 옥홀(玉笏)을 받들고 섰으되, 위풍이 늠름하여 보는 사람으로 하여금 저절로 옷깃을 여미게 한다.

향정(香鼎 : 향로와 솥)은 높이 여섯 자가 넘고 괴상한 간물(姦物)과 귀물(鬼物)들을 새겼는데, 푸른 기운이 속속들이 스며들어 배었다. 그 앞에는 검은 항아리가 놓여 있어서 열 섬은 채울 수 있었고 횃불 네 개를 켜서 밤낮없이 밝히고 있다.

일찍이 순(舜)임금이 열두 곳의 이름난 산에 봉선(封禪 : 하늘에 제사 지내던 일)할 때 의무려산을 유주(幽州)의 진산(鎭山)으로 삼았더니, 그 뒤 하(夏)·상(商 : 은나라)·주(周)·진(秦)나라가 모두 그대로 변경하지 않았으며, 그에 대한 예식은 저 오악(五嶽)[1]이나 사독(四瀆)[2]과 같이 하였다.

비록 이 사당이 어느 시대에 처음으로 세웠는지 알 수 없으나 당나라의 개원(開元 : 당나라 현종(玄宗)의 연호, 713~741) 때에 의무려산의 신을 봉하여 광녕공(廣寧公)으로 삼았고, 요(遼)나라

---

1) 오악(五嶽) : 중국의 이름난 다섯 산. 곧 태산·화산·형산·항산·숭산을 일컬음.
2) 사독(四瀆) : 강(江)·하(河)·회(淮)·제(濟)의 강물을 일컬음.

와 금(金)나라 때에는 비로소 왕호를 붙였다. 원(元)나라의 대덕(大德 : 원나라 성종(成宗)의 연호, 1297~1307) 연간에 정덕광녕왕(貞德廣寧王)을 봉했더니, 명나라 홍무(洪武 : 명나라 태조(太祖)의 연호, 1368~1398) 초년에는 다만 북진의무려산지신(北鎭醫巫閭山之神)이라고 하고, 새해가 되면 향품을 하사하여 제사하되 축문(祝文)에는 천자의 성명까지 쓴다고 한다. 나라에 큰 식전(式典)이 있을 때는 예관(禮官)을 보내어 제사하였다.

오늘의 청나라는 동북땅에서 나라를 창건하였으므로 특히 이 산의 신을 받드는 의식이 더욱 융숭하다고 한다. 어떤 이는 이르기를,

"옹정 황제(雍正皇帝)가 아직 등극하기 전 왕자로 있을 적에 칙명을 받들고 이 묘에 향품을 하사하고, 제사를 지낸 후 그 제삿날 밤에 재실에서 자다가 꿈을 꾸었는데, 신인(神人)이 그에게 커다란 구슬 한 개를 주자 구슬이 태양으로 변하는 것이었다. 그 길로 돌아가서 높은 자리에 오르게 되었으므로 마침내 이 사당의 건물을 대대적으로 중수하여 신인의 은덕을 갚았다."

라고 한다.

사당 앞에는 다섯 개 문의 패루가 있는데 순전히 돌로만 세워서, 기둥이며 서까래며 기와며 추녀며 모두 다 나무는 하나도 쓰지 않았다. 높이는 네댓 길이나 되고, 구조의 공교함이나 조가이 정미로움이 거이 사람이 힘으로는 미치지 못한 만큼 잘 되었다. 패루의 좌우에는 돌사자가 있는데 높이는 두 길이었고,

묘문(廟門)으로부터 흰 돌로 층계를 놓았으며, 묘문의 왼쪽에
는 절이 있다. 뜰에는 두 개의 빗돌이 서 있는데, '만수선림(萬
壽禪林)'과, '만고유방(萬古流芳)'이라 새겼다. 절에는 큰 금부처
다섯을 모셨다. 절 오른편에는 문 하나가 있는데 〈문을 통과하
면〉 왼쪽은 고루(鼓樓)요, 오른쪽은 종루(鍾樓)였다. 두 누각
사이에 또 문을 세 개 설치하였고 앞에는 비석 세 개를 세워놓
았는데, 모두 누런 기와로 비석 위를 덮었다. 비석 두 개의 비문
은 강희 황제(康熙皇帝)의 글과 글씨였고, 또 한 개의 비문은 옹
정 황제(雍正皇帝)의 글과 글씨였다.

정전(正殿)은 푸른 유리기와를 이었는데, 북쪽 벽에는 '울총
가기(鬱蔥佳氣)'라 써 붙였으니, 이는 옹정 황제의 글씨였고, 층
계 위에는 동서쪽으로 돌향로가 마주 서 있는데 높이는 각각 한
길 남짓 되었다. 또 동서쪽으로는 행랑채가 수백 칸 늘어섰고
정전 뒤에는 빈 전각이 있는데, 모양은 앞의 정전과 꼭 같이 금
색 단청이 휘황찬란한데도 안에는 아무것도 없이 텅 비어 있었
다.

그 뒤에 또 전각 한 채가 있는데 제도가 역시 앞의 정전과 같
으며, 소상이 두 대 있는데 면류관을 쓰고 옥홀을 가진 이는 문
창성군(文昌星君)이요, 봉관(鳳冠 : 중국 고대 여자용의 관)을 썼고
구슬띠를 띤 것은 옥비낭랑(玉妃娘娘)이라 한다. 그 좌우에는
두 명의 동자가 모시고 섰다. 현판에는 '건시영구(乾始靈區)'라
하였으니, 이는 지금 황제(今皇 : 건륭(乾隆))의 글씨이다.

바깥문으로부터 시작하여 층계마다 흰 돌로 만든 난간을 둘

렸는데 그 조촐하고 매끄러움이 마치 옥과 같으며, 〈그 위에
는〉 이룡과 도룡뇽을 새겨서 행랑채와 충대를 두루 감싸고 돌
아 앞의 정전에까지 이르고, 또 앞의 정전에서 굼틀굼틀 끊이지
않게 뒤의 전각까지 이르는데 멀리서 보아도 흰빛 일색이 눈부
시어 티끌 하나가 날지 않는다. 정전의 앞뒤에는 역대의 큰 비
석이 나란히 마주하여 떼 지어 서 있는 것이 마치 파밭 이랑 같
으며, 거기에 새긴 제문(祭文)은 모두 나라를 위하여 복을 비는
말들이다. 원나라 연우(延祐 : 1314~1320) 연간에 세운 비석이
제일 오래된 비석이었다.3)

　서쪽에 있는 각문(角門)을 나서니, 두어 길이나 되는 푸른 절
벽바위가 섰는데, '보천석(補天石)'이라 새겨져 있다. 이는 명나
라의 순무(巡撫) 장학안(張學顏 : 명나라 신종(神宗) 때의 명신)의
글씨였다. 다시 한 칸쯤 떨어져 '취병석(翠屛石)'이라 새겨져 있
으며, 동문 밖으로 수백 걸음을 나가자 커다란 돌이 놓여 있는
데, 마치 거북의 등처럼 가운데가 솟아 있으며, '여공석(呂公
石)' 또는 '회선정(會仙亭)'이라 새겨져 있다. 그 위에 오르니 의
무려산(醫巫閭山)의 아름다운 기운과 가득 찬 형세가 한눈에
선뜻 들어온다.

　문득 조그만 정자 하나가 바위를 의지하여 아래에 서 있는데
흙섬돌이 두 층이요, 띠 이엉은 끝을 약간 가지런하게 매었는데

---

3) 참고로 원문에는 '宋延祐碑最久'로 되어 있으나, 연우(延祐)는 원(元)나
　라 인종(仁宗)의 연호이다.

그 깨끗하고 그윽함이 퍽 마음을 즐겁게 한다. 거기서 잠깐 앉아 쉬면서 변군(변계함(卞季涵))이 말하기를,

"비유하건대 마치 감사(監司)가 각 군읍을 돌아다니노라면 아침저녁으로 대접하는 음식이 모두 산해(山海)의 진미(珍味)여서 속이 보깨고 구역질이 날 즈음에 문득 산뜻한 야채 한 접시를 보면 여간 구미가 당기지 않겠어요?"

라고 한다. 나는 웃으면서,

"그야말로 참 의원다운 말이로군."

하니 조군은,

"늘 연지와 분을 바른 기생들과 노닐어서 예쁜지 예쁘지 않은지조차 분간하지 못하다가 넓은 들판이랑 촌마을 싸리문에서 별안간 형차(荊釵 : 나무로 만든 머리꽂이)의 포군(布裙)4)으로 수수하게 차린 여인을 만나면 자신도 모르게 마음과 눈이 환하게 트이는 것과 같습니다."

---

4) 포군(布裙) : 한(漢)나라 양홍(梁鴻)의 아내. 『후한서(後漢書)』권83에 의하면, 후한의 은사(隱士)인 양홍은 본래 가난한 선비였는데, 맹광(孟光)이 부잣집에서 시집 와서 처음에 비단옷을 입고 화장을 하므로, 양홍이 "나는 거친 베옷을 입은 사람과 함께 깊은 산속에서 은거(隱居)하려고 했었는데, 지금 그대는 비단옷에다가 분단장까지 하니, 내가 바라는 바가 아니다."라고 하자, 맹광이 곧바로 가시나무 비녀에 베옷 차림을 하고서 양홍 앞에 나타나니, 양홍이 "진정한 양홍의 아내이다." 하고는 함께 산속에 들어가 살았다는 고사에서 나온 말이다.

라고 하여 나는,

"이건 호색가(好色家)다운 말이로군. 만일 자네들 말과 같다 하더라도 지금 여기 이 흙섬돌과 띠 이엉은 천자에게 양쪽의 안목과 비위를 이끌어낼 것일세."

하였다.

행랑채 아래로 돌아와 앉았는데, 사당을 지키는 도사(道士) 세 명이 있기에 부채 세 자루, 종이 세 권, 청심환 세 알을 선물하니 도사들은 모두 기뻐하였다.

뜰 앞에 방금 무르익은 복숭아를 도사가 한 쟁반 따다가 먹으라고 대접한다. 하인들이 앞 다투어 복숭아나무 밑으로 달려가서는 가지를 휘어잡고 마구마구 따기에 내가 그러지 말라고 타일러도 막무가내였다. 도사는,

"애써 금하실 필요는 없습니다. 배부르면 저절로 그만두겠죠."

하고 또 하인들을 향하여,

"마음대로 따 먹되 가지는 다치지 마시오. 그렇게들 두었다가 명년에 또 오시오."

라고 한다. 도사의 성명은 이붕(李鵬)이요, 호는 소요관(逍遙館), 또는 찬하도인(餐霞道人)이라 한다.

북진묘 뜰에는 반쯤 썩어 가는 늙은 소나무가 서 있다. 황제가 갑술년(건륭 19년) 동쪽으로 거둥할 때에 남겼다는 시(詩)와 그림은 모두 바위틈에 새겨져 있다

原文

北鎮廟記
북 진 묘 기

北鎮廟　在醫巫閭山下　背後千峰　如展屏障　前臨大
북 진 묘　재 의 무 려 산 하　배 후 천 봉　여 전 병 장　전 림 대
野　右環滄海　廣寧城撫在膝下.
야　우 환 창 해　광 녕 성 무 재 슬 하

萬戶浮煙　繚青一帶　層塔逈白　測其地形平坡　漸成
만 호 부 연　요 청 일 대　층 탑 형 백　측 기 지 형 평 파　점 성
數丈圓阜　而俯仰天地　無所畔岸　日月出沒　風雲變化
수 장 원 부　이 부 앙 천 지　무 소 반 안　일 월 출 몰　풍 운 변 화
皆在其中　東面而視　尺吳寸齊　在我指端　而但恨目力
개 재 기 중　동 면 이 시　척 오 촌 제　재 아 지 단　이 단 한 목 력
有窮耳.
유 궁 이

廟貌雄深魁傑　不若是　無以鎮海嶽祠　北方玄冥帝君
묘 모 웅 심 괴 걸　불 약 시　무 이 진 해 악 사　북 방 현 명 제 군
並其從神　皆袞冕佩玉　奉圭而立　嚴威儼恪　格人非
병 기 종 신　개 곤 면 패 옥　봉 규 이 립　엄 위 엄 각　격 인 비
心.
심

香鼎高六尺餘　雕刻神姦鬼怪　青翠入骨　前置漆缸
향 정 고 육 척 여　조 각 신 간 귀 괴　청 취 입 골　전 치 칠 항
可容十石　爲四炷晝夜長燎.
가 용 십 석　위 사 주 주 야 장 료

舜封十有二山　以醫巫閭　爲幽州之鎮　夏商周秦皆因
순 봉 십 유 이 산　이 의 무 려　위 유 주 지 진　하 상 주 진 개 인

之 禮視嶽瀆.
지 예 시 악 독

雖未知廟創何代 而唐開元時 封醫巫閭山神爲廣寧
수 미 지 묘 창 하 대 　 이 당 개 원 시 　 봉 의 무 려 산 신 위 광 녕

公 遼金時始加王號 元大德中 封貞德廣寧王 皇明洪
공 　 요 금 시 시 가 왕 호 　 원 대 덕 중 　 봉 정 덕 광 녕 왕 　 황 명 홍

武初 止稱北鎭醫巫閭山之神 歲時降香 祝有天子姓
무 초 　 지 칭 북 진 의 무 려 산 지 신 　 세 시 강 향 　 축 유 천 자 성

諱 國有大典 遣官告祭.
휘 　 국 유 대 전 　 견 관 고 제

今淸肇基東北 故崇奉之典 尤有加焉 或云雍正皇帝
금 청 조 기 동 북 　 고 숭 봉 지 전 　 우 유 가 언 　 혹 운 옹 정 황 제

爲諸王時 奉勅降香 旣祭之夕 宿齋廬夢 神人予帝一
위 제 왕 시 　 봉 칙 강 향 　 기 제 지 석 　 숙 재 려 몽 　 신 인 여 제 일

大珠 珠化爲日 歸登大位 遂大修廟宇 以報神賜.
대 주 　 주 화 위 일 　 귀 등 대 위 　 수 대 수 묘 우 　 이 보 신 사

廟前有五門牌樓 純石 架起棟椽甍檐不資一木 高四
묘 전 유 오 문 패 루 　 순 석 　 가 기 동 연 맹 첨 부 자 일 목 　 고 사

五丈 結構之工 鏤刻之巧 殆非人力所及 樓左右石獅
오 장 　 결 구 지 공 　 루 각 지 교 　 태 비 인 력 소 급 　 누 좌 우 석 사

高二丈 自廟門設白石層階 門左有寺 庭有兩碑 一曰
고 이 장 　 자 묘 문 설 백 석 층 계 　 문 좌 유 사 　 정 유 양 비 　 일 왈

萬壽禪林 一曰萬古流芳 寺坐五大金佛 寺右有一門
만 수 선 림 　 일 왈 만 고 유 방 　 사 좌 오 대 금 불 　 사 우 유 일 문

左鼓樓右鍾樓 兩樓之間 又設三門 前立三碑 皆黃瓦
좌 고 루 우 종 루 　 양 루 지 간 　 우 설 삼 문 　 전 립 삼 비 　 개 황 와

閣 二碑康熙帝撰並書 一碑雍正帝撰並書.
각 　 이 비 강 희 제 찬 병 서 　 일 비 옹 정 제 찬 병 서

正殿碧琉璃瓦 北壁題鬱怱佳氣 維止帝筆 階上東西
정 전 벽 유 리 와 　 북 벽 제 울 총 가 기 　 옹 정 제 필 　 계 상 동 서

對設石爐　高各丈餘　東西設廊廡數百間　殿後有空殿
대 설 석 로　고 각 장 여　동 서 설 랑 무 수 백 칸　전 후 유 공 전

制如前殿　金碧璀璨而空無一物.
제 여 전 전　금 벽 최 찬 이 공 무 일 물

後又有一殿　制如前殿　有二像　冕琉玉笏曰文昌星君
후 우 유 일 전　제 여 전 전　유 이 상　면 류 옥 홀 왈 문 창 성 군

鳳冠珠帶曰玉妃娘娘　左右兩童子侍立　扁曰乾始靈區
봉 관 주 대 왈 옥 비 낭 랑　좌 우 양 동 자 시 립　편 왈 건 시 영 구

今皇帝筆.
금 황 제 필

自外門層階　繚以白石之欄　瑩膩似玉　刻以螭蛟　圍
자 외 문 층 계　요 이 백 석 지 란　형 니 사 옥　각 이 리 교　위

繞廊廡階城　至于前殿　自前殿連延曲折　至于後殿　望
요 랑 무 계 성　지 우 전 전　자 전 전 련 연 곡 절　지 우 후 전　망

之皓然　一塵不動　殿前後　對列歷代穹碑　簇立如蔥畦
지 호 연　일 진 부 동　전 전 후　대 렬 역 대 궁 비　족 립 여 총 휴

所載祭文　皆爲國祈祥之詞也　宋延祐碑最久.
소 재 제 문　개 위 국 기 상 지 사 야　송 연 우 비 최 구

出西角門　有數丈蒼壁　曰補天石　皇明巡撫張學顔筆
출 서 각 문　유 수 장 창 벽　왈 보 천 석　황 명 순 무 장 학 안 필

又離一間　刻翠屏石　出東門數百步　有大石　穹窿如龜
우 리 일 칸　각 취 병 석　출 동 문 수 백 보　유 대 석　궁 륭 여 귀

曝　刻曰呂公石　又曰會仙亭　登其上　醫巫閭扶輿磅礴
폭　각 왈 여 공 석　우 왈 회 선 정　등 기 상　의 무 려 부 여 방 박

之勢　一舉目而盡得之.
지 세　일 거 목 이 진 득 지

忽有一間小亭　倚在巖下　土堦二等　茅茨略剪　蕭灑
홀 유 일 칸 소 정　의 재 암 하　토 계 이 등　모 자 략 전　소 쇄

幽敻　怡然心樂　相與小坐　卞君曰　譬如監司巡省郡邑
유 형　이 연 심 락　상 여 소 좌　변 군 왈　비 여 감 사 순 성 군 읍

朝夕供張　無非山珍海錯　腸薰胃腐　厭飫嘔逆　偶値一
조 석 공 장　무 비 산 진 해 착　장 훈 위 부　염 어 구 역　우 치 일

器野蔬　欣然接味　余笑曰　此眞醫者之言也　趙君曰
기 야 소　흔 연 접 미　여 소 왈　차 진 의 자 지 언 야　조 군 왈

每於紅粉隊中　莫辨嫫威　村畦野扉　忽逢荊釵布裙　不
매 어 홍 분 대 중　막 변 모 위　촌 휴 야 비　홀 봉 형 차 포 군　불

覺心目開霽　余曰　此好色者之言也　設如君等言　今此
각 심 목 개 제　여 왈　차 호 색 자 지 언 야　설 여 군 등 언　금 차

土堦茅茨　導天子兩種眼胃耳.
토 게 모 자　도 천 자 양 종 안 위 이

　還坐廊廡下　守廟有道士三人　以三柄扇　三卷紙　三
　환 좌 랑 무 하　수 묘 유 도 사 삼 인　이 삼 병 선　삼 권 지　삼

丸淸心元爲幣　道士皆喜.
환 청 심 원 위 폐　도 사 개 희

　庭前桃子方熟　道士爲摘一盤以饋　衆隷爭趍樹下　披
　정 전 도 자 방 숙　도 사 위 적 일 반 이 궤　중 례 쟁 추 수 하　피

枝亂摘　余呵止莫能禁　道士曰　何必費氣　飽則自止
지 란 적　여 가 지 막 능 금　도 사 왈　하 필 비 기　포 즉 자 지

又謂衆隷曰　任君摘取莫傷枝　留待明年再到時　道士
우 위 중 례 왈　임 군 적 취 막 상 지　유 대 명 년 재 도 시　도 사

姓名李鵬　號逍遙館　又稱餐霞道人.
성 명 이 붕　호 소 요 관　우 칭 찬 하 도 인

　廟庭有牛枯古松　皇帝甲戌東巡時　有詩畫　並刻置巖
　묘 정 유 반 고 고 송　황 제 갑 술 동 순 시　유 시 화　병 각 치 암

間.
간

수레 만드는 제도〔車制〕[1]

사람이 타는 수레를 태평차(太平車)라 한다. 바퀴 높이가 팔꿈치에 닿고, 바퀴마다 살이 서른 개인데, 대추나무로 둥글게 테 바퀴를 만들고 쇳조각과 쇠못을 온 바퀴에 둘러 박았다. 그 위에는 둥근 방을 만들어서 세 사람이 탈 만하다. 방에는 푸른 천이나 혹은 공단이나 우단으로 휘장을 치고 더러는 주렴을 드리워 은단추로 여닫게 되었다. 좌우에는 유리를 붙여서 창구멍을 내고, 방의 앞에 널판지를 가로 놓아서 마부가 앉게 되었으며, 방 뒤에도 역시 하인이 앉게 마련했다. 나귀 한 마리가 끌고 갈 수 있으나, 먼 길을 가려면 말이나 노새의 수를 더 늘린다.

---

1) 거제(車制) : 각종 수레의 구조와 바퀴를 이용하는 기계들의 구조, 성능을 소개하고 있다. 일상생활과 산업 발전에 운송 수단이 어떤 역할을 하는지 알 수 있다.

짐을 싣는 수레를 대차(大車)라 한다. 바퀴 높이가 태평차보다 조금 낮은 듯하며 바퀴살은 입(卄) 자의 모양으로 되었고, 싣는 수량은 800근으로 정하여 말 2필을 달고, 800근이 넘을 경우에는 짐을 보아서 말의 수를 늘린다. 짐 위에는 삿자리〔簟: 갈대로 결어 만든 자리]로 마치 뜸으로 위를 덮은 배처럼 방을 꾸며서 그 속에서 자고 눕게 되어 있다. 대체로 말 6필이 끄는데 수레 밑에 커다란 왕방울을 달고 말의 목에도 조그만 방울 수백 개를 달아 댕그랑댕그랑 하는 소리로 밤길을 경계한다. 태평차는 겉바퀴가 회전하고, 대차는 바퀴굴대가 회전하는데, 두 바퀴가 매우 둥글기 때문에 고루 돌아가고 빨리 달릴 수 있다.

수레와 말을 메는 끌채에는 반드시 제일 튼튼한 말이나 건실한 나귀를 사용하며, 수레 멍에를 쓰지 않고 조그만 나무 안장을 만들어 가죽끈이나 튼튼한 줄로 멍에 머리에 얽어매어서는 말을 달았다. 〈멍에 밑에 들지 않은〉 나머지 말들은 모두 소가죽으로 가슴걸이와 뱃대끈을 하고 줄을 매어서 끌게 되었다.

짐이 무거우면 멍에를 바퀴보다도 밖으로 나오게 하여 때로는 높이가 몇 길이나 되게 묶으며, 끄는 말도 많으면 10여 필이나 된다. 대차를 모는 사람을 '칸처더〔看車的〕'라 부르는데, 그는 짐 위에 높이 앉아서 손에는 긴 채찍 하나를 쥐고 두 길이나 되는 길이의 끈 두 개를 그 끝에 매어서 그것을 휘둘러 때리되, 그 중에 힘 내지 않는 놈은 귀며 옆구리를 가리지 않고 때리고, 손에 익으면 더욱 잘 맞는다. 채찍질하는 소리가 우레처럼 요란스럽다.

독륜차(獨輪車 : 외바퀴 수레)는 뒤에서 한 사람이 칫대[轅 : 끌채]를 잡고 수레를 밀기로 되었다. 한가운데에 바퀴를 달았는데 바퀴가 수레 바탕 위로 반이나 솟았으며, 좌우 양쪽이 상자처럼 되어 싣는 물건이 한쪽으로 치우치지 않게 해야 한다. 바퀴 닿는 곳에는 북을 반쯤 자른 것같이 보이며, 바퀴를 가운데로 하고 짐은 사이를 두고 실어서 바퀴와 짐이 서로 닿지 않도록 하였다. 칫대 밑에 짧은 막대가 양쪽으로 드리워져 있다 보니 갈 때는 칫대와 함께 들리고 멈출 때는 바퀴와 함께 멈추어서, 이 것이 버팀 나무가 되어 수레가 기울어지거나 뒤집어지지 않게 마련이다.

길가에서 떡·엿·능금·오이 등을 파는 장사치들도 모두 이 독륜차를 이용하며, 또 밭에 거름 내기에도 가장 편리하다. 언젠가 보니, 시골 여자 둘이 양쪽 상자에 나누어 타고 앉아서 각기 어린애 하나씩을 안고 가고, 물을 긷는 데는 좌우 양쪽에 각각 대여섯 통씩 싣는다. 실은 짐이 무겁고 많으면 끈을 달아서 한 사람이 끌고, 때로는 두 사람 혹은 세 사람이 마치 닻줄로 배를 끄는 듯한다.

대개 수레는 하늘에서 나와[2] 지상에서 운행되는 것이다. 그러니 수레는 육지를 다니는 배요, 움직이는 집인 셈이다. 나라

---

2) '수레'라는 말이 동양 천문학에서 나눈 28개 성좌 중에 '진(軫)'이라는 성좌에서 나왔다.

의 쓰임에 수레보다 더한 것이 없다. 그러므로 『주례(周禮)』3)
에 임금이 가멸(부유)함을 물었을 때 수레의 〈많고 적음의〉 숫
자로써 대답했다고 하니,4) 수레는 단지 싣고 타는 것일 뿐만이
아님을 말함이다.

수레 중에도 융차(戎車 : 전투에 쓰는 수레)·역차(役車 : 작업에
쓰는 수레)·수차(水車 : 물을 운반하는 수레)·포차(砲車 : 대포를
싣는 수레) 등 그 제도는 수천수백가지가 있으므로 지금 창졸간
에 이루 다 이야기할 수 없다. 그러나 타는 수레와 싣는 수레는
백성들에게 가장 중요한 것이어서 시급히 연구하지 않을 수 없
는 문제이다.

내 일찍이 담헌(湛軒) 홍덕보(洪德保), 참봉(參奉) 이성재(李
聖載)5)와 더불어 수레 만드는 제도에 대해 이야기하기를,

"수레를 만들 때는 무엇보다도 궤도〔軌 : 바퀴와 바퀴 사이의 간
격〕를 똑같이 하여야 한다. 이른바 궤도를 똑같이 하여야 된다
는 것은 무엇을 말한 것일까? 수레의 축과 두 바퀴 사이의 간격
을 말한다. 두 바퀴 사이에 일정한 본(간격)을 어기지 않는다. 그
리하면 수레가 천이고 만이고 간에 바퀴자리는 하나로 통일될

---

3) 『주례(周禮)』: 주공(周公)이 지은 책으로, 주나라 문물제도와 예법
  이 실려 있다.

4) 이 당시의 수레는 전차를 의미하여, 만 대의 수레를 가지고 있으면 천
  자라 하였고, 천 대의 수레를 가지고 있으면 제후라고 하였다.

5) 참봉(參奉) 이성재(李聖載): 이광려(李匡呂). 참봉은 벼슬이고, 성재
  는 자이다.

것이니, 이른바 거동궤(車同軌)6)는 곧 이를 두고 말함이다. 만일 두 바퀴 사이를 마음대로 넓히고 좁힌다면 길 가운데 바퀴자리가 어찌 한 틀에 들 수 있을 것인가?”
라고 하였다.

지금까지 천릿길을 오면서 날마다 수없이 많은 수레를 보았으나, 앞 수레와 뒤 수레가 언제나 한 자국을 도는 것이다. 그러므로 애쓰지 않고도 같이 되는 것을 ‘일철(一轍)’이라 하고, 뒤에서 앞을 가리켜 ‘전철(前轍)’이라 한다. 성 문턱 수레바퀴 자국이 움푹 패어서 홈통을 이루니, 이는 이른바 ‘성문지궤(城門之軌)’7)라는 것이다.

우리나라에도 일찍이 수레가 없었던 적이 없으나 바퀴가 온전히 둥글지 못하고 바퀴자국이 틀에 들지 않으니, 이는 수레가 없음과 마찬가지이다. 그런데 사람들이 늘 하는 말이,

“우리나라는 고을이 험하여 수레를 쓸 수 없다.”
하니, 이 무슨 말인가? 나라에서 수레를 쓰지 않으니까 길이 닦이지 않을 뿐이다. 〈만일〉 수레가 다니게 된다면 길은 저절로 닦이게 될 테니, 어찌하여 길거리의 좁음과 산길의 험준함을 걱정하리오? 『전(傳 : 중용(中庸))』에 이르기를, “배와 수레가 이르

---

6) 거동궤(車同軌) : 수레바퀴 사이의 간격이 똑같다는 뜻으로, 『중용(中庸)』과 『좌전(左傳)』의 소(疏)에 나오는 말. ‘궤(軌)’는 두 바퀴 사이의 거리를 말하는데, 8척이 표준이었다.
7) 성문지궤(城門之軌) : 『맹자(孟子)』에 나오는 구절이다.

는 곳, 서리와 이슬이 내리는 곳."이라 하였으니, 이는 수레가
어떠한 먼 곳이라도 이를 수 있다고 하는 말이다.

　중국에도 검각(劍閣)[8] 아홉 굽이의 험한 잔도(棧道)와 태항
산(太行山)의 양장(羊腸 : 양의 창자)처럼 꼬불꼬불 험한 고개가
본래 있건만 모두들 말을 채찍질하여 수레를 몰고 지나지 않는
곳이 없다. 그리하여 섬서·사천·강소·광동·복건·광서 등
지와 같은 먼 곳에도 큰 장사치들이나 온 가족을 이끌고 부임
(赴任)하러 가는 벼슬아치들의 수레바퀴가 서로 잇대어서 저의
집 뜰 앞을 드나들 듯한다. 우렁차게 꾕꾕거리는 수레바퀴 소
리가 대낮에도 늘 우레 치는 듯이 끊이지 않는다.

　지금 우리가 지나왔던 이 마천(磨天)·청석(靑石)의 고개와
장항(獐項)·마전(馬轉)의 언덕들이 어찌 우리나라보다 덜하
다고 할 수 있겠는가? 그 가파르고 막힌 곳, 험준한 곳은 모두
우리나라 사람들도 목격(目擊)한 것이지만 그렇다고 수레를 없
애고 다니지 않는 것이 있던가? 이러므로 중국의 재산이 풍족
할 뿐더러 한 곳에서 지체되지 않고 골고루 유통(流通)함은 모
두 수레를 사용한 이익 때문일 것이다. 지금 가까운 효과를 든
다면, 우리 사행이 모든 번거로움을 없애 버리고 우리가 만든
수레에 짐을 싣고 곧바로 연경에 닿을 텐데, 무엇을 꺼려서 하

---

8) 검각(劍閣) : 장안(長安)에서 촉(蜀) 땅으로 가는 길인 대검산·소검
　산 사이에 있는 험한 길을 말한다. 산벼랑에 판자 따위를 엮어서 선
　반을 걸듯이 길을 낸 각도(閣道)가 통해 있다는 데서 일컬어진다.

지 않는단 말인가?

그리하여 영남(嶺南)의 어린이들은 백하젓〔蝦醢 : 새우젓〕을 모르고, 관동(關東 : 강원도) 백성들은 산사나무 열매인 아가위를 절여서 장 대신 쓰고, 서북(西北) 사람들은 감과 감자(柑子 : 귤)의 맛을 분간하지 못하며, 바닷가 사람들은 새우나 정어리를 거름으로 밭에 쓰건만 한번 혹시라도 서울에 오면 한 움큼에 한 푼을 하니, 이렇게 귀함은 무슨 까닭일까?

이제 육진(六鎭)9)의 마포(麻布), 관서의 명주(明紬), 양남(兩南)10)의 닥종이와 해서(海西)의 솜과 쇠, 내포(內浦 : 충청남도 서해안)의 생선과 소금 등은 모두 백성들의 살림살이에서 어느 하나 없어서는 안 될 물건들이다.

청산(靑山)11) · 보은(報恩)12)의 천 그루 대추, 황주(黃州)13) · 봉산(鳳山)14)의 천 그루 배, 홍양(興陽 : 전남 고흥) · 남해(南海)의 천 그루 귤(橘) · 유(柚 : 유자), 임천(林川)15) · 한산(韓山)16)의 천 이랑 모시, 관동의 천 통 벌꿀 들은 모두 백성들의

---

9) 육진(六鎭) : 두만강(豆滿江) 기슭에 있는 종성(鍾城) · 경원(慶源) · 회령(會寧) · 경흥(慶興) · 은성(穩城) · 부령(富寧)을 말한다.

10) 양남(兩南) : 경상도를 영남, 전라도를 호남이라 한다.

11) 청산(靑山) : 충청북도에 있는 고을.

12) 보은(報恩) : 충청북도에 있는 고을.

13) 황주(黃州) : 황해도에 있는 고을.

14) 봉산(鳳山) : 황해도에 있는 고을.

15) 임천(林川) : 충청남도에 있는 고을.

일상생활에서 서로 바꾸어 써야 할 것이거늘, 이제 이곳에서 천한 물건이 저곳에서는 귀할 뿐더러 그 이름은 들어도 실지로 보지 못함은 어찌된 까닭일까?

이는 오로지 멀리 나를 힘이 없기 때문이다. 사방이 겨우 몇천 리밖에 안 되는 나라에 백성의 살림살이가 이다지 가난함은, 한마디로 표현한다면 수레가 국내(國內)에 다니지 못한 까닭이라 하겠다. 〈어떤 이가〉 그 까닭을 물어,

"수레는 어찌하여 다니지 못하는 거요?"

라고 한다면 한마디 말로,

"이는 사대부(士大夫)들의 허물입니다."

라고 할 것이다. 왜냐하면 그들은 평소에 글을 읽을 때에는,

"『주례(周禮)』는 성인이 지으신 글이야."

하면서 윤인(輪人)이니, 여인(輿人)이니, 거인(車人)이니, 주인(輈人)[17]이니 하고 떠들었으나, 마침내 그 만드는 방법이 어떠하며 그 움직이는 기술이 어떠한가 하는 것은 도무지 연구하지 않았다. 이는 이른바 한갓 글만 읽을 뿐이어서[18] 참된 학문에 무슨 유익이 있겠는가? 아아, 슬프도다.

황제(黃帝 : 중국 전설상의 제왕)가 처음 수레를 창조하였으므

---

16) 한산(韓山) : 충청남도에 있는 고을.

17) 윤인(輪人)이니 …… 주인(輈人)이니 : 이 넷은 모두 『주례』에 나오는데, 옛날 수레를 맡은 관리의 벼슬 이름이다.

18) 전국 시대 장수 조괄(趙括)의 고사. 실전이 없이 전쟁터에 나갔다가 전멸당했다.

로 헌원씨(軒轅氏)라 불린 뒤에 1,100년의 세월을 지나는 동안
에 몇몇의 성인(聖人)들이 힘써 생각하고 눈으로 궤뚫어 보며
손재주를 다하였고, 또 수(倕)19)처럼 공교한 손을 몇이나 거쳤
으며, 또 상앙(商鞅)20)·이사(李斯)21) 같은 이들을 거쳐 제도
가 통일되었다. 이는 실로 학술에 뛰어난 조정의 벼슬아치들이
몇 백 명씩이나 열심히 연구하고 긴요하게 실행한 것이니, 어찌
우연한 일이겠는가? 진실로 민생의 살림에 이익이 되고 나라
경영에 큰 그릇이 아니겠느냐? 이제 나는 날마다 눈에 나타나
는 놀랍고 반가운 것들을 이 수레의 제도로 미루어 모든 일을
짐작할 수 있겠으며, 또한 어렴풋이나마 몇 천 년 모든 성인의
고심(苦心)을 알 수 있겠다.

밭에 물을 대는 것으로서 용미차(龍尾車)·용골차(龍骨車)·
항승차(恒升車)·옥형차(玉衡車) 등이 있고, 불을 끄는 것으로
서 홍흡(虹吸)22)·학음(鶴飲)23) 등의 제도가 있으며, 싸움에

---

19) 수(倕) : 중국 황제(黃帝) 때의 유명한 공장이의 이름이다.

20) 상앙(商鞅) : 전국 시대의 정치가. '형명(刑名)의 학'으로 진(秦)나라
    효공(孝公)을 도와 부국강병의 실적을 이룩하였다.

21) 이사(李斯) : 전국 시대의 정치가. 진 시황(秦始皇)을 도와서 전국
    시대 제후국 가운데 육국(六國)을 통일하였다. 육국은 초·연·제·한·
    위·조나라를 말한다.

22) 홍흡(虹吸) : 굽은 관(管)으로 만들어서 액체(液體)를 이 그릇에서
    다른 높은 그릇으로 옮길 수 있도록 한 기계.

쓰는 수레로는 포차(砲車)·충차(衝車)·화차(火車) 등이 있다. 모두 태서(泰西：서양)『기기도(奇器圖)』[24]와 강희 황제(康熙皇帝)가 지은『경직도(耕織圖)』에 실려 있다. 그 글로 설명된 것은『천공개물(天工開物)』[25]과『농정전서(農政全書)』[26]에 있으니, 이에 뜻있는 이가 취하여 잘 연구하여 〈그 제도를 본받는다면〉 우리나라 백성들의 극도에 달한 가난병도 얼마쯤 나을 수 있을 것이다. 이제 내가 본 불 끄는 수레의 제도를 대략 적어서 우리나라에 돌아가 전하련다.

북진묘에서 달밤에 신광녕으로 돌아오는 길에 보니, 성 밖의 어떤 집이 저녁나절에 불이 나서 이제 막 겨우 불길을 잡은 모양인데, 길 위에 있던 수차(水車) 세 대가 방금 거두어 가려는 것을 내가 그들을 잠깐 멈추어 세우고 먼저 그 이름을 물었더

---

23) 학음(鶴飮)：홍흡과 비슷한 기계인 듯하나 자세한 것은 알 수 없다.
24) 『기기도(奇器圖)』：『기기도설(奇器圖說)』. 서양 사람 등옥함(鄧玉函)이 지었다. 전중(轉重)·취수(取水)·전마(轉磨) 등 39도(圖)에 각기 설명을 붙였다.
25) 『천공개물(天工開物)』：명나라 송응성(宋應星)이 지었다. 중국의 천산(天產)과 인공(人工)에 관한 저서. 원본은 일본제국도서관(日本帝國圖書館)에 간직되었다.
26) 『농정전서(農政全書)』：명나라 서광계(徐光啓)가 지은 농서(農書). 한(漢)나라 이후 발달하기 시작한 농학자들의 여러 설을 총괄하고 분류한 다음, 자기의 설(說)을 덧붙여서 집대성했다. 449쪽 주 5) 참조.

니, 수총차(水銃車)라 한다.

그 제도를 살펴보니, 바퀴가 넷에 수레 위에 한 개의 큰 나무 물통이 놓였고, 물통 속에 커다란 구리그릇이 있으며, 구리그릇 속에는 구리원통 두 개를 만들어 놓았다. 구리원통 사이에는 목이 '새 을(乙)' 자 모양으로 생긴 물총을 세웠다. 물총은 발이 둘이어서 좌우 양쪽 구리원통에 통하였고, 양쪽 구리원통은 짧은 다리가 있어서 밑에 구멍이 뚫렸으며, 〈구멍은〉 얇은 구리 조각으로 문짝을 만들어서 물의 오르내림에 따라 여닫게 되었다.

양쪽 구리원통 주둥이에는 구리판으로 뚜껑을 해 달되 둘레가 구리원통에 꽉 끼게 만들었다. 구리판 한복판에 쇠기둥을 세워서 나무를 건너질러서 구리판을 누르기도 하고 들기도 할 수 있게 되어서 구리판의 드나들고 오르내림이 건너지른 나무에 달려 있다.

그리고는 물을 구리판 속에 붓고 몇이서 나무를 밟으면 구리원통과 구리판이 솟았다 내렸다 하여, 대체로 물을 빨아들이는 조화는 구리판에 달려 있다. 구리판이 구리원통 목에까지 솟으면 구리원통 밑에 뚫은 구멍이 갑자기 열리면서 바깥 물을 빨아들이고, 이와 반대로 구리판이 구리원통 속으로 떨어지면 구리원통의 밑구멍이 저절로 세차게 닫혀서 구리원통 속에 물이 가득 차서 쏟아질 곳이 없으므로, 물총 뿌리로부터 '새 을(乙)' 자로 생긴 물총의 목으로 내달아서 위로 높이 치솟는다. 여남은 길이나 곧게 치솟아 내뿜고 옆으로는 3, 40보까지 뿜어 댄다.

그 제도가 생황(笙簧 : 관악기의 일종)과 비슷하고 물 긷는 이는 연방 나무물통에 물을 들어부을 따름이다.

옆에 있는 두 대의 물차는 제도가 이것과도 자못 다르고 더욱 무슨 곡절이 있는 듯싶으나 창졸간에 상세히 볼 수 없었다. 그러나 그 물을 빨아들이고 내뿜는 묘리는 거의 같았다.

곡식을 찧고 빻는[轉磨]데는 커다란 톱니바퀴[牙論]가 두 층으로 되어서, 쇠굴대로 이를 꿰어 방 안에 세워 두고 틀을 움직여서 돌리게 되었다. 톱니바퀴란 마치 자명종(自鳴鍾)의 톱니처럼 들쭉날쭉하여 톱니바퀴의 이가 서로 맞물리게 된 것이다. 방의 네 모퉁이에도 두 층으로 된 맷돌판을 두고, 맷돌판의 가장자리 역시 들쭉날쭉하여 큰 톱니바퀴의 이와 서로 맞물리게 되었다. 큰 톱니바퀴가 한 번 돌기만 하면 여덟 맷돌판이 다투어 돌며 순식간에 밀가루가 눈처럼 쌓인다. 이 방법은 시계의 속과 비슷하다. 길가의 민가들은 각기 맷돌방아 하나와 나귀 한 마리씩이 있고, 곡식 빻는 데는 항상 연자방아를 사용하는데 당나귀가 끌어서 방아공이를 대신하기도 한다.

가루를 치는 법은, 밀폐된 방에 바퀴가 셋이 달린 요차(搖車 : 흔들이 차)를 놓았는데, 그 바퀴는 앞이 두 개, 뒤가 한 개이다. 수레 위에 기둥 네 개를 세우고, 그 위에 두어 섬들이 큰 체를 두 층으로 위태롭게 걸쳐 놓았다. 위의 체에 가루를 붓고, 밑의 체는 비워 두어서 위 체의 것을 받아서 더 보드랍게 갈리도록 되었다.

그리고 요차 앞에는 막대기 하나를 바로 질러서 막대기의 한 쪽 끝은 수레를 붙잡고 또 한쪽 끝은 방 밖으로 뚫고 나가 있다. 집 밖에 기둥 하나를 세워서 그 막대기 끝을 비끄러매고, 기둥 밑에는 땅을 파서 큰 널빤지를 놓아 기둥의 뿌리를 받치게 했 다. 널빤지 밑 한가운데에 굄목을 놓아 뜨게 하여 마치 풀무 다 루듯 한다. 사람이 널빤지 위에 걸터앉아서 다리만 약간 움직 이면 널빤지의 두 끝이 서로 오르내리며 널빤지 위의 기둥이 견 디지 못하여 흔들린다. 그러면 그 기둥 끝에 가로지른 막대기 가 힘세게 들이밀고 내밀고 하여 방 안의 수레가 나섰다 물러섰 다 한다.

방 안의 네 벽에 열 층으로 시렁을 매어서 그 위에 그릇을 올 려놓음으로써 날아오는 가루를 받게 되었다. 방 밖에서 의자에 앉아 있는 사람은 〈발을 놀리면서〉 책도 읽고 글씨도 쓰고 손 님과 이야기를 주고받기도 하여 못하는 일이 없다. 다만 등 뒤 에서 요란하게 삐걱거리며 부딪치는 소리만 들릴 뿐 무엇이 그 렇게 하는지 알지 못한다. 대체로 그 발 움직이는 공력은 아주 적으면서도 일의 양은 매우 많게 된다. 우리나라 부녀자들이 몇 말 가루를 한 번에 체에 치려면 머리도 눈썹도 하루아침에 하얗 게 되고 손과 팔이 뻣뻣하고 나른해지니, 그 어느 것이 힘이 덜 들고 편리한 것인가? 이와 비교해 보면 어떤지를 알 수 있을 것 이다.

소차(繅車 : 누에고치를 뽑는 수레)는 더욱 묘하니 마땅히 본받아야 한다. 이는 아까 곡식을 빻는 법과 같이 커다란 톱니바퀴를 쓰되 소차의 양쪽 끝에도 톱니바퀴가 달려서 들쭉날쭉한 톱니바퀴의 이가 서로 맞물려서 쉴 새 없이 저절로 돌아간다.

소차는 몇 아름드리가 되는 큰 자새(얼레)이다. 수십 보 밖에서 고치를 삶되, 그 사이에는 여러 층의 시렁을 매고 높은 곳에서부터 차츰 낮은 데로 기울게 하고, 시렁 머리마다 쇳조각을 세워서 구멍을 바늘귀처럼 가늘게 뚫는다. 그 구멍에 실을 꿰어 틀이 움직이면 바퀴가 도는 것이다. 바퀴가 돌면 자새(얼레)가 따라 돌되 톱니바퀴가 서로 맞물려서 빠르지도 않고 느리지도 않게 천천히 실을 뽑는다. 그 움직임이 거세지도 않고 몰리지도 않게 자연스럽게 돌아가므로 실이 고르지 않거나 한데 얽히거나 하는 탈이 없는 것이다.

고치실이 솥에서 나와 자새로 들기까지에 쇠구멍을 두루 지나서 잡털도 다듬어졌거니와 까끄라기도 떨어버렸으며, 또 자새에 들기 전에 실몸이 알맞게 말라서 말쑥하고 매끄러우므로 다시 잿물에 삭히지 않아도 곧바로 베틀에 올릴 수 있게 되었다.

우리나라의 고치 켜는 법이란 다만 손으로 훑는 것만 알 뿐이지 수레를 쓸 줄은 모른다. 그러므로 사람의 손놀림이 타고난 바탕 제대로의 성질에 맞지 않고, 또 빠르다 더디다 하여 고르지 않고, 때로는 홀치고 섞갈리면 실과 고치가 성내는 듯 놀란 듯 뛰어 내달려서 실켜는 널판 위에 휘몰리어 갈피를 잡을 수 없게 된다. 그리고 뭉쳐서 덩이가 지면 저절로 광택을 잃게 되며 실밥이 얽혀 붙으면 끊어졌다 이어졌다 하다 보니 거친 티를 뽑고 고르게 하자면 입과 손이 모두 피로하다. 이를 저 고치 켜는 수레(繅車)와 비기면 보람과 쓸모가 낫고 못함이 또 어떠한가?

나는 그들에게 누에고치가 여름을 나도 벌레가 일지 않는 방법에 대해 물었더니, 약간 볶으면 나방도 나지 않고, 더운 구들에 말리면 벌레도 먹지 않으므로 비록 겨울철이라도 켤 수 있다 한다.

길에서 날마다 상여(喪輿)를 만났는데, 그 제도는 한결같지 않으나 가장 질박하고 거추장스럽게 보인다. 거의 방 두 칸만 하고 오색 비단으로 휘장을 치고 거기에다가 구름·꿩·참새 같은 여러 가지 그림을 그렸으며, 상여 꼭대기는 번쩍거리는 은으로 장식하거나 혹은 오색실을 땋아서 끈을 만들어 늘였다. 양쪽 끌채의 길이는 거의 일고여덟 발이나 되는데, 붉은 칠을 하고 누런 구리로 장식하여 금빛으로 도금한 색이 튄다. 횡강목(橫杠木)은 앞뒤에 각기 다섯 개씩인데, 길이는 역시 서너 발이나 되고, 다시 그 위에 짧은 막대기를 걸쳐서 양쪽 끝을 어깨에 메게 되었다.

상여꾼은 적어도 수백 명이고, 명정(銘旌)[27]은 모두 붉은 비

---

27) 명정(銘旌) : 죽은 사람의 관직과 성씨 등을 적은 깃발.

단에 금색 글자로 썼다. 명정대는 세 길이나 되는데, 검은 칠을
하고 금빛 나는 용을 그렸다. 깃대 밑에는 발을 달고, 거기에 역
시 막대기 두 개를 가로 놓아서 반드시 아홉 사람이 메도록 하
였다. 붉은 일산 한 쌍, 푸른 일산 한 쌍, 검은 일산 한 쌍, 깃발
대여섯 쌍이 뒤따르고, 그 다음에 생황·퉁소·북·나팔 등 악
대가 서고, 승려와 도사들이 각기 그 구색을 차리고 불경과 주
문(呪文)을 외우면서 상여 뒤를 따른다. 중국의 모든 일이 간편
함을 위주로 하여 하나도 헛됨이 없는데, 이 상여만은 가장 알
수 없는 일이다. 이는 본받을 만한 법이 못 된다.

原文

車制
거 제

乘車曰太平車　輪高及肘　三十輻共一轂　棗木團成
승 거 왈 태 평 차　윤 고 급 주　삼 십 복 공 일 곡　조 목 단 성

鐵片鐵釘　圍遍輪身　上爲圓屋　可容三人　屋以青布
철 편 철 정　위 편 륜 신　상 위 원 옥　가 용 삼 인　옥 이 청 포

或綾緞或羽緞爲帳　或垂緗簾　用銀鈕開閉　左右傅玻
혹 릉 단 혹 우 단 위 장　혹 수 상 렴　용 은 뉴 개 폐　좌 우 부 파

瓈爲窓　屋前設橫板以坐御者　屋後亦坐從者　駕一驢
려 위 창　옥 전 설 횡 판 이 좌 어 자　옥 후 역 좌 종 자　가 일 려

而行　遠道則益馬與騾.
이 행　원 도 즉 익 마 여 라

載物曰大車　輪高稍巽於太平車　輻爲廿字形　載準八
재 물 왈 대 차　륜 고 초 손 어 태 평 차　복 위 입 자 형　재 준 팔

百斤　駕兩馬　八百斤以外　量物加馬　載上以簟爲屋
백 근　가 양 마　팔 백 근 이 외　양 물 가 마　재 상 이 단 위 옥

如船蓬　坐臥其中　大率駕用六匹　車下懸大鐸　馬項環
여 선 봉　좌 와 기 중　대 솔 가 용 육 필　거 하 현 대 탁　마 항 환

數百小鈴　郎當警夜　太平車輪轉　大車軸轉　雙輪正圓
수 백 소 령　낭 당 경 야　태 평 차 륜 전　대 차 축 전　쌍 륜 정 원

故能勻轉而行疾.
고 능 균 전 이 행 질

轅下所駕　必擇壯馬健騾　不用衡軛　爲小木鞍　再以
원 하 소 가　필 택 장 마 건 라　불 용 형 액　위 소 목 안　재 이

革條套索　互斂轅頭而駕之　餘馬皆以牛革爲鞅韅　繫
혁 조 투 삭　　호 렴 원 두 이 가 지　　여 마 개 이 우 혁 위 앙 현　　계

繩而引之.
승 이 인 지

載重者駕出輪外　高或數丈　引馬多至十餘匹　御者號
재 중 자 가 출 륜 외　고 혹 수 장　인 마 다 지 십 여 필　어 자 호

稱看車的　高坐載上　手執一條長鞭　係兩條長可二丈
칭 간 차 적　고 좌 재 상　수 집 일 조 장 편　계 양 조 장 가 이 장

揮條　打中不用力者　中耳中脅　手慣妙中　鞭打之響
휘 조　타 중 불 용 력 자　중 이 중 협　수 관 묘 중　편 타 지 향

震動如雷.
진 동 여 뢰

獨輪車　自後一人　腋轅而推之　當中爲輪　輪之半旣
독 륜 차　자 후 일 인　액 원 이 추 지　당 중 위 륜　윤 지 반 기

出輿上　則左右爲箱　載物毋得偏重　當輪處爲半鼓形
출 여 상　즉 좌 우 위 상　재 물 무 득 편 중　당 륜 처 위 반 고 형

夾輪以隔離之　使輪與物不相礙　腋轅下有短棒雙垂
협 륜 이 격 리 지　사 륜 여 물 불 상 애　액 원 하 유 단 봉 쌍 수

行則與轅俱擧　止則與輪俱停　所以支吾撑柱　使不傾
행 즉 여 원 구 거　지 즉 여 륜 구 정　소 이 지 오 탱 주　사 불 경

翻也.
번 야

沿路賣餠餌菓菰者　皆用獨輪車　尤便於田中輸糞　嘗
연 로 매 병 이 과 라 자　개 용 독 륜 차　우 편 어 전 중 수 분　상

見兩村婦　分坐兩箱　各抱一子　載水者左右各五六桶
견 양 촌 부　분 좌 양 상　각 포 일 자　재 수 자 좌 우 각 오 륙 통

載物重且阜　則一人繫繩而曳之　或二人三人　如船之
재 물 중 차 부　즉 일 인 계 승 이 예 지　혹 이 인 삼 인　여 선 지

牽纜.
견 람

大凡車者　出乎天而行于地　用旱之舟而能行之屋也
대 범 거 자　출 호 천 이 행 우 지　용 한 지 주 이 능 행 지 옥 야

有國之大用莫如車　故周禮問國君之富　數車以對　車
유 국 지 대 용 막 여 차　고 주 례 문 국 군 지 부　수 거 이 대　거

非獨載且乘也.
비 독 재 차 승 야

有戎車　役車　水車　砲車　千百其制　而今不可倉卒
유 융 차　역 차　수 차　포 차　천 백 기 제　이 금 불 가 창 졸

俱悉　然至於乘車載車　尤係生民先務　不可不急講也.
구 실　연 지 어 승 거 재 거　우 계 생 민 선 무　불 가 불 급 강 야

吾嘗與洪湛軒德保李參奉聖載　講車制　車制莫先於
오 상 여 홍 담 헌 덕 보 이 참 봉 성 재　강 거 제　거 제 막 선 어

同軌　所謂同軌者何　軸之距　兩輪之間也　兩輪之間
동 궤　소 위 동 궤 자 하　축 지 거　양 륜 지 간 야　양 륜 지 간

不違恒式　則萬車一轍　所謂車同軌者是也　若使兩輪
불 위 항 식　즉 만 거 일 철　소 위 거 동 궤 자 시 야　약 사 양 륜

之間　恣意濶狹　則路中轍迹　何以入軌.
지 간　자 의 활 협　즉 로 중 철 적　하 이 입 궤

今見沿道千里　日閱萬車　而前車後車　同循一迹　故
금 견 연 도 천 리　일 열 만 거　이 전 거 후 거　동 순 일 적　고

稱不謀而同者曰　一轍　後之視前者曰　前轍　城門當轍
칭 불 모 이 동 자 왈　일 철　후 지 시 전 자 왈　전 철　성 문 당 철

處凹然成筧　所謂城門之軌者是也.
처 요 연 성 견　소 위 성 문 지 궤 자 시 야

我東未嘗無車　而輪未正圓　轍不入軌　是猶無車也
아 동 미 상 무 거　이 륜 미 정 원　철 불 입 궤　시 유 무 거 야

然而人有恒言曰　我東嚴邑　不可用車　是何言也　國不
연 이 인 유 항 언 왈　아 동 엄 읍　불 가 용 거　시 하 언 야　국 불

用車　故道不治耳　車行則道自治　何患乎街巷之狹隘
용 거　고 도 불 치 이　거 행 즉 도 자 치　하 환 호 가 항 지 협 애

嶺阨之險峻哉　傳曰　舟車所至　霜露所墜　是稱車之無
영 액 지 험 준 재　전 왈　주 거 소 지　상 로 소 추　시 칭 거 지 무

遠不屆也.
원 불 계 야

中國固有劍閣九折之險　太行羊腸之危　而亦莫不叱
중 국 고 유 검 각 구 절 지 험　태 항 양 장 지 위　이 역 막 부 질

馭而過之　是以關陝川蜀　江淛閩廣之遠　巨商大賈　及
어 이 과 지　시 이 관 섬 천 촉　강 제 민 광 지 원　거 상 대 가　급

絜眷赴官者　車轂相擊　如履門庭　匍匍轟轟　白日常聞
혈 권 부 관 자　거 곡 상 격　여 리 문 정　핑 핑 핑 핑　백 일 상 문

雷霆之聲.
뇌 정 지 성

今此磨天青石之嶺　獐項馬轉之坂　豈下於我東哉　其
금 차 마 천 청 석 지 령　장 항 마 전 지 판　기 하 어 아 동 재　기

嚴阻險峻　皆我人之所目擊　亦有廢車而不行者乎　所
엄 조 험 준　개 아 인 지 소 목 격　역 유 폐 거 이 불 행 자 호　소

以中國之貨財殷富　不滯一方　流行貿遷　皆用車之利
이 중 국 지 화 재 은 부　불 체 일 방　유 행 무 천　개 용 거 지 리

也　今以近效論之　我使之行　除却百弊　我車我載　直
야　금 이 근 효 론 지　아 사 지 행　제 각 백 폐　아 거 아 재　직

達燕京　何憚而不爲也.
달 연 경　하 탄 이 불 위 야

嶺南之兒　不識蝦醢　關東之民　沈樝代醬　西北之人
영 남 지 아　불 식 하 해　관 동 지 민　침 사 대 장　서 북 지 인

不辨柹柑　沿海之地　以鮂鰌糞田　而一或至京　一掬一
불 변 시 감　연 해 지 지　이 이 추 분 전　이 일 혹 지 경　일 국 일

文　又何其貴也.
문　우 하 기 귀 야

今夫六鎭之麻布　關西之明紬　兩南之楮紙　海西之綿
금 부 육 진 지 마 포　관 서 지 명 주　양 남 지 저 지　해 서 지 면

鐵　內浦之魚鹽　俱民生日用　而不可闕者也.
철　내 포 지 어 염　구 민 생 일 용　이 불 가 궐 자 야

靑山報恩之間千樹棗　黃州鳳山之間千樹梨　興陽南
청 산 보 은 지 간 천 수 조　황 주 봉 산 지 간 천 수 리　흥 양 남

海之間千樹橘柚　林川韓山千畦苧枲　關東之千筒蜂蜜
해 지 간 천 수 귤 유　임 천 한 산 천 휴 저 시　관 동 지 천 통 봉 밀

爲民生日用　而莫不欲相資而相生也　然而此賤而彼貴
위 민 생 일 용　이 막 불 욕 상 자 이 상 생 야　연 이 차 천 이 피 귀

聞名而不見者　何也.
문 명 이 불 견 자　하 야

職由無力而致之耳　方數千里之國　民萌産業若是其
직 유 무 력 이 치 지 이　방 수 천 리 지 국　민 맹 산 업 약 시 기

貧　一言而蔽之　曰車不行域中　請問其故　車奚不行
빈　일 언 이 폐 지　왈 거 불 행 역 중　청 문 기 고　거 해 불 행

一言而蔽之　曰士大夫之過也　平生讀書　則曰周禮聖
일 언 이 폐 지　왈 사 대 부 지 과 야　평 생 독 서　즉 왈 주 례 성

人之作也　曰輪人　曰輿人　曰車人　曰輈人　然竟不講
인 지 작 야　왈 윤 인　왈 여 인　왈 거 인　왈 주 인　연 경 불 강

造之之法如何　行之之術如何　是所謂徒讀　何補於學
조 지 지 법 여 하　행 지 지 술 여 하　시 소 위 도 독　하 보 어 학

哉　嗚呼嘻噫.
재　오 호 희 희

自黃帝造車而稱軒轅氏　經千百載　幾聖人竭其心思
자 황 제 조 거 이 칭 헌 원 씨　경 천 백 재　기 성 인 갈 기 심 사

目力手技　而又經幾工倕　又經商鞅李斯　一制度　信縣
목 력 수 기　이 우 경 기 공 수　우 경 상 앙 이 사　일 제 도　신 현

官之學術　將幾百輩也　其講之熟　而行之要　豈徒然哉
관 지 학 술　장 기 백 배 야　기 강 지 숙　이 행 지 요　기 도 연 재

誠以利生民之日用　而有國之大器也　今吾日見　而可
성 이 리 생 민 지 일 용　이 유 국 지 대 기 야　금 오 일 견　이 가

驚可喜者　推此車制　而萬事可徵也　亦可以小識千載
경 가 희 자　추 차 거 제　이 만 사 가 징 야　역 가 이 소 식 천 재

群聖人之苦心也夫.
군 성 인 지 고 심 야 부

灌田曰　龍尾車　龍骨車　恒升車　玉衡車　救火有虹
관 전 왈　용 미 차　용 골 차　항 승 차　옥 형 차　구 화 유 홍

吸鶴飮之制　戰車有砲車衝車火車　俱載泰西奇器圖
흡 학 음 지 제　전 거 유 포 차 충 차 화 차　구 재 태 서 기 기 도

康熙帝所造耕織圖　其文則　天工開物　農政全書　有心
강 희 제 소 조 경 직 도　기 문 즉　천 공 개 물　농 정 전 서　유 심

人可取而細考焉　則吾東生民之貧瘁欲死　庶幾有瘳耳
인 가 취 이 세 고 언　즉 오 동 생 민 지 빈 췌 욕 사　서 기 유 추 이

今以吾所目見救火之車　略錄其制　將歸諗我東.
금 이 오 소 목 견 구 화 지 거　약 록 기 제　장 귀 유 아 동

自北鎭廟　乘月還新廣寧　城外民舍　夕日失火　方纔
자 북 진 묘　승 월 환 신 광 녕　성 외 민 사　석 일 실 화　방 재

救熄　路中有三座水車　方欲收去　余令小停而先問其
구 식　노 중 유 삼 좌 수 차　방 욕 수 거　여 령 소 정 이 선 문 기

名　曰水銃車.
명　왈 수 총 차

次閱其制　四輪車上　置一座大木槽　槽中置大銅器
차 열 기 제　사 륜 거 상　치 일 좌 대 목 조　조 중 치 대 동 기

銅器中置兩座銅筒　銅筒中間　立乙頸水銃　水銃爲兩
동 기 중 치 양 좌 동 통　동 통 중 간　입 을 경 수 총　수 총 위 양

股　通于左右兩筒　兩筒有短脚　而底有暗戶　以銅葉爲
고　통우좌우양통　양통유단각　이저유암호　이동엽위

扉　令隨水開闔.
비　영수수개합

　兩筒之口　有銅盤爲蓋　圓經緊適筒口　盤之正中串鐵
양통지구　유동반위개　원경긴적통구　반지정중관철

柱　架木以壓盤　亦以擧盤　盤之出入升降　隨木架焉.
주　가목이압반　역이거반　반지출입승강　수목가언

乃灌水銅盆中　數人互踏木架　則筒口銅盤　一陷一湧
내관수동분중　수인호답목가　즉통구동반　일함일용

大約納水之妙　在於銅盤　銅盤湧齊筒口　則筒底暗戶
대약납수지묘　재어동반　동반용제통구　즉통저암호

倏翕自開　以吸外水　銅盤陷入筒裏　則筒底暗戶　弸盎
숙흡자개　이흡외수　동반함입통리　즉통저암호　붕앙

自闔　於是筒裏之水　澎漲無所歸　乃自銃脚走入乙頸
자합　어시통리지수　팽창무소귀　내자총각주입을경

忿薄上衝　而噴之直射爲十餘仞　橫噴可三四十步　其
분박상충　이분지직사위십여인　횡손가삼사십보　기

制肖笙簧　汲水者連注於木槽而已.
제초생황　급수자련주어목조이이

　傍兩車制頗異此　而尤有曲折　未可造次詳看　然此其
방양차제파이차　이우유곡절　미가조차상간　연차기

吸噴之術大同耳.
흡손지술대동이

　轉磨爲大牙輪二層　以鐵軸串之　立于屋中　設機而旋
전마위대아륜이층　이철축관지　입우옥중　설기이선

之　牙輪者　如自鳴鍾　齟齬互當也　屋中四隅　亦以兩
지　아륜자　여자명종　저어호당야　옥중사우　역이량

層置磨盤　盤沿亦爲齟齬　以互當大輪之牙　大輪一旋
층 치 마 반　반 연 역 위 저 어　이 호 당 대 륜 지 아　대 륜 일 선

八盤爭轉　頃刻之間　麪如積雪　此法肖問時鍾　沿道民
팔 반 쟁 전　경 각 지 간　면 여 적 설　차 법 초 문 시 종　연 도 민

家　皆一磑一驢　脫穀者恒用碌碡　亦驢靭以代春杵.
가　개 일 애 일 려　탈 곡 자 항 용 록 독　역 려 인 이 대 용 저

篩麪之法　密室中置三輪搖車　其輪前兩而後一　車上
사 면 지 법　밀 실 중 치 삼 륜 요 차　기 륜 전 량 이 후 일　거 상

立四柱　危置兩層大篩　可容數石　上篩注麵　下篩空置
립 사 주　위 치 양 층 대 사　가 용 수 석　상 사 주 면　하 사 공 치

以承上篩　更繹細粉.
이 승 상 사　갱 역 세 분

搖車之前　直架一木　木之一頭攬車　一頭穿出屋外
요 차 지 전　직 가 일 목　목 지 일 두 람 거　일 두 천 출 옥 외

屋外立一柱　以繫木頭　柱底坎地　置大木板以承柱根
옥 외 립 일 주　이 계 목 두　주 저 감 지　치 대 목 판 이 승 주 근

板底正中爲枕以泛之　如鼓冶之法　椅坐板上　微動其
판 저 정 중 위 침 이 범 지　여 고 야 지 법　의 좌 판 상　미 동 기

足　則板之兩頭　互相低昂　板上之柱　不勝搖蕩　於是
족　즉 판 지 양 두　호 상 저 앙　판 상 지 주　불 승 요 탕　어 시

柱頭橫架　猛加推排　而屋中之車　一前一卻.
주 두 횡 가　맹 가 추 배　이 옥 중 지 거　일 전 일 각

屋中四壁　十層設架　置器其上　以承飛粉　屋外坐椅
옥 중 사 벽　십 층 설 가　치 기 기 상　이 승 비 분　옥 외 좌 의

者　看書寫字　對客酬談　無所不宜　但聞背後擾戛之響
자　간 서 사 자　대 객 수 담　무 소 불 의　단 문 배 후 요 알 지 향

而不知孰所使然也　蓋其動足甚微　而收功甚鉅　我東
이 부 지 숙 소 사 연 야　개 기 동 족 심 미　이 수 공 심 거　아 동

婦女 一篩數斗之麵 則一朝鬢眉皓白 手腕痲軟 其勞
부녀 일사수두지면 즉일조빈미호백 수완마연 기로

逸得失 此諸比法何如也.
일득실 차제비법하여야

繅車尤妙 宜可效也 爲大牙輪如轉磨之法 繅車兩頭
소차우묘 의가효야 위대아륜여전마지법 소차양두

亦爲牙輪 齟齬互當 不息自轉.
역위아륜 저어호당 불식자전

繅車者 大篗之盈數抱者 烹繭於數十步之外 而中間
소차자 대확지영수포자 팽견어수십보지외 이중간

設數十層架 漸次爲高下之勢 每架頭竪鐵片 穿孔僅
설수십층가 점차위고하지세 매가두수철편 천공근

如針耳 納絲其孔 機動而輪旋 輪旋而篗轉 交牙互齒
여침이 납사기공 기동이륜선 윤선이확전 교아호치

不疾不徐 慢慢抽引 不激不濁 任其自然 故無精麤並
부질불서 만만추인 불격불탁 임기자연 고무정추병

進之患.
진지환

繅之出釜入篗之頃 徧歷鐵孔 刊毛落芒 未及入篗
소지출부입확지경 편력철공 간모락망 미급입확

體已燥曬 光潔明潤 不勞灰練 而直入機杼.
체기조쇄 광결명윤 불로회련 이직입기저

我東抽繅之法 惟知手汲 不識用車 人之運手 已失
아동추소지법 유지수급 불식용거 인지운수 이실

天機自然之勢 而疾徐不適 觸激有時 則怒絲驚繭 騰
천기자연지세 이질서부적 촉격유시 즉노사경견 견

跳騈進 抽積繅板 棼雜無緒 凝乾成塊 旣失光澤 沙
도병진 추적소판 분잡무서 응건성괴 기실광택 사

壓核纏　且斷且續　除麤理精　凵指並勞　其視繅車　功
압 핵 전　차 단 차 속　제 추 리 정　구 지 병 로　기 시 소 차　공

用敏鈍　又何如也.
용 민 둔　우 하 여 야

問繭能經夏不蠹之術　曰微炒則不蛾　溫炕焙乾則不
문 견 능 경 하 불 충 지 술　왈 미 초 즉 불 아　온 항 배 건 즉 불

蠹　雖冬可繅也.
충　수 동 가 소 야

沿道日逢喪輿　不一其制　而太質鈍　輿之大　幾如二
연 도 일 봉 상 여　불 일 기 제　이 태 질 둔　여 지 대　기 여 이

間屋子　以五色錦緞爲帷帳　雜畫雲物雉雀　亭頂或爛
칸 옥 자　이 오 색 금 단 위 유 장　잡 화 운 물 치 작　정 정 혹 란

銀　或結五色絲爲紐　雙轅長幾七八丈　紅漆飾以黃銅
은　혹 결 오 색 사 위 뉴　쌍 원 장 기 칠 팔 장　홍 칠 식 이 황 동

鍍金出色　橫杠前後各五　亦長三四丈　更以短杠兩頭
도 금 출 색　횡 강 전 후 각 오　역 장 삼 사 장　갱 이 단 강 양 두

肩擔.
견 담

擔夫不下數百人　銘旌皆紅緞金字書寫　旌竿三丈　黑
담 부 불 하 수 백 인　명 정 개 홍 단 금 자 서 사　정 간 삼 장　흑

漆畫金龍　竿下有趺　亦架雙杠　必九人擔之　紅蓋一雙
칠 화 금 용　간 하 유 부　역 가 쌍 강　필 구 인 담 지　홍 개 일 쌍

靑蓋一雙　黑蓋一雙　幡幢五六對　繼之笙簫鼓吹　僧徒
청 개 일 쌍　흑 개 일 쌍　번 당 오 륙 대　계 지 생 소 고 취　승 도

道流　各具其服　誦唄念呪　以隨輿後　中國萬事　莫不
도 류　각 구 기 복　송 패 념 주　이 수 여 후　중 국 만 사　막 불

簡便　而無一宂費　此最不可嘵　非可取法也.
간 편　이 무 일 용 비　차 최 불 가 효　비 가 취 법 야

연희 무대〔戲臺〕

    절이든 관(觀 : 중국 도교의 사원)이든 사당의 맞은편 문에는 반드시 연희용 무대가 하나씩 설치되어 있다. 들보(건물 칸 사이의 두 기둥을 건너지른 나무)의 수가 모두 일곱, 혹은 아홉이므로 드높고 깊숙하고 웅장하며 홀륭하여 보통 점방과는 비길 바가 아니다. 이렇게 깊고 넓지 않으면 10,000명이나 되는 관람객을 다 수용할 수 없는 것이다. 걸상〔凳 : 발판이나 의자로 쓰는 기구〕이며, 탁자며, 의자며, 평상이며 모든 앉을 수 있는 도구가 적어도 1,000개를 헤아리며, 붉은 칠을 한 것이 정교하고도 사치스럽다.

    연도 천 리에 가끔 삿자리로 누각이나 궁전의 모양을 본떠서 높은 희대를 만들었는데, 그 구조의 공교로움이 기와집보다 더 낫게 보인다. 혹은 현판에 '중추경상(中秋慶賞)' 또는 '중원가절(中元佳節)'이라 써 붙였다. 자그마한 시골 동네에 사당이 없는

곳이면 반드시 정월 보름[上元]과 8월 보름[中元]을 맞이하여
이러한 삿자리로 희대를 만들어 여러 가지 광대놀이를 연출한
다.

언젠가 고가포(古家鋪)를 지나는 길에 수레가 끊이지 않고
이어졌다. 수레마다 여인들 일고여덟 명씩 탔는데 모두 진한
화장에 고운 나들이 차림새였다. 그런 수레를 수백 대나 보았
는데, 모두 소흑산(小黑山)에 가서 광대놀이를 구경하고 해가
저물어서 돌아가는 시골 부인네들이었다.

原文

戲臺
희 대

寺觀及廟堂 對門必有一座戲臺 皆架七梁 或架九梁
사 관 급 묘 당　대 문 필 유 일 좌 희 대　개 가 칠 량　혹 가 구 량

高深雄傑 非店舍所比 不若是深廣 難容萬衆 凳卓椅
고 심 웅 걸　비 점 사 소 비　불 약 시 심 광　난 용 만 중　등 탁 의

丌 凡係坐具 動以千計 丹艧精侈.
기　범 계 좌 구　동 이 천 계　단 확 정 치

沿道千里 往往設蘆簟爲高臺 像樓閣宮殿之狀 而結
연 도 천 리　왕 왕 설 로 점 위 고 대　상 루 각 궁 전 지 상　이 결

構之工 更勝瓦甍 或扁以中秋慶賞 或扁以中元佳節
구 지 공　갱 승 와 맹　혹 편 이 중 추 경 상　혹 편 이 중 원 가 절

小小村坊 無廟堂處 則必趁上元中元 設此簟臺 以演
소 소 촌 방　무 묘 당 처　즉 필 진 상 원 중 원　설 차 점 대　이 연

諸戲.
제 희

嘗於古家鋪道中 車乘連絡不絶 女子共載一車 不下
상 어 고 가 포 도 중　거 승 련 락 부 절　여 자 공 재 일 거　불 하

七八 皆凝粧盛飾 閱數百車 皆村婦之觀小黑山場戲
칠 팔　개 응 장 성 식　열 수 백 거　개 촌 부 지 관 소 흑 산 장 희

日暮罷歸者.
일 모 파 귀 자

시장 점포〔市肆〕

이번 1,000여 리 길을 오는 동안에 지나온 시장의 점포들은 봉황성·요동(遼東)·성경(盛京 : 심양)·신민둔(新民屯)·소흑산(小黑山)·광녕(廣寧) 등지였는데, 그 크고 작으며, 사치하고 검소한 차이야 없지 않겠지만 그중에도 성경이 최고였고, 모두 창호에 문양을 내고 수를 놓았다. 그리고 길을 사이에 두고 늘어선 술집들이 더욱 오색찬란하였다. 다만 이상한 것은 처마 밖에 불쑥 내민 아롱진 난간이 여름 장마를 겪고도 단청색이 퇴색되지 않은 점이었다.

봉황성은 이 나라 동쪽 끝 변두리에 있는 다시 더 발전하지 못할 궁벽한 곳이지만, 의자·탁자·주렴·휘장·담요 등의 모든 도구라든가 꽃과 풀까지도 모두 우리로서는 처음 보는 것들이었고, 그뿐만 아니라 문패며 간판들이 서로 사치스럽고 화려함을 다툰다. 그 겉치레를 꾸미기 위하여 낭비한 것도 천금에 그칠 뿐 아니라, 대체로 이렇게 하지 않으면 장사가 잘되지 않을 뿐더러 재신(財神)이 도와주지 않는다 한다.

그들이 모신 재신은 흔히들 관공(關公 : 관우)의 소상이었으며, 탁상에 향불을 피우고 아침저녁으로 머리를 조아리며 절하는 풍습이 집안 사당의 조상에게 하는 것보다도 더했다. 이로 미루어 보면 산해관 안의 습속을 가히 예측할 수 있겠다.

길을 가면서 물건을 파는 장사치들은 혹은 큰 소리로 싸구려를 부르짖어 물건을 팔기도 하려니와, 예를 들면 푸른 천을 파는 장수는 손에 든 작은 북을 흔들고, 남의 머리를 깎아주는 이는 손에 쥔 양철판을 두드리고, 기름 장수는 바리때를 친다. 또더러는 쇠징·죽비·목탁 따위를 갖고 다니는 자도 있다. 그들이 거리를 누비며 두드리는 소리가 멈추지 않으니 집 안에서 어린아이들이 달려와서 장사꾼을 부른다. 큰 소리로 외쳐서 물건을 팔지 않아도 두드리는 소리만 들으면 그 파는 물건을 알게 마련이다.

原文

市肆
시 사

今行千餘里之間　所經市鋪　若鳳城　遼東　盛京　新民
금행천여리지간　소경시포　약봉성　요동　성경　신민

屯　小黑山　廣寧等處　不無大小奢儉之別　而盛京爲最
둔　소흑산　광녕등처　불무대소사검지별　이성경위최

皆紋窓繡戶　夾路酒肆　金碧尤盛　而獨怪其金欄綠檻
개문창수호　협로주사　금벽우성　이독괴기금란록함

架出簷外　新經夏潦　丹碧不渝.
가출첨외　신경하료　단료불투.

鳳城乃東盡頭邊門僻奧　更無進步之地　而不特椅卓
봉성내동진두변문벽오　갱무진보지지　이불특의탁

簾帷毡毯器什花草　俱是創覩　其招牌認榜　競侈爭華
렴유전담기집화초　구시창도　기초패인방　경치쟁화

卽其觀美　浪費不啻千金　蓋不若是　則賣買不旺　財神
즉기관미　낭비불시천금　개불약시　즉매매불왕　재신

不祐.
불우.

其所敬財神　多關公像　供卓香火　晨夕叩拜　有過家
기소경재신　다관공상　공탁향화　신석고배　유과가

廟　推此　則山海關以內　可以預想矣.
묘　추차　즉산해관이내　가이예상의.

小賈之行于道路者　或高聲叫賣　而如賣靑布者　搖手
소고지행우도로자　혹고성규매　이여매청포자　요수

中小鼗　爲人開剃者　彈手中鐵簡　賣油者敲鉢　或有持
중소도　위인개체자　탄수중철간　매유자고발　혹유대

金鉦 竹箆 木鐸而行者 周回街坊 不撤敲響 則人家門
금정 죽비 목탁이행자 주회가방 불철고향 즉인가문

裏 走出小孩子叫之 未嘗見大聲叫賣者 但聞敲響 則
리 주출소해자규지 미상견대성규매자 단문고향 즉

已辨其貨物.
이변기화물

가게집〔店舍〕

　가게집들의 마당은 넓어서 적어도 수백 보는 된다. 그렇지 못하면 수레와 말과 사람들을 다 수용하지 못할 것이다. 그러므로 대문에 들어가서도 반드시 한 마장을 달려야 비로소 전당(前堂 : 앞채)에 이르니, 그 넓음을 짐작할 수 있겠다.

　행랑채 사이에 의자와 탁자 4, 50개가 놓였고, 마구간에는 길이가 두세 칸, 넓이가 반 칸쯤 되는 돌구유가 있었는데, 돌구유가 아니면 벽돌을 쌓아서 돌구유처럼 만들었다. 마당 가운데에는 역시 나무구유 수십 개를 나란히 두고는 양쪽 끝에 아귀진 나무로 받쳐 두었다.

　기명들은 오로지 그림이 그려진 자기를 쓰고, 백통·놋쇠·주석 등의 그릇은 보이지 않는다. 아무리 궁벽한 두메에 다 허물어져 가는 집에서라도 날마다 쓰는 밥주발이나 접시 등의 그릇은 모두 단청으로 그림을 아로새긴 것들이다. 이는 사치를 하고 싶어서 그런 것이 아니라, 그릇 굽는 이들의 솜씨가 본시 그러해서 아무리 거칠고 지질한 그릇을 사용하려고 해도 구할 수가 없는 것이다.

그리고 자기가 깨지거나 이가 빠진 것도 버리지 않고 모두 그릇 바깥 면에 쇠못을 쳐서 새 그릇이나 다름없이 만든다. 다만 아무리 해도 내가 알지 못할 것은 쇠못이 그릇 안으로 꿰뚫지 않았는데도 꼭 끼어서 풀로 붙인 듯 흔적이 전혀 없다는 것이다.

높이 두 자나 되는 여러 가지 빛깔의 술잔과 오지병[鬲][1]이며, 꽃가지를 꽂는 병과 두루미병[2] 같은 것은 어딜 가나 흔히들 있다. 이로 미루어 보면, 우리나라 분원(分院)[3]에서 구운 것은 저자에 들어올 수도 없을 것들이다.

아아, 그릇 굽는 법 한 가지가 좋지 못하매 온 나라의 모든 일과 모든 물건이 다 그 그릇과 같아서 마침내 한 나라의 풍속을 이루었으니, 어찌 통탄할 일이 아니겠는가!

---

1) 오지병[鬲] : 다리가 굽은 솥인데, 발이 세 개이고, 속이 비었으며, 음식을 익히는 용도로 사용한다. 흙으로 만든 그릇에 잿물을 발라 구워서 윤이 난다.

2) 두루미병 : 목과 아가리는 길고 좁으며 배는 불룩한 모양의 병.

3) 분원(分院) : 경기도 광주(廣州)에 있는 조선 사옹원(司饔院)에 쓰는 자기를 만들던 곳으로, 한강 기슭 마현(麻峴)의 건너편에 있다.

原文

店舍
점사

店舍庭廣　必不下數百步　不如此　難容車馬人衆　故
점사정광　필불하수백보　불여차　난용거마인중　고

入門必疾驅一場　然後始至前堂　其廣濶可知也.
입문필질구일장　연후시지전당　기광활가지야

廊廡間椅卓三五十副　廐中石槽　長或二三間　廣半間
랑무간의탁삼오십부　구중석조　장혹이삼칸　광반칸

非石槽則甄築爲槽　　如石制　庭中亦列置木槽數十坐
비석조즉전축위조　　여석제　정중역열치목조수십좌

兩頭叉木而支之.
양두차목이지지

器皿專用畵瓷　不見白銅鍮錫等器　雖荒僻去處　破敗
기명전용화자　불견백동유석등기　수황벽거처　파패

屋中　其日用飯飡之器　皆金碧彩畵之碗楪　非其尙侈
옥중　기일용반손지기　개금벽채화지완접　비기상치

而然也　陶工窰家之事功　本自如此　雖欲用麤瓷惡窰
이연야　도공요가지사공　본자여차　수욕용추자악요

不可得矣.
불가득의

瓷之破缺者不棄　皆外施鐵釘爲完器　但所未可曉者
자지파결자불기　개외시철정위완기　단소미가효자

釘不透內而緊含不退　襯粘無痕.
정불투내이긴함불퇴　친점무흔

其數尺諸色觚쪼　揷花揷翠之壺罇　到處皆有　由此觀
기수척제색고격　삽화삽취지호준　도처개유　유차관

之　我東分院諸燔　當不得入市.
지　아동분원제번　당부득입시

噫燔燒之法　一不善　而通國之萬事萬物　盡肖其器
희번소지법　일불선　이통국지만사만물　진초기기

遂以成俗　豈不寃哉.
수이성속　기불원재

다리〔橋梁〕

다리는 모두 무지개 모양이어서 〈다리 밑이〉 마치 성문과 같았다. 큰 것은 돛단배가 지나갈 수 있고, 작은 것도 거룻배는 지나다닐 수 있다. 돌난간에는 흔히 구름무늬와 공하(蚣蝮)[1] 와 이무기 등을 새겼고, 나무난간에도 단청을 입혔다. 다리 양 끝의 땅과 닿는 부분에는 모두 '여덟 팔(八)' 자로 된 날개 모양 의 담장을 쌓아서 이를 보호하게 하였다. 지나온 것 중에서 만 보교(萬寶橋) · 화소교(火燒橋) · 장원교(壯元橋) · 마도교(磨刀 橋)가 가장 큰 다리들이었다.

----

1) 공하(蚣蝮) : 515쪽 주 15) 참조.

原文

橋梁
교 량

橋梁皆虹蜺　如城門　大可揚帆　小者亦可以通舠艓
교 량 개 홍 예　여 성 문　대 가 양 범　소 자 역 가 이 통 도 접

石欄　鑴刻雲物　蚣蝮蛟螭　木欄　亦施丹綠　橋之兩頭
석 란　전 각 운 물　공 하 교 리　목 란　역 시 단 록　교 지 양 두

入陸處　皆爲八字翼墻以護之　所經萬寶橋　火燒橋　壯
입 륙 처　개 위 팔 자 익 장 이 호 지　소 경 만 보 교　화 소 교　장

元橋　磨刀橋　最大.
원 교　마 도 교　최 대

7월 16일 임진(壬辰)

날이 맑았다.

정 진사와 변 주부(변관해(卞觀海))·박래원(朴來源)과 함께 이 날도 서늘한 새벽에 먼저 떠나기로 약속했다. 신광녕에서 흥륭점(興隆店)까지 5리, 쌍하보(雙河堡)까지 7리, 장진보(壯鎭堡)까지 5리, 상흥점(常興店)까지 5리, 삼대자(三臺子)까지 3리, 여양역(閭陽驛)까지 15리, 모두 40리를 가서 점심을 먹었다.

이곳에서부터 용마루 없는 집들이 시작했다. 여양역으로부터 또 출발하여 두대자(頭臺子)까지 10리, 이대자(二臺子)까지 5리, 삼대자(三臺子)까지 5리, 사대자(四臺子)까지 5리, 왕삼포(王三鋪)까지 7리, 십삼산(十三山)까지 8리, 이날은 80리를 걸었고, 십삼산에서 묵었다.

새벽에 〈신광녕을〉 떠날 때 지새는 달이 아직 땅 위에서 몇 자 밖에 안 되는 곳에 있는 듯 서늘하고 둥근 것이 계수나무 그

림자가 성기고 옥토끼와 은두꺼비는 금방이라도 손으로 만져
질 듯하고, 펄펄 날리는 항아(姮娥)[1]의 얼음같이 흰 옷자락 속
으로 살결이 아른아른 비치는 듯하다. 나는 정 진사를 돌아보
면서,

"이상한 일이네. 오늘은 해가 서쪽에서 돋는구려."

하니, 정 진사는 처음엔 그것이 달인 줄을 알아듣지 못하고 입
에 나오는 대로,

"늘 새벽에 숙소를 떠나므로 처음에 정말 동서남북을 가리기
어렵더군요."

라고 대답하여 모두들 크게 웃었다. 조금 뒤에 달이 기울어져
바로 땅 끝에 떨어지니 정 진사도 그제야 크게 웃었다.

아침 노을빛이 물결처럼 일어 들판의 나무 끝에 가로 뻗치더
니, 별안간 천만 가지 기이한 봉우리로 변하여 맑은 기운, 탄탄
한 형세가 마치 용이 서린 듯 봉황이 춤을 추는 듯 천리 벌에 가
없이 뻗쳤다. 나는 정 진사를 돌아보면서,

"허, 그야말로 장백산이 뽀얗게 눈에 들어오는 것만 같네그
려."

하니, 비단 정 진사만이 그러려니 할 뿐 아니라 모두들 기이하
다고 외치지 않는 이가 없다.

조금 뒤에 구름과 안개가 말끔히 걷히니, 해가 이미 세 발은
솟았는데 하늘에는 한 점 티끌도 없다. 별안간 먼 마을 나무숲

---

1) 항아(姮娥) : 중국 전설의 달 속에 산다는 선녀.

사이로 새어드는 빛이 마치 맑은 물이 하늘에 괴어서 어린 듯, 연기도 아니며 안개도 아니요, 높지도 낮지도 않고 늘 나무 사이를 감돌며 훤하니, 비치는 품이 마치 나무가 물 가운데 선 것 같다. 그 기운이 차츰 퍼지면서 먼 하늘가에 가로로 비낀다. 흰 듯도 하고 검은 듯도 한 모양이 마치 크나큰 유리 거울과 같아서 오색이 찬란할 뿐더러 또 다른 빛깔[光氣]이 있는 것만 같았다. 비유를 잘 하는 이도 흔히들 강물빛 같다고 하고 호수빛 같다고 하나, 말끔하게도 어리어리한 것이 그 무엇인지는 실로 형언하기 어렵다.

그리고 동네와 집, 수레와 말들이 모두 그림자가 거꾸로 비친다. 태복이,

"이것이 곧 계문(薊門)의 연수(煙樹)올시다."

라고 하기에 내가,

"계주(薊州)가 여기서 오히려 1,000리나 떨어져 있는데, 연수가 이곳에 있다고 함은 어째서인가?"

라고 하니, 용만의 상인 임경찬(林景贊)이 말하기를,

"계문이 비록 〈이곳에서〉 멀지만 여기까지 통틀어 '계문연수(薊門煙樹)'2)라 한답니다. 날씨가 청명하고 바람 한 점 없이 잔잔할 때면 요동(遼東) 들판 1,000리에 늘 이 기운이 있사오

---

2) 계문연수(薊門煙樹) : 북경에서 자랑하는 경치 중의 하나. 계문은 북경 교외의 땅이름. 연수는 대륙 평야 지방에서 바람기 없는 맑은 날 신기루와 비슷한 현상을 일컫는다. 곧 아지랑이로 인해 물체가 거꾸로 보이는 신기루 현상.

나, 비록 계주에 들어가더라도 만일 바람이 불거나 날씨가 흐리
고 흙비가 오면 볼 수 없습니다. 대체로 겨울 날씨가 고요하고
따뜻하면 산해관 안팎에서 날마다 볼 수 있다고 합니다."
하였다.

마침 여양(閭陽)의 장날을 만났는데, 온갖 물건들이 모여들어
수레와 말이 거리에 가득 찼다. 조롱(雕籠) 속에 각각 새 한 마
리씩 넣어서 그 이름이 매화아(梅花兒)니, 요봉아(幺鳳兒)니, 오
동조(梧桐鳥)니, 청작아(靑雀兒)니, 화미조(畫眉鳥)니 하는 형형
색색의 새가 있다. 새를 파는 수레가 여섯, 우는 벌레를 실은 수
레가 둘이다보니 지저귀는 소리에 온 장판이 마치 깊은 산속에
들어온 듯싶다.

국화차[菊茶] 한 잔과 떡[餻餻] 두 덩이를 사 먹고, 거기서 역
관(譯官) 조명회(趙明會)를 만나서 어떤 술집에 들어갔다. 마
침 소주를 내린다기에 다른 가게로 옮기려 했더니 술집 아범이
크게 성을 내고 조명회에게 달려들어 머리로 앙가슴을 들이받
으며 꼼짝 못하게 한다. 조명희는 마지못해 웃고서 자리에 돌
아와 돼지고기볶음 한 쟁반, 달걀 지짐 한 쟁반, 술 두 주발을
사서 배불리 먹고 자리를 떴다.

멀리 십삼산을 바라보니, 산맥이 뻗어 온 것도 없고 끊어진
곳도 없이 별안간 큰 벌판 가운데에 열세 무더기의 돌메 봉우리
가 날아와 앉은 듯하여, 그 보일락 말락 기이하게 솟은 품이 마
치 여름 하늘에 피어오르는 구름 봉우리 같다.

머리가 하얗게 센 늙은이 하나가 손에 조그만 장대를 들고 있

는데, 장대 끝에 고리를 달아서 참새 한 마리를 앉히고 색실로 발을 비끄러매어 길 한가운데를 다니고 있었다. 그 날짐승을 놀리는 양이 거의 다 이러하다.

　더위에 지쳐 졸리므로 말에서 내려 걸었다. 7, 8세쯤 되는 아이 하나가 머리에는 새빨간 실로 뜬 여름 모자를 쓰고, 몸에는 간장 색깔의 운문사(雲紋紗) 두루마기를 입고 공단으로 된 까만 신을 신었는데, 걸음걸이가 아담하고 얼굴이 눈빛 같이 희고 눈썹이 그린 듯싶다. 내가 일부러 길을 막아서니, 아이는 놀라지도 두려워하지도 않고 앞에 와 공손히 절하고 땅에 꿇어앉아 머리를 조아린다. 나는 황급히 손으로 안아 일으켰다. 맨 뒤에 한 노인이 멀찌감치 따라오면서 웃음을 머금고,

　"이 애는 이 늙은 몸의 손주놈이오. 영감께서 이 놈을 귀여워하시니, 매우 부끄럽습니다. 이 늙은이가 무슨 복으로 이런 고마운 일이 생기는지요?"

하고 인사를 한다. 내가,

　"몇 살입니까?"

하고 물었더니 아이가 손가락을 꼽으면서,

　"아홉 살입니다."

라고 대답한다. 나는 또 성명을 물었더니,

　"제 성은 사(謝)입니다."

라고 대답하더니, 마침내 신발 속에서 작은 쇠빗〔鐵篦〕을 꺼내어 땅에다 〈효(孝)·수(壽) 두 글자를〉 그으면서,

　"효는 백행(百行)의 근원이요, 수는 오복(五福)의 으뜸입니다.

저의 할아버지가 제게 축원하시기를 '사람의 아들이 되어서는
효도를 지녀야 한다'[3] 하시고, 또 첫째로 제가 장수하기를 축원
하여 수(壽)라[4] 하시고, 이름은 효(孝)와 수(壽) 두 글자를 합
하여 아명(兒名)을 효수(孝壽)라고 지었습니다."
라고 설명한다. 나는 놀라지 않을 수 없어,

"너는 지금 무슨 글을 읽느냐?"
하고 물었더니 효수는,

"두 책을 벌써 외웠고, 방금『논어(論語)』'학이편(學而篇)'[5]
을 읽는 중입니다."
라고 하기에,

"두 글이라니 무엇무엇인가?"
하였더니, 효수는

"『대학(大學)』과『중용(中庸)』[6]이옵니다."
라고 한다. 내가,

"그러면 강의(講義)도 이미 끝났느냐?"
하니,

"두 책은 다만 외기만 하였고,『논어』는 아직 강의를 받고 있

---

3)『대학(大學)』에 나오는 말.

4)『서경(書經)』홍범(洪範)에 나오는 말.

5) 학이편(學而篇) :『논어(論語)』첫째 편의 이름이다.

6)『대학(大學)』과『중용(中庸)』: 두 책은 본래『예기(禮記)』49편에 들
어 있던 편명이었으나 주희(朱熹)가 따로 떼어내어『논어』,『맹자(孟
子)』와 함께 사서(四書)라고 이름 붙였다.

는 중입니다."

라고 하고는 이어서 묻기를,

　"선생께서는 성이 어떻게 되십니까?"

하기에 나는,

　"내 성은 박(朴)이야."

라고 하니 효수는,

　"『백가원(百家源)』[7]에도 없는 것이옵니다."

라고 한다.

　노인은 내가 그 손자를 귀여워함을 보고는 얼굴에 천진스런 웃음을 가득 머금고,

　"고려의 양반께서는 부처님같이 어진 성품을 지닌 어르신입니다. 아마 슬하에는 많은 봉새 같은 아드님에 기린 같은 손자를 두신 모양이어서, 그 생각을 하시고 남의 어린이를 귀여워하시는 거지요."

하기에 나는,

　"내 나이는 많이 먹었으나 아직 손자를 안아 보지 못하였습니다."

라고 하고서 이내,

　"당신께서는 연세가 얼마나 되셨나요?"

하고 물었더니 그는,

----

7)『백가원(百家源)』 : 백가성(百家姓). 너러 성씨늘 모아 놓은 책. 일명 씨(逸名氏)가 지음. 중국 촌 글방에 흔히들 유행되는 책.

"헛되이 쉰여덟 해를 지냈소이다."

한다. 나는 손에 들었던 부채를 아이에게 주니, 노인은 허리춤에서 쇠사슬 고리에 달아매어 찼던 비단 수건과 아울러 지니고 있던 부시까지 풀어서 주며 못내 고마운 뜻을 표한다. 나는 노인에게,

"댁은 어느 곳에 사시는지요?"

하고 물었더니 사생(謝生)은,

"여기에서 멀지 않은 왕삼포(王三鋪)에서 살고 있습니다."

라고 한다. 나는,

"영손(令孫)이 매우 조숙하고 총명하여 옛날 왕(王)·사가(謝家)의 풍류(風流)8)에 부끄럽지 않겠소이다."

라고 하니 사생은,

"조상(祖上) 때부터 내려오는 계통이 끊긴 지 이미 오래이니, 어찌 감히 강좌(江左)9)의 풍류를 바라오리까?"

라고 한다. 길이 바빠서 드디어 서로 작별하였다. 아이가 공손히 읍하면서,

"영감, 여행길에 보중(保重)하옵소서."

---

8) 왕(王)·사가(謝家)의 풍류(風流) : 왕(王)은 제(齊)나라의 왕검(王儉)으로 예학(禮學)에 밝았으며, 사(謝)는 진(晉)나라의 명신인 사안(謝安)이다. 풍류는 왕검이 일찍이 '강좌(江左)의 풍류는 다만 사안만이 있을 뿐이다' 하였으니, 이는 자기를 빗대어 하는 말이다.

9) 강좌(江左) : 강소성(江蘇省). 왕검과 사안이 살고 있던 곳으로, 예부터 이 지역에서 문인들이 많이 배출되었다.

라고 한다.

　나는 길을 가며 늘 사씨 어린이의 절묘한 눈매와 동작이 눈에 삼삼하고, 또 사생이 땅에 그린 몇 마디 말을 보면 족히 서로 이야기할 만하였으나, 갈 길이 바빠서 그 집을 찾지 못하였음이 한스럽다.

原文

十六日
십 륙 일

壬辰　晴　與鄭進士卞主簿來源　又約乘涼先行　自新
임 진　청　여 정 진 사 변 주 부 래 원　우 약 승 량 선 행　자 신

廣寧至興隆店五里　雙河堡七里　壯鎭堡五里　常興店
광 녕 지 흥 륭 점 오 리　쌍 하 보 칠 리　장 진 보 오 리　상 흥 점

五里　三臺子三里　閭陽驛十五里　共四十里　中火.
오 리　삼 대 자 삼 리　여 양 역 십 오 리　공 사 십 리　중 화

無脊屋始此　自閭陽又行至頭臺子十里　二臺子五里
무 척 옥 시 차　자 여 양 우 행 지 두 대 자 십 리　이 대 자 오 리

三臺子五里　四臺子五里　王三鋪七里　十三山八里　是
삼 대 자 오 리　사 대 자 오 리　왕 삼 포 칠 리　십 삼 산 팔 리　시

日通行八十里　宿十三山.
일 통 행 팔 십 리　숙 십 삼 산

曉發　落月去地數尺　蒼凉完完　桂影扶疎　玉兎銀蟾
효 발　낙 월 거 지 수 척　창 량 완 완　계 영 부 소　옥 토 은 섬

如可撫弄　而姮娥氷紈　旖旎映膚　余顧鄭曰　怪事　今
여 가 무 롱　이 항 아 빙 환　의 니 영 부　여 고 정 왈　괴 사　금

日自西而昇　鄭初未覺其月也　隨答曰　每自宿店初發
일 자 서 이 승　정 초 미 각 기 월 야　수 답 왈　매 자 숙 점 초 발

實難辨東西南北也　諸人皆大笑　少焉月輪垂墜　正在
실 난 변 동 서 남 북 야　제 인 개 대 소　소 언 월 륜 수 추　정 재

坤倪　鄭亦大笑.
곤 예　정 역 대 소

霞光淡蕩　橫抹野樹　忽化作千萬奇峰　扶興磅礴　龍
하 광 담 탕　횡 말 야 수　홀 화 작 천 만 기 봉　부 여 방 박　용

盤鳳舞 延袤千里 余顧鄭曰 長白山皓然入望 不惟鄭
반 봉 무　연 무 천 리　여 고 정 왈　장 백 산 호 연 입 망　불 유 정

君然之 諸君莫不叫絕.
군 연 지　제 군 막 불 규 절

　俄而雲霧盡消 日高三竿 天無一點埃壒 忽見遠村樹
　아 이 운 무 진 소　일 고 삼 간　천 무 일 점 애 애　홀 견 원 촌 수

木間 透光如積水空明 非煙非霧 不高不低 常護樹根
목 간　투 광 여 적 수 공 명　비 연 비 무　불 고 부 저　상 호 수 근

洞澈如立水中 而其氣漸廣 橫抹遠際 似白似玄 如大
통 철 여 립 수 중　이 기 기 점 광　횡 말 원 제　사 백 사 현　여 대

玻瓈鏡 五色之外 別有一種光氣 設諭者每擧江光湖
파 려 경　오 색 지 외　별 유 일 종 광 기　설 유 자 매 거 강 광 호

色 而其空洞透映 不足以形似也.
색　이 기 공 통 투 영　부 족 이 형 사 야

　村舍車馬 皆倒影寫照 太卜曰 此薊門煙樹也 余曰
　촌 사 거 마　개 도 영 사 조　태 복 왈　차 계 문 연 수 야　여 왈

薊州距此 尙有千里 則煙樹之在此 何也 灣商林景贊
계 주 거 차　상 유 천 리　즉 연 수 지 재 차　하 야　만 상 임 경 찬

曰 薊門雖遠 統稱薊門煙樹 天氣淸朗 無縷風點氛
왈　계 문 수 원　통 칭 계 문 연 수　천 기 청 랑　무 루 풍 점 분

則遼野千里 常有此氣 雖到薊州 若値風日陰霾 則不
즉 요 야 천 리　상 유 차 기　수 도 계 주　약 치 풍 일 음 매　즉 불

可見矣 大抵冬天靜日 氣候溫美 關內外日日常見云.
가 견 의　대 저 동 천 정 일　기 후 온 미　관 내 외 일 일 상 견 운

　適値閭陽市日 百貨湊集 車馬塡咽 而雕籠中 各置
　적 치 여 양 시 일　백 화 주 집　거 마 전 인　이 조 롱 중　각 치

一禽 有名梅花兒 有名么鳳兒 有名梧桐鳥 靑雀兒
일 금　유 명 매 화 아　유 명 요 봉 아　유 명 오 동 조　청 작 아

畵眉鳥 形形色色 賣鳥者車六 載鳴蟲者車二 啾喞遍
화 미 조　형 형 색 색　매 조 자 거 륙　재 명 충 자 거 이　추 즐 편

市　如入山林.
시　여입산림

沽喫菊茶一椀　餑餑二塊　逢趙譯明會　入酒肆　方燒
고끽국다일완　발발이괴　봉조역명회　입주사　방소

酒取露　故移向他肆　則店小二大怒　搶入趙懷中　以頭
주취로　고이향타사　즉점소이대노　창입조회중　이두

挂胸　不得轉動　趙不得已笑而還坐　買一盤猪炒　一盤
주흉　부득전동　조부득이소이환좌　매일반저초　일반

卵炒　二觶酒　飽喫而行.
란초　이치주　포끽이행

望見十三山　無微砂斷麓之爲過脈　忽於大野中　飛落
망견십삼산　무미사단록지위과맥　홀어대야중　비락

十三堆石峯　縹緲奇拔　如夏天雲頭.
십삼퇴석봉　표묘기발　여하천운두

有一老者白首　持小竿　竿頭爲環　坐一瓦雀　綵絲繫
유일노자백수　지소간　간두위환　좌일와작　채사계

脚　遊行路中　其馴弄鳥雀　多類此.
각　유행로중　기순롱조작　다류차

頗困暑思睡　下馬步行　有七八歲童子　頭戴一頂猩紅
파곤서사수　하마보행　유칠팔세동자　두대일정성홍

絲涼帽　身被一領醬色雲紋杭紗袍　足穿貢緞烏靴　跬
사량모　신피일령장색운문항사포　족천공단오화　규

步娉婷　顏色白雪　眉眼如畫　余故爲欄道而立　兒不驚
보빙정　안색백설　미안여화　여고위란도이립　아불경

不怖　至前恭拜　跪地磕頭　余忙手扶抱　最後一老者
불포　지전공배　궤지개두　여망수부포　최후일로자

遠遠跟來　含笑曰　他是老僕之小孫　老爺愛弄這小孩
원원근래　함소왈　타시노복지소손　노야애롱저소해

子　時慚愧　老僕何福而致之　余問兒年方幾歲　兒屈指
자　시참괴　노복하복이치지　여문아년방기세　아굴지

對曰　該有九　問其姓名　對曰賤姓謝　遂自靴中　出小
대왈　해유구　문기성명　대왈천성사　수자화중　출소

鐵箆　畫地曰　孝者　百行之源　壽者　五福之首　俺祖公
철비　화지왈　효자　백행지원　수자　오복지수　엄조공

發願孩兒　爲人子　止於孝　更呪兒一曰壽　將孝連壽
발원해아　위인자　지어효　갱주아일왈수　장효련수

做了二字　幼名曰孝壽　余不覺驚異　問兒方讀何書　孝
주료이자　유명왈효수　여불각경이　문아방독하서　효

壽曰　二書已念過了　方讀學而篇　余問二書是甚題目
수왈　이서이념과료　방독학이편　여문이서시심제목

曰大學中庸　余問已講義麼　曰二書只念　論語方講　問
왈대학중용　여문이강의마　왈이서지념　논어방강　문

老爺尊姓　余曰　吾姓朴　孝壽曰　百家源無有.
노야존성　여왈　오성박　효수왈　백가원무유

老者看吾愛賞其小孫　滿面癡笑曰　高麗老爺有佛性
노자간오애상기소손　만면치소왈　고려노야유불성

的長者　合是膝下有幾個鳳雛麟孫　念到這箇　都是及
적장자　합시슬하유기개봉추린손　념도저개　도시급

人之幼　余曰　吾年紀老大　尙未抱孫　因問貴庚　答曰
인지유　여왈　오년기노대　상미포손　인문귀경　답왈

虛過了五十八　余給兒手中扇　老者自解腰間鑰鐵連環
허과료오십팔　여급아수중선　노자자해요간유철련환

瑣　連總紗手巾　並帶火鎌以謝之　問老者家住何處　謝
쇄　연총사수건　병대화겸이사지　문노자가주하처　사

生曰　離此不遠　王三鋪是也　余曰　令孫夙慧　不愧王
생왈　이차불원　왕삼포시야　여왈　영손숙혜　불괴왕

謝家風流　謝生曰　祖系遼絶　安敢望江左風流　行忙遂
사가풍류　사생왈　조계요절　안감망강좌풍류　행망수

分手　兒長揖曰　大老爺行李保重.
분수　아장읍왈　대노야행리보중

路中 常念謝童絶妙眉目動止 森在眼中 謝生劃地數
노 중 　상 념 사 동 절 묘 미 목 동 지 　삼 재 안 중 　사 생 획 지 수

語 足與談討 而可惜行忙 不得尋其所居.
어 　족 여 담 토 　이 가 석 행 망 　부 득 심 기 소 거

7월 17일 계사(癸巳)

날이 맑았다.

아침에 십삼산을 떠나 독로포(禿老舖)까지 12리, 배로 대릉하(大凌河)[1]를 건너기까지 14리, 대릉하점(大凌河店)까지 4리를 더 가서 이곳에서 묵었다. 이날은 겨우 30리밖에 못 갔다.

대릉하는 그 근원이 만리장성 밖에서 발원하여, 구관대(九官臺)와 변문을 가로질러 광녕성을 지난다. 동쪽으로 두산(斗山)을 나와서, 금주위(錦州衛) 지경에 들어와 점어당(占魚塘)에 이르러서 동쪽으로 바다에 합류한다.

호행통관(護行通官)[2] 쌍림(雙林)은 곧 조선수통관(朝鮮首通

---

1) 대릉하(大凌河) : 중국의 요녕성 서쪽을 흐르는 강.
2) 호행통관(護行通官) : 조선 사행단을 보호하며 따라다니는 청나라측 통역관.

官) 오림포(烏林哺)의 아들이며, 집은 봉황성에 있다. 비록 말로는 호행이라 하지만 그는 태평차를 타고 뒤를 따라올 뿐이며, 그의 행동거지는 우리 사행이 관할할 바가 아니다.

그는 하인 넷을 거느렸다. 하나는 성이 악가(鄂哥)인데 연로에서 식사를 주선하고 말 먹이는 일만을 맡아보고, 또 하나는 이가(李哥)인데 팔에 매를 얹고 그저 길에서 꿩 사냥만 일삼고, 또 한 사람은 서가(徐哥)인데 제 말로 의주부윤 서모(徐某)와는 서로 일가친척이라 하며, 또 하나는 감가(甘哥)이다. 그들은 모두 조선 사람이고, 나이도 열아홉 살이며 눈매가 아름다워서 쌍림의 길동무들이라고 한다. 그러나 우리나라에는 감(甘)이란 성은 없으니, 이는 의심스런 일이다.

내가 책문에 돌아온 지 10여 일이 되어도 쌍림의 꼴을 보지 못하였더니, 통원보(通遠堡)의 시냇물을 건널 때 언덕에 올라가서 혼잣말로,

"물살이 세군!"

하니, 이때 언덕 위에 깨끗하고 화려하게 의복과 모자를 차린 되놈 하나가 우리 역관들과 함께 서 있다가 선뜻 조선말로 말하기를,

"물살이 셉니다. 물살이 센데도 용케 건너셨습니다."

하였다. 그는 연산관에 이르러서 수역에게,

"아침나절 물을 건널 때 그 기골이 장대한 이가 누구요?"

하고 물으니 수역은,

"정사 대감과 일가 형제 되시는 분이오. 글을 잘 아셔서 구경

하러 오셨답니다."

하여 쌍림은,

"그러면 사점(四點)인가요?"

하자 수역은,

"사점이 아니요, 바로 정사 대감의 적친(嫡親) 삼종형제(三從兄弟)입니다."

하기에 쌍림이,

"그림, 이량우쳰〔伊兩羽泉〕이구먼."

한다. '이량우쳰'이란 중국말로 한 냥 닷돈을 말한다. 한 냥 닷돈은 곧 양반(兩半)이다. 우리나라에서 사족(士族)을 양반(兩班)이라 하니, 양반(兩半)과 양반(兩班)이 음이 같으므로 쌍림이 '이량우쳰〔一兩五錢〕'이라 하여 은어(隱語)를 쓴 것이다. 사점(四點)이란 '서(庶)' 자이니, 우리나라 서얼(庶孼)을 두고 말함이다.

사행이 나갈 때마다 사무를 맡은 역관이 공비(公費)로 은 4,000냥을 가져가서 관례에 따라 500냥은 호행장경(護行章京)3)에게 주고, 700냥은 호행통관에게 주어 차삯과 여관비에 쓰도록 한다. 그런데 실상은 한 푼의 은자(銀子)도 쓰는 일이 없이 상사와 부사의 주방(廚房)에서 돌아가면서 두 사람을 먹여왔다.

---

3) 호행장경(護行章京) : 사신 일행을 호행하는 총책임을 진 청나라 관리.

쌍림은 사람됨이 교활하고 조선말을 잘한다고 한다. 앞서 소황기보(小黃旗堡)에서 점심을 먹을 때 여러 비장·역관들과 둘러앉아서 한담을 하노라니, 쌍림이 밖에서 들어왔다. 여러 역관들이 모두 반겨 맞이하였다.

쌍림이 부사의 비장 이성제(李聖濟)와 다정히 이야기하고, 또 박래원(朴來源)을 향하여 말을 붙였다. 그것은 두 사람은 이번이 두 번째 길이어서 구면이기 때문이다. 박래원이 쌍림에게,

"내 영감한테 섭섭한 일이 있소이다."

하니 쌍림이 웃으면서,

"무슨 섭섭한 일입니까?"

하니 박래원이,

"상사또〔上使道 : 정사 박명원(朴明源)을 말함〕께서는 비록 작은 나라의 사신이라 할지라도, 우리나라에서는 곧 정일품(正一品) 내대신(內大臣)[4]이므로 황제께서도 각별히 예법으로 대우하십니다. 영감은 비록 대국 사람이지만 조선의 통관을 맡았으니, 우리 사또에게 마땅히 체면을 지켜드려야 할 것입니다. 두 사또께서 말을 갈아타실 때마다 길가에 가마를 멈추실 때마다 영감들은 마땅히 수레를 멈춰 기다려야 할 터인데도, 그렇게 하지

---

4) 내대신(內大臣) : 황제의 친척으로 시위하는 관직. 조선에서는 이런 것이 없으나 청(淸)나라를 비겨서 말한 것이다. 박명원은 영조의 사위로서 수록대부(綏祿大夫)에 올랐는데, 수록대부는 조선시대 의빈〔儀賓 : 부마(駙馬)〕정1품 상(上)의 품계명이다.

않고 번번이 수레를 그냥 몰아 지나치면서 조금도 거리낌이 없으니 이 무슨 도리인가요? 이래서 장경(章京)도 영감을 본받으니 더욱 한심한 일이오."

하니 쌍림은 발끈 성을 내면서,

"〈그것은〉 당신이 모르는 거요. 대국의 체모가 당신네 나라와는 훨씬 다르오. 대국에서 칙사가 가면 당신네 나라 의정대신(議政大臣 : 내각의 세 대신)이 우리들과 평등하게 대접하여 말도 서로 공경하는 것인데, 지금 당신은 새로이 체모를 지어 내어서 나더러 회피하라는 말이오?"

라고 한다. 역관 조학동(趙學東)이 박래원(朴來源)에게 눈짓하여 더 다투지 말라 하였으나 박래원은 한층 소리를 높여서,

"영감의 종놈이 어느 안전이라고 팔에 매를 얹은 채 의기 양양하게 지나간단 말이오? 매우 해괴한 일이오. 이제 다시금 그런 꼬락서니를 보면 내 곧 당장 잡아다가 곤장을 내릴 테니, 영감은 괴이하게 보지 마시오."

하니 쌍림은,

"그것은 아직 못 보았소. 만일 내가 보기만 하면 단매에 처치해 버리겠소."

라고 한다. 그가 조선말을 잘한다지만 가장 분명하지 못하고 다급하면 도로 북경말〔官話〕을 쓰곤 한다. 공연히 700냥의 은자를 허비하니, 실로 아까운 일이라 아니할 수 없겠다. 내가 이때 종이를 꼬아서 코를 쑤시니, 쌍림이 자기의 코담배〔鼻煙 : 코로 피우는 담배〕 그릇을 끌러서 내게 주면서,

"재치기를 하시려오?"

라고 하나, 나는 받지 않았다. 대체로 그와 말을 건네기도 싫은
데다가 코담배 그릇을 쓰는 법도 알지 못하기 때문이다. 쌍림
이 나에게 몇 번이나 말을 걸고 싶어했으나 내가 더욱 도사리고
앉자, 쌍림은 곧 일어나서 가버렸다.

그 뒤에 역관들의 말을 들으니, 쌍림이 내가 저와 말을 건네
지 않으므로 무료해서 일어나서 매우 노하였다고 한다. 그리고
그 아비가 늘 아문(衙門)에 앉아 있는 만큼 만일 쌍림의 노여움을
사게 되면 구경하러 드나들 때 반드시 말썽이 있을 것이고, 또
속담에 웃는 낯에 침 못 뱉는다고, 저번에 쌍림을 냉대한 것은
잘못된 일이라고들 한다. 내 역시 마음속으로 그러려니 여겼다.

이윽고 사행은 먼저 떠나고, 나는 곤히 잠들었다가 늦게 일어
났다. 막 밥상을 물리고 행장을 꾸리는 차에 쌍림이 들어오기
에 내가 웃는 얼굴로 맞이하며,

"영감, 한참 못 뵈었구려. 요즘 안녕들 하시오?"

하니, 쌍림이 크게 좋아라하고 자리에 앉으면서 삼등초(三等
草)5)를 달라 하고, 제 집의 기둥에 붙일 주련(柱聯)도 써 달라
고 한다. 또 내가 먹는 진짜 청심환과 단오(端午)에 기름 먹인
접부채까지 달라고 한다. 나는 일일이 머리를 끄덕이면서,

"수레에 실은 짐이 도착되면 다 드리구말구."

라고 하고 내가 또,

---

5) 삼등초(三等草) : 평안남도 삼등 지방에서 나는 아름다운 담배.

"내 먼 길에 말을 타고 왔기에 퍽 고단하니, 한 정거장만 당신과 한 수레에 타고 갔으면 좋겠소."

라고 하였더니 쌍림은 쾌히 승낙하면서,

"공자(公子)와 제가 함께 타고 간다면 이 길이 영광이겠소."

하고, 마침내 함께 떠날 즈음에 쌍림이 수레 왼편을 비워서 나를 앉히고 자신이 직접 수레를 몰아서 갔다. 쌍림은 또 장복(張福)을 불러서 오른편 끌채에 앉혔다. 쌍림이 장복에게 약속하기를,

"내가 조선말로 묻거든 너는 북경말로 대답하여라."

라고 한다.

둘이서 수작하는 것을 들으니 자신도 모르게 허리를 잡았다. 한편 〈쌍림의〉 조선말은 세 살 먹은 아이가 밥 달라고 하는 말이 밤 달라는 듯싶고, 또 한편 〈장복의〉 중국말은 반벙어리가 이름을 부르는 듯 언제나 '에(艾)'하는 소리만 거듭한다. 혼자서 보기는 참 아까운 노릇이다. 쌍림의 우리말은 장복의 중국말보다 훨씬 못하여 말끝마다 존비(尊卑)를 가려 쓸 줄 모르고, 게다가 말마디를 굴릴 줄도 모른다.

그가 장복더러,

"너, 우리 아버지를 보았니?"

하니 장복은,

"칙사 나왔을 때 보았는데, 대감(大監)님은 수염이 좋으시군요. 내가 보행으로 뒤를 따르며 '이랴!' 하면서 궈마성(勸馬聲)을 거푸 지르니, 대감이 눈에 웃음을 가득 담고 '네 목청이 좋으

니 그치지 말고 계속 불러라' 하시기에, 내가 쉬지 않고 계속해
서 외쳤더니 대감이 연방 '좋다, 좋아' 하셨지요. 곽산(郭山)에
이르러서 손수 다담(茶啖 : 다과)을 주셨습니다요."
하자 쌍림은,
　"우리 아버지 눈구멍이 흉악해 보이지?"
하니 장복은 껄껄 웃으면서,
　"마치 꿩 잡는 매 눈과 같더구먼요."
하기에 쌍림은,
　"맞아."
한다. 쌍림이 또
　"너 장가들었나?"
하니 장복은,
　"집이 가난해서 아직 못 들었습니다."
하여 쌍림은 연신,
　"불상(不祥)하이."
한다. '불상'이란 우리말로 가엾고 애처로워서 탄식할 때 하는
말이다. 쌍림은 다시,
　"의주 기생이 몇 명이나 되느냐?"
하여 장복은,
　"아마 4, 50명 있죠."
하니 쌍림은,
　"예쁜 것도 많겠지요?"
하기에 장복은,

"예쁘다 뿐이오. 양귀비(楊貴妃)6) 같은 것도 있고, 서시(西施)7) 같은 것도 있소. 이름이 유색(柳色)이라는 기생은 꽃도 부끄러워하고 달도 숨어버릴 정도의 미모를 지녔고, 춘운(春雲)이란 기생은 가던 구름도 멈추게 하고 남의 애간장을 끊을 만큼 창(唱 : 노래)을 잘한다오."

하니 쌍림은 껄껄 웃으면서,

"그런 기생이 있다면 내가 칙사로 갔을 때에는 왜 통 안 나타난 거지?"

한다. 장복은,

"만일 한 번만 보았었다면 대감님 따위는 혼이 그만 구만리 장천(長天) 구름 밖으로 날아가 버렸을 것이고, 손 안에 쥐었던 10,000냥의 은자는 저절로 사라져 저 압록강을 다시 건너오질 못했을걸요."

하니 쌍림은 손뼉을 치고 껄껄거리면서,

"내 다음번 칙사를 따라가거든 네가 가만히 데려오려무나."

하기에 장복은 머리를 흔들면서,

"잘 안 될 거요. 남에게 들키면 목이 달아나게요?"

하고는 둘이 모두 한바탕 크게 웃는다. 이렇게 주고받고 하면

----

6) 양귀비(楊貴妃) : 당나라 현종(玄宗)이 사랑했던 미녀 양태진(楊太眞). 귀비는 봉호.

7) 서시(西施) : 전국 시대 월(越)나라의 미녀. 시는 성이요, 서는 시가(施家)의 서편 동네에 살았기 때문이라 한다.

서 30리를 갔다.

이는 대체로 둘이 서로 피차의 말을 시험하려 한 것인데, 장복은 겨우 책문(柵門)에 들어온 뒤 길에서 주워들은 데 불과한 것이나, 쌍림이 평생을 두고 배운 것보다 더 잘한다. 이로 보아 우리말보다 중국말이 쉬움을 알겠다.

수레는 삼면을 초록빛 천으로 휘장을 쳐서 걷어 올렸고, 동서 양쪽에는 주렴을 드리우고, 앞에는 공단으로 차일〔遮日 : 햇빛을 가림〕을 쳤다. 수레 안에는 이불이 놓였고, 한글로 쓴 『유씨삼대록(劉氏三代錄)』8) 두어 권이 있는데, 비단 언문(諺文) 글씨가 너절할 뿐 아니라 책장이 해진 것이 있다.

내가 쌍림더러 읽으라 하였더니, 쌍림은 몸을 흔들면서 소리를 높여 읽었으나 전혀 말이 닿지 않고 뒤범벅으로 읽어 간다. 입 안에 가시가 돋친 듯, 입술이 얼어붙은 듯, 군소리를 수없이 내며 끙끙거린다. 내 역시 한참 들어도 멍하니 무슨 소린지 알 수가 없다. 비록 그가 죽을 때까지 읽어도 아무 보람이 없을 것 같다.

길에서 사행(使行 : 사신 행차)이 말을 갈아타는데 쌍림이 수레에서 갑자기 뛰어내려 점포 속으로 달려 들어가 몸을 숨겼다가 사행이 떠난 뒤에 천천히 수레를 타고 간다. 전날에 박래원(朴來源)이 그를 나무랐을 때 비록 겉으로 버티기는 하였지만 마음속으로는 움츠러들었던 모양이다.

---

8) 『유씨삼대록(劉氏三代錄)』: 우리 고전 소설의 일종. 작자는 미상.

原文

十七日
십 칠 일

癸巳　晴　朝自十三山　至禿老舖十二里　舟渡大凌河
계 사　청　조 자 십 삼 산　지 독 로 포 십 이 리　주 도 대 릉 하

十四里　宿大凌河店四里　是日只行三十里.
십 사 리　숙 대 릉 하 점 사 리　시 일 지 행 삼 십 리

大凌河　源出長城外　穿九官臺邊門　經廣寧城　東出
대 릉 하　원 출 장 성 외　천 구 관 대 변 문　경 광 녕 성　동 출

斗山　入錦州衛界　至占魚塘　東入于海.
두 산　입 금 주 위 계　지 점 어 당　동 입 우 해

護行通官雙林者　朝鮮首通官烏林哺之子也　家在鳳
호 행 통 관 쌍 림 자　조 선 수 통 관 오 림 포 지 자 야　가 재 봉

城　雖云護行　而渠則乘太平車　趁後而來　行止非我行
성　수 운 호 행　이 거 즉 승 태 평 차　간 후 이 래　행 지 비 아 행

所管.
소 관

帶率有四僕　一姓鄂　專管沿路索飯馬料等事　一姓李
대 솔 유 사 복　일 성 악　전 관 연 로 색 반 마 료 등 사　일 성 이

臂鷹　專一沿路獵雉　一姓徐　自云與義州府尹徐某同
비 응　전 일 연 로 렵 치　일 성 서　자 운 여 의 주 부 윤 서 모 동

宗　一姓甘　俱稱朝鮮人　皆年方十九歲　眉目可愛　雙
종　일 성 감　구 칭 조 선 인　개 년 방 십 구 세　미 목 가 애　쌍

林之行眷云　但我東無姓甘者　是可疑也.
림 지 행 권 운　단 아 동 무 성 감 자　시 가 의 야

吾入柵十餘日　未見雙林面目　及渡通遠堡溪水　旣登
오 입 책 십 여 일　미 견 쌍 림 면 목　급 도 통 원 보 계 수　기 등

岸 曰水勢可怕 岸上有一胡 衣帽俱鮮麗 與我譯同立
안 왈수세가파 안상유일호 의모구선려 여아역동립

忽作東語曰 水怕也 水怕善渡 旣至連山關 問首譯曰
홀 작동어왈 수파야 수파선도 기지연산관 문수역왈

朝日渡水時 狀貌雄偉者 誰也 首譯曰 大大人之兄弟
조 일도수시 상모웅위자 수야 수역왈 대대인지형제

有好文章 爲觀光來也 雙林曰 四點麼 首譯曰 不是
유호문장 위관광래야 쌍림왈 사점마 수역왈 불시

四點 乃是大大人之嫡親三從兄弟 雙林曰 伊兩羽泉
사점 내시대대인지적친삼종형제 쌍림왈 이량우천

的 伊兩羽泉者 漢音一兩五錢也 一兩五錢 爲兩半
적 이량우천자 한음일냥오전야 일냥오전 위양반

東方士族稱兩班 兩半與兩班 音似故雙林以一兩五錢
동방사족칭양반 양반여양반 음사고쌍림이일냥오전

爲隱語也 四點者庶字也 東方庶孽之廋辭也.
위은어야 사점자서자야 동방서얼지수사야

每行任譯 持公費銀四千兩 而五百兩例給護行章京
매행임역 지공비은사천냥 이오백냥례급호행장경

七百兩給護行通官 爲雇車及盤纏之資 而其實未嘗費
칠백냥급호행통관 위고거급반전지자 이기실미상비

一錢銀子 自上副廚房 輪餽兩人耳.
일전은자 자상부주방 윤궤양인이

雙林爲人狡猾 善東語云 前者小黃旗堡中火時 與諸
쌍림위인교활 선동어운 전자소황기보중화시 여제

裨譯 共坐閒話 雙林自外入來 諸譯莫不款迎.
비역 공좌한화 쌍림자외입래 제역막불관영

雙林與副房裨將李聖濟致款 又向來源作話 蓋兩人
쌍림여부방비장이성제치관 우향래원작화 개양인

再作此行 故有宿面也 來源謂雙林曰 吾於令監有慨
재작차행 고유숙면야 내원위쌍림왈 오어영감유개

然者 雙林笑曰 有甚慨然 來源曰 上使道雖小國使臣
연자 쌍림소왈 유심개연 내원왈 상사도수소국사신

卽吾邦之正一品內大臣 皇上亦各別禮接 令監雖大國
즉오방지정일품내대신 황상역각별례접 영감수대국

人 係是朝鮮通官 則於俺們使道 當存體貌 而每値兩
인 계시조선통관 즉어엄문사도 당존체모 이매치양

使道遞馬時 卸轎路中 令監輩停車留待 可也 不此之
사도체마시 사교로중 영감배정거류대 가야 불차지

爲 輒驅車戛過 晏然不動 是甚麼道理 由此章京 亦
위 첩구거알과 안연부동 시심마도리 유차장경 역

敢視效令監 尤爲慨然 雙林勃然作色曰 你不知也 大
감시효영감 우위개연 쌍림발연작색왈 니부지야 대

國體貌與你國絶異也 大國出勅 則你國議政大臣 與
국체모여니국절이야 대국출칙 즉니국의정대신 여

俺們 平等作禮 言語相敬 今你創出體貌 令我回避耶
엄문 평등작례 언어상경 금니창출체모 영아회피야

趙譯學東目來源使勿復爭 來源高聲曰 令監奴子 亦
조역학동목래원사물부쟁 내원고성왈 영감노자 역

安敢臂鷹揚揚馳過乎 極爲駭然 復見若此時 吾當拿
안감비응양양치과호 극위해연 부견약차시 오당나

棍 令監須勿見怪 雙林曰 未曾膲膲了 我若看見時
곤 영감수물견괴 쌍림왈 미증초초료 아약간견시

一頓捧結果了 所謂善東話 太不了了 急則還使官話
일돈봉결과료 소위선동화 태불료료 급즉환사관화

公然乾沒七百兩銀子 誠爲可惜 余時擦紙爲鼻針 雙
공연건몰칠백냥은자 성위가석 여시찰지위비침 쌍

林自解其鼻煙壺曰 欲爲嚔乎 余不受 蓋不欲與語 且
림자해기비연호왈 욕위체호 여불수 개불욕여어 차

未曉其法也 雙林向余欲語者數 余益莊竦而坐 雙林
미효기법야 쌍림향여욕어자수 여익장송이좌 쌍림

因起去.
인 기 거

　其後聞諸譯語　則雙林以余之不爲接談　無聊而起　大
　기 후 문 제 역 어　즉 쌍 림 이 여 지 불 위 접 담　무 료 이 기　대

爲慍怒云　且渠父常坐衙門　若致憾於雙林　則出入遊
위 온 노 운　차 거 부 상 좌 아 문　약 치 감 어 쌍 림　즉 출 입 유

觀之際　必然見阻　諺所謂笑臉不唾　向日冷對雙林非
관 지 제　필 연 견 조　언 소 위 소 검 불 타　향 일 냉 대 쌍 림 비

計也云云　余亦心然之.
계 야 운 운　여 역 심 연 지

　及是使行先發　余困唾晏起　方罷飯檢裝　而雙林入來
　급 시 사 행 선 발　여 곤 타 안 기　방 파 반 검 장　이 쌍 림 입 래

余笑迎曰　令監久未相逢　近日無恙否　雙林大樂就坐
여 소 영 왈　영 감 구 미 상 봉　근 일 무 양 부　쌍 림 대 락 취 좌

求三等草　又求渠家好柱聯　又求大人所喫眞眞的淸心
구 삼 등 초　우 구 거 가 호 주 련　우 구 대 인 소 끽 진 진 적 청 심

丸　端午油帖扇　余首肯曰　車重來時　都承應了　余曰
환　단 오 유 첩 선　여 수 긍 왈　거 중 래 시　도 승 응 료　여 왈

吾長路鞍馬頗苦　願共君一站車　雙林快許曰　公子與
오 장 로 안 마 파 고　원 공 군 일 참 거　쌍 림 쾌 허 왈　공 자 여

俺共載時　道路榮輝　遂同出　雙林虛左坐我　渠自御而
엄 공 재 시　도 로 영 휘　수 동 출　쌍 림 허 좌 좌 아　거 자 어 이

行　又招張福坐之右轅　雙林約張福曰　我以朝鮮語問
행　우 초 장 복 좌 지 우 원　쌍 림 약 장 복 왈　아 이 조 선 어 문

之　你以官話應之.
지　니 이 관 화 응 지

　聽兩人酬酢　不覺絶倒　一個東話的　三歲兒索飯似覓
　청 양 인 수 작　불 각 절 도　일 개 동 화 적　삼 세 아 색 반 사 멱

栗　一個漢語的　半啞子稱名常疊艾　可恨無人參見　雙
률　일 개 한 어 적　반 아 자 칭 명 상 첩 애　가 한 무 인 참 견　쌍

林東話　大不及張福之漢語　語訓處全不識尊卑　且不
能轉節.

　其謂張福曰　你見吾父主麼　張福曰　出勅時　吾瞧瞧
了大監好鬍子　吾爲步從　連爲勸馬聲　大監滿臉堆笑
道　你聲好　不住的連唱　吾不住的唱　大監連道好好
行到郭山　親手掇賜了茶啖　雙林曰　吾父主眼孔裏妖
惡　張福大笑道　如拿雉之鷹眼　雙林曰　是也　雙林曰
你入丈否　張福曰　家貧未聘　雙林連道不祥　不祥者
東話傷歎之辭也　雙林曰　義州妓生幾個　張福曰　也有
三五十個　雙林曰　多有美的麼　張福曰　奢遮的道甚麼
也　有楊貴妃等物　也有西施等物　有名柳色的　也有羞
花惹月的態　有名春雲的　也有停雲斷腸的唱　雙林大
笑曰　有如此妓生　而出勅時　何不現身　張福曰　若一
看見時　大監們魂飛九霄雲外　手裏自丟了萬兩紋銀子
渡不得這鴨綠江來哩　雙林拍掌胡盧道　吾前頭隨勅時

你能悄悄地引來了　張福掉頭曰　不完了　有人覺時開
니능초초지인래료　장복도두왈　불완료　유인각시개

頭也　兩人俱大笑　如此問答　而行三十里.
두야　양인구대소　여차문답　이행삼십리

蓋兩人欲試其彼此話頭　而張福不過入柵後　沿路所
개양인욕시기피차화두　이장복불과입책후　연로소

學　然蓋大勝於雙林平生之所學　始知漢語易於東話也.
학　연개대승어쌍림평생지소학　시지한어이어동화야

車三面以綠毡爲帳而卷之　東西垂縕簾　前面以貢緞
거삼면이록전위장이권지　동서수상렴　전면이공단

爲遮日　車中置鋪蓋　有東諺劉氏三代錄數卷　非但諺
위차일　거중치포개　유동언류씨삼대록수권　비단언

書麤荒　卷本破敗.
서추황　권본파패

余使雙林讀之　雙林搖身高聲　而全未屬句　混淪讀去
여사쌍림독지　쌍림요신고성　이전미속구　혼륜독거

口棘脣凍　咂出無敷衍聲　吾良久聽之　茫然不識爲何
구극진동　잡출무부연성　오량구청지　망연불식위하

語　渠雖終身讀之　似無益矣.
어　거수종신독지　사무익의

路中値使行遞馬　雙林躍下　走入鋪子裏隱身　使行離
노중치사행체마　쌍림약하　주입포자리은신　사행리

發後　徐徐乘車而行　向日來源誚責時　彼雖目下抵賴
발후　서서승거이행　향일래원초책시　피수목하저뢰

蓋小屈矣.
개소굴의

7월 18일 갑오(甲午)

날이 맑았다.

새벽에 대릉하점(大凌河店)을 떠나 사동비(四同碑)까지 12리, 쌍양점(雙陽店)까지 8리, 소릉하(小凌河)까지 10리, 소릉하교(小凌河橋)까지 2리, 송산보(松山堡)까지 18리, 모두 50리를 가서 점심을 먹었다. 다시 송산보에서 행산보(杏山堡)까지 18리, 십리하점(十里河店)까지 10리, 고교보(高橋堡)까지 8리, 모두 36리이니, 이날은 86리를 가서 〈고교보에서〉 묵었다.

일행이 사동비 근처에 이르니, 길가에 큰 비석이 네 개 있는데, 만든 제도가 모두 꼭 같으므로 지명(地名)을 사동비라고 한 것이다.

첫째 비에는 '만력(萬曆) 15년(1587년) 8월 29일에 왕성종(王盛宗)[1]을 요동진둔뉴격깅군(遼東前屯遊擊將軍)으로 삼는다'는 칙문(勅文)을 새겼고, 위에는 '광운지보(廣運之寶)'라는 인장을

새겼는데, 비문 가운데 '노추(虜酋)'²⁾라는 두 글자는 모두 지워
버렸다.

둘째 비에는 '만력 15년 11월 4일에 왕성종을 요동도지휘체
통행사(遼東都指揮體統行事)로 삼아서 금주(金州) 지방을 지키
도록 한다'는 칙문을 썼다.

셋째 비에는 '만력 20년(1592년) 9월 3일에 왕평(王平)³⁾을 요
동유격장군(遼東遊擊將軍)으로 삼는다'는 칙문을 새겼고, 위에
는 '칙명지보(勅命之寶)'라는 인장을 새겼다.

넷째 비에는 '만력 22년(1594년) 10월 10일에 왕평을 유격장군
금주통할(遊擊將軍錦州統轄)로 삼는다'는 칙문을 새겼고, 위에
는 '광운지보(廣運之寶)'라는 인장을 새겼다. 왕평은 왕성종의
아들이 아니면 조카인 듯싶다.

그들이 노추를 잘 막았다 하여 신종 황제(神宗皇帝)가 칙명을
내려 가상히 여기고 표창하였으며, 이에 큰 돌을 갈아 칙문과
고신(告身 : 사령장(辭令狀))을 새겨서 세상 사람들에게 그의 갸륵
함을 화려하게 드러냈다. 그러나 왕성종이 만일 요동(遼東)의
동쪽에서 대대로 장수의 직책에 있었다면, 임진년에 왜놈들을
몰아내는 전쟁에 참가하지 않았음은 어찌된 까닭일까? 전에 사

---

1) 왕성종(王盛宗) : 명나라 말기에 요동을 지키고, 여진족을 물리쳤던
   장군이다.
2) 노추(虜酋) : '오랑캐의 우두머리'라는 뜻으로, 명(明)나라가 청(淸)
   나라의 임금이나 장수를 부를 때 쓴 말이다.
3) 왕평(王平) : 명나라 말기에 요동을 지키던 장수이다.

신 일행이 다닐 때 비장이 이곳에 이르면 번번이 이 비석에 '모일 모시에 산해관(山海關)을 나왔고 모일 모시에 이곳을 지난다'고 써 놓는다.

말을 놓아먹이는데 곳곳마다 떼를 지어 한 곳에 1,000여 마리씩 몰려 다니고, 모두 흰 빛이다. 배로 소릉하를 지나고 나니, 쌀을 실은 수레 수천 대가 지나가는데 흙먼지가 일어 하늘을 뒤덮는다. 이는 해주(海州)에서 금주(錦州)로 실어오는 것이라고 한다.

사나운 바람이 갑자기 일기에 내가 먼저 서둘러 말을 달려 점포에 들어가 한숨 자고 나니, 정사가 뒤이어 와서 말하기를,

"낙타 수백 마리가 철물(鐵物)을 싣고 금주로 가데그려."

라고 한다. 나는 공교롭게도 두 번이나 낙타를 보지 못한 셈이다.

강가에 거주하던 민가 몇 백호가 지난해 몽고의 침략을 입어서 모두 아내들을 잃고 몇 리 밖으로 옮겨 갔다고 한다. 이제 그 길가에 허물어진 담이 사방을 둘렀으나 네 벽만이 쓸쓸하게 서 있을 뿐이다. 강가 아래위에 흰 장막을 치고 파수를 보고 있었다. 대개 이 강은 몽고의 지경에서 50리 거리밖에 되지 않는 곳이다 보니 며칠 전에도 몽고의 기병 수백 명이 갑자기 강가에 이르렀다가 수비가 있음을 알고 도망해 버렸다고 한다.

송산(松山)에서부터 행산(杏山)·고교(高橋)를 거쳐 탑산(塔山)까지 100여 리 사이에는 비록 마을이나 시장의 전포가 있기는 하나, 가난하고 쓸쓸하여 그들은 조금도 생업을 즐거워

할 의사가 없는 것처럼 보였다.

아아, 이곳이 바로 옛날 숭정(崇禎) 경진(庚辰, 1640)과 신사 (辛巳, 1641) 연간에 〈명나라와 청나라가 전쟁을 하여〉 피흘리며 죽음을 당한 곳이다. 이제 벌써 100여 년이 지났건만 아직 채 숨돌리는 기색이 보이지 않고 있으니, 지금도 그 당시 용과 범들의 싸움이 격렬하였음을 짐작할 수 있겠다.

지금 황제(今皇帝 : 건륭(乾隆))가 쓴 『전운시(全韻詩)』주석에 는,

"숭덕(崇德 : 청나라 태종(太宗)의 연호) 6년(1641년) 8월에 명나라의 총병 홍승주(洪承疇)[4]가 구원병 13만 명을 송산에 집결시켰다. 청나라 태종(太宗 : 청나라 2대 황제 홍타이지)이 곧바로 군사를 거느리고 떠나려 할 때 마침 코피를 쏟았는데, 갈 길이 급하자 증세가 더욱 심하여 사흘 만에야 피가 겨우 그쳤다. 제왕(諸王 : 여러 왕자들)과 패륵(貝勒 : 만주족 고유의 왕자에 대한 경칭)들이 천천히 행군하기를 청했으나 태종은 '싸움에 이기려면 행군을 빨리해야 유리하다'고 유시하고는, 빨리 달려서 엿새 만에 송산에 이르러 군사를 송산(松山)과 행산(杏山) 사이에 풀어서 큰 길을 가로막았다. 이에 명나라의 총병 여덟 명이 선봉을 침범해오자 모두 쳐서 무찌르고, 필가산(筆架山)에 쌓아 둔 〈명나라〉

---

4) 홍승주(洪承疇) : 명(明)나라의 장수로서 청나라 군과 싸우다가 항복하여 청나라에 공이 많았다. 송산(松山)에서 청나라 군에게 사로잡혔을 때, 명나라의 조정에서는 그가 순국한 줄로 알고 공신이라 하여 제사까지 지냈다.

양식을 빼앗고, 해자를 파서 송산과 행산의 길을 끊었다.

이날 밤 명나라의 여러 장수들이 일곱 진영의 보병을 거두어 송산성(松山城) 가까이 와서 진을 쳤다. 이에 태종이 여러 장수들에게 '오늘 밤들어 적병이 반드시 도망치리라' 유시하고는, 호군(護軍) 오배(鰲拜)5)들에게 명하여 4기(旗)의 기병을 거느리고 선봉과 몽고 군사가 함께 나란히 진을 펴고 즉시 바닷가에 이르도록 하였다. 또 몽고 고산액진(固山額眞)6) 고로극(庫魯克 : 액진의 이름인 듯함) 등에게 명하여 행산(杏山)으로 가는 길에 매복하였다가 적을 맞아서 치게 하고, 또 예군왕(睿郡王)7)을 시켜서 금주(錦州)로 가서 탑산 한길에 이르러 가로질러 적을 치게 하였다.

이날 밤 초경(初庚 : 저녁 7~9시)에 명나라의 총병 오삼계(吳三桂 : 명나라 말의 이름 높던 장수) 등이 바다에 잇달은 육지로 몰래 도망치는 것을 서로 잇대어 추격하게 하는 한편, 또 파포해(巴布海 : 청나라 태조의 열한 번째 아들) 등을 시켜서 탑산 길을 끊

---

5) 오배(鰲拜) : 만인(蠻人). 일찍부터 전공을 세워 의정대신(議政大臣)이 되고, 강희 초년에 선제의 고명(顧命)을 받아 정치에 참여했으나 전횡이 심하여 적몰(籍沒)을 당하였다.

6) 고산액진(固山額眞) : 청나라의 벼슬 이름. 고산장경(固山章京)이라고도 함. 고산은 만주 말에서 아름다운 칭호이므로 그들의 벼슬 이름 위에 씌워서 불렀다.

7) 예군왕(睿郡王) : 청나라 태조의 열넷째 아들. 세조를 받들고 관에 들어가 이자성(李自成)을 무너뜨리고 중원을 평정하였다.

고, 무영군왕(武英郡王) 아제격(阿濟格)8)에게 명하여 역시 탑
산으로 가서 길을 끊고 적을 쳐부수게 하며, 또 패자(貝子)9) 박
락(博洛 : 청나라 태조의 손자)에게 명하여 군사를 거느리고 상갈
이채(桑噶爾寨)에 가서 길을 끊고 적을 쳐부수게 하였다. 그리
고 고산액진 담태주(譚泰柱)10)에게 명하여 소릉하에 가서 곧바
로 바닷가까지 이르러 적의 돌아가는 길을 끊게 하며, 또 매륵
장경(梅勒章京)11) 다제리(多濟里 : 매륵장경의 성명)에게 명하여
패하여 달아나는 적을 추격하게 하는 한편, 또 고산액진 이배
(伊拜)12) 등에게 명하여 행산(杏山)의 사방에서 진을 치고 있
다가 명나라 군사들이 행산(杏山)으로 도망하여 들어오면 습격
하게 하였다. 또한 몽고의 고산액진 사격도(思格圖) 등에게 명
하여 도망하는 <명나라> 군사를 추격하게 하고, 또 국구(國
舅 : 임금의 장인) 아십달이한(阿什達爾漢 : 청나라 태종의 장인인 듯함)
등에게 명하여 행산의 주둔한 병영으로 가 보아서 만일 그 땅이
좋지 못하거든 즉시 좋은 곳을 골라서 병영을 옮기게 하였다.

---

8) 무영군왕(武英郡王) 아제격(阿濟格) : 청나라 태조의 열두 번째 아
　들. 무영군왕은 봉호.
9) 패자(貝子) : 청나라의 벼슬 이름. 종실(宗室)이나 몽고 외번(外藩)에
　게 주었다. 패륵의 아래요, 진국공(鎭國公)의 위에 있다.
10) 담태주(譚泰柱) : 만인(蠻人). 명나라와 싸운 공으로 일등공신(一等
　功臣)이 되었으나 나중에는 극형을 입었다.
11) 매륵장경(梅勒章京) : 8기(旗)의 부장(副將).
12) 이배(伊拜) : 만인(蠻人). 홍승주를 송산에서 사로잡았다.

이튿날 예군왕과 무영군왕을 시켜 탑산의 사대(四臺)를 에워싸고 홍의포(紅衣礮 : 대포의 일종)로 공격하여 이겼다. 명나라의 총병 오삼계와 왕박(王樸 : 명나라 말의 장수)이 행산으로 달아나니, 이날 태종은 군사를 송산으로 옮기고 해자를 파서 명나라 군사를 포위하려고 하였다. 이날 밤 명나라 총병 조변교(曹變蛟)13)가 여러 차례 진을 버리고 포위를 뚫고 나가려 하므로 다시 내대신(內大臣) 석한(錫翰) 등과 사자부락(四子部落)14) 도이배(都爾拜 : 사자부락 군대의 장수)에게 명하여 각기 정예병 250명을 거느리고 고교보(高橋堡)와 상갈이보(桑噶爾堡)에 매복시키고는, 태종이 친히 군사를 거느리고 고교보 동쪽에 이르러 패륵 다탁(多鐸)15)으로 하여금 군사를 매복시키도록 했다.

오삼계와 왕박이 패하여 달아나다가 고교보에 이르렀다. 복병이 사방에서 일어나자 간신히 몸을 빼쳐 도망하였다. 이 싸움에서 명나라 병사 53,700명을 죽이고, 말 7,400필, 낙타 60필, 갑옷과 투구 9,300벌을 빼앗았다. 행산(杏山)의 남쪽으로부터 탑산에 이르기까지 바다로 뛰어들어 죽은 자도 심히 많아서 시체가 마치 물오리와 따오기처럼 물에 둥둥 떠다녔다. 반면에 청나라 군사는 실수로 다친 자가 겨우 8명뿐이고, 나머지

---

13) 조변교(曹變蛟) : 명나라 말의 장수. 홍승주를 따라 송산에서 싸우다가 붙잡혀서 죽었다.

14) 사자부락(四子部落) : 내몽고 오란찰포맹(烏蘭察布盟)의 일부. 장가구(張家口)의 서북쪽에 있었다.

15) 다탁(多鐸) : 청나라 태조의 열다섯째 아들. 보정왕(輔政王).

는 코피도 흘리지 않았다.”
라고 한다.

아아, 슬프다. 이것이 이른바 송산과 행산의 싸움이다. 각라
(覺羅 : 청나라 태종의 애친각라(愛親覺羅))가 산해관 밖의 이자성(李
自成)16)이라면 이자성은 산해관 안의 각라라고 할 수 있으니,
명나라가 비록 망하지 않겠다고 한들 할 수 있었겠는가?

당시 명나라는 13만의 대군이면서도 각라의 수천 기병에게
포위를 당하여 잠시 동안에 마치 마른 나무 꺾이듯, 썩은 새끼
가 끊어지듯 무너지고 말았다. 홍승주(洪承疇)와 오삼계(吳三
桂) 같은 슬기롭고 용맹스러움이 천하에 대적할 자 없는 이들
이건만, 한번 각라를 만나자 곧 혼이 날아가고 넋이 흩어져 거
느렸던 13만의 군사가 마치 지푸라기나 물거품처럼 사라지고
말았으니, 일이 이 지경에 이르면 어찌할 수 없이 운수로 돌리
지 않을 수 없겠다.

전에 인평대군(麟坪大君)17)이 지은 『송계집(松溪集)』을 보

16) 이자성(李自成) : 명나라 말의 유적(流賊)으로서 북경을 함락시켜
명나라를 멸망시켰으나 청군에게 패사하였다. 명나라 내부에서 명
조를 반대하여 섬서 지방에서 군사를 일으킨 사람. 북경을 함락시
키자(1644년) 명나라 의종 황제는 자살했다. 명나라 장수 오삼계가
명나라를 배반하고 청나라 군사를 관내로 끌어들여 이자성(李自成)
을 물리쳤다. 이에 청군은 산해관을 돌파하고 북경을 점령하여 명
나라를 멸망시킬 수 있었다.
17) 인평대군(麟坪大君) : 조선 인조(仁祖)의 셋째아들이자 효종의 동생

니,

"청나라 군사가 송산을 바싹 에워쌌을 때, 우리 효종대왕(孝宗大王 : 이호(李淏)의 묘호)께옵서 당시 세자의 몸으로 인질(人質 : 볼모)이 되어 청나라의 진중(陣中)에 붙들려 계셨다. 막차(幕次)를 잠시 다른 곳으로 옮긴 사이에 명나라 영원 총병(寧遠摠兵) 오삼계가 거느린 10,000만 명의 기병이 포위망을 뚫고 달려 나왔다. 처음 막차를 설치했던 곳이 바로 〈명나라와 청나라 군사가〉 격전을 벌였던 길목이었다."

하였으니, 이야말로 어찌 왕령(王靈)이 계신 곳에 천지의 신명이 힘을 합하여 도우신 밝은 증험이 아니겠는가?

저녁에 고교보(高橋堡)에서 묵었다. 이곳은 지난해 사신 일행이 은자(銀子)를 잃은 곳이다. 지방관은 이로 말미암아 파직을 당하였고, 근처 숙소와 점포에서는 사형당한 사람이 있었으므로 갑군(甲軍)이 밤새도록 야경을 돌아서 우리나라 사람을 엄하게 방비하기를 도적과 다름없이 대했다.

사처(私處)로 정한 집 고지기의 말에 의하면, 이곳 사람들은 우리나라 사람을 원수같이 보아서 가는 곳마다 문을 닫고 맞이하지 않으며,

------

인 이요(李㴭)의 봉호. 1636년의 병자호란(丙子胡亂)이 끝난 뒤 세자(世子)와 봉림대군(鳳林大君)과 함께 심양(瀋陽)에 볼모로 잡혀 갔다가 이듬해 풀려나서 귀국하였다.

"고려야, 고려는 그 신세진 사관 주인을 죽였다. 단 1,000냥
의 은자가 어찌 네댓 명의 목숨을 당할 것인가? 우리들 가운데
도 나쁜 놈이 많지만 당신네들 일행 중엔들 어찌 좀도둑이 없을
건가? 도망가서 몸을 숨기고 장물을 숨기는 방법이 몽고인과
다름없습니다."
라고 한다.

내가 이 사실을 역관에게 물으니 그는,

"지난 병신년(1776년) 고부차(告訃次)[18]로 사신 일행이 갔다
가 돌아오는 길에 이 숙소에 이르러 공비은(公費銀 : 공금으로 가
지고 온 은자) 1,000냥을 잃었던 일이 있습니다. 사신들이 의논
하되, '이 은자는 나라의 돈이라 만일 쓴 곳이 명확하지 않을 때
에는 액수를 맞추어서 도로 바치는 것이 곧 국법이거늘, 이제
공연히 잃었으니 장차 돌아가 무슨 말로 사뢸 것인가? 잃었다
고 한들 누가 믿겠으며, 이를 물어내자고 한들 누가 감당하리
오?' 하고는, 이에 그 사연을 문서로 작성하여 지방관에게 보냈
다고 합니다. 이 일을 중후소(中後所)의 참장(參將)에게 알리
고, 중후소에서는 금주위(錦州衛)에 알리고, 금주위에서는 산
해관 수비(守備)에게 알리게 되어 며칠 사이에 이 일이 예부
(禮部)에 알려지는 바람에 황제의 비답(批答)[19]이 하루도 안

---

18) 고부차(告訃次) : 조선조 영조(英祖)의 국상을 알리기 위한 사절단.
고부사(告訃使).
19) 비답(批答) : 신하의 상소에 대해 내리는 임금의 답변.

되어 이르렀습니다. 그리하여 이 지방에서 관은(官銀)으로 해당 사신이 잃은 은자를 물리고, 또 해당 지방관이 항시 도적을 막기에 힘쓰지 아니하여 길손에게 원통한 변을 당하게 하였다 하여 파직으로 그 책임을 지게 하고, 숙소의 주인과 가까운 이웃에 사는 용의자들을 모두 잡아다가 닦달해서 그중 네댓 사람이나 죽었습니다.

사행이 미처 심양에 이르기도 전에 황제의 분부가 벌써 내렸으니, 그 거행의 신속함이 이러합니다. 그 뒤로부터 고교보 사람들이 우리 조선 사람을 원수 보듯 하는 것이 괴이한 일은 아닐까 하옵니다."

한다.

대저 의주의 말몰이꾼들은 태반이 거의 나쁜 놈들이며, 오로지 연경에 드나드는 걸 생업으로 삼아서 해마다 연경 다니기를 자기네 집 뜰 앞처럼 드나든다. 그리고 의주부에서 그들에게 주는 것은 사람마다 백지 60권에 지나지 않으므로, 100여 명의 말몰이꾼들이 길가며 훔치지 않고서는 다녀올 수 없는 것이다.

압록강을 건넌 뒤로는 얼굴도 씻지 않고 벙거지도 쓰지 않아 머리털이 더부룩하다보니, 먼지와 땀이 엉기고 비바람에 목욕하고 빗질하여 남루한 옷과 벙거지 차림이 귀신도 아니고 인간도 아닌 것이 도깨비나 두억시니처럼 우습게 보인다.

이 무리 중에는 열다섯 살 나는 동자가 있는데 벌써 이 길을 세 번이나 드나들었다. 처음 구련성에 닿았을 때는 제법 말쑥하게 뵈던 것이 반 길도 채 못 가서 뜨거운 햇볕에 얼굴이 그을리고 시꺼먼 먼지가 살에 녹슨 듯하여 다만 얼굴은 두 눈만 빠끔하니 희게 보일 뿐, 홑고쟁이가 낡고 구멍이 나서 양쪽 엉덩이가 다 드러났다. 이 아이가 이러할 정도면 다른 것들은 더욱 말할 나위도 없다. 전혀 부끄러운 줄도 모르고 도적질하는 것을 보통으로 하고, 매번 밤에 숙소에 들 때마다 온갖 방법으로 훔치고 만다. 그러므로 주인이 이를 막으려는 수단도 극에 달하였다.

지난해 동지사행(冬至使行)20) 때에 용만의 상인 하나가 은화를 몰래 숨겨 가다가 말몰이꾼에게 맞아죽고, 다만 말 두 마리는 고삐를 놓아서 도로 강을 건너 돌아가게 하여 각기 자기 집을 찾아들었는데, 말을 증거로 삼아서 마침내 법에 걸렸다고 한다. 그 흉험함이 이와 같으니, 이제 그 잃어버린 은자가 어찌 이놈들의 소행이 아니라 할 수 있으리오?

그러나 이는 오히려 사소한 일이지만, 만일 병자호란(丙子胡亂) 같은 일이 다시 있다고 하면 용천(龍川)이나 철산(鐵山)의 서쪽은 우리 땅이 아닐 것이다. 변방을 지키는 자들 역시 알아두지 않으면 안 될 것이다.

이날 밤에 바람이 심하여 날이 새도록 하늘을 뒤흔들 듯하였다.

---

20) 동지사행(冬至使行) : 동지사(冬至使). 청나라 황제에게 신년 인사를 치르기 위해 북경으로 가는 사절단은 '하정사(賀正使)'라 하는데, 매년 동짓날 전후에 출발하게 되므로 '동지사'라고도 한다.

原文

十八日
십 팔 일

甲午　晴　曉發大凌河店　至四同碑十二里　雙陽店八
갑 오　청　효 발 대 릉 하 점　지 사 동 비 십 이 리　쌍 양 점 팔

里　小凌河十里　小凌河橋二里　松山堡十八里　共五十
리　소 릉 하 십 리　소 릉 하 교 이 리　송 산 보 십 팔 리　공 오 십

里　中火　又自松山　至杏山堡十八里　十里河店十里
리　중 화　우 자 송 산　지 행 산 보 십 팔 리　십 리 하 점 십 리

高橋堡八里　共三十六里　是日通行八十六里而宿.
고 교 보 팔 리　공 삼 십 륙 리　시 일 통 행 팔 십 륙 리 이 숙

　行到四同碑邊　路傍有穹碑四笏　而制度相同　故名
　행 도 사 동 비 변　노 방 유 궁 비 사 홀　이 제 도 상 동　고 명

云.
운

　其一　萬曆十五年八月二十九日　勅以王盛宗爲遼東
　기 일　만 력 십 오 년 팔 월 이 십 구 일　칙 이 왕 성 종 위 요 동

前屯遊擊將軍　上印廣運之寶　碑文中虜酋二字　皆琢
전 둔 유 격 장 군　상 인 광 운 지 보　비 문 중 노 추 이 자　개 탁

去之.
거 지

　其二　萬曆十五年十一月四日　勅以王盛宗爲遼東都
　기 이　만 력 십 오 년 십 일 월 사 일　칙 이 왕 성 종 위 요 동 도

指揮體統行事　守修金州地方.
지 휘 체 통 행 사　수 수 금 주 지 방

　其三　萬曆二十年九月三日　勅以王平爲遼東遊擊將
　기 삼　만 력 이 십 년 구 월 삼 일　칙 이 왕 평 위 요 동 유 격 장

軍　上印勅命之寶.
군　상인칙명지보

其四　萬曆二十二年十月十日　勅以王平爲遊擊將軍
기사　만력이십이년시월십일　칙이왕평위유격장군

錦州統轄　上印廣運之寶　王平　似是盛宗之子侄.
금주통할　상인광운지보　왕평　사시성종지자질

而神宗天子　爲其善備虜酋　故降勅嘉奬　則乃磨穹石
이신종천자　위기선비노추　고강칙가장　즉내마궁석

以勒其勅諭及告身　以侈觀聳瞻焉爾　盛宗若遼右世將
이륵기칙유급고신　이치관용첨언이　성종약요우세장

則壬辰征倭之役不與　何也　使行先來　裨將每到此碑
즉임진정왜지역불여　하야　사행선래　비장매도차비

書某日某時出關　某日某時過此云.
서모일모시출관　모일모시과차운

牧馬處處成群　一隊幾千餘匹　皆白色　舟渡小凌河
목마처처성군　일대기천여필　개백색　주도소릉하

數千車載米而過　塵土漲天　自海州運入錦州.
수천거재미이과　진토창천　자해주운입금주

大風暴起　余先疾馳入鋪中小睡　正使追至　爲言橐駝
대풍폭기　여선질치입포중소수　정사추지　위언탁타

數百頭　載鐵入錦州云　余巧未之見者再矣.
수백두　재철입금주운　여교미지견자재의

河邊居民數百戶　去歲爲蒙古所掠　盡失其妻　撤移數
하변거민수백호　거세위몽고소략　진실기처　철이수

里地　今其路傍頹垣周遭　四壁徒立　沿河上下　設白幕
리지　금기로방퇴원주조　사벽도립　연하상하　설백막

戍守　蓋蒙境距河五十里也　數日前　蒙古數百騎　猝至
수수　개몽경거하오십리야　수일전　몽고수백기　졸지

河邊　見有守備而遁去云.
하변　견유수비이둔거운

松杏高塔之間百餘里　雖有村閭市鋪　貧儉凋殘　頓無
송 행 고 탑 지 간 백 여 리　수 유 촌 려 시 포　빈 검 조 잔　돈 무

樂業之意.
락 업 지 의

嗚呼　此崇禎庚辰辛巳之際　魚肉之場也　至今百餘年
오 호　차 숭 정 경 진 신 사 지 제　어 육 지 장 야　지 금 백 여 년

間　尙未蘇息　足想當時龍爭虎鬪之跡矣.
간　상 미 소 식　족 상 당 시 용 쟁 호 투 지 적 의

按今皇帝全韻詩註曰　崇德六年八月　明摠兵洪承疇
안 금 황 제 전 운 시 주 왈　숭 덕 육 년 팔 월　명 총 병 홍 승 주

集援兵十三萬於松山　太宗卽統軍啓行　時適鼻衄　因
집 원 병 십 삼 만 어 송 산　태 종 즉 통 군 계 행　시 적 비 뉵　인

行急　衄益甚　三日方止　諸王貝勒請徐行　諭曰　行軍
행 급　뉵 익 심　삼 일 방 지　제 왕 패 륵 청 서 행　유 왈　행 군

制勝　利在神速　疾馳六日　抵松山　陳師於松山杏山之
제 승　이 재 신 속　질 치 육 일　저 송 산　진 사 어 송 산 행 산 지

間　橫截大路　明摠兵八員　犯前鋒擊敗之　獲其筆架山
간　횡 절 대 로　명 총 병 팔 원　범 전 봉 격 패 지　획 기 필 가 산

積粟　濬壕斷松杏路.
적 속　준 호 단 송 행 로

是夜　明諸將撤七營步兵　近松山城而營　太宗諭諸將
시 야　명 제 장 철 칠 영 보 병　근 송 산 성 이 영　태 종 유 제 장

曰　今夜敵兵必遁　命護軍鼇拜等　率四旗騎兵　前鋒蒙
왈　금 야 적 병 필 둔　명 호 군 오 배 등　솔 사 기 기 병　전 봉 몽

古兵　俱比翼排列　直抵海邊　又命蒙古固山額眞庫魯
고 병　구 비 익 배 열　직 저 해 변　우 명 몽 고 고 산 액 진 고 로

克等　於杏山路　設伏遮擊　又命睿郡王往錦州　至塔山
극 등　어 행 산 로　설 복 차 격　우 명 예 군 왕 왕 금 주　지 탑 산

大路橫擊之.
대 로 횡 격 지

是夜初更　明摠兵吳三桂等　沿海潛遁　相繼追擊　又
시 야 초 경　명 총 병 오 삼 계 등　연 해 잠 둔　상 계 추 격　우

命巴布海等　截塔山路　又命武英郡王阿濟格　亦往塔
명 파 포 해 등　절 탑 산 로　우 명 무 영 군 왕 아 제 격　역 왕 탑

山截擊之　又命貝子博洛　率兵往桑噶爾寨截擊之　又
산 절 격 지　우 명 패 자 박 락　솔 병 왕 상 갈 이 채 절 격 지　우

命固山額眞譚泰柱　往小凌河　直抵海濱　絶其歸路　又
명 고 산 액 진 담 태 주　왕 소 릉 하　직 저 해 빈　절 기 귀 로　우

命梅勒章京多濟里　追擊敗兵　又命固山額眞伊拜等
명 매 륵 장 경 다 제 리　추 격 패 병　우 명 고 산 액 진 이 배 등

於杏山四面　擊明兵之奔入杏山者　又命蒙古固山額眞
어 행 산 사 면　격 명 병 지 분 입 행 산 자　우 명 몽 고 고 산 액 진

思格圖等　追擊逃兵　又命國舅阿什達爾漢等　往視杏
사 격 도 등　추 격 도 병　우 명 국 구 아 십 달 이 한 등　왕 시 행

山駐營處　如其地未善　卽擇善地移營.
산 주 영 처　여 기 지 미 선　즉 택 선 지 이 영

　　翌日　命睿郡王武英郡王　圍塔山四臺　以紅衣礮功克
　　익 일　명 예 군 왕 무 영 군 왕　위 탑 산 사 대　이 홍 의 포 공 극

之　明摠兵吳三桂王樸　奔入杏山　是日太宗移營至松
지　명 총 병 오 삼 계 왕 박　분 입 행 산　시 일 태 종 이 영 지 송

山　欲濬壕圍之　其夜摠兵曹變蛟棄寨　欲突圍而出者
산　욕 준 호 위 지　기 야 총 병 조 변 교 기 채　욕 돌 위 이 출 자

數四　又命內大臣錫翰等　及四子部落都爾拜　各率精
수 사　우 명 내 대 신 석 한 등　급 사 자 부 락 도 이 배　각 솔 정

兵二百五十　伏於高橋及桑噶爾堡　太宗親率軍　至高
병 이 백 오 십　복 어 고 교 급 상 갈 이 보　태 종 친 솔 군　지 고

橋東　令貝勒多鐸設伏.
교 동　영 패 륵 다 탁 설 복

　　吳三桂王樸敗　奔至高橋　伏兵四起　僅以身免　是役
　　오 삼 계 왕 박 패　분 지 고 교　복 병 사 기　근 이 신 면　시 역

也 殺明兵五萬三千七百 獲馬七千四百 駝六十 甲冑
야 살명병오만삼천칠백 획마칠천사백 타육십 갑주

九千三百 自杏山南至塔山 赴海死者甚衆 漂蕩如鷹
구천삼백 자행산남지탑산 부해사자심중 표탕여안

鶩 淸軍誤傷者只八人 餘無挫衄云.
목 청군오상자지팔인 여무좌뉵운

嗚呼 此所稱松杏之戰也 覺羅關外之自成 自成關內
명호 차소칭송행지전야 각라관외지자성 자성관내

之覺羅 明雖欲不亡 得乎.
지각라 명수욕불망 득호

當時以十三萬之衆 爲覺羅數千所圍 指顧之間 如摧
당시이십삼만지중 위각라수천소위 지고지간 여최

枯拉朽 如洪承疇吳三桂 智略雄猛 天下無敵 而一得
고랍후 여홍승주오삼계 지략웅맹 천하무적 이일득

當覺羅 則魂飛魄散 所將十三萬 如草菅漚泡 到此地
당각라 즉혼비백산 소장십삼만 여초관구포 도차지

頭 不得不歸之氣數而已.
두 부득불귀지기수이이

嘗見麟坪大君所著松溪集 淸兵之進圍松山也 我孝
상견인평대군소저송계집 청병지진위송산야 아효

宗大王在藩邸時 被質駐淸陣中 幕次纔移他所 而寧
종대왕재번저시 피질주청진중 막차재이타소 이영

遠摠兵吳三桂率所部萬騎 潰圍馳出 幕次初設之地
원총병오삼계솔소부만기 궤위치출 막차초설지지

乃其奔衝之路 此豈非王靈所在 天地同力之明驗乎.
내기분충지로 차기비왕령소재 천지동력지명험호

夕宿高橋堡 此往歲使行失銀處也 地方官因此革職
석숙고교보 차왕세사행실은처야 지방관인차혁직

而附近站鋪 有刑死者 故甲軍竟夜巡警 而嚴防我人無
이 부 근 참 포　유 형 사 자　고 갑 군 경 야 순 경　이 엄 방 아 인 무

異盜賊.
이 도 적

聞下處庫子言 則其視東人 有若仇讐 到處閉門不接
문 하 처 고 자 언　즉 기 시 동 인　유 약 구 수　도 처 폐 문 부 접

曰高麗 高麗怖殺了居停主人 一千兩銀子 怎賞得四五
왈 고 려　고 려 포 살 료 거 정 주 인　일 천 냥 은 자　즘 상 득 사 오

個人命 吾們的固多歹人 爾行中那無奸細 其走藏避匿
개 인 명　오 문 적 고 다 알 인　이 행 중 나 무 간 세　기 주 장 피 닉

無異蒙古云.
무 이 몽 고 운

余詢之譯官曰 向於丙申告訃行時 回還到此站 失公
여 순 지 역 관 왈　향 어 병 신 고 부 행 시　회 환 도 차 참　실 공

費銀一千兩 使臣議爲此銀乃公貨 苟無明白用處 則照
비 은 일 천 냥　사 신 의 위 차 은 내 공 화　구 무 명 백 용 처　즉 조

數還納 乃國法也 今旣公然見失 又將何辭還報乎 其
수 환 납　내 국 법 야　금 기 공 연 견 실　우 장 하 사 환 보 호　기

見失 人孰信之 其準納 人孰當之 於是呈文于所在地
견 실　인 숙 신 지　기 준 납　인 숙 당 지　어 시 정 문 우 소 재 지

方官 則轉報中後所參將 中後所轉報錦州衛 錦州轉報
방 관　즉 전 보 중 후 소 참 장　중 후 소 전 보 금 주 위　금 주 전 보

山海關守備 數日之間 轉報禮部 而皇帝批下 不一日
산 해 관 수 비　수 일 지 간　전 보 예 부　이 황 제 비 하　불 일 일

而至 勅以所在地方 以官銀備償該使所失 該地方不能
이 지　칙 이 소 재 지 방　이 관 은 비 상 해 사 소 실　해 지 방 불 능

常時着意巡緝 致有遠人負屈鳴寃 俱革職聽勘 店主及
상 시 착 의 순 집　치 유 원 인 부 굴 명 원　구 혁 직 청 감　점 주 급

切隣可疑人俱捕治 死者四五人.
절 린 가 의 인 구 포 치　사 자 사 오 인

使行未及到瀋陽　而皇旨已下　其舉行之神速如此　是
사행미급도심양　이황지이하　기거행지신속여차　시

後高橋堡人之仇視我人　無足怪也.
후고교보인지구시아인　무족괴야

大抵義州刷驅輩　太半歹人　專以燕行資生　年年赴行
대저의주쇄구배　태반알인　전이연행자생　연년부행

如履門庭　灣府所以給資者　不過人給六十卷白紙　百餘
여리문정　만부소이급자자　불과인급육십권백지　백여

刷驅　除非沿道偸竊　無以往返.
쇄구　제비연도투절　무이왕반

自渡江以後　不洗面　不裹巾　頭髮鬅鬆　塵汗相凝　櫛
자도강이후　불세면　불과건　두발붕송　진한상응　즐

風沐雨　衣笠破壞　非鬼非人　鬼魃可笑.
풍목우　의립파괴　비귀비인　귀개가소

此輩中　有十五歲童子　已三次出入　初至九連城　頗
차배중　유십오세동자　이삼차출입　초지구련성　파

愛其妍好　未到半程　烈日焦面　緇塵銹肌　只有兩孔白
애기연호　미도반정　열일초면　치진수기　지유양공백

眼　單袴弊落　兩臀全露　此童如此　則他又無足道也　全
안　단고폐락　양둔전로　차동여차　즉타우무족도야　전

沒羞恥　公行剽掠　每夕入店　百計穿窬　故店主所以防
몰수치　공행표략　매석입점　백계천유　고점주소이방

警之術　亦無所不至.
경지술　역무소부지

去年冬至使行時　有一灣賈潛越銀貨　爲刷驅所殺　兩
거년동지사행시　유일만고잠월은화　위쇄구소살　양

馬皆縱輊還渡　各入其家　則以馬爲驗　乃得抵法云　其
마개종공환도　각입기가　즉이마위험　내득저법운　기

凶險若此　今此失銀　安知非此輩所爲乎.
흉험약차　금차실은　안지비차배소위호

此猶細事 萬一有丙子之患 則龍鐵以西非我有也 守
차 유 세 사 　 만 일 유 병 자 지 환 　 즉 용 철 이 서 비 아 유 야 　 수

邊者 亦不可以不知.
변 자 　 역 불 가 이 부 지

是夜大風 達宵掀天.
시 야 대 풍 　 달 소 흔 천

7월 19일 을미(乙未)

날씨가 맑았다.

새벽에 고교보(高橋堡)를 떠나 탑산(塔山)까지 12리, 주사하(朱獅河)까지 5리, 조라산점(罩羅山店)까지 5리, 이대자(二臺子)까지 3리, 연산역(連山驛)까지 7리, 모두 32리를 가서 점심을 먹었다. 또 연산역에서 오리하자(五里河子)까지 5리, 노화상대(老和尙臺)까지 5리, 쌍수포(雙樹舖)까지 5리, 건시령(乾柴嶺)까지 5리, 다붕암(茶棚菴)까지 5리, 영원위(寧遠衛)까지 5리, 모두 30리이다. 이날에는 62리를 걸었고, 영원성 밖에서 묵었다.

전날 부사와 서장관이 새벽 일찍 탑산에 가서 해돋이를 구경하자고 약속하였으나, 모두 늦게 떠났으므로 탑산에 이르자 해가 서너 발이나 높이 솟아 있었다.

동남쪽으로 망망한 바다가 하늘에 닿은 듯 이어졌고, 헤아릴 수 없을 만큼 수많은 상선(商船)이 간밤의 폭풍에 쫓겨 작은 섬에 들어와 의지하였다가 마침 일시에 돛을 달고 떠나는 것이 마치 물에 뜬 오리와 기러기 떼 같았다.

영녕사(永寧寺)는 숭정(崇禎) 연간에 조대수(祖大壽)¹⁾가 처음 지은 절이라 한다. 절이나 관묘(關廟)는 요동(遼東)에서 처음 보고 그 웅장하고 화려함을 대략 기록한 바 있었으나, 그 뒤 길을 따라 수없이 본 것이 비록 대소의 차이는 있겠지만 그 제도는 대체로 같아서 이루 다 기록할 수도 없을 뿐더러 역시 구경하기에도 자못 지쳐서 다시 일일이 돌아보지도 않았다.

길가에 여남은 길이나 되는 높은 봉우리가 있는데, 이름이 구혈대(嘔血臺)라 한다. 세상에 전하는 말로는, '청나라 태종이 이 봉우리에 올라서 영원성 안을 굽어보다가 명나라의 순무(巡撫) 원숭환(袁崇煥)²⁾에게 패하여 피를 토하고 죽었으므로 이 이름이 생겼다.'고 한다. 영원성 안의 한길 가에 조가패루(祖家牌樓)가 마주 서 있었고, 둘 사이가 수백 보나 된다. 두 패루는 모두 삼문(三門)으로 되어 있고, 기둥마다 앞에 몇 길 되는 돌사자를 앉혔다. 하나는 조대락(祖大樂 : 조대수의 형)의 패루요, 또 하나는 조대수(祖大壽)의 패루이다. 높이가 모두 예닐곱 길이나 되

---

1) 조대수(祖大壽) : 명나라 장수로서 대릉하를 지키다가 실패하고, 면주(綿州)에서 청나라에게 항복하여 총병(摠兵)이 되었다.
2) 원숭환(袁崇煥) : 명나라 말의 대장. 혹은 병부상서(兵部尚書)로서 요동순무(遼東巡撫)로서 공이 많았으나 반간계에 몰려 죽었다.

는데, 조대수의 패루가 조금 낮은 편이다. 둘 다 옥결 같이 윤이
나는 흰 돌로 층층이 쌓아 올려 추녀 · 도리 · 들보 · 서까래며,
기와 · 처마 · 들창 · 기둥에 이르기까지 나무는 한 토막도 쓰지
않았고, 조대락(祖大樂)의 패루는 오색 무늬가 있는 돌로 쌓아
올렸다. 두 패루를 세운 솜씨와 아로새긴 공력은 거의 사람의
힘의 미칠 바가 아니었다.

　조대락의 패루에는 3대(代)의 고증(誥贈)3)을 나열하여 증조 조
진(祖鎭)과 할아비 조인(祖仁), 아비 조승교(祖承敎)를 쓰고, 전
면에는 원훈초석(元勳初錫 : 큰 공훈을 처음으로 하사받음)이요, 후
면에는 등단준열(登壇峻烈 : 대장이 되어 맹렬한 공을 세움)이라 썼
으며, 맨 위층에는 옥음(玉音)이라 썼다. 주련(柱聯)에는,

　　송가4)가 새로운 듯　　　　　　　　　　　　　　松檟如初

　　경사가 네 대에 쌓였으니,　　　　　　　　　　慶善培于四世

　　구슬(자손을 말함)이 찬란하여　　　　　　　　琳琅有赫

　　영광이 천추에 빛나리라.　　　　　　　　　　賁永譽于千秋

라고 새겼고, 그 뒷면 주련에는,

---

3) 고증(誥贈) : 청나라 제도에 공로가 있는 5품 이상의 관원에게 죽은
　　뒤 3대의 조상인 아버지, 할아버지, 증조할아버지에게 벼슬을 주는
　　것. 곧 선조에게까지 미치게 하는 표창 제도. 생존한 이는 고봉(誥封)
　　이라 한다.
4) 송가(松檟) : 산소에 심는 좋은 소나무. 송추(松楸)와 같다.

뛰어난 재주 노래로 찬송하니	桓赳興歌
늠름한 모습은 간성의 중책이요,	國倚干城之重
임금이 은총을 내리시니	絲綸錫寵
갸륵한 공훈을 금석에 새겼구나.	朝隆銘鼎之褒

라고 새겨져 있다.

　조대수(祖大壽)의 패루에도 4대(代)의 고증을 나열하여 썼는데, 증조와 조부는 조대락(祖大樂)과 같고, 아버지는 조승훈(祖承訓)이다. 우리나라에서 만력 임진년(1592년)에 왜란이 일어났을 때, 조승훈이 요동(遼東) 부총병(副摠兵)으로 기병 3,000명을 거느리고 맨 먼저 구원하러 왔던 사람이다.

　위층에는 확청지렬(廓淸之烈 : 세상의 혼란을 깨끗이 몰아낸 공렬)이라 쓰여 있고, 아래층에는 사대원융(四代元戎)이라 쓰여 있다. 그 앞뒤 주련이며 날짐승과 길짐승의 모양이며 병마(兵馬)며 싸움하는 그림을 새긴 것은 모두 양각(陽刻)이다. 주련의 글은 바빠서 아직 적지 못했다.

　조씨의 집은 요(遼)와 계(薊)에서 대대로 이름난 장수 집안이다. 숭정 2년(1629년) 11월에 오랑캐 병사가 북경을 쳐들어오자, 12월에 독사(督師) 원숭환이 조대수(祖大壽)·하가강(何可剛)5) 등을 거느리고 들어와서 구원하여 지나는 여러 성마다 군

---

5) 하가강(何可剛) : 명나라의 장수로서 대릉하 싸움에 조대수가 청군에 항복하려는 것을 굳이 말리다가 피살되었다.

대를 머물러서 지키니, 황제는 그가 왔다는 말을 듣고 심히 기
뻐하여 그로 하여금 구원군을 모두 통솔하게 하였다. 청나라
사람이 이를 이간시키려고 그 장수 고홍중(高鴻中)으로 하여금
사로잡아 온 명나라의 태감(太監)6) 두 사람 앞에서 일부러 귓
속말로 속삭이게 하기를,

"오늘 군사를 거두어들인 것은 아마 원 순무(袁巡撫)와 비밀
약속이 있어서 한 일인가 보오. 아까 두 사람이 와서 우리 한
(汗)7)을 뵈옵고 이야기하다 한참 만에 돌아갔다오."
라고 하였다.

양 태감(楊太監 : 양의 성을 가진 태감)이 누워서 잠든 체하고 그
말을 가만히 엿듣고 있더니, 청나라에서 짐짓 그를 놓아서 돌려
보내주자 마침내 이 일을 황제에게 일러 바쳤다. 황제가 〈이
말을 듣고〉 마침내 원숭환을 잡아 가두어서 찢어 죽였다. 이에
조대수(祖大壽)가 크게 놀라 하가강과 더불어 군사를 거느리고
동쪽으로 달아나서 산해관을 헐고 나갔다.

그 뒤 금주 · 송산의 싸움에서 조대락(祖大樂) · 조대성(祖大
成) · 조대명(祖大明)8) 등이 모두 사로잡히고, 조대수는 대릉하
성(大凌河城)을 지키다가 청군에게 에워싸였다가 양식이 다하

---

6) 태감(太監) : 명나라의 벼슬 이름. 궁중 내부(內部)의 모든 감(監)의
   장관. 환관의 우두머리. 군대와 민관을 정찰하는 관직.
7) 한(汗) : 청나라의 군장(君長)에 대해 일컫는 말.
8) 조대성(祖大成) · 조대명(祖大明) : 조대락의 아우.

자 마침내 성을 바쳐 항복하고 말았다. 이제 그들의 패루만 우뚝 서 있을 뿐, 농서(隴西)9)의 가성(家聲 : 집안 대대로 내려온 장수의 명성)은 헐려서 부질없이 후세 사람의 웃음거리가 되었으니, 그 무슨 소용이 있으리오?

조대수가 성 안에 살던 곳을 문방(文坊)이라 하고, 성 밖에 살던 곳을 무당(武堂)이라 하였으나, 지금은 딴 사람이 들어 있다. 서쪽 몇 길 되는 담 안에 조그만 일각문이 하나가 서 있고, 문과 담을 만든 방법이 패루의 기묘한 솜씨와 꽤 비슷하다. 담 안에 아직 두어 칸 정사(精舍 : 학문을 가르치기 위해 마련한 집)가 남아 있는데, 이 지방 사람들은 지금까지도 이를 가리켜 조대수가 한가할 때 글 읽던 집이라고 한다.

이날 밤에 천둥과 비가 새벽까지 그치지 않았다.

---

9) 농서(隴西) : 한(漢)나라 이광(李廣)이 농서의 명장으로 대대로 높은 명성이 일세를 울렸다. 농서는 감숙성 지방인데, 중국 고대 은나라 왕실의 성이 조씨이다.

原文

十九日
십구일

乙未　晴　曉發高橋堡　至塔山十二里　朱獅河五里
을미　청　효발고교보　지탑산십이리　주사하오리

罩羅山店五里　二臺子三里　連山驛七里　共三十二里
조라산점오리　이대자삼리　연산역칠리　공삼십이리

中火　又自連山驛　至五里河子五里　老和尙臺五里　雙
중화　우자연산역　지오리하자오리　노화상대오리　쌍

樹舖五里　乾柴嶺五里　茶棚菴五里　寧遠衛五里　共三
수포오리　건시령오리　다붕암오리　영원위오리　공삼

十里　是日通行六十二里　宿寧遠城外.
십리　시일통행육십이리　숙영원성외

昨與副使書狀　約曉至塔山觀日出　皆晚發　旣至塔山
작여부사서장　약효지탑산관일출　개만발　기지탑산

日高三竿矣.
일고삼간의

東南大海連天　數萬商船　爲夜風所驅　入倚小島　方
동남대해련천　수만상선　위야풍소구　입의소도　방

一時擧帆而去　泛若鳧鴈.
일시거범이거　범약부안

永寧寺　崇禎間祖大壽所創云　佛寺關廟　於遼東初見
영녕사　숭정간조대수소창운　불사관묘　어요동초견

其壯麗略有所記　其後沿道　雖有大小之異　而其制度
기장려략유소기　기후연도　수유대소지이　이기제도

則　大同　不惟不可殫記　亦頗倦於觀翫　不復歷覽焉.
즉　대동　불유불가탄기　역파권어관완　불부력람언

路傍有十數丈高峯　名嘔血臺　世傳淸太宗登此峯　俯
노 방 유 십 수 장 고 봉　명 구 혈 대　세 전 청 태 종 등 차 봉　부

瞰寧遠城中　爲明巡撫袁崇煥所敗　嘔血而殂　故稱之
감 영 원 성 중　위 명 순 무 원 숭 환 소 패　구 혈 이 조　고 칭 지

寧遠城中　大街上對立祖家牌樓　兩樓之間俱數百步
영 원 성 중　대 가 상 대 립 조 가 패 루　양 루 지 간 구 수 백 보

兩樓皆三門　每柱前坐數丈石獅子　一祖大樂牌樓　一
양 루 개 삼 문　매 주 전 좌 수 장 석 사 자　일 조 대 락 패 루　일

祖大壽牌樓　高皆六七丈　而大壽樓高小巽　皆以白石
조 대 수 패 루　고 개 육 칠 장　이 대 수 루 고 소 손　개 이 백 석

之瑩澤如玉理者　層層架起　檂桷樑橡　甍簷窓楹　不資
지 형 택 여 옥 리 자　층 층 가 기　최 각 량 연　맹 첨 창 영　부 자

寸木　大樂樓以五色文石架起　兩樓締起之功　鏤刻之
촌 목　대 락 루 이 오 색 문 석 가 기　양 루 체 기 지 공　누 각 지

工　殆非人力之所能.
공　태 비 인 력 지 소 능

大樂樓列書三代誥贈　曾祖祖鎭　祖祖仁　父祖承敎
대 락 루 렬 서 삼 대 고 증　증 조 조 진　조 조 인　부 조 승 교

前面書元勳初錫　後面書登壇峻烈　最上層書玉音　刻
전 면 서 원 훈 초 석　후 면 서 등 단 준 열　최 상 층 서 옥 음　각

柱聯曰　松檟如初　慶善培于四世　琳琅有赫　賁永譽于
주 련 왈　송 가 여 초　경 선 배 우 사 세　임 랑 유 혁　분 영 예 우

千秋　後面柱聯曰　桓赳興歌　國倚干城之重　絲綸錫寵
천 추　후 면 주 련 왈　환 규 흥 가　국 의 간 성 지 중　사 륜 석 총

朝隆銘鼎之褒.
조 륭 명 정 지 포

大壽樓又列書四代誥贈　曾祖及祖與大樂同　父承訓
대 수 루 우 렬 서 사 대 고 증　증 조 급 조 여 대 락 동　부 승 훈

我國於萬曆壬辰　被倭寇時　承訓以遼東副摠兵領三千
아 국 어 만 력 임 진　피 왜 구 시　승 훈 이 요 동 부 총 병 령 삼 천

騎　最先赴援者也.
기　최선부원자야

上層書廓淸之烈　下層書四代元戎　其前後柱聯　及所
상층서확청지렬　하층서사대원융　기전후주련　급소

鏤禽獸兵馬戰鬪之狀　皆陽刻　柱聯忙未之記.
루금수병마전투지상　개양각　주련망미지기

祖家遼薊世將也　崇禎二年十一月　虜兵薄皇城　十二
조가요계세장야　숭정이년십일월　노병박황성　십이

月　督師袁崇煥　率祖大壽何可剛入援　所過諸城　留兵
월　독사원숭환　솔조대수하가강입원　소과제성　유병

守之　帝聞其至甚喜　令盡統援軍　淸人設間　使其將高
수지　제문기지심희　영진통원군　청인설간　사기장고

鴻中　於所獲明兩太監前　故作耳語曰　今日掇兵意者
홍중　어소획명양태감전　고작이어왈　금일철병의자

袁巡撫有密約　頃見二人來見汗　語良久而去　楊太監
원순무유밀약　경견이인래견한　어량구이거　양태감

佯臥竊聽之　旋縱之歸　遂以告于帝　帝遂執崇煥磔之
양와절청지　선종지귀　수이고우제　제수집숭환책지

大壽大驚　與可剛擁衆東走　毁山海關出.
대수대경　여가강옹중동주　훼산해관출

後錦州松山之戰　祖大樂　祖大成　祖大明　皆被擒
후금주송산지전　조대락　조대성　조대명　개피금

大壽守大凌河城　被圍糧盡　擧城降　今其牌樓崢嶸　而
대수수대릉하성　피위량진　거성항　금기패루쟁영　이

隴西之家聲隤矣　徒爲後人之嗤點　有何益哉.
농서지가성퇴의　도위후인지치점　유하익재

大壽城內所居稱文坊　城外所居稱武堂　今爲別人所
대수성내소거칭문방　성외소거칭무당　금위별인소

占　而西邊數仞墻　開一小角門　門墻制作　頗似牌樓之
점　이서변수인장　개일소각문　문장제작　파사패루지

奇巧　墻內猶存數楹精舍　土人至今指謂大壽暇日讀書
기교　장내유존수영정사　토인지금지위대수가일독서

之堂云.
지 당 운

是夜大雷雨達曉.
시 야 대 뢰 우 달 효

7월 20일 병신(丙申)

아침에 날이 개었다가 저녁나절에 비가 내렸다.

　　새벽에 영원성을 떠나 청돈대(青墩臺)까지 7리, 조장역(曹莊驛)까지 6리, 칠리파(七里坡)까지 7리, 오리교(五里橋)까지 5리, 사하소(沙河所)까지 5리, 모두 30리를 가서 점심을 먹으니, 이곳 사하소가 바로 중우소(中右所)이다. 점심을 먹고 난 후 찌는 듯한 더위가 비를 만들더니 겨우 건구대(乾溝臺)까지 3리를 가자 큰비가 쏟아졌다. 비를 무릅쓰고 가서 연대하(煙臺河)까지 5리, 반랍점(半拉店)까지 5리, 망하점(望河店)까지 2리, 곡척하(曲尺河)까지 5리, 삼리교(三里橋)까지 7리, 동관역(東關驛)까지 3리, 모두 30리를 갔다. 이날에는 60리를 걸었다.

　　청돈대는 해돋이를 구경하는 곳이다. 부사와 서장관이 닭이 울 무렵에 먼저 떠나서 해돋이를 구경할 예정으로 내게 하인을 보내어 같이 가기를 청했으나, 나는 푹 자야겠다고 사양하고 늦게 떠났다. 대체로 해돋이를 구경함도 역시 운수가 있는 것이라 하겠다. 내 전에 동쪽 바닷가에 노닐 때 총석정(叢石亭)1)의 해돋이와 옹천(甕遷)2)·석문(石門 : 통천군 바닷가)의 해돋이를 하나도 시원히 보지 못했다. 혹은 늦게 이르러 해가 벌써 바다를 떠났고, 혹은 밤새 잠을 자지 않고 있다가 일찍 해돋이 장소에 나가 보면 마침내 해가 구름과 안개에 가려버리곤 하였다.

대저 해가 뜰 때 하늘에 구름 한 점 없으면 잘 구경할 수 있을 것 같지만 실상은 이처럼 무의미한 것이 없다. 이는 다만 빨간 구리쟁반 한 덩이가 바다 속에서 나올 뿐 볼 만한 것이 무엇이 있겠는가? 해는 임금을 상징한다. 그래서 요(堯)임금을 기리는 말에, "바라볼 젠 구름이요, 다가서니 해일러라〔望之如雲 就之如日〕."3) 한 것이다. 그러므로 해가 돋기 전에는 반드시 많은 구름 기운이 그 변두리에 몰려들어, 마치 앞길을 인도하는 듯 뒤를 따르는 듯, 의장(儀仗)을 갖추는 듯 천승(千乘)과 만기(萬騎)가 임금을 모시고 옹위하여 깃발이 펄럭이고 용이 꿈틀거리는 듯한 연후에야 비로소 장관이라 할 수 있을 것이다. 그러나 만일 너무 많이 구름이 끼면 도리어 가물가물하고 가려져서 또한 볼 것이 없을 것이다.

대개 새벽에는 밤새 모아진 순음(純陰)의 기운이 내리 쏘이

---

1) 총석정(叢石亭) : 관동팔경의 하나. 강원도 통천(通川)에 있다.
2) 옹천(甕遷) : 강원도 통천 남쪽 60리쯤 바다에 돌출한 산 이름.
3) 사마천(司馬遷)의 『사기(史記)』에 나온다.

는 태양과 맞부딪치게 된다. 이로 말미암아 바위틈에 구름이 서리고 시냇가에 안개가 피어나서 서로 비추어 해가 돋을락 말락 할 때에 그 기상이 원망스런 듯 수심 겨운 듯 해미〔海霾 : 바다 위에 낀 매우 짙은 안개〕가 끼어서 빛을 잃게 되는 것이다.

내가 총석정에서 해돋이를 구경하다가 읊은 시(詩)[4]가 있다.

총석정에서 해돋이를 보며〔叢石亭觀日出儒〕

나그네 밤중 되자 서로들 외치는데	行旅夜半相叫譍
먼 마을 닭 한 소리 외로이 우는구나.	遠鷄其鳴鳴未應
닭이 운다 하니 그곳이 어디더뇨	遠鷄先鳴是何處
내 마음속 그 소리는 파리처럼 가늘도다.	只在意中微如蠅
이웃 개 짖던 것이 그마저 고요하구나	村裏一犬吠仍靜
고요에 잠긴 몸이 마음속이 떨리네.	靜極寒生心兢兢
이때에 또 한 소리 귓가에 울려 올 제	是時有聲若耳鳴
더 자세히 들으니 또 한 소리 홰를 친다.	纔欲審聽簷鷄仍
에서 총석정이 단지 십 리라니	此去叢石只十里
넓디넓은 바닷가에 해돋이를 보오리라.	正臨滄溟觀日昇
하늘인 양 물인 양 혼돈하여 아무 조짐 없네.	天水涳洞無兆眹
성난 파도 언덕에 물결치니 벼락이 이는 듯	洪濤打岸霹靂興
검은 바람 휘몰아치니 온 바다를 뒤집는 듯	常疑黑風倒海來

---

4) 『연암집(燕巖集)』에 실려 있다.

뫼(산) 뿌리째 뽑을 듯이 돌인들 온전하리.	連根拔山萬石崩
고래, 곤어5) 싸움 등 터지니 이것이 예사건만	無怪鯨鯤鬪出陸
별안간 바다 끓어 큰 붕새6) 날아든다네.	不虞海運値搏鵬
다만 이날 밤이 오래도록 새잖을까 근심이라	但愁此夜久未曙
지금 이 혼돈 뉘라서 다시 분간할꼬.	從今混沌誰復徵
설마 어둠의 나라에 큰 난리 난 것은 아니겠지	無乃玄冥劇用武
땅 깊이 문이 닫혀 우연7)에 얼어붙었나?	九幽早閉虞淵氷
저 하늘 한 덩이가 뒤집혀 도는 듯이	恐是乾軸旋斡久
서북이 기울고 지구가 휘둘리어	遂傾西北隳環絚
이상한 세 발 까마귀8) 날기도 빨리 하네.	三足之烏太迅飛
뉘라서 그 발 하나를 놋줄에 달아매었는가?	誰呪一足繫之繩
해약9)의 옷과 띠에 검은 물방울 스며들고	海若衣帶玄滴滴
수비10)의 쪽진 머리 차갑기 짝이 없네.	水妃鬖鬈寒凌凌
큰 고기 설렁이며 용마처럼 달려올 제	巨魚放蕩行如馬
붉은 갈기 푸른 등성이 어찌 그리 뒤엉컸나.	紅鬐翠鬣何脅肩
하늘이 만물 낼 제 그 누가 참간했는가?	天造草昧誰參看
고함치며 미친 듯이 등불을 켜 보련다.	大叫發狂欲點燈

---

5) 곤어 : 『장자』에 나오는 전설적 동물. 큰 물고기.

6) 붕새 : 한 번 나래를 치면 구만 리를 간다는 큰 새.

7) 우연(虞淵) : 해가 드나드는 곳.

8) 태양 속에 까마귀가 깃들었다는 전설. 삼족오(三足烏). 해의 대명사로 쓰인다.

9) 해약(海若) : 바다의 귀신.

10) 수비(水妃) : 바다의 여신.

창날 같은 혜성 꼬리 불살을 드리운 듯　　攙搶擁彗火垂角
나무 위에 부엉이는 그 울음이 얄미워라.　　禿樹啼鵂尤可憎
잠시 뒤 바다 위에 작은 멍울 생긴 듯이　　斯須水面若小瘤
용의 발톱 잘못 닿아 독이 나서 아픈 듯이　　誤觸龍爪毒可疼
그 빛이 점점 커져 만 리를 뻗치누나.　　其色漸大通萬里
물결 위 붉은 무늬 꿩 가슴팍 모습이라　　波上邐暈如雉膺
아득한 이 천지가 이제야 지경(경계) 나네.　　天地茫茫始有界
붉은빛 선 하나가 나뉘어 두 층 되니　　以朱畫一爲二層
어둠 세계 깨어나서 온 누리가 물든 듯이　　梅澀新醒大染局
온갖 빛이 짙은 채로 비단 무늬 이루었네.　　千純濕色縠與綾
산호나무 찍어 내니 검은 숯을 구우련가.　　作炭誰伐珊瑚樹
부상11)에 빛 오르자 찌는 듯 뜨거워라.　　繼以扶桑益熾蒸
염제12)는 풀무 불어 입이 응당 비뚤겠고　　炎帝呵噓口應喎
축융13)은 부채 부쳐 오른팔이 피로하리.　　祝融揮扇疲右肱
새우 수염 길다한들 불사르긴 가장 쉽고　　鰕鬚最長最易爇
달팽이 집 굳다한들 저절로 익어지네.　　蠣房逾固逾自胚
얇은 구름 조각 안개 동으로 모여들어　　寸雲片霧盡東輳
찬란한 온갖 상서 제각기 나타내네.　　呈祥獻瑞各效能
옥황을 뵙기 전에 갖옷을 던져두고　　紫宸未朝方委裘
도끼 그린 병풍 치고 잠자코 비켜 앉아　　陳扆設黼仍虛凭

11) 부상(扶桑) : 해 돋는 곳에 서 있다는 뽕나무.
12) 염제(炎帝) : 불을 나스렸던 신.
13) 축융(祝融) : 불 혹은 여름을 맡은 신.

조각달이 가늘건만 계명성과 빛을 새워　　　　纖月猶賓太白前
등·설14)의 나라일망정 서로 빛을 다투도다.　　頗能爭長薛與滕
붉은 기운 점점 엷어 오색이 찬란하구나.　　　赤氣漸淡方五色
머나먼 곳 물결 머리 그 먼저 맑아지자　　　　遠處波頭先自澄
바다 위 온갖 괴물 어딘지 도망치곤　　　　　海上百怪皆遁藏
희화15)만 홀로 수레를 타는구나.　　　　　　獨留羲和將驂乘
둥글둥글 저 얼굴이 6만 4천 년16)에　　　　　圓來六萬四千年
오늘 아침 변하더니 네모도 나는구나.　　　　今朝改規或四楞
만 길이나 깊은 바다 속에서 뉘라서 떠올렸는고.　萬丈海深誰汲引
아하, 하늘에도 섬돌 있어 오를 수 있겠구나.　始信天有階可陞
등림17)의 익은 과실 한 알이 붉어 있고　　　鄧林秋實丹一顆
해 아드님 붉은 공이 꺼지고 반만 올라　　　東公綵毬蹙半登
과보18)도 뒤에 처져 쉬지 않고 헐떡이고　　　夸父殿來喘不定
여섯 용19)이 앞을 서서 자랑하기 짝이 없네.　六龍前導頗誇矜

---

14) 등(滕)·설(薛): 전국 시대의 작은 나라. 『맹자(孟子)』에 나온다.

15) 희화(羲和): 태양을 싣고 하늘을 달리는 말몰이꾼.

16) 6만 4천 년: 우주가 생성하여 소멸할 때까지 12만 9천 6백년이 걸리는데, 중간에 해당한다는 말이다.

17) 등림(鄧林): 복숭아나무 숲[桃林]. 중국의 전설에 과보(夸父)라는 선인(仙人)이 해를 쫓아 가다가 목이 말라서 죽었는데, 죽기 직전에 손에 들고 있던 지팡이를 떨어뜨리자 복숭아나무숲이 만들어졌다고 한다. 『산해경(山海經)』

18) 과보(夸父): 두 귀에 누런 뱀을 걸고 두 손에 누런 뱀을 움켜쥐고서 태양을 쫓아간 선인(仙人).

하늘 가 어두워져 얼굴빛을 찌푸린다.	天際黯慘忽顰蹙
햇바퀴를 힘껏 밀어 기운이 배가 나니	努力推轂氣欲增
바퀴처럼 둥글지 않고 항아리처럼 길쭉하네.	團未如輪長如瓾
솟았다 잠겼다 소리 팡팡 들리는 듯	出沒若聞聲砅砅
만물이 분명키를 어제와 같으려면	萬物咸覩如昨日
뉘라서 두 손 받들어 번쩍 들어 올릴꼬.	有誰雙擎一躍騰

대개 해 돋는 광경은 천변만화하여 사람마다 보는 바가 같지 않을 뿐더러 반드시 바다에서 구경할 것만도 아니다. 내가 요동벌에서 날마다 해돋이를 보았는데, 하늘이 개서 구름이 없으면 햇덩이가 그리 크지 않아 보인다. 열흘을 두고 보아도 날마다 같지 않다. 부사와 서장관은 오늘도 구름이 가려서 보지 못하였다고 한다.

오후에 더위가 심하더니 소낙비가 억수로 퍼부었다. 우장옷 (비옷)이 찌는 듯 답답하고 가슴속까지 그득한 것이 더위를 먹은 듯싶다. 자리에 들 때 마늘을 갈아 소주에 타서 마셨더니, 그제야 배가 편하여 온전히 잘 수 있었다. 밤새 비가 멎지 않았다.

---

19) 여섯 용[六龍]. 태양신이 수레를 타면 희화가 여섯 마리 용이 끄는 수레를 몰고 온다고 한다. 『회남자(淮南子)』

原文

二十日
이십일

丙申　朝晴晚雨　曉發寧遠　至靑墩臺七里　曹莊驛六
병신　조청만우　효발영원　지청돈대칠리　조장역육

里　七里坡七里　五里橋五里　沙河所五里　共三十里
리　칠리파칠리　오리교오리　사하소오리　공삼십리

中火　沙河所　卽中右所也　中火後　暴炎釀雨　至乾溝
중화　사하소　즉중우소야　중화후　폭염양우　지건구

臺三里　大雨　冒雨行　煙臺河五里　半拉店五里　望河
대삼리　대우　모우행　연대하오리　반랍점오리　망하

店二里　曲尺河五里　三里橋七里　東關驛三里　共三十
점이리　곡척하오리　삼리교칠리　동관역삼리　공삼십

里　是日通行六十里.
리　시일통행육십리

靑墩臺　觀日出所也　副使書狀將　於鷄鳴先發爲觀日
청돈대　관일출소야　부사서장장　어계명선발위관일

佯要同行　而余辭以穩睡晚發　蓋觀日出　亦有數存　余
팽요동행　이여사이온수만발　개관일출　역유수존　여

嘗東遊海上　叢石亭觀日　甕遷觀日　石門觀日　俱未得
상동유해상　총석정관일　옹천관일　석문관일　구미득

意　或晚到　日已離海　或竟夜不寐　早至觀所　竟爲雲
의　혹만도　일이리해　혹경야불매　조지관소　경위운

霧晦翳.
무회예

大抵日出時　天無一點雲氣　則似若善觀　而此最無味
대저일출시　천무일점운기　즉사약선관　이차최무미

只是一團赤銅盤　出自海中來　有何可觀　日君象也　其
지시일단적동반　출자해중래　유하가관　일군상야　기

贊堯曰　望之如雲　就之如日　故曰之未暾　必有許多雲
찬요왈　망지여운　취지여일　고일지미돈　필유허다운

氣湊集外辦　若將前導　若將後殿　若將儀衛　如千乘萬
기주집외판　약장전도　약장후전　약장의위　여천승만

騎　陪扈衛擁　羽毛斿斾　龍蛇震蕩　然後始爲壯觀　若
기　배호위옹　우모유패　용사진탕　연후시위장관　약

要許多雲氣　則乃反晦冥鄣蔽　無復可觀.
요허다운기　즉내반회명장폐　무부가관

蓋曉夜純陰之氣　爲太陽所激射　於是巖岫出雲　川澤
개효야순음지기　위태양소격사　어시암수출운　천택

出霧　各相照應　方暾未暾之時　如怨如愁　沈霾無光.
출무　각상조응　방돈미돈지시　여원여수　침매무광

余於叢石觀日　有詩曰.
여어총석관일　유시왈

行旅夜半相叫應
행려야반상규응
遠鷄其鳴鳴未應
원계기명명미응
遠鷄先鳴是何處
원계선명시하처

只在意中微如蠅
지재의중미여승
村裏一犬吠仍靜
촌리일견폐잉정
靜極寒生心兢兢
정극한생심긍긍

是時有聲若耳鳴
시시유성약이명
纔欲審聽簷鷄仍
재욕심청첨계잉
此去叢石只十里
차거총석지십리

正臨滄溟觀日昇
정림창명관일승
天水潏洞無兆眹
천수홍통무조진
洪濤打岸霹靂興
홍도타안벽력흥

常疑黑風倒海來
상의흑풍도해래
連根拔山萬石崩
연근발산만석붕
無怪鯨鯤鬪出陸
무괴경곤투출륙

不虞海運値摶鵬
불우해운치단붕
但愁此夜久未曙
단수차야구미서
從今混沌誰復徵
종금혼돈수부징

無乃玄冥劇用武
무내현명극용무
九幽早閉虞淵水
구유조폐우연빙
恐是乾軸旋斡久
공시건축선알구

逐傾西北隳環絙
수 경 서 북 휴 환 환

三足之烏太迅飛
삼 족 지 오 태 신 비

誰呪一足繫之繩
수 주 일 족 계 지 승

海若衣帶玄滴滴
해 약 의 대 현 적 적

水妃鬟鬟寒凌凌
수 비 빈 환 한 릉 릉

巨魚放蕩行如馬
거 어 방 탕 행 여 마

紅鬐翠鬣何髬髵
홍 기 취 렵 하 봉 승

天造草昧誰參看
천 조 초 매 수 참 간

大叫發狂欲點燈
대 규 발 광 욕 점 등

攙搶擁彗火垂角
참 창 옹 혜 화 수 각

禿樹啼鶪尤可憎
독 수 제 류 우 가 증

斯須水面若小癤
사 수 수 면 약 소 절

誤觸龍爪毒可疼
오 촉 용 조 독 가 동

其色漸大通萬里
기 색 점 대 통 만 리

波上遂暈如雉膺
파 상 수 훈 여 치 응

天地茫茫始有界
천 지 망 망 시 유 계

以朱畫一爲二層
이 주 획 일 위 이 층

梅澀新醒大染局
매 삽 신 성 대 염 국

千純濕色縠與綾
천 순 습 색 곡 여 릉

作炭誰伐珊瑚樹
작 탄 수 벌 산 호 수

繼以扶桑益熾蒸
계 이 부 상 익 치 증

炎帝呵噓口應喎
염 제 가 허 구 응 패

祝融揮扇疲右肱
축 융 휘 선 피 우 굉

鰕鬚最長最易爇
하 수 최 장 최 이 설

蠣房逾固逾自胚
여 방 유 고 유 자 배

寸雲片霧盡東輳
촌 운 편 무 진 동 주

呈祥獻瑞各效能
정 상 헌 서 각 효 능

紫宸未朝方委裘
자 신 미 조 방 위 구

陳宸設黼仍虛凭
진 의 설 보 잉 허 빙

纖月猶賓太白前
섬 월 유 빈 태 백 전

頗能爭長薛與滕
파 능 쟁 장 설 여 등

赤氣漸淡方五色
적 기 점 담 방 오 색

遠處波頭先自澄
원 처 파 두 선 자 징

海上百怪皆遁藏
해 상 백 괴 개 둔 장

獨留羲和將驂乘
독 류 희 화 장 참 승

圓來六萬四千年
원 래 육 만 사 천 년

今朝改規或四楞
금 조 개 규 혹 사 릉

萬丈海深誰汲引
만 장 해 심 수 급 인

始信天有階可陞
시 신 천 유 계 가 승

鄧林秋實丹一顆
등 림 추 실 단 일 과

東公綵毬薨半登
동 공 채 구 축 반 등

夸父殿來喘不定
과 보 전 래 천 부 정

六龍前導頗誇矜
육 룡 전 도 파 과 긍

天際黯慘忽顛躓
천 제 암 참 홀 빈 축

努力推轂氣欲增
노 력 추 곡 기 욕 증

團未如輪長如瓮　　出沒若聞聲砯砯　　萬物咸覩如咋日
단 미 여 륜 장 여 옹　　출 몰 약 문 성 빙 빙　　만 물 함 도 여 작 일

有誰雙擎一躍騰.
유 수 쌍 경 일 약 등

蓋日出千變萬化　　人人所見各不同　　而亦不必臨海觀
개 일 출 천 변 만 화　　인 인 소 견 각 부 동　　이 역 불 필 림 해 관

之　余於遼野日觀日出　天晴無雲　則日輪不甚大　一旬
지　여 어 요 야 일 관 일 출　천 청 무 운　즉 일 륜 불 심 대　일 순

之間　日日不同矣　副三房　今日亦以雲陰未見云.
지 간　일 일 부 동 의　부 삼 방　금 일 역 이 운 음 미 견 운

午後暴熱　大雨滂沱　油衣蒸鬱　肚裏飽滿　似飮暑矣
오 후 폭 열　대 우 방 타　유 의 증 울　두 리 포 만　사 음 서 의

臨臥時　磨大蒜頭　燒酒和服　腹始平穩睡　達曉大雨.
임 와 시　마 대 산 두　소 주 화 복　복 시 평 온 수　달 효 대 우

7월 21일 정유(丁酉)

비가 오다 개다 하였다.

강물이 불어 건너질 못하고 동관역(東關驛)에 머물렀다. 들으니 이웃집에는 등주(登州)에서 온 '이 선생(李先生)'이란 손님이 있어서 점을 잘 치고, 또 사람을 시켜 조선 사람을 보고자 한다고 하기에 식후에 찾아갔다. 그의 점치는 법은 태을수(太乙數)1)를 본다고 한다. 나는 그에게,

"이게 자미두수(紫微斗數)2)가 아니오?"

하고 물었더니, 이생(李生)은

"이른바 '자미(紫微)'란 작은 수에 불과하나, 태을(太乙)이라는 한 개의 별이 자미궁(紫微宮 : 옥황이 살고 있는 궁전)에 있어서

---

1) 태을수(太乙數) : 『주역』에 나오는 점술의 용어. 태을은 별이름.
2) 자미두수(紫微斗數) : 점술의 용어인데, 자미는 별이름으로 제왕에 해당하는 별자리이다.

천일생수(天一生水)3)에 속하므로 '태을'이라고 합니다. 그리하여 을(乙)이란 곧 하나를 두고 말함이요, 물이란 천지조화의 근본이며, 육임(六壬)4)도 물이요, 둔갑(遁甲)5) 역시 태을입니다. 이는『오월춘추(吳越春秋)』6) 같은 책에 분명한 증험들이 많이 나타나 있고, 64괘(卦)7)가 여기서 나오지 않은 것이 없답니다. 그러므로 장수(將帥)가 된 자로서 육임과 둔갑(遁甲)의 법을 모르면 기이한 변화 역시 알지 못하는 법입니다."
라고 한다.

내 본시 성품이 관상(觀相)이나 사주(四柱)8) 같은 걸 좋아하지 않으므로 평생에 그 법을 알지 못하고, 또 그가 말하는 '육임과 둔갑'이라는 것이 몹시 허망한 거짓말에 속하는 것이므로 사주를 내어 주지 않았다. 대개 그 사람 역시 자기의 술수를 과장하여 많은 복채를 낚으려다가 내 기색이 매우 냉담함을 살피고는 다시 말하지 않았다.

방 맞은편에 한 노인이 안경을 쓰고 앉아서 글을 베끼고 있기

----

3) 천일생수(天一生水) : 하늘이 열릴 때 맨 먼저 물을 낳는다는 것.

4) 육임(六壬) : 육(六)이 음수(陰數)인 동시에 임(壬)도 북방의 귀신이었다. 점치는 법의 하나.

5) 둔갑(遁甲) : 다른 사람의 눈에 자기 몸이 보이지 않게 한다는 술법.

6)『오월춘추(吳越春秋)』: 한(漢)나라 조욱(趙煜)이 지음. 전국 시대 오나라와 월나라의 흥망을 기록한 소설체의 역사 서적.

7) 64괘(卦) :『역경(易經)』에 실린 64개의 괘.

8) 사주(四柱) : 생년·월·일·시.

에, 내가 그 앞으로 다가서서 베끼는 것을 보니, 모두 근세의 시화(詩話)이다. 노인이 안경을 늦추고 붓을 멈추면서,

"손님이 멀리 오셨으니, 길에서 해낭(奚囊)9)이 필시 풍부하시리니 한 두어 가지 아름다운 글귀를 남겨 주시지요."

라고 한다. 그 베끼는 글씨는 비록 옹졸하나 시화 중에는 제법 볼 만한 것이 더러 있고, 노인 역시 생김새가 밝고 아담하고 곁에 놓인 물건들도 정갈하기에 내가 마침내 구들에 들어앉아서 서로 성명을 대니, 노인 역시 등주에 살고 있는 사람이다. 성은 축(祝)인데 이름은 잊어버렸다. 그가 우리나라 부인들의 비녀를 지르는 법과 의복 제도데 대해 묻기에 나는,

"모두 중국 상고 시대의 것을 본받았습니다."

하니 축은,

"좋아요, 좋소이다."

한다. 나는 그에게,

"그럼, 당신네 나라에서는 여자들의 복식 제도가 어떠합니까?"

하호 물으니 축은,

"대략 같습니다. 풍습에 여자가 시집갈 때면 쪽만 찌고 비녀는 꽂지 않는 답니다. 빈부를 가릴 것 없이 평민(平民)의 부인들은 관(冠)을 쓰지 않고 다만 명부(命婦)10)만 관을 쓰는데, 제각

---

9) 해낭(奚囊) : 시구를 수집해 넣은 주머니. 당(唐)나라 천재 시인 이하(李賀)의 고사에서 나왔다.

기 남편의 직품(職品)에 따라서 잠이나 머리꽂이도 역시 모자 쓰는 제도와 같이 층하가 있다. 쌍봉차(雙鳳釵 : 봉황 두 마리를 아로새긴 큰 비녀)가 제일 고귀하되, 그중에도 비봉(飛鳳 : 나는 봉황)·입봉(立鳳 : 서 있는 봉황)·좌봉(坐鳳 : 앉아 있는 봉황)·즙봉(戢鳳 : 웅크린 봉황) 등의 구별이 있고, 비취잠(翡翠簪 : 비취꽂이)에도 모두 품직의 차이가 있으며, 처자들은 긴 저고리와 치마를 입다가 시집가면 큰 소매 넓은 적삼에 긴 치마를 입고 띠를 두릅니다.”

라고 한다. 내가,

“등주(登州)가 여기서 얼마나 되며, 무슨 일로 이곳에 오셨는지요?”

라고 하니 축이,

“등주는 옛날 제(齊)나라의 경계였으므로 바다를 등진 나라라 하는 것입니다. 육로로는 북경까지 1,500리지만 우리들은 배를 타고 면화(綿花)를 사러 금주(金州)에 가다가 이곳에 지체하고 있습니다.”

라고 한다.

그가 베끼는 글 중에 다음과 같이 적힌 것이 있었다.

• 나홍선(羅洪先 : 양명학파의 대가)은 길수(吉水) 사람으로, 명(明)나라 가정(嘉靖) 기축년(1529년)에 과거에 장원(壯元)했다.

---

10) 명무(命婦) : 작위를 받은 부인. 부녀로서 봉호를 받음이니 내명부와 외명부의 구별이 있다.

- 주연유(周延儒)11)는 직례(直隷) 사람으로, 만력(萬曆) 계축년(1613년)에 과거에 장원했다.
- 위조덕(魏藻德)12)은 통주(通州) 사람으로, 숭정(崇禎) 경진년(1640년)에 과거에 장원했다.

그중 주연유는 명나라의 황실을 크게 어지럽혔고, 위조덕은 적병에게 항복했으나 피살되었고, 나홍선은 죽어 공자묘에 종사(從祀 : 공자를 제사하는 문묘에 함께 제사 지내는 제도)하였으니, 20년 동안 성인의 도(道)를 공부하여 마음속에서 겨우 '장원(壯元)' 두 글자를 잊어버렸을 정도라고 한다.

또 근세의 유림(儒林)들을 나열해 기록하였다.
- 육가서(陸稼書) 선생(先生)은 시호가 청헌(淸獻)이며, 문묘(文廟)에 종사(從祀)하였다.
- 탕형현(湯荊峴)13) 선생은 휘는 빈(斌)이요, 시호는 문정(文正)이요, 자는 공백(孔伯)이며, 호는 잠암(潛庵)이며, 문묘에 종사하였다.
- 이용촌(李榕村 : 용촌은 호) 선생 광지(光地) 운운(云云).
- 위상추(魏象樞)14)는 모두들 큰 선비라 일컫는다.

---

11) 주연유(周延儒) : 내치(內治)와 외정(外政)에 많은 공이 있었으나, 사람됨이 용렬하여 나중에 사사(賜死)되었다.

12) 위조덕(魏藻德) : 이자성(李自成)에게 붙잡혀 굴복하였으나 피살되었다.

13) 탕형현(湯荊峴) : 청(淸)나라 초기의 명신. 형현은 자.

• 서심포(徐蟾圃)[15]는 휘가 건학(乾學) 운운(云云).

그리고 축 노인(祝老人)은 이야기를 멈추고 다시 글 베끼기에 바빴다. 옆에 다섯 권의 책이 놓여 있는데, 고인(故人)의 생년월일시가 나열되어 있었다. 하우씨(夏禹氏)[16]·항우(項羽 : 항적)·장량(張良)[17]·영포(英布 : 한나라의 명장)·관성(關聖)[18] 등의 사주가 모두 적혀 있다.

나도 종이 몇 쪽을 빌어서 한 벼루에 대고 대강 기록하는데, 이때에 점쟁이(이 선생)는 방에 있지 않았다. 내가 막 100여 명 정도 베꼈을 때 이 선생이 밖에서 들어와서 보고는 크게 노하여 이를 빼앗아 찢으면서,

"천기(天機)를 누설했구먼."

하기에, 나는 크게 웃고 일어나 마침내 사관으로 돌아왔다. 손에는 아직 찢긴 나머지 반 장의 종이쪽이 있었다.

• 왕서공(王舒公 : 진나라 명제(明帝)의 명신)은 신유 11월 11일 진시(辰時)생.

• 부 정공(富鄭公)[19]은 갑진 정월 20일 사시(巳時)생.

---

14) 위상추(魏象樞) : 청조의 직신(直臣). 자는 환극(環極).

15) 서섬포(徐蟾圃) : 청조의 학자인 건학(乾學). 섬포는 호.

16) 하우씨(夏禹氏) : 하(夏)나라를 개국한 임금. 순(舜)임금의 선위(禪位)로 천자가 됨. 성(姓)은 사씨(姒氏)이다.

17) 장량(張良) : 한(漢)나라의 유방을 도와 천하를 통일한 책략가.

18) 관성(關聖) : 관우(關羽). 성은 극도로 높인 말. 관운장.

19) 부 정공(富鄭公) : 부필(富弼). 정공은 봉호. 송나라 때 학자.

- 소자용(蘇子容)은 경신 2월 22일 사시생.
- 왕정중(王正仲)[20]은 계해 정월 11일 신시(申時)생.
- 한장민(韓莊敏)은 기미 7월 초9일 인시(寅時)생.
- 채경(蔡京)[21]은 정해년 임인월 임진일 신해생.
- 증포(曾布)[22]는 을해년 정해월 신해일 기해생.

그중 한장민과 왕정중은 어느 때 사람인지 알 수 없으나, 모두 귀인임을 짐작할 수 있겠다. 이른바 이 선생이란 자가 내뱉은 '천기누설'이란 말은 비루하기 짝이 없었다.

오후에 비가 잠깐 개기에 심심하여 한 상점에 들어갔다. 뜰 안에는 반죽(斑竹 : 겉에 반점이 있는 대나무)으로 난간을 두르고, 도미(茶藦 : 장미과의 겨우살이풀)로 짠 시렁 아래에 한 길이나 되는 태호석(太湖石)[23]이 서 있다. 돌빛은 새파랗고 돌 뒤에는 한 길 넘는 파초(芭蕉)가 심어져 있어서 비온 뒤의 빛깔이 더욱 산

---

20) 왕정중(王正仲) : 중(仲)은 중(中)인 듯하다. 명나라 말의 절신(節臣).

21) 채경(蔡京) : 송(宋)나라의 정치가. 악정(惡政)이 많아서 백성을 괴롭게 하였다.

22) 증포(曾布) : 당송 8대가의 한 사람인 증공(曾鞏)의 이복 아우. 왕안석(王安石)을 도와 신정(新政 : 청나라 말기 중국 정부의 마지막 개혁)을 추진했다.

23) 태호석(太湖石) : 중국의 태호 지방에서 나는 돌. 까무잡잡하고 구멍이 많으며 주름살이 잡힌 모양의 기석(奇石)이다. 정원 장식용으로 쓰인다.

뜻하게 보인다.

난간가에 다만 사람 하나가 걸터앉아 있고, 책상 위에 놓인 붓과 벼루가 다 품질이 좋은 것들이다. 내가 자리에 들어앉으며 글을 써서 성명을 물었더니, 손사래를 치며 대답하지 않고는 곧바로 일어나 문밖으로 나가 버린다. 나는 속으로 그는 아마 주인이 아닌가보다 생각하고 태호석을 구경하느라고 잠깐 지체하였더니, 그 사람이 한 청년을 데리고서 웃음을 머금고 들어온다.

청년이 내게 읍하고서 나아와 앉고는 바삐 종이 한 쪽을 내어 만주 글자를 쓰기에 나는,

"그건 모르오."

라고 하니, 둘이 다 웃는다. 아마 주인이 글을 한 글자도 모르므로 급히 나가서 맞은편 점포 청년을 데리고 온 모양이다. 청년은 비록 만주 글을 잘 아는 듯하나 한자(漢子)는 모르므로, 마침내 서로 말을 두어 마디 주고받았으나 피차에 얼버무려 넘기니, 이야말로 참으로 이른바 귀머거리 아닌 귀머거리요, 장님 아닌 장님이요, 벙어리 아닌 벙어리인 것이다. 세 사람이 정좌(鼎坐)하니 천하에 더할 나위 없는 병신들이다. 다만 서로 웃음으로 껄껄거리고 때우는 판이다.

아까 그 청년이 만주 글자를 쓸 때 주인이,

"벗이 먼 곳에서 찾아오니 어찌 즐겁지 않겠소?"[24]

----

24) 『논어(論語)』 학이(學而) 편에 나오는 첫째 절(節).

하기에 내가,

"나는 만주 글자를 모르오."

하니 청년이,

"배운 것을 때때로 복습하면 어찌 기쁘지 않겠소?"[25]

하여 내가,

"그대들이 『논어(論語)』를 이처럼 잘 외면서 어찌 글자를 모르나?"

하니 주인이,

"남이 나를 몰라주더라도 노여워하지 않는다면 어찌 군자(君子)가 아니겠소이까?"[26]

한다. 내가 시험 삼아서 그들이 외운 석 장(章)을 써서 보여주니, 그들은 모두 눈이 휘둥그레지며 들여다볼 뿐, 멍하니 무슨 말인지 도무지 모르는 모양이다.

얼마 있다가 소낙비가 퍼부어서 옆에 다른 소리는 들리지 않고 조용히 이야기하기에 정말 좋았으나, 둘이 다 한 글자도 모르고 나 역시 북경 말에 서툴러서 어쩔 수 없었다.

지척(咫尺) 사이에 있으면서 비에 막혀 있으려니 더욱 마음이 갑갑하고 무료(無聊)하기 짝이 없다. 청년이 일어나 나가더니 조금 뒤에 큰 비를 무릅쓰고 손에 능금 한 바구니, 달걀 지짐 한 쟁반, 수란(水卵 : 계란을 뜨거운 물에 데쳐낸 요리) 한 자배기를 들고

---

25) 학이 편의 둘째 절.
26) 학이 편의 셋째 절.

왔다. 그 자배기는 둘레가 7위(圍)²⁷⁾나 되고, 두께는 한 치이
며, 높이는 서너 치 되는데, 녹색 유리를 올리고 두 볼엔 도철
(饕餮)²⁸⁾의 무늬를 새겼으며, 입에는 큰 고리를 물렸는데 세숫
대야로 쓰기에 알맞을 것 같으나 무거워서 멀리 가져갈 수는 없
게 생겼다. 그 값을 물으니 1초(鈔)라 한다. 1초는 163푼이니
은자(銀子)로 치면 겨우 서 돈에 지나지 않는다.

상삼(象三)의 말이,

"이게 북경에선 은자 두 돈밖에 주지 않으나 몹시 무겁기 때
문에 운반하기가 어렵습니다. 우리나라에 가져가면 희귀한 보
배가 될 줄 뻔히 알면서도 어찌할 수 없습니다."
라고 한다.

저녁 때 비가 활짝 개기에 또다시 한 점포에 들렀더니, 역시
등주서 온 장사치 세 사람이 솜을 틀고 누에고치를 켜기 위하여
배로 금주(金州)에 가는 길이라고 한다. 대개 금주의 우가장(牛
家莊)은 등주에서 수로로 200여 리의 맞은편 언덕이지만 순풍
에 돛을 달아 〈쉽사리〉 왕래할 수 있다고 한다. 세 사람 모두
글자를 약간 알지만, 다만 사납게 생긴데다 전혀 예의를 모르고
버릇없이 농담을 붙이기에 곧바로 돌아왔다.

---

27) 위(圍) : 1위는 다섯 치.

28) 도철(饕餮) : 기물의 양쪽에 짐승의 머리 모양으로 만들어 붙인 장
식물. 탐식하는 악수(惡獸)의 이름. 옛날 그릇에 흔히 도철을 새기
거나 만들어 붙였다.

原文

二十一日
이십일일

丁酉　乍雨乍晴　阻河漲　留東關驛　聞隣舍　有登州
정유　사우사청　조하창　유동관역　문린사　유등주

客李先生者　善推數　且使人要觀朝鮮人云　故飯後往
객이선생자　선추수　차사인요관조선인운　고반후왕

尋焉　推命之術　爲太乙數云　余問此紫微斗數否　李生
심언　추명지술　위태을수운　여문차자미두수부　이생

曰　所謂紫微　小數也　太乙一星　在紫微宮　屬天一生
왈　소위자미　소수야　태을일성　재자미궁　속천일생

水　故曰太乙　乙者一也　水爲造化之根　六壬亦水也
수　고왈태을　을자일야　수위조화지근　육임역수야

遁甲亦太乙也　吳越春秋等書　多著明驗　六十四卦　都
둔갑역태을야　오월춘추등서　다저명험　육십사괘　도

不出此書　爲將者　不通六壬遁甲　則不識奇變云.
불출차서　위장자　불통육임둔갑　즉불식기변운

余性不喜觀相推命　故平生未曉其法　且其所稱六壬
여성불희관상추명　고평생미효기법　차기소칭육임

遁甲　言涉妄誕　故不言四柱　蓋其人亦欲誇衒其術　要
둔갑　언섭망탄　고불언사주　개기인역욕과현기술　요

售厚幣　而察余起色頗有冷淡　亦不復言也.
수후폐　이찰여기색파유냉담　역불부언야

對炕有一老者　掛鏡抄書　余移向其前　觀其所抄　皆
대항유일노자　괘경초서　여이향기전　관기소초　개

近世詩話也　老者弛鏡停筆曰　尊客遠臨　沿道奚囊必
근세시화야　노자이경정필왈　존객원림　연도해낭필

富 願留一二佳句 所抄筆法雖拙 而詩話略有妙語 老
부 원류일이가구 소초필법수졸 이시화략유묘어 노

者亦韶雅可喜 而所居供玩精灑 余遂上炕而坐 各通
자 역소아가희 이소거공완정쇄 여수상항이좌 각통

姓名 老者亦登州人也 姓祝而忘其名 問我國婦人髻
성명 노자역등주인야 성축이망기명 문아국부인계

服之制 余曰 皆倣中華上古 祝稱好好 余問貴鄉女服
복지제 여왈 개방중화상고 축칭호호 여문귀향여복

如何 祝曰 大同 俗女子出嫁時 有髻無笄 無論貧富
여하 축왈 대동 속여자출가시 유계무계 무론빈부

民婦無冠 惟命婦有冠 名隨夫職 簪釵有品 如頂帽之
민부무관 유명부유관 명수부직 잠차유품 여정모지

制 雙鳳釵爲頂品 而亦有飛鳳立鳳坐鳳戢鳳之別 以
제 쌍봉차위정품 이역유비봉입봉좌봉즙봉지별 이

至翡翠簪 俱有品職 處子穿襖裙 已嫁則穿衫大袖長
지비취잠 구유품직 처자천오군 이가즉천삼대수장

裙 飄帶 余曰 登州距此幾里 緣何到此 祝曰 登州古
군 표대 여왈 등주거차기리 연하도차 축왈 등주고

齊境 所謂負海之國 旱路距皇京一千五百里 今俺們
제경 소위부해지국 한로거황경일천오백리 금엄문

舟往金州 買綿花 住此.
주왕금주 매면화 주차

其所抄 有羅洪先 吉水人 明嘉靖己丑科壯元 周延
기소초 유나홍선 길수인 명가정기축과장원 주연

儒 直隸人 萬曆癸丑科壯元 魏藻德 通州人 崇禎庚
유 직례인 만력계축과장원 위조덕 통주인 숭정경

辰科壯元.
진과장원

延儒人壞明室 藻德降賊被殺 而羅從祀孔子 二十年
연유대괴명실 조덕항적피살 이나종사공자 이십년

學道之功　纏於胸中忘去壯元二字云.
학 도 지 공　재 어 흉 중 망 거 장 원 이 자 운

又列近世儒林　曰陸稼書先生　諡淸獻　從祀文廟　湯
우 렬 근 세 유 림　왈 육 가 서 선 생　익 청 헌　종 사 문 묘　탕

荊峴先生　諱斌　諡文正　字孔伯　號潛庵　從祀文廟　李
형 현 선 생　휘 빈　익 문 정　자 공 백　호 잠 암　종 사 문 묘　이

榕村先生　光地云云　魏象樞　皆稱大儒　徐蟾圃諱乾學
용 촌 선 생　광 지 운 운　위 상 추　개 칭 대 유　서 섬 포 휘 건 학

云云.
운 운

祝老又停話忙抄　傍有五卷冊　列書古人生年月日時
축 노 우 정 화 망 초　방 유 오 권 책　열 서 고 인 생 년 월 일 시

夏禹氏　項羽　張良　英布　關聖　俱有四柱.
하 우 씨　항 우　장 량　영 포　관 성　구 유 사 주

余借得數葉紙　同硯略錄　時所謂推數者　不在炕裏
여 차 득 수 엽 지　동 연 략 록　시 소 위 추 수 자　부 재 항 리

余方抄錄百餘　而李也自外入來　見之大怒　奪而裂之
여 방 초 록 백 여　이 이 야 자 외 입 래　견 지 대 노　탈 이 렬 지

曰　漏泄天機　余大笑而起　遂還寓　手中猶餘半紙.
왈　누 설 천 기　여 대 소 이 기　수 환 우　수 중 유 여 반 지

王舒公　辛酉十一月十一日辰時生　富鄭公　甲辰正月
왕 서 공　신 유 십 일 월 십 일 일 진 시 생　부 정 공　갑 진 정 월

二十日巳時生　蘇子容　庚申二月二十二日巳時生　王
이 십 일 사 시 생　소 자 용　경 신 이 월 이 십 이 일 사 시 생　왕

正仲　癸亥正月十一日申時生　韓莊敏　己未七月初九
정 중　계 해 정 월 십 일 일 신 시 생　한 장 민　기 미 칠 월 초 구

日寅時生　蔡京　丁亥壬寅壬辰辛亥生　曾布　乙亥丁亥
일 인 시 생　채 경　정 해 임 인 임 진 신 해 생　증 포　을 해 정 해

辛亥己亥生　韓莊敏王正仲　不知是何代人　而要之皆
신 해 기 해 생　한 장 민 왕 정 중　부 지 시 하 대 인　이 요 지 개

貴人也　李也所謂漏泄天機　陋甚陋甚矣.
귀 인 야　이 야 소 위 누 설 천 기　누 심 루 심 의

午後　雨乍晴　閑玩入一舖　中庭斑竹欄干　荼蘼架下
오 후　우 사 청　한 완 입 일 포　중 정 반 죽 난 간　도 미 가 하

立一丈太湖石　石色正綠　石後有丈餘芭蕉　雨餘物色
입 일 장 태 호 석　석 색 정 록　석 후 유 장 여 파 초　우 여 물 색

倍新.
배 신

欄邊獨有一人倚坐　卓上筆硯俱佳　余就坐　書問姓名
난 변 독 유 일 인 의 좌　탁 상 필 연 구 가　여 취 좌　서 문 성 명

搖手不答　卽起出門而去　余意謂其非主人也　爲玩太
요 수 부 답　즉 기 출 문 이 거　여 의 위 기 비 주 인 야　위 완 태

湖石未卽出　其人携一少年含笑而來.
호 석 미 즉 출　기 인 휴 일 소 년 함 소 이 래

少年揖余　就坐　忙書一紙滿州字　余言不通　兩人皆
소 년 읍 여　취 좌　망 서 일 지 만 주 자　여 언 불 통　양 인 개

笑　蓋主人不識一字　忙邀對舖少年而來　少年雖善滿
소　개 주 인 불 식 일 자　망 요 대 포 소 년 이 래　소 년 수 선 만

書　不識漢字　遂略以言語酬酢　而彼此糊塗聽瑩　眞所
서　불 식 한 자　수 략 이 언 어 수 작　이 피 차 호 도 청 형　진 소

謂不聾而聾　不瞽而瞽　不啞而啞矣　三人鼎坐　集天下
위 불 롱 이 롱　불 고 이 고　불 아 이 아 의　삼 인 정 좌　집 천 하

之癈疾　而互以大笑彌縫.
지 폐 질　이 호 이 대 소 미 봉

力少年之書滿字也　主人曰　有朋自遠方來　不亦樂乎
방 소 년 지 서 만 자 야　주 인 왈　유 붕 자 원 방 래　불 역 락 호

余曰　吾不會滿字　少年曰　學而時習之　不亦悅乎　余
여왈　오불회만자　소년왈　학이시습지　불역열호　여

曰君輩能誦論語　何爲不識字　主人曰　人不知而不慍
왈군배능송논어　하위불식자　주인왈　인부지이불온

不亦君子乎　余試書其所誦三章以示之　則俱瞪目直視
불역군자호　여시서기소송삼장이시지　즉구정목직시

茫然不辨爲何語也.
망연불변위하어야

旣而大雨暴霔　傍無他喧　政合穩譚　而兩人者　旣不
기이대우폭주　방무타훤　정합온담　이양인자　기불

識一字　余又官話極疎　無可奈何.
식일자　여우관화극소　무가내하

尺地阻雨　躁菀無聊　少年起去　少選冒大雨　手持一
척지조우　조울무료　소년기거　소선모대우　수지일

籃蘋果　一盤卵炒　一甌水卵而來　甌七圍　肉厚一寸
람빈과　일반란초　일구수란이래　구칠위　육후일촌

高三四寸　上銹綠琉璃　兩頰爲饕餮　口含大環　正合盥
고삼사촌　상수록유리　양협위도철　구함대환　정합관

盆　而重不可遠致　問其價　爲一鈔　一鈔爲一百六十三
분　이중불가원치　문기가　위일초　일초위일백육십삼

分　爲銀不過三錢矣.
분　위은불과삼전의

象三言　此在皇京　不過售銀二錢　而肉重難輸　明知
상삼언　차재황경　불과수은이전　이육중난수　명지

其出境爲希寶　而無可奈何云矣.
기출경위희보　이무가내하운의

夕日　雨快霽　又至一舖　亦有三個登州客商　爲榨綿
석일　우쾌제　우지일포　역유삼개등주객상　위자면

繰繭　船往金州　蓋州牛家莊　距登州水程二百餘里對
소견　선왕금주　개주우가장　거등주수정이백여리대

岸　一帆風來往云　三人俱略解書字　而但剽悍　全不識
안　일범풍래왕운　삼인구략해서자　이단표한　전불식

禮義　頗加陵謔　故卽還.
예의　파가릉학　고즉환

7월 22일 무술(戊戌)

날이 맑았다.

동관역(東關驛)에서 출발하여 이대자(二臺子)까지 5리, 육도
하교(六渡河橋)까지 11리, 중후소(中後所)까지 2리, 모두 18리
를 가서 점심을 먹었다. 중후소에서 일대자(一臺子)까지 5리,
이대자(二臺子)까지 3리, 삼대자(三臺子)까지 4리, 사하점(沙
河店)까지 8리, 섭가분(葉家墳)까지 7리, 구어하둔(口魚河屯)까
지 3리, 어하교(魚河橋)까지 1리, 석교하(石橋河)까지 9리, 전
둔위(前屯衛)까지 6리, 모두 46리이다. 전둔위에서 묵었다. 이
날에는 64리를 걸었다.

배로 중후소하(中後所河)를 건넜다. 옛날엔 성이 있었다는데
그 사이 허물어져서 방금 수축하는 중이었다. 시장의 점포와
여염집들은 심양(성경)에 버금가고, 관제묘(關帝廟)의 웅장하고
화려함은 요동(遼東)보다 낫다. 매우 영험이 있다 하여 일행들

이 모두 예폐(禮幣)를 바치고 머리를 조아리고는 제비를 뽑아 길흉을 보았다.

창대가 참외 한 개를 올리고서 무수히 절하고는 또 그 참외를 소상 앞에서 스스로 먹어 버렸다. 그가 마음속으로 무엇을 빌었는지는 알 수 없겠으나, 옛말에 "가진 것이 적으면서 바라는 것은 너무 사치스럽다"[1]는 것이 곧 이를 두고 하는 말인 듯하다.

문 안의 향장(響墻)에 그린 파란 사자그림이 볼 만하다. 이는 감로사(甘露寺)의 것을 본뜬 것 같다. 오도자(吳道子)[2]가 그리고, 동파(東坡 : 소식(蘇軾)의 호)가 찬(贊 : 칭찬)을 짓기를,

위엄은 이빨에 보이고   威見齒

기쁨은 꼬리에 나타나네.   喜見尾

라고 하였으니, 이는 잘 형용했다고 할 만하다.

우리나라에서 쓰는 털모자는 모두 이곳에서 만든 것이다. 점포가 모두 셋이 있는데, 한 점포는 적어도 3, 40칸은 되며 점포 안에서 일하는 공인은 모두 100명을 넘는다. 용만(龍灣 : 의주)

---

1) 『사기(史記)』 골계전(滑稽傳)에 실린 순우곤(淳于髡)의 말. 농부가 들녘에서 제사를 지내는데 차린 것은 볼품없는데 비해 바라는 것은 엄청난 풍년을 기원한 것을 빗대었다.

2) 오도자(吳道子) : 당(唐)나라의 현종 때의 유명한 화가(畵家) 오도현(吳道玄). 도자는 자.

의 상인들이 이미 점포 안에 꽉 차 있고, 돌아갈 때 싣고 가기 위해 모자를 예약하고 있다. 모자 만드는 법은 매우 쉽다. 양털만 있다면 나라도 만들 수 있을 듯싶다.

우리나라에선 양을 치지 않으므로 백성들은 1년 내내 고기맛을 모르고, 전국의 남녀 수는 수백만이 넘는데 사람마다 털모자 하나씩을 써야만 겨울을 날 수 있게 된다. 해마다 동지(冬至)·황력(黃曆)3)·재자(賣咨)4) 등의 사행에 가지고 가는 은화(銀貨)가 줄잡아도 10만 냥은 될 것이니, 10년을 계산하면 무려 100만 냥이다.

모자는 사람마다 겨울 한철만 쓰다가 봄이 되어서 해지고 떨어지면 버리고 말 뿐인데, 천년을 가도 헐지 않는 은을 한겨울 쓰면 내버리는 모자와 바꾸고, 산에서 캐어 내는 양이 정해져 있는 물건을 한번 가면 다시 돌아오지 못하는 땅에 실어다 버리니, 그 얼마나 생각이 깊지 못한 일인가?

모자를 만드는 기술자들은 모두 웃통을 벗고 일을 하는데, 손놀림이 바람처럼 날쌔다. 우리나라에서 갖고 온 은화(銀貨)가 이곳에서 반은 사라지는 터이므로 점포 주인은 각기 단골손님을 정하여 용만의 장사치가 오면 반드시 크게 주식(酒食)을 베

---

3) 황력(黃曆): 책력을 받으러 가는 사행. 본시 동지사가 받아왔던 것을 조선 현종(顯宗) 원년부터는 따로 가게 되었다. 해마다 중국 황제로부터 받는 책력은 거죽이 누런색이라 하여 '황력'이라고 한다.

4) 재자(賣咨): 삼사의 격식을 갖추지 않고 역관 중에서 적당한 사람을 골라서 보내는 약식 사행.

풀어 대접한다고 한다.

길에서 도사 세 사람을 만났는데, 그들은 짝을 지어 시장 골목으로 두루 돌아다니며 구걸한다. 그중 한 사람은 머리에 구름무늬를 수놓은 검은 사(紗)로 만든 모난 갓을 쓰고, 몸에는 옥색 추사(縐紗 : 주름 실)로 지은 소매가 넓고 길이가 긴 도포와 아래에는 푸른 항라 바지를 입었다. 허리에는 붉은 비단 띠를 둘렀으며, 발엔 붉은 색의 구름 모양으로 꾸민 비운리(飛雲履)5)를 신고, 등에는 옛 참마검(斬魔劍 : 마귀를 베는 칼) 한 자루를 지고, 손에는 죽간(竹簡)을 들었는데, 희고 깨끗한 얼굴과 삼각(三角) 수염에 눈썹이 성글었다.

또 다른 한 명은 머리에 두 갈래 쌍상투를 틀어 붉은 비단을 감았으며, 몸에는 소매가 좁은 푸른 비단 저고리를 입고, 어깨에는 벽려(薜荔)6)를 걸쳤다. 두 겨드랑이 위까지는 범가죽을 두르고, 허리에는 붉은색 비단의 넓은 띠를 둘렀으며, 발에는 푸른 신을 신고, 등에는 비단으로 꾸민 '오악도(五嶽圖)'7)의 족자를 지고, 허리엔 금빛 호로병을 찼으며, 손에는 도서(道書 : 도가(道家)의 책) 한 갑(匣)을 지녔는데, 얼굴은 희고 잘 생겼다.

또 한 명은 머리를 말아서 어깨에 걸치고 금테를 둘렀으며,

---

5) 비운리(飛雲履) : 신발 이름. 감은 능 바탕에 흰 견으로 구름 모양을 꾸몄다. 당나라 백거이(白居易)에서 비롯하였다고 한다.

6) 벽려(薜荔) : 풀 이름. 여기에서는 은둔하는 은사(隱士)들 옷의 일종.

7) 오악도(五嶽圖) : 중국의 5대 명산인 태산(泰山), 화산(華山), 형산(衡山), 항산(恒山), 숭산(嵩山)을 그린 그림이다.

몸에는 검은 공단으로 지은 소매 넓은 장삼(長衫)을 입고, 맨발인 채로 손엔 붉은 호로병을 들고 다닌다. 붉은 얼굴에 눈이 둥글고, 입속으로 주문(呪文)을 외운다. 저자 사람들의 기색을 살펴보니 모두 그들을 싫어하는 모양이다.

석교하에 다다르니, 강물이 크게 불어서 강가와 언덕의 분간이 없다. 물은 그렇게 깊지 않으나 물살이 제법 세다. 모두들 말하기를,

"지금 곧 건너지 않으면 물이 더 불을 것이다."

한다. 나는 정사의 가마에 들어가 타고 함께 건넜다. 건너편 언덕에 도착하여 말을 타고 건너오는 이들을 바라보니, 모두 하늘을 쳐다보고 얼굴빛은 질려서 푸르락누르락 했다.

서장관의 비장 조시학(趙時學)이 물에 떨어져 하마터면 죽을 뻔하는 바람에 몹시 놀랐다. 용만의 상인 중에 돈주머니를 빠뜨린 자가 물을 굽어보면서, '아이고, 어머니'하고 부르며 통곡하는 자도 있었다고 한다.

전둔위 시장 안에는 연극이 열렸다가 막 파하려 했다. 시골 부인 수백 명이 나왔는데, 모두 늙은이들이었으나 오히려 차림새는 야단스럽게 꾸몄다. 막 연극을 마친 연극배우들은 망포에 상아홀을 든 자와 가죽 갓, 종려 껍질 갓, 등나무 갓, 말총으로 된 갓, 실로 된 갓, 사모(紗帽), 복두(幞頭 : 두건) 등이 완연히 우리나라 풍속과 다름없다. 도포는 자줏빛도 있는데 모난 깃에 검은 선을 둘렀으니, 이는 아마 옛날 당(唐)나라의 제도인 듯싶다.

아아, 슬프다. 신주(神州)가 오랑캐한테 멸망당한 지 100여 년이 되었지만, 의관 제도는 오히려 저 배우들의 연극 사이에 비슷한 것이 남아 있으니, 하늘이 마치 이에 무심하지 않을 성 싶다. 무대에는 모두 '여시관(如是觀 : 불가(佛家)의 말)' 석 자를 써 붙였으니, 이에서도 역시 그 숨은 뜻이 어디 있는가를 짐작할 수 있겠다.

마침 지현(知縣 : 현(縣)의 장관) 한 사람이 지나가는데, '정당(正堂)'이라 쓴 큰 부채 한 쌍, 붉은 일산 한 쌍, 검은 일산 한 쌍, 붉은 비단 우산 한 개, 기(旗) 두 쌍, 대곤장 한 쌍, 가죽채찍 한 쌍이 지나가고, 지현은 가마를 타고 그 뒤에는 활과 화살을 찬 기병 대여섯 명이 따랐다.

原文

二十二日
이십이일

戊戌　晴　自東關驛　至二臺子五里　六渡河橋十一里
무 술　청　자동관역　지이대자오리　육도하교십일리

中後所二里　共十八里　中火　自中後所　至一臺子五里
중후소이리　공십팔리　중화　자중후소　지일대자오리

二臺子三里　三臺子四里　沙河店八里　葉家墳七里　口
이대자삼리　삼대자사리　사하점팔리　섭가분칠리　구

魚河屯三里　魚河橋一里　石橋河九里　前屯衛六里　共
어하둔삼리　어하교일리　석교하구리　전둔위육리　공

四十六里　宿前屯衛　是日通行六十四里.
사십륙리　숙전둔위　시일통행육십사리

舟渡中後所河　舊有城　中毀　今方修築　市舖閭井亞
주도중후소하　구유성　중훼　금방수축　시포여정아

於瀋陽　有關帝廟　壯麗勝於遼東　甚有靈驗　一行皆奠
어심양　유관제묘　장려승어요동　심유영험　일행개전

幣叩頭　抽籤視吉凶.
폐고두　추첨시길흉

昌大奠一顆뗨茈　無數磕頭　又自啖其茈於塑像前　未
창대전일과첨과　무수개두　우자담기과어소상전　미

知默禱者何等　而可謂所持者狹　而所欲者奢矣.
지묵도자하등　이가위소지자협　이소욕자사의

門內響墻所畵靑獅可觀　似倣甘露寺　吳道子所畵　而
문내향장소화청사가관　사방감로사　오도자소화　이

東坡所贊　威見齒　喜見尾　可謂善形容矣.
동파소찬　위견치　희견미　가위선형용의

我國所着毳帽 皆出此中 共有三舖 一舖爲三四十間
아 국 소 착 취 모　개 출 차 중　공 유 삼 포　일 포 위 삼 사 십 칸

舖中所造工人 不下百人 灣商已充斥其中 爲約帽回
포 중 소 조 공 인　불 하 백 인　만 상 이 충 척 기 중　위 약 모 회

還時輸去也 造帽之法甚易 有羊毛則吾可爲之.
환 시 수 거 야　조 모 지 법 심 이　유 양 모 즉 오 가 위 지

而我東不畜羊 民生終歲不識肉味 一域男女不下數
이 아 동 불 축 양　민 생 종 세 불 식 육 미　일 역 남 녀 불 하 수

百萬口 人着一帽然後 爲禦冬之資 計冬至使行 黃曆
백 만 구　인 착 일 모 연 후　위 어 동 지 자　계 동 지 사 행　황 력

賫咨所帶銀貨 不下十萬兩 通計十年 則爲百萬兩.
재 자 소 대 은 화　불 하 십 만 냥　통 계 십 년　즉 위 백 만 냥

帽爲一人三冬之資 春後弊落則棄之耳 以千年不壞
모 위 일 인 삼 동 지 자　춘 후 폐 락 즉 기 지 이　이 천 년 불 괴

之銀 易三冬弊棄之帽 以採山有限之物 輸一往不返
지 은　역 삼 동 폐 기 지 모　이 채 산 유 한 지 물　수 일 왕 불 반

之地 何其不思之甚也.
지 지　하 기 불 사 지 심 야

造帽者 皆脫衣工作 手若風雨 我東銀貨 半消此舖
조 모 자　개 탈 의 공 작　수 약 풍 우　아 동 은 화　반 소 차 포

則舖人各定主顧 灣商之來 必大治酒食以接云.
즉 포 인 각 정 주 고　만 상 지 래　필 대 치 주 식 이 접 운

路中有道士三人 結伴行丐 周歷市廛 一人頭戴烏紗
노 중 유 도 사 삼 인　결 반 행 개　주 력 시 전　일 인 두 대 오 사

畵雲方冠 身被一領玉色縐紗濶袖長袍 下繫綠杭羅裳
화 운 방 관　신 피 일 령 옥 색 추 사 활 수 장 포　하 계 록 항 라 상

腰束紅錦飄帶 足穿赤色飛雲方履 背負一口斬魔古劍
요 속 홍 금 표 대　족 천 적 색 비 운 방 리　배 부 일 구 참 마 고 검

手持竹簡子 面皮白淨 三角鬚疎眉目.
수 지 죽 간 자　면 피 백 정　삼 각 수 소 미 목

一人頭上雙角結子　紅繪總角　身穿窄袖綠緞襖子　肩
일 인 두 상 쌍 각 결 자　홍 회 총 각　신 천 착 수 록 단 오 자 　견

披薜荔　兩腋上繫虎皮　腰束紅緞廣帶　足穿靑鞋　背負
피 벽 려　양 액 상 계 호 피　요 속 홍 단 광 대　족 천 청 혜　배 부

錦軸五嶽圖　腰佩金胡盧　手捧道書一匣　顔色白晳媚
금 축 오 악 도　요 패 금 호 로　수 봉 도 서 일 갑　안 색 백 절 미

嫵.
무

一人卷髮披肩　以金環箍頭　身披黑貢緞濶袖長衫　跣
일 인 권 발 피 견　이 금 환 고 두　신 피 흑 공 단 활 수 장 삼　선

足而行　手持紅胡盧　赤面環眼　口中念呪　觀市人氣色
족 이 행　수 지 홍 호 로　적 면 환 안　구 중 념 주　관 시 인 기 색

皆帶厭苦之意.
개 대 염 고 지 의

至石橋河　河水大漲　不見涘岸　水不甚深　而頗悍急
지 석 교 하　하 수 대 창　불 견 사 안　수 불 심 심　이 파 한 급

皆言及今不渡　則水當益出云　遂入正使轎中同濟　旣
개 언 급 금 부 도　즉 수 당 익 출 운　수 입 정 사 교 중 동 제　기

至彼岸　見乘馬浮河者　皆仰天　面色靑黃.
지 피 안　견 승 마 부 하 자　개 앙 천　면 색 청 황

書狀裨將趙時學　墮水幾死　驚極　灣商有溺其銀帒者
서 상 비 장 조 시 학　타 수 기 사　경 극　만 상 유 닉 기 은 대 자

臨河呼母而哭云.
임 하 호 모 이 곡 운

前屯衛市中設場戲臨罷　村婦數百　皆老婆　猶能盛粧
전 둔 위 시 중 설 장 희 림 파　촌 부 수 백　개 노 파　유 능 성 장

方罷去　演劇者　蟒袍　象笏　皮笠　椶笠　藤笠　鬃笠
방 파 거　연 극 자　망 포　상 홀　피 립　종 립　등 립　종 립

絲笠　紗帽　幞頭之屬　宛然我國風俗　道袍或有紫色
사 립　사 모　복 두 지 속　완 연 아 국 풍 속　도 포 혹 유 자 색

而方領黑緣　此似古唐制也.
이 방 령 흑 연　차 사 고 당 제 야

　嗚呼　神州之陸沈百有餘年　而衣冠之制猶存　彷彿於
　오 호　신 주 지 륙 침 백 유 여 년　이 의 관 지 제 유 존　방 불 어

俳優戲劇之間　天若有意於斯焉　戲臺皆書如是觀三字
배 우 희 극 지 간　천 약 유 의 어 사 언　희 대 개 서 여 시 관 삼 자

亦可以見其微意所寓耳.
역 가 이 견 기 미 의 소 우 이

　有一知縣過去　大扇書正堂者一雙　紅蓋一對　黑蓋一
　유 일 지 현 과 거　대 선 서 정 당 자 일 쌍　홍 개 일 대　흑 개 일

對　紅繖一柄　旗二雙　竹棍一雙　皮鞭一雙　知縣乘轎
대　홍 산 일 병　기 이 쌍　죽 곤 일 쌍　피 편 일 쌍　지 현 승 교

隨後佩弓矢者　五六騎.
수 후 패 궁 시 자　오 륙 기

7월 23일 기해(己亥)

이슬비가 내리다가 곧 개었다. 오늘은 절기로 처서(處暑)이다.

아침에 전둔위를 출발하여 왕가대(王家臺)까지 10리, 왕제구(王濟溝)까지 5리, 고령역(高嶺驛)까지 5리, 송령구(松嶺溝)까지 5리, 소송령(小松嶺)까지 4리, 중전소(中前所)까지 10리, 모두 39리를 가서 점심을 먹었다. 중전소에서 대석교(大石橋)까지 7리, 양수호(兩水湖)까지 3리, 노군점(老君店)까지 2리, 왕가점(王家店)까지 3리, 망부석(望夫石)까지 10리, 이리점(二里店)까지 8리, 산해관까지 2리, 관에 들어가 다시 3리를 더 가서 심하(深河)에 이르러 배로 건넜다. 거기에서 홍화포(紅花舖)까지 7리, 모두 45리이다. 이날에는 84리를 걸었고, 홍화포에서 묵었다.

길가에 보이는 분묘(墳墓)들은 반드시 담장을 둘렀는데, 둘레가 수백 보이고, 소나무와 잣나무, 버드나무를 나란히 심어서 가

지런하게 배치하였다. 묘 앞에는 모두 화표주(華表柱 : 무덤 앞
양쪽에 세우는 한 쌍의 돌기둥)가 서 있고, 석물(石物)들을 보니 거
의 전조(前朝 : 명나라) 귀인들의 무덤이다. 문은 세 개를 내기
도 하고 혹은 패루를 만들기도 했는데, 그 제도는 비록 이전 조
가(祖家)의 패루만은 못하나 역시 웅장하고 사치스러운 것이
많다. 문 앞에는 돌다리를 무지개처럼 놓고 난간을 둘렀다. 그
중 영원성(寧遠城) 서문 밖의 조대수(祖大壽)의 선영과 사하점
에 있는 섭씨(葉氏) 집안의 분묘가 가장 웅장하고 화려하였다.

여인 셋이 모두 준마를 타고 말 위에서 재주[馬上才]1)를 보이
고 있었다. 그중에 열세 살 난 소녀가 가장 재빠르게 잘 탄다.
모두 머리에 초립(草笠)을 쓰고, 그 좌우칠보(左右七步)·도괘
(倒掛)·시괘(尸掛)2) 등 재주넘는 법의 날램이 마치 나부끼는
눈송인 듯 춤추는 나비인 듯하다. 한족 여자들은 살 길이 막히
면 〈대개〉 비럭질(동냥질)하지 않으면 이런 유의 일을 한다고
한다.

들 위에 한 무더기의 전진(戰陣)을 벌여 놓았는데, 진(陣) 네
귀퉁이에 각기 깃발 하나씩을 꽂았다. 비록 검(劍)·극(戟)·

---

1) 마상재(馬上才) : 말 위에서 재주를 하는 곡마단과 같다.
2) 좌우칠보(左右七步)·도괘(倒掛)·시괘(尸掛) : 마상재(馬上才) 연기
   의 네 가지 종류 이름. '좌우칠보'는 한 명의 기수가 좌우로 각각 일곱
   걸음 만에 달리는 말 위에 타는 재주이고, '도괘'는 말 등에서 거꾸로
   물구나무 서는 재주이고, '시괘'는 말을 탄 채 누워서 마치 죽은 것처
   럼 상대를 속이는 재주이다.

과(戈)·모(矛) 따위는 없으나 사람마다 앞에 쳇바퀴만큼 큰
화살통을 놓고 수백 개나 되는 화살을 가득 꽂았다.

진의 모양은 네모반듯하고, 기병은 모두 말에서 내려 진(陣)
밖에 흩어져 있다. 내가 말에 내려서 한 바퀴 둘러보니 다만 둘
씩 줄을 지어 죽 늘어서 있을 뿐, 중권(中權 : 참모부 같은 중심부)
의 깃발이나 북소리도 없으려니와 또 천막을 친 것도 없다. 어
떤 사람은 말하기를,

"성경(盛京)의 장군(將軍)이 내일 순시한다오."

하고 어떤 사람은,

"성경의 병부시랑(兵部侍郎)이 갈려서 점심참에 당도할 예정
이므로 중전소(中前所)의 참장(參將)이 이곳에 맞이하러 마중
나왔는데, 참장이 아직 이르지 않았기 때문에 진(陣)을 풀어놓
았다가 지금 막 신지(汛地)3)에 모이는 중입니다."

라고 하였다.

들판의 연못에 붉은 연꽃이 한창이라 말을 멈추고 한참 구경
했다. 왕가참에 이르니 산 위에 만리장성이 아득히 눈에 든다.
부사·서장관과 변 주부(卞主簿), 정 진사(鄭進士), 그리고 수
종군 이학령(李鶴齡) 등과 함께 강녀묘(姜女廟)4)에 갔다가 다

---

3) 신지(汛地) : 청나라의 병제(兵制)로 일종의 군대 관할 구역.
4) 강녀묘(姜女廟) : 강녀의 성은 허씨(許氏)이고 이름은 맹강(孟姜)인
   데, 착하고 아름답기로 소문났다. 범칠랑(范七郎)에게 시집갔는데,
   결혼 한 달 만에 진 시황(秦始皇)의 폭압으로 진나라의 장군 몽염(蒙
   恬)이 만리장성을 쌓는 공사장에 남편 범랑이 강제 동원되어 끌려갔

시 산해관 밖의 장대(將臺)를 거쳐 마침내 산해관에 들어갔다. 저녁나절에 홍화포(紅花舖)에 닿았다. 밤엔 약간 감기 기운이 있어서 잠을 설쳤다.

....

다가 육라산 밑에서 죽었다. 범랑이 꿈에 나타나자, 맹강이 손수 옷을 지어 홀로 천 리를 가서 남편의 생사를 찾아다녔다. 여기저기를 떠돌다 이곳에 이르러 마침내 장안을 바라보고 울다가 이내 돌로 변하였다고 한다.

原文

二十三日
이십삼일

己亥　小雨　卽晴　是日處暑　自前屯衛朝發　至王家
기해　소우　즉청　시일처서　자전둔위조발　지왕가

臺十里　王濟溝五里　高嶺驛五里　松嶺溝五里　小松嶺
대십리　왕제구오리　고령역오리　송령구오리　소송령

四里　中前所十里　共三十九里　中火　自中前所至大石
사리　중전소십리　공삼십구리　중화　자중전소지대석

橋七里　兩水湖三里　老君店二里　王家店三里　望夫石
교칠리　양수호삼리　노군점이리　왕가점삼리　망부석

十里　二里店八里　山海關二里　入關行三里　至深河舟
십리　이리점팔리　산해관이리　입관행삼리　지심하주

渡　紅花舖七里　共四十五里　是日通行八十四里　宿紅
도　홍화포칠리　공사십오리　시일통행팔십사리　숙홍

花舖.
화포

沿道墳墓　必繚以墻垣　周數百步　植以松柏楊柳　列
연도분묘　필료이장원　주수백보　식이송백양류　열

行必整排　墓前皆有華表　而象設者　皆前朝貴人之墓
행필정배　묘전개유화표　이상설자　개전조귀인지묘

也　門或三　或爲牌樓　制雖不及祖家之樓　亦多宏侈者
야　문혹삼　혹위패루　제수불급조가지루　역다굉치자

門前爲石橋　虹空有欄　如寧遠西門外　祖大壽先塋　沙
문전위석교　홍공유란　여영원서문외　조대수선영　사

河店葉家墳　最其雄侈者也.
하점엽가분　최기웅치자야

有女子三個　皆騎駿馬　爲馬上才　其中十三歲女子
유 여 자 삼 개　개 기 준 마　위 마 상 재　기 중 십 삼 세 여 자

尤蹻捷善馳　皆頭戴草笠　其左右七步　倒掛　尸掛等法
우 교 첩 선 치　개 두 대 초 립　기 좌 우 칠 보　도 괘　시 괘 등 법

如飄雪舞蝶　漢女無以資生　非行乞則類爲此等云.
여 표 설 무 접　한 녀 무 이 자 생　비 행 걸 즉 류 위 차 등 운

原上擺著一坐軍陣　四角上各挿一旗　無劍戟戈矛之
원 상 파 저 일 좌 군 진　사 각 상 각 삽 일 기　무 검 극 과 모 지

屬　每人前置箭筒　大如簛輪　皆滿挿數百箭.
속　매 인 전 치 전 통　대 여 사 륜　개 만 삽 수 백 전

陣圖正方　騎兵皆下馬　散處陣外　余下馬一匹　只兩
진 도 정 방　기 병 개 하 마　산 처 진 외　여 하 마 일 잡　지 양

兩排立　無中權旗鼓　又無設幕　或云盛京將軍　明日巡
량 배 립　무 중 권 기 고　우 무 설 막　혹 운 성 경 장 군　명 일 순

操　或云盛京兵部侍郎遞還　午站當到　故中前所參將
조　혹 운 성 경 병 부 시 랑 체 환　오 참 당 도　고 중 전 소 참 장

迎候於此　參將姑不來　故爲散陣方聚汎地云.
영 후 어 차　참 장 고 불 래　고 위 산 진 방 취 신 지 운

野池紅蓮盛開　立馬一賞　至王家站　山上長城遙遙入
야 지 홍 련 성 개　입 마 일 상　지 왕 가 참　산 상 장 성 요 요 입

望　與副使書狀及卞主簿　鄭進士　李係鶴齡　偕往姜女
망　여 부 사 서 장 급 변 주 부　정 진 사　이 겸 학 령　해 왕 강 녀

廟　又歷上關外將臺　遂入山海關　暮抵紅花舖　夜微有
묘　우 력 상 관 외 장 대　수 입 산 해 관　모 저 홍 화 포　야 미 유

感氣　失睡.
감 기　실 수

강녀묘기(姜女廟記)
망부석이 된 맹강녀(孟姜女)

강녀의 성은 허씨(許氏)요, 이름은 맹강(孟姜)인데, 섬서성 동관(同官)에 사는 사람이다. 범칠랑(范七郎)에게 시집갔더니 진(秦)나라의 장군(將軍) 몽염(蒙恬)이 만리장성을 쌓을 때, 범랑(范郎)이 끌려가 부역하다가 육라산(六螺山) 밑에서 죽었다고 한다. 아내의 꿈에 〈범랑이〉 나타났는데, 맹강이 손수 옷을 지어 혼자서 천 리를 가서 지아비의 생사를 찾아다니다가 이곳에서 쉬면서 장안을 바라보고 울다가 이내 돌로 변했다고 한다.

어떤 사람은 이르기를,

"맹강이 지아비의 죽음을 듣고 홀로 가서 뼈를 거두어 등에 업고 바다에 뛰어들었는데, 며칠 만에 돌 하나가 바다 가운데 솟아 나와서 조수가 밀려들어도 잠기지 않았다."

라고 한다.

뜰 가운데 비석 세 개가 있는데, 거기 기록된 것이 모두 같지 않고 허황한 말이 많다. 묘(廟)에는 소상을 세우고 좌우에 동남(童男)·동녀(童女)를 늘어 세웠다.

황제가 여기다 행궁(行宮)을 두었고, 지난해 심양에 거둥할 때 지나는 행궁마다 모두 새로 수리하였으므로 단청이 아직도 휘황찬란하다. 묘에 문문산(文文山)[1]이 쓴 주련(柱聯)이 있고, 망부석(望夫石)에는 황제가 예날에 지은 시(詩)를 새겼으며, 망부석 곁에는 진의정(振衣亭)이 있었다. 당나라 왕건(王建)[2]의 '망부석(望夫石)' 시는 이 돌을 두고 읊은 것이 아니다. 그러나 『지지(地志)』에,

"망부석이 하나는 무창(武昌)에, 하나는 태평(太平)에 있다."

라고 하였으니, 왕건이 읊은 것이 어느 곳에 있는 것인지 분명하지 않다.

더구나 진(秦)나라 때엔 아직 섬(陝)이란 땅 이름이 없었을 뿐더러 강(姜)도 제녀(齊女)[3]를 일컬은 것인 만큼, 허씨를 섬서 동관 사람이라 함은 더욱 터무니없는 말이다. 행궁 섬돌에서 강녀묘에 이르기까지 돌난간을 둘렀고, '방류요해(芳流遼海)'라는 현판은 지금 황제(今皇 : 건륭(乾隆))의 친필이다.

---

1) 문문산(文文山) : 송나라 말기의 이름 높은 충신 문천상(文天祥). 문산은 호.

2) 왕건(王建) : 당나라 시인(詩人). 특히 궁사(宮詞)로 유명하였다.

3) 세녀(齊女) : 제(齊)는 강성의 고장으로, 미녀가 많기로 이름난 곳이다.

原文

姜女廟記
강 녀 묘 기

姜女姓許氏 名孟姜 陜西同官人也 嫁范七郎 秦將軍
강녀성허씨 명맹강 섬서동관인야 가범칠랑 진장군

蒙恬 築長城 范郎隷役 死於六螺山下 夢感其妻 孟姜
몽염 축장성 범랑례역 사어육라산하 몽감기처 맹강

手製衣 獨行千里 探其存沒 歷憩于此 望長安而泣 因
수제의 독행천리 탐기존몰 역게우차 망장안이읍 인

化爲石.
화위석

或曰孟姜 聞其夫死 獨行收骨 負而入海 數日 有石
혹왈맹강 문기부사 독행수골 부이입해 수일 유석

出于海中 潮至不沒.
출우해중 조지불몰

庭中有三碑 所記各異 而語多荒誕 廟爲塑像 左右列
정중유삼비 소기각이 이어다황탄 묘위소상 좌우렬

童男童女.
동남동녀

皇帝置行宮 去歲行瀋陽時 所歷行宮 皆重修 故金碧
황제치행궁 거세행심양시 소력행궁 개중수 고금벽

所在炫耀 廟有文文山手題柱聯 望夫石 刻皇帝舊題詩
소재현요 묘유문문산수제주련 망부석 각황제구제시

石傍有振衣亭 唐王建望夫石詩 非詠此石 而地志 望
석방유진의정 당왕건망부석시 비영차석 이지지 망

夫石 一在武昌 一在太平 亦未知王建所詠端在何地
부석 일재무창 일재태평 역미지왕건소영단재하지

也.
야

　且秦時未嘗稱陝　姜者齊女之稱　則謂許氏陝西同官
　차 진 시 미 상 칭 섬　강 자 제 녀 지 칭　즉 위 허 씨 섬 서 동 관

人　尤爲非是　自行宮墑上至姜女廟　繚以石欄　芳流遼
인　우 위 비 시　자 행 궁 계 상 지 강 녀 묘　요 이 석 란　방 류 요

海　今皇帝筆也.
해　금 황 제 필 야

장대 견문기〔將臺記〕

만리장성(萬里長城)을 보지 않고서는 중국이 큼을 모를 것이요, 산해관을 보지 않고는 중국의 제도를 알지 못할 것이요, 산해관 밖의 장대를 보지 않고는 장수의 위엄과 높음을 알기 어려울 것이다.

산해관을 1리쯤 못 미쳐서 동향으로 모난 성 하나가 있다. 높이는 여남은 길, 둘레는 수백 보요, 한 편이 모두 7첩(堞 : 성가퀴)으로 되었고, 첩 밑에는 큰 구멍을 뚫어서 수십 명이 몸을 숨길 수 있게 하였는데 큰 구멍이 모두 24개이고, 성 아래쪽에도 역시 구멍 4개를 뚫어서 병장기를 간직하고, 그 밑으로 굴을 파서 만리장성 안으로 통하게 하였다.

역관들은 모두 한(汗)[1]이 쌓은 것이라 하나 그릇된 말이다.

---

1) 한(汗) : 흉노 및 북방족의 우두머리.

혹은 이를 '오왕대(吳王臺)'라고도 한다. 오삼계(吳三桂)가 산해관을 지킬 때 이 땅굴 속으로 행군하여 갑자기 불시에 이 대에 올라 포성을 내니, 산해관 안에 있던 수만 군사가 일시에 고함을 질러서 그 소리가 천지를 진동하자, 관 밖의 여러 곳 돈대에 주둔했던 군대도 모두 이에 호응하여 몇 시간 만에 호령이 천 리에 퍼졌다고 한다.

일행의 여러 사람들과 함께 첩(성가퀴) 위에 올라서서 거리낌 없이 바라보니, 만리장성은 북쪽으로 뻗고 창해(滄海)는 남쪽에 흐르고, 동쪽으로는 큰 벌판에 다다르고 서쪽으로는 산해관 속을 엿보게 되었으니, 이 대만큼 조망(眺望)이 좋은 곳은 다시 없을 것이다. 산해관 속 수만 호의 거리와 누대(樓臺)들은 역력하여 마치 손금을 보는 듯 조금도 가려진 곳이 없고, 바다 위 한 봉우리가 하늘을 찌를 듯 뾰족하게 솟아 있는 곳은 곧 창려현(昌黎縣) 문필봉(文筆峯)이다.

한참을 바라보다가 내려오려 하니 아무도 먼저 내려오려는 사람이 없었다. 벽돌로 쌓은 층계가 아찔하여 내려다보기만 해도 다리가 후들후들 떨리고 하인들이 부축하려 하나 몸을 돌릴 자리가 없어서 일이 매우 낭패할 지경이었다. 나는 서쪽 층계로 〈먼저 간신히〉 내려와서 평평한 땅에 서서 대 위에 있는 여러 사람을 쳐다보니, 모두 부들부들 떨며 어쩔 줄 모르고 있었다. 대개 대를 오를 때에는 앞만 보고 층계 하나하나를 밟고 올라갔기 때문에 그 위험함을 몰랐다가, 급기야 내려오려고 눈을 한번 들어 밑을 내려다보면 저절로 어지럼증이 생기게 되니,

그 허물은 눈에 있는 것이다.

벼슬살이도 역시 이와 같아서 바야흐로 위로 자꾸만 올라갈 때에 한 층계, 반 층계만이라도 남에게 뒤떨어질까 두려워한 나머지 혹은 남을 밀어젖히고 앞을 다투다가 마침내 몸이 높은 곳에 이르자 그제야 두려운 마음이 생기고 외롭고 위태로운 나머지 앞으로는 한 발자국도 나아가지 못하고, 뒤로는 천인절벽 (千仞絶壁 : 천 길 낭떠러지)이어서 다시 올라갈 의욕마저 끊어졌을 뿐더러 내려오려고 해도 잘 되지 않는 법이다. 이는 고금이 없이 모두 통하는 이치이다.

原文

將臺記
장 대 기

不見萬里長城　不識中國之大　不見山海關　不識中國
불견만리장성　불식중국지대　불견산해관　불식중국

之制度　不見關外將臺　不識將師之威尊矣.
지제도　불견관외장대　불식장사지위존의

未及山海關一里　東向有一座方城　高十餘丈　周數百
미급산해관일리　동향유일좌방성　고십여장　주수백

步　一面皆七堞　堞下爲圭竇　可藏數十人　圭竇共二十
보　일면개칠첩　첩하위규두　가장수십인　규두공이십

四　城之下體又穿四圭竇　以藏兵器　下爲隧道　以通長
사　성지하체우천사규두　이장병기　하위수도　이통장

城之內.
성지내

譯輩皆稱汗所築　非也　或稱吳王臺　吳三桂守關時
역배개칭한소축　비야　혹칭오왕대　오삼계수관시

從地道不時登此臺　出號砲　則關內數萬兵　一時吶喊
종지도불시등차대　출호포　즉관내수만병　일시눌함

聲動天地　關外諸墩戍兵皆響　應數時間　號令遍千里
성동천지　관외제돈수병개향　응수시간　호령편천리

矣.
의

與一行諸人　憑堞縱目　長城北走　滄溟南盈　東臨大
여일행제인　빙첩종목　장성북주　창명남영　동림대

野　西瞰關裏　周覽之雄　無知此臺　關裏數萬戶　街市
야　서감관리　주람지웅　무지차대　관리수만호　가시

樓臺歷歷 如觀掌紋 無所隱蔽 海上一峯尖秀挿霄者
누대역력 여관장문 무소은폐 해상일봉첨수삽소자

昌黎縣文筆峯也.
창려현문필봉야

眺望良久 欲下而無敢先下者 甎級岌嶪 俯視莫不戰
조망량구 욕하이무감선하자 전급급업 부시막부전

掉 下隷扶擁 無回旋之地 勢甚狼狽 余從西級下 立
도 하례부옹 무회선지지 세심낭패 여종서급하 입

於平地 仰視臺上諸人 皆兢兢莫如所爲 蓋上臺時拾
어평지 앙시대상제인 개긍긍막여소위 개상대시습

級而登 故不知其危 欲還下 則一擧目而臨不測 所以
급이등 고부지기위 욕환하 즉일거목이림불측 소이

生眩 其崇在目也.
생현 기숭재목야

仕宦者亦若是也 方其推遷也 一階半級 恐後於人
사환자역약시야 방기추천야 일계반급 공후어인

或擠排爭先 及致身崇高 懾心孤危 進無一步 退有千
혹제배쟁선 급치신숭고 섭심고위 진무일보 퇴유천

仞望絶攀援 欲下不能 千古皆然.
인망절반원 욕하불능 천고개연

산해관 견문기〔山海關記〕

　산해관은 옛날의 유관(楡關)이다. 왕응린(王應麟)[1]의 『지리통석(地理通釋)』에는,

　"우(虞)나라의 하양(下陽), 조(趙)나라의 상당(上黨), 위(魏)나라의 안읍(安邑), 연(燕)나라의 유관, 오(吳)나라의 서릉(西陵), 촉(蜀)나라의 한락(漢樂)은 모두 지세로 보아서도 꼭 차지해야 하고 성으로 보더라도 꼭 지켜야 한다."
라고 하였다.

　명(明)나라 홍무(洪武) 17년(1384년)에 대장군 서달(徐達)이 유관을 이곳에 옮겨 다섯 겹의 성을 쌓고 이름을 '산해관'이라 하였다. 태항산(太行山)이 북쪽으로 달음질하여 의무려산(醫巫閭山)이 되었는데, 순(舜)임금이 열두 산을 봉(封)할 때 의무려

---

1) 왕응린(王應麟) : 송나라의 저명한 학자. 자는 백후(伯厚).

산을 유주(幽州)의 진산으로 삼았다. <그 산이> 중국의 동북
을 가로막아 중국과 오랑캐의 경계가 되었으며, 산해관에 이르
러서는 크게 한목으로 끊어져 평지가 되면서 앞으로 요동벌에
닿았고, 오른편으로는 창해를 낀 듯하니, 이는 우공(禹貢)2) 편
에서 말한 "오른편으로는 갈석(碣石)을 끼고 있었다."고 한 곳
이 바로 이곳이다.

장성이 의무려산을 따라 구불구불 굽이쳐 내려와 각산사(角
山寺) 산봉에 이르고, 봉우리마다 돈대가 있고, 평지에 들어와
서 산해관을 둔 것이다. 장성을 따라 다시 15리를 가서 남쪽으
로 바다에 들어가서는 쇠를 녹여 터를 닦아 성을 쌓았다. 그 위
에는 삼첨(三簷 : 처마가 셋)의 큰 누각을 세워서 '망해정(望海
亭)'이라 하니, 이는 모두 서중산(徐中山)3)이 쌓은 것이다.

산해관의 첫째 관문은 옹성(甕城)4)이어서 누각이 없다. 옹성
의 남·북·동쪽을 뚫어서 문을 내고 쇠로 만든 빗장을 지르고
홍예(虹霓 : 무지개 모양의 둥근 문) 이마에는 '위진화이(威鎭華
夷 : 위엄이 중국과 오랑캐를 누른다)'라 새겼다. 둘째 관문에는 4층
의 적루(敵樓)를 만들고 홍예 이마에 '산해관'이라 새겼다. 셋째
관문은 삼첨의 누각을 세우고 '천하제일관(天下第一關)'이라는

---

2) 우공(禹貢) : 『서경(書經)』의 편명. 중국 최초의 지리지(地理志). 우임
   금이 구주를 제정하고 지리와 물산을 상세히 쓴 기록.

3) 서 중산(徐中山) : 명나라 초기의 공신 서달(徐達). 중산은 봉호.

4) 옹성(甕城) : 성문을 보호하기 위해 성문 밖에 원형이나 방형(方形)
   으로 쌓은 작은 성.

현판을 붙였다.

삼사(三使)가 모두 문무로 반(班)을 나누어 심양에 들어왔을 때와 같이 들어갔다. 세관(稅官)과 수비(守備)들이 산해관 안의 익랑(翼廊 : 양쪽 행랑채)에 앉아서 사람과 말을 점고하되 봉성의 청단(淸單 : 조사서)에 준한다. 대체로 중국의 상인과 길손은 모두 성명과 사는 곳과 물화(物貨)의 이름과 수량을 등록하여 간사한 놈을 적발하며 위조를 막음이 매우 엄중했다. 수비들은 모두 만주 사람인데 붉은 일산과 파초선(芭蕉扇)을 들었고, 앞에는 병정 100여 명이 칼을 찬 채 늘어서 있다.

십자거리[十字街]에 성을 둘렀는데, 사면에 무지개 모양의 둥근 문[虹門]을 내고 그 위에 삼첨의 누각을 세웠으며, '상애부상(祥靄榑桑 : 상서로움이 해 뜨는 곳까지 뭉게뭉게 피어오른다)'이라 현판을 붙였는데, 이는 옹정 황제(雍正皇帝)의 글씨라고 한다. 원수부(元帥府)의 문 밖에 돌사자 둘을 앉혔는데, 높이는 각기 두어 길씩은 되었다.

여염집과 저자의 번영함이 성경보다 낫고, 수레와 말이 가장 많으며, 청춘 남녀들이 더욱 화려한 화장으로 꾸몄으니, 그 번화롭고 풍부한 품이 이제껏 보아 온 것 중에 제일이다. 대개 이곳은 천하의 웅장한 관문이며, 서쪽으로 점점 북경[皇都]이 가까워지기 때문이다.

봉황성으로부터 1,000여 리 사이에 보(堡)니, 둔(屯)이니, 소(所)니, 역(驛)이니 하여 나날이 성 몇 곳씩은 보아 왔건만, 이제 이곳의 장성을 보매 그들의 시설이나 솜씨가 모두 산해관에서 본뜨지 않은 것이 없으나, 다만 그들은 산해관에 비하면 어린 손자뻘밖에 되지 않을 뿐이다.

아아, 슬프다. 몽염(蒙恬)이 장성을 쌓아서 오랑캐를 막으려 하였거늘, 진(秦)나라를 멸망시킨 호(胡)[5]는 오히려 집안에서 자라났으며, 서중산이 이 산해관을 설치하여 오랑캐를 막고자 하였으나 오삼계는 관문을 열고서 적을 맞아들이기에 급급하였구나. 천하가 무사태평하여 일이 없을 때 부질없이 지나는 상인과 나그네들의 비웃음만 사고 있으니, 내 산해관에 대하여 다시 무어라고 족히 말할 것이 있으리오?

----

5) 호(胡) : 진 시황이 당시에 진을 망칠 자는 '호(胡)'라는 비결을 믿어서 만리장성을 쌓게 하였다. 그러나 사실 진을 망친 자는 오랑캐가 아니라 그의 아들 이세황제 호해(胡亥)였다.

原文

山海關記
산 해 관 기

山海關　古楡關　王應麟地理通釋云　虞之下陽　趙之
산 해 관　고 유 관　왕 응 린 지 리 통 석 운　우 지 하 양　조 지

上黨　魏之安邑　燕之楡關　吳之西陵　蜀之漢樂　地有
상 당　위 지 안 읍　연 지 유 관　오 지 서 릉　촉 지 한 락　지 유

所必據　城有所必守.
소 필 거　성 유 소 필 수

皇明洪武十七年　大將軍徐達　移楡關於此　築五重城
황 명 홍 무 십 칠 년　대 장 군 서 달　이 유 관 어 차　축 오 중 성

名之曰山海關　太行山北走　爲醫巫閭山　舜封十二山
명 지 왈 산 해 관　태 항 산 북 주　위 의 무 려 산　순 봉 십 이 산

以醫巫閭　爲幽州之鎭　橫障東北　爲戎夏之界　至關而
이 의 무 려　위 유 주 지 진　횡 장 동 북　위 융 하 지 계　지 관 이

大斷　爲平地　前臨遼野　右挾滄海　禹貢所稱挾右碣石
대 단　위 평 지　전 림 요 야　우 협 창 해　우 공 소 칭 협 우 갈 석

是也.
시 야

長城從醫巫閭山　委蛇而下　至角山寺　峯巒皆有墩臺
장 성 종 의 무 려 산　위 사 이 하　지 각 산 사　봉 만 개 유 돈 대

入平地而置關　緣長城行十五里　南入于海　鎔鐵爲址
입 평 지 이 치 관　연 장 성 행 십 오 리　남 입 우 해　용 철 위 지

而城焉　上置三簷大樓　曰望海亭　皆徐中山所築也.
이 성 언　상 치 삼 첨 대 루　왈 망 해 정　개 서 중 산 소 축 야

初關爲甕城而無樓　甕城穿南北東爲門　鐵關扉　虹楣
초 관 위 옹 성 이 무 루　옹 성 천 남 북 동 위 문　철 관 비　홍 미

刻 威鎭華夷 第二關 爲四層敵樓 虹楣刻 山海關 第
각 위진화이 제이관 위사층적루 홍미각 산해관 제

三關 爲三簷樓 立扁曰天下第一關.
삼관 위삼첨루 입편왈천하제일관

　三使皆去蓋文武成班 如入瀋陽時 稅官及守備 坐關
삼사개거개문무성반 여입심양시 세관급수비 좌관

內翼廊 點閱人馬 照準鳳城淸單 大凡中國商旅 亦皆
내익랑 점열인마 조준봉성청단 대범중국상려 역개

簿錄姓名居住 物貨名數 詰奸防僞 極爲嚴肅 守備皆
부록성명거주 물화명수 힐간방위 극위엄숙 수비개

滿人 打紅傘蕉扇 前列軍卒百餘佩劍.
만인 타홍산초선 전열군졸백여패검

　十字街爲城 四面爲虹門 上有三簷樓 扁曰祥靄榑桑
십자가위성 사면위홍문 상유삼첨루 편왈상애부상

雍正帝筆也 帥府門外 坐石獅二 高各數丈.
옹정제필야 수부문외 좌석사이 고각수장

　閭舍市井勝於盛京 車馬最盛 士女尤爲都冶 其繁華
여사시정승어성경 거마최성 사녀우위도야 기번화

富麗沿道莫比 蓋此爲天下雄關 而關以西 漸近皇都
부려연도막비 개차위천하웅관 이관이서 점근황도

故也.
고야

　自鳳城千餘里之間 曰堡 曰屯 曰所 曰驛 日經數
자봉성천여리지간 왈보 왈둔 왈소 왈역 일경수

城 而今驗之長城 其說施建置 莫不效法於此關 然皆
성 이금험지장성 기설시건치 막불효법어차관 연개

兒孫耳.
아손이

　嗚呼 蒙恬築長城以防胡 而亡秦之胡 養於蕭墻之內
오호 몽염축장성이방호 이망진지호 양어소장지내

中山 設此關以備胡 而吳三桂 開關迎入之不暇也 當
중산 설차관이비호 이오삼계 개관영입지불가야 당

天下無事之日 徒爲商旅之譏征 則吾於關 亦奚足云.
천하무사지일 도위상려지기정 즉오어관 역해족운

4

관내정사(關內程史)
관내에서 본 이야기

7월 24일 경자에 시작하여 8월 4일 경술에 그쳤다. 모두 11일 동안이다. 산해관(山海關)으로부터 황성〔皇京 : 북경〕까지 모두 640리이다.

가을 7월 24일 경자(庚子)[1]

날이 맑았다.

홍화포(紅花舖)에서 범가장(范家莊)까지 20리를 가서 점심을 먹었다. 범가장에서 양하제(楊河堤)까지 3리, 대리영(大理營)까지 7리, 왕가령(王家嶺)까지 3리, 봉황점(鳳凰店)까지 2리, 망해점(望海店)까지 8리, 심하역(深河驛)까지 5리, 고포대(高舖臺)까지 8리, 왕가포(王家舖)까지 2리, 마붕포(馬棚舖)까지 7리, 유관(楡關)까지 3리, 모두 48리이다. 이날에는 68리를 걸었고, 유관에서 묵었다. 유관(楡關)은 유관(渝關)이라고도 하며, 지금의 임유현(臨渝縣)이다.

---

* 관내정사(關內程史)는 산해관에서 북경에 이르기까지의 견문(見聞)을 기록한 내용이다.

1) 수택본에는 이 위에 '성상 4년 경자'와 '청 건륭 45년'이라는 원주(原註)가 있으나, 여기서는 박영철본을 따랐다.

관내(關內 : 산해관 안쪽)의 분위기는 산해관 동쪽과는 아주 달
라서 산천이 맑고 아름다우며 굽이굽이 그림처럼 펼쳐져 있다.
홍화포에서부터 비로소 돈대(墩臺 : 봉홧불을 피우기 위해 쌓은 단)
가 있는데, 5리에 하나, 10리에 하나씩 설치되어 있다. 그 제도
는 네모지고 바르며, 높이는 다섯 길이고, 위에 방 세 칸을 짓
고, 곁에는 세 길 되는 깃대를 세웠으며, 돈대 밑에 다시 방 다
섯 칸을 지었다. 담장 위에는 활과 활집·화살통과 총, 대포 등
의 그림을 진열하였고, 방 앞에는 도(刀)·창〔鎗〕·검(劍)·극
(戟) 등을 늘어 꽂았으며, 무릇 봉화 드는 것과 망보는 일들에
관한 여러 가지 조목을 써서 벽에다 붙여 놓았다.

原文

關內程史
관내정사

一起庚子止庚戌　凡十一日　自山海關內至皇京　共六百四十里.
기 경자 지 경술　범 십 일 일　자 산 해 관 내 지 황 경　공 육 백 사 십 리

秋七月二十四日
추 칠 월 이 십 사 일

庚子　晴　自紅花舖　至范家莊二十里　中火　范家莊
경자　청　자 홍 화 포　지 범 가 장 이 십 리　중 화　범 가 장

至楊河堤三里　大理營七里　王家嶺三里　鳳凰店二里
지 양 하 제 삼 리　대 리 영 칠 리　왕 가 령 삼 리　봉 황 점 이 리

望海店八里　深河驛五里　高舖臺八里　王家舖二里　馬
망 해 점 팔 리　심 하 역 오 리　고 포 대 팔 리　왕 가 포 이 리　마

棚舖七里　楡關三里　共四十八里　是日通行六十八里
붕 포 칠 리　유 관 삼 리　공 사 십 팔 리　시 일 통 행 육 십 팔 리

宿楡關　或稱渝關　今臨渝縣.
숙 유 관　혹 칭 유 관　금 임 유 현

關內風氣絶異關東　山川明媚　曲曲堪畫　自紅花舖
관 내 풍 기 절 이 관 동　산 천 명 미　곡 곡 감 화　자 홍 화 포

始有墩臺　五里一墩　或十里一墩　制皆方正　高五丈　上
시 유 돈 대　오 리 일 돈　혹 십 리 일 돈　제 개 방 정　고 오 장　상

置屋二間　傍堅三丈旗竿　臺下置屋五間　牆上列畫弓
치 옥 삼 칸　방 수 삼 장 기 간　대 하 치 옥 오 칸　장 상 렬 화 궁

鎗 矢服 熛鎗 火砲 屋前列挿刀鎗劍戟 凡擧燧望煙事
창 시복 표창 화포 옥전렬삽도장검극 범거수망연사

目 列書貼壁.
목 열서첩벽

7월 25일 신축(辛丑)

날이 맑았다.

유관(楡關)으로부터 영가장(榮家莊)까지 3리, 상백석포(上白石舖)까지 2리, 하백석포(下白石舖)까지 3리, 오가장(吳家莊)까지 3리, 무령현(撫寧縣)까지 9리, 양장하(羊腸河)까지 2리, 오리포(午哩舖)까지 3리, 노가장(蘆家莊)까지 2리, 시리포(時哩舖)까지 3리, 노봉구(蘆峯口)까지 5리, 다붕암(茶棚菴)까지 5리, 음마하(飮馬河)까지 3리, 배음보(背陰堡)까지 3리, 모두 46리를 가서 점심을 먹었다. 배음보에서 쌍망점(雙望店)까지 8리, 요참(要站)까지 5리, 달자영(㺚子營)까지 3리, 부락령(部落嶺)까지 6리, 노룡새(蘆龍塞)까지 3리, 여조(驢槽)까지 13리, 누택원(漏澤園)까지 3리, 영평부(永平府)까지 2리, 모두 43리이다. 이날에는 89리를 걸었고, 영평부에서 묵었다.

일행이 무령현을 지나자 산천이 더욱 훤히 트이고, 성 안의

거리와 동네에는 집집마다 금빛 글씨와 옥으로 편액을 만들고
패루(牌樓)가 곳곳마다 휘황찬란하다.

길 오른편에 있는 한 문 앞에 부사와 서장관의 하인들이 가마
를 멓고 머물러 있었다. 이는 곧 진사(進士) 서학년(徐鶴年)의 집
이다. 부사와 서장관이 방금 이 집에서 구경하고 있다고 하기
에 마침내 나도 말에서 내려 들어가니, 그 집이 사치하고 그릇
들의 진기함이 과연 전날 듣던 바와 다름없다.

서학년은 10여 년 전에 죽었고, 두 아들이 있다. 맏이는 초분
(苕芬)이고, 둘째는 초신(苕信)인데, 초신은 제법 문필(文筆)
에 능하여 『사고전서(四庫全書)』1)를 베껴 쓰는 일에 선발되어
지금은 북경에 가 있고, 다만 초분만 집에 있는데 문필이 매우
짧다고 한다.

방에 가득히 과친왕(果親王 : 청나라 세종의 일곱째 아들) · 아극
돈(阿克敦)2) · 우민중(于敏中)3) · 악이태(鄂爾泰 : 청나라 태종 때
의 명신) · 셋째 황자〔皇三子 : 이름은 홍시(弘時)〕 · 다섯째 황자〔皇
五子〕4) 등의 시(詩)를 새겨서 걸어 놓았다. 그들은 모두 홍경

---

1) 『사고전서(四庫全書)』: 청나라 건륭 37년(1772)에 시작해서 천하
  의 서적을 모아, 16만 8천여 책을 경(經) · 사(史) · 자(子) · 집(集)의
  네 종류로 분류하여 일곱 벌을 손으로 베껴 중국의 각지에 보관한
  것. 10여 년이 걸려 완성한 대백과전집이다.

2) 아극돈(阿克敦) : 청나라 고종 때의 명신. 문장에 능하였다.

3) 우민중(于敏中) : 청나라 고종 때의 학자이자 정치가.

4) 다섯째 황자〔皇五子〕: 이름은 홍서(弘書). 화석공친왕(和碩恭親王).

(興京 : 후금의 수도)의 제관(祭官)으로 가는 길에 이곳에 들어서 묵고 시를 남기고 간 것이다. 우민중과 아극돈은 다 해내(海內 : 중국)의 명필이라고 일컫지만, 과친왕과 견주어 보니 여간 손색이 있을 뿐만이 아니다.

 침실 문설주 위에는 판서(判書)인 백하(白下) 윤순(尹淳)5)의 칠절(七絶 : 칠언절구) 한 수를 새겨 걸어 두었고, 방문 앞 설주 위에는 참판(判書) 조명채(曺命采)6)가 윤(尹)의 시에 차운(次韻)한 시를 새겨 걸어 두었다.

 윤공(尹公)은 우리나라의 명필인 만큼 한 점 한 획이 옛 서법 아닌 것이 없어, 타고난 재주의 화려하고 고운 품이 마치 떠다니는 구름과 흐르는 물 같고, 먹빛의 짙고 연함과 획의 두껍고 가는 것이 서로 알맞게 섞였으나, 지금 이곳에 있는 그들의 글씨에 비해서는 손색이 없지 않음은 어인 까닭일까?

 대저 우리나라에서 글씨를 익힘에는 옛날 사람의 참된 필적을 보지 못하고 한평생 본뜬 것이 기껏해야 금석문자(金石文字)에 지나지 않으니, '금석'이란 다만 고인의 글씨에 대하여 그 모습을 상상할 수 있을 뿐, 그 붓놀림의 그지없이 오묘(奧妙)한 신운(神韻)은 벌써 선천(先天)에 속하는 것이다. 그러므로 아

---

5) 윤순(尹淳) : 조선 숙종(肅宗) 때의 서예가. 백하(白下)는 호요, 자는 중화(仲和).

6) 조명채(曺命采) : 조선 영조(英祖) 때 사람으로 정언·지평·승지·판윤·이조참판·대사헌 등 중요 관직을 지냈다.

무리 본 글씨의 모양이나 기세는 비슷하게 되었다 하더라도 그 뼈대가 뻣뻣해져서 전혀 필의(筆意 : 글씨의 감정)가 엿보이지 않으며, 먹빛이 짙은 데는 묵저(墨猪 : 먹돼지)처럼 되고, 가는 데는 고등(枯藤 : 마른 등나무넝쿨)처럼 되니, 이는 다름이 아니라 돌의 새김질이나 쇠에 새긴 획이 습성에 젖어 있고, 또 종이와 붓이 중국과 매우 다르기 때문이다.

옛날부터 고려의 백추지(白硾紙 : 백지를 다듬질한 종이)와 낭모 필(狼毛筆 : 이리털로 만든 붓)을 쳐주었다고 하나, 단지 〈중국에 서는〉 외국의 진기한 물건이라 해서 그런 것이지 실제로는 이름뿐이고, 쓰고 그리기에 좋아서 그런 것은 아니다. 종이도 먹 빛을 잘 받고 붓 길이 순순히 풀려남을 귀히 여기는 것이요, 반드시 단단하고 질겨서 찢어지지 않는 것만이 덕(德)이 됨은 아니다.

서위(徐渭)7)가 말하기를,

"고려의 종이는 그림 그리기에는 맞지 않고, 다만 무겁고 두터운 것이 좀 낫다."

하였으니, 그 아름답게 여기지 않음이 이와 같았다.

〈왜냐하면 우리나라 종이는 애초에〉 다듬질을 하지 않으면 결이 거칠어서 쓰기 힘들고, 다듬질을 지나치게 하면 지면이 너무 뻣뻣하여지므로 미끄러워서 붓이 머무르지 않고 딱딱하여서

---

7) 서위(徐渭) : 명(明)나라의 저명한 예술가. 시문과 서화에 모두 능하 였으며, 자는 문장(文長)이다.

먹을 잘 받지 않는다. 그러므로 우리 종이는 중국만 못하다.

붓은 부드럽고 날씬하고 고르고 순하여 팔과 함께 잘 돌아가는 것이 좋은 것이요, 뻣뻣하고 강하고 뾰족하고 날카로운 것은 그렇지 못한 것이다. 그러므로 중국에서 좋은 붓이라면 반드시 호주(湖州) 것을 말하는데, 이는 오로지 양털을 쓰고 다른 털을 섞지 아니한다. 양털은 다른 털에 비하여 가장 부드럽다. 가장 부드러우므로 부서지지 않고, 종이에 닿으면 먹을 마음대로 놀리는 것이 마치 효자(孝子)가 어버이의 뜻을 말하기 전에 벌써 알아차리는 것과 같다.

이른바 '낭모필(狼毛筆)'이란 더욱 잘못인 것이다. 이리가 무슨 짐승인지도 알지 못하는데다가 어떻게 그 꼬리를 얻을 수 있겠는가? 이는 곧 족제비의 속명(俗名) '광(獷)'에서 나온 것이다. 그리하여 광(獷) 자에서 '개사슴 록(犭)'변을 떼고 또 '집 엄(广)'머리를 버리면 〈황(黃) 자가 되므로〉 이른바 '황필(黃筆 : 족제비털로 만든 붓)'이 낭모필이다. 이는 늘 굳세며 억세고 뻣뻣하여 부서질 염려가 있어 마치 동서를 가리지 않고 제멋대로 내닫는 철없는 아이와 같다. 그러므로 우리 붓이 중국의 것만 못하다 함이다.

종이와 붓이 이미 이러한데다가 안동(安東)의 마간석(馬肝石)[8] 벼루에 해주(海州)의 후칠(厚漆) 먹[9]을 갈아서 왕희지

---

8) 마간석(馬肝石) : 경상북도 안동의 녹천(綠川)이라는 냇물 속에서 나는 유명한 벼룻돌. 빛깔이 말의 간처럼 붉다고 한다.

(王羲之)10) '필진도서(筆陣圖序)'11)를 체첩(體帖)으로 본받으니, 이제 아무리 삼절법(三折法 : 세 번 붓을 꺾는 서법)으로 쓰더라도 여윈 뼈대가 메마르다. 어린아이들의 분판(粉板)12) 글씨와 또다시 무엇이 다른가?

집 후당(後堂)이 매우 조용하고 깨끗하여 세간의 잡된 소리가 들리지 않고 강진향(降眞香)13)으로 만든 와탑(臥榻 : 침대)이 있는데, 탑 위에 진열해 놓은 것들은 보통 사람이 지닐 수 없는 물건들이었다. 시렁 위에 놓인 서화(書畵)는 비단으로 표지를 한 책들과 옥축(玉軸 : 임금이 공신에게 내린 두루마리 글)으로 질서 있게 배치되어 있었다.

정사와 부사의 비장들이 함부로 어지러이 뽑아서 무어라 떠들면서 빙 둘러서 펼쳐 보는 품이 마치 조보(朝報 : 조정 소식을 알리는 관보)를 펴보듯, 피륙을 말라 재는 듯이 접었다 꺾었다 하고, 함부로 날치는 양은 성을 무너뜨리고 진영을 떨어뜨리며, 적장을 베고 적기(敵旗)를 꺾어버릴 듯한 기세이다. 더구나 구

---

9) 후칠(厚漆) 먹 : 황해도 해주에서 나는 최상품의 먹.

10) 왕희지(王羲之) : 진(晉)나라의 서예가. 중국의 대표적 명필. 희지는 이름. 자는 일소(逸少).

11) 필진도서(筆陣圖序) : 왕희지(王羲之)가 짓고 쓴 유명한 필첩. 왕희지의 서체본.

12) 분판(粉板) : 종이가 귀해서 널빤지에다 분을 칠하고 기름을 먹여서 종이 대용으로 글자를 연습할 때 사용하였다.

13) 강진향(降眞香) : 남양 지방에서 나는 향나무의 일종.

경할 마음만이 바빠서 그 긴 것을 다 펴보기 어려울 때면 맨 처음에 펴기 시작한 것을 후회하고는 도리어 서화의 작자를 나무라면서,

"이렇게 긴 축(軸)을 무엇에 쓴단 말야? 병풍도 안 되겠고 족자도 못 만들 것을."

이라고 한다. 그리고 어떤 이는,

"나는 그림을 모르네만, 그림이야 주홍빛 나는 까마귀가 가장 좋데그려."

라고 한다. 그리고 보니 환현(桓玄 : 진(晉)나라의 서화 애호가) 같은 사람은 〈자기 집에 손님이 와도 혹시나 붙여둔 서화를 더럽힐까 하여〉 기름과자를 대접하지 않았으니, 이야말로 참말 명사(名士)라 아니할 수 없겠다.

서쪽 벽 밑에서 별안간 군대가 행진하는 듯이 우당탕하는 소리가 나기에 깜짝 놀라서 돌아다보니, 여러 사람이 정(鼎) · 이(彛) · 준(尊) · 호(壺) 등의 고동(골동품)을 제멋대로 들추는 것이다. 나는 하도 민망하여 바삐 걸어서 문을 나섰다.

그 아래윗집이 모두 금색 글자로 편액을 달았다. 나는 장복만 데리고 이집 저집을 일일이 들렀으나 모두 주인이 없었다. 또 다른 한 집에 이르니 담 밑에 자죽(紫竹) 수십 대가 자라고 축대 아래에 벽오동(碧梧桐) 한 그루가 서 있다. 오동나무 서쪽에는 두어 이랑쯤 되는 모난 연못이 있되, 흰 돌로 난간을 만들어 연못가를 둘렀다. 연못 가운데는 대여섯 자루 연밥이 든 송이〔蓮房〕가 떠 있고, 난간 가까이 거위 새끼 세 마리가 노닌다.

당 가운데는 담황색 비단 주렴을 깊게 드리웠고 주렴 안에는
뭇 사람의 지껄이고 웃는 소리가 들린다. 나는 연못가에 이르
러 잠깐 난간에 기대어 섰다. 온 별당 안이 잠잠하여 쥐죽은 듯
하고 주렴 너머로 엿보는 것이 어른거린다. 나는 〈연못가를〉
배회하면서 당 안을 향하여 연거푸 기침을 보냈더니, 이윽고 한
동자가 당(堂) 뒤를 돌아 나오며 멀찌감치 서서 읍을 하고 소리
를 높여,

"노장(老丈)께서는 무엇하러 여기를 오셨습니까?"

라고 한다. 장복은,

"너희 집 어른이 어디 계시는데 어찌 멀리서 오신 손님을 맞
이하지 않느냐?"

하니 동자는,

"아버지는 아까 일가 어른 이공(李公)과 함께 고려인이 거처
하는 곳으로 가셨습니다. 귀국의 태의관(太醫官)을 만나러 가서
서 아직껏 돌아오시지 않았습니다."

하기에 나는,

"너희 댁에서 의원을 찾을 때는 필시 집안에 우환이 있는 게
로구나. 내가 곧 태의관이다. 이미 이곳까지 온 이상 진찰해 보
아도 좋고, 또 진짜 청심환도 있으니 너는 즉시 가서 너의 아버
지를 모셔오너라."

하였으나, 동자는 다시 들은 체하지도 않고 옷을 벌려서 거위새
끼를 몰아 새초롱에 넣고, 난간 가에 세워 둔 낚싯대를 집어서
연못 속의 꺾어진 연잎을 갈고리로 걸어 잡아당겨 우산처럼 들

고 주적대며 가버린다.

주렴 안에는 일고여덟 사람의 그림자가 있는 듯한데, 무어라고 소곤소곤하고는 다시 입을 가리고 웃음을 참는 소리가 들린다. 한참 서성거리다가 마침내 몸을 돌이켜 문을 나오는데, 장복을 돌아보니 그 귀밑에 난 사마귀가 요즘 들어 더 커진 듯싶다.

조 주부(趙主簿)—조명회(趙明會)—와 함께 말고삐를 나란히 하여 타고 가면서, 무령현의 풍속이 좋지 못하다고 하였더니 조주부가,

"무령 사람들은 지금 조선 사람들을 귀찮은 손님으로 친답니다. 서학년(徐鶴年)은 성품이 본래 손님을 좋아하는 편이어서 처음으로 백하(白下) 윤공(尹公 : 윤순(尹淳))을 만나면서도 흉금을 터놓고 정성스럽게 대접하며, 자신이 간직해오던 서화를 많이 꺼내어 보여주었습니다. 그 뒤로부터 무령현 서 진사(徐進士 : 서학년)의 이름이 우리나라에 회자되어 해마다 사행(使行)이 반드시 〈서학년의 집을〉 찾아 들른 것이 마침내 준례가 되었습니다.

그러나 실상은 그 고을에 서씨 집보다 더 나은 집들이 많고 손님을 좋아하는 주인도 다 서학년만 못지않으나, 다만 윤공이 우연히 먼저 서학년을 만나게 되었고, 그가 가진 것이 우리나라 재상도 당할 수 없을 정도인 것을 보고는 입에 침이 마르게 기렸던 것입니다. 그 뒤로부터 역관들이 으레 서씨 집으로 찾아들게 됨은 역시 다시 다른 집을 한 가지라도 귀찮게 하지 않으

려는 것입니다.

우리 사행은 반드시 하인 수십 명을 거느리는 까닭에 비록 몇 길이나 되는 문호(門戶)라도 드나들 때에는 반드시 소리를 갖추어 알리고, 또 한 군데 당에 오르면 물러나 기다릴 줄 모르는 것은 대청이 없기 때문입니다.

〈서학년의 집에서도〉 그 접대가 차츰 전과 같지 못하던 것이 서학년이 죽은 뒤에는 아들들이 조선 손님을 아주 귀찮게 여긴 나머지 매번 우리 사행이 올 무렵이면 좋은 기물들을 다 감추고, 대략 지질하고 너저분한 하등품만 벌여 놓아서 이때까지의 준례나 지킬 뿐이랍니다. 이제 그 옆집에서 피하고 숨은 것도 역시 서학년의 집처럼 될까 경계하기 때문일 것입니다."
라고 하자, 서로 한바탕 크게 웃었다.

윤공이 돌아온 뒤에 '되놈의 새끼에게 재주를 팔았다'는 이유로 탄핵을 입었으니, 대개 이 시(詩)를 지은 까닭이다. 당시 언론(言論)의 너무 지나침이 이 경지에 이르렀단 말인가!

하북성 유주(幽州)와 기주(冀州)의 산세는 맑은 기운이 서렸다. 태항산이 서쪽으로 쫓아와서 연경(燕京)을 껴안은 듯하고, 의무려산이 동쪽으로 달려서 후진(後鎭)이 되어 용이 나는 듯 봉이 춤추는 듯하여 각산(角山)에 이르러 뭉툭 잘려 산해관이 되었다. 산해관에 들어서자 뭇 산들은 더욱 대막(大漠)의 억세고 거친 기세를 벗어나서 남쪽을 향해 탁 트인 형세가 맑고 빼어나며 밝고 부드럽다.

창려(昌黎)에 이르자 모든 바닷가 고을들의 산세는 더욱 아름

다왔다. <『서경(書經)』> 우공(禹貢) 편에 나오는 갈석(碣石)
은 창려현(昌黎縣) 서쪽 20리 되는 가까운 곳에 있다. 조조(曹
操)14)의 시에서,

동쪽으로 갈석에 다다라	東臨碣石
아득한 저 바다 구경코저.	以觀滄海

라 함은 곧 여기를 말함이다.

창려현에는 한 문공(韓文公)15)과 한상(韓湘)16)의 사당이 있
다. 『당서(唐書)』 본전(本傳 : 한유열전(韓愈列傳))에는 문공을 등
주(鄧州) 남양(南陽) 사람이라 하였고, 『광여기(廣輿記)』17)에
는 창려(昌黎) 사람이라 하였으며, 송(宋)나라 원풍(元豊 : 송
나라 신종(神宗)의 연호) 연간에 문공을 창려백(昌黎伯)으로 봉하
였는데, 원나라 지원(至元 : 원나라 세조의 연호) 때에 이르러서
비로소 이곳에다 사당을 세워서 지금도 문공의 소상(塑像)이

---

14) 조조(曹操) : 위(魏)나라 무제(武帝). 조(操)는 이름이고, 자는 맹덕
   (孟德)이다. 중국 삼국 시대 위나라의 시조로, 화북을 평정한 후 손권
   (孫權)·유비(劉備)의 연합군에 의해 대패하였다.
15) 한 문공(韓文公) : 당(唐)나라의 저명한 문학가 한유(韓愈). 문공은
   시호. 자는 퇴지(退之).
16) 한상(韓湘) : 한유의 조카. 그의 자는 청부(淸夫). 세상에서 여덟 신
   신 중의 하나라고 말한다.
17) 『광여기(廣輿記)』 : 명나라 육응양(陸應陽)이 지은 중국 지리책.

있다고 한다.

내 평생에 문공을 꿈속에서도 그리워했으므로 여러 사람더러 함께 가 보자고 하였으나 가려는 이가 없으니, 이는 20리나 돌림길을 하기 때문이다. 혼자서 가기도 어려우니 참으로 한스러운 일이다.

지나는 길에 동악묘(東嶽廟)에 들렀다. 뜰에 비석 다섯 개가 있고 전각 위에는 금색 글자로 '동악대제(東嶽大帝)'라 써 붙였고, 전각 가운데에는 금신(金神) 둘을 앉혔는데, 모두 단정히 손을 모으고 홀(笏)을 갖추고 있었다. 뒤의 전각도 만든 방법이 앞의 전각과 같은데, 여상(女像) 셋을 앉혔고 이름을 '낭랑묘(娘娘廟)'18)라고 한다. 머리에는 모두 면류관을 썼다.

영평부(永平府)에 이르니, 성 밖으로 굽이쳐 흐르는 강물이 성을 둘러싸서 지형이 평양과 매우 흡사하다. 시원하게 툭 트인 것은 평양의 두 배나 된다. 다만 대동강과 같이 맑은 물이 없을 뿐이다.

세상 사람들이 전하는 말에, '김 학사(金學士)19) – 김황원(金黃元) –가 부벽루(浮碧樓)에 올라가서 시(詩) 두 구절을 짓기를,

> 긴 성 저 한편에는 물결이 출렁이는 강물이요,　　長城一面溶溶水

---

18) 낭랑묘(娘娘廟) : 아들을 점지해 준다는 여신을 모신 사당.

19) 김 학사(金學士) : 김황원(金黃元). 자는 천민(天民). 고려 예종(睿宗) 때의 문학가. 일찍이 문과에 급제하여 예부시랑·한림학사 등을 지냈고, 고시(古詩)로 이름을 떨쳐 해동제일이라는 칭송을 받았다.

넓은 벌 동쪽 머리엔 점점이 찍힌 산이로다.　　　大野東頭點點山

하고서는 아무리 끙끙거려도 시상(詩想)이 메말라 〈다음 구절
을 읊지 못한 채〉 통곡(痛哭)하고 부벽루를 내려오고 말았다.'
고 한다. 그리하여 사람들이 논평하기를,

"평양의 아름다운 경치가 두 글귀에 다 표현되었으므로 천 년
이나 되는 오랜 시간을 지냈건만 다시 한 구절이라도 덧붙이는
이가 없다."

라고 한다. 그러나 나는 늘 이것이 좋은 글귀가 아니라고 생각
된다. 왜냐하면 '용용(溶溶)'은 큰 강물의 형세를 표현함에는 부
족하고, '동두(東頭) 점점(點點)의 산'이란 그 거리가 40리에 불
과한데 어찌 넓은 들판〔大野〕이라 이를 수 있겠는가? 이제 이
구절을 연광정(練光亭)의 주련(柱聯)으로 붙여 두었으나, 만일
중국의 사신이 정자에 올라가서 한 번 읽어본다면 반드시 '대
야' 두 글자를 비웃을 것이다.

　그런데 지금 보는 이곳 영평부 성루(城樓)는 그야말로, '넓은
벌 동쪽 머리엔 점점이 찍힌 산이로다.'라고 할 만하다. 어떤 사
람은 이르기를,

"영평도 역시 기자(箕子)가 봉해진 땅이다."

라고 하나, 이는 잘못이다. 영평은 곧 한(漢)나라의 우북평(右
北平)이요, 당(唐)나라의 노룡새(盧龍塞)이다. 옛날은 아주 궁
벽한 땅이었던 것이 요(遼)·금(金) 때로부터 오랫동안 북경
에 가까운 지역이 되어서 집과 시장의 점포가 다른 곳보다 곱절

이나 번화하고 부유하다. 진사(進士)의 패액(牌額)이 무령에 비해 훨씬 많다. 영평부 앞 원문(轅門 : 병영(兵營) 앞에 세운 문)에는 '고지우북평(古之右北平)'이라고 써 붙였다.

한참 어두워진 뒤에 정 진사(鄭進士)와 함께 조용히 거닐다가 우연히 한 집에 들어가니, 마침 등불을 켜놓고 '고려진공도(高麗進貢圖)'[20]를 새기는 중이다. 지나온 길의 바람벽에 흔히 이 그림을 붙여 놓았는데, 모두 너절한 그림에다 추하게 찍어내어 괴상스럽고 가소롭기 그지없다. 그 그림에 홍포(紅袍 : 붉은 도포)를 떨쳐입은 자는 서장관이요,─몇 십 년 전에는 당하관(堂下官)이 홍포를 입었으나 지금은 초록빛으로 바뀌었다.─ 흑립(黑笠)을 쓴 자는 역관이요, 얼굴이 흡사 중과 같으면서 입에 담뱃대를 문 자는 전배(前排 : 행렬의 앞에서 길잡이 함)의 비장이요, 곱슬수염에 눈이 둥근 사람은 군뢰(軍牢)이다. 지금 여기서 새기는 것도 추악하기 그지없어서 얼굴 생김새가 모두 원숭이처럼 되어 있었다. 당(堂) 가운데에 모두 세 사람이 있으나 더불어 이야기할 만한 자가 못 되었다.

탁자 위에 돌병풍〔硏屛〕[21]이 놓여 있는데, 높이가 두 자 남짓, 넓이는 한 자쯤 되는 화반석(花斑石)이다. 강산(江山)·수목

---

20) 고려진공도(高麗進貢圖) : 중국에 사신으로 가는 조선 관원의 모습을 그린 그림.

21) 돌병풍〔硏屛〕 : 벼루 곁에 세워서 먼지와 먹이 튀는 것을 막는 조그마한 병풍 모양의 장식용 벼루 가리개.

(樹木)·누대(樓臺)·인물(人物) 등을 그려 새겼으되, 모두 돌무늬를 따라 천연스럽게 빛깔을 내어 그 미묘한 품이 신경(神境)에 들 지경이다. 강진향(降眞香)으로 받침대를 만들어 벼루 머리에 받쳐 두었다.

이때 소주(蘇州) 사람 호응권(胡應權)이란 자가 화첩(畫帖) 하나를 가지고 왔는데, 겉장에는 어지러운 초서(草書)를 썼으되 먹똥이 거듭 앉아 비늘지고 더할 나위 없이 해져서 한 푼어치도 못 되어 보였다. 다만 호생(胡生)의 행동거지를 보니 마치 세상에 다시없는 보배인 듯 사뭇 조심조심 화첩을 받쳐 들고 꿇어앉아서 여닫는 데도 오직 깍듯이 한다.

정군(鄭君)이 눈이 희미해서 두 손으로 움켜쥐고 책장을 풍우처럼 재빨리 넘기니, 호생이 얼굴을 찡그리며 못마땅해 하는 기색이다. 정군(鄭君 : 정 진사)이 다 보고는 땅바닥에 획 집어 던지면서,

"겸재(謙齋)[22]나 현재(玄齋)[23]가 모두 되놈(청나라 사람)의 호(號)이구먼."

하기에 나는 웃으면서,

"아니 보아도 잘 알 일이지."

---

22) 겸재(謙齋) : 조선 숙종 때 저명한 화원(畵員) 정선(鄭敾)의 호. 자는 원백(元伯).

23) 현재(玄齋) : 겸재(謙齋)의 세사 화원인 심사정(沈師正)의 호. 자는 이숙(頤叔).

하고는 호생에게 묻기를,

"당신은 이걸 어디서 구하셨소?"

하니 그는,

"아까 초저녁 때 귀국의 김 상공(金相公)24)이 우리 점포에 오셔서 이것을 팔고 갔소. 김 상공은 믿음직한 사람이고 또 저와는 정분이 자별하여 친형제나 다름없습니다. 제가 문은(紋銀 : 말굽은)25) 3냥 5푼을 주고 샀습니다. 다시 책 표지 장정을 새로 해놓으면 7냥을 실히 받을 수 있을 것입니다. 다만 그린 이의 관지(款識 : 낙관이나 설명)가 없으니, 바라건대 선생께서 일일이 고증해서 적어 주셨으면 합니다."

하고는 이내 품속에서 붉은 주사로 만든 홀(笏) 하나를 꺼내어 패물로 주며, 화자(畫者)의 소전(小傳)을 간곡히 부탁한다. 집주인도 술과 과실을 차려 왔다.

대개 우리나라의 서화에는 연호(年號)도 없고 이름을 적기도 꺼리며, 시축(詩軸)의 끝에도 흔히들 '강호산인(江湖散人)'이라 하였을 뿐, 어느 때 어느 곳 아무 성 어떠한 사람의 솜씨인지 알 길이 없다. 지금 이 책 가운데도 비록 두 글자씩 된 별호(別號)가 적혀 있기는 하나 분명하지 않아서 누가 누군지를 분간할 수

---

24) 김 상공(金相公) : '상공'은 애초에는 '정승'이라는 의미이지만, 여기서는 상인들끼리 서로 높여서 하는 말.

25) 문은(紋銀) : 중국에서 사용하던 화폐로, 말굽 모양의 은 덩어리. 은괴(銀塊) 중에서도 그 빛이 가장 좋은 것이다.

없으므로, 정군이 겸재나 현재를 두고서 되놈이라 한 것도 괴이한 일은 아니다.

정군이 한어(漢語 : 중국말)가 매우 서툰데다가 이까지 틈이 벌어져 달걀 볶음만 좋아한다. 책문(柵門)에 들어온 뒤로 익힌 한어라고는 다만 '초란(炒卵)'뿐인데, 그나마 혹시 말할 때 잘못되면 듣는 사람이 잘못 들을까 두려워하여, 가는 곳마다 사람을 만나면 문득 '초란' 두 글자를 소리 내어 외쳐보아서 그 혀끝이 돌아가는지를 잘 가늠하곤 했으니, 이로 인해 정(鄭)을 '초란공(炒卵公)'이라 부르게 되었다. ―우리나라 광대놀음에 가면을 쓴 것을 '초란(俏亂)'이라 부르는데, 중국말로 〈계란볶음을 뜻하는〉 '초란'과 발음이 비슷하기 때문이다. 주인이 곧바로 가서 달걀볶음 한 쟁반을 가지고 왔다. 〈정군의〉 행적이 마치 토식(討食)한 것같이 되었으므로 함께 한바탕 웃고 나서 〈주인에게〉 사연을 설명하고 값을 치르려 하니, 주인은 몹시 부끄러워하면서,

"여기는 술이나 밥을 먹는 식당이 아닙니다."

하고 자못 노여워하는 빛이 있었다. 나는 마침내 대강 그림 옆에 적힌 별호(別號)를 상고하여 그들의 성명을 적어서 그에게 답례하였다.

原文

二十五日
이 십 오 일

辛丑　晴　自楡關　至榮家莊三里　上白石舖二里　下
신 축　청　자 유 관　지 영 가 장 삼 리　상 백 석 포 이 리　하

白石舖三里　吳家莊三里　撫寧縣九里　羊腸河二里　午
백 석 포 삼 리　오 가 장 삼 리　무 령 현 구 리　양 장 하 이 리　오

哩舖三里　蘆家莊二里　時哩舖三里　蘆峯口五里　茶棚
리 포 삼 리　노 가 장 이 리　시 리 포 삼 리　노 봉 구 오 리　다 붕

菴五里　飮馬河三里　背陰堡三里　共四十六里　中火
암 오 리　음 마 하 삼 리　배 음 보 삼 리　공 사 십 륙 리　중 화

自背陰堡　至雙望店八里　要站五里　㺚子營三里　部落
자 배 음 보　지 쌍 망 점 팔 리　요 참 오 리　달 자 영 삼 리　부 락

嶺六里　盧龍塞三里　驢槽十三里　漏澤園三里　永平府
령 육 리　노 룡 새 삼 리　여 조 십 삼 리　누 택 원 삼 리　영 평 부

二里　共四十三里　是日通行八十九里　宿永平府.
이 리　공 사 십 삼 리　시 일 통 행 팔 십 구 리　숙 영 평 부

行過撫寧縣　山川漸益開朗　城裏街坊　家家金扁玉
행 과 무 령 현　산 천 점 익 개 랑　성 리 가 방　가 가 금 편 옥

牌樓處處輝映.
패 루 처 처 휘 영

路右一門下　副三房下隷　特轎留屯　乃徐進士鶴年家
노 우 일 문 하　부 삼 방 하 례　특 교 류 둔　내 서 진 사 학 년 가

也　副使書狀　方在此觀玩云　余遂下馬進去　其家舍僭
야　부 사 서 장　방 재 차 관 완 운　여 수 하 마 진 거　기 가 사 참

侈　器玩瑰奇　誠如前聞.
치　기 완 괴 기　성 여 전 문

鶴年十數年前歿　而有兩子　長苕芬　次苕信　苕信頗
학년십수년전몰　이유양자　장초분　차초신　초신파

有文筆　選入四庫全書繕寫之役　方在皇京　獨有苕芬
유문필　선입사고전서선사지역　방재황경　독유초분

在家　文筆極短.
재가　문필극단

滿堂刻揭果親王　阿克敦　于敏中　鄂爾泰　皇三子
만당각게과친왕　아극돈　우민중　악이태　황삼자

皇五子詩　俱以興京祭官　道出此中　多歷宿留詩而去
황오자시　구이흥경제관　도출차중　다력숙류시이거

于敏中阿克敦　俱稱海內名筆　而視果親王　不啻巽下.
우민중아극돈　구칭해내명필　이시과친왕　불시손하

其寢室楣上　刻揭白下尹判書淳七絶一首　戶外楣上
기침실미상　각게백하윤판서순칠절일수　호외미상

刻揭曺參判命采次尹詩.
각게조참판명채차윤시

尹公我東名筆也　一點一畫　無非古法　而天才華娟
윤공아동명필야　일점일획　무비고법　이천재화연

如雲行水流　穠纖間出　肥瘦相稱　而今在諸筆　不無間
여운행수류　농섬간출　비수상칭　이금재제필　불무간

然者　何也.
연자　하야

大抵我東習字者　未見古人墨蹟　平生所臨　只是金石
대저아동습자자　미견고인묵적　평생소림　지시금석

金石但可想像古人典刑　而其筆墨之間　無限神精　已
금석단가상상고인전형　이기필묵지간　무한신정　이

屬先天　雖能髣髴體勢　而胕骨强梁　都無筆意　濃爲墨
속선천　수능방불체세　이근골강량　도무필의　농위묵

猪　焦爲枯藤　此無他　石刻鐵畫　習與性成　又紙筆尤
저　초위고등　차무타　석각철획　습여성성　우지필우

異中國.
이 중 국

古稱高麗白硾紙　狼毛筆　特爲異邦　故實而名之　非
고 칭 고 려 백 추 지　낭 모 필　특 위 이 방　고 실 이 명 지　비

爲其能佳於書畵也　紙以洽受墨光　善容筆態爲貴　不
위 기 능 가 어 서 화 야　지 이 흡 수 묵 광　선 용 필 태 위 귀　불

必以堅韌不裂爲德.
필 이 견 인 불 렬 위 덕

徐渭　謂高麗紙　不宜畵　惟錢厚者稍佳　其不見可
서 위　위 고 려 지　불 의 화　유 전 후 자 초 가　기 불 견 가

如此.
여 차

不硾則毛荒難寫　搗鍊則紙面太硬　滑不留筆　堅不受
불 추 즉 모 황 난 사　도 련 즉 지 면 태 경　활 불 류 필　견 불 수

墨　所以紙不如中國也.
묵　소 이 지 불 여 중 국 야

筆以柔婉調馴　隨腕同力爲良　不可以勁剛尖銳爲賢
필 이 유 완 조 순　수 완 동 력 위 량　불 가 이 경 강 첨 예 위 현

所以中國良筆　必稱湖州　皆用羊毫　不雜他毛　羊比他
소 이 중 국 량 필　필 칭 호 주　개 용 양 호　부 잡 타 모　양 비 타

毛最柔　最柔故不禿　入紙則弄墨隨意　如孝子之先意
모 최 유　최 유 고 부 독　입 지 즉 롱 묵 수 의　여 효 자 지 선 의

承奉.
승 봉

所謂狼尾　尤爲訛謬　吾不識狼爲何獸　又安得其尾哉
소 위 낭 미　우 위 와 류　오 불 식 랑 위 하 수　우 안 득 기 미 재

此鼠狼　俗名獷　去其犬傍　且省广頭　所謂黃筆者是也
차 서 랑　속 명 광　거 기 견 방　차 생 엄 두　소 위 황 필 자 시 야

常含强悍怒磔之意　如恣意東西之頑僮　所以筆不如中
상 함 강 한 노 책 지 의　여 자 의 동 서 지 완 동　소 이 필 불 여 중

國也.
국야

紙筆旣如此　乃以安東馬肝之石　磨海州厚漆之墨　臨
지필기여차　내이안동마간지석　마해주후칠지묵　임

義之筆陣之序　三過折筆　瘦骨犖确　童習粉板　亦復何
희지필진지서　삼과절필　수골락학　동습분판　역부하

哉.
재

其後堂僻靜瀟灑　頓忘塵囂　有降眞香臥榻　榻上所鋪
기후당벽정소쇄　돈망진효　유강진향와탑　탑상소포

有非匹夫可居　架上所置書畵　錦卷玉軸　秩然排揷.
유비필부가거　가상소치서화　금권옥축　질연배삽

兩房裨將　鬨堂亂抽　環立爭展　如觀朝報　如度匹練
양방비장　홍당란추　환립쟁전　여관조보　여도필련

襞摺摧拉　飛騰果敢　有崩城陷陣　斬將搴旗之勢　加以
벽접최랍　비등과감　유붕성함진　참장건기지세　가이

心忙意促　難竟其長　則悔其始展　反咎匠手曰　似此長
심망의촉　난경기장　즉회기시전　반구장수왈　사차장

軸用之何處　不可作屛風　不可作簇子　或曰　吾不識畵
축용지하처　불가작병풍　불가작족자　혹왈　오불식화

畵則莫如朱紅烏　桓玄之不設寒具　儘是名士.
화즉막여주홍오　환현지불설한구　진시명사

西壁下忽聞介馬金鼓之聲　大驚回顧　乃群閱鼎彝尊
서벽하홀문개마금고지성　대경회고　내군열정이준

壺也　余不勝悶然　忙步出門.
호야　여불승민연　망보출문

其上下家　皆爲金字扁額　獨與張福　歷入諸家　而皆
기상하가　개위금자편액　독여장복　역입제가　이개

無主人　轉至　宅　牆下有數ㅣ竿紫竹　當階一樹碧梧
무주인　전지일댁　장하유수십간자죽　당계일수벽오

桐 梧桐西畔 有數畝方塘 環池爲白石欄干 池中有五
동 오동서반 유수무방당 환지위백석난간 지중유오

六柄蓮房 欄邊有三個鵞雛.
륙병련방 난변유삼개아추

堂中緗簾垂地 簾內衆人喧笑 余進至池邊 暫倚欄干
당중상렴수지 렴내중인훤소 여진지지변 잠의난간

而立 堂中寂然屛息 隱暎從簾隙偸看 余徘徊 連向堂
이립 당중적연병식 은영종렴극투간 여배회 연향당

裏警咳 俄有一小童 迤從堂後而來 遙立作揖高聲曰
리경해 아유일소동 이종당후이래 요립작읍고성왈

爾老來此 做甚麼 張福曰 爾們大主人 那裏坐地 何
이로래차 주심마 장복왈 이문대주인 나리좌지 하

不接應了遠客 小童曰 俄刻家父與舍親李公 同去高
부접응료원객 소동왈 아각가부여사친이공 동거고

麗人處 要訪貴國太醫官 未回 余曰 爾家尋醫時 想
려인처 요방귀국태의관 미회 여왈 이가심의시 상

應宅裏有患 我是太醫官 旣爲到此 不妨診視 更有眞
응댁리유환 아시태의관 기위도차 불방진시 갱유진

眞淸心元 爾此刻去尋爾父公回家 小童更不答應 張
진청심원 이차각거심이부공회가 소동갱부답응 장

衣驅鵞雛入籠 取欄邊釣竿 鉤引池中敗荷葉 軒軒作
의구아추입롱 취란변조간 구인지중패하엽 헌헌작

傘而去.
산이거

簾內人影 可揣有七八人 啾啾密語 復有掩口忍笑之
렴내인영 가췌유칠팔인 추추밀어 부유엄구인소지

聲 徘徊久之 遂轉身出門 顧視張福 其鬢下黑子 近
성 배회구지 수전신출문 고시장복 기빈하흑자 근

日稍大.
일초대

與趙主簿－明會 聯轡行 爲語撫寧風俗不佳 趙曰 撫
여 조 주 부 　명회　 연 비 행 　위 어 무 령 풍 속 불 가 　조 왈 　무

寧人方以朝鮮人爲苦客 徐鶴年性本喜客 初逢白下尹
령 인 방 이 조 선 인 위 고 객 　서 학 년 성 본 희 객 　초 봉 백 하 윤

公 開襟款接 多出所有書畫以示之 自此撫寧縣徐進
공 　개 금 관 접 　다 출 소 유 서 화 이 시 지 　자 차 무 령 현 서 진

士之名 膾炙東韓 每歲使行 必爲歷訪 遂成舊例.
사 지 명 　회 자 동 한 　매 세 사 행 　필 위 력 방 　수 성 구 례

然其實 邑中他家 多勝徐宅 主人喜客 遍是鶴年
연 기 실 　읍 중 타 가 　다 승 서 댁 　주 인 희 객 　편 시 학 년

特尹公偶先見此 有非東國宰相所可比擬 則津津艶稱
특 윤 공 우 선 견 차 　유 비 동 국 재 상 소 가 비 의 　즉 진 진 염 칭

是後譯輩 因以徐宅爲歸者 不欲更煩他家 添一事役
시 후 역 배 　인 이 서 댁 위 귀 자 　불 욕 갱 번 타 가 　첨 일 사 역

也.
야

我使傔帶數十 雖數丈門戶 出入之際 必齊聲警上
아 사 겸 대 수 십 　수 수 장 문 호 　출 입 지 제 　필 제 성 경 상

一擁陞堂 不識退待者 以其無板廳故也.
일 옹 승 당 　불 식 퇴 대 자 　이 기 무 판 청 고 야

其所接待 浸不如初 及鶴年歿 而諸子尤苦東客 每
기 소 접 대 　침 불 여 초 　급 학 년 몰 　이 제 자 우 고 동 객 　매

值我使 屛藏器玩 略擺頑樸 下劣之品 以存舊規而已
치 아 사 　병 장 기 완 　약 파 완 박 　하 렬 지 품 　이 존 구 규 이 이

今其隣舍避匿 蓋以徐家爲戒也 相與大笑.
금 기 린 사 피 닉 　개 이 서 가 위 계 야 　상 여 대 소

尹公之還 以鬻技胡雛遭彈 蓋指此詩也 言之無倫若
윤 공 지 환 　이 죽 기 호 추 조 탄 　개 지 차 시 야 　언 지 무 륜 약

是哉.
시 재

幽冀山勢　扶輿磅礴　太行西來　環擁燕都　醫巫東馳
유기산세　부여방박　태항서래　환옹연도　의무동치

以作後鎭　龍飛鳳舞　至於角山而　大斷爲山海關　入關
이작후진　용비봉무　지어각산이　대단위산해관　입관

以來　諸山益脫大漠麤壯之氣　向南開面　淸秀明嫩.
이래　제산익탈대막추장지기　향남개면　청수명눈

至昌黎諸濱海之縣　山氣尤佳　禹貢碣石　近在縣西二
지창려제빈해지현　산기우가　우공갈석　근재현서이

十里　曹操詩　東臨碣石　以觀滄海者　是也.
십리　조조시　동림갈석　이관창해자　시야

昌黎縣有韓文公廟　又有韓湘廟　唐書本傳　公爲鄧州
창려현유한문공묘　우유한상묘　당서본전　공위등주

南陽人　廣輿記以爲昌黎人　宋元豐間　封公爲昌黎伯
남양인　광여기이위창려인　송원풍간　봉공위창려백

及元至元時　始立廟於此　有文公塑像云.
급원지원시　시립묘어차　유문공소상운

吾平生夢想文公　遂遍約諸人爲伴遊計　而無肯行者
오평생몽상문공　수편약제인위반유계　이무긍행자

蓋迂行二十里也　有難獨往可嘆.
개우행이십리야　유난독왕가탄

行歷東嶽廟　庭有五碑　殿上金字題曰　東嶽大帝　殿
행력동악묘　정유오비　전상금자제왈　동악대제　전

中坐二位金神　皆端拱整笏　後殿制如前殿　坐三位女
중좌이위금신　개단공정홀　후전제여전전　좌삼위여

像　稱娘娘廟　而皆頭戴冕旒.
상　칭낭랑묘　이개두대면류

到永平府　城外長河抱城逶迤　地形甚似平壤　而昭曠
도영평부　성외장하포성위이　지형심사평양　이소광

倍之　而但無大同淸江耳.
배지　이단무대동청강이

世傳金學士－黃元 登浮碧樓得句曰 長城一面溶溶水
세 전 김 학 사 　황 원 　등 부 벽 루 득 구 왈 　장 성 일 면 용 용 수

大野東頭點點山 因苦吟意涸 痛哭下樓 說者謂平壤
대 야 동 두 점 점 산 　인 고 음 의 학 　통 곡 하 루 　설 자 위 평 양

之勝 兩句盡之 千載更無添一句者 余常以此謂非佳
지 승 　양 구 진 지 　천 재 갱 무 첨 일 구 자 　여 상 이 차 위 비 가

句 溶溶 非大江之勢 東頭點點之山 遠不過四十里耳
구 　용 용 　비 대 강 지 세 　동 두 점 점 지 산 　원 불 과 사 십 리 이

烏得稱大野哉 今以此句爲練光亭柱聯 若勅使登亭一
오 득 칭 대 야 재 　금 이 차 구 위 연 광 정 주 련 　약 칙 사 등 정 일

覽 則必笑大野二字.
람 　즉 필 소 대 야 이 자

今永平城樓 可謂大野東頭點點山 或曰 永平亦箕子
금 영 평 성 루 　가 위 대 야 동 두 점 점 산 　혹 왈 　영 평 역 기 자

封地 非也 永平卽漢之右北平 唐之盧龍塞 昔之窮邊
봉 지 　비 야 　영 평 즉 한 지 우 북 평 　당 지 노 룡 새 　석 지 궁 변

而自遼金以來 久作畿輔之地 廬舍市鋪 繁富倍他 進
이 자 요 금 이 래 　구 작 기 보 지 지 　여 사 시 포 　번 부 배 타 　진

士牌額 比撫寧尤盛 府前轅門題曰 古之右北平.
사 패 액 　비 무 령 우 성 　부 전 원 문 제 왈 　고 지 우 북 평

昏後與鄭進士閑行 偶入一宅 方張燈刻高麗進貢圖
혼 후 여 정 진 사 한 행 　우 입 일 택 　방 장 등 각 고 려 진 공 도

沿路店壁 多貼此畵 而皆劣畵龘撓 詭怪可笑 紅袍者
연 로 점 벽 　다 첩 차 화 　이 개 렬 화 추 탑 　궤 괴 가 소 　홍 포 자

書狀也－數十年前 堂下官著紅袍 今變綠 黑笠者 譯官也
서 상 야 　수 십 년 전 　당 하 관 착 홍 포 　금 변 록 　흑 립 자 　역 관 야

貌似優婆塞 口含煙竹者 前排裨將也 卷鬚環眼者 軍
모 사 우 파 새 　구 함 연 죽 자 　전 배 비 장 야 　권 수 환 안 자 　군

牢也 今此所刻尤爲龘惡 面目盡似猿猴 堂中共有二
뢰 야 　금 차 소 각 우 위 추 악 　면 목 진 사 원 후 　당 중 공 유 삼

人　而無可語者.
인　이무가어자

卓上研屛　高二尺餘　廣一尺餘　花斑石　鏤畵江山
탁 상 연 병　고 이 척 여　광 일 척 여　화 반 석　누 화 강 산

樹木　樓臺　人物　各從石紋　天然爲彩　微妙入神　以降
수 목　누 대　인 물　각 종 석 문　천 연 위 채　미 묘 입 신　이 강

眞香爲跗　立之硯北.
진 향 위 부　입 지 연 북

有蘇州人胡應權　持一畵帖而來　帖衣胡草　墨鱗成堆
유 소 주 인 호 응 권　지 일 화 첩 이 래　첩 의 호 초　묵 린 성 퇴

破敗荒陋　不直一錢　第觀胡生擧措　眞若絶世奇寶　洞
파 패 황 루　부 치 일 전　제 관 호 생 거 조　진 약 절 세 기 보　동

屬擎跽　開掩惟謹.
속 경 기　개 엄 유 근

而鄭君眼昏　兩手牢執　翻閱之際　疾若風雨　胡生顰
이 정 군 안 혼　양 수 뢰 집　번 열 지 제　질 약 풍 우　호 생 빈

呻不寧　鄭君竟卷　砉然擲地曰　謙齋　玄齋　乃胡人之
신 불 녕　정 군 경 권　획 연 척 지 왈　겸 재　현 재　내 호 인 지

號也　余笑應曰　不見是圖　問胡生曰　足下得此何處
호 야　여 소 응 왈　불 견 시 도　문 호 생 왈　족 하 득 차 하 처

曰晡刻　貴國金相公　來弊舖賣此　金相公老實人　與俺
왈 포 각　귀 국 김 상 공　내 폐 포 매 차　금 상 공 노 실 인　여 엄

情同嫡親兄弟　俺以三兩五分紋銀　收買　改裝時直不
정 동 적 친 형 제　엄 이 삼 냥 오 푼 문 은　수 매　개 장 시 치 불

下七兩　但無畵者款識　願得老爺一一認題　因自懷中
하 칠 냥　단 무 화 자 관 지　원 득 노 야 일 일 인 제　인 자 회 중

出硃碇一笏爲幣　懇求畵者小傳　主人亦設酒果.
출 주 정 일 홀 위 폐　간 구 화 자 소 전　주 인 역 설 주 과

大約我國書畵器什無年號　又不肯書名字　詩軸所題
대 약 아 국 서 화 기 집 무 년 호　우 불 긍 서 명 자　시 축 소 제

多是江湖散人　而不識何代　何地何姓何人　今此卷中
다 시 강 호 산 인　이 불 식 하 대　하 지 하 성 하 인　금 차 권 중

雖有二字別號　依俙不辨爲誰某　則鄭君之以謙玄爲胡
수 유 이 자 별 호　의 희 불 변 위 수 모　즉 정 군 지 이 겸 현 위 호

人無足怪也.
인 무 족 괴 야

　鄭君漢語甚艱　且齒豁　偏嗜炒鷄卵　入柵以後　所肄
　정 군 한 어 심 간　차 치 활　편 기 초 계 란　입 책 이 후　소 이

漢語　只是炒卵　猶患出口齟齬　入耳聽瑩　故到處向人
한 어　지 시 초 란　유 환 출 구 저 어　입 이 청 형　고 도 처 향 인

輒呼炒卵二字　以試其舌頭利濇　因此號鄭爲炒卵公－
첩 호 초 란 이 자　이 시 기 설 두 리 삽　인 차 호 정 위 초 란 공

我東優戱爲假面　稱俏亂　方音與炒卵相似　主人卽去　爲炒一盤
아 동 우 희 위 가 면　칭 초 란　방 음 여 초 란 상 사　주 인 즉 거　위 초 일 반

而來　迹涉討食　相與大笑　備說其由　欲贈其價　主人
이 래　적 섭 토 식　상 여 대 소　비 설 기 유　욕 증 기 가　주 인

大慚曰　此非酒飯店　頗有怒色　余遂略按畵傍別號　錄
대 참 왈　차 비 주 반 점　파 유 노 색　여 수 략 안 화 방 별 호　녹

其姓名以謝之.
기 성 명 이 사 지

열상화보(洌上畫譜)[1]

「이조화명도(二鳥和鳴圖)」: 충암(冲菴 : 호).

　김정(金淨)의 자는 원충(元冲)이요, 명(明)나라 가정(嘉靖) 때 사람이다.[2]

「한림와우도(寒林臥牛圖)」: 김식(金埴).[3]

「석상분향도(石上焚香圖)」: 이경윤(李慶胤).[4]

---

1) 화보는 서화의 목록이므로 번역을 생략하고 그대로 옮긴다. '열상'이란 말은 열수(洌水), 즉 한강가라는 말로 서울을 가리키는 말이다. 즉 조선 명사들의 그림 목록이라는 뜻이다.

2) 이와 같은 연암이 기록한 그림에 대한 모든 해설은 박영철본에는 소주(小註)로 되어 있으나, 주설루본에 의하여 별행(別行)해서 대자(大字)로 되어 있다. 다음의 것도 모두 이에 따랐다.

3) 김식(金埴): 조선 선조(宣祖) 때의 화가. 자는 중후(仲厚), 또는 치온(致溫)이고, 호는 퇴촌이다.

4) 이경윤(李慶胤): 조선 인조(仁祖) 때의 종실(宗室). 학림정(鶴林正)은

학림정(鶴林正)이다.

「녹죽도(綠竹圖)」 : 탄은(灘隱).5)

이정(李霆)의 자는 중섭(仲燮)이요, 석양정(石陽正)이니, 익주군(益州君)의 지자(枝子)이다.

「묵죽도(墨竹圖)」

위와 같다.

「노안도(蘆雁圖)」 : 이징(李澄).

자는 자함(子涵)이요, 호는 허주재(虛舟齋)이다. 학림정(鶴林正)의 아들이다.

「노선결기도(老仙結蓁圖)」 : 연담(蓮潭 : 호).

김명국(金鳴國)이니, 명(明)나라 천계(天啓) 연간 사람이다.

「연강효천도(煙江曉天圖)」

「임지사자도(臨紙寫字圖)」 : 공재(恭齋 : 호).

윤두서(尹斗緖)의 자는 효언(孝彦)이고, 청나라 강희(康熙) 연간 사람이다.

「춘산등림도(春山登臨圖)」 : 겸재(謙齋 : 호).

정선(鄭敾)의 자는 원백(元伯)이고, 강희·건륭 연간 사람이다. 나이 팔십이 넘어서도 몇 겹 돋보기(안경)를 눈에 끼고서 촛불 아래에서 가는 그림을 그려도 털끝만큼도

봉호요, 자는 계길(季吉)이며, 호는 낙촌(駱村)이다.

5) 탄은(灘隱) : 이정(李霆)의 호. 석양정은 종실의 봉호.

잘못됨이 없었다.

「산수도(山水圖)」: 네 폭. 겸재.

「사시도(四時圖)」: 여덟 폭. 겸재.

「대은암도(大隱巖圖)」: 겸재.

이상은 모두 '정선(鄭敾)'·'원백(元伯)'이라는 작은 도
장이 찍혀 있다.

「부장임수도(扶杖臨水圖)」: 종보(宗甫).

조영석(趙榮祏). 자는 종간이요, 호는 관아재(觀我齋)이
고, 강희·건륭 연간 사람이다.

「도두환주도(渡頭喚舟圖)」: 진재(眞宰 : 호).

김윤겸(金允謙)의 자는 극양(克讓)이고, 강희·건륭 연
간 사람이다.

「금강산도(金剛山圖)」: 현재(玄齋 : 호).

심사정(沈師正)의 자는 이숙(頤叔)이고, 강희·건륭 연
간 사람이다.

「초충화조도(草蟲花鳥圖)」: 여덟 폭. 현재.

'심사정사인(沈師正私印)'과 '현재(玄齋)'라는 작은 도장
이 찍혀 있다.

「심수노옥도(深樹老屋圖)」: 낙서(駱西).

윤덕희(尹德熙)의 자는 경백(敬伯)이고, 공재(恭齋)의
아들이다.

「백마도(白馬圖)」

「군마도(群馬圖)」

「팔준도(八駿圖)」

「춘지세마도(春池洗馬圖)」

「쇄마도(刷馬圖)」

　　이상은 모두 낙서의 '윤덕희사인(尹德熙私印)'과 '낙서(駱西)'라는 작은 도장이 찍혀 있다.

「무중수죽도(霧中睡竹圖)」: 수운(岫雲 : 호).

　　유덕장(柳德章). '수운사인(岫雲私印)'이 찍혀 있다.

「설죽도(雪竹圖)」

　　'수운(岫雲)'이란 두 글자와 '수운(岫雲)'이라는 도장이 찍혀 있다.

「검선도(劍仙圖)」: 인상(麟祥).

　　이인상(李麟祥)의 자는 원령(元靈)이고, 호는 능호관(凌壺觀)이다. '이인상(李麟祥)'이라는 도장이 찍혀 있다.

「송석도(松石圖)」: 원령(元靈).

　　'인상(麟祥)'이라는 도장이 찍혀 있고, '기미삼월삼일(己未三月三日)'이란 소지(小識)가 있다.

「난죽도(蘭竹圖)」: 표암(豹菴 : 호).

　　강세황(姜世晃)의 자는 광지(光之)이고, '표암광지(豹菴光之)'라는 도장이 찍혀 있다.

「묵죽도(墨竹圖)」

　　위와 같다.

「추강만범도(秋江晚泛圖)」: 연객(烟客).

　　허필(許佖)의 자는 여정(汝正)이다. '연객(煙客)'이라는 작은 도장이 찍혀 있다.

原文

洌上畫譜
열 상 화 보

二鳥和鳴圖　沖菴－金淨　字元冲　明嘉靖時人
이 조 화 명 도　충 암　김정 자원충 명가정시인

寒林臥牛圖－金埴
한 림 와 우 도　김식

石上焚香圖－李慶胤　鶴林正
석 상 분 향 도　이경윤　학림정

綠竹圖　灘隱－李霆　字仲爕　石陽正　益州君枝子也
녹 죽 도　탄 은　이정 자중섭 석양정 익주군지자야

墨竹圖－上同
묵 죽 도　상동

蘆雁圖－李澄　字子涵　號虛舟齋　鶴林子也
노 안 도　이징 자자함 호허주재 학림자야

老仙結朞圖　蓮潭－金鳴國　明天啓間人
노 선 결 기 도　연 담　김명국 명천계간인

煙江曉天圖
연 강 효 천 도

臨紙寫字圖　恭齋－尹斗緖　字孝彦　康熙中人
임 지 사 자 도　공 재　윤두서 자효언 강희중인

春山登臨圖　謙齋－鄭敾　字元伯　康熙乾隆間人　年八十餘　眼
춘 산 등 림 도　겸 재　정선 자원백 강희건륭간인 연팔십여 안

掛數重鏡　燭下作細畫　不錯毫髮
괘 수 중 경　촉 하 작 세 화　불 착 호 발

山水圖－四幅　謙齋
산 수 도　사 폭 겸 재

四時圖－八幅　謙齋
사 시 도　　팔폭　겸재

大隱巖圖－謙齋　以上並有鄭敾　元伯小印
대 은 암 도　겸재　이상병유정선　원백소인

扶杖臨水圖　宗甫－趙榮祐　字宗間　號觀我齋　康熙乾隆間人
부 장 임 수 도　종보　조영석　자종간　호관아재　강희건륭간인

也
야

渡頭喚舟圖　眞宰－金允謙　字克讓　康熙乾隆間人
도 두 환 주 도　진재　김윤겸　자극양　강희건륭간인

金剛山圖　玄齋－沈師正　字頤叔　康熙乾隆間人
금 강 산 도　현재　침사정　자이숙　강희건륭간인

草蟲花鳥圖－八幅　玄齋　並有姓名字私印　玄齋小印
초 충 화 조 도　팔폭　현재　병유성명자사인　현재소인

深樹老屋圖　駱西－尹德熙　字敬伯　恭齋子
심 수 노 옥 도　낙서　윤덕희　자경백　공재자

白馬圖
백 마 도

群馬圖
군 마 도

八駿圖
팔 준 도

春池洗馬圖
춘 지 세 마 도

刷馬圖－以上　並有駱西姓名私印　及駱西小印
쇄 마 도　이상　병유낙서성명사인　급낙서소인

霧中睡竹圖　峀雲－柳德章　有峀雲私印
무 중 수 죽 도　수운　유덕장　유수운사인

雪竹圖－有峀雲字　並有峀雲印
설 죽 도　유수운자　병유수운인

劍仙圖　麟祥－李麟祥　字元靈　號凌壺觀　有姓名印
검선도　인상　이인상　자원령　호능호관　유성명인

松石圖　元靈－有麟祥印　己未三月三日小識
송석도　원령　유인상인　기미삼월삼일소지

蘭竹圖　豹菴－姜世晃　字光之　有豹菴光之印
난죽도　표암　강세황　자광지　유표암광지인

墨竹圖－上同
묵죽도　상동

秋江晩泛圖　烟客－許佖　字汝正　有煙客小印.
추강만범도　연객　허필　자여정　유연객소인

7월 26일 임인(壬寅)

날이 맑았다. 오후에 천둥이 치고 비바람이 몹시 불었으
나 곧바로 그쳤다.

영평부에서 청룡하(靑龍河)까지 1리, 남허장(南墟莊)까지 2
리, 압자하(鴨子河)까지 7리, 범가점(范家店)까지 3리, 난하(灤
河)까지 2리, 이제묘(夷齊廟)까지 1리, 모두 16리를 가서 점심
을 먹었다. 이제묘에서 망부대(望夫臺)까지 5리, 안하점(安河
店)까지 8리, 적홍포(赤紅舖)까지 7리, 야계타(野鷄坨)까지 5
리, 사하보(沙河堡)까지 8리, 조장(棗場)까지 10리, 사하역(沙
河驛)까지 2리, 모두 45리 길이다. 이날은 61리나 걸었고, 사하
역 성 밖에서 묵었다.

아침 일찍 영평부를 출발할 때 새벽바람이 선선하였다. 성 밖
의 강물 가에 장이 섰는데, 온갖 물건들이 거리에 꽉 찼고 수레
와 말이 즐비하였다.

　장터에 들어가서 능금 두 개를 사노라니 옆에 대상자를 멘 자
가 있었는데, 상자를 여니 수정합(水晶盒) 다섯 개가 나오고,
합 속에는 각각 뱀 한 마리씩 들어 있었다. 뱀은 모두 그 합 속
에 도사리고 있는데 머리를 내민 것이 마치 솥뚜껑에 꼭지 달린
듯이 한복판에 솟아 있고 두 눈이 반들반들하다. 검은 놈이 한
마리, 흰 놈이 한 마리, 파란 놈이 두 마리, 빨간 놈이 한 마리이
다. 모두가 합 밖에서 환히 들여다보이긴 하는데 죽었는지 살
았는지는 분간하기 어렵기에 물어보니, 대답이 시원치 않았다.
대저 이를 악창(惡瘡 : 악성 종기)에 쓰면 기이한 효과가 난다고
한다.

　또 다람쥐 놀리는 자, 토끼 놀리는 자, 곰 놀리는 자들의 여러
가지 놀이거리가 있는데 모두 동냥아치들이었다. 곰은 크기가
개만 한데 칼춤도 추고 창춤도 추며, 사람처럼 서서 다니기도
하고, 절도 하며 꿇어앉기도 하고, 머리를 조아리기도 하여 사
람이 시키는 대로 온갖 시늉을 다하나, 꼴이 몹시 흉악하고 그
민첩함도 원숭이보다 못하다. 토끼와 다람쥐놀이는 더욱 재롱
스럽고 또 사람의 뜻을 곡진히 알아차린다고 하는데, 갈 길이
바빠서 상세히 구경하지 못하였다.

　도사(道士) 두 사람과 동자 도사 하나가 장터에서 동냥질하
며 다니는데, 운관(雲冠 : 도사가 쓰는 관의 일종)을 쓰고 하대(霞
帶 : 도사가 착용하는 띠의 일종)를 매었다. 눈매는 우아하고 아름
다운데, 손으로 영저(鈴杵)[1]를 흔들며 입으로는 주문(呪文)을
외고, 그 행동이 해괴망측하여 사람인가 귀신인가 의심스럽다.

여자 셋이 바야흐로 길 떠나는 복장을 갖추고 말을 타고 달린다.

배로 청룡하(靑龍河)와 난하(灤河)를 건넜다. 따로 '이제묘기(夷齊廟記)'·'난하범주기(灤河泛舟記)'·'고죽성기(孤竹城記)'[2]가 있다.

이제묘(백이·숙제의 사당)에서 먼저 떠나서 야계타(野鷄坨)에 거의 다 갔을 무렵에 날씨가 찌는 듯하고 한 점 바람기도 없더니, 노(盧)·정(鄭)·주(周)·변(卞)과 함께 앞서거니 뒤서거니 이야기하며 가는데, 손등에 갑자기 한 종지의 찬물이 떨어지며 마음과 등골이 함께 선득하기에 사방을 둘러보았으나 아무도 물을 뿌리는 사람은 없었다. 또 다시 주먹만 한 물방울이 떨어지며 창대(昌大)의 모자챙을 쳐서 그 소리가 '탕'하고 떨어졌다. 또 노군(盧君)의 갓 위에도 떨어졌다.

그제야 모두들 머리를 들고 하늘을 쳐다보니, 해 옆에 바둑돌만 한 작은 조각구름이 나타나고 은은히 맷돌 가는 소리가 나더니, 삽시간에 사면의 지평선(地平線)에 각기 자그마한 구름이 일어나는데 마치 까마귀머리 같고, 그 빛은 매우 독기가 서린 듯하다. 해 곁에 있던 검은 구름이 이미 해 둘레의 반쯤을 가렸고, 한 줄기 흰 번갯불이 버드나무 위에 번쩍하더니 이내 해는 구름 속에 가리고 그 속에서 천둥치는 소리가 마치 바둑판을 밀어치

1) 영저(鈴杵) : 중이 지니는 악기의 일종. 송나라 태종(宋太宗) 때 인도(印度)에서 왔다고 한다.
2) 고죽성기(孤竹城記) : 다른 본에는 보이지 않는다.

는 듯 명주를 찢는 듯하다. 수많은 버들 숲이 다 어두컴컴하더니 잎마다 번갯불이 번쩍인다.

여럿이 일제히 채찍을 날려 길을 재촉하나 등 뒤에 수많은 수레가 다투어 달리고, 산이 미친 듯 들이 뒤집히는 듯 성낸 나무가 부르짖는 듯하여 하인들은 손발이 떨려 급히 기름에 결은 우장[油具]을 꺼내려 하나 손이 곱아서 얼른 부대끈이 풀리지 않는다. 비·바람·천둥·번개가 가로 비끼며 아울러 달려서 지척을 분별할 수 없을 지경이다. 말은 모두 사시나무 떨 듯하고 사람은 숨길이 급할 뿐이어서 할 수 없이 말 머리를 모아서 빙 둘러 섰는데, 하인들은 모두 얼굴을 말갈기 밑에 가리고 섰다.

가끔 번갯불의 번쩍임 속으로 노군(노이점)을 보니 새파랗게 질려 두 눈을 꼭 감고 숨이 곧장 넘어가는 사람만 같아 보였다. 조금 뒤에 비바람이 좀 멈칫하자 서로 바라보니 얼굴이 모두 흙빛이었다. 그제야 비로소 양편에 있는 집들이 보이는데 불과 4, 50보밖에 안 되는 곳에 두고서도 비가 막 쏟아질 때에는 피할 줄을 알지 못하였다. 여러 사람들은,

"'조금만 더했더라면 거의 숨이 막혀 죽었을 것이다."
라고 하였다.

마침내 점방에 들어가서 잠깐 쉬려니 하늘이 맑게 개고 바람과 햇볕이 산뜻하였다. 술을 조금 마시고는 곧바로 떠났다. 길에서 부사를 만나서

"어디서 비를 피하셨소?"
하고 물었더니 부사는,

"가마문이 바람에 떨어졌기 때문에 빗발이 가로 들이쳐서 한데 선 것이나 다름없었소. 빗방울 크기가 주발(酒鉢)만큼 하니 대국은 빗방울조차 무섭소그려."

라고 한다. 나는 변계함(卞季涵)한테,

"나는 오늘에야 더욱 사전(史傳 : 역사적 전기(傳記))을 믿지 않겠소."

하였더니 정 진사가 말을 채찍질하여 앞으로 나서면서,

"무슨 말씀이오?"

하고 묻기에 내가,

"항우(項羽)가 아무리 노하여 고함친다 하더라도 어찌 이 우렛소리를 당할손가. 그럼에도 불구하고 『사기(史記)』에 적천후(赤泉侯)3)의 병사들과 말이 항우의 꾸짖음에 모두 놀라서 몇리(里)를 물러섰다고 하였으니, 이는 거짓말이 아니고 무엇이오? 항우가 비록 눈을 부릅떴다 하기로서니 〈아까 같은〉 번갯불만은 못했을 터인데, 여마동(呂馬童)4)이 말에서 떨어졌다고 함은 더욱 못 믿을 일이오."

하니 모두 크게 웃었다.

---

3) 적천후(赤泉侯) : 한(漢)나라의 장수 양무(楊武)의 봉호. 항우가 죽자 시체를 찢어서 나누어 가진 다섯 장수 중의 한 사람이다.

4) 여마동(呂馬童) : 한나라 장수. 본래 항우의 친구이자 부하였으나 한나라에 귀순하였다. 후일 항우가 자결할 때 자신의 목을 여마동에게 주어 상금을 받게 했다.

原文

二十六日
이 십 륙 일

壬寅　晴　午後大風　雷雨卽止　自永平府至靑龍河一
임 인　청　오 후 대 풍　뇌 우 즉 지　자 영 평 부 지 청 룡 하 일

里　南墟莊二里　鴨子河七里　范家店三里　灤河二里
리　남 허 장 이 리　압 자 하 칠 리　범 가 점 삼 리　난 하 이 리

夷齊廟一里　共十六里　中火　自夷齊廟　至望夫臺五里
이 제 묘 일 리　공 십 륙 리　중 화　자 이 제 묘　지 망 부 대 오 리

安河店八里　赤紅舖七里　野鷄坨五里　沙河堡八里　棗
안 하 점 팔 리　적 홍 포 칠 리　야 계 타 오 리　사 하 보 팔 리　조

場十里　沙河驛二里　共四十五里　是日通行六十一里
장 십 리　사 하 역 이 리　공 사 십 오 리　시 일 통 행 육 십 일 리

宿驛城外.
숙 역 성 외

朝發永平府　朝氣微凉　城外臨水開市　百貨塡咽　車
조 발 영 평 부　조 기 미 량　성 외 림 수 개 시　백 화 전 인　거

馬縱橫.
마 종 횡

自入市中　買兩個蘋果　傍有擔籠者　開籠出水晶盒五
자 입 시 중　매 양 개 빈 과　방 유 담 롱 자　개 롱 출 수 정 합 오

個　各貯一蛇　蛇皆盤結正中　出頭如鼎蓋之有鈕　兩目
개　각 저 일 사　사 개 반 결 정 중　출 두 여 정 개 지 유 뉴　양 목

光瑩　烏蛇一　白蛇一　綠蛇二　赤蛇一　皆從盒外透看
광 형　오 사 일　백 사 일　녹 사 이　적 사 일　개 종 합 외 투 간

而難辨其薨活　問之則所對糢糊　大抵用之惡瘡　則有
이 난 변 기 홍 활　문 지 즉 소 대 모 호　대 저 용 지 악 창　즉 유

奇效云.
기 효 운

又有弄鼠弄兎弄熊諸戲　皆丐子也　熊大如狗　舞劍舞
우유롱서롱토롱웅제희　개개자야　웅대여구　무검무

槍　人立而行　拜跪叩頭　隨人指使　而形甚醜惡　其蹻
창　인립이행　배궤고두　수인지사　이형심추악　기교

捷亦不能如猿　兎鼠之戲尤巧　曲解人意　而行忙　不得
첩역불능여원　토서지희우교　곡해인의　이행망　부득

詳觀.
상 관

道士二人道童一人　行乞于市　雲冠霞帶　眉目雅麗
도사이인도동일인　행걸우시　운관하대　미목아려

而手搖鈴杵　口誦咒籙　擧止怪妄　人鬼之間　三女方束
이수요영저　구송주록　거지괴망　인귀지간　삼녀방속

裝跑馬.
장 포 마

舟渡靑龍河　灤河　別有夷齊廟記　灤河泛舟記　孤竹
주도청룡하　난하　별유이제묘기　난하범주기　고죽

城記.
성 기

自夷齊廟先發　未及野鷄坨數里　天氣暴烘　無一點氛
자이제묘선발　미급야계타수리　천기폭홍　무일점분

埃　與盧鄭周卞　後先行語　手背忽落一鍾冷水　心骨俱
애　여노정주변　후선행어　수배홀락일종냉수　심골구

凄　四顧無潑水者　又有拳大水塊下　打昌大帽簷　其聲
처　사고무발수자　우유권대수괴하　타창대모첨　기성

宕　又墮盧笠.
탕　우타노립

皆擡頭視天　日傍有片雲　小如碁子　殷殷作碾磨聲
개대두시천　일방유편운　소여기자　은은작년마성

俄頃 四面野際 各起小雲如烏頭 其色甚毒 日傍黑雲
아경　사면야제　각기소운여오두　기색심독　일방흑운

已掩半輪 一條白光閃過柳樹 少焉 日隱雲中 雲中迭
이엄반륜　일조백광섬과류수　소언　일은운중　운중질

響 如推碁局 如裂帛 萬柳沈沈 葉葉縈電.
향　여추기국　여렬백　만류침침　엽엽영전

一齊促鞭而行 背後萬車爭驅 山狂野顚 樹怒木酗
일제촉편이행　배후만거쟁구　산광야전　수노목후

從者手脚忙亂 急出油具 堅不脫袋 雨師風伯 雷公電
종자수각망란　급출유구　견불탈대　우사풍백　뢰공전

母 橫馳並騖 不辨咫尺 馬皆股栗 人皆氣急 遂聚馬
모　횡치병무　불변지척　마개고률　인개기급　수취마

首 環圍而立 從者皆匿面馬鬣下.
수　환위이립　종자개닉면마렵하

時於電光中見盧君 寒戰搐搦 緊閉兩目 氣息將絶
시어전광중견노군　한전흑닉　긴폐양목　기식장절

少焉風雨小歇 面面相視 皆無人色 始見兩沿盧舍 不
소언풍우소헐　면면상시　개무인색　시견양연려사　불

過四五十步 而方其雨時不知避焉 諸人曰 差遲半刻
과사오십보　이방기우시부지피언　제인왈　차지반각

則幾乎窒死.
즉기호질사

遂入店中小憩 雨快霽 風日淸麗 小飮卽發 路値副
수입점중소게　우쾌제　풍일청려　소음즉발　노치부

使 問避雨何處 副使曰 轎窓爲風所落 雨脚橫打 無
사　문피우하처　부사왈　교창위풍소락　우각횡타　무

異露立 雨點之大 幾如酒鉢 大國雨點 亦可畏也 余
이로립　우점지대　기여주발　대국우점　역가외야　여

謂季涵曰 吾今日 益不信史傳也 鄭進士 鞭馬出前而
위계함왈　오금일　익불신사전야　정진사　편마출전이

問曰 何謂也 余曰 項羽喑噁叱咤 何如雷霆之聲 史
문왈 하위야 여왈 항우암아질타 하여뢰정지성 사

記言赤泉侯人馬辟易數里 此妄也 項羽雖瞋目 不如
기언적천후인마벽이수리 차망야 항우수진목 불여

電光 則呂馬童墮馬 尤非傳信 皆大笑.
전광 즉여마동타마 우비전신 개대소

이제묘 견문기〔夷齊廟記〕

　난하(灤河) 기슭에 자그마한 언덕이 있는데 이를 '수양산(首
陽山)'이라 하고, 산 북쪽에 조그만 성이 있는데 '고죽성(孤竹
城)'이라 한다. 성문에는 '현인구리(賢人舊里)'라 써 붙였고, 문
오른쪽 비석에는 '효자충신(孝子忠臣)'이요, 왼쪽 비석에는 '지
금칭성(至今稱聖)'이라 썼다. 묘문(廟門) 앞 비석에는 '천지강
상(天地綱常)'이라 썼고, 문 남쪽 비에는 '고금사표(古今師表)'
라고 썼고, 문 위에는 '상고일민(上古逸民)'이란 현판이 걸려 있
다. 문 안에는 비석 셋, 뜰 가운데 비석 둘, 계단 좌우에 비석 넷
이 있는데, 모두 명(明)나라·청(淸)나라 때의 어제(御製)들이
다.

　뜰에는 노송(老松) 수십 그루가 서 있고, 계단가에는 흰 돌로
난간을 둘렀다. 가운데에 '고현인전(古賢人殿)'이라는 큰 전각
이 있고, 전각 가운데 곤룡포와 면류관을 갖추고 홀을 들고 서

있는 사람이 곧 백이(伯夷)[1]·숙제(叔齊 : 백이의 아우)이다.

전각 문에는 '백세지사(百世之師)'라 써 붙였고, 전각 안에 큰 글자로 '만세표준(萬世標準)'이라 쓴 것은 강희 황제의 글씨요, 또 '윤상사범(倫常師範)'이라고 쓰여 있는 것은 옹정 황제(雍正皇帝)의 글씨이다. 전각 가운데 보물 그릇들이 많이 있었는데, 다들 만력(萬曆) 시대 물건들이다.

주련(柱聯)에는,

인을 찾아서 인을 행했으니 만고의 맑은 바람 고죽국이요,

求仁得仁萬古淸風孤竹國

포악함으로 포악함을 바꿨다 하니[2] 천추의 외론 절개 수양산 이로다.

以暴易暴千秋孤節首陽山

라고 써 붙였다.

뜰에 두 개의 문이 있으니, 동쪽에는 '염완(廉頑)'이라 하고 서쪽에는 '입나(立懦)'라고 하였다. 또 작은 문 두 개가 있으니, 왼편은 '관천(盥薦)'이고, 오른편은 '재명(齊明)'이라고 한다. 그 문을 나서면 또 집이 있는데 '읍손(揖遜)'이라 하였으며, 비석이 있는데 이는 성화(成化 : 명나라 헌종(憲宗)의 연호, 1465~1487) 연간

---

1) 백이(伯夷) : 은(殷)나라 고죽군(孤竹君)의 아들. 어버이가 죽자 아우 숙제와 서로 왕의 자리를 사양하였고, 주나라 무왕이 은나라를 칠 때에 반대하여 수양산에 숨어서 고사리를 캐어 먹다가 굶어 죽었다.
2) 백이·숙제의 『채미가(采薇歌)』에 나오는 구절.

에 세운 깃이다. 비석 뒤에 누대(樓臺)가 있는데 '청풍대(淸風臺)'라 하고, 문이 두 개가 있는데, 하나는 '고도풍진(高蹈風塵)'이라 썼고 또 하나는 '대관환우(大觀寰宇)'라 새겨 붙였다. 대 위에는 누각이 있는데 '재수지미(在水之湄)'라고 쓰여 있다.

주련(柱聯)에는,

| 뫼들은 인자처럼 고요하고3) | 山如仁者靜 |
| 바람은 성인인 양 맑디맑다.4) | 風似聖之淸 |

라 하였고 또,

| 좋은 물, 좋은 산 고죽나라에 | 佳水佳山孤竹國 |
| 난형난제의 성인 나시다. | 難兄難弟古聖人 |

라고 쓰여 있다. 대 위에 두 개의 문이 있는데, 하나는 '백대산두(百代山斗)'라고 썼고 또 하나는 '만고운소(萬古雲霄)'라 써 붙였다.

명(明)나라 헌종 순황제(憲宗純皇帝)5) 때에 백이(伯夷)에게는 소의청혜공(昭義淸惠公), 숙제(叔齊)에게는 숭양인혜공(崇

---

3) 『논어(論語)』에 "인자(仁者)는 산을 사랑한다." 하였다.
4) 『논어』에 "백이는 성인 중의 맑은 이다." 하였다.
5) 헌종 순황제(憲宗純皇帝) : 명나라 영종(英宗)의 맏아들인 주견심(朱見深).

讓仁惠公)이란 시호를 주었다.

중국에서 수양산(首陽山)이라 칭하는 곳이 다섯 군데가 있는데, 하동(河東)의 포판(蒲坂)인 화산(華山)의 북쪽 하곡(河曲)6)의 어름에 있는 산을 '수양산'이라 하였고, 혹은 농서(隴西)에도 있다 하며, 혹은 낙양(洛陽)의 동북쪽에도 있다 하고, 또 언사(偃師) 서북쪽에도 백이·숙제의 사당이 있다고 하며, 또는 요양(遼陽)에도 수양산이 있다고 하여, 전기(傳記 : 전해들은 것을 기록한 것)에 섞여 나온다.

그러나 『맹자(孟子)』는 말하기를,

"백이가 주왕(紂王)7)을 피하여 북쪽 바닷가에 살았다."하였고, 우리나라 해주(海州)에도 역시 수양산이 있어서 백이·숙제를 제사 지내나, 이는 천하가 알지 못하는 일이다.

나는,

"기자(箕子)가 동쪽으로 조선에 온 것은 오로지 주(周)나라의 판도(五服)8) 안에 살기 싫어함이요, 백이도 〈은나라를 위하는〉 의리에서 주나라의 곡식을 먹을 수 없었으니, 혹은 그가 기자를 따라와서 기자는 평양에 도읍하고 백이·숙제는 해주

---

6) 하곡(河曲) : 황하 물결이 북쪽에서 남쪽으로 흐르다가, 또 동쪽으로 굽이쳐 흐르는 곳이다.

7) 주왕(紂王) : 은(殷)나라를 망친 중국 고대의 대표적인 폭군.

8) 오복(五服) : 왕도(王都)를 중심으로 하여 에워싸고 있는 지역으로, 거리에 따라 다섯 등급으로 나누었는데, 500리마다 제후를 두어 천자에게 복종하게 했다고 한다.

에 살지나 않았는가?"

라고 생각해 본다. 그리고 우리나라 항간에서 전하는 말에,

　"대련(大連)·소련(小連)⁹⁾이 해주 사람이다."

하였으니, 이를 무엇으로 고증할 수 있을까?

　문과 담장에 당(唐)나라·송(宋)나라 역대의 치제문(致祭文)을 나열하여 새겨 놓은 것으로 보아서는 이 묘가 영평에 있은 지 오래임을 알 수 있다. 어떤 이는,

　"홍무(洪武) 초년에 영평부성 동북쪽 언덕에 옮겨 세웠다가 경태(景泰 : 명나라 대종(代宗)의 연호, 1450~1456) 연간에 다시 이곳에 세웠다."

고 말하기도 한다.

　행궁(行宮)이 있는데 그 제도는 강녀묘와 북진묘의 행궁과 같으나, 지키는 자가 금하므로 구경하지 못하였다.

---

9) 대련(大連)·소련(小連) : 『예기(禮記)』에 나오는 인물. 이들 형제는 농이(東夷)의 아들로서, 부모의 거상을 잘했다는 공자의 말을 해석하여 두 사람을 조선 사람이라고 생각했다는 말이다.

原文

夷齊廟記
이 제 묘 기

灤河之上　有小阜曰　首陽山　山之北　有小郭曰　孤竹
난 하 지 상　유 소 부 왈　수 양 산　산 지 북　유 소 곽 왈　고 죽

城　城門之題曰　賢人舊里　門之右碑曰　孝子忠臣　左碑
성　성 문 지 제 왈　현 인 구 리　문 지 우 비 왈　효 자 충 신　좌 비

曰　至今稱聖　廟門有碑曰　天地綱常　門之南　有碑曰
왈　지 금 칭 성　묘 문 유 비 왈　천 지 강 상　문 지 남　유 비 왈

古今師表　門上有扁曰　上古逸民　門內有三碑　庭中有
고 금 사 표　문 상 유 편 왈　상 고 일 민　문 내 유 삼 비　정 중 유

二碑　階上左右有四碑　皆明淸御製也.
이 비　계 상 좌 우 유 사 비　개 명 청 어 제 야

庭有古松數十株　繚階白石欄　中有大殿曰　古賢人殿
정 유 고 송 수 십 주　요 계 백 석 란　중 유 대 전 왈　고 현 인 전

殿中袞冕　正圭而立者　伯夷叔齊也.
전 중 곤 면　정 규 이 립 자　백 이 숙 제 야

殿門題曰　百世之師　殿內大書　萬世標準者　康熙帝
전 문 제 왈　백 세 지 사　전 내 대 서　만 세 표 준 자　강 희 제

筆也　又曰　倫常師範者　雍正帝筆也　殿中寶器　多萬曆
필 야　우 왈　윤 상 사 범 자　옹 정 제 필 야　전 중 보 기　다 만 력

時物也.
시 물 야

柱聯曰　求仁得仁　萬古淸風　孤竹國　以暴易暴　千秋
주 련 왈　구 인 득 인　만 고 청 풍　고 죽 국　이 폭 역 폭　천 추

孤節　首陽山.
고 절　수 양 산

中庭有兩門　東曰廉頑　西曰立懦　有兩小門　左曰盟
중정유양문　동왈염완　서왈입나　유양소문　좌왈관

薦　右曰齊明　出其門　有堂曰揖遜　有碑　乃成化中所建
천　우왈제명　출기문　유당왈읍손　유비　내성화중소건

也　碑後有臺曰　清風　有兩門　一題曰高蹈風塵　一題曰
야　비후유대왈　청풍　유양문　일제왈고도풍진　일제왈

大觀寰宇　臺上有閣曰　在水之湄.
대관환우　대상유각왈　재수지미

柱聯曰　山如仁者靜　風似聖之清　又曰　佳水佳山孤
주련왈　산여인자정　풍사성지청　우왈　가수가산고

竹國　難兄難弟古聖人　臺上有兩門　一題曰百代山斗
죽국　난형난제고성인　대상유양문　일제왈백대산두

一題曰萬古雲霄.
일제왈만고운소

皇明憲宗純皇帝時　贈伯夷曰　昭義清惠公　贈叔齊曰
황명헌종순황제시　증백이왈　소의청혜공　증숙제왈

崇讓仁惠公.
숭양인혜공

中國之稱首陽山　有五處　河東蒲坂　華山之北　河曲
중국지칭수양산　유오처　하동포판　화산지북　하곡

之中　有山曰首陽　或云在隴西　或云在洛陽東北　又偃
지중　유산왈수양　혹운재농서　혹운재낙양동북　우언

師西北　有夷齊廟　或云遼陽　有首陽山　雜出於傳記.
사서북　유이제묘　혹운요양　유수양산　잡출어전기

而孟子曰　伯夷避紂　居北海之濱　我國海州　亦有首
이맹자왈　백이피주　거북해지빈　아국해주　역유수

陽山　以祠夷齊　而天下之所不識也.
양산　이사이제　이천하지소불식야

余謂箕子東出朝鮮者　不欲居周五服之內　而伯夷義
여위기자동출조선자　불욕거주오복지내　이백이의

不食周粟 則或隨箕子而來 箕子都平壤 夷齊居海州歟
불식주속 즉혹수기자이래 기자도평양 이제거해주여

我東野言 稱大連小連海州人 此何所攷焉.
아동야언 칭대련소련해주인 차하소고언

門牆列刻唐宋歷代致祭之文 廟之在永平久矣 或曰
문장열각당송역대치제지문 묘지재영평구의 혹왈

洪武初 移建于府城東北阿 景泰中 復建于此云.
홍무초 이건우부성동북아 경태중 부건우차운

有行宮 制如姜女北鎭諸宮 而守者禁之 不可見矣.
유행궁 제여강녀북진제궁 이수자금지 불가견의

난하범주기(灤河泛舟記)
난하에 배 띄우고

　난하(灤河)는 만리장성(萬里長城) 북쪽 개평(開平)에서 발원하여 동남쪽으로 흘러서 천안현(遷安縣) 경계를 거쳐 노룡새(盧龍塞)에 이르러 칠하(漆河)와 합하고, 다시 남쪽으로 흘러 낙정현(樂亭縣)에 이르러서 바다로 들어간다.

　요동(遼東)과 요서(遼西)에 '하(河)'라고 이름 붙인 강물은 모두 흐린데, 다만 난하만이 고죽사(孤竹祠 : 고죽군의 사당) 밑에 이르러 깊게 고여 호수가 되어 그 〈맑은〉 빛이 거울과 같다.

　고죽성은 영평부 남쪽 10여 리 되는 곳에 있는데『후한서(後漢書)』[1]의 군국지(郡國志)에,

---

1)『후한서(後漢書)』: 중국 후한 열두 임금의 사적을 적은 역사책. 남조(南朝) 송(宋)나라 범엽(范曄)이 지은 것을 양(梁)나라 유소(劉昭)가 보충하여 완성하였다. 120권.

"우북평(右北平) 영지(令支)에 고죽성이 있다."

하였고, 그 주(註)에,

"백이·숙제의 본국(本國)이다."

하였다.

난하의 남쪽 기슭에 깎아지른 듯한 절벽이 솟아 있고, 그 위에는 청풍루(淸風樓)가 있는데 누대 아래 강물이 더욱 맑으며, 강 한복판에 작은 섬이 있고, 섬 가운데는 돌을 병풍처럼 쌓았으며, 병풍 앞에 고죽군(孤竹君)의 사당이 있다.

사당 아래에 배를 띄우니, 물은 맑고 모래는 희며, 들은 넓고 숲이 깊숙한데, 물가에 늘어선 수십 채 되는 집의 그림자가 모두 호수 가운데에 그대로 비친다. 고기잡이 배 서너 척이 한창 사당 밑에 그물을 치고 있다.

물을 거슬러 올라가니, 중류에 대여섯 길 되는 돌봉우리가 있어 이름은 '지주(砥柱)'라고 하는데, 기암괴석이 빙 둘러싸서 우뚝우뚝 서 있으며, 해오라기와 뜸부기 같은 물새 떼 수십 마리가 모래 가운데에 늘어 앉아 깃을 씻고 있다. 배에 함께 탄 사람들이 이 경치를 돌아보고 즐거워하면서,

"강산이 그림 같으오."

하기에 내가,

"그대들은 강산(산수)도 모르고 그림도 모르는 말일세. 어디 강산이 그림에서 나온 것인가? 그림이 강산에서 나온 것인가? 흔히들 흡사하다느니 같다느니 유사하다느니, 닮았다느니 똑같다느니 하는 말들은 모두 같다는 의미를 말함이다. 그러나 비슷

한 것을 가지고 비슷한 것을 비유함은 실은 같을 성싶이도 같은 것이 아닌 거요. 옛날 사람이 양자강(揚子江)에서 나는 요주(瑤柱)[2]를 여지(荔枝)[3]와 같다고 하고, 서호(西湖)[4]를 서자(西子)[5]와 같다고 하니, 어리석은 사람은 다시 말하기를 '담채(淡菜 : 조개의 일종)는 용안(龍眼)[6]과 같고, 전당(錢塘)[7]은 비연(飛燕)[8]과 같다'고 했다. 이게 어찌 그럴 수 있겠는가?"

하였다.

---

2) 요주(瑤柱) : 조개의 일종. 껍질이 엷고 길게 생겼으며, 줄이 방사선으로 났다.

3) 여지(荔枝) : 남방에서 나는 과일나무로, 과일은 둥글고 돌기가 있으며 껍질에 금이 지고 씨는 완두콩처럼 생겼다.

4) 서호(西湖) : 절강성 항주(杭州)에 있는 경치 좋기로 유명한 호수.

5) 서자(西子) : 서시(西施). 중국의 대표적인 미인이며, 춘추 시대 오왕(吳王) 부차(夫差)의 애첩이다. 월왕(越王) 구천(勾踐)이 부차에게 패하자 곰의 쓸개를 맛보며 설욕을 다짐하던 중 미인 서시를 부차에게 바쳤는데, 부차가 서시의 미모에 사로잡혀 정사(政事)를 게을리 한 끝에 구천에게 멸망당했다.

6) 용안(龍眼) : 남방에서 나는 과일로 용안육이라고 하는데, 여자를 비유한다.

7) 전당(錢塘) : 서호의 다른 이름. 항주에 있는 경치 좋은 호수.

8) 비연(飛燕) : 한나라 효성제(孝成帝)의 왕후 소비연(趙飛燕). 중국의 대표적인 미인. 몸이 나는 제비처럼 가볍다는 데서 붙인 이름이다.

原文

灤河泛舟記
난 하 범 주 기

灤河　出長城北開平　東南流　經遷安縣界　至盧龍塞
난 하　출 장 성 북 개 평　동 남 류　경 천 안 현 계　지 노 룡 새

合漆河　又南至樂亭縣　入于海.
합 칠 하　우 남 지 낙 정 현　입 우 해

遼東西　以河名者皆濁　獨灤河至孤竹祠下　淳滀爲湖
요 동 서　이 하 명 자 개 탁　독 난 하 지 고 죽 사 하　정 축 위 호

其色如鏡.
기 색 여 경

孤竹城　在永平府南十餘里　後漢郡國志曰　右北平令
고 죽 성　재 영 평 부 남 십 여 리　후 한 군 국 지 왈　우 북 평 영

支有孤竹城　註曰伯夷叔齊　本國也.
지 유 고 죽 성　주 왈 백 이 숙 제　본 국 야

河之南岸　削壁斗起　其上有淸風樓　樓下河水益淸
하 지 남 안　삭 벽 두 기　기 상 유 청 풍 루　누 하 하 수 익 청

河中有小嶼　嶼中疊石如屛　屛前有孤竹君之祠.
하 중 유 소 서　서 중 첩 석 여 병　병 전 유 고 죽 군 지 사

泛舟祠下　水明沙白　野濶樹遠　臨河數十戶　皆影寫
범 주 사 하　수 명 사 백　야 활 수 원　림 하 수 십 호　개 영 사

湖中　漁艇三四　方設網祠下.
호 중　어 정 삼 사　방 설 망 사 하

溯河而上　中流有五六丈石峯　名砥柱　奇巖怪石　環
소 하 이 상　중 류 유 오 륙 장 석 봉　명 지 주　기 암 괴 석　환

柱攢立　鴟鵙鷿鷺數十輩　列坐沙中　方刷羽　同舟者
주 찬 립　교 청 계 척 수 십 배　열 좌 사 중　방 쇄 우　동 주 자

顧而樂之曰 江山如畫 余曰 君不知江山 亦不知畫圖
고 이 락 지 왈 　 강 산 여 화 　 여 왈 　 군 부 지 강 산 　 역 부 지 화 도

江山出於畫圖乎 畫圖出於江山乎 故凡言似如類肖若
강 산 출 어 화 도 호 　 화 도 출 어 강 산 호 　 고 범 언 사 여 류 초 약

者 諭同之辭也 然而以似諭似者 似似而非似也 昔人
자 　 유 동 지 사 야 　 연 이 이 사 유 사 자 　 사 사 이 비 사 야 　 석 인

稱江瑤柱似荔枝 西湖似西子 有愚人者 復曰 淡菜似
칭 강 요 주 사 여 지 　 서 호 사 서 자 　 유 우 인 자 　 부 왈 　 담 채 사

龍眼 錢塘似飛燕 何如爾哉.
용 안 　 전 당 사 비 연 　 하 여 이 재

사호석 이야기〔射虎石記〕

영평부에서 남쪽으로 10여 리를 가면 강파른 언덕에 드러난 바위가 있다. 비스듬히 보면 빛깔이 희고, 그 밑에는 비석이 있는데 '한비장군사호처(漢飛將軍射虎處)'[1]라 새겨져 있다. 나는 그 비석에 '청나라 건륭 45년 가을 7월 26일에 조선인(朝鮮人) 아무개 아무개가 구경하다'라고 썼다.

---

1) 한비장군(漢飛將軍)이 호랑이를 쏘아 맞힌 곳이라는 뜻이다. 한비장군은 한나라의 명장 이광(李廣)을 말한 것으로, 뛰어나게 날쌔다 하여 '비장군'이라는 별호를 붙였다.

原文

射虎石記
사 호 석 기

永平府　南行十數里　斷隴露石　睨而視之　其色白
영 평 부　남 행 십 수 리　단 롱 로 석　예 이 시 지　기 색 백

其下有碑曰　漢飛將軍射虎處　清乾隆四十五年　秋七
기 하 유 비 왈　한 비 장 군 사 호 처　청 건 륭 사 십 오 년　추 칠

月二十六日　朝鮮人某某觀.
월 이 십 륙 일　조 선 인 모 모 관

7월 27일 계묘(癸卯)

날씨가 맑았다. 아침에 잠깐 서늘하였으나 낮에는 몹시 더웠다.

사하역(沙河驛)에서 홍묘(紅廟)까지 5리, 마포영(馬舖營)까지 5리, 칠가령(七家嶺)까지 5리, 신점포(新店舖)까지 5리, 건초하(乾草河)까지 5리, 왕가점(王家店)까지 5리, 장가장(張家莊)까지 5리, 연화지(蓮花池)까지 10리, 진자점(榛子店)까지 5리, 모두 50리를 가서 점심을 먹었다. 진자점에서 연돈산(煙墩山)까지 10리, 백초와(白草窪)까지 6리, 철성감(鐵城坎)까지 4리, 우란산포(牛欄山舖)까지 4리, 판교(板橋)까지 6리, 풍윤현(豊潤縣)까지 20리, 모두 50리이다. 이날은 100리를 걸었고, 풍윤성 밖에서 묵었다.

어제 백이·숙제의 사당에서 점심을 먹을 때 고사리를 넣은 닭찜이 나왔다. 맛이 매우 좋고 또 길에서 변변한 음식을 먹지 못한 끝이라 별안간 맛있는 음식을 만난 터에 입맛이 당기는 대로 달게 먹었는데, 그것이 구례(舊例)인 줄은 몰랐다.

길에서 소낙비를 만나서 겉은 춥고 속은 막혀서 먹은 것이 내려가지 않고 가슴에 그득히 체하여, 한 번 트림을 하면 고사리 냄새가 목을 찌르는 듯하여 생강차를 마셔도 속이 오히려 편하지 않기에,

"이 한창 가을에 철 아닌 고사리를 주방(廚房)은 어디서 구해 왔는고?"

하고 물었더니 옆에 사람이 말하기를,

"이제묘에서 점심참을 대는 것이 관례이며, 사시를 막론하고 여기서는 반드시 고사리를 먹는 법이기에 주방이 우리나라에서 마른 고사리를 미리 준비해 가져와 여기에서 국을 끓여서 일행을 먹이는 것이 이젠 벌써 고사(故事)로 되었답니다. 10여 년 전에 건량청(乾糧廳)[1]이 잊어버리고 갖고 오지 않는 바람에 이곳에 이르러 음식을 제공하지 못했습니다. 당시 건량관(乾糧官)이 서장관에게 매를 맞고 물가에 앉아서 통곡하면서 푸념하기를, '백이·숙제, 백이·숙제야, 나하고 무슨 원수냐. 나하고 무슨 원수냐?'라고 하였답니다. 소인(小人)의 소견으로서는 고사리가 고기만 못하며, 또 듣자오니 백이·숙제는 고사리를 뜯어 먹다가 굶어 죽었다고 하니, 고사리는 참으로 사람 죽이는 독물인가 하옵니다."

---

1) 건량청(乾糧廳) : 먼 길을 가는 데 마른 양식을 준비하는 부서.

라고 하여, 여러 사람들이 모두 허리를 잡았다.

태휘(太輝)란 자는 노 참봉의 마두(馬頭)인데, 초행일 뿐더러 위인이 가볍고 방정맞았다. 조장(棗莊)을 지나다가 대추나무가 비바람에 꺾여 담장 밖에 넘어진 것을 보고는, 태휘가 그 풋열매를 따 먹고 배앓이에 설사가 멎지 않아서, 마음이 답답하고 목이 타는 듯하더니 급기야 고사리 독이 사람 죽인다는 말을 듣고는 큰소리로 몸부림치면서,

"아이고, 백이·숙채(熟菜 : 삶은 나물)가 사람 죽이네. 백이 숙채가 사람 죽인다."

하였다. 숙제(叔齊)와 숙채(熟菜)가 음이 서로 비슷한지라, 당에 가득한 사람들이 껄껄거리고 웃었다.

내 일찍이 백문(白門 : 서울 부근의 지명)에 살 때였다. 때마침 숭정(崇禎) 기원(紀元) 뒤 137년 세 돌을 맞이한 갑신년이고, 3월 19일은 바로 의종 열황제(毅宗烈皇帝)가 자결한 날이다.

시골 선생이 동리 아이 수십 명을 데리고 성서(城西 : 서울 서대문 밖)에 있는 송씨(宋氏)의 셋방살이 집에 찾아가서 우암(尤庵) 송 선생(宋先生)[2]의 영정에 절하고, 초구(貂裘)[3]를 내어서 어루만지며 강개함을 이기지 못하여 눈물을 흘리는 이까지 있

---

2) 우암(尤庵) 송 선생(宋先生) : 조선 효종(孝宗) 때 서인(西人)의 우두머리 송시열(宋時烈). 우암은 호.

3) 초구(貂裘) : 초피 두루마기. 효종의 하사품인데, 청(清)나라를 칠 때 요(遼)·계(薊)의 풍설(風雪)에 입으라고 하였다.

었다. 돌아오는 길에 성 밑에 이르러서 팔을 뽐내며 시쪽을 향하여 '되놈!' 하고 부르기도 했다.

시골 선생이 이에 여수(旅酬)⁴⁾를 벌이되 고사리나물을 차렸다. 이때 마침 주금(酒禁)이 내렸으므로 술 대신 꿀물을 그림이 그려진 도자기 동이에 담아 놓았다. 그 동이에는 '대명성화제(大明成化製)'라고 쓰여 있었다. 술잔을 돌려가며 마시는 자는 반드시 머리를 숙여 동이 가운데를 굽어보곤 하는데, 이는 『춘추(春秋)』의 의리를 잊지 않기 위해서라고 한다.⁵⁾ 이에 서로 시(詩)를 읊었다. 그중 한 동자(童子)가 시 한 수를 짓기를,

아무리 무왕인들 패해서 죽었다면,	武王若敗崩
아득한 천 년 뒤 주왕에겐 역적이 되었을 것을.	千載爲紂賊
여망(呂望 : 강태공)이 어이하여 백이를 구하고도,	望乃扶夷去
적을 옹호했다 하여 벌을 받지 않았던고?	何不爲護逆
『춘추』의 큰 의리를 이제껏 떠들건만,	今日春秋義
되놈으로 간주하면 그들에겐 역적일 걸.	胡看爲胡賊

라고 하니, 앉아 있던 사람들이 모두들 한바탕 웃었다.

---

4) 여수(旅酬) : 제사를 마친 뒤 술잔을 돌리며 마시는 음복(飮福)놀이. 먼저 어른께 잔을 드리고, 차례로 잔을 돌림. '旅'는 '序'로, '차례'를 뜻한다.

5) '대명'성화(人明成化)'라는 글자를 새겼으므로, 대명을 잊지 않음이 곧 『춘추』의 대의라는 것이다.

시골 선생은 멍하니 한참 있다가,

"어린이들은 불가불 일찍부터 『춘추(春秋)』를 읽혀야 될 것이 야. 아직 그게 무엇인지 분간하지 못하므로 이런 괴상한 말들 을 하는 게야. 어디 한 번 즉경(卽景 : 눈에 띄는 것을 제목으로 삼 음)이나 읊어 보아라."

하자 또 한 동자가 짓기를,

고사리 캐고 캔들 배부르단 거짓말이,6)	採薇不眞飽
이도 나중에는 주려서 죽었다오.	伯夷終餓死
꿀물이 몹시 달아 술보다 나을지니,	蜜水甘過酒
이것 마시다 죽는다면 그 아니 원통하리.	飮此亡則寃

하였다. 시골 선생은 눈썹을 찡그리면서,

"어어, 또 무슨 괴상한 말을 하는감."

하니, 앉아 있던 사람들이 모두 크게 웃었다.

그러한 지도 이미 17년의 세월이 흘렀고, 그때의 늙은이들도 다 〈저 세상으로〉 가버렸는데, 다시 백이의 고사리로 이런 말 썽이 생겨서, 타향(他鄕)의 등불 아래에서 옛 이야기를 하다 보

---

6) 백이와 숙제는, 주(周)나라 무왕(武王)이 은(殷)나라 주왕(紂王)을 치 려 하자 신하가 천자를 토벌하는 행위는 인의(仁義)에 위배되는 것이 라 하여 말렸다. 이에 무왕의 신하들이 두 사람을 죽이려 했는데, 태 공망(太公望) 여상(呂尙)만이 홀로 그를 의사(義士)라 하여 놓아 주었 다고 한다.

니 잠이 달아나 버리고 말았다.

새벽에 길을 떠나 길에서 상여(喪輿)를 만났다. 관 위에 흰 수
탉을 놓았는데 닭이 홰를 치며 울고 있다. 연이어 상여를 만났
는데 모두 닭을 놓았으니, 이는 영혼을 인도하는 것이라 한다.

길 옆에 너비 수백 이랑이나 되는 연못이 있는데 연꽃은 벌써
지고, 사람들이 각기 조그마한 배를 타고 들어가서 마름, 연밥,
개구리밥, 연근 같은 것을 캐고 있다. 돼지 수천 마리를 한꺼번
에 몰고 가는 이가 있는데, 그 채찍질하여 몰고 가는 법이 말과
소를 다루는 것과 같다. 길가 100여 리 사이에 아름드리 버드나
무가 수없이 많이 뽑혀 쓰러져 있었는데, 이는 어제 비바람 때
문에 쓰러진 것이다.

일행이 진자점(榛子店)에 이르렀다. 이곳은 본래 기생이 많
기로 이름난 곳이다. 강희 황제가 천하의 창기(娼妓)를 엄금하
여 양자강(揚子江) 판교(板橋) 같은 곳의 창루(娼樓)와 기관
(妓館)들이 모두 쑥대밭이 되었는데, 다만 이곳만이 남아 있었
다. 이런 여성을 일러서 '양한적(養閑的)'이란 이름을 붙였는데,
대체로 얼굴이 아름답고 음악도 곧잘 한다.

재봉(再鳳)이와 상삼(象三)이 후당(後堂)으로 들어가면서
나를 보고는 빙긋 웃음을 띤다. 나도 그 뜻을 짐작하고 마침내
가만히 그 뒤를 밟아가서 문틈으로 들여다보니 상삼이 벌써 한
여인을 껴안고 앉았다. 이는 전부터 낯이 익은 모양이다.

젊은이 두 명이 의자에 마주 걸터앉아서 비파를 타고, 한 여
인은 의자 위에서 봉(鳳)부리에 금고리를 물린 저〔笛 : 피리〕를 불

고 있는데, 부리에는 금고리가 달렸고 금고리에는 붉은색 수술을 드리웠다. 재봉이는 의자 아래에 서서 손으로 수술을 어루만지고 있고, 또 한 여인은 주렴을 걷고 나오더니 손에 박자판〔檀板 : 박자를 맞출 때 쓰는 악기〕을 들고 재봉을 부축하여 앉히려 하였으나 재봉은 듣지 않는다.

주렴 안에 있던 한 늙은이가 주렴을 걷고 서서 재봉을 향하여,

"안녕하시오?"

한다. 나는 마침내 〈밖에서〉 큰 기침 한 번을 내며 가래침을 뱉었다. 방 안에 있던 사람들이 모두 크게 놀란다. 상삼과 재봉이 서로 보고 웃으며 곧바로 일어나 문을 나와 나를 맞이하여 들인다. 내가 문 안으로 머리를 들이밀며,

"안녕들 하시오?"

했더니 늙은이와 두 젊은이가 일제히 일어나서 웃음을 머금으며,

"예, 안녕하십니까?"

하고 답하니, 세 명의 창기들도 모두,

"천복(千福)을 누리시옵소서."

한다. 재봉이는 노랑 저고리에 붉은 치마를 입은 여인을 가리키며,

"저 아이 이름은 유사사(柳絲絲)랍니다. 〈지난〉 병신년(丙申年, 1776)에 이곳을 지날 때는 나이 스물넷에 그야말로 일색이었는데, 이제 5년 동안에 얼굴이 아주 망그러져서 보잘것없이 되

었습니다그려."

한다. 상삼은,

"유사사는 일찍이 열네 살부터 소리 잘하기로 이름을 날렸답니다."

하고, 검은 웃옷에 주홍치마를 입은 여인을 가리키며,

"저 애 이름은 요청(幺靑)이고, 올해에 나이 스물다섯입니다. 작년부터 이곳에 와 있는 산동 여자랍니다."

한다. 나는 검은 저고리에 초록색 치마를 입은 제일 앳돼 보이는 여인을 가리켰더니 상삼은,

"그는 처음 보는 여인이어서 이름과 나이를 모르겠습니다."

한다.

세 명의 기생이 모두들 특별한 자색은 없으나, 대체로 당(唐)나라 그림의 미인도(美人圖) 속에서 보이는 여인과 같았다. 늙은 이는 곧 관(館)의 주인이고, 두 젊은이는 모두 산동에서 온 장사치들이다. 나는 상삼에게 눈짓하여 그들에게 음악을 연주해 보라고 청했더니, 상삼이 젊은이한테 무어라고 하자, 한 젊은이는 노래하고 요청은 홀로 박자판을 치며 소리를 맞추어 합창한다. 다른 기생들은 모두 부는 것을 멈추고 귀를 기울여 듣기만 한다.

한 젊은이가 자리를 옮겨 나더러,

"알아들으시는지요?"

하기에 내가,

"잘 모르네."

하였더니 젊은이가 글로 써서 보이며,

"이 사곡(詞曲)은 '계생초(鷄生草)'라 부릅니다. 가사는,

예전 왕조의 장수 모두들 영웅이라	前朝出了英雄將
도원에 의를 맺어 그 성은 유·관·장[7]	桃園結義劉關張
그 셋이 뜻이 맞아 제갈량[8]을 군사 삼고	他三人請了軍師諸葛亮
신야와 박망파를 불살라 버리고선	火燒新野博望屯
상양성을 또 깨뜨렸네.	炮打上陽城
하늘도 야속하지 주유(周瑜)[9]를 낳았으면 제갈량은 왜 또 낳았던가?[10]	怨老天旣生瑜又生亮

라고 합니다."

한다. 그 젊은이는 글은 제법 아는 모양이나 얼굴은 얄밉게 생겼다. 그는 스스로 소개하기를,

"저는 신성(新城)[11]에 살고 있는 사람으로, 성은 왕(王)이고,

---

7) 유(劉)·관(關)·장(張) : 중국 역사 소설 『삼국지연의(三國志演義)』 에 나오는 유비(劉備)·관우(關羽)·장비(張飛) 등의 결의형제에 대한 고사(故事).

8) 제갈량(諸葛亮) : 촉한(蜀漢) 유비의 책략가로, 군사(軍師 : 군대의 총지휘관)이자 명재상. 자는 공명(孔明).

9) 주유(周瑜) : 오(吳)나라의 명장(名將).

10) 주유가 죽을 때에, '하늘이 이왕 주유를 낳았으니 어찌 또 제갈량을 낳았는가?' 하며 한탄하였다.

11) 신성(新城) : 직례성(直隸省) 무극현(無極縣)에 있는 지명.

이름은 용표(龍標)라 합니다."

한다. 내가,

"자네가 혹시 서초(西樵) 왕사록(王士祿 : 청나라 순치 때의 문인) 선생의 후손이 아닌가?"

하니 그는,

"아니올시다. 저는 민가(民家) 출신으로서 장사치 노릇을 하고 있습니다."

한다. 그 젊은이가 또 한 곡조를 부를 때 모든 기생들이 혹은 박자판을 치고, 혹은 비파를 두드리고, 혹은 봉저〔鳳笛 : 피리〕불어서 소리를 맞춘다. 왕용표(王龍標)가 묻기를,

"선생님은 알아들으십니까?"

하기에 나는,

"모르네. 이건 무슨 사(詞)라 하나?"

했더니 왕용표는 글로 써서 보이며,

"이 곡조는 '답사행(踏莎行)'이라고 합니다. 가사는,

세월은 문틈에 말달리기, 티끌이나 곧 아지랑이	日月隙駒塵埃野馬
동으로 흐른 강물 쉬일 줄 모르누나.	東流下盡江河瀉
예로부터 명리를 다투던 사람들	向來爭奪名利人
백 년 세월에 몇몇이나 남았던고?	百歲幾個長存者

라고 합니다."

한다. 유사사는 그 뒤를 이어서 부르기를,

고기잡이 나무꾼의 하찮은 이야기도	漁樵冷話
옳고 그름 에 있으니 『춘추』에 못잖네. 12)	是非不在春秋下
술 부어 마시면서 시구를 길이 읊어	自斟自飮自長吟
알아줄 이 적다고 한탄하지 마소서.	不須贊嘆知音寡

라고 한다. 그 노랫소리가 사뭇 구슬퍼서 창자를 에이는 듯하여, 참으로 들보의 티끌이 저절로 나부낀다. 13)

상삼이 다시 이어서 창(唱)하기를 청하니, 유사사가 눈을 흘기며,

"채소를 사는지요? 더 달라고 하시게나."

한다. 그 젊은이는 손수 비파를 뜯으면서 유사사더러 계속 노래하기를 권한다. 그 소리는 더욱 부드럽고 아리따웠다.

왕용표는 또 글을 써서 보이며,

"이 곡조는 '서강월(西江月)'이라고 합니다. 가사는,

쓰르라미 울음소리 세월이 바쁘구나.	蟪蛄忽忽甲子
모기가 날아들 제 산천이 어지러라.	蚊蚋擾擾山河
한바탕 폭풍우 밤사이 지나가곤,	疾風暴雨夜來過
눈을 돌려 둘러보니 흔적 하나 없구나.	轉眼都無一個

----

12) 나무꾼과 어부의 쑥덕공론이 '춘추대의'를 부르짖는 이들의 이론만 못하지 않다는 말.

13) 유향(劉向)의 『별록(別錄)』에 "우공(虞公)이 맑은 새벽에 노래를 부르면, 그 소리가 들보 위의 티끌을 움직였다." 하였다.

라고 합니다."

하고, 요청이 뒤를 이어서 창(唱)을 하기를,

항아리 속 빚은 술을 다하도록 마시고서,	且盡尊中美酒
달 아래 높은 노래 고요히 들어보소.	閑聽月下高歌
공명이랑 부귀마저 마침내 그 무엇인가?	功名富貴竟如何
닥쳐오는 뒷일일랑 아예 묻지 마오.	莫問收場結果

라고 하는데, 그 소리는 매우 거세어서 유사사의 가냘픔만 같지 못하였다.

나는 그제야 곧바로 일어서서 나왔는데 재봉도 역시 뒤를 따라 일어났다. 재봉이 〈나에게〉 말하기를,

"상삼이 관(館)의 주인에게 은(銀) 두 냥, 대구어(大口魚) 한 마리, 부채 한 자루를 주었답니다."

라고 한다. 이곳에서 식암(息菴)[14] 김공(金公)이 보았다는 계문란(季文蘭)의 시를 찾았으나 보이지 않았다.[15] ─ 이에 대해서는 『피서록(避暑錄)』에 보인다.

길가의 수천 리 사이에 부녀자들의 말소리들은 모두 연연(燕燕)·앵앵(鶯鶯)[16]이고, 거친 목소리는 하나도 듣지 못했다.

---

14) 식암(息菴) : 조선조 숙종 때의 정승 김석주(金錫冑). 식암은 호.
15) 계문란은 강희 시대 호남성 여자로서 만인에게 팔려 심양으로 가던 길에 이곳 청무 비림벽에다 자기의 신세 한탄을 시어 붙인 일.
16) 연연(燕燕)·앵앵(鶯鶯) : 둘 다 유명한 기생의 이름.

그야말로 이른바,

"아리따운 임이시여 있는 곳을 몰랐더니,　　　　不識家人何處在
눈썹 그리는 그 소리 주렴 넘어 들리는 듯."　　隔簾疑是畵眉聲

이란 것이 곧 이것이었다.

나는 한번 그들의 앳된 노랫소리를 듣고 싶어 했더니, 이제 그 부르는 사곡(詞曲)의 의미는 비록 짐작할 수 있겠으나, 오히려 성음(聲音)은 분별하지 못할 뿐더러, 더욱이 그 곡조를 알지 못하므로 차라리 듣지 않았을 때 여운(餘韻)을 지니고 있느니만 같지 못했다.

저녁나절에 풍윤성(豊潤城) 아래에 이르렀다. 주인집 뒷문이 해자를 향해서 열려 있고, 문 앞엔 몇 그루의 실버들이 서 있었다. 정사께서는 지난 정유년(1777년) 봄에 사신으로 갔다 돌아오는 길에 일찍이 이 집에 머물면서 서장관이던 신형중(申亨仲)[17]과 함께 버드나무 밑에 앉아서 한담한 일이 있었다고 한다. 정사는 가마에서 내려 곧바로 뒷문 밖에 자리를 펴게 하고 여러 비장들과 함께 잠깐 술을 나눴다.

해자의 너비는 10여 보나 되는데, 버드나무 그늘이 짙어서 땅 위에 치렁치렁 드리우고 물가에 남실남실 잠겼다. 성(城) 위엔 3층 처마의 높은 누각이 구름 위에 솟아 보일락 말락 한다. 드

---

17) 신형중(申亨仲) : 이름은 사운(思運)이다.

디어 모든 사람들과 함께 성으로 들어가 누각에 올라 구경했는
데, 누각 이름은 '문창루(文昌樓)'이고, 문창성군(文昌星君 : 북
두칠성의 여섯 번째 별이름을 딴 하늘의 선관)을 모셨다고 한다.

　길에서 초(楚)땅 사람 임고(林皐)를 만나 함께 호형항(胡逈
恒)의 집에 가서 촛불을 밝히고 차수(次修 : 박제가(朴齊家)의 자)
가 써놓은 무관(懋官 : 이덕무(李德懋)의 자)의 시(詩)를 구경하고
나서, 저녁 식사를 마친 뒤에 다시 오기로 약속하면서,

　"성문이 닫히지나 않을까요?"

하고 물었더니 답하기를,

　"곧 닫겠지만 반 시각도 안 되어 다시 연답니다."

한다.

　저녁을 먹은 뒤에 촛불을 들고 다시 가보니 성문이 닫히지 않
았다. 이때 우리를 따라온 하인들은 더부룩한 머리에 갓도 쓰
지 않은 채 거리를 메우고 쏘다니며 말먹이풀을 구하는 모양이
었다.

　호(胡)와 임(林) 두 사람이 반기며 나와서 맞이한다. 방 안엔
벌써 주안상을 차려놓았다. 그가,

　"이형암(李炯菴 : 형암은 이덕무의 호)과 박초정(朴楚亭 : 초정은
박제가의 호)은 모두 잘 지내십니까?"

하고 묻기에 내가,

　"모두 편안하죠."

라고 대답하니 임생(林生)이,

　"박(朴)과 이(李) 두 분은 참으로 인품이 맑고 재주가 높은 선

비예요."

라고 칭찬하기에 나는,

"그들은 모두 나의 문하생이지만, 변변치 않은 글재주를 이다지 칭찬할 거야 뭐 있겠소."

하였더니 임생은,

"옛말에 정승의 문하엔 정승이 나고 장수의 문하엔 장수가 난다더니, 과히 헛된 말이 아니군요."

하고 그는 또,

"형암과 초정 두 분이 일찍이 무술년(1778년) 황태후(皇太后) 진향(進香)18) 때 이곳을 지나다가 하룻밤 묵고 갔습니다."

라고 한다.

임생(林生)과 호생(胡生) 두 사람이 정성껏 대접하는 셈이나 전연 글을 몰랐다. 〈게다가〉 호생은 얼굴마저 단아하지 못하여 시정배의 기운을 면치 못했고, 임생은 긴 수염이 아름답고 장자(長者 : 덕망이 있고 노성(老成)한 어른)의 풍도가 있으나, 다만 수작하는 사이에 장사치들의 행동거지가 떠나지 않았다. 호생은 내게 「송하선인도(松下仙人圖)」19)를 주고 임생도 역시 그림부채 한 자루를 선사하기에, 나도 각기 부채 한 자루와 청심환 한 개씩을 주어서 감사의 뜻을 표했다.

---

18) 진향(進香) : 황태후의 탄생일을 맞이하여 열흘 전에 황제가 향을 바치는 예식.

19) 「송하선인도(松下仙人圖)」 : 노송 밑을 거니는 선인을 그린 그림.

술을 몇 잔 하였다. 그 곁에 있는 유리등(琉璃燈) 한 쌍이 제법 아름다워 보였다. 밤이어서 다른 골동품은 구경하지 못할 것이므로, 나는 곧장 일어서면서 돌아오는 길에 다시 찾겠다고 약속을 했다. 임생이 문까지 나와 전송하면서 제법 섭섭한 모양이다.

숙소에 돌아와 호생이 선사한 민강(閩薑 : 복건산(福建産) 생강)·국다(菊茶 : 국화차)·귤병(橘餅 : 귤 말린 것) 등을 내어서 장복으로 하여금 푸욱 달여 달라고 하여 소주에 타서 두어 잔을 마시니 그 맛이 유달리 좋았다.

성 밖에는 사성묘(四聖廟)[20]가 있고, 옹성(瓮城) 안에는 백의암(白衣菴)이 있으며, 앞 네거리엔 패루(牌樓)가 두 개 있고, 초루(譙樓)[21]에는 관제(關帝)[22]의 소상을 모셨다.

---

20) 사성묘(四聖廟) : 요·순·우·탕의 네 성군을 모신 사당.

21) 초루(譙樓) : 멀리 있는 적진(敵陣)을 바라보기 위하여 세운 문 위의 높은 누각. 궁문이나 성문 등의 바깥문 위에 높이 지었다.

22) 관제(關帝) : 관우. 수택본에는 '관공(關公)'이라고 되어 있다.

原文

二十七日
이 심 칠 일

癸卯　晴　朝乍凉　午極熱　自沙河驛　至紅廟五里　馬
계 묘　청　조 사 량　오 극 열　자 사 하 역　지 홍 묘 오 리　마

舖營五里　七家嶺五里　新店舖五里　乾草河五里　王家
포 영 오 리　칠 가 령 오 리　신 점 포 오 리　건 초 하 오 리　왕 가

店五里　張家莊五里　蓮花池十里　榛子店五里　共五十
점 오 리　장 가 장 오 리　연 화 지 십 리　진 자 점 오 리　공 오 십

里　中火　自榛子店　至煙墩山十里　白草窪六里　鐵城
리　중 화　자 진 자 점　지 연 돈 산 십 리　백 초 와 육 리　철 성

坎四里　牛欄山舖四里　板橋六里　豊潤縣二十里　共五
감 사 리　우 란 산 포 사 리　판 교 육 리　풍 윤 현 이 십 리　공 오

十里　是日通行百里　宿豊潤城外.
십 리　시 일 통 행 백 리　숙 풍 윤 성 외

昨日夷齊廟中火時　爲供薇鷄之蒸　味甚佳　沿道失口
작 일 이 제 묘 중 화 시　위 공 미 계 지 증　미 심 가　연 도 실 구

者久矣　忽逢佳味　欣然適口　爲之一飽　不識其舊例
자 구 의　홀 봉 가 미　흔 연 적 구　위 지 일 포　불 식 기 구 례

也.
야

路値急雨　外寒內壅　所食未化　滯在胸間　一噫則薇
노 치 급 우　외 한 내 옹　소 식 미 화　체 재 흉 간　일 희 즉 미

臭衝喉　遂服薑茶　中猶未平　問方秋非時　廚房薇蕨
취 충 후　수 복 강 다　중 유 미 평　문 방 추 비 시　주 방 미 궐

何從生得　左右曰　夷齊廟　例爲中火站　必供薇蕨　無
하 종 생 득　좌 우 왈　이 제 묘　예 위 중 화 참　필 공 미 궐　무

論四時　廚房自我國持乾薇而來　至此爲羹　以供一行
론사시　주방자아국지건미이래　지차위갱　이공일행

此故事也　十數年前　乾糧廳　忘未持來　至此闕供　其
차고사야　십수년전　건량청　망미지래　지차궐공　기

時乾糧官　爲書狀所棍　臨河痛哭曰　伯夷叔齊　伯夷叔
시건량관　위서장소곤　임하통곡왈　백이숙제　백이숙

齊　與我何讎　與我何讐　以小人愚見　薇蕨不如魚肉
제　여아하수　여아하수　이소인우견　미궐불여어육

聞伯夷等　採薇而食乃餓死云　薇蕨眞殺人之毒物也
문백이등　채미이식내아사운　미궐진살인지독물야

諸人者皆大笑.
제인자개대소

太輝者　盧參奉馬頭也　初行　爲人輕妄　行過棗莊
태휘자　노참봉마두야　초행　위인경망　행과조장

棗樹爲風雨所折　倒垂牆外　太輝摘啖其靑實　腹痛暴
조수위풍우소절　도수장외　태휘적담기청실　복통폭

泄不止　方虛煩悶渴　及聞薇毒殺人　乃大聲號慟曰　伯
설부지　방허번민갈　급문미독살인　내대성호통왈　백

夷熟菜殺人　伯夷熟菜殺人　叔齊與熟菜音相近　一堂
이숙채살인　백이숙채살인　숙제여숙채음상근　일당

哄笑.
홍소

余居白門時　爲崇禎紀元後一百三十七年　三周甲申
여거백문시　위숭정기원후일백삼십칠년　삼주갑신

也　三月十九日　乃毅宗烈皇帝殉社之日.
야　삼월십구일　내의종열황제순사지일

鄕先生與同閈冠童數十人　詣城西宋氏之僦屋　拜尤
향선생여동한관동수십인　예성서송씨지추옥　배우

庵宋先生之遺像　出貂裘撫之　慷慨有流涕者　還全城
암송선생지유상　출초구무지　상개유류체자　환지성

下　搤腕西向而呼曰　胡.
하　액완서향이호왈　호

　鄕先生爲旅酬　設薇蕨之菜　時禁酒　以蜜水代酒　盛
　향선생위여수　설미궐지채　시금주　이밀수대주　성

畫瓷盆　盆之款識曰　大明成化年製　旅酬者　必俯首視
화자분　분지관지왈　대명성화년제　여수자　필부수시

盆中　爲不忘春秋之義也　遂相與賦詩　一童子題之曰
분중　위불망춘추지의야　수상여부시　일동자제지왈

武王若敗崩　千載爲紂賊　望乃扶夷去　何不爲護逆　今
무왕약패붕　천재위주적　망내부이거　하불위호역　금

日春秋義　胡看爲胡賊　坐者皆大笑.
일춘추의　호간위호적　좌자개대소

　鄕先生憮然　爲間曰　兒不可使不早讀春秋　惟其不早
　향선생무연　위간왈　아불가사부조독춘추　유기부조

辨　故乃爲此怪談也　可賦卽景　又有一童子題之曰　採
변　고내위차괴담야　가부즉경　우유일동자제지왈　채

薇不眞飽　伯夷終餓死　蜜水甘過酒　飮此亡則寃　鄕先
미부진포　백이종아사　밀수감과주　음차망즉원　향선

生皺眉曰　又一怪談　一坐皆大笑.
생추미왈　우일괴담　일좌개대소

　至今已十七年　遺老盡矣　復以伯夷之薇　致此紛紜
　지금이십칠년　유로진의　부이백이지미　치차분운

異鄕風燈　爲記故事　因失睡.
이향풍등　위기고사　인실수

　曉發　路逢喪車　柩上置白雄鷄　鷄搏翼而鳴　連逢喪
　효발　노봉상거　구상치백웅계　계박익이명　연봉상

車皆置鷄　以導魂云.
거개치계　이도혼운

　道傍有池　方數百畝　蓮花已落　居人各乘小艇　採藻
　도방유지　방수백무　연화이락　거인각승소정　채조

茨蘋藕之物　有驅猪數千頭而去者　其驅策之法　如牧
검빈우지물　유구저수천두이거자　기구책지법　여목

馬牛　百餘里間　連抱柳樹　拔倒無數　爲昨日風雨所拔
마우　백여리간　연포류수　발도무수　위작일풍우소발

也.
야

　行至榛子店　此店素號畜娼　康熙嚴禁天下娼妓　如揚
행지진자점　차점소호축창　강희엄금천하창기　여양

子江板橋等處　娼樓妓館　鞠爲茂艸　獨此不絶種　謂之
자강판교등처　창루기관　국위무초　독차부절종　위지

養閑的　略有首面　又會彈吹.
양한적　약유수면　우회탄취

　再鳳與象三進入後堂　見余微笑而去　余亦會其意　遂
재봉여상삼진입후당　견여미소이거　여역회기의　수

潛踵其後　從戶隙視之　象三已摟抱一女而坐　蓋有宿
잠종기후　종호극시지　상삼이루포일녀이좌　개유숙

面也.
면야

有兩少年　對椅彈琵琶　又有一女　對椅口橫鳳笛　鳳
유양소년　대의탄비파　우유일녀　대의구횡봉적　봉

味唧金環　環垂紅色流蘇　再鳳立椅下　手捫流蘇　又有
주합금환　환수홍색류소　재봉립의하　수부류소　우유

一女　捲簾而出　手持檀板　扶再鳳請坐　在鳳不應.
일녀　권렴이출　수지단판　부재봉청좌　재봉불응

簾裏有一老漢　披簾而立　向再鳳道好　余遂一聲大咳
염리유일노한　피렴이립　향재봉도호　여수일성대해

而唾　堂中皆大驚　象三再鳳相視而笑　卽起出戶　迎余
이타　당중개대경　상삼재봉상시이소　즉기출호　영여

人看　余闖戶道好　老漢及兩少年　齊起含笑答好　三個
입간　여위호도호　노한급양소년　제기함소답호　삼개

養閑的　皆稱千福　再鳳指黃襖赤袴女曰　彼名柳絲絲
양 한 적　개 칭 천 복　재 봉 지 황 오 적 고 녀 왈　피 명 유 사 사

丙申年過此時　年二十四一色　今五年之間　顏色頓改
병 신 년 과 차 시　연 이 십 사 일 색　금 오 년 지 간　안 색 돈 개

無可觀　象三曰　柳絲絲　擅名自十四歲能唱　指黑衣朱
무 가 관　상 삼 왈　유 사 사　천 명 자 십 사 세 능 창　지 흑 의 주

袴女曰　彼名幺靑　年今二十五　自昨年來此　山東女子
고 녀 왈　피 명 요 청　연 금 이 십 오　자 작 년 래 차　산 동 여 자

也　余指黑衣綠袴最少者　象三曰　彼則初見　不知其名
야　여 지 흑 의 록 고 최 소 자　상 삼 왈　피 즉 초 견　부 지 기 명

字年齒.
자 년 치

三妓雖無十分姿色　大約唐畵美人圖中所見也　老漢
삼 기 수 무 십 분 자 색　대 약 당 화 미 인 도 중 소 견 야　노 한

乃館主　兩少年　皆山東客商　余目象三　請其彈吹　象
내 관 주　양 소 년　개 산 동 객 상　여 목 상 삼　청 기 탄 취　상

三向少年云云　一少年唱　獨幺靑扣檀板　和聲同唱　他
삼 향 소 년 운 운　일 소 년 창　독 요 청 구 단 판　화 성 동 창　타

妓皆停吹　側耳而聽之.
기 개 정 취　측 이 이 청 지

一少年移坐謂余曰　會否　余曰　不知　少年書示曰
일 소 년 이 좌 위 여 왈　회 부　여 왈　부 지　소 년 서 시 왈

此詞曲　喚做鷄生草　其詞曰　前朝出了英雄將　桃園結
차 사 곡　환 주 계 생 초　기 사 왈　전 조 출 료 영 웅 장　도 원 결

義劉關張　他三人請了軍師諸葛亮　火燒新野博望屯
의 유 관 장　타 삼 인 청 료 군 사 제 갈 량　화 소 신 야 박 망 둔

炮打上陽城　怨老天旣生瑜又生亮　少年頗解文字　而
포 타 상 양 성　원 노 천 기 생 유 우 생 량　소 년 파 해 문 자　이

面目可憎　自言身是新城人　姓王名龍標　余問　君豈非
면 목 가 증　자 언 신 시 신 성 인　성 왕 명 용 표　여 문　군 기 비

王西樵士祿先生後孫否　答曰　否也　俺是民家　做賣買
왕서초사록선생후손부　답왈　부야　엄시민가　주매매

少年又唱一詞　諸妓或鼓檀板　或彈琵琶　或吹鳳笛以
소년우창일사　제기혹고단판　혹탄비파　혹취봉적이

和之　王龍標問曰　公子會否　余曰　不會也　此名何詞
화지　왕용표문왈　공자회부　여왈　불회야　차명하사

龍標書示曰　此曲喚做踏莎行　其詞曰　日月隙駒塵埃
용표서시왈　차곡환주답사행　기사왈　일월극구진애

野馬　東流不盡江河瀉　向來爭奪名利人　百歲幾個長
야마　동류부진강하사　향래쟁탈명리인　백세기개장

存者　柳絲絲繼唱曰　漁樵冷話　是非不在春秋下　自斟
존자　유사사계창왈　어초랭화　시비부재춘추하　자짐

自飮自長吟　不須贊嘆知音寡　其聲凄絶　黯然銷魂　眞
자음자장음　불수찬탄지음과　기성처절　암연소혼　진

是梁塵自飄.
시량진자표

　象三復請續唱　絲絲流眼曰　買菜乎　求益也　其少年
　상삼부청속창　사사류안왈　매채호　구익야　기소년

自鼓琵琶　勸絲絲續唱　其音尤宛轉窈娜.
자고비파　권사사속창　기음우완전요나

　龍標又書曰　此曲西江月　詞曰　螺蛄忽忽甲子　蚊蚉
　용표우서왈　차곡서강월　사왈　혜고총총갑자　문문

擾擾山河　疾風暴雨夜來過　轉眼都無一個　幺靑繼唱
요요산하　질풍폭우야래과　전안도무일개　요청계창

曰　且盡尊中美酒　閑聽月下高歌　功名富貴竟如何　莫
왈　차진존중미주　한청월하고가　공명부귀경여하　막

問收場結果　音聲頗厲　不如絲絲幽怨.
문수장결과　음성파려　불여사사유원

　余卽起出　再鳳亦隨起　冉鳳言　象三給館主銀二兩
　여즉기출　재봉역수기　재봉언　상삼급관주은이냥

大口魚一尾　扇一柄云　尋息菴金公所觀季文蘭題詩
대구어일미　선일병운　심식암김공소관계문란제시

而不可見矣 – 事見避暑錄.
이불가견의　사견피서록

沿路數千里間　婦女語音盡是燕鸎　絶不聞麤厲之聲
연로수천리간　부녀어음진시연앵　절불문추려지성

所謂不識家人何處在　隔簾疑是畫眉聲.
소위불식가인하처재　격렴의시화미성

嘗欲一聽其嬌唱　今其所唱詞曲　雖有文理　旣不辨其
상욕일청기교창　금기소창사곡　수유문리　기불변기

聲音　又不識其腔調　反不如未聞時　爲有餘韻.
성음　우불식기강조　반불여미문시　위유여운

夕抵豐潤城下　主家後門　臨壕而開　門前數株弱柳
석저풍윤성하　주가후문　임호이개　문전수주약류

正使丁酉春使還時　曾宿此家　與書狀申亨仲　坐柳下
정사정유춘사환시　증숙차가　여서장신형중　좌류하

穩談云　下轎卽命設席于後門外　因與諸裨小酌.
온담운　하교즉명설석우후문외　인여제비소작

壕廣十餘步　柳樹陰濃　窣地蘸波　城上有三簷高樓
호광십여보　유수음농　솔지잠파　성상유삼첨고루

縹緲雲霄　遂與諸人同入城登覽　樓名文昌　爲祠文昌
표묘운소　수여제인동입성등람　누명문창　위사문창

星君云.
성군운

路逢楚人林皐　同往胡逈恒宅　張燈觀次修所書懋官
노봉초인임고　동왕호형항댁　장등관차수소서무관

詩　約飯後更來　問閉城否　答云　卽閉　未消半更　旋
시　약반후갱래　문폐성부　답운　즉폐　미소반갱　선

開.
개

飯後持燈更往　城門不閉　我人蓬頭不笠　塡咽來往
반 후 지 등 갱 왕　성 문 불 폐　아 인 봉 두 불 립　전 인 래 왕

索馬料柴草.
색 마 료 시 초

胡林兩人欣然出迎　堂中已設酒果　問李炯菴朴楚亭
호 임 양 인 흔 연 출 영　당 중 이 설 주 과　문 이 형 암 박 초 정

安好　余答皆安　林生稱朴李淸曠高妙之士　余曰　是皆
안 호　여 답 개 안　임 생 칭 박 이 청 광 고 묘 지 사　여 왈　시 개

吾之門生　雕蟲小技　安足道哉　林生曰　相門出相　將
오 지 문 생　조 충 소 기　안 족 도 재　임 생 왈　상 문 출 상　장

門出將　果非虛語也　炯楚兩人　於戊戌皇太后進香時
문 출 장　과 비 허 어 야　형 초 양 인　어 무 술 황 태 후 진 향 시

過此一宿而去云.
과 차 일 숙 이 거 운

林胡開誠款接　而全乏文翰　胡生面貌不雅　多市井氣
임 호 개 성 관 접　이 전 핍 문 한　호 생 면 모 불 아　다 시 정 기

林生長髥休休　有長者風　但酬酢之際　不離賣買　胡生
임 생 장 염 휴 휴　유 장 자 풍　단 수 작 지 제　불 리 매 매　호 생

爲贈松下仙人圖　林生亦贈畵扇一柄　各以一扇一丸答
위 증 송 하 선 인 도　임 생 역 증 화 선 일 병　각 이 일 선 일 환 답

之.
지

略飮數杯　其一對琉璃燈頗佳　値夜　不得觀他器玩
약 음 수 배　기 일 대 유 리 등 파 가　치 야　부 득 관 타 기 완

余卽辭退　約以回還更訪　林生臨門送別　頗有悵缺之
여 즉 사 퇴　약 이 회 환 갱 방　임 생 림 문 송 별　파 유 창 결 지

意.
의

歸寓　出胡生所饋　閩薑　菊茶　橘餅　使張福爛煎　和
귀 우　출 호 생 소 궤　민 강　국 다　귤 병　사 장 복 란 전　화

燒酒數杯而飮　其味絶佳.
소 주 수 배 이 음　기 미 절 가

　城外有四聖廟　瓮城內　有白衣菴　正街上　有二牌樓
　성 외 유 사 성 묘　옹 성 내　유 백 의 암　정 가 상　유 이 패 루

譙樓坐關帝塑像.
초 루 좌 관 제 소 상

7월 28일 갑진(甲辰)

아침에 갰다가 오후에는 바람과 우레가 크게 일었으나,
빗줄기는 앞서 야계타에서 만났던 것보다는 못했다.

풍윤성(豊潤城)에서 새벽에 떠나 고려보(高麗堡)까지 10리,
사하포(沙河舖)까지 10리, 조가장(趙家莊)까지 2리, 장가장(蔣
家莊)까지 1리, 환향하(還鄕河)까지 1리, 환향하는 일명 어하교
(漁河橋)라고 한다. 민가포(閔家舖)까지 1리, 노고장(盧姑莊)까
지 4리, 이가장(李家莊)까지 3리, 사류하(沙流河)까지 8리를 가
서 점심 먹었으니 모두 40리였다. 또 사류하로부터 양수교(亮
水橋)까지 10리, 양가장(良家莊)까지 5리, 입리포(卄里舖)까지
5리, 십오리둔(十五里屯)까지 5리, 동팔리포(東八里舖)까지 7
리, 용읍암(龍泣菴)까지 1리, 옥전현(玉田縣)까지 7리, 모두 40
리인데, 이날은 80리를 걸었고, 옥전성(玉田城) 밖에서 묵었다.

옥전의 옛 이름이 유주(幽州)요, 옛날 무종국(無終國)이 이에

있었는데, 소공(召公)1)의 봉지(封地)이다. 『정의(正義)』2)에 이르기를,

"소공은 애초에 무종에 봉해졌다가 나중엔 계주(薊州)로 옮겼다."

라고 하였고, 시서(詩序)3)에는,

"부풍(扶風) 옹현(雍縣) 남쪽에 소공정(召公亭)이 있으니, 이곳이 곧 소공의 채읍(采邑)4)이다."

라고 했으니, 어느 것이 옳은지 모르겠다.

행렬이 고려보에 이르니, 집들이 모두 띠 이엉을 이어서 몹시 쓸쓸하고 검소해 보이는 만큼 이는 묻지 않아도 고려보인 줄을 알겠다. 앞서 〈병자호란 발발 다음해인〉 정축년(丁丑年, 1637)에 잡혀온 사람들이 저절로 한 마을을 이루어 살고 있었다. 관동 1,000여 리에 논 한 뙈기를 볼 수 없던 것이 다만 이곳만은 물벼를 심고, 그 떡이나 엿 같은 물건이 본국(本國)의 풍속을 많이 지녔다.

그리고 옛날에는 사신이 오면 하인들이 사 먹는 술과 음식 값

---

1) 소공(召公) : 주나라 문왕의 아들이요, 주공의 동생으로 주공과 함께 명재상으로 일컫는다.

2) 『정의(正義)』 : 당(唐)나라 공영달(孔穎達)이 지은 경서들의 주석서.

3) 시서(詩序) : 공자의 제자 복상(卜商)이 지은 『시경(詩經)』 각 편의 해제이다.

4) 채읍(采邑) : 식색(食色). 식읍(食邑)으로 국가의 조세를 개인이 받아 쓰게 한 고을.

을 더러 받지 않기도 했고, 여인들도 내외하지 않았으며, 말이 고국 이야기에 미칠 때에는 눈물을 흘리는 이도 많이 있었다고 한다. 이러므로 하인들이 이를 기화로 여겨서 마구잡이로 술과 음식을 토색질해서 먹는 일이 많았을 뿐더러, 따로 기명이며 의복 등속을 요구하는 일까지 있었다. 또 주인이 본국의 옛 정의를 생각하여 심하게 지키지 않기라도 하면 그 틈을 타서 도적질하였는데, 이 때문에 더욱 우리나라 사람들을 꺼려서 사행이 지날 때마다 술과 음식을 감추고 팔려고도 하지 않았다. 간곡히 청하면 그제야 팔되 반드시 비싼 값을 달라 하거나 값을 먼저 받곤 하였다. 그럴수록 하인들은 백방으로 속여서 분풀이를 하는 것이다. 그리하여 서로 상극이 되어 마치 깊은 원수 보듯 하고, 이곳을 지날 때면 반드시 일제히 한 목소리로 욕지거리를 하며,

"너희 놈들, 고려의 자손이 아니야. 너희 할애비가 지나가시는데 어찌하여 나와서 절하질 않느냐?"

라고 하면, 고려보의 사람들도 역시 욕설을 퍼붓는다. 그러므로 우리나라 사람들은 도리어 이곳 고려보의 풍속이 극도로 나쁘다고 여기니, 참으로 한심한 일이었다.

길에서 소낙비를 만났다. 비를 피하느라고 한 점포에 들어갔더니, 점포에서 차를 내오고 대접이 좋았다. 비가 한동안 멎지 않고 천둥소리도 드높아진다. 점포의 앞마루가 제법 넓고 가운데뜰도 100여 보나 되는데, 앞마루에는 늙고 젊은 여인 다섯 명이 바야흐로 부채에 붉은 물감을 들여서 처마 밑에 말리고 있었

다.

이때 별안간 말몰이꾼 하나가 알몸으로 뛰어드는데, 머리엔
다 해어진 벙거지를 쓰고, 허리 아래엔 겨우 한 토막 헝겊을 가
렸을 뿐이어서 그 꼴은 사람도 아닌 것이 귀신도 아닌 것이 그
야말로 모양이 흉측했다. 마루에 있던 여인들이 왁자지껄 웃고
지껄이다가 〈그 꼴을 보고는〉 모두 염색하던 일거리를 던지
고 도망쳐 버린다.

점포 주인이 몸을 기울여 이 광경을 내다보고는 얼굴빛이 붉
어지더니, 의자에서 벌떡 뛰어내려 팔을 걷어붙이고 쫓아나가
그의 뺨을 한 대 때렸다. 말몰이꾼이,

"내 말이 허기가 져서 보리찌꺼기를 사러 왔는데, 당신은 왜
사람을 치는 것이오?"

라고 하니 점포 주인은,

"이 녀석, 예의도 모르는구나. 어찌 알몸으로 〈남의 집에〉
뛰어들 수 있단 말이냐?"

하니, 말몰이꾼이 문 밖으로 달아났다. 점포 주인은 오히려 분
이 풀리지 않아서 비를 무릅쓰고 빠르게 뒤쫓아 나갔다. 그제
야 말몰이꾼이 몸을 돌려 크게 욕을 하며 점포 주인의 가슴팍을
한 주먹 내지르니 점포 주인이 진흙탕 속에 나가떨어진다. 그
리고는 다시 앙가슴을 한 번 걷어차고 달아나 버린다. 점포 주
인이 꿈쩍도 하지 못하고 마치 죽은 듯하더니, 이윽고 일어나
서서 아픔을 못 이겨 비틀거리며 걸어오는데, 온몸이 진흙투성
이가 되었다. 분풀이할 곳이 없어서 〈씨근거리면서도〉 점포

안으로 도로 돌아와 곱지 않은 눈초리로 나를 보는데, 비록 입으로 말은 못 하나 풍세가 매우 사납다.

나는 그럴수록 넌지시 눈을 내리뜨고 얼굴빛을 더욱 씩씩하게 가다듬어 늠름하게 범하지 못할 기세를 보이다가, 이윽고 부드러운 얼굴로 점포 주인더러,

"못된 놈이 매우 무례해서 이런 일을 저질렀다고 봅니다만, 다시 마음에 두지 마십시오."

했더니 점포 주인이 노여움을 풀고 웃음을 띠며,

"부끄럽습니다. 선생, 다신 그 말씀 마십시오."

한다.

빗줄기가 점차 거세지고, 오래 앉았으니 몹시 답답하다. 점포 주인이 방으로 달려가더니 새 옷을 갈아입고, 8, 9세쯤 되어 보이는 계집애를 데리고 나와서 계집아이에게 절을 시킨다. 계집아이의 생김새가 사나워 보인다. 점포 주인이 웃으며,

"이게 제 셋째 딸입니다. 전 사내아이를 두지 못했답니다. 선생께선 보자 하니 너그러우신 어른이신 것 같아 정으로 이 아이를 선생께 바치오니, 수양아버지가 되어 주신다면 고맙겠습니다."

하기에 나도 웃으며,

"실로 주인의 후의에는 감사합니다마는, 이런 일은 도리어 옳지 않은 점이 있습니다. 나로 말하면 외국 사람으로 이번에 한 번 왔다 가면 다시 오기 어려운데, 잠깐 동안 맺은 인연이 나중에 서로 생각하는 괴로움만 남길테니 이는 도리어 원망하는 일

이 될 것이오."

했더니, 점포 주인은 그래도 굳이 수양아비가 되어 달라고 했지
만 나 역시 굳이 사양했다. 만일 한번 수양딸을 삼으면 돌아갈
때 반드시 연경의 좋은 물건을 사다 주어서 정례(情禮)를 삼아
야 하니, 이는 실로 마두들 사이에 으레 있는 일이라고 한다. 참
으로 괴롭고도 우스운 일이 아닐 수 없다.

비가 잠시 멎고 산들바람이 잠깐 일기에 마침내 일어나 문을
나가니 점포 주인이 문까지 나와서 읍하고 작별하는데, 제법 섭
섭한 모양이다. 할 수 없이 청심환 한 알을 건네주었더니, 점포
주인은 수없이 사례를 한다. 이곳 여인들은 발에 검은 신을 신
었는데 아마도 기하(旗下 : 만주 사람)들인 듯싶다.

행렬이 용읍암(龍泣菴)에 이르렀다. 용읍암 앞쪽 큰 나무 밑
에 건달패 여남은 명이 더위를 피하는데, 토끼를 놀리는 자도
있거니와 비파 타고 저[笛 : 피리]를 불며 『서유기(西遊記)』 놀음
을 하는 판이었다.

저녁에 옥전현(玉田縣)에 이르니 무종산(無終山)이 있었다. 혹
자는 이르기를, "연나라 소왕(昭王)[5]의 사당이 이곳에 있었다."
고 한다.

성안에 들어가서 한 점포를 조용히 구경하고 있을 즈음에 어

---

5) 연나라 소왕(昭王) : 중국 전국 시대의 연(燕)나라 임금으로, 소왕은
   시호요, 이름은 평(平)이다. 악의(樂毅)와 곽외(郭隗) 등을 등용하여,
   제(齊)나라의 침략으로 인해 일시에 멸망했던 연나라를 재건하였다.

디서인지 피리와 노랫소리가 흘러나오므로 곧 정 진사와 함께
그 소리를 따라 들어가 살펴보았다. 낭무(廊廡 : 정전(正殿)에 딸린
건물) 아래에 젊은이 대여섯이 늘어앉아서, 혹은 저와 피리를
불기도 하고 혹은 현악(絃樂)을 타기도 한다. 돌아서 방 안으로
들어가니 한 사람이 의자 위에 단정히 앉아 있다가 우리를 보고
일어나 읍하는데, 얼굴이 제법 단아하고 나이는 쉰 남짓해 보이
며 수염이 희끗희끗하다. 이름을 써 보이니 머리를 끄덕일 뿐
성명을 물어도 대답하지 않는다.

　사방 벽면에는 이름난 사람들의 서화가 가득 걸려 있었다. 주
인이 일어나 작은 감실(龕室 : 사당 안에 신주를 모셔 두는 장)을 여
니, 감실 속에 주먹만 한 큰 옥으로 새긴 부처가 모셔져 있고,
부처 뒤에는 관음상(觀音像)을 그린 조그마한 가리개〔障〕가 걸
려 있었다. 그 화제(畵題)에는,

　"태창(泰昌 : 명나라 광종(光宗)의 연호) 원년(1620년) 봄 3월에 저
양(滁陽) 구침(邱琛)은 쓰다."

라고 쓰여 있다. 주인이 부처 앞에 나아가 향을 피우고 절을 한
뒤에 일어나 감실문을 닫고 도로 의자에 나아가더니, 그 성명을
글씨로 쓰는데,

　"이름은 심유붕(沈由朋)이고, 소주(蘇州)에 살고 있으며, 자
는 기하(箕霞)요, 호는 거천(巨川)이며, 나이는 마흔여섯입니
다."

라고 한다. 그는 매우 말수가 적으며 조용한 기상을 지녔다.

　나는 곧 그를 하직하고 일어나 문을 나오다가 얼핏 보니 탁자

위에 구리를 녹여서 사슴을 만든 것이 있는데, 푸른빛이 속속들이 스민 듯하고 높이는 한 자 남짓되며, 또 두어 자 남짓한 연병(硏屛 : 벼루머리에 치는 작은 병풍)에 국화를 그렸고, 겉에는 유리를 붙였는데 솜씨가 매우 기교하였다. 서쪽 바람벽 밑에 있는 푸른색 꽃항아리에 푸른색이 도는 복숭아꽃 한 가지를 꽂았는데, 검은 왕나비 한 마리가 그 위에 앉아 있기에 처음에는 가짜로 만든 것이려니 여겼는데, 자세히 살펴보니 비취 바탕에 금무늬가 과연 진짜 나비로서 꽃 위에 다리를 풀로 붙여놓아 말라버린 지 벌써 오래된 것이었다.

벽 위에 한 편의 기문(奇文)이 걸려 있는데, 백로지(白鷺紙)에다 가늘게 써서 격자(格子)를 만들어 가로 붙인 것이 한 폭 벽에 가득하였다. 글씨 역시 정교하기에 벽에 다가서서 한 번 읽어 보니, 가히 절세(絶世)의 기이한 문장이라 할 만했다.

나는 다시 자리에 돌아와서,

"저 벽 위에 걸린 글은 어떤 사람이 지은 거요?"

하고 물었더니 주인은,

"어떤 이가 지은 것인지는 모릅니다."

한다. 정군은,

"이는 아마 근세(近世)의 작품인 듯싶은데, 혹시 주인 선생께서 지으신 게 아닙니까?"

하고 물으니 심유붕은,

"저는 글자를 모릅니다. 지은이의 성명이 없으니, 대체 한(漢)나라가 있는 줄도 모르는 놈이 어찌 위(魏)나라인지 진(晉)나라

인지를 논할 수 있겠습니까?"

한다. 나는,

"그럼, 이게 어디에서 났단 말씀이오?"

했더니 심은,

"며칠 앞서 계주(薊州)의 장날에 사온 것입니다."

한다. 나는,

"그럼 내가 좀 베껴가도 좋겠습니까?"

하니 심은 머리를 끄덕이며,

"상관없습니다."

한다. 종이를 가지고 다시 오겠다고 약속하고, 저녁 식사 뒤에 정군과 함께 다시 가니, 방안에는 벌써 촛불 두 자루를 켜 놓았다. 내가 벽 가까이 가서 격자를 풀어 내리려 하였더니, 심은 심부름하는 사람을 불러서 받들어 내리라고 한다. 나는 다시 묻기를,

"이게 선생이 지으신 게 아니오?"

하니 심은 머리를 절레절레 흔들며,

"<저는 거짓이 없기가> 마치 저 밝은 촛불과 같답니다. 전 오래 전부터 부처님을 섬기고 있기 때문에 부질없는 말은 삼가고 있습니다."

한다. 나는 그제야 정군에게 부탁하여 중간부터 쓰기 시작하게 하고, 나는 처음부터 베껴 내려갔다. 심은 묻기를,

"선생은 이걸 베껴 무얼 하시려오?"

하기에 나는,

"돌아가서 우리나라 사람들에게 한 번 읽혀서 모두들 배를 잡고 한바탕 웃게 하려는 거요. 〈아마 이걸 읽는다면〉 입안에 든 밥알이 벌처럼 날아갈 것이며, 튼튼한 갓끈이라도 썩은 새끼처럼 끊어질 것이요."
하였다.

숙소에 돌아와 불을 밝히고 다시 훑어보니, 정군이 베낀 곳에 그릇된 것이 수없이 많을 뿐더러, 빠뜨린 글자와 글귀가 있어서 전혀 맥이 닿지 않으므로 대략 내 뜻으로 고치고 보충해서 한 편의 글을 만들었다.

原文

二十八日
이십팔일

甲辰　朝晴　午後風雷大作　雨勢不如野鷄坨所値　自
갑진　조청　오후풍뇌대작　우세불여야계타소치　자

豊潤曉發　至高麗堡十里　沙河舖十里　趙家莊二里　蔣
풍윤효발　지고려보십리　사하포십리　조가장이리　장

家莊一里　還鄕河一里　一名漁河橋　閔家舖一里　盧姑
가장일리　환향하일리　일명어하교　민가포일리　노고

莊四里　李家莊三里　沙流河八里　中火　共四十里　又
장사리　이가장삼리　사류하팔리　중화　공사십리　우

自沙流河至亮水橋十里　良家莊五里　廿里舖五里　十
자사류하지양수교십리　양가장오리　입리포오리　십

五里屯五里　東八里舖七里　龍泣菴一里　玉田縣七里
오리둔오리　동팔리포칠리　용읍암일리　옥전현칠리

共四十里　是日通行八十里　宿玉田城外.
공사십리　시일통행팔십리　숙옥전성외

玉田古稱幽州　古無終國　召公所封地　正義言　召公
옥전고칭유주　고무종국　소공소봉지　정의언　소공

初封無終　後徙薊　詩序曰　扶風雍縣南　有召公亭　卽
초봉무종　후사계　시서왈　부풍옹현남　유소공정　즉

召公采邑　未知孰是.
소공채읍　미지숙시

行至高麗堡　廬舍皆茅茨　最寒儉　不問可知爲高麗堡
행지고려보　여사개모자　최한검　불문가지위고려보

也　丁丑被擄人　自成一村　關東千餘里　無水田　而獨
야　정축피로인　자성일촌　관동천여리　무수전　이독

此地水種　其餠飴之物　多本國風.
차 지 수 종　기 병 이 지 물　다 본 국 풍

　古時使价之來　下隷所沽酒食　或不收其値　婦女亦不
고 시 사 개 지 래　하 례 소 고 주 식　혹 불 수 기 치　부 녀 역 불

回避　語到古國　多有流涕者　馹卒輩因以爲利　多白喫
회 피　어 도 고 국　다 유 류 체 자　일 졸 배 인 이 위 리　다 백 끽

酒食　或別討器服　主人以本國舊誼　不甚防閑　則乘間
주 식　혹 별 토 기 복　주 인 이 본 국 구 의　불 심 방 한　즉 승 간

偸竊　以此益厭我人　每値使行　則閉藏酒食　不肯賣買
투 절　이 차 익 염 아 인　매 치 사 행　즉 폐 장 주 식　불 긍 매 매

懇要然後乃賣　而必討厚價　或先捧其價　馹卒必百計
간 요 연 후 내 매　이 필 토 후 가　혹 선 봉 기 가　일 졸 필 백 계

欺詐　以爲雪憤　互相乖激　視若深讐　過此時　必齊聲
기 사　이 위 설 분　호 상 괴 격　시 약 심 수　과 차 시　필 제 성

大罵曰　爾是高麗子孫　爾之祖公來了　何不出拜　堡人
대 매 왈　이 시 고 려 자 손　이 지 조 공 래 료　하 불 출 배　보 인

亦大罵　我人反以此堡風俗爲極惡　足爲寒心.
역 대 매　아 인 반 이 차 보 풍 속 위 극 악　족 위 한 심

　路逢急雨　避雨入一舖中　舖中進茶善待　雨久不止
노 봉 급 우　피 우 입 일 포 중　포 중 진 다 선 대　우 구 부 지

雷霆亦壯　舖之前堂頗廣　中庭百餘步　前堂婦女老少
뇌 정 역 장　포 지 전 당 파 광　중 정 백 여 보　전 당 부 녀 노 소

五人　方染紅扇晒簷下.
오 인　방 염 홍 선 쇄 첨 하

　刷驅一人赤身突入　頭上只覆破敗氈笠　腰下僅掩一
쇄 구 일 인 적 신 돌 입　두 상 지 복 파 패 전 립　요 하 근 엄 일

片布幅　非人非鬼　貌樣凶惡　堂中婦女　哄堂啁啾　抛
편 포 폭　비 인 비 귀　모 양 흉 악　당 중 부 녀　홍 당 조 추　포

紅都走.
홍 도 주

舖主傾身視之　面發赤氣　一躍下椅　奮臂出去　一掌
포 주 경 신 시 지　면 발 적 기　일 약 하 의　분 비 출 거　일 장

批頰　刷驅曰　吾馬方虛氣　要賣麥屑　爾何故打人　舖
비 협　쇄 구 왈　오 마 방 허 기　요 매 맥 설　이 하 고 타 인　포

主曰　爾們不識禮義　豈可赤身唐突　刷驅走出門外　舖
주 왈　이 문 불 식 예 의　기 가 적 신 당 돌　쇄 구 주 출 문 외　포

主憤猶未止　冒雨疾追　刷驅轉身大罵　把胸一撲　舖主
주 분 유 미 지　모 우 질 추　쇄 구 전 신 대 매　파 흉 일 박　포 주

翻橫泥中　乃復一脚踏胸而走　舖主動轉不得　宛其死
번 횡 니 중　내 부 일 각 답 흉 이 주　포 주 동 전 부 득　완 기 사

矣　久而起立　負疼蹣跚而行　渾身黃泥　無所發怒　還
의　구 이 기 립　부 동 반 산 이 행　혼 신 황 니　무 소 발 노　환

入舖中　怒目視余　口雖無聲　頭勢不好.
입 포 중　노 목 시 여　구 수 무 성　두 세 불 호.

余視益下　而色益莊　凜然爲不可犯之形　久後和顏謂
여 시 익 하　이 색 익 장　능 연 위 불 가 범 지 형　구 후 화 안 위

舖主曰　小人無禮　甚是衝搪　再休掛意　舖主回怒作笑
포 주 왈　소 인 무 례　심 시 충 당　재 휴 패 의　포 주 회 노 작 소

曰　慚愧　老爺休題.
왈　참 괴　노 야 휴 제.

雨勢益猛　久坐殊鬱　舖主走入前堂　換着新衣　携八
우 세 익 맹　구 좌 수 울　포 주 주 입 전 당　환 착 신 의　휴 팔

九歲女子而出　囑女叩頭　女之面貌悍惡　舖主笑曰　此
구 세 여 자 이 출　촉 여 고 두　여 지 면 모 한 악　포 주 소 왈　차

俺第三女　俺無有男子兒　老爺寬厚長者　情願以此女
엄 제 삼 여　엄 무 유 남 자 아　노 야 관 후 장 자　정 원 이 차 녀

拜老爺　認爲義父　余笑曰　實感主人厚意　然此事還有
배 노 야　인 위 의 부　여 소 왈　실 감 주 인 후 의　연 차 사 환 유

不然者　俺外國人　此次一去　不可復來　造次結緣　他
불 연 자　엄 외 국 인　차 차 일 거　불 가 부 래　조 차 결 연　타

日相思之苦　還是寃業　舖主緊要認爲義女　余牢辭　若
일 상 사 지 고　환 시 원 업　포 주 긴 요 인 위 의 녀　여 뢰 사　약

一認義　則回還時　必以京貨給與　作爲情禮　此馬頭輩
일 인 의　즉 회 환 시　필 이 경 화 급 여　작 위 정 례　차 마 두 배

例事云　可苦且可笑也.
례 사 운　가 고 차 가 소 야

　雨小霽　涼風乍動　遂起出門　舖主臨門揖別　頗有怊
우 소 제　양 풍 사 동　수 기 출 문　포 주 림 문 읍 별　파 유 초

悵之意　遂解給一丸淸心　舖主再三稱謝　女子足穿烏
창 지 의　수 해 급 일 환 청 심　포 주 재 삼 칭 사　여 자 족 천 오

靴　蓋旗下也.
화　개 기 하 야

　行至龍泣菴　庵前大樹下　十餘閑漢納凉　有弄兎者
행 지 용 읍 암　암 전 대 수 하　십 여 한 한 납 량　유 롱 토 자

又有彈吹　方演西遊記.
우 유 탄 취　방 연 서 유 기

　夕抵玉田縣　有無終山　或云燕昭王廟在此.
석 저 옥 전 현　유 무 종 산　혹 운 연 소 왕 묘 재 차

　入城裏閑玩一舖中　方咽笙歌　遂與鄭進士　尋聲入觀
입 성 리 한 완 일 포 중　방 인 생 가　수 여 정 진 사　심 성 입 관

廊廡下列坐五六少年　或吹笙簧　或彈絃子　轉入堂中
낭 무 하 열 좌 오 륙 소 년　혹 취 생 황　혹 탄 현 자　전 입 당 중

有一人端坐椅上　見客起揖　容貌頗雅　年可五十餘　鬚
유 일 인 단 좌 의 상　견 객 기 읍　용 모 파 아　연 가 오 십 여　수

髥斑白　以名帖示之　點頭而已　問其姓名　不應.
염 반 백　이 명 첩 시 지　점 두 이 이　문 기 성 명　불 응

　四壁遍揭名人書畫　主人起開小龕　龕中坐拳大玉佛
사 벽 편 게 명 인 서 화　주 인 기 개 소 감　감 중 좌 권 대 옥 불

佛後掛小障　畫觀音像　題泰昌元年春三月　滁陽邱琛
불 후 패 소 장　화 관 음 상　제 태 창 원 년 춘 삼 월　저 양 구 침

寫 主人焚香佛前叩頭 起掩龕扉 還就椅 書其姓名口
사 　주인분향불전고두　기엄감비　환취의　서기성명왈

沈由朋 蘇州人 字箕霞 號巨川 年四十六 簡默整暇.
심유붕　소주인　자기하　호거천　연사십륙　간묵정가

　余辭起 方出戶 卓上有鑄銅爲鹿 靑翠入骨 高一尺
여사기　방출호　탁상유주동위록　청취입골　고일척

餘 又數尺硏屛 畵菊 外傳玻瓈 制甚奇巧 西牆下 置
여　우수척연병　화국　외전파려　제심기교　서장하　치

碧色花尊 揷一枝碧桃 坐一黑色大蝴蝶 初謂假造 細
벽색화존　삽일지벽도　좌일흑색대호접　초위가조　세

玩則乳金石翠 果是眞蝶 膠脚花上 枯已久矣.
완즉유금석취　과시진접　교각화상　고이구의

　壁上懸一篇奇文 鷺紙細書爲格子 塗之橫竟一壁 筆
벽상현일편기문　노지세서위격자　도지횡경일벽　필

又精工 就壁一讀 可謂絶世奇文.
우정공　취벽일독　가위절세기문

　余因還座 問壁上所揭 誰人所作 主人曰 不知誰人
여인환좌　문벽상소게　수인소작　주인왈　부지수인

所作也 鄭君問 此似是近世文 無乃主人先生所題耶
소작야　정군문　차사시근세문　무내주인선생소제야

沈由朋曰 主人不解文字 旣無作者姓名 不知有漢 何
심유붕왈　주인불해문자　기무작자성명　부지유한　하

論魏晉 余曰 然則何從得此 沈曰 曩於薊州市日收買
론위진　여왈　연즉하종득차　심왈　낭어계주시일수매

余曰 可許謄去否 沈首肯曰 不妨 約持紙更來 飯後
여왈　가허등거부　심수긍왈　불방　약지지갱래　반후

與鄭君更往 堂中已點兩燭矣 余就壁欲解下格子 沈
여정군갱왕　당중이점양촉의　여취벽욕해하격자　심

招侍者捧下 余復問 此先生所作否 沈掉頭曰 有如明
초시자봉하　여부문　차선생소작부　심도두왈　유여명

燭　俺長齋奉佛　懺誠譫妄　余囑鄭君　自中間起筆　余
촉　엄장재봉불　참계섬망　여촉정군　자중간기필　여

從頭寫下　沈問先生謄此何爲　余曰　歸令國人一讀　當
종두사하　심문선생등차하위　여왈　귀령국인일독　당

捧腹軒渠　嘔噱絶倒　噴飯如飛蜂　絶纓如拉朽.
봉복헌거　울갹절도　분반여비봉　절영여랍후

及還寓　點燈閱視　鄭之所謄　無數誤書　漏落字句
급환우　점등열시　정지소등　무수오서　누락자구

全不成文理　故略以己意　點綴爲篇焉.
전불성문리　고략이기의　점철위편언

호질(虎叱)[1]

호랑이는 착하며 성스러우며 문채로우면서 싸움 잘하고, 인자롭고도 효성스러우며, 슬기롭고도 어질며, 씩씩하고도 날래며, 세차고도 사납기가 그야말로 천하에 대적할 상대가 없다.

그러나 〈기는 놈 위에 나는 놈 있다는 격으로〉 비위(狒胃)는 호랑이를 잡아먹고, 죽우(竹牛)도 호랑이를 잡아먹으며, 박(駁) 호랑이를 잡아먹고 산다. 오색사자(五色獅子)는 거목(巨木)의 구멍에서 호랑이를 잡아먹고, 자백(玆白)도 호랑이를 잡아먹는다. 표견(豹犬)은 날아다니며 호랑이와 표범을 잡아먹고, 황요(黃要)는 호랑이와 표범의 염통을 꺼내서 먹는다. 활(猾)

---

1) 본편은 앞에서 밝힌 바와 같이 옥전현 어느 점포에서 베껴 옮겼다고는 하나 박지원의 다른 작품에서 보인 특유의 수법과 문투, 작품에 나타난 사상으로 보아 박지원의 창작으로 보고 있다. 당시 그 당시의 정계나 사대부의 규탄을 피하고자 한 편법에 불과하다고 여긴다.

ㅡ뼈가 없음ㅡ은 호랑이와 표범이 꿀꺽 삼켜 버리면 뱃속에 들어
가서 호랑이와 표범의 간을 떼어 먹고, 추이(酋耳)는 호랑이를
만나기만 하면 갈기갈기 찢어서 잡아먹고, 호랑이가 맹용(猛
獝)을 만나면 〈무서워서〉 눈을 감고 감히 바라보지도 못한
다.2) 그러나 사람은 〈이와는 반대로〉 맹용은 두려워하지 않
으면서 호랑이는 무서워하니, 호랑이의 위엄이 몹시 엄함을 알
수 있다.

  호랑이가 개를 잡아먹으면 취하고, 사람을 잡아먹으면 조화
를 부리게 된다. 호랑이가 첫 번째 사람을 잡아먹으면 그 창귀
(倀鬼)3)가 굴각(屈閣)4)이란 귀신이 되어 호랑이의 겨드랑이에

----

2) 비위·죽우·박·오색사자·자백·표견·황요·활·추이·맹용
   등은 모두 전설상의 짐승이다. 비위는 원숭이과에 속하는 비비(狒
   狒)의 일종. 죽우는 야생 소로, 몸집이 거대하고 뿔이 크고 둥근 짐
   승. 박은 말 같은 짐승으로, 몸은 희고 꼬리는 검으며 외뿔에 범처럼
   생긴 어금니 발톱을 가졌고 호표를 먹는다 함. 오색사자는 누런 털
   에 오색이 찬란하고 꼴은 사자와 같은 짐승. 자백은 말 같으며 톱니
   가 날카롭고, 표견은 거수국에 있는 개인데, 날아서 호표를 먹음. 황
   요는 개의 일종으로 표범과 비슷함. 활은 호랑이의 입에 들어가도
   호랑이가 물지 못해 호랑이의 뱃속에서부터 먹어 나옴. 추이는 크고
   꼬리가 긴 짐승으로 다른 생물은 안 먹어도 호랑이를 잡아먹음. 맹
   용은 몸집이 큰 하우(들소)이다.
3) 창귀(倀鬼) : 호랑이에게 물려 죽은 사람의 넋은 다른 데로 가지 못
   하고 호랑이를 섬기게 되는데 이 귀신을 창귀라 하며, 호랑이가 먹을
   것을 찾으면 창귀가 반드시 앞장서서 인도한다고 한다. 또는 악한
   일에 앞장서서 심부름하는 자에 견주는 말로도 쓰인다.

붙어서 호랑이를 부엌으로 인도해서 솥전을 핥게 한다. 그러면 집 주인이 갑자기 배고픈 생각이 나서 밤중이라도 밥을 지으라고 명한다.

호랑이가 두 번째 사람을 잡아먹으면 이올(彛兀)이란 창귀가 되어서 호랑이의 볼에 붙어 다니며, 높은 데 올라가서 사냥꾼의 행동을 살핀다. 만약 산골짜기에 이르러서 함정이나 감춰둔 쇠뇌5)가 있으면 먼저 가서 그 틀을 풀어 버린다.

호랑이가 세 번째로 사람을 잡아먹으면 육혼(鬻渾)이란 창귀가 되어 호랑이의 턱에 붙어서 평소에 알던 친구의 이름을 죄다 불러댄다.

〈하루는〉 호랑이가 창귀들을 불러 놓고 말하기를,

"날도 저물어 가는데, 어디서 먹을 것을 취할까?"

라고 하니 굴각이,

"제가 미리 점을 쳐보니 뿔 달린 짐승도 아니고 날짐승도 아닌 검은 머리의 동물이, 눈〔雪〕 위에 나 있는 발자국이 비틀비틀 성긴 걸음을 하고 있으며 뒤통수에 꼬리가 붙어 있는 걸로 보아서는 제 꽁무니도 못 감추는 놈입니다."

하자 이올이,

---

4) 굴각(屈閣) : 창귀의 이름. 호랑이가 첫 번째 잡아먹은 사람의 혼령. 창귀와 굴각, 이올, 육혼은 모두 사람이 호랑이에게 잡아먹히면 호랑이에게 붙어 다닌다는 귀신.

5) 쇠뇌 : 걸쇠. 여러 개의 화살이 잇달아 나가게 만든 활의 한 가지.

"동쪽의 문에 먹을 것이 있는데, 그 이름이 의원이라고 합니다. 입에 온갖 풀을 머금고 있어 살갗과 살이 향기롭습니다. 서쪽의 문에도 먹을 것이 있는데, 그 이름이 무당이라고 합니다. 온갖 귀신에게 아양을 떨고 날마다 〈부정을 타지 않도록〉 목욕해서 고기가 깨끗합니다. 이 두 고기 중에서 마음대로 고르십시오."

했다. 그러자 호랑이는 부들부들 수염을 치켜세우고 얼굴빛을 붉히며,

"의원의 '의(醫)'는 '의심할 의(疑)' 자이다. 저도 의심이 나는 바를 여러 사람에게 시험하다가 해마다 수만 명을 죽인다. 무당의 '무(巫)'라는 것도 '속일 무(誣)' 자이다. 귀신을 속이고 인민들을 꾀어 해마다 수만 명을 죽인다. 뭇 사람의 원한이 뼛속까지 사무치고 변해서 금잠(金簪)6)이 되었으니, 그 독을 먹을 수는 없는 거다."

하니 육혼(鬻渾)이,

"어떤 고기가 숲속7)에 있는데, 인자한 간(肝)과 의기로운 쓸개에 충성스런 마음을 지니고 고결한 지조를 품었답니다. 또한 풍류를 머리에 이고 있고, 예의를 밟고 다니며, 입으로는 백가

---

6) 금잠(金簪):『박물지(博物志)』에 의하면, 중국 남방에서는 금빛누에〔金簪〕를 기르는데, 누에한테 촉나라비단을 먹여 변〔遺糞〕을 받아 음식 속에 넣어 두면 그 독으로 사람이 죽을 수 있다고 한다.

7) 유림(儒林)을 말한다. 유림은 유교의 도리를 닦는 학자들, 또는 그들의 사회를 말한다.

(百家 : 여러 학설이나 주장을 내세우는 많은 학자)의 말을 외우고, 마음속으로는 만물의 이치를 통달했는데, 이름하여 큰 덕망을 지닌 유학자(碩德之儒)라고 합니다. 등살이 두둑하고 몸집이 기름져서 맵고, 짜고, 시고, 쓰고, 단 다섯 가지 맛을 두루 갖추고 있습니다."

한다.

그제야 호랑이가 〈기분이 좋아〉 눈썹을 치켜세우고 침을 흘리며 하늘을 우러러 껄껄 웃으며,

"짐(朕)8)이 더 듣고 싶은데 어떤가?"

하니 창귀들이 서로 다투어가며 범에게 추천하기를,

"일음(一陰)과 일양(一陽)을 도(道)라고 하는데9) 선비들은 이를 꿰뚫어 봅니다. 오행(五行)이 서로 낳고10) 육기(六氣)11)가

----

8) 짐(朕) : 호랑이가 스스로를 이른 말. 옛날 황제가 스스로를 칭하는 말인데, 진 시황이 처음 사용했다.

9) 일음(一陰)과 …… 하는데 : 이 도를 계속해서 이어나가는 것이 선(善)이요, 이것에 의해서 이루어진 것이 성(性)이다. 『주역』 계사전(繫辭傳)에 나온다. 이 글의 뜻은 온 우주의 삼라만상이 무궁한 변화를 일으키고 있는 것은 음과 양이라는 이질적인 두 기운의 작용으로 인하여 모순과 대립이 나타남으로써 일어나는 현상이라는 것이다. 그러나 이어지는 호랑이의 말에 의하면, 저러한 음양은 하나의 기운인데 공연히 나누는 것은 '부질없는 짓'이라고 한다.

10) 오행(五行)이 서로 낳고 : 오행은 우주 만물을 이루는 다섯 가지 이치. 곧 금(金)은 수(水)를 낳고 수(水)는 목(木)을, 목(木)은 다시 화(火)를 낳고 화(火)는 토(土)를 서로 낳는다.

서로 퍼 나가는데, 선비들이 이를 인도하는 게지요. 이놈을 잡
수시면 이보다 더 좋은 맛은 없을 것입니다."

한다. 호랑이가 정색을 하고는 얼굴빛이 변하며 용모를 바로잡
고는 불쾌한 듯이 말하기를,

"음양이라는 것은 기(氣) 하나가 없어졌다가 생기는 것인
데,12) 이것을 둘로 나누었으니 그 고기가 잡될 수밖에. 또 오행
은 제각기 정해진 자리가 있어서 애초에 서로 낳는 것이 아니거
늘 지금 저들은 억지로 자식과 어미의 관계로 만들고, 거기다가
짠맛 신맛에까지 오행을 분배(分配)하고 있으니, 그 맛은 순하
지 않을 것이다. 또한 육기는 제 스스로 행하는 것이지 남이 베
풀어 이끄는 것을 기다리지 않는 법이다. 그런데도 지금 저들
은 망령되이 '재성(財成)과 보상(輔相)'13)이라 일컬으며 사사로
이 제 공인 양 과시하니, 저 <딱딱한> 놈을 먹다가는 질기고
딱딱해서 체하거나 토악질이 나서 순하게 소화되지 않지 않겠
느냐?"

라고 하였다.

---

11) 육기(六氣) : 천지 사이에 있다는 여섯 가지 기운. 곧 음(陰) · 양
(陽) · 풍(風) · 우(雨) · 회(晦) · 명(明).

12) 음이 없어지면 양이 생기고 양이 없어지면 음이 생기는 것이다.

13) 재성(財成)과 보상(輔相) : 다듬어 이룩하고 도와서 바로잡음. 『주
역』에 "천지의 도(道)를 다듬어 이룩하고, 천지의 옳은 이치를 도와
바로잡는다."라는 구절이 있다.

그 무렵 정(鄭)나라 어느 고을에 벼슬을 탐탁지 않게 여기는 선비인 북곽선생(北郭先生)이란 사람이 살고 있었다. 나이 사십에 손수 교주(校註 : 교정하여 주석을 보탬)한 책이 10,000권이나 되고, 구경(九經)[14]의 뜻을 부연 설명해서 다시 책으로 엮은 것이 15,000권이나 되므로 천자(天子)는 그 의리를 아름답게 여기고, 제후(諸侯)도 이름을 사모하였다.

고을 동쪽에 일찍 과부가 된 아름다운 여자가 살고 있었는데, 이름을 동리자(東里子)라 불렀다. 천자는 그 절개를 가상히 여기고 제후는 그 어진 성품을 사모하여, 그녀가 살고 있는 읍 둘레 몇 리의 땅을 봉하여 '동리 과부의 마을〔東里寡婦之閭〕'이라고 했다. 동리자는 수절을 잘하는 과부였으나 성(姓)이 각각 다른 다섯 아들을 두었다.

다섯 아들이 서로 말하기를,

> "강 북쪽에는 닭 울음소리   水北鷄鳴
>
> 강 남쪽에는 별이 밝은데   水南明星
>
> 방 안에 목소리 자자하니   室中有聲
>
> 곽선생이 어인 일일까."   何其甚似北郭先生也

하고는 다섯 형제는 번갈아서 방문 틈으로 들여다보았다. 동리

---

14) 구경(九經) : 아홉 가지 유교 경전. 곧 『역경(易經)』·『서경(書經)』·『시경(詩經)』·『춘추좌씨전(春秋左氏傳)』·『예기(禮記)』·『주례(周禮)』·『효경(孝經)』·『논어(論語)』·『맹자(孟子)』.

자(東里子)가 북곽선생에게 청하기를,

"오랫동안 선생님의 덕을 사모해 왔습니다. 오늘 밤에 선생님의 글 읽는 소리를 듣고자 합니다."

하니 북곽선생은 옷깃을 여미고 똑바로 앉으며 시를 읊기를,

"원앙새는 병풍에 그려져 있고　　　　　　　鴛鴦在屛

반딧불은 반짝반짝 빛나네.　　　　　　　　耿耿流螢

마솥과 세발솥15)은　　　　　　　　　　　維鬵維錡

무엇을 본떠서 만들었을꼬.　　　　　　　　云誰之型

이것은 바로 흥(興)16)의 표현법이지요."

라고 했다.

〈이를 보던〉 다섯 아들이 서로 말하기를,

"남자가 과부의 집에 들어가지 않는 것이 예의인데,17) 북곽

---

15) 가마솥과 세발솥 : 발이 없는 가마솥과 세발솥은 모형이 다 다른데, 이를 성씨가 제각각인 다섯 아들에게 비유하였다. 다섯 아들이 모두 성도 다르고 얼굴도 같지 않으니, 이는 어떤 잡놈들과 관계해서 낳았다는 의미이다.

16) 흥(興) : 표현법의 일종으로, 『시경(詩經)』에서 말하는 육시(六詩) 가운데 하나. 본 내용과는 별개의 사물을 먼저 읊음으로써 흥을 일으킴과 동시에 주장하려고 하는 본뜻을 이끌어내면서 시를 짓는 수법이다. 예를 들면 원앙새를 먼저 이끌어내어서 남녀의 사건을 전개하는 것이다.

17) 『예기(禮記)』 방기(坊記) 편을 살펴보면, "큰일이 있지 않으면 과부

선생은 어진 사람이라서 〈그런 일은 없을 것이다.〉"

"내 들으니 이 고을 성문이 허물어져 거기에 여우가 드나들 구멍이 있다더군."

"내가 듣기로 여우가 천년을 묵으면 능히 환생(幻生)되어 사람 모습으로 바꾼다더니, 그놈이 북곽선생으로 둔갑한 것이로군."

하더니 다시 서로 의논하기를,

"내가 들으니 여우의 갓을 얻는 자는 천금의 부자가 되고, 여우의 신을 얻는 자는 대낮에도 그림자를 감출 수 있고, 여우의 꼬리를 얻는 자는 남을 잘 꾀어서 누구라도 기뻐하게 한다고 하니, 어찌 저놈의 여우를 잡아 죽여서 이것을 나눠 갖지 않을 것인가?"

하고, 이에 다섯 아들이 함께 어미의 방을 둘러싸고 들이쳤다.

북곽선생은 크게 놀라서 달아나는데, 행여 사람들이 자기를 알아볼까봐 두려운 나머지 한 다리를 목에 얹어 도깨비처럼 춤추고 웃으면서 문을 나와 뛰어가다가 들판의 구덩이에 빠졌다. 그 속에는 똥이 가득 차 있었다. 간신히 휘어잡고 기어 나와서 고개를 내밀고 바라보니, 호랑이가 떡하니 길을 막고 서 있었다. 호랑이가 얼굴을 찡그리며 구역질을 하고, 코를 막고 머리를 왼쪽으로 돌리면서 탄식하기를,

"에끼, 그 선비 구리기도 하군!"

가 사는 대문에는 들어가지 않는다."라고 하였다.

하는 것이었다. 북곽선생은 머리를 조아리고 엉금엉금 기어서 앞으로 나아가 세 번이나 절을 하고 꿇어앉아 머리를 들며 하는 말이,

"호랑이님의 덕은 참으로 지극하십니다. 대인(大人)은 그 변화를 본받고,[18] 제왕은 그 걸음을 배우고, 사람의 자식된 자는 그 효성을 본받고, 장수는 그 위엄을 취하고자 합니다. 호랑이님의 이름은 신령스런 용(龍)님과 나란히 짝이 되어 한 분은 바람을 일으키시고 한 분은 구름을 일으키십니다. 이 땅에 살고 있는 저 같이 보잘것없는 천한 사람이 감히 호랑이님의 지배 아래에 있습니다."

라고 하니 호랑이가 꾸짖어 말하기를,

"앞에 가까이 오지도 말라! 내가 일찍이 들으니 '유(儒 : 선비)'란 '유(諛 : 아첨하다)'라 더니 과연 그렇구나. 네가 평소에는 온 천하의 나쁜 이름을 모아서 함부로 나에게 쏟아 놓더니, 지금 와서 처지가 급하게 되자 내 눈앞에서 알랑방귀를 뀌는데, 누가 너를 믿을 수 있단 말이냐!

무릇 천하의 이치는 하나인 것이다. 호랑이가 참으로 나쁘다면 사람의 성품도 나쁜 것이요, 사람의 성품이 착하면 호랑이의 성품도 또한 착한 법이다. 너희들이 수없이 많이 하는 말은 모

---

18) 『역경(易經)』 구오효(九五爻)에 있는 "대인은 범이 변하듯 함이니, 점칠 것도 없이 믿음이 있다."를 인용한 것이다. 대인은 바른 도로써 천하의 일을 변혁시키기를 마치 호랑이가 털갈이를 하며 변하는 것과 같다는 말이다.

두 오상(五常)19)을 떠나지 않고, 경계하고 권면하는 것이 항상 사강(四綱)20)에 두기는 하지만, 저 서울이나 지방 고을의 사이에는 형벌을 받아 코가 베여 없고[劓鼻刑],21) 발 뒤꿈치가 잘려 없으며[刖足刑],22) 얼굴에 글자를 새김질을 당한[刺字刑]23) 채 돌아다니는 놈들은 모두 오품(五品 : 오륜(五倫))을 순종하지 않았다는 놈들이란 말이다.

그럼에도 불구하고 〈죄인의 처형이나 고문 등에 쓰이는 기구인 세 겹으로 된〉 노끈·먹바늘·도끼·톱 등을 날마다 공급하기에 겨를이 없으니, 그 나쁜 짓거리를 멈출 방도가 없구나! 그러나 호랑이의 세계에는 원래부터 이런 형벌이 없다. 이로써 본다면 호랑이의 성품이 어찌 사람보다 어질다고 하지 않겠느냐?

우리들 호랑이는 나무와 풀을 먹지 않고, 벌레나 물고기를 먹지 않으며, 누룩으로 빚은 술과 같은 어긋나고 난잡한 것을 즐

---

19) 오상(五常) : 사람으로서 한결같이 지켜야 할 다섯 가지 도리, 즉 인(仁)·의(義)·예(禮)·지(智)·신(信).

20) 사강(四綱) : 예(禮)·의(義)·염(廉)·치(恥).

21) 의비형(劓鼻刑) : 코를 베어버리는 형벌로써 권세가 있는 사가에서 노비의 죄를 다스릴 때 자행했다.

22) 월족형(刖足刑) : 발뒤꿈치의 힘줄을 베어버리는 형벌. 절름발이 또는 앉은뱅이가 되는 형벌이다.

23) 사자형(刺字刑) : 신체의 어느 부위에 먹물로 글씨를 새겨 넣는 형벌로 도적에게 부과되었다.

기지 않으며, 새끼를 배거나 알을 품고 있는 짐승이나 자잘한 것들은 차마 먹지 않는다.

산에 들어가면 노루나 사슴을 사냥하고, 들에 나가면 말이나 소 등을 잡아먹되, 일찍이 먹고사는 것 때문에 누(累)를 입거나 끼닛거리 때문에 송사를 일으킨 일도 없으니, 우리 호랑이가 사는 도리야말로 어찌 분명하고 바르고 큰 게 아니냐?

그런데 호랑이가 노루나 사슴을 잡아먹으면 너희 사람들은 호랑이를 미워하지 않다가도, 호랑이가 소나 말을 잡아먹기라도 하면 너희 사람들은 원수로 여긴다. 이것은 아마 노루나 사슴은 사람에게 은혜를 베풀어줌이 없지만, 말이나 소는 너희들에게 공이 있기 때문이 아니더냐!

그런데도 너희들은 마소가 태워주고 복종하는 수고로움도 충성하고 따르는 정성도 다 저버리고는, 매일 도살하여 푸줏간을 그득 채우고 뿔이나 갈기마저도 남기지 않을 뿐만 아니라, 다시 우리 먹잇감인 노루와 사슴까지 침범하여 우리들로 하여금 산에서도 먹을 게 모자라게 하고, 들에서도 먹을거리가 없어 굶주리게 하였다. 하늘로 하여금 이를 공평하게 처리해 달라면 너희를 잡아먹어야 하겠느냐, 너희를 놓아 주어야 하겠느냐?

대체로 자기의 것이 아닌데 취하는 것을 '도(盜)'라 하고, 살아 있는 것을 죽이고 물건을 해치는 것을 '적(賊)'이라 한다. 너희들은 밤낮으로 바쁘게 쏘다니며, 팔을 걷어붙이며 눈깔을 부릅 뜨고, 함부로 남의 것을 착취하고도 부끄러운 줄을 모르지. 심한 자는 돈을 형이라 부르고,[24] 장수가 되기 위해서 아내를 죽

이기까지 하니,25) 이러고도 다시 인륜의 떳떳하고 변하지 않는
도리에 대해 이러쿵저러쿵 이야기할 수는 없을 것이다.

뿐만 아니라 메뚜기에게서는 식량을 가로채 먹고, 누에로부
터는 옷을 빼앗아 입고, 벌을 가두어 꿀을 긁어 먹고, 심한 자는
개미 알로 젓갈을 담아서 제 조상의 제사상에 올리기까지 하
니,26) 잔인하고 경박한 행실이 너희보다 심한 것이 어디 있겠
느냐?

너희는 이치를 말하고 성(性)을 논할 때 걸핏하면 하늘을 일
컫지만, 하늘이 명(命)한 바로써 본다면 호랑이나 사람이 다 매
한가지 동물이요, 하늘과 땅이 만물을 낳아 기르는 인(仁)으로
써 논한다면 우리네 호랑이와 메뚜기·누에·벌·개미와 사람
도 모두 함께 길러져서 서로 도리에 벗어난 짓을 할 수 없는 것
이다. 그 선악으로 따진다면 공공연히 벌과 개미의 집을 노략
질하고 긁어 가는 놈들이야말로 천지간의 큰 도적이 아니겠으

---

24) 옛날에 사용하던 돈의 모양이 겉은 둥글고 납작한데 가운데에 네모
진 구멍이 있기 때문에 공방(孔方)이라 한다. 돈을 의인화하여 공방
형(孔方兄), 가형(家兄)이라고 한다. 진(晉)나라 노포(魯褒)의 전신론
(錢神論)에 나오는 말.

25) 중국 전국 시대 위나라 병법가인 오기(吳起)의 고사이다. 오기의 아
내는 제나라 사람이었다. 오기는 노나라에서 증자로부터 학문을
배우다가 제나라가 노나라를 치자 무장으로 등용되었는데, 이 과정
에서 아내가 제나라 사람임을 꺼리는 참소가 있었다. 오기는 자신
의 아내를 죽임으로써 충성심을 과시하여 대상군이 되었다.

26) 『예기(禮記)』 내칙(內則) 편에 나온다.

며, 메뚜기와 누에의 살림을 제멋대로 빼앗고 훔쳐가는 족속이
야말로 인의(仁義)의 큰 적이 아니겠느냐?

호랑이가 일찍이 표범을 잡아먹어 본 일이 없는 것은 진실로
차마 제 동족을 해치지 못하기 때문이다. 그리고 호랑이가 잡
아먹은 노루와 사슴을 헤아린들 사람들이 잡아먹은 노루와 사
슴만큼 많지는 않고, 우리가 잡아먹은 말과 소를 헤아린들 사람
들이 잡아먹은 말과 소만큼 많지도 않으며, 호랑이가 사람을 잡
아먹은 것도 사람들이 서로 간에 잡아먹은 것만큼 많지 않다.

지난해 관중(關中 : 중국의 섬서 지방)이 크게 가물었을 때, 백성
들끼리 서로를 잡아먹은 자들이 수만이었고, 앞서 몇 해 전에
산동(山東 : 중국 산동 지방)에 큰 홍수가 났을 때에도 백성끼리 서
로 잡아먹은 것이 수만 아니었다.

비록 그러하나 백성끼리 서로 잡아먹는 일이 많은 것으로 따
지자면, 또한 어찌 춘추 시대만 하겠느냐? 춘추 시대에 덕(德)
을 세우겠다며 일으킨 전쟁이 열일곱 차례요, 원수를 갚겠다고
일으킨 전쟁이 서른 번이나 된다. 피는 천 리를 덮어 흐르고, 엎
어진 시체는 백만에 달했다.

그러나 호랑이의 족속들은 홍수와 가뭄을 알지 못하기 때문
에 하늘을 원망할 까닭이 없고, 원망도 은혜도 다 잊고 지내기
때문에 다른 동물에게 미움을 사는 일이 없다. 오직 하늘의 운
명을 알고 거기에 순종하므로 무당이나 의원의 간교함에 현혹
되지도 않는다. 또한 타고난 모양대로 천성(天性)을 다하므로
세속의 이해(利害)에도 마음이 병들지 않으니, 이것이 호랑이가

슬기롭고도 성스럽게 되는 까닭이다.

또한 우리 가죽의 한 아롱무늬에서 족히 온 세상에 문(文 : 글자)을 과시하는 것을 엿볼 수 있고, 지극히 자그마한 무기조차 의존하지 않고 다만 발톱과 이빨의 날카로움만 가지고도 온 천하에 그 무(武)를 빛낼 수 있는 것이다. 제기(祭器)나 술그릇에 호랑이와 원숭이의 모양을 새긴 것은 천하에 효(孝)를 넓히기 위함이었다. 또 우리는 하루에 한 번만 사냥해서 까마귀ㆍ솔개ㆍ청개구리ㆍ말개미 등이 함께 우리가 먹다 남긴 음식물을 나누어 먹게 하니, 그 인(仁)이야말로 이루 다 말할 수 없다. 고자질하는 놈들은 잡아먹지 않고, 고칠 수 없는 병이 든 자도 잡아먹지 않고, 상(喪)을 당한 자도 잡아먹지 않으니,27) 그 의(義)로움을 이루 다 말할 수 없는 것이다.

그런데 너희들이 먹는 것이야말로 어질지 못한 것이다! 덫을 설치하고 함정을 만들어 놓는 것으로도 부족하여, 새그물ㆍ노루그물ㆍ물고기그물ㆍ네 귀를 잡고 들어 올리는 그물ㆍ수레그물ㆍ삼태그물 등을 만들었으니, 이는 애초에 그물을 엮어 만든 놈이야말로 천하에 가장 큰 화근을 퍼뜨려 놓은 것이다. 그리고 쇠꼬챙ㆍ양지창ㆍ팔모창ㆍ자루가 네모진 구멍 난 도끼ㆍ날이 세모난 창ㆍ삼지창ㆍ뽀족창ㆍ작은 칼ㆍ긴 창 등이 생겼었다. 돌쇠뇌 포(礮)란 것이 있어서 한 방 쏘면 소리가 화악산(華嶽

---

27) 이 세 가지에 해당되는 사람일 경우 잡아먹지 않는다는 말은 우리나라에서 예전부터 전해 내려오는 속담이다.

山)[28]도 무너뜨릴 만하고, 불꽃은 음양(陰陽)을 누설하여 천둥치는 소리보다도 사납더라.

이러고도 부족하여 그 잔학함을 더욱 드러내려고, 이제는 보드라운 털을 빨아서는 아교를 녹여 붙여 붓이라는 날을 만들었더구나. 몸뚱이는 대추씨처럼 뾰족하고 길이는 한 치가 좀 못되게 하여 오징어 먹물에다 담갔다가는 세로 가로로 멋대로 치고 찌르니, 그 굽은 것은 세모창 같고, 날카로운 것은 작은 칼 같고, 예리한 것은 긴 칼 같고, 갈라진 것은 가지창 같고, 곧은 것은 화살 같고, 팽팽한 것은 활 같아서 이 병기가 한 번 번뜩이면 모든 귀신들이 밤중에 곡을 할 지경이다.[29] 가혹하게 서로 잡아먹기로 누가 너희들보다 더할 자 있겠느냐?"
라고 한다.

북곽선생이 자리를 떠나 엎드렸다가 일어나 엉거주춤 두 번 절하고 머리를 거듭 조아리면서 말하기를,

"전하는 말에, '비록 악한 사람이라도 목욕재계하면 상제(上帝 : 하느님)를 섬길 수 있다'[30]라고 하였습니다. 이 땅에 살고 있는 저 같이 보잘것없는 천한 사람이 감히 호랑이님의 지배 아래에 있겠습니다."

---

28) 화악산(華嶽山) : 중국의 오악(五嶽) 중 서악으로 불리는 산. 섬서성 산음현 남쪽에 있다.

29) 옛날 창힐(倉頡)이 한자(漢字)를 처음 만들자, 귀신이 밤에 울었다고 하였다.

30) 『맹자』 이루(離婁) 편에 나오는 말이다.

하고는 숨을 죽인 채 가만히 호랑이의 다음 말을 기다렸다.

한참이 되었으나 아무런 분부가 없었다. 참으로 두렵기도 하고 황공하기도 하여 두 손을 맞잡고 머리를 조아리다가 고개를 들어 바라보니, 동방이 밝았는데 호랑이는 이미 가버렸다.

한 농부가 아침 일찍이 묵정밭〔菑 : 오래 묵혀 거칠어진 밭〕을 일구려고 나오다가 〈북곽선생을 보고〉 묻기를,

"선생님께서 무슨 일로 꼭두새벽에 들판에 절을 하고 계십니까?"

하자 북곽선생이 말하기를,

"내 들으니,

하늘이 높다 하지만	謂天蓋高
감히 등을 굽히지 않을 수 없고,	不敢不跼
땅이 두텁다 하지만	謂地蓋厚
감히 살금살금 걷지 않을 수 없다.	不敢不蹐

하였네."[31]

라고 하였다.

---

31) 『시경』 소아(小雅) 절남산자지십(節南山之什)에 "하늘이 높다 하여도 몸을 어찌 안 굽히며, 땅이 비록 누텁나한들 어찌 톰을 움츠리고 조심해서 걷지 않을소냐."라고 하였다.

호질 후지(虎叱後識)32)

연암씨(燕巖氏 : 박지원(朴趾源))는 말하기를,

"이 글에는 비록 지은이의 성명은 없으나, 대체로 근세 중국 사람이 비분(悲憤)함을 참지 못해서 지은 글일 것이다. 요즘 와서 세상의 운세가 긴 밤처럼 어두워짐에 따라 오랑캐의 화(禍 : 재앙)가 사나운 짐승보다도 더 심하다. 선비들 중에 염치를 모르는 자는 하찮은 글귀나 주워 모아서 세상에 아첨을 해대는 형편이니, 이는 어찌 남의 묘혈(墓穴)을 파는 유학자(儒學者)로서 시랑이 같은 짐승도 〈오히려〉 먹기를 달갑게 여기지 않을 자가 아니겠는가? 이제 그 글을 읽어보니, 말이 이치에 많이들 어긋나서 저 거협(胠篋)33) · 도척(盜跖)34)과 뜻이 같음을

---

32) 호질 후지(虎叱後識) : 다른 본에는 이 소제가 없었던 것을, 이제 주설루본을 따라 수록하였다.

33) 거협(胠篋) : 『남화경(南華經)』 외물편(外物篇)에 나오는 말.

34) 도척(盜跖) : 『남화경』의 편명.

깨달았다. 그러나 온 천하의 뜻있는 선비가 어찌 하루인들 중국을 잊을 수 있겠는가?

이제 청(淸)나라가 천하의 주인이 된 지 겨우 4대째건만 그 통치자들은 모두 문무가 겸전(兼全)하고 수고(壽考 : 장수)를 길이 누렸다. 태평한 지 100년 동안에 온 누리가 편안하고 고요하니, 이는 한(漢)나라·당(唐)나라 때에도 없었던 일이었다. 이처럼 편안히 터를 닦고 기반을 확고하게 세우는 뜻을 볼 때에 아마도 또한 하늘이 배치(配置)한 명리(命吏 : 제왕을 일컬음)일 것이다.

옛날 어느 학자35)가 일찍이 '하늘이 순순(諄諄)히 명령하신다'36)는 말씀에 의문을 느껴 성인(聖人 : 맹자(孟子))에게 질문한 적이 있는데, 그 성인은 똑똑히 하늘의 뜻을 받아서,

'하늘은 말씀으로 하지 않으시고 모든 행동과 사실로써 보여주신다.'37)

하셨다. 소자(小子 : 연암이 스스로 자기를 낮추어 한 말)가 일찍이 이 글을 읽다가 이곳에 이르러선 의혹이 점점 심해졌다. 감히 묻노니,

'하늘이 모든 행동과 사실로써 그의 의사를 표시하실진대, 저

---

35) 맹가(孟軻)의 제자 만장(萬章).

36) 『맹자(孟子)』 만장(萬章) 편에 나오는 구절.

37) 『맹자(孟子)』 만장 편에 나오는 구절. 제자 만장의 질문에 대한 맹자의 대답이다.

오랑캐가 중국의 제도를 뜯어고친다는 것은 천하의 커다란 모
욕인 만큼 저 백성들의 원통함이 그 어떠하며, 향기로운 제물과
비린내 나는 제물은 각기 그들의 닦은 덕(德)에 따라 달라지는
것이니, 그렇다면 백신(百神 : 귀신)은 그 어떤 냄새를 맡고 흠향
할 것인가?'

그러므로 사람이 처한 위치에 따라 본다면 중화(中華)와 이적
(오랑캐)의 구별이 뚜렷하겠지만, 하늘이 명령하는 기준에 따라
본다면 은(殷)나라의 후관(冔冠 : 면류관)이나 주(周)나라의 면
류(冕旒)도 제각기 때를 따라 변하였으니, 어찌 반드시 청인
(淸)나라 사람들의 홍모(紅帽)만을 의심하겠는가? 이에 천정(天
定)과 인중(人衆)의 설(說)38)이 그 사이에 유행하게 되고, 사람과
하늘의 서로 조화되는 이(理)는 도리어 한 걸음 물러서서 기(氣)
에게 명령을 받게 되었다. 옛 성인의 말씀에 비추어 보아 맞지
않으면 문득 이르기를,

'천지의 기수(氣數)가 이런 것이야.'

한다. 아아, 슬프다. 이것이 어찌 참으로 기수가 그렇게 만든
것이란 말인가?

아아, 슬프다. 명(明)나라의 왕택(王澤)이 이미 말라버려서 중
원의 선비들이 그 머리를 고친[薙髮 : 변발] 지도 100년의 요원

---

38) 인중(人衆)의 설(說) : 사람들의 뜻이 우선이라는 견해. 『귀잠지
(歸潛志)』에 "사람의 숫자가 많으면 하늘도 막아 낼 수 없고, 하늘이
정해 놓은 것은 사람이 어쩔 수 없다." 하였다.

한 세월이 흘렀다. 그림에도 자나깨나 가슴을 치며 번번이 명실(明室 : 명나라 황실)을 생각함은 무슨 까닭인가? 이는 차마 중국을 잊지 못하기 때문이다.

그러나 청나라 스스로를 도모하는 계책 역시 허술하다 하겠다. 전대(前代)의 오랑캐 출신의 말주(末主 : 마지막 임금)들이 항상 중화의 풍속과 제도를 본받다가 쇠망했음을 징계하여 철비(鐵碑 : 쇠로 된 비석)에 새겨서 전정(箭亭 : 파수 보는 곳)에 묻었다. 그들은 일찍이 스스로 자신들의 옷과 벙거지를 부끄러워하지 않은 적이 없었다고 말하면서도, 오히려 다시 강약의 형세에만 마음을 두니 그 어찌 어리석은 일이 아니겠는가?

저 문왕(文王)처럼 깊은 꾀와 무왕(武王) 같은 높은 공렬로도 오히려 말주(末主 : 은나라의 주왕(紂王))의 쇠퇴함을 구해내지 못했거늘, 하물며 구구(區區)하게 저 옷이나 벙거지 같은 하찮은 것을 고집해서 무엇을 할 것인가? 그들의 옷과 벙거지가 진정 싸움에 편리하다면 저 북적(北狄 : 북쪽 오랑캐)이나 서융(西戎 : 서쪽 오랑캐)의 복장인들 전투용 복장으로 선택하지 못할 이유는 없을 것이다.

그들은 힘껏 능히 서북쪽의 오랑캐들로 하여금 도리어 중국의 옛 습속을 따르게 한 연후에야 비로소 천하에 홀로 강한 체할 수 있을 것이다. 이제 온 천하의 백성들을 욕된 구렁에 몰아넣고는 그들에게 호령하기를,

'잠깐 너희들의 수치를 참고서 우리의 풍속을 따라 진정 강하게 될지어다.'

라고 하나, 그렇게 해서 정말 강해질 수 있을지 나는 모르겠다.

굳이 〈의관 제도만으로 강함이 된다면〉 저 신시(新市)나 녹림(綠林)39) 사이에 그 눈썹을 붉게 물들이거나[赤眉],40) 또는 그 머리 수건을 노란 빛깔로 고쳐서[黃巾]41) 보통 사람들과 다르게 했던 도적놈42)이라야 되는 것은 아니리라. 가령 어리석은 백성들로 하여금 한 번 일어나서 그들 청나라의 벙거지를 벗어서 땅에 팽개친다면, 청나라 황제(皇帝)는 앉은 자리에서 천하를 잃어버리게 되는 것이다. 지난날 스스로 강하게 해줄 것이라고 자부하던 것이 도리어 망하는 실마리가 되지 않겠는가? 이렇게 된다면 그가 빗돌을 묻어서 후세에 교훈을 내린 일이야말로 어찌 부질없는 짓이 아니리오!

이 글이 처음에는 제목(題目)이 없었으므로 이제 그 글 중에 '호질(虎叱)'이란 두 글자를 따서 제목으로 삼아, 저 중원의 혼란이 맑아질 때까지 기다린다."
라고 하였다.

....

39) 신시(新市)나 녹림(綠林) : 이 둘은 모두 당시의 소위 유적(流賊)이 출몰하는 근거지였다.

40) 서한(西漢) 말년에 반란을 일으킨 적미적(赤眉賊).

41) 동한(東漢) 말기에 반란을 일으킨 황건적(黃巾賊).

42) 옛날 지배 계급의 역사에서는, 정의를 들고 일어서서 항쟁하는 농민들은 모두 도적이라 일컬었다. 중국 역사에서 그들은 흔히 참가자로서 결의를 표명하기 위해 일정한 색의 수건으로 머리를 동이기도 하고 다른 모양으로 표식을 삼기도 했다.

原文

虎叱
호질

虎　睿聖文武　慈孝智仁　雄勇壯猛　天下無敵.
호　예성문무　자효지인　웅용장맹　천하무적

然狒胃食虎　竹牛食虎　駮食虎　五色獅子食虎於巨木
연비위식호　죽우식호　박식호　오색사자식호어거목

之岫　玆白食虎　酌犬飛食虎豹　黃要取虎豹心而食之
지수　자백식호　표견비식호표　황요취호표심이식지

猾－無骨　爲虎豹所呑　內食虎豹之肝　酋耳遇虎　則裂
활　무골　위호표소탄　내식호표지간　추이우호　즉렬

而啖之　虎遇猛㺌　則閉目而不敢視　人不畏猛㺌而畏
이담지　호우맹용　즉폐목이불감시　인불외맹용이외

虎　虎之威其嚴乎.
호　호지위기엄호

虎食狗則醉　食人則神　虎一食人　其倀爲屈閣　在虎
호식구즉취　식인즉신　호일식인　기창위굴각　재호

之腋　導虎入廚　舐其鼎耳　主人思饑　命妻夜炊.
지액　도호입주　지기정이　주인사기　명처야취

虎再食人　其倀爲彛兀　在虎之輔　升高視虞　若谷穽
호재식인　기창위이올　재호지보　승고시우　약곡정

弩　先行釋機.
노　선행석기

虎三食人　其倀爲鬻渾　在虎之頤　多贊其所識朋友之
호삼식인　기창위육혼　재호지이　다찬기소식붕우지

名.
명

虎詔偵曰　日之將夕　于何取食　屈閤曰　我昔占之
호 조 창 왈　일 지 장 석　우 하 취 식　굴 각 왈　아 석 점 지

匪角匪羽　黔首之物　雪中有跡　彳亍疎武　瞻尾在腦
비 각 비 우　검 수 지 물　설 중 유 적　척 촉 소 무　첨 미 재 뇌

莫掩其尻　彝兀曰　東門有食　其名曰醫　口含百草　肌
막 엄 기 고　이 올 왈　동 문 유 식　기 명 왈 의　구 함 백 초　기

肉馨香　西門有食　其名曰巫　求媚百神　日沐齊潔　請
육 형 향　서 문 유 식　기 명 왈 무　구 미 백 신　일 목 제 결　청

爲擇肉於此二者　虎奮髥作色曰　醫者疑也　以其所疑
위 택 육 어 차 이 자　호 분 염 작 색 왈　의 자 의 야　이 기 소 의

而試諸人　歲所殺常數萬　巫者誣也　誣神以惑民　歲所
이 시 제 인　세 소 살 상 수 만　무 자 무 야　무 신 이 혹 민　세 소

殺常數萬　衆怒入骨　化爲金蠶　毒不可食　鸒渾曰　有
살 상 수 만　중 노 입 골　화 위 금 잠　독 불 가 식　육 혼 왈　유

肉在林　仁肝義膽　抱忠懷潔　戴樂履禮　口誦百家之言
육 재 림　인 간 의 담　포 충 회 결　대 악 리 례　구 송 백 가 지 언

心通萬物之理　名曰碩德之儒　背盎體胖　五味俱存.
심 통 만 물 지 리　명 왈 석 덕 지 유　배 앙 체 반　오 미 구 존

虎軒眉垂涎　仰天而笑曰　朕聞如何　偵交薦虎曰　一
호 헌 미 수 연　앙 천 이 소 왈　짐 문 여 하　창 교 천 호 왈　일

陰一陽之謂道　儒貫之　五行相生　六氣相宣　儒導之
음 일 양 지 위 도　유 관 지　오 행 상 생　육 기 상 선　유 도 지

食之美者無大於此　虎愀然變色易容而不悅曰　陰陽者
식 지 미 자 무 대 어 차　호 초 연 변 색 역 용 이 불 열 왈　음 양 자

一氣之消息也而兩之　其肉雜也　五行定位　未始相生
일 기 지 소 식 야 이 량 지　기 육 잡 야　오 행 정 위　미 시 상 생

乃今强爲子母　分配鹹酸　其味未純也　六氣自行　不待
내 금 강 위 자 모　분 배 함 산　기 미 미 순 야　육 기 자 행　부 대

宣導　乃今妄稱財相　私顯己功　其爲食也　無其硬强滯
선 도　내 금 망 칭 재 상　사 현 기 공　기 위 식 야　무 기 경 강 체

逆而不順化乎.
역 이 불 순 화 호

鄭之邑　有不屑宦之士曰　北郭先生　行年四十　手自
정 지 읍　유 불 설 환 지 사 왈　북 곽 선 생　행 년 사 십　수 자

校書者萬卷　敷衍九經之義　更著書一萬五千卷　天子
교 서 자 만 권　부 연 구 경 지 의　갱 저 서 일 만 오 천 권　천 자

嘉其義　諸侯慕其名.
가 기 의　제 후 모 기 명

邑之東　有美而早寡者　曰東里子　天子嘉其節　諸侯
읍 지 동　유 미 이 조 과 자　왈 동 리 자　천 자 가 기 절　제 후

慕其賢　環其邑數里而封之　曰東里寡婦之閭　東里子
모 기 현　환 기 읍 수 리 이 봉 지　왈 동 리 과 부 지 려　동 리 자

善守寡　然有子五人　各有其姓.
선 수 과　연 유 자 오 인　각 유 기 성

五子相謂曰　水北鷄鳴　水南明星　室中有聲　何其甚
오 자 상 위 왈　수 북 계 명　수 남 명 성　실 중 유 성　하 기 심

似北郭先生也　兄弟五人　迭窺戶隙　東里子請於北郭
사 북 곽 선 생 야　형 제 오 인　질 규 호 극　동 리 자 청 어 북 곽

先生曰　久慕先生之德　今夜願聞先生讀書之聲　北郭
선 생 왈　구 모 선 생 지 덕　금 야 원 문 선 생 독 서 지 성　북 곽

先生　整襟危坐而爲詩曰　鴛鴦在屛　耿耿流螢　維鬵維
선 생　정 금 위 좌 이 위 시 왈　원 앙 재 병　경 경 류 형　유 심 유

錡　云誰之型　興也.
기　운 수 지 형　흥 야

五子相謂曰　禮不入寡婦之門　北郭先生　賢者也　吾
오 자 상 위 왈　예 불 입 과 부 지 문　북 곽 선 생　현 자 야　오

聞鄭之城門　壞而狐穴焉　吾聞狐老千年　能幻而像人
문 정 지 성 문　괴 이 호 혈 언　오 문 호 로 천 년　능 환 이 상 인

是其像北郭先生乎　相與謀曰　吾聞得狐之冠者　家致
시기상북곽선생호　상여모왈　오문득호지관자　가치

千金之富　得狐之履者　能匿影於白日　得狐之尾者　善
천금지부　득호지리자　능닉영어백일　득호지미자　선

媚而人悅之　何不殺是狐而分之　於是五子共圍而擊之.
미이인열지　하불살시호이분지　어시오자공위이격지

北郭先生大驚遁逃　恐人之識己也　以股加頸　鬼舞鬼
북곽선생대경둔도　공인지식기야　이고가경　귀무귀

笑　出門而跑　乃陷野窖　穢滿其中　攀援出首而望　有
소　출문이포　내함야교　예만기중　반원출수이망　유

虎當徑　虎顰蹙嘔哇　掩鼻左首而噫曰　儒句　臭矣　北
호당경　호빈축구왜　엄비좌수이희왈　유구　취의　북

郭先生頓首匍匐而前　三拜以跪　仰首而言曰　虎之德
곽선생돈수포복이전　삼배이궤　앙수이언왈　호지덕

其至矣乎　大人效其變　帝王學其步　人子法其孝　將帥
기지의호　대인효기변　제왕학기보　인자법기효　장수

取其威　名並神龍　一風一雲　下土賤臣　敢在下風　虎
취기위　명병신룡　일풍일운　하토천신　감재하풍　호

叱曰　毋近前　曩也吾聞之　儒者諛也　果然　汝平居集
질왈　무근전　낭야오문지　유자유야　과연　여평거집

天下之惡名　妄加諸我　今也急而面諛　將誰信之耶.
천하지악명　망가제아　금야급이면유　장수신지야

夫天下之理一也　虎誠惡也　人性亦惡也　人性善則虎
부천하지리일야　호성악야　인성역악야　인성선즉호

之性亦善也　汝千語萬言　不離五常　戒之勸之　恒在四
지성역선야　여천어만언　불리오상　계지권지　항재사

綱　然都邑之間　無鼻無趾　文面而行者　皆不遜五品之
강　연도읍지간　무비무지　문면이행자　개불손오품지

人也.
인야

然而徽墨斧鉅 口不暇給 莫能止其惡焉 而虎之家自
연 이 휘 묵 부 거　일 불 가 급　막 능 지 기 악 언　이 호 지 가 자

無是刑 由是觀之 虎之性不亦賢於人乎.
무 시 형　유 시 관 지　호 지 성 불 역 현 어 인 호

虎不食草木 不食蟲魚 不嗜麴蘖悖亂之物 不忍字伏
호 불 식 초 목　불 식 충 어　불 기 국 얼 패 란 지 물　불 인 자 복

細瑣之物.
세 쇄 지 물

入山獵麘鹿 在野畋馬牛 未嘗爲口腹之累 飮食之訟
입 산 렵 균 록　재 야 전 마 우　미 상 위 구 복 지 루　음 식 지 송

虎之道 豈不光明正大矣乎.
호 지 도　기 불 광 명 정 대 의 호

虎之食麘鹿 而汝不疾虎 虎之食馬牛 而人謂之讐焉
호 지 식 균 록　이 여 부 질 호　호 지 식 마 우　이 인 위 지 수 언

豈非麘鹿之無恩於人 而馬牛之有功於汝乎.
기 비 균 록 지 무 은 어 인　이 마 우 지 유 공 어 여 호

然而不有其乘服之勞 戀效之誠 日充庖廚 角鬣不遺
연 이 불 유 기 승 복 지 로　연 효 지 성　일 충 포 주　각 렵 불 유

而乃復侵我之麘鹿 使我乏食於山 缺餉於野 使天而
이 내 부 침 아 지 균 록　사 아 핍 식 어 산　결 향 어 야　사 천 이

平其政 汝在所食乎 所捨乎.
평 기 정　여 재 소 식 호　소 사 호

夫非其有而取之 謂之盜 殘生而害物者 謂之賊 汝
부 비 기 유 이 취 지　위 지 도　잔 생 이 해 물 자　위 지 적　여

之所以日夜遑遑 揚臂努目 挐攫而不恥 甚者呼錢爲
지 소 이 일 야 황 황　양 비 노 목　나 확 이 불 치　심 자 호 전 위

兄 求將殺妻 則不可復論於倫常之道矣.
형　구 장 살 처　즉 불 가 부 론 어 윤 상 지 도 의

乃復攘食於蝗 奪衣於蚕 禦蜂而剽甘 甚者 醢蟻之
내 부 양 식 어 황　탈 의 어 천　어 봉 이 표 감　심 자　해 의 지

子　以羞其祖考　其殘忍薄行　孰甚於汝乎.
자　이수기조고　기잔인박행　숙심어여호

　汝談理論性　動輒稱天　自天所命而視之　則虎與人
　여담리론성　동첩칭천　자천소명이시지　즉호여인

乃物之一也　自天地生物之仁而論之　則虎與蝗蠶　蜂
내물지일야　자천지생물지인이론지　즉호여황잠　봉

蟻與人　並育而不可相悖也　自其善惡而辨之　則公行
의여인　병육이불가상패야　자기선악이변지　즉공행

剽刧於蜂蟻之室者　獨不爲天地之巨盜乎　肆然攘竊於
표겁어봉의지실자　독불위천지지거도호　사연양절어

蝗蠶之資者　獨不爲仁義之大賊乎.
황잠지자자　독불위인의지대적호

　虎未嘗食豹者　誠爲不忍於其類也　然而計虎之食麕
　호미상식표자　성위불인어기류야　연이계호지식균

鹿　不若人之食麕鹿之多也　計虎之食馬牛　不若人之
록　불약인지식균록지다야　계호지식마우　불약인지

食馬牛之多也　計虎之食人　不若人之相食之多也.
식마우지다야　계호지식인　불약인지상식지다야

　去年關中大旱　民之相食者數萬　往歲山東大水　民之
　거년관중대한　민지상식자수만　왕세산동대수　민지

相食者數萬.
상식자수만

　雖然　其相食之多　又何如春秋之世也　春秋之世　樹
　수연　기상식지다　우하여춘추지세야　춘추지세　수

德之兵十七　報仇之兵三十　流血千里　伏屍百萬.
덕지병십칠　보구지병삼십　유혈천리　복시백만

　而虎之家　水旱不識　故無怨乎天　讐德兩忘　故無忤
　이호지가　수한불식　고무원호천　수덕량망　고무오

於物　知命而處順　故不惑於巫醫之姦　踐形而盡性　故
어물　지명이처순　고불혹어무의지간　천형이진성　고

不疚乎世俗之利　此虎之所以睿聖也.
불구호세속지리　차호지소이예성야

窺其一斑　足以示文於天下也　不藉尺寸之兵　而獨任
규기일반　족이시문어천하야　부자척촌지병　이독임

爪牙之利　所以耀武於天下也　彝卣蜼尊　所以廣孝於
조아지리　소이요무어천하야　이유유존　소이광효어

天下也　一日一擧而烏鳶螻蟻　共分其餕　仁不可勝用
천하야　일일일거이오연루의　공분기준　인불가승용

也　讒人不食　廢疾者不食　衰服者不食　義不可勝用
야　참인불식　폐질자불식　최복자불식　의불가승용

也.
야

不仁哉　汝之爲食也　機穽之不足　而爲罿也罞也罟也
불인재　여지위식야　기정지부족　이위동야모야고야

罾也罜也罬也　始結網罟者　哀然首禍於天下矣　有鈹
증야부야역야　시결망고자　부연수화어천하의　유피

者戣者殳者斨者斪者矠者鍜者鈼者矜者　有礮發焉　聲
자규자수자장자구자삭자하자작자혁자　유포발언　성

隤華嶽　火洩陰陽　暴於震霆.
퇴화악　화설음양　폭어진정

是猶不足以逞其虐焉　則乃吮柔毫　合膠爲鋒　體如棗
시유부족이령기학언　즉내연유호　합교위봉　체여조

心　長不盈寸　淬以烏賊之沫　縱橫擊刺　曲者如矛　銛
심　장불영촌　쉬이오적지말　종횡격자　곡자여모　섬

者如刀　銳者如劍　歧者如戟　直者如矢　彀者如弓　此
자여도　예자여검　기자여극　직자여시　구자여궁　차

兵一動　百鬼夜哭　其相食之酷　孰甚於汝乎.
병일동　백귀야곡　기상식지혹　숙심어여호

北郭先生離席俯伏　逡巡再拜　頓首頓首曰　傳有之
북곽선생이석부복　준순재배　돈수돈수왈　전유지

雖有惡人 齋戒沐浴 則可以事上帝 下土賤臣 敢在下
수유악인 재계목욕 즉가이사상제 하토천신 감재하

風 屛息潛聽 久無所命 誠惶誠恐 拜手稽首 仰而視
풍 병식잠청 구무소명 성황성공 배수계수 앙이시

之 東方明矣 虎則已去.
지 동방명의 호즉이거

農夫有朝菑者 問先生何早敬於野 北郭先生曰 吾聞
농부유조치자 문선생하조경어야 북곽선생왈 오문

之 謂天蓋高 不敢不跼 謂地蓋厚 不敢不蹐.
지 위천개고 불감불국 위지개후 불감불척

虎叱後識
호질후지

燕巖氏曰 篇雖無作者姓名 而蓋近世華人悲憤之作
연암씨왈 편수무작자성명 이개근세화인비분지작

也 世運入於長夜 而夷狄之禍甚於猛獸 士之無恥者
야 세운입어장야 이이적지화심어맹수 사지무치자

綴拾章句 以狐媚當世 豈非發塚之儒 而豺狼之所不
철습장구 이호미당세 기비발총지유 이시랑지소불

食者乎 今讀其文 言多悖理 與胠篋盜跖同旨 然天下
식자호 금독기문 언다패리 여거협도척동지 연천하

有志之士 豈可一日而忘中國哉.
유지지사 기가일일이망중국재

今淸之御宇纔四世 而莫不文武壽考 昇平百年 四海
금청지어우재사세 이막불문무수고 승평백년 사해

寧謐 此漢唐之所無也 觀其全安扶植之意 殆亦上天
녕밀 차한당지소무야 관기전안부식지의 태역상천

所置之命吏也.
소치지명리야

昔人嘗疑於諄諄之天 而有質於聖人者 聖人丁寧 體
석 인 상 의 어 순 순 지 천　이 유 질 어 성 인 자　성 인 정 녕　체

天之意曰 天不言 以行與事示之 小子嘗讀之至此 其
천 지 의 왈　천 불 언　이 행 여 사 시 지　소 자 상 독 지 지 차　기

惑滋甚 敢問以行與事示之 則用夷變夏 天下之大辱
혹 자 심　감 문 이 행 여 사 시 지　즉 용 이 변 하　천 하 지 대 욕

也 百姓之寃酷如何 馨香腥膻 各類其德 百神之所饗
야　백 성 지 원 혹 여 하　형 향 성 전　각 류 기 덕　백 신 지 소 향

何臭.
하 취

故自人所處而視之 則華夏夷狄誠有分焉 自天所命
고 자 인 소 처 이 시 지　즉 화 하 이 적 성 유 분 언　자 천 소 명

而視之 則殷冔周冕 各從時制 何必獨疑於淸人之紅
이 시 지　즉 은 후 주 면　각 종 시 제　하 필 독 의 어 청 인 지 홍

帽哉 於是天定人衆之說 行於其間 而人天相與之理
모 재　어 시 천 정 인 중 지 설　행 어 기 간　이 인 천 상 여 지 리

乃反退聽於氣驗之前 聖之言而不符 則輒曰 天地之
내 반 퇴 청 어 기 험 지 전　성 지 언 이 불 부　즉 첩 왈　천 지 지

氣數如此 嗚呼 是豈眞氣數然耶.
기 수 여 차　오 호　시 기 진 기 수 연 야

噫 明之王澤已渴矣 中州之士 自循其髮於百年之久
희　명 지 왕 택 이 갈 의　중 주 지 사　자 순 기 발 어 백 년 지 구

而寤寐摽擗 輒思明室者 何也 所以不忍忘中國也.
이 오 매 표 벽　첩 사 명 실 자　하 야　소 이 불 인 망 중 국 야

淸之自爲謀亦疎矣 懲前代胡主之末 效華而衰者 勒
청 지 자 위 모 역 소 의　징 전 대 호 주 지 말　효 화 이 쇠 자　늑

鐵碑 埋之箭亭 其言未嘗不自耻其衣帽 而猶復眷眷
철 비　매 지 전 정　기 언 미 상 부 자 치 기 의 모　이 유 부 권 권

於强弱之勢 何其愚也.
어 강 약 지 세　하 기 우 야

文謨武烈　尙不能救末主之陵夷　況區區自强於衣帽
문모무렬　상불능구말주지릉이　황구구자강어의모

之末哉　衣帽誠便於用武　則北狄西戎　獨非用武之衣
지말재　의모성편어용무　즉북적서융　독비용무지의

帽耶.
모 야

力能使西北之他胡　反襲中州之舊俗　然後始能獨强
역능사서북지타호　반습중주지구속　연후시능독강

於天下也　囿天下　於僇辱之地　而號之曰　姑忍汝羞恥
어천하야　유천하　어륙욕지지　이호지왈　고인여수치

而從我爲强　吾未知其强也.
이종아위강　오미지기강야

未必新市綠林之間　赤其眉　黃其巾以自異也　假令愚
미필신시녹림지간　적기미　황기건이자이야　가령우

民一脱其帽而抵之地　淸皇帝已坐失其天下矣　向之所
민일탈기모이저지지　청황제이좌실기천하의　향지소

以自恃而爲强者　乃反救亡之不暇也　其埋碑垂訓於後
이자시이위강자　내반구망지불가야　기매비수훈어후

豈非過歟.
기비과여

篇本無題　今取篇中有虎叱二字爲目　以俟中州之淸
편본무제　금취편중유호질이자위목　이사중주지청

焉.
언

7월 29일 을사(乙巳)

날이 개었다.

옥전현(玉田縣)에서 새벽에 떠나 서팔리보(西八里堡)까지 8 리, 오리둔(五里屯)까지 7리, 채정교(采亭橋)까지 5리, 대고수 점(大枯樹店)까지 10리, 소고수점(小枯樹店)까지 2리, 봉산점 (蠭山店)까지 3리, 별산점(鱉山店)까지 12리, 송가장(宋家莊)까 지 일일이 구경하고 모두 47리를 가서 점심을 먹었다. 또 별산 점에서 이리점(二里店)까지 2리, 현교(現橋)까지 5리, 삼가방 (三家坊)까지 2리, 동오리교(東五里橋)까지 16리인데, 이 다리 를 용지하(龍池河) 어양교(漁陽橋)라고도 한다. 거기에서 계주 성(薊州城)까지 5리, 서오리교(西五里橋)까지 5리, 방균점(邦均 店)까지 15리, 모두 50리이다. 이날엔 97리를 걸었고, 방균점 에서 묵었다.

산의 오목한 곳에 큰 나무가 있는데, 몇 백 년 동안을 잎이 피어나지 않은데도 가지나 줄기가 썩지 않아서 사람들은 모두 '고수(枯樹)'라 일컫는다.

송가장(宋家莊)은 성 둘레가 2리인데, 명(明)나라 천계(天啓) 연간에 송씨(宋氏)들이 쌓은 것이다. 이른바 '외랑(外郎)'이란 말은 바로 서리(胥吏 : 아전(衙前))의 별칭(別稱)이다. 송씨가 이 지방의 큰 성바지(성씨 집성촌)여서 겨레붙이가 몇 백 명이요, 살림이 모두 넉넉하여 명나라와 청나라가 교체될 즈음에 저희들끼리 성을 쌓아서 겨레들을 모아 지켰다.

성 안엔 대(臺 : 누대) 세 개를 세웠는데 높이가 각기 여남은 길이나 되고, 문 위엔 다락을 세웠고, 집 뒤에는 4층 처마의 높은 누각이 있고, 맨 꼭대기 층엔 금부처를 모셨다. 난간을 비껴서 멀리 바라보면 눈앞이 시원스레 트였다.

청나라 사람들이 이곳에 들어올 때 온 문중을 모아서 성을 사수하였고, 천하가 평정된 뒤에도 곧 나가서 항복하지 않으므로, 청나라 사람들이 이를 미워하여 해마다 은(銀) 1,000냥을 벌금으로 바치게 하였더니, 강희(康熙) 말년에 이르러서는 그 대신 말먹이풀 1,000단씩 바치게 했다. 성 안에는 아직도 큰 집 여남은 채가 모두 송씨들이며, 안팎 종살이들도 500여 명이나 된다고 한다.

계주(薊州) 성읍(城邑)은 백성과 물산들이 넉넉하고 번화하니, 실로 북경(황성) 동쪽의 거진(巨鎭 : 큰 도시)답다. 산 위엔 안녹산(安祿山)[1]의 사당이 있고 성 안에는 돌로 세운 패루(牌樓)가 셋 있는데, 그중 하나는 금빛 글자로 '대사성(大司成)'[2]이

라 새기고, 그 아래층엔 국자 좨주(國子祭酒 : 국자감의 벼슬 이름)
등 '삼대 고증(三代誥贈)'이라고 나란히 써서 붙였다. 계주의 술
맛은 관동에서 으뜸이라 하므로 한 주루(酒樓 : 술집)에 들어가
여러 사람들과 함께 흉금을 터놓고 한 번 취하도록 마셨다.

　독락사(獨樂寺)에 들어가니, 정전(正殿)의 편액은 '자비사(慈
悲寺)'였고, 절 뒤에는 2층 누각이 세워져 있는데 가운데엔 아
홉 길이나 되는 금부처가 서 있고, 부처의 머리 위엔 작은 금부
처 수십 개를 앉혔다. 누각 밑엔 한 부처를 누인 채 비단 이불을
덮어 두었는데, 누각의 현판엔 '관음지각(觀音之閣)'이라 써 붙
였고, 왼편에 조그마한 글자로 '태백(太白)'3)이라 써 붙였다.
혹자는 이르기를,

　"이불 덮은 채 누워 있는 것은 부처님이 아니고, 바로 이백(李
白)이 취해서 자는 소상(塑像)이에요."
라고 한다.

　행궁(行宮)이 있긴 하나 굳게 잠그고는 구경을 허락하지 않았
다. 객관(숙소)에 돌아오니, 문 밖엔 장사치들이 구름처럼 모여
들었는데, 말과 나귀에다 서책 · 서화 · 골동품 등을 실었고, 곰
을 놀리는 등 여러 가지 재주를 구경했다. 그러나 뱀 놀리는 자,

---

1) 안녹산(安祿山) : 본래 만주 지방 사람으로서, 당나라 현종(唐玄宗)
　때 양귀비의 눈에 들어서 높은 벼슬에 올랐다가 반란을 일으켰다.
2) 대사성(大司成) : 미상. 우리나라에서는 성균관장(成均館長)에 해당
　되는 벼슬 이름이나.
3) 태백(太白) : 당(唐)나라의 저명한 시인, 이백(李白)의 자.

범 놀리는 자도 있었던 모양이나 벌써 마치고 떠나버렸으므로
미처 보지 못해서 애석한 일이다. 앵무새를 파는 자가 있었으
나 날이 이미 저무는 바람에 그 털빛을 상세히 볼 수 없어 막 등
불을 찾아오는 동안에 장사꾼도 그만 가버렸으니, 더욱 유감이
었다.

原文

二十九日
이십구일

乙巳　晴　自玉田曉發　至西八里堡八里　五里屯七里
을 사　청　자 옥 전 효 발　지 서 팔 리 보 팔 리　오 리 둔 칠 리

采亭橋五里　大枯樹店十里　小枯樹店二里　蠭山店三
채 정 교 오 리　대 고 수 점 십 리　소 고 수 점 이 리　봉 산 점 삼

里　鼈山店十二里　歷見宋家莊　共四十七里　中火　又
리　별 산 점 십 이 리　역 견 송 가 장　공 사 십 칠 리　중 화　우

自鼈山至二里店二里　現橋五里　三家坊二里　東五里
자 별 산 지 이 리 점 이 리　현 교 오 리　삼 가 방 이 리　동 오 리

橋十六里　一名龍池河漁陽橋　薊州城五里　西五里橋
교 십 륙 리　일 명 용 지 하 어 양 교　계 주 성 오 리　서 오 리 교

五里　邦均店十五里　共五十里　是日通行九十七里　宿
오 리　방 균 점 십 오 리　공 오 십 리　시 일 통 행 구 십 칠 리　숙

邦均店.
방 균 점

山凹中有大樹　不葉者數百年　枝幹不朽　相傳枯樹.
산 요 중 유 대 수　불 엽 자 수 백 년　지 간 불 후　상 전 고 수

宋家莊　城周二里　皇明天啓間　宋家所築也　所謂外
송 가 장　성 주 이 리　황 명 천 계 간　송 가 소 축 야　소 위 외

郎　乃胥吏之別稱　而宋爲此地大姓　宗族數百人　家富
랑　내 서 리 지 별 칭　이 송 위 차 지 대 성　종 족 수 백 인　가 부

饒　當明淸之際　築私城　合宗族爲守備.
요　당 명 청 지 제　축 사 성　합 종 족 위 수 비

城中建三臺　高各十餘丈　門上建樓　家後建四簷高樓
성 중 건 삼 대　고 각 십 여 장　문 상 건 루　가 후 건 사 첨 고 루

最上層坐金佛　凭欄遙望　眼界極濶.
최 상 층 좌 금 불　빙 란 요 망　안 계 극 활

　淸人之入也　率家衆保城　天下旣定　不卽出降　淸人
　청 인 지 입 야　솔 가 중 보 성　천 하 기 정　부 즉 출 항　청 인

惡之　歲罰銀千兩　康熙末　代輸馬草千束　城中十餘大
오 지　세 벌 은 천 냥　강 희 말　대 수 마 초 천 속　성 중 십 여 대

戶皆宋氏　奴婢尙有五百餘人云.
호 개 송 씨　노 비 상 유 오 백 여 인 운

　薊州城邑　民物雄富　卽京東巨鎭也　山上有安祿山廟
　계 주 성 읍　민 물 웅 부　즉 경 동 거 진 야　산 상 유 안 녹 산 묘

城中有三坐石牌樓　一樓以金字題大司成　下層列書國
성 중 유 삼 좌 석 패 루　일 루 이 금 자 제 대 사 성　하 층 렬 서 국

子祭酒　三代誥贈　薊州酒味　甲於關東　入一酒樓　與
자 좨 주　삼 대 고 증　계 주 주 미　갑 어 관 동　입 일 주 루　여

諸人暢襟一醉.
제 인 창 금 일 취

　入獨樂寺　正殿額曰　慈悲　寺後建二簷樓　中立九丈
　입 독 락 사　정 전 액 왈　자 비　사 후 건 이 첨 루　중 립 구 장

金佛　頭上坐數十小金佛　樓下有臥佛　覆以錦衾　樓扁
금 불　두 상 좌 수 십 소 금 불　누 하 유 와 불　복 이 금 금　누 편

曰　觀音之閣　左方小書曰　太白　或曰　覆衾而臥者　非
왈　관 음 지 각　좌 방 소 서 왈　태 백　혹 왈　복 금 이 와 자　비

佛也　乃李白醉眠之像也.
불 야　내 이 백 취 면 지 상 야

　有行宮　牢鎖不許觀　還寓館　則門外賈客雲集　持馬
　유 행 궁　뇌 쇄 불 허 관　환 우 관　즉 문 외 고 객 운 집　지 마

驢　携書冊書畫器玩　亦有弄熊諸戲　而弄蛇弄虎者已
려　휴 서 책 서 화 기 완　역 유 롱 웅 제 희　이 롱 사 롱 호 자 이

罷去　未及觀　可嘆　有賣鸚鵡者　日已昏　不得詳看其
파 거　미 급 관　가 탄　유 매 앵 무 자　일 이 혼　부 득 상 간 기

毛色 方覓燈之際 賣者已去 尤爲可恨.
모색　　방멱등지제　　매자이거　　우위가한

7월 30일 병오(丙午)

날이 맑았다.

방균점(邦均店)에서 별산장(別山莊)까지 2리, 곡가장(曲家莊)까지 2리, 용만자(龍灣子)까지 4리, 일류하(一柳河)까지 2리, 현곡자(現曲子)까지 2리, 호리장(胡李莊)까지 10리, 백간점(白幹店)까지 2리, 단가점(段家店)까지 2리, 호타하(滹沱河)까지 5리, 삼하현(三河縣)까지 5리, 동서조림(東西棗林)까지 5리, 모두 41리[1]를 가서 점심을 먹었다. 조림에서 백부도장(白浮屠莊)까지 6리, 신점(新店)까지 6리, 황친점(皇親店)까지 6리, 하점(夏店)까지 6리, 유하점(柳河店)까지 5리, 마이핍(馬己乏)까지 6리, 연교보(煙郊堡)까지 7리, 모두 42리이다. 이날은 83리[2]를 걸었고, 연교보에서 묵었다.

---

1) 원문에는 46리라고 되어 있으나 잘못되어 바로잡았다.
2) 원문에는 84리라고 되어 있으나 잘못되어 바로잡았다.

계주(薊州)는 옛날 어양(漁陽)이다. 북쪽에 반산(盤山)이 있는데 위태로이 솟은 봉우리가 깎아 세운 듯하고, 봉우리마다 위는 넓게 퍼지고 아래가 가늘어서 모양이 소반과 같으므로 '반산'이란 이름을 얻었다. 일명 오룡산(五龍山)이라고도 한다. 내 일찍이 원중랑(袁中郞)3)의 『반산기(盤山記)』를 읽다가 경치 좋은 곳이 많음을 알았더니, 이제 기어코 한 번 올라가 보고 싶지만 함께 갈 사람이 없는 형편이니 하는 수 없다.

반산은 비록 깎아지른 듯이 가파르나 몇 백 리를 웅장(雄壯)하게 서려 있을 뿐더러, 겉은 바위가 입혔지만 속은 살진 흙이어서 과일나무들이 매우 많다. 연경(燕京)에서 날마다 소비하는 대추 · 밤 · 감 · 배는 모두 이곳에서 나는 것이라 한다.

행렬이 어양교(漁陽橋)에 다다르니 길 왼편에 양귀비(楊貴妃)의 사당이 있어서 산꼭대기에 자리잡은 안녹산(安祿山)의 사당과 서로 마주보고 서 있다. 천하에 돈 있는 자가 아무리 많다손 치더라도, 하필이면 이런 음란하고 추잡한 사람들의 사당을 지어서 명복(冥福)을 빈단 말인가?

『시경(詩經)』에 이르기를,

"복을 구함이 조상의 도를 어기지 않도다〔求福不回〕."4)

하였으니, 이런 것들이야말로 돈만 헛되이 버렸다고 하겠다.

---

3) 원중랑(袁中郞) : 명나라의 저명한 문학가. 원굉도(袁宏道). 중랑은 그의 자.
4) 『시경(詩經)』 대아(大雅) 한록(旱麓)에 나오는 시구.

혹자는 이르기를,

"성인(공자)도 정(鄭)나라와 위(衛)나라의 음시(淫詩 : 음란한 시)를 다 없애버리지 않아서 후세 사람의 경계를 삼지 않았던 가? 뿐만 아니라 계주의 금병산(錦屛山) 석벽에는 양웅(揚雄)이 반교운(潘巧雲)을 찔러 죽이는 상(像)5)도 조각해 놓았다."
라고 한다.

백간점(白澗店)에 구경하러 온 수재(秀才 : 과거 시험에 응시하는 서생)가 있는데 서로 함께 깔깔거리고 웃으면서,

"안녹산은 정말 명사랍니다. 그가 앵두를 두고 읊은 시에,

앵두알 한 광주리	櫻桃一籃子
푸른 앵두 누런 앵두가 반씩일세.	半靑一半黃
절반은 회왕(안녹산의 아들)에게 보내고	一半寄懷王
절반은 주지(안녹산의 스승)께 보내련다.	一半寄周摯

하였기에 어떤 이가 청하기를,

'주지의 구절을 회왕 구절과 바꾸었으면 운(韻)이 맞을 것이 오'6)

---

5) 중국 고전 소설 『수호지(水滸誌)』에 나오는 인물로서 양웅(揚雄)이 애인 반교운(潘巧雲)의 행실이 부정하다고 하여 금병산에서 찔러 죽였다는 이야기가 있다.

6) 셋째 구와 넷째 구의 두 글귀를 바꾸면 황(黃) 자와 왕(王) 자가 같은 양(陽)운이 된다. 시에서 운자를 서로 맞추는 운조.

라고 하였더니 안녹산은 크게 노하여,

　'주지로 하여금 우리 아이를 위에서 누르게 한단 말이냐?'
라고 했답니다. 이런 시인을 어찌 사당이 없어서야 되겠는가?"
하고는 서로 더불어 한바탕 웃었다.

　지나는 길에 향림사(香林寺)에 들어갔다. 불전(佛殿)에는 '향
림암(香林菴)'이라 쓰여 있고, 대웅전 위에는 금빛 글씨로 '향림
법계(香林法界)'라고 적혀 있는데, 이는 강희 황제의 글씨였다.
순치 황제(順治皇帝)[7]의 여동생이 젊은 나이에 남편을 잃고 청
상과부로서 여승이 되어 이 암자에 있다가 나이 아흔이 넘어서
죽었다고 한다.

　이 암자에는 모두 비구니(比丘尼)만이 살고 있었다. 뜰 가운데
에는 흰 줄기 소나무 두 그루가 있어 높이가 수십 길이나 되며,
나무껍질도 푸른빛이 도는 흰색이었다. 암자 동편에는 작은 탑
[浮圖] 다섯이 있고, 부도 좌우에는 역시 흰 줄기 소나무 세 그
루가 있어서 푸른빛이 뜰에 가득 차고, 바람 소리가 마치 물결
처럼 서늘함을 돕는다. '백간(白幹)'이라는 것도 아마 흰 줄기 소
나무에서 말미암은 듯싶다.

　차츰 연경이 가까워지자 수레와 말달리는 소리가 메마른 하
늘에 우렛소리인 듯하다. 길 양편에는 모두 부호가들의 무덤이
있는데, 담을 둘러서 마치 여염집같이 즐비하다. 담 밖에는 물

----

7) 순치 황제(順治皇帝) : 청나라 세조(世祖). 순치는 그의 연호이고, 이
　름은 복림(福臨)이다.

을 끌어다 연못을 만들었고, 문 앞의 돌다리는 모두 무지개처럼 둥글게 공중에 떠 있는 듯하고, 가끔 돌로 패루(牌樓)를 만들어 세웠다. 그리고 연못가의 갈대숲 사이엔 때로 콩깍지만 한 작은 배가 매어 있고, 다리 아래에는 곳곳마다 물고기 그물을 쳐 놓았다. 담 안에는 수목이 울창한데 가끔 기왓골이나 처마 끝이 보이기도 하고, 혹은 지붕 위의 호리병박 꼭대기가 삐죽 솟아오르기도 했다.

점포에 들어가 잠깐 쉬노라니 난간 밖에 예쁜 아이들 수십 명이 떼를 지어 노래하며 지나가는데, 비단저고리에 수놓은 바지를 입고 옥같이 맑은 얼굴에 살결이 눈처럼 희다. 혹은 박자판을 치고, 혹은 피리를 불며, 혹은 비파를 뜯고, 소매를 나란히 하고 서서 천천히 노래한다. 모두들 곱고도 아름다운 치장이다. 이들은 모두 연경의 거지들로서 시장을 돌아다니며 먼 지방에서 온 장사치들에게 아양을 부려 하룻밤 베개를 같이하고 몇 백 냥의 돈〔銀子〕을 받는 일이 있다고 한다.

길 옆에 삿자리를 걸쳐서 햇빛을 가리고 군데군데 놀음 노는 곳을 만들었는데, 『삼국지(三國志)』[8]를 연출(演出)하는 자, 『수호전(水滸傳)』을 연출하는 자, 『서상기(西廂記)』를 연출하는 자가 있어서, 높은 소리로 그 사(詞)를 부르고 음악이 이에 따른다.

온갖 장난감들을 벌여 놓고 파는데, 모두들 어린이들이 잠시

---

8) 『삼국지(三國志)』: 『삼국지연의(三國志演義)』의 약칭(略稱).

잠깐 가지고 노는 장난감이건만 비단 물건의 재료가 희귀할 뿐
더러 만든 솜씨가 하나도 정교하지 않은 게 없으며, 어떤 것은
손만 거쳐도 깨지고 부서질 물건인데도 수공은 고급 은자〔紋銀〕
몇 냥이나 좋이 된다. 탁자 위에는 관공(關公 : 관우(關羽))의 상을
몇 만 개나 벌여 놓았는데, 칼을 비껴 잡고 말을 탔으나 그 크기
는 겨우 두어 치밖에 안 되며, 모두 종이로 만들어 교묘하기 짝
이 없다. 이는 아이들 장난감인데도 이렇게 많음을 보니 다른
것을 가히 짐작할 수 있겠다. 어찌나 황홀하고 찬란한 것들을
많이 보았는지 이목과 정신이 함께 피로할 지경이었다.

　배로 호타하를 건너서 삼하현 성 안에 들어가 손용주(孫蓉
洲) 유의(有義)9)의 댁을 찾았더니, 용주는 벌써 달포 전에 산
서(山西) 지방에 가서 아직 돌아오지 않았다고 한다. 그 집은
성 동편 관왕묘(關王廟) 옆에 있는 대여섯 칸 초가집이었는데,
그의 가난함을 짐작할 수 있겠다. 손심부름하는 아이도 없이
주렴 너머로 부인의 목소리가 들리는데 마치 연연(燕燕)·앵앵
(鶯鶯)처럼 아름답다.10)

　그녀는,

"저희 집 주인께선 어떤 글방 훈장으로 초빙되어 산서 지방으

---

9) 손용주(孫蓉洲) 유의(有義) : 연암의 친구 홍대용(洪大容)이 전년에
　왔을 때에 깊이 사귀었던 학자. 용주는 호이고, 유의는 이름이다.

10) 마치 …… 아름답다 : 나는 본에는 '몹시 분냉하시 않나'로 되어 있
　으나 다백운루본을 따랐다.

로 가시고, 저 홀로 딸 하나를 데리고 있는 형편이옵니다. 고려
의 선생님께서 저희 집에 왕림하셨는데도 공손히 맞아들이지
못함이 죄송하옵니다."
라고 하고는 또 사람 부르는 소리가 들린다. 나는 그제야 담헌
(湛軒 : 홍대용의 호)의 편지와 예물을 꺼내어서 주렴 앞에 놓고
나왔다. 담이 허물어진 곳에 나이 열대여섯 살 되어 보이는 계
집애 하나가 서 있는데, 흰 얼굴에 하얀 목덜미로 보아 아마 손
용주의 따님인 듯싶다.

삼하현은 옛날의 임후(臨昫)이다.

原文

三十日
삼십일

丙午　晴　自邦均至別山莊二里　曲家莊二里　龍灣子
병오　청　자방균지별산장이리　곡가장이리　용만자

四里　一柳河二里　現曲子二里　胡李莊十里　白澗店二
사리　일류하이리　현곡자이리　호리장십리　백간점이

里　段家店二里　滹沱河五里　三河縣五里　東西棗林五
리　단가점이리　호타하오리　삼하현오리　동서조림오

里　共四十一里　中火　自棗林至白浮屠莊六里　新店六
리　공사십일리　중화　자조림지백부도장육리　신점육

里　皇親店六里　夏店六里　柳河店五里　馬已乏六里
리　황친점육리　하점육리　유하점오리　마이핍육리

煙郊堡七里　共四十二里　是日通行八三里　宿煙郊堡.
연교보칠리　공사십이리　시일통행팔삼리　숙연교보

薊州　古漁陽　北有盤山　危峰削立　皆上豊下纖　類
계주　고어양　북유반산　위봉삭립　개상풍하섬　유

盤形　故名盤山　一名五龍山　嘗讀袁中郎盤山記　多奇
반형　고명반산　일명오룡산　상독원중랑반산기　다기

勝　必欲一登　而無伴遊者　勢無奈何.
승　필욕일등　이무반유자　세무내하

山雖峭嶢　而雄蟠數百里　外骨內膚　果樹極多　皇城
산수초요　이웅반수백리　외골내부　과수극다　황성

日用棗栗柿梨　皆出其中.
일용조률시리　개출기중

行至漁陽橋　路左有楊妃廟　與峯頭祿山祠相對　天下
행지어양교　노좌유양비묘　여봉두녹산사상대　천하

有錢者何限　而何乃設此淫穢之祠　以祈冥佑耶.
유전자하한　이하내설차음예지사　이기명우야

　詩云　求福不回　此可謂浪費錢矣　或曰　聖人不黜鄭
　시운　구복불회　차가위낭비전의　혹왈　성인불출정

衛之淫詩　以存鑑誡　薊州錦屛山石壁　刻揚雄斬潘巧
위지음시　이존감계　계주금병산석벽　각양웅참반교

雲像云.
운상운

　白榦店　有遊觀秀才　相與胡盧曰　安祿山儘是名士
　백간점　유유관수재　상여호로왈　안녹산진시명사

其咏櫻桃詩曰　櫻桃一籃子　半靑一半黃　一半寄懷王
기영앵도시왈　앵도일람자　반청일반황　일반기회왕

一半寄周摯　或請以周摯句　易懷王爲協韻　祿山大怒
일반기주지　혹청이주지구　역회왕위협운　녹산대노

曰　肯使周摯壓我兒耶　如此詩人　寧可乏祠　相與大
왈　긍사주지압아아야　여차시인　영가핍사　상여대

笑.
소

　歷入香林寺　佛殿題曰　香林菴　殿上金字題曰　香林
　역입향림사　불전제왈　향림암　전상금자제왈　향림

法界　康熙皇帝筆也　順治之妹　早寡爲尼　居此菴　壽
법계　강희황제필야　순치지매　조과위니　거차암　수

逾九十而歿云.
유구십이몰운

　菴中所居　皆比邱尼也　庭中有白榦松二株　高數十丈
　암중소거　개비구니야　정중유백간송이주　고수십장

鱗甲蒼白　菴東有小浮圖五坐　浮圖左右　有白榦松三
인갑창백　암동유소부도오좌　부도좌우　유백간송삼

株　翠滿一庭　濤聲送凉　店名白榦　似因白榦松而稱
주　취만일정　도성송량　점명백간　사인백간송이칭

焉.
언

皇都漸近　車馬之聲　可謂白日雷霆　沿路左右　皆富
황 도 점 근　거 마 지 성　가 위 백 일 뢰 정　연 로 좌 우　개 부

貴家墳塚　連牆如閭閻　牆外引河爲又壕　門前石橋　皆
귀 가 분 총　연 장 여 여 염　장 외 인 하 위 우 호　문 전 석 교　개

爲虹空　往往爲石牌樓　壕邊蘆荻中　時繫荳殼小艇　橋
위 홍 공　왕 왕 위 석 패 루　호 변 노 적 중　시 계 두 각 소 정　교

下處處設魚罾　牆內在樹木森陰　時露甍檐　或湧出胡
하 처 처 설 어 증　장 내 재 수 목 삼 음　시 로 맹 첨　혹 용 출 호

盧頂.
로 정

小憩店中　欄外有數十美童　結隊行歌　錦袍繡袴　玉
소 게 점 중　난 외 유 수 십 미 동　결 대 행 가　금 포 수 고　옥

貌雪膚　或鼓檀板　或吹笙簧　或彈琵琶　聯袂緩唱　妍
모 설 부　혹 고 단 판　혹 취 생 황　혹 탄 비 파　연 메 완 창　연

好都冶　此等皆皇城丐兒　遊市肆中　求媚遠地客商　一
호 도 야　차 등 개 황 성 개 아　유 시 사 중　구 미 원 지 객 상　일

宵接枕　或給數百兩銀子云.
소 접 침　혹 급 수 백 냥 은 자 운

道傍連簟蔽陽　處處設戲　有演三國志者　有演水滸傳
도 방 련 점 폐 양　처 처 설 희　유 연 삼 국 지 자　유 연 수 호 전

者　有演西廂記者　高聲唱詞彈吹.
자　유 연 서 상 기 자　고 성 창 사 탄 취

並作千百玩戲之物　擺列賣買　皆爲孩提　片時供玩之
병 작 천 백 완 희 지 물　파 렬 매 매　개 위 해 제　편 시 공 완 지

資　而非但物料稀奇　其製作莫不精巧　或觸手破碎　而
자　이 비 단 물 료 희 기　기 제 작 막 부 정 교　혹 촉 수 파 쇄　이

工費不下數兩紋銀　卓上列數萬關公像　橫刀立馬　其
공 비 불 하 수 냥 문 은　탁 상 렬 수 만 관 공 상　횡 도 립 마　기

大纔數寸　皆紙造而巧妙入神　此是小兒戲具　而其多
대 재 수 촌　개 지 조 이 교 묘 입 신　차 시 소 아 희 구　이 기 다

如此　則他可推知　眩慌駭惑　三官並勞.
여 차　즉 타 가 추 지　현 황 해 혹　삼 관 병 로

舟渡滹沱河　入三河縣城中　尋孫蓉洲有義宅　蓉洲已
주 도 호 타 하　입 삼 하 현 성 중　심 손 용 주 유 의 댁　용 주 이

於月前　往山西未還　宅在城東關廟傍　五六間草屋　可
어 월 전　왕 산 서 미 환　댁 재 성 동 관 묘 방　오 륙 칸 초 옥　가

念其貧寒　無應門之童　隔簾有婦人之聲　燕鶯嬌囀.
념 기 빈 한　무 응 문 지 동　격 렴 유 부 인 지 성　연 앵 교 전

齈言其家夫爲人舘師　迎往山西地　獨與一女在家　高
개 언 기 가 부 위 인 관 사　영 왕 산 서 지　독 여 일 녀 재 가　고

麗老爺儼臨敝莊　有失迎肅　又有喚人之聲　余出湛軒
려 노 야 엄 림 폐 장　유 실 영 숙　우 유 환 인 지 성　여 출 담 헌

書幣　置之簾前而去　墻缺處立一女子　年可十五六　皓
서 폐　치 지 렴 전 이 거　장 결 처 립 일 여 자　연 가 십 오 륙　호

面素項　可念孫蓉洲女也.
면 소 항　가 념 손 용 주 여 야

三河縣　古臨昫.
삼 하 현　고 임 후

8월 초1일 정미(丁未)

아침엔 맑고 찌는 듯 덥다가 오후에는 비가 오다 멎다 했고, 밤에는 큰비가 우렛소리와 함께 쏟아졌다.

연교보(煙郊堡)에서 새벽에 떠나서 사고장(師姑莊)까지 5리, 등가장(鄧家莊)까지 3리, 호가장(胡家莊)까지 4리, 습가장(習家莊)까지 3리, 노하(潞河)까지 4리, 통주(通州)까지 2리, 영통교(永通橋)까지 8리, 양가갑(楊家閘)까지 3리, 관가장(管家莊)까지 3리, 모두 35리를 가서 점심을 먹었다. 거기에서 다시 삼간방(三間房)까지 3리, 정부장(定府莊)까지 3리, 대왕장(大王莊)까지 3리, 태평장(太平莊)까지 3리, 홍문(紅門)까지 3리, 시리보(是里堡)까지 3리, 파리보(巴里堡)까지 2리, 신교(新橋)까지 6리, 동악묘(東嶽廟)까지 1리, 조양문(朝陽門)까지 1리를 가서 서관(西館)에 들어가니 모두 28리[1]이다. 이날에는 모두 63

---

1) 원문에는 27리라고 되어 있으나 잘못되어 바로잡았다.

리[2]를 갔다. 압록강으로부터 연경까지 모두 계산하면 33참(三十三站) 2,030리였다.[3]

새벽에 연교보를 떠나 변 주부와 정 진사 등 여러 사람과 먼저 출발했다. 몇 리를 가지 않아서 날이 벌써 밝아지는데 별안간 우레 같은 소리가 우렁차게 공중을 울린다. 이는 노하(潞河)[4]에 있는 배들이 쏘아대는 수만 발의 대포소리라고 한다.

아침이슬이 어린 곳으로 멀리 바라보니, 돛대들이 총총히 늘어선 갈대 같고 버드나무 위에는 뗏목과 풀뿌리 따위가 많이 걸렸는데, 이는 열흘 전에 연경에 큰비가 내려서 노하가 범람하는 바람에 민가 몇 만 호를 쓸어 가고, 사람과 짐승이 물에 휩쓸린 것이 이루 헤아릴 수 없었다고 한다.

내 이제 말 위에서 담뱃대를 쥔 채 팔을 뻗쳐서 버드나무 위의 물간 흔적을 가늠해 보니, 땅에서 두서너 길이나 됨직하다. 물가에 다다르니 물이 넓고도 맑으며 배가 빽빽이 들어선 것이 만리장성의 웅대함과 견줄 만하다.

10만 척이나 되어 보이는 큰 배들은 모두 용(龍)을 그렸는데, 호북(湖北)의 전운사(轉運使 : 세곡의 운반을 맡은 벼슬 이름)가 어제 호북의 곡식 300만 석을 싣고 왔다고 한다. 시험 삼아 한 배

---

2) 원문에는 62리라고 되어 있으나 잘못되어 바로잡았다.
3) 『통문관지(通文館志)』에는 2,049리로 되어 있다.
4) 노하(潞河) : 통주(通州)에서 천진(天津)까지 이르는 운하.

에 올라가서 그 제도를 대략 구경하니, 배 길이는 모두 여남은
발이나 되고 쇠못으로 장식하였으며, 배 위에는 널빤지를 깔아
서 층층으로 지은 집을 세웠는데 곡물들은 모두 선창 속에 곧바
로 쏟아 넣었다.

뱃전 위에 세운 집은 모두 아로새긴 난간, 그림 기둥, 아롱진
들창, 수놓은 지게문으로 꾸며 그 제도가 뭍에 있는 집과 다름
이 없었다. 아래쪽은 창고이고 위에는 다락으로 되었으며, 패
액(牌額)·주련(柱聯)·장막(帳幕)·서화(書畵) 등이 모두 묘
연히 신선의 세계 같았다.

지붕 위에는 쌍돛을 세웠는데 돛은 가는 등나무로 이어 엮어
몇 폭이나 되고, 배 전체에 연분(鉛粉)을 기름에 타서 두껍게
바르고, 그 위에 노란 칠을 입혔으므로 한 방울 물도 스며들지
않게 되었음은 물론이고, 비가 내려도 아무런 걱정할 바가 없었
다.

배에 꽂은 깃발에는 '절강(浙江)'이니 '산동(山東)'이니 하는
배 이름이 크게 씌었으며, 물길을 따라 100리를 내려오는 사이
에 배들은 마치 대숲처럼 빽빽하게 들어섰다. 노하는 남쪽으로
곧장 발해만의 고해(沽海)와 통하여 천진위(天津衛)를 거쳐 장
가만(長家灣)에 모이게 된다. 그리하여 천하의 선박들이 모두
통주(通州)에 모여들게 되니, 만일 노하의 선박들을 구경하지
못한다면 이 나라 수도의 장관(壯觀)을 알지 못할 것이다.

삼사(三使)와 함께 일제히 한 배에 오르니, 양쪽에는 채색 난
간을 두르고 집 앞에는 휘장을 치고 창틀을 세워서 문을 만들

고, 좌우 양편에는 온갖 의장(儀仗 : 격식을 갖춰 세우는 병장기)·
기치(旗幟)·도장〔刀鎗 : 칼과 창〕·검극(劍戟)·봉인(鋒刃) 등
을 세웠는데 모두 나무로 만든 것들이다. 집 안에는 나무 관
(棺) 하나가 놓여 있고, 그 앞에 늘어놓은 교의와 탁자에는 온
갖 제기(祭器)를 벌여 놓았다. 상주는 푸른 들창 아래의 의자에
걸터앉았는데, 몸에는 무명옷을 입었고 머리는 깎지 않아서 두
어 치나 자란 것이 마치 승려 모양이다.

다른 사람과 말을 주고받을 기색은 없어 보였고, 앞에는『의
례(儀禮 : 13경(經)의 하나)』한 권이 놓여 있었다. 부사가 앞으로
다가서서 읍하니, 상주가 역시 읍하여 답례하고 이마를 조아리
며 일어났다 엎드렸다 하다가 머리를 조아려 절하고 다시 교의
에 앉는다. 부사가 나더러 그와 필담(筆談)을 하여 보라 하기에
나는 그제야 부사의 성명과 직함을 써서 보였더니, 상주도 머리
를 조아리며 쓰기를,

"저의 성은 진(秦)이요, 이름은 경(璟)이옵고, 호북(湖北) 지
방 출신이옵니다. 선친(先親)께옵서 북경(연경)에 벼슬하여 한
림원(翰林院) 수찬(修撰)을 지내셨습니다. 금년 7월 초9일에
세상을 버리시자, 황제께옵서 토지(土地)와 돌아갈 배를 내리
시기에 고향으로 유해(遺骸)를 모시고 돌아가는 길이옵니다.
상복이 몸에 있으므로 손님을 접대하질 못하여 죄송합니다."
라고 한다. 부사가 글씨로 써서 나이를 물었으나 진경은 대답
하지 않는다. 부사가 또 글씨로,

"중국에서는 누구든지 모두 삼년상(三年喪)을 치르시는지

요?"

하고 물었더니 진경은,

"성인께옵서 인정을 따라 예를 제정하였으니, 저같이 불초한 자도 힘껏 따르고자 하옵지요."

라고 한다. 부사는,

"상제(喪制)는 모두들 주자(朱子)의 학설을 따르는가요?"

하니 진경은,

"모두 문공(文公 : 주희(朱熹)의 시호)을 따르고 있습지요."

라고 한다.

　창 밖에 아롱진 대나무 난간이 비단창문에 비치어 영롱하고, 근처 배에서 흘러나오는 풍류 소리가 요란스레 울린다. 낮게 깔린 안개와 구름 사이로 갈매기가 날고, 누대(樓臺)의 아름다움이 모두 선창에 어리고 흰 모래톱 아득한 언덕에는 바람을 안은 돛들이 나타났다 사라지곤 한다. 아늑한 분위기에 빠져 물 위에 떠 있는 집이라는 사실도 잊어버리고, 마치 저 번화한 도시 한가운데 화려한 방안에 몸을 담고서 강호(江湖) 경치의 아름다운 낙(樂)을 겹누르는 듯싶었다. 부사가 몸을 돌려 미소를 지으며,

"저야말로 월파정(月波亭) 상주5)라고 이를 만하군."

하기에, 나도 역시 가만히 웃곤 했다.

----

5) 당시 우리나라에서 유행되던 말인데, 황주(黃州) 월파정(月波亭)에 놀러온 풍류적인 상주(喪主).

정사가 사람을 보내되 구경할 것이 있으니 얼른 오라 하기에 곧 부사와 함께 일어날 적에 등 뒤에 무엇이 부딪히는 소리가 나기에 돌아다보니, 부사의 비장 이서구(李瑞龜)가 넘어져서는 사람들을 보고 웃고 있다. 대체로 배 위에 깐 널빤지가 얼음처럼 미끄러워 발붙이기가 힘든다. 부사도 방금 어릿어릿하며 좌우로 부축 받고 가다가 이를 돌아다본다는 것이 그만 옆의 사람들까지 곁들여서 쿵하고 다함께 넘어졌다.

휘장 안에서 네 사람이 방금 종이로 만든 놀이 도구〔紙牌〕로 투전을 하고 있기에, 나는 들여다보았으나 모두 만주 글자여서 알 수가 없다. 혹자가 말하기를,

"이것의 이름은 마조(馬弔)6)랍니다."

라고 한다. 깊숙한 곳에 탁자를 늘어놓고 탁자 위에 준(尊 : 구리 항아리)·호(壺 : 두루미병)·고(觚 : 주전자, 잔)·관(罐 : 두레박) 등의 그릇을 진열했는데, 모두 기이하게 생긴 물건들이었다.

또 한쪽 문을 나서니, 정사와 서장관이 널판에 앉아서 선창 속을 들여다보고 있었다. 그 안이 곧 주방(廚房)인데, 흰 베로 만든 비녀를 두른 두 명의 늙은 부인들이 방금 가마솥에 녹두나물·무·미나리 등을 삶아서 다시 찬물에 헹구고 있고, 또 나이 열여섯쯤 되어 보이는 처녀 하나가 있는데 아리따운 얼굴이 견줄 데가 없다. 낯선 손님을 보고도 조금도 수줍은 태가 없이 찬찬하고 다소곳이 제 맡은 일만 하고 있었는데, 비단옷 주름은

---

6) 마조(馬弔) : 투전 40장을 가지고 노는 중국의 노름.

안개처럼 어른어른하고 하얀 팔목은 연뿌리인 양 매끈하다. 아
마 상주 진씨(秦氏) 집안의 계집종으로서 아침상을 보살피고 있
는 모양이었다.

　배 양편에는 파초선(芭蕉扇 : 파초 잎 모양의 부채)을 두루 꽂았
는데, '한림(翰林)'·'지주(知州)'·'정당(正堂)'·'포정사(布政使)'
라 썼으니, 이는 모두 죽은 이의 이력들이었다.

　강 가운데에는 이곳저곳에서 뱃놀이가 한창이다. 작은 배에
혹은 붉은 일산을 펴기도 하고, 혹은 푸른 휘장을 두르기도 하
고는 삼삼오오 서로 짝을 지어 각기 다리가 짧은 교의에 걸터앉
기도 하고, 혹은 등받이에 기대기도 하였다. 평상 위에는 책권
이며 그림축이며 향로며 차도구들을 벌여 놓았다. 혹은 봉생
(鳳笙)이나 용관(龍管)을 불거나 혹은 평상에 비껴서 글씨와
그림도 치고, 더러는 술 마시며 시를 읊기도 하는데, 그들은 반
드시 모두가 이름 높고 운치 있는 명사들은 아니겠지만 고상하
고 우아한 정취가 있어 보인다.

　배에서 내려 언덕에 오르니, 수레와 말이 길을 막아서 다닐
수가 없다. 동문에서 서문까지 줄곧 5리 사이에 외바퀴 수레 몇
만 채가 꽉 차서 몸 돌릴 곳이 없었다. 마침내 말에서 내려 한
점포에 들어가니 그 뛰어나고 기이하고 화려하며, 번성하고 부
유함이 이미 성경(盛京 : 심양)이나 산해관 따위에는 비길 것이
아니었다.

　길이 비좁아 간신히 조금씩 앞으로 나아가 보니, 시문(市門)
의 현판에는 '만소운집(萬艘雲集 : 수많은 배들이 구름처럼 모여든다)'

이라 하였고, 큰 길가에 2층의 높은 누각을 세우고는 '성문구천
(聲聞九天 : 소리가 하늘까지 닿는다)'이라 써 붙였다. 성 밖에는 창
고 세 곳이 있는데 그 제도를 성곽 쌓는 법과 같이 해서, 지붕은
기와로 이었고, 지붕 위에는 공기창을 내어서 나쁜 기운을 내보
내게 하고, 담벽 사이에도 곁 구멍을 뚫어서 습기가 차지 않도
록 하였고, 강물을 끌어들여서 창고를 둘러 해자(壕)를 만들었
다.

행렬이 영통교(永通橋)에 이르렀는데, 이 다리는 일명 팔리
교(八里橋 : 통주의 시가지에서 8리 정도 떨어진 다리)라 한다. 길이가
수백 발에 넓이는 여남은 발이고, 무지개 문의 높이도 여남은
발이나 되는데, 좌우에는 난간을 설치하고 난간 끝에는 사자 석
상 몇 백 개를 앉혔는데, 그 새김의 정교함이 마치 도장 꼭지의
가는 무늬와 같았다. 다리 밑에 선박들은 조양문(朝陽門 : 북경
의 동북문) 밖에 곧바로 닿아서 다시 물막이문을 열고 작은 배로
태창(太倉)까지 들어갈 수 있다고 한다.

통주에서 연경까지 40리 사이는 돌을 다듬어 길에 깔았다.
쇠 수레바퀴가 서로 맞닿는 소리가 더욱 우렁차서 사람으로 하
여금 정신이 아찔하게 한다. 길가 양편에는 모두 무덤인데 담
장을 가지런히 치고 나무가 울창하여 봉분은 보이지 않는다.

대왕장(大王莊)에 이르러서 잠깐 쉬고 또 떠났다. 길 왼편에
돌로 만든 패루 세 칸이 있기에 패루 아래에 말을 세우고 그 만
든 방법을 살펴보니, 바로 퉁국유(佟國維 : 청나라 강희 때의 충신)
의 무덤이었다. 패루에는 그의 벼슬들을 나란히 새겨 붙였고,

위충에는 황제가 내린 여러 가지 조칙(詔勅)을 새겼다. 곧 다리를 건너 문 안에 들어서니 좌우에 여덟 모난 화표주(무덤 앞 양쪽에 세우는 한 쌍의 돌기둥)를 세우고 그 위에는 돌사자를 앉혀 놓았다.

가운데 뜰에는 길담을 쌓아올려서 층대 높이가 한 발이나 된다. 길 좌우에는 늙은 소나무 수십 그루가 서 있으며, 3층 돌대를 쌓고 그 위에 큰 비석 13개를 세웠는데, 모두 퉁씨(佟氏) 3대의 훈벌(勳閥)을 표창한 조칙들이다. 퉁국유의 일명은 융과다(隆科多)라고도 하며, 그의 아내는 하사례씨(何奢禮氏)이다.

북쪽 담 밑에는 봉분 6기가 한 줄로 나란히 있는데, 떼를 입히지 않아서 밑은 둥글고 위는 뾰족하며 석회로 번질번질하게 발랐다. 누런 기와로 이은 집 수십 칸이 있는데 단청이 우중충하며, 층계는 쓰러지고 뒤집혔으며, 채색한 주렴은 다 해어졌다. 집안에는 박쥐똥이 가득할 뿐 물건 하나 없이 텅 비고 괴괴하여 지키는 자도 보이지 않아 이는 마치 깊은 산중의 낡은 절과 같다. 매우 괴이한 일이다. 아마도 예전에는 훈벌이 높고 혁혁하였던 집안이었으나 이제는 자손이 없어 그런 것인 듯싶다.

동악묘(東嶽廟)에 이르러 심양에 들어갈 때처럼 삼사가 옷을 갈아입고 반열을 정돈하였다. 이때 통역관 오림포(烏林哺)·서종현(徐宗顯)·박보수(朴寶秀) 등이 먼저 도착하여 동악묘 뜰에서 대기 중이었다. 그들은 모두 〈청나라 관리의 예복인〉 망포(蟒袍)·수보(繡補)를 입고 목에는 조주(朝珠)7)를 걸었다. 말을 타고 앞을 인도하여 조양문(朝陽門)에 이르니, 그 제도는

산해관과 같았으나 다만 눈으로 앞을 볼 수조차 없을 만큼 검은
먼지가 공중에 일었다. 수레에 물통을 싣고 곳곳마다 길바닥에
물을 뿌리고 있었다.

사신은 곧장 예부(禮部)를 찾아 표자문(表咨文 : 공식적인 외교
문서)을 바치러 갔다. 나는 그와 헤어져서 조명회(趙明會)와 함
께 먼저 관소(館所)로 갔다. 순치(順治) 초년에 조선 사신이 묵
는 사관을 옥하(玉河) 서쪽 기슭에다 세우고 옥하관(玉河館)이
라 일컬었다. 뒤에 악라사(鄂羅斯 : 아라사, 러시아)가 차지했는
데 악라사는 이른바 대비달자(大鼻㺚子 : 코쟁이에 족제비 생김새)
들로, 성질이 하도 사나워서 청나라 사람들도 그들을 제어할 수
없어서 할 수 없이 회동관(會同館)8)을 건어호동(乾魚衚衕 : 호
동은 몽고말로 좁은 골목길을 뜻함)에 세우니, 이는 곧 도통(都統) 만
비(滿丕)9)의 집이었다. 만비가 도륙당할 때에 집안사람들이
많이 자결하였으므로 그 집에는 귀매(鬼魅 : 귀신)가 많았다고
한다.

혹은 우리나라 별사(別使 : 임시 사행(使行))와 동지사(冬至使)

---

7) 조주(朝珠) : 청나라 제도에 5품(品) 이상과 한림(翰林) · 중서(中書)
   등이 가슴에 달게 된 108개의 구슬. 5품 이상의 관리는 목에 산호, 금
   파 등으로 만든 염주를 건다.
8) 회동관(會同館) : 외국 사신을 접대하는 곳. 나중에는 사린관(四隣館)
   과 합쳐서 회동사역관(會同四譯館)이라 하였다.
9) 만비(滿丕) : 청나라 강희 때의 외교관. 러시아와 조약을 맺을 때에
   도 참가하였다.

가 한꺼번에 맞부딪치면 서관(西館)에 나누어 들게 되었다. 연전에 별사가 먼저 건어호동에 들었으므로 금성위(錦城尉)10)가 마침 동지사로 와서 서관에 머문 일도 있었다. 지난해 건어호동에 있는 회동관이 불이 나서 다 타버리고 여태까지 다시 세우지 못했으므로 이번 걸음에도 서관에 옮겨 들게 되었다.

 아아, 슬프다. 옛 역사11)에 이르기를, "문자(文字)가 생기기 전에 연대(年代)와 국도(國都)를 상고할 수 없다." 하였으나, 문자가 생긴 이후 21대(代)12) 3,000여 년 동안에 천하를 다스림에 있어서 과연 어떠한 방법으로 하였을 것인가? 이는 곧 그들의 이른바 유정(惟精)·유일(惟一)13)이란 심법(心法)으로 했을 것이다.

---

10) 금성위(錦城尉) : 박명원. 그는 이번 연행에 앞서 3년 전에도 동지사로 연행 온 일이 있었다. 금성위는 영조 임금의 사위로, 그의 신분 칭호다.

11) 『통감(痛鑑)』.

12) 중국 역사에서 원(元)나라 이전 역대 21조(朝)의 소위 정사(正史)를 21사(史)라고 부르는 데서 나온 말. 중국의 오랜 역사를 형용한다.

13) 유정(惟精)·유일(惟一) : 『서경(書經)』에 "인심(人心)은 오직 가늘고, 도심(道心)은 오직 위태롭다" 하였는데, 이 몇 구절에 동방 천고 성인의 정신이 표현되었다. 중국의 고대 이상적 군주들로서 일련의 철인 정치의 표본으로 치는 요·순·우·탕으로부터 문·무·구공을 거쳐 공사에에까지 세승하였다는 성지 철학의 골자이나. 소위 '중용주의(中庸主義)'의 유일성을 의미한다.

그러므로 나는 천하를 다스림에는 요(堯)임금·순(舜)임금이
있음을 알고, 홍수를 다스림에는 하우씨(夏禹氏)14)가 있음을
알며, 정전(井田)15) 제도를 마련함엔 주공(周公)이 있음을 알
고, 학문의 선전엔 공자씨(孔子氏)가 있음을 알고, 재정과 세금
을 골고루 마련함엔 관중씨(管仲氏)16)가 있음을 알고 있다.

하지만 나는 알지 못하겠구나. 그 밖에 또다시 얼마나 많은
성인이 자신의 생각을 짜냈으며, 얼마나 많은 성인이 자신의 시
력을 기울였으며, 얼마나 많은 성인이 자신의 총기를 다했던
고? 뿐만 아니라 21대 3,000여 년 동안 문자(文字)가 만들어지
기 전에 얼마나 많은 성인이 이를 기초(起草)하고, 얼마나 많은
성인이 이를 빛내고, 얼마나 많은 성인이 이를 수정하였던고?

여러 성인이 그 생각과 그 심력과 그 총기를 다 기울여서 기
초하고 빛내고 수정한 까닭은 장차 이것으로써 자기의 사리(私
利)를 취하려 하였음일까? 아니면 길이길이 만세를 두고 모든
백성들과 그 복을 함께 누리고자 하였음일까?

그리하여 그중에 한 사람이라도 그의 심술(心術)이 같지 못하
고 사업(事業)이 각기 다르면 이를 곧 '우인(愚人)'이라 지목하였
을 뿐 아니라, 그를 일찍이 집과 나라를 망친 자라고 시종 헐뜯

---

14) 하우씨(夏禹氏) : 9년 동안 치수 사업에 공적이 많아서 임금이 되었
   다.
15) 정전(井田) : 중국 고대의 농촌 경리에 적용하던 일종의 토지제도.
16) 관중씨(管仲氏) : 전국 시대 제(齊)나라의 정치가. 특히 경제에 밝
   았다. 중(仲)은 자이고, 이름은 이오(夷吾)이다.

었던 것이다. 그러나 그들은 대체로 마음의 음탕함과 귀와 눈의 영리함이 도리어 성인을 능가하므로 더욱이 후세 사람들에게 환영을 받았던 것이다. 겉으로는 그의 몸을 배격하면서도 은근히 그의 공훈을 본받고, 겉으로는 그 사람에게 분노하면서도 속으로는 그 잇속을 챙겼던 것이다. 그리하여 천하의 온갖 기이한 술법과 음흉한 솜씨가 이로 말미암아 날로 부풀어 오르게 되었다.

대체로 궁궐과 누대를 옥과 구슬로 꾸민 자는 이른바 걸(桀)·주(紂)가 아니었던가? 산을 허물어 골을 메우고 만리의 장성을 쌓은 자는 이른바 몽염(蒙恬)[17]이 아니었던가? 천하에 곧은 도로를 닦은 자는 이른바 진 시황(秦始皇)이 아니었던가?[18] 천하의 일이 법(法)이 아니고는 아니 된다 해서 드디어 나무를 옮겨 보기도 하고, 또는 재를 버리는 것까지 간섭하여 그 제도를 통일시킨 자는 이른바 상앙(商鞅)[19]이 아니었던가?

----

17) 몽염(蒙恬) : 진(秦)나라의 유명한 장수. 진 시황을 도와서 만리장성을 쌓아 흉노(匈奴)를 물리쳤다.
18) 진 시황이 여섯 나라를 통일한 뒤에, 함곡관(函谷關)을 중심으로 하여 각처에 곧은길을 냈다.
19) 상앙(商鞅) : 진나라의 정치가. 그는 법치(法治)를 주장하여 처음 법을 행할 때에, 나무 기둥을 남문에 세우고 그것을 북문까지 옮기면 상금을 준다 하여 백성의 믿음을 얻었다. 마침내 진 효공(秦孝公)을 도와서 부국강병 하였으나, 시나치게 가혹한 법를 만들었으므로 나중에는 그 법에 의해 자신이 죽었다.

　대체로 이 네댓 사람들은 그의 역량과 재주와 정신과 기백, 계획과 시설이 족히 천지를 움직일 만하였던 만큼, 애초에는 모든 성인들과 함께 우주 사이에서 머리를 나란히 하여 설 수 있었을 것이다. 그러나 불행히 서계(書契 : 문자(文字))가 이미 생긴 뒤에 나왔기 때문에 그들의 공로와 이익의 누림은 오로지 뒷사람에게로 돌아가고, 그 몸은 화단(禍端 : 화를 일으킬 실마리)이 되어 길이 우부(愚夫 : 어리석은 자)의 오명을 듣게 되었으니, 어찌 슬픈 일이 아니겠는가?

　나는 더욱 알지 못하겠구나. 저 21대(代) 3,000여 년의 사이에는 몇 명의 걸(桀)·주(紂)와, 몇 명의 몽염과, 몇 명의 진 시황과, 몇 명의 상앙이 있어서 서계가 생긴 이후의 것을 본받았던 것인가? 서계(문자)가 생긴 후가 이와 같으니, 서계가 생기기 전의 일도 그 손익(損益)을 가히 짐작할 수 있을 것이다.

　어찌하여 이를 아는가 하면, 옛날에 진 시황이 육국(六國)20)의 제도를 본떠서 아방궁(阿房宮)21)의 전전(前殿)을 크게 지었으니, 본뜬다는 것은 저 환쟁이들의 이른바 모사(模寫)와도 같다. 육국의 선비들이 그들의 임금을 유세(遊說)할 때에는 모두 걸(桀)·주(紂)를 욕하지 않은 이가 없었건마는, 이른바 궁궐

---

20) 육국(六國) : 전국 때의 진(秦)을 제외한 초(楚)·제(齊)·연(燕)·조(趙)·한(韓)·위(魏)나라.
21) 아방궁(阿房宮) : 중국 진 시황이 지은 궁전 이름. 훗날 항적(項籍 : 항우)이 관중에 들어와서 아방궁을 불살랐으나, 석 달 동안 불이 꺼지지 않았다.

과 누대를 옥과 구슬로 꾸몄다는 것이 마침내는 족히 장화대
(章華臺 : 전국 초(楚)나라 임금들이 만든 누각)와 황금대(黃金臺)22)
의 복사판이 되었으니, 장화대·황금대는 애초에 아방궁의 윤
곽에 지나지 않을 것이다.

그런데 항우(項羽)가 이에 한번 횃불로 불을 질러서 곧 평지
의 재가 되고 만 것은 족히 뒷세상의 토목(土木) 공사(工事)만
을 일삼는 사람들에게 거울이 되었음직하다. 그 마음속으로 이
왕 내가 이에 살지 못할 바에는 다른 사람이 와서 차지함을 걱
정했던23) 것에 불과할 뿐이니, 그렇다면 팽성(彭城)의 도시도
또한 아방궁이 될 것이었으나, 다만 미처 하지 못하였을 따름이
었다.

소하(蕭何)24)가 미앙궁(未央宮)25)을 크게 공사할 때에, 한
(漢)나라 고제(高帝 : 유방(劉邦))는 귀와 눈이 없지는 않았건마
는, 짐짓 모르는 체하다가 궁궐이 다 완성된 뒤에는 도리어 소
하를 꾸지람하였으니,26) 이 꾸지람이 진실로 옳다면 어째서 소
하를 당장 죽여 저잣거리에 조리돌리지 않았으며, 또 궁궐을 불

---

22) 황금대(黃金臺) : 전국 시대의 연(燕)나라 소왕(昭王)의 궁전이다.
23) 항적이 아방궁을 불사를 때의 심리(心理)를 말한 것이다.
24) 소하(蕭何) : 진(秦)나라의 관리로서, 한(漢)나라 고제(高帝 : 유방)
　　를 도와 천하를 평정하고 재상이 되었다.
25) 미앙궁(未央宮) : 한(漢)나라의 궁전 이름. 그 굉걸함이 아방궁에
　　다음 갔다.
26) 『사기(史記)』에 나오는 한나라 고제와 소하의 고사.

질러 태워버리지 아니하였던고? 이로써 미루어 본다면, 앞서 육국의 것을 본떠서 아방궁의 전전(前殿)을 크게 지은 것은 애초에 미앙궁을 짓기 위하여 터를 닦은 것에 지나지 않은 셈이었다.

내 조양문(朝陽門)에 들어서자, 저 요(堯)임금·순(舜)임금의 이른바 유정유일(惟精惟一)의 마음씨가 이러하고, 하우씨의 홍수 다스림이 이러하고, 주공의 정전법이 이러하고, 공자의 학문이 이러하고, 관중의 이재(理財 : 재산을 잘 관리함)가 이러했으며, 걸(桀)·주(紂)가 옥과 구슬로 궁궐과 누대를 치장한 것도 이런 방법에 지나지 않고, 몽염(蒙恬)이 산을 허물어서 골을 메운 것도 이런 방법에 지나지 않고, 진 시황(秦始皇)이 곧은길을 닦은 것도 이런 방법에 지나지 않고, 상앙이 제도를 통일시킨 것도 이런 방법에 지나지 않았음을 볼 수 있었다.

어째서 그런가 하면, 성인이 일찍이 율(律)·도(度)·량(量)·형(衡) 등을 하나로 통일시켜서 둥근 것은 그림쇠(컴퍼스)에 맞도록 하고, 모난 것은 곡척(曲尺 : 직각자)에 맞도록 하고, 곧은 것은 먹줄에 맞추었으니, 천하에 퍼지자 천하가 이를 기준으로 삼았고, 걸(桀)·주(紂)에게 전하자 걸·주도 역시 이를 기준으로 삼을 수밖에 없었다.

성인(우임금)이 일찍이 높은 언덕에 넘실거리는 홍수를 다스릴 때에, 그 분삽(畚鍤 : 삼태기와 가래)의 번거로움과 부착(斧鑿 : 도끼와 끌)의 날카로움과, 기술자〔工倕 : 장인〕의 교묘함과 역부의 많음이 어찌 다만 몽염(蒙恬)이 산을 헐고 골을 메워 만리

의 장성을 쌓는 것에 그쳤겠는가? 성인(주공)이 일찍이 천하의
밭이란 밭은 죄다 금을 그어 정전(井田)의 제도를 만들면서 밭
두둑과 도랑 사이에는 수레 몇 채가 달릴 수 있도록 마련하였으
니, 그 곧고 바름이 어찌 다만 천리의 한길을 닦음만 못하였겠
는가?

성인이 일찍이 문인(門人)의 물음에 대답하여 나라를 다스리
는 법을 말씀하셨으나, 이는 다만 말로만 하였을 뿐 몸소 행한
것은 아니었다. 그러나 후세에 천명을 계승하여 임금의 자리에
오른 임금들이 반드시 그 학문이 성인보다 나은 것은 아니로되
하루아침에 이를 거행할 수 있었다. 그러니 이 역시 어찌 중화
(中華)의 민족만이 그러하리오? 이적(夷狄)의 출신으로서 중원의
임금이 된 자 치고 일찍이 도(道)를 물려받아서 행하지 않는 이
가 없었으며, 또 '의식(衣食)이 넉넉한 뒤에야 예절을 안다'[27] 하
였으니, 후세의 임금들 중에 자기 나라를 튼튼히 하고 자기 군
사를 굳세게 하고자 한 자가 차라리 각박하고 인정머리 없다는
이름을 무릅쓸지언정, 어찌 자신을 위해서 사리(私利)를 탐했다
고 할 수 있겠는가?

그 심술의 위험·미묘한 때를 논하여 본다든지 혹은 그들이
한 사업을 공사(公私)의 사이에서 분별한다면, 저들에게 곧 이
른바 '정일(精一)'의 방법을 알았다고는 할 수 없겠으나, 그 '공리
(功利)'의 효과를 누림에 있어서는 비록 그 방법이 이적에서 나

----

27) 관이오(管夷吾)의 『관자(管子)』에 나오는 구절.

왔다 하더라도 여러 가지 좋은 점을 모아서 행하는 데 있어서는 역시 정일을 본받지 않음이 없었던 것이다.

그러므로 내가 앞서 이른바 재주와 역량이 하늘과 땅을 움직일 수 있다고 한 사람들이야말로 오늘날의 위대한 중국을 이룩한 것이며, 21대 3,000여 년 동안에 이룩했던 법과 남긴 제도를 이에서 상고할 수 있는 것이다.

이제 그들은 나라를 세워 이름을 '청(淸)'이라 하고, 수도를 세워 '순천부(順天府)'라 하니, 천문으로 보면 기(箕 : 28수의 일곱째 별자리)·미(尾 : 28수의 여섯째 별자리) 두 별의 사이였고, 지리로 말한다면 우공(禹貢 : 『서경(書經)』의 편명)에서 이른바 기주(冀州)의 터전이다. 고양씨(高陽氏)[28]는 유릉(幽陵)이라 하였고, 도당씨(陶唐氏 : 요(堯))는 유도(幽都), 우(虞)는 유주(幽州), 하(夏)나라와 은(殷)나라는 기주(冀州), 진(秦)나라는 상곡(上谷)·어양(漁陽)이라 하였다. 한(漢)나라 초기에는 연국(燕國)이라 하였다가 뒤에는 나누어서 탁군(涿郡)이라 했고, 또 고쳐서 광양(廣陽)이라 하였다. 진(晉)나라와 당(唐)나라에서는 범양(范陽)이라 하였고, 요(遼)나라는 남경(南京)이라 하였다가 뒤에는 고쳐서 석진부(析津府)라 하였다. 송(宋)나라는 연산부(燕山府)라 개명하였고, 금(金)나라는 연경(燕京)이라 했다가 곧 중도(中都)라 고쳤으며, 원(元)나라는 대도(大都)라 하였고, 명(明)나라의 초년엔 북평부(北平府)라 하였다가 태종

---

28) 고양씨(高陽氏) : 오제(五帝)의 하나인 전욱(顓頊).

황제(太宗皇帝)29)가 여기에 수도를 옮기고 순천부(順天府)라
고치고, 지금 청나라는 인하여 이곳에 수도를 세웠다.

성 둘레는 40리이고, 왼쪽에는 창해(滄海 : 푸른 바다)가 둘러
져 있고, 오른쪽에는 태항산(太行山)을 끼고, 북쪽으로 거용관
(居庸關)을 베고, 남쪽으로는 하수(河水)·제수(濟水)가 옷깃
처럼 흐른다. 성문의 정남쪽은 정양(正陽), 오른쪽은 숭문(崇
文), 왼쪽은 선무(宣武), 동남쪽은 제화(齊化), 동북쪽은 조양
(朝陽), 서남쪽은 평택(平澤), 서북쪽은 서직(西直), 북동쪽은
덕승(德勝), 북서쪽은 안정(安定)이라 한다. 외성(外城)에 문
이 일곱 있으며, 자금성(紫禁城 : 황제가 거처하는 궁성)에는 문이
셋이 있다. 궁성(宮城)은 주위가 17리인데 문이 넷이다.

전전(前殿)을 태화전(太和殿)이라 하고 오로지 한 사람만이
거처하고 있다. 그의 성(姓)은 애신각라(愛新覺羅)요, 그 종족
은 여진(女眞) 만주부(滿洲部)요, 그 위(位)는 천자(天子)요,
그 호(號)는 황제(皇帝)이고, 그 직책은 하늘을 대신하여 만물
을 다스리는 일이다. 그가 스스로 자신을 일컬을 때는 '짐(朕)'
이라 하고, 온 나라가 그를 높여 '폐하(陛下)'라 하며, 그가 하는
말을 '조(詔)'라 하고, 그가 내리는 명령을 '칙(勅)'이라 한다.
그가 쓰는 모자를 홍모(紅帽)라 하고, 그가 입는 옷을 마제수
(馬蹄袖)30)라 하였으며, 그는 국통(國統)을 이은 지 벌써 4대였

---

29) 태종 황제(太宗皇帝). 징나라 2내 황세 홍타이지. 칭나라 대조의
    여덟 번째 아들 황태극(皇太極).

고, 연호(年號)를 세워 '건륭(乾隆)'이라 한다.

이 글을 쓴 자가 누구인가 하면 조선에서 온 박지원(朴趾源)이고, 쓴 때가 언제인가 하면 건륭 45년, 가을 8월 초하루이다.

---

30) 마제수(馬蹄袖) : 만주족의 옷소매 모양을 형용하여 말한 것이다. 소매 끝에 말발굽처럼 달리는 부분을 마제수라 하는데, 소매가 좁은 형태이다.

原文

八月初一日
팔 월 초 일 일

丁未　朝晴　極熱　午後乍雨乍止　夜大雷雨　自煙郊
정 미　조 청　극 열　오 후 사 우 사 지　야 대 뢰 우　자 연 교

堡曉發　至師姑莊五里　鄧家莊三里　胡家莊四里　習家
보 효 발　지 사 고 장 오 리　등 가 장 삼 리　호 가 장 사 리　습 가

莊三里　潞河四里　通州二里　永通橋八里　楊家閘三里
장 삼 리　노 하 사 리　통 주 이 리　영 통 교 팔 리　양 가 갑 삼 리

管家莊三里　共三十五里　中火　又行至三間房三里　定
관 가 장 삼 리　공 삼 십 오 리　중 화　우 행 지 삼 간 방 삼 리　정

府莊三里　大王莊三里　太平莊三里　紅門三里　是里堡
부 장 삼 리　대 왕 장 삼 리　태 평 장 삼 리　홍 문 삼 리　시 리 보

三里　巴里堡二里　新橋六里　東嶽廟一里　朝陽門一里
삼 리　파 리 보 이 리　신 교 육 리　동 악 묘 일 리　조 양 문 일 리

入西館　共二十八里　是日通行六十三里　自鴨綠江至
입 서 관　공 이 십 팔 리　시 일 통 행 육 십 삼 리　자 압 록 강 지

皇城　統計三十三站　爲二千三十里.
황 성　통 계 삼 십 삼 참　위 이 천 삼 십 리

曉發煙郊堡　與卞鄭諸人先行　行未數里　已平明　忽
효 발 연 교 보　여 변 정 제 인 선 행　행 미 수 리　이 평 명　홀

聞震雷轟天　潞河舟中萬砲聲云.
문 진 뢰 굉 천　노 하 주 중 만 포 성 운

朝露澹蕩　遙看檣頭簇立如荼　柳樹上多掛浮槎草根
조 로 담 탕　요 간 장 두 족 립 여 도　유 수 상 다 괘 부 사 초 근

一旬前京師大雨　潞河漲溢　壞民廬舍數萬戶　人畜漂
일 순 전 경 사 대 우　노 하 창 일　괴 민 려 사 수 만 호　인 축 표

溺不計其數.
닉 불 계 기 수

今於馬上　以煙竹　伸臂仰揣柳上水痕　距平地可爲數
금 어 마 상　이 연 죽　신 비 앙 췌 류 상 수 흔　거 평 지 가 위 수

丈　至河邊　河廣且淸　舟楫之盛　可敵長城之雄.
장　지 하 변　하 광 차 청　주 즙 지 성　가 적 장 성 지 웅

巨舶十萬艘　皆畫龍　湖北轉運使　昨日領到湖北粟三
거 박 십 만 소　개 화 룡　호 북 전 운 사　작 일 령 도 호 북 속 삼

百萬石　試登一船　略玩其制度　船皆長十餘丈　以鐵釘
백 만 석　시 등 일 선　략 완 기 제 도　선 개 장 십 여 장　이 철 정

裝造　船上鋪板　建層屋　穀物皆直寫于艙舺中.
장 조　선 상 포 판　건 층 옥　곡 물 개 직 사 우 창 황 중

屋皆飾以雕欄畫棟　文窓繡戶　制如陸宅　下庫上樓
옥 개 식 이 조 란 화 동　문 창 수 호　제 여 륙 댁　하 고 상 루

牌額柱聯　帷帟書畫　渺若仙居.
패 액 주 련　유 역 서 화　묘 약 선 거

屋上建雙檣帆　則以細藤簟聯幅　渾船以鉛粉和油厚
옥 상 건 쌍 장 범　즉 이 세 등 단 련 폭　혼 선 이 연 분 화 유 후

塗　上加黃漆　所以點水不滲　上雨亦無所憂也.
도　상 가 황 칠　소 이 점 수 불 삼　상 우 역 무 소 우 야

船旗大書浙江山東等號　沿河百里之間　密若竹林　南
선 기 대 서 절 강 산 동 등 호　연 하 백 리 지 간　밀 약 죽 림　남

通直沽海　自天津衛會于張家灣　天下船運之物　皆湊
통 직 고 해　자 천 진 위 회 우 장 가 만　천 하 선 운 지 물　개 주

集於通州　不見潞河之舟楫　則不識帝都之壯也.
집 어 통 주　불 견 노 하 지 주 즙　즉 불 식 제 도 지 장 야

又與三使齊登一船　左右設彩欄　屋前設帷帳爲棨門
우 여 삼 사 제 등 일 선　좌 우 설 채 란　옥 전 설 유 장 위 계 문

左右竪儀仗旗幟　刀鎗劍戟鋒刃　皆木造　屋中置一柩
좌 우 수 의 장 기 치　도 장 검 극 봉 인　개 목 조　옥 중 치 일 구

前設椅卓　擺列奠具　喪人據椅　碧紗窓下　身披一領綿
전 설 의 탁　파 렬 전 구　상 인 거 의　벽 사 창 하　신 피 일 령 면

布衣　頭髮不剃　長得數寸　如頭陀形.
포 의　두 발 불 체　장 득 수 촌　여 두 타 형

不肯與人酬酌　前置儀禮一卷　副使前爲之揖　喪人答
불 긍 여 인 수 작　전 치 의 례 일 권　부 사 전 위 지 읍　상 인 답

揖　稽顙起伏頓首　復坐椅　副使要余筆譚　余遂書示副
읍　계 상 기 복 돈 수　부 좌 의　부 사 요 여 필 담　여 수 서 시 부

使姓名官啣　喪人頓首書曰　賤姓秦名璟　系是湖北之
사 성 명 관 함　상 인 돈 수 서 왈　천 성 진 명 경　계 시 호 북 지

人　亡父遊宦京師　官至翰林修撰　本年七月初九日身
인　망 부 유 환 경 사　관 지 한 림 수 찬　본 년 칠 월 초 구 일 신

故　皇上欽賜土地　歸船返骸故鄕　衰麻在身　有失主儀
고　황 상 흠 사 토 지　귀 선 반 해 고 향　최 마 재 신　유 실 주 의

副使書問年甲　秦璟不答　副使書問　中國皆行三年之
부 사 서 문 년 갑　진 경 부 답　부 사 서 문　중 국 개 행 삼 년 지

制否　秦璟曰　聖人緣情制禮　不肖者跂而及之　副使曰
제 부　진 경 왈　성 인 연 정 제 례　불 초 자 기 이 급 지　부 사 왈

喪制皆遵朱子否　秦璟曰　一遵文公.
상 제 개 준 주 자 부　진 경 왈　일 준 문 공

窓外斑竹欄干　映紗瓏　鄰船鼓樂喧咽　鷗鳥煙雲　樓
창 외 반 죽 난 간　영 사 롱　인 선 고 악 훤 인　구 조 연 운　누

臺之勝　透窓映帶　沙堤浩渺　風帆出沒　悠然忘其爲浮
대 지 승　투 창 영 대　사 제 호 묘　풍 범 출 몰　유 연 망 기 위 부

家泛宅　若寓身闤闠華堂之間　而兼有江湖景物之樂
가 범 댁　약 우 신 환 궤 화 당 지 간　이 겸 유 강 호 경 물 지 락

副使回身作哂曰　可謂月波亭喪人　余亦隱笑.
부 사 회 신 작 신 왈　가 위 월 파 정 상 인　여 역 은 소

正使使人忙邀　謂有可觀　遂與副使同起　背後撲地響
정 사 사 인 망 요　위 유 가 관　수 여 부 사 동 기　배 후 박 지 향

顧視　則副房裨將李瑞龜跌顚　視人而笑　蓋船上鋪板
고시　　즉부방비장이서구질전　　시인이소　　개선상포판

氷滑　不堪着足　副使方兢兢扶擁　顧囑未了　帶左連右
빙활　불감착족　부사방긍긍부옹　고촉미료　대좌련우

一瀏同顚.
일류동전

　帳裏四人　方投紙牌　余就視之　皆滿書不可知矣　或
　장리사인　방투지패　여취시지　개만서불가지의　혹

曰　此名馬弔也　深奧處　列卓擺器　其尊壺觚罐　皆瑰
왈　차명마조야　심오처　열탁파기　기준호고관　개괴

奇.
기

　出一門　正使與書狀　據鋪板　俯瞰艙艎中　此是廚房
　출일문　정사여서장　거포판　부감창황중　차시주방

二個老婦人　髻裹白布　方鼎熟菉荳芽　菁根　水芹之屬
이개노부인　계과백포　방정숙록두아　청근　수근지속

更浴冷水　有一個處女　年可二八　佳麗無雙　見客小無
갱욕냉수　유일개처녀　연가이팔　가려무쌍　견객소무

羞澁之態　窈窕幽閑　執事天然　而縐縠如霧　皓腕若藕
수삽지태　요조유한　집사천연　이추곡여무　호완약우

似是秦家叉鬟　爲具朝饌也.
사시진가차환　위구조찬야

　船左右遍揷蕉葉扇　書翰林知州正堂布政使　皆亡者
　선좌우편삽초엽선　서한림지주정당포정사　개망자

履歷也.
이력야

　江中處處船遊　小艇或張紅繖　或設靑幔　三三五五
　강중처처선유　소정혹장홍산　혹설청만　삼삼오오

各踞短脚椅　或坐凳子　牀上擺列書卷畵軸　香鼎茶鎗
각거단각의　혹좌등자　상상파렬서권화축　향정다쟁

或吹鳳笙龍管　或據牀作書畵　或飮酒賦詩　未必盡高
혹 취 봉 생 용 관　혹 거 상 작 서 화　혹 음 주 부 시　미 필 진 고

人韻士　而閒雅有趣矣.
인 운 사　이 한 아 유 취 의

　下船登岸　車馬塞路不可行　旣入東門　至西門五里之
　하 선 등 안　거 마 색 로 불 가 행　기 입 동 문　지 서 문 오 리 지

間　獨輪車數萬塡塞　無回旋處　遂下馬入一鋪中　其瑰
간　독 륜 거 수 만 전 색　무 회 선 처　수 하 마 입 일 포 중　기 괴

麗繁富　已非盛京山海關之比矣.
려 번 부　이 비 성 경 산 해 관 지 비 의

　艱穿條路　寸寸前進　市門之扁曰　萬艘雲集　大街上
　간 천 조 로　촌 촌 전 진　시 문 지 편 왈　만 소 운 집　대 가 상

建二檐高樓　題曰　聲聞九天　城外有三所倉廠　制如城
건 이 첨 고 루　제 왈　성 문 구 천　성 외 유 삼 소 창 오　제 여 성

郭　上覆瓦屋　屋上建疎窓小閣　以洩積氣　墻壁間垂穿
곽　상 복 와 옥　옥 상 건 소 창 소 각　이 설 적 기　장 벽 간 수 천

傍穴　以疎濕氣　引河環倉爲壕.
방 혈　이 소 습 기　인 하 환 창 위 호

　行至永通橋　一名八里橋也　長數百丈　廣十餘丈　虹
　행 지 영 통 교　일 명 팔 리 교 야　장 수 백 장　광 십 여 장　홍

空高十餘丈　左右設欄　欄頭坐數百猰㹶　雕刻之工　類
공 고 십 여 장　좌 우 설 란　난 두 좌 수 백 산 예　조 각 지 공　유

圖章細鈕　橋下舟楫　直達朝陽門外　復以小船開閘運
도 장 세 뉴　교 하 주 즙　직 달 조 양 문 외　부 이 소 선 개 갑 운

漕　以入太倉云.
조　이 입 태 창 운

　自通州至皇城四十里間　鋪石爲梁　鐵輪相搏　車聲益
　자 통 주 지 황 성 사 십 리 간　포 석 위 량　철 륜 상 박　거 성 익

壯　令人心神　震蕩不寧　沿道左右盡是墳塋　而垣墻相
장　영 인 심 신　진 탕 불 녕　연 도 좌 우 진 시 분 영　이 원 장 상

連 樹木茂密 不見塚形.
런 수목무밀 불견총형

至大王莊小憩 又行 路左有三間石牌樓 立馬牌樓下
지 대왕장소게 우행 노좌유삼간석패루 입마패루하

觀其制作 乃佟國維塋域也 牌樓列刻官誥 上層刻褒
관기제작 내통국유영역야 패루렬각관고 상층각포

寵詔勅 遂渡橋入其門 左右豎八楞華表 上置石獅.
총조칙 수도교입기문 좌우수팔릉화표 상치석사

中庭築路 城高一丈 路左右有古松數十株 築三層石
중정축로 성고일장 노좌우유고송수십주 축삼층석

臺 列豎十三穹碑 皆勅獎佟氏三世勳伐 國維一名隆
대 열수십삼궁비 개칙장퉁씨삼세훈벌 국유일명융

科多 其妻何奢禮氏.
과다 기처하사례씨

北墻下有六塋 一行入葬 不封莎草 下圓上銳 以石
북장하유육영 일행입장 불봉사초 하원상예 이석

灰塗滑 有黃瓦屋數十間 丹靑昧黢 階級夷倒 畵簾朽
회도활 유황와옥수십간 단청매알 계급이도 화렴후

隳 滿堂蝙蝠矢 寂無一物 亦不見守者 類深山廢刹
휴 만당편복시 적무일물 역불견수자 유심산폐찰

甚可怪也 似是勳戚隆赫之家 今焉無子孫而然歟.
심가괴야 사시훈척륭혁지가 금언무자손이연여

至東嶽廟 三使改服整班 如入瀋陽時 通官烏林哺
지동악묘 삼사개복정반 여입심양시 통관오림포

徐宗顯 朴寶秀等 已來候廟中 皆蟒袍繡補 項掛朝珠
서종현 박보수등 이래후묘중 개망포수보 항괘조주

乘馬先導 至朝陽門 其制度一如山海關 但目不暇視
승마선도 지조양문 기제도일여산해관 단목불가시

緇塵漲天 車載水桶 處處灑道.
치진창천 거재수통 처처쇄도

使臣直往禮部　呈表咨而去　余分路與趙明會先詣館
사 신 직 왕 예 부　정 표 자 이 거　여 분 로 여 조 명 회 선 예 관

所　順治初　設朝鮮使邸于玉河西畔　稱玉河館　後爲鄂
소　순 치 초　설 조 선 사 저 우 옥 하 서 반　칭 옥 하 관　후 위 악

羅斯所占　鄂羅斯　所謂大鼻㺚子　最凶悍　淸人不能制
라 사 소 점　악 라 사　소 위 대 비 달 자　최 흉 한　청 인 불 능 제

遂設會同館于乾魚衚衕　都統滿丕之宅也　丕之被戮也
수 설 회 동 관 우 건 어 호 동　도 통 만 비 지 댁 야　비 지 피 륙 야

家人多自裁　故館多鬼魅.
가 인 다 자 재　고 관 다 귀 매

或我國別使與冬行相値　則分寓西館　年前別使　先寓
혹 아 국 별 사 여 동 행 상 치　즉 분 우 서 관　연 전 별 사　선 우

乾魚衚衕　錦城尉以冬至使　寓於西館　去歲乾魚衚衕
건 어 호 동　금 성 위 이 동 지 사　우 어 서 관　거 세 건 어 호 동

會同館失火　未及改建　故今行又爲移寓於西館.
회 동 관 실 화　미 급 개 건　고 금 행 우 위 이 우 어 서 관

噫　古史稱　書契以前　年代國都不可攷　然自有書契
희　고 사 칭　서 계 이 전　연 대 국 도 불 가 고　연 자 유 서 계

以來　二十一代三千餘年　治天下將以何術也　豈非所
이 래　이 십 일 대 삼 천 여 년　치 천 하 장 이 하 술 야　기 비 소

謂惟精惟一之心法乎.　故治天下者　吾知其有堯舜氏
위 유 정 유 일 지 심 법 호　고 치 천 하 자　오 지 기 유 요 순 씨

治水吾知其有夏禹氏　井田吾知其有周公氏　學問吾知
치 수 오 지 기 유 하 우 씨　정 전 오 지 기 유 주 공 씨　학 문 오 지

其有孔子氏　財賦吾知其有管仲氏.
기 유 공 자 씨　재 부 오 지 기 유 관 중 씨

吾未知復有幾聖人竭其心思焉　　幾聖人竭其目力焉
오 미 지 부 유 기 성 인 갈 기 심 사 언　　기 성 인 갈 기 목 력 언

幾聖人竭其耳力焉　幾聖人刱創之　幾聖人潤色之　幾
기 성 인 갈 기 이 력 언　기 성 인 초 창 지　기 성 인 윤 색 지　기

聖人修飾之　於二十一代三千餘年　書契未造之前耶.
성 인 수 식 지　어 이 십 일 대 삼 천 여 년　서 계 미 조 지 전 야

　群聖人之所以竭其心思耳目刱創潤色修飾者　將以自
군 성 인 지 소 이 갈 기 심 사 이 목 초 창 윤 색 수 식 자　장 이 자

利乎　抑欲與萬世共享其福耶.
리 호　억 욕 여 만 세 공 향 기 복 야

　一有心術不同　事業各殊　則目之爲愚人　而未始不凶
일 유 심 술 부 동　사 업 각 수　즉 목 지 위 우 인　이 미 시 불 흉

國害家也　然而其所以竭心思之淫　耳目之巧　反有過
국 해 가 야　연 이 기 소 이 갈 심 사 지 음　이 목 지 교　반 유 과

於聖人　則尤爲後世之所喜　顯斥其身　而暗收其功　陽
어 성 인　즉 우 위 후 세 지 소 희　현 척 기 신　이 암 수 기 공　양

怒其人　而陰享其利　天下之寄技淫巧　由是而日滋矣.
노 기 인　이 음 향 기 리　천 하 지 기 기 음 교　유 시 이 일 자 의

　夫瓊其宮而瑤其臺者　豈非所謂桀紂乎　夫塹山塡谷
부 경 기 궁 이 요 기 대 자　기 비 소 위 걸 주 호　부 참 산 전 곡

築城萬里者　豈非所謂蒙恬乎　除天下之直道者　豈非
축 성 만 리 자　기 비 소 위 몽 염 호　제 천 하 지 직 도 자　기 비

所謂始皇乎　天下之事非法不立　於是立法於徙木棄灰
소 위 시 황 호　천 하 지 사 비 법 불 립　어 시 입 법 어 사 목 기 회

而以一其用制度者　豈非所謂商鞅乎.
이 이 일 기 용 제 도 자　기 비 소 위 상 앙 호

　夫此四五諸公者　其力量才智　精神氣魄　鋪排施設
부 차 사 오 제 공 자　기 역 량 재 지　정 신 기 백　포 배 시 설

莫不震天動地　而未始不欲與群聖人　對頭並立乎宇宙
막 부 진 천 동 지　이 미 시 불 욕 여 군 성 인　대 두 병 립 호 우 주

之間矣　不幸首出於書契旣造之後　功利之享　獨歸後
지 간 의　불 행 수 출 어 서 계 기 조 지 후　공 리 지 향　독 귀 후

人　而身爲禍首　長蒙愚夫之名　豈不哀哉.
인　이신위화수　장몽우부지명　기불애재

吾又未知二十一代三千餘年之間　幾桀紂　幾蒙恬　幾
오우미지이십일대삼천여년지간　기걸주　기몽염　기

始皇　幾商鞅　效尤於書契旣造之後耶　書契旣造之後
시황　기상앙　효우어서계기조지후야　서계기조지후

如此　則書契未造之前　其所損益可知也.
여차　즉서계미조지전　기소손익가지야

何以知其然也　昔秦皇帝倣寫六國　大治阿房前殿　倣
하이지기연야　석진황제방사육국　대치아방전전　방

寫者　畵史之爲傳摹也　六國之士　遊說其君　未始不叱
사자　화사지위전모야　육국지사　유세기군　미시부질

桀罵紂　而所謂瓊其宮而瑤其臺者　適足爲章華金臺之
걸매주　이소위경기궁이요기대자　적족위장화금대지

副本　則章華金臺　未始非阿房之白描耳.
부본　즉장화금대　미시비아방지백묘이

項羽一炬而燒之　蕩爲粉地　足爲後世土木之鑑　而其
항우일거이소지　탕위분지　족위후세토목지감　이기

心以爲　身旣不居　猶恐他人之來占　則彭城之都　又將
심이위　신기불거　유공타인지래점　즉팽성지도　우장

一阿房　但未及耳.
일아방　단미급이

蕭何大治未央宮　漢高帝有耳有目　而佯若不知　及宮
소하대치미앙궁　한고제유이유목　이양약부지　급궁

旣成　乃反罵何　罵誠是也　何不以何徇諸市朝而一炬
기성　내반매하　매성시야　하불이하순제시조이일거

以焚燒之　由是觀之　向之所以倣寫六國　大治阿房前
이분소지　유시관지　향지소이방사육국　대치아방전

殿者　未始不爲未央宮起草耳.
전자　미시불위미앙궁기초이

吾入朝陽門　而可以見夫堯舜精一之心如此也　夏禹
오 입 조 양 문　이 가 이 견 부 요 순 정 일 지 심 여 차 야　하 우

之治水如此也　周公之井田如此也　孔子之學問如此也
지 치 수 여 차 야　주 공 지 정 전 여 차 야　공 자 지 학 문 여 차 야

管仲之理財如此也　桀紂之瓊宮瑤臺不過是法　蒙恬之
관 중 지 리 재 여 차 야　걸 주 지 경 궁 요 대 불 과 시 법　몽 염 지

塹山塡谷不過是法　始皇之除直道不過是法　商鞅之一
참 산 전 곡 불 과 시 법　시 황 지 제 직 도 불 과 시 법　상 앙 지 일

其制度不過是法.
기 제 도 불 과 시 법

何以知其然也　聖人嘗同其律度量衡矣　圓者欲其中
하 이 지 기 연 야　성 인 상 동 기 률 도 량 형 의　원 자 욕 기 중

規　方者欲其中矩　直者欲其從繩　則放諸四海而四海
규　방 자 욕 기 중 구　직 자 욕 기 종 승　즉 방 제 사 해 이 사 해

準　放諸桀紂而桀紂準.
준　방 제 걸 주 이 걸 주 준

聖人嘗治懷山襄陵之水矣　其畚鍤之多　斧鑿之利　工
성 인 상 치 회 산 양 릉 지 수 의　기 분 삽 지 다　부 착 지 리　공

倕之巧　役夫之衆　豈特塹山塡谷　築城萬里而止哉　聖
수 지 교　역 부 지 중　기 특 참 산 전 곡　축 성 만 리 이 지 재　성

人嘗畫天下之田　而至勻百畝之制矣　其溝澮畎隧之間
인 상 획 천 하 지 전　이 지 균 백 무 지 제 의　기 구 회 견 수 지 간

所謂行車幾乘　則其矩方繩正　豈特除道千里之直哉.
소 위 행 거 기 승　즉 기 구 방 승 정　기 특 제 도 천 리 지 직 재

聖人嘗答門人以爲邦之道矣　是特設於其辭　而未能
성 인 상 답 문 인 이 위 방 지 도 의　시 특 설 어 기 사　이 미 능

躬行之　然後世繼天立極之君　未必其學問勝於聖人
궁 행 지　연 후 세 계 천 립 극 지 군　미 필 기 학 문 승 어 성 인

而一朝能舉而行之　亦奚特中華之族如此哉　夷狄之主
이 일 조 능 거 이 행 지　역 해 특 중 화 지 족 여 차 재　이 적 지 주

函夏者　未嘗不襲其道而有之矣　衣食足而知禮節　則
함 하 자　미 상 불 습 기 도 이 유 지 의　의 식 족 이 지 예 절　즉

後世之欲富其國而强其兵者　寧冒刻薄小恩之名　豈適
후 세 지 욕 부 기 국 이 강 기 병 자　영 모 각 박 소 은 지 명　기 적

私利於其身哉.
사 리 어 기 신 재

　論其心術於危微之際　辨其事業於公私之間　則精一
　논 기 심 술 어 위 미 지 제　변 기 사 업 어 공 사 지 간　즉 정 일

之法非彼之謂也　然若其功利之享　雖其法之出乎夷狄
지 법 비 피 지 위 야　연 약 기 공 리 지 향　수 기 법 지 출 호 이 적

集其衆長　莫不以精一爲師也.
집 기 중 장　막 불 이 정 일 위 사 야

　故向所謂才智力量震天動地者　所以成中國之大　而
　고 향 소 위 재 지 역 량 진 천 동 지 자　소 이 성 중 국 지 대　이

二十一代三千餘年之間　成法遺制　可得以攷焉.
이 십 일 대 삼 천 여 년 지 간　성 법 유 제　가 득 이 고 언

　其建國之號曰淸　其設都之府曰順天　在天之文曰箕
　기 건 국 지 호 왈 청　기 설 도 지 부 왈 순 천　재 천 지 문 왈 기

尾之分 在地之志曰禹貢冀州之域　高陽氏謂之幽陵　陶
미 지 분 재 지 지 지 왈 우 공 기 주 지 역　고 양 씨 위 지 유 릉　도

唐曰幽都　虞曰幽州　夏殷曰冀州　秦爲上谷漁陽　漢初
당 왈 유 도　우 왈 유 주　하 은 왈 기 주　진 위 상 곡 어 양　한 초

爲燕國　後分爲涿郡　又改爲廣陽　晉唐曰范陽　遼爲南
위 연 국　후 분 위 탁 군　우 개 위 광 양　진 당 왈 범 양　요 위 남

京　後改爲析津府　宋改名燕山府　金稱燕京　尋改號中
경　후 개 위 석 진 부　송 개 명 연 산 부　금 칭 연 경　심 개 호 중

都　元爲大都　皇明初爲北平府　太宗皇帝徙都焉　改稱
도　원 위 대 도　황 명 초 위 북 평 부　태 종 황 제 사 도 언　개 칭

順天府　今淸因以都之.
순 천 부　금 청 인 이 도 지

城之周四十里　左環滄海　右擁太行　北枕居庸　南襟
성 지 주 사 십 리　좌 환 창 해　우 옹 태 항　북 침 거 용　남 금

河濟　城門之正南曰正陽　右曰崇文　左曰宣武　東南曰
하 제　성 문 지 정 남 왈 정 양　우 왈 숭 문　좌 왈 선 무　동 남 왈

齊化　東北曰朝陽　西南曰平澤　西北曰西直　北東曰德
제 화　동 북 왈 조 양　서 남 왈 평 택　서 북 왈 서 직　북 동 왈 덕

勝　北西曰安定　外城之門有七　紫禁城之門有三　宮城
승　북 서 왈 안 정　외 성 지 문 유 칠　자 금 성 지 문 유 삼　궁 성

十七里　其門有四.
십 칠 리　기 문 유 사

前殿曰太和　一人居焉　其姓曰愛新覺羅　其種曰女眞
전 전 왈 태 화　일 인 거 언　기 성 왈 애 신 각 라　기 종 왈 여 진

滿洲部　其位則天子也　其號則皇帝也　其職則代天莅物
만 주 부　기 위 즉 천 자 야　기 호 즉 황 제 야　기 직 즉 대 천 리 물

也　其自稱曰朕　萬國尊之曰陛下　出言曰詔　發號曰勅
야　기 자 칭 왈 짐　만 국 존 지 왈 폐 하　출 언 왈 조　발 호 왈 칙

其冠曰紅帽　其服曰馬蹄袖　其傳世維四　其建元曰乾
기 관 왈 홍 모　기 복 왈 마 제 수　기 전 세 유 사　기 건 원 왈 건

隆.
륭

記之者誰　朝鮮朴趾源也　記之時維何　乾隆四十五年
기 지 자 수　조 선 박 지 원 야　기 지 시 유 하　건 룡 사 십 오 년

秋八月初一日也.
추 팔 월 초 일 일 야

동악묘 견문기〔東嶽廟記〕1)

동악묘(東嶽廟)는 조양문(朝陽門) 밖 1리에 있다. 건물의 웅
장하고 화려함은 연도(沿道)에서 보던 중 처음이었다. 성경(盛
京 : 심양)의 궁전들도 이에 비기면 어림없었다.

묘문(廟門)의 건너편에는 한 쌍의 패루가 섰는데, 푸른빛 유
리벽돌과 초록빛 유리벽돌로 쌓아 만들었다. 그 찬란하고 휘황
함이 앞서 보았던 돌로 만든 패루보다도 훨씬 능가했다.

이 사당은 원나라 연우(延祐 : 원나라 인종(仁宗)의 연호, 1314~1320)
연간에 비로소 세웠고, 명나라 정통(正統 : 명나라 영종(英宗)의 연
호, 1436~1449) 때에 더 넓혔다고 한다. 사당 가운데에는 인성제
(仁聖帝 : 동악대제(東嶽大帝)의 별칭), 병령공(炳靈公 : 동악대제의 셋
째아들), 사명군(司命君 : 사람의 목숨을 맡은 귀신)과 네 승상(丞

---

1) 다른 본에는 모두 '관내정사'의 편말에 있었으니, 주 깁루본에 의거하
이곳으로 옮겼다. 동악대제(東嶽大帝)라는 산신을 위한 사당집.

相 : 대제를 모신 정승)의 소상이 있다. 이들은 모두 원(元)나라의
소문관(昭文館) 태학사(太學士) 정봉대부(正奉大夫) 비서감경
(秘書監卿) 유원(劉元 : 원나라의 저명한 조각가)이 만든 소상으로,
유원의 소상 만드는 교묘한 법은 천하에 짝이 없었던 최고의 솜
씨였다.

요즘 청(淸)나라의 강희 경진(1700년) 3월에 사당에 불이 나서
전각과 행랑채가 다 타버리는 바람에 사당 가운데 있던 모든 소
상이 다 불타 버리고, 다만 좌우 양편의 도원(道院 : 도교 사원)만
불에 타지 않았다.

강희 황제는 특히 내탕금(內帑金 : 황제의 사용금)을 내리고,
아울러 내외의 대소 관원들에게 명하여 비용을 돕게 하고, 유친
왕(裕親王)으로 하여금 공사를 감독하게 한 지 수년 만에 비로
소 완공이 되어 황제가 직접 거둥하였다. 그 후 옹정 황제(雍正
皇帝)와 지금 황제도 역시 내탕금을 내어 이를 수리하였다.

첫 번째 전각에는 '영소화육(靈昭化育)'이라 써 붙였는데, 동
악대제는 곤룡포와 면류관을 갖추었고, 옆에서 모시고 호위하
는 여러 신(神)은 왼편에는 문(文)이고 오른편에 무(武)이다. 탁
자 앞에는 몇 섬[石]들이 쇠항아리를 놓고 생칠(生漆)을 담아서
심지 네 개에 불을 댕겨 둔 채 철망(鐵網)을 둘렀다. 등불 앞에
는 한 길이나 되는 쇠향로를 놓고 향불을 피웠다. 그리하여 검
은 등에 푸른 불꽃이 번뜩이고, 전자(篆字)처럼 얽힌 연기가 푸
른색을 띠며, 오색실로 만든 술을 드리운 휘장에는 쇠풍경이 댕
그랑 울리는데, 전각은 어둠침침해서 마치 꿈속 같다.

두 번째 전각에는 여자 소상 셋이 앉았는데, 역시 구슬로 꾸민 술을 드리웠고, 좌우 양편에서 모시고 서 있는 자도 모두 여선(女仙 : 선녀)들이었다.

세 번째 전각에는 무슨 신(神)을 본뜬 소상인지는 알 수 없으나, 낭무(廊廡 : 행랑채)에는 72조(曹) 36옥(獄)을 벌여 놓은 것이 기괴하여 천태만상이었다. 대(臺) 위에 놓인 값진 모든 그릇들은 거의 송(宋)나라와 원(元)나라 시대의 관지(款識)가 많이 박혀 있었다.

뜰 가운데에는 높은 비석 100여 개가 총총 섰는데, 조맹부(趙孟頫)[2]가 쓴 글씨가 많고, 또 그 아우 세연(世延)과 우집(虞集)[3]이 쓴 글씨도 있었다. 동서의 제일 첫 줄에 선 비석은 모두 누런 기와를 인 비각을 세워놓았다. 그 위에는 고루(鼓樓)를 설치했는데, 동쪽의 것은 '별음(鼈音)'이라 하고, 서쪽의 것은 '경음(鯨音)'이라 하였다.

---

2) 조맹부(趙孟頫) : 원(元)나라의 저명한 서예가. 맹부는 이름이요, 자는 사앙(子昻).

3) 우집(虞集) : 원(元)나라의 문학가. 집은 이름이요, 자는 백생(伯生).

原文

東嶽廟記
동 악 묘 기

東嶽廟　在朝陽門外一里　土木之壯麗　沿道初見　盛
동 악 묘　재 조 양 문 외 일 리　토 목 지 장 려　연 도 초 견　성

京宮殿　殆不及此　遠甚也.
경 궁 전　태 불 급 차　원 심 야

對廟門有雙牌樓　　以碧色琉璃甎及正綠琉璃甎築成
대 묘 문 유 쌍 패 루　　이 벽 색 유 리 전 급 정 록 유 리 전 축 성

其璀璨照耀　反勝於前所見石制也.
기 최 찬 조 요　반 승 어 전 소 견 석 제 야

廟始建于元延祐中　皇明正統時　益拓之　廟中仁聖帝
묘 시 건 우 원 연 우 중　황 명 정 통 시　익 척 지　묘 중 인 성 제

炳靈公　司命君　四丞相像　皆元昭文館太學士正奉大
병 령 공　사 명 군　사 승 상 상　개 원 소 문 관 태 학 사 정 봉 대

夫秘書監卿劉元所塑　元最善搏換之法　天下無雙.
부 비 서 감 경 유 원 소 소　원 최 선 박 환 지 법　천 하 무 쌍

今淸康熙庚辰三月　廟災　殿廡皆燼　廟中諸像　盡燬
금 청 강 희 경 진 삼 월　묘 재　전 무 개 신　묘 중 제 상　진 훼

于火　獨左右道院不焚.
우 화　독 좌 우 도 원 불 분

康熙特發內帑　並令京外大小官員捐助　以裕親王監
강 희 특 발 내 탕　병 령 경 외 대 소 관 원 연 조　이 유 친 왕 감

視之　閱數歲始成　帝臨幸　雍正及今皇帝　又發帑修
시 지　열 수 세 시 성　제 림 행　옹 정 급 금 황 제　우 발 탕 수

葺.
즙

第一殿曰靈昭化育　東嶽大帝　具袞冕　侍衛諸神　左
제 일 전 왈 영 소 화 육　동 악 대 제　구 곤 면　시 위 제 신　좌

文右武　榻前設數石金釭　貯漆　爇四炷　罩以鐵網　燈
문 우 무　탑 전 설 수 석 금 강　저 칠　설 사 주　조 이 철 망　등

前置一丈金爐　爇沈香　漆燈靑熒　篆煙繚翠　流蘇寶帳
전 치 일 장 금 로　설 침 향　칠 등 청 형　전 연 료 취　유 소 보 장

金鈴互動　殿宇沈沈　如夢中也.
금 령 호 동　전 우 침 침　여 몽 중 야

第二殿坐三位女像　亦垂珠旒　左右侍立者皆女仙.
제 이 전 좌 삼 위 여 상　역 수 주 류　좌 우 시 립 자 개 여 선

第三殿不識像何神　而廊廡列七十二曹　三十六獄　奇
제 삼 전 불 식 상 하 신　이 랑 무 렬 칠 십 이 조　삼 십 륙 옥　기

奇怪怪　千態萬狀　臺上所設金寶諸器　多宋元款識.
기 괴 괴　천 태 만 상　대 상 소 설 금 보 제 기　다 송 원 관 지

庭中穹碑百餘笏　多趙孟頫所書　亦有其弟世延及虞
정 중 궁 비 백 여 홀　다 조 맹 부 소 서　역 유 기 제 세 연 급 우

集筆　東西第一行碑　皆建黃瓦閣　上設鼓樓　東曰鼕音
집 필　동 서 제 일 항 비　개 건 황 와 각　상 설 고 루　동 왈 별 음

西曰鯨音.
서 왈 경 음

8월 초2일 무신(戊申)

날이 개었다.

지난밤에 천둥과 번개와 함께 큰비가 내렸다. 아직 제대로 수리하지 못한 객관의 창호지가 떨어졌고, 새벽에 찬바람까지 들어오는 바람에 감기가 조금 들고 입맛을 잃었다.

아침 일찍 아문(衙門)에 모두들 모여드니, 이들은 예부(禮部)와 호부(戶部)에 소속된 낭중(郎中)1)과 광록시(光祿寺)2)의 관원들이었다. 쌀과 팥 대여섯 수레와 돼지·양·닭·거위·채소 등속이 바깥뜰에 가득히 찼다. 해당 부(部)의 관원이 의자를 나란히 하여 앉아 있는데, 엄숙하고 조용하여 아무도 감히 떠드는 자가 없었다.

-----

1) 낭중(郎中) : 각 부(部)마다 둔 그 사(司)의 책임자.
2) 광록시(光祿寺) : 제사나 조회를 맡아보던 관아로, 식량(食糧)과 찬품(饌品)을 맡아 관리한다.

정사(正使)에게는 날마다 지급되는 관(館)의 찬(饌)으로는 거위 한 마리, 닭 세 마리, 돼지고기 다섯 근, 생선 세 마리, 우유 한 병, 두부 세 근, 백면(白麪) 두 근, 황주(黃酒) 여섯 항아리, 엄채(醃菜 : 김치) 세 근, 찻잎 넉 냥, 오이지 넉 냥, 소금 두 냥, 청장(淸醬) 여섯 냥, 감장(甘醬) 여덟 냥, 초(醋) 열 냥, 향유(香油) 한 냥, 화초(花椒 : 후추) 한 돈, 등유(燈油) 세 병, 밀랍초 세 자루, 내수유(奶酥油 : 우유 기름) 석 냥, 세분(細粉) 한 근 반, 생강 닷 냥, 마늘 열 뿌리, 빈과(蘋果 : 능금) 열다섯 개, 배 열다섯 개, 감 열다섯 개, 말린 대추 한 근, 포도 한 근, 사과 열다섯 개, 소주 한 병, 쌀 두 되, 땔나무 서른 근이고, 사흘마다 몽고양(蒙古羊) 한 마리씩을 준다.

부사(副使)나 서장관(書狀官)에게는 날마다 두 사람 몫으로 양(羊) 한 마리, 거위 각각 한 마리, 닭 각각 한 마리, 생선 각각 한 마리, 우유 합해서 한 병, 고기 합해서 세 근, 백면 각각 두 근, 두부 각각 두 근, 엄채(김치) 각각 세 근, 화초 각각 한 돈, 찻잎 각각 한 냥, 소금 각각 한 냥, 청장 각각 여섯 냥, 감장 각각 여섯 냥, 초 각각 열 냥, 황주 각각 여섯 항아리, 오이지 각각 넉 냥, 향유 각각 한 냥, 등유 각각 한 종지, 쌀 각각 두 되, 빈과(능금) 합해서 열다섯 개, 사과 합해서 열다섯 개, 배 합해서 열다섯 개, 포도 합해서 닷 근, 말린 대추 합해서 닷 근, 그 밖의 과실은 닷새 만에 한 번씩 준다. 부사에게는 날마다 땔나무 열일곱 근, 서장관에게는 열다섯 근씩을 준다.

그리고 대통관(大通官 : 통역관) 3명과 압물관(押物官 : 물품관리를 맡은 관원) 24명에게는 날마다 닭 한 마리, 고기 두 근, 백면 한 근, 엄채 한 근, 두부 한 근, 황주 두 항아리, 화초 닷 푼(分), 찻잎 닷 돈, 청장 두 냥, 감장 넉 냥, 향유 네 돈, 등유 한 종지, 소금 한 냥, 쌀 한 되, 땔나무 한 근씩을 준다.

상을 탈 자격이 있는〔得賞〕 종인(從人) 30명에게는 날마다 고기 한 근 반, 백면 반 근, 엄채 두 냥, 소금 한 냥, 등유 합해서 여섯 종지, 황주 합하여 여섯 항아리, 쌀 한 되, 땔나무 네 근씩을 주고, 상을 탈 자격이 없는 종인 221명에게는 날마다 고기 반 근, 엄채 넉 냥, 초 두 냥, 소금 한 냥, 쌀 한 되, 땔나무 네 근씩을 지급한다.

原文

初二日
초 이 일

戊申　晴　昨夜大雷雨震電　未及修理所寓　窓紙破落
무 신　청　작 야 대 뢰 우 진 전　미 급 수 리 소 우　창 지 파 락

曉又風寒　微有外感　不能飲食.
효 우 풍 한　미 유 외 감　불 능 음 식

朝日衙門齊會　禮部戶部郎中　光祿寺官員也　米荳五
조 일 아 문 제 회　예 부 호 부 낭 중　광 록 시 관 원 야　미 두 오

六車　猪羊鷄鵝菜蔬　充物外庭　該部官列椅而坐　肅然
류 거　저 양 계 아 채 소　충 물 외 정　해 부 관 렬 의 이 좌　숙 연

無敢喧譁者.
무 감 훤 화 자

正使每日館餼　鵝一雙　鷄三首　猪肉五斤　魚三尾
정 사 매 일 관 희　아 일 쌍　계 삼 수　저 육 오 근　어 삼 미

牛乳一鏇　豆腐三斤　白麪二斤　黃酒六壺　醃菜三斤
우 유 일 선　두 부 삼 근　백 면 이 근　황 주 육 호　엄 채 삼 근

茶葉四兩　醬瓜四兩　鹽二兩　淸醬六兩　甘醬八兩　醋
다 엽 사 냥　장 과 사 냥　염 이 냥　청 장 육 냥　감 장 팔 냥　초

十兩　香油一兩　花椒一錢　燈油三鏇　蠟燭三枝　奶酥
십 냥　향 유 일 냥　화 초 일 전　등 유 삼 선　납 촉 삼 지　내 수

油三兩　細粉一斤半　生薑五兩　蒜十頭　蘋果十五箇
유 삼 냥　세 분 일 근 반　생 강 오 냥　산 십 두　빈 과 십 오 개

黃梨十五箇　杮子十五箇　曬棗一斤　葡萄一斤　沙果十
황 리 십 오 개　시 자 십 오 개　쇄 조 일 근　포 도 일 근　사 과 십

五箇　燒酒一瓶　米二升　柴三十斤　每三日給蒙古羊一
오 개　소 주 일 병　미 이 승　시 삼 십 근　매 삼 일 급 몽 고 양 일

隻.
척

副使書狀　每日給羊共一雙　鵝各一隻　鷄各一隻　魚
부사서장　매일급양공일쌍　아각일척　계각일척　어

各一尾　牛乳共一鏇　肉共三斤　白麪各二斤　豆腐各二
각일미　우유공일선　육공삼근　백면각이근　두부각이

斤　醃菜各三斤　花椒各一錢　茶葉各一兩　鹽各一兩
근　엄채각삼근　화초각일전　다엽각일냥　염각일냥

淸醬各六兩　甘醬各六兩　醋各十兩　黃酒各六壺　醬瓜
청장각육냥　감장각육냥　초각십냥　황주각육호　장과

各四兩　香油各一兩　燈油各一鍾　米各二升　蘋果共十
각사냥　향유각일냥　등유각일종　미각이승　빈과공십

五箇　沙果共十五箇　黃梨共十五箇　葡萄共五斤　曬棗
오개　사과공십오개　황리공십오개　포도공오근　쇄조

共五斤　果物則每五日一給　副使每日給柴十七斤　書
공오근　과물즉매오일일급　부사매일급시십칠근　서

狀每日給柴十五斤.
장매일급시십오근

　大通官三員　押物官二十四員　每日給鷄一隻　肉二斤
　대통관삼원　압물관이십사원　매일급계일척　육이근

白麪一斤　醃菜一斤　豆腐一斤　黃酒二壺　花椒五分
백면일근　엄채일근　두부일근　황주이호　화초오푼

茶葉五錢　淸醬二兩　甘醬四兩　香油四錢　燈油一鍾
다엽오전　청장이냥　감장사냥　향유사전　등유일종

鹽一兩　米一升　柴一斤.
염일냥　미일승　시일근

　得賞從人三十名　每日給肉一斤半　白麪半斤　醃菜二
　득상종인삼십명　매일급육일근반　백면반근　엄채이

兩　鹽一兩　燈油共六鍾　黃酒共六壺　米一升　柴四斤
냥　염일냥　등유공육종　황주공육호　미일승　시사근

無賞從人二百二十一名　每日給肉半斤　醃菜四兩　醋
무 상 종 인 이 백 이 십 일 명　매 일 급 육 반 근　엄 채 사 냥　초

二兩　鹽一兩　米一升　柴四斤.
이 냥　염 일 냥　미 일 승　시 사 근

8월 초3일 기유(己酉)

날이 맑았다.

해 뜬 뒤에 비로소 관문(館門)을 연다. 나는 곧 시대(時大)와 장복(張福)을 데리고 관을 나와 첨운패루(瞻雲牌樓) 아래쪽으로 걸어와서 태평차 한 대를 세내었는데, 나귀 한 마리가 끌고 간다. 주방(廚房)에서 하루 동안 쓸 물품을 주기에 시대로 하여금 돈으로 바꾸게 하여 수레 앞에 실으니, 은(銀) 두 냥이 엽전 2,200닢이었다.

시대는 수레 오른편에, 장복은 수레 뒤에 앉게 하고는 빨리 달려서 선무문(宣武門)에 이르니, 그 제도가 조양문(朝陽門)과 같다. 왼편은 상방(象房 : 코끼리를 기르는 곳)이요, 오른편은 천주당(天主堂)[1]이다.

---

1) 천주당(天主堂) : 당시 북경에는 네 곳의 천주당이 있었는데, 연암이 찾아간 곳은 선무문 안 서천주당(西天主堂)이었다.

문으로 나와 오른편으로 굽어서 유리창(琉璃廠)2)에 들어갔
다. 첫 거리에 오류거(五柳居)3)라는 세 글자의 간판이 붙었는
데, 이곳이 바로 도옥(屠鈺)4)의 책방이다. 지난해에 이덕무[懋
官] 일행들이 이 책방에서 책을 많이 샀다고 해서 퍽 흥미롭게
오류거를 이야기하였던 터라, 이제 이곳을 지나고 보니 마치 옛
친구를 만난 듯싶다. 무관(懋官 : 이덕무(李德懋))이 나를 떠나보
낼 때에 또 말하기를,

"만일 당원항(唐鴛港)5)-낙우(樂宇)이다.-을 찾으려거든, 먼저
선월루(先月樓)에 가서 그 남쪽 조그만 거리로 돌아들면 두 번
째 대문이 곧 당씨(唐氏)의 댁이랍니다."
하였다.

태평차를 몰아 양매서가(楊梅書街)6)에 이르러 우연히 육일

---

2) 유리창(琉璃廠) : 북경성 남부에 있는 거리. 본래는 해왕촌(海王村)이
   었으나, 유리 가마가 있으므로 이렇게 불렀다. 명나라 때부터 서화
   와 골동품의 저자로 유명하였다.
3) 오류거(五柳居) : 유리창의 서문 가까이 있는 서점. 주인인 도정상
   (陶正祥)은 서지학(書誌學)에 밝아서 『사고전서(四庫全書)』중에 강남
   (江南)의 희서(稀書)를 많이 바쳤다.
4) 도옥(屠鈺) : 이문조(李文藻)의 『유리창서사기(琉璃廠書肆記)』에는 오
   류거의 주인 '도씨(陶氏)'로 되어 있다.
5) 당원항(唐鴛港) : 원항은 호.
6) 양매서가(楊梅書街) : 양매시화(楊梅詩話)의 이곳 양매서가에서 중국
   학사들과 구고빈은 시화에 관한 기록이고, '양매'는 양매시가에서 이
   름을 따온 것이다.

루(六一樓)에 올랐다가 유황포(兪黃圃)[7] −세기(世琦)이다.−를 만나서 잠깐 이야기를 나누었다. 서문포(徐文圃)[8] −황(璜)이다.−와 진입재(陳立齋)[9] −정훈(庭訓)이다.− 등도 자리를 함께했는데, 다들 괜찮은 선비들이었다. 날을 정해 이곳에서 만나기로 약속했다.

태평차를 돌려 북쪽 골목으로 들어가니, 길가에 금빛 글자로 '선월루(先月樓)'라 쓴 것이 별안간 태평차 앞에 눈부시게 보인다. 이곳도 역시 책방이다. 마침내 태평차에서 내려 두 하인과 함께 걸어서 당씨(唐氏)의 집에 이르렀는데, 마치 익숙한 곳을 찾아가는 느낌이었다. 문 앞에서 하인 셋이 맞이하면서,

"대감께선 묘시(卯時 : 오전 5~7시)에 아문(衙門)에 나가셨답니다."

하여 내가,

"어느 때쯤이나 돌아오실까?"

하고 물었더니 그는,

"묘시에 나가셔서 유시(酉時 : 오후 5~7시)면 돌아오십니다."

한다. 그중 한 명의 하인이 외관(外舘)에 잠시 앉아서 땀을 식히라고 청하기에 곧 따라 들어가니, 옹졸한 학구(學究 : 훈장) 한 사람이 나와 맞이한다. 그의 성은 주(周)이고 이름은 잊어버

---

7) 유황포(兪黃圃) : 황포는 호.

8) 서문포(徐文圃) : 문포는 호.

9) 진입재(陳立齋) : 입재는 호.

렸다.

앞서 듣건대, 원항이 아들 다섯을 두었는데 모두들 뛰어나다고 했다. 이제 두 아이가 방에서 나와 공손히 읍하는 것을 보니, 묻지 않아도 원항의 아들임을 알 수 있다. 나는 두 아이의 나이를 물었더니, 맏이는 열세 살이고, 다음은 열한 살이었다. 내가,

"형의 이름은 장우(張友)이고, 아우의 이름은 장요(張瑤)가 아니냐?"

하니 두 아이가 함께,

"예, 그렇습니다. 어른께선 어찌 아시옵니까?"

라고 대답하여 내가,

"너희들이 글을 잘 읽는다 하여 이름이 해외에까지 알려졌단다."

하였다. 조금 뒤에 당씨 집의 하인이 파초잎 모양으로 생긴 흰 주석 쟁반을 받들고 나와서 더운 차 한 그릇, 빈과(蘋果 : 사과) 세 개, 양매탕(楊梅湯) 한 그릇을 공손히 권한다. 하인이 당씨 집 늙은 마나님의 말씀을 전하기를,

"지난해 조선의 어른 두 분이 가끔 제 집에 놀러오셨는데, 지금도 평안하신지요? 만일 청심환 가지고 오신 게 있으시면 한두 알 얻었으면 합니다."

하여 나는,

"지금은 몸에 지니고 온 것이 없사오니, 뒷날 다시 올 때 갖다 드리겠습니다."

하고 대답했다.

앞서 들기에, 당씨의 늙은 마나님은 항상 동락산방(東絡山房)10)에 계시는데 나이가 여든이 넘어도 근력이 오히려 좋다는 말을 들은 적이 있다. 하인이 멀리 손으로 가리키며,

"늙은 마나님이 방금 중문에 나오셔서, 귀국 종자(從者)들의 옷차림을 구경하시고 계십니다."

한다. 나는 바로 보기가 겸연쩍어서 못 본 체하고는, 붉은 종이로 만든 중머리 부채 두 자루와 여러 가지 빛깔의 시전지(詩箋紙)를 내어 장우와 장요에게 나눠 주고, 열흘 안으로 다시 오리라 약속하고는 마침내 인사를 하고 일어나 문을 나섰다.

돌아보니 당씨의 늙은 마나님이 여전히 중문에 서 계셨고 아환(丫鬟) 둘이 옆에서 부축하고 있었다. 멀리 바라보니, 학발(鶴髮)이 그 머리를 덮었으나 몸은 우람하고 건강해 보이고, 아직도 곱게 분칠한 화장과 보석 치장을 폐하지 않았다.

두 하인〔兩隷 : 시대와 장복〕이,

"아까 당씨의 여러 하인들이 우리들을 좌우로 에워싸서 뜰 가운데에 세워 놓고, 늙은 마나님이 우리 옷을 벗겨서 그 제도를 보겠다고 했습니다. 소인들이 황공하여 감히 바로 쳐다보지 못하고 '날이 더워서 단지 홑적삼만 입었을 뿐입니다' 하며 사양하니, 〈그는〉 우리로 하여금 돌려 세워 보게도 하고 모로 세

---

10) 동락산방(東絡山房) : 당낙우(唐樂宇) 집의 별당 이름인데, 자신이 펴낸 문집에 별당 이름을 붙여 『동락산방시문집(東絡山房詩文集)』이라 했다.

워 보게도 하고는, 다시 여러 하인을 시켜 깃고대와 도련을 들추게 하고는 보셨습니다. 그리고는 술과 먹을 것을 내어다 먹이는데, 소인들의 의복이 이렇게 남루해서 부끄러워 죽을 뻔했습니다."

라고 한다.

　돌아오는 길에 회자관(回子觀)11)에 들러 구경하였다.

---

11) 회자관(回子觀) : 회회교 교당(回回敎敎堂). 박녕질본에는 회자관(回子館)으로 되어 있다.

原文

初三日
초삼일

己酉　晴　日出後　始開館門　遂與時大張福出館　步
기유　청　일출후　시개관문　수여시대장복출관　보

至瞻雲牌樓下　雇一兩太平車　駕一驢而行　廚房爲給
지첨운패루하　고일냥태평차　가일려이행　주방위급

一日之資　使時大換錢　置車前　銀二兩　爲錢二千二百
일일지자　사시대환전　치차전　은이냥　위전이천이백

葉.
엽

時大爲車右　張福坐車後　疾驅至宣武門　制如朝陽門
시대위차우　장복좌차후　질구지선무문　제여조양문

左象房　右天主堂.
좌상방　우천주당

出門右轉　入琉璃廠　初街有五柳居三字題　此屠鈺冊
출문우전　입유리창　초가유오류거삼자제　차도옥책

肆也　前歲　懋官輩多貿此肆　津津說五柳居　今過此中
사야　전세　무관배다무차사　진진설오류거　금과차중

如逢故人　懋官臨別　又言若尋唐鴛港－樂字號　先至先
여봉고인　무관림별　우언약심당원항　낙우호　선지선

月樓　其南轉小衚衕第二門　卽唐宅云.
월루　기남전소호동제이문　즉당댁운

驅車至楊梅書街　偶上六一樓　逢兪黃圃－世琦　少話
구차지양매서가　우상육일루　봉유황포　세기　소화

徐文圃－璜　陳立齋－庭訓　在座　皆佳士　約選日會此.
서문포　황　진입재　정훈　재좌　개가사　약선일회차

回車入北條 路傍金字先月樓 忽映車前 此亦冊肆也
회 차 입 북 조　노 방 금 자 선 월 루　홀 영 차 전　차 역 책 사 야

遂下車 與兩隷步至唐宅 若慣踏者 門首有三僕迎謂
수 하 거　여 양 례 보 지 당 댁　약 관 답 자　문 수 유 삼 복 영 위

曰 老爺卯刻上衙 余問 幾時回家 答曰 卯去酉還 一
왈　노 야 묘 각 상 아　여 문　기 시 회 가　답 왈　묘 거 유 환　일

僕請外館暫坐納汗 遂隨入 有一疎拙學究出迎 姓周
복 청 외 관 잠 좌 납 한　수 수 입　유 일 소 졸 학 구 출 영　성 주

忘其名.
망 기 명

曩聞鴛港有五子 箇箇麒麟兒云 今兩小童下炕肅揖
낭 문 원 항 유 오 자　개 개 기 린 아 운　금 양 소 동 하 항 숙 읍

不問可知爲鴛港子也 余問兩兒年齒 長十三 次十一
불 문 가 지 위 원 항 자 야　여 문 양 아 년 치　장 심 삼　차 십 일

余曰 長名張友 次名張瑤否 兩兒俱對曰 是也 大人
여 왈　장 명 장 우　차 명 장 요 부　양 아 구 대 왈　시 야　대 인

何從知之 余曰 童子善讀書 名聞海外 小焉 唐家蒼
하 종 지 지　여 왈　동 자 선 독 서　명 문 해 외　소 언　당 가 창

頭 擎蕉葉鑶盤而出 慇懃來餉 熱茶一椀 蘋果三箇
두　경 초 엽 랍 반 이 출　은 근 래 향　열 다 일 완　빈 과 삼 개

楊梅湯一椀 蒼頭傳唐家太夫人之言曰 往歲朝鮮兩老
양 매 탕 일 완　창 두 전 당 가 태 부 인 지 언 왈　왕 세 조 선 양 노

爺 常常來遊弊莊 今無恙否 如有帶來淸心元 願得一
야　상 상 래 유 폐 장　금 무 양 부　여 유 대 래 청 심 원　원 득 일

二丸 余答現今無隨身者 後日再來時 當持獻也.
이 환　여 답 현 금 무 수 신 자　후 일 재 래 시　당 지 헌 야

舊聞唐家老夫人 常居東絡山房 年八十餘 筋力尙健
구 문 당 가 노 부 인　상 거 동 락 산 방　연 팔 십 여　근 력 상 건

云 蒼頭遙指曰 人大人今方出立中門 看貴國從者衣
운　창 두 요 지 왈　태 부 인 금 방 출 립 중 문　간 귀 국 종 자 의

服也 余嫌於直望 若不見者 以紅紙僧頭扇二柄 及各
복야 여혐어직망 약불견자 이홍지승두선이병 급각

色詩箋紙 分給張友張瑤 約旬前再來 遂辭起出門.
색시전지 분급장우장요 약순전재래 수사기출문

回看唐家老母 猶立門中 兩丫鬟在傍扶侍 遙見其鶴
회간당가노모 유립문중 양아환재방부시 요견기학

髮覆頂 體幹雄健 而尙不廢鉛粉珠翠也.
발복정 체간웅건 이상불폐연분주취야

兩隷云 俄刻唐家諸僕 左右挾持 立之庭中 老夫人
양례운 아각당가제복 좌우협지 입지정중 노부인

使之脫衣 欲觀其制樣云 小人等惶恐 不敢仰視 辭以
사지탈의 욕관기제양운 소인등황공 불감앙시 사이

日熱 所著只是單衫云爾 則使之背立隅立 更令衆僕
일열 소착지시단삼운이 즉사지배립우립 갱령중복

披拂襟裾而視之 出酒食饋之 小人等衣服 若是破落
피불금거이시지 출주식궤지 소인등의복 약시파락

可爲羞恥幾死.
가위수치기사

歸時 歷觀回子觀.
귀시 역관회자관

8월 초4일 경술(庚戌)

날씨가 맑았다. 더위가 심하여 삼복(三伏)이나 다름없었
다.

수레를 몰아 정양문(正陽門)을 나와서 유리창(琉璃廠)을 지나
면서,

"이 창(廠)이 모두 몇 칸이나 됩니까?"

하고 물었더니 어떤 이가,

"모두 27만 칸이나 된답니다."

하고 대답한다. 대체로 정양문에서부터 가로로 뻗어 선무문(宣
武門)에 이르기까지의 다섯 거리가 모두들 유리창이었고, 국내
외 모든 재화와 보물이 여기에 몰려 쌓여 있다는 곳이다.

나는 한 누각 위에 올라서 난간에 기대어 탄식하면서,

"이 세상에 진실로 자기를 알아주는 사람 하나를 만났다면 한
이 없을 것이다. 아아, 인정은 항상 제 몸을 알고자 하되 이를
알지 못하면 때로는 커다란 바보나 미치광이처럼 되니, 곧 나

아닌 남이 되어 나를 보아야만 나도 마침내 다른 물건과 다른 바 없음을 알 수 있을 것이다. 〈그 경지에 이르러서야〉 비로소 몸이 움직이는 곳마다 여유가 있어 아무런 거리낌이 없을 것이다. 성인은 이 방법을 사용했으므로 세상을 버리고도 아무런 고민이 없었으며, 외로이 서 있어도 아무런 두려움이 없었던 것이다.

공자는 일찍이 말씀하시기를, '남이 나를 알아주지 않는다 하더라도 노여운 뜻을 품지 않는 이라면 어찌 군자(君子)가 아니겠느냐?'[1] 하였고, 노담(老聃)[2]도 역시 '나를 알아주는 이가 드물다면 나는 참으로 고귀한 존재이다.'[3] 하였다. 이렇듯이 남이 나를 몰라보았으면 하여, 혹은 자신의 의복을 바꾸기도 하고, 혹은 그 얼굴을 못 알아보게 하고, 혹은 그 성명을 바꾸어 버리기도 한다. 이는 곧 성인과 부처, 현자와 호걸들이 세상을 한 개의 노리개로 보아서 비록 천자의 자리를 준다 하더라도 그의 즐거움과 바꾸지 않는 까닭이다.

이러한 때에 천하에 혹시 한 사람만이라도 자신을 알아보는 이가 있다면, 그의 자취는 드러나고 마는 것이다. 그러나 그 실상에 있어서는 천하에 단지 한 사람만이라도 자신을 알아주는 이가 있기를 기대하지 않은 적이 없었던 것이다.

---

1) 『논어』학이(學而) 편에 나오는 마지막 장(章)의 전문(全文).

2) 노담(老聃) : 노자. 주나라 말년의 인물. 중국 도교의 시조(始祖)이며, 무위주의(無爲主義)를 주장하였다. 이이(李耳). 담(聃)은 자.

3) 『도덕경(道德經)』에 나오는 구절.

그러므로 요(堯)임금이 미복(微服)으로 강구(康衢)에서 놀
았으나 격양가(擊壤歌)⁴⁾를 부르는 늙은이가 나타났고, 석가(釋
迦)가 얼굴을 바꾸었으나 아난(阿難 : 석가의 으뜸가는 제자)이 그
를 알아보았고, 태백(太伯)⁵⁾은 몸에 문신을 하고 남만(南蠻)으
로 도피하였으나 중옹(仲雍)⁶⁾이 뒤를 따랐고, 예양(豫讓)⁷⁾은
몸에 옻칠을 하였으나 그 벗이 알아보았고, 삼려대부(三閭大
夫)⁸⁾가 창백한 얼굴을 했어도 어부(漁父)가 알아보았고, 치이
자(鴟夷子 : 범려(范蠡)의 호)는 오호(五湖)에 배를 띄울 때 서시
(西施)가 그 뒤를 따랐다. 장록(張祿)⁹⁾이 객관에서 가만히 걸

---

4) 격양가(擊壤歌) : 요(堯)임금이 미복으로 큰 거리를 미행하였을 때에
   늙은 농부가 땅을 두드리며 천하가 태평함을 기려 불렀다는 노래.
5) 태백(太伯) : 주(周)나라의 왕자로, 임금 자리를 아우에게 양보하고
   남만(南蠻)으로 도피하였다.
6) 중옹(仲雍) : 태백(太伯)의 아우인 우중(虞仲). 태백이 자기에게 임금
   자리를 양보함을 보고 자기도 뒤를 따랐다.
7) 예양(豫讓) : 전국 시대 때 지백(智伯)의 신하. 지백이 죽자, 그 원수
   를 갚기 위해서 몸에 옻칠을 하고 입에 숯을 머금어서 문둥이와 벙어
   리로 행세하였는데, 그의 아내는 알아보지 못하였으나 친구 중에는
   알아보는 이가 있었다.
8) 삼려대부(三閭大夫) : 전국 시대 초(楚)나라의 정치가이자, 문학가인
   굴평(屈平). 삼려대부는 벼슬. 자는 원(原), 또는 영균(靈均). 굴원이
   정계에서 추방된 뒤에 어부사(漁父辭)를 지었는데, 그중에 어부와 문
   답한 말이 있다.
9) 장록(張祿) : 전국 시대 때 진(秦)나라의 정치가 범서(范雎). 원대는 위
   (魏)나라 사람으로 변설에 능했는데, 위제(魏齊)를 위해 일하다가 모함

을 때 수가(須賈)10)를 만났고, 장자방(張子房)11)은 이교(圯橋 : 다리 이름)에서 조용히 걸을 때 황석공(黃石公)12)을 만났다.

이제 나는 유리창 안에 홀로 섰으니, 내가 입고 있는 옷과 갓은 천하 사람들이 모르는 바이요, 그 수염과 눈썹은 천하 사람들이 처음 보는 바이며, 반남(潘南 : 연암의 관향)의 박(朴)은 천하 사람들이 일찍이 듣지 못하던 성씨이다. 여기서 나는 성인도 되고 부처도 되고 현자도 되고 호걸도 되려니, 이러한 미치광이 짓은 기자(箕子)13)나 접여(接輿)14)와 같으나 장차 그 누가 와서 이 천하의 지락(至樂)을 논할 수 있겠는가?

어떤 이가 묻기를, '공자께서 송(宋)나라를 지나갈 때에15) 무

으로 태형(笞刑)을 당해 허리뼈가 부러진 뒤 이름을 장록(張祿)으로 고치고, 진나라로 달아나 소양왕(昭陽王)을 섬겼다.

10) 수가(須賈) : 전국 시대 때 위(魏)나라의 고관. 일찍이 범저를 박대했는데, 진(秦)나라에 사신으로 갔을 때 범저를 만나서 그의 곤궁을 측은히 여겨 선물을 주었으나, 실은 그때 범저는 이미 진나라의 승상이 되었는데 곤궁을 가장하여 수가를 속였다.

11) 장자방(張子房) : 한(漢)나라의 책략가 장량(張良). 자방은 자.

12) 황석공(黃石公) : 장량(張良)에게 비서(秘書)를 전해 준 도사. 장량이 창해(滄海)의 역사(力士)로 하여금 진 시황을 저격(狙擊)하려다 실패한 후 다리에서 만난 황석공이 비서(秘書)를 전해주었다.

13) 기자(箕子) : 기자가 거짓으로 미쳐서 종이 되었다.

14) 접여(接輿) : 전국 시대 초(楚)나라의 광사(狂士)인 육통(陸通).

15) 공자가 일찍이 송나라의 광(匡) 땅 사람에게 습격을 당해서 미복으로 변복(變服)하고 지나갔다고 한다.

슨 관(冠)을 쓰셨을까?' 하기에, 나는 큰 소리로 웃으면서 '아마 우물과 창고와 평상과 거문고16)가 벌여 있고, 그는 앞에 보이다가 별안간 뒤에 있었을 것이며,17) 또 물고기 옷과 표범 무늬처럼18) 변덕이 많았을 테니, 누가 그 참된 모습을 알 수 있으리오' 하였다.

그러므로 그는 이르기를 '선생님께서 계신데, 회(回)가 어찌 감히 죽을 수 있겠습니까?'19)라고 하였던 것이다.

이로써 볼 때, 공자가 천하의 지기(知己)를 논한다면 오직 안자(顔子)20)뿐이었을 것이다."

라고 하였다.

----

16) 『맹자(孟子)』 만장(萬章) 편에 나오는 내용이다. 순(舜)임금의 부모가 순을 시켜 창고의 지붕을 고치게 하고는 사다리를 치우고 고수(瞽瞍)가 창고에 불을 질렀으며, 또 우물을 파게 하고는 이복동생인 상(象)이 순을 죽이려고 흙으로 덮어 생매장시키고, 순의 궁궐로 가서 순의 재산을 차지하려다가 순이 살아서 평상에 앉아 거문고를 타고 있는 모습을 보고는 시침을 떼고 오히려 형을 그리워했다고 둘러댔다고 한다.

17) 공자의 제자 안회(顔回)가 공자의 학문이 변화무궁하여 포착할 수 없음을 찬송한 말로 『논어』에 실렸다.

18) 『역경』에 "군자는 표범처럼 변한다." 하였다.

19) 이 구절은, 공자가 미복으로 송나라를 지나다가 안회가 뒤에 떨어졌던 것을 죽은 줄만 알았다고 하였을 때에 안회가 답한 말인데, 『논어』에 실렸다.

20) 안자(顔子) : 안회. 자(子)는 높여서 일컫는 말.

原文

初四日
초 사 일

庚戌 晴 極熱 無異三伏 驅車出正陽門 過琉璃廠
경술 청 극열 무이삼복 구거출정양문 과유리창

問廠幾間矣 有對者曰 共有二十七萬間 蓋自正陽橫
문창기칸의 유대자왈 공유이십칠만칸 개자정양횡

亘至宣武門 有五巷 而皆琉璃廠 海內外貨寶之所居
긍지선무문 유오항 이개유리창 해내외화보지소거

積也.
적 야

余登一樓 憑欄而嘆曰 天下得一知己 足以不恨 噫
여등일루 빙란이탄왈 천하득일지기 족이불한 희

人情常欲自視而不可得 則有時乎爲大癡猖狂 乃以非
인정상욕자시이불가득 즉유시호위대치창광 내이비

我觀我 而我遂與萬物無異 其於遊身 恢恢乎有餘地
아관아 이아수여만물무이 기어유신 회회호유여지

矣 聖人用是道焉 遯世而無悶 獨立而不懼.
의 성인용시도언 둔세이무민 독립이불구

孔子曰 人不知而不慍 不亦君子乎 老聃亦云 知我
공자왈 인부지이불온 불역군자호 노담역운 지아

者希 我其貴矣 其不欲使人知我也如此 或變其衣服
자희 아기귀의 기불욕사인지아야여차 혹변기의복

或變其形貌 或變其名姓 此聖佛賢豪之所以大玩於世
혹변기형모 혹변기명성 차성불현호지소이대완어세

而王無與易其樂也.
이왕무여역기락야

當此之時　天下或有一人知我　則其跡敗矣　然乃若其
당차지시　천하혹유일인지아　즉기적패의　연내약기

情　則未嘗不待天下獨有一人知之.
정　즉미상부대천하독유일인지지

故堯微服康衢　厥有擊壤　釋迦變相　厥有阿難　太伯
고요미복강구　궐유격양　석가변상　궐유아난　태백

文身　厥有仲雍　豫讓漆身　厥有其友　三閭枯槁　厥有
문신　궐유중옹　예양칠신　궐유기우　삼려고고　궐유

漁父　鴟夷五湖　厥有西子　張祿間步旅邸　厥有須賈
어부　치이오호　궐유서자　장록간보려저　궐유수가

子房從容圯上　厥有黃石.
자방종용이상　궐유황석

今吾獨立於琉璃廠中　而其衣笠　天下之所不識也　其
금오독립어유리창중　이기의립　천하지소불식야　기

鬚眉　天下之所初覩也　潘南之朴　天下之所未聞也　吾
수미　천하지소초도야　반남지박　천하지소미문야　오

於是爲聖爲佛爲賢豪　其狂如箕子接輿　而將誰與論其
어시위성위불위현호　기광여기자접여　이장수여론기

至樂乎.
지락호

或問　孔子過宋　所着何冠　余大笑曰　井廩牀琴　瞻
혹문　공자과송　소착하관　여대소왈　정름상금　첨

前忽後　魚服豹蔚　孰參其故.
전홀후　어복표울　숙참기고

故曰　子在　回安敢死　論天下知己者　唯顔子已矣.
고왈　자재　회안감사　논천하지기자　유안자이의

5

막북행정록(漠北行程錄)
북방 여행기

　8월 5일 신해(辛亥)일로부터 8월 9일 을묘(乙卯)일까지 모두 닷새 동안의 기록이다. 황성(皇城 : 연경(燕京))에서 열하(熱河)에 이르기까지이다.

막북행정록서(漠北行程錄序)[1]

열하는 황제의 행재소(行在所)[2]가 있는 곳이다. 옹정 황제(雍正
皇帝) 때 〈이곳 열하에〉 승덕주(承德州)를 두었는데, 지금 건륭
황제가 주(州)를 승격시켜 부(府)로 삼았으니 곧 황성의 동북쪽
420리에 있고, 만리장성(萬里長城)에서는 200여 리 떨어진 곳이
다.

『열하지(熱河志)』[3]를 살펴보면,

"한(漢)나라 때에 요양(要陽)과 백단(白檀) 두 현(縣)을 어양

---

* 막북(漠北)은 사막 북쪽을 가리키는 말이나, 여기에서는 만리장성 북
  쪽 변방을 뜻하는 말이다. 이때 황제는 북경에 있지 않고 열하에 있었
  기 때문에 조선 사신단으로서는 처음으로 열하를 가게 된 것이다.

1) 막북행정록서(漠北行程錄序) : 이 소제는 다른 본에는 없었으나 주
  설루본에 의하여 수록하였다.

2) 행재소(行在所) : 임금이 궁을 떠나 있을 때 임시로 머무는 거처.

3) 『열하지(熱河志)』: 열하의 '지지(地志)'이니, 건륭 42년에 고종이 칙
  명에 의하여 엮었다.

군(漁陽郡)에 소속시켰고, 원(元)나라와 위(魏)나라 때에는 밀운(密雲)과 안락(安樂) 두 군(郡)의 경계에 있었고, 당(唐)나라 때에는 해족(奚族 : 북방의 소수 민족)의 땅이 되었고, 요(遼)나라 때는 흥화군(興化軍)이라고 하여 중경에 소속시켰고, 금나라 때에는 영삭군(寧朔軍)으로 고쳐서 북경에 소속시켰으며, 원(元)나라 때에 다시 고쳐서 상도로(上都路)에 소속시켰다가 명(明)나라 때에는 타안위(朶顔衛)의 땅이 되었다."

라고 하니, 이것이 바로 열하의 지금까지 연혁(沿革)이다.

이제 청(淸)나라가 천하를 통일하고는 비로소 열하라 이름하였으니, 실로 만리장성 밖의 군사적 요해의 땅이었다. 강희 황제(康熙皇帝) 때로부터 늘 여름이면 이곳에 거둥하여 더위를 피하는 장소가 되었다. 거처하는 궁전은 채색이나 아로새김도 없이 꾸며 '피서산장(避暑山莊)'이라 이름하고, 황제는 여기에 거처하면서 서적을 읽기도 하고 때로는 숲과 시내 사이를 거닐며 천하의 일을 다 잊어버리고는 짐짓 평민이 되어 노니는 뜻이 있는 듯하다.

그 실상은 이곳이 험한 요새를 차지하여서 몽고의 목구멍을 막는 동시에 북쪽 변방 깊숙한 곳이었으므로 이름은 비록 피서(避暑)라 하였으나, 실제로는 천자 스스로 북쪽 오랑캐를 막음이었다. 이는 마치 원(元)나라 시절에 해마다 풀이 푸르면 수도를 떠났다가 풀이 마르면 남(南 : 수도를 말함)으로 돌아옴과 같음이다.

대체로 천자가 북쪽 가까이 머물러 있어서 자주 순행하여 사

냥을 다니면, 북방의 여러 호로(胡虜 : 오랑캐)들이 함부로 남으로 내려와서 말을 놓아먹이지 못할 것이므로 천자의 오고감을 늘 풀의 푸르고 마름으로써 시기를 정하였으니, 피서라고 이름 붙인 까닭은 이 때문이었다. 올 봄에도 황제가 남방으로 순행하였다가 곧바로 북쪽 열하로 돌아온 것이다.

열하의 성지(城池)와 궁전은 해마다 더하고 달로 늘어나서 사치하고 화려하고 굳고 웅장함이 저 창춘원(暢春苑)과 서산원(西山苑)의 여러 별궁들보다 더 뛰어났다. 뿐만 아니라 산수의 경치도 연경보다 나으므로 해마다 이곳에 와서 머물게 되었으며, 애초에는 오랑캐를 막기 위하였던 곳이 도리어 사냥과 방탕한 놀이터로 발전되었다.

우리나라 사신은 갑자기 열하로 오라는 명을 받아서 밤낮없이 달려서 닷새 만에야 다다랐으니, 속으로 노정(路程)을 짐작하건대 400여 리뿐이 아닐 것이다. 열하에 와서 산동 출신의 도사(都司) 학성(郝成)과 함께 여정의 멀고 가까움을 논하였는데, 학성 역시 열하에는 처음 온 사람이었다. 학성이 말하기를, "대개 구외(口外)4)에서 북경까지 거리가 700여 리이나, 강희 황제 이후로 해마다 구외에 피서하여 석왕(碩王 : 황제의 아들)과 액부(額駙)5) 그리고 각부 대신(閣部大臣)들이 닷새에 한 번

---

4) 구외(口外) : 장성 밖의 지명에 '口' 자가 붙은 곳이 많은데, 여기서는 구의 밖인 열하를 말한다.

5) 액부(額駙) : 공주의 남편. 부마(駙馬)의 만주어, 예를 들면 화석공주

씩 조회하게 마련되었는데, 〈열하까지 오는 도중에는〉 여울
이 소용돌이 치고 사나운 큰 물, 높은 고개, 험한 언덕이 많아서
모두들 험하고도 먼 곳까지 산을 넘고 물을 건너는 수고로움을
꺼리므로 강희 황제가 특별히 역참(驛站 : 차참(車站))을 줄여
400여 리를 만든 것이지 실제는 700리나 되는 거리입니다. 그
러나 여러 신하들이 항상 말을 달려와서 일을 품함이 일쑤였으
므로, 막북(漠北)을 문 앞처럼 여기고 몸이 말안장 위에서 떠날
겨를이 없으니, 이는 바로 성군(聖君)은 편안할 때도 오히려 위
태로움을 잊지 않으려는 뜻이랍니다."
하니, 학성의 말이 그럴 듯하였다.

　그리고 고염무(顧炎武)6)의 『창평산수기(昌平山水記)』를 살펴
보면,

　"고북구역(古北口驛)으로부터 북으로 56리를 가서 청송(靑
松)이라는 한 참(站)을 두었고, 또 50리를 가서 고성(古城)이
라는 한 참을 두었으며, 또 60리를 가서 회령(灰嶺)이라는 한
참을 두었고, 또 50리를 가서 난하(灤河)라는 한 참을 두었다."
라고 하였다.

　이제 난하를 건너서 열하까지 40리이니, 고북구(古北口)로부

　(化碩公主)에 장가든 사람을 화석액부(化碩額駙)라 한다.

6) 고염무(顧炎武) : 명나라 말엽 청나라 초의 학자. 명나라가 만주족
　청나라에 멸망한 원인을 연구했다. 중국의 사상적 토대가 되어 온 성
　리학의 주석서를 버리고, 유학의 본래적 의미를 담고 있는 한나라의
　주석서로 돌아가자고 주장했다. 고증학을 개척한 인물.

터 이곳에 이르기까지 모두 256리이다. 이를 말미암아 보더라
도 벌써 56리가 『열하지(熱河志)』에 기록된 것보다 많다. 구외
(口外)의 노정(路程)이 서로 어긋남이 이와 같으니 만리장성
안이야 더욱 그러할 것을 짐작할 수 있겠다.

　이제 이 걸음은 우리나라 사람으로는 처음일 뿐더러 하물며
밤낮으로 달려온 터라 마치 소경이 걷는 것과도 같고 꿈결에 지
나치는 것 같아서 역참이며 돈대를 일행 중에 아무도 자세히 보
지 못하였다. 그러나 이제 『열하지(熱河志)』를 상고하니 420리
라 하였으니, 지금 『열하지』를 좇을 수밖에 없다.

原文

漠北行程錄
막북행정록

起辛亥止乙卯　凡五日　自皇城至熱河.
기신해지을묘　범오일　자황성지열하

漠北行程錄序
막북행정록서

熱河　皇帝行在所　雍正時置承德州　今乾隆昇州爲府
열하　황제행재소　옹정시치승덕주　금건륭승주위부

在皇城東北四百二十里　出長城二百餘里.
재황성동북사백이십리　출장성이백여리

按志　漢時要陽白檀二縣　屬漁陽郡　元魏時爲密雲安
안지　한시요양백단이현　속어양군　원위시위밀운안

樂二郡邊界　唐時爲奚地　遼時爲興化軍屬中京　金改
락이군변계　당시위해지　요시위흥화군속중경　금개

寧朔軍屬北京　元改屬上都路　皇明時爲朶顔衛地　此
영삭군속북경　원개속상도로　황명시위타안위지　차

其古今沿革也.
기고금연혁야

今淸一統則始名熱河　爲長城外要害之地　自康熙皇
금청일통즉시명열하　위장성외요해지지　자강희황

帝時　常於夏月駐蹕于此　爲淸暑之所　所居宮殿不爲
제시　상어하월주필우차　위청서지소　소거궁전불위

采斲　謂之避暑山莊　帝居此書籍自娛　逍遙林泉　遺外
변착　위지피서산장　제거차서적자오　소요림천　유외

天下　常有布素之意.
천하　상유포소지의

而其實地　據險要　扼蒙古之咽喉　爲塞北奧區　名雖
이기실지　거험요　액몽고지인후　위새북오구　명수

避暑　而實天子身自防胡　如元世草靑出迤都　草枯南
피서　이실천자신자방호　여원세초청출이도　초고남

還.
환

大抵天子近北居住　數出巡獵　則諸胡虜　不敢南下放
대저천자근북거주　삭출순렵　즉제호로　불감남하방

牧　故天子往還　常以艸之靑枯爲期　所以名避暑者此
목　고천자왕환　상이초지청고위기　소이명피서자차

也　今年春皇帝　自南巡直北還熱河.
야　금년춘황제　자남순직북환열하

熱河城池宮殿　歲增月加　侈麗鞏壯　勝於暢春西山諸
열하성지궁전　세증월가　치려공장　승어창춘서산제

苑　且其山水勝景　逾於燕京　故所以年年來駐于此　其
원　차기산수승경　유어연경　고소이년년래주우차　기

所控禦之地　反成荒樂之場.
소공어지지　반성황락지장

今我使倉卒被詔　晝夜兼行　五日始達　默計途程　已
금아사창졸피조　주야겸행　오일시달　묵계도정　이

非四百餘里　及入熱河　與山東都司郝成　論程里遠近
비사백여리　급입열하　여산동도사학성　논정리원근

成亦初至熱河者　成言大約口外去京師七百餘里　自聖
성역초지열하자　성언대약구외거경사칠백여리　자성

朝年年淸暑口外　碩王額駙閣部大臣　五日一朝　道多
조년년청서구외　석왕액부각부대신　오일일조　도다

惡湍悍河　崇嶺峻坂　皆憚險遠跋沙之勞　聖朝特爲剪
악단한하　숭령준판　개탄험원발섭지로　성조특위전

站 爲四百餘里　其實七百里　諸臣常得馳馬奏事　視漠
참　위사백여리　기실칠백리　제신상득치마주사　시막

北如門庭　身不離鞍　此聖人安不忘危之意云　成之言
북여문정　신불리안　차성인안불망위지의운　성지언

似爲近之.
사위근지

　按顧炎武昌平山水記　自古北口驛置　北出五十六里
안고염무창평산수기　자고북구역치　북출오십륙리

曰靑松　爲一站　又五十里曰古城　爲一站　又六十里曰
왈청송　위일참　우오십리왈고성　위일참　우육십리왈

灰嶺　爲一站　又五十里曰灤河　爲一站.
회령　위일참　우오십리왈난하　위일참

　今渡灤河至熱河爲四十里　則自古北口至此　摠計二
금도난하지열하위사십리　즉자고북구지차　총계이

百五十六里　由是觀之　五十六里　已多于志所記矣　口
백오십륙리　유시관지　오십륙리　이다우지소기의　구

外計程　其相違左如此　則長城之內　從可推知.
외계정　기상위좌여차　즉장성지내　종가추지

　今此役　我人從古未嘗有也　況其晝夜馳走　瞀行夢過
금차역　아인종고미상유야　황기주야치주　고행몽과

其郵籤亭堠　一行上下　俱所未詳　然今按志爲四百二
기우첨정후　일행상하　구소미상　연금안지위사백이

十里　則今從志.
십리　즉금종지

가을[1] 8월 초5일 신해(辛亥)

날이 맑고 무더웠다.

사시(巳時 : 오전 9시~11시)에 사은 겸 진하정사(謝恩兼進賀正使)[2]를 따라 연경으로부터 열하로 길을 떠났다. 부사, 서장관, 역관 세 사람, 비장 네 사람, 하인들 등 사람이 모두 일흔넷이고, 말이 모두 쉰다섯 필이다. 나머지는 모두 서관(西館)에 머물러 있게 되었다.

처음 책문을 들어선 뒤로, 길에서 자주 비를 만나고 강물이 넘치는 바람에 통원보(通遠堡)에서는 앉아서 5, 6일을 허비했으므로 정사가 밤낮으로 근심하였다. 나는 마침 건너편 구들에

---

1) 수택본과 일재본에는 이 위에 '건륭 45년 경자'라는 한 구절이 있다.
2) 사은 겸 진하정사(謝恩兼進賀正使) : 황제의 은혜를 사례하고 탄생일을 축하하는 수석 사신이란 말로, 당시 사은사(謝恩使)와 진하사(進賀使)를 겸한 정사였던 박명원을 말한다.

묵었으므로 매양 빗소리가 들리는 밤이면 번번이 촛불을 밝히고 밤을 새우면서 휘장 너머로 서로 이야기했는데, 정사가 하는 말이,

"천하일은 알 수 없는 것일세. 만일 우리 사신 일행에게 〈만수절〉 전에 열하까지 오라고 하는 명이 내리면 날짜가 모자랄 것이니, 장차 어떻게 할 것이며, 설사 열하로 가는 일이 없다 하더라도 마땅히 만수절(萬壽節 : 황제의 탄생일)에는 황성에 도착해야 할 것인데, 만약 다시 심양과 요양의 사이에서 비에 막히는 일이 있다면 이야말로 속담(俗談)에 '새벽부터 밤새도록 가도 문에 닿지 못하였다는 격이 아니겠는가?"

라고 하였다. 그러다가 밝은 날 백방으로 물을 건널 계책을 세울 때 여러 사람들이 이를 말리면 그는 곧,

"나는 나랏일로 왔으니 물에 빠져 죽는 한이 있더라도 이는 내 직분일 뿐이라, 또한 다시 어찌하겠는가?"

라고 한다. 이로부터 아무도 감히 다시는 물이 많아서 건너지 못하겠다고 말하는 사람이 없었다. 때마침 더위가 극심하고, 또 이곳에는 비록 비가 오지 않은 날에도 이따금씩 마른 땅이 갑자기 물바다를 이루기 일쑤이니, 이는 모두 천리 밖에서 폭우가 쏟아졌기 때문이다.

물을 건널 때면 모두 몸이 떨리고 눈앞이 캄캄하여, 낯빛을 잃고 하늘을 우러러보며 잠깐 동안 목숨을 살려달라고 속으로 빌지 않은 자가 없었던 적이 여러 번이었으며, 이미 저쪽 편 언덕에 도달한 뒤에야 바야흐로 서로 돌아보며 위로하고 축하하

기를 마치 〈죽을 고비를 겪고〉 다시 살아난 사람이나 만난 듯
이 하였다. 그러다가 또다시 앞에 있는 물이 지나간 물보다 더
크다는 말을 듣고는 〈더욱 놀라서〉 서로 돌아보며 생각이 막
연할 뿐이었다. 그러면 정사는,

"제군들은 걱정마라. 이 역시 왕령(王靈)이 도우시리."

라고 하였다. 불과 몇 리도 못 가서 또다시 문득 물을 만나게 되
고, 어떤 때에는 하루에 일고여덟 번이나 물을 건너기도 하였
다. 이리하여 쉴 참을 뛰어넘어 쉴 새 없이 달렸으므로 말이 더
위에 지쳐 많이 죽고, 사람 역시 모두 더위를 먹어서 토하고 설
사를 하게 되면 문득 사신을 원망하여,

"열하로 갈 일이야 만무할 텐데 이렇듯 한더위에 쉴 참을 뛰
어넘은 건 전례에 없던 일입니다."

라고 하고 혹은,

"나랏일이 아무리 중하다손 치더라도 정사께선 늙고 쇠약하
기까지 하신 분이 이렇게 몸을 가벼이 하시다가 만일 덧나시기
라도 하면 도리어 일을 그르치는 것입니다."

라고 하고 혹은,

"지나치게 서두르면 도리어 더딘 법입니다."

라고 하고 혹은,

"옛날 장계군(長溪君 : 이병(李樑))이 진향사(進香使)3)로 왔을

---

3) 진향사(進香使) : 중국 황실에 초상이 있을 때 향과 제문을 가지고 가
는 사신.

때에는 책문 밖에서 물에 막혀 침상(寢牀)을 쪼개어서 밥을 지
으며 열이레를 머물면서 건너지 못했어도 오히려 쉴 참을 뛰어
넘는 일은 없었습니다."
라고 하였다.

마침내 8월 초하룻날 황성(皇城 : 연경)에 닿았다. 사신은 곧
바로 예부(禮部)에 가서 표자문(表咨文 : 황제에게 올리는 글)을
내고 서관에서 나흘을 묵었으나 별다른 지시가 없으므로 그제
서야 모두들,

"과연 아무런 염려가 없나보다. 사신께서 매양 우리말을 곧
이 안 들으시더니 지금 과연 어떠한가? 아무튼 일이야 우리들
이 잘 알지. 역참을 차근차근 거치며 왔어도 열사흗날의 만수
절(萬壽節)에는 넉넉히 대어 올 것을."
라고 하며 빈정거렸다. 이로부터 더욱 열하는 염두에도 두지
않았으며, 사신도 차츰 열하로 갈 걱정을 풀기 시작하였다.

초나흗날, 나는 밖으로 구경 나갔다가 저녁 때 취하여 돌아와
서는 이내 곤히 잠들었다가 한밤중에야 잠깐 깨었다. 옆의 사
람들은 벌써 깊이 잠들었고, 목이 몹시 마르기에 상방(上房)에
가서 물을 찾았다. 방안에는 촛불을 밝혔는데, 정사는 내가 오
는 기척을 듣고는 불러서,

"아까 잠깐 졸았는데 꿈결에 열하로 갔지 뭔가. 여정이 생시
처럼 역력하데그려."
하시기에 나는,

"길 떠나신 뒤로 열하가 늘 생각에 떠올랐으므로 지금 비록

편안히 계서도 오히려 꿈에 떠오르는가 봅니다."
라고 대답하고, 물을 마시고 돌아와서 이불을 들어 곧바로 코를
골았다.

꿈결에 별안간 여러 사람의 벽돌 밟는 발자국 소리가 마치 담
이 허물어지고 집이 쓰러지듯이 요란스레 들리므로 나도 모르
게 깜짝 놀라서 벌떡 일어나 앉으니, 머리가 어지럽고 가슴이
내가 하루 종일 나가 돌아다니다가 밤에 돌아와 누우며 매양 관
문(館門)이 굳게 잠긴 것을 생각할 때면 마음이 울적하여 여러
가지 상념에 사로잡히곤 했다.

이는 곧 옛날 원나라의 순제(順帝)4)가 북으로 도망갈 때에
고려 사신을 석방하여 본국으로 돌아가게 했는데, 고려 사신은
관(館)을 나선 뒤에야 비로소 명나라의 군대가 온 천하를 점령
한 줄 알았고, 가정(嘉靖) 때에는 엄답(俺答)5)이 갑자기 황성
을 에워싼 일이 있었다고 한다.

어젯밤에 내가 변군(변계함(卞季涵))과 박래원(朴來源) 아우와
더불어 이 일에 대해 이야기를 하면서도 서로 웃고 농지거리를
하였다. -변군은 이름이 관해(觀海)이고, 어의(御醫)로 왕명을 받들어 정사
(正使)를 따라와서 보호하였다. 박래원은 서삼종제(庶三從弟 : 서자로 8촌)이고
상방(上房)의 비장(裨將)인데, 모두 나와 함께 같은 방을 썼다. 이제 저렇듯

---

4) 순제(順帝) : 원나라의 마지막 황제. 이름은 토곤테무르〔妥懽帖睦
爾〕. 순세는 시호이고, 묘호(廟號)는 혜종(惠宗)이다.
5) 엄답(俺答) : 아륵탄한(阿勒坦汗). 달단(韃靼) 족의 추장(酋長) 이름.

요란스러운 발자국 소리가 무슨 영문인지 모르겠으나 다만 큰 변고가 일어난 것인 듯싶다. 막 옷을 주워 입을 적에 시대(時大)가 엎어지듯 달려와서는, ─시대(時大)는 상방의 마두(馬頭)이고, 순안(順安) 사람이다.

"이제 곧 열하로 떠나게 되었답니다."

라고 아뢴다. 그제야 박래원 아우와 변군도 막 놀라 깨어서,

"관에 불이 났소?"

라고 하기에 나는 장난으로,

"황제가 열하에 거둥하여 경성(京城 : 연경)이 텅 비어 있던 터에 몽고의 10만 기병(騎兵)이 쳐들어왔다오."

라고 했더니, 변군 무리들이 놀라서 〈소리 지르기를〉,

"아이고!"

라고 한다.

내가 바삐 상방으로 가보니 온 관(館)이 물 끓듯 한다. 통관(通官) 오림포(烏林哺)와 박보수(朴寶秀), 서종현(徐宗顯) 등이 달려와서는 두려워하여 갈팡질팡하면서 얼굴빛은 사색이 되어 제 정신이 아닌 채로 혹은 제 가슴을 두드리고 땅을 치며 통곡하고 혹은 제 뺨을 치며 혹은 제 목을 끊는 시늉을 하며 울고불고 난리를 치면서,

"이제 카이카이〔開開〕하게 생겼네."

라고 한다. '카이카이'란 목이 달아난다는 말이었다. 또 팔팔뛰며,

"아까운 목숨 달아나는구먼"

라고 한다. 아무도 그 까닭을 묻지 못하나 하는 짓거리로 보아
몹시 흉측하고 왈패 같았다.

대체로 황제가 날마다 조선 사신을 기다리다가 주문(奏文)을
받아보고는, 예부에서 조선 사신을 열하 행재소(行在所)로 보
낼 것인지 보내지 않을 것인지를 묻지도 않은 채 다만 표자문
(表咨文)만 올린 사실을 알고는 직분을 다하지 못한 것이라며
노발대발하여 모두 감봉(減俸) 처분을 내렸다. 상서(尙書) 이
하 연경에 있는 예부의 관원들은 황송하여 어쩔 줄을 몰라 하면
서 다만 우리 사신들에게 얼른 짐을 꾸리고 인원을 줄여서 빨리
〈열하로〉 떠나도록 독촉할 따름이었다.

이에 부사와 서장관이 모두 상방(上房)에 모여서 데리고 갈
비장을 뽑는데, 정사는 주부(主簿) 주명신(周命新), 부사는 진
사 정창후(鄭昌後)와 낭청(郎廳) 이서구(李瑞龜)를 지명하고,
서장관은 낭청(郎廳) 조시학(趙時學)을 데리고 가기로 하고,
수역은 첨추(僉樞) 홍명복(洪命福)과 판사(判事) 조달동(趙達
東), 판사(判事) 윤갑종(尹甲宗)이 수행하기로 하였다.

나는 함께 가고 싶은 마음은 간절하나, 첫째는 먼 길을 겨우
쫓아와서 안장을 푼 지 얼마 되지 않아서 피곤이 가시지 않은데
다가 또다시 먼 길을 떠남은 실로 견디기 어려운 노릇이고, 둘
째는 만일 열하에서 곧바로 본국으로 돌아가게 된다면 연경 구
경이 실로 낭패가 되는 것이다. 예전에도 황제가 우리나라 사
신단을 각별히 생각하여 빨리 돌아가도록 분부한 것을 특별한
은전이라 여기고 있으니, 이번에도 십중팔구는 곧바로 돌려보

낼 염려가 있다. 정사가 나더러,

"자네가 만 리 연경을 멀다 않고 온 것은 널리 구경하고자 함
이거늘, 이제 열하는 앞서 온 사람들이 보지 못한 곳일 뿐더러
본국으로 돌아간 날에 열하에 대해 물어보는 이가 있다면 무어
라 대답할 것인가? 그리고 황성(연경)은 사람들이 다 보는 곳이
지만 이번 길이야말로 천년에 한 번 만날까 말까 하는 좀처럼
얻기 어려운 기회이니 꼭 가야만 할 것이 아닌가?"

라고 하기에, 나는 드디어 가기로 정하였다.

그리하여 정사 이하 수행원들의 직함과 성명을 적어서 예부
로 보내어 역말 편에 부쳐 먼저 황제에게 아뢰기로 하였으나,
나의 성명은 단자(單子) 속에 넣지 않았다. 이는 황제의 별상(別
賞)[6]이 있을까 염려해서 미리 혐의를 피한 것이었다.

그제야 사람과 말들을 점검해 보니 사람들은 모두 발이 부르
트고, 말은 여위고 병들어서 실로 제 날짜에 제대로 대어갈 가
망이 없었다. 이에 일행이 모두 마두를 없애고 다만 견마잡이
만 데리고 가기로 하여 나도 하는 수 없이 장복을 떨어뜨려 남
기고 창대만 데리고 가기로 했다. ─장복은 나의 마두인데, 곽산 사람이
다. 창대는 나의 마부인데, 선천 사람이고, 금남군(錦南君) 정충신(鄭忠信)의 서
출(庶出) 자손이다.

변군(변계함(卞季涵))과 참봉(參奉) 노이점(盧以漸), 진사(進士)

---

6) 별상(別賞) : 청나라의 황제가 수행원들에게 특별히 상으로 물품을
내려주는 일. 상사(賞賜).

정각(鄭珏), 건량판사(乾糧判事) 조학동(趙學東) 등이 관문 밖에서 손잡고 서로 작별할 적에 여러 역관들도 앞 다투어 와서 손을 잡으며 무사히 다녀오기를 빌었다. 떠나가고 남아 있고 하는 마당에 자못 처연함을 금치 못하였다. 이는 함께 외국에 와서 또다시 외국에서 헤어지는 것인 만큼 인정이 어찌 그렇지 않을 수 있으리오? 마두들이 다투어 능금과 배를 사서 주므로 각기 한 개씩을 받았다. 그들은 모두 첨운패루(瞻雲牌樓) 앞까지 이르러서 말머리에서 절하고 작별할 때 각기 "귀중하신 몸 조심하소서."라고 하고는, 눈물을 떨구지 않는 이가 없었다.

지안문(地安門)에 들어가니, 지붕은 누런 유리기와를 이어 올렸고 문 안쪽 좌우에는 시전(市廛 : 시장과 점포)이 번화하고 웅장하며 화려하기 이를 데 없었다. 이른바 "수레바퀴가 서로 부딪히고 사람의 어깨가 서로 스치며, 땀은 비 오듯 하고 소매는 장막을 이루었다"[7]는 말이 곧 이를 두고 한 말이었다. 문을 나서서 다시 북쪽으로 꺾어서 자금성(紫禁城)을 끼고 돌면서 7, 8리를 더 갔다.

자금성은 높이가 두 길이며 밑바닥을 돌로 깔고 벽돌로 쌓아 올리고, 누런 기와를 덮고 주홍빛 석회를 칠했다. 벽면은 마치 대패로 민 듯하고 윤기가 왜칠(倭漆)을 한 듯 번들거린다. 길 가운데 대여섯 발이나 되는 높은 돈대가 있고, 그 위에는 3층

---

7) 전국 시대 때 제(齊)나라의 수도 임치(臨淄)의 번화함을 설명하는 말. 『사기(史記)』 소진열전(蘇秦列傳)에 나온다.

처마의 다락이 있는데, 그 제도는 정양문루(正陽門樓)보다도 훌륭하고, 돈대 밑에는 붉은 난간을 사방에 둘렀는데, 문은 모두 잠겨 있고 병졸들이 지키고 섰다. 어떤 이는 이것을 종루(鍾樓)라고 했다.

거기에서 3, 4리를 더 가서 동직문(東直門)을 나서니, 박래원(朴來源)이 따라와서 흐느끼며 작별을 고하고 갔다. 장복은 말등자를 붙잡고 흐느껴 울며 차마 손을 놓지 못 한다. 내가 돌아가라 타이르니 또다시 창대의 손을 잡고 둘이 서로 슬피 우는데 눈물이 마치 비 오듯 한다. 만 리를 짝지어 와서 하나는 떠나가고 하나는 남게 되었으니, 인정이 그렇지 않을 수 없겠다.

나는 이내 말 위에서 생각에 잠기기를,

"인간사 중에서 가장 괴로운 일은 이별보다 더 괴로운 것은 없고, 이별 중에도 생이별(生離別)보다 더 괴로운 것은 없을 것이다. 저 하나는 살고 하나는 죽고 하는 그 순간의 이별이야 구태여 괴로움이라 말할 것이 못 된다. 왜냐하면 예로부터 인자한 아버지와 효성스런 아들, 믿음 있는 남편과 아름다운 아내, 정의로운 임금과 충성스런 신하, 피로 맺은 벗과 마음 통하는 친구들이 죽음을 앞두고 역책(易簀)[8]하는 자리에서 마지막 유언을 받들 때나 또는 궤석(几席)에 기대어 마지막 명령을 받을 때에는 서로 손을 잡고 눈물을 떨구며 뒷일을 간절히 부탁하게

---

8) 역책(易簀) : 공자의 제자 증삼(曾參)이 운명할 때에 제자를 시켜 자리를 바꿨으므로, 스승의 운명을 '역책'이라 한다.

된다. 이것은 천하의 부자·부부·군신·붕우가 다 한가지로
겪는 바이고, 이것은 세상 사람의 인자와 효도, 아름다움과 믿
음, 정의와 충성, 피로 맺은 우정과 지기(知己)에서 솟아나온 진
실한 마음 등은 한결같을 것이다.

이것이 사람마다 한가지로 겪는 바이요, 사람마다 한결같이
솟는 정이라면 이 일은 곧 천하의 순리일 것이다. 그 순리를 행
함에 있어서는 '3년 동안 아버지의 도(道)를 고치지 말라'9) 하였
고, 또는 '구원(九原 : 저승길)에서 다시 살려 낼 수 있다'10)라고
말한 데에 불과하였다.

살아남은 자의 괴로움을 논한다면 부모를 따라 죽으려는
이,11) 아들을 여의고 눈이 먼 이,12) 동이〔盆〕를 두드리며 노래
부르는 이,13) 거문고 시위를 끊은 이,14) 숯을 머금고 벙어리가
된 이,15) 슬피 통곡을 하다 성(城)을 무너뜨린 이16)들도 있거

---

9) 『논어』에 나오는데, '적어도 3년 동안 죽은 아버지가 지켜오던 법도
　를 고치지 않아야만 효자라 할 수 있다'는 말.
10) 『예기(禮記)』에 나오는 조문자(趙文子)의 말.
11) 『효경(孝經)』에 나온다.
12) 복상(卜商)의 고사.
13) 『남화경(南華經)』에 나오는 장주(莊周)의 고사. 아내가 죽자 동이〔盆〕
　를 두드리며 노래하였다.
14) 친구인 종자기(鍾子期)가 죽자 백아(伯牙)는 너무나 슬퍼한 나머지
　서둔고 줄을 끊어버리고 나시는 거문고 연주를 하지 않았다.
15) 예양(豫讓)이 임금 지백(智伯)의 원수를 갚기 위하여 숯을 머금어 벙

니와, 나랏일을 위하여 몸을 송두리째 바쳐 죽은 뒤에야 그만둔 이[17]까지 있었다. 하지만 모두 죽은 이에겐 아무런 관계가 없었던 만큼 역시 죽은 이에게 괴로움이란 없을 것이다.

천고에 임금과 신하의 사이로는 반드시 부견(符堅)[18]과 왕경략(王景略)[19], 당나라 태종(太宗)과 위 문정(魏文貞)[20]을 일컬으나, 나는 아직 경략을 위하여 눈이 멀고 문정을 위하여 시위를 끊었다는 말을 듣지 못하였노라. 오히려 무덤의 풀이 어울리기 전에 그 채찍을 던지고[21] 그 묘비(墓碑)를 넘어뜨려 죽은 이[九原]에게 오히려 부끄러울 바가 되게 하였으니,[22] 이로써 보면 살아남은 자로서 괴로움을 느끼지 못한 이도 없지 않으리

어리가 되었다.

16) 기량(杞梁)이 죽자 그의 아내가 울어서 성을 무너뜨렸다.

17) 제갈량(諸葛亮)의 「출사표(出師表)」에서 나오는 구절.

18) 부견(符堅) : 동진(東晉) 오호(五胡 : 북방 다섯 종족) 시대 때 전진(前秦)의 임금.

19) 왕경략(王景略) : 부견의 승상으로 있으면서 많은 공적을 세웠다. 경략은 왕맹(王猛)의 자.

20) 위 문정(魏文貞) : 당나라 태종의 명신 위징(魏徵). 문정은 시호.

21) 부견이 처음에는 왕맹을 등용하여 국세가 크게 떨치고 강북을 통일했으나, 그의 유언을 지키지 않고 남으로 진(晉)을 침략하다가 패하여 나라가 망했다.

22) 위징이 죽은 뒤에 당나라 태종이 몹시 슬퍼하였으나, 나중에는 그 묘비(墓碑)를 넘어뜨렸다가, 고구려 정벌에 실패하고 돌아오는 길에 이를 뉘우치고는 다시 세웠다.

라.

또 세상 사람이 흔히들 사생(死生)의 즈음에 대하여 너그럽게
위안하는 자는 고작 '순리(順理)로 지냄이 옳지.'라고 말한다. 순
리로 지낸다는 말은 곧 이치를 따르라는 말이다. 만일 그 이치
를 따른다면 이 세상에는 벌써 괴로움이란 없을 것이다. 그러
므로 나는 '하나는 살고 하나는 죽고 하는 그 순간의 이별이야
구태여 괴로움이라 말할 것이 못 된다.'라고 하는 것이다.

그러고 보면 이별의 괴로움은 하나는 떠나고 하나는 남게 되
는 때의 괴로움보다 더함이 없을 것이다. 이별할 때에는 그 땅
(장소)이 그 괴로움을 돋우는 것이니, 그 땅이란 정자(亭子)도
아니며 누각(樓閣)도 아니며 산도 아니며 들판도 아니요, 다만
물을 만나야만 격에 어울리는 것이다. 그 물이란 반드시 큰 물
인 강과 바다이거나 또는 작은 물인 도랑가 개천이어야 됨은 아
니고, 저 흘러가는 것이라면 모두 물일 수 있을 것이다.

그러므로 천고에 이별하는 자 무한히 많건만 유독 저 하량
(河梁)23)을 일컫는 것은 무슨 까닭일까? 결코 소무(蘇武)24)와

---

23) 하량(河梁) : 북방 오랑캐 땅에 있는 하수의 다리. 소무와 이릉이 이
   곳에서 작별할 때에, 이릉이 소무에게 읊어 준 시가 천고에 비장강
   개하기 짝이 없었다. 이릉과 소무는 한나라 무제 때 둘이 다 오랑캐
   땅에 있다가 소무는 19년 만에 돌아오고 이릉은 못 오게 되었는데,
   두 사람의 작별 시(詩)에 '휴수상하량(携手上河梁)'이란 구절이 있어
   뒷날 사람들이 '하량'을 이별하는 장소의 대명사로 쓰고 있다.
24) 소무(蘇武) : 한나라 무제(武帝) 때의 명신으로서 흉노(匈奴)에게 사

이릉(李陵)25)만이 천하의 유정(有情)한 사람이 아니라 다만 하량이란 곳이 이별하는 장소로 알맞았던 것이고, 그 이별이 알맞은 장소를 얻었기 때문에 괴로움이 가장 심한 것이다.

저 하량은 내가 아노니, 아마 얕지도 않고 깊지도 않으며, 잔잔하지도 않고 거세지도 않은 그 물결이 돌을 끌어안고 흐느껴 우는 듯하며, 바람도 불지 않는, 비도 내리지 않는, 음산하지도 않는, 볕도 쪼이지 않는 그 햇볕이 땅을 감돌아 어슴푸레 비추고 있다. 하수 위에 있는 다리는 오랜 세월에 장차 허물어지려 하고, 물가에 심어져 있는 나무는 늙어서 가지 없이 고목이 되려 하고, 물 언덕 모래톱은 앉았다 섰다 할 수 있고, 물속에는 물새가 있어 잠겼다 떴다 노닌다. 이 가운데 사람은 넷도 아니요, 셋도 아님에도 서로 묵묵히 아무 말 없이 이별하고 있었으니, 이야말로 천하의 가장 큰 괴로움이 아닐 수 없으리라.

그러므로 「별부(別賦)」26)에 이르기를,

말도 없이 애간장을 녹이는	黯然銷魂
오직 이별일 뿐이네.	唯別而已

절로 갔었는데, 그들에게 억류당했다가 19년 만에 돌아왔다.

25) 이릉(李陵) : 이광(李廣)의 손자. 한나라 무제 때의 명장으로, 흉노를 치다가 실패하여 흉노에 머물고 있었다.

26) 「별부(別賦)」 : 중국 남조(南朝) 시대의 유명한 문학가 강엄(江淹)이 이별의 슬픔을 묘사한 작품 이름.

라고 하였으니, 어찌 그 말 표현의 멋없음이 이러할까? 천하의 어떤 이별치고 누가 말없지 않는 이가 있으며, 마음 아프지 않는 이가 있으리오? 이는 다만 한 개의 별(別) 자에 대한 전주(箋註 : 해설)이니 그다지 괴로움이 될 것이 없으리라.

이별하는 일 없이 이별하는 마음을 지닌 자는 천고에 오직 시남료(市南僚)27) 한 사람뿐이었다. 그는 이르기를,

'그대를 보내러 갔던 이가 저 아득한 강둑으로부터 돌아오니, 그대의 모습은 이로부터 멀어졌구나.'

라고 하였으니, 이는 천고에 길이 남을 애끊을 만한 말이었다. 왜냐하면 이는 물가에 다다라서 이별함이니, 그야말로 이별이 제 장소를 얻은 까닭이다.

옛날 유우석(劉禹錫)28)이 상수(湘水)에 이르러서 유종원(柳宗元)29)과 헤어졌다가 그 뒤 5년 만에 유우석이 옛길로부터 계령(桂嶺)을 나와 다시 앞서 이별했던 장소(하수를 말함)에 이르러 시를 읊어서 유종원을 애도하기를,

내 말은 구슬피 숲에 가린 채 울건마는	我馬暎林嘶
임 싣고 가는 배는 산 너머 아득하구나.	君驪轉山滅

27) 시남료(市南僚) : 장주(莊周)의 『남화경(南華經)』에 나오는 사람.
28) 유우석(劉禹錫) : 당(唐)나라의 문학가. 자는 몽득(夢得).
29) 유종원(柳宗元) : 당나라의 문학가. 자는 자후(子厚). 일찍이 유주자사(柳州刺使)로 좌천되었다.

하였으니, 천고에 한 많은 귀양살이 꾼이 무한히 많건마는 이것이 가장 애달프게 여겨짐은 오로지 물가에 이르러서 이별한 까닭이리라.

그런데 우리나라는 땅이 좁은 만큼 살아서 멀리 이별하는 일이 없으므로 그리 심한 괴로움을 겪는 일은 없으나, 다만 뱃길로 중국에 들어갈 때가 가장 괴로운 정경이었던 것이다. 그러므로 우리나라 대악부(大樂府)30) 중에 이른바 「배따라기곡(排打羅其曲)」31)이 있으니, 우리 방언으로 '배가 떠난다'는 말과 같다. 그 곡조가 몹시 구슬퍼서 애간장을 끊는 듯하다.

자리 위에 아름다운 그림배를 놓고 나이 어린 동기(童妓) 한 쌍을 뽑아서 소교(小校)32)로 꾸미되, 붉은 옷을 입히고, 주립(朱笠 : 붉은 갓)·패영(貝纓 : 자개갓끈)에 호수(虎鬚 : 범 수염)와 백우전(白羽箭 : 흰 깃을 단 화살)을 꽂고, 왼손에는 활시위를 잡고 오른손에는 채찍을 쥐게 한다.

먼저 군례(軍禮)를 마치고는 첫 곡조를 부르면 뜰 가운데에서 북과 나팔이 울리고, 배 좌우의 여러 기생들이 채색 비단에 수놓은 치마를 입은 채 일제히 '어부사(漁父辭)'33)를 부르고, 음

---

30) 대악부(大樂府) : 소악부(小樂府)에 비하여 장형(長型)이었다.

31) 「배따라기곡(排打羅其曲)」 : 추탄(楸灘) 오윤겸(吳允謙)이 지었다고 한다.

32) 소교(小校) : 군교(軍校)를 따라서 죄인을 잡는 사령(使令).

33) 어부사(漁父辭) : 중국 굴평(屈平)이 지은 것도 있겠지만, 여기서는 우리나라 농암(聾巖) 이현보(李賢輔)나 고산(孤山) 윤선도(尹善道)의

악이 반주(伴奏)된다. 이어서 둘째 곡조, 셋째 곡조를 부르되, 처음 격식과 같이 한 뒤에 또 어린 기생이 소교로 꾸며 배 위에 서서 출항하는 포를 쏘라고 노래하면, 이내 닻을 거두고 돛을 올리는데 여러 기생들이 일제히 축복의 노래를 부른다. 그 노래에,

> 닻 들자 배 떠난다.　　　　　　　　　　　碇擧兮船離
> 이제 가면 언제 오리.　　　　　　　　　　此時去兮何時來
> 만경창파에 가는 듯 돌아오소.　　　　　萬頃蒼波去似回

라고 하였으니, 이것이 바로 우리나라에서는 제일 구슬프게 눈물지을 이별의 곡조이다.

　이제 장복과 나는 아버지와 아들의 친함도 아니요, 임금과 신하의 의도 아니요, 남편과 아내의 정도 아니요, 동창과 친구의 사귐도 아니다. 그런데도 살아서 헤어지는 괴로움이 이러하니, 이는 이별하는 장소가 오로지 강이나 바다, 또는 저 하수의 다리[河梁]이기 때문만은 아니었으리라. 실로 이국 타향치고서 이별에 알맞은 장소가 아닌 것이 없는 까닭이리라.

　아아, 슬프다. 앞서 소현세자(昭顯世子)[34]께서 심양의 저제

　작품인 듯싶다.

34) 소현세자(昭顯世子) : 조선 인조(仁祖)의 맏아들 이왕(李𣸣). 소현은 봉호. 인조가 청나라의 친신인 후금의 침탁으로 굴복석인 소약을 맺고 아들 소현세자와 세자의 아우이자 뒷날 효종 임금이 된 봉림

(邸第)에 계실 때, 당시 신료(臣僚)35)들이 머물고 떠날 즈음이나 사신이 오가는 무렵이면 그 심회가 어떠하였을까? '임금이 욕되매 신하된 자 마땅히 죽어야 한다'는 것도 이 경지면 오히려 평범한 말에 지나지 않는다. 어떻게 머물고 어떻게 떠나갈 수 있었겠으며, 어떻게 참고 보내며 어떻게 참고 놓았겠는가? 이것이야말로 우리나라에서는 제일 비통한 순간이었던 것이다.

아아, 슬프다. 내 비록 이와 벼룩과 같은 미천한 신하이건마는 100년이 지난 뒤인 오늘에 시험조로 한 번 생각해 보아도 오히려 정신이 싸늘하게 연기처럼 사그라들고 뼈가 저리어 부서질 것 같거늘, 하물며 그 당시 자리에서 이별의 절을 하고 하직할 즈음이리오?

하물며 그 당시 걸림이 많고 혐의 또한 깊다보니, 눈물을 참고 우는 소리를 삼키며, 얼굴엔 슬픈 표정을 드러내지 못할 때임에랴? 하물며 그 당시 〈심양에〉 떨어져서 머무른 여러 신하들이 아득히 떠나가는 이들의 행색을 바라볼 적에 저 요동의 넓은 들판은 가없고 심양의 우거진 나무들은 아득한데, 사람들의 행렬은 팥알처럼 작아지고 말의 행렬은 지푸라기처럼 가늘어

대군(鳳林大君)을 볼모로 심양까지 보내게 됨으로써 8년 동안 인질 생활을 한 일이 있다.
35) 신료(臣僚) : 봉림대군(鳳林大君) 이하의 사람들. 봉림은 효종(孝宗)이 대군으로 있을 때의 봉호.

져 눈길이 다하는 곳에 땅의 끝, 물의 마지막이 하늘에 닿도록
아련하게 지경이 없으니, 해가 저물어 관문을 닫을 때에 그 애
간장이 어떠했을까?

이런 이별일진대 어찌 반드시 물가만이 이에 알맞은 장소가
되리오? 정자도 좋고, 누각도 좋고, 산도 좋고, 들판도 좋을지
니, 또한 어찌 반드시 저 흐느껴 우는 물결과 어슴푸레 비추는
햇볕만이 우리의 괴로운 심정을 자아낼 것이며, 또 하필이면 저
무너지려는 위태로운 다리나 앙상한 고목만이 우리 이별의 장
소가 될 것인가?

〈이 경지에 이르러서는〉 비록 저 그림 기둥에 현란하게 채
색한 문지방과 푸른 봄철의 맑은 날씨라도 모두들 우리를 위한
〈애끓는〉 이별의 장소가 될 수 있고, 우리를 위해 〈가슴을 치
고〉 통곡하기에 알맞은 때가 될 수 있는 것이다. 이럴 때를 만
나서는 비록 돌부처라도 머리를 돌릴 것이요,[36] 쇠로 지은 간
장이라도 다 녹고 말 것이니, 이것이야말로 우리나라에서 사랑
을 이루지 못하고 함께 목숨을 끊기에〔情死〕 제일 알맞은 때일
것이리라."

하였다. 이렇게 생각하는 동안에 나도 모르게 20여 리를 갔다.
성문 밖은 꽤 쓸쓸한 편이어서 산천이 눈에 드는 것이 없다.

해는 이미 저물었는데 길을 잃고 잘못 드는 바람에 수레바퀴
자국을 쫓아간다는 것이 서쪽으로 너무 치우쳐서 벌써 수십 리

36) 우리나라 속담.

나 돌아가고 말았다. 양편에는 옥수수밭이 하늘에 닿을 듯 아득하고, 길은 마치 깊은 웅덩이 속에 든 것 같은데, 웅덩이에 고인 물이 무릎에 빠지며 물이 가끔 스며들어 흐르므로 구덩이를 파놓았어도 물이 그 위를 덮어서 앞을 볼 수가 없다. 마음을 도사리고 깊은 못과 깊은 골짜기에 서 있는 것처럼 아슬아슬 조심하여 길을 따라 소경처럼 용을 쓰고 앞으로 나아가니, 밤이 벌써 깊었다. 손가장(孫家莊)에서 저녁을 먹고 머물렀다. 동직문(東直門)은 그 지름길이었는데도 불구하고 〈말 위에서 엉뚱한 생각을 하느라〉 오히려 수십 리를 돌아 나오고 말았다.

原文

秋八月初五日
추 팔 월 초 오 일

辛亥　晴熱　巳時　從謝恩兼進賀正使　自燕京發熱河
신 해　청 열　사 시　종 사 은 겸 진 하 정 사　자 연 경 발 열 하

之行　副使書狀官譯官三員　裨將四員　幷從人共計七
지 행　부 사 서 장 관 역 관 삼 원　비 장 사 원　병 종 인 공 계 칠

十四人　馬共計五十五匹　餘皆落留西館.
십 사 인　마 공 계 오 십 오 필　여 개 락 류 서 관

初入柵之後　道數遇雨阻水　通遠堡坐費五六日　正使
초 입 책 지 후　도 삭 우 우 조 수　통 원 보 좌 비 오 륙 일　정 사

日夜憂念　時余對炕而宿　每夜聞雨聲　則輒明燭達曉
일 야 우 념　시 여 대 항 이 숙　매 야 문 우 성　즉 첩 명 촉 달 효

隔幔相語曰　天下事有不可知　萬一有如命使臣前赴熱
격 만 상 어 왈　천 하 사 유 불 가 지　만 일 유 여 명 사 신 전 부 열

河　則日計不足矣　將柰何　設無熱河之役　當趁萬壽節
하　즉 일 계 부 족 의　장 내 하　설 무 열 하 지 역　당 진 만 수 절

入皇城　若又阻水於瀋遼之間　是諺所謂曉夜行不及門
입 황 성　약 우 조 수 어 심 요 지 간　시 언 소 위 효 야 행 불 급 문

旣朝百方設渡水之策　而衆人交諫　則輒曰　吾爲王事
기 조 백 방 설 도 수 지 책　이 중 인 교 간　즉 첩 왈　오 위 왕 사

來　溺死職耳　亦復柰何　自是莫敢有復言　水盛不可渡
래　익 사 직 이　역 부 내 하　자 시 막 감 유 부 언　수 성 불 가 도

者　時方極暑　此雖不雨　往往旱地　立成江海　皆千里
자　시 방 극 서　차 수 불 우　왕 왕 한 지　입 성 강 해　개 천 리

外暴雨也.
외 폭 우 야

其渡水之際　莫不震掉嘔眩　失色仰天　潛禱其須臾之
기 도 수 지 제　막 부 진 도 구 현　실 색 앙 천　잠 도 기 수 유 지

命者數矣　旣至彼岸　方相顧慰賀　如逢再生之人　而又
명 자 수 의　기 지 피 안　방 상 고 위 하　여 봉 재 생 지 인　이 우

報前水尤大於此河　則相顧已索然意沮　正使則曰　諸
보 전 수 우 대 어 차 하　즉 상 고 이 색 연 의 저　정 사 즉 왈　제

君無慮也　莫非王靈也　行不過數里　又輒遇水　或一日
군 무 려 야　막 비 왕 령 야　행 불 과 수 리　우 첩 우 수　혹 일 일

中七八渡水　破站兼行　馬多喝死　人皆中暑嘔泄　則輒
중 칠 팔 도 수　파 참 겸 행　마 다 갈 사　인 개 중 서 구 설　즉 첩

咎使臣曰　萬無熱河之慮　而極暑破站　前所未有也　或
구 사 신 왈　만 무 열 하 지 려　이 극 서 파 참　전 소 미 유 야　혹

曰　王事雖重　正使老且病　輕身若是　而萬一添證　反
왈　왕 사 수 중　정 사 로 차 병　경 신 약 시　이 만 일 첨 증　반

以僨事　或曰　欲速不達也　或曰　昔長溪君進香使時
이 분 사　혹 왈　욕 속 부 달 야　혹 왈　석 장 계 군 진 향 사 시

阻水柵門外　至斷臥床而炊　留十七日不得渡　猶無破
조 수 책 문 외　지 착 와 상 이 취　유 십 칠 일 부 득 도　유 무 파

站之擧云.
참 지 거 운

遂以八月初一日　入皇城　使臣直往禮部呈表咨　留西
수 이 팔 월 초 일 일　입 황 성　사 신 직 왕 예 부 정 표 자　유 서

館四日　寂無動靜　僉曰　果無他慮矣　使臣每不信吾輩
관 사 일　적 무 동 정　첨 왈　과 무 타 려 의　사 신 매 불 신 오 배

今果何如也　吾輩計熟矣　按站而來　可趁十三日萬壽
금 과 하 여 야　오 배 계 숙 의　안 참 이 래　가 진 십 삼 일 만 수

節矣　自此益以熱河置之慮外　使臣始弛熱河之虞矣.
절 의　자 차 익 이 열 하 치 지 려 외　사 신 시 이 열 하 지 우 의

初四日　余出遊覽　薄暮醉還　因困睡　夜深乍覺　傍
초 사 일　여 출 유 람　박 모 취 환　인 곤 수　야 심 사 각　방

人已熟寐 喉渴轉甚 往上房索水 堂中燭明 正使聞余
인 이 숙 매　후 갈 전 심　왕 상 방 색 수　당 중 촉 명　정 사 문 여

聲 呼謂曰 俄乍眠 夢赴熱河 行李歷歷 余對曰 在道
성　호 위 왈　아 사 면　몽 부 열 하　행 리 역 력　여 대 왈　재 도

時 熱河憧憧在念 故今雖安居 猶發夢寐 飮水歸次
시　열 하 동 동 재 념　고 금 수 안 거　유 발 몽 매　음 수 귀 차

抵枕卽鼾睡.
저 침 즉 한 수

夢中忽聽衆靴踏甎 如墻壞屋搨 不覺蹶然起坐 頭眩
몽 중 홀 청 중 화 답 전　여 장 괴 옥 탑　불 각 궐 연 기 좌　두 현

胸搗 余晝日出遊 夜歸而臥 每思館門牢鎖 鬱鬱有妄
흉 도　여 주 일 출 유　야 귀 이 와　매 사 관 문 뢰 쇄　울 울 유 망

念.
념

昔元順帝之北遁也 始放高麗使東還 麗使出館 然後
석 원 순 제 지 북 둔 야　시 방 고 려 사 동 환　여 사 출 관　연 후

始知天下有大明兵也 嘉靖時 俺答猝圍皇城.
시 지 천 하 유 대 명 병 야　가 정 시　엄 답 졸 위 황 성

昨夜余擧此事 以語卞君及來弟 相笑謔矣－卞君名觀
작 야 여 거 차 사　이 어 변 군 급 래 제　상 소 학 의　　변 군 명 관

海 以御醫奉命隨護正使 來源庶三從弟上房裨將 皆與余同炕 及
해　이 어 의 봉 명 수 호 정 사　내 원 서 삼 종 제 상 방 비 장　개 여 여 동 항　급

此急足橐橐 莫知何事 而第有大事變矣 方披衣之際
차 급 족 탁 탁　막 지 하 사　이 제 유 대 사 변 의　방 피 의 지 제

時大急來告曰－上房馬頭 名順安人. 卽今赴熱河矣 來弟
시 대 급 래 고 왈　　상 방 마 두　명 순 안 인　즉 금 부 열 하 의　내 제

卞君方驚覺曰 館中失火耶 余戲曰 皇帝在熱河 京城
변 군 방 경 각 왈　관 중 실 화 야　여 희 왈　황 제 재 열 하　경 성

空虛 蒙古十萬騎入 卞君輩驚口 訝.
공 허　몽 고 십 만 기 입　변 군 배 경 왈　아

余忙赴上房　則一館鼎沸　通官烏林哺　朴寶秀　徐宗
여망부상방　즉일관정비　통관오림포　박보수　서종

顯等　犇趨惶擾　面失人色　或推胸擗踊　或自擊其頰
현등　분추황요　면실인색　혹추흉벽용　혹자격기협

或自劃其頸　號泣曰　乃今將開開也　開開者　斬斷也
혹자획기경　호읍왈　내금장개개야　개개자　참단야

又跳躍曰　好顆頭砍下　莫詰其故　而擧措凶且悖矣.
우도약왈　호과두감하　막힐기고　이거조흉차패의

蓋以皇帝日待東使　及覽遞奏　以禮部之不稟朝鮮使
개이황제일대동사　급람체주　이예부지불품조선사

臣前赴行在當否　而只達表咨爲不職　皆越俸　尙書以
신전부행재당부　이지달표자위부직　개월봉　상서이

下　在京禮部官　惶懼不知所爲　只得催督行李省簡兼
하　재경예부관　황구부지소위　지득최독행리생간겸

帶.
대

於是副使書狀皆會上房　募裨將帶去者　正使定周主
어시부사서장개회상방　모비장대거자　정사정주주

簿命新　副使定鄭進士昌後　李郎廳瑞龜　書狀自帶趙
부명신　부사정정진사창후　이낭청서구　서장자대조

郎廳時學　首譯洪僉樞命福　趙判事達東　尹判事甲宗
낭청시학　수역홍첨추명복　조판사달동　윤판사갑종

隨行.
수행

余極欲同赴　而一則卸鞍屬耳　餘憊未蘇　又作遠役
여극욕동부　이일즉사안속이　여비미소　우작원역

誠所難堪　二則若自熱河　直令東還　於皇京遊覽　實爲
성소난감　이즉약자열하　직령동환　어황경유람　실위

狼狽　比年皇帝軫念我東　每出常格　以速令撥回爲特
낭패　비년황제진념아동　매출상격　이속령발회위특

恩 則其直還之慮 十之八九 正使謂余曰 汝萬里赴燕
은 즉기직환지려 십지팔구 정사위여왈 여만리부연

爲遊覽 今此熱河 前輩之所未見 若東還之日 有問熱
위유람 금차열하 전배지소미견 약동환지일 유문열

河者 何以對之 皇城人所共見 至於此行 千載一時
하자 하이대지 황성인소공견 지어차행 천재일시

不可不往 余遂定行.
불가불왕 여수정행

自正使以下 開錄職姓名 送禮部 先付遞騎 奏知皇
자정사이하 개록직성명 송예부 선부체기 주지황

帝 余姓名不入單子中 慮其有別賞而嫌之也.
제 여성명불입단자중 여기유별상이혐지야

於是點閱人馬 人皆繭痛 馬盡尪羸 實無得達之望
어시점열인마 인개견통 마진왕리 실무득달지망

行中皆除馬頭 只帶控卒 余亦不得已 落留張福 獨與
행중개제마두 지대공졸 여역부득이 낙류장복 독여

昌大行.－張福余馬頭 郭山人 昌大余馬夫 宣川人 錦南君鄭忠信
창대행 장복여마두 곽산인 창대여마부 선천인 금남군정충신

孽孫也.
얼손야

卞君及盧參奉以漸 鄭進士珏 乾糧判事趙學東 握手
변군급노참봉이점 정진사각 건량판사조학동 악수

相別於館門外 諸譯競來握手 祈囑行李 去留之際 不
상별어관문외 제역경래악수 기촉행리 거류지제 불

禁悽然 同來異國 又作異國之別 人情安得不然也 馬
금처연 동래이국 우작이국지별 인정안득불연야 마

頭輩爭 買獻蘋果梨子 爲各取一個 皆至瞻雲牌樓前
두배쟁 매헌빈과리자 위각취일개 개지첨운패루전

辭拜馬首 各囑保重 莫不落淚.
사배마수 각촉보중 막불락루

入地安門　屋瓦黃琉璃　門內左右　市塵繁華壯麗　所
입 지 안 문　옥 와 황 유 리　문 내 좌 우　시 전 번 화 장 려　소

謂轂擊肩磨　汗雨袂幕　出門又折而北　循紫禁城　行七
위 곡 격 견 마　한 우 메 막　출 문 우 절 이 북　순 자 금 성　행 칠

八里.
팔 리

紫禁城高二丈　石址甎築　覆以黃瓦　塗以朱灰　壁面
자 금 성 고 이 장　석 지 전 축　복 이 황 와　도 이 주 회　벽 면

如繩削　光潤如倭漆　路中有五六丈高臺　有三重簷樓
여 승 삭　광 윤 여 왜 칠　노 중 유 오 륙 장 고 대　유 삼 중 첨 루

制視正陽門樓有加　臺下四圍紅欄　有扉皆鎖　兵卒守
제 시 정 양 문 루 유 가　대 하 사 위 홍 란　유 비 개 쇄　병 졸 수

之　或曰　此鍾樓也.
지　혹 왈　차 종 루 야

行三四里　出東直門　來源追至　黯然辭別而去　張福
행 삼 사 리　출 동 직 문　내 원 추 지　암 연 사 별 이 거　장 복

執鐙　悲咽不忍捨　吾喩令辭還　則又執昌大手　兩相悲
집 등　비 인 불 인 사　오 유 령 사 환　즉 우 집 창 대 수　양 상 비

泣　淚如雨下　萬里作伴　一行一留　情所固然.
읍　누 여 우 하　만 리 작 반　일 행 일 류　정 소 고 연

因於馬上　念人間最苦之事　莫苦於別離　別離之苦
인 어 마 상　염 인 간 최 고 지 사　막 고 어 별 리　별 리 지 고

莫苦於生別離　彼訣別於一生一死之際者　無足言苦
막 고 어 생 별 리　피 결 별 어 일 생 일 사 지 제 자　무 족 언 고

千古慈父孝子　信男宜婦　義主忠臣　血朋心友　奉訓於
천 고 자 부 효 자　신 남 의 부　의 주 충 신　혈 붕 심 우　봉 훈 어

易簀之時　受命於憑几之際　握手揮涕　遺托丁寧　此天
역 책 지 시　수 명 어 빙 궤 지 제　악 수 휘 체　유 탁 정 녕　차 천

下父子男婦主臣友朋　所同有也　此天下慈孝宜信義忠
하 부 자 남 부 주 신 우 붕　소 동 유 야　차 천 하 자 효 의 신 의 충

血心　所同出也.
혈심　소동출야

　此旣人人之所同有　所同出　則此事也　天下之順理也
　차기인인지소동유　소동출　즉차사야　천하지순리야

以行其順理　則不過曰三年無改　九原可作.
이행기순리　즉불과왈삼년무개　구원가작

　以言乎生者之苦　則性可滅　明可喪　盆可鼓　絃可斷
　이언호생자지고　즉성가멸　명가상　분가고　현가단

炭可呑　城可崩　至於鞠躬盡瘁　死而後已　而無關死者
탄가탄　성가붕　지어국궁진췌　사이후이　이무관사자

則死者無苦也.
즉사자무고야

　千古之言君臣之際者　必曰符堅之於王景略　太宗之
　천고지언군신지제자　필왈부견지어왕경략　태종지

於魏文貞　而亦未聞爲景略喪明　爲文貞斷絃　然而墓
어위문정　이역미문위경략상명　위문정단현　연이묘

草未宿　投鞭仆碑　有愧九原　則有時乎生者無苦也.
초미숙　투편부비　유괴구원　즉유시호생자무고야

　天下之人　寬譬於死生之際者　不過曰理遣　理遣者
　천하지인　관비어사생지제자　불과왈리견　이견자

順其理之謂也　順其理　則天下已無苦矣　故曰訣別於
순기리지위야　순기리　즉천하이무고의　고왈결별어

一生一死之際者　無足言苦.
일생일사지제자　무족언고

　苦莫苦於一行一留之時　其別離之時　地得其苦　其地
　고막고어일행일류지시　기별리지시　지득기고　기지

也　非亭非閣非山非野　遇水爲地　其水也　不獨大而江
야　비정비각비산비야　우수위지　기수야　부독대이강

海　小而溝瀆　逝者皆水也.
해　소이구독　서자개수야

故千古別離者何限　而獨言河梁者　何也　非蘇李獨爲
고 천 고 별 리 자 하 한　이 독 언 하 량 자　하 야　비 소 리 독 위

天下有情人也　特河梁別得其地也　別得其地　故爲情
천 하 유 정 인 야　특 하 량 별 득 기 지 야　별 득 기 지　고 위 정

最苦.
최 고

彼河梁我知之矣　不淺不深　不穩不急之波　抱石而鳴
피 하 량 아 지 지 의　불 천 불 심　불 온 불 급 지 파　포 석 이 오

咽　不風不雨　不陰不暘之晷　轉地而曀霾　河上有橋
인　불 풍 불 우　불 음 불 역 지 귀　전 지 이 에 매　하 상 유 교

可久而將崩　河畔有樹　可老而欲禿　河外有沙　可坐可
가 구 이 장 붕　하 반 유 수　가 로 이 욕 독　하 외 유 사　가 좌 가

立　河中有禽　可沈可浮　于斯有人　非四非三　無語無
립　하 중 유 금　가 침 가 부　우 사 유 인　비 사 비 삼　무 어 무

言　此天下之至苦也.
언　차 천 하 지 지 고 야

故別賦曰　黯然銷魂　唯別而已　何其爲言之無情也
고 별 부 왈　암 연 소 혼　유 별 이 이　하 기 위 언 지 무 정 야

天下之爲別也　孰不黯然　孰不銷魂　此別之箋註也　無
천 하 지 위 별 야　숙 불 암 연　숙 불 소 혼　차 별 지 전 주 야　무

足爲苦.
족 위 고

無別事而有別心者　千古唯市南僚一人耳　曰送君者
무 별 사 이 유 별 심 자　천 고 유 시 남 료 일 인 이　왈 송 군 자

自崖而返　君自此遠矣　此千古斷腸語也　何則　此臨水
자 애 이 반　군 자 차 원 의　차 천 고 단 장 어 야　하 즉　차 림 수

爲別　故別得其地耳.
위 별　고 별 득 기 지 이

劉禹錫臨湘水　別柳宗元　後五年　禹錫從古道出桂嶺
유 우 석 림 상 수　별 류 종 원　후 오 년　우 석 종 고 도 출 계 령

復至前別處　而爲詩弔柳曰　我馬暎林嘶　君驅轉山滅
부 지 전 별 처　이 위 시 조 류 왈　아 마 영 림 시　군 범 전 산 멸

千古遷客何限　而此最爲苦者　臨水爲情故耳.
천 고 천 객 하 한　이 차 최 위 고 자　임 수 위 정 고 이

　我東壤地狹小　無生離遠別　不甚知苦　獨有水路朝天
아 동 양 지 협 소　무 생 리 원 별　불 심 지 고　독 유 수 로 조 천

時　最得苦情耳　故我東大樂府　有所謂排打羅其曲　方
시　최 득 고 정 이　고 아 동 대 악 부　유 소 위 배 타 라 기 곡　방

言如曰船離也　其曲悽愴欲絶.
언 여 왈 선 리 야　기 곡 처 창 욕 절

　置畫船於筵上　選童妓一雙扮小校　衣紅衣　朱笠貝纓
치 화 선 어 연 상　선 동 기 일 쌍 분 소 교　의 홍 의　주 립 패 영

揷虎鬚白羽箭　左執弓弭　右握鞭鞘.
삽 호 수 백 우 전　좌 집 궁 미　우 악 편 초

　前作軍禮　唱初吹　則庭中動鼓角　船左右群妓　皆羅
전 작 군 례　창 초 취　즉 정 중 동 고 각　선 좌 우 군 기　개 라

裳繡裙　齊唱漁父辭　樂隨而作　又唱二吹三吹　如初禮
상 수 군　제 창 어 부 사　악 수 이 작　우 창 이 취 삼 취　여 초 례

又有童妓扮小校　立船上唱發船砲　因收碇擧驅　群妓
우 유 동 기 분 소 교　입 선 상 창 발 선 포　인 수 정 거 범　군 기

齊歌且祝　其歌曰　碇擧兮船離　此時去兮何時來　萬頃
제 가 차 축　기 가 왈　정 거 혜 선 리　차 시 거 혜 하 시 래　만 경

蒼波去似回　此吾東第一墮淚時也.
창 파 거 사 회　차 오 동 제 일 타 루 시 야

　今張福親非父子　義非主臣　情非男婦　交非朋友　而
금 장 복 친 비 부 자　의 비 주 신　정 비 남 부　교 비 붕 우　이

其生離之苦如此　則亦非獨江海河梁爲之地也　異國異
기 생 리 지 고 여 차　즉 역 비 독 강 해 하 량 위 지 지 야　이 국 이

鄕　無非別地.
향　무 비 별 지

嗚呼痛哉　昭顯世子之在瀋陽邸第也　當時時臣僚去
오 호 통 재　소 현 세 자 지 재 심 양 저 제 야　당 시 시 신 료 거

留之際　使价往來之時　何以爲懷　主辱臣死　猶屬從容
류 지 제　사 개 왕 래 지 시　하 이 위 회　주 욕 신 사　유 속 종 용

何留何去　何忍何捨　此吾東第一痛哭時也.
하 류 하 거　하 인 하 사　차 오 동 제 일 통 곡 시 야

嗚呼痛哉　蟣蝨微臣　試一念之於百年之後　猶令魂冷
오 호 통 재　기 슬 미 신　시 일 념 지 어 백 년 지 후　유 령 혼 랭

如煙　骨酸欲摧　而況當時離筵拜辭之際乎.
여 연　골 산 욕 최　이 황 당 시 리 연 배 사 지 제 호

而況當時畏約無窮　嫌疑旣深　忍淚吞聲　貌藏慘沮者
이 황 당 시 외 약 무 궁　혐 의 기 심　인 루 탄 성　모 장 참 저 자

乎　而況當時從留諸臣之遙望行者　遼野茫茫　瀋樹杳
호　이 황 당 시 종 류 제 신 지 요 망 행 자　요 야 망 망　심 수 묘

杳　人行如荳　馬去如芥　眼力旣窮　地端水倪　接天無
묘　인 행 여 두　마 거 여 개　안 력 기 궁　지 단 수 예　접 천 무

垠　日暮掩館　何以爲心.
은　일 모 엄 관　하 이 위 심

于斯別也　亦奚必水爲之地　亭可也　閣可也　山可也
우 사 별 야　역 해 필 수 위 지 지　정 가 야　각 가 야　산 가 야

野可也　亦何必嗚咽之河波　曀霾之日光　爲吾之苦情
야 가 야　역 하 필 오 인 지 하 파　에 매 지 일 광　위 오 지 고 정

乎　亦奚必將崩之危橋　欲禿之老樹　爲吾之別地乎.
호　역 해 필 장 붕 지 위 교　욕 독 지 로 수　위 오 지 별 지 호

雖畫棟綉闥　春靑日白　盡爲吾別離之地　盡爲吾痛哭
수 화 동 수 달　춘 청 일 백　진 위 오 별 리 지 지　진 위 오 통 곡

之時　于斯時也　雖有石人回頭　鐵腸盡銷　此吾東第一
지 시　우 사 시 야　수 유 석 인 회 두　철 장 진 소　차 오 동 제 일

情死時也.
정 사 시 야

如此以思　不覺行二十餘里　蓋門外頗蕭條　山川無甚
여 차 이 사　불 각 행 이 십 여 리　개 문 외 파 소 조　산 천 무 심

開眼也.
개 안 야

日旣暮　迷失道　誤追車跡　迤西益行　已迂數十里矣
일 기 모　미 실 도　오 추 거 적　이 서 익 행　이 우 수 십 리 의

左右薥黍　接天微茫　路如函中　而停水沒膝　水往往洄
좌 우 촉 서　접 천 미 망　노 여 함 중　이 정 수 몰 슬　수 왕 왕 회

洑　鑿爲坑坎　而水被其上　不可見也　束心淵谷　追程盲
보　착 위 갱 감　이 수 피 기 상　불 가 견 야　속 심 연 곡　추 정 맹

進　夜已深矣　炊宿孫家莊　東直門爲其捷路　而猶迂數
진　야 이 심 의　취 숙 손 가 장　동 직 문 위 기 첩 로　이 유 우 수

十里.
십 리

8월 초6일 임자(壬子)

아침에 맑다가 시간이 지나면서 매우 더워졌다. 낮에는 크게 비바람이 일더니 천둥과 번개가 치고 소나기가 내렸다. 저녁나절이 되어서야 개었다.

새벽에 길을 떠났다. 역참의 이정표에는 '순의현(順義縣)' 경계라고 쓰여 있다. 또 수십 리를 가니 표지판에 '회유현(懷柔縣)' 경계라고 적혀 있었다. 그 현성(縣城)은 길옆에서 10여 리 혹은 7, 8리 떨어져 있다고 한다.

수(隋)나라 개황(開皇 : 수나라 문제(文帝)의 연호, 581~600) 연간에 말갈(靺鞨 : 수나라·당나라 때의 만주족 칭호)이 고려와 싸워서 패하자, 부장(部長 : 추장) 돌지계(突地稽)[1]가 여덟 부족을 거느리고 부여성(扶餘城)으로부터 와서 부락이 통째로 귀순(歸

---

1) 돌지계(突地稽) : 수(隋)나라 문제(文帝) 때 말갈족의 추장으로, 수나라에 귀화하여 순주도독(順州都督)이 되었다.

順)하였으므로, 순주(順州)를 설치하여 그들을 거주하게 하였
다. 당나라 태종(太宗) 때에 오류성(五柳城)을 고을로 삼아 돌
리가한(突利可汗 : 동돌궐(東突厥)의 추장)을 우위대장군(右衛大將軍)
으로 삼아서 그 무리를 거느리고 순주를 도독(都督 : 감독)하게
하였다. 개원(開元 : 당나라 현종(玄宗)의 연호, 713~741) 때에는 탄
한주(彈汗州)를 두었고, 천보(天寶 : 당나라 현종의 연호, 742~756)
이후로는 귀화현(歸化縣)이라 고쳤다. 후당(後唐) 장종(莊宗 :
이존욱(李存勗)의 묘호) 때는 주덕위(周德威)2)가 유수광(劉守光)3)
을 쳐서 순주를 점령하였다고 하니, 생각하건대 순의(順義)와
회유(懷柔) 두 현의 땅이 곧 옛날의 순주인 듯싶다.

우란산(牛欄山)이 서북쪽으로 30리에 뻗쳐 있는데, 옛 늙은
이의 전해 내려오는 말에,

"옛날에는 황금소가 그 골짜기에서 나오고 선인(仙人)이 소를
타고 골짜기에 와서 노닐었다고 한다. 또 구유처럼 생긴 돌이
있는데, 이름을 음우지(飮牛池 : 소가 물을 먹던 연못)라 하고, 이
산을 또한 영적산(靈蹟山)이라 부른다."
라고 한다. 산 동쪽에서는 조하(潮河)가 백하(白河)와 합류하
고 동북쪽에 호노산(狐奴山)이 있으며, 또 서북쪽에는 도산(桃
山)의 다섯 봉우리가 깎아지른 듯 서 있는 모양이 마치 손가락

---

2) 주덕위(周德威) : 당나라 말기의 명장. 자는 진원(鎭遠). 양나라를 여
러 번 이긴 공적이 있다.
3) 유수광(劉守光) : 양(梁)나라 말기의 장수로 나라를 어지럽혔다.

을 세운 것과 같다.

다시 수십 리를 가서 백하를 건너는데 백하의 근원은 새문(塞門 : 장성) 밖에서 흘러나와 석당령(石塘嶺)에서 장성을 뚫고 나와 황화(黃花), 진천(鎭川), 창평(昌平)의 유하(楡河) 등 장성 밖의 모든 물과 합하여 밀운성(密雲城) 밑으로 지나간다. 원(元)나라의 승상(丞相) 탈탈(脫脫)이 일찍이 수리(水利)에 능한 자를 뽑아서 둑을 내고 논농사를 짓게 하여 해마다 곡식 100여만 섬을 거두었다고 한다. 뒤에 명(明)나라의 태감(太監) 조길상(曹吉祥)4)이 땅을 몰수하여 국가의 농장을 삼았는데, 세민(細民 : 빈민)들이 이로 말미암아 생업을 잃고, 백하의 수리시설도 마침내 허물어지게 되었다.

금(金)나라의 알리불(斡離不)5)이 순주에 들어와서 곽약사(郭藥師)6)를 백하에서 깨뜨렸다고 했으니, 바로 이곳이다. 이곳은 물살이 거칠고 급한데다 탁하기까지 했는데, 대체로 변방 밖에 흐르는 물은 모두 누런빛이다.

강가에는 겨우 작은 배 두 척밖에 없는데, 모래톱에 다투어 건너려는 자의 수레가 수백 대요, 사람과 말이 수없이 서 있다.

---

4) 조길상(曹吉祥) : 명나라 영종(英宗) 때의 사례태감(司禮太監)으로, 삼대영(三大營)을 총독하여 석형(石亨)과 더불어 위복(威福)을 누렸으나, 나중에 반란을 꾀하다가 죽임을 당했다.

5) 알리불(斡離不) : 금(金)나라 태조(太祖) 아골타(阿骨打)의 둘째아들.

6) 곽약사(郭藥師) : 요(遼)나라가 망할 때 원군(怨軍)의 괴수. 뒤에 알리불의 부하가 되었지만 이때는 송나라 장수이다.

오면서 길에서 보니, 막대를 가로 질러서 누런 궤짝 수십 개를 나르고 있는데, 혹은 뾰족하고 혹은 넓적하고 혹은 길쭉하고 혹은 높다란 것들이다. 여기에는 모두 옥그릇을 실었는데 회자국(回子國)[7]에서 바치는 공물이었다.

북경에서 짐꾼을 고용해서 나르고 회자국 네댓 사람이 이를 거느리고 가는 판이다. 그 생김새는 벼슬아치의 우두머리인 듯하다. 그중 한 사람은 회자국의 태자(太子)라고 하는데, 몰골이 웅건하면서도 사납고 추해 보인다. 누런 궤짝을 배 안에 실어 놓고 방금 삿대를 저어서 언덕에서 떠나려 할 순간에 우리 일행의 주방(廚房 : 사행단의 음식을 담당하는 하급관리)과 구인(驅人 : 말몰이꾼)들이 펄쩍 뛰어 배에 올라서 포개어 놓은 궤짝 위에 말을 세웠다.

배는 이미 맞은편으로 한 길 남짓 길을 떠났고 언덕 위에 있는 회자국 사람들은 놀라서 소리치며 발을 구르나 주방 사람들은 조금도 두려움 없이 먼저 건너기만 할 작정이었다. 내가 수역에게 지시하니 수역이 크게 놀라서,

"빨리 내려."

하고 호통을 쳤다. 회자국 사람들 역시 어지러이 지껄여 대면서 배를 돌리게 하여 마침내 그 궤짝을 모두 메어 내렸으나 한마디도 우리나라 사람과 다투는 일이 없었다.

강 중간쯤에 막 이르렀을 때 갑자기 한 조각 검은 구름이 거

---

7) 회자국(回子國) : 중앙아시아 동키르키스탄 계열의 회교 국가들.

센 바람을 품고서 서남쪽에서 굴러오더니 삽시간에 모래를 날리고 티끌을 자아올려 연기와 안개처럼 하늘을 덮어서 지척을 분별하지 못할 지경이다. 배에서 내려 하늘을 쳐다보니, 여러 겹의 구름이 주름잡듯 하였는데, 독기를 품은 듯 노여움을 품은 듯 번갯불이 그 사이에 얽혀서 마치 올올이 번쩍이는 금실이 천 송이 만 떨기를 이루는 듯하였으며, 벽력과 천둥이 휘감고 겹겹이 싸여서 마치 검은 용이라도 뛰어나올 듯싶다.

밀운성을 바라보니 겨우 몇 리밖에 남지 않았으므로 채찍을 날려서 빨리 말을 몰아 성을 바라보고 달려갔으나, 바람과 우레가 더욱 급해지고 빗발이 비껴 치는 것이 마치 사나운 주먹으로 후려갈기는 듯하여 그 형세가 지탱할 수 없으므로 재빨리 길가의 낡은 사당에 뛰어들었다. 사당 안의 동편 월랑(月廊)에 두 사람이 책상을 사이에 놓고 교의에 걸터앉아서 바삐 문서(文書)를 다루고 있었는데, 이들은 밀운성 역참의 관리들로서 오가는 역마들을 적는 것이었다.

한 사람은 한자(漢字)로 쓰고 한 사람은 만주 글자로 번역한다. 한창 쓰고 있는 중에 내 눈에 마침 조선(朝鮮)이란 글자가 보이기에 자세히 들여다보니, 바로

"황제의 명령을 받들어 북경에 있는 병부(兵部)로부터 조선 사신들에게 건장한 말을 주어서 험난한 길을 건너오게 하고, 행리(行李)의 필수품을 빠짐없이 공급하도록 하라."

고 신칙하는 내용이다.

이윽고 사신이 비를 피하여 뒤이어서 들어왔으므로 내가 수

역을 데리고 가서 그 종이를 보여주자, 수역이 사신에게로 가져
가 바쳤다. 이에 그 사람들에게 자세히 물었더니 그들은,

"저희들은 모르는 일입니다. 저희들은 다만 오가는 문서를
장부와 견주어 맞춰볼 따름입니다."

라고 대답하였다.

그 문서에 이른바 건장한 말이란 찾아볼 곳도 없거니와 설령
그 말을 준다 한들 모두 몹시 날쌔고 건장해서 잠시잠깐 동안
70리를 달리니, 이는 그들의 이른바 비체법(飛遞法 : 나는 듯이
말을 달리고 번갈아가며 바꾸어 탐)이라는 것이다. 길에서 역마가
달리는 것을 보니, 앞에서 노래하듯이 선창하면 뒤에서 마치 범
을 경계하여 쫓는 듯이 응한다. 메아리가 산골짜기와 벼랑을
울리면 말이 일시에 말발굽을 떼어 바위나 시내, 숲이며 덩굴을
가리지 않고 훌훌 날뛰며 달리는데, 그 소리가 마치 북을 치는
듯 소낙비가 퍼붓는 듯하다.

우리나라에서는 마치 들쥐처럼 허약한 과하마(果下馬)[8]를
타면서 반드시 견마잡이가 끌어주고 옆에서 부축해 가는데도
오히려 떨어질까 두려워하는데, 하물며 이렇게 날뛰는 역마를
누가 탈 수 있겠는가? 만일 황제의 명령으로 억지로 이를 타게
한다면 도리어 걱정거리일 것이다. 대체로 황제가 근신(近臣)을

---

8) 과하마(果下馬) : 과일나무의 가지 밑을 타고 지나갈 수 있을 만큼
   작은 말을 뜻한다. 『삼국시(三國志)』 위시(魏志) 동이전(東夷傳)에 나
   온다.

보내어서 우리 사신을 영접하고 호위하게 한 것이 방금 이곳을 지나치면서 길이 서로 어긋난 모양이다.

비가 좀 멎기에 곧바로 길을 떠났다. 밀운성 밖을 감돌아서 7, 8리를 갔다. 별안간 건장한 호인(胡人) 몇이 모두 큼직한 나귀를 타고 오다가 우리를 보고 손을 내저으며,

"가지 마시오. 앞으로 5리쯤 되는 곳에 시냇물이 크게 불어나서 우리도 되돌아오는 길이오."

하고는 채찍을 이마에까지 들어 보이면서,

"물길이 이마만큼 높으니, 당신네들에게 두 날개라도 있는지요?"

라고 한다. 이에 서로 돌아보며 낯빛을 잃고 모두 말에서 내려 길 가운데 섰으나, 위에서는 비가 내리고 아래로는 땅이 질어서 잠시 쉴 곳도 없다.

그제야 통관과 우리 역관들을 시켜서 물 있는 데를 살펴보게 하였다. 그들이 돌아와서,

"물 높이가 두 길이나 되어 어찌할 수 없습니다."

라고 한다. 온갖 버드나무 그늘이 촘촘하고 바람결이 몹시 서늘한데 하인들의 홑옷이 모두 젖어서 덜덜 떨지 않는 자가 없다. 비가 잠깐 개자 비로소 길 왼편 버드나무 밖에 새로 지은 조그만 행전(行殿)9)이 보이므로, 마침내 말을 달려 일제히 들어

---

9) 행전(行殿) : 이동용으로 지은 작고 간편한 행궁. 수(隋)나라 문제 때 우문개(宇文愷)에서 비롯했는데, 그의 관풍행전(觀風行殿)은 그 안에

가서 물이 빠지기를 기다리기로 하였다.

대체로 황성(皇城 : 연경)에서부터 길가에 30리마다 반드시 행궁(行宮)이 하나씩 있어서 창고와 곳간까지도 다 갖추어 있다. 그런데 이 성 밖에 이미 행궁이 있었는데도 불구하고 10리 밖에 안 되는 이곳에 또 이 행전을 둔 것은 무슨 까닭인가? 그 제도의 굉장히 웅대하고 사치하고 현란한 품이 어느 대목 따위의 손으로 만든 것이 아닌 듯싶으나, 다만 내 몸이 춥고 배가 주려서 두루 구경할 경황이 없었다.

때마침 해는 홍라산(紅螺山)에 지는데 온 산봉우리에 겹겹이 쌓인 푸른빛이 한 덩이 붉은 빛으로 물들고, 아계산(丫髻山)·서곡산(黍谷山)·조왕산(曹王山) 등의 여러 산들이 황금빛 구름과 수은빛 안개 속에 둘러싸여 있다.

『삼국지(三國志)』[10]에,

"조조(曹操)가 백단(白檀)을 거쳐 오환(烏桓)[11]을 유성(柳城)에서 쳐부수었으므로 지금까지 그 산 이름을 조왕(曹王)이라 하였다."

라고 했는데, 바로 여기를 말한다.

몇 백 명을 수용할 수 있고, 밑에 바퀴를 달아 마음대로 움직일 수 있었다고 한다.

10) 『삼국지(三國志)』: 진(晉)나라의 진수(陳壽)가 지은 위(魏)·촉(蜀)·오(吳) 삼국의 역사.

11) 오환(烏桓) : 북쪽 공족으로 지은 나라 이름. 그들이 근거한 산 이름.

유향(劉向)12)의 『별록(別錄)』에는,

"연(燕)나라에 서곡(黍谷)이란 땅이 있으나 추워서 오곡(五穀)이 나지 않았다. 이에 추연(鄒衍)13)이 피리를 불어서 따뜻한 온기(溫氣)가 생겼다."

라고 하였고, 『오월춘추(吳越春秋)』에는,

"북쪽으로 한곡(寒谷)을 지나쳤다."

라고 하였으니, 바로 이곳을 일컫는다.

내 어렸을 때 과체시(科體詩)14)를 짓다가 '서곡에서 피리를 불다'는 고사를 인용하여 쓴 적이 있었는데, 이제 눈으로 바로 그 산을 바라보게 되었다.

역관이 제독(提督)·통관 등과 더불어 서로 의논하되,

"지금 벌써 앞으로 물을 건널 수 없고, 물러나도 밥 지을 점방이 없는데 해가 또한 저무니 장차 어찌하면 좋을까?"

라고 하니 오림포(烏林哺)가,

"여기는 밀운성에서 겨우 5리 밖에 안 되는 곳이니, 사세가 장차 성으로 도로 들어가서 물이 빠지기를 기다리는 수밖에요."

라고 한다. 오림포는 나이 70이 넘어서 특히 추위와 주림을 못 견디는 모양이다.

----

12) 유향(劉向) : 한(漢)나라의 종실(宗室)로서 저명한 학자.
13) 추연(鄒衍) : 전국 시대 제(齊)나라의 음양가(陰陽家). 퉁소를 불어서 추운 날씨를 따뜻하게 하여 오곡이 잘 자라게 하였다.
14) 과체시(科體詩) : 과거를 볼 때 형식에 맞춰 쓰는 시.

대개 북쪽 변방의 길은 청나라 제독 이하의 여러 사람들도 전에 가본 일이 없으므로 길도 모르고 해는 저물어 인적도 드물어지자 아득히 갈 바를 모름이 우리와 다름이 없다.

내가 먼저 밀운성에 이르렀는데 길가마다 물이 이미 말의 배에 닿았다. 성문에서 말을 세우고 일행을 기다려서 함께 들어가니, 뜻밖에 쌍등과 쌍촛불을 들고 와서 맞이하는 이가 있고, 또 기병(騎兵) 10여 명이 앞에 와서 환영하는 듯이 보였다. 이는 곧 밀운성의 지현(知縣)이 몸소 와서 맞이함을 알겠다. 통관이 먼저 가서 주선한 것이 불과 몇 마디 말이 끝나기 전인데 그 행동거지의 재빠름이 이러하다.

중국의 법이 비록 왕자(王子)나 공주(公主)의 행차라도 민가(民家)에 머물지 못하므로 그 사관은 점방이 아니면 반드시 사당이다. 지금 이 고을에서 우리 일행의 숙소로 정해진 곳은 바로 관묘(關廟)인데, 지현은 문까지 왔다가 곧 돌아갔고, 관묘는 사람과 말을 들일 수는 있으나 사신이 머물러 쉴 곳은 없었다.

이때 밤이 이미 깊어서 집집마다 문을 닫아 잠갔으므로 오림포(烏林哺)가 백 번 천 번 두드리고 부르고 한 끝에 겨우 문을 열고 응대하는 이가 있었는데, 그 집은 바로 소씨(蘇氏)의 집이었다. 〈소씨는〉 이 고을 아전인데 집이 사치스럽고 화려하기가 행궁이나 다름없다. 고을 아전은 이미 죽고 다만 열여덟 살나는 아들이 있는데, 눈매가 맑고 빼어나 속세의 풍상(風霜)을 겪지 않은 사람 같다. 정사가 불러서 청심환 한 알을 주자, 수없이 조아리며 절을 하는데 몹시 놀라서 두려워하는 기색이 있다.

아마도 막 잠이 들었을 때 문을 두드리는 자가 있어 나가보니, 사람 지껄이는 소리와 말 우는 소리가 요란한데 모두 생전 처음 듣는 이상한 소리였을 것이다. 급기야 문을 열자 벌떼처럼 뜰에 가득 찬 사람들이 이 어디 사람들인가? 이른바 고려 사람이라고는 이곳에 온 일이 없었으므로 북쪽 변방에서는 처음 보니, 그들은 아마 안남(安南 : 베트남) 사람인지 또는 일본(日本), 유구(琉球 : 일본 오키나와의 옛 지명), 섬라(暹羅 : 태국) 사람인지 분간하지 못하였을 것이다.

다만 그들이 쓴 모자는 둥근 테가 몹시 넓어서 머리 위에 검은 우산을 받친 것 같으니, 이는 처음 보는 바라 '이 무슨 갓일까? 이상하다' 했을 것이며, 입은 도포는 소매가 몹시 넓어서 너풀거리는 품이 마치 춤추는 듯하니, 이 또한 처음 보는 바라 '이 무슨 옷이랴? 이상한지고' 했을 것이며, 그 말소리 또한 '남남(喃喃)', '니니(呢呢)' 또는 '각각(閣閣)'하니, 이 역시 처음 듣는 소리라 '이 무슨 소리냐? 야릇한지고' 했을 것이다.

사람이 처음에 보면 비록 주공(周公)의 옷이나 갓 차림이라도 오히려 놀라울 것이거늘, 하물며 우리나라 복식 제도가 몹시 크고도 고색이 창연함에랴?

그리고 사신 이하의 복장은 각각 달라서 역관 무리들의 복장, 비장 무리들의 복장, 군뢰 무리들의 복장이 있다.

역졸(驛卒)과 마두의 무리는 맨발에 가슴을 풀어헤치고 얼굴은 햇볕에 그을리고 옷은 해지고 찢어져서 엉덩이를 가리지 못하였으며, 왁자하게 지껄거리고 대령하는 소리는 너무도 길게 빼니 '이 모두 치음이라, 이 무슨 예법이랴? 이상하고 야릇한지고' 했을 것이다.

그는 반드시 한 나라 사람이 함께 온 것을 모르고 아마 남만(南蠻)과 북적(北狄), 동이(東夷), 서융(西戎)들이 모두 함께 제 집에 들어온 줄로 생각했을 것이니, 어찌 놀라고 두려워하여 떨지 않을 수 있겠는가? 비록 백주 대낮이라도 넋을 잃을 것이거늘, 하물며 때 아닌 밤중에랴? 비록 깨어 앉았어도 놀라울 것이거늘, 하물며 잠결에서야 어떠하겠는가? 또 더군다나 어찌 다만 열여덟 약관(弱冠)의 어린 남자였음에랴? 비록 세상의 산전수전을 다 겪은 여든 살 노인일지라도 필시 놀라서 와들와들 떨며 졸도하지 않을 수 없을 것이다.

통역을 맡은 역관이 와서 아뢰기를,

"밀운성 지현이 밥 한 동이, 채소와 과실을 합해서 다섯 쟁반, 돼지·양·거위·오리고기 다섯 쟁반, 차와 술을 합해서 다섯 병을 보내왔고, 또 땔나무와 말먹이까지 보내왔습니다."

라고 하니 정사는,

"땔나무나 말먹이는 받지 않을 이유가 없겠지마는, 밥과 고기들은 주방이 있는데 남에게 폐를 끼칠 필요가 있겠느냐? 받든지 받지 않든지 간에 부사님과 서장관에게 여쭈어 결정짓는 게 옳을 것이다."

라고 하였다. 그러자 수역은,

"연경에 들어왔을 때 동팔참(東八站)으로부터 으레 공궤(供饋 : 음식 제공)가 있는 법이랍니다. 다만 이렇게 익힌 음식을 제

공하지 않았을 뿐이지, 지금 이 성에 도로 오게 된 것은 비록 뜻
밖의 일이었습니다만 그가 지주(地主)의 체면으로써 음식을 제
공하였으니, 무슨 이유로 그를 물리칠 수 있사오리까?"
한다. 부사와 서장관이 들어와서,

"이건 황제의 명령도 없는데 어찌 대접하는 음식을 받을 수
있겠습니까? 마땅히 돌려보냄이 옳을 것 같습니다."
라고 하니 정사도,

"그렇겠소."
하고는, 곧바로 명령을 내려 받기 어려운 뜻을 밝히게 하였다.
그러자 여남은 인부들이 끽 소리도 없이 다시 짊어지고는 모두
돌아가 버렸다. 이참에 서장관이 하인들을 엄중히 단속하여,

"만일 한 줌의 땔나무나 말먹이라도 받는다면 마땅히 무거운
매로 다스릴 것이다."
라고 하였다.

얼마 안 되어서 조달동(趙達東)이 와서 아뢰기를,

"군기대신(軍機大臣)[15] 복차산(福次山)이 당도하였답니다."
라고 한다. 황제가 특별히 군기대신을 파견하여 사신을 맞이하
게 한 것이었다. 그는 원래 정해진 길을 통해 덕승문(德勝門)에
들어간 반면 우리 일행은 이미 동직문을 통과하는 바람에 서로
길이 어긋나게 된 것이다. 복차산은 밤낮을 헤아리지 않고 우

---

15) 군기대신(軍機大臣) : 중국 청(淸)나라 때 설치한 군기처의 으뜸 벼
    슬로 재상에 해당하고, 주로 황제의 정치를 보좌하였다.

리 뒤를 쫓아온 것이다. 그는,

"황제께옵서 사신을 고대하고 계시오니 반드시 초아흐렛날 아침 전까지는 열하에 도착하셔야 합니다."

라고 하면서 두세 번 거듭 부탁을 하고 떠났다.

군기(軍機)란 마치 한(漢)나라의 시중(侍中)과 같아서 늘 황제를 앞에 모시고 앉아 있다가, 황제가 군기에게 명령을 내리면 군기는 차례차례 의정대신(議政大臣)에게 전달하곤 한다. 그가 비록 계급은 낮으나 황제와 가까운 직책을 맡았으므로 '대신(大臣)'이라 일컬었다. 복차산의 나이는 스물대여섯쯤 되었으나 키는 거의 한 길이나 될 뿐 아니라 허리가 날씬하고 눈매가 가늘어서 매우 풍치가 있어 보였다. 그는 말이 끝난 뒤에 화고(花糕 : 과자) 하나를 먹고는 곧바로 말을 달리며 떠나버렸다.

벽돌이 깔린 대청이 넓고도 탁 트인 데다가 탁자 위에 놓여진 모든 물건들은 위치가 정돈되어 있었다. 하얀 유리그릇에 불수감(佛手柑)16) 3개를 담아 놓았는데, 맑은 향내가 코를 찌르곤 했다. 10여 개의 교의는 모두 무늬 있는 나무로 꾸몄으며, 서쪽 바람벽 밑에는 등자리와 꽃방석, 양털 보료 등이 깔려 있다. 구들 위에는 붉은 털방석을 깔았는데, 길이나 너비가 알맞게 되어 있고, 침대 위에 깔린 자리는 말총으로 쌍용을 수놓았으되 오색

---

16) 불수감(佛手柑) : 불수귤나무. 열매의 끝이 갈라져 부처의 손같이 생겼다하여 붙여진 이름. 복건과 광동에서 자라는 상록관목의 과일. 곧 향내를 피우는 귤의 일종.

이 찬란하였다.

두 하인이 그 위에 누워 자고 있음을 보고 시대(時大)로 하여금 크게 흔들어 깨우게 했으나 곧바로 일어나지 않기에 시대가 크게 호통쳐서 쫓아 버렸다. 나는 하도 피곤함을 견디지 못하고 잠깐 그 위에 누웠더니 별안간 온몸이 가려워 한 번 긁자 굶주린 이[蝨]들이 더덕더덕하였다. 곧 일어나 옷을 털고 나서,

"밥이 아직도 덜 되었느냐?"

하고 물었더니 시대는 빙그레 웃으면서,

"애초부터 밥을 지은 일이 없답니다."

라고 한다.

대체로 이때는 밤이 깊어 장차 닭이 울 녘이어서 한 그릇 물이나 한 움큼 땔나무도 사올 곳이 없으니, 비록 저 사자(獅子) 어금니같이 흰 쌀이 있고, 말굽처럼 생긴 은자(銀子)가 높게 쌓여 있다 하더라도 밥을 익힐 도리가 없었다. 그리고 부사의 주방 담당은 낮에 비 내리기 전에 벌써 강물을 건넜으므로 영돌(永突)—상방의 건량고(乾糧庫)지기—이 부사와 서장관의 주방을 겸하였으나 밥을 지을 기약은 아득하였다.

하인들이 모두 춥고 굶주려서 혼수상태에 빠졌다. 나는 그들을 채찍으로 때려서 깨웠으나 잠깐 일어났다가 곧 쓰러지곤 한다. 하는 수 없어서 몸소 주방에 들어가 살펴보니 영돌이 홀로 하늘을 쳐다보며 긴 한숨을 뽑으면서 앉아 있다. 나머지 사람들은 모두 종아리에 고삐를 맨 채 아무것도 덮지 않고 누워서 코를 곤다.

간신히 수숫대 한 움큼을 얻어서 밥을 지으려 했으나 한 가마
솥의 쌀에 반통도 못 되는 물을 부었으니 결코 끓을 리도 없거니
와 도리어 웃음밖에 나오지 않는다. 잠시 뒤 밥을 받아보니, 안
익고 익고는 우선 차치하고라도 물이 쌀에 스며들지도 않았다.
그리하여 애초에 한 숟가락도 들지 못한 채 정사와 함께 술 한
잔씩을 마시고 길을 떠났다. 이때 닭이 이미 서너 번 홰를 쳤다.

창대(昌大)가 어제 백하(白河)를 건너다 맨발을 말굽에 밟혀
서 말굽철이 깊이 박히는 바람에 쓰리고 아픔을 이기지 못하여
신음하고 있으나, 그를 대신해서 견마잡을 자도 없어서 일이 매
우 낭패였다. 그렇다고 해서 한 걸음도 옮길 수 없는 그를 중도
에다 떨어뜨리는 것도 있을 수 없는 일이었으므로, 비록 잔인하
기 짝이 없으나 하는 수 없이 기어서라도 뒤를 따라오게 하고,
마침내 고삐를 잡고 성을 나섰다.

사나운 물결이 길을 물어뜯고 휩쓸어간 나머지 어지러운 돌
들이 이빨처럼 날카로웠다. 손에는 등불 하나를 가졌으나 거센
새벽바람에 꺼져 버렸다. 그리하여 다만 동북쪽에서 흘러내리
는 한 줄기 큰 별빛만을 바라보며 앞으로 나아갔다. 앞 시냇가
에 이르니, 물은 이미 물러갔으나 아직도 말 배꼽에 닿았다. 창
대가 몹시 춥고 굶주린 데다가 병이 나고 졸음까지 옴을 견디지
못한 채 또 차가운 냇물을 건너게 될 것을 생각하니 그저 딱하
기 그지없었다.

原文

初六日
초육일

壬子 朝晴 晩後大炎熱 晌午大風 雷雨震電 夕霽
임자 조청 만후대염열 상오대풍 뇌우진전 석제

昧爽發行 亭堠書順義縣界 又行數十里 亭堠書懷柔
매상발행 정후서순의현계 우행수십리 정후서회유

縣界 縣城距路旁或十餘里 或七八里云.
현계 현성거로방혹십여리 혹칠팔리운

隋開皇中 靺鞨與高麗戰 不勝 部長突地稽 率其八
수개황중 말갈여고려전 불승 부장돌지계 솔기팔

部 自扶餘城 擧落內附 置順州以處之 唐太宗時 治
부 자부여성 거락내부 치순주이처지 당태종시 치

五柳城 以突利可汗 爲右衛大將軍 以領其衆 都督順
오류성 이돌리가한 위우위대장군 이령기중 도독순

州 開元置彈汗州 天寶後改歸化縣 後唐莊宗時 周德
주 개원치탄한주 천보후개귀화현 후당장종시 주덕

威攻劉守光 拔其順州 意者 順義懷柔二縣之地 卽古
위공유수광 발기순주 의자 순의회유이현지지 즉고

之順州也.
지순주야

牛欄山連亘西北三十里 古老傳言 古有金牛出洞中
우란산련긍서북삼십리 고로전언 고유금우출동중

仙人騎牛來遊洞中 有石如槽 名飮牛池 亦名靈蹟山
선인기우래유동중 유석여조 명음우지 역명영적산

云 山之東 潮河合白河 東北有狐奴山 又西北桃山
운 산지동 조하합백하 동북유호노산 우서북도산

五峯削立如擘掌.
오 봉 삭 립 여 벽 장

　行數十里　渡白河　白河源出塞外　自石塘嶺穿長城
　행 수 십 리　도 백 하　백 하 원 출 새 외　자 석 당 령 천 장 성

會黃花鎭川　昌平之楡河　諸塞外水　經密雲城下　元丞
회 황 화 진 천　창 평 지 유 하　제 새 외 수　경 밀 운 성 하　원 승

相脫脫　募能水利者　圍堰水種　歲收穀可百餘萬石　明
상 탈 탈　모 능 수 리 자　위 언 수 종　세 수 곡 가 백 여 만 석　명

太監曹吉祥抄沒之地　撥爲官莊　小民由是失業　白河
태 감 조 길 상 초 몰 지 지　발 위 관 장　소 민 유 시 실 업　백 하

水利遂廢.
수 리 수 폐

　金斡離不入順州　敗郭藥師於白河　卽此地也　水勢悍
　금 알 리 불 입 순 주　패 곽 약 사 어 백 하　즉 차 지 야　수 세 한

急黃濁　大抵塞外之水　皆黃河也.
급 황 탁　대 저 새 외 지 수　개 황 하 야

　只有小船二隻　沙邊爭渡者　車數百兩　人馬簇立　來
　지 유 소 선 이 척　사 변 쟁 도 자　거 수 백 냥　인 마 족 립　내

時道中　聯杠黃櫃數十輩　或扁或廣　或長或高　皆儲玉
시 도 중　연 강 황 궤 수 십 배　혹 편 혹 광　혹 장 혹 고　개 저 옥

器　回子國所貢也.
기　회 자 국 소 공 야

　雇京坊脚夫以運　而有回子四五人　領率而去　貌類官
　고 경 방 각 부 이 운　이 유 회 자 사 오 인　영 솔 이 거　모 류 관

長　其中一人　乃回子太子云　狀貌雄健獰醜　擔置黃櫃
장　기 중 일 인　내 회 자 태 자 운　상 모 웅 건 녕 추　담 치 황 궤

於船中　方刺挐離岸之際　廚房驅人　一躍登船　立馬疊
어 선 중　방 자 나 리 안 지 제　주 방 구 인　일 약 등 선　입 마 첩

櫃上.
궤 상

船橫離丈餘 岸上回子驚號頓足 廚人則全無懼怯 方
선 횡 리 장 여　안 상 회 자 경 호 돈 족　주 인 즉 전 무 구 겁　방

以先渡爲得計 余指示首譯 首譯大驚 喝令趣下 回子
이 선 도 위 득 계　여 지 시 수 역　수 역 대 경　갈 령 취 하　회 자

亦亂嚷回泊 遂盡昇下其櫃 而無一言與我人爭鬨也.
역 란 양 회 박　수 진 여 하 기 궤　이 무 일 언 여 아 인 쟁 홍 야

方渡至中流 忽有一片烏雲裹黑風 自西南漂轉而來
방 도 지 중 류　홀 유 일 편 오 운 과 흑 풍　자 서 남 표 전 이 래

飛沙揚塵 如煙如霧 頃刻晝晦 莫卞咫尺 既下船 仰
비 사 양 진　여 연 여 무　경 각 주 회　막 변 지 척　기 하 선　앙

視天色 黝碧紺黛 而層雲襞摺 亭毒弸怒 電縈其間
시 천 색　유 벽 감 대　이 층 운 벽 접　정 독 붕 노　전 영 기 간

如滕金線爲千朶萬葉 霆車雷鼓 旋輾鬱疊 疑有墨龍
여 등 금 선 위 천 타 만 엽　정 거 뢰 고　선 전 울 첩　의 유 묵 룡

跳出也.
도 출 야

望密雲城 纔近數里 促鞭疾馳 望城而行 風雷益急
망 밀 운 성　재 근 수 리　촉 편 질 치　망 성 이 행　풍 뢰 익 급

雨脚斜擲 猛如拳搗 勢不能支 疾入路傍古廟 其東寮
우 각 사 척　맹 여 권 도　세 불 능 지　질 입 로 방 고 묘　기 동 료

有兩人 對卓椅坐 忙修文牒 蓋密雲驛吏錄置往來遞
유 양 인　대 탁 의 좌　망 수 문 첩　개 밀 운 역 리 록 치 왕 래 체

騎者也.
기 자 야

一書漢字 一翻滿字 方書之際 余適見有朝鮮字 諦
일 서 한 자　일 번 만 자　방 서 지 제　여 적 견 유 조 선 자　체

視之 乃有奉上旨勅諭 在京兵部 給與朝鮮使臣等壯
시 지　내 유 봉 상 지 척 유　재 경 병 부　급 여 조 선 사 신 등 장

健馬匹 俾濟艱險 行李需求 接應無缺云云.
건 마 필　비 제 간 험　행 리 수 구　접 응 무 결 운 운

已而使臣避雨　相繼而入　余引首譯　視其紙　首譯持
이 이 사 신 피 우　상 계 이 입　여 인 수 역　시 기 지　수 역 지

呈使臣　於是審問其人　則對以不知也　俺等只得簿錄
정 사 신　어 시 심 문 기 인　즉 대 이 부 지 야　엄 등 지 득 부 록

往來文書　勘合而已云.
왕 래 문 서　감 합 이 이 운

所謂壯健馬匹　無處可覓　而設令備給其騎　皆驍壯騰
소 위 장 건 마 필　무 처 가 멱　이 설 령 비 급 기 기　개 효 장 등

驤　一時三刻行七十里　此飛遞法也　在道見遞騎之馳
양　일 시 삼 각 행 칠 십 리　차 비 체 법 야　재 도 견 체 기 지 치

突　前者唱聲若歌　後者應號如警虎者　響震崖谷　馬乃
돌　전 자 창 성 약 가　후 자 응 호 여 경 호 자　향 진 애 곡　마 내

一時散蹄　不擇巖壑磽碉　林木叢薄　超躍騰踏　如鼓聲
일 시 산 제　불 택 암 학 계 간　임 목 총 박　초 약 등 답　여 고 성

雨點.
우 점

我東果下殘鼠　必須牽輇扶擁　猶患翻墜　況此飛遞有
아 동 과 하 잔 서　필 수 견 공 부 옹　유 환 번 추　황 차 비 체 유

誰乘之　若以皇命强要騎此　反爲憂患　蓋皇帝遣近臣
수 승 지　약 이 황 명 강 요 기 차　반 위 우 환　개 황 제 견 근 신

迎護我使　方纔過此　而道路相違也.
영 호 아 사　방 재 과 차　이 도 로 상 위 야

雨少歇卽發　循密雲城外行七八里　忽有健胡數人　皆
우 소 헐 즉 발　순 밀 운 성 외 행 칠 팔 리　홀 유 건 호 수 인　개

騎駿騾而來　搖手曰　勿去也　前去五里所　溪水大漲
기 준 라 이 래　요 수 왈　물 거 야　전 거 오 리 소　계 수 대 창

吾們還來也　擧鞭過頂曰　這樣高也　儞有雙翼乎　於是
오 문 환 래 야　거 편 과 정 왈　저 양 고 야　이 유 쌍 익 호　어 시

相顧失色　皆下馬立路中　上雨下淤　無地少憩.
상 고 실 색　개 하 마 립 로 중　상 우 하 어　무 지 소 게

使通官及我譯前視水 還言水高二丈 無可奈何 萬柳
사통관급아역전시수 환언수고이장 무가내하 만류
陰陰 凉風甚緊 下隷單衣盡濕 莫不寒戰 雨乍霽 始
음음 양풍심긴 하례단의진습 막불한전 우사제 시
見路左柳外有新構小行殿 遂馳馬齊入 遲待水退.
견로좌류외유신구소행전 수치마제입 지대수퇴

蓋自皇城沿道三十里間 必有一行宮 倉廩府庫 莫不
개자황성연도삼십리간 필유일행궁 창름부고 막불
備具 此城外旣有行宮 則相距十里之地 又置此殿 何
비구 차성외기유행궁 즉상거십리지지 우치차전 하
也 其宏侈炫燿 不類匠造 但吾體寒腸飢 周覽無悰.
야 기굉치현요 불류장조 단오체한장기 주람무종

時方日落紅螺山 千嶂疊翠 一輪盪紅 而丫髻 黍谷
시방일락홍라산 천장첩취 일륜탕홍 이아계 서곡
曹王諸山 周遭環擁於金雲汞煙之間.
조왕제산 주조환옹어금운홍연지간

三國志 曹操歷白檀 破烏桓於柳城 至今名其山曰曹
삼국지 조조력백단 파오환어유성 지금명기산왈조
王者 是也.
왕자 시야

劉向別錄 燕有黍谷 寒不生五穀 鄒衍吹律而溫氣至
유향별록 연유서곡 한불생오곡 추연취률이온기지
吳越春秋 北過寒谷 是也.
오월춘추 북과한곡 시야

余年少時做科體詩 用黍谷吹律爲古實 今乃能目望
여년소시주과체시 용서곡취률위고실 금내능목망
其山也.
기산야

任譯與提督通官 相與議曰 今旣前不得渡水 退無炊
임역여제독통관 상여의왈 금기전부득도수 퇴무취

飯之店 日且暮矣 將柰何 烏林哺曰 此去密雲不過五
반지점 일차모의 장내하 오림포왈 차거밀운불과오

里 勢將還入其城 以竢水退 林哺年七十餘 尤不勝饑
리 세장환입기성 이사수퇴 임포년칠십여 우불승기

寒.
한

大抵北塞 提督以下 曾所未行 故不諳程道 日暮人
대저북새 제독이하 증소미행 고불암정도 일모인

稀 其茫然昧所向 無異我人.
희 기망연매소향 무이아인

余乃先至密雲城 道中水已沒馬腹矣 立馬城門 俟使
여내선지밀운성 도중수이몰마복의 입마성문 사사

行同入 忽有雙燈來接 又有十餘騎前來 若接應之狀
행동입 홀유쌍등래접 우유십여기전래 약접응지상

乃知密雲知縣身自來接也 通官之先去周旋 不過數語
내지밀운지현신자래접야 통관지선거주선 불과수어

之頃 而其擧行之迅速如是也.
지경 이기거행지신속여시야

大國之法 雖和碩之行 不得停宿民舍 故其所下處非
대국지법 수화석지행 부득정숙민사 고기소하처비

店房 則必廟堂也 今本縣所定乃關廟 而知縣及門 乃
점방 즉필묘당야 금본현소정내관묘 이지현급문 내

自回去 關廟則區處人馬 而使臣無停憩之所.
자회거 관묘즉구처인마 이사신무정게지소

時夜已深矣 家家關門 烏林哺百叩千喚 始有開門出
시야이심의 가가관문 오림포백고천환 시유개문출

應者 乃蘇姓家也 本縣吏目 而家舍侈麗無異行宮 縣
응자 내소성가야 본현리목 이가사치려무이행궁 현

吏已歿 獨有十八歲男子 眉目淸秀 類不風露者 正使
리이몰 독유십팔세남자 미목청수 유불풍로자 정사

招給一丸淸心　則無數叩拜　有驚怖戰掉之狀.
초 급 일 환 청 심　즉 무 수 고 배　유 경 포 전 도 지 상

　蓋方其睡際　有叩門者　人喧馬鳴　想應初開之異聲
개 방 기 수 제　유 고 문 자　인 훤 마 명　상 응 초 개 지 이 성

及其開門　則蜂擁盈庭者　是何等人也　所謂高麗無因
급 기 개 문　즉 봉 옹 영 정 자　시 하 등 인 야　소 위 고 려 무 인

而至此　則北地路之所初見也　想應莫辨安南　日本琉
이 지 차　즉 북 지 로 지 소 초 견 야　상 응 막 변 안 남　일 본 유

球暹羅.
구 섬 라

　第其所著帽子圓簷太廣　頂張黑傘　初見矣　是何冠也
제 기 소 착 모 자 원 첨 태 광　정 장 흑 산　초 견 의　시 하 관 야

異哉　所服袍子袖袂廣濶　翩翩欲舞　初見矣　是何衣也
이 재　소 복 포 자 수 메 광 활　편 편 욕 무　초 견 의　시 하 의 야

異哉　其聲或喃喃　或呢呢　或閣閣　初聞矣　是何語也
이 재　기 성 혹 남 남　혹 니 니　혹 각 각　초 문 의　시 하 어 야

異哉.
이 재

　令人初見　則雖周公之衣冠　勢所驚異　況我東之制甚
영 인 초 견　즉 수 주 공 지 의 관　세 소 경 이　황 아 동 지 제 심

偉且古乎.
위 차 고 호

　然而自使臣以下　服著各殊　有譯官一隊服着　有裨將
연 이 자 신 신 이 하　복 착 각 수　유 역 관 일 대 복 착　유 비 장

一隊服着　有軍牢一隊服着.
일 대 복 착　유 군 뢰 일 대 복 착

　而驛卒馬頭輩　無不跣足袒胸　面貌焦枯　布袴綻裂
이 역 졸 마 두 배　무 불 선 족 단 흉　면 모 초 고　포 고 탄 렬

不掩臀腿　喧嘩擾攘　聲諾太長　初見矣　是何禮也　異
불 엄 둔 퇴　훤 화 요 양　성 낙 태 장　초 견 의　시 하 례 야　이

哉異哉.
재 이 재

彼必不識同國同來　想應分視南蠻北狄東夷西戎　都
피필불식동국동래　상응분시남만북적동이서융　도

入渠家　安得不驚怖戰掉　雖白晝惝怳矣　況深夜乎　雖
입거가　안득불경포전도　수백주창황의　황심야호　수

醒坐駭惑矣　況睡際乎　奚特十八歲弱冠穉男也　雖八
성좌해혹의　황수제호　해특십팔세약관치남야　수팔

十歲飽閱老翁　定然驚怖　而顚顚以卒矣.
십세포열노옹　정연경포　이전전이졸의

任譯告曰　密雲知縣　致饋飯一大盆　蔬菓共五盤　猪
임역고왈　밀운지현　치궤반일대분　소과공오반　저

羊鵝鴨五盤　茶酒幷五甁　柴艸亦爲進排矣　正使曰　柴
양아압오반　다주병오병　시초역위진배의　정사왈　시

艸無不可受之義　而飯肉則自有廚房　不必貽弊　辭受
초무불가수지의　이반육즉자유주방　불필이폐　사수

當否　且議副三房可也　首譯曰　入燕時　自東八站有例
당부　차의부삼방가야　수역왈　입연시　자동팔참유례

供　而特不熟餉如是耳　今者還入此城　雖出意外　彼以
공　이특불숙향여시이　금자환입차성　수출의외　피이

地主之義致饋　亦將何辭而却之乎　副使書狀來言　未
지주지의치궤　역장하사이각지호　부사서장래언　미

見皇旨　安可受餉　事當退却　正使曰　然　卽令諭其難
견황지　안가수향　사당퇴각　정사왈　연　즉령유기난

受之意　十餘擔夫不出一聲　回擔都走　於是書狀　嚴飭
수지의　십여담부불출일성　회담도주　어시서장　엄칙

下隷　若受一握柴艸　當施重棍.
하례　약수일악시초　당시중곤

少焉趙達東來告曰　軍機大臣福次山來到矣　蓋皇帝
소언조달동래고왈　군기대신복차산래도의　개황제

特遣軍機大臣　來迎使臣　彼則由正路入德勝門　而我
특견군기대신　내영사신　피즉유정로입덕승문　이아

行已由東直門　所以互違也　次山晝夜追到　言皇帝苦
행이유동직문　소이호위야　차산주야추도　언황제고

待使臣　必趁初九日朝前達熱河　再三囑托而去.
대사신　필진초구일조전달열하　재삼촉탁이거

　軍機如漢時侍中　坐皇帝前　皇帝語軍機　則軍機以次
　군기여한시시중　좌황제전　황제어군기　즉군기이차

傳議政大臣　位雖卑而職近　故稱大臣　年可二十五六
전의정대신　위수비이직근　고칭대신　연가이십오륙

身長幾一丈　腰纖眼細　極有標致　語後嚼一花糕　卽馳
신장기일장　요섬안세　극유표치　어후작일화고　즉치

馬去.
마거

　甓大廳宏敞　卓上位置整雅　白琉璃楪盛三箇佛手柑
　벽대청굉창　탁상위치정아　백유리접성삼개불수감

淸香觸鼻　椅皆文木　有十餘坐　西壁下設藤席花氍毹
청향촉비　의개문목　유십여좌　서벽하설등석화구유

罽氌裀褥　炕上鋪猩猩毡　長廣齊　炕臥榻鋪鬃毡　五色
방로인욕　항상포성성전　장광제　항와탑포종전　오색

織雙龍.
직쌍용

　二家丁宿臥其上　使時大搖醒　不卽起　時大叱而逐之
　이가정숙와기상　사시대요성　부즉기　시대질이축지

余不勝困倦　少臥其上　忽覺遍體癢躁　一押則蟣蝨磊
여불승곤권　소와기상　홀각편체양조　일문즉기슬뢰

落　卽起振衣　問飯已炊未　時大哂曰　元不炊矣.
락　즉기진의　문반이취미　시대신왈　원불취의

　蓋是時夜將鷄鳴　椀水握薪無處可買　雖米白獅牙　銀
　개시시야장계명　완수악신무처가매　수미백사아　은

積馬踶 無計炊熟 副使廚房 晝已先雨渡溪 故永突—
적 마 제 무 계 취 숙 부 사 주 방 주 이 선 우 도 계 고 영 돌

上房乾糧庫直方兼供副三房 而杳無炊期.
상 방 건 량 고 직 방 겸 공 부 삼 방 이 묘 무 취 기

下隷饑寒 莫不困睡 余手鞭醒之 乍起旋倒 不得已
하 례 기 한 막 불 곤 수 여 수 편 성 지 사 기 선 도 불 득 이

自往廚房視之 則獨永突仰天長嘆而坐 餘皆繫轡其脚
자 왕 주 방 시 지 즉 독 영 돌 앙 천 장 탄 이 좌 여 개 계 비 기 각

露臥雷鼾.
노 와 뢰 한

艱得一握黍柄炊飯 而一釜米 半桶水 決無沸熟之理
간 득 일 악 서 병 취 반 이 일 부 미 반 통 수 결 무 비 숙 지 리

還可笑也 少焉飯至 生熟姑置 水不漬粒矣 初不擧一
환 가 소 야 소 언 반 지 생 숙 고 치 수 불 지 립 의 초 불 거 일

匙 與正使對飮一杯而發行 鷄已三四唱矣.
시 여 정 사 대 음 일 배 이 발 행 계 이 삼 사 창 의

昌大昨渡白河時 赤足爲馬所踐 蹄鐵深入 腫痛乞死
창 대 작 도 백 하 시 적 족 위 마 소 천 제 철 심 입 종 통 걸 사

無代控者 事極狼狽 旣不能運動寸步 而中路落置 法
무 대 공 자 사 극 낭 패 기 불 능 운 동 촌 보 이 중 로 락 치 법

所不可 見雖殘忍 而不知爲計 飭以匍匐隨來 遂縱輇
소 불 가 견 수 잔 인 이 불 지 위 계 칙 이 포 복 수 래 수 종 공

出城.
출 성

道皆暴水齧破 亂石齒立 手持一燈 又爲曉風所吹
도 개 폭 수 설 파 난 석 치 립 수 지 일 등 우 위 효 풍 소 취

只望東北一大星光而行 行到前溪 則水已退而猶沒馬
지 망 동 북 일 대 성 광 이 행 행 도 전 계 즉 수 이 퇴 이 유 몰 마

腹 昌大又饑又寒 又病又睡 又涉寒溪 極可慮也.
복 창 대 우 기 우 한 우 병 우 수 우 섭 한 계 극 가 려 야

8월 초7일 계축(癸丑)

아침에 비가 조금 뿌리다가 곧 개었다.

목가곡(穆家谷)에서 아침 식사를 끝내고 남천문(南天門)을 나섰다. 성은 큰 고개의 마루턱에 있고 오목하게 꺼져 들어간 곳에 문을 만들었는데 이름은 '신성(新城)'이다. 옛날 오호(五胡)1) 때 석호(石虎)2)가 단요(段遼)를 추격하자 단요가 모용황(慕容皝)3)과 함께 〈도로 반격하여〉 석호의 장수 마추(麻秋)를 쳐서 죽인 곳이 바로 여기였다.

이로부터 잇달아 높은 고개를 넘게 되었다. 오름길은 많으나 내림길이 적어짐으로 보아 지세가 점차 높아지고 물결은 더욱

---

1) 오호(五胡) : 북방의 다섯 종족. 곧 흉노(匈奴)·갈(羯)·선비(鮮卑) · 저(氐)·강(羌)이 중국 내부에 들어와서 집권하던 시대.
2) 석호(石虎) : 오호(五胡) 16국의 하나인 후조(後趙)의 황제.
3) 모용황(慕容皝) : 오호(五胡) 16국의 하나인 북연(北燕)의 왕.

사나웠다. 창대가 이곳에 이르자 통증이 더욱 심해져서 부사의
가마에 매달려 울면서 하소연하고 또 서장관에게도 호소하였
다고 한다. 이때에 나는 먼저 고북하(古北河)에 이르렀으므로
부사와 서장관이 뒤따라 이르러서는 창대의 딱하고 민망하여
차마 눈으로 볼 수 없는 꼴을 이야기하면서, 나에게 다시 구제
할 좋은 꾀를 생각해 보기를 권하였으나 실은 어떻게 할 수 없
었다. 얼마 있다가 창대가 엉금엉금 기다시피 하면서 따라왔
다. 중도에서 말을 얻어 탈 수 있었으므로 여기까지 올 수 있었
던 모양이다. 이에 돈 200닢과 청심환 다섯 알을 주고 나귀를
세내어 뒤를 따르게 하였다.

드디어 강물을 건넜다. 강의 이름은 광형하(廣硎河)인데, 이
곳이 곧 백하의 상류였다. 물살이 변방에 이를수록 더욱 사나
우므로 건너기를 다투는 거마들이 모두 옹기종기 서서 배가 오
기를 기다린다. 제독과 예부낭중(禮部郎中)이 손수 채찍을 휘
두르면서 비록 이미 배에 오른 사람들까지도 기필코 모조리 다
몰아쳐 내리게 하고는 우리 일행을 먼저 건너게 하였다.

저녁 무렵에 석갑성(石匣城) 밖에서 밥을 지었다. 이 성의 서
쪽에 갑(匣 : 궤짝)처럼 생긴 돌이 있었던 데서 역(驛) 이름까
지을 '석갑'이라 하였다고 한다. 그리고 옛날 유수광(劉守光)이
도망왔다가 사로잡힌 데가 바로 이곳이었다.

식사가 끝나자 곧바로 떠났다. 날은 이미 어두워지기 시작하
였다. 산길은 몹시 꺾이고 굽어서 구불구불했다. 왕 기공(王沂
公)[4]이 거란(契丹)에 올린 서한 중에,

"금구정(金溝淀)에 이르러 산에 들어가서 구불구불한 길을 오르고 또 오르되 이후(里堠)⁵⁾도 없으므로 말이 달리는 시간을 따져서 대체로 90리쯤 가서 고북관(古北館)에 이르렀습니다." 라고 했다는데, 이제 벌써 금구정은 어디인지를 알 길이 없을 뿐더러 변방 북쪽의 노정이 멀고 가까운 것에 대하여는 옛사람도 역시 잘 알지 못하는 모양이다.

때마침 대추가 반쯤 익었는데 마을마다 대추나무로 울타리를 쳤다. 혹은 대추나무 밭은 마치 우리나라의 청산(靑山)이나 보은(報恩)과 같았고, 대추는 모두 한줌이 넘을 만큼 컸다. 밤나무도 역시 숲을 이루었으나 밤톨이 매우 자잘하여 겨우 우리나라 상주(尙州)의 밤과 비슷하였다. 옛날 소진(蘇秦)이 연 문공(燕文公)⁶⁾을 유세하던 말 중에,

"연(燕)나라의 북쪽에 대추와 밤의 생산지가 있는데, '천부(天府 : 하늘이 낸 마을)'라 한답니다." 라고 하였으니, 아마 이는 고북구(古北口)를 두고 말한 것이다.

마을 거리 곳곳마다 남녀 구경꾼이 몰려들었다. 나이 조금 지긋한 여인치고 목에 혹이 달리지 않은 자가 없는데, 큰 것은 거의 뒤웅박만 하고, 더러는 서너 개 주렁주렁 달고 있는 이도 있

---

4) 왕 기공(王沂公) : 송나라의 문학가 왕증(王曾). 기공은 봉호.

5) 이후(里堠) : 거리를 표시하기 위해 길가에 쌓은 돌무더기.

6) 연 문공(燕文公) : 소진의 말을 들어서 6국을 연합하여 종장(從長)이 되었다.

어서 여자들 중에 열에 일고여덟은 모두 그러하였다. 젊은 계집애들과 고운 여인들은 얼굴에 흰 분을 발랐으나 목에 달린 뒤웅박처럼 생긴 혹을 가릴 수는 없었다. 남자들 중에도 늙은이는 간혹 커다란 혹이 달린 이가 있었다.

옛말에,

"진(晉)나라에 살고 있는 사람은 이가 누렇고, 험한 곳에 살고 있는 사람은 목에 혹이 달린다."

라고 하였고 또,

"안읍(安邑)은 진(晉)나라 땅으로, 대추가 잘되는 곳이므로 안읍 사람들이 단 것[대취]을 많이 먹어서 이가 모두 누렇다."

라고 하였다. 지금 이곳에는 대추나무가 밭을 이루었으나 여인들은 모두 마치 박씨를 쪼개 세운 듯이 이가 하얀데, 이는 잘 알 수 없는 일이다.

『의방(醫方)』에 이르기를,

"산협(山峽 : 산골짜기)의 물은 절구질하듯 급히 흘러내리고 거센 까닭에 오래도록 마시면 혹이 생긴다."

라고 하였으니, 이제 이곳 사람들이 혹이 많음은 험한 곳에 살고 있는 까닭이겠지마는, 유독 여인에게 많이 볼 수 있음은 어인 일인지 알 길이 없겠다.

잠시 성 안에서 말을 쉬게 하였다. 시전(市廛 : 시장터)과 마을이 제법 번화하긴 하였으나 집집마다 문이 닫혔으며, 문 밖에는 모두 양각등(羊角燈)을 달아 오밀조밀 별빛과 함께 뒤섞여 반짝이곤 한다. 때는 이미 밤이 깊었으므로 두루 구경하지 못하고 술을 사서 조금 마시고 곧바로 장성을 나섰다. 어두운 가운데 군졸 수백 명이 나타났다. 이들은 아마 검열하려고 지키고 있는 듯싶다.

세 겹의 관문(關門)을 나와서 마침내 말에서 내려 장성에 이름을 쓰려고 차고 있던 칼을 뽑아 벽돌 위의 짙은 이끼를 긁어내고, 붓과 벼루를 행탁 속에서 꺼내어 성 밑에 벌여 놓고 사방을 살펴보았으나 물을 얻을 길이 없었다. 아까 관내(關內)에서 잠시 술 마실 때 몇 잔을 더 사서 밤을 새울 때까지의 준비를 위해 안장에 매달아놓았기에, 이를 모두 쏟아 부어 밝은 별빛 아래에서 먹을 갈고, 찬 이슬에 붓을 적셔 큰 글자로 여남은 글자를 썼다.[7]

이때는 봄도 아니요, 여름도 아니요, 겨울도 아닐 뿐더러 아침도 아니요, 낮도 아니요, 저녁도 아닌, 곧 금신(金神)이 제때를 만난 가을철인 데다가 닭이 울려는 새벽이었으니, 그 어찌 우연한 일일까 보냐?

또다시 한 고개에 올랐다. 초승달은 이미 졌는데, 시냇물 소리는 더욱 가까이 들렸으며, 어지러운 봉우리는 우중충하여 언덕마다 범이 나올 듯 구석마다 도적이 숨은 듯할 뿐더러, 때로는 우수수하는 바람이 머리카락을 시원하게 쓸어준다. 따로 '야출고북구기(夜出古北口記)'에 적은 것이 있다. ─「산장잡기(山莊襍記)」

---

7) 그 표제자는 「산장잡기(山莊襍記)」 중의 '야출고북구기(夜出古北口記)'에 실렸다.

속에 들어 있다.

물가에 다다르니 길이 끊어지고 물이 넓어서 도무지 건널 길이 막막하기만 했다. 다만 허물어진 집 네다섯 채가 언덕을 의지하여 서 있었다. 제독이 달려가서 말에서 내려 손수 문을 두드리며 수백 번, 수천 번 주인을 불러 호통을 치고 나서야 겨우 주인이 툴툴거리면서 대답하며 문을 나와서는 자기 집 앞에서 곧장 건널 것을 가르쳐준다. 돈 500닢으로 주인을 고용하여 정사의 가마 앞을 인도하게 하여 마침내 물을 건넜다.

대체로 한 강물을 아홉 번이나 건너는데, 물속에는 돌에 이끼가 끼어서 몹시 미끄러우며 물이 말의 배에 넘실거렸다. 무릎을 옹송그리고 발을 모으고선 한손으로는 고삐를 잡고 한손으로는 안장을 꽉 잡고, 끌어 주는 이도 부축해 주는 이도 없건마는 그래도 떨어지거나 넘어지지 않았다. 나는 여기에서 비로소 말을 다루는 데는 방법이 있음을 깨달았다.

대저 우리나라의 말 다루는 방법은 몹시 위태롭다. 옷소매는 넓고 한삼(汗衫)8) 역시 길어서 두 손을 휘감아 싸다보니 고삐를 잡거나 채찍을 드날리려 할 때 모두 거추장스러우니, 이는 첫 번째 위태로움이다.

그런 형편이므로 부득이 딴 사람으로 하여금 견마를 잡히니, 온 나라의 말이 졸지에 병신이 되어 버린다. 이에 고삐를 잡은 자가 항상 말의 한쪽 눈을 가려서 말이 제 멋대로 달릴 수 없으

---

8) 한삼(汗衫) : 소매 끝에 붙여 드리우는 흰색의 헝겊.

니, 이는 두 번째 위태로움이다.

말이 길에 나서면 그 조심함이 사람보다 더하거늘 사람과 말이 서로 마음이 통하지 않으므로 마부(馬夫) 자신은 편한 땅을 디디고 말발굽은 늘 위태한 곳으로 몰아넣는다. 그러니 말이 피하려는 곳에 사람이 억지로 디디게 하고, 말이 디디고 싶어하는 곳에서 사람이 억지로 밀어붙이는 꼴이 되고 만다. 그러므로 말이 거칠게 치받는 것은 다름 아니라 항상 사람에게 노여운 마음을 품은 까닭이니, 이는 세 번째 위태로움이다.

말의 한 눈은 이미 사람에게 가려졌고 남은 또 한 눈으로 사람의 눈치를 살피노라고 전심전력으로 길만 보고 걷기 어려우므로 잘 넘어지기 일쑤이다. 말의 허물이 아닌데도 채찍을 함부로 내리치니, 이는 네 번째 위태로움이다.

우리나라 안장과 뱃대끈〔鞴: 안장을 얹을 때 배에 걸쳐 졸라매는 줄〕의 제도는 워낙 둔하고 무거우며 더군다나 끈과 띠가 너무 많이 얽혀 있다. 말이 이미 등에 한 사람을 싣고 입에 또 한 사람이 매달려 있으니, 말 한 필이 두 필의 힘을 쓰는 것이라서 힘에 겨워서 쓰러지게 되니, 이는 다섯 번째 위태로움이다.

사람이 몸을 쓰는 것도 바른편이 왼편보다 나은 것이고 보면 말 역시 그러할 것임에도 불구하고, 말의 오른쪽 귀가 사람에 눌려 아픔을 참을 수 없으므로 할 수 없이 목을 비틀어서 사람과 함께 한 옆으로 걸으며 채찍을 피하려는 것이다. 사람은 곧 말이 목을 비틀어서 옆으로 걷는 것을 사납고도 날랜 자태라 하여 기뻐하기는 하나 실은 말의 본정이 아니니, 이는 여섯 번째 위태로움이다.

말이 채찍을 늘 맞다보니 바른편 다리만 아플 것임에도 불구하고 말을 탄 사람은 마음을 놓고 안장에 버티고 앉아 있다가, 견마잡이가 갑자기 채찍질하는 바람에 몸을 뒤쳐서 말에 탄 사람을 떨어뜨리게 된다. 이럴 적에는 도리어 말을 책망하나 이 역시 말의 본의가 아니니, 이는 일곱 번째 위태로움이다.

문무를 막론하고 벼슬이 높으면 반드시 왼쪽으로 견마를 잡히게 한다. 이건 또 무슨 법인가? 오른쪽 견마도 좋지 않는 마당에, 하물며 왼쪽에 견마를 잡히다니? 또 짧은 고삐도 불가한데 긴 고삐는 말해 무엇하겠는가? 사삿집의 출입에는 오히려 위의(威儀)를 갖출 법도 하거니와 심지어 임금의 어가를 모시는 신하로서 다섯 길이나 되는 긴 고삐로써 위엄을 보이려 함은 옳지 않은 일이리라. 그리고 이는 문관(文官)도 오히려 불가한데 하물며 영문으로 나아가는 무장(武將)에게 있어서야? 이는 이른바 제 스스로를 얽을 올가미를 차고 다니는 격이니, 이는 여덟 번째 위태로움이다.

무장이 입는 옷을 철릭〔帖裏〕이라 하는데, 이는 곧 군복이다. 세상에 어찌 명색은 군복이면서 소매가 중의 장삼처럼 넓은 것이 있으리오?

이제 이 여덟 가지의 위태로움이 모두 넓은 소매와 긴 한삼 때문이거늘, 오히려 이러한 위태로움에 편안히 지내려 하니, 아아, 슬프구나. 이는 설사 백락(伯樂)9)으로 바른편에 견마잡히고 조보(造父)10)로 왼편에서 말을 끌게 한들 만약 이 여덟 가지의 위태로움을 그대로 둔다면 비록 준마(駿馬)가 여덟 필일지라도 배겨내지 못할 것이다.

옛날 이일(李鎰)11)이 상주(尙州)에 진을 칠 때 멀리 숲 사이에서 연기가 피어오름을 바라보고는 군관 한 사람을 시켜 가보게 하였더니, 군관이 좌우로 쌍견(雙牽)을 잡히고 거들먹거리고 가다가 뜻밖에 다리 밑에서 왜병 둘이 튀어나와 말의 배를 칼로 베었는데, 군관의 목은 이미 베어가 버렸다. ─만력 임진년 왜구가 침략해 왔을 때의 일이다. 그리고 서애(西厓) 유성룡(柳成龍)12)은 어진 정승이다. 그가 『징비록(懲毖錄)』을 지을 때에 이 일을 기록하여 비웃었으나 잘못된 습속을 그런 난리와 어려움을 겪고도 고치지 못하였으니 한심하구나, 습속의 고치기 어려움이여.

내 이 밤에 이 물을 건넘은 세상에서 가장 위태로운 일이다. 그러나 나는 말을 믿고, 말은 제 말발굽을 믿고, 말발굽은 땅을 믿었으니, 견마잡히지 않는 보람이 이와 같구나.

수역이 주 주부(周主簿 : 주명신)더러 하는 말이,

"옛사람이 위태로운 것을 말할 때 '소경이 애꾸눈말을 타고 한밤중에 깊은 물가에 서 있는 것이라'13)고 하지 않소. 정말 우

---

9) 백락(伯樂) : 주(周)나라 때 말을 잘 다루던 사람.
10) 조보(造父) : 주(周)나라 목왕(穆王)의 여덟 마리 준마(駿馬)를 잘 길들인 사람.
11) 이일(李鎰) : 조선조 임진왜란 때의 장수.
12) 유성룡(柳成龍) : 임진왜란 당시에 영상까지 지낸 저명한 정치가. 자는 이현(而見)이고, 호는 서애(西厓)이다.

리들의 오늘밤 일이 그러하구료."

라고 하여 내가,

 "그것도 위태롭긴 위태로운 일이긴 하나, 위태로움을 잘 아는 것이라곤 할 수 없을 것이오."

라고 하니 두 사람은,

 "어째서 그렇단 말씀이오?"

라고 하기에 내가,

 "소경을 보는 사람은 눈이 있는 사람일세. 소경을 보고 스스로 그 마음에 위태로이 여기는 것이지, 소경 자신이 위태로운 줄을 아는 것이 아닌게요. 소경의 눈에는 어떠한 위태로움도 보이지 않는데 무엇이 위태롭단 말이오?"

라고 하고는 서로 껄껄대곤 하였다. 따로 '일야구도하기(一夜九渡河記)'[14]를 적은 것이 있다. ─「산장잡기(山莊襍記)」속에 들어 있다.

---

13) 우리나라의 늑밈.

14) '일야구도하기(一夜九渡河記)' : 수택본에는 없다.

原文

初七日
초 칠 일

癸丑　朝灑雨　卽晴　朝炊穆家谷　出南天門　城在大
계 축　조 쇄 우　즉 청　조 취 목 가 곡　출 남 천 문　성 재 대

嶺上　嶺凹處爲門　名曰新城　五胡時　石虎追段遼　遼
령 상　영 요 처 위 문　명 왈 신 성　오 호 시　석 호 추 단 요　요

與慕容皝　襲殺石虎將麻秋　卽此地也.
여 모 용 황　습 살 석 호 장 마 추　즉 차 지 야

自此連蹜峻嶺　多昇少降　地勢漸高　河流益悍　昌大
자 차 련 유 준 령　다 승 소 강　지 세 점 고　하 류 익 한　창 대

至此　痛勢尤篤　攀副使轎泣訴　又訴書狀　時余先至古
지 차　통 세 우 독　반 부 사 교 읍 소　우 소 서 장　시 여 선 지 고

北河　副使書狀追到　爲言昌大事慘愍不忍見　勸余思
북 하　부 사 서 장 추 도　위 언 창 대 사 참 민 불 인 견　권 여 사

區處善策　而實無奈何　久之　昌大匍匐而來　其間得騎
구 처 선 책　이 실 무 내 하　구 지　창 대 포 복 이 래　기 간 득 기

故能到此也　於是給錢二百　淸心元五丸　以爲賷驢趕
고 능 도 차 야　어 시 급 전 이 백　청 심 원 오 환　이 위 세 려 간

來之地.
래 지 지

遂渡河　一名廣硎河　此白河上流也　水勢近塞益急
수 도 하　일 명 광 형 하　차 백 하 상 류 야　수 세 근 새 익 급

而車馬爭渡者　簇立待船矣　提督及禮部郎中　手自揮
이 거 마 쟁 도 자　족 립 대 선 의　제 독 급 예 부 낭 중　수 자 휘

鞭　雖已上船者　必盡驅下　而先濟我人.
편　수 이 상 선 자　필 진 구 하　이 선 재 아 인

夕炊石匣城外　其城西有石如匣　故以名其驛云　劉守
석 취 석 갑 성 외　기 성 서 유 석 여 갑　고 이 명 기 역 운　유 수

光出奔被擒　卽此地也.
광 출 분 피 금　즉 차 지 야

　飯後卽發　已初昏矣　山路詰曲盤紆　王沂公上契丹書
　반 후 즉 발　이 초 혼 의　산 로 힐 곡 반 우　왕 기 공 상 거 란 서

曰　至金溝淀入山　詰屈登陟　無復里堠　以馬行計日
왈　지 금 구 정 입 산　힐 굴 등 척　무 부 이 후　이 마 행 계 일

約九十里　至古北館　今不知金溝淀在於何處　而塞北
약 구 십 리　지 고 북 관　금 부 지 금 구 정 재 어 하 처　이 새 북

程道遠近　古人亦所不詳也.
정 도 원 근　고 인 역 소 불 상 야

　時方棗子半熟　村村成籬　或棗田如我東靑山報恩　棗
　시 방 조 자 반 숙　촌 촌 성 리　혹 조 전 여 아 동 청 산 보 은　조

子大皆盈握　栗亦成林　而實極小　纔如我東尙州之栗
자 대 개 영 악　율 역 성 림　이 실 극 소　재 여 아 동 상 주 지 률

昔蘇秦說燕文公曰　燕北有棗栗之利　謂之天府　意者
석 소 진 세 연 문 공 왈　연 북 유 조 률 지 리　위 지 천 부　의 자

古北口也.
고 북 구 야

　處處村坊　士女聚觀　而女之稍老者　必癭附於頸　大
　처 처 촌 방　사 녀 취 관　이 녀 지 초 로 자　필 영 부 어 경　대

者幾如匏　或聯懸三四　女子十之七八　皆如此　少女美
자 기 여 포　혹 련 현 삼 사　여 자 십 지 칠 팔　개 여 차　소 녀 미

婦　面施粉白　頸不掩匏　男子老者間有大癭.
부　면 시 분 백　경 불 엄 포　남 자 로 자 간 유 대 영

　古有言　齒居晉而黃　頸處險而癭　安邑晉地而土宜棗
　고 유 언　치 거 진 이 황　경 처 험 이 영　안 읍 진 지 이 토 의 조

故安邑人食甘　而齒皆黃　今此土棗樹成田　而女皆皓
고 안 읍 인 식 감　이 치 개 황　금 차 토 조 수 성 전　이 녀 개 호

齒　如劈立瓠子　是未可曉也.
치　여 벽 립 호 자　시 미 가 효 야

醫方云　峽水春撞　故久服則瘿　今其多瘿　處險之效
의 방 운　협 수 용 당　고 구 복 즉 영　금 기 다 영　처 험 지 효

而獨女子偏多　又未可曉也.
이 독 여 자 편 다　우 미 가 효 야

暫歇馬城內　市廛閭里　頗爲繁華　而家家關門　戶外
잠 헐 마 성 내　시 전 여 리　파 위 번 화　이 가 가 관 문　호 외

皆懸羊角燈　錯落與星光上下　時已夜深　不能周覽　沽
개 현 양 각 등　착 락 여 성 광 상 하　시 이 야 심　불 능 주 람　고

酒小飮　卽出長城　黑暗中有軍卒數百　似爲點閱.
주 소 음　즉 출 장 성　흑 암 중 유 군 졸 수 백　사 위 점 열

出三重關　遂下馬　欲題名于長城　而拔佩刀　刮去甎
출 삼 중 관　수 하 마　욕 제 명 우 장 성　이 발 패 도　괄 거 전

上蘚花　出筆硯於囊中　陣之城下　四顧無覔水之處　關
상 선 화　출 필 연 어 낭 중　진 지 성 하　사 고 무 멱 수 지 처　관

內小飮時　又沽數杯　懸于鞍邊　爲達曙之資　於是盡瀉
내 소 음 시　우 고 수 배　현 우 안 변　위 달 서 지 자　어 시 진 사

之　磨墨於星光之下　蘸筆於凉露之中　大書此數十字.
지　마 묵 어 성 광 지 하　잠 필 어 량 로 지 중　대 서 차 수 십 자

於不春不夏不冬　不朝不午不夕　金神正中之節　關鷄
어 불 춘 불 하 부 동　부 조 불 오 불 석　금 신 정 중 지 절　관 계

欲動之時　豈偶然也哉.
욕 동 지 시　기 우 연 야 재

又登一嶺　殘月已墜　河鳴益近　亂山愁鬱　岸岸疑虎
우 등 일 령　잔 월 이 추　하 명 익 근　난 산 수 울　안 안 의 호

隈隈堪盜　時有長風蕭然　毛髮灑淅　別有夜出古北口
외 외 감 도　시 유 장 풍 소 연　모 발 쇄 석　별 유 야 출 고 북 구

記 — 在山莊襍*記.
기　재 산 장 잡 기

旣至河邊　路斷水濶　茫無去向　有四五殘戶　靠河而
기 지 하 변　노 단 수 활　망 무 거 향　유 사 오 잔 호　고 하 이

住 提督追至 下馬 手自叩門 千呼百喚 主人諄讓 乃
주 제독추지 하마 수자고문 천호백환 주인수양 내

應出門 指示其門前直渡 以錢五百雇主人 導正使轎
응출문 지시기문전직도 이전오백고주인 도정사교

前 遂渡河.
전 수도하

凡一水九渡 水中石多苔滑 水沒馬腹 攣膝聚足 一
범일수구도 수중석다태활 수몰마복 연슬취족 일

手按轡 一手握鞍 無牽無扶 猶免墜跌 吾於是始知御
수안비 일수악안 무견무부 유면추질 오어시시지어

馬有術.
마유술

蓋我東御馬之法極危 衣袖旣濶 汗衫又長 裹纏兩手
개아동어마지법극위 의수기활 한삼우장 과전양수

按轡揚鞭 俱所妨礙 第一危也.
안비양편 구소방애 제일위야

其勢不得不代人牽控而行 一國之馬已病矣 牽者常
기세부득부대인견공이행 일국지마이병의 견자상

蔽馬一目 而馬之步驟不得自由 其危二也.
폐마일목 이마지보취부득자유 기위이야

馬之上道 其所審愼 有甚於人 而不相通志 牽者自
마지상도 기소심신 유심어인 이불상통지 견자자

就便地 馬蹄常置逼側 馬所欲避 人必强就 馬所欲就
취편지 마제상치핍측 마소욕피 인필강취 마소욕취

人必强牽 馬之撓攘 非他也 於人常懷怒心 其危三
인필강견 마지요양 비타야 어인상회노심 기위삼

也.
야

馬之一目 旣敝於人 又以一目察人氣色 不能專心視
마지일목 기폐어인 우이일목찰인기색 불능전심시

道 以致顚蹶 非馬之罪 而鞭捶亂加 其危四也.
도 이치전지 비마지죄 이편추란가 기위사야

我東鞍韉之制 旣鈍且重 加以纓帶太繁 馬旣背載一
아동안비지제 기둔차중 가이영대태번 마기배재일

人 口又懸人 是一馬而任兩馬之力也 力竭而仆 其危
인 구우현인 시일마이임양마지력야 역갈이부 기위

五也.
오야

人之體用右利於左 則馬亦宜然也 然而馬之右咡 爲
인지체용우리어좌 즉마역의연야 연이마지우이 위

人掣抑 不禁苛痛 則其勢不得不折頸與人 而側步避
인체억 불금가통 즉기세부득부절경여인 이측보피

鞭 人方喜其折頸側步 爲馬驕駿之態 非馬之情也 其
편 인방희기절경측보 위마교준지태 비마지정야 기

危六也.
위륙야

其受鞭策 右腿偏苦 乘者放心據鞍 牽者猝然施策
기수편책 우퇴편고 승자방심거안 견자졸연시책

以致翻墜 而反以責馬 非馬之情也 其危七也.
이치번추 이반이책마 비마지정야 기위칠야

無論文武 而官高則又有左牽 此何法也 右牽已不可
무론문무 이관고즉우유좌견 차하법야 우견이불가

況左牽乎 短箠猶不可 況長箠乎 私門出入 尙可作威
황좌견호 단공유불가 황장공호 사문출입 상가작위

儀 至於陪扈之班 以五丈長箠 作爲威儀 則不可矣
의 지어배호지반 이오장장공 작위위의 즉불가의

文官尙不可 況武將之上陣乎 是所謂自佩絆索 其危
문관상불가 황무장지상진호 시소위자패반색 기위

八也.
팔야

武將所服　謂之帖裏　是爲戎服　世安有名爲戎服　而
무 장 소 복　위 지 첩 리　시 위 융 복　세 안 유 명 위 융 복　이

袖若僧衫乎.
수 약 승 삼 호

今此八危　皆由濶袖汗衫　而猶安其危　噫　雖使伯樂
금 차 팔 위　개 유 활 수 한 삼　이 유 안 기 위　희　수 사 백 락

右控　造父左牽　若以八危臨之　則八駿死矣.
우 공　조 보 좌 견　약 이 팔 위 림 지　즉 팔 준 사 의

昔李鎰之陣尙州也　遙望林莽間有煙氣　令軍官一人
석 이 일 지 진 상 주 야　요 망 림 망 간 유 연 기　영 군 관 일 인

往視　則軍官左右雙牽　舞肩而去　不意橋下二倭突出
왕 시　즉 군 관 좌 우 쌍 견　무 견 이 거　불 의 교 하 이 왜 돌 출

刀剚馬腹　軍官之首已割去矣－萬曆壬辰倭寇時事　西崖*柳
도 과 마 복　군 관 지 수 이 할 거 의　만 력 임 진 왜 구 시 사　서 애 류

公成龍　賢相也　爲懲毖錄也　記此以嗤之　而亦莫能革
공 성 룡　현 상 야　위 징 비 록 야　기 차 이 치 지　이 역 막 능 혁

其弊俗　於亂離艱屯之際　則甚矣　習俗之難變也.
기 폐 속　어 난 리 간 둔 지 제　즉 심 의　습 속 지 난 변 야

余今夜渡此河　天下之至危也　然而我則信馬　馬則信
여 금 야 도 차 하　천 하 지 지 위 야　연 이 아 즉 신 마　마 즉 신

蹄　蹄則信地　而乃收不控之效如是哉.
제　제 즉 신 지　이 내 수 불 공 지 효 여 시 재

首譯語周主簿曰　古有爲危語者　謂盲人騎瞎馬　夜半
수 역 어 주 주 부 왈　고 유 위 위 어 자　위 맹 인 기 할 마　야 반

臨深池　眞吾輩今夜事也　余曰　此危則危矣　非工於知
림 심 지　진 오 배 금 야 사 야　여 왈　차 위 즉 위 의　비 공 어 지

危也　二人曰　何爲其然也　余曰　視盲者　有目者也　視
위 야　이 인 왈　하 위 기 연 야　여 왈　시 맹 자　유 목 자 야　시

盲者而自危於其心　非盲者知危也　盲者不見所危　何
맹 자 이 자 위 어 기 심　비 맹 자 지 위 야　맹 자 불 견 소 위　하

危之有　相與大笑　別有一夜九渡河記－在山莊襍*記.
위 지 유　상 여 대 소　별 유 일 야 구 도 하 기　　재 산 장 잡　기

　*崖(애) : 원문에는 '崖'로 되어 있으나 '厓'로 표기해야 한다.

　*襍(잡) : '雜'의 본자(本字)이다.

8월 초8일 갑인(甲寅)

날이 맑게 개었다.

새벽에 반간방(半間房)에서 밥을 지어 먹고 삼간방(三間房)에 도착해서 잠깐 쉬었다. 산기슭에는 이따금씩 화려한 사당과 절들이 보이는데, 그중에는 간혹 아흔아홉 층의 백탑(白塔)이 있다. 그 탑을 세우고 사당을 지은 자리를 살펴보아도 아무런 아름다운 경치가 없는 더러는 산등성이리든가 물이 흘러 떨어지는 곳에 지어서 많은 돈을 허비하였음은 대체 무슨 뜻인지?

이런 것들이 이루 헤아릴 수 없을 만큼 많았으며, 그 제작의 웅장함과 조각의 공교로움과 단청의 찬란함이 모두 똑같은 수법이어서 하나만 보면 다른 것은 모두 미루어 짐작할 수 있으니, 일일이 기록할 것조차 없겠다.

차츰 열하에 가까워지니 사방에서 조공(朝貢) 행렬이 모여들기 시작한다 수레·말·낙타 등이 밤낮으로 끊이지 않았고, 울렁대고 쿵쿵거려서 울리는 수레바퀴 소리가 마치 비바람이 몰아치는 듯하다.

창대가 별안간 말 앞에 나타나 절을 한다. 이루 다할 수 없이 반가웠다. 저 혼자 뒤떨어져서 고개 위에서 통곡하자 부사와 서장관 일행이 이를 보고는 측은히 여겨 말을 멈추고 주방에게,

"혹시 짐이 가벼운 수레에 저 자를 함께 태울 수 있겠느냐?" 하고 물었으나 하인들이,

"없소이다."

하고 대답하므로 민망하게 여기고 지나가 버렸다.

〈또 청나라〉 제독이 이르자 크게 소리 내어 더욱더 서럽게 울부짖으니, 제독이 말에서 내려 위로하고서 그곳에 머물러 지키고 앉아 있다가 지나가는 수레를 세내어 타고 오게 하였다. 어제는 입맛이 없어 능히 먹지 못하니 제독이 친히 먹기를 권했고, 오늘은 제독이 자기가 그 수레를 타고, 자기가 탔던 나귀를 창대에게 주었으므로 따라올 수 있었다고 한다. 그 나귀가 매우 날래어 다만 귓가에 바람 소리만 들릴 정도였다고 하기에 나는,

"그 나귀는 어디다 두었느냐?"

하고 물었더니, 〈창대는〉

"제독이 저더러 부탁하기를 '네가 먼저 타고 가서 공자(公子)를 따르되, 만일 도중(道中)에 내리고 싶거든 지나가는 수레 뒤에 나귀를 매어 두라. 그러면 내가 스스로 뒤쫓아 가면서 찾을 테니 염려 말라'고 하더이다. 그리하여 삼시간에 약 50리를 달려 고개 위에 이르자 수레 수십 바리가 지나가기에 마침내 나귀

에서 내려 맨 끄트머리에 있는 수레 뒤에 매어 두었습니다. 수
레를 모는 사람〔車人〕이 묻기에 멀리 고개 남쪽의 지나온 길을
가리켜 보였더니, 수레를 모는 사람이 웃으면서 고개를 끄덕이
더이다."
라고 한다. 제독의 마음씨가 매우 아름다우니 고마운 일이다.

   그의 벼슬은 회동사역관 예부정찬사낭중 홍려시 소경(會同四
譯館禮部精饌司郎中鴻臚寺少卿 : 여러 제후국에서 온 사신의 접대를 맡
아보는 관원)이요, 그 직품은 정4품이요, 그 품계는 중헌대부(中
憲大夫)였으며, 그 나이는 60에 가까웠다. 그러나 외국의 하찮
은 하인 하나를 위하여 이토록 극진한 마음씨를 보였으니, 비록
우리 일행을 보호함이 그의 직책이라 하겠지만, 그 처신의 간략
함과 직무에 충실함이 가히 대국의 풍도를 엿볼 수 있겠다. 창
대의 발병이 조금 나아서 견마를 잡고 갈 수 있게 되었음도 또
한 다행한 일이다.

   삼도량(三道梁)에서 잠깐 쉬고 합라하(哈喇河)를 건너 황혼
이 될 무렵에 큰 재〔大嶺〕 하나를 넘었다. 조공 가는 수많은 수
레가 앞을 다투어 길을 재촉하면서 달린다. 나는 서장관과 고
삐를 나란히 하며 가는데, 산골짜기 속에서 갑자기 범 울음소리
가 두세 차례 들려온다. 그 많은 수레가 모두 길을 멈추고서 함
께 고함을 치니, 소리가 천지를 진동할 듯싶다. 아아, 굉장하구
나. 따로 「만방진공기(萬方進貢記)」에 수록하였다.[1] -「산장잡기」

---

1) 수택본에는 없다.

속에 들어 있다.

여기에 이르기까지 모두 나흘 걸려 오는 동안 밤낮을 통틀어 눈을 붙이지 못하였다. 하인들이 가다가 잠시 발길을 멈춘 자는 모두 서서 조는 자들이었다. 나 역시 졸음을 이길 수 없어 눈시울이 구름장처럼 드리워져 무겁고, 하품이 조수가 밀려오듯 쏟아진다. 혹은 눈을 빤히 뜨고 물건을 보는데도 벌써 이상한 꿈에 잠겼고, 혹은 옆사람에게 말에서 떨어질라 일깨워 주면서도, 내 자신은 안장에서 기울어지곤 한다.

때로는 포근포근 잠이 엉기고 아롱아롱 꿈이 짙을 때는 즐거운 낙이 그 사이에 스며 있는 듯도 하고, 때로는 온몸이 나른해지고 두뇌가 영리해져서 그 견줄 곳 없는 묘한 경지였으니, 이것이야말로 취한 가운데 하늘과 땅이요, 꿈속의 산과 강이었다.

또 가을매미 소리가 가느다란 실오리를 뽑고, 허공에 흩어진 꽃봉오리가 어지러이 떨어지며, 그 아늑한 마음은 도교(道敎)의 내관(內觀 : 묵상(默想))과 같고, 놀라서 깰 때는 선가(禪家)의 돈오(頓悟 : 문득 깨달음)와 다름없었다. 팔십일난(八十一難)2)이 순식간에 걷히고, 사백사병(四百四病)3)이 잠깐 사이에 지나간

---

2) 팔십일난(八十一難) : 중생(衆生)이 도를 통하는 과정에 81가지의 장애가 있다. 불가에서 나온 말. 81가지의 미혹.

3) 사백사병(四百四病) : 인간의 육체는 지(地)·수(水)·화(火)·풍(風) 등 사대(四大)로 구성되어 있으므로 이 4가지 요소의 부조화로 인해 각 요소에 101가지 병이 생긴다고 한다. 불교에서 인간의 몸에 404가

다.

이런 때에는 비록 추녀가 몇 자나 넘는 화려한 고대광실에 석 자를 괸 큰 상을 받고 시중드는 계집 수백 명이 있다 하더라도, 차지도 않고 덥지도 아니한 구들목에 높지도 낮지도 않은 베개를 베고, 두껍지도 얇지도 않은 이불을 덮고, 깊지도 얕지도 않은 술잔을 받으면서, 장주(莊周)도 호접(蝴蝶 : 나비)도 아닌 꿈나라로 노니는4) 그 재미와는 결코 바꾸지 않으리라.

나는 길가의 돌을 가리키며 맹세하기를,

"내 장차 우리 연암(燕巖) 산중에 돌아가면, 일천하고도 하루를 더 자서 옛 희이선생(希夷先生)5)보다 하루를 이길 것이고, 코고는 소리가 우레 같아 천하의 영웅으로 하여금 젓가락을 놓치게 하고,6) 미인들로 하여금 기절초풍하게 할 것이다. <만약> 그러지 못한다면 이 돌과 같으리라."

하다가 한 번 꾸벅하면서 깨니, 이 또한 꿈이었다.

지의 병이 있다고 한다. 『유마경(維摩經)』에서 나온 몇 구절.

4) 『남화경(南華經)』에서 나온 몇 구절.

5) 희이선생(希夷先生) : 북송(北宋) 때 역학자이자 도사(道士)인 진박(陳摶). 호는 부요자(扶搖子)·백운선생(白雲先生)·희이선생(希夷先生)이고, 자는 도남(圖南)이다. 그는 한 번 잠들면 1,000일씩 오래 잤다고 한다.

6) 유비(劉備)가 조조(曹操)와 함께 영웅을 논하다가 조조가 자기를 영웅이라 지적하자, 유비는 천둥소리에 그게 놀라는 척하며 수저를 떨어뜨렸다.

　그리고 창대도 가면서 이야기하기에 나도 처음에는 그와 말
을 주고받다가 가만히 살펴보니, 헛소리와 잠꼬대가 그토록 점
잖고 무게가 있었던 것이다.

　창대는 여러 날 동안 굶주린 끝에 다시 크게 추위에 시달려
학질에 걸린 듯 정신을 차리지 못할 지경이었다. 이때에 밤은
이미 이경(二更 : 밤 9~11시경) 즈음이다. 마침 수역과 동행하였
는데, 수역의 마부도 역시 추위에 떨고 크게 앓았으므로 마침내
서로 함께 말에서 내렸다. 앞의 참(站)이 5리밖에 남지 않았다
하므로 병든 두 하인을 각기 말에 태우고, 흰 담요를 꺼내어 창
대의 온몸을 둘러싸고는 띠로 꽁꽁 묶어서 수역의 마두더러 부
축하여 먼저 가게 하고, 마침내 수역과 함께 걸어서 참에 이르
니, 밤이 이미 깊었다.

　이곳에는 행궁(行宮 : 행재소)이 있고 여염집과 시전이 몹시 번
화하였으나 그 역참의 이름은 잊어버렸다. 아마 화유구(樺楡溝)
인 듯싶다. 객점에 이르니 곧바로 밥을 내어 왔으나, 심신이 피
로하여 수저가 1,000근이나 되는 듯 무겁고, 혀는 100근인 양
움직이기조차 거북하다. 상에 가득한 나물이나 적구이가 모두
잠으로 보이지 않은 것이 없을 뿐더러, 촛불마저 무지개처럼 뻗
쳤고 광채가 사방으로 퍼지곤 한다. 이에 청심환 한 알로 소주
와 바꾸어 실컷 마시니, 술맛이 기가 막히다. 술을 마시자마자
곧 훈훈히 취하여 스르르 베개를 이끌어 잠들었다.

原文

初八日
초 팔 일

甲寅　晴　曉炊半間房　又至三間房　小憩　往往山脚
갑 인　청　효 취 반 간 방　우 지 삼 간 방　소 게　왕 왕 산 각

盛飾廟堂寺觀　或有九十九層白塔　察其建塔置廟之地
성 식 묘 당 사 관　혹 유 구 십 구 층 백 탑　찰 기 건 탑 치 묘 지 지

無甚景槩　或走山之脊　衝水之眉　經費鉅萬　抑何意
무 심 경 개　혹 주 산 지 척　충 수 지 미　경 비 거 만　억 하 의

也.
야

如是者指不勝屈　而其制作之雄傑　雕鑴之工巧　丹雘
여 시 자 지 불 승 굴　이 기 제 작 지 웅 걸　조 전 지 공 교　단 확

之璀璨　只是一法　見一則知百　亦不足記也.
지 최 찬　지 시 일 법　견 일 즉 지 백　역 부 족 기 야

漸近熱河　四方貢獻　輻湊幷集　車馬橐駝　晝夜不絶
점 근 열 하　사 방 공 헌　복 주 병 집　거 마 탁 타　주 야 부 절

殷殷轟轟　勢如風雨.
은 은 굉 굉　세 여 풍 우

昌大忽拜馬前　不勝奇幸矣　渠方其落後也　痛哭嶺上
창 대 홀 배 마 전　불 승 기 행 의　거 방 기 락 후 야　통 곡 령 상

副使書狀行見之　慘然停驂　問廚房　或有輕車　可以並
부 사 서 장 행 견 지　참 연 정 참　문 주 방　혹 유 경 거　가 이 병

載者乎　下隸對以無有　則憫然而行.
재 자 호　하 례 대 이 무 유　즉 민 연 이 행

提督至　又大哭益悲痛　提督下馬慰勞　因守坐　雇過
제 독 지　우 대 곡 익 비 통　제 독 하 마 위 로　인 수 좌　고 과

去車爲載之來　昨日口味苦　不能食　提督親爲勸食　今
거 거 위 재 지 래　작 일 구 미 고　불 능 식　제 독 친 위 권 식　금

日提督自乘其車　以所騎騾授之　故能追至　其騾甚駿
일 제 독 자 승 기 거　이 소 기 라 수 지　고 능 추 지　기 라 심 준

但聞耳邊風嘯　問騾何在　曰提督囑曰　汝先去追公子
단 문 이 변 풍 소　문 라 하 재　왈 제 독 촉 왈　여 선 거 추 공 자

若道中欲下　須繫之過去車後　我自可趕得　毋慮也　片
약 도 중 욕 하　수 계 지 과 거 거 후　아 자 가 간 득　무 려 야　편

時間約行五十里　至嶺上　逢車數十乘　遂下騾　繫之最
시 간 약 행 오 십 리　지 령 상　봉 거 수 십 승　수 하 라　계 지 최

後車尾　車人問之　遙指嶺南來路　車人笑而點頭　提督
후 거 미　거 인 문 지　요 지 령 남 래 로　거 인 소 이 점 두　제 독

之意　甚厚可感也.
지 의　심 후 가 감 야

　其官則會同四譯館禮部精饌司郎中　鴻臚寺少卿　其
　기 관 즉 회 동 사 역 관 예 부 정 찬 사 낭 중　홍 려 시 소 경　기

品則正四　其階則中憲大夫　顧其年則近六十矣　爲外
품 즉 정 사　기 계 즉 중 헌 대 부　고 기 년 즉 근 육 십 의　위 외

國一賤隸　如此其費心周全　護此一行　雖其職責　其行
국 일 천 례　여 차 기 비 심 주 전　호 차 일 행　수 기 직 책　기 행

己簡略　奉職誠勤　可見大國之風也　昌大足疾少瘳　能
기 간 략　봉 직 성 근　가 견 대 국 지 풍 야　창 대 족 질 소 추　능

牽鞚而行　又可幸也.
견 공 이 행　우 가 행 야

　少歇三道梁　渡哈喇河　黃昏時　踰一大嶺　進貢萬車
　소 헐 삼 도 량　도 합 라 하　황 혼 시　유 일 대 령　진 공 만 거

爭道催趲　余與書狀併轡而行　崖谷中忽有先二三聲虎
쟁 도 최 간　여 여 서 장 병 비 이 행　애 곡 중 홀 유 선 이 삼 성 호

嘷　萬車停軸　共發吶喊　聲動天地　壯哉　別有萬方進
호　만 거 정 축　공 발 눌 함　성 동 천 지　장 재　별 유 만 방 진

貢記 － 在山莊襍記.
공 기　　재 산 장 잡 기

至此共四日　通晝夜未得交睫　下隸行且停足者　皆立
지 차 공 사 일　통 주 야 미 득 교 첩　하 례 행 차 정 족 자　개 립

睡也　余亦不勝睡意　睫重若垂雲　欠來如納潮　或眼開
수 야　여 역 불 승 수 의　첩 중 약 수 운　흠 래 여 납 조　혹 안 개

視物　而已圓奇夢　或警人墜馬　而身自欹鞍.
시 물　이 이 원 기 몽　혹 경 인 추 마　이 신 자 기 안

或旖旎婀娜　至樂存焉　或簾纖巧慧　妙境無比　所謂
혹 의 니 아 나　지 락 존 언　혹 렴 섬 교 혜　묘 경 무 비　소 위

醉裏乾坤　夢中山河.
취 리 건 곤　몽 중 산 하

秋蟬曳緒　空花亂落　其冥心如丹家內觀　其驚惺如禪
추 선 예 서　공 화 란 락　기 명 심 여 단 가 내 관　기 경 성 여 선

牀頓悟　八十一難　頃刻而過　四百四病　倏忽以經.
상 돈 오　팔 십 일 난　경 각 이 과　사 백 사 병　숙 홀 이 경

當是時也　雖榱題數尺　食前方丈　侍妾數百　不與易
당 시 시 야　수 최 제 수 척　식 전 방 장　시 첩 수 백　불 여 역

不冷不溫之堗　不高不低之枕　不厚不薄之衾　不深不
불 랭 불 온 지 돌　불 고 부 저 지 침　불 후 불 박 지 금　불 심 불

淺之杯　不周不蝶之間矣.
천 지 배　부 주 부 접 지 간 의

指道旁石誓之曰　吾且歸吾之燕巖山中　當作一千一
지 도 방 석 서 지 왈　오 차 귀 오 지 연 암 산 중　당 작 일 천 일

日睡　要勝希夷先生一日　鼾聲若雷　使英雄失箸　美人
일 수　요 승 희 이 선 생 일 일　한 성 약 뢰　사 영 웅 실 저　미 인

象車　不者　有如石　一儞而覺　是亦夢也.
상 거　부 자　유 여 석　일 구 이 각　시 역 몽 야

昌大行且語　吾初與酬酢　細察之　譫囈鄭重也.
창 대 행 차 어　오 초 여 수 작　세 찰 지　섬 예 정 중 야

蓋其屢口饑乏　復大寒戰　似瘧氣　不省人事　時夜已
개 기 루 일 기 핍　부 대 한 전　사 학 기　불 성 인 사　시 야 이

二更時分矣 適與首譯同行 首譯馬夫 亦寒戰大痛 遂
이경시분의 적여수역동행 수역마부 역한전대통 수

相與下騎 前站不過五里云 故使二病隷 各乘其馬 出
상여하기 전참불과오리운 고사이병례 각승기마 출

白氈衛裹昌大全體 以帶緊束 令首譯馬頭 扶護先送
백전위과창대전체 이대긴속 영수역마두 부호선송

遂與首譯步至站中 夜已深矣.
수여수역보지참중 야이심의

有行宮 而閭井廛市極繁華 忘其站名 似是樺楡溝也
유행궁 이려정전시극번화 망기참명 사시화유구야

至店卽進食 而身倦神疲 擧匙若千斤 運舌如百斤 滿
지점즉진식 이신권신피 거시약천근 운설여백근 만

盤蔬炙 無非睡也 燭焰如虹 芒角四字 於是以一淸心
반소자 무비수야 촉염여홍 망각사패 어시이일청심

丸 易燒酒痛飮 酒味亦佳 飮輒醺 頹然抵枕矣.
환 역소주통음 주미역가 음첩훈 퇴연저침의

8월 초9일 을묘(乙卯)

날이 개었다.

아침나절 사시(巳時 : 오전 9~11시경)에 열하에 들어가 태학(太學)에 머물렀다. 그날 닭이 울 녘에 먼저 떠나서 수역과 동행하였다. 길에서 난하(灤河)를 건너기 어렵다는 말을 듣고, 수역이 오는 사람마다 붙들고 난하의 소식을 물었다. 그들은 모두,

"예니레쯤 기다려야 한 번 얻어 건널 수 있겠지요."

라고 한다.

강가에 이르고 보니 수레와 말이 구름처럼 모인 것이 무려 천이며 만이다. 강물은 넓고 거세어서 흙탕물이 소용돌이치며 흘러가는데, 행궁 앞의 물살이 제일 거세었다. 난하는 독석구(獨石口)에서 나와 옛 흥주(興州)의 경계를 거쳐 북례(北隷)로 흘러들어간다. 『수경(水經)』1)의 주(註)에 이르기를,

---

1) 『수경(水經)』 : 중국 각지의 하천과 수계(水系)를 기록한 지리서.

"유수(濡水)는 어융진(禦戎鎭)에서 시작하여 사야(沙野)를 거치며 굽이굽이 돌아서 약 1,500리를 흘러서 장성에 들어간다."

라고 하였다.

겨우 작은 배 네댓 척이 있었다. 사람은 많고 배는 작은 만큼 건너기 어렵다고 한 것은 이 때문이다. 말 탄 사람들은 모두 얕은 물결을 골라서 가로질러 건너지만, 수레만은 그리할 수 없었다.

석갑성(石匣城)에서 가마 탄 사람 하나를 만났다. 따르는 사람이 10여 기요, 네 사람이 어깨에 가마채를 메고 5리에 한 번씩 교대하는데, 말 탄 사람이 내려서 서로 바꾸어 메곤 하였다. 우리와 앞서거니 뒤서거니 가는데, 병부시랑(兵部侍郞)의 행차라 한다. 가마는 녹색 우단(羽緞)으로 가리고 3면에 유리를 붙여서 창을 내었으나, 탄 사람은 늘 깊이 들어앉았으므로 얼굴은 볼 수 없었다. 모자를 벗어 창 한 구석에 걸어 놓고 종일토록 손에 책 한 권을 들고 있었다.

어제는 그 사람이 종자(從者)를 부르니까 종자가 갑(匣) 속에서 책 하나를 꺼내어 바쳤는데, 제목은 『오자연원록(五子淵源錄)』이었다. 창 안에서 손을 내밀어 이를 받는데, 팔뚝이나 손가락이 옥같이 희었다. 또 창 안에서 『이아익(爾雅翼 : 송나라 나안(羅顔)이 지음)』 한 권을 내주는데, 목소리나 손길이 모두 여인네 같이 곱다. 이곳에 이르자 가마에서 내렸다. 가마 안의 책을 꺼내어 종자들이 나누어 품속에 간직하고, 그 사람은 말을

타는데 참으로 미남자였다. 눈썹과 눈매가 시원하고 몇 줄기
흰 윗수염이 났다. 가마는 모두 휘장을 걷고, 종자를 태웠던 말
들은 모두 물에 둥둥 떠서 건넌다.

모자에 푸른 새의 깃을 꽂은 사람이 언덕 위에 서서 채찍을
들어 지휘하여 먼저 우리 일행을 건너게 하는데, 비록 짐짝에다
'진공(進貢)'이니 '상용(上用：황제의 어용(御用))'이니 하는 글자를
쓴 기(旗)를 꽂은 것이라도 감히 먼저 건너지 못하게 하였다. 간
혹 배 위에 뛰어오른 자의 차림새가 관원인 듯한 사람이 있어
도, 반드시 채찍을 들어 마구 치며 모조리 몰아내어 버린다. 이
는 곧 행재소의 낭중(郎中)으로, 황제의 명을 받들어 나루를 건
너도록 보살펴주는 자이다.

다만 쌍가마(雙轎) 네 대가 있어 그 크기가 거의 정자나 누각
만 한데, 곧바로 배 안으로 메고 들어가는 형세가 마치 무거운
산을 들어 알 위에 내리누르는 듯싶다. 낭중들도 채찍을 걷고
한 걸음 물러서서 그의 날카로운 위세를 피하곤 한다. 그 가마
꾼들에게는 하늘도 없고 땅도 없고 물도 없을 뿐더러 사람도 없
으니, 외국 사람이야 말할 나위도 없다. 단지 그들의 안중엔 메
고 있는 가마만이 있을 뿐이니, 나는 도무지 알지 못하겠다. 그
안에 어떠한 귀중한 보물이 들었건대, 가마꾼들의 기세가 그토
록 당당할까?

강을 건너 10여 리를 가니, 환관(宦官) 셋이 와서 박보수(朴
寶樹)와 더불어 말머리를 대고 몇 마디 주고받고는 곧바로 말
을 돌려서 가버린다. 또 환관 하나가 오림포(烏林哺)와 말고삐

를 나란히 하고 가면서, 무슨 이야기를 하는지는 알 수 없으나 오림포가 자주 낯빛을 변하고 놀라워하는 기색을 보일 때, 박보수와 서종현(徐宗顯)이 말을 달려서 가까이 가서 참견할라치면 오림포가 손짓하여 가까이 오지 못하게 하는 것으로 보아 무슨 비밀 이야기인 듯싶다. 그 환관 역시 말을 달려 가버린다.

산 한 모퉁이를 돌아 지나치니, 언덕 위에 돌을 깎아 세운 듯한 봉우리가 탑처럼 마주 서 있다. 기이하고 교묘한 솜씨를 보이는 듯 높이가 100여 길이나 되는데, 이 때문에 쌍탑산(雙塔山)이라고 이름 붙이게 되었다고 한다. 환관이 연달아 와서는 사행이 지금 어디까지 왔는지 알아보고 간다. 예부에서 〈사신 일행을〉 태학에 들게 한다는 뜻을 먼저 알리러 왔다.

며칠 동안 산골길을 다니다가 열하에 들어서고 보니, 궁궐이 장엄하고 화려하며 좌우로 시장과 점포가 10리에 연이어 뻗쳐 있어 새북(塞北 : 변방 북쪽인 장성 밖)의 첫손꼽는 큰 도회지임을 알겠다.

곧바로 서쪽에 봉추산(捧捶山)의 한 봉우리가 우뚝 솟아 있는데, 마치 다듬잇방망이 같은 모습이 높이 100여 길이요, 꼿꼿이 하늘에 솟아서 석양이 옆으로 비치어 찬란한 황금빛을 뿜고 있다. 강희 황제가 이름을 경추산(磬捶山)이라 고쳐 불렀다고 한다.

열하성(熱河城)은 높이 세 길이 넘고, 둘레가 30리이다. 강희 52년(1713)에 돌을 섞어서 얼음이 갈라진 무늬처럼 엇맞추어서 쌓아올리니, 이는 이른바 '가요문(哥窰紋)'이었다. 민간의 담장

도 모두 이 방식으로 하였다. 성 위에 비록 방첩(防堞 : 성가퀴)을 쌓긴 하였으나 여느 담장과 다름이 없으며, 지나온 여러 고을의 성곽(城郭)만도 못하였다.

이곳에 삼십육경(三十六景)[2]이 있다. 한나라의 옛 요양(要陽)·백단(白檀)·활염(滑鹽) 세 고을의 땅이니, 한(漢)나라 경제(景帝)[3]가 이광(李廣)[4]에게 조칙을 내리기를,

"장군은 군사를 거느리고 동쪽으로 달려 백단에서 깃발을 멈추라."

라고 한 곳이 곧 이곳이다. 거란(契丹)의 아보기(阿保機)[5]가 활염의 허물어진 성을 고쳐 쌓았는데, 세속 사람들은 이를 대흥주(大興州)라 일렀고, 명나라 상우춘(常遇春)[6]이 먀속(乇速 : 원(元)나라의 명장)을 전녕(全寧)으로 몰아서 격파하고 대흥주로 나아가 머물렀다는 곳이 바로 여기이다.

지난해에 태학(太學)을 새로 지었는데, 그 제도는 연경과 다름없었다. 대성전(大成殿)과 대성문(大成門)이 모두 겹처마에 누런 유리기와를 이었고, 명륜당(明倫堂)은 대성전의 오른편 담장 밖에 있다. 명륜당 앞 행각(行閣)에는 일수재(日修齋)·

---

2) 삼십육경(三十六景) : 「피서록(避暑錄)」 첫머리에 상세히 적혀 있다.

3) 한(漢)나라 경제(景帝) : 유계(劉啓). 경제는 묘호.

4) 이광(李廣) : 북방 흉노족과 70여 차례를 싸워서 이긴 한나라의 명장.

5) 아보기(阿保機) : 요(遼)나라 대조(太祖) 야율어(耶律億).

6) 상우춘(常遇春) : 명(明)나라 태조(太祖) 때의 저명한 승상.

시습재(時習齋)라는 편액이 붙어 있고, 오른편에는 진덕재(進德齋)·수업재(修業齋)가 있었다. 명륜당 뒤에는 벽돌을 〈얇고 넓게〉 깐 대청이 있고, 좌우에 작은 재실이 있어서 오른편 재실에는 정사가 들고 왼편 재실에는 부사가 들었다. 서장관은 행각 별재(別齋)에 들고 비장과 역관은 한 재실에 함께 들었으며, 두 주방은 진덕재에 나누어 들었다.

　대성전 뒤와 좌우에 있는 별당(別堂)과 별재들은 이루 다 기록하기 어려울 만큼 많고 또 모두 사치스럽고 화려하기 그지없는데, 우리 주방이 많이 그슬리고 더럽혔으니 애석한 일이 아닐 수 없었다. 따로 「승덕태학기(承德太學記)」[7]가 있다.

---

7) 「승덕태학기(承德太學記)」 : 내용은 전하지 않는다. 박영철본 권15 끝의 보유(補遺)에도 「열하태학기(熱河太學記)」라는 제목이 남아 있으나, 내용은 실려 있지 않다.

原文

初九日
초구일

乙卯　晴　巳時　入熱河　寅太學　鷄鳴先發　與首譯同
을묘　청　사시　입열하　우태학　계명선발　여수역동

行　道聞灤河難渡　首譯連問來人灤河消息　則皆對以須
행　도문난하난도　수역련문래인난하소식　즉개대이수

六七日　乃得一渡.
육칠일　내득일도

旣至河邊　車馬雲屯　無慮千萬　河廣且悍　黃濁洶湧
기지하변　거마운둔　무려천만　하광차한　황탁흉용

至行宮前尤急　河出獨石口　經古興州界　入北隷　水經
지행궁전우급　하출독석구　경고흥주계　입북례　수경

注　濡水出禦戎鎭　經沙野　水流回曲　約行千五百里　入
주　유수출어융진　경사야　수류회곡　약행천오백리　입

長城.
장성

只有小船四五隻　人多舟小　所以難渡者此也　衆騎皆
지유소선사오척　인다주소　소이난도자차야　중기개

從淺灘亂渡　而惟車莫能涉.
종천탄란도　이유거막능섭

自石匣　逢一乘轎者　從十餘騎　四人肩扛　五里一遞
자석갑　봉일승교자　종십여기　사인견강　오리일체

騎者下而互相遞擔也　或先或後而行　兵部侍郎云　轎以
기자하이호상체담야　혹선혹후이행　병부시랑운　교이

綠羽緞爲障　三面付玻瓈爲窓　其人常深坐　故未見其面
록우단위장　삼면부파려위창　기인상심좌　고미견기면

而脫帽掛之窓隅　終日手一卷.
이탈모괘지창우　종일수일권

昨日呼從者　從者自匣中出獻一冊　題五子淵源錄　窓
작일호종자　종자자갑중출헌일책　제오자연원록　창

內出手接之　腕指如玉　又自窓內出予爾雅翼一卷　聲音
내출수접지　완지여옥　우자창내출여이아익일권　성음

手腕　皆類婦人　至此下轎　出轎中書冊　從者分納之懷
수완　개류부인　지차하교　출교중서책　종자분납지회

中　其人乘馬　眞美男子也　疎眉目　有數莖白髭　轎皆卷
중　기인승마　진미남자야　소미목　유수경백자　교개권

其障　從者疊騎　皆浮河而渡.
기장　종자첩기　개부하이도

有帽懸翠羽者　立於河岸　擧鞭指揮　先濟我人　而雖
유모현취우자　입어하안　거편지휘　선제아인　이수

器物之揷進貢及上用字旗者　莫敢先渡　或有躍入舟中
기물지삽진공급상용자기자　막감선도　혹유약입주중

者　貌類朝紳　而必擧鞭亂捶　盡爲驅下　乃行在郞中　奉
자　모류조신　이필거편란추　진위구하　내행재낭중　봉

皇旨看護津渡者也.
황지간호진도자야

獨有四個雙轎　其大幾如亭閣　直輦入船中　勢如摧山
독유사개쌍교　기대기여정각　직련입선중　세여최산

壓卵　郞中輩亦斂鞭却立　以避其鋒　其輦轎者　不有天
압란　낭중배역렴편각립　이피기봉　기련교자　불유천

不有地　不有水不有人　亦不有他國人　只有其所輦轎而
불유지　불유수불유인　역불유타국인　지유기소련교이

已　未知其中所重者　何許寶物　而輦夫恃勢若是耶.
이　미지기중소중자　하허보물　이련부시세약시야

渡河行十餘里　有三宦來　探與朴寶樹交馬數語　卽回
도하행십여리　유삼환래　탐여박보수교마수어　즉회

鞭馳去　一宦與烏林哺　倂轡行　未知所語何事　而林哺
편치거　일환여오림포　병비행　미지소어하사　이림포

屢色變　若驚恐之狀　寶樹及徐宗顯　拍馬往參　林哺麾
루 색 변　약 경 공 지 상　보 수 급 서 종 현　박 마 왕 참　임 포 휘

之　使不得近　蓋密語也　其宦亦馳去.
지　사 불 득 근　개 밀 어 야　기 환 역 치 거

轉過一山　坡上石峯　對峙如塔　奇巧天成　高百餘丈
전 과 일 산　파 상 석 봉　대 치 여 탑　기 교 천 성　고 백 여 장

以故名雙塔山　連有閹人來　探使行方到何處而去　禮部
이 고 명 쌍 탑 산　연 유 엄 인 래　탐 사 행 방 도 하 처 이 거　예 부

以入寓太學之意先通.
이 입 우 태 학 지 의 선 통

累日行山谷間　既入熱河　宮闕壯麗　左右市廛　連亘
누 일 행 산 곡 간　기 입 열 하　궁 궐 장 려　좌 우 시 전　연 긍

十里　塞北一大都會也.
십 리　새 북 일 대 도 회 야

直西有捧捶山　一峯矗立　狀如砧杵　高百餘丈　直聳
직 서 유 봉 추 산　일 봉 촉 립　상 여 침 저　고 백 여 장　직 용

倚天　夕陽斜映　作爛金色　康熙帝改名磬捶山.
의 천　석 양 사 영　작 란 금 색　강 희 제 개 명 경 추 산

熱河城高三丈餘　周三十里　康熙五十二年　雜石氷紋
열 하 성 고 삼 장 여　주 삼 십 리　강 희 오 십 이 년　잡 석 빙 문

皸築　所謂哥窰紋　人家墻垣　盡爲此法　城上雖施堞
군 축　소 위 가 요 문　인 가 장 원　진 위 차 법　성 상 수 시 첩

無異墻垣　不及所經郡縣城郭.
무 이 장 원　불 급 소 경 군 현 성 곽

有三十六景　漢故要陽白檀滑鹽縣地　漢景帝詔李廣
유 삼 십 륙 경　한 고 요 양 백 단 활 염 현 지　한 경 제 조 이 광

曰　將軍其率師東轅　弭節白檀　是也　契丹阿保機　治
왈　장 군 기 솔 사 동 원　미 절 백 단　시 야　거 란 아 보 기　치

滑鹽廢城　俗謂之大興州　明常遇春　追敗乜速於全寧
활 염 폐 성　속 위 지 대 흥 주　명 상 우 춘　추 패 먀 속 어 전 녕

進次大興州 卽此地也.
진 차 대 흥 주 　 즉 차 지 야

去歲新創太學 制如皇京 大成殿及大成門 皆重檐
거 세 신 창 태 학 　 제 여 황 경 　 대 성 전 급 대 성 문 　 개 중 첨

黃琉璃瓦 明倫堂在大成殿右墻外 堂前行閣 扁以日
황 유 리 와 　 명 륜 당 재 대 성 전 우 장 외 　 당 전 행 각 　 편 이 일

修齋 時習齋 右有進德齋 修業齋 堂後有甓大廳 左
수 재 　 시 습 재 　 우 유 진 덕 재 　 수 업 재 　 당 후 유 벽 대 청 　 좌

右有小齋 右齋正使處焉 左齋副使處焉 書狀處行閣
우 유 소 재 　 우 재 정 사 처 언 　 좌 재 부 사 처 언 　 서 장 처 행 각

別齋 裨譯同處一齋 兩廚房分入進德齋.
별 재 　 비 역 동 처 일 재 　 양 주 방 분 입 진 덕 재

大成殿後及左右別堂別齋 不可殫記 皆窮極奢麗 而
대 성 전 후 급 좌 우 별 당 별 재 　 불 가 탄 기 　 개 궁 극 사 려 　 이

我人廚房多煤汚之 可惜也 別有承德太學記.
아 인 주 방 다 매 오 지 　 가 석 야 　 별 유 승 덕 태 학 기

태학 이야기〔太學記〕

건륭 42년(1777년)에 황제가 열하에 있으면서 조칙을 내려,
"성조(聖祖 : 강희 황제)의 「어제산장시(御製山莊詩)」에 '〈승덕
(承德)에〉 모여든 백성이 1만 가구에 이르렀다〔聚民至萬家〕'라
는 구절은 이를 기뻐하신 것이다. 〈승덕은〉 땅이 황폐하고 후
미져서 변방 북쪽의 깊숙한 곳이었다. 옛날에는 전쟁터였던 만
큼 중원의 사대부로서 이곳에 이를 수 있었던 이가 드물었다.
성조께서 경영하신 지 30년 만에 비로소 1만 가구가 모여살 수
있게 되어 이를 기뻐하고, 시를 읊조려서 표현하기까지 하신 것
이다. 그러나 오히려 학교를 세우는 일에는 경황이 없으셨으
니, 대체로 장차 백성을 부유하게 한 뒤에 이들을 가르치려 하
여 뒤를 잇는 천자를 기다리신 것이다.
지금 짐이 중국을 차지하여 통치하자 멀고 궁벽한 변경 북쪽
에서조차도 모두 와서 복송하였으며, 모두 문교(文敎) 징책을

우러러 보았다. 승덕부(承德府)의 백성이 10여만 호에 이르렀으니, 우러러 성조께서 경영하기 시작한 초기와 비교하면 이미 부유하고 넉넉해졌다. 지금 백성들이 열 배가 된 만큼 그들에게 도덕을 진작시킬 방법을 생각하지 않을 수 있겠는가?

짐은 아침부터 밤늦게까지 조종(祖宗)의 뜻을 계승하여 명백히 서술하지 못할까 두려워하고 있으니, 조정의 신하들은 모두 짐이 하려는 우문(右文 : 학문을 존중함)의 정치를 잘 보좌하여 이를 도모하도록 하라."
라고 하였다.

태학사 신(臣) 서혁덕(舒赫德), 신(臣) 우민중(于敏中), 신(臣) 조혜(兆惠)가 승덕에 부학(府學)을 설립할 것을 청하자 황제는 조칙을 내리기를,

"천자가 도읍하는 곳을 경사(京師)라고 부른다. '도읍 도(都)' 자란 하나로 합친다〔一統〕는 뜻이고, '경사(京師)'라는 말은 많은 무리〔大衆〕를 뜻한다. 짐은 해마다 이곳에 머물면서 많은 무리들을 하나로 합치고 있다. 천자가 학교를 세우면서 부(府)라고 불러서야 되겠는가? 그 제도는 경사(京師 : 북경)의 것을 살펴보도록 하라."
라고 하였다. 지난해 기해년(1779년) 겨울에 공사가 완공되자 '태학(太學)'이라고 이름을 지어 붙였다.

올해 봄에 황제는 강남 지역을 순수(巡狩)했다. 황하를 휘둘러보고 절동(浙東)과 절서(浙西)에 이르렀다가 곧바로 북쪽으로 열하로 돌아와서 친히 석채(釋菜)를 지내고, 과거(科擧)를 보

아서 선발한 생원 80인을 태학에 두었다.

지금 우리 사신들이 태학에 묵게 된 것은 황제의 뜻을 취한 것인데, 〈조선을〉 예의의 나라로 여겼기 때문이다. 과거(科擧)를 본 지 겨우 10여 일이 지났다.

대성전(大成殿)은 이중의 처마이고, 누런 유리기와를 이었다. 대성문도 이중의 처마에 누런 유리기와를 덮었고, 동쪽과 서쪽에 문을 세웠다. 대성문 밖에는 삼공교(三孔橋)가 있는데 흰 돌로 난간을 둘렀다. 다리 아래에는 언월지(偃月池 : 반달 모양의 연못)를 파고 괴석을 쌓아서 둑을 만들었다. 건륭 황제가 짓고 쓴 어제비(御製碑)가 있고, 누런 기와로 비각을 세워 덮었다. 강희(康熙) 황제로부터……ㅡ이하 원문 빠짐ㅡ

原文

太學記
태 학 기

乾隆四十二年　皇帝在熱河詔曰　聖祖御製山莊詩曰
건 륭 사 십 이 년　황 제 재 열 하 조 왈　성 조 어 제 산 장 시 왈

聚民至萬家喜之也　地荒僻爲塞北奧區　在昔戎馬之場
취 민 지 만 가 희 지 야　지 황 벽 위 새 북 오 구　재 석 융 마 지 장

中原士大夫　罕得以至焉　聖祖經營三十年　始得萬家之
중 원 사 대 부　한 득 이 지 언　성 조 경 영 삼 십 년　시 득 만 가 지

聚而喜之　至發於吟詠之間　而猶未遑於學校之事　蓋將
취 이 희 지　지 발 어 음 영 지 간　이 유 미 황 어 학 교 지 사　개 장

富而後敎之　有待乎嗣辟也.
부 이 후 교 지　유 대 호 사 벽 야

今朕撫有函夏　窮髮之北　莫不賓服　咸仰文敎　承德
금 짐 무 유 함 하　궁 발 지 북　막 불 빈 복　함 앙 문 교　승 덕

府民　至十餘萬戶　仰比聖祖經始之初　旣富且庶矣　今
부 민　지 십 여 만 호　앙 비 성 조 경 시 지 초　기 부 차 서 의　금

以十倍之民　不思所以振德之乎.
이 십 배 지 민　불 사 소 이 진 덕 지 호

朕蚤夜以不能繼述祖宗之志爲懼　廷臣悉能佐朕以右
짐 조 야 이 불 능 계 술 조 종 지 지 위 구　정 신 실 능 좌 짐 이 우

文之治其圖之.
문 지 치 기 도 지

大學士臣舒赫德臣于敏中臣兆惠　請立承德府學　皇
태 학 사 신 서 혁 덕 신 우 민 중 신 조 혜　청 립 승 덕 부 학　황

帝詔曰　天子所都稱京師　都者　一統也　京師者　大衆也
제 조 왈　천 자 소 도 칭 경 사　도 자　일 통 야　경 사 자　대 중 야

朕比歲駐蹕于此　一統大衆矣　爲天子建學　而稱府可乎
짐 비 세 주 필 우 차　일 통 대 중 의　위 천 자 건 학　이 칭 부 가 호

其制視京師　去年己亥冬功成　命曰太學.
기 제 시 경 사　거 년 기 해 동 공 성　명 왈 태 학

今年春　皇帝巡江南　視河至兩浙　直北還熱河　親釋
금 년 춘　황 제 순 강 남　시 하 지 량 절　직 북 환 열 하　친 석

菜　視學置生員八十人.
채　시 학 치 생 원 팔 십 인

今我使之館太學　取皇帝旨　爲其禮義之邦也　其視學
금 아 사 지 관 태 학　취 황 제 지　위 기 례 의 지 방 야　기 시 학

纔過十餘日.
재 과 십 여 일

大成殿重簷　黃琉璃瓦　大成門重簷　亦覆黃琉璃瓦
대 성 전 중 첨　황 유 리 와　대 성 문 중 첨　역 복 황 유 리 와

東西立闕　大成門外有三空橋　白石欄　穿偃月池於橋下
동 서 립 궐　대 성 문 외 유 삼 공 교　백 석 란　천 언 월 지 어 교 하

築怪石爲堤　有御製碑皇帝幷書　建黃瓦閣覆之　自康.
축 괴 석 위 제　유 어 제 비 황 제 병 서　건 황 와 각 복 지　자 강

찾아보기

ㄱ

ㅅ

ㅋ

ㅌ

열하일기 熱河日記 上

초판 인쇄 2023년 10월 20일
초판 발행 2023년 10월 27일

지은이 朴趾源
옮긴이 李家源
발행자 金東求
교 정 강경희
발행처 명문당(1923. 10. 1 창립)
주 소 서울시 종로구 윤보선길 61(안국동)
        국민은행 006-01-0483-171
전 화 02)733-3039, 734-4798, 733-4748(영)
팩 스 02)734-9209
Homepage www.myungmundang.net
E-mail mmdbook1@hanmail.net
등 록 1977. 11. 19. 제1~148호

ISBN 979-11-91757-92-7 (04810)
ISBN 979-11-91757-91-0 (세트)

30,000원

*낙장 및 파본은 교환해 드립니다.
*불허복제